山东省社会科学"十五"规划重点项目

山东社会科学院◎编纂

山东文学通史 （上）

乔力 李少群◎主编

中国社会科学出版社

图书在版编目(CIP)数据

山东文学通史：全2册 / 乔力，李少群主编 . 一北京：中国社会科学出版社，2016.12
ISBN 978-7-5161-9327-3

Ⅰ. ①山… Ⅱ. ①乔…②李… Ⅲ. ①地方文学史—山东 Ⅳ. ①I209.952

中国版本图书馆CIP数据核字(2016)第280821号

出 版 人	赵剑英
责任编辑	冯春凤
责任校对	张爱华
责任印制	张雪娇
出　　版	中国社会科学出版社
社　　址	北京鼓楼西大街甲158号
邮　　编	100720
网　　址	http://www.csspw.cn
发 行 部	010-84083685
门 市 部	010-84029450
经　　销	新华书店及其他书店
印刷装订	环球东方（北京）印务有限公司
版　　次	2016年12月第1版
印　　次	2016年12月第1次印刷
开　　本	710×1000 1/16
印　　张	92
插　　页	2
字　　数	1506千字
定　　价	375.00元（全2册）

凡购买中国社会科学出版社图书，如有质量问题请与本社营销中心联系调换
电话：010-84083683
版权所有　侵权必究

《山东社会科学院文库》
编委会

主　　　任　唐洲雁　张述存
副　主　任　王希军　刘贤明　王兴国（常务）
　　　　　　姚东方　王志东　袁红英
委　　　员　（按姓氏笔画排序）
　　　　　　王　波　王晓明　刘良海　孙聚友
　　　　　　李广杰　李述森　李善峰　张卫国
　　　　　　张　文　张凤莲　张清津　杨金卫
　　　　　　侯小伏　郝立忠　涂可国　崔树义
　　　　　　谢桂山
执行编辑　　周德禄　吴　刚

《山东社会科学院文库》
出版说明

党的十八大以来,以习近平同志为核心的党中央,从推动科学民主依法决策、推进国家治理体系和治理能力现代化、增强国家软实力的战略高度,对中国智库发展进行顶层设计,为中国特色新型智库建设提供了重要指导和基本遵循。2014年11月,中办、国办印发《关于加强中国特色新型智库建设的意见》,标志着我国新型智库建设进入了加快发展的新阶段。2015年2月,在中共山东省委、山东省人民政府的正确领导和大力支持下,山东社会科学院认真学习借鉴中国社会科学院改革的经验,大胆探索实施"社会科学创新工程",在科研体制机制、人事管理、科研经费管理等方面大胆改革创新,相继实施了一系列重大创新措施,为建设山东特色新型智库勇探新路,并取得了明显成效,成为全国社科院系统率先全面实施哲学社会科学创新工程的地方社科院。2016年5月,习近平总书记在哲学社会科学工作座谈会上发表重要讲话。讲话深刻阐明哲学社会科学的历史地位和时代价值,突出强调坚持马克思主义在我国哲学社会科学领域的指导地位,对加快构建中国特色哲学社会科学作出重大部署,是新形势下繁荣发展我国哲学社会科学事业的纲领性文献。山东社会科学院以深入学习贯彻习近平总书记在哲学社会科学工作座谈会上的重要讲话精神为契机,继续大力推进哲学社会科学创新工程,努力建设马克思主义研究宣传的"思想理论高地",省委、省政府的重要"思想库"和"智囊团",山东省哲学社会科学的高端学术殿堂,山东省情综合数据库和研究评价中心,服务经济文化强省建设的创新型团队,为繁荣发展哲学社会科学、建设山东特色新型智库,努力做出更大的贡献。

《山东社会科学院文库》(以下简称《文库》)是山东社会科学院"创

新工程"重大项目,是山东社会科学院着力打造的《当代齐鲁文库》的重要组成部分。该《文库》收录的是我院建院以来荣获山东省优秀社会科学成果一等奖及以上的科研成果。第二批出版的《文库》收录了丁少敏、王志东、卢新德、乔力、刘大可、曲永义、孙祚民、庄维民、许锦英、宋士昌、张卫国、李少群、张华、秦庆武、韩民青、程湘清、路遇等全国知名专家的研究专著18部,获奖文集1部。这些成果涉猎科学社会主义、文学、历史、哲学、经济学、人口学等领域,以马克思主义世界观、方法论为指导,深入研究哲学社会科学领域的基础理论问题,积极探索建设中国特色社会主义的重大理论和现实问题,为推动哲学社会科学繁荣发展发挥了重要作用。这些成果皆为作者经过长期的学术积累而打造的精品力作,充分体现了哲学社会科学研究的使命担当,展现了潜心治学、勇于创新的优良学风。这种使命担当、严谨的科研态度和科研作风值得我们认真学习和发扬,这是我院深入推进创新工程和新型智库建设的不竭动力。

实践没有止境,理论创新也没有止境。我们要突破前人,后人也必然会突破我们。《文库》收录的成果,也将因时代的变化、实践的发展、理论的创新,不断得到修正、丰富、完善,但它们对当时经济社会发展的推动作用,将同这些文字一起被人们铭记。《山东社会科学院文库》出版的原则是尊重原著的历史价值,内容不作大幅修订,因而,大家在《文库》中所看到的是那个时代专家们潜心探索研究的原汁原味的成果。

《山东社会科学院文库》是一个动态的开放的系统,在出版第一批、第二批的基础上,我们还会陆续推出第三批、第四批等后续成果……《文库》的出版在编委会的直接领导下进行,得到了作者及其亲属们的大力支持,也得到了院相关研究单位同志们的大力支持。同时,中国社会科学出版社的领导高度重视,给予大力支持帮助,尤其是责任编辑冯春凤主任为此付出了艰辛努力,在此一并表示最诚挚的谢意。

本书出版的组织、联络等事宜,由山东社会科学院科研组织处负责。因水平所限,出版工作难免会有不足乃至失误之处,恳请读者及有关专家学者批评指正。

《山东社会科学院文库》编委会
2016 年 11 月 16 日

目 录

总 论 ……………………………………………………………（ 1 ）
导 言 ……………………………………………………………（ 1 ）
 第一节 地域文学研究方法刍议 ………………………（ 2 ）
 第二节 地域文学研究实例试示 ………………………（ 12 ）

第一编 山东文学之渊源及初步发展

第一章 山东文学的辉煌肇端：先秦时代 …………（ 24 ）
 第一节 缘起 …………………………………………（ 24 ）
 第二节 走向经典：《诗经》暨《齐风》《曹风》《鲁颂》……（ 26 ）
  一 《诗经》的形成与体制特征 ……………………（ 26 ）
  二 山东先民们的集体歌唱：《齐风》与《曹风》…（ 37 ）
  三 远古的庙堂乐歌：《鲁颂》………………………（ 56 ）
 第三节 文化与文学元典：杂散文形态 ………………（ 65 ）
  一 开诸子散文先声的儒家著述：《论语》和《孟子》…（ 68 ）
  二 史传散文中的奠基创体之制：《左传》《国语》和
    《晏子春秋》………………………………………（ 78 ）

第二章 山东文学的漫长发展阶段：汉至唐五代 …（ 99 ）
 第一节 相对沉寂的两汉文坛 …………………………（ 99 ）
 第二节 勃发辉煌 ………………………………………（115）
  一 建安文学中的山东作家群体 ……………………（115）
  二 卓立于西晋文坛的左氏兄妹 ……………………（135）
 第三节 渐进的历程：南北朝的山东籍作家与隋唐五代的

山东文坛 ·· (153)
 一 南北朝的山东籍作家 ··· (153)
 二 巨大的落差 ··· (187)
 三 李白、杜甫、高适等客籍诗人在山东的文学创作活动 ······ (215)

第二编 宋代山东文学

概说 总体特征及社会文化面貌 ··································· (239)
 一 时代文学词的高潮与诗文的平缓演进态势 ··················· (240)
 二 自觉的理论批评意识 ··· (242)

第三章 变化流程 ··· (243)
 第一节 北宋至南宋前期的诗文 ··································· (243)
  一 诗歌以新变再造辉煌 ·· (243)
  二 建构范型散文 ·· (248)
 第二节 发声惊挺的山东诗文 ······································· (251)
  一 自觉意识张扬的山东诗坛 ···································· (251)
  二 理胜于辞的山东文坛 ·· (266)
 第三节 一代文学的极盛标志——词 ······························ (272)
  一 词生成发展的外部社会条件 ································· (273)
  二 词的自身萌生演进过程 ······································· (278)
 第四节 双峰并峙的山东词坛 ······································· (282)
  一 北宋前期 ··· (283)
  二 北宋中后期 ·· (290)
  三 北南宋之交期 ·· (300)
  四 南宋前期 ··· (311)

第四章 主流作家 ··· (317)
 第一节 纵横初宋的王禹偁 ·· (317)
  一 诗歌:"白体"之翘楚 ·· (317)
  二 散文:"革弊复古"的先行者 ································· (323)
 第二节 李之仪与晁补之 ··· (327)
  一 一时词家李之仪 ··· (328)

　　二　苏门学士晁补之 …………………………………………（338）
第三节　旷世才情李清照 …………………………………………（357）
　　一　摆脱桎梏的人生追求 ……………………………………（359）
　　二　抚今追昔的政治评论 ……………………………………（365）
第四节　豪雄盖世辛弃疾 …………………………………………（371）
　　一　重实用的功利性价值取向 ………………………………（373）
　　二　直觉经验式的感性热潮 …………………………………（375）
　　三　歌哭无端兴寄无端的多元含纳 …………………………（381）

第五章　余论 …………………………………………………………（386）
第一节　开风气之先的词学理论与批评 …………………………（386）
　　一　李之仪以花间艺术为范型的词学观念及词评 …………（387）
　　二　以"当行家语"评词并有所拓展的晁补之 ……………（391）
　　三　本体意识的张扬：李清照的词"别是一家"说及其他 ……（394）
第二节　苏轼等客籍作家在山东的创作活动 ……………………（401）
　　一　欧阳修、曾巩、苏辙、黄庭坚及范仲淹 ………………（401）
　　二　苏轼在山东时期的创作高潮 ……………………………（416）

第三编　元代山东文学

概说　总体特征及社会文化面貌 ……………………………………（433）
　　一　独特的"世侯文化"与"运河文化" …………………（433）
　　二　源远流长的儒家传统文化 ………………………………（437）
　　三　俗文学空前发展的总体特征 ……………………………（440）

第六章　变化流程 ……………………………………………………（444）
第一节　诗词仍多承循唐宋余绪 …………………………………（444）
　　一　以元、杜为首追求诗风雅正 ……………………………（444）
　　二　以王、李为代表的豪放诗风 ……………………………（447）
　　三　道士词风与儒士词作 ……………………………………（451）
第二节　时兴新曲争相创作搬演 …………………………………（455）
　　一　新体散曲的流行 …………………………………………（456）
　　二　戏曲创作成果丰硕 ………………………………………（465）

第七章　主流作家 ……………………………………………… (477)

第一节　写"水浒戏"的名家高文秀和康进之 ……………… (477)
一　"小汉卿"高文秀剧作良多 ………………………………… (477)
二　康进之《李逵负荆》显示结撰大手笔 …………………… (481)

第二节　写世态人情戏的高手武汉臣与张寿卿 ……………… (486)
一　反映市井民众生活的武汉臣 ……………………………… (486)
二　才情压倒群英的张寿卿 …………………………………… (492)

第三节　著名散曲家张养浩 ……………………………………… (494)
一　仕途坎坷　忠正为民 ……………………………………… (494)
二　诗文纯正　忧国忧民 ……………………………………… (497)
三　散曲豪放　多姿多彩 ……………………………………… (503)

第八章　余论 …………………………………………………… (510)

第一节　作为文化现象出现的戏曲重镇——东平 …………… (510)
一　兴学重教　礼聘贤士 ……………………………………… (510)
二　诗文兴盛　作家云集 ……………………………………… (513)
三　戏曲之乡　杂剧辉煌 ……………………………………… (516)

第二节　"水浒戏"的文学流变意义 ………………………… (521)
一　"水浒戏"的共同主题 …………………………………… (522)
二　"水浒戏"塑造了生动的英雄形象 ……………………… (525)
三　"水浒戏"的文学流变及其影响 ………………………… (528)

第四编　明代山东文学

概说　总体特征及社会文化面貌 …………………………… (535)
一　严酷的政治环境与严密的思想钳制 ……………………… (535)
二　高压态势下的文学 ………………………………………… (537)

第九章　变化流程 ……………………………………………… (542)

第一节　诗文的嬗变 …………………………………………… (542)
一　寂寥的明初诗文 …………………………………………… (542)
二　中期的创作繁荣 …………………………………………… (546)
三　面对现实的后期作家 ……………………………………… (557)

第二节　曲坛新局面的开拓 ……………………………………… (562)
一　杂剧的雅化、短化和南化 ……………………………… (563)
二　散曲应时而歌及对套数的发展 ………………………… (569)
三　传奇在继承中创新 ……………………………………… (575)
第三节　长篇白话小说的高度繁盛 …………………………… (578)

第十章　主流作家 …………………………………………………… (582)
第一节　边贡与李先芳 ………………………………………… (582)
一　海岳隽才边贡 …………………………………………… (582)
二　诗思秀发的李先芳 ……………………………………… (587)
第二节　李攀龙和谢榛 ………………………………………… (592)
一　"后七子"的领袖李攀龙 ……………………………… (592)
二　布衣诗侠谢榛 …………………………………………… (601)
第三节　集豪放派大成的散曲家冯惟敏 ……………………… (610)
一　临朐四冯闻名齐鲁 ……………………………………… (610)
二　为下层社会写真 ………………………………………… (612)
三　豪放曲派的杰出代表 …………………………………… (619)
第四节　击响明传奇前奏的李开先 …………………………… (623)
一　才华横溢　声名远播 …………………………………… (623)
二　词山曲海——长歌当哭 ………………………………… (626)
三　明清传奇繁盛的标志：《宝剑记》 …………………… (631)
第五节　《水浒传》：英雄传奇小说的楷模 ………………… (639)
一　作者及版本流传 ………………………………………… (639)
二　以农民起义为重点的多元化主题内容 ………………… (640)
三　成功的人物性格刻画 …………………………………… (645)
第六节　《金瓶梅》：第一部文士个体独立创作的长篇世俗
　　　　人情小说 ……………………………………………… (648)
一　鲜明生动的晚明社会百态图卷 ………………………… (649)
二　丰厚的文化负载 ………………………………………… (651)
三　以人物描写为中心的艺术表现手法：性格推动情节
　　　发展 …………………………………………………… (654)

第十一章　余论 ……………………………………………………… (660)

第一节 "驿路文化"与山东文学 …………………………………… (660)
  一 "驿路文化"的形成 ……………………………………… (660)
  二 大运河与山东文学 ……………………………………… (667)
第二节 "历下诗派" …………………………………………………… (669)
第三节 明代山东的族群作家 ………………………………………… (675)

第五编　清代山东文学

概说　总体特征及社会文化面貌 ……………………………………… (683)
  一 前期的空前繁荣 …………………………………………… (683)
  二 叙事文学的崛起 …………………………………………… (685)
  三 中后期的由盛而衰 ………………………………………… (686)
第十二章　变化流程 …………………………………………………… (689)
 第一节 诗文：正统文学的复兴 …………………………………… (689)
  一 鼎盛一时的清初诗坛 ……………………………………… (689)
  二 绚烂多姿的清初文坛 ……………………………………… (695)
  三 中后期作家的创作与对文献的搜集整理 ………………… (701)
 第二节 曲坛晚晖 …………………………………………………… (705)
  一 散曲：日落景象中偶见光辉 ……………………………… (706)
  二 杂剧传奇：寥落星空有巨星突现 ………………………… (710)
  三 小曲和地方戏：别出一枝 ………………………………… (714)
 第三节 古典小说的光辉终结 ……………………………………… (718)
  一 文言小说的顶峰 …………………………………………… (719)
  二 世俗人情类白话小说的长足发展 ………………………… (723)
第十三章　主流作家 …………………………………………………… (727)
 第一节 丁耀亢与宋琬 ……………………………………………… (727)
  一 著作甚丰的丁耀亢 ………………………………………… (727)
  二 命途多舛的宋琬 …………………………………………… (731)
 第二节 "一代正宗"王士禛 ……………………………………… (736)
  一 康熙诗坛的主盟 …………………………………………… (736)
  二 "神韵说" ………………………………………………… (740)

三　文与词 …………………………………………………（744）
第三节　曹贞吉和赵执信 …………………………………（748）
　　一　以词名家的曹贞吉 ……………………………………（748）
　　二　"思路剗刻"的赵执信 …………………………………（752）
第四节　一代戏剧大家孔尚任 ……………………………（759）
　　一　戏剧式的人生道路 ……………………………………（759）
　　二　诗文等身　洋洋大家 …………………………………（761）
　　三　《桃花扇》底系兴亡 ……………………………………（767）
第五节　蒲松龄与《聊斋志异》 …………………………（772）
　　一　坎坷的生活经历丰富了文学创作 ……………………（772）
　　二　《聊斋志异》的多样化表现和丰厚内涵 ………………（774）
　　三　"孤愤之书" ……………………………………………（776）
　　四　尚"奇"的艺术精神 ……………………………………（777）
　　五　《聊斋志异》的创作心理特征 …………………………（778）
第六节　家庭小说：《醒世姻缘传》 ………………………（781）
　　一　独特的人物形象及文化意义 …………………………（782）
　　二　鲜明的语言特征 ………………………………………（791）
　　三　结构特征与情节关系 …………………………………（792）

第十四章　余论 …………………………………………（799）

第一节　"本朝诗人，山左为盛" …………………………（799）
第二节　客籍作家在山东的文学创作 ……………………（808）
　　一　顾炎武及易代之际遗民的创作 ………………………（808）
　　二　施闰章、翁方纲和郑燮 ………………………………（816）

主要参考书目 ……………………………………………（824）

后　记 ……………………………………………………（830）

总　论

编撰地域性文学史的工作，大略兴起于 20 世纪的中叶。主要说来，它是选择某横断面的地域板块为空间架构范围，以纵向历时性的诸创作现象为流变脉络，兼纳时空两端，相共参比审视的一种研究方式。其目的则在于能够较全面、明晰地描述有关文学发展演化的复杂历程，并由之探讨、总括它不断消长盛衰的内在规律，以给出较为切实恰当的价值评判。不过，现在面对已经出版了的，各具不同观念、体制且详略歧异的千余种《中国文学史》来看，地域文学史还仅只是处在刚刚起步的阶段。数量既很有限——问世的才有数十种，所涉及覆盖的地域也偏缺不全；而且无论分体式或断代式，它的结构形态与撰写方法，仍多沿袭模仿传统的大而全的中国文学史，故缺乏适合自己特殊要求的成熟的对应范型。

有感于此，我们便试图将上迄先秦下及 20 世纪末，约 3000 余年的山东文学作为一个整体观照对象，于大的社会历史文化背景下，较系统地把握其已表现出来的主流的嬗变演进行程及得失，探索其隐含于深层的艺术精神，理性地认识它在整个中国文学史中的作用和地位。再进一步，通过山东文学这一特定参照系，去展示地域文学研究的普遍经验与特殊意义。以下则分别就古代文学部分和 20 世纪文学部分予以论述。

一

先谈自先秦迄 19 世纪末的古代文学。这是一条源远流长的历史之河，"时运交移，质文代变"（《文心雕龙·时序》），从它萌发初生以来，即迭经繁盛兴荣乃至衰微消歇的曲折变化，尽现光昌幻丽、波澜起伏的绚烂景象；而最终凭其辉煌的实绩，及所拥载的恒久生命活力与浩瀚幽邃、兼集众美的丰厚文化品格，成为最可珍贵的遗产，融入新世纪文学和现代精神血脉之中，化作民族精魂的重要组成内容。

就地域而言，山东界于华北、华东结连的位置，处在黄河下游，海岸线长达 3000 公里。早在公元前 11 世纪的西周王朝建立伊始，便分封了齐、鲁两个大诸侯国，"泰山之阳则鲁，其阴则齐。齐带山海，膏壤千里，宜桑麻，人民多文采布帛渔盐。……而邹鲁滨洙、泗，犹有周公遗风，俗好儒，备于礼"（《史记·货殖列传》），并且于以后产生出最初的一批文学作品，如《诗·国风》里的《齐风》《曹风》，《小雅·谷风之什》里的《大东》篇，《颂》里的《鲁颂》。不过，整体上看，先秦时代还缺乏自觉的文学意识，文章学术浑融一体。文学并未从哲学、历史、艺术中剥离出来，所以，呈现为杂文学形态，并且仅具诗歌与散文两种文体。诸如《论语》《孟子》等诸子著作和《左传》《国语》《晏子春秋》等史传作品，本质上当属于哲学、历史的范畴，只是载具着程度高下浓淡不等的文学性而已。相应地，孔子评诗，虽然未忽略审美价值，但首先强调雅正的标准，即"思无邪"（《论语·为政》），一切须符合礼的规范，更注重的是社会政治教化的实用功能和伦理意义。要之，春秋战国时期，王纲解纽，诸侯争雄，霸权迭更；而思想文化上则呈现诸子蜂起、百家争鸣的高度开放繁荣局面，成为博大精深的中国传统文化的源头。山东的先哲名贤对此作出了非常巨大的贡献，仅就文学角度说，他们的一些作品，或开创某种文体样式、或为之垂范立则。特别是以孔、孟为代表的儒家学派，不仅是当时的"显学"，并且自西汉武帝以来，更由邹鲁乡曲之学一跃变作封建国家的官方思想，而在以后千余年的漫长封建时代里，始终占据主流地位；其对社会政治文化乃及文学等各方面的深刻重要的影响作用，早已经超轶出山东地方范围的局限，而具有着中国全局性的广泛意义。据上述诸般，完全可以认为，先秦时代的山东文学是一个异常光辉的、甚至涵蕴经典性的开端，它的某些评判标准、价值取向与美学理想、艺术表现的方法范式，无论显晦因革，都一直贯注到后世的文学创作与批评理论中，影响着其全部的流变历程。

经过这段初起便呈巍峨激扬之态的高潮后，山东文学在历经两汉、魏晋南北朝而到唐、宋、元、明、清的漫长封建社会时期里，曲转回旋，屡屡起伏变化，涌现出大批的作家作品及文学流派、文学思潮。其内涵意蕴与艺术表现都极为丰富复杂,多方面地描述了那个时代各阶层人们的心灵世界和不同社会生活情状及自然风物景貌,真实而生动,不胜枚举例叙。不过,如果想要把握、总括那贯穿于其间的有关人文精神与审美特征,首先便应充分考虑到它在历经二千余年的悠久发展进程中,所呈现出来的异常繁杂纷纭且多有变化的实际面貌,而进一步着重观照其主流走向,对丰富的原生形态实行高度概括与抽象。所以,这种基础于创作实践上的历史总结,必然包含着现代发现的意义,并拥载了通往未来的可能性。要言之,充溢在山东古代文学里的人文精神,并非是一元化的自足结构,而是一个二元互补式的系统。一方面表现为对社会群体的关怀,一方面表现为对个体生命的注重。

关怀国家民族的兴衰命运,悯怜民生疾苦,痛慨朝政昏聩奸佞当道,而希望能建功立业以实现治国平天下的理想和抱负的社会群体意识,其内核当是源发于作家、诗人们的高度责任感、奋进心及强烈的良知。作为触发催进剂的,则往往是现实的各种矛盾冲突的激化高涨,遂产生出创作主体由外向内的牵引迸发,具现为用世济世,即"入世"的热情。当国家太平统一时期,上则立志做一代贤臣循吏,积极与闻朝政策令治事;下则关心民生民瘼,力图救偏补弊。如宋代王禹偁《对雪》《感流亡》《侍漏院记》等诗文与元代张养浩赴陕西救灾时所写下的一些散曲作品。然而,一些突发性社会历史事件对文学创作的影响作用尤为巨大,遂构成为以强力断裂、改变以往文学惯性走向的非文学性外部主因;或者说,值王纲解纽、国家分裂而当战乱割据之际,更体现作家对灾祸苦难的深切同情与焦虑,民族意识的激昂张扬。如东汉末建安七子中王粲等的伤时念乱,"出门无所见,白骨蔽平原"(《七哀诗》其一);又如北宋灭亡、南宋偏安江左的格局使辛弃疾等志存光复,"想当年,金戈铁马,气吞万里如虎"(〔永遇乐〕《京口北固亭怀古》)。还应注意到的是,无论兴衰治乱,他们救世拯物的社会责任感总是与个人建功立业的事功名利追求紧密联系在一起,互为表里合二而一的:"算平戎万里,功名本是,真儒事"(辛弃疾〔水龙吟〕《甲辰岁寿韩南涧尚书》),便是剀切明白的表述。

总上述种种当可以认为,以社会群体关怀为主流人文精神的山东文学本是基础于孔子及儒家学说上,尽管间或有取于释、老,但却总是被统摄在儒家思想的笼罩之中,从未曾占据过主导位置。他们属于外向型的,往往对外在的社会现实持一种积极参与、主动干预的姿态，执着于时事的批判和志向的诉求，遂由之牵引激扬起自我内在心灵的动荡——这种内心思考和情感意绪的抒发宣泄也往往指向外部世界，使个体消解、汇融于群体内。根源于此，自然就特别注重文学"载道明志"、社会政治教化的功利价值取向，在寄托于文学的现实超越特质的同时，又使之兼纳着一般实际行为层面的意义。有时竟至推往极端，忽略乃至取消了文学非实用功利性的审美本体规定。

中国古代思想文化虽然以儒学为主导，但它也往往与老庄、佛禅交合融化，有时又互有消长，而形成儒释道互补的综合状态。山东古代文学里以个体生命注视为主流人文精神所倚靠的思想背景，便是由儒而援入老庄、佛禅、兼容三家。其间虽时有升降、争斗，但最终却归之于互融并合，从而更多趋于内向式的收敛自省，更多求诸自我心灵的感悟、体验和个体与个体之间、心与物之间的交流互动。如出处进退，历来都是士大夫文人面临的重大人生问题。每逢仕途蹉跎、入世之志不获聘时，他们常常会退隐林下、遁迹世表，一方面遵守儒者"道不行，乘桴浮于海"（《论语·公冶长》）、"达则兼善天下，穷则独善其身"（《孟子·尽心上》）的传统说教；另一方面又从释老中汲取精神营养和行为规范，寄心忘怀于山水泉石间，委顺"自然"之道，随缘自适，以求摆脱、弃绝宦海荣名尘世功利的羁绊缠牵，保持高洁的节操，获得人格的独立、个性的张扬与心灵的解脱，这时候，他们专注于大自然之美，将之视作个体生命的寄托或归宿，"彷徨乎尘垢之外，逍遥乎无为之业"（《庄子·逍遥游》）。个体生存、活动于其中的客观自然，遂化作主观心境转换的依托物，从而被赋予了情感色彩，带有生命灵性，是为"静中生动"。即使还在朝廷或地方上为官任职，也喜欢从周围的草木花鸟、四季景象中发现道心禅性，以致虚静境界。也许，这只不过是某种自然的纯粹审美观照，于流连俯仰间可臻达对平庸繁杂的世俗生计的诗意超越，尽兴任情地去作精神世界的自由遨游。换言之，这种带着超脱性的品味，从本质上看，即是将伦理道德情怀纳入审美视野内，将人生体验升华为美学鉴赏。

还有的是从《诗经》中《曹风》《齐风》等开始出现的，诸多描述爱情婚姻、衣食劳作内容的作品，多层面多视角地体现出先民们个体的生存状态和本能性活动，那些偏重于直觉、表层的各种人生现象。而伴随生产力的提高与文明程度的进展，至汉魏之际，便逐渐产生了诗人、作家对于生命终极意义及价值取向的较为理性的深层思索，抒发他们那种恐惧、焦灼的情绪和难以解脱的忧患感。有时再进一步扩大包容范畴，并及爱情相思、怀友思乡、怨别赠离、伤老叹逝等等题材，或交融或分别，却反复大量地表现在山东古代文学里，乃至积淀为一种特定传统，贯注着整个的封建社会时代。

无待赘言，文学，尤其是传统的诗、词、文，便是最适宜的中介形式与理想载体，能够供其任心随意地吟咏抒发，创造现实社会生活中没有的美好世界，思考人生的终极意义，消释困厄艰窘的现实命运所造成的压抑愤懑，同时使自我存在价值得到充分体现——这，或许是"太上有立德，其次有立功，其次有立言，虽久不废，此之谓不朽"（《左传·襄公二十四年》）的传统观念的另一种表露。纵观从西晋左思"寂寂扬子宅，门无卿相舆。寥寥空宇中，所讲在玄虚。言论准宣尼，辞赋拟相如。悠悠百世后，英名擅八区"（《咏史八首》其四）的自慰自负、北宋晁补之的罢官后东皋赋归来，直到明代李开先、李攀龙长期闲居乡里、诗酒花月自娱的行迹，都有着一脉可循的体现、印证；无论外在方式怎样，其内在实质却无疑是一致趋同的。

再次，为创新求变的创作追求和浓郁自觉的理论批评意识。关于前者，无新变则不能代雄，只有不断地创造才能激发文学的生命活力、并使作品拥载着永久而强烈的艺术感染力与审美价值。"意匠如神变化生，笔端有力任纵横。须教自我胸中出，切忌随人脚后行"（宋戴复古《邵武太守王子文日与李贾严羽共观前辈一两家诗及晚唐诗因有论诗十绝子文见之谓无甚高论亦可作诗家小学须知》）、"文章必自名一家，然后可以传不朽。若体规画圆，准方作矩，终为人之臣仆，古人讥屋下架屋，信然！陆机曰：'谢朝花于已披，启夕秀于未振。'韩愈曰：'惟陈言之务去。'此乃为文之要"（宋魏庆之《诗人玉屑》卷五）。山东作家对此端深有认识并具体体现于其相关作品中。如早在西汉前期，汉大赋开始盛行之际，那种宏大侈丽的体式、铺张扬厉的气势，似乎标志出特定时代的主流艺术精神与审美范型，天下翕然从之。但东方朔却独持设论表志，主客对问的《答客难》《非有先生论》成旁衍之制，为后来者所效仿，自建赋的一个重要支派，直到唐韩愈《进学解》还属此类，可见它的影响深远。又如中国古代的长篇白话小说《三国演义》《水浒传》《西游记》，均属长时期在社会民间流传、不断被加工补充、最后由某文士修订写作定型的集体式创作，题材也属传统的重大历史事件、英雄传奇、神魔仙佛之类。而明代兰陵笑笑生的《金瓶梅》，却为第一部由作家独力完成，描述日常市井生活内容的作品，遂开风气之先，自此这类小说便似雨后春笋般纷纷涌现，巅峰巨著的《红楼梦》就曾经从它得到过借鉴。

另说后者。随着文学创作的产生，对于具体作品的评价论析的批评工作和参照复杂的诸创作现象，从进行经验性总结而抽象升华为规律的发现、归纳的理论探讨，便也开始了。两者互作表里，相互促进，因良性循环、交融而带动产生共同繁荣发展的局面，一般情形下，当如鸟之双翼齐振方得高骞远翔，不可偏废。山东文学于这方面的贡献、建树尤为卓异，常常不再仅只局促在地域范围的限制内，而带有覆盖全国、垂被悠久的时空共通性影响启示作用。如南朝梁刘勰《文心雕龙》一书，体大虑周，综合就文体、创作、批评等多方面作了透彻详尽的论述。尽管他还持"杂文学"的文章观念，但仍深入到文学的核心问题。"词人属文，其体非一，譬甘辛殊味，丹素异彩。后来祖述，识昧圆通。家有诋诃，人相掎摭，故刘勰《文心》生焉"（唐刘知几《史通·自序》），且能"自出心裁，发挥道妙"（清章学诚《校雠通义·宗刘》），至20世纪中叶以来，更跻身"显学"之列。再如从李之仪、晁补之到李清照而明确的词"别是一家"说，张扬起这种新兴音乐文学样式的本体自觉意识，对一代文学极盛标志的宋词的演变走向多所浸染，流波直注清末词坛。清初王士禛祖唐司空图、宋严羽论诗的主张，提出较系统的"神韵说"，强调兴会神到，"须清远为尚"（《池北偶谈》），遂占据了当时诗坛的主导地位，推动风气的转移，被尊奉为"一代正宗"。

最后，是包容雅俗、综聚众体的浑灏大度。总观说来，中国文学中以抒情性为主要艺术特征的诗歌、骈体散文最先发达兴盛，而内容重在叙事的小说、戏曲的出现与成熟却是相当晚近的了。而且于传统观念里，前者高据"正统"之位，属于雅文学范畴，为士大夫文人所推重；后者则本系市井细民辈所欣赏的末技小道，仅供消遣娱乐之用，是而无关宏旨大业的俗文学，向被封建统治阶层鄙薄排斥。然山东文坛却表现出较开放的眼光，备具文体代兴的进化意识，善能敏锐感受到文学盛衰嬗变的消息，不以雅俗为域畛，拘滞尊卑之别。如词初起于民间，后来中唐文士偶尔涉笔，也多寄怀感兴，仍以诗法为之。五代后晋和凝与花间派同调，作为"艳科"，迥然背离了儒家正统诗教观的束缚。又如元代东平府为新兴杂剧的创作重镇，水浒戏更首领翘楚，现代的京剧和地方戏曲中有些剧目还是承此流变而来。另李开先闲居家乡20余年，潜心于传奇制作，其《宝剑记》开有明一代传奇兴盛之先声；且收藏元杂剧剧本达千种之多，号称"词山曲海"。即便是同一文体，清初蒲松龄《聊斋志异》集文言小说中魏晋志怪志人、唐传奇小说等诸体之大成，再加以自己的创造性，终得融合众美，臻达辉煌顶峰。

二

再说20世纪的文学。从19世纪末晚清时期的文学改良运动，开始强调文学是国民思想改革的利器。在"诗界革命""文界革命""小说革命"的文海波澜中，孕育了中国文学走向现代化的萌芽。由于地域文学发展的不平衡性，晚清山东文坛总体上处于低潮期。但寂寥的星空也仍然有耀眼的星辰在闪烁，如江苏籍人士刘鹗以山东济南等地为背景的长篇小说《老残游记》，即是这一时期山东文学，也是中国文学的重要收获。该书被鲁迅称为"晚清四大谴责小说"之一，其有别于传统小说样式的游记体结构，其避用套语滥调，善于熔铸新词与注重心理表现的文体特点，还有对济南等地风情人物、自然山川景貌大量的精彩描写等等，共同铸就了它杰出的文学价值和承上启下的历史地位。

20世纪初叶，山东文学于新文化运动中重新焕发了生命活力。在中国社会由封建蒙昧走向时代觉醒，从半封建半殖民地到社会主义新时期的历史大背景下，其文学内质与祖国、民族的命运兴衰紧密地联系在一起。在中国文化、文学传统与外来文化的碰撞和融摄中，在对时代风云和广泛社会生活的敏锐感应与把握里，展现出了新世纪文学的特点和独有的艺术风貌。

在整整一个世纪里，山东文学所体现的美学精神的基本内核，是强烈的社会参与意识及对于现实生活和普通人生命运的执着关注。深重的忧患感、坚守道德理性和现实实践品格，是每一代山东作家的一个共同特点。他们在文学创作中，一直充满激情地注视着现实的大地，坚持与中国现代化同一进程的价值诉求。五四时期的新文化启蒙运动，就活跃着新文化先驱者王统照、傅斯年等人的身影。在文学革命所倡导的"忠实地"反映"世间普通男女的悲欢成败"，描写人们"真挚的思想与事实"①的平民文学写作中，王统照、杨振声等人倾情描述底层劳动者的生存处境，对黑暗社会给以深刻批判和揭露。有论者认为，杨振声在当时创作中所表现的人道主义，"远远超过了本时期胡适的诗歌《人力车夫》所表现的贵族老爷布施式的人道主义。"② 王统照的《山雨》等作品，则深入反映了农民与其生存现实之间的矛盾关系，前所未有的表现了"北方乡村的凸体的图画"。在社会生活凋敝动荡、民族危亡在即的时代，文学创作更是贴近现实，以表现人民的苦难与土地跳动的脉搏、发出民族抗争与民族复兴的呼唤为己任。如李广田一些描绘乡土人生的作品，臧克家将自己生命痛苦的体验和对农民苦难的同情融为一体的诗歌；如吴伯箫豪情贯纵、战马嘶鸣的《羽书》，王统照情思深幽、如暗夜"爝火"般灼热警醒的《繁辞集》等等。中国社会性质改变后，文学经历过一个历史阶段的单一化格局，至20世纪后期，作家们的情感形态，显然已有很大的不同。但在文学中，积极关注社会发展动向、情系大众人生的底色没有改变。其一是在经济车轮带动的越来越趋于物欲化的社会现实中，作执拗的传统人文精神的"守望者"。如新时期作家中的张炜、王润滋、矫健等人的创作。这类创作通过对现实、特别是对农村现存道德形态的把握，密切注视着历史发展中的道德痛苦，在对道德理性支配下的严肃人生的开掘，涵纳了文化审视的意蕴和人生终极目标取向。其二是将创作视点投向民族生命力的存在状态，以推进对民族文化本身的思考。这主要表现在莫言、尤凤伟、左建明等人不同风格的作品中。往往是以民族强盛生命力与其存在情境之间的纠葛、冲撞，辅以强烈的人本主义精神或人道主义介入，从而展示历史命运景象。就其审美精神特征来说，后者表现了一种渗入了新质的变化。

---

① 周作人：《平民文学》，《中国新文学大系·建设理论集》，上海文艺出版社1985年版。
② 孙昌熙、张华：《论杨振声和他的创作》，《杨振声选集》，人民文学出版社1987年版。

同时，在近百年来的文学演变流程里，如同所有的地域文学一样，山东文学也有着地域性和文化的共通性这样两种基本特性。一方面，它必然带有特定地域的自然环境和文化风习的印记；另一方面，它又受到一定时代国家文化话语环境和主流文学共同性追求的影响，拥有主流意识形态的某些特征。而文学的普遍性涵义，通常是经由其独有的地域性得以呈现的。文学作品中的地域自然景色和包含民俗风习、传统掌故在内的人文景观，是文学民族化的重要标志，也是构成作品内质和氛围格调的必要因素。同时，文学的地域特色还拥有独立的文化功能和审美意义。浓郁的齐鲁地方色彩，正是20世纪山东文学的又一突出特点，是其走向全国、走向世界的一项重要风貌特征和内在依托。作家们演绎了一幅幅洋溢着齐鲁土地气息、民俗风情的生动画卷。像李广田、吴伯箫和臧克家都是优秀的乡土文学作家。而冯德英多以胶东半岛为背景的小说，张岐围绕着渔村和海洋的散文；张炜小说中的"芦清河"天地，莫言的高密乡"红高粱"家族小说，还有尤凤伟的"石门"系列小说，苗长水、刘玉堂、李存葆等人以沂蒙山为背景的创作等等，都有鲜明而独特的地方特色，显示了山东文学格外迷人的魅力。

20世纪中国文学在五四时期和社会主义新时期，经历了两次历史转型中的大蜕变，直接导致了文学的开放局面。在这样的历史背景下，山东文学也呈现出自身的开放气象。新文化运动引发的传统文化的现代性变革，是以现代工业文明为背景为前导的。而中国传统的文化价值观，及由此而形成的文学传统，是在以家庭血亲关系为基础的宗法社会自然经济基础上发展起来的，新文化启蒙者们在对此和封闭、落后的社会生活进行否定性审视时，则必须从现代工业文明寻取文化批判的立场和视角。正在缓慢发展的中国现代都市成为工业文明进步的象征，这也是为什么五四文学革命最先在北京揭旗形成气候，随即在其他大城市获得响应，而后在上海得以发展的一部分深层原因。因此进行文化批判，开始由农耕文明向现代工业文明的转换，只能依凭于托起工业文明的世界近代人文主义文化思潮。因此，文学的开放格局，首先体现在作家在时代风气的激荡下，打开眼界，对其他国家与民族的文化与文学优长进行吸纳和借鉴。具体到山东作家，像王统照早期的创作和文艺思想，便曾受益于西方唯美主义思潮的影响。李广田的新诗和散文里，也找得到19世纪西方浪漫主义文学的痕迹。早期新文学开拓者，旨在通过向外寻求，建构起更合乎理想，同时也更符合本土文化传统的新文学范式。20世纪80年代前后的作家显然有着更广泛地学习、借鉴世界各地文化与文学的机会。在张炜的主要作品里，既飘散着加西亚·马尔克斯魔幻现实主义的魅力，又有着普鲁斯特、福克纳式的绵深而永恒的回顾。莫言也曾坦陈他从乔伊斯、福克纳、劳伦斯及卡夫卡等人处获得的阅读愉悦和写作灵感。[①] 还有更多的作家，是在外来文学种种因素的影响下，以及与同时期作家的相融互动中从事写作的。正是在这样一种开放性的视野下，山东文学，特别是近20年来的小说、诗歌、散文和戏剧等各类文学样式，无论在题材、主题、形式和风格上都得到了丰富和扩展。

在文学观念上，随着社会生活的各种可能性与多元价值观逐渐被人们所接受，文学不再被视为一个单一的概念，而是可以选择多种价值参照来确立自身的艺术存在。在审美趣味上，重在直面现实，亦可寄托于主观世界倚重心理表现而轻视情节，重视表现形式而追求"有意味"的形式创造。在人物塑造上，则既遵循注重"典型人物"的传统，又同时走向描写人物的多种途径，如有意将人物抽象化、意象化等等。在表现手法上，比过去更为注重外化人物的内心世界和多样态的结构，经常使用象征、隐喻、内心独白、意识流、内视角描写，有的作家也引进荒诞、变形及反规范的语言等。总之，对于西方文艺思潮和艺术形式的吸纳，山东作家们在自身个性的基础上，坚持以我为主，体现了一种积极而又理智的理性态度。

艺术的开放与创新，重要的还在于艺术思维的规模和创作态势的多样化。张炜的艺术双峰《古船》《九月寓言》，一个沉厚凝重，一个浪漫灵幻；而其《古船》成为新时期中国文坛现实主义小说开放性发展的一个标志。莫言的一系列作品，则从另一侧面将小说形式从外部世界的发现，推进到生命内蕴的思考，开国内新感觉派小说的先河。孔孚奇迹般地连续了濒临断绝的古代山水诗传统，开创当代文坛山水诗新局面，并在这一领域实现了"对沉重理性的美学叛逆和超越。"[②] 王鼎钧的散文创造了"具

[①] 莫言：《独特的腔调》，《读书》，1999年第7期。

[②] 参见魏健、贾振勇：《齐鲁文化与山东新文学》，湖南教育出版社1995年版。

有小说的叙述，散文的描写，诗质的意象及歧义"① 的蔚然大观。还有尤凤伟、刘玉堂个性化的"民间叙事"，马瑞芳"新儒林"系列小说的别开生面，张宏森的现实主义小说及影视创作等等，共同展现了新时期山东文学充满动感的多元空间。

三

概括以上关于整体特征的种种论析，我们从对3000年山东文学的"史"的纵向观照里，以"流变"作为分析把握的主线，结论出其发展演进的大致历程是：（一）先秦的肇端发轫阶段，虽乍出即以其辉煌巅峰状态垂范作则后世，浸润于山东、进而至整个中国文学的全部过程，成为文学文化元典。但它属于杂文学时代，文学被融合于历史、哲学等众学科之中，尚未获得独立。（二）历两汉、魏晋南北朝而隋唐五代的漫长时期，则是山东文学的缓慢成长阶段，虽也断续间歇性的出现过少许优秀诗人、作家，但却只似数点孤星闪烁在浩渺无垠的夜空中，尚不足以支撑起全面的繁荣。（三）殆及宋代——主要是北宋到南宋前期的约近200年时间里，山东文学才迎来它第一次严格文学意义上的高潮。此后的蒙元一个世纪中，是大转型、过渡的时代，俗文学占据主流。待至明中叶到清初，山东文学又出现雅俗共举、全面兴盛的第二次高潮。（四）20世纪上半叶，因新文化运动启蒙得获重生的山东新文学，以较高起点取得较好的成绩；然新中国成立后至70年代则相对沉寂，尽管仍显现出独特的地域色彩和人文特征。于80年代初直到世纪末的新时期，山东文学又迎来了它3000年历史中的第三次高潮。

总之，我们设想主要是在它从先秦至20世纪末贯穿古今的复杂过程里，描述出古代文学初创、成长、繁盛而衰颓，直到新文学勃起而高涨的全部流变形态，重点则为近千年来的发展演进。在这里，注意到相互间的传承影响乃至再创新的关联，力求避免片面化与孤立的切割。于理论层面上，归纳出地域文学的不平衡性和高潮间断出现的特点，并提出了以

---

① 参见郑明娳：《出入魔幻与写实之间》，《风雨阴晴——王鼎钧散文精选》，尔雅出版社2000年版。

"主流—流变"来统领全局的结构模式,规定地域文学史的研究取向,总结其创作的特殊经验和规律,试图为进一步的深化提供借鉴。

其实一切作家、诗人的创作活动,以及相关的各种流变形态、文学思潮等,无不是产生、形成于一定的历史文化时段之内,并依托在一定的地域空间中进行的。相应地,其作品也必将会程度不等地铭刻下时代、地域特征的印痕——这些正是地域文学史得以独立存在的主客观依据,也同时是其所主要关注的内容之一。另一方面,在几千年的漫长岁月里,时世移易,文体代兴,"一代有一代之文学"(王国维《宋元戏曲史自序》),故各种文体、风格总是呈现作兴衰更替的不断变化流动形态。只有着重辨察主流,才能够清晰描述地域文学所独具的初萌、成熟、鼎盛乃至消歇、新生的复杂曲折轨迹,有可能从其中把握住带有支配意义的内外部动因;而不是首推张皇幽渺、挖掘遗存为能事,以至不分主次的全面罗列铺陈,一体包揽。所以,便须明了、确认地域文学史的具体操作方法,并规范它所能够包纳的内容。

据此,我们认为应当基础于以下四点去展开自己的研究工作。(一)选择"省"一级区政范畴作为地域文学史的根本承载体。(二)以属于本地区籍贯的诗人、作家为论析评价对象。至于那些仅只有郡望、籍贯在此,却从来未曾在当地生活过、也并未曾有过任何相关文学创作活动者,则当然不在此行列内。(三)在本地区生活过、也有文学创作活动的客籍诗人、作家属于本书的研究论述对象。(四)虽为客籍或无主名作家创作,但却是以本地区的历史文化、社会政治、现实生活时事,乃至山川民俗等等作为主要表现内容的,亦在关注研究范围之内。

总之,从本体论的角度考察,地域文学史虽然也归纳于大的中国文学史概念里,需要遵循其由传统向现代、自泛杂向专门化演进的一般途径;然而,地域文学史却绝非中国文学史整体建构中的一个附属构件或者是按照比例缩小的微型仿造品。因为,地域文学史拥载着它自己独立的结构模式、学术品格与特殊的关怀指向,那核心便是不同历史阶段的发展不平衡现象。换言之,即它只能是间断性的彰显繁盛景观,不规则、跳跃式地产生极个别,或者少数批量的大家名家,而决非代代相接续,非此文体即彼文体的皆有优秀诗人、作家出现。那些代不乏人、大量涌出的,只不过是很庸滥的三流小家乃至不入流的"作者"罢了。他们的作品艺术水准低下，缺乏深刻的审美意义和真正的创新价值，尽管数目浩繁，却无法融入到文学发展主流中去，是以不能产生积极影响，起到推动作用。因为决定文学生命力不朽的，永远在于"质"而不是"数"。

所以，我们的任务首先是确认山东文学本身在中国文学的整体大格局中的位置，以及相互之间的作用关系。然后，以具载重要全局意义的优秀诗人、作家为主线，由之联系相应相近的创作流派或准流派，进一步清理出不同历史文化时段内的主流走向，以及其变化过程和不同影响，并揭示那潜隐于诸文学现象深层的规律，给出恰当的审美价值判断。不言而喻，这里固然依旧以作家作品为最基本的观察对象，但是，却并不仅仅局囿于对其自身的论述上；更重要的或许是考索他们所涵纳、张扬出来的某种流变意义，以阐释其间不断损益因革，由确立、否定而到再升华为肯定、重构的艺术精神和美学理想，从而实践作继承传统、改造传统，或者创变求新、另建传统的流动过程，以充分凸现历史的纵深感。

导　言

有一则西方谚语说，比大地宽阔的是海洋，比海洋宽阔的是天空，比天空还要广阔的是人心。而文学，恰恰是从人类心灵里流淌出来的产物——他们的情感、理性和全部智慧的结晶，是一种对于自然与社会人生的认知感受，通过语言文字的载体，并以形象体现出来的特别形式。由此言之，则文学那无远不及无幽不显的丰富包容量和深刻表达力，以及它所独具的复杂性和多样化艺术特征，也自是莫可方物未有际涯的了。

当然，上所论者，其实仅只是关于文学整体本质的大而化之的笼统界定；若就根源上来看，一般概念却只能因个别实体而生成存在，或者说，"虚"凭"实"始得出。那么，作为个体的诗人、作家的创作意图，他具体思想感情传述中介的文学作品，也就只能借助一定的生活场景、细节的描述及抒写来进行。相应而言，其所有的创作活动，必然会受到各自特具的禀性才气、学识教养、身世经历，乃至所处的时代环境、地方风习氛围等等诸因素的影响制约，最终深深铭刻在他所完成的作品中。对于这些问题，法国批评家、文学史家丹纳有详尽的论证阐述，他依据"从事实出发，不从主义出发；不是提出教训，而是探求规律，说明规律"[①] 的原则，提出"种族、环境、时代"三大决定条件说。

所以，尽管诗人、作家们的创作活动及作品，可能是十分绚丽多彩无所不包的；但同时，却又具体呈现为一一的个别形态、载具着特定的目的范围，并且要接受若干方面的局限。也正是因为此，才给我们文学研究者提供了各种不同的审察视角与切入层面，使之可以对瀚海般纷繁庞杂的诸

---

① 丹纳著：《艺术哲学》，傅雷译，人民文学出版社 1963 年版，第 2 页。并参见该书第一编第一章。

多文学现象进行分门别类的剖析归纳，不断给出新的解读和发现。而近些年来开始兴起的地域文学史的撰写，便是选择某横断面的地域板块为对象、就纵向性的嬗变脉络作把握线索，而兼顾时空两端相互参照融合的一种方法。

第一节　地域文学研究方法刍议

总体看来，所谓的地域文学史仍然归属于大的文学史学科范畴之内。而在中国，为文学编纂"史"的工作，可说是渊源悠远、具有古老传统的事情了。宽泛地讲，则早在1世纪后半叶即东汉初年班固的《汉书·艺文志》，已经略显端倪；以后各朝代正史中的《文苑传》之类，也程度不同地带有这种性质。但较全面地描述中国文学的发展历程、探讨其间消长演化的规律，给出恰当的价值判断，并拥载有现代意义的正式文学史著作，则出现于20世纪。自最初的林传甲、黄人的同名的《中国文学史》、谢无量的《中国大文学史》，乃至胡适《白话文学史》、郑振铎《插图本中国文学史》等陆续面世以来，接近百年的时间，各种详略有异，分别立足于各不同观念视点，以及不同时代、文体、题材、民族的文学史，竟出版千余种之多，真是洋洋大观。即便是范围较狭窄、专注于地域区界的，如《东北文学史》《山西文学史》《江苏新文学史》《江西文学史》《上海近代文学史》《福建文学发展史》《台湾文学史》《香港小说史》之类，也林林总总，不尽遍举。

一般而言，人类群体的生产生活，或者说经济、政治、军事、文化等活动，总是要基于一定的、大小不等的地域范围之间——山原河湖的地理概念与行政区划——而它们的自然人文环境、社会历史生成条件和民风土俗的诸般差异，是不言自明的客观现象。尤其是像中国的疆域辽阔、更代复杂、文明进度不平衡，更具有典型性。对这些情况，古代的学者也早已有所认识，如司马迁《史记·货殖列传》说：

> 关中自汧、雍以东至河、华，膏壤沃野千里，自虞夏之贡以为上田。而公刘适邠，大王、王季在岐，文王在酆，武王治镐，故其民犹有先王之遗风，好稼穑，殖五谷，地重，重为邪。……孝、昭治咸

阳，因以汉都，长安诸陵，四方辐辏并至而会，地小人众，故其民益玩巧而事末也。……中山地薄人众，犹有沙丘纣淫地余民，民俗儇急，仰机利而食。丈夫相聚游戏，悲歌慷慨。

依次论析不同的地理自然环境与农业生产、经济发展、风习民俗间的关系。而这些，将会对文化学术及文学产生或隐或显、轻重不等的作用，由之形成为不同的风格面貌和各自的发展趋向。班固《汉书·地理志》又进一步论述道：

故秦地于《禹贡》时跨雍、梁二州，《诗·风》兼秦、豳两国。昔后稷封斄，公刘处豳，大王徙郯，文王作酆，武王治镐，其民有先王遗风：好稼穑，务本业，故《豳》诗言农桑衣食之本甚备。有鄠、杜竹林，南山檀柘，号称陆海，为九州膏腴。……天水、陇西，山多林木，民以板为室屋。及安定、北地、上郡、西河，皆迫近戎狄，修习战备，高上气力，以射猎为先。故《秦》诗曰"在其板屋"、又曰"王于兴师，修我甲兵，与子偕行"。及《车辚》《四载》《小戎》之篇，皆言车马田狩之事。

后面还接着述说《诗·国风》中邶、庸、卫、郑等国之诗的题材内容、风貌特征与形成原因；以及楚地"信巫鬼，重淫祀"的风尚习气，故至汉代而成为《楚辞》的创作研究中心——这些，简直可以视作一篇上古中国的各地域文学概述了。

其他如曹丕《典论·论文》称："徐幹时有齐气。"唐李善注："齐俗文体舒缓，而徐幹亦有斯累。"（《文选》卷五二）魏征《隋书·文学传序》云："江左宫商发越，贵于清绮；河朔词义贞刚，重乎气质。气质则理胜其词，清绮则文过其意，理深者便于实用，文华者宜于咏歌。此其南北词人得失之大较也。"明唐顺之《东川子诗集序》云："西北之音慷慨，东南之音柔婉，盖昔人所谓系水土之风气，而先王律之以中声者。惟其慷慨而不入于猛，柔婉而不邻于悲，斯其为中声焉已矣。若其音之出于风土之固然，则未有能相易者也。故其陈之则足以观其风，其歌之则足以贡其俗。"

总之，上述资料历代皆不乏见，以对有关文学现象作出描述，实不烦征引。迄至晚近，更有刘师培《南北文学不同论》、汪国垣《近代诗派与地域》等著述，就各自角度和不同方法，试图从渊源背景、内外主客观条件、体貌特征、发展流变等方面，进行深一层的规律性探讨总结。由此可见，作为一般文学史学科之分支或子系，地域文学史的出现到成立，自具其充分合理性和科学意义。

但是，仅仅滞留在追溯地域文学史的具体操作层面上，是非常不够的，还需要它的建构程序和深度的理论把握，诸如对于地域文学史的"地域范围"的选择、界定，它所应包纳的具体内容、取舍准则，有关研究方法的分析比较，等等。如果较妥善周密地解决了这些事项，或许会规范、指导尚处于感性阶段的地域文学史的撰写工作——虽然实践与理论并不是一个"先有鸡抑或先有蛋"的循环命题，但它们两者之间互为促发推进相共增益的"双赢"关系却是毫无疑问的。

下面拟从三个方面来论述上述问题。

首先是地域范围的确立。因为这是地域文学史的立足根本。就横向空间层面而言，它具载着多样指向、涵盖了多种概念容量。以地理自然层面的，有华北平原、长江流域、东南沿海、珠江三角洲等等；也有基于某种相同价值观念而在部分社会群体间达成共识、约定俗成的，如黄河文化带、环渤海经济圈之类；更多的则是与文学关系密切的一些区域称谓，如江左、河朔、西北、东南、湖湘、闽赣、岭南……皆可备一说以供参考。

不过，从兼容协调"文学"与"地域"两者且方便实际运作的角度考虑，以上提到的范围界划方法，或是与文学的特定学科内涵相距遥远，作为包容外壳和承载基体实在过于牵强脆弱；或者因其较大的随意性、失之笼统庞杂而不便严谨界定。我们所需要的，却是一种既能获取历史认同，又相对稳定、大小适度的范围概念，如行政区划的"省"。在中国，作为行政管理的地域单位，而不是某封建王朝的中央政府职能部门，"省"的出现已历经了七百多年的漫长岁月，而且它的区界格局也未曾经过太多的改动。有的行政区域如山东省，基本上包括了春秋战国时期的齐、鲁两国，也一直是山东的代称，算起来可以上溯两三千年之久了。

现在，"省"仍然是中国一级区政中的主体部分。尽管由于时间悠远、历代政权频繁更替，造成了一些行政区划的分割、合并与撤销、新置，使情况变得复杂起来。但一般说来，其"省"的基本地域依旧得以保存延续下来。如西周初成王分封的诸侯国晋，最强盛时的疆域据有今山西大部和河北西南部、河南北部及陕西一隅，虽于公元前4世纪中叶分裂为韩、赵、魏三国，但本原的山西省历来仍称晋。再如元代始置的湖广行省，周围辖境于明、清两代屡有变化，而核心一直为今湖北、湖南两省。其他像清光绪年间建省的台湾、20世纪末叶始建省的海南，在此之前早已是历史认同的一个地域概念，称台湾府、海南行政区，二者只是区政升格却并非地域变更；至于它们原先所从属的福建、广东，虽然地域被缩减，但是原作为"省"的一级区政也未曾有改变。[①]

由上述情况来看，认定"省"为地域文学史的载体或地域范围，是较为恰当适度的。

其次是涵纳内容的界定。既然撰写文学史，不言自明，便要论析以作家作品为主体的各种文学现象。如上言者，中国疆域宽广辽阔。省的区政辖境却相对窄狭有限；而作家与作品的情况却千差万别、甚为复杂。如屈原一生主要生活、仕宦在楚，很少离开，作品也产生于故土本地。而盛唐诗人却漫游之风特盛，以天下为家，王维、岑参、高适等从军远至塞外大漠绝域，有关佳制妙篇纷呈迭出，便不能以"地方作家"限之。如同为蜀人，李白十年寓家任城（今山东济宁）；苏轼曾知登州（今山东蓬莱）、密州（今山东诸城），前者仅七日便去职，后地就任有二载光阴。无论当时暨离开后，他们皆不乏记叙、抒怀和回忆这段生活及当地风光土俗的诗词文章。依据诗人、作家在某处活动经历过一段时期、并留下相关作品的实际情况，即应进入该地域文学史包纳范畴的准则，这些客居的异乡人却是撰写山东文学史时不能或缺的重要内容及光辉篇章。此乃第一条。

第二条则是据诗人、作家所属籍贯而罗列于相应地域文学史视野之内的准则。如陈留尉氏（今属河南）人、阮籍，吴兴武康（今浙江德清）人、沈约，昆山（今属江苏）人、梁辰鱼、顾炎武，番禺（今属广东）人、屈大均，顺德（今属广东）人、陈恭尹，各自分别在河南、浙江、江苏、广东的地域文学史中评述，当无疑义。但这种看起来整齐规范、十分简单的事情，实际操作时仍有一些隐性问题。比较突出、具载代表性的

---

① 参见陈庆元：《福建文学发展史》，福州：福建人民出版社1996年版。

是南北分裂、划江而治的南北朝和两宋时期。如西晋"永嘉之乱"后，衣冠南渡，中原士子一般无缘再涉足乡梓旧地。有的世家大族子弟，像谢灵运、谢庄、谢朓，均本为陈郡阳夏（今河南太康）人，但却终生生活在江南的水软山温地；再如祖籍济南（今属山东）、后世流寓吴兴（今浙江湖州）的南宋词人周密，便从未曾践履过北方故土——其文学创作活动，也自然与籍贯所在地毫无关涉了。情况稍异的是辛弃疾，本为济南历城人，因生当金人入侵、宋室南迁的北南宋过渡期，他先在金朝谋功名未就，又参加抗金的农民军，失败后于27岁时只身渡江南去，并从此终老于江南。作为一代词家，他于故乡时未曾留下片言只字的文学作品，所有的创作皆产生于南渡之后。

纵观诗人、作家的创作活动，固然是"情瞳眬而弥鲜，物昭晰而互进；……笼天地于形内，挫万物于笔端"（陆机《文赋》），"积思游沧海，冥搜入洞天；神珠迷罔象，端玉匪雕镌"（廖融《谢翁宏以诗百篇见示》），极力驰骋想象联想力，具有无限的时空超越性。然而另一方面，也并非完全任兴随意。诚如本文首节所论及者，无论自觉不自觉，他们都要受到社会与自我、主观与客观的内外因素制约，不可能超越其生活处境和人生经历的潜在规定性。那么，其中一端，即他们存在的地域对其创作活动及终端作品的深刻影响也是绝不应被忽略掉的。换言之，我们无法脱离开特定地域——即与之相关的自然地理环境、社会经济环境、文化环境去孤立地研究文学。所以，地域文学史不将那些除籍贯的纯先天关系之外、与其祖籍没有任何文学因缘的作家作品置列入自己的关注视野与论析范围之内，是比较恰当、明智的做法——尽管因为失去这些"大家名家"，可能会减少乡梓文学的光彩。但是没有办法，既然地域文学史也属一门科学性的学科，就必须遵循尊重事实、实事求是的学术规范。

第三条以文学作品所表现再现的内容作为地域文学史的入选取舍准则。有些作品，特别是中国古代文学作品，由于年代久远或种种复杂原因，造成作者不明；另有些作品的作者系某籍贯地方人，但作品中所描写、涉及的山川风光、历史人文环境、社会经济现象、人物活动场所、情节发展过程等，却主要发生在别的地域区划，通体弥漫着当地浓郁厚重的乡土味与民俗风情。具体地说，前者如署名"兰陵笑笑生"的《金瓶梅》、署名"西周生"的《醒世姻缘传》，虽然作者的真实姓名身份，至今仍是学术界聚讼纷纭、迄无定论的疑团难题，但故事大多分别在以阳谷为重点的鲁西和以武城、章丘为重点的鲁中两个地区产生进行。后者则如元、明两代的一些"水浒"戏，尤其是世传籍贯为钱塘（今浙江杭州）或说淮安（今属江苏）人的施耐庵，所著《水浒传》，基本是以今梁山为中心的鲁西南一带。不言而喻，这些作品都是山东文学史的评述对象——须要顺便在此说明的是，这条以所表述内容为取舍准则的规定，一般仅只限于戏曲、小说等篇幅较长、容量较大的文学样式，而不扩张至诗、词、文等较短小的文体。因为如果不有所节制的话，则将会泛滥汗漫而无所终极了。

最后是研究方法和撰写形式的比较选择。从本体论角度看，地域文学史无疑归属在文学史的大范围内。关于文学史的负涵内容、建构程式、编纂方法与范型，向来就是丰富多样、不拘一格的，但其基本的决定因素在于撰写者对文学本质特征的理解、在于他的文学观念和文学史观念。百年来，文学史范型已经出现过三次较大的变化，而它转变的主要动因却是由于西方文学理论的输入与日渐强化的影响、推动作用，"文学史家的观念由传统向现代、由泛杂向科学演变"。20世纪80年代以来，反思过去，"重写文学史"，又成为学术界的探讨热点和热切呼唤。[①]

然而，一般文学史的编纂方法、结构模式，对于地域文学史而言，仅只提供了相对的借鉴参考意义，却并不能亦步亦趋、按图索骥式的照搬套用。根本原因在于，虽然是一个分支学科或子系统，但地域文学史却绝非中国文学史整体建构的某一部件，或是其按照比例缩小的微型仿制品——不是的，地域文学史拥载着自己的独立发展规律和结构特点，具有很强烈、一般不重复的地域特殊性，或者说是地方特色。

这种特色或特殊性的核心，在于地域的差异及不同历史时期的发展不平衡现象。从大的方面论，它包括自然地理、政治经济、社会文化、人文风土等环境条件。其中，自然地理环境是原初性的、先于人类存在，而由地球地貌变化所形成决定的。它对于生产水平非常低下、文化经济极端落后困乏的上古先民们影响最大，甚至相当程度上制约着其生产生活方式方

[①] 参见董乃斌：《论文学史范型的新变——兼评傅璇琮主编的〈唐五代文学编年史〉》，《文学遗产》2000年第5期。

法的取向。但是，随同生产力的不断提高与文明的进步，其他各方面的环境条件逐渐产生并持续强化，乃至形成为一种互相关联交叠、混杂融合的局面。当然，这也是一个非常漫长、多经变迁演化的曲折过程。如中华民族发源并于前期主要活动在中国北方的中原地区，公元前6世纪编集的《诗经》，所收录的十五国《风》以渭河流域为起点、黄河中下游为中心，基本上都是北方民歌，只不过边缘触及到长江、汉水的楚国领域。当时中原诸夏也一概视其为蛮夷，直到战国时代，仍还称楚为"南蛮鴂舌之人"（《孟子·滕文公上》）。话虽含有浓厚的歧视色彩，而当时江南的广大地区，经济、文化上整体落后于中原各国，却也是不争的事实。这种格局历秦汉而及魏，也并无太大的改变。至西晋，因"八王之乱"、五胡闹中原而倾覆，东晋建国于建业（今江苏南京），中国第一次出现南北政权对峙、隔江分治的局面；又8世纪中叶，唐"安史之乱"对北方地区产生严重破坏作用，民生凋敝，历史却再次给江南提供了难得的发展机遇，使之得以乘时迅速崛起，骎骎然有超迈中原的势头。像南朝的文学异常繁荣，江南文士的作品成为北朝朝野学习仿拟的楷模便是一例。

有关政治、经济、文化的环境条件，对于地域文学的发展虽有一定影响力，但却并不具备直接对应式的线形关系；而其与文学自身的内部诸因素交织重叠，表现为双重不平衡的复杂现象。除却上例举者，就文学本身而言，如有唐一代，宋之问、沈佺期、李颀、崔颢、杜甫、元结、韩翃、李贺、韩愈、王建、元稹、刘禹锡、张祐、姚合、李商隐……这一连串河南籍人的名字，先后相接或连袂并出在诗坛上，竞艳共胜，使河南文学史的唐代段辉煌无比；另在同期的山东，仅兖州人储光羲属于稍有名气的山水田园派诗人——两个地域文学实不堪并论比较。即就同一个地域内，如以山东文学史论，终两宋之世，先有王禹偁、李冠，继之为李之仪、晁端礼、晁补之、晁冲之、李清照，如果再放宽我们前面所立的入选准则，改为纯以籍贯归属计的话，再加上南宋的辛弃疾、赵闻礼、周密等人。纷杂不齐，尽管或许还比不上清初的宋琬、丁耀亢、孔尚任、蒲松龄、王士禛、赵执信、曹贞吉等群星辉耀彪炳的灿烂景象，但较之孤芳独秀的唐代，也算颇不寂寞了。

于上所论述者，清晰显示出地域文学史的发展不平衡性。它只在间断性的有关历史时期内出现繁荣景象，不规则的跳跃式产生个别或批量的优秀诗人、作家，决非代代相接续而均衡分配。那些代不乏人，大批涌现的，只不过是很平庸的三流小作家，乃至不入流的"作者"罢了。他们的作品艺术性低下、缺乏审美价值与积极创新意义；虽然数量浩繁，但却没有多少社会影响作用。而文学从来都不是仅仅追求数量的多多益善，只凭量的堆积来判断其高下。"这类作品就仿佛走了电的电池，读者的心灵电线也似的跟它们接触，却不能使它们发出旧日的光焰来。"不要试图"把文学古董混在古典文学里。假如僻冷的东西已经僵冷，一丝儿活气也不透，那么顶好让它安安静静地长眠永息。一来因为文学研究者事实上只会应用人工呼吸法，并没有还魂续命丹；二来因为文学研究者似乎不必去制造木乃伊，费心用力地把许多作家维持在'死且不朽'的状态里。"①所以，浩如烟海、皓首穷经也难以遍览尽知的中国文化文学遗存，固然是取用不竭的一笔宝贵财富；但从另外角度看，也可能变成"包袱"。它的积极作用与负面意义其实是不断融合渗透，依附共存而互为转换、需要依据现代眼光予以重新调节整合的。

据此，下面将陈述我们对地域文学史研究方法的思考、有关撰写模式及范型建构的大体思路。

前面虽强调了地域文学史的特殊性，但在本质上，它既然归属在文学史学科的大范畴内，便不可能违背中国文学史发展演变的总体规律。关键问题是把握地域特殊性与一般规律的有机统一，而不是厚此薄彼、进退失据。统言之，要将地域文学置放于整体中国文学的时空大格局内进行宏观性比较、审视，并且研究不同地域间相互浸染、影响、促进的现象，由之进一步去探讨、发现地域自己的特殊发展道路与流变轨迹。

清人焦循《易余籥录》中力倡"一代有一代之胜"说，阐发元罗宗信、明袁宏道等人的"文体代兴"观念；至晚近，王国维《宋元戏曲史自序》云："凡一代有一代之文学，楚之骚、汉之赋、六朝之骈语、唐之诗、宋之词、元之曲，皆所谓一代之文学而后世莫能继焉者也。"胡适《文学改良刍议》也说："文学者，随时代而变迁者也，一时代有一时代之文学：周、秦有周、秦之文学，汉、魏有汉、魏之文学，唐、宋、元、明有唐、宋、元、明之文学。……凡此诸时代，各因时势风会而变，各有

---

① 钱钟书：《宋诗选注》，人民文学出版社1958年版，第25页。

其特长。"这些对中国文学"史"的纵深俯瞰，要言不烦，且暗合西方进化论观念，早已成为不刊之言。但联系到特定地域，像福建文学史则大有变化：它面海环山，地理形势封闭，上古及中古前期，人口稀少，经济文化落后，唐以前则无闽籍作家可言。曲兴起大盛于元代，但仍无闽籍文士作品传世；至于小说，除晚清魏子安《花月痕》稍佳外，其他数量并艺术水准皆不足论。所以，旧谓先秦诗、汉赋、六朝骈文、元曲、明清小说等"一代文体之盛"者，福建均无从谈起。惟独诗词大不然，西晋永嘉后、唐末五代之际，文学家、学者等多有避祸或为宦入闽者，如江淹、王僧孺、范缜、韩偓等，曾留有作品及教化治绩。两宋时福建文学骤盛勃兴，异军突起，杨亿、柳永、蔡襄、李纲、张元干、刘克庄、严羽、谢翱、郑思肖等闽籍名家相继辉映；与晚清的林则徐、林昌彝、陈宝琛、郑孝胥、陈衍、林纾等形成福建文学发展的两次高潮。再加上明代的闽中诗派，都在中国诗歌史里占有重要一席，凸现明显的地方特色。①

不独福建，其实各地域文学普遍存在着不同程度的"断档"、空阙与高低潮落差现象。但文学史不同于历史文献资料的汇编，所以，不能无视诗人、作家的品位——有的甚至只是文字型"作者"，如诗、词的"作者"，还远远够不上资格称"家"——及其作品艺术性的卓优庸劣，而一概罗列排比，照单全收，由之显示撰写者爬梳抉剔、张皇幽眇的一番发掘功夫。关于此，前面已有所论述，可互相印证。

一般说来，文学是以语言文字为载体的极端复杂的一种人类精神活动现象，虽具备多样化社会功用，但首要的、最基本的一条却是审美，这也正是它与其他学科及思想产品所异趣的最本质特征。钱钟书先生确定《宋诗选注》的"去取标准"是：

> 押韵的文件不选，学问的展览和典故成语的把戏也不选。大模大样的仿照前人的假古董不选，把前人的词意改头换面而绝无增进的旧货充新也不选；前者号称"优孟衣冠"，一望而知，后者容易朦混，其实只是另一意义的"优孟衣冠"，所谓"如梨园演剧，装抹日异，细看多是旧人。"

---

① 参见陈庆元：《福建文学发展史》，福州：福建人民出版社1996年版。

并调侃地写道："把诗人变得像个写学位论文的未来硕士博士，'抄书当作诗'，要自己的作品能够收列在图书馆的书里，就得先把图书馆的书安放在自己的作品里。"①——除却我们坚持要求的审美功用、特质这条底线外，还更严格了些，又进一步添加上具备创造性，即"新变"的一条标准。

总结上述者来看，就地域文学史言，首先应确认自身在中国文学整体格局中的位置及相互关系，考察有关的自然人文、社会历史环境，然后以具载较重要的全局意义的大家名家为主线，联系相应相近的流派或准流派，逐步清理出不同历史时段内的文学主流走向，把握它升降消长的复杂变化及影响，进而辨识潜隐于诸文学流变现象之深层的演进发展规律，给出恰当的价值判断，以便展示地域文学中"仍然保持生命活力的那部分性质，并试图发掘出它之所以超越已经被历史的尘土所埋没的另一部分的原因之所在。"② 或者说，我们设想的地域文学史的撰写模式、建构范型，虽仍然以作家及其作品为最基本的观照两翼和立论的"文本"，但却并不仅只局限于其本身的评析论述上，更重要的工作，则是考察他们之中所涵纳、贯注、张扬出来的特定流派意义。我们将循沿时间顺序，阐释这种"不断演进、变易、增益，由确立、否定而再肯定的发展精神，实践为继承传统、改造传统或创变求新、另建传统的流动过程，充分显示出历史的纵深感"。③ 正是通过这种"历史纵深感"，我们才得以清晰了历时久远、已经过几千上百年悠悠岁月的地域文学的流变轨迹，从那纷纭繁杂的各种现象里，较为确切、翔实、细致地把握住有关外表特征与内在含蕴，并揭示出其深层艺术精神，它的审美趣旨和风格面貌。故而从一定意义上讲，地域文学史重要的内容是地域文学流变研究。

当然，以上论述者尚属"务虚"——只是从一般情况下着眼于地域文学史纵的线索脉络的梳理，提出了由作家作品而至流程演变的撰写模式、范型建构。但进入实践运作阶段时，便很快会发现，随着文明的不断

---

① 钱钟书：《宋诗选注》，北京：人民文学出版社1998年版，第25页。
② 参见乔力主编：《中国古代文学主流》丛书之《总序》，桂林：广西师范大学出版社1999年版。
③ 钱鸿瑛、乔力、程郁缀：《唐宋词：本体意识的高扬与深化》，《中国古代文学主流》丛书第5种，桂林：广西师范大学出版社2000年版，第3页。

进步，中国社会也变得日益开放，各不同地域之间的交流互动便日益频繁密切起来，并且愈是政治、经济、文化等发达的地域，如长安、洛阳等京城及附近"王畿"地带，黄河中下游与江南沿湖海地区，交通便畅、八方辐辏，这种现象就越发明显突出。它产生的直接结果是地域间的融合加速加剧，而原先各自独具的历史人文、民风俗尚等地方特色逐渐被削弱、泯灭乃至同化。反倒是那些自然经济地理环境比较闭塞、文明发展相对滞后的地域，能够较多较好地保存着自己的地方特征和文化个性色彩。这些，也必然会影响、反映到地域文学中来，使之程度不等地丧失掉它的立足基础，即地域特点。怎样"原汁原味"地认识发现有关的文学现象，给予清晰、适度的描述与客观准确评价，也便成为地域文学研究中不能忽视的重要问题。

第二节　地域文学研究实例试示

上面就地域文学研究，从"史"的纵向观照里，以"流变"为把握、剖析主线，作了一般性的探讨。下面再选择山东文学研究中的明代段，作一个具体实证性的例试演绎。这里首先要说明的是，文学的发展变化自有其诸多内部规律与本身特别现象，并不完全因为某统治政权主体的更迭而随之开始或停止，它的影响更超越了一般封建王朝的兴亡盛衰。但是，从大体而言，某个文学流派或潮流的消长起落、某种文体的嬗变演化过程，与后者的存废时间多有同步性，具载着相对的稳定对应关系，所以，历来论文学者取之为标举眉目，两者连称。故我们也循此惯例，用朝代作为段落划分的基本单位，这样既简明且方便运作。

有明一代计约270余年（1368—1644），山东文学之流变进程基本与之相共始终。若以中间16世纪后部分的神宗万历朝为界，则大约分作两个时期，前盛而后衰；通过对它的宏观比照，也大致可以把握到主流的走向脉络。我们先按照诗歌（包括词）、曲（包括戏曲、散曲）、文、小说的文体创作情况考察，进而作出总体认识。如诗歌，在明代的复古运动中，"前、后七子"上下相承且总居中枢要位，历城人边贡厕身于前七子，列"弘正四杰"之一；俟此复古潮流中衰时，后七子起而振兴之，"续前七子之炎者"，风行南北，天下翕然从之，声势更浩大。临清人谢榛初时居盟长，义兼师友，历城人李攀龙更为冠首。他们均系具有全国性影响的大手笔，充分显现出齐鲁诗人的蓬勃生机。后来晚明诗文革新风潮骤起，山东诗人也与之桴鼓相应、声息相通，如李开先、于慎行、冯琦、公鼐等。王象春、邓渼则是明代山东诗坛的殿军，尤其是新城（今山东桓台）人王象春，他的一些诗论主张最终由其堂孙，清初诗坛盟主、"神韵派"领袖王士禛发扬光大而实现。又如散曲，它前此在元代已臻极致，与戏曲共同形成为一代文学的繁荣标志；明散曲承元余绪而再变化发展之，成绩亦自不凡。山东散曲家乘时兴起，存在着一条历历分明的前后承接线索，即贾仲名（或作仲明，由元入明者）→李开先→冯惟敏。可以说，这不仅是山东散曲，也同时是中国古代散曲源流嬗变进程中最为重要的时段之一；特别是临朐人冯惟敏，承传元散曲再光大之，系明散曲史上的重镇，山东散曲的成就，十之七八应归属于他。

以上分体依次对明代山东文学做过了线性纵深式的鸟瞰俯察，然后再选择重点进行个案研究，两端之间互相对照补充，由总体概说而局部细观。像谢榛、李攀龙、冯惟敏、李开先、《水浒传》《金瓶梅》之类在山东文学史乃至中国文学史的流变进程中，都居于显著或关捩位置，属拥载深远影响的主流派作家作品，为之各个作出全面论析评述。如章丘（今属济南）人李开先，作为一代文学名家，善诗文而"辞简而意多，色淡而味永，其格高，其思冲，其词雅，其声中"（弭子方《李中麓闲居集跋》），颇负盛名，为"嘉靖八才子"之一；但他最卓著的是戏曲创作，时人推许说："李开先铨部贵人，葵邱隐吏，熟谙北曲，悲传塞下之吹；间著南词，生扭吴中之拍。才原敏瞻，写冤愤而如生；志亦飞扬，赋逋囚而自畅。此词坛之飞将，曲部之美才也。"（吕天成《曲品》）其传奇《宝剑记》故事脱胎于《水浒传》，写林冲逼上梁山事，当时即擅名剧坛，具有承前启后、引领新风的典范意义，现在犹有折子戏在昆曲、京戏里演唱不衰。又如被褒赞为"第一奇书"的长篇小说《金瓶梅》，真正作者何许人？竟多达三十余种说法，如江南人屠隆、王世贞，山东人李开先、贾三近等皆是，迄今论者仍各是其是而非其非。不过无论怎样，山东是故事发生进行的主要背景地、书中大量使用鲁西方言俗语、充满着浓郁的地方风味特色，却是显著的事实。更重要的，还在于这两点：一是前此的《三国演义》《水浒传》《西游记》之类，均系几百年的漫长流传过程中屡经群体性的修改增删、最终才由某署名的文士写定成型;而《金瓶梅》却是中国文学史上第一部由作家个人独立创作完成的长篇小说。二是上举长篇说部以帝王将相、英雄豪杰、神魔鬼怪的活动为主体或核心内容,一般普通人的命运多不在其关注视野之内;《金瓶梅》则大不然,它将重点移向市井细民之间,表现他们的日常生活琐事,以及现实的社会风貌、人情世态,它并不凭善讲"故事"与情节的离奇曲折取胜,而著力于成功的细节描写和生动形象地刻画人物,"譬之范工抟泥,妍媸老少,人鬼万殊,不徒肖其貌,且并其神传之"(明谢肇淛《小草斋文集·金瓶梅跋》)——这些真可谓石破天惊,无怪乎郑振铎先生将之推誉为"中国小说发展的极峰"、"是一部可诧异的伟大的写实小说"。[①]

上面我们借助置线连点互为照应补充而成片的研究方法,对山东文学史的明代段作了整体式描述,并概括论析了其流变行程与主流发展走向。进一步的工作则是发现、揭示并总结它蕴含在一般文学现象中的独特地域现象及深层原因,应该说,这原本是地域文学史之所以能够成立并负载着的重要任务之一。这里举3个问题为例。

第一,从自然经济地理与历史文化、社会人文环境的角度考察归纳,可以提出"驿路文化"与明代山东文学的关系。关于"驿路"的范围界定,主要指明代山东行政区划内的重要交通孔道,共有"二纵一横"计3条。其中的二纵分为陆路与水路:陆路系指从都城北京(顺天府)到陪都南京(应天府)所连通的府州县间之驿路的山东过境部分,它大致与现今的京沪铁路线或104国道的山东段路线走向一致;水路则为京杭大运河的山东段。而一横是山东行政区划内的横向交通要道,它西起东昌府的范县(今属河南),东达登州府(今蓬莱),其中段的主要线路基本与今日之胶济铁路线重合。所谓"驿路文化"的概念,应包括静态与动态的两种类型。"静态"者,主要是上述水陆通道及两侧一定距离内的文化遗存,有关物质文明和精神文明活动的积淀物。如故城遗址、崖墓石刻、庙寺宇观、山川关隘及文艺文物等。"动态"的驿路文化是静态的载负形式,两者关系密切,互相表里。若无它,静态形式难以持久存留;反之,若无静态文化积累所形成的基础,其动态形式也难以不断滋生发展。动态

---

① 郑振铎:《插图本中国文学史》第4册,北京:作家出版社1956年版。

文化一旦获得适宜环境，随着岁月推移，便可以凝固为静态文化，仍然具有持久生命力与深刻影响作用。而在此际，它主要是以商业文化的繁荣形式表现出来：帝王封禅朝圣、官员赴选候任、文人士子赴考游学、歌伎艺人流徙演唱、行商坐贾辐辏云集等，都是促发推进的原因；而其中，诗人、作家是最耀眼的一群。这样，除却最初担负的交通功用，"驿路"又成为输送传播与积累文化的大动脉及分布陈列带。

由此，可以大致结论说，文化沉积浅薄、欠缺的地域，一般难以出现文学繁荣的现象；而积累丰厚凝重，如齐鲁、关中、中原、吴越等地，都曾先后形成过文学繁盛局面。故作为明代山东文化之主体，驿路文化对文学的发展兴盛，便起到了深远的影响涵蕴作用；具有代表性的诗人、作家，除个别者，如蒙阴人公鼐、滨州人刘效祖外，其他大多生长、分布于这一文化带。深厚的驿路文化积淀从多方面滋养充实着他们，反之，他们又促进了当时山东，乃至明代中国的文学和文化发展，为其兴盛作出重要贡献。其他在文学作品方面，如《水浒传》《金瓶梅》都与驿路文化，主要是山东境内水上驿路——大运河因缘颇深。运河文化首先浸润着《水浒传》的成书过程，早在有关正史的记述及流传之初，已多次提到东平府、济宁州等山东段运河的相关地名，说明与选定故事发生地的梁山泊是渊源有自。后来，"宋江事见于街头巷语"，流传更广泛。元代现存的水浒戏有剧目30余种、剧本10个，剧作家中与东平关系密切的高文秀、康进之最著名；而东平当时是大运河东的繁华商业城市，也是大都之外的另一杂剧创作演出中心，以及运河文化的中心之一。如果说，《水浒传》的不断完善完成得益于运河文化的静态形式的话，那么，"蘸着大运河水写成的《金瓶梅》"更是其动态文化的产物，基础是当时正迅速勃兴的商业文明及新兴市民文化。这是一个问题。

第二，是明代山东文学中特有的地方性流派，即"济南诗派"（或称"历下诗派"）。此提法最早见于清初秀水（今浙江嘉兴）人朱彝尊的著述，但概念比较含糊。[①] 他在山东居留有年，曾创作出一些描写山东特别是济南风物习俗的诗文。紧接着，王士禛给予明确的范畴界定与流变系统的确认，其为边贡诗集写的序中说："不佞自束发受书，颇留意乡国文

---

① 参见朱彝尊《静志居诗话》卷一六，《明诗综》卷六三。

献。以为吾'济南诗派',大昌于华泉（边贡）、沧溟（李攀龙）二氏,而筚路蓝缕之功,又以边氏为首庸。"后来,他又于《渔洋诗话》里补充说：

> "历下诗派",始盛于弘（治）、正（德）四杰之边尚书华泉,再盛于嘉（靖）、隆（庆）七子之李观察沧溟。二公后皆式微……余刻《华泉集》,及其仲子习遗诗,又访其后裔,则墓祠久废,七世孙某,已为人家佃种矣。

大体说来,这个诗派的成员包括了边贡、李攀龙、殷士儋、许邦才、刘天民、边习、郭子坤、龚勖、华鳌等,年代先后相接,延绵长达百年之久。他们有时虽缺乏明显自觉的流派意识,未构成现代严格意义上的文学流派；不过,彼此间以乡邦情结为纽带,作品也多以济南本地的风俗景物为表现对象,且互相酬唱追和,具有鲜明的地方特色,总体艺术倾向类近,故而基本上可以准流派视之。至于其中的边、李、殷、许等中坚成员,更超出了地域区限,广泛联系全国的文朋诗友,甚至作为盟主而领导了时代的文学潮流,这些均成为齐鲁大地文学繁荣的重要标志。此后,又出现一批生于济南、歌咏济南的诗人,如王象春、刘敕、邢侗等,皆程度不等地接受乡前辈的滋养陶冶。从特定意义上说,"济南诗派"的余波和影响直贯注及清代,如王士禛就对其尊崇有加,自谦称"同郡后学",或以"济南王郎"、"济南王贻上"为荣,并为他们刊刻作品,极尽光大张扬之事。总之,这个诗派的流风余韵泽惠及清代的济南,乃至山东诗人者甚多。

第三,是明代山东文学史上的族群作家蜂拥纷起、竞胜争艳的特殊现象。一批渊源久长、文化底蕴深厚、文学气氛浓郁的大家族内,诗人、作家以兄弟而父子、祖孙并出或世继,像繁星般熠熠闪耀在明代文坛上,成为前此所罕见的盛景。如临朐冯氏的一父四子共称"五先生"并远及重孙犹著名于世,蒙阴公氏的"五世进士"后有子犹能文事,东阿于氏的一父三子、新城王氏的三兄弟都有诗文集或合集流传,临邑邢氏兄善属文而妹兼擅丹青艺事,掖县赵氏一父四子、宿氏一父三子皆以诗文集为时人推重,峄县贾氏兄弟们多才华流溢、烨然有名声,章丘袁氏兄弟善诗词、故得与乡贤李开先交游唱和,等等不烦赘举。这其中的佼佼者,像冯惟敏、冯惟讷、冯琦、公鼐、于慎行、王象春、邢侗、赵士喆、宿凤翥、贾三近诸人,尽管相互的创作成绩,比较之下尚参差不等,但他们为建构明代乃至山东的文学大厦共同作出了贡献,是应充分肯定的,而且更是地域文学史的研究、撰写中所不能忽略的亮点。

诗人、作家们的出现以及其成长发展之路,受到他自身与外部、主观和客观条件等诸多方面的制约影响,有关文学创作过程更是一种极为复杂微妙的精神活动。通过族群作家现象和"驿路文化"与作家作品的关系的论述,于其相互印证间,或许可以再次说明地域的社会经济、历史人文环境因素所具载的重要促发推进意义。广而言之,这也是一条从地域到全国、由个别而一般的普遍规律。①

---

① 此处关于明代山东文学的论述,多借鉴王承丹博士未发表之说。

第一编

山东文学之渊源及初步发展

顾视自古至今人类社会所产生的一切文学现象,举凡作为创作主体的诗人、作家们的各种文学活动,以及就终端形式出现的作为客体产物的各类文学作品,与各种有关的流变形态和艺术流派、文学思潮等,无不是产生在一定的历史文化时段之内、并依托于一定的地域空间来进行、开展的。那么,它们也必将会被或深或浅地铭刻下若干的时代印痕,程度不等地受到某些地域特征的浸染影响——一如前节所述者,这些正是地域文学研究作为一个分支得以独立存在的学术基础和持续发展深化的重要依据,当然,同时也是它学术视野所主要关注的内容。

另一方面,若就常见性规律现象而言,整个中国文学于其几千年的漫长历程里,总是呈现为各种文体、风格的兴衰变嬗、更代演进的不断流动形态。所谓风雅正变,"文变染乎世情,兴废系乎时序"(刘勰《文心雕龙·时序》),依照"文体代兴"的客观演进现象,王国维更总括说:"四言敝而有楚辞,楚辞敝而有五言,五言敝而有七言,古诗敝而有律绝,律绝敝而有词——盖文体通行既久,染指遂多,自成习套。豪杰之士,亦难于其中自出新意,故遁而作他体,以自解脱。一切文体所以始盛终衰者,皆由于此。"(《人间词话》)推而言之,这种兴衰嬗变也体现到诸如创作流派和风习、文学运动、审美趋向等各现象。故此,地域文学自然也会无例外地显示出它独具的初萌、成熟、兴盛,乃至消歇萧索的发展演化轨迹。

相应地,具体到山东文学的流变研究,如果从主流文学的观照角度,作一种纵向俯瞰式的、大而化之的概略描述的话,可以认为,先秦时期系其发轫阶段——但是,虽乍出却即耸然作高峰而降则垂范于百代之下,轩轾奋飞于千载绝唱巨制之前,展现出一派辉煌绚丽景光。而从两汉历经曹魏、西晋、北朝直至隋唐五代的千余年漫长时期,则属于它的逐渐成长阶段——因为在整个山东大地上,尽管也断续不等地产生过类似东方朔、孔融、王粲、刘桢、祢衡、左思、储光羲之类的名家作手，卓尔屹立于当时的主流文学中，各标盛名，但就整体而观之，却似夜空中闪烁的几点孤星，不足以给山东的地域文学构筑起他们那个时代的一片繁盛景观，使之在全国大文学格局中，去争驰竞胜，占得一席地。

只是到了宋代——主要是北宋至南宋建炎、绍兴初的约近200年的时期，地域板块形态的山东文学才真正臻于成熟，同时涌现出其自身的第一次高潮。再历经蒙元的过渡性发展，而走向了明、清两代的全面鼎盛，或者说完成了整个山东古代文学史阶段的最后高潮的构建工作，给予一个圆满终结，迎接、开启了20世纪山东新文学的曙光。

作为一般性的广义的自然地域称谓，其间的包纳内容也较为宽泛、笼统的"山东"一语，在中国历史的初始之际便已出现了。如《战国策·赵策》说："六国从亲以摈秦，秦必不敢出兵于函谷关，以害山东矣。"战国时秦西据关中，而六国（齐、楚、赵、魏、燕、韩）均在崤山、函谷关以东，即秦国之东，故而当时概括言之。或者指太行山以东的广大地区，这就是《史记·晋世家》所谓的"文公四年十二月，晋兵先下山东"的"山东"；也有呼华山以东为"山东"的，如《汉书·赵充国辛庆忌传赞》云："山东出相，山西出将。"但是，以上这些均不属于专指的地域行政区划概念。

至于专属性的狭义的行政地域区划范围，则"山东"的来源也很悠久，且历代多有变迁。而其主体构成部分，则为古青、兖二州，兼及徐、豫二州的部分地区。因为它们春秋时属于齐、鲁诸国地，故称"齐鲁之邦"，或径称为"鲁"。秦灭六国统一天下后，置齐郡，为三十六郡之一；唐分属河南、河北两道，北宋初分属京东、河北两路。金灭北宋，占据了中原地区后，改京东为山东，始有了"山东"的行政区划名称，清人顾祖禹《读史方舆纪要·山东》曾就其沿革摄述说：

《禹贡》："海岱惟青州。"《周礼·职方》："正东曰青州。"春秋时齐地，其在天文虚危，则齐分野，亦兼鲁、卫之疆。秦并天下，置齐郡、东都、薛郡、琅邪及辽东等郡。汉置十三州，此亦为青州及兖州地，后汉因之。魏、晋亦置青、兖二州，永嘉以后，陷于石勒及慕容皝，后又入于苻坚，坚败，归于晋，寻复为慕容德所据。义熙六年，刘裕克南燕，复置青州及兖州。刘宋时，兼置冀州，其后入于后魏。魏亡，属高齐，寻为后周所并，其分析不可得而详也。

隋亦置十三郡，而不详所统。唐贞观初，分天下为十道，河济以南属河南道，以北属河北道。宋初，隶京东路及河北路，后又增置京东西路。金人分山东东路及山东西路。元亦置益都、济都、济南等路，直隶中书省。明初置山东等处承宣布政使司，领府六、属州十五、县八十九，而卫所参列其间，今仍为山东布政使司，东据海，西接梁、宋，北走燕、赵。

今之山东省行政区划范围，大体上仍承循清及民国之旧格局，只于局部边缘处有所调整变动（如20世纪60年代初，以黄河治水故，将原属河南省之东明划归山东，以原隶山东之范县归于河南省）。即半岛部分南濒黄海，北隔渤海而与辽东半岛遥相守望；内陆部分则北通河北、西接河南，南邻安徽、江苏二省。黄河由河南省入境，以西南往东北走向于境内入流渤海湾。本书就是基于这个行政地域概念，从"史"的角度，来观照、析论不断发展嬗变于其间的各种文学现象的。

第一章　山东文学的辉煌肇端：先秦时代

第一节　缘　起

作为历史概念的"先秦",一般当泛指中国古史上的秦以前所有时期,即由上古三代——夏、商、周,再逆溯至夏以前的原始氏族社会,其时间跨度是相当漫长且渺远的。而本书则局限于文学的特定关注范畴,所说的"先秦",只指西周春秋与东周战国时代而言(当然,春秋与东周的起迄年份在历史分期上有所重合交迭,并不相一致。具体言之,前者为公元前722年至前481年,后者为公元前770年至前403年)。

这是一个社会形态大变革、大动荡的时期,开始了从此前的夏、商奴隶制社会向以后的封建制社会的转型蜕化。西周灭商,已经在很大程度上摧毁了商朝的奴隶制度,但奴隶制残余仍蔓苟存于西周一朝,尤其是奴隶劳动更广泛存在。待到春秋后期而东周战国时代,铁器大量使用,生产力有了相当程度的提高,土地也开始归私家占用,井田制遭到破坏,宗族制逐渐被家族制所替代。原先残存的奴隶制遂趋于消解覆亡,封建制日益扩大发展,最终完成了两种不同社会形态的转变、社会制度的更替。[①]

伴随社会形态、制度的变革,也出现了由殷商尊神文化向周代尊礼文化的转型。周以礼乐制度治国,标志着作为主体的人的地位的上升,能主宰吉凶福祸;神则丧失掉往昔的威灵,下降到从属地位。这种转变的意义非常巨大,影响也极其深远,或强或弱,却直注以后两千余年的整个封建社会。那结果便是无论宗教多么盛行,但总也不能占据支配社

[①] 史学界对此认识不一,有各种"封建说"。此处参用范文澜说,见《中国通史简编》第一编,人民出版社1964年版。

会运行的主导性地位，有时甚至还被利用为统治者巩固自己政权的辅助性工具——这或许便是中西社会、中西文化异质的重要所在之一吧。因为很长时期以来，在西方国家存有政教合一或并立的现象，上帝（神）是最权威最神圣最崇高而不可置疑的，因而宗教便据有着社会的主导性地位。

春秋时期，由于经济发展、诸侯国日渐强大互争霸主，导致各种大小的兼并战争频繁发生。周天子权威则日趋衰颓，"礼崩乐坏"，从而消解掉统一的思想禁锢，人们的聪明才智、生命能量得以最大可能程度的释放，一批批政治家、军事家、思想家纷纷涌现，活跃在复杂阔大的历史舞台上，不断创造出辉煌的业绩。他们为了维护、发展各自国家及个人的利益，也纷纷建立各自不同的学术学说与思想理论派别，竞胜争艳、光采纷耀——这便是百代之下，尤为后人歆羡的"百家争鸣"的局面。至战国时期，兼并战争更加激烈残酷，起初多以百计的各诸侯小国化合总成为并峙的七雄，而这种"百家争鸣"的局面，也得以承袭持续且进一步地高度发展。要之，所谓诸子百家，如儒家、道家、墨家、法家、名家、兵家、农家、纵横家……代表了早期封建社会文化即先秦文化的无比辉煌，它既是前所未有，也是以后历代封建社会各朝所永远不能复制、无法逾越的巅峰，由之便拥载着永恒的原创意义和经典价值——而先秦时代的山东文学，就是在这样的社会历史和大文化背景上出现并生成的。

由于特定的时代因素与社会历史条件，先秦文化呈现出以下的两大特征：一、它既是整个中国文化——当然也包括文学在内的肇端起始，为历代的各种流派、学说之渊源所自；又兀然耸成高峰，为后世垂范作则，这第一个、也是再难以企及的高潮的光辉影响，一直笼罩、作用于整个漫长的封建社会。二、从整体上说，先秦文化带有原生时期的浓厚的综合性——除诗歌以外，一般都不拥载后世的独立单一学科性质，而皆呈现文史哲各学科交汇浑融的形态。

先秦时期的山东文学，除了具备上述的一般性文化特征之外，还呈现出它自身的文体形式特点，即只有诗歌与散文这二种体裁，而不具备后世的辞赋、词、曲（散曲、戏曲）、小说等并存的多样化形态。

以下将分别论析之。先说诗歌。

第二节 走向经典：《诗经》暨《齐风》《曹风》《鲁颂》

一 《诗经》的形成与体制特征

《诗经》，是中国现存最早的诗歌总集，其创作时代，大约在西周初期至春秋中叶（公元前 11 世纪至公元前 6 世纪）的五百多年间，产生地域大多在黄河流域，少数间及汉江流域；它与创作年代稍后主要是战国后期产生于南方长江流域的新体诗——《楚辞》，并称为中国古典诗歌的两大源头。只不过《诗经》绝大部分是无主名的集体创作（唯个别诗篇为个人创作或有署名，如《国风·鄘风·载驰》，《左传·闵公二年》云："许穆夫人赋《载驰》"；又《小雅·节南山之什》中的《节南山》："家父作诵，以究王讻。"《巷伯》："寺人孟子，作为此诗。"尽管这个家父、寺人孟子未留下真实姓名，但二人是作者名称却可以肯定。其他诸如《风》中的《邶风·燕燕》《卫风·氓》与《小雅·节南山之什·正月》也大致可以推定为个体的创作），而《楚辞》则为屈原、宋玉等文士个人创作并署名，以抒写自我情感意绪的完全独立的个体产品。

如果以宏观的大文化视野，将之置于世界文学史的相近时间坐标上，进行横向比较的话，那么，则有欧洲古希腊荷马时代的两部史诗——《伊里亚特》和《奥德赛》（公元前 11 世纪至前 7 世纪），稍后有巴比伦的史诗《吉加美什》，在亚洲有印度的《摩诃波罗多》与《那摩延》二部史诗（公元前 10 世纪）。它们都是结构宏大、情节完整、塑造了众多人物形象的长篇叙事诗，融合历史事件与宗教神话为一体，而《诗经》多是篇幅相对短小、结构较为简单的抒情诗。虽然同为人类文化中的不朽典范、一种永恒的辉煌景观，但是，作为不同文化传统的起源和发祥点，它们却标志着各民族独具的类型特征。

自然，此处仅是就中国、古希腊、印度这三大不同文化类型的主流导向概括而言，不宜绝对化看待。如继荷马史诗后，诗歌这种文学样式仍然在古希腊文学中占据主导位置，且抒情诗、哲理诗、讽刺诗兼具（女诗人萨敷即写下一些杰出的抒情诗）。另者，古希腊的神话极为发达，传世盛多，成为后世欧洲文学的重要渊源之一；远不同于中国上古神话传说的支离破碎，并常被儒家历史化，从而消解、稀释了先民们的神话、宗教意识，即所谓"子不语怪、力、乱、神"（《论语·述而》），"文不雅训，缙绅先生难言之"（《史记·五帝本纪》）。又古希腊的戏剧起源甚古老，早在公元前 5 世纪，已于雅典呈现一派繁盛景象，如大喜剧家阿里斯托芬、大悲剧家埃斯库罗斯、索福克勒斯和欧里庇得斯的创作争耀辉彩于当时舞台上，备受欢迎，也对后来的欧洲文学影响深远。而中国古代文学史上，戏剧萌芽最迟，且一直发展缓慢，直至宋元之际才得以成熟并开始形成高潮，不过，先秦散文（诸子散文、史传散文）却异常发达、成就卓著，又是同时期的其他民族所难以比并的（对此，下节再详叙）。

《诗经》，在先秦时代通称为《诗》，共计有 311 篇，其中 6 篇亡佚（有目无诗），实留存 305 篇，故当时又名《诗三百》，孔子、孟子皆如此言："《诗三百》，一言以蔽之，曰：'思无邪。'"（《论语·为政》）"小子何莫学夫《诗》？《诗》可以兴、可以观、可以群、可以怨。"（《论语·阳货》）《孟子》中亦称《诗》，引用高达三四十次。直到战国后期，儒学大师荀子始将之与《礼》《乐》《春秋》等典籍一起尊崇为"经"：

> 学恶乎始？恶乎终？曰：其数则始乎诵经，终乎读礼。……《礼》之敬文也，《乐》之中和也，《诗》《书》之博也，《春秋》之微也，在天地之间毕矣。（《荀子·劝学》）

秦灭后，汉文帝刘恒首先在国学中立《诗经》博士，后来经景帝刘启到武帝刘彻，共增至《诗》《书》《易》《礼》《春秋》五经博士，《诗》均列其中。这样，从《诗》而《诗经》而被立经学博士，由官方确认，它终于完成了走向儒学经典的路程。

如前所述，《诗经》本是无主名的、经历过几个世纪漫长时间、在广阔地域流传的集体著作，那么，它是怎样形成为现在所见到的样子的呢？郭沫若《奴隶制时代·简单地谈谈〈诗经〉》说：

> 《诗经》虽是搜集既成的作品而成的集子，但它却不是把既成的作品原样地保存下来，它无疑是经过搜集者们整理润色的。《风》《雅》《颂》的年代绵延了五六百年。《国风》所采的国家有十五国，主要虽是黄河流域，但也远及于长江流域。在这样长的年代里面，在

这样宽的区域里面，而表现在诗里的变异性却很少。形式主要是四言，而尤其值得注意的，是音韵差不多一律。音韵的一律在今天都很难办到，南北东西有各地的方言，音韵有时相差很远。但在《诗经》里面却呈现着统一性，这正说明《诗经》是经过一道加工的。[1]

对于《诗经》的来源采集、加工编订，历来有"献诗"、"采诗"与"删诗"之说。

先说"献诗"。公卿列士献诗于上以陈志，表述他们对于时政的评价和意见，这种现象在《诗经》本身里便有记载，如前引《小雅·节南山之什·巷伯》："寺人孟子，作为此诗，凡百君子，敬而听之。"又《谷风之什·四月》："君子作歌，维以告哀。"又，《大雅·生民之什·民劳》："王欲玉女，是用大谏。"《荡之什·烝民》："吉甫作诵，穆如清风。"其他如《国语·周语》也说："故天子听政，使公卿至于列士献诗、瞽献曲、史献书、师箴、瞍赋、矇诵、百工谏、庶人传语。近臣尽规，亲戚补察，瞽、史教诲，耆、艾修之，而后王斟酌焉。是以事行而不悖。"《国语·晋语》《左传·襄公十四年》等书中也都有类似记载。可见公卿士大夫献诗——无论美颂或是讥刺，在周代确实存在，而且带有较浓厚的政治实用色彩。这当是《诗经》来源的一个途径。

再说"采诗"。不同于臣下"献诗"的自发、随意性和天子的被动接受，"王官采诗"的做法则是朝廷主动派员去民间搜求歌谣，以了解为政得失、熟悉风俗民情，即《孔丛子·巡狩》所称的"古者天子命史采诗谣，以观民风"。其过程大约是先派行人（或名遒人使者、轩车使者），即派往基层的官员去搜求汇集民歌风谣之类，然后将采集收汇到的歌谣一并交往太师那里，再由太师与乐工们对之继续进行加工整理，统一保存管理。《国语·鲁语下》云："正考父校商之名颂十二篇于周太师。""校"即校勘、校对，或说为"效"，即献的意思。正考父系宋国大夫，"商之名颂十二篇"即《诗经》里的《商颂》，现只存5篇了。太师为周王朝与各诸侯国中掌管音乐和乐工、并负责保存诗歌的官员——此处记载的便是

---

[1] 转引自陈庆元、林怡《诗经楚辞要义》（乔力主编《中国文化经典要义全书》第9种）中卷，北京：光明日报出版社1996年版，第15页。

"采诗"之事。

其他如《礼记·王制》："天子五年一巡守……命太师陈诗以观民风。"唐孔颖达《疏》云："王巡守见诸侯毕，乃命其方诸侯太师，是掌乐之官，各陈其国风之诗，以观其政令之善恶。"又，《春秋公羊传·宣公十五年》何休《解诂》云："男女有所怨恨，相从而歌，饥者歌其食，劳者歌其事。男年六十、女年五十无子者，官衣食之。使之民间求诗，乡移于邑，邑移于国，国以闻于天子。故王者不出牖户，尽知天下所苦；不下堂而知四方。"《汉书·食货志》："孟春之月，群居者将散，行人振木铎徇于路以采诗，献之太师。比其音律，以闻于天子，故曰：王者不窥牖户而知天下。"《汉书·艺文志》："古有采诗之官，王者所以观风俗、知得失，自考正也。"这些都说明"王者采诗"本意在于广开言路、征询各方意见，知晓各地情形，以求纠偏补弊、抚慰民心，使国家保持安定形势，当然，最终目的还是为了巩固统治者的政权。所以，这是一项指向明确现实政治的、功利的做法；但是，它也兼具、包容着礼乐文化与文学上的意义，如充实乐歌以供欣赏，用以祭祀神鬼和祖先、宴飨宾客、夸耀功业、各种典礼等——是为《诗经》来源的又一个途径。

由之便可以看到，《诗经》的形成当来源于献诗、采诗及太师们的保管汇统，主要为采诗。那么，它怎样形成了305篇的文本传诸后世呢？这便牵涉到"删诗"说。司马迁首先提出孔子参与了编集删定工作。《史记·孔子世家》云：

> 古者《诗》三千余篇，及至孔子，去其重，取可施于礼义，上采契、后稷，中述殷、周之盛，至幽、厉之缺，始于衽席。故曰："《关雎》之乱以为《风》始，《鹿鸣》为《小雅》始，《文王》为《大雅》始，《清庙》为《颂》始。"三百五篇孔子皆弦歌之，以求合"韶""武""雅""颂"之音。

班固也表示认同："孔子纯取周诗，上采殷，下取鲁，凡三百五篇。"（《汉书·艺文志》）此后，如汉王充，晋陆机、杜预，宋欧阳修、郑樵、王应麟，元马端临，近代章太炎等，不乏赞成此说者。

不过，《论语》中孔子自己却屡屡提及《诗三百》，且并无片言只字说他本人"删诗"之事,这与上说有着明显的矛盾。况且,真如司马迁之说,孔子将古诗3000多篇删存至300篇,那么,先秦古书中当载有不少逸诗,但现在所见到者却寥寥无几,不能不使人怀疑孔子曾否"删诗"。故孔颖达《毛诗正义·郑玄〈诗谱序疏〉注疏》说:

> 如《史记》之言,则孔子之前诗篇多矣。案:书传所引之诗,见在者多,亡逸者少,则孔子所录,不容十分去九。马迁言古诗三千余篇,未可信也。

更重要的是,《左传·襄公二十九年》记叙吴公子季札到鲁国观周乐,鲁国乐工就为他演奏十五国《风》与《雅》《颂》,而当时的名称及各部分编排次序,已与今本《诗经》大致相同(只缺《鲁颂》与《商颂》)。《左传》是信史,对照其所载之事,在周景王元年(前544),其年孔子仅是8岁孩童,自不可能删诗。清崔述《读风偶识》云:"孔子删诗,孰言之?孔子未尝自言之也,《史记》言之耳。孔子曰:'郑声淫',是《郑》多淫诗也。孔子曰:'诵《诗三百》',是《诗》止有三百,孔子未尝删也。"便持明确否定态度。

但是,《论语·子罕》又记载孔子的话说:"吾自卫返鲁,然后乐正,《雅》《颂》各得其所。"《诗经》中的《雅》《颂》,既是乐曲分类名称,也是诗歌分类名称,它们大多出自贵族士大夫之手,为关系到国政大事的庙堂乐章或劝讽之制。孔子生当"礼崩乐坏"的春秋之际,偏又力持礼乐治国,潜心于"正乐"之事,并认为诗不仅与礼、乐同等重要,甚至更具教化感染作用:"兴于诗,立于礼,成于乐"(《论语·泰伯》);那么,孔子修订审理乐调、改正编定诗歌内容,使《诗经》最后完全成型,则是完全可能的事情——当然,这不等同于"删诗"——所以,说他参与了《诗经》的整理定型,是基本符合事实的。基于此,清朱彝尊《曝书亭集·诗论》云:

> 孔子删诗之说,倡自司马子长,历代儒生莫敢异议。惟朱子谓:"经孔子重新整理,未见得删与不删。"又谓:"孔子不曾删去,只是刊定而已。"水心叶氏(适)亦谓:"诗不因孔子而删。"诚千古卓

见也。

清方玉润《诗经原始》亦称：

> 夫子曰"正乐"，必《雅》《颂》之乐各有所在，不幸岁久年湮，残缺失次，夫子从而正之，俾复旧观，故曰"各得其所"。非有增减于其际也。

当为较持平的不刊之论。倘若再退一步推测，因为《诗经》的诞生及成型，既然与孔子的生活时代有相重合处，或基本相合，便决定了两者之间必然的关系。孔子在参与其整理审定之际，在一定范围里，对个别部分作出删除，也是符合情理的事。"夫子反鲁……时年已六十有九，若云删诗，当在此时。乃何以前此言诗，皆曰'三百'，不闻有'三千'说耶？"（《诗经原始》）不过，这种情形即使存在，那删诗的幅度数量也必然是很有限的。

就在参与上述相关的订正编定工作同时，孔子对《诗经》还作了些评论，见于《论语》里的即达十三四处。其他如孔门弟子曾参，孔子的孙子、曾子弟子子思，也都有言论涉及，分别载于《论语》《大学》《中庸》等书。孟子更是高度重视《诗经》，《孟子》中的各种评价竟多至三四十次。除了某些具体篇章诗句的解析与义理发挥之外，他们也有对作为文学作品的《诗经》的艺术精神、美学价值的认识理解。但更主要的，则在于对《诗经》的社会作用，尤其是政治教化功能与个人修身养性的道德规范力的强调——具体问题后面再详述——所以，置却最早期产生于山东地域的作品，如《齐风》《曹风》《鲁颂》等且不论；即使从一般性的整体意义着眼，也有充分理由可以说，《诗经》是数千年山东文学的肇端和渊源，并为此后数千年的山东文学耸立起第一座辉煌顶峰，是它们师承效法、再据以发展创新的永恒典范。

以下再回到《诗经》自身的结构形式上，即它的体制——《风》《雅》《颂》的三部分编排方式与内容分类。历来对此有二种不同说法。

汉代《毛诗序》从"义"和功用的角度来理解，说：

> 风，风（讽）也。风以动之，教以化之。……是以一国之事系一人之本，谓之《风》。言天下之事，形四方之风，谓之《雅》。《雅》者，正也，谓王政之所由兴废也。政有大小，故有《小雅》焉，有《大雅》焉。《颂》者，美盛德之形容，以其成功告于神明也。

认为《风》主要是用以讽谏、教化的作品，其目的在于影响政治风气的改善；《雅》则正言直述王政的兴亡得失；《颂》是通过歌舞赞美先王盛德，并以此告祭神明之制。而宋朱熹《诗集传序》又注重从作者到作品内容的差异来解说：

> 凡《诗》之所谓《风》者，多出于里巷歌谣之作，所谓男女相与咏歌，各言其情者也。……若夫《雅》《颂》之篇，则皆成周之世，朝廷郊庙乐歌之辞，其语和而庄，其义宽而密，其作者往往圣人之徒，固所以为万世法程而不可易者也。

确实，《风》是民歌，为平民百姓用来歌咏男女婚姻恋情与风土习俗的；《雅》和《颂》多为贵族上流阶层人士所制作，不同的是，前者多为赞美或讽刺国家政事的政治抒情诗；后者系有关宗庙祭祀的乐舞歌辞。当然，上述三种分类之说也只是就主要大概方面而言，不宜绝对分割断截。实际上，《风》《雅》《颂》三者相互间也难免存在混淆兼容处，并不整齐划一。

然而，《史记·孔子世家》云：

> 《诗》三百五篇，孔子皆弦歌之，以求合于《韶》《武》《雅》《颂》。

传说《韶》为舜所制之乐曲，《武》是周人颂美武王克殷的乐曲，故知《雅》《颂》也当系两种乐曲名。所以，宋李清臣断言："夫《诗》者，古人乐曲，故可以歌，可以被于金石钟鼓之节。其声之曲折，其气之高下，诗人作之始，固已为《风》、为《小雅》、为《大雅》、为《颂》。"

(朱彝尊《经义考·诗一》引）郑樵《六经奥论》更作系统分类说：

> 风土之音曰《风》，朝廷之音曰《雅》，宗庙之音曰《颂》。

可知《风》是周王朝各诸侯国的地方乐歌土调；《雅》系周王朝直接统治区京畿——西周都城镐京（今陕西西安）和东周都城洛邑（今河南洛阳）的乐调，即古人所谓之"中原正声"；《颂》则属宗庙内祭祀等庄严重大典礼所演唱的乐歌或舞曲，只限于周王、鲁侯、宋公的专用范围，节奏缓慢庄重——那么，这三者就是依据音乐的不同而区分的了。是以清惠周惕才进一步解释："大、小二《雅》，当以音乐别之，不以政之大小论也。如律有大、小吕。"（《诗说》）

两种说法各有道理，但因年代久远，文献湮没，也难以证实其是否。现在看来，似不应作简单化的判断，因为《诗经》的构成和分类是多种复杂因素的综合。况且，歌辞和乐曲本是二而一的组配互动，浑然一体才能够用来演唱，当无法做生硬剥离切分。对此，古人也早有认识："《诗》三百篇，未有不可入乐者。"（马瑞辰《毛诗传笺通释》卷一）"古未有诗而不入乐者。"（黄汝成《日知录集释》卷三注引全祖望说）朱熹《楚辞集注》讲得更加明彻：

> 《风》则闾巷风土男女情思之词；《雅》则期会燕享公卿大人之作；《颂》则鬼神宗庙祭祀歌舞之乐。其所以分者，皆以其篇章节奏之异而别之也。

再结合他前面在《诗集传序》的说法，基本上也主张《诗经》的分类法兼融内容和音乐两端。所以，二者间相互渗透交融，即或对某一部分有所偏倚，也难以断然指实区划了。

这里又涉及《诗经》的"六诗""六义"之说。

关于前者，语出《周礼·春官·大师》："教六诗，曰风、曰赋、曰比、曰兴、曰雅、曰颂。"贾公彦疏："按《诗》上下惟有《风》《雅》《颂》，是《诗》之名也；但就三者之中，有'比''赋''兴'，故总谓之六诗也。"而后者当系由前者衍变而来，语出《毛诗序》："故《诗》

有六义焉：一曰风；二曰赋；三曰比；四曰兴；五曰雅；六曰颂。"孔颖达《毛诗正义》阐发说："《风》《雅》《颂》者，诗篇之异体；'赋''比''兴'者，诗文之异辞耳。大小不同而得并为六义者，'赋''比''兴'是《诗》之所用，《风》《雅》《颂》是《诗》之成形。用彼三事，成此三事，是故同称为义。"综融了这些看法，现代学者通常认为《风》《雅》《颂》作为不同乐歌的分类，在于内容体裁；而'赋''比''兴'则是指《诗经》的三种不同艺术表现手法。

其实，从文学创作实践的一般规律来看，处于朦胧混沌状态中的上古先民恐怕还不具备明显独立的文学意识——况且先秦时代的大文化环境，本来就是文学、历史、哲学，乃至神话、宗教、民俗等等都呈现一种杂集综融的浑然混合状态。当在参与日常生活劳作与各种社会政治、军事、礼仪活动时，他们有所触发感受，遂于心头激荡起汹涌复杂的情绪波流、牵引出关乎现实利弊得失和历史事件的诸多深沉思考，于是乃发而为诗、抒写之于诗，以作为宣泄疏导，或者期望产生一定的实际功用。这些，更多的只是一种直觉的审美能力与本能的表现冲动，很难说已经拥载有自觉的创作方法的选择观念，明确认识到不同艺术手法的区分归纳。故而总括言之，《诗经》作者（无论个人还是集体）虽然只作出自发性的主观表达，但他们的创作实践结果却包含着最基本的类型范本，以其无比的丰富和可操作性垂范作则，为后世开辟出广阔的天地。而汉以来的历代学者给这种经验性的原生态以理性的抽象概括，进行客观的析说综述，最终建构起有关诗歌艺术的经典规则，反过来，对于后人具体的创作实践又有着指导借鉴的积极促进意义了。

但有关赋、比、兴的界说聚讼纷纭，历来颇多歧异。较早出现的是汉郑玄《毛诗笺》："赋之言铺，直铺陈今之政教善恶。比，见今之失，不敢斥言，取比类以言之。兴，见今之美，嫌于媚谀，取善事以喻劝之。"所言多从政教功用方面着眼，于其自身内涵的阐释却不够充分。之后，南朝梁钟嵘《诗品·总论》云：

> 故诗有三义焉：一曰兴；二曰比；三曰赋。文已尽而意有余，兴也；因物喻志，比也；直书其事，寓言写物，赋也。宏斯三义，酌而用之，干之以风力，润之以丹采，使味之者无极，闻之者动心，是诗

之至也。若专用比、兴，患在意深，意深则词踬；若但用赋体，患在意浮，意浮则文散，嬉成流移，文无止泊，有芜漫之累矣。

从诗歌的美学价值来审视这三种表现手法的效果，即以"味"说诗，属于艺术欣赏和接受的层次；另外相对应，再具体分析它们在创作实践中的运用，指出其间若过分专注偏颇于一端则可能产生的负面效用，利也可能转化成弊病——言外深层的含意是强调要适度得当，认识它们的两面性，便很有些辩证法了，符合一般事物的普遍规律——这正是诗论家深谙三昧的甘苦之谈，自不同于儒师经学家的肤廓。

直接对于这三种艺术表现手法的析论，前引《毛诗正义》较为详细，代表了唐人的一般看法："《风》之所用，以赋、比、兴为之辞，故于《风》之下，即次赋、比、兴；然后次以《雅》《颂》，《雅》《颂》亦以赋、比、兴为之。郑（玄）以'赋之言铺也，铺陈善恶'，则诗文直陈其事，不譬喻者，皆赋辞也。郑司农云：'比者，比方于物。'诸言如者，皆比辞也。司农又云：'兴者，托事于物。'则兴者，起也，取譬引类，起发己心，诗文诸举草木鸟兽以见意者，皆兴辞也。"其后，宋人也有更为准确全面的解释。如胡寅《与李叔易书》云：

> 叙物以言情谓之"赋"，情、物尽也；索物以托情谓之"比"，情附物也；触物以起情谓之"兴"，物动情者也。

朱熹《诗集传》谓：

> "兴"者，先言他物以引起所咏之词也；"赋"者，敷陈其事而直言之者也；"比"者，以彼物比此物也。

参考综合诸家所说，尽管侧重点不同，但对于"赋"的认识趋向一致，即尚直陈——不加譬喻，不用曲附宛转而直接叙述表说。而有关"比"和"兴"的定义就可称纷纭歧异了。

相对地说，"比"也较易把握，即借比拟、譬喻的手法来表述情感志趣、写人写物，贵在含蓄包蕴。至于"兴"则繁复游移，呈现多元化指向。它的起源十分悠远，早在《诗经》产生之前的原始图腾歌舞与谣谚中已见萌芽，经过漫长的蕴酿发展，在《诗经》里才真正成熟。作为一种被大量反复使用、特别集中突出的典型艺术表现手法，它使物情交融两谐、物我互会互动，主、客观世界浑化作有机整体，由之极大地丰富、深化了诗歌的艺术境界、具有持久的审美张力。[①] 从表象上看，"兴"常用于诗篇、章的开首处，将触发、牵动人的情感意绪的客观自然景物进行形象描摹，具有引动下文发端或"起情"的功用。它可以借物寓意来抒写情感志趣，也能够譬喻、象征事理，以烘托渲染场境气氛。所以，它常容易与"比"，混淆在一起，比中含兴、兴中带比，出现一种边缘处的交错互融的朦胧的清晰状态，只有主体概念部分凸显明现，故人们往往将比、兴连用并称，正是基于这种不易凿实确指的混沌特征。而"比""兴"这二者的共同处也都在于不用直说、不正面发语去抒情状物，只是借物来侧说反说；从而连类以牵动、触引起人的想象和联想，由直觉的体验感受再进入心灵深层的体味与思索。是以它们贵在委曲含蕴，多有包藏，以不言言之，或言外见意，造成那种以少胜多的艺术境界和余味无穷的审美效果，得以避免、杜绝了浅率发露、一泻而尽的弊端。

总之，从自发到自觉，《诗经》中的赋、比、兴的三种具体表现手法，及其所标示的艺术精神、美学理想，经过历代诗论家、学者的阐释总结和诗人们的实践运用、推衍，已经形成为一个完整的操作系统，具载着经典性的导引功用与规范意义——即所谓"诗学之正源，法度之准则"。它不仅在诗歌创作中，并且于词、辞赋、曲、绘画等多方面文学艺术领域内被长期广泛使用，被奉崇作为圭臬，成为中国古代诗歌创作构思的特点。[②] 其实，由简单而复杂，无论走出多么遥远的历程，衍化出多少绚丽纷繁的形态，都可以说"一生百，百生千，千生万"，都是由这个基点出发。所以，《诗经》的赋、比、兴的艺术表现手法，衣被百代，不仅笼罩、润泽着山东文学，也泽被整个中国古代文学的发展。

---

① 参见赵沛霖：《兴的源起·兴与诗歌艺术》，北京：中国社会科学出版社1987年版。

② 参见牟世金：《诗学之正源，法度之准则》，《古代文学理论研究》第一辑，上海古籍出版社1979年版。

二 山东先民们的集体歌唱：《齐风》与《曹风》

下面我们再接着来论析《诗经》里所产生的有关于山东地域的作品，即《国风》中的《齐风》与《曹风》。

先说《风》诗。它共有160篇，由《周南》《召南》《邶》《鄘》《卫》《王》《郑》《齐》《魏》《唐》《秦》《陈》《桧》《曹》《豳》等15个地区的诗歌组成，总称之"十五国风"。大致说来，它们是集体创作的民间歌谣。"风"本来是乐曲的通名，如《大雅·荡之什·崧高》："吉甫作颂，其诗孔硕，其风肆好。"其本义在于以风声的大小、清浊、高低来拟喻乐曲音调的种种变化。"风"又有风俗、风土的意思，因为一般说来，乐曲的内容与形式也是它的反映，《左传·成公九年》："乐操土风，不忘旧也。"所以二者义相通，《风》便是各国的乐歌，带有浓郁地方色彩。[①] 不言而喻，《齐风》《曹风》便是齐国和曹国的民歌了。

齐国的疆域在今山东省的东北部和中部。据《左传·僖公二十四年》载，周武王灭商后，为了巩固其新政权，在全国采取了"封建亲戚以蕃屏周"的大分封政策。大臣吕望（又称师尚父，故又名吕尚，姜姓）为武王姬发之岳父，是以"封功臣谋士，而师尚父为首封，封尚父于营丘（即今山东淄博之临淄），曰齐"（《史记·周本纪》）。后胡公迁薄姑（今山东博兴东北薄姑城），至献公仍迁都回营丘，改称临淄，这都是西周时候的事。《齐风》有诗11篇，其中东周时的作品有4篇（《南山》《敝笱》《载驱》《猗嗟》），其余的7篇创作年代不详。

不过，周王朝的大分封政策，在实施过程中，对于自己的姬姓兄弟和其他异姓的功臣谋士，并不等同看待，而是厚此薄彼，有所区分。同为诸侯王封地，周王室经过缜密考虑，将自然条件优越、有利于发展生产的地方，分封给姬姓王族子弟，而相对低劣的当然是赐给异姓诸侯王了。即使居功至伟、得以首封的吕望，所得的齐地及周围地区，也是濒临渤海，"地潟卤，人民寡"（《史记·货殖列传》），为五谷不生、经济极落后的硗薄荒僻去处。故而"姬姓所封诸国，多在古黄土层，或冲积地带，就

[①] 参见高亨：《诗经今注·诗经简述》，上海古籍出版社1980年版。

当时农业生产而论,是最好或较好之土地"①,并且封国最多,"立七十一国,姬姓独居五十三人"(《荀子·儒效》)。曹国便属于这其中的一个,始封之君为周武王之弟姬振铎,所治疆域在今山东省的西南部,都定陶(今山东定陶西北),至东周敬王匄三十三年(前487)为宋国所灭。《曹风》有诗4篇,其中《蜉蝣》《候人》两篇也都是东周时代所作,其余2篇的产生年代便难以考定了。

《齐风》和《曹风》总计得15篇,在全部十五国《风》的160篇中,所占数量上的相对比重并不算大,但其涵纳、表现的内容却是较为丰富的。它们大略可归属于个体生命注视与社会群体关怀这两个种类。顺便说一句,对于《诗经》各篇的主旨意趣,或"美"或"刺"的理解、阐释、发现,自汉儒以还,历经千余年的漫长封建社会乃至近现代,可谓汗牛充栋,一直绵延不断;说者纷纭聚讼,各有心得,相互间时见异同,莫衷一是。我们这里在参考借鉴前人成果的同时,首先基础于从文本出发,再结合有关社会历史文化背景,着眼于审美意象内涵,以提出自己的看法。于旧说不盲从,亦不故标新立异为自诩,只求在最大可能程度上切近原篇旨趣。当然,"诗无达诂",诗中的审美意象有时自身便拥载了多元指向的复杂涵蕴,言不尽意,仅只是一种朦胧的清晰而已。那么,最好是首先把握住其凸显的主体,再作侧说纵说反说横说,总之须得自圆其说方可。

以下归入正题。先说前者,即注视个体生命人生的一类。

男女两性之间的婚姻恋爱关系,自有人类存在以来,便成为其最主要、最基础的生活内容的一个方面,也是其漫长的人生道路上的最大的欢乐或痛苦之一。所以,作为被密切关注的一种生命活动形式,它以其极复杂、丰富而深沉的内涵和极强大剧烈的张力,成了文学中说不尽、道不完的一个永恒的话题。"情之缠绵悱恻,令人可以生,可以死,可以哀,可以乐,则《三百篇》及'楚骚'等皆无不然"(洪亮吉《北江诗话》卷二),前人早已看到这点。《齐风》的第一篇《鸡鸣》,在十五国《风》的大量关于婚姻爱情的诗作里,虽然不算突出,不很被历代说诗者称道,但它描摹叙写一对年轻夫妻晓拂床笫上的小场景,还是颇为生动且富有日

---

① 杨伯峻:《春秋左传注·僖公二十四年》,北京:中华书局1982年版。

常生活趣味的。

"鸡既鸣矣，朝既盈矣。""匪鸡则鸣，苍蝇之声。"
"东方明矣，朝既昌矣。""匪东方则明，月出之光。"
"虫飞薨薨，甘与子同梦。会且归矣，无庶予子憎。"

汉儒认为此诗制于齐哀公时，述国君与贤妃事，或说刺齐侯。朱熹《诗集传》赞同前说且谓"美之也"（卷五）；清方玉润则主张篇中的男女主人公系大夫与其妻子，并说："全诗纯用虚写，极回环摩荡之致，古今绝作也。"（《诗经原始》卷六）现在就文本来看，两种理解皆通，难以判断孰是孰非，实也不必过为迂执纠缠。值得注意的是，它全用对话，纯然赋体，无须比兴，不假景物的渲染烘托，便逼真形象地表现出小夫妇温馨恩爱的生活细节，和男子的贪恋妻子情爱、女子体贴丈夫事业的两种不同性格特征，初具情节故事性的轻喜剧色彩。这种男女对话成篇的结构方式不仅在《诗经》里别具一格，对后代民歌也有所影响，如汉乐府《上山采蘼芜》即可见一斑。

第三篇《著》。"著"，本指富贵人家的居处，正门内有屏风，而正门与屏风之间的地方就称作"著"。其首章云：

俟我于著乎而，充耳以素乎而，尚之以琼华乎而。

二章、三章字句基本上与首章相同，只是分别将"著"换成"庭""堂"，"素"改为"青""黄"，"琼华"更变作"琼莹""琼英"而已。关于此诗之主旨是在"美"抑或在"刺"，各家说法不一，皆可通；但它是歌唱迎亲的——无论想望还是实见目睹——却没有疑义。诗从新妇的目光写出，空间上由远至近，只反复铺写新郎"充耳"的饰品，色彩丰富。虽也纯用赋体直笔，但却给人展开了充分想象品味的余地：由缤纷的饰品联想到新郎高贵的身份和俊美的风采，再推想到新妇对新郎的爱慕欢喜、热切期待的兴奋心情……一切都充分表露出来。"每章三句，以六、七言相次而成，每句半著虚字，余音摇曳，别具神态，有一种优游不迫之美。……前人论文有所谓'齐气'、'舒缓之体'，殆指此种诗而言乎?"① 如果从中西比较文学的角度言之，与《齐风》中这首新妇赞美新郎的诗相映成趣的，还有《圣经·旧约全书》中的《雅歌》部分第四章内关于新郎新妇相爱以及互相称颂的诗篇。下面摘录其间一篇新郎称美新妇的诗，它虽然与《著》从新妇到新郎的视角恰恰相反，但那份纯真挚热的爱情却是异域异时而互通，完全一致并无二样的：

我的佳偶，你甚美丽，你甚美丽。你的眼在帕子内好像鸽子眼。你的头发如同山羊群，卧在基列山旁。你的牙齿如同新剪毛的一群母羊，洗尽上来，个个都有双生，没有一只丧掉子的。你的唇好像一条朱红线，你的嘴也秀美。你的两太阳在帕子内如同一块石榴。你的颈项好像大卫建造收藏军器的高台，其上悬挂一千盾牌，都是勇士的藤牌。你的两乳好像百合花中吃草的一对小鹿，就是母鹿双生的。

我的佳偶，你全然美丽，毫无瑕疵。……我妹子，我新妇，你夺了我的心。你用眼一看，用你颈上的一条金链夺了我的心。我妹子，我新妇，你的爱情何其美。你的爱情比酒更美，你膏油的香气胜过一切香品。

《雅歌》里的这首诗在首先称赞新妇"甚美丽"后，便大量使用比喻手法，从她的眼睛，直到头发、牙齿、嘴唇、颈项、双乳……一一详细铺写，最后仍归结断言为"你全然美丽，毫无瑕疵"，遂直接表白自己的爱情。语气急迫切挚，而有异于《著》的委婉含蓄，言外见意，由之呈现出两种不同的艺术风貌。另外，这首诗还让我们联想到《诗·卫风·硕人》中最被人著称的那段："手如柔荑，肤如凝脂，领如蝤蛴，齿如瓠犀，螓首蛾眉，巧笑倩兮，美目盼兮。"不过，这里只是卫国人对美女（庄姜）客观的譬喻描摹，属于一种非实用功利目的的审美鉴赏；而《雅歌》里对新妇的赞美诗却是从爱人眼中看出，饱含了浓重强烈的情感色彩，其基础在于《雅歌》第八章里所说的，爱情"所发出的电光是火焰的电光，是耶和华的烈焰"，所以也极具主观性。再者，这首诗所提到的

---

① 陈子展：《诗经直解》卷八，上海：复旦大学出版社1983年版。

喻体，无论植物还是动物，都与《圣经》中上帝的创造有关，所以基督徒们才认为它们是美的；而《著》《硕人》里的喻体，则皆为先民们日常生活中时常见到或伴随使用的自然物，并不含纳任何宗教内蕴——这或许也体现出东西方两种不同文化背景的差异之处吧，尽管在某些不同的意义上，它们同样被奉为经典。

第四篇《东方之日》是写男女幽会的诗：

> 东方之日兮，彼姝者子，在我室兮。在我室兮，履我即兮。
> 东方之月兮，彼姝者子，在我闼兮。在我闼兮，履我发兮。

一般说来，周人重礼教，对于婚姻也制定了一套严格而繁琐的固定程序与相应制度，以影响、规范殷商时期原来较为开放自由的婚恋习俗。而齐地偏处东方海滨，属于东夷族人的聚居区域，相对于中原地区，自然条件较为恶劣，经济文化的开发也迟缓落后，故而周王朝的统治与礼教束缚也就薄弱无力。即使受封立国后，社会经济得到了迅速长足的发展，但在民间仍然较多保持了野性婚恋的旧风习，注重男女双方的情感因素和个体选择的意志权利，未受到周王朝礼教的过分扼制。此篇便是叙写一位热恋中的姑娘大胆到男方家中幽会过夜的事情，并以男子的口吻说来，字里行间，充分显露出他的喜悦满足之情。全诗只两章，虽简约明快，但内涵却甚丰富。从首句的"东方之日"到"东方之月"，既表示出时间的进程，亦兼具喻譬渲染意味，以"日"与"月"来暗示或象征姑娘的绚烂清朗。这种手法对后世颇具影响，如宋玉《神女赋》："其始来也，耀乎若白日初出照屋梁；其少进也，皎若明月舒其光。"曹植《美女篇》："容华耀朝日，谁不希令颜。"颜延年《秋胡诗》："峻节贯秋霜，明艳侔朝日。"李白《越女词》："长干吴儿女，眉目艳星月。"等等不烦赘举。要之，此种叙写"女感男""男悦女"而两相径自会合交欢的婚恋诗，在《齐风》中虽仅得一见，远不及《卫风》《郑风》的数量繁多且著称于世；但就本质而言，却都同样是对人的生命情欲的尊重与个性的张扬，从而天然具载着不可剥夺、不容漠视的合理性。《国语·郑语》谓："谢、郑之间（此为郑国中心地带，故以之指郑）……而未及周德。"《汉书·地理志》云："卫地有桑间、濮上之阻，男妇亦亟聚会，声色生焉。"如果借用来指称此《东方之日》诗,想来也是恰当的,因为它们皆属对"周德"或"王化"叛逆的产物。

《诗经》产生的时期(自西周王朝初到春秋中叶),经济虽较殷商旧朝有了相当的发展,但总体水准还是较为低下的。所以,除了主要的农业劳动之外,畋猎、渔业、桑织等也是先民们的重要生产活动形式,是他们的生活来源之一。《齐风》第二篇《还》、第八篇《卢令》便是对猎手的赞美诗,反映出齐地狩猎的风俗习尚,只是二者的表现手法与切入视角各异。前者是两个猎手在山间相遇,共同逐兽,而相互称扬彼此高超的本领、敏捷的动作和强健的体魄:"猎者互相称誉,诗人从旁微哂,因直述其词,不加一语,自成篇章。而齐俗急功利,喜夸诈讽,自在言外。……至其用笔之妙,则章氏潢云:'子之还兮',己誉人也;'谓我儇兮',人誉己也;'并驱'则人己皆与能也。寥寥数语,自具分合变化之妙,猎固便捷,诗亦轻利,神乎技矣!"(方玉润《诗经原始》卷六)后者则是从旁观者眼中看出,由猎犬的铃声、项圈双环而及猎手的卷发美髯和技艺,以客观口吻赞扬他的俊美勇武,是一位英雄。还应提到的是全篇仅三章六句24字,系《诗经》里最简短的:

　　卢令令,其人美且仁。
　　卢重环,其人美且鬈。
　　卢重鋂,其人美且偲。

总之,这二篇诗都以赋的手法直笔叙述式出之,格调轻利流畅,充溢了热烈愉悦的气氛,正是劳动者的本色歌唱。

而《齐风》第十一篇《猗嗟》,说诗者大多都认为所写的人物形象是鲁庄公,至于意旨是在"美"抑或在"刺",则较为分歧。现在如果就文本所作的描摹刻画来分析,不妨认为是在赞美一位年轻人的射技高明超群,因为它"三章皆言射,极有条理,而叙法错综入妙"(姚际恒《诗经通论》卷六)。先秦时代,"射"是贵族和士阶层的一项必须熟练掌握、力求精通的重要的技能——孔子教授生徒,即将之列为"六艺"之一——为隆重起见,于射箭前还要举行一番仪式,来表演各种姿势的射法,名之为"兴舞"。故而此篇中有"巧趋跄兮""仪既成兮""舞则选兮"的句子。正是缘由年轻的主人公箭法精良超诣,才能够"终日射侯,不出正兮""射则贯兮,四矢反兮",赢得诗作者的不胜钦佩。总之,全篇自形貌体态而至动作,夹叙夹议,赞叹之情表露无遗,充满了动态的刚健之美。

一般说来,原始人尚未具备明晰的时间意识,故而也无从谈及对死亡的恐惧与人命危浅的思虑痛苦。然而,随着社会经济、文化的发展,人类的生命观念也不断得以凸显、强化,相对于永恒存在的自然物,人生短暂、时光倏忽的客观现实更是剧烈地震撼着他们的心灵,遂产生所谓的"忧生之嗟"——这应是文明进化的标志之一吧。《曹风》的第一篇《蜉蝣》便深刻地表达出上述感受:

蜉蝣之羽,衣裳楚楚。心之忧矣,于我归处?
蜉蝣之翼,采采衣服。心之忧矣,于我归息?
蜉蝣掘阅,麻衣如雪。心之忧矣,于我归说?

蜉蝣,又名"渠略",是一种水生小昆虫。触角短、羽翅薄而半透明,能飞,夏季阴雨或日暮之际每常成群飞舞。它的生命极短暂,一般皆朝生夕死。由于曹国封地正当古代菏泽等两大湖泊潴积汇集之处,自然地理环境适宜蜉蝣的大量生殖聚飞。面对这种现象,诗人触物生情,联想到人的生命不永,故感而作诗。三章皆采取对比手法,以前两句描摹蜉蝣的形态,后两句抒写自我的叹喟。在传统阐释里,蜉蝣这种无知的小虫被注入了不知陋弱、浑噩自足而目光浅短的象征意义,如西晋傅咸《蜉蝣赋》:"育微微之陋质,羌采采而自修;不识晦朔,无意春秋。取足一日,尚又何求?"但诗人的思虑却是深沉切挚的,他一唱三叹,反复诉说着"心之忧矣",苦苦追问自己的未来是什么样,何处是人生的最终归宿?这里面自然也就包含了西方哲人所说的"我是什么?""我从哪里来?到哪里去?""人生的目的何在?"之类的原生困惑,浸润着诗人对生命价值的终极关怀,从而也就超越了时空的界限,拥纳有恒久的哲理与情感意义。

又,旧注多认为《蜉蝣》系讥刺曹国君臣不知国势阽危、覆亡之祸在即,而仍旧奢侈享乐,醉生梦死,并悲慨自己将无所依止,为未来的归宿担忧。如孔颖达释云："刺奢也。昭公之国既小而迫胁于大国之间，又无治国之法以自守，好为奢侈而任用小人，国家危亡无日，君将无所依焉，故君子忧而刺之也。好奢而任用小人者，三章上两句是也；将无所依，下两句是也。三章皆刺好奢又互相见。"（《毛诗正义》卷七）此说系承《毛诗序》和郑玄而来。朱熹再进一层发挥说："此诗盖以时人有玩细娱而忘远虑者，故以蜉蝣为比而刺之。言蜉蝣之羽翼，犹衣裳之楚楚可爱也。然其朝生暮死，不能久存，故我心忧之，而欲其于我归处耳。《（毛诗）序》以为刺其君，或然而未有考也。"（《诗集传》卷七）综合各家议论而言之，人生当季世，既忧国又复忧己身之无适，故因睹物而兴感，百端交集，莫衷一是。虽可能由某种具体现象、事件所起，但思绪的指向却是十分丰富繁杂而邈远汗漫的，所以才耐人寻味含咀，实不须定要考证凿实（如是否曹国君臣或昭公事），否则反倒失之迂执浅薄了。其实，若再放开来想，《蜉蝣》每章前两句描写它白羽华裳的美丽，而其生命却是那样的匆遽，"不能久存"，故让诗人联想到人生，深刻体悟到"美"的难得易失，遂滋生出幻灭感。"世间好物不坚牢，彩云易散琉璃碎"，不正是这层意思么？

现在再说后者，即对于社会群体的关怀的一类。一般说来，它们都是较普遍存在的社会问题，或兼具较浓重的政治色彩，关乎国家大事。

自从人类走过漫长的原始社会，随着生产工具和技能的提高，生产力有了不断发展，社会的财富经济获得大量增加，促使初级的公有制度被破坏而最终解体；随着部族兼并战争的加剧与内部分工的明确细密，开始出现、形成国家以来，就产生出贫富苦乐不均与地位不平等的问题，那么，一部分人对另一部分人的剥削压迫也便成为不可避免的普遍性存在现象。对此，《诗经》中有着大量的表现、反映。《齐风》第五篇《东方未明》就描述了类似的内容，当属于农奴们和下层劳苦大众的歌唱，全诗以赋的手法出之，直笔叙写那份愤懑怨怼的情绪。前二章反复说凌晨时分（"东方未明""东方未晞"）他们就被呼唤起来去服差役，以致摸黑慌乱中将衣服都颠倒穿错了；第三章刻画监工者的凶悍，"瞿瞿"一语活现出他那幅瞪眼怒视的骄横嘴脸。

关于第七篇《甫田》，方玉润说："词意极浅，尽人能识，惟意旨所在，则不可知。《小序》谓'刺襄公'，《大序》谓'无礼义而求大功，

不修德而求诸侯',率皆拟议之词,非实据也。"(《诗经原始》卷六)所见甚是。诗云:

  无田甫田,维莠骄骄。无思远人,劳心忉忉。
  无田甫田,维莠桀桀。无思远人,劳心怛怛。
  婉兮娈兮,总角丱兮。未几见兮,突而弁兮。

  现在揣摸本意,第一、第二章前两句皆言勿要种别人之大田,莠草长得丛丛密密,可谓义兼比兴,以引出后面两句说不要再思念远人,徒然惹得心伤意烦。故高亨认为主旨是写"农家的儿子,尚未成年,竟被统治者抓去当兵派往远方。他的亲人想念他,唱出这首歌。"①较为合理。第三章则从他离家时尚为一总角少年,经多时睽别,悬想他现今已长大成人了;或说是经多年分离后才又得突然相见的样子,亦可通。总之,由于当时统治阶层的骄侈暴虐,下层劳动人民和农奴们或远戍他方,连年征战异乡;或须服沉重的劳役差遣,有家也长期不能归,《甫田》就是他们沉痛心声的真实表露,也是他们的怨泣呐喊。

  《曹风》的第二篇《候人》,则从另外一个角度唱出对社会不公的讥刺和怨愤之音。"候人",为边境、道路旁迎送宾客的小吏,职位低卑。第一章将他荷戈棍而守候的辛劳与仪仗华贵、声势煊赫的过往贵族官僚作了显明对比。第二、第三这两章则兼起兴、比喻手法而有之。以鹈鹕站立在鱼梁上伸下长喙捕食鱼儿,却不湿濡嘴翅的便宜轻易,来指称那些朝贵们的不劳而得、不相称其职禄。第四章云:

  荟兮蔚兮,南山朝隮。婉兮娈兮,季女斯饥。

  "季女",就本篇的文章结构看,当系指"候人"的小女儿,她是多么美丽可爱啊,但却一直在忍饥受饿,不能饱食。而前二句写朝云升起于南山,笼罩着郁茂繁密的草木,则可视为全诗自然背景的渲染烘衬。

  上面提到过,周王朝灭商立国后,为了巩固长久的统治,除却大量分

---

① 高亨:《诗经今注》,上海古籍出版社1980年版,第134页。

封子弟与异姓诸侯王外，还制定礼乐，也包括婚姻在内，作为固定制度来推行实施。所以，这种被充分"政治化"了的讲究地位利益对等的婚姻制度，在本质上就缺乏对人性的尊重与男女相互间的情感基础。而随着周王朝统治力量的逐渐弱化乃至衰歇，礼崩乐坏，原先以"合二姓之好""厚别附远"等为目的的政治婚姻的约束力与威慑作用也随之被人们弃置淡漠。这首先就表现在上层诸侯贵族对礼法的蔑视背叛上面。如他们为了满足性欲，贪恋美色，便破坏"同姓不婚"的制度，公开或暗地里实行翁与媳、子与母（庶母）、兄与妹之间的性关系，充分体现出其道德伦理的败坏程度——这和上论及的《东方之日》乃至《卫风》《郑风》中所描述的，男女间以真心倾慕的真实情感为前提的野性婚恋是有着本质差异的。《齐风》之第六篇《南山》、第九篇《敝笱》、第十篇《载驱》便皆系针对齐襄公与同父异母妹子文姜通奸事所发的。有关史实见《左传·桓公十八年》："春，公将有行，遂与姜氏如齐，申繻曰：'女有家，男有室，无相渎也。谓之有礼，易此必败。'公会齐侯于泺，遂及姜氏如齐，齐侯通焉。公谪之，以告。夏四月丙子，享公，使公子彭生乘公，公薨于车。"又《公羊传·庄公元年》载："夫人谮公于齐侯，公曰：'同（鲁庄公名）非吾子，齐侯之子也。'齐侯怒，与之饮酒，于其出焉，使公子彭生送之。于其乘焉，搚干而杀之。"

　　以下就此三篇分别析论之。先说《南山》诗。《毛诗序》认为是"刺襄公也"，朱熹则说是兼刺齐襄、鲁桓。如果通过诗中大量运用比譬，反复咏叹的形象以观之，当如方玉润所言：

　　　　此诗不可谓专刺一人也。……故欲言襄公之淫，则以"雄狐"起兴；欲言文姜成耦，则以冠履之双者为兴：欲言鲁桓被祸，则先以"艺麻"兴告父母以临之，"析薪"兴媒妁以鼓之，而无如鲁桓之懦而无志也，何哉？诗人之大不平也，故不觉发而为诗，亦将使千秋万世后，知有此无耻三人而已。又何暇之掩饰其辞而归咎于一哉！（《诗经原始》卷六）

　　《敝笱》共三章，首章云：

敝笱在梁，其鱼鲂鳏。齐子归止，其从如云。

第二、第三两章基本相同，只第二句末两字分别为"鲂鲋""唯唯"，第四句末两字分别为"如雨"、"如水"。它们都是以破鱼笼不能阻挡游鱼随便出入，来喻比文姜的自由往还于齐、鲁两国间，与襄公私会，诚如《毛诗序》云："刺文姜也。齐人恶鲁桓公微弱，不能防闲文姜，使至淫乱，为二国患焉。"至于其史实背景，或说为桓公十八年（前694）齐鲁会盟于泺，文姜同行之齐，再与襄公重续旧欢，故诗中写其车骑随从盛况以讥讽之；或说系鲁桓公在齐国被杀后，文姜子继位为庄公，而她仍时常由鲁而齐与襄公幽会，故齐人恶而讥刺之——其实，两说孰是孰非，已并不重要，重要的是这首诗深刻生动地揭露出当时的最高层统治者的荒淫奢靡、凶残与无能，那份遮掩在庄严煊赫的外表背后的丑恶面目。

《载驱》的主旨基本上相同于《敝笱》，朱熹承《毛诗序》、郑玄说，认为系"齐人刺文姜乘此车而来会襄公"（《诗集传》卷五）；清人顾镇《虞东学诗》、方玉润《诗经原始》并引史实与诗义比较，结合互证，对旧释作了精到的阐发。所不同的是，于艺术手法上，《载驱》纯然赋体，只直笔铺排摹写文姜来往于鲁国大路上的富丽奢华场面和逍遥得意情状——无须再加任何主观评判语，人们的那份指斥讽刺便尽现无余了。再者，《载驱》中大量使用重叠语，如"载驱薄薄"、"四骊济济，垂辔沵沵"、"汶水汤汤，行人彭彭"、"汶水滔滔，行人儦儦"之类，不仅强化了形象刻画，而且极具节奏感，增加了气势和韵味，铿锵有致，跌宕多变，这在《齐风》和《曹风》各篇里尤为突出特见。

《曹风》第三篇《鸤鸠》云：

鸤鸠在桑，其子七兮，淑人君子，其仪一兮。其仪一兮，心如结兮。

鸤鸠在桑，其子在梅。淑人君子，其带伊丝。其带伊丝，其弁伊骐。

鸤鸠在桑，其子在棘。淑人君子，其仪不忒。其仪不忒，正是四国。

鸤鸠在桑，其子在榛。淑人君子，正是国人。正是国人，胡不万年。

"究竟此诗主题维何？歧解之多，争论之烈，头绪紊乱，不可爬梳。在《诗》三百中亦为突出之一篇。"① 从《毛诗序》、郑玄，历唐、宋而至清代诸说者，皆议论纷纭，各自是其是而非其非，迄无定论。其实，就文本而言，诗的字面语意还是较为豁显明朗的，并不难解。全篇四章，皆以"鳲鸠"，即布谷鸟起兴，先说它哺育小鸟们（"七"为虚数，状言其多）平心无偏袒；以下三章仍接着谓布谷于桑树颠筑巢，再依次分言小鸟们在梅树、枣树、榛木上起落飞降。各章自此下皆全用直笔赋体，叙写"淑人君子"（贤明而品端德优者）仪态美好、用心专一，丝带黑皮帽，真可以为天下楷模；最后则热烈赞颂他长寿万年！近人吴闿生解释此篇旨意说：

> 《（毛诗）序》："刺不壹也。在位无君子，用心之不壹也。"朱子云："此美诗，非刺诗。"今以其次考之，于时不应有淑人君子可美之如此者，当为陈古以刺今，旧说为胜也。且"其带伊丝，其弁伊骐"，皆想象之词，与（《小雅·鱼藻之什》）《都人士》正同。末又云："胡不万年。"欧公云："叹其胡不万年在位，以刺今不然。"得其旨矣。《说苑》："鳲鸠之所以养七子者，一心也；君子所以理万物者，一义也。"《列女传》："鳲鸠以一心养其子，君子以一义养万物。"一义可以事百君，百心不可以事一君，此之谓也。皆汉经师之说。"仪"字皆读为"义"。（《诗义会通》卷一）

现在看来，吴说除个别地方，如"陈古以刺今"有些失之过为执迂以外，应大致不差。曹叔振铎为始封国之君，于政治上甚有作为；而此《鳲鸠》篇或作于曹国已衰微时，局势岌危，统治者昏庸腐朽（故有说者认为是"刺"昏君曹共公），所以曹人抚念念昔，追怀先君的贤明大德，而作诗歌颂之。至于是否含纳今昔对比，以昔"刺"今之意在内，篇中并无明确表露，故不妨两存之，不必定为凿实有或无。其实，也正因为篇

---

① 陈子展：《诗经直解》卷一〇，上海：复旦大学出版社1983年版。

意的"纯客观性"的美赞,时代背景的难以确考,故而也有说者主张为当时人作诗颂歌振铎的,那么,《鸤鸠》便属于西周前期产生的作品了。

《曹风》的第四篇《下泉》,虽然是《曹风》中唯一的有具体史实可考证者,但各家对其主旨的解说却仍然有所不同。其诗云:

> 冽彼下泉,浸彼苞稂。忾我寤叹,念彼周京。
> 冽彼下泉,浸彼苞萧。忾我寤叹,念彼京周。
> 冽彼下泉,浸彼苞蓍。忾我寤叹,念彼京师。
> 芃芃黍苗,阴雨膏之。四国有王,郇伯劳之。

《毛诗序》云:"《下泉》,思治也。曹人疾共公侵刻下民,不得其所,忧而思明王贤伯也。"孔颖达据之再作了些阐释发挥,然皆认定为东周襄王郑朝晋文公定霸时所制。朱熹则主要从艺术表现方面着眼,对成诗年代说得较为含糊:"王室陵夷,而小国困弊,故以寒泉下流而苞稂而伤为比,遂兴其忾然以念周京也。"(《诗集传》卷七)姚际恒从之,"此曹人思治之诗。《(毛诗)大序》必谓共公时,无据。"(《诗经通论》卷七)不过,依据具体史事以推断此篇之作期,清陈寿祺说得更加确切:

> 又以昭公二十三年(前519),天王居于狄泉,即此诗"下泉"。郇伯即荀跞也,荀即郇国之后,去邑称荀也。称荀伯者,《左传·昭公三十一年》,晋侯使荀跞唁公,季孙从知伯如乾侯。知伯即荀跞,荀伯犹知伯也。美荀跞而诗列《曹风》者……曹人盖有与焉。故曹人歌其事也。(《齐诗遗说考》卷七)

近人闻一多也认为《下泉》主旨系:

> 美晋荀跞纳敬王于成周也。昭公二十二年(前520),景王崩,太子寿先卒,王子猛立,子朝攻杀猛,晋人又攻子朝而立猛母弟丐,是为敬王。[1]

---

[1] 《风诗类钞》甲编,《闻一多全集》第4卷,北京:三联书店1982年版。

高亨亦持相同的意见：

  春秋末期，周景王死，王朝贵族一派立王子猛为王，是为悼王。过了七个月悼王死，又立王子匄为王，是为敬王。另一派拥护王子朝。（猛、匄、朝都是景王的儿子）两派争夺王位，打了五年内战。晋国大夫荀跞领兵打败王子朝一派，并留下一部分晋兵帮助守卫。王子朝逃往楚国，敬王的地位才得巩固。曹国人怀念东周王朝，慨叹王朝的战乱，赞许荀跞的功劳，因作这首诗。①

  今案，东周春秋末期，周王室的威望和实际控制力都已日趋衰微，而内讧不断，各诸侯国间的兼并战争异常激烈，正值季世乱世、民不聊生之际。所以，此篇以冰冷的泉水淹没苞、萧、蓍等众草起头，兼含喻譬之意，反复咏叹，以象征、暗示自己处境的艰危窘苦，继之再直言对往昔周王朝太平盛世的怀想留恋，最后又借雨润黍苗以归结到对荀伯匡乱扶正的赞颂，总束且呼应全诗，层层递进，以"累积"式的手法展现高潮。另外，以景物渲染、烘托情，借景物的描摹来引起联想、想象，以抒写情，曲中含直、先曲后直而委婉多有余味，从而造成一唱三叹、萦绕不尽的审美效果与艺术境界，也是《下泉》的成功之处，堪与《王风·黍离》等名篇比肩，只是意味不那么沉痛低绝，而是哀婉中尚蕴含着一丝期望的亮色。

  综上所述论者，可以看出，作为山东地区的先民们的歌唱——《齐风》与《曹风》，在十五国《风》中所占的总体数量既已有限，仅约计十分之一的比例（全部160篇中的15篇）；就个案对照而言，亦属中、下之数，不及《郑风》的21篇、《邶风》的19篇（案，东周春秋时认为《邶风》《鄘风》《卫风》皆系卫国诗，如《左传·襄公二十九年》："吴公子札来聘，请观于周乐……为之歌《邶》《鄘》《卫》，曰：'是其《卫风》乎！'"又，《左传·襄公三十一年》载卫北宫文子引《邶风》，却称之为"卫诗"，皆可证明。故知它们本是混合在一起的，汉儒始划分成为《邶风》19篇、《鄘风》10篇、《卫风》10篇，但也并无明确的分属准

---

  ① 《诗经今注》，上海古籍出版社1980年版，第197页。

则，颇带有随意性。卫国所辖疆域约当今河北省南部及河南省北部，初封时都于朝歌，即今之河南淇县东北；后迁都楚丘，即今之河南滑县东、再迁都至帝丘，即今之河南濮阳西南。那么，卫地之诗，无论名《邶》《鄘》，抑或《卫》，都本应有39篇之多了。[①]）《唐风》的12篇。于整体艺术表现水准衡量，也趋向一般化，较缺乏精诣超绝、具载经典意义而历来为人称颂、影响久远深刻的名篇——当然，这也只是相对而言，并非全然漠视山东先民们诗篇的独特价值与作为后来几千年地域文学、乃至整个中国文学渊源的"文本"性重要贡献。

约略言之，《齐风》和《曹风》具载了以下的几点特征：

首先，是其内容主题的丰富性与艺术手法的多样化。

关于前者，男女异姓间的婚姻恋情是人们关注的重点，诸如隆重的迎娶亲嫁、小夫妻早晨恋床不起的温馨恩爱与青年恋人间不顾礼制约束的甜蜜幽会，都贯注着浓重热烈的情感。还有对于当时的社会基本生产方式之一——畋猎的表现，赞扬猎手的技艺高超，因为他们据此才得以为人们的生存提供一定的物质基础，即供食用的丰厚猎物。尤其值得品味的，是先民们时间意识的觉醒，由之引发起关于人命浅危的忧虑与对最后归宿的终极关怀，并且推己及人、由个体指向国家群体，情思切挚深沉而视野廓大，由此逐渐构建起一种递进或互动的叙述模式，沉积为中国古典诗歌、当然也是几千年来山东文学的永恒主题之一。

在内容题旨方面，约占近半数篇幅的，是对贵族统治者的荒淫奢逸、道德败坏的揭露谴责和社会下层大众困苦窘艰处境的同情。前一点集中到讥刺齐襄公与同父异母妹文姜通奸的丑事上，而后一点则本源于当时普遍存在的社会不公的严酷现实之上。无论一般庶民与农奴们早出暮归地为贵族统治者服繁重的差役，其幼子未成年便被派去远方戍边，久久不还，抑或下层胥吏的辛劳当差，他们都是被剥削被压迫者。但贵族官僚集团却高踞尊位，不劳无功而尽享富贵，才最使下层民众愤怨不平。另外，还有生当衰世而伤时忧乱，怀念往日太平而思治的篇章，也对后来的文学影响甚大，以致成为一个极重要的创作母题。特别是每值国势衰颓、政治窳败腐朽，或外患严重、民族命运危急之际，它便更加凸显，甚至澎湃作那一时

[①] 此处说本高亨：《诗经简述》，见《诗经今注》，上海古籍出版社1980年版，第7页。

代文学的主流，历代以降，一直绵延更续不绝；有时又与儒家的诗教理论相互结合，遂"有所为而作"，直接背负着实用性政治功利目的，使原来作为文学本质所存在的审美功用价值反倒被稀释淡化而退居次位了。

　　再说后者。《诗经》里的三种艺术表现手法——赋、比、兴，在《齐风》与《曹风》里均得到充分显示。有时只用一种赋体，直笔叙写；有时则或比或兴，或义兼比、兴且杂用赋法，错综交融，更添加一份感染力。另外，再提出其较见胜处的两点：即一是采取对话方式。无论全篇贯通，不着闲笔，或部分运用，杂入他法，都蕴含着不同程度的叙事性，使人物性格显明生动，遂开启后世法门。最成功而突出的莫过于《鸡鸣》篇了。二是借景喻情、以景传情，本来无知觉的客观性景物被赋予了浓厚的主观情绪色彩，产生并发挥出烘托气氛、渲染情调、映照环境的重要作用，作为一种描写中介，它触引、牵发起读者（听众）的联想和想象，且规定着某种具体指向性与美学张力，由之通往人与事，使两端融汇、整合为一个有机统一的整体境界——尽管它在这里被使用得还不够普遍，方法也较为简单，技巧不够娴熟，但却并不影响那种肇发始端的经典意义。作为一种艺术精神，乃至具体的表现范型，它在此后获得迅速而长足的进展、演变，终究成为中国（当然包括山东地区在内）古典诗歌最主要的一块奠基石。

　　其次，则为《齐风》与《曹风》里所涵纳的某些特具地域色彩的社会历史文化意蕴，最典型地体现于有关婚姻情恋类的诗篇上面。正如前文曾经谈及过的，新崛起的姬周王朝代替殷商而掌握全国政权后，即分封诸侯、制礼作乐，实施"王臣公、公臣大夫、大夫臣士"的贵族等级制和以嫡长子世袭为标志的新的宗法制——即王国维所言"是故有立子之制，而君位定；有封建子弟之制，而异姓之势弱，天子之位尊；有嫡庶之制于是有宗法有服术，而自国以至天下合为一家"①，来保证、巩固自己的政权及经济利益，即所谓的"溥天之下，莫非王土；率土之滨，莫非王臣"（《诗·小雅·谷风之什·北山》）。就地域文化史的角度来看，周国原先领地在黄河中上游的黄土高原一带，当今甘肃、陕西地区，其东部边境曾

---

① 《殷周制度论》，见《王国维学术经典集》，南昌：江西人民出版社1997年版，第140页。

及今河南省西部；于灭商而建立统一王朝时，又将二南（周南、召南）作为中央朝廷的直接统辖地，它们约当今河南省南部（临汝、南阳）和湖北省北部（襄阳、江陵），这是与封国属地性质全然不同的行政区划。所以，综合时、地而言之，周具体体现出当时西方的礼乐文化的特征，与旧的、地处东方的殷商的尊神文化显示出鲜明的差异。这些差异并不只局限于正式的婚姻制度方面，甚至更多浸润、呈现在民间流行的婚恋情爱习俗上。

大致说来，殷商时代尊事神鬼，巫风弥漫，重用刑罚而轻视礼教。于婚恋男女关系也较为开放，具有相当的自由度与野性成分，而宗族、家庭、父母的干预因素和礼教束缚也相对为少。如被视为民族史诗的《诗·商颂·玄鸟》，开篇即歌唱说："天命玄鸟，降而生商，宅殷土芒芒。"玄鸟即燕子。《毛诗注》："玄鸟，鳦也。春分玄鸟降，汤之先祖有娀氏女简狄配高辛氏帝，帝率与之祈于郊，禖而生契，故本其为天所命以玄鸟至而生焉。"郑玄笺："天使鳦下而生商者，谓鳦遗卵，娀氏之女简狄吞之而生契。"类似的记载，尚见于《山海经·大荒东经》《礼记·月令》《楚辞·天问》《吕氏春秋·音初》《淮南子·地形》《史记·殷本纪》等周秦及西汉的上古文献里。契系商的先祖，始建国于商（今河南商丘）。

至于《玄鸟》诗称颂的有娀氏之女简狄于春天在野外，捡拾得五色燕卵，遂吞食之而生契的奇事，不过是殷商后裔宣扬其得之于天的故神其说罢了。而实际情况应为简狄于春日外出游玩，或说洗浴于河中，或是参加郊外春祭活动时——因为这原本就为青年男女自由恋爱欢好的盛大节日，在《国风》的不少诗篇里都有描述——与相爱男子野合，才怀孕而生下了契。后来盘庚迁都城于殷（今河南安阳），遂改国号为殷，是以统称之殷商，即《国风》中的郑、卫之地。而桑间濮上，向来被正统儒学家斥之为"淫奔"的情诗，则也大量产生于此间。孔颖达《疏》其中的《鄘风·桑中》云："时既如此，即政教荒散，世俗流移，淫乱成风而不可止。"便说明了殷商的野性自由婚恋旧俗，虽然在姬周新朝的礼乐制度下受到过一定程度的扼制改造，但并未被根本消除。并且随着周王朝统治势力的日趋衰微，"礼崩乐坏"，诸侯争霸，与"王命"政治上逐渐疏离乃至对抗的同时，它也重新抬头、回潮以至肆意张扬澎湃开来。《礼记·

乐记》云："顾卫之音，乱世之音也，比于慢矣。桑间濮上之音，亡国之音也。"所说无疑是在指殷商遗音。"三河为天下之都会，卫都河内，郑都河南……赵邯郸故卫地，此谓河北之卫，与郑同俗也。……盖古时河北之妹邦、邯郸，河南之溱洧、曹濮，其声色薮泽乎？"（魏源《诗古微》卷九）它在引《史记·货殖列传》的"沙丘纣淫乱余民，民俗儇急，仰机利而食"和"赵女、郑姬，设形容，揳鸣瑟，揄长袂，蹑利屣"之类记载相印证后，也是对产生这种"情诗"的文化风俗因素背景的总结之语。

曹国领地与郑、卫相接邻，也当归于东方地域。它虽为姬姓子弟之封属，但按照一般性社会历史常规言之，作为西迁东来入主的统治族姓，他们在人口数量上不可能占多数；面对历经漫长时间沉积而凝固形成的原先的文化风习，新侵入的西方姬周"政教王化"也很难占据优势地位而产生根本性改造更易作用。反倒是随着时世移转，种姓族群的界畛在渐次消融泯灭；更因为周王朝的衰微与分裂，而在长时期的冲撞磨合间，殷商旧朝的文化基因得以复兴乃至再生，重新起到主导作用。更重要的是，这种东方的自由婚恋习俗基础于人性人情的平等和人的生命本能需求之上，相较于西方周礼的等级制教化仪式规范婚姻的束缚，它无疑更具载活力与强烈的诱惑性。依据闻一多的研究，《候人》篇便表述了此等内容：

> 《候人》是怎么一回事呢？……一个少女派人去迎接她所私恋的人，没有迎着，诗中大意如此而已。若要摹仿作《（毛诗）序》者的腔调，我们便应当说："《候人》，刺淫女也。"（《高唐神女传说之分析》）

> 古谓性的行为曰"食"，性欲未满足时之生理状态曰"饥"，既满足后曰"饱"。……《候人》篇曰："彼其之子，不遂其媾。"又曰："季女斯饥。"寻绎诗意，"饥"谓性欲明甚。……且《诗》言鱼，多为性的象征，故男女每以鱼喻其对方。……而《候人》曰："维鹈在梁，不濡其咪。"亦寓不得鱼之意。（《诗经通义》）[①]

[①] 《闻一多全集》第4卷，北京：生活·读书·新知三联书店1982年版。

当然，对《候人》一诗的理解颇存歧异，众说纷纭中尚难定论，我们在前面也已另有阐述，并不同于闻说。不过，无论如何，他都给我们提供、开辟了一个新视野，其精警独到之处是不容忽略的。况且，作为对东方文化意蕴的整体阐述，在婚恋情爱这方面，如果说《曹风》尚不够典型、涉及有限的话；那么，《齐风》则作出更全面充分的展开。

周王朝建立前后，为了扩张势力，强化中央政权的统治，曾长时期不断地采用军事手段，以战争来征服四邻诸族——东夷、西戎、南蛮、北狄（狝狁）。而齐国正是东夷之属，其始封的开国君王姜尚亦为东夷人。《史记·齐太公世家》云："太公望吕尚者，东海上人。其先祖尚为四岳，佐禹平水土甚有功，虞夏之际封于吕，或封于申，姓姜氏。夏商之时，申、吕或封枝庶子孙，或为庶人，尚其后苗裔也。本姓姜氏，从其封姓，故曰吕尚。"南朝宋裴骃《集解》引《吕氏春秋》曰："东夷之士。"唐司马贞《索隐》引谯周曰："姓姜，名牙。炎帝之裔，伯夷之后，掌四岳有功，封之于吕，子孙从其封姓，尚其后也。"尽管姬、姜两姓为累世姻亲，姜尚且为周武王姬发之岳父，封他明显具有"以夷制夷"的战略政策性意图，但齐与周朝廷不仅于东西地理上相距最遥远，并且民间大众的文化习俗与潜在的族姓心理方面也当更为疏离，这些无疑皆逾于姬姓的曹国。

《齐风》里有关婚姻恋情的诗歌，已经超过比例的半数（全部11篇中的6篇），它们程度不等地多流露出与周礼正统观念相左的倾向。像坦然歌唱女奔男偷情过夜的《东方之日》自无待言，它已丝毫不逊色于充满野性情欲味的卫、郑桑间濮上之音，所以，《毛诗序》评论说："刺衰也。君臣失道，男女淫奔，不能以礼化也。"现在看来，"刺"是汉儒以封建教化的有色眼镜外加上去的，不符合原诗旨意，不可听信；至于"不能以礼化"倒是说出了实情真况，因为篇中表现的那种大胆奔放的爱情追求与获得的愉悦，正本源于东方文化习俗中对于人情和人性自主自由的张扬肯定。至于《鸡鸣》篇叙丈夫贪恋床笫恩爱、耽误公干，虽然也是日常生活中的常见现象，本无足怪，但恐怕也是强调以礼节情、尊崇"政治教化"为婚姻本位的周朝婚姻体制所不能首肯推许的。

如果上举篇章所叙写者勃发出强健的生命活力与青春热情、辉耀着纯洁美丽的爱情光采，合乎人性天然，是对西方地域的周王朝尊礼文化及其相应婚姻规制的积极式破坏、违逆的话，那么，《南山》等4篇所讥讽的齐襄公私通于同父异母妹文姜之事，则显然属于一种消极意义上的背礼叛道。因为他们的行为固然也包含有弃违周礼"合二姓之好"、"厚别附远"等婚姻制度的政治功利目的实用性的一面，然而那种对色欲的赤裸裸渴求与满足，即使在东方的自由野性的婚恋情爱风习中，也是仅只停留在较原始本能的、低层次的生理性方面，而缺乏其中涵纳的另一部分更高层次的精神情感内容及对美好理想的认同。所以，它不符合人类整体文明进程中相应发展阶段的道德伦理规范，是丑陋粗鄙的。

另外，带有地域特征的社会历史文化意蕴，也体现在有关描写生产生活内容的篇章中。比较而言，周人是植根于西北黄土高原上的一个古老族群，主要是缘由自然的地理环境条件，他们选择了农业为最基本的生产方式——故其先祖弃（后稷）即被尊奉为农神。后来几经迁徙，终至岐山下的周原立国，因为此间土壤肥厚，尤适宜于农耕。所以，十五国《风》里，产生于这一地域的《豳风》，才会出现《七月》那样的以农事——四季的农业生产与农民生活为主题内容的、做细致铺写描述的长篇巨制，那也正是周人们对于自己生存状态的真实歌唱。而偏处东陲的齐地则大不然，它濒临海疆，人口稀少，社会经济进程相对更较原始，且土地瘠薄，不利于发展农业生产，却方便渔猎，这些区域特点均一定程度地映现到民众的生活方式与风习上。故此，《齐风》里就有两篇是直接表述猎人风姿及其畋猎活动的。还有另外的一篇《猗嗟》，尽管主角人物果谁氏尚众说歧异、未能确定，但它的内容却是在盛赞他的射箭技法高超卓绝——这点也与狩猎有着紧密关联——相反，在《齐风》里却未见到以农事为主要反映对象的篇章。当然，以上也仅只就主要趋向而言之，并非说齐人无农业生产和农民，不存在农耕文化；相应地，也不意味着周地未有畋猎及相关的生产生活。

三　远古的庙堂乐歌：《鲁颂》

关于《诗经》的三个类别部分之一，与《风》《雅》并列的《颂》，系由《周颂》《鲁颂》《商颂》共同组成，故合称"三颂"。它总计为40篇，其中《周颂》31篇，《鲁颂》4篇，《商颂》5篇。"颂"的语义本身，不外乎是颂扬、赞美的意思。第一，它原来也就是周天子与诸侯在宗庙祭祀或其他重大典礼上所演唱的专用的乐歌舞曲,"朝廷郊庙乐歌之辞";第二,对象是在位的周王、鲁侯、宋公及其先祖,内容则是为之歌功颂德。以上是能否得以入《颂》的诗篇的两个基本标准,如虽然《风》和《雅》里也有些赞美王、公侯或者他们先祖的诗篇,但因为仅只符合后一条标准,而不符合前一条标准,故而不能列入《颂》中。[①] 所以,前引《诗大序》才将之定义为:"《颂》者,美盛德之形容,以其成功告于神明也。"

《颂》在《诗经》里的产生年代较早,大略而言,《周颂》当是西周王朝初期文王、武王至成王时候的作品,《鲁颂》、《商颂》则系东周春秋中、前期的鲁国和宋国的作品。清沈德潜《说诗晬语》评论《鲁颂》之产生云:

> 鲁,诸侯也,安德有《颂》?至鲁有《颂》,且祀后稷以配天,非礼矣。今读《駉》以下四篇,皆僖公之诗,先儒谓季孙行父请于周而作《颂》,知东迁以上,鲁无《颂》也。即谓《颂》之变亦可。

不过,从总体而观之,有异于率兴而作的、甚富有抒情色彩而流传于间巷街坊中的民间歌谣——《风》,三《颂》则全部出自贵族文士的手笔。由于经过他们的精心运思创作,因之又于艺术形式上显示出讲究章法结构的严谨对称,句式整饬有序(如四言一句者为最常见的基本范式,间或有五言、六言一句者,但罕见一、二、三、七、八等杂言错落掺入)的现象。并且,除《周颂》外,《鲁颂》《商颂》均系篇幅宏富的洋洋大制,气象肃穆严整,自具另一种闳阔板正的声势,这与二《雅》的多数篇章相类,而颇异趣于十五国《风》清新率真的民歌天然风貌。如果说,以《风》为主体的民间诗仍然属于上古先民们无主名集体歌唱的范畴的话,那么,《颂》诗则为贵族文士的有意识创作,在某种意义上,已经开了战国后期屈原等诗人作家个体创作的先河。如果说,《风》诗(包括《小雅》里的一些民歌)更蕴含着纯文学性的审美价值取向的话,那么,《颂》诗(也可以推及二《雅》的大多数篇章)则主要拥载着社会政治、

---

① 参见高亨:《诗经简述》,见《诗经今注》,上海古籍出版社1980年版,第5页。

民俗、历史文化等文献意义——或许这也正是贵族文士们制作这些诗篇的本来目的所在吧。

鲁国位于今山东省的西南部，都曲阜，它是周王朝建立后分封的71国，在山东地域内与齐并列的最重要、最大的国。其开国君主为周武王之弟周公旦，他"常辅翼武王，用事居多"，也与太公姜尚同为灭商立周、于新旧王朝鼎革更替过程中树功厥伟的强力人物；又因鲁为姬姓，是以在众多封国中便据有一种特殊地位。诚如朱熹所言者："成王以周公有大勋劳于天下，故赐伯禽以天子之礼乐，鲁于是乎有《颂》，以为庙乐。其后又自作诗以美其君，亦谓之《颂》。"(《诗集传》卷二〇)因为有这种特殊待遇，故而鲁能够独"得郊祭文王"。不过，"周公不就封，留佐武王……其后武王既崩，成王少，在襁褓之中。……于是周公卒相成王，而使其子伯禽代就封于鲁"(《史记·鲁周公世家》)。那么，它实际的开国之君便应为伯禽了。

伯禽就国后，采取的治国策略与齐颇相径庭。据史籍所载，"(姜)太公至国，修政，因其俗，简其礼，通商工之业，便鱼盐之利"(《史记·齐太公世家》)。"昔太公始封，周公问：'何以治齐？'太公曰：'举贤而上功。'"(《汉书·地理志》) 可见属于一种较为开放而因地制宜、注重实际事功和发展经济的方针——这种情形在上节谈到的《齐风》里也有侧面反映——而鲁的国策仍然体现着周王朝尊礼的文化精神，强调宗法教化的作用，重政治思想而轻生产经济："鲁公伯禽之初受封之鲁，三年而后报政周公。周公曰：'何迟也？'伯禽曰：'变其俗，革其礼，丧三年然后除之，故迟。'"(《史记·鲁周公世家》)"周公始封，(姜)太公问：'何以治鲁？'周公曰：'尊尊而亲亲。'"(《汉书·地理志》) 总之一句话："启以周政"(《左传·定公四年》)。

公元前11世纪中叶，周武王灭殷商，旋即"封建亲戚以蕃屏周"(《左传·僖公二十四年》)，是有鲁；至周赧王延五十九年、楚考烈王七年（前256），楚灭鲁，迁封鲁顷公于莒（是年周亦为秦所灭，周君死），则鲁享国近800年，几与姬周王朝相始终，但是，鲁始终未得跻身于一流强国之列。只有在春秋前期，鲁国势较强，不断兼并周围的小国，如极（今鱼台西）、郜（今成武东南）、防（今金乡西北）、须句（今东平西北）、向（今莒南）、根牟（今沂水东南）、郯（今郯城东北）、鄣（今济宁东南）等，以扩张疆域，并积极参加各诸侯国间的外交政治事务活动，力求扩大自己的影响。而《鲁颂》正是产生于这种背景下，并反映出上述的一些有关情状。

《鲁颂》四篇，其中《泮水》《闷宫》当制作于鲁僖公晚年之际，而《駉》《有駜》，一般论者也多认为成于僖公朝。僖公申为鲁闵公弟。闵公二年（周惠王阆十七年，前660），被庆父所杀，庄公弟季友遂立申为国君，即僖公，庆父出奔莒，遂自杀。次年（前659）为僖公元年，他在位33年，死于周襄王郑二十五年（前627）。这一段时期，正当齐桓公、秦穆公、晋文公、宋襄公、楚成王等大国之君在争雄称霸，战事持续不断；但也值鲁国力较壮盛之际，"只一败于齐，而四败宋，两败齐，一败卫、燕。直至桓公称霸前夕，鲁之国势尚甚强，不亚于齐"①。所以，僖公还是有所作为，如十七年（前643）出兵灭项（今河南沈丘），二十一年（前639）灭颛顼（今费县西北），二十三年（前637）伐邾得訾娄（今济宁境内），二十八年（前632）鲁与晋、齐、宋、郑、蔡、莒、卫等国于践土（今河南原阳西南）会盟，周襄王亲至会所。因之国人作诗来颂赞他的诸多业绩，这是此前后的其他鲁国君所不曾享有到的殊荣。

《鲁颂》的第四篇《闷宫》，可将之当作有关姬周暨同宗姓的鲁国与僖公的史诗来看待，颇具"颂"诗的代表性。它是整部《诗经》里最长的诗篇，总计120句，分为8章，朱熹还称"第四章有脱句"（《诗集传》卷二十）。为了展示这一类型的风貌特征，故作为特例，将全诗逐录于次：

> 闷宫有侐，实实枚枚。赫赫姜嫄，其德不回。上帝是依，无灾无害。弥月不迟，是生后稷。降之百福，黍稷重穋，植稚菽麦。奄有下国，俾民稼穑。有稷有黍，有稻有秬。奄有下土，缵禹之绪。
>
> 后稷之孙，实维大王，居岐之阳，实始翦商。至于文武，缵大王之绪，致天之届，于牧之野。"无贰无虞，上帝临女！"敦商之旅，克咸厥功。王曰："叔父，建尔元子，俾侯于鲁。大启尔宇，为周室辅。"

---

① 童书业：《春秋左传研究》，上海人民出版社1983年版，第45页。

乃命鲁公，俾侯于东，锡之山川，土田附庸。周公之孙，庄公之子。龙旂承祀，六辔耳耳，春秋匪解，享祀不忒。皇皇后帝，皇祖后稷，享以骍牺，是飨是宜。降福既多，周公皇祖，亦其福女。

秋而载尝，夏而福衡。白牡骍刚，牺尊将将。毛炰胾羹，笾豆大房。万舞洋洋，孝孙有庆。俾尔炽而昌，俾尔寿而臧。保彼东方，鲁邦是常。不亏不崩，不震不腾。三寿作朋，如冈如陵。

公车千乘，朱英绿滕，二矛重弓，公徒三万，贝胄朱绶，烝徒增增。戎狄是膺，荆舒是惩，则莫我敢承！俾尔昌而炽，俾尔寿而富，黄发台背，寿胥与试。俾尔昌而大，俾尔耆而艾；万有千岁，眉寿无有害。

泰山岩岩，鲁邦所詹。奄有龟蒙，遂荒大东。至于海邦，淮夷来同。莫不率从，鲁侯之功。保有凫绎，遂荒徐宅。至于海邦，淮夷蛮貊。及彼南夷，莫不率从。莫敢不诺，鲁侯是若。

天锡公纯嘏，眉寿保鲁。居常与许，复周公之宇。鲁侯燕喜，令妻寿母。宜大夫庶士，邦国是有。既多受祉，黄发儿齿。

徂来之松，新甫之柏。是断是度，是寻是尺。松桷有舄，路寝孔硕。新庙奕奕，奚斯所作。孔曼且硕，万民是若。

大致言之，《閟宫》的首章一上来就先表明鲁与周王室同宗共祖的特殊关系，以自高身份；并追溯周始祖姜嫄因得到上帝祐护才生下后稷的神奇事迹，极赞后稷教民稼穑、德被天下的丰功伟绩——这些记叙可与作为西周初期史诗的《大雅·生民之什·生民》相共参比对照，只不过此处文字较为简赅概括罢了。第二章依次述写周先祖太王（古公亶父）率众民迁居岐山之南，文王与武王翦灭殷商、开基建立统一国家的大业，再归结到分封鲁侯，是为鲁之开国史。第三章则从伯禽受封之始而直注其第十九世孙僖公申，极力夸扬鲁由于是周公之后，故得到天子的殊遇——被广赐山川田土，故得受天子的殊荣——被特许使用周天子礼乐以祀天祭祖。那份洋洋自得的心绪，充溢了字里行间。至此，可谓铺垫排比已足，所以，便转到以下的第四章至最后第八章。历数鲁国的祭祀诚谨有常，得上天福膺；鲁国的兵力强盛，故以维护华夏正统、讨伐夷狄异己为责任，其势概莫能当；鲁国的疆域广袤，声威远及海隅，四方皆相率顺服，这全系僖公之功；鲁国的上下多福，普遍被及；而新庙落成，宏敞高大、富丽堂皇，万民称颂，以之归束全篇——凡此等等，"盖其体固列国之风，而所歌者，乃当时之事"（《诗集传》卷二十）。

一般地说，"颂"诗极易失之于空洞板滞，成为褒美失实的程式化官样文章，让人觉得虚伪枯燥。《閟宫》当然不能说就避免了这种体制类型化的先天性弊端。但是，它在艺术生也确有一定成功之处。如那洋洋巨篇的恢宏气势与严谨结构，那追本溯源、汪洋恣肆而循序递进层垒的史诗笔法和张扬意味，那上下四方、巨细无遗的描摹叙写也甚具铺排陈列之能事，加上脉络明晰、井井有条的章法与错综变化的音节、丰富多彩的辞藻字面，都颇见作者的娴熟写作技巧和典雅的审美趣味。方玉润认为《閟宫》对汉大赋产生了直接影响，"早开西汉扬（雄）、马（司马相如）先声，固知其非全无关系也"（《诗经原始》卷二十），当为精辟之论。

比较起《閟宫》，《鲁颂》第三篇《泮水》的篇幅约短小了一半（总计64句，且悉数皆为四言一句者，只有一句"淑问如皋陶"的五言者例外），但是，清牛运震却一力赞许说它"恬重和雅，《鲁颂》四篇，推此第一"（《诗志》卷八）。关于其主旨，历来也存在着不同看法。"此饮于泮宫而颂祷之辞也"（《诗集传》卷二十），朱熹之说固然无错，但大而化之，过于笼统简单了。倒是清儒的分析更为详细精确：

> 按，《通典》载："鲁郡泗水县，泮水出焉。""泮"为水名可证。鲁侯新作宫于其上，其水有芹、藻之属，故诗人作"颂"，因以采芹、藻为兴。谓既作泮宫而淮夷攸服，言其成宫之后发祥而获吉也，故饮酒于是、献馘于是、献囚于是、献功于是。末章乃盼泮水之前有林，而林上有飞鸮集之，因托以比淮夷之献琛焉。通篇意旨如此。（姚际恒《诗经通论》卷十八）

另，陈奂也称："前四章言修泮宫之化，后四章言伐淮夷之功。（第五章）言既作泮宫，淮夷攸服，此蒙上生下之词也。"（《诗毛氏传疏》卷二十九）两说正可互为补充。总之，《泮水》就具体地点（泮宫）以具体事件（征服淮夷）来歌颂鲁僖公的德政武功，是为贤君楷模，正是其主旨，而通篇内容皆围绕着这个主旨发挥，反复阐述张扬。像"穆穆鲁侯，敬明其德。敬慎威仪，维民之则。允文允武，昭假烈祖""明明鲁侯，克明其德。既作泮宫，淮夷攸服。矫矫虎臣，在泮献馘"之类的辞句，不是与《閟宫》如出一辙，甚至在赞美程度上有过之无不及吗？

　　虽然与《閟宫》的中心内容、主题性质相类近，但是，不同于它的长篇大论、一副庄重严肃的面貌，《泮水》显示出一些灵动变化的意趣，这主要是缘由其表现手法的多样化："大体宏赡，然造语却入细，叙事甚精核有致。前三章近《风》，后五章近《雅》"（孙𨱑《孙月峰先生批评诗经》卷四）。具体说来，前三章皆以"思乐泮水"为起句，详细摹写鲁僖公车驾来至泮宫的情状，人、物、景交错互映，用笔又次第有序，于反复咏唱间充分渲染出那种隆重盛大而热烈欢乐的气氛，不假比兴而纯用赋体便如闻如见，活画于眼前，自具一番胜境，颇似《召南》里的《采蘩》、《采蘋》，而尤与《小雅·南有嘉鱼之什·采芑》篇笔法意味相似。后五章则直笔叙述事功，放言颂美政德，更拥载着"史"的风貌，其典重肃穆也与《大雅》《颂》类同，皆见一派古雅之趣。唯末章出之以鸮（猫头鹰）食桑葚的比喻手法，便平添了点曲折，扩张了一些想象联想，多了一份余味和悠然。

　　至于《鲁颂》的第一篇《駉》、第二篇《有駜》，则属于不作全景正对式铺张，而只就侧笔断面来表现，篇幅也相对为简短的另一种类型的"颂"诗。先说前者。它其实通篇都在写马，从马的各种形态、颜色、动作、神采、力量直到功用、德能，那背景则是"坰之野"：遥远辽阔的郊野旷地，大群的马儿可以尽情在这里驰骋奔跃、欢鸣嘶叫。全篇以整齐对称的章法句式，重叠反复的叙述描画，刻意营造出这幅气象恢宏而又充溢着蓬勃生机的长卷。而每章末尾的"思无疆，思马斯臧"，"思无期，思马斯才"，"思无斁，思马斯作"，"思无邪，思马斯徂"，又以唱叹有味的虚笔出之，以与前面的实写交织互映，既能开拓出人们的想象空间，又融入较浓郁的抒情色调。要之，《诗经》中虽不乏涉及到写马的佳句，但以马为主题而贯注始终、统领全篇者却唯此一例，故而将《駉》视作历代咏马诗之祖，兼具肇端与经典范型的双重意义，是不为无当的。如宋许𫖮《彦周诗话》云："客言：'李（白）、杜（甫）诗中说马如《相马经》，有能过之者乎？'仆曰：'《毛诗》过之。'"其实，不仅李白《天马歌》，杜甫《房兵曹胡马》《高都护骢马行》等诗，早者如汉武帝刘彻

《天马歌》,之后如李贺《马诗二十三首》之类,也都程度深浅不等地接受了《駉》的影响。

对于《駉》的艺术价值已是众口一词地给予褒赞,并无异议了;然而,有关其主旨意向的认定,却是歧见纷呈、莫衷一是。现在看来,朱熹"此诗言僖公牧马之盛"(《诗集传》卷二十)的判断比较符合篇中表层所表现的内容。因为,从历史背景的角度而言,春秋战国时代战争的一种主要手段为车战,那驾车的马自然便具处在关键地位了。所以,在特定意义上,马的蕃多和强壮与否便标志着国力的盛衰;故诗里虽只写马,实际上便等于颂扬僖公治理国家有方,造就了鲁的强大兴盛。至于其深层内蕴是否含纳着以养马喻育贤的意思,如方玉润《诗经原始》所言"以为喻鲁育贤之众,盖借马以比贤人君子耳",则还不能凿实确指。尽管说诗者不妨滋生此种联想推测,而后世诗人的咏马诗里确也每每以马喻人托志,马也只是个借来明心志的中介物而已。但具体回到《駉》之本文,却不宜牵强附会,强加于己意。

《鲁颂》的第二篇《有駜》云:

有駜有駜,駜彼乘黄。夙夜在公,在公明明。振振鹭,鹭于下。鼓咽咽,醉言舞。于胥乐兮!

有駜有駜,駜彼乘牡。夙夜在公,在公饮酒。振振鹭,鹭于飞。鼓咽咽,醉言归。于胥乐兮!

有駜有駜,駜彼乘駽。夙夜在公,在公载燕。自今以始,岁其有。君子有穀,诒孙子。于胥乐兮!

关于本篇的主题,朱熹说:"此燕(宴)饮而颂祷之辞也。"(《诗集传》卷二○)。它描叙了为政与宴饮的场面,展现出一派愉悦祥和气象,那衷心的美颂赞扬之情充溢在字里行间,不言自明。然而,篇中所写的对象究竟为何许人——鲁国君臣抑或只是一些贵族官员们,却也是说法不一,难得定论。不少论者依据《左传》等史籍的记载,称鲁国曾遭多年灾荒,而僖公采取了一些有效措施,方始获得丰收,使民心安定,故被誉为中兴之君,此篇旨意即是歌颂僖公之德能美政的。我们认为,这种解释大约是由第三章后半部分的"自今以始,岁其有。君子有穀，诒孙子"推衍所得，但却过于简单化了。因为年年丰收以贻福子孙的祝祷之辞，原系"颂"诗泛泛的惯用语和题中应用之义，不一定就是拥戴专指意向，产生于某一具体事件特定背景之上。况且，"穀"也可以释为"俸禄"，则此句意为贵族官僚们有禄位长留给子孙。[①] 所以，即便是赞美鲁僖公的话，也不过是说他勤谨鞠劳于政事，且能与臣属饮宴，上下同乐，故得和谐欢乐的太平盛世。如此而已，原不必再深文周纳另求之。

不过，《有駜》在艺术表现上却确有独到之处。它共3章，每章皆以马起兴，借马衬托气氛以牵引出人事——这从另一个侧面恰恰印证了上篇《駉》之以咏马为主题的意义，即马的蕃多健壮是国势强盛、君主善政的某种象征，即"问国君之富"时，每每"数马以对"。那么，此处开篇就写马的强力肥壮（"駜"）也就不仅只是生理体貌性的形容，而同时涵纳着深层的社会历史内蕴了——于章法结构上则三言句与四言句交杂运用之，回环往复，特别见出节奏的错落有致。可以想象得出来，当时用它配上乐曲演唱之际的铿锵美听、宛曲多致；而在用来伴舞时，也与舞姿急促或舒曼的变化配合得融洽无间，歌舞皆相得益彰。再者，从"振振鹭，鹭于下。鼓咽咽，醉言舞"到"振振鹭，鹭于飞。鼓咽咽，醉言归"，不仅是暗示着饮宴由聚而散的时间进程，并且扩张了空间境界，在通体饮宴歌舞的热烈氛围间忽阑入清朗疏旷意味，尤觉顿生高远隽逸之致，这是《颂》诗中所罕见的。

总结上述之种种，可以归纳说，《诗经》里的《颂》，为后世庙堂文学之始祖，而作为肇端，它的所有特点和弊病都在历代的庙堂文学中显示出来，可谓余波不绝、影响既久且深，具体言之，便是于宗庙祭天祀祖、祈福禳灾为它最基本最主要的目的。那么，现实政治功利的实用意义便远远超过、甚或是取代了其审美价值——尽管不排除在观赏时所产生的净化心灵、愉悦情感而导向崇高及自我满足的功能——因之这种类型特质就先天性地决定了"颂"诗只能是赞誉功德、一味炫耀夸饰、以雍容雅重为旨归的操作规范；而伴随俱生的，则是它内容上虚美浮夸的倾向与空洞呆滞、枯涩乏味的艺术缺陷。

[①] 说本高亨《诗经今注》，上海古籍出版社1980年版，第513页。

作为三《颂》之一的《鲁颂》，当然也不能脱离这种文学类型的特点与弊端。如其中的《泮水》篇所写者虽然宏壮，"但考查历史，鲁僖公其实并无征服淮夷的武功。《春秋》载，僖公十年冬，与齐侯会于淮而被淮所俘，次年才放回；十三年和十六年，又两次跟齐桓公征淮，也没有捞到什么好处。将败仗虚美成胜仗，大加称扬，足证当时宗庙中歌功颂德之词的夸张和虚假"①。另一方面，由于《颂》的体制和性质的规定，往往造成千篇一面的肃穆刻板风貌，整体说来皆大同小异，难以形成自己的艺术个性，自然也难以见到作为自我独立艺术个性的形成基础之一端的相应地域特征。所以，与容姿各异、众美纷呈杂陈的十五国《风》相比较，《颂》诗（自然也包括《鲁颂》在内了）除却主题内容的虚饰单调之外，如上述艺术表现方面陈陈因循、缺乏鲜活清新的生命力的差距，也是它每每为后人诟病的一个重要原因。

不过，就一定程度而言，《鲁颂》自然不会也不能全然脱离产生它的时代与地域背景，不接受其浸染。如在三《颂》乃至整个《诗经》里所独具的宏篇巨制蔚成洋洋大观，那种形式本身便充分体达出鲁国特别尊礼守制，乃至于过为拘谨冗繁的社会政治体制与文化心理倾向。又如注重个人品德修养、风度，君臣上下关系和谐循序，对被统治者的感召教化，强调与姬周王室的血统和屏藩辅弼责任之类的内容陈述，也表现出鲁人尊尊亲亲、以政治礼教为立国之本的策略架构。当然，这些更多地标志着鲁国上层贵族官僚统治集团的文化精神与实用性管理机制层面的特点，不同于《齐风》和《曹风》的主要源自那个地方较普遍的社会大众风习民俗，故注重宣泄他们的心声情感。

第三节　文化与文学元典：杂散文形态

从文体的角度看，由简而繁，由质而文，先秦散文经历了一个漫长的演进发展过程。早在西周之前，即已经有了数量可观的文章典籍。如

---

① 何满子：《泮水》赏析语。见金启华、朱一清、程自信主编：《诗经鉴赏辞典》，合肥：安徽文艺出版社1990年版，第842页。

《尚书·多士》云："唯殷先人，有册有典。"《左传·昭公十二年》亦载："是能读《三坟》《五典》《八索》《九丘》。"就是这些书册文籍构成那个时代的文化主流。不过，其时代的册籍典章都集中于王宫，由朝廷任命的史官管理掌握，故通常被称之为王官文化或史官文化。到了后来，则缘因年代悠远，变乱多故，又受到当时物质条件极简陋的限制，是以保存不易，遂多有散佚亡失者。殆及春秋末期，流传下来并有影响的，便只剩下所谓的"六经"了。据《庄子·天运》引孔子见老聃时自称："丘治《诗》《书》《礼》《乐》《易》《春秋》六经，自以为久矣。"如果此事确实，那么，六经系由孔子依上古所传承的遗文删订而成，属于儒家学派在中国历史上第一次对遗存的文献典籍进行大规模地整理合成，这自然也是山东文化包括文学在内的最辉煌成绩了。按，六经中的《春秋》虽为孔子撰著，但他主要是依据过去记录的史籍鲁《春秋》为底本、并参照其他流传史料所成，在此等意义上，仍可视《春秋》为史官文化典籍。又，六经中《诗》系有韵的诗体，《易》则兼杂有韵语，余者当可作为散文之发端肇始看待。而其中《尚书》最具载典型意义，代表着春秋末期前散文的一般特点和最高水准，所以，清陈衍认为："《尚书》为中国第一部古史，亦即中国第一部古文。"（《石遗室论文》）

春秋末期而到战国时代，礼崩乐坏，王纲解纽，社会发生剧烈的动荡变化，正处于新旧不同形态的过渡转型阶段。同时造成王官文化的衰微与士文化的兴起，由过去的学在官府而流落到民间，出现"百家争鸣""处士横议"的局面，它直接的结果之一便是个人著述——诸子散文与史传散文的大量产生及高度繁荣，耸立起中国文化史、文学史上的第一座丰碑，而涵纳了以人文主义为特征的自觉的理性精神。"中国古代文化的理性精神与西方文化的理性精神有所不同，它除了具有逻辑推理、抽象思维的能力外，还包含着认识主体本身品性修养的内在力量。也就是不仅具有感知、判断的能力，还包含着人性完善、人格高尚的力量。中国传统的理性精神，侧重点不是逻辑推理的过程与能力，而是伦理道德的阐述。在关注抽象哲理的同时，更加关心的是现实的政治、社会、民生问题。不是倾全力以冷静的思辨去分析某一事物的性质与规律，而主要是从民族的、时代的、社会的整体方面去直觉的感悟，以炽热的感情去追求认识主体的价值与人生意义。"①

当然，由于历史条件的制约，当时的人们还不可能确立纯文学的观念，自然也就没有文学与非文学的界定和区分，在整个文化形态中，文学并未建构起独立的自我意义。所以，散文只是哲学、历史的表现中介，而史书、诸子著作则为散文的载体，文、史、哲三者原本是混融为一的，此即所谓的杂散文形态——"昔尼父有言，文胜质则史。盖史者，当时之文也"（唐刘知几《史通·核才》）。

需要特别说明的是，虽然中国散文的产生始于有文字记事之时，最早的已见于甲骨刻辞、铜器铭文，可谓历史悠远；但是，作为一种特定文体之名而使用的"散文"称谓，却出现得很晚。就现存先秦典籍来看，"诗"的涵义较为明晰，一般多指协韵能诵的诗歌，进而再覆盖及诗歌创作，如《论语·子路》记孔子云："诵《诗三百》，授之以政，不达；使于四方，不能专对；虽多亦奚以为！"又同书《泰伯》载孔子的话："兴于《诗》，立于礼，成于乐。"而"文"的情状却大不同了，它的概念异常宽泛。如《论语·学而》云："子以四教：文、行、忠、信。"宋邢昺疏："文，谓先王之遗文。"当系指广义的一切遗文册典之类，虽也包纳着散文内容，却只是其中的一部分，并无专门的文体意思。如《论语·公冶长》云："敏而好学，不耻下问，是以谓之文也。"则是谓博学多闻；如《论语·雍也》云："质胜文则野，文胜质则史。文质彬彬，然后君子。"又指优美高雅的表现形式。至于《左传·哀公二十五年》引孔子云："言之足志，文以足言，不言，谁知其志？言之无文，行而不远。"是强调文采，即注重修饰文辞，已经含有一定的文学意义。

其后，作为文体名称，又经历了一个逐步辨认、确立的漫长演变过程。汉刘向、刘歆父子整理校定以前遗存的典册文籍，将之归纳划分为七略，其中已有"诸子略"，初步认识到其独立的文体意义——尽管仍然属于杂散文范围；魏晋时又把"文"作为各种文体的通称，虽说概念含混笼统，然而文学意味却加强了，如魏曹丕《典论·论文》云："夫文本同而末异，盖奏议宜雅，书论宜理，铭诔尚实，诗赋欲丽。"晋陆机《文

---

① 杨树增：《先秦诸子散文：诗化的哲理》（乔力主编《中国古代文学主流》丛书第9种），桂林：广西师范大学出版社1999年版，第3页。

赋》的论述也同样兼容有诗、赋、碑、诔、铭、箴、颂、论、奏、说等无论协韵与否和对偶散行皆纳的各种不同文体。六朝时提出"文""笔"之别,南朝梁刘勰《文心雕龙·总术》称:"今之常言有文有笔,以为无韵者笔也,有韵者文也。"将"文"定义在重抒情的纯文学性的诗歌辞赋类上,而"笔"则为偏向议论叙述、以析理记事为主的杂散文了。唐韩愈等以"复古"为革新,倡言"非三代两汉之书不敢观,非圣人之志不敢存"(《答李翊书》),自称:"愈之为古文,岂仅以其句读不类于今耶?学古道,故欲兼通其词。"(《题欧阳生哀辞》)正是依据这个观念,他继承、借鉴三代两汉散文,并大量汲取、提炼当代口语,由之创立出以散行单句为主体,却无先秦古文"佶屈聱牙"之弊而以畅达明洁见长,适当引入骈俪文的整齐句法以张扬气势,但避免其浮靡呆滞之缺憾的新型"古文"——于此,"古文"便被普遍认同为散文的同义语,而"散文"作为一种特定文体的专用名称也已是呼之欲出了。至南宋罗大经《鹤林玉露》丙编卷二引杨东山论"文章各有体",此处的"文章"虽然仍是包含诗、碑铭记序、骈俪文、奏议等,乃及新兴的词在内的泛文体概念,但其中有一段说:"山谷诗骚妙天下,而散文颇觉琐碎局促。"这是"散文"一语的首次出现,被目为"文章"所覆盖的多种文体之一隅,其指义相对狭窄。与之不同的是,我们用这个较后出的专名去称谓所有"不受一切句调声律之羁束而散行以达意的文章"①,那内涵与外延的范畴则要广泛许多。具体到先秦散文,则主体是为诸子文和史传文。若就体裁而言,前者为议论文的代表,旨在说理;后者系叙述文的典范,重在记事。

一 开诸子散文先声的儒家著述:《论语》和《孟子》

从一般意义上说,先秦诸子散文就是后人对春秋战国时期,各个学术流派的文章的称谓。据《周礼·夏官·诸子》云:"诸子掌国子之倅,掌其戒令,与其教治,辨其等,正其位。"那么,"诸子"原为周代职官,主要负责国家的教治修学之事,并起草朝廷诰命,记载政务大事,以建立官方册籍文献。只不过这些典章册文皆属王官文化的重要组成部分,并非个人或者某流派的学说。但后来含义变化,转而用以指称春秋末期到战国

---

① 方孝岳:《中国散文概论》,北京市中国书店1985年版,第1页。

时的各学术流派的领袖及代表人物，因其盛多，故号称"百家"。当然，百家只是状其前后不断纷呈竞出的活跃情形，并非实数。说到底，"诸子"应是在那个剧烈动荡变革的社会转型阶段，以王官急遽沦落为前提而迅速崛起的"士"阶层中的精英。尽管"士"的形成原因是复杂的，包纳的范围也比较宽泛，系多种社会身份与不同理想、志趣品德人物的组合体。然而，作为一个新兴的、有巨大活动能量释放，且相对独立的阶层，诚如《孟子·梁惠王上》所云："无恒产而有恒心者，惟士为能。"或如《文心雕龙·诸子》认为的："博明万事为子。"他们共同载具的本质特征，首先是拥有较高的知识文化和专门技能，此乃与身俱存而永远不可被剥夺的"财富"，是赖以生存发展的最大基础。要之，他们以个人的智慧能力为根本。其次，则是乐为"知己者"所用。

班固《汉书·艺文志》于先秦诸子众多学派间辨识归纳，共胪列了"九派十家"，而首奉儒家为先。他说：

儒家者流，盖出于司徒之官，助人君，顺阴阳，明教化者也。游文于六经之中，留意于仁义之际，祖述尧舜，宪章文武，宗师仲尼，以重其言。于道最为高。

按，司徒为周六卿之一，主管教化。班固称儒家学派渊源于此官，意当非指其中有人曾在周王室出任过司徒职位，而是谓他们承续、延伸着司徒教化社会的功能。又，孔子是儒家学派的创立者，被尊奉为宗师。孔子（前551或前552—前479），名丘，字仲尼，鲁国（今曲阜）人，生平事迹具见《史记·孔子世家》。他热心政治，强调"德治""礼"，主张"忠恕""中庸"，而思想核心则是"仁""爱人"，这些都体现在《论语》一书中。

自王官文化衰微、官师之学罢废，遂替之以私家著述蜂拥、个人讲学之风蔚兴，即诸子争鸣、百家驰说的新局面。而"身与时舛，志共道申，标心于万古之上，而送怀于千载之下"（《文心雕龙·诸子》），故是诸子散文中，推《论语》为最先并首尊。《汉书·艺文志》云："《论语》者，孔子应答弟子、时人及弟子相与言，而接闻于夫子之语也。当时弟子各有所记，夫子既卒，门人相与辑而论纂，故谓之《论语》。"《傅子》云：

"昔仲尼既殁,仲尼之徒追论夫子之言,谓之《论语》。"(《文选》卷五四南朝梁刘孝标《辩命论》唐李善注引)可知它是记载孔子的言语行事、兼及其弟子言行的书,编纂者系孔门弟子和其再传、主要是曾参的弟子们。成书时间大约从春秋末期直到战国初期,历经了多半个世纪的较为漫长的过程。又,据〔日本〕山下寅次《史记编述年代考·论语编纂年代考》论证,当在鲁哀公十六年(前479)至鲁穆公八年(前400)之间。①

属于杂散文性质、议论文体裁的《论语》本旨在析明阐发事理,虽然是以"立意为宗",而非"沉思翰藻"(南朝梁萧统《文选序》)的文学作品,但却充满浓郁的文学意味,具有相当的文学特色。首先体现于结构方面。作为语录体,《论语》是若干片断篇章的组合集成之作。尽管就表层现象来看,这些片断篇章的排列并未具备内在的逻辑性,不能形成为严密的系统,以前后呼应、主次有序而相共映衬;它似乎只是一种随意、偶然的杂然编组铺陈,并没有经过著意剪裁精心设计。如其首篇《学而》中"巧言令色鲜矣仁"章,又再见于第十七篇《阳货》里;而第六篇《雍也》、第十二篇《颜渊》皆有"博学于文"章,其字句完全相同;另仅详略有异但基本上重复的,亦屡有出现,不烦赘举。且全书20篇,每篇中各章的主旨纷异歧出,互不相关,不是围绕着某个中心题意去展开论述、层层递进以扩展深入。

但是,如果综合起来将《论语》作为整体看待,则它依然多角度较完整地体达出孔子的思想情感,鲜明生动地塑造了其性格形象。如开篇第一的《学而》共16章,其间的"学而时习之,不亦说乎?有朋自远方来,不亦乐乎?人不知而不愠,不亦君子乎?""道千乘之国,敬事而信,节用而爱人,使民以时。""君子食无求饱,居无求安,敏于事而慎于言,就有道而正焉,可谓好学也已。""贫而乐,富而好礼。""不患人之不己知,患不知人也。"便涉及到日常处世、人生追求和为政治国之道等各方面的问题,显示出孔子心目中以及他自己作为"君子"的勤谨、豁达、好学的品格与务实干练的作风。又如第十篇《乡党》,体式较为特殊,作整体的一章。其中首先叙写孔子在本乡土地方上"恂恂如也,似不能言

---

① 参见杨伯峻:《论语译注》,北京:中华书局1980年版,第30页。

者"的恭顺拘谨，接着自"其在宗庙朝廷，便便言，唯谨尔"以下，依次描摹铺陈他为官时对待上、下大夫、鲁君和外国贵宾的不同态度，以及上朝时的种种举止动作：

> 入公门，鞠躬如也，如不容。立不中门，行不履阈。过位，色勃如也，足躩如也，其言似不足者。摄齐升堂，鞠躬如也，屏气似不息者。出，降一等，逞颜色，怡怡如也，没阶，趋进，翼如也。复其位，踧踖如也。

非常细致清晰，错落有序，使整个过程一丝不紊地历历毕现于眼前，且大量运用比喻手法，更加活灵活现。后世古文家刻画人物，常常借鉴模仿这种文笔。

其次则是对于人物较多的复杂场面的描写，在《论语》中虽然不多，但却颇为成功。最典型的莫过第十一篇《先进》所载者：

> 子路、曾皙、冉有、公西华侍坐。子曰："以吾一日长乎尔，毋吾以也。居则曰：'不吾知也！'如或知尔，则何以哉？"子路率尔而对曰："千乘之国，摄乎大国之间，加之以师旅，因之以饥馑；由也为之，比及三年，可使有勇，且知方也。"夫子哂之。"求！尔何如？"对曰："方六七十，如五六十；求也为之，比及三年，可使足民。如其礼乐，以俟君子。""赤！尔何如？"对曰："非曰能之，愿学焉。宗庙之事，如会同，端章甫，愿为小相焉。""点！尔何如？"鼓瑟希，铿尔，舍瑟而作，对曰："异乎三子者之撰。"子曰："何伤乎？亦各言其志也。"曰："莫春者，春服既成，冠者五六人，童子六七人，浴乎沂，风乎舞雩，咏而归。"夫子喟然叹曰："吾与点也！"三子者出，曾皙后。曾皙曰："夫三子者之言何如？"子曰："亦各言其志也已矣。"曰："夫子何哂由也？"曰："为国以礼，其言不让，是故哂之。""唯求则非邦也与？""安见方六七十如五六十而非邦也者？""唯赤则非邦也与？""宗庙会同，非诸侯而何？赤也为之小，孰能为之大？"

其中最富情味的自然是写曾皙回答时的那段文字，伴着缭绕萦回而渐渐消逝的乐声，他描绘出一种将生命融入大自然以从中感受愉悦的模式，由之脱弃了世俗的喧嚣与名利羁绊，在最凡常的生活中领略、寻得人生的真谛。而一切是那么纯真、潇洒，带着远古的淳厚简朴，让人悠然神往。作为主要人物的孔子，此时可能已进入晚年家居讲学著述时期了。虽历尽大半生的奔波、争取，但理想抱负终没有实现，值当生命途程无多之际，也自料未来难得以再有多少施行机会，故听过曾皙的述"志"之言，便油然生发同感。"孔子极想入世行道，但终不得志，他又不肯牺牲自己的主张以求取功名利禄。曾皙所说的话和孔子'用之则行，舍之则藏'的一面相符合，所以孔子很赞同他。"①"喟然叹曰"一语，生动展现出孔子感慨深永又无可奈何的形貌神态，外化了他的复杂心情。这和第十八篇《微子》中述子路问津于长沮、桀溺的第六章内，写孔子听过二人的冷峻回答后，"怃然曰：'鸟兽不可与同群，吾非斯人之徒与而谁与？天下有道，丘不与易也。'"的一段有异曲同工之妙，正可相互映照，都显示出叙事简洁而人物形象鲜明、含意深沉丰厚的艺术特点。其他则又如子路的直爽、鲁莽、过分自信，冉有和公西华的循礼持重、谦逊从容，也留下很深印象。

最后，是作为语录体著述的《论语》，只正面记叙孔子等人的见解评论，并不和谁驳辩争难。所以，它仅说明结果便可，无须铺张中间的递进环节，这便内在性地决定了它造语精炼含蓄、篇幅短小凝缩的外在形式取向，从而拥具着言约义丰的又一个特点。比较有代表意义的，便是格言式的句子大量出现，如"朝闻道，夕死可矣"（《里仁》），"知者乐水，仁者乐山。知者动，仁者静"（《雍也》），"学而不厌，诲人不倦"（《述而》），"三军可夺帅也，匹夫不可夺志也"（《子罕》），"自古皆有死，民无信不立"（《颜渊》），"己所不欲，勿施于人"，"道不同不相为谋"（《卫灵公》）等等，它们是孔子处世为人态度与生活经验的集中体现，极具启迪、导引作用。另，对于一些带有哲理性的感受认知内容，《论语》往往托寓譬喻，以充满感情色彩的笔墨表达出来，隽永深蕴，富含意味。如"富而可求也，虽执鞭之士，吾亦为之。如不可求，从吾所好"，"其

---

① 冯其庸等：《历代文选》，北京：中国青年出版社1962年版，第53页。

为人也,发愤忘食,乐以忘忧,不知老之将至",'饭疏食饮水,曲肱而枕之,乐亦在其中矣。不义而富且贵,于我如浮云"(《述而》),"子在川上,曰:'逝者如斯夫!不舍昼夜。'""岁寒,然后知松柏之后凋也"(《子罕》)。

孔子身后,被尊奉为"圣人",其孙孔伋(子思)被尊奉为"述圣"、孟子被尊奉为"亚圣"。而儒家本属先秦百家中的一家,以邹鲁一隅的乡曲之学,跻升为当时之"显学";秦灭后,经汉武帝"罢黜百家,独尊儒术",更跃居作官方的正统思想,在两千余年的漫长封建社会里,一直占有主流地位——所能得如此,其中孟子居功甚伟。他是仅次于孔子的儒家学派领袖,故被合称"孔孟",他们的思想即称"孔孟之道"。孟子(前385—前304)[1],名轲,邹国(今邹县东南)人。邹与鲁为紧邻,孟子极推崇乡先贤的孔子,说:"自生民以来,未有盛于孔子也。""凡所愿,则学孔子也。"(《孟子·公孙丑上》)《孟子》最后一篇《尽心下》的末章,曾排列出自尧、舜、汤、文王而孔子的承传统系,并叹息说:"由孔子而来至于今,百有余岁,去圣人之世若此其未远也,近圣人之居若此其甚也,然而无有乎尔,则亦无有乎尔!"隐然以接续孔子学术道业自任。事实上,后世儒者也正是这样来看待他的,如韩愈《原道》便明确说:"文、武、周公传之孔子,孔子传之孟轲。"但是,如果要凿实此语,确指其循继世系,则比较困难。因为孔子逝世下距孟子之生,已经有近百年之久,《孟子·离娄下》云:"予未得为孔子徒也,予私淑诸人也。"措意甚含糊。汉刘向《列女传》与赵岐《孟子题辞》谓其受业于子思,或系从《荀子·非十二子》将子思、孟轲并称为儒家中的"思孟学派"而来;不过,那仅是指思想上的继承、发展,并非必然的直接师生关系。清毛奇龄《四书賸言》引王草堂《复礼辨》与孔继汾《阙里文献考》,已就子思的年寿证其误。所以,《史记·孟子荀卿列传》谓孟子"受业子思之门人",当比较符合事实。[2]

又,孟子是鲁国贵族孟孙氏的后裔,但到他出生时,家世早已衰颓凋

---

[1] 关于孟子生卒年,古今有多种推断。今生年从杨伯峻说,见《孟子译注》,北京:中华书局1960年版,第1页。卒年从元程复心《孟子年谱》说。

[2] 参见杨伯峻《孟子译注》,北京:中华书局1960年版,第1~2页,第14页。

零,故沦落为"士"阶层中人,以设帐授徒、游说列国诸侯,靠他们的馈赠救济为活。只不过名气甚大,颇受礼遇,且有一定的选择权罢了。诚如范文澜所言者:"士大体分为四类:一类是学士,如儒、墨、道、名、法、农等专门家,著书立说,反映当时社会各阶层的思想,提出各种政治主张,在文化上有巨大贡献。这一类人声名大,待遇优,如儒家大师孟子,后车数十乘,侍从数百人,往来各国间,凭他的声名,所到国家,国君们都得馈赠黄金,供给衣食,听取孟子的议论。"[①]

关于《孟子》一书,据《史记·孟子荀卿列传》所云,是在他以"唐虞三代之德"和"省刑罚,薄税敛,深耕易耨,壮者以暇日修其孝弟忠信,入以事其父兄,出以事其长上"(《梁惠王上》)的仁政游说各国国主,但都不被采纳而致无法施行,理想破灭之后,晚年乃回到故乡,专心讲学教育,"退而与万章之徒,序《诗》《书》,述仲尼之意,作《孟子》七篇"。由此可知,《孟子》主要出于孟轲自己之手,但在他生前身后,也经过了门生的整理修订才最终形成。这便是清魏源《孟子年表考》云:"又公都子、屋庐子、乐正子、徐子皆不书名,而万章、公孙丑独名,《史记》谓'退而与万章之徒作七篇'者,其为二人亲承口授而笔之书甚明。"以及清阎若璩《孟子生卒年月考》所说:"卒后,书为门人所叙定。"

《孟子题辞》又称:"《论语》者,'五经'之馆辖,'六艺'之喉衿也。《孟子》之书则而象之。"确实,《孟子》仿效《论语》而来,同样为积章成篇、集篇为书的语录体著作。尽管各篇、章的规模幅度远较《论语》为长、大,但它们只是杂然汇编,相互之间并无必然的内在逻辑关联以建构起全书的紧密系统体系,各篇、章皆具相对独立性而成自足体,可以单独抽取而不损减其完整意义。另,各篇名也还是循《论语》成例撷取其首句的几个字为题目,它只是作为区别、标志的符号而已,别无所取义。从本质上说,二者也皆为阐发哲理、表述社会政治见解的议论体杂散文,包含有一定的文学性。但较诸《论语》,《孟子》更有所发展、强化。

这主要体现为:一、孟子身处诸王兼并、竞争更趋激烈化的战国时

---

① 《中国通史简编》修订本第一编,北京:人民出版社1958年版,第246页。

代，几可谓弱亡强存、生死立判之局，已颇异于形势相对平缓的孔子之世。故各国纷纷变法革新，力图富国强兵，壮大自己的力量，相互间则不断杀伐征战，合纵连横莫有定时。面对各种疑虑，孟子要张扬自己的理论，推行自己的主张，便须不断地与各色人等争辩驳难，不能不精心讲求表达技巧。所以，《孟子》虽然还非战国后期如《荀子》《韩非子》一类成熟严整的议论文，但已甚具雏形，比《论语》的"议而不辩"（《庄子·齐物论》）、直觉式正面阐述有着相当的差别。总的看来，《孟子》雄辩滔滔，言辞锋利精辟，充溢着捭阖纵放、宏阔奔驰的气势。"文中经脉条理，也丝毫没有紊乱疏漏，或模糊晦暗的地方。所以赵岐的《孟子题辞》里，说他'直而不倨，曲而不屈'，这就是说他的用意和文理之中，本末四周，皆能周到"①，即指此而言。这是贯注《孟子》全书的主要艺术特色，与《论语》之睿智隽永、简洁含蓄的意度风神明显不同。其中具有典型性的，如《梁惠王上·齐桓晋文之事章》，文长达数千字之多，于《孟子》全书亦为罕见。它记录了孟子晚年第二次去齐国时与齐宣王的对话，全面而集中地表现出他行"仁政"、以"王道"治国的政治思想，即"富民"与"教民"，由之进一步丰富、发展了孔子"富而后教"（参见《论语·子路》）的学说。它首先从"仲尼之徒无道桓、文之事者"，即不言"霸道"立论，引出"保民而王"的主张；紧接着投宣王之好，谓其有仁心，"可以保民"，并就以羊易牛衅钟的"不忍"展开，推求其用心之根本：

"有复于王者曰：'吾力足以举百钧，而不足以举一羽；明足以察秋毫之末，而不见舆薪。'则王许之乎？"曰："否！""今恩足以及禽兽，而功不至于百姓者，独何与？然则一羽之不举，为不用力焉；舆薪之不见，为不用明焉；百姓之不见保，为不用恩焉。故王之不王，不为也，非不能也！"曰："不为者与不能者之形，何以异？"曰："挟泰山以超北海，语人曰：'我不能。'是诚不能也。为长者折枝，语人曰：'我不能。'是不为也，非不能也！故王之不王，非挟

---

① 方孝岳：《中国散文概论》，北京市中国书店1985年版，第23页。见《中国文学八论》第2种。

泰山以超北海之类也；王之不王，是折枝之类也。老吾老以及人之老，幼吾幼以及人之幼：天下可运于掌。《诗》云：'刑于寡妻，至于兄弟，以御于家邦。'言举斯心，加诸彼而已。故推恩足以保四海，不推恩无以保妻子；古之人所以大过人者无他焉，善推其所为而已矣！今恩足以及禽兽，而功不至于百姓者，独何与？权，然后知轻重；度，然后知长短；物皆然，心为甚，王请度之。抑王兴甲兵，危士臣，构怨于诸侯，然后快于心与？"

据此，孟子直指齐宣王开疆辟地、持武力称霸的"大欲"，痛陈这无异于"缘木求鱼"，且必将造成后灾，从而呼应了开端，回环周密。到了这里，可谓铺陈已足，便正面推出请宣王"发政施仁"的本意，阐明自己的最终理想：

五亩之宅，树之以桑，五十者可以衣帛矣；鸡豚狗彘之畜，无失其时，七十者可以食肉矣；百亩之田，勿夺其时，八口之家可以无饥矣；谨庠序之教，申之以孝悌之义，颁白者不负戴于道路矣。

全文可谓因势利导、层层剥落，反复辩说、详明深透而至无懈可乘，最后方始水到渠成地逼出主旨，正是揣摩透受方的心态并深明事理，才得以成功表达出来，特见片言居要，高屋建瓴之妙。"我亦欲正人心，息邪说，距诐行，放淫辞，以承三圣者。岂好辩哉？予不得已也！"（《滕文公》下）这夫子自道语，挑明了《孟子》行文特点的基本形成动因。

二、《孟子》为了加强所议论的力度，不仅注重凭据严密精整的逻辑性于理性上折服人，还每每借助形象化和情节叙述在感性上融合潜润，以使人接受、认同其观点，故托譬取喻、引物连类便是书中的常用手法："长于比喻，辞不迫切，而意以独至"（《孟子题辞》），上引"缘木求鱼""邹与楚战""挟泰山以超北海""为长者折枝"等便已堪称贴切新颖。又如"鱼，我所欲也；熊掌，亦我所欲也：二者不可得兼，舍鱼而取熊掌者也。生，亦我所欲也；义，亦我所欲也：二者不可得兼，舍生而取义者也。生亦我所欲，所欲有甚于生者，故不为苟得也；死亦我所恶，所恶有甚于死者，故患有所不辟也"（《告子上》）、"舜发于畎亩之中，傅说举于版筑之间,胶鬲举于鱼盐之中,管夷吾举于士,孙叔敖举于海,百里奚举于市。故天将降大任于是人也,必先苦其心志,劳其筋骨,饿其体肤,空乏其身,行拂乱其所为,所以动心忍性,曾益其所不能。人恒过,然后能改;困于心,衡于虑,而后作;徵于色,发于声,而后喻。入则无法家拂士,出则无敌国外患者,国恒亡。然后知生于忧患,而死于安乐也"(《告子下》)。对于个体生命存在与立身之根本——"义"的选择上,有关国家安危存亡,都是极严重的命题,《孟子》分别借用两种食物不可兼得的现象和古代历史里诸英才崛起于困窘艰难中的事例来类比譬拟之,从而使抽象、复杂的道理简单明晰化,妥帖精当,便获得晓畅易懂的良好效果。"譬也者,举他物而以明之也"(《墨子·小取》)。"在比喻里有两个因素要浮现在我们眼前,首先是一般性的观念;其次是具体的形象"[1]。看起来,孟子是早已深刻认识到比喻中主、客体之间的微妙对应关系,并掌握着娴熟的使用技巧。

再推进一步,《孟子》书中并不止于此,还将较单纯的比喻发展衍变作具载一定情节内容的故事——寓言,使之更加可读而富有趣味。如历来被人称道的《离娄下·齐人有一妻一妾章》:

> 齐人有一妻一妾而处室者,其良人出,则必餍酒肉而后反。其妻问所与饮食者,则尽富贵也。其妻告其妾曰:"良人出,则必餍酒肉而后反,问其与饮食者,尽富贵也,而未尝有显者来。吾将瞷良人之所之也。"蚤起,施从良人之所立,遍国中无与立谈者。卒之东郭墦间,之祭者乞其余,不足,又顾而之他:此其为餍足之道也。其妻归,告其妾曰:"良人者,所仰望而终身也,今若此!"与其妾讪其良人,而相泣于中庭。而良人未之知也,施施从外来,骄其妻妾。由君子观之,则人之所以求富贵利达者,其妻妾不羞也而不相泣者,几希矣!

它所写者极带嘲讽性的喜剧色彩,"良人"的虚伪卑劣、"妻妾"的愤慨悲伤,都栩栩如生,跃然纸上。末尾的点睛之笔,则径直揭示出那些

---

[1] [德]黑格尔:《美学》第2卷,北京:商务印书馆1981年版,第13页。

为求得利禄荣达而不择手段、丧失廉耻,"昏夜乞怜于权门,白日骄人"的钻营者的普遍本质,借事明理,实属诛心锥骨语。另一方面,孟子还通过虚构的"齐人乞食"的荒诞行为,严厉批评了齐国虚荣伪饰,只看重现实功利而不讲节操的不良社会风气。他是鲁人,作为"姬周旧邦",民风朴实诚恳,崇尊名教礼制,自是不同、或许也不满于齐地实用躁进而多机巧的价值取向,故设譬托寓以刺之——这便属两种异质文化碰撞的范围了。总之,"齐人"章作为小说的雏形与发端,已备具了人物、环境、情节三个基本要素,对后代影响甚大,流传颇广。如黄庭坚《清明》颈联之出句"人乞祭余骄妾妇",便用此为典故;明、清的山东剧作家又据之扩展编写成戏曲。但它还不止于此,除却虚构的完整故事情节之外,其明显的讽喻意义和倾向性,则表现出寓言的特征。《庄子·寓言》云:"寓言十九,藉外论之。"又同书《天下》云:"以谬悠之说,荒唐之言,无端崖之辞,时恣纵而不傥,不以觭见之也。以天下为沉浊,不可与庄语,以卮言为曼衍,以重言为真,以寓言为广。"故寓言者,虽托寓寄意在此而却别言假说于彼以达之,无论曼衍杂俎、奇思诡想皆无不可,然旨趣必归之正;那么,象征、拟人、夸张等便是它使用的主要艺术手段了。其他如《公孙丑上》的揠苗助长、《滕文公下》的邻人攘鸡、《告子上》的奕秋诲二人弈棋等,都是故事生动有趣,指义深邃丰厚,启导人回味联想,它们标志着战国中叶诸子寓言的最高成绩。

二 史传散文中的奠基创体之制:《左传》《国语》和《晏子春秋》

先秦的史书首先应属于历史类著作,而非本体意义上的文学作品,只是带有若干文学性,或多或少地采取了文学表现手法而已,仍呈杂散文形态。故对其称谓颇不统一,缺少明确的概念界定,如或名历史散文,或呼之曰传记文学,皆可混杂使用。不过,现在看来,前者的外延似乎过于宽泛模糊,所涵盖的作品几无所不在。而后者则难免有以偏概全之失,因为它本义兼指历史传记和杂体传记——杂传、散传与个人传记之类。且历史传记习惯上系指专门记载人物一生行迹的《史记》《汉书》之类,难以包容以记事记言为主的先秦著作,如《左传》《国语》《战国策》。为避免归类上的缠夹不清,此处借用《文心雕龙·史传》中阐释"传"之说:

"传者,转也,转受经旨,以授予后,实圣文之羽翮,记籍之冠冕也。"因为"这是把释经的文字叫做'传'。《左传》是解释《春秋》经的,《春秋》是经,也是史书;《左传》是传,也是史书。这样,就把史和传联系起来,可称为'史传'。《史传》篇还论述了其他众多的历史著作,包括《尚书》《战国策》《史记》《汉书》《三国志》等非解经之作,可以说,刘勰所谓'史传',包括上起虞夏,下至东晋的各体史书。史传文学中'史传'二字的含意,就是这样的概念。从先秦到六朝,有一批历史著作,它们不仅是其中的某一篇章,或某一段落具有文学色彩,而是整部著作都堪称文学杰作,它们做到了历史科学与文学艺术的有机统一,它们既是历史著作,又是文学著作"[①]。不同的是,我们这里将时限范围划定在先秦;又以为"文学"的观念过于笼统,故依据文体现象,只称作"史传散文"。

如前所述,史传散文的第一义为史籍,其次才能谈及文学特征,而散文乃是其物化形式。既然为历史著作——史籍,自然要以显现社会演化进展过程、揭示其间规律并阐明变动原因为旨归,作为自身的价值定位之所在。另一方面,还必须遵循史籍的操作规范和原则,如宋吴缜《新唐书纠谬序》所言者:

> 夫为史之要有三:一曰事实,二曰褒贬,三曰文采。有是事而如是书,斯谓事实;因事实而寓惩劝,斯谓褒贬;事实、褒贬既得矣,必资文采以行之,夫然后成史。

其第一条即"书法不隐"(《左传·宣公三年》),"疑以传疑,信以传信,著以传著"(《谷梁传·桓公五年》),秉笔直书、实事求是的"实录"精神。在这条首要标准上,无论中外认识都是一致的。如古希腊思想家卢奇安(125?—192?)便说过:"历史家的首要任务是如实叙述。""历史家要讲的事件已经摆在他的面前,既然是真实的事件,他就不得不如实直陈。""历史只有一个任务或目的,那就是实用;而实用只有一个

[①] 郭丹:《史传文学:文与史交融的时代画卷》(乔力主编《中国古代文学主流》丛书第10种),桂林:广西师范大学出版社1999年版,第1~2页。

根源,那就是真实。"① 第二条与上引卢奇安"实用"之说相近似,即以古鉴今、经世致用的"资治"意义。清王夫之认为:"曰资治者,非知治知乱而已也,所以为力行求治之资也。"(《读通鉴论》叙论四之二)其实,这种观念古书中早已有之:"王敬作,所不可不敬德!我不可不鉴于有夏,亦不可不鉴于有殷"(《尚书·召诰》)、"告诸往而知来者"(《论语·八佾》)、"疏通知远而不诬,则深于书者也"(《礼记·经解》所言书教)。那具体要求或目的,就是起到"劝善惩恶"的作用,对世风有以教化、有所警诫,从而为现实政治服务。"世衰道微,邪说暴行有作,臣弑其君者有之,子弑其父者有之。孔子惧,作《春秋》,《春秋》,天子之事也……孔子成《春秋》而乱臣贼子惧"(《孟子·滕文公下》)。这再清楚不过地标明了史书"致用"于当世的指向。至于第三条,实质上属于对如何表现、怎样写才能"动人观感"的探求。《左传·襄公二十五年》引孔子语:"'言以足志,文以足言。'不言,谁知其志?言之无文,行而不远。"讲的便是"文采",或者推衍言之,即史传散文的文学性。

此等文学性,当源自对历史的审美感受与情感体验。所以,纷纭繁杂的史实便不再是枯燥单向的罗列排比,而化为一种以曲折多变的情节故事和鲜明生动的人物形象解绎的历史运动,一幅社会生活与众生万象的缤纷画卷,能够供人直觉观感,引发共鸣。所以,这种建筑在情节、人物的基础之上的叙述文,也便成了小说、特别是历史小说的发端,泽被后世,影响深远。而山东先秦时期的史传散文著作,不仅于数量上占据着当时的大部分,并且主要体现了其间所能臻达的最好水准,由之形成为中国古代史传散文史上的第一座高峰,或者说是第一次高潮——而第二次、也即最后的高潮为两汉时期,其代表作是司马迁《史记》与班固《汉书》,但已经同山东无关——它的具体特征则有下列两端:首先是充实的内容与成功的艺术表达,其次是形式的创造或极大发展,如编年史体的《左传》、国别史体的《国语》、人物传记专史体的《晏子春秋》,皆称楷模经典,为人参照学习的范本。以下将分别论析之。

先说作为史传散文中编年史体奠基之制的《左传》。

---

① 《论撰史》,载章安祺编《缪灵珠美学译文》第 1 卷,北京:中国人民大学出版社 1987 年版,第 194~196 页。

关于编年体的外在形式特征，晋杜预曾定义云："以事系日，以日系月，以月系时，以时系年，所以纪远近，别同异也。"（《春秋左氏传序》）唐刘知几则认为其便宜处在于："系日月而为次，列时岁以相续，中国外夷同年共事，莫不备载其事，形于目前，理尽一言，语无重出。"（《史通·二体》）总之，它是取纵向的时序脉络为主纲，而横向连缀以同一片断时间里发生于不同空间范围内的各种事件，一一先后依次记载下来。故是这种以时系事的方法，条畅明晰，"属词比事而不乱"（《礼记·经解》所言春秋教），"将有其末不得不录其本"（《谷梁传·庄公十七年》），井井然昭显"秩序之美"，因为其根本在时间观念上。

《春秋》是第一部编年体的史书，它以鲁国为中心，自鲁隐公始而至鲁哀公止共历12君，兼及周天子与其他诸侯国事。在此特定时间段落内，展现出覆盖着整个中原地区的空间框架里的诸自然社会活动，全部历史的流转行程和动态面貌；而贯穿通体的，则是褒贬劝惩的强烈思想倾向与深沉历史意识。于此，孔子表白说："我欲载之空言，不如见之于行事之深切著明也。"（《史记·太史公自序》）不过，尽管《春秋》纵横交织的时空记载严密，并提供了观照审视历史的一种方式，具载开创性意义，但它过于简略省约，无论多么复杂的事件，也只用几个字记之，致使来龙去脉不清，谨严有余而灵动形象不足，缺乏文学色彩与审美意义。

也正缘由《春秋》只记军国政局大事，"春秋笔法"过于隐约简要，随后便出现了阐发述解它的"春秋三传"。所谓三传，皆仿照《春秋》的编年史体例，依次载记春秋时代各国军政要事，详略不等。其中《公羊传》，《汉书·艺文志》著录为11卷，据班固自注，作者"公羊子，齐人"，唐颜师古注云："名高。"而《谷梁传》，据唐杨士勋疏云："谷梁子名淑，字元始，鲁人，一名赤。受经于子夏，为经作传，故曰《谷梁传》。"其实，它们是先秦流传下来的古书，经汉人写定始著乎竹帛，书中叙事成分较少，主旨在于阐讲辩明《春秋》的"微言大义"，故文学价值无足深论。刘知几曾批评二传说："理有乖异，言多鄙野。"（《史通·鉴识》）"乖异"是对比"三传"中的另一传《左传》而言，"鄙野"则谓其大大逊色于《左传》的文采富艳。确实，《左传》作为相对独立于《春秋》的一部文史杰著，于历史价值方面既已有了高度的升华，而其表现技巧和审美意义，较诸《春秋》也取得质的突破发展，亦远非《公羊

《谷梁》二传所得肩并。《左传》的叙事方法、结构形式，以及从中体达出来的艺术精神，不仅为编年史体的，甚至为整个史传散文开辟了一片全新天地，是其真正成熟而走向辉煌的奠基之巨石。

有关《左传》，《史记·十二诸侯年表序》云："是以孔子明王道，干七十余君莫能用，故西观周室，论史记旧闻，兴于鲁而次《春秋》。……鲁君子左丘明，惧弟子人人异端，各安其意失其真，故因孔子史记其论其语，成《左氏春秋》。"而《汉书·儒林传》则名之为《春秋左氏传》，同书《司马迁传赞》又说："孔子因鲁史记而作《春秋》，而左丘明论辑其本事，以为之传。"同书《艺文志》并说明左丘明是鲁国太史，具体生卒时间不详，其生活年代应较孔子稍晚，故杜预《春秋左氏经传集解》谓："左丘明受经于仲尼，以为经者不刊之书也，故传或先经以始事，或后经以终义，或依经以辩理，或错经以合义，随义而发。"然而，自唐宋以来，左丘明作《左传》之说受到人们的怀疑，并陆续提出一些证据，但终因文献不足征，难以推倒旧说。现在看来，左丘明当时广泛采集诸史书文籍，加以修订整理而汇集成型，"以授门人，义则口传，未形竹帛。后代学者乃演而通之，总而合之，编次年月以为传记"（唐啖助《春秋集传纂例·三传得失议》），所以个别地方有他们的增损窜入，原是常理，并不足为怪。

《左传》之记事，自鲁隐公元年（前722）始至鲁哀公二十七年（前468）止，一仿《春秋》按鲁国十二公次第编年，共计历经255年的漫长时间。书后又附记鲁悼公四年（前464）赵魏韩三家灭智伯分晋事，已是战国时代的开始了。而总观其思想倾向，主体上接近儒家学派。首先是它鲜明的民本观念。如《桓公六年》记叙李梁说"夫民，神之主也，是以圣王先成民而后致力于神"。为了抵御强大的楚国的侵略，他提出"道""忠""信"三点，以取得民力普存、民和年丰、民心无违的效果，才能够"成民保国""成民取胜"，从而实现"神降之福，故动而有成"的目的。再者是对礼制的强调与崇重。春秋之际，王纲解纽，礼崩乐坏，各种非"礼"的思想与行为纷纷出现，故书中特别注意载记诸侯国君或大夫以违礼而遭受惩罚的事件，如晋惠公、成肃公、陈五父大夫等。这是因为礼具有着"经国家，定社稷，序民人，利后嗣者"（《隐公十一年》）的重要作用，所以，《左传》将之提升到维护国家社稷安定、宗法制度存亡，乃至个人安身立命、福祸死生的高度上来，甚至还力图使礼制意识融入人们的身心，成为一种自觉追求与价值归宿。

但是，《左传》也流露出一些与儒家思想不一致，甚至明显违背的地方，这集中体现在对霸权的推崇和霸业的支持上。前已言及，《孟子·梁惠王上》倡言"仲尼之徒，无道桓、文之事者"，主张以"王道""仁政"治国，否定"霸道"。而《左传》却对春秋时的五位霸主，如齐桓公、晋文公、楚庄王美颂有加，对大国相互之间争霸的晋楚城濮之战、秦晋殽之战、晋楚邲之战、齐晋鞌之战、晋楚鄢陵之战、吴楚柏举之战等，都给予生动细致、绘声绘形的描述，使之成为全书的最精彩篇章。而这背后的主导思想，则是尚武尚战，对以武力攻伐征服的霸道的首肯："夫文：止戈为武"，"夫武：禁暴、戢兵、保大、定功、安民、和众、丰财者也"（《宣公十二年》），"天生五材，民并用之，废一不可，谁能去兵！"（《襄公二十七年》）也就是说，天下纷乱，战争无法避免，只能用兵威与霸权去阻止、消弭战争，故武力不可弃置不用。[①]

清金圣叹评点《水浒传》，曾提出"以文运事"与"因文生事"的两种写作方法，并对前者解释说："以文运事是先有事生成如此如此，却要算计出一篇文字来。"（《读第五才子书法》）这其实就是史传散文的特征，即基础在"实录"的原则上，对历史事件重新进行编排组织，通过流畅生动、富有个性化的语言表现出来，除却其史籍的第一性质外，还兼具文学作品的双重身份。据此衡量，则《左传》取得了很大的艺术成功，主要有以下几方面：

首先，历史总是呈现作一种众多事件不断产生、变化而延续不绝的流动形态。相应地，在叙事性文学中，故事或事件的发生时间、地点是立体的，而叙述的时间却是一种线性时间。[②]《左传》站在第三人称的立场，从全知视角把握住历史的复杂进程，完整、准确地叙述有关事件的前因后果，有条不紊，委曲周详，使之明晰在目。其中最常被人称道的是《隐公元年》所记之"郑伯克段于鄢"：

[①] 参见郭丹：《左传国策要义》（乔力主编《中国文化经典要义全书》第4种）上卷，光明日报出版社1996年版，第489~495页。

[②] 参见兹维坦·托多罗夫著、朱毅译：《叙事作为话语》，见张寅德编选《叙述学研究》，北京：中国社会科学出版社1989年版，第294页。

初,郑武公娶于申,曰武姜,生庄公及共叔段。庄公寤生,惊姜氏,故名曰"寤生",遂恶之。爱共叔段,欲立之,亟请于武公,公弗许。及庄公即位,为之请制,公曰:"制,岩邑也,虢叔死焉。他邑唯命。"请京,使居之,谓之京城大叔。祭仲曰:"都城过百雉,国之害也。先王之制:大都,不过参国之一;中,五之一;小,九之一。今京不度,非制也,君将不堪。"公曰:"姜氏欲之,焉辟害?"对曰:"姜氏何厌之有!不如早为之所,无使滋蔓。蔓,难图也!蔓草犹不可除,况君之宠弟乎?"公曰:"多行不义必自毙,子姑待之。"既而大叔命西鄙北鄙贰于己,公子吕曰:"国不堪贰,君将若之何?欲与大叔,臣请事之;若弗与,则请除之,无生民心。"公曰:"无庸,将自及。"大叔又收贰以为己邑,至于廪延,子封曰:"可矣!厚将得众。"公曰:"不义不昵,厚将崩。"大叔完聚,缮甲兵,具卒乘,将袭郑,夫人将启之。公闻其期,曰:"可矣!"命子封帅车二百乘以伐京,京叛大叔段,段入于鄢。公伐诸鄢,五月辛丑,大叔出奔共。……遂寘姜氏于城颍,而誓之曰:"不及黄泉,无相见也!"既而悔之。颍考叔为颍谷封人,闻之,有献于公。公赐之食,食舍肉。公问之,对曰:"小人有母,皆尝小人之食矣,未尝君之羹,请以遗之。"公曰:"尔有母遗,繄我独无!"颍考叔曰:"敢问何谓也?"公语之故,且告之悔。对曰:"君何患焉!若阙地及泉,隧而相见,其谁曰不然?"公从之。公入而赋:"大隧之中,其乐也融融!"姜出而赋:"大隧之外,其乐也泄泄!"遂为母子如初。

这是写统治者为争夺权力而骨肉相残的史实。从庄公即位到平息共叔段叛乱、迫其外逃,共经过了 22 年的漫长岁月;但作者只着重记叙难产、请京、祭仲和公子吕进谏、平叛等几件大事,便将军国政治,乃至家庭中母子兄弟的变动讲得清清楚楚,具有很强的传奇故事性,仿佛一篇曲折动荡的小说。而不同人物的个性特点,如庄公于再三容忍时潜隐的大谋略其实极富心机,姜氏违背礼制的偏颇中显示出固执绝情,共叔段的骄纵轻妄,颍考叔的善解人意巧于进言,都随着情节的推进被逐渐凸显出来。结尾庄姜母子隧道复见、相共咏歌的戏剧式场面虽无关乎国政,似乎为闲笔余波,但它调节、缓解了前面的严峻紧张气氛,为之平添出若许情味,使行文疏密缓急有间，且表现出人物情感的变化，使其更加丰满充实、富艳多彩而有立体感。

一般说来，历史的进程中会出现许多必然和偶然事件，而事件总是由若干个具体细节结构汇集所成。《左传》便善于对之作细腻生动的描摹，从而避免大而化之、粗疏浮薄的弊病，遂使整个历史"活"起来，洋溢出旺盛的生命力，变单纯的理性记忆、理解为具象式的感受和情感认同。如《僖公三十三年》的"秦晋殽之战"，记叙僖公三十二年（前628）冬晋文公病死，秦穆公乘机派兵袭击晋的友好郑国，以图称霸中原，事前蹇叔极力劝阻，但穆公不听：

> 召孟明、西乞、白乙，使出师于东门之外。蹇叔哭之，曰："孟子，吾见师之出，而不见其入也！"公使谓之曰："尔何知！中寿，尔墓之木拱矣。"蹇叔之子与师，哭而送之，曰："晋人御师必于殽，殽有二陵焉：其南陵，夏后皋之墓也；其北陵，文王之所辟风雨也。必死是间，余收尔骨焉！"秦师遂东。

秦穆公使人诅咒蹇叔老而不死的话虽刻薄，却形象而多有审美意味；蹇叔哭子的一段话则又缘由于一种深邃的绝望与悲怆，不禁泫然喟叹。总之，字里行间都笼罩着浓郁的悲剧色彩，情味悠远沉挚，让人回想无穷。

《左传》中还有不少篇章，从横断层上正面描述铺写大的战争，着笔较为详细的便达十余次之多，这自然与其"国之大事，在祀与戎"（《成公十三年》）的主导思想有关。诚如清吴闿生云："左氏诸大战，皆精心结撰而为之，声势采色，无不曲尽其妙，古今之至文也。"（《左传微》）它善于把握波澜壮阔、激烈残酷的场景，以简括精练的语言表达繁复的内容，却层次分明、张弛浓淡间虽错杂而井然有序，特见出卓越精纯的叙事能力。如《成公四年》描述的齐晋鞍之战：

> 六月，壬申，师至于靡笄之下。齐侯使请战。曰："子以君师辱于敝邑，不腆敝赋，诘朝请见。"对曰："晋与鲁、卫，兄弟也，来告曰：'大国朝夕释憾于敝邑之地。'寡君不忍，使群臣请于大国，无令舆师淹于君地。能进不能退，君无所辱命！"齐侯曰："大夫之

许，寡人之愿也。若其不许，亦将见也。"齐高固入晋师，桀石以投人。禽之，而乘其车，系桑本焉，以徇齐垒，曰："欲勇者贾余余勇！"癸酉，师陈于鞌。邴夏御齐侯，逢丑父为右。晋解张御郤克，郑丘缓为右。齐侯曰："余姑翦灭此而朝食！"不介马而驰之。郤克伤于矢，流血及屦，未绝鼓音，曰："余病矣！"张侯曰："自始合，而矢贯余手肘，余折以御，左轮朱殷，岂敢言病？吾子忍之！"缓曰："自始合，苟有险，余必下推车，子岂识之？然子疾矣！"张侯曰："师之耳目，在吾旗鼓，进退从之。此车一人殿之，可以集事，若之何其以病败君之大事也？擐甲执兵，固即死也；痛未及死，吾子勉之！"左并辔，右援枹而鼓，马逸不能止，师从之。齐师败绩，逐之，三周华不注。

这是齐晋两个大国在今济南北郊华山下的一场争霸战争。"灭此而朝食"，说明齐侯的自信与轻敌；"流血及屦，未绝鼓音"，见出大战的紧张惨烈程度；晋军主帅与御者的互相激励被以重笔载记之，是为了显示其勇猛坚毅、上下同心，那么，齐军的失败便是顺理成章的事情，"三周华不注"，正是其逃溃的狼狈慌乱像。这与《宣公十二年》"晋楚邲之战"写晋军败阵，"桓子不知所为，鼓于军中曰：'先济者有赏！'中军下军争舟，舟中之指可掬也"，同系传神之笔，虽不如它的生动形象，而简洁过之。

在事件的叙述和细节的描摹中，必然会涉及到人物形象的塑造，《左传》于这方面也很成功。它的笔下有不少个性特征鲜明突出或复杂多变，而形神毕现的角色，从雄主昏君、贤相佞臣、勇将懦夫，乃至行人商贾、淫妇义女等，不胜枚举赘言。最精彩者，如《僖公二十三年》《僖公二十四年》所写的晋公子重耳。他因骊姬的陷害被迫逃亡国外，历时长达19年，在浪迹列国中饱尝屈辱、备经艰窘困厄，终于由一个平庸因循的贵公子磨炼成雄才大略的霸主。书中通过其坎坷多难的人生遭际，生动表现出性格发展演变过程与立体式的人物形象，颇具典型意义。其中记叙重耳流亡至楚国时，楚王对之优礼有加，并乘机提出回报的要求，"楚子享之，曰：'公子若反晋国，则何以报不穀？'对曰：'子女玉帛，则君有之；羽毛齿革，则君地生焉，其波及晋国者，君之余也！其何以报君？'曰：

'虽然，何以报我？'对曰：'若以君之灵得反晋国，晋楚治兵遇于中原，其辟君三舍。若不获命，其左执鞭弭，右属櫜鞬，以与君周旋。'"回答得不亢不卑、入情合理，委婉拒绝了楚王的要挟，充分显示出他的成熟机敏与未来大国之君的闳阔气度。以后又写重耳要返回晋国即王位了，"及河，子犯以璧授公子，曰：'臣负羁绁，从君巡于天下，臣之罪甚多矣。臣犹知之，而况君乎？请由此亡！'公子曰：'所不与舅氏同心者，有如白水！'投其璧于河。"这里不仅显示出已是屡经忧患、深谙沧桑炎凉的老年人的重耳的宽容、豁达和睿智，为他当国君后捐弃前嫌、招降纳叛的举措预作铺垫，并且弥漫着悠长的抒情意味。

概括说来，"《左传》不但是史学的权威，也是文学的权威"[①]。作为叙事文学作品，历来也被尊奉为典范。《春秋左氏传序》云："其文缓，其旨远，将令学者原始要终，寻其枝叶，究其所穷。"《史通·杂说上》更详而论之："左氏之叙事也，述行师则簿领盈视，咙聒沸腾；论备火，则区分在目，修饰峻整；言胜捷，则收获都尽；记奔败，败披靡横前；申盟誓，则慷慨有余；称谲诈，则欺诳可见；谈恩惠，则煦如春日；纪严切，则凛若秋霜；叙兴邦，则滋味无量；陈亡国，则凄凉可悯。或腴辞润简牍，或美句入咏歌，跌宕而不群，纵横而自得。若斯才者，殆将工侔造化，思涉鬼神，著述罕闻，古今卓绝。"后来宋真德秀《文章正宗》推《左传》为冠冕，就辞命、议论、叙事三项分类，认为叙事最得体要。故清章学诚总结其法有"离合变化，奇正相生。如孙吴用兵，扁仓用药，神妙不测，几于化工，其法莫备手《左传》"（《论课蒙学文法》）。清刘熙载亦分析说："左氏叙事，纷者整之，孤者辅之，板者活之，直者婉之，俗者雅之，枯者腴之。剪裁运化三方，斯为大备。"（《艺概·文概》）这些话都有助于对《左传》表现特征与艺术手法的理解。可以说，《左传》和《诗经》堪比双璧，共成奇葩，不仅是山东地域，也是整个先秦时代诗文坛上的巅峰，是其高度繁荣的最好标志与绝佳景观。

再说创国别史体的史传散文著作《国语》。

关于《国语》之书名，始见于《史记》，其《太史公自序》《五帝本

[①] 朱自清：《经典常谈》，见《朱自清文学论文集》下册，上海古籍出版社1981年版，第643页。

纪》《十二诸侯年表序》中皆言及；又司马迁《报任安书》曾云："左丘失明，厥有《国语》。"故被认为《国语》亦出自鲁太史左丘明之手。此后《汉书·艺文志》于"春秋类"中著录"《国语》二十一篇，左丘明著"，大约即循沿司马迁之说所来。同书《律历志下》又有《国语》为《春秋外传》之称，继之汉刘熙《释名》、王充《论衡·案书》、三国吴韦昭《国语解序》，皆以"外传"名，并以《左传》为"内传"。当然，对于作者问题，后人也颇存疑问，只是提不出确凿材料以证左丘明著书之误，所以，《四库全书总目提要》为持平之言："《国语》出自何人，说者不一，然终以汉人之说为近古。"总之，左丘明的身份可能是失明的"瞽史"，口头讲授流传下来的各国历史，至于"著于竹帛，辑为一书，是后来的事"①——它和《左传》的辑录定型成书，情况是相似的。另，《国语·周语上》载召公论"天子听政"时有"瞽史教诲"之说，同书《楚语上》记申叔提出教诲太子的诸种史籍中亦有《语》，可并参。

《国语》记载的历史上迄西周穆王征犬戎（前967?），下止于鲁悼公十四年（前453）韩、魏、赵三家分晋，约有515年，所涉及的时间跨度将近《左传》的一倍。内容包括周、鲁、齐、晋、郑、楚、吴、越8国史料，共计21卷，但其中仅只有《周语》《郑语》的个别章节为周平王东迁（前770）之前的事迹，《晋语》以很少篇幅叙及战国之初，而剩下的绝大部分都记载春秋时期诸国的军政等事，与《左传》类近，甚至还有大约四分之一的内容基本和《左传》相同。然而，有异于以鲁国纪年为主线次第记事的编年史体《左传》，国别史体的《国语》却是分国记史，且重在选记其要言大事，并不拘执在系统始终的逐年为纪。所以，它自然便显得详略不均、差别有等。如《周语》历时最长，但多为记言论政之文；《鲁语》大部分系一事一议的片段；《齐语》只记管仲与齐桓公的数次对话，中心是国政；《郑语》仅存一篇郑桓公为司徒及向史伯问政的谈话；《楚语》则侧重于记事，《吴语》和《越语》单述两国之间的攻伐争霸；只有《晋语》最称详细，共9卷，几占《国语》全书之半，写自武王而到智伯倾亡的漫长过程。

虽然《国语》的内容比较庞杂，举凡"邦国成败，嘉言善语，阴阳

---

① 郭预衡：《中国散文史》上册，上海古籍出版社1986年版，第77页。

律吕，天时人事顺逆之数"(《国语解叙》)无不涵纳于内，但考察其主导思想倾向，仍然接近于《左传》，大体上归属儒家学派，中心是"重民""崇礼""尚德"。不过，与《左传》相映成趣的是，它也存在着若干和儒家不一致，甚至相违背的地方。如孔子"不语怪力乱神"(《论语·述而》)，《国语》却以近似欣赏的态度载了不少神话传说与怪异之事；另外，它还兼容着墨家(如《鲁语下》敬姜论劳逸)、道家(如《越语下》范蠡谏言勾践持盈、定倾，以阴阳刚柔之道复国胜敌，吴亡后，即知机退隐，归宿于自然)、法家(如《齐语下》管仲教桓公以霸术)等学派的思想。① 这主要是因为二书的基本形成时间和书中所跨越的历史时期大体相同，故而共同体现出那个时代的社会文化意识与思想特征。

从文学表现特征而言，比较《左传》和《国语》，向来认为前者长于叙事，后者重在记言。就总体上看，《国语》虽浸润于《尚书》的传统中，但已取得长足进展。首先，它一改《尚书》古奥艰深、佶屈聱牙的旧习，别采用接近当时流行口语式的语言，结果便能备具清畅通达、晓易平实之妙，述情达意无不委婉周详、深辟明彻而曲折自如，断无难显之隐与难尽之理。其次，是为了扩张气势，强化感染力，《国语》所载记的言论辞令每每喜用排比句法，二字、三字、四字或字数多寡不等，其间涵纳了丰富的事典喻譬，活跃着生动的形象性，饱蕴激情色彩，而铺张扬厉、腾涌连毂以滔滔泻下，使人应接不暇，其中有的已开《战国策》中策士谋臣的游说之风。后来柳宗元不满《国语》的义理，指责说："病其文胜而言尨，好诡以反伦。"(《与吕道州温论非国语书》)但却极赞其文辞之盛美："左氏《国语》，其文深闳杰异，固世之所耽嗜而不已也。"(《非国语序》)并且认为为文须"参之《国语》以博其趣"(《答韦中立论师道书》)。最后，是讲析事理的旁征博引和严密逻辑性。《国语》所记之议论说辞，常好引经据典，追本溯源，再伴之以层层推理、步步逼近或铺排展衍，每寓教诲警诫之意于其间，务使深透精辟，无懈可击，受方为之折服。

著名章节如《周语上》的"召公谏厉王弭谤"，事记独裁暴君厉王为

---

① 参见张炯、邓绍基、樊骏主编：《中华文学通史》第1卷，北京：华艺出版社1997年版，第67页。

控制舆论，严禁民众的批评，乃派出卫国神巫四处监听，任意斩杀，使"国人莫敢言，道路以目"，厉王自以为得计。但召公深不以为然，曰："是障之也，防民之口，甚于防川。川壅而溃，伤人必多，民亦如之。是故为川者决之使导，为民者宣之使言。"接着他以先王广泛听取臣民意见以处理政事，才能避免错误的范例谏劝厉王，再详细阐述说："民之有口也，犹土之有山川也，财用于是乎出；犹其有原隰衍沃也，衣食于是乎生。口之宣言也，善败于是乎兴。行善而备败，所以阜财用衣食者也。夫民虑之于心而宣之于口，成而行之，胡可壅也？若壅其口，其与能几何！"这里借塞堵川流来喻拟阻止民众说话将会产生的严重后果，举例古事以教诲现实，反证正导，可能与必然互相映照，结构谨严，丝丝入扣，这是有关国家政治举措大事的话题，言近旨远。至如《鲁语上》之"里革断罟匡君"，则注目于生活劳动，事因宣公一味贪求经济增长，违反鱼孕周期的客观规律而大肆捕捞，大夫里革乃断网以匡谏之：

> 古者大寒降，土蛰发，水虞于是乎讲罛罶，取名鱼，登川禽，而尝之寝庙，行诸国人，助宣气也。鸟兽孕，水虫成，兽虞于是乎禁罝罗，猎鱼鳖，以为夏犒，助生阜也。鸟兽成，水虫孕，水虞于是乎禁罜䍡，设阱鄂，以实庙庖，畜功用也。且夫山不搓蘖，泽不伐夭，鱼禁鲲鲕，兽长麑麇，鸟翼鷇卵，虫舍蚳蝝，蕃庶物也，古之训也！今鱼方别孕，不教鱼长，又行网罟，贪无艺也！

这篇文字朴实无奇，只是通体陈述古训：必须遵从鸟兽虫鱼的生长繁殖特点，保护幼雏，促进其蕃衍，才能取用不竭——如此就事论事、看似简单的育物用物道理中，其实包含着深刻的辩证法！更说明山东地域的先民们，很早便懂得维持生态物种的平衡、保护人类生存环境，禁止对大自然的过度开发和破坏。这些认识与制度，对现代社会的人们仍然不失启迪借鉴作用。于表现方法上，也依照时节先后及相应的鸟兽虫鱼品类顺序叙去，虽直陈事实而不务夸张藻饰、不作芟蔓绵延，然因有宾主交映变换，连类并举，仍觉动荡有致，无失粗拙板滞，由之便收层次分明、错落递进之效。辞详而婉却是理透以深，故逼出结尾，直责宣公"不教鱼长"、肆意捕收的行为是贪婪无度，不合古制："贪无艺也"！剀切犀利，不留丝毫余地圆转，气势浩荡不曲。

《国语》也叙事，但一般都很简略，仅仅杂夹在各种人物谏讽应对的言辞间，作为辅助手段，以述写梗概、点明事件的进展过程而已，并不注重周围背景气氛和人物动作情态等细节描摹刻画。如《越语上》里"勾践灭吴"的长篇文字，只用败于吴后，"越王勾践栖于会稽之上，乃号令于三军曰""夫差将欲听，与之成""是故败吴于囿，又败之于没，又郊败之"，"遂灭吴"一些粗疏载录，以契领终结这段十年生聚、十年教训，充满起伏变化而惊动心魄的历史故事。那大量出现的，则是勾践、文种、伍子胥、伯嚭、夫差等人的说议论辩。正是从这些言辞间，显示出其心态个性和身份处境，各具特色，绚烂多姿，成功建构起自己的人物长廊。故是陶望龄认为："《国语》一书，深厚浑朴，周、鲁尚矣。……如其妙理玮辞，骤读之而心惊，潜玩之而味永，还须以《越语》压卷。"（朱彝尊《经义考》卷二〇九引）

总体以论，《国语》的文学性不如《左传》浓郁，艺术表现水准亦不及它高超。但在一些局部描写方面，《国语》却自有其优胜之处。如上述晋公子重耳事，系《左传》刻画得最成功人物形象之一。然而，《国语》记载的不仅更加详尽，且有所丰富发展。对此，《晋语》一、二用了8、9节的文字叙写，关于重耳流亡到齐国时，桓公妻之，有马20乘，重耳贪恋眼前安逸的生活，不再思进取，是以妻齐姜与舅子犯设计让他离开齐国。对此，《左传》只简要记载说："姜与子犯谋，醉而遣之，醒，以戈逐子犯。"《晋语》却就此细节生出一段活灵活现的文章来：

> 姜与子犯谋，醉而载之以行。醒，以戈逐子犯，曰："若无所济，吾食舅氏之肉，其知餍乎！"舅犯走，且对曰："若无所济，余未知死所，谁能与豺狼争食？若克有成，公子亦无晋之柔嘉，是以甘食。偃之肉腥臊，将焉用之？"遂行。

重耳的极度愤怒，子犯的机智调侃，寓庄于谐，都在富于戏剧性的场面中被生动地展示出来，幽默隽永，使人解颐。

最后说"传记之祖"的史传散文著作《晏子春秋》。

据《史记·管晏列传》云："太史公曰：'吾读管氏《牧民》《山高》

《乘马》《轻重》《九府》及《晏子春秋》，详哉其言之也。'"这是《晏子春秋》的名称最早见诸文献记载。其后，汉刘向《七略》、班固《汉书·艺文志》等书皆有著录。不过，关于其成书时代和作者，历代的说法却颇存歧异。1972年山东临沂银雀山所发现的西汉初期墓葬中，得见《晏子春秋》残简120枚，除极个别篇外，现存的绝大部分都已保存，可证它于秦、汉之际就广泛流行，正是司马迁说的"至其书，世多有之"。故推想其基本定型在战国中后期，为先秦古籍当无疑，此后又陆续有所增益，也是可能的。而作者，《隋书·经籍志》等径直标名"晏婴"，显然错误，因为这是杂纂之书，且叙述皆出之以第三人称，并涉及晏婴身后事，所以，它不同于先秦其他诸子书的自著性质。一般说来，《晏子春秋》的作者非一人，大约系晏婴门客后人，或其他学者士子依照齐国史书与传说等多种材料，逐渐采录汇辑所成，故是其间有些故事，亦并见于《管子》《韩非子》《韩诗外传》《新序》《说苑》等先秦及汉人古籍里，只不过记载各异罢了。这诚如吴则虞《晏子春秋集释》言者："《晏子春秋》的成书，有长时间的积累和演化过程。原始的材料可能有两类：一类是古书（如《齐春秋》等）里的零星记载；一类是民间流传的故事。"

虽然自汉以来，多将《晏子春秋》归属于儒家或墨家著作，但它却殊异于通常意义上的"子书"，实质上应为史书——"春秋"本即为史书之名。故《四库全书总目提要》云："《晏子》一书，由后人摭其轶事为之，虽无传记之名，实传记之祖也。"将其划入《史部·传记》类内，是名副其实之举。因它多方记述晏婴生平的言论行迹，其叙事形式也与一般的史传无二。不同的是，尽管其他史书也记晏婴事，如《左传》有19处涉及他的言行，12篇与《晏子春秋》类同，却均不能分离出来以独立成章，只不过属于全书的一个有机组成部分。《晏子春秋》则大不然，它是以晏婴为中心人物去开展，或者说专门给单个人物的历史作传记的。正是在这个意义上，视其创个人纪传专史体的史传散文，并开后来《史记》《汉书》等纪传体史书之先河，以后各代的官修正史皆循此体例而作，那影响非常深远。

应该特别说明的是，即《晏子春秋》断非信史，实颇有区别于《左传》与《国语》——虽然它们都具载着程度不等的文学性质，这就牵涉到上文所略过未谈的史书中也存在多少不一的"因文生事"问题。对此，金圣叹给出的定义乃"只是顺着笔性去,削高补低都由我"(《读第五才子书法》)。若就史书而言之,除却须遵循"实录"的原则外,于细事末节等琐屑方面,往往好"因文生事",增加若干想象或虚构内容,然而这点并不在根本上影响、更不会否定其信史意义。至于此等被普遍运用的写作手法,前面论述《左传》《国语》时,因行文要避免繁复重叠,故受到限制,未曾涉及,这里一总迻录钱钟书有关二书的精当见解以为参照:

> 吾国史籍工于记言者,莫先乎《左传》,公言私语,盖无不有。虽云左史记言,右史记事,大事书策,小事书简,亦只谓君廷公府尔。初未闻私家置左右史,燕居退食,有珥笔者鬼瞰狐听于傍也。上古既无录音之具,又乏速记之方,驷不及舌,而何其口角亲切,如聆謦欬欤?或为密勿之谈,或乃心口相语,属垣烛隐,何所据依?如僖公二十四年介之推与母偕逃前之问答,宣公二年鉏麑自杀前之慨叹,皆生无傍证、死无对证者。注者虽曲意弥缝,而读者终不餍心息喙。纪昀《阅微草堂笔记》卷一一曰:"鉏麑槐下之词,浑良夫梦中之噪,谁闻之欤?"李元度《天岳山房文钞》卷一《鉏麑论》曰:"又谁闻而谁述之耶?"李伯元《文明小史》二五回王济川亦以此问塾师,且曰:"把他写上,这分明是个漏洞!"盖非记言也,乃代言也,如后世小说、剧本中之对话独白也。左氏设身处地,依傍性格身分,假之喉舌,想当然耳。《文心雕龙·史传》篇仅知"追述远代"而欲"伟其事""详其迹"之"讹",不知言语之无征难稽,更逾于事迹也。《史通·言语》篇仅知"今语依仿旧词"之失实,不知旧词之或亦出于虚托也。《孔丛子·答问》篇记陈涉谈《国语》骊姬夜泣事,顾博士曰:"人之夫妇,夜处幽室之中,莫能知其私焉,虽黔首犹然,况国君乎?余以是知其不信,乃好事者为之词!"……《左传》成公二年晋使巩朔献捷于周,私贿而请曰:"非礼也,勿籍!""籍",史官载笔也。则左、右史可以徇私曲笔(参见《困学纪闻》卷一《中说·问易》条翁元圻注),而"内史"彤管乃保其"不掩"无讳耶?骊姬泣诉,即俗语"枕边告状",正《国语》作者拟想得之,陈涉所谓"好事者为之词"耳。……史家追述真人实事,每须遥体人情,悬想事势,设身局中,潜心腔内,忖之度之,以揣以摩,庶几入

情合理。盖与小说、院本之臆造人物、虚构境地,不尽同而可相通,记言特其一端。《韩非子·解老》曰:"人希见生象也,而得死象之骨,案其图以想其生也;故诸人之所以意想者,皆谓之象也。"斯言虽未尽想象之灵夸酣放,然以喻作史者据往迹、按陈编而补阙申隐,如肉死象之白骨,俾首尾宪足,则至当不可易矣。《左传》记言而实乃拟言、代言,谓是后世小说、院本中对话、宾白之椎轮草创,未遽过也。①

文中所质疑的宣公二年钮麑事,《国语》也有记叙,而且较《左传》还要详细:"麑退,叹而言曰:'赵孟敬哉!夫不忘恭敬,社稷之镇也。贼国之镇不忠,受命而废之不信,享一名于此,不如死!'触庭之槐而死。"这段临终前的表白肯定系作者的揣摩想象之辞,但是,它并未违背、更改基本的历史真实,反倒是增加了故事性,使人物形象鲜明生动。所以,这种充分文学化的虚拟手法不仅是允许的,而且大有益于张扬史书的感染力。只不过它必须被制约在"信史"的本质真实范围内,一旦超过一定适当限度,如所记叙者真伪参半,"虽不尽真,也不容尽伪"② 的《晏子春秋》,便是过于靠拢小说、院本,在历史与文学之间的摇摆中倾向文学方面了。故有论者从小说的"故事性、娱乐性、通俗性"三种特征去评析《晏子春秋》叙事的整体倾向,并认为:"《晏子春秋》的小说化、个性化,是受制于它的史书特征的。即:全书记言多于记事,晏子的谏言答语被拿来作为表现晏子的主要手段,而这些言语又多发宏论,言必君臣国家,这都大大妨碍了晏子的个性化,也妨碍了作者的个性化,作者自身也在努力地与史书趋同,这些表现了小说在它的初起阶段,不得不依附于史传的历史特点。"③

《晏子春秋》全书共 8 卷,前 6 卷为"内篇",计有"谏""问""杂"各上、下;后 2 卷为"外篇",计有"重而异者"、"不合经术者"。

---

① 钱钟书:《管锥编》第 1 册,北京:中华书局 1979 年版,第 164~166 页。
② 郭预衡:《中国散文史》上册,上海古籍出版社 1986 年版,第 184 页。
③ 郭丹:《史传文学:文与史交融的时代画卷》(乔力主编《中国古代文学主流》丛书第 10 种),桂林:广西师范大学出版社 1999 年版,第 257 页,并参见杨义《中国古典小说史论》,北京:中国社会科学出版社 1995 年版。

传主晏婴（？—前500），谥平仲，东莱维（今高密）人。刘向《晏子叙录》称他"事齐灵公、庄公、景公，以节俭力行，尽忠极谏道齐，国君得以正行，百姓得以附亲……内能亲亲，外能厚贤，居相国之位，受万钟之禄，故亲戚待其禄而食五百余家，处士待而举火者亦甚众。晏子衣苴布之衣，麋鹿之裘，驾敝车疲马，尽以禄给亲戚朋友，齐人以此重之"。就书中表现的主体思想来看，既有忠君、崇礼、爱民的一面，又有节用、非乐、斥鬼的内容，可谓兼容儒、墨二派学说。这正是战国末期及齐国当时诸家之说林立、学术繁荣而争驰并传的总体社会文化背景的反映，同时也显示出与西邻鲁国儒学独盛局面的差异。

于结构上，《晏子春秋》每卷含若干节，全部共约近190节，各自皆独立成文，长短不等，相互间既无必然的内在逻辑联系，亦不存在明确精细纪年，只是大体依顺晏婴仕辅庄公、景公的经历，乃至死后事为基本时间框架。但也有颠倒，如开首即先记景公时事，且景公朝所占的篇幅也较多。其实，每个独立的小节便是一段小故事，它们分别记叙了晏婴各方面的言行，涉及到其政治外交、日常生活等多种活动；而汇集于全书，则立体化地建构起晏婴正直敢言、仁爱清廉、机智笃诚的历史形象，生动显示出他性格的丰富深沉。如为人熟知、已成为常用典故的晏婴与公孙接、田开疆、古冶子，即"二桃杀三士"的故事（载《内篇·谏下》），和"晏子使楚"的二节（"晏子使楚楚为小门晏子称使狗国者入狗门"；"楚王欲辱晏子指盗者为齐人晏子对以橘"，载《内篇·杂下》），便颇具代表性。其实，于"使楚"二节之前，先已有"晏子使吴吴王命傧者称天子晏子佯惑"一节了："晏子使吴，吴王谓行人曰：'吾闻晏婴盖北方辩于辞、习于礼者也，命傧者曰：'客见则称天子请见。'明日，晏子有事，行人曰：'天子请见！'晏子蹴然。行人又曰：'天子请见！''晏子蹴然。又曰：'天子请见！'晏子蹴然者三，曰：'臣受命敝邑之君，将使于吴王之所，以不敏而迷惑，入于天子之朝。敢问吴王恶乎存？'然后，吴王曰：'夫差请见。'见之以诸侯之礼。"在这里，晏婴机警多谋，终于以柔克刚的干练得到鲜明体达。3次用"蹴然"，形象地体现出他的情态神貌，用笔较细致，措词准确。另外，吴王夫差欲僭用天子名义见客，与《左传·宣公三年》所载"楚子问鼎"事性质相似，凸显了其狂傲与称霸中原的潜在野心。而所有种种，都根源在"崇礼"的基本思想上，丰厚于后面"使楚"的只是维护个人、乃至本国的尊严的单一主旨。

其他如《内篇·杂上》"庄公不用晏子晏子致邑而退后有崔氏之祸"所记：

> 晏子为庄公臣，言大用，每朝赐爵益邑。俄而不用，每朝致邑与爵。爵邑尽，退朝而乘，喟然而叹，终而笑。其仆曰："何叹笑相从数也？"晏子曰："吾叹也，哀吾君不免于难；吾笑也，喜吾自得也，吾亦无死矣！"崔杼果弑庄公，晏子立崔杼之门，从者曰："死乎？"晏子曰："独吾君也乎哉？吾死也？"曰："行乎？"曰："独吾罪也乎哉？吾亡也？"曰："归乎？"曰："吾君死安归！君民者，岂以凌民？社稷是主；臣君者，岂为其口实？社稷是养。故君为社稷死则死之，为社稷亡则亡之。若君为己死、而为己亡，非其私昵孰能任之？且人有君而弑之，吾焉能死之，而焉得亡之！将庸何归！"门启而入，崔子曰："子何不死？子何不死！"晏子曰："祸始吾不在也，祸终吾不知也，吾何为死？且吾闻之，'以亡为行者不足以存君，以死为义者不足以立功'。婴岂婢子也哉，其缢而从之也？"遂袒免坐，枕君尸而哭，兴，三踊而出。人谓崔子："必杀之！"崔子曰："民之望也，舍之得民。"

总体看来，《晏子春秋》仍属记言体，或者说详于记言而疏于记事，很有些语录体散文的味道，后来人们将之划归子书类，大约也有这种形式方面的原因吧。而作为史传散文著作，它的表现方法则接近于《国语》，距离《左传》较远。但上引的这段却与众不同，它虽也是记言多于记事，然而已有较多的动作性叙述文字夹杂其间，由之组合为细节，错落有致地被安排到整个情节进程之中，最终形成了统一有机的故事，塑造出性格色彩鲜明、栩栩如生的人物形象。如开头写晏婴以不见信用，便退还齐庄公赏赐的食邑爵位，待尽后"喟然而叹，终而笑"的一段，显示了他对朝廷政局的深刻洞察力与正确预见性，故善于全身而退，皆缘由睿智大度；那种松了一口气，既多慨喟又自我庆幸的情态，尤其传神，真是细微处特见精神。以下，"崔杼果弑庄公"，晏婴去凭吊的大段文字，也颇具层次，用笔从容有致而一一毕现。立崔氏之门，关于"死""行""归"的对话，既是因为其持正有备而来，故理直气盛；也基于晏婴的深明大义、临危不惧，这当系儒家"民为贵，社稷次之，君为轻"（《孟子·尽心下》）的民本观念的实例阐释和发挥，是山东先哲们最为光彩耀目的地方。再照应到文末说崔杼坚持不杀害晏婴，原因在于放了他能获得民心，更补足并深化了这种宝贵思想。另外，晏婴的数次回话，崔杼"子何不死？子何不死！"的两度诘问，口气均惟妙惟肖，可谓十分个性化的语言，足以据之悬想揣摩人物的神貌心态。至于"遂袒免坐"至"三踊而出"的动作摹写，也不仅是刻画形象，其实还深一层地显现出晏婴"崇礼"的一贯作风。再参照紧接着的后面"崔庆劫齐将军大夫盟晏子不与"一节，也有相类似的艺术表现特征，只不过突出了他大义凛然、宁折不弯的刚烈果敢的另一面。"《诗》云：'彼己之子，舍命不渝'，晏子之谓也。"

《晏子春秋》的语言，一般趋向于质直朴实，缺乏富赡华丽的文采。但偶尔亦可见到简洁有味情韵悠远之笔，如《内篇·谏上》的"景公登牛山悲去国而死晏子谏"一节云：

'景公游于牛山，北临其国城而流涕，曰："若何滂滂去此而死乎！"艾孔、梁丘据皆从而泣。

这种生命不永、岁月匆遽的时间意识，以深长而难以掩抑的叹息出之，其中弥漫的伤感意绪，与上古的记言首作《尚书·秦誓》"我心之忧，日月逾迈，若弗云来"同出一辙且一脉承传。它标志着社会文明程度进步背景上人生忧患感的不断强化，并且作为一种审美观照方式，涵纳着"诗"的意味，沉积于中国几千年的文学传统里，从而获得了恒久的不朽意义。其他的文学化趋向方面，还有譬喻比拟手法的使用，如《内篇·问下》"景公问廉政而长久晏子对以其行水也"一节里，晏婴回答齐景公关于清廉正直的人，有着能够长存久安和迅速灭亡的两种不同情形，其德行各是什么样时，说前者"其行水也，美哉！水乎清清。其浊无不雩途，其清无不洒除，是以长久也"，而后者"其行石也，坚哉！石乎落落。视之则坚，循之则坚，内外皆坚，无以为久，是以速亡也"两种不同的行为方式，导致了截然相反的结局；其实是想说明外圆内方、讲求谋略善以应变，强调注重自我保护的道理——这或许是政治家的晏婴，身处艰危复杂、错综迷离的权力中心，所特有的感悟与经验之谈吧。又如有关治国为政之道的：

　　景公问于晏子曰："治国何患？"晏子曰："患夫社鼠。"公曰："何谓也？"对曰："夫社，束木而涂之，鼠因往讬焉。熏之则恐烧其木，灌之则恐败其涂，此鼠所以不可得杀者，以社故也。夫国亦有焉，人主左右是也。内则蔽善恶以君上，外则卖权重于百姓，不诛之则乱，诛之则为人主所案据，腹而有之，此亦国之社鼠也！宋人有酤酒者，为器甚洁清，置表甚长，而酒酸不售。问之里人其故，里人云：'公之狗猛，人挈器而入且酤公酒，狗迎而噬之，此酒所以酸而不售也！'夫国亦有猛狗，用事者是也。有道术之士，欲千万乘之主，而用事者迎而啗之，此亦国之猛狗也！左右为社鼠，用事者为猛狗，主安得无壅，国安得无患乎？"（《内篇·问上》"景公问治国何患晏子对以社鼠猛狗"）

　　这里用土地庙里的老鼠和酒店门口的恶犬，来比拟国君亲近的佞臣奸人与妒贤嫉能的当政者，略具情节内容，已带有寓言性质了；较诸前面的水石之喻，形象既更丰满，含义也更深刻，自然也就产生更强的艺术感染力。

　　总上所言，可以看出，从文史交融的《左传》《国语》到小说化的《晏子春秋》，清晰地描画出先秦时期山东史传散文的演化进展轨迹，由历史向文学靠拢、切近的过程。再继续往前走下去，就该将是大量涌现于汉魏六朝时期的志人小说了——遗憾的是，山东文坛至此而停步中断，以致出现了一段长长的空缺。他们所失落的，已经有其他地域的作家完成，不过，这已经不在本书论述的范围内。

第二章 山东文学的漫长发展阶段:汉至唐五代

第一节 相对沉寂的两汉文坛

秦始皇帝二十六年（前221），秦将王贲自燕南下攻齐，齐"不修攻战之备，不助五国攻秦，秦以故得灭五国。五国已亡，秦兵卒入临淄，民莫敢格者，（齐）王建遂降，迁于共"（《史记·田敬仲完世家》）。至此，偏处山东一隅的齐国最后覆亡，大统一的封建王朝秦建立。但是，齐国的旧贵族诸侯势力仍有不少残存，对秦的统治构成潜在威胁，故秦始皇5次出巡统一后的关东各地，来山东就先后有过3次。如秦二十八年（前219），始皇登邹（今邹县）峄山，与鲁诸儒生议，刻石颂秦德，又封禅泰山，立石颂德。又东至芝罘（今烟台北）、南至琅邪，筑琅邪台（今胶南南境），"立石刻，颂秦德，明得意"（《史记·秦始皇本纪》）。次年又来山东，登芝罘，刻石。如二十八年之琅邪台刻石云：

> 六合之内，皇帝之土。西涉流沙，南尽北户，东有东海，北过大夏。人迹所至，无不臣者，功盖五帝，泽及牛马。莫不受德，各安其宇。

不过，这些纯属赞美的实用文字并不具备任何文学价值和审美性质。其实，扩大而言之，极端专制严酷又短命的秦一代，亦无真正意义上的文学可论。

汉王元年（前206），刘邦灭秦，子婴降；汉高祖五年（前202），项羽兵败自刎，刘邦即皇帝位。汉朝建立之初，于行政区划上实行州、郡、县与诸侯封国制度。此后各区域虽然屡有增减变化，但终两汉之世，山东境地大体据有兖、青二州之全部和幽、徐、冀、豫等州的一部分。而总观西汉初的社会思想文化状况，较为宽松，战国时期流行的几个重要学派重又活跃起来，儒家与黄老之术、刑名之言互有争辩驳难。但是，"孝惠、高后时公卿皆武力功臣。孝文时颇登用，然孝文本好刑名之言。及至孝景，不任儒，窦太后又好黄老术，故诸博士具官侍问，未有进者"（《汉书·儒林传》）。那根本原因就在于经秦汉之际的大战乱后，社会生产力与整个社会财富遭受到空前破坏，亟须恢复发展，而黄老的"清静无为"思想符合现实需要，它被具体表现为与民"休养生息"的基本政策，历"文景之治"后，至武帝初期，社会经济已臻达高度繁荣富庶境地，即《史记·平准书》所描述的：

> 汉兴七十余年之间，国家无事，非遇水旱之灾，民则人给家足，都鄙廪庾皆满，而府库余货财。京师之钱累巨万，贯朽而不可校，太仓之粟陈陈相因，充溢露积于外，至腐败不可食。众庶街巷有马，阡陌之间成群，而乘字牝者傧而不得聚会。守闾阎者食粱肉，为吏者长子孙，居官者以为姓号。

具体到山东地域，由于国家财力物力人力殷实雄厚，便曾四次大规模地治理黄河，消除水患，以兴修水利灌溉事业，有力保证了作为社会经济基础的农业长足发展。如就水稻种植言，"蓄潍水溉田，……旁有稻田万顷，断水造鱼梁，岁收亿万，号万匹梁"（清顾祖禹《读史方舆纪要》卷三六）。相应地，农业生产技术也获得很大提高，它主要体现于氾水（今曹县）人氾胜之撰著的农书《氾胜之书》里。其次，则为山东特有的地域物产和手工业，如汉桓宽《盐铁论·本议》所云者："燕、齐之鱼盐旃裘，兖、豫之漆、丝、绨、纻。"再者，山东还是当时商业最发达的地域之一，"宛、周、齐、鲁，商遍天下"（《盐铁论·力耕》），由之产生出人口众多、经济文化高度繁盛的大城市，也足以与西方的国都长安抗肩，如《史记·悼惠王世家》载武帝时临淄人主父偃称："齐临淄十万户，市租千金，人众殷富，巨于长安。"唐司马贞《索隐》注云："市租谓所卖之物出租，日得千金，言齐人众而且富也。"

总之，在这样的大时代背景上，展现了汉代文化文学的辉煌景象。首先是作为一代文学之盛的标志性作品——赋，尤其是体制闳大，气势伟岸，极尽铺张扬厉、波诡云谲之能事的大赋，蔚然为奇观，"故孝成之世，论而录之，盖奏御者千有余篇，而后大汉之文章，炳焉与三代同风"（班固《两都赋序》）。它们是一大批赋家"朝夕论思，日月献纳"的结果，最典型、集中地展示显现着大统一的汉王朝空前强盛繁荣的局面。其次是作为杂散文形态之一体而存在的史传散文，也于两汉时期形成了其第二次、也是最后一次的高潮，那巅峰之作便为永恒经典的《史记》和《汉书》，它们共同给以后整个漫长的封建社会的官修正史垂范立则，但那已经超出文学范围，属于完全的历史学活动。再者是"自孝武立乐府而采歌谣，于是有赵、代之讴，秦、楚之风，皆感于哀乐，缘事而发"（《汉书·艺文志》）的乐府民歌，与"深衷浅貌，短语长情"（明陆时雍《古诗镜》）的文人五言诗。然而，就两汉的山东文坛来看，基本置身于史传散文之外，这在上一章末节已言及，无须再赘。而乐府民歌的采集范围遍及长江与黄河流域；文人五言诗虽也有上层贵族官僚成员，但作者队伍仍以社会中下层士子为主体。所以，应该是都包含着山东地域的作品及山东籍的文人在内，然唯因难以确指考定，故不易论述。那么，能够正面评析的，便只有以赋著称的东方朔、祢衡等人——他们的生活和文学创作活动，分别在西汉前中期、东汉末。这样看来，两汉时代的山东文学概况，成绩平平有限，因为人数既无多，艺术水准复远未达到一流之高度，故一言以蔽之：沉寂。

下面先说东方朔。朔（前161—?），字曼倩，平原厌次（今陵县神头镇）人。[1] 汉褚少孙补《史记·滑稽列传》里记载了他怀肉污衣、岁更娶妇等类似"狂人"的怪异行径后，并云："朔曰：'如朔等，所谓避世于朝廷闲者也，古之人乃避世于深山中。'""时座席中，酒酣，据地歌曰：'陆沉于俗，避世金马。宫殿中可以避世全身，何必深山之中，蒿庐之下？'金马门者，宦者门也，门旁有铜马，故谓之曰'金马门'。"另《汉书》本传又有其绐驺侏儒、榜楚舍人、伏日取胙、醉遗殿上等许多故事，末后之"赞"云："朔口谐倡辩，不能持论，喜为庸人诵说，故令后世多

---

[1] 傅春明：《东方朔作品辑注》，济南：齐鲁书社1987年版，第2页、第34～36页。

传闻者。……其滑稽之雄乎!"同书《严助传》也谓东方朔"不根持论,上(武帝)颇俳优畜之"。唐颜师古注"不根持论"曰:"论议委随,不能持正,如树木之无根柢也。"可知这是个以诙谐滑稽的言行取悦于皇帝而得到亲近的人物,"言语侍从之臣",带有浓郁的喜剧色彩。所以,人们便将不少的佚闻传说一体附会到其名下,诚如"赞"总结者:"朔之诙谐,逢古射覆,其事浮浅,行于众庶,童儿牧竖莫不眩耀,而后世好事者因取奇言怪语附著之朔。"

不过,应该指出的是,上述诸般只是东方朔"诙达多端,不名一行"的部分表面现象;其实,他"环玮博达,思周变通。以为浊世不可以富贵也,故薄游以取位;苟出不可以直道也,故颉颃以傲世。傲世不可以垂训也,故正谏以明节;明节不可以久安也,故诙谐以取容。洁其道而秽其迹,清其质而浊其文,弛张而不为邪,进退而不离群。……自三坟、五典、八索、九丘,阴阳图纬之学、百家众流之论,周给敏捷之辩、支离复逆之数、经脉药石之艺,乃研精而究其理,不习而尽其功,经目而讽于口,过耳而闇于心"(晋夏侯湛《东方朔画赞序》),有着较为广博深沉的思想内蕴。故《汉书·艺文志》在诸子百家中,将之著录于"杂家",另疏云:"杂家者流,盖出于议官,兼墨、儒,合名、法,知国体之有此,见王治之无不贯,此其长也。及荡者为之,则漫羡而无所归心。"以之印证东方朔一生行事言辞,诸如《谏起上林苑疏》《化民有道对》、谏阻董偃入宣室,体现出仁政爱民、崇德尚俭以化民、崇礼重教的儒家学派主张;贺诛昭平君是基础于执法不阿、无得徇情枉法的法家之说,与公车上书的"其言专商鞅、韩非之语"相表里;又《答客难》《上书自荐》那"高自称誉"的敷张铺排、恢奇恣肆,而指意放荡、气势涌腾不羁的特征,无疑是浸染借鉴了战国时纵横家说辞的作风神采;《诫子诗》中"明者处世,莫尚于中,优哉游哉,于道相从。……依隐玩世,诡时不逢,才尽身危,好名得华"所流露的人生哲学,充满了道家气息色调,与《庄子·养生主》所云"为善无近名,为恶无近刑,缘督以为经。可以保身,可以全生,可以养亲,可以尽年"真是一脉承传、相契深心。明张溥则认为:"《诫子》一诗,义苞《道德》两篇,其藏身之智在焉,而世皆不知。"(《汉魏六朝百三家集题辞·东方大中集》)

东方朔著述颇丰,当时即广为人传诵,然身后多散佚。而其本人却逐渐衍变成笔记小说中一个半神仙式的怪诞不经的角色,如托名班固《汉武帝内传》、托名刘向《列仙传》、郭宪《东方朔传》、应劭《风俗通义》等书里,都有关于他的记述。明福建龙溪人张燮编辑《七十二家集》,汇录东方朔的存世作品为《东方大中集》,凡2卷。除个别伪托之作如《十洲记序》外,可信的计有14篇,包括了骚、疏、书、论、设难、颂、铭、诗等各种文体,先前《文心雕龙》的《辨骚》《诠赋》《祝盟》《杂文》《论说》《诏策》《书记》等篇中已经部分言及。至于其他的存目无文之作,尚有《汉书·艺文志》"杂家"目下的20篇、《汉书》本传"赞"引自刘向《别录》中的《封泰山》《责和氏璧》《皇太子生禖》《屏风殿上柏柱》《平乐观猎赋》《八言》《七言》上、下,以及《文心雕龙·祝盟》所言"东方朔有骂鬼之书"、同书《书记》云"东方朔之难公孙"、同书《谐讔》载"东方曼倩尤巧辞述"的不知名谐隐之制。另外,其他署名东方朔的《神异经》《十洲记》《隐真论》《东方朔占》《灵棋经》2卷、《古书》3卷、《柏梁台诗》、今存《骂鬼文》等,则皆系伪作。[①]

要之,东方朔学归杂家,属文各体均能,但是,真正使其卓立于文坛且备具相当文学价值的,却是他的赋——首先是《答客难》。按,赋本来系介乎韵文与散文之间的一种特殊文体,早期的骚赋接近诗歌,汉大赋出现后,标志着它文体的真正成熟,但大赋多用散句,虽间有韵语,实质上则应归于散文,故论者将赋分类时,名之为散体赋。"散体赋是汉赋最基本、最重要的体式,也是古赋最基本、最重要的体式。四言赋体式上接近《诗经》,骚体赋接近楚辞。《诗经》是北方的文学,楚骚是南方的文学。秦汉国家形成大一统的局面,散体赋吸取南北文学的长处,以其句式比较灵活自由的形式出现在赋坛。散体赋出现后,虽然四言赋和骚体赋仍有作家问津,但散体赋在赋史上的重要地位已非四言赋和骚体赋可以替代"[②]。汉代散体赋依据篇幅的长短而将之区分为大赋和小赋、或称短赋两种类型,它一般采取主客问答的形式,"合綦组以成文,列锦绣而为质,一经

[①] 参见傅春明:《东方朔作品辑注》,济南:齐鲁书社1987年版,第32~33页。
[②] 陈庆元:《赋:时代投影与体制演变》(乔力主编《中国古代文学主流》丛书第8种),桂林:广西师范大学出版社2000年版,第76页。

一纬，一宫一商，此作赋之迹也。赋家之心，苞括宇宙，总览人物，斯乃得之于内，不可得其传也"（司马相如《答盛擎问作赋》，《太平御览》卷五八七引《西京杂记》载），标明了它辞藻华美、崇尚铺陈夸饰的艺术精神和美学品格。

不过，大赋特别注重在"或以抒下情而通讽谕，或以宣上德而尽忠孝。雍容揄扬，若于后嗣，抑亦《雅》《颂》之亚也"（班固《两都赋序》）的美颂讽谏的社会功利作用。《答客难》的性质内容显然与此迥异："赋者，铺也，铺采摛文，体物写志也"（《文心雕龙·铨赋》）。《答客难》为"写志"——不歌功颂德而舒愤懑、发牢骚之制。并且篇幅也相对有限，本不属于大赋的鸿篇巨作类型，而接近于小赋、短赋的形式。这里应说明的是，《答客难》仅仅"接近"，却非赋的正体；换言之，它有赋之"实"而无赋之"名"。《文心雕龙·杂文》云："智术之子，博雅之人，藻溢于辞，辞盈乎气。苑囿文情，故日新殊致。宋玉含才，颇亦负俗，始造对问，以申其志，放怀寥廓，气实使之。……自对问以后，东方朔效而广之，名为客难，托古慰志，疏而有辨。"以宋玉《对楚王问》为始，置"对问"一类，《答客难》亦在其内，都总属于"杂文"。至南朝梁萧统《文选》，分类更加琐细，卷四十五虽先有"对问"，然仅录《对楚王问》一篇；紧接着又置"设论"一类，即首列《答客难》。其实，不管怎样划分归类，均系着眼在表层的结构形式，故程千帆说："此体假设客主问答，以畅作者之怀。散而不韵，实战代游谈之嫡裔，然羌无故实，则赋家凭虚之流风。"① 既然载具了赋体的基本范型特征和精神实质，并被历代论赋者所认同，便完全可以将之视作赋的旁衍或分枝，归纳入赋的大范畴内。

有关《答客难》的制作缘起与主旨，《汉书》本传记叙说："武帝既招英俊，程其器能，用之如不及。时方外事胡越，内兴制度，国家多事，自公孙弘以下至司马迁皆奉使方外，或为郡国守相至公卿。而朔尝至太中大夫，后常为郎，与枚皋、郭舍人俱在左右，诙啁而已。久之，朔上书陈农战强国之计，因自讼独不得大官，欲求试用。其言专商鞅、韩非之语也，指意放荡，颇复诙谐，辞数万言，终不见用。朔因著论，设客难己，

---

① 程千帆：《赋之隆盛及旁衍》，见《闲堂文薮》，济南：齐鲁书社1984年版，第147页。

用位卑以自慰谕。"已清楚表明他是不满意于自己的"徘优"地位,长期沉沦下僚,致空有辩智才能而不得机会施展,辜负了满腹抱负所作的。所以,文章开头虚拟的"客难东方朔曰",就是其本人多年来积郁于心头的实实在在的苦闷憾恨,势在必发,必尽吐方为快。"原夫兹文之设,乃发愤以表志。身挫凭乎道胜,时屯寄乎情泰,莫不渊岳其心,麟凤其采"(《文心雕龙·杂文》),正概括出《答客难》的主要内容和写作特点,故以下便承之长篇大论的答辩之辞:

> 是固非子之所能备。彼一时也,此一时也,岂可同哉!夫苏秦、张仪之时,周室大坏,诸侯不朝,力政争权,相禽以兵,并为十二国,未有雌雄。得士者强,失士者亡,故谈说行焉。身处尊位,珍宝充内,外有廪仓,泽及后世,子孙长享。今则不然,圣帝流德,天下震摄,诸侯宾服,连四海之外以为带,安于覆盂,天下平均,合为一家。动犹运之掌,贤不肖何以异哉?遵天之道,顺地之理,物无不得其所。故绥之则安,动之则苦;尊之则为将,卑之则为虏;抗之则在青云之上,抑之则在深泉之下;用之则为虎,不用则为鼠。虽欲尽节效情,安知前后!夫天地之大,士民之众,竭精驰说,并进辐凑者不可胜数。悉力募之,困于衣食,或失门户,使苏秦、张仪与仆并生于今之世,曾不得掌故,安敢望侍郎乎?传曰:"天下无害菑,虽有圣人,无所施才;上下和同,虽有贤者,无所立功。"故曰"时异则事异"。

它首先提出时世各不同的观点,然后以从前战国苏张之世与天下一家的今世作对比结构,揭示出即便同样的智能,机遇处境便截然相反的社会现象,并引先贤著述为证,由之结论为"时异事异",并非个人的原因。首尾呼应,严密周谨,具有很强的说服力。另外,文中以大量四言句式为主体,间或用参差不等的杂言,时出之惊叹、疑问口吻,滔滔流泻而下,酣畅奔涌,气势充沛盛溢;再穿插一些偶对譬喻,增加了形象性,新奇妥帖。要之,这种铺陈张扬、夸夸其谈而汪洋恣肆的风貌辞采,多体现出战国纵横家的游说习气,或许还渗染着齐地的地域民俗因素,是与鲁地儒家学派的谨重朴实有着明显区别的。后面又转过笔意,以"虽然,安可以不务修身乎哉"领起，大量引证《诗经》《荀子》《礼记》之语和太公封齐，体行仁义，"七百岁而不绝"之事为例，强调无论古今，都务须注自我修养、不可懈怠的道理——大概在东方朔看来，这是取决于个人意愿而不再听由人支配的唯一，也是他引以自傲的吧。所以，接着又逆笔挽回文势，仍然重申士之得用与否，其根本在于时之遇与不遇上：

> 今世之处士，时虽不用，崛然独立；块然无徒，廓然独居，上观许由，下察接舆，计同范蠡，忠合子胥，天下和平，与义相扶，寡偶少徒，固其宜也。子何疑于予哉？若夫燕之用乐毅，秦之任李斯，郦食其之下齐，说行如流，曲从如环，所欲必得，功若丘山，海内定，国家安，是遇其时也。子又何怪之邪？语曰："以筦窥天，以蠡测海，以莛撞钟，岂能通其条贯，考其文理，发其音声哉！"繇是观之，譬犹鼱鼩之袭狗，孤豚之咋虎，至则靡耳，何功之有？今以下愚而非处士，虽欲勿困，固不得已。此适足以明其不知权变，而终惑于大道也。

仍然是运用征引古事古语以证今的手法，并借助譬喻，连类以从；虽纵说横议，排比"何疑""何怪"之落差，也仍然是"时异事异"之理的展衍引申。正缘由此，才给心头留下永久的隐痛，激发为嬉笑怒骂的谑浪放荡之笔，去回答"客难"，实际上则是聊以自我慰谕宽解吧。

《答客难》的设为主客问答对辩的基本结构模式，与汉大赋相似，但它作为小赋、短赋，却对以后的同类体制之作产生了深远影响。例如大赋家扬雄《解嘲》便是直接规仿《答客难》命意之作，其"序"云："哀帝时，丁傅、董贤用事，诸附离之者起家至二千石。时雄方草创《太玄》，有以自守，泊如也。人有嘲雄以玄之尚白，雄解之，号曰《解嘲》。"赋中屡称："当涂者升青云，失路者委沟渠；旦握权则为卿相，夕失势则为匹夫。""故世乱，则圣哲驰骛而不足；世治，则庸夫高枕而有余。"——这类的烦闷郁抑，不是与《答客难》异代同心、共出一辙吗？再自东汉以降，如班固《答宾戏》、张衡《应间》、崔寔《答讥》、蔡邕《释诲》，以及陈琳《应讥》、夏侯湛《抵疑》、曹植《客问》、庾敳《客咨》、郭璞《客傲》、韩愈《进学解》等，皆承《答客难》之余绪；更为嬗变发展所作,由此亦可见它的血脉绵延之久长。

另有同样备具赋之体却无赋之名的《非有先生论》,也是东方朔负盛名之作。"圣哲彝训曰经,述经叙理曰论。论者,伦也,伦理无爽,则圣意不坠。……论也者,弥论群言,而研精一理者也"、"陈政则与议说合契"(《文心雕龙·论说》)。据此标准,其所说的道理条畅不紊、清晰有序而没有差失,内容即广博且专精,属于国家政治方面的问题,故合乎政论文的体裁要求,《文选》卷五一即将之归入"论"类,列在政论文性质的贾谊《过秦论》后。然而,就它设对问答的结构形式与敷采摛文、铺张扬厉的作风来看,"其实,《非有先生论》也是设论的赋,与《答客难》不同的是,这篇作品有明确的讽谏用意"①,而与《答客难》相同的是,它们皆为赋的旁衍分枝,并非正体的赋。另外,它假托"非有先生"进谏吴王,顾名思义,也与司马相如《子虚赋》《上林赋》的"以'子虚',虚言也,为楚称;'乌有先生'者,乌有此事也,为齐难;'无是公'者,无是人也,明天子之义。故空藉此三人为辞,以推天子诸侯之苑囿。其卒章归之于节俭,因此讽谏"(《史记·司马相如列传》)的措意、手法相类似,均为汉赋的一般常用表现方式。东方朔在篇中,四次用"谈何容易"的喟叹感慨之笔引领束结,大量援举关龙逢、比干、太公、伊尹、蚩廉、恶来革、伯夷、叔齐、接舆、箕子等人史事作为正反对比映衬,将古例今,阐明进谏难而纳谏更难,与察言纳谏、从善如流的重要性,证之以由此带来的不同后果。其声势闳阔奔放,雄辩滔滔,与《答客难》的风貌多有相通处。但是,它以吴王纳谏从善,遂得天下大治,"故治乱之道,存亡之端,若此易见"的美好理想圆满告终,自然便少了些《答客难》的牢落不平之气。再者,《非有先生论》还有一些人物情貌行态的描写,如说吴王"惧然易容,捐荐去几,危坐而听"、"穆然,俛而深惟,仰而泣下交颐",用笔既简洁有味,使形象鲜明生动,又渲染出整个事件的演进过程,颇见流动之致。

东方朔还有一些书札,似是信笔出之,却颇见出真性情流露,可以据之想见其为人。如《从公孙弘借车马书》:

---

① 陈庆元:《赋:时代投影与体制演变》(乔力主编《中国古代文学主流》丛书第8种),桂林:广西师范大学出版社2000年版,第193页。

朔当从甘泉，愿借外厩之后乘，木槿夕死而朝荣者，士亦不必长贫也。

这是元朔四年（前125）冬东方朔将侍从武帝行幸甘泉宫前事。公孙弘（前200—前120），淄川薛（今寿光）人，时为御史大夫（掌副丞相，位三公，秩万石），朔与之友善，或许是因为同乡梓故。但此处特见他的傲岸，以朝开夕谢的木槿花为譬拟，虽久不得升迁，地位类似俳优，但仍充满高度自信心，言简意长，兀然之神态毕现凸显。故公孙弘《答东方朔书》回应说："譬犹龙之未升，与鱼鳖为伍；及其升天，鳞不可睹。"（唐欧阳询等《艺文类聚》卷九六"鳞介部"引）亦颇有期许。又如《与友人书》：

不可使尘网名缰拘锁。怡然长笑，脱去十洲三岛，相期拾瑶草，吞日月之光华，共轻举耳。

另《文选》卷一二晋木华《海赋》唐李善注引东方朔对诏曰：

凌山越海，穷天乃止。

皆极具高渺旷逸、独立遗世的意味和廓朗寥远、包举四海的境界，尤其是前者，更飘飘然有神仙家风致。汉武帝信神仙之事，好方士从海外仙山求不死之药，正是在这种背景下，产生出这类文字。但就文学本身而言，它上承《庄子·逍遥游》《楚辞·远游》的余韵，下开晋郭璞《游仙诗》、乃至李白访道游仙，"李侯金闺彦，脱身事幽讨。亦有梁宋游，方期拾瑶草"（杜甫《赠李白》）一类诗作的风气之先，那踪迹脉络是历历可寻的。总之，东方朔上述作品，不加雕饰而任心挥洒，短章深味，或以率真袒露见长，已涵纳了后世所谓"小品文"的情韵神致，在以高古严重、巨丽闳侈为主流风貌的西汉时代，尤能彰显它的隽永简洁、略形传神的艺术精神。

前曾言及，赋始盛于汉，是其具载时代标志意义的一种文体。再具体说来，从西汉武帝到东汉安帝的大约两个半多世纪间，为它最发达的阶段，大赋系代表形式，主要赋家有司马相如、扬雄、班固、张衡等。但自东汉中叶以来，政治腐败、外戚宦官擅权专政，造成社会黑暗混乱，国势也日趋衰弱，已经失去了往昔的强盛安定。在这种大背景下，以铺陈夸饰为能事的大赋也伴随物质文化基础的改变，逐渐走向没落，而被体物述行、抒情表志之类的小赋、短赋所替代。山东文坛上，则有祢衡异军突起，形成高峰，同时他也是那个时代的主流作家，这是因为其写作有《鹦鹉赋》的原因。

祢衡（173—198），字正平，平原般（今临邑东北）人。《后汉书》本传谓其"少有才辩，而尚气刚傲，好矫时慢物"。孔融将之荐于曹操，说他"目所一见，辄诵于口；耳所瞥闻，不忘于心。性与道合，思若有神"（《荐祢衡表》）。曹操欲见之，但"衡素相轻疾，自称狂病，不肯往，而数有恣言，操怀忿"；随之又发生了击鼓《渔阳》、裸身庙堂等直接冲突，曹操发怒说："祢衡竖子，孤杀之犹雀鼠耳。顾此人素有虚名，远近将谓孤不能容之，今送与刘表，视当何如？"刘表亦不能包容其侮慢，以江夏太守黄祖性躁急，又与之。终因祢衡出言不逊，相互间发生龌龊，"祖大怒，令五百将出，欲加箠，衡方大骂，祖忿，遂令杀之"。"衡时年二十六"（《后汉书》本传）。而《鹦鹉赋》便成于此际。据"序"云，黄祖子黄射"宾客大会，有献鹦鹉者，举酒于衡前曰：'祢处士，今日无用娱宾，窃以此鸟自远而至，明慧聪善，羽族之可贵，愿先生为之赋，使四座咸共荣观，不亦可乎？'衡因为赋，笔不停辍，文不加点。"

《鹦鹉赋》属于体物、咏物之制，以各种诸色之物为题材是赋中的大宗，《文选》再细分之，于卷一三将之归在"鸟兽"类内。首作的当是西汉初贾谊《鵩鸟赋》，不过，他只是视鵩鸟为其问答的客体，并未正面描写它的形貌神态，却借题发挥，转而谈说哲理，抒发人生感慨。后来孔臧《鸮赋》，则只议论鸮鸟的凶兆。东汉末赵壹《穷鸟赋》，仍旧忽略刻画形象，诚如"序"中所言者，"余畏禁，不敢班班显言"，故托物抒怀，借鸟的艰窘危困来拟喻当时士人遭逢的险恶处境，以鸟的获救来表示对友人帮助的无限感激。因为他"恃才倨傲"（《后汉书》本传），为乡里摈排，后又以犯法几被杀，幸得友人援手方获免，故特制此赋以答谢之。所以，这首仅100余字的短篇小幅，虽然也名之为

"赋"，实际上却更像是寓言故事。祢衡的构思命意与赵壹近似，但避免了他简率无文的不足，而注重表现鹦鹉艳丽辉美的外在容貌和聪明灵慧的内蕴精神；并且吸取贾谊因鸟寓情、由物写心的艺术方法，从而将鹦鹉高度拟人化，用以自况，来传现那份深沉的身世之悲与忧生之叹。或许可以说，只是到了祢衡手里，才得物我交融合一，比物取意，使这类赋真正臻达成熟圆满的境地。

清何义门评析《鹦鹉赋》云："前言鹦鹉之所由来，中言鹦鹉之至，有离群之感，后言鹦鹉怀旧不遂。深感恩托命之思，明明自为写照。"（《文选集评》卷三引）它开头极力摹写鹦鹉的美形慧质，超越凡鸟，以渲染声势，而造成被人捕获的不幸结果："命虞人于陇坻，诏伯益于流沙，跨昆仑而播弋，冠云霓而张罗。虽纲维之备设，终一目之所加。"其实，才高众嫉、过洁世嫌，正是那个社会的普遍现象，故令多富智志又傲岸不阿的祢衡，每每顿生孤危不永的深重思虑。接下来，就鹦鹉落入罗网后的遭际来抒写自我心志：

尔乃归穷委命，离群丧侣，闭以雕笼，翦其翅羽；流飘万里，崎岖重阻，逾岷越障，载罹寒暑。女辞家而适人，臣出身而事主，彼贤哲之逢患，犹栖迟以羁旅。矧禽鸟之微物，能驯扰以安处？眷西路而长怀，望故乡而延伫，忖陋体之腥臊，亦何劳于鼎俎！嗟禄命之衰薄，奚遭时之险巇？岂言语以阶乱，将不密以致危？痛母子之永隔，哀伉俪之生离，匪余年之足惜，愍众雏之无知。背蛮夷之下国，侍君子之光仪，惧名实之不副，耻才能之无奇。羡西都之沃壤，识苦乐之异宜，怀代越之悠思，故每言而称斯。若乃少昊司辰，蓐收整辔，严霜初降，凉风萧瑟。长吟远慕，哀鸣感类，音声凄以激扬，容貌惨以憔悴。闻之者悲伤，见之者陨泪，放臣为之屡叹，弃妻为之歔欷。感平生之游处，若埙篪之相须，何今日之两绝，若胡越之异区！顺笼槛以俯仰，窥户牖以踟蹰。想昆山之高岳，思邓林之扶疏，顾六翮之残毁，虽奋迅其焉如？心怀归而弗果，徒怨毒于一隅，苟竭心于所事，敢背惠而忘初！托轻鄙之微命，委陋贱之薄躯。期守死以报德，甘尽辞以效愚，恃隆恩于既往，庶弥久而不渝。

这一大段文字实为此赋之主体,亦主旨之所在。看似写鸟,又夹写人,两者融汇成有机的统一体。你看,鹦鹉的剪羽笼囚、身不由己,正像是人的事主从宦,便丧失独立人格和自由,连生命安全都不得保障,时时有鼎俎之险;鸟的亲族远绝两隔,怀旧思乡不遂,于严霜凉风中哀鸣悲吟,凋零憔悴,不正是生当季世、流离无定而忧谗畏讥的才俊之士的真实形象写照吗?所以,文中连续排比"痛""哀""愍""背""侍""惧""耻""羡""识""怀"之语,以领起情思行迹,接着再描述秋天的萧索凄清景象作为映托,更特见纷乱哀苦、焦虑恐惧的心绪。基于此,由于认识到一介寒士无法与严酷的现实对抗,更谈不到改易它,故末段转而发作委身托命的循顺之言,谓鹦鹉愿以"微命""薄躯"去报德效忠于主人,委婉表示了祢衡自己苟全性命、以企久安的想法。

只不过一时的委曲求全话头,终究难以救护这位刚傲偏激的狂士的年轻性命,他很快便结束了悲惨而短促的一生。"衡恃才倨傲,肆狂狷于无妄之世,保身不足,遇非其死,可谓咎悔之深矣"(北魏郦道元《水经注·江水》)。又,宋叶廷珪《海录碎事》云:"黄祖杀祢衡,埋于沙洲之上,后人因号其洲为鹦鹉洲,以衡尝为《鹦鹉赋》故也。"唐肃宗乾元二年(759),李白被流放夜郎西行至巫山遇赦东归,途中在江夏停留时怀想祢衡说:"一忝青云客,三登黄鹤楼。顾惭祢处士,虚对鹦鹉洲。"(《经乱离后天恩流夜郎忆旧游书怀赠江夏韦太守良宰》),又有《望鹦鹉洲怀祢衡》诗:"魏帝营八极,蚁观一祢衡。黄祖斗筲人,杀之受恶名。吴江赋鹦鹉,落笔超群英。锵锵振金玉,句句欲飞鸣。鸷鹗啄孤凤,千春伤我情。五岳起方寸,隐然讵可平?才高竟何施?寡识冒天刑。至今芳洲上,兰蕙不忍生。"痛悼他的悲剧性身世,敬佩他的才情文藻;但联想到孙登说嵇康的话:"用光在乎得薪,所以保其耀;用才在乎识真,所以全其年。今子才多识寡,难乎免于今之世矣!"(《晋书·隐逸传》)又深深惋惜他的不知机变,终至枉自丧生,那扼腕凭吊之态溢乎言表。但千载之下,连类触感,实引为同调,由此也可见出祢衡及其《鹦鹉赋》的象征意义和恒久范型价值。

刘师培曾经从文学流变的角度着眼,评论祢衡说:"东汉之文,均尚和缓;其奋笔直书,以气运词,实自衡始。《鹦鹉赋序》云:'衡因为赋,笔不停缀,文不加点。'知他文亦然。是以汉、魏文士,多尚骋辞,或慷慨高厉，或溢气坌涌，此皆衡文开之先也。"① 此或源于《文心雕龙·才略》中"孔融气盛于为笔，祢衡思锐于为文"之论。上述特点，也同样体现在祢衡的《吊张衡文》（《太平御览》卷五九六引）里。张衡（78—139），字平子，南阳西鄂（今河南南阳北）人，亦为东汉后期的文学名家。安帝时为太史令，曾以"所居之官辄积年不徙，自去史职，五载复还"（《后汉书》本传）。顺帝朝迁侍中，阳嘉中出为河间王刘政相，"时天下渐弊，郁郁不得志，为《四愁诗》，依屈原以美人为君子，以珍宝为仁义，以水深雪雰为小人。思以道术相报，贻于时君，而惧谗邪不得以通"（《四愁诗序》）。对于这样才秀运蹇、逢时不偶的前辈名士，祢衡自然是会滋生萧条异代的共同慨叹，文云：

南岳有精，君诞其姿；清和有理，君达其机。故能下笔绣辞，扬乎文飞。昔伊尹值汤，吕尚遇旦，嗟矣君生，而独值汉。苍蝇争飞，凤凰已散，元龟可羁，河龙可绊。石坚而朽，星华而灭，唯道兴隆，悠悠永绝。……周旦先没，发梦孔丘。余生虽后，身亦存游，士贵知己，君其勿忧。

先是盛赞张衡的文采华美却叹息他生非其时，"苍蝇争飞"以下云云则言辞激烈剀切，痛斥社会政治的极端黑暗，流露出愤世嫉俗以至于近乎绝望的情绪。但是，浊不掩清，而仍然坚信张衡高标独举于俗世权贵之上得长辉："河水有竭，君声永流"，并推自己为知己以慰其英灵，以照应遥映开首。如此立意，诚合《文心雕龙·哀吊》云者："或有志而无时，或美才而兼累，追而慰之，并名为吊。"至于其中又说"祢衡之吊平子，缛丽而轻清"，细观《吊张衡文》，系四言句而兼或用韵之体，它造语清简而气脉流动酣畅，情感充溢而文辞爽劲骏利，虽已有异于以前一般汉文的质重奥朴，却也没有后来六朝文的繁缛华丽，况且措意沉痛挚切，并无飞扬轻举的脱达之致。

据《隋书·经籍志》载祢衡曾有集2卷，录1卷，然久已散佚，犹存世者仅文5篇，除上述者外，尚有《书》《鲁夫子碑》《颜子碑》3文。

---

① 刘师培：《中国中古文学史·论文杂记》，北京：人民文学出版社1984年版，第24页。

东汉末儒学衰微，已失去正统独尊的地位，而老庄思想、刑名之学，乃至外来不久的佛教都争驰竞盛，日渐流行。祢衡却不为所动，仍对乡先贤的孔子推尊备至，认为他兼具"天则""地德""洪式"三者，乃"圣极也"，并称颂说："懿文德以纡余，缀三五之纪纲；流洪耀之休赫，旷万世而扬光。"只不过整体上都显得板滞枯涩，缺乏文学价值，仅个别句子，如"譬若飞鸿鸾于中庭，骋骐骥于间巷"，比喻贴切灵动，意隐象中而发人联想，文采也较为富赡，已略具后来骈俪文的风华形制了。

汉代的政论文也较为兴盛，它基础于先秦散文、主要是其中的诸子散文并有所发展演进，对后世颇具影响。当然，它仍旧呈现杂散文形态，故文学的审美价值薄弱，而以实用性现实功利目的为取向。于此端，山东文坛无多建树，尚可称道者则为东汉末、年辈略迟于祢衡之仲长统。仲长统（180—220），山阳高平（今金乡西北）人，曾以荀彧荐为尚书郎。《后汉书》将之与王充、王符合列一传，说他"少好学，博涉书记，赡于文辞"，又称其"性俶傥，敢直言，不矜小节，默语无常，时人或谓之狂生。每州郡命诏，辄称疾不就"，又以文章与王符、崔寔并名为"汉末三子"。他感慨于当时的政弊俗衰而成为著述，"每论说古今及时俗行事，恒发愤叹息，因著论名曰《昌言》，凡三十四篇，十余万言"，但全书早已散佚，仅存部分文字散见于《后汉书》、《群书治要》、《齐民要术》等书中。《艺概·文概》说："《昌言》俊发，略近贾长沙。"严可均云："其闿陈善道，指扬时弊，剀切之忱，踔厉震荡之气，有不容摩灭者。"（《全后汉文》卷八八引）就是着眼在它的议政深刻、说理透辟，指斥社会的黑暗腐败则犀利尖锐，于字里行间充溢着激诡怨愤之情与飞扬蹈厉的气势；文辞骈散间杂，善于夸饰而流畅不拘，类似贾谊政论文的"开阖起伏，精深雄大"与"雄骏闳肆"（《古文辞类纂》卷一引明归有光、清姚鼐评语）。

不过，这些也只是相对比较而言之，从实质上看，《昌言》终究非文学作品，似乎还不如《后汉书》本传中所载录之《乐志论》写得生动有味：

> 使居有良田广宅，背山临流，沟池环匝，竹木周布，场圃筑前，果园树后。舟车足以代步涉之艰，使令足以息四体之役，养亲有兼珍

之膳，妻孥无苦身之劳。良朋萃止，则陈酒肴以娱之；嘉时吉日，则烹羔豚以奉之。蹰躇畦苑，游戏平林，濯清水，追凉风，钓游鲤，弋高鸿。讽于舞雩之下，咏归高堂之上。安神闺房，思老氏之玄虚；呼吸精和，求至人之仿佛。与达者数子论道讲书，俯仰二仪，错综人物。弹南风之雅操，发清商之妙曲。逍遥一世之上，睥睨天地之间；不受当时之责，永保性命之期。如是则可以陵霄汉，出宇宙之外矣，岂羡夫入帝王之门哉！

文中描述了远避乱世而全身免害的逍遥悠闲生涯。其实，这是当时封建地主庄园的场景，却非真正隐士的弃世绝俗、遁迹山林与鸟兽同群，那样是十分清苦寂寞的。所以，仲长统所"乐"者，便在于个体生命的感官物质享受和精神情性的娱愉满足的合一，心与物的两者交融兼得，互相促发。另一方面，他流露的思想倾向与老庄之说一脉循承。所谓的探求老子之"玄虚"，踪迹庄周的"至人"境界，也只是聊发极高远缥渺之想而已；那真正的现实根由，则应是楚狂接舆之歌表述的："凤兮号，如何德之衰也？来世不可待，往世不可追也。天下有道，圣人成焉；天下无道，圣人生焉。方今之时，仅免刑焉。福轻乎羽，莫之知载；祸重乎地，莫之知避。已乎已乎，临人以德；殆乎殆乎，画地而趋。迷阳迷阳，无伤吾行；吾行却曲，无伤吾足。"（《庄子·人间世》）这就说明回避现实苦难、注重现世生存方式及舒适度的道家潮流的盛行和正统儒学意识形态控制力的衰微。再发展下去，便出现了仲长统更异端的言论："寄愁天上，埋忧地下。叛散五经，灭弃风雅；百家杂碎，请用从火。抗志山西，游心海左。"（《述志诗》其二）

若就艺术特征来说，《乐志论》使用铺写陈述的表现手法，一一罗列周遭之自然环境和人的各种活动、志趣，文采繁丽缛华，笔致畅达流转，多存夸扬美饰的风气，与其《昌言》有若干相通处。且它排比偶对骈俪之句，语言较为整饰，以体物、敷理、明志。总之，上论诸端都显示出赋的浓重色调，虽无赋之名而具赋之实，俨然一篇抒情小赋，或者说是赋的旁衍变体。换言之，从思想内容到文体形式，《乐志论》都显著呈现出从汉到魏晋之间大转变的过渡期痕迹，甚至将之视为骈体文的始初作品之一也未尝不可。仲长统尚存有《述志诗》二首，其一云：

飞鸟遗迹，蝉蜕亡壳。腾蛇弃鳞，神龙丧角。至人能变，达士拔俗。乘云无辔，骋风无足。垂露成帏，张霄成幄。沆瀣当餐，九阳代烛。恒星艳珠，朝霞润玉。六合之内，恣心所欲。人事可遗，何为局促？

汉末时作为新的诗歌体式——五言诗已甚流行且臻达真正成熟的境地，甚至出现了拥载着经典意义的文人五言诗标志之作《古诗十九首》与传苏武、李陵赠答诗，"观其结体散文，直而不野，婉转附物，惆怅切情"（《文心雕龙·明诗》）。然而仲长统仍沿用古老的四言体式，诗中刻画的境界瑰奇清扬，气象汪洋恣纵而颇具飘然飞举高远之致，这与前引《乐志论》后半叙写者相类，已近乎道家、乃至神仙家流所想了。又，唐徐坚《初学记》卷一"天部"载仲长统"春云为马，秋风为驷。按之不迟，劳之不疾"诗句，浩杳闳阔，空濛丽异，其意想、形象可与上论者并《述志诗》之二"元气为舟，微风为柁。敖翔太清，纵意容冶"诸句共参味。要之，或许是受到体式的硬性规范所制约之故吧，这些四言诗总觉得质直典实，味随言终，缺乏委曲深蕴、婉转含蓄的弹性和张力。是以南朝梁钟嵘《诗品·总论》比较它与五言诗的短长说："夫四言文约意广，取效风、骚，便可多得。每苦文繁而意少，故世罕习焉。五言居文词之要，是众作之有滋味者也，故云会于流俗，岂不以指事造形，穷情写物最为详切者耶！"若复按之文学史，则《诗经》以后，仅有曹操《短歌行》《观沧海》《龟虽寿》和嵇康《赠秀才人军》等个别四言篇章可谓佳制，其余绝大多数作品均庸弱不足道。它的衰落是文体发展更代规律的必然，非个别的名家人力所得能挽转。因此，也就不必苛求于仲长统了。

第二节 勃发辉煌

一 建安文学中的山东作家群体

东汉末年至汉魏易代之际，或者说当建安（汉献帝刘协年号，首尾计25年，196—220）年间，是整个中国历史、同时也是文学上发生大变化的重要转型时期。前此的西、东汉两朝，国家统一、社会基本安定，儒术占据着正统统治地位；"词赋竞爽，而吟咏靡闻"（《诗品·总论》），文士制作中以"文"一体独盛。自建安以降,战乱频仍,社会极度动荡,各种思想并出而相互冲撞交流,形成为空前的解放局面。文学也从儒家经学的束缚中独立出来,提升品格,充分张扬自我的功用价值观念与发展取向,以它绚丽丰硕的创作实绩,腾涌起一个全由文士个体创作,而涵载着强调审美、注重抒情的新艺术精神的纯文学的高潮。其间具体情形,刘师培《论汉魏之际文学变迁》云:

> 建安文学,革易前型,迁蜕之由,可得而说:两汉之世,户习七经,虽及子家,必缘经术。魏武治国,颇杂刑名,文体因之,渐趋清峻,一也;建武以还,士民秉礼,迨及建安,渐尚通悦。悦则侈陈哀乐,通则渐藻玄思,二也;献帝之初,诸方棋峙,乘时之士,颇慕纵横。骋词之风,肇端于此,三也;又汉之灵帝,颇好俳词,(见杨赐《蔡邕传》)下习其风,益尚华靡。虽迄魏初,其风未革,四也。①

在社会政治思想的大背景上,论述文学的变化,总结为四种风貌特征,主要是从横向的空间层面着眼,作平行铺陈罗列。如果再结合《文心雕龙·时序》的评议,便会对建安文学有一个更全面、整体的认识:

> 自献帝播迁,文学蓬转,建安之末,区宇方辑。魏武以相王之尊,雅爱诗章;文帝以副君之重,妙善辞赋;陈思以公子之豪,下笔琳琅:并体貌英逸,故俊才云蒸。仲宣委质于汉南,孔璋归命于河北,伟长从宦于青土,公幹徇质于海隅,德琏综其斐然之思,元瑜展其翩翩之乐;文蔚休伯之俦,于叔德祖之侣,傲雅觞豆之前,雍容衽席之上,洒笔以成酣歌,和墨以藉谈笑。观其时文,雅好慷慨,良由世积乱离,风衰俗怨,并志深而笔长,故梗概而多气也。

这里揭示出了建安文学的两个主要特点:其一、文士集团或文学流派的形成出现;其二、悲慨苍凉、酣纵多气的主导艺术风格——而它们所产生的根源,则在于异常黑暗动乱、充满着痛苦和功业机遇的社会现实与忧

---

① 刘师培:《中国中古文学史·论文杂记》,北京:人民文学出版社1984年版,第11页。

生忧世、以"悲"为美的时代风气，是"时运交移，质文代变"的演化规律的生动体现及有力证明。

关于前者，便是曹操、曹丕、曹植父子兄弟三人为领袖和中心的邺下文士文学集团，其主要成员有王粲、刘桢、徐幹、陈琳、阮瑀、应玚、蔡琰、杨修、吴质、繁钦、丁仪、丁廙、路粹、应璩、荀纬、刘廙、苏林、王昶、郑冲、郑袤、毌丘俭、邯郸淳、司马孚等，人数多达近百人。"他们受曹操任用，或在政府、军队中担任各种职务，或做曹操之子曹丕兄弟的亲随文学侍从。他们在曹氏父子的鼓励下积极从事文学创作，写出了不少作品，使建安时期的文学出现了一个空前繁荣的局面"[1]。不过，邺下集团是一个过为宽泛、松散的观念，而作为其间核心的"建安七子"，才可谓中国文学史上第一个关系比较牢固、持续时间也较为长久，由之载具着真正创作流派意义上的文学集团。

对此，当时文坛的主盟人物曹氏兄弟已有明确认同，并首为揭出，且逐次评论其各人的艺术风貌特长及得失。如曹丕《典论·论文》说："今之文人，鲁国孔融文举、广陵陈琳孔璋、山阳王粲仲宣、北海徐幹伟长、陈留阮瑀元瑜、汝南应玚德琏、东平刘桢公幹：斯七子者，于学无所遗，于辞无所假，咸以自骋骥骤于千里，仰齐足而并驰，以此相服，亦良难矣。……王粲长于辞赋，徐幹时有齐气，然粲之匹也。如粲之《初征》《登楼》《槐赋》《征思》，幹之《玄猿》《漏卮》《圆扇》《橘赋》，虽张、蔡不过也，然于他文，未能称是。琳、瑀之章表书记，今之隽也。应玚和而不壮，刘桢壮而不密。孔融气休高妙，有过人者，然不能持论，理不胜辞，以至乎杂以嘲戏，及其所善，杨、班俦也。"建安二十三年（218），他在《又与吴质书》中亦云："昔年疾疫，亲故多罹其灾，徐、陈、应、刘，一时俱逝，痛可言邪！昔日游处，行则连舆，止则接席，何曾须臾相失。每至觞酌流行，丝竹并奏，酒酣耳热，仰而赋诗，当此之时，忽然不自知乐也！谓百年己分，可长共相保，何图数年之间零落略尽，言之伤心……观古今文人，类不护细行，鲜能以名节自立。而伟长独怀文抱质，恬淡寡欲，有箕山之志，可谓彬彬君子者矣。著《中论》二十余篇，成

---

[1] 张亚新《汉魏六朝诗：走向顶峰之路》（乔力主编《中国古代文学主流》丛书第2种），桂林：广西师范大学出版社1999年版，第66页。

一家之言,辞义典雅,足传于后,此子为不朽矣。德琏常斐然有述作之意,其才学足以著书,美志不遂,良可痛惜。间者历览诸子之文,对之抆泪,既痛逝者,行自念也。孔璋章表殊健,微为繁富;公幹有逸气,但未遒耳,其五言诗之善者妙绝时人;元瑜书记翩翩,致足乐也;仲宣续自善于辞赋,惜其体弱,不足起其文,至于所善古人无以远过。"以饱含感情的笔触,描述在一起进行文学创作活动时的境况,生动展示出其心态和方式,然后再对他们的作品以理性审视,可谓知人亦知文。又如曹植于建安二十一年(216)《与杨德祖书》称:"昔仲宣独步于汉南,孔璋鹰扬于河朔,伟长擅名于青土,公幹振藻于海隅,德琏发迹于此魏,足下高视于上京。当此之时,人人自谓握灵蛇之珠,家家自谓抱荆山之玉。……今悉集兹国矣。"而杨修覆书亦云:"若仲宣之擅汉表,陈氏之跨冀域,徐、刘之显青、豫,应生之发魏国,斯皆然矣。"(《答临淄侯笺》)后人则依据历史实况的把握,对建安时期的文学,也均持同样的意见,如《诗品·总论》谓:"降及建安,曹公父子,笃好斯文;平原兄弟,郁为文栋;刘桢王粲,为其羽翼。……彬彬之盛,大备于时矣!"《文心雕龙·明诗》云:"暨建安之初,五言腾踊,文帝陈思,纵辔以骋节;王徐应刘,望路而争驱。"

关于后者,即曹氏父子兄弟并"建安七子"的主导风貌特征"慷慨"——"志深而笔长,梗概而多气"。对此,他们自己也曾经屡屡申言,如曹操《短歌行》:"慨当以慷,忧思难忘",曹植更再三表明:"余少而好赋,其所尚也,雅好慷慨"(《前录自序》),"怀此王佐才,慷慨独不群"(《薤露行》)、"慷慨有悲心,兴文自成篇"(《赠徐幹》)、"弦急悲风发,聆我慷慨言"(《杂诗》之六)等等不烦赘举。换言之,则如《杂诗》之六所阐释的"烈士多悲心",用曹丕的话来说,就是"文以气为主"(《典论·论文》),《宋书·谢灵运传论》也说:"以气质为体。"具体而论,它包括两个方面,即为率情任性,放笔直写胸臆而意气张扬激荡、滔滔奔流的表现手法;悯念时世苦难,期望急切用世以建功立业的志趣热情,及喟叹身世、相思怀人的内容。这两者互为表里,浑融并合为悲慨切挚、气韵沉雄,不务纤巧而形象显明生动、述情表意无隐不达的总体艺术风格。"慷慨以任气,磊落以使才。造怀指事,不求纤密之巧;驱辞逐貌,唯取昭晰之能。"(《文心雕龙·明诗》)这就是为后世所羡称且推引为美学理想、艺术楷模的"建安风力",或名"建安风骨"。①

"建安七子"中,山东士子便占有4人:孔融、王粲、刘桢、徐幹,他们充分标志了那个时代山东文坛的辉煌。下面分别予以论析。

孔融(153—280),字文举,孔子之20世孙,鲁国(今曲阜)人。在"建安七子"中,他年辈最长,情况也很特殊,以实际来言,并不与其他六人的政治态度相同。而也正因为他不肯依附曹操,且对之多有讥评,故深为曹操所忌,终因路粹枉状诬奏,为操所杀。是以明张溥在《汉魏六朝百三家集题辞·孔少府集》云:"鲁国男子孔文举,年大曹操二岁,家世声华,曹氏不敌,其诗文益非操所敢望也。操杀文举在建安十三年,时僭形已彰,文举既不能诛之,又不敢远之,并立衰朝,戏谑笑傲,激其忌怒,无啻肉馁馁虎,此南阳管乐所深悲也……文举天性乐善,甄临配食,虎贲同坐,死不相负,何况生存?盛宪困于孙权,葆首急难,祢衡谢该沦落下士,抗章推举。今读其书表,如鲍子复生,禽息不设,彼之大度,岂止六国四公子乎?而道穷命尽,不能庇九岁之男,七岁之女。天道无亲,其言不信,犹觉锢余烈哉!"对其悲剧性命运充满了唱慨感叹之情。此文末尾又说:"东汉词章拘密,独少府诗文豪气直上,孟子所谓浩然,非邪?"用"气"来论他的作品,与《文心雕龙·才略》"孔融气盛于为笔",与同书《章表》"文举之荐祢衡,气扬采飞"所云者同,都指出它们纵笔挥洒率真任意,每常坦然披露心曲无所顾忌掩饰、喜好论析事理而详明深透不受拘束,使精神气势溢诸言表的风貌特征。可以说,在"建安七子"中,孔融发作先端,最早透露出汉魏易代之际,文学的创作取向、价值观念和整体艺术精神也在发生变化转移的消息,并以其具体实践起到了范引例示作用。

孔融的文学成绩,推散文为高,"建安七子"中只有王粲能与之并论置列。其最著称的是《与曹公论盛孝章书》:

岁月不居,时节如流,五十之年,忽焉已至。公为始满,融又过

---

① 关于"风骨"问题,此处不能详论,可参见张亚新《汉魏六朝诗:走向顶峰之路》(乔力主编《中国古代文学主流》丛书第2种),桂林:广西师范大学出版社1999年版,第100~108页。

二。海内知识,零落殆尽,惟有会稽盛孝章尚存。其人困于孙氏,妻孥湮没,单孑独立,孤危愁苦。若使忧能伤人,此子不得永年矣!《春秋》传曰:"诸侯有相灭亡者,桓公不能救,则桓公耻之。"今孝章实丈夫之雄也,天下谈士依以扬声,而身不免于幽絷,命不期于旦夕;是吾祖不当复论损益之友,而朱穆所以绝交也!公诚能驰一介之使,加咫尺之书,则孝章可致,友道可弘矣。今之少年,喜谤前辈,或能讥评孝章。孝章要为有天下大名,九牧之人,所共称叹。燕君市骏马之骨,非欲以骋道里,乃当以招绝足也。惟公匡扶汉室,宗社将绝,又能正之,正之之术,实须得贤。珠玉无胫而自至者,以人好之也,况贤者之有足乎?昭王筑台以尊郭隗,隗虽小才而逢大遇,竟能发明主之至心。故乐毅自魏往,剧辛自赵往,邹衍自齐往。向使郭隗倒悬而王不解,临难而王不拯,则士亦将高翔远引,莫有北首燕路者矣!凡所称引,自公所知,而复有云者,欲公崇笃斯义也。因表不悉。

盛孝章名宪,会稽(今浙江绍兴)人,曾为吴郡(今江苏吴县)太守,亦系汉末名士。时孙策占据江东,诛除地方英豪,甚嫉孝章。孔融恐其难免于祸,乃特作书向曹操推荐,遂得征召为骑都尉。然朝廷诏命尚未及达,盛孝章已被策弟孙权杀害。今顾视此文,一改汉人质重简古的作风,而别以明白晓畅的口语化出之,慨叹年光流逝时世艰危,珍惜人才难得,于宛转陈述中寓有深沉急迫的忧思重虑、充溢着浓挚真切的感情色彩,已见出慷慨悲凉的意度风力,正合建安文学本色。至"燕君市骏马之骨"以下,迭用故史来连类推比,借事以明理引情,滔滔发泻,率性无惮,犹略存战国纵横家余风遗貌,尤显"气"的盛茂恢张及文采的遒丽飞动。类似这样侈于隶事、注重翰藻的制作,还有《难曹公表制酒禁书》《与曹公书啁征乌丸》等,只不过其间又杂融了若干嘲戏调谑的成分,故更多具词浮于意的特点,被认为开创后世讥刺性杂文的先风。

孔融现存的诗作数量很少,成就也远不及其文。《六言诗三首》率皆质木拙陋,只是述事明志罢了,并无境界形象可言;四言体《离合作郡姓名字诗》则属游戏文字,亦不具文学的审美价值。较为可读的仅有《临终诗》:

言多令事败，器漏苦不密。河溃蚁孔端，山坏由猿穴。涓涓江汉流，天窗通冥室。谗邪害公正，浮云翳白日。靡辞无忠诚，华繁竟不实。人有两三心，安能合为一？三人成市虎，浸渍解胶漆。生存多所虑，长寝万事毕。

唐欧阳询《北堂书钞》卷一五八引时于题目别作《折杨柳行》。这是他被刑前的绝命辞，故直抒心志，不假雕饰，那感情是极沉痛切挚的。这也是较早产生的文人五言诗，近乎《古诗十九首》和传苏武李陵赠答诗的风貌情味，只不过较为朴拙质重，好用书典语，不够清畅自然。其中"浮云翳白日"句，显然是从《古诗十九首》"浮云蔽白日"而来，比喻托寓，生动地显彰出胸中悲愤，再味下面"靡辞无忠诚，华繁竟不实"的扼腕憾恨之慨，便尤觉真切。至结尾"生存"二句，虽貌似通达，似乎以死为解脱，但其实也是无可奈何的聊为自我慰藉语，正因为如此，才更显悲凉。

王粲（177—217），字仲宣，山阳高平（今金乡西北）人。在"建安七子"中，历来皆认为当以其为首。《文心雕龙·才略》云："仲宣溢才，捷而能密，文多兼善，辞少瑕累。摘其诗赋，则七子之冠冕乎！"其实，当时曹植便称赞他"既有令德，才技广宣，强记洽闻，幽赞微言。文若春华，思若涌泉，发言可咏，下笔成篇。何道不洽，何艺不闲"（《王仲宣诔》），兼及文辞的华美和才思的敏捷两个方面。故后来《三国志·魏志》本传也说王粲"善属文，举笔便成，无所改定，时人常以为宿构。然正复精意覃思，亦不能加也"。又，建安文学向称"俊才云蒸"，自然主要指三曹与七子而言，但最为杰出的，论者有曹植、王粲之说。如《文心雕龙·明诗》谓："兼善则子建、仲宣。"《宋书·谢灵运传论》也一再以曹、王并称，云其"并摽能擅美，独映当时"，代表汉、魏之际的作家，且有"子建函京之作，仲宣霸岸之篇"的具体评论。

上述曹、王之言多从诗歌上去着眼，因为建安文学的高度成绩与风格特征，即"建安风骨"者，即以此为标志。那么，王粲的意义也便很重要了。是以《诗品》将他于曹植后，亦列居上品，云："其源出于李陵。发愀怆之词，文秀而质羸，在曹、刘间别构一体。方陈思不足，比魏文有余。"所谓的"源出李陵"，意当指其深刻接受东汉后期文人五言诗传统

（《古诗十九首》和传苏武、李陵赠答诗）的浸润，直抒胸臆，造意悲远真挚而词语茂畅流丽，"家本秦川贵公子，遭乱流寓，自伤情多"（谢灵运《拟魏太子邺中集诗八首》其二《王粲》）。只不过缺少激荡、劲遒的气势，故不及曹植的于词气兼具并胜。

　　王粲诗文集，《隋书·经籍志》著录为11卷，后多有散佚，现存诗已不足30篇。其中最受称道的是《七哀诗》3首，为历代选汉魏六朝诗者所必录，3首非同时同地之作，其一云：

　　　　西京乱无象，豺虎方遘患。复弃中国去，远身适荆蛮。亲戚对我悲，朋友相追攀。出门无所见，白骨蔽平原。路有饥妇人，抱子弃草间。顾闻号泣声，挥涕独不还。未知身死处，何能两相完？驱马弃之去，不忍听此言。南登霸陵岸，回首望长安。悟彼下泉人，喟然伤心肝！

　　此首成于汉献帝初平三年（192），王粲时仅16岁，为避董卓部将李傕、郭汜之乱，他与友人王凯、士孙萌等离开长安南下往荆州依刘表。[①] 其《赠士孙文始》诗亦云："天降丧乱，靡国不夷。我暨我友，自彼京师。宗守荡失，越用遁违。迁于荆楚，在漳之湄。"亦记此事。《七哀》描述了初离长安的见闻感受，"出门"二句虽浅白如话却鲜明如画，极生动精确地展现出迭经兵燹战火后赤地千里的悲惨场面，使接下来饥妇弃子的细节性叙写更具真实而残酷的震撼力量。故亦无须藻饰华辞，只是循次说来即教人感同身受。这种直面现实苦难的精神已涵载着典范价值，对后人影响深巨，尤其是在遍燃烽火、动荡流离的乱世，更会触引起普遍的认同感而成为楷模之制，故清沈德潜说："此杜少陵《无家别》《垂老别》诸篇之祖也。"（《古诗源》卷六）清何焯《义门读书记》亦云："王仲宣《七哀诗》'路有饥妇人'六句，杜诗宗祖。"并认为全诗宗旨在于"哀王室之乱"，这主要指末尾四句所言，登上西汉文帝陵墓（霸陵），回望旧京，追念昔日太平盛况，就更深切地领会到当年制作《下泉》诗之人

[①] 《三国志·魏志》本传记为"年十七"时事，误。说依俞绍初校点《王粲集》，北京：中华书局1980年版，第97页。

的叹慨忧伤之情了。《下泉》本系《诗·曹风》里的篇名，曹国始封于周武王弟姬振铎，都定陶，亦在山东地域范围内，距王粲故乡不远。据《毛诗序》云："《下泉》，思治也。……忧而思明王贤伯也。"宋朱熹云："王室陵夷，而小国困弊，故以寒泉下流而苞稂而伤为比，遂兴其忾然以念周京也。"（《诗集传》卷七）清姚际恒也说："此曹人思治之诗。"（《诗经通论》卷七）那么，王粲便不仅仅是伤乱世而思贤君明治，还应该包纳了一种对于乡梓思想文化传统的承继与发扬。顺便说一下，汉乐府诗中未见有以《七哀》为题目者，《文选》卷二三载有曹植、王粲、张载三人的《七哀诗》各若干，唐五臣注吕向云："七哀，谓痛而哀、义而哀、感而哀、怨而哀、耳目闻见而哀、鼻酸而哀也。"总之是极言哀思之盛多。又唐吴竞《乐府古题要解》谓"《七哀》起于汉末"。又《文选》唐李善注于《七哀诗》题目下云："子建在仲宣之后。"则《七哀诗》或许为王粲的感时念乱所首创了。

建安十三年（208），刘表卒后，王粲劝其子刘琮降曹操，并以此功被辟为丞相掾，赐爵关内侯。之后便随曹操四处征战，诗歌创作也呈现出一番新气象，《从军诗》5首可视为代表作。宋郭茂倩《乐府诗集》卷三二《相和歌辞》于题目作《从军行》，首列王粲此诗，并引《乐府解题》曰："《从军行》，皆军旅苦辛之辞。"5首诗的时地不同，《文选》卷二七李善注谓除其一之外，其余四篇皆为建安二十一年（216）从曹操南下征吴时所作。其三云：

> 从军征遐路，讨彼东南夷。方舟顺广川，薄暮未安抵。白日半西山，桑梓有余晖。蟋蟀夹岸鸣，孤鸟翩翩飞。征夫心多怀，恻怆令吾悲。下船登高防，草露沾我衣。回身赴床寝，此愁当告谁？身服干戈事，岂得念所私！既戎有授命，兹理不可违。

诗中慨然抒怀述事，颇具苍凉之致，而为军国大业献躯忘私、慷慨赴难，更是建安文学的时代主调，所以言虽质直，但仍觉真情贯溢、意气激荡。其成功处，尤在于深秋迟暮时景物气氛的映衬烘托，它们尽管只是作为背景出现，但正由此牵引，才使"恻怆"的情味更加浓郁深切，并因之凸显出襟怀志趣的高迈绝尘。而不同于这里的情景交错夹杂，其五前半部分则以写景为主,景中融情的笔法出之:"悠悠涉荒路,靡靡我心愁。四望无烟火,但见林与丘。城郭生榛棘,蹊径无所由。霍蒲竟广泽,葭苇夹长流。日夕凉风发,翩翩漂吾舟。寒蝉在树鸣,鹳鹄摩天游。客子多悲伤,泪下不可收。"声色动静的摹写随着"荒路"的跋涉转易,然无论城乡,都是饱经战乱劫火后的废圮凄凉,了无丝毫生机。那满目秋晚的林丘寒流、鸣蝉飞鸟,相伴着天涯客子无所底止的缥舟共远逝,此时此际,他除却悲伤泪下,还能怎样呢?如此写景则历历在目,似可身亲闻见;如此述情则挚切真实,无不沁人心脾,即置之曹植诗中,亦可并肩其"情兼雅怨,体被文质"(《诗品·魏陈思王植》)之胜而无逊色。

类似的融情于景、以景寓情的精警之制,还有《杂诗》:"日暮游西园,写我忧思情。曲池扬素波,列树敷丹荣。上有特栖鸟,怀春向我鸣。褰衽欲从之,路险不得征。徘徊不能去,伫立望尔形。风飙扬尘起,白日忽已冥。"不过,这里另写春暮景色,且有异于前者情景契合一致以抒羁旅愁怀的单层主旨,而是深于比兴寄托,忧思殷重,那鸟与人的希冀类从间,似乎流宕着无限的身世慨叹,只是意没象中,已归趣难求了——这样的幽微复杂,似乎轶出建安风骨刚健明朗、慷慨悲凉的主流艺术精神之外,于轻吟微叹间,稍稍透露出后来阮籍《咏怀诗》渊远隐避、语多讥刺的消息。

又王粲归曹后,虽居侍中高位,仕途较为显达,但与陈、刘、徐、应、阮等其他五子,仍属文学侍从之士,并不像孔融那样的卓立特异,故而"并怜风月,狎池苑,述恩荣,叙酣宴"(《文心雕龙·明诗》),留下一些奉应酬和作品。在感情上,虽不及塞淹荆州诸篇与《从军诗》的深挚发扬,但它们词句清丽,善于营造气氛、刻画形象,多和悦轻畅意趣,写景叙事皆颇生动,体现出另一种风貌,并非一味作悲怆慨叹之音,足见其娴熟的艺术技巧,甚有可取处。如《清河作》:"列车息众驾,相伴绿水湄。幽兰吐芳烈,芙蓉发红晖。百鸟何缤翻,振翼群相追。投网引潜鲤,强弩下高飞。白日已西迈,欢乐忽忘归。"另如《公䜩诗》:"昊天降丰泽,百卉挺葳蕤。凉风撤蒸暑,清云却炎晖。高会君子堂,并坐荫华榱。嘉肴充圆方,旨酒盈金罍。管弦发徽音,曲度清且悲。合坐同所乐,但诉杯行迟。常闻诗人语,不醉且无归。今日不极欢,含情欲待谁?"

王粲向以"溢才""兼善"擅名,所作首推诗歌创作成绩为高;但赋也足可与之比美，不仅数量较多，且结构严谨、笔力健劲，亦一时之翘楚，不让曹植诸篇，为"建安七子"中他人所难及。是以《文心雕龙·诠赋》云："仲宣靡密，发篇必遒"，继之再举徐干、左思、陆机、潘岳、成公绥、郭璞、袁宏等家，称"亦魏晋之赋首也"。尤其是《登楼赋》，在以铺排景物、敷典摛文为长的汉大赋向重在抒情写志的魏晋小赋的转变过程中，开拓境界、融合情景，于后一类作品里载具着典范意义。此赋制于建安十年（205），正在荆州依附刘表时际。① 登临之楼，《文选》卷十一李善注引盛弘之《荆州记》，谓在当阳城楼；而六臣刘良注则云系江陵城楼，今论者据《水经注·沮水》与同书《漳水》，断为麦城，是。② 《登楼赋》开篇即揭出"登楼四望，聊以销忧"的本旨，接着依次铺写周遭显敞的景象和丰饶的物产。然而，"虽信美而非吾土兮，曾何足以少留"，反倒更牵惹出不尽的乱离之感、乡关之思：

> 遭纷浊而迁逝兮，漫逾纪以迄今。情眷眷而怀归兮，孰忧思之可任？凭轩槛以遥望兮，向北风而开襟。平原远而极目兮，蔽荆山之高岑。路逶迤而修迥兮，川既漾而济深。悲旧乡之壅隔兮，涕横坠而弗禁。昔尼父之在陈兮，有归欤之叹音，钟仪幽而楚奏兮，庄舄显而越吟。人情同于怀土兮，岂穷达而异心？惟日月之逾迈兮，俟河清其未极。冀王道之一平兮，假高衢而骋力。惧匏瓜之徒悬兮，畏井渫之莫食。步栖迟以徙倚兮，白日忽其将匿。风萧瑟而并兴兮，天惨惨而无色。兽狂顾以求群兮，鸟相鸣而举翼。原野阒其无人兮，征夫行而未息。心凄怆以感发兮，意忉怛而憯恻。循阶除而下降兮，气交愤于胸臆。夜参半而不寐兮，怅盘桓以反侧。

作为王粲的乡梓后辈，"萧条异代"，晁补之对《登楼赋》深有会心，称扬说"盖魏赋极此矣"（朱熹《楚辞后语》引）。李元度则分析云："因登楼而四望，因四望而触动其忧时、感事、去国、怀乡之思。"（《赋

---

① 参见俞绍初：《建安七子集》，北京：中华书局1989年版，第403页；《王粲集》，北京：中华书局1980年版，第100~101页。

② 同上。

学正鹄》）究其根由，缘于落拓不偶的现实际遇所激发。刘表虽是王粲祖父王畅的门生，但自初平三年（192）到建安十三年（208），长达十五六年的岁月里，王粲始终未得重用。尽管怀抱利器，却功业难成，郁郁有飘零之感，深恐年华尽逝，机会不来，遂于赋中抒写之。先是摹景状物，从广阔的时空观照间酝酿浩渺苍茫之致；继之再滋生浓重的情绪感受和深沉多端的思虑，古今一慨，地异忧同；结尾点明天色已近迟暮，仍回复到上下景色的俯仰顾瞻中来，只是转为萧瑟凄冷，正与人怆恻索莫的心境相融合交并。那么，整日的徘徊攀倚，乃至辗转不寐，反倒使忧思更加浓挚沉郁了。总之，全篇造语清雅玮丽，符采相胜，依次述来，从容中仍时见慷慨飞动的气势和悲壮苍凉的意绪，也深深浸润着"建安风骨"的精神志趣。在这里，恰可与《七哀诗》其二相参照：

荆蛮非我乡，何为久滞淫？方舟泝大江，日暮愁我心。山冈有余映，岩阿增重阴。狐狸驰赴穴，飞鸟翔敌林。流波激清响，猴猿临岸吟。迅风拂裳袂，白露沾衣衿。独夜不能寐，摄衣起抚琴。丝桐感人情，为我发悲音。羁旅无终极，忧思壮难任。

此亦为寄居荆州时的作品。它开首便以"何为久滞淫"的自问突发，随即就"愁"字笼罩全篇。所以，在诗歌主体部分的景物刻画中，无论山林与流波激响、归鸟共岸猿长吟，还是迅风吹白露零落，都处处笼罩着特定的主观情绪指向。因之再写人深夜感孤寂而难寐，只有抚鸣琴发悲音以寄心意，便都交融无迹，自然合一而构成为有机的整体，含蕴厚重；才于末尾揭出"自伤羁旅"（《义门读书记》）、殷忧不堪的本旨，确与《登楼赋》相似。只不过《七哀诗》以写景为主，情思略为点染而简洁有味，多兴比之笔；《登楼赋》却是抒情明志与摹景状物并重，双方相互配合而形成为一个和谐的境界，由之使意旨更明晰详透。当然，这种表达方法的差异当本缘于两种不同文体的叙述规范的制约，但是，诗与赋却一致呈现出"建安风骨"的审美理想与艺术面貌。

王粲现存赋计 27 篇（包括《七释》与《吊夷齐文》），但仅上述《登楼赋》完整无缺，余者皆散载于《文选》注引及《北堂书钞》《初学记》《艺文类聚》《太平御览》等各种类书里，已经过不同程度的删节，率多残佚。其中《大暑》《游海》《浮淮》《闲邪》《出妇》《寡妇》《神女》《酒》《鹖》《羽猎》《鹦鹉》《莺》《谜迭》《玛瑙勒》《车渠椀》《槐树》《柳》《七释》《吊夷齐文》等赋,均系归附曹操后所作,它们或是奉命而制,或为与曹丕、曹植、陈琳、刘桢、阮瑀、应玚、繁钦等邺下文士集团成员相互唱和竞胜的同题三篇,都从侧面印证了曹丕《与吴质书》里所说的他们行止相随诗赋酬应以之激发的盛况。

这些赋的体式不一,涉及的题材内容也较为广泛。如《大暑赋》巧构形似,铺张景物、禽兽和人的感受,"气呼吸以祛裾,汗雨下而沾裳。就清泉以自沃,犹涏涩而不凉。体烦茹以于悒,心愤闷而窘惶",以描叙炎蒸酷热的情形。在表现手法与艺术风格上,略存汉大赋若干影响痕迹,只是不再那么堆叠僻语奇字,以示险怪博奥了。类似的又如《游海赋》:"登阴隅以东望,览沧海之体势。吐星出日,天与水际;其深不测,其广无皋。"继之绘色状形,一一陈述海上的涛浪洲岛,所怀藏的群犀巨象、鱼鳖珍宝等等,真是光怪陆离,极力通过语言文字的中介以牵引有关的联想,以具体再现那些景观物象,闳阔盛大,瑰奇绚烂,仿佛汉大赋的雄浑气象及巨丽之美。另外,尚有一些重在抒情的,已与前者不同,完全是当时流行的小赋面貌,如《思友赋》:

> 登城隅之高观,忽临下以翱翔。行游目于林中,睹旧人之故场。身既没而不见,余迹存而未丧。沧浪浩兮迥波流,水石激兮扬素精。夏木兮结茎,春鸟兮愁鸣。平原兮泱漭,绿草兮罗生。超长路兮逶迤,实旧人兮所经。身既逝兮幽翳,魂眇眇兮藏形。

它和《伤夭赋》意旨相类,皆系为亡友制作,唯此篇间杂骚体。建安时代为亘古罕有的乱世,常祸出多门,人命危浅每难假天年,故悼念亲友的丧亡遂成为文学的一大主题。篇中睹旧迹以思旧情,情与景相互映托交融,契合无间,开头写登临眺望,只不过为后文的抒情写景张本而已,且语言平易流畅,托意深沉真挚,在章法风味上都与《登楼赋》近似。与之相同的还有《柳赋》,它是为酬和曹丕《柳赋》所作。曹赋之《序》说其缘由为"左右仆御已多亡,感物伤怀,乃作斯赋",因而柳在王粲赋中也具有特定的象征意义和主观情感指向,成了具体标志性的符号中介,已经不仅仅是一个纯客观的自然物象。所以，尽管这里也使用情景互会的笔法："昔我君之定武，致天届而徂征。元子从而抚军，植佳木于兹庭。历春秋以逾纪，行复出于斯乡。览兹树之丰茂，纷旖旎以修长。枝扶疏而覃布，茎森梢以奋扬。人情感于旧物，心惆怅以增虑。行游目而广望，睹城垒之故处。悟元子之话言，信思难而存惧。"但是，却有异于上述《思友赋》的指对宽泛，唯渲染气氛营造境界而兴寄多端却无从凿实。又，《世说新语·言语》云："桓公（温）北征，经金城，见前为琅邪时种柳皆已十围，慨然叹曰：'木犹如此，人何以堪！攀枝执条，泫然流泪。"庾信《枯树赋》于此作"昔年种柳，依依汉南；今看摇落，凄怆江潭。树犹如此，人何以堪"，于同一物象里沉积的生命感悟与递相循承的文化意蕴，似乎都可共王粲《柳赋》比照品味。

　　王粲的文则仍呈杂散文形态，大多以社会现实政治的功利目的为重，缺乏文学的审美价值。其中较佳胜者，如早年依附刘表时所作的《为刘荆州谏袁谭书》《为刘荆州与袁尚书》。袁绍死后，二子兄弟阋墙、干戈相逼，"追阋伯实沉之踪，忘棠棣死丧之义"。是以于书中征引古今事典，晓陈利害，谕以共匡汉室的大义；皆情辞恳挚，气势充沛浩荡，犹有战国纵横家的遗风。另，值得注意的是，《隋书·经籍志》尚著录"《汉末英雄记》八卷，王粲撰，残缺。梁有十卷"，此书至宋时亡佚。清黄奭《黄氏逸书考》有辑本流传，分题记曹操、曹纯、桥瑁等五十余位汉末人士事，而于董卓、吕布、公孙瓒、袁绍所收录条目为多。作为史传文学，《英雄记》继承了《左传》《国语》，乃至《史记》《汉书》的传统，言事并重，文字简洁而词气畅达，不少片断被晋陈寿撰写《三国志》时所采录，甚至长篇历史小说《三国演义》对之也有借鉴。如其中记叙吕布的两条：

　　　　建安元年六月夜半时，布将河内郝萌反，将兵入布所治下邳府，诣厅事阁外，同声大呼攻阁，阁坚不得入。布不知反者为谁，直牵妇，科头袒衣相，将从溷上排壁出，诣都督高顺营，直排闼门入。顺问："将军有所隐不？"布言："河内儿声。"顺言："此郝萌也！"顺即严兵入府，弓弩并射萌众，萌众乱走，天明还故营。萌将曹性反萌，与对战，萌刺伤性，性斫萌一臂。顺斫萌首，床舆性，送诣布。布问性，言："萌受袁术谋。""谋者悉谁？"性言："陈宫与谋。"时宫在坐上，面赤，傍人悉觉之，布以宫大将，不问也。性言："萌常以此问，性言吕将军大将有神，不可击也。不意萌狂惑不止。"布谓性曰："卿健儿也！"善养视之。创愈，使安抚萌故营，领其众。

袁术遣将纪灵率步骑三万攻刘备。吕布遣人招备，并请灵等饮，谓灵曰："布性不喜合斗，但喜解斗耳。"乃令植戟于营门，弯弓曰："诸君观布射戟，小支中者，当解兵；不中，留决斗。"布一发中戟支，遂罢兵。

前者写夜深兵变的突发性事件，气氛紧张，头绪也较纷杂，但王粲却从容不迫地一一叙来，层次明晰，曲折尽意。而有关细节、人物，诸如吕布的慌乱狼狈和事后的大度、高顺的镇定细心与判断准确、曹性的忠直等，皆生动毕显。后者则近乎小说笔法，活现出吕布形象，充满传奇式的戏剧色彩。又如：

吕布使陈登诣曹操，求徐州牧，不得。登还，布怒，拔戟斫几，曰："吾所求无获，但为卿父子所卖耳！"登不为动容，徐对曰："登见曹公，言'养将军譬如养虎，当饱其肉。不饱则将嗜人。'公曰：'不如卿言。譬如养鹰，饥则为用，饱则飏去。'其言如此。"布意乃解。

通过新颖贴切的譬喻，从不同人的眼光里来刻画吕布的性格和为人，历历如见。其他如记叙袁绍谋士逢纪者：

纪，字元图。初，绍去董卓出奔，与许攸及纪俱诣冀州，绍以纪聪达有计策，甚亲信之，与共举事。后审配任用，与纪不睦，或有谮配于绍者，绍问纪，纪称："配天性烈直，古人之节，不宜疑之。"绍曰："君不恶之邪？"纪答曰："先日所争者私情，今所陈者国事。"绍善之，卒不废配，配由是更与纪为亲善。

所记的乍看是人际关系中的恩怨亲疏琐事，然言因事出、事映言彰，用十分精练的白描式文字，便尽展一位襟怀坦荡、正直诚实而深明公私大义的士子的高洁情操，教人肃然起敬。总之从《英雄记》中，可以看到王粲剪裁、组织史料的能力与高度的叙述技巧。同时，他又坚执史家的理性冷静，似乎只是不动声色地客观记实，并不流露主观判断倾向，而一切褒贬之意均于言外自见——这点，又区别于《史记》的虽同样恪守"实录"精神，笔端却每每蕴藏激情而时作迸发之姿的风格面貌了。

刘桢（？—217），字公幹，东平人。他的文学成就，以诗歌为最高，前引曹丕《与吴质书》已称赞"其五言诗之善者，妙绝时人"，后来《诗品·总论》里也将曹植、刘桢并称，并以刘桢、王粲列为曹氏父子兄弟之"羽翼"，于《魏陈思王植》评云："故孔氏之门如用诗，则公幹升堂，思王入室。"为此品级以分高下。《文心雕龙·比兴》亦云："至于扬班之伦，曹刘以下，图状山川，影写云物，莫不纤综比义，以敷其华。"那么，在"建安七子"的诗歌创作上，当又推刘桢为首，王粲居第二了。后人亦认同曹刘之称，如杜甫屡屡说："气劘屈贾垒，目短曹刘墙"（《壮游》）、"总戎楚蜀应全未，方驾曹刘不啻过"（《奉寄高常侍》）、"沈范早知何水部，曹刘不待薛郎中"（《解闷十二首》之四），另，任华云："曹刘俯仰惭大敌，沈谢逡巡称小儿"（《寄杜拾遗》），杜牧云："七子论诗谁似公？曹刘须在指挥中"（《酬张祜处士见寄长句四韵》），元好问云："曹刘坐啸虎生风，四海无人角两雄"（《论诗绝句》），等等不一。其实，刘桢与王粲，可并列为七子乃至建安诗坛的代表人物，原不必强作轩轾，恰如《艺概·诗概》所言者："公幹气胜，仲宣情胜，皆有陈思之一体，后世诗率不越此两宗。"

刘桢现存诗仅15首，另有少量断句残篇，《诗品》将之列为上品，云："其源出于《古诗》。仗气爱奇，动多振绝，真骨凌霜，高风跨俗。但气过其文，雕润恨少。然自陈思以下，桢称独步。"这里说刘桢源出《古诗》，实际上与说王粲源出李陵的性质相同，都是指他们继承东汉后期，即桓、灵之际文人五言诗的托物兴感，以景传情而"情真、景真、事真、意真，澄至清，发至情"（陈绎曾《诗谱》）的传统。关于刘桢风格特征主要为意气激荡、慷慨绝俗，也本是时代风气使然，所谓"建安风骨"，在七子的作品间皆有流露，只不过刘桢于此端特为突出罢了。故而谢灵运《拟魏太子邺中集诗八首》其五《刘桢》云："卓荦偏人，而文

最有气,所得颇经奇。"拟诗末尾则谓:"唯羡肃肃翰,缤纷戾高冥。"它们集中体现在《赠从弟诗三首》,其二云:

　　亭亭山上松,瑟瑟谷中风。风声一何盛,松枝一何劲!冰霜正惨凄,终岁常端正。岂不罹凝寒?松柏有本性。

　　诗中因物喻人,全用比兴,一力张扬在严酷的环境下仍坚持本色、不改变操守的高风亮节,确是凸显出一种超群异立、跨迈尘俗而无所顾忌的凛凛骨气;且笔力劲挺,语言质直,不事雕饰,可与其三"凤皇集南岳,徘徊孤竹根。于心有不厌,奋翅凌紫氛。岂不常辛苦?羞与黄雀群"参味共读。《文心雕龙·体性》云:"公幹气褊,故言壮而情骇。"似乎指刘桢气度较狭窄偏急为憾,然《赠从弟》的气势高亢昂扬,实基础于对嘈杂纷扰的社会现实的脱弃摈绝,是以不肯与之因循和同,才作出特异独高的姿态来。至于说他为诗言辞壮厉而情思惊人,按之此篇,则为中的之论。

　　《文心雕龙·才略》又云:"刘桢情高以会采",指出了另一方面的倾向,如《赠五官中郎将诗四首》,就不同于上述《赠从弟诗三首》的风貌。曹丕于建安十六年(211)为五官中郎将、副丞相,二十二年(217)立为魏太子,知刘桢诗制于此间,4首为一组。其一追忆昔时共同宴饮集会之乐:"清歌制妙声,万舞在中堂。金罍含甘醴,羽觞行无方。长夜忘归来,聊且为太康。"其二记述分别之由:"余婴沉痼疾,窜身清漳滨。自夏涉玄冬,弥旷十余旬。……所亲一何笃,步趾慰我身。清谈同日夕,情盻叙忧勤。更复为别辞,游车归西邻。素叶随风起,广路扬埃尘。逝者如流水,哀此遂离分。"其三则写别后的思想之苦,杂用叙述、写景、抒情的笔法,诗云:

　　秋日多悲怀,感慨以长叹。终夜不遑寐,叙意于濡翰。明灯曜闺中,清风凄已寒。白露涂前庭,应门重其关。四节相推斥,岁月忽已殚。壮士远出征,戎事将独难。涕泣洒衣裳,能不怀所欢。

　　开首"秋日多悲怀"两句,涵纳着自宋玉《九辩》"悲哉!秋之以为气也,萧瑟兮草木摇落而变衰"以来所沉积的特定季节情蕴,故后面诗中描摹风寒露重的深秋景象,便不只是渲染凄凉衰冷的气氛,还相伴有岁月迟暮、人生倏忽,与知交飘零、一身孑孤而念友怀亲等多重的意绪。也不仅止于通常习见的以景映情、情景浑化交会,而是以主观的情思挈领笼罩全篇,给客观物象涂染上浓郁的悲伤情绪色彩,使之也充分主观化,形成感应共鸣的境界。随即于其四总束本旨,给繁富丰厚的内容以归结:"凉风吹沙砾,霜气何皑皑。明月照缇幕,华灯散炎辉。赋诗连篇章,极夜不知归。"要之,此四诗较《赠从弟》之造语为丰润,意味也趋向苍凉沉挚,由气盛而转为情浓。类似的还有《赠徐干诗》:"思子沉心曲,长叹不能言。起坐失次第,一日三四迁。步出北寺门,遥望西苑园。细柳夹道生,方塘含清源。轻叶随风转,飞鸟何翻翻。乖人易感动,涕下与衿连。仰视白日光,皭皭高且悬。兼烛八纮内,物类无颇偏。我独抱深感,不得与比焉。"只是这里以阳春艳景衬托思友的哀苦之情,已见相反相成;后半再说羡慕飞鸟的自由而憾己身无双翼,"不得与比",是更深一层的对比手法,更加深痛。

刘桢还有的诗,辞藻较为华茂,并非"雕润恨少"。如咏物之作的《斗鸡诗》:"丹鸡被华采,双距如锋芒。愿一扬炎威,会战此中唐。利爪探玉除,瞋目含火光。长翘惊风起,劲翮正敷张。轻举奋勾喙,电击复还翔。"绘形状貌,神采飞动飏扬,犹同一幅五彩工笔画,以摹写细致传神为胜。难得的是,丽语与锐健之气相映配,便避免了肥赘滞拘之弊,与《射鸢诗》"发机如惊焱,三发两鸢连。流血洒墙屋,飞毛从风旋"之句并臻佳境——然而它们已渐离悲凉慷慨、志深笔长的"建安风骨",别以其藻饰文采,工于摹色拟形、体貌写物的笔法下开南朝逐文略情之咏物诗的先风。所不同处是,这里还因词气充溢能标高格,后者则多以靡丽精巧相尚,便趋于软媚一途了。

总的看来,刘桢诗虽数量有限,但风格取向却是多元化的。而其文赋,《三国志·魏志·王粲传附》称达"数十篇",却大部分亡佚了,是以《汉魏六朝百三家集题辞·刘公幹集》谓:"今公幹书记,传者绝少,知其物化以后遗失多矣。"仅存的几篇书信文字,如《谏平原侯植书》,载《三国志·魏志·邢颙传》;又,《与曹植书》,见《太平御览》卷七三九。另《魏志·王粲传》南朝宋裴松之注引《文士传》有《答魏太子丕借廓落带书》，事因曹丕赐刘桢带，又嘲之云"物在贱者手，至尊不取用"，故刘桢为答云：

> 桢闻荆山之璞，曜元后之宝；隋侯之珠，烛众士之好。南垠之金，登窈窕之首；犀貂之尾，缀侍臣之帻。此四宝者，伏朽石之下，潜污泥之中，而扬光千载之上，发彩畴昔之外，亦皆未能初自接于至尊也。夫尊者所服，卑者所修也；贵者所御，贱者所先也。故夏屋初成，而大匠先立其下；嘉禾始熟，而农夫先尝其粒。恨桢所带，无他妙饰，若实殊异，尚可纳也。

文以骈体出之，对仗排比讲求工整，但词气却豪放奔畅，巧妙地驳斥了曹丕凡物贱者用则贵者弃的戏谑。并连类比物，举珍宝潜隐显扬的前后截然不同境遇，证明卑者修劳而为贵者服享的普遍社会现象，生动形象，富有说服力。刘师培《论汉魏之际文学变迁》中，说魏文的特点有四端，"书檄之文，骋词以张势，一也"[①]，于刘桢此书可见之。

徐幹（171—217），字伟长，北海剧县（今昌乐西）人。原有集5卷，但绝大部分已散佚。如晋挚虞《文章流别论》著录"建安中，文帝与临淄侯（曹植）各失稚子，命徐幹、刘桢等为之哀辞"，《文心雕龙·哀吊》称赞"建安哀辞，惟伟长差善，行女一篇，时有恻怛"的《行女哀辞》，便已失传，现仅存曹植的一篇。又，《文心雕龙·铨赋》云："伟长博通，时逢壮采。"而其《玄猿》《漏卮》《桔赋》已全佚，《团扇》等也多残缺；然《齐都赋》的断句如"其川渎则洪河洋洋，发源昆仑。九流分逝，北朝论渊；惊波沛厉，浮沫扬奔；南望无垠，北顾无鄂"，穷形尽貌地极力摹写，气象闳阔而气势浩荡，依稀犹可见汉大赋铺张扬厉的笔法，不愧"壮采"之评语。

《诗品》将徐幹列在下品，且谓"伟长与公幹往复，虽曰以莛扣钟，亦能闲雅矣"。"以莛撞钟"，语出《汉书·东方朔传》引《答客难》，唐颜师古注："谓蒿莛也。"即细竹枝，当然不能敲出声响。现在将其《答刘桢诗》与上引刘桢《赠徐幹诗》相较，确不及刘诗的笔力遒劲，兼融

---

① 刘师培：《中国中古文学史·论文杂记》，北京：人民文学出版社1984年版，第34页。

情景而流荡着悲壮苍凉之气;不过,徐诗云:"与子别无几,所经未一句。我思一何笃,其愁如三春。虽路在咫尺,难涉如九关。陶陶朱夏德,草木昌且繁。"从容道来,化用《诗·王风·采葛》与《郑风·子衿》"一日不见,如三月兮"、"一日不见,如三秋兮"的意境;最后以比兴手法,暗喻愁思如盛夏之草木日益繁滋,皆情味深永,风貌闲雅。

徐幹存诗完整的仅有5首,其中最被论者称道的为《室思》,始见于南朝陈徐陵编《玉台新咏》卷一,将之析为6章,题目则作《室思六首》。其实,诗中反复抒写对远行久别而不归的丈夫的想念,依次递进,每章表现心理的曲折变化与情绪动荡,是一个完整有机的组合,"自处于厚,而望君不薄,情极深至"(《古诗源》卷六)。如其二云:"峨峨高山首,悠悠万里道。君去日已远,郁结令人老。人生一世间,忽若暮春草。时不可再得,何为自愁恼?每诵昔鸿恩,贱躯焉足保。"此承其一写别后餐饭无味的愁忧,仿佛还见到他的身影容光,故转笔叙述忽然意识到其行迹已远且离别时久,遂感叹人生短促,何必再徒找烦恼?但回想昔日的恩爱,又觉得是忧能伤人,怎么排遣的开呢!情思缠绵宛曲,语言自然晓畅,只平平道来。不求新巧奇险,却浅貌深衷,让人回味无穷,甚近似《古诗十九首》的风格。而诗中不少句子,甚至多由《十九首》"思君令人老,岁月忽已晚"、"相去日已远,衣带日已缓"、"人生天地间,忽如远行客"等变化从出,正同一风味。又如其三云:

浮云何洋洋,原因通我词。飘遥不可寄,徙倚徒相思。人离皆复会,君独无返期。自君之出矣,明镜暗不治。思君如流水,何有穷已时?

诗因仰望天上的浮云发端,慨憾其漂泊无行止而不能托意达辞,遂推出"君独无返期"的主旨来。"自君之出矣"四句仍重申相思如流水般没有停歇穷竭之期,但造语清新隽逸,兴喻譬拟也妥帖形象,似乎可以真实地闻见感受到;只是变浓挚为流利,寓绵邈于轻畅之中,颇具后来南朝乐府民歌的情韵格调,为人所咏唱赏爱。《乐府诗集》卷六九即以"自君之出矣"为题目兼首句,录有关拟作,入于"杂曲歌辞"里,如范云"自君之出矣,罗帐咽秋风。思君如蔓草,连延不可穷"、李康成"自君之出矣,梁尘静不飞。思君如满月,夜夜减容晖"等。又,徐幹《情诗》也表现了与《室思》同样的题材内容,其中"君行殊不返,我饰为谁容?炉薰阒不用,镜匣上尘生"诸句,在抒写手法、情致风韵方面都甚类似"明镜暗不治"。总之,纵观徐幹诗作,相较于王粲、刘桢,风格上的差异是显而易见的。

《隋书·经籍志》著录徐幹著《中论》6卷,今通行本为2卷,凡20篇。曹丕曾极口称赞其"成一家之言,辞义典雅,足传后世,此子为不朽矣"(《与吴质书》)。但是,诚如《四库全书总目提要》所云,它"大都阐发义理,原本经训,而归之于圣贤之道,故前史皆列之儒家",在实质上仍属于议论说理性质的学术文章。《艺概·文概》认为"徐幹《中论》说道理俱正而实,《审大臣》篇极推荀卿而不取游说之士,《考伪》篇以求名为圣人之至禁,其指概可见之"。观其于行文偏向质重古朴,缺乏华采,注意论点的层次清晰逻辑细密,犹类似汉人体格,而殊异于王粲、刘桢等建安诸子为文多有气势情感的腾涌发露。另外,值当汉魏乱世,道家思想激扬,刑名之说畅行,徐幹却坚持日趋衰颓的儒家传统,著书立说以为光大,并身体力行之。"观古今文人,类不护细行,鲜能以名节自立。而伟长独怀文抱质,恬淡寡欲,有箕山之志,可谓彬彬君子矣"(《与吴质书》);"少无宦情,有箕颖之心事,故仕世多素辞"(《拟魏太子邺中集诗八首》之四《徐幹》),也是难得的了,从而显示出作为孔孟乡梓后辈的山东儒士的风节。

二 卓立于西晋文坛的左氏兄妹

建安以后的魏晋文学发生了变化,进入一个新时期,总体上呈现出新的风格面貌。从观念上说,文学独立于政治教化性实用社会功能之外的本体自觉意识空前强化,人们更普遍注重、强调其审美价值与抒情怡性的特点,并开始更全面、深刻地认识、探讨文学自身的发展过程和艺术规律,以及由之产生的各种复杂现象——这些,必然要反映且影响到具体的创作实践中去。概而言之,曹魏享国短暂,率不过40余年,中间自"正始"(魏废帝曹芳年号)起迄,清谈风气大炽,学者推尊老庄,以"玄学风流"而著称于世。另一方面,司马氏独揽朝政大权,残酷迫害异己,当时名士难免罹谤遇祸。所以在他们的文学作品里,便罕见"建安风骨"

的慷慨明朗格调，而每每多存忧生隐避的内容和兴寄感叹之笔，正所谓"文变染乎世情，兴废寄乎时序，原始以要终，虽百世可知也"（《文心雕龙·时序》）。其代表作家为阮籍和嵇康，虽然《文心雕龙·明诗》说："嵇志清峻，阮旨遥深。"风貌并不一致，但二人却同样丰富并深化了自我内心世界的表现和主观情思的抒写，浸润着浓郁的忧生愤世的悲凉意味，亦仍系直承建安文学传统所来而再予以增损拓展之。只可惜在这一时期，山东文坛已经远远不如上述的汉魏之际的繁盛，基本上乏善可陈。

西晋司马氏王朝吞蜀平吴，天下复归于统一，是以全国人才萃集，遂于武帝太康暨以后相接的惠帝、怀帝朝又形成一次新的文学高潮。尽管其所取得的成绩与所能臻达的高度，或许不及建安时代，然而作家及作品之盛多，不同风格纷呈，承旧启新的多元艺术精神所建构出的兴旺景象，似犹过之，所以，当差可比肩建安文学。《文心雕龙·时序》曾描述这种状况云："然晋虽不文，人才实盛：茂先（张华）摇笔而散珠，太冲（左思）动墨而横锦；岳（潘岳）湛（夏侯湛）曜联璧之华，机云（陆机陆云）标二俊之采；应（应贞）傅（傅玄傅咸）三张（张载张协张亢）之徒，孙（孙楚）挚（挚虞）成公（成公绥）之属，并结藻清英，流韵绮靡。"沈约也评论其代表作家潘岳、陆机说："降及元康，潘陆特秀，律异班贾，体变曹王，缛旨星稠，繁文绮合，缀平台之逸响，采南皮之高韵，遗风余烈，事极江右。"（《宋书·谢灵运传论》）

总观西晋一代文学，成绩卓著者自是首推诗歌。《诗品·总论》谓："太康中，三张、二陆、两潘、一左勃尔复兴，踵武前王，风流未沫，亦文章之中兴也。"明确指出其直接承继建安之盛荣而再为特出，并且认为应以陆机、潘岳、张协、左思四人为代表诗家，全部皆置列在上品。就中又视前三人为一类，将之与建安诗人之佳胜者相提共论："故知陈思为建安之杰，公幹、仲宣为辅；陆机为太康之英，安仁、景阳为辅。"《文心雕龙·明诗》亦持同样意见，云："晋世群才，稍入轻绮。张潘左陆，比肩诗衢，采缛于正始，力柔于建安；或析文以为妙，或流靡以自妍，此其大略也。"

如果结合着文体本身的嬗变演进流程与当时的创作实际状态，可以说，陆机、潘岳标志了诗坛的主流风貌特征与审美取向。即主张"诗缘情而绮靡"（陆机《文赋》），注重辞藻的色泽、骈偶、事典、韵律等表现技巧和体物写貌以生动形象的艺术效果，从而构成华赡秾丽的整体风格，诸如《文赋》阐述的那样："其会意也尚巧，其遣言也贵妍。暨音声之迭代，若五色之相宣。""藻思绮合，清丽芊眠，炳若缛绣，凄若繁弦。"概括说来，以陆、潘为首的西晋时代诗歌，其"彬彬之盛"的局面虽与建安诗歌相仿佛，但由于已是四海归一、社会安定，诗人的生活也较为优裕，故而率多缺乏其慷慨激越的气势与苍凉悲壮的情怀。与建安诗歌那种爽劲明朗、自然质朴的体格殊异，转而追求词采的华美，讲求铺叙手法，日益向人工的精巧化方面发展。正由于注重文辞繁富，便不免累及风骨的健举高挺，故前引论之为"轻绮"、"力柔"，当然远比不上建安诗歌。换言之，陆、潘等太康诗家偏向于效法建安诗歌中典雅华丽的一面，并给予强化发展，使之上升为主流取向，由之直注以下的南朝诗坛，"从此以后，诗歌写景抒情的技巧更趋成熟，形式与语言的精美成为诗人们更加自觉的追求，就其主潮而言，这是符合诗歌艺术自身的发展规律的，是文学意识觉醒后必然会产生的结果"[①]。

如果说潘岳和陆机体现出西晋诗歌创作的主流走向，那么，左思却标志着西晋诗坛所可能取得的最高成绩。左思（250? —305?），字太冲，齐国临淄（今淄博）人。《诗品》评论说："其源出于公幹。文典以怨，颇为精切，得讽谕之致。虽野于陆机，而深于潘岳。谢康乐尝言：'左太冲诗，潘安仁诗，古今难比。'"关于源出刘桢之说，主要是因为左思诗卓异于西晋诗歌求美的主流艺术精神与美学理想之外，依旧直步建安风骨，不重文采藻饰而独以意气激扬流荡为尚，形成为与时代趣味独立而自标高格的"左思风力"（《诗品·宋征士陶潜》）。所以，《诗薮》一再说他"骨力莽苍"、"纵横豪逸"（《内编》卷二）、"以气胜者也"、"平原（陆机）气骨远非太冲比"（《外编》卷二）；又称"仲宣之淳，公幹之峭"（《内编》卷二），前者指情感的挚厚，则后者谓气势的挺拔，也恰是左思的主要风貌特征所在。故《艺概·诗概》亦云："刘公幹、左太冲，壮而不悲。"

左思现仅存诗14首。其中《悼离赠妹诗二首》为四言，是泰始八年

---

① 参见张亚新《汉魏六朝诗：走向顶峰之路》（乔力主编《中国古代文学主流》丛书第2种），桂林：广西师范大学出版社1999年版，第199～200页。

(272）因妹左棻被选纳入武帝后宫时所作，如"桓山之鸟，四子同巢。将飞将散，悲鸣忉忉。惟彼禽鸟，犹有号咷，况我同生，载忧载劳"、"既乖既离，驰情仿佛。何寝不梦，何行不想？静言永念，形留神往。忧思成疢，结在精爽"，或善于托比、或直抒胸臆，写手足睽别之情皆真挚感人，但整体看来，较为质木，仍似汉人四言的朴讷面目。余下的都是五言诗，几乎篇篇精警佳绝，最被人激赏的为《咏史八首》，乃系左思的代表作品，前所摘引的评语多对此而发。八首诗也并非一时之制，大约开始于随妹迁居洛阳后、咸宁六年（280，吴末帝孙皓天纪四年）晋灭吴之前，而一直延续到其晚年，贯穿着他大半的生命历程。"太冲咏史，不必专咏一人专咏一事，咏古人而己之性情俱见，此千秋绝唱也。后惟明远（鲍照）、太白能之"（《古诗源》卷七），所以说，《咏史八首》并不是专门咏叹古人古事，中间亦兼写个的情感襟怀，颇具创意，是而《诗薮》外编卷二云："《咏史》之名，起自孟坚（班固），但指一事。魏杜挚《赠毋丘俭》，叠用八古人名，堆垛寡变。太冲题实因班，体亦本杜，而造语奇伟，创格新特，错综振荡，逸气干云，遂为古今绝唱。"《义门读书记》云："《咏史》者，不过美其事而咏叹之，概括本传，不加藻饰，此正体也。太冲多摅胸臆，乃又其变，叙致本事，能不冗不晦，以此为难。"下面拟根据其不同主旨题意，分别论析之。其一云：

> 弱冠弄柔翰，卓荦观群书。著论准过秦，作赋拟子虚。边城苦鸣镝，羽檄飞京都。虽非甲胄士，畴昔览穰苴。长啸激清风，志若无东吴。铅刀贵一割，梦想骋良图。左眄澄江湘，右盼定羌胡。功成不受爵，长揖归田庐。

泰始八年（272），左棻以才名选纳入宫，故知此篇制于左思移家洛阳后的青年时期，陆侃如将之系于咸宁元年（275）[①]。《晋书》本传谓左思"貌寝，口讷，而辞藻壮丽。不好交游，以闲居为事"。然而他却胸藏大志，期望为统一国家建功立业，诗中也洋溢着豪迈的激情和高度自信心。另一方面，又表露出不慕荣名富贵，功成身退而远引遁世的高洁情

[①] 陆侃如《中古文学系年》，北京：人民文学出版社1985年版，第667页。

操,这点在其三里抒写得更充分:

> 吾希段干木,偃息藩魏君。吾慕鲁仲连,谈笑却秦军。当世贵不羁,遭难能解纷。功成耻受赏,高节卓不群。临组不肯绁,对珪宁肯分!连玺耀前庭,比之犹浮云。

两首诗各有其侧重的内容,可以互参;这也恰恰是入世出世的儒家传统思想与道家老庄之说的互补——两者交汇组合到一处,就树立起士子们的理想人生模式与充分实施、证明自我生命价值的完美范型,同时给予生活的意义和归宿以最好的解答与最终的定位。它所闪烁的独立人格光芒,所含纳的丰厚人文意蕴都负载着恒久深刻的影响及示范作用,甚至较孟子"达则兼善天下,穷则独善其身"的选择更具主动性,因为那是不得已而为之的自我宽慰解脱,尽管更多了些普遍的实用操作价值,但却终究不及左思诗中张扬出来的理想主义色彩,所以才更教人向往。如后来的李白,便将之视作终生追求的终极目的。

艺术表现上,其一、其三两诗,只不过略有区别。其一虽也引古证今,但仅仅是偶尔用事罢了,究其实质,则如张玉谷言者:"名为咏史,实为咏怀。"(《古诗赏析》卷十一)故直言坦陈一己才志抱负,不避透露明白,而全凭激扬的气势和炽热的情感见长。其三通体借古类今、以人拟己,多存托寄比喻兴趣,已经将咏史与咏怀紧密融合为一,亦此亦彼,故用笔就直寓曲、能于率畅显达中蕴溢宛转深沉之致。若纵览《咏史八首》组诗,与其一手法相近似的,还有其二:

> 郁郁涧底松,离离山上苗。以彼径寸茎,荫此百尺条。世胄蹑高位,英俊沉下僚。地势使之然,由来非一朝。金张藉旧业,七叶珥汉貂。冯公岂不伟?白首不见招。

其五:

> 皓天舒白日,灵景耀神州。列宅紫宫里,飞宇若云浮。峨峨高门内,蔼蔼皆王侯。自非攀龙客,何为欻来游?被褐出阊阖,高步追许

由。振衣千仞冈，濯足万里流。

其六：

荆轲饮燕市，酒酣气益震。哀歌和渐离，谓若傍无人。虽无壮士节，与世亦殊伦。高眄邈四海，豪右何足陈！贵者虽自贵，视之若埃尘。贱者虽自贱，重之若千钧。

和其八：

习习笼中鸟，举翮触四隅。落落穷巷士，抱影守空庐。出门无通路，枳棘塞中涂。计策弃不收，块若枯池鱼。外望无寸禄，内顾无斗储。亲戚还相蔑，朋友日夜疏。苏秦北游说，李斯西上书。俯仰生荣华，咄嗟复凋枯。饮河期满腹，贵足不愿余。巢林栖一枝，可为达士模。

对比上引4诗，其二，所沉积饱蕴着的郁郁不平之气似乎已经溢满于字里行间，它当来源自左思生活于其间的那个特定社会现实环境。曹丕首创以"九品中正"之法取士，晋承魏制，流弊更显，积习愈重，遂使"台阁选举，徒塞耳目，九品访人，唯问中正。故据上品者，非公侯之子孙，则当涂之昆弟"（《晋书·段灼传》）。在这种"上品无寒门，下品无世族"（《晋书·刘毅传》）的既定政权格局结构中，出身低微者，无论才干学识多么卓异，都无望仕登要津，只能是终身的沉沦下位。故诗起首即借草木天生的地势差异来比喻人的不同处境，末尾则复以史事作拟，以表示对士族官僚门阀制度极不公平的愤懑之意。其六仍循此主旨所来，但开头的慷慨悲歌，却是推崇昔日混迹市井辈的侠义之士的自尊身份，故继之高发宏论，蔑视权贵豪门以惊骇世俗。其八又转过笔意专写"君子固穷"（《论语·卫灵公》）的情怀，诗中通过对其困窘孤独生活状况的描述来作具体表现，并以战国纵横游说之士朝荣夕枯、祸生不测的结局给予比照，至结尾阑入《庄子·逍遥游》句意，自然归结到以"达士"的安贫守中、知足保和为楷模。从这里可以看出，左思仍是以儒道孔庄两派的哲理互补，与上述其一、其三所表述者一致，只不过这里在称扬"落落穷巷士"的善能处穷，已失去那种功成身退、不肯再与统治者合作的刚锐豪健之气了。与之相适应，这里也多用比喻笔法、征引事典，以证己意，不同于前者的恣肆率直。

既然已具"饮河满腹""巢林一枝"的道家之想，那么，下一步便当付诸高蹈远隐的实际行动。故其五全依抒怀之体，采用前后对比的手法，先大力刻画帝都的壮丽高华景象，伴以众多王侯的雍容得意；后再表明要远举退飞，以广阔无垠的大自然作为生命的终极归宿。其间的转折关捩处在"自非攀龙客"一句，由此断然挑明身份，颇有今是昨非大彻大悟的意思；而结穴点睛处则为"振衣千仞冈，濯足万里流"，不仅是表现纵形放任、与天地合一的隐士生活，且比托弃绝俗尘、包纳万物的高士胸襟。它虽从王粲《七释》"濯身乎沧浪，振衣乎高岳"（《文选》卷二一本诗李善注引）化出，但已经和全篇融成为有机统一体，紧接于"出闾阖"、"追许由"的"高步"之后，便景中含情、注情寓景，显得境界极为寥廓远大、气象开豁旷朗，足可"俯视千古"（《古诗源》卷七）。

与其三手法类同的，则有其四：

济济京城内，赫赫王侯居。冠盖荫四术，朱轮竟长衢。朝集金张馆，暮宿许史庐。南邻击钟磬，北里吹笙竽。寂寂扬子宅，门无卿相舆。寥寥空宇中，所讲在玄虚。言论准宣尼，辞赋拟相如。悠悠百世后，英名擅八区。

和其七：

主父宦不达，骨肉还相薄。买臣困樵采，伉俪不安宅。陈平无产业，归来翳负郭。长卿还成都，壁立何寥廓。四贤岂不伟？遗烈光篇籍。当其未遇时，忧在填沟壑。英雄有迍邅，由来自古昔。何世无奇才？遗之在草泽。

就内容主题视之，其四与前论的其八接近，都是颂美士子"不戚戚于贫贱"，虽居陋巷箪食瓢饮仍自得其乐的高洁品格。然而这里又从一般性的日常行为方式提升到著述立言以获不朽的事业层面上来，故标举西汉的文学大家扬雄为例。《汉书》本传载其"家素贫，嗜酒，人希至其门"。又说他"实好古而乐道，其意欲求文章成名于后世。以为经莫大于《易》，故作《太玄》；传莫大于《论语》，作《法言》；史篇莫善于《仓颉》，作《训纂》；箴莫善于《虞箴》作《州箴》；赋莫深于《离骚》，反而广之；辞莫丽于相如，作四赋，皆斟酌其本相与放依而驰骋云。……大司空王邑、纳言严尤闻雄死，谓桓谭曰：'子常称扬雄书，岂能传于后世乎？'谭曰：'必传！顾君与谭不及见也。凡人贱近而贵远，亲见扬子云禄位容貌不能动人，故轻其书。昔老聃著虚无之言两篇，薄仁义、非礼学，然后世好之者尚以为过于五经，自汉文、景之帝及司马迁皆有是言。今扬子之书文义至深，而论不诡于圣人，若使遭遇时君，更阅贤知，为所称善，则必度越诸子矣。'"此论足可印证左思诗，所以，诗中的扬雄也便涵纳着类型化指向的符号意义，用来与诗前半部分权贵王侯的侈豪奢华生活作鲜明映照，那份褒贬赏斥的不同态度虽未明言，然亦昭然若揭了。此等类型性对比产生了颇深远的影响，每为后人所喜循承，如卢照邻长篇七言歌行《长安古意》，竟然先就 64 句的绝大篇幅极力铺张渲扬贵宦豪富人家的骄横奢淫，后来仅于末尾 4 句作突兀逆转，云："寂寂寥寥扬子居，年年岁岁一床书。独有南山桂花发，飞来飞去袭人裾。"其意味、笔法均甚类似左思此诗。又，其七旨趣则与其二相一致，只不过改换另一种述写方式。即它不再从草木所居先天"地势"的差别去着眼，而更切合"咏史"题目，罗列四位士子先困厄后终显达的戏剧性人生际遇，来说明英雄迍邅、英才沉埋尘俗的事古来便多有之，也只是徒自慨喟扼腕而已。

　　总之，《咏史八首》因古感兴，假其人其事以连类引发、托拟譬喻，上面所谓的两种表现特征也仅只就大概约略言之，相互间多有错综混杂，实不宜作黑白式的断然区划。"或先述己意而以史事证之，或先述史事而以己意断之，或止述己意而史事暗合，或止述史事而己意默寓"（《古诗赏析》卷十一），显示出它技巧与细节写法上的多样性和多元化，但整体来看，却是如前言者，深受汉魏诗歌的浸染，直追"建安风骨"。这主要在于以气驭辞而气势遒劲，因情造文而情感充溢，描写的境界阔大气象浑厚，语言质朴简劲，由之形成慷慨豪迈的风格，呈现激扬高亢的情调。另，《诗薮》内编卷二称："《鰕䱇篇》，太冲《咏史》所自出也。"案，

《乐府诗集》卷三〇"相和歌辞平调曲"录曹植《鰕䱇篇》,并引《乐府解题》曰:"曹植拟《长歌行》为《鰕䱇》。"其辞云:"鰕䱇游黄潦,不知江海流。燕雀戏藩柴,安识鸿鹄游?世士诚明性,大德固无俦。驾言登五岳,然后小陵丘。俯观上路人,势利惟是谋。仇高念皇家,远怀柔九州。抚剑而雷音,猛气纵横浮。泛泊徒嗷嗷,谁知壮士忧!"《咏史八首》系不歌的徒诗,体制自有异于配合乐曲演唱的乐府诗,可知《诗薮》非指此所言;而是着眼在流荡于字里行间的英风豪气、涂染在笔端墨底的强烈情绪色彩,以及由同样的磊落雄健襟怀所建构的一致艺术精神,由之也点明"左思风力"的渊源所自。至于《诗品》说的"文典以怨,颇为精切,得讽谕之致",亦显然指《咏史》而言,"诗中征引古事,语有来历,所以钟嵘说它'典';诗中发泄了作者的牢骚不平之气,所以说它'怨';它陈古讽今,批评了当时的社会,所以有'讽谕之致';无论是借史咏怀或陈古刺今的地方都非常贴切,这便是所谓'精切'。……其中'得讽谕之致'一点则是左诗最主要的特征"[①]。比较看来,左思对于现存社会制度的严厉而深刻的批判,对于其弊病大胆尖锐的揭露则又为建安诗人所不及。其原因,多缘由所处地位和人生际遇的巨大落差所造成,才使得左思的否定那么激烈决绝——对于建安诗歌的这种发展,是应该充分注意到的,因为他的"怨"较诸前者更为浓烈深切。

类近《咏史八首》的,还有《杂诗》:

秋风何洌洌,白露为朝霜。柔条旦夕劲,绿叶日夜黄。明月出云崖,皭皭流素光。披轩临前庭,嗷嗷晨雁翔。高志局四海,块然守空堂。壮齿不恒居,岁暮常慨慷。

诗因秋暮而感怀发兴、叹喟时光流逝而志向未骋。它前半写景以渲染凄凉冷落的气氛,中间点缀以"披轩临前庭"一句而转入后半抒情,直言珍重韶华、包揽四海的胸臆。虽然也与建安诗歌总体上同一风味,但与《咏史八首》的昂首高歌、纵横睥睨不同,它则偏重于其苍凉悲慨、徘徊

[①] 张炯、邓绍基、樊骏主编:《中华文学通史》第1卷,北京:华艺出版社1997年版,第277页。

顾瞻的方面。换言之，稍异于刘桢的意气荡溢、以豪逸见长，而是取向于王粲的感情真挚、凭沉郁取胜。

《晋书》本传载左思有强烈的功业心，移居洛阳后，虽通达姓名于帝王权贵，并曾给任秘书监的外戚贾谧讲《汉书》，参与其金谷宴饮，与陆机、潘岳、刘琨等并为"文学二十四友"。但是，当时的门阀制度由豪门大族垄断着仕途，他官止于秘书郎。严酷的刺激使之对现实有了清醒认识，遂决意绝弃富贵功名，寄余生于泉林云水之间，聆听大自然的生命声音——"天籁"。于是将胸襟中激荡充斥着的郁愤不平之气释化作一派清思逸响，再发之为诗，便出现了另一番不同面目，这即是《招隐二首》。其一云：

　　杖策招隐士，荒途横古今。岩穴无结构，丘中有鸣琴。白云停阴冈，丹葩耀阳林。石泉漱琼瑶，纤鳞或浮沉。非必丝与竹，山水有清音。何事待啸歌？灌木自悲吟。秋菊兼糇粮，幽兰间重襟。踌躇足力烦，聊欲投吾簪。

其二云：

　　经始东山庐，果下自成榛。前有寒泉井，聊可莹心神。峭蒨青葱间，竹柏得其真。弱叶栖霜雪，飞荣流余津。爵服无常玩，好恶有屈伸。结绶生缠牵，弹冠去埃尘。惠连非吾屈，首阳非吾仁。相与观所尚，逍遥撰良辰。

案，汉淮南小山有《招隐士》的辞赋，左思诗的题目显系承此而来。又，《文选》卷二二其诗之二下李善注引王隐《晋书》曰："左思徙居洛城东，著'经始东山庐'诗。"《晋书》本传亦称贾谧参与贾后谋废愍怀太子的计划，结果"谧诛。（左思）退居宜春里，专意典籍"。贾氏事在永康元年（300）。论者或谓"东山庐"即指宜春里，地在洛阳郊外，故知这是左思晚年的作品。其一写入山寻访隐居的高士，因所见闻而生弃官归隐的念头。全篇细致描摹各种景象，声色动静相交映；而以"非必丝与竹，山水有清音"为警句，意在强调天然之趣，自有清幽高洁的韵致，足可适性纵心，所以末尾二句直接点明志向以作终结。

其二承前，接着叙经营山居事，已得隐遁逍遥的乐趣了。值得注意的是"惠连非吾屈，首阳非吾仁"二句。《论语·微子》云："逸民：伯夷、叔齐、虞仲、夷逸、朱张、柳下惠、少连。子曰：'不降其志，不辱其身，伯夷、叔齐与！'谓：'柳下惠、少连，降志辱身矣，言中伦，行中虑，其斯而已矣。'谓：'虞仲、夷逸，隐居放言，身中清，废中权。我则异于是，无可无不可。'"诗当本于此。另，《孟子·公孙丑上》有段话可以与上引孔子的意思参照："伯夷，非其君，不事；非其友，不友。不立于恶人之朝，不与恶人言。……是故诸侯虽有善其辞命而至者，不受也；不受也是，是亦不屑就已。柳下惠不羞汙君，不卑小官；进不隐贤，必以其道；遗佚而不怨，阨穷而不悯。故曰：'尔为尔，我为我，虽袒裼裸裎于我侧，尔焉能浼我哉！'故由由然与之偕而不自失焉，援而止之而止。援而止之而止者，是亦不屑去已。"所以，左思循顺儒家经典之论，认同"伯夷隘，柳下惠不恭。隘与不恭，君子不由也"（《孟子·公孙丑上》），表白自己并不以职卑官微为屈辱，也不以绝对排斥现实政治为高尚。那么，他之逃世隐居，所为何来？若参见《咏史八首》其八"苏秦北游说，李斯西上书，俯仰生荣华，咄嗟复凋枯"诸句，再联系司马氏朝廷内部争权夺利、互相残害，名士们常罹杀身之祸的恐怖现状，便明白其深蕴的根由：时世纷乱无常，没有建功立业、实现抱负的机会，还是全身远遁为上善之计。于是在结尾坦言心意，说要冷眼静观时人之所好，从而为自己选择遁迹仕途、脱离世俗羁绊以高蹈的逍遥自在生活方式和人生道路。实质上，这仍旧是循守着"圣之时者"孔子"可以速而速，可以久而久；可以处而处，可以仕而仕"（《孟子·万章下》）的出世入世之道。写作方法上，也与其一不同，此篇则侧重议论，景物只不过用来引发、映衬襟怀志意而已。

总之，《招隐二首》的清逸远淡、高格雅韵，显示出左思诗歌的多样化风格，它为后来南朝山水诗的兴起和抒写隐逸志趣的风气导夫先路。同时的张华、陆机皆有同题之作，却远不及左思诗精妙绝人。另，《世说新语·任诞》云："王子遒居山阴，夜大雪，眠觉。开室命酌酒，四望皎然，因起彷徨，咏左思《招隐》诗。"山东才子与江南风流名士异代相隔、气质甚殊，却得以臻达心灵的契合，而这个过程正是凭借《招隐》

诗中蕴含的审美境界来完成的。

左思尚有长达56句的《娇女诗》。据《左棻墓志》载，左思有二男二女，长女名芳字蕙芳，次女名媛字纨素，诗即述此二女幼时聪慧嬉戏的情状。它先写纨素，次写蕙芳，后半部分则二女合写。不仅题材新颖，且笔法细腻入微，绘形绘色昭昭在目，词采鲜艳茜丽，充满亲昵爱怜的慈父情味与天真娇纵的童趣。这种纯个人化的日常生活场景，在以前诗中是很少见到的。左思将之生动形象地描绘出来，挖掘人性里本来普遍存在但却被文学长期忽视的部分，予以张扬，就受到世后的赞赏。如李商隐、苏轼等都有效仿之制。明钟惺云："通篇描写娇痴游戏处不必言，如握笔、执书、纺绩、机杼、文史、丹青、盘榼等事，都是成人正经事务，错综穿插，却妙在不安详、不老成，不的确、不闲整，字字是是娇女，不是成人。"（《古诗归》）中肯地指出《娇女诗》的艺术表现特点。

对于左思诗歌成就的评价，南朝论者虽然给予充分肯定，但在整体上审视西晋诗坛时，仍将他与陆机、潘岳等并列为一流，且比较其间各有短长，如上引《诗品》之语便具有代表性。然而，随着文学创作风气及其艺术精神、审美观念的变化演进，自唐宋以来，多不再主张风力与丹采的结合互补，而是日渐趋向于重风骨后辞采，每每批评六朝诗文过分注意藻饰以致伤于艳美绮靡的倾向。所以，对钟嵘关于左思诗以风力偏胜而文采有所不足，及平列于陆、潘的评语深为不满，常发批驳之语："太冲一代伟人，胸次浩落，洒然流咏。似孟德而加以流丽，仿子建而独能简贵，创成一体，垂式千秋。其雄在才而其高在志，有其才而无其志，语必虚矫；有其志而无其才，音难顿挫。钟嵘以为'野于陆机'，悲哉！彼安知太冲之陶乎汉、魏，化乎矩度哉？"（陈祚明《采菽堂古诗选》卷一一）"左太冲拔出众流之中，胸次高旷，而笔力足以达之，自应尽掩诸家。钟记室季孟于潘、陆间，谓'野于陆机，而深于安仁'，太冲弗受也。"（沈德潜《说诗晬语》）"钟嵘评左诗，谓'野于陆机，而深于潘岳'，此不知太冲者也！太冲胸次高旷，而笔力又复雄迈，陶冶汉、魏，自制伟词，故是一代作手，岂潘、陆辈所能比埒。"（《古诗源》卷七）"野者，诗之美也，故表圣《诗品》中有'疏野'一品。若钟仲伟谓左太冲'野于陆机'，'野'乃不美之辞，然太冲是豪放，非野也。"（《艺概·诗概》）

其实，细究之下，就会发现无论左思，还是陆机、潘岳，均在"斡之以风力，润之以丹采"（《诗品·总论》）的美学理想的笼罩之下，只不过尚气或尚词，各有所侧重偏长罢了，却不等于绝对化地非此即彼。相对而言，左思气胜于辞，风骨劲挺，但并没有完全忽略词采。如论者已屡曾言及，他诗中喜用叠字，如《杂诗》之"冽冽""皬皬""嗷嗷"，《咏史八首》之"郁郁""离离""济济""赫赫""寂寂""寥寥""悠悠""峨峨""蔼蔼""习习""落落"之类，便是明显地效法汉乐府民歌与汉魏文人五言诗，尤其是《古诗十九首》中"青青河畔草""迢迢牵牛星""驱车上东门"等篇和传苏武李陵别诗中"泠泠一何悲""去去从此辞""烛烛晨明月，馥馥秋兰芳""念子怅悠悠""恨恨不能辞""依依恋明世，怆怆难久怀"诸句的着意语言修饰，以求精工整饬的表现技法。再进一步，左思诗也同样讲求字面的敷色著彩，以使华美，善于运用铺叙手段，巧构状物写形之似，这在《招隐二首》其一，特别是《娇女诗》"鬓发覆广额，双耳似连璧。明朝弄梳台，黛眉类扫迹。浓朱衍丹唇，黄吻澜漫赤""驰骛翔园林，果下皆生摘。红葩缀紫蒂，萍实骤抵掷。贪华风雨中，眴忽数百适。务蹑霜雪戏，重綦常累积"等句，得到了充分体达。另外，则为骈偶句式和排比笔法，这在左思诗中也较广泛地出现，即便被独推为"丰骨骏上""以气胜者"的《咏史八首》里，也情形相同，便尤耐人寻味。一般说来，诗中大量排比偶句，可以增添对称工整之美，产生顺畅错落的节奏感，由之强化感情的抒发力度。上述种种，均说明左思在炼字炼句等外在艺术形式方面的工力。

总前以比较之，自会明了左思于一代之盛的特殊意义。"缛旨星稠，繁文绮合"（《宋书·谢灵运传论》）、"结藻清英，流韵绮靡"（《文心雕龙·时序》），是对于以陆机、潘岳为代表的西晋诗歌的主流艺术精神及风格特征的概括。左思有与其相合之处，但是，他能够适当地把握"度"，于涸润辞藻之际而不掩没"野"，故仍得维持骨力的苍莽雄健，颇异于因为侧重涂饰词采，虽富"采缛"之美，却失之于"力柔"的时风。或者说，善于选择，将继承传统、借鉴新变融汇于自我的创造发展之中，从而形成劲健质朴的格调，"落落写来，自成大家"（黄子云《野鸿诗的》），遂使左思卓立于西晋诗坛之上，也是历代山东文坛最耀目的亮色之一。

除了诗歌创作之外，左思还以赋著名于世。《文心雕龙·诠赋》云：

"太冲安仁，策勋于鸿规"，将之与潘岳并称，和王粲、陆机、郭璞、袁宏等共列"魏晋之赋首"。同书《才略》又云："左思奇才，业深覃思，尽锐于三都，拔萃于咏史，无遗力矣。"认为《三都赋》和《咏史八首》，代表着左思最高的文学成绩。《晋书》本传叙述左思的生平行迹，大部分篇幅是讲其撰作《三都赋》的事："欲赋《三都》，会芬（棻）入宫，移家京师，乃诣著作郎张载，访岷、邛之事。遂构思十年，门庭藩溷，皆著笔纸，遇得一句，即便疏之。自以所见不博，求为秘书郎。"赋成之后，当时名流皇甫谧为之序，卫瓘、刘逵等作注，司空张华赞叹说："班（固）、张（衡）之流也！使读之者尽而有余，久而更新。"于是，"豪贵之家竞相传写，洛阳为之纸贵"。

《三都赋》为大赋组合型作品，包括《魏都》《蜀都》《吴都》3篇。西晋前期，主要是武帝朝，政局相对稳定，社会经济有所发展，故东汉后期以来逐渐衰落的大赋又一度趋于繁荣，出现了一批名家名作。其中左思不满意汉大赋的一味夸饰张扬，致生取材失实之弊，指责"相如赋《上林》，而引'卢桔夏熟'；扬雄赋《甘泉》，而陈'玉树青葱'；班固赋《西都》，而叹以'出比目'；张衡赋《西京》，而述以'游海若'。假称珍怪，以为润色，若斯之类，匪啻于兹。考之果木，则生非其壤；校之神物，则出非其所。于辞则易为藻饰，于义则虚而无征"，故而自己要新撰《三都赋》，则依本据实，言无妄出，所写者金皆研精所由，"其山川城邑，则稽之地图；鸟兽草木，则验之方志；风谣歌舞，各附其俗；魁梧长者，莫非其旧。何则？发言为诗者，咏者所志也；升高能赋者，颂其所见也。美物者贵依其本，赞事者亦本其实；匪本匪实，览者奚信"（《三都赋自序》）。他对赋的内容取材与功用提出了新的观念，并在创作实践中获得成功，"《文选》开篇就是班、张、左三家的赋。在古代是以这种赋为正宗的，司马相如、扬雄的那种赋都难与相比。看了这种赋，才知道辞赋不应当专尚辞藻，而应当注重实际内容"[①]。

关于《三都赋》的表现内容，姚范概括说："《蜀都》以前后东西及封域城市为经，而以物产地毛纬其中，末乃及宴游禽渔之乐。《吴都》首言山川之所涵育，次及草木竹实禽兽瑰异之属，而后侈其都邑宫馆人物，

---

① 瞿蜕园《汉魏六朝赋选》，上海古籍出版社1964年版，第138页。

后亦夸饰禽鱼乐游之盛,末略及往古风气为收场。《魏都》先言地望宫阙,以及墉洫寺署商贾,而后言其武以戡乱,以至太平觐享之仪、禅受之事,以建国法度考室举厝括之。"(《援鹑堂笔记》卷三七)由此可见覆盖的范围是非常广阔的,甚至可比作一部微型的地方志或类书。那么,其主旨又是什么?皇甫谧提出赋中因魏据中原,故为正统,而晋承魏统,申扬魏实质上便是颂赞晋,"故作者先为吴蜀二客,盛称其本土险阻瑰琦,可以偏王。而却以魏主,述其都畿,弘敞丰丽,奄有诸华之意。言吴蜀以擒灭比亡国,而魏以交禅比唐虞,既已著逆顺,且以为鉴戒"(《三都赋序》)。清王鸣盛也认为,"左思于西晋初吴、蜀始平之后,作《三都赋》,抑吴都、蜀都而申魏都,以晋承魏统耳"(《十七史商榷》卷五一)。然而,何焯《义门读书记》、黄侃《文选评点》等均对此说提出疑义,究竟何为是非,一时也遽难定论。① 现在看来,以《三都赋》的篇幅闳大巨侈,包纳纷杂繁复,其含义指趣也极可能是多元化多样性的,故不宜据某一端而作以偏概全的简单化认定。如果就主要取向来看,美赞国家山川宏丽、物产丰饶,而颂庆其终得一统太平,是体达得很充分的。

关于《三都赋》的表现方法,当时即有评论,如卫瓘《三都赋略解序》云:"言不苟华,必经典要,品物殊类,禀之图籍,辞义瑰玮,良可贵也。"刘逵《注蜀都吴都赋序》则谓:"至若此赋,拟议数家,傅辞会义,抑多精致。非夫研核者不能练其旨,非夫博物者不能统其异。"都在称扬其文辞侈丽瑰奇的同时,强调它"征实"的精神。但由之产生的负面作用是,忽略了文学的创造性,即想象虚构的艺术特征,而以学术论著的标准去对待它。这样一来,尽管锤炼精深、学识广博,也只是大量资料的排比堆积,在铺张夸陈的手法上,于汉大赋并没有实质区别。所以,自《三都》以后,京都类型的大赋便再难乎为继了。而具体比较来看,3篇之中,以《蜀都赋》相对佳胜。它前半部分先从空间区域着眼,由南而北、自东向西叙写各处的地形江山、草木禽兽;然后描述全境的风土物产:

---

① 参见陈庆元:《赋:时代投影与体制演变》(乔力主编《中国古代文学主流》丛书第8种),桂林:广西师范大学出版社2000年版,第259~260页。

其封域之内，则有原隰坟衍，通望弥博，演以潜沫，浸以绵雒。沟洫脉散，疆理绮错，黍稷油油，粳稻莫莫。指渠口以为云门，洒滮池而为陆泽；虽星毕之滂沱，尚未齐其膏液。尔乃邑居隐赈，夹江傍山，栋宇相望，桑梓接连。家有盐泉之井，户有橘柚之园。其园则有林檎枇杷，橙柿樗樟，榹桃函列，梅李罗生。百果甲宅，异色同荣，朱樱春熟，素柰夏成。若乃大火流，凉风厉，白露凝，微霜结。紫梨津润，樗栗罅发，莆陶乱溃，若榴竞裂，甘至自零，芬芳酷烈。其圃则有蒟蒻茱萸，瓜畴芋区，甘蔗辛姜，阳蓲阴敷。日往菲微，月来扶疏，任土所丽，众献而储。其沃瀛则有攒蒋丛蒲，绿菱红莲；杂以蕴藻，糅以蘋蘩。总茎柅柅，裹叶蓁蓁，蒉实时味，王公羞焉。其中则有鸿俦鹄侣，振鹭鹈鹕，晨凫旦至，候雁衔芦。木落南翔，冰泮北徂，云飞水宿，弄吭清渠。其深则有白鼋命鳖，玄獭上祭，鳣鲔鳟鲂，鳄鳢鲨鳆。差鳞次色，锦质报章，跃涛戏濑，中流相望。

篇中依次写来，声色动静巨细连绵涌出，错落疏密有致，绘形图貌显得生动有趣，富于时空的多层次感。虽是散体赋，但以四言为主，偶尔杂以三言调节，于换意处则借虚字提领牵引，故于工整对称间又见流动盘旋之美。至后半部分则以"于是乎金城石郭，兼币中区，既丽且崇，实号成都"之句发明，推出蜀都城的主题来，举凡地理面貌、历史事迹、今昔人物、风习土俗，乃至诸般城郭建筑、水陆物产，等等无不具备，它们交映纷列，连类迭呈，可谓光怪陆离，让人触目惊心。总之，全篇以场境、气象、笔力的闳阔豪健，显现着大赋特有的巨丽之美，将它可能的体制张力发挥得淋漓尽致，不让班、张等汉人制作。

左棻（？—300），字兰芝，左思妹。少即好学，以文著称于时，武帝闻其名，因纳入宫掖。泰始八年（272）拜修仪，七年（274）为贵嫔。虽姿陋无宠，然以才德见重，有文集4卷，已佚。今存诗、赋、颂、赞、诔等二十余篇，大多为应诏所制的实用性作品，故辞藻华美艳丽。如咸宁二年（276）因武帝纳皇后杨氏，左棻为制《纳皇后颂》《杨皇后登祚颂》《纳杨后赞》；太康十年（289），又奉诏为万年公主之死作《万年公主诔》。每有方物异宝，武帝必诏左棻为赋颂，所以在后宫里，颇有些像文学侍从之臣。但是，在抒发自己的身世感受时，她也有一些沉挚诚恳之作,并不一味追求文采丰赡。

如因见后宫争宠夺势的欺诈激烈,自念孤危而以见心明志的四言《啄木诗》:"南山有鸟,自名啄木。饥则缘树,暮则巢宿。无干于人,唯志所欲。性清者荣,性浊者辱。"因鸟起兴,纯用譬喻笔法,至结尾始揭出自己淡泊随适、于名利无所求的本意。"性清""性浊"及其不同结局的比较,于现实生活见闻的经验性归纳里,包容着丰厚、严峻的人生哲理,言简义深,发人警醒,诚为达者的胸襟识见,因被评为"学问语,无蒙腐气"(《古诗源》卷七)。又如泰始十年(274),她为酬答兄左思《悼离赠妹诗》而作《离思》,有句云:"自我去膝下,倏忽逾再期。邈邈浸弥远,拜奉将何时?披省所赐告,寻玩悼离词。仿佛想容仪,欷歔不自持。"直抒思念亲人的愁苦,只是任从心中流出,毫不藻饰辞采、推究技巧,却自以其情挚语真动人。总观此二诗,仍保持了汉魏古诗造语朴质、词气畅达浑厚的作风。

左棻最著名的是骚体小赋《离思赋》,这是她入宫之初,因"受诏作愁思之文"所制,完全可以与左思的散体小赋《白发赋》比肩。赋中开首先述被纳进皇宫后愧怍、孤独、忧惧的纷杂心绪,接着以下便阑入主旨,全力铺写思念亲人的感情:

> 风骚骚而四起兮,霜皑皑而依庭。日晻暧而无光兮,气恻栗以冽清。怀愁戚之多感兮,患涕泪之自零。昔伯瑜之婉娈兮,每彩衣以娱亲。悼今日之乖隔兮,奄与家为参辰。岂相去之云远兮,曾不盈乎数寻。何宫禁之清切兮,欲瞻睹而莫因。仰行云以歔欷兮,涕流射而沾巾。惟屈原之哀感兮,嗟悲伤于离别。彼城阙之作诗兮,亦以日而喻月。况骨肉之相于兮,永缅邈而两绝。长含哀而抱戚兮,仰苍天而泣血。乱曰:骨肉至亲,化为他人,永长辞兮。惨怆愁悲,梦想魂归,见所思兮。惊寤号咷,心不自聊,泣涟洏兮。援笔抒情,涕泪增零,诉斯诗兮。

此处所表达的思亲内容,与上论《离思赋》诗类似,当可互参。但不同于诗歌的通篇言情,赋则先写景后叙情,景中含情、情因景发而最终交融互化作有机的统一体。如它描摹凉风劲起、严霜满庭、日色黯黯的秋晚景象，便营造出一派凄凉清冷的环境，以映衬悲伤痛苦的感情。继之再用韩伯瑜彩衣娱亲、屈原离家去国的事典和《诗·郑风·子衿》"挑兮达兮，在城阙兮。一日不见，如三月兮"的语典，来比拟托譬，使这种忧思的内容具象化。中间并阑入宫闱似海深，虽咫尺而千里，致亲人永为参辰的处境诉说，更显示出她的万般无奈和深深的绝望。而在情感的抒发中，尤注重过程的叙述，从"患涕泪之自零"起始，次经"涕流射而沾巾"，终乃至"仰苍天而泣血"，层层推进以臻达高峰，直觉得流溢出笔墨之外。最后的"乱"的结语，不妨以四言诗视之。虽然连续叠用"惨怆愁悲"、"惊瘠号咷"等同类性质的词语，但并不觉单调，主要是因为情思的浓挚使之不得不反复倾泻。而且因为与亲人"永长辞"，故只能以梦魂相见；醒后自然是倍觉悲痛，但也只能以笔墨伴和着血泪去"抒情"，正与前长篇的赋文相呼应，明晰有序地表现出情感的变化和丰富。《诗品》评论汉班婕妤的《团扇》诗说："词旨清捷，怨深文绮"。其实西汉的风气并不趋向绮丽，都是同样的宫怨主题，却以不同体裁样式出之的左棻《离思赋》，更足当此评语。至于"怨深"，则是一样的了。

　　在古代山东，乃至整个的女性文坛上，左棻均无愧于优秀作者之称。虽然此后的李清照，更以才情文藻胜她一筹，但两人均可辉立于女性文学史中。

　　总上所述者，可以看到，从汉末到魏以迄晋，是中国历史上由上古开始迈入中古的剧烈动荡变化时期，也同样是中国文学史上由杂文学向纯文学转向演进的时期。文学的本体自觉意识从逐渐苏醒、确立而趋于空前的张扬强化，强调审美价值和抒情功能，并且紧密立足于社会现实，贯注着崭新的艺术精神，从而导致创作实践中相应呈现出不同的风格面貌。在这个转型阶段里，山东文坛一改两汉的长期寂寥落寞局面，而骤发突现出耀眼光芒，涌腾了一批名家作者。他们或汇集于时代文学主流的前列，激荡风云，有力推动它的发展壮大，乃至蔚成高潮，如王粲、刘桢、徐幹等建安作家；或仍秉承前代风骨，而意气高扬、笔力劲挺，遂卓异于摛藻清艳、新声妙句迭出竞现的时代文学习尚之外，独立自傲，如左思。然而，在这之间，有一些类似处值得注意。

　　首先是思想方面的趋同性。虽然值当正统儒学日益衰微，老庄、刑名之说异常活跃，盛行于社会各界之际，山东作家们仍旧深受儒家传统的影响,具有强烈的功业心与使命感,积极入世,以期最大程度上实现自我人生价值,在其作品里也屡屡予以彰扬,从而成为主流涵载。再者是浸染于乡梓的带有浓郁地域特色的气质秉性中,情感多偏向发露外显、豪放疏阔,而缺乏纤细深隐之致。故体达在作品里,便流露为慷慨高歌、苍凉悲壮之音,气势充溢流荡,每喜用直举胸臆、极言尽致的手法,较少见包藏周致、含蓄委婉之笔。并且,缘因于嗜好传统的积习所致,纵使异代相隔,他们之间仍然出现了创作风格的承传袭接现象——最突出的便是"左思风力",兼纳王粲的情深与刘桢的气盛为一体,情志深远、词气充沛,得于西晋文坛拔出众流之中,尽掩诸家。

第三节 渐进的历程:南北朝的山东籍作家与隋唐五代的山东文坛

一 南北朝的山东籍作家

西晋末年,司马氏专制集团的内部激烈矛盾以其不可调和性,终于导致了大规模战争的爆发,即"八王之乱",促成其覆亡。匈奴、羯、氐、羌与鲜卑五个北方骑牧种族纷纷涌进中原,并互相混战,先后不一地建立起刘氏、石氏、符氏、姚氏和慕容氏的政权。一些军阀也乘机于各地割据,建元自立,史称"五胡十六国"。建武元年(317),琅琊王司马睿在建康(今江苏南京)即晋王位,次年即帝位,改元,史称东晋,从此开始长达近三个世纪的南北分裂对峙局面。而山东地区,也一直是东晋、南朝宋与后赵、前燕、前秦、后燕、南燕、北魏反复争夺攻取的所在;之后则有东魏、北齐、北周长时期地占领统治,直到隋禅代北周,平灭南朝陈,始得重新归于统一的全国版图内。这其间,南燕慕容氏都广固(今青州西北),疆土西起平原,南至琅琊,东部、北部临海,占据了今山东的大部分地区,虽仅传二世,立国不足12年(398—410),然于十六国时期,是唯一建都于山东的小朝廷。

西晋末东晋时期,中原板荡,多个政权并立,攻伐无已。为避战乱以求得生存发展,与受到传统的华夏正统观念影响,北方地区的士族相率南渡过江。其中大多聚居于长江下游的江、浙地区,也有少部分来到中游的荆襄一带。南朝文坛上的著名作家,就有一批山东籍人士。他们荟萃江表，世代延袭，有的倡扬着新的文学风气，或标志了某种主流艺术精神；有的则于显宦江南后，重又羁旅北土，用自己的创作实绩为相对沉寂的北朝文坛增添亮色。不过，必须指出的是，这些南方的山东籍作家，与原先的故乡早已经丧失掉认同感，因为年代悠久，隔江异治，他们也从未曾有过亲履山东祖居的经历，更遑论文学创作！所以，在其心目中，无论感性还是理性，都已自视为南人，与南朝的历史、文化、风习人情紧密融合为一体。甚至当之被迫留仕北朝时，所抒发的深挚的乡关之思、家国之痛，也仍然是南朝——这应该是完全合乎情理又十分自然的事。故限于本书的体例规定，也为了恪守实事求是的准则，尊重历史本来面目，就不再牵强附会，一定要将之纳入山东地域文学研究的范畴之内。但缘于文学自身的承传与发展流变，以及地域文学史编撰习惯的考虑，仍择要在下面予以详略不等的论述。

王羲之（303—361），字逸少，临沂琅琊（今临沂北）人。王氏向为中原大族高门，世居显职。东晋偏安江左，但朝廷军政大权仍掌握在他的伯父王敦、王导等北来士族之手，故时有"王与马，共天下"的说法流行，可见其炽盛隆贵之状。王羲之先仕后隐，"世谓其形神在名山沧海之间，于天下事，抑何观火也"（《汉魏六朝百三家集题辞·王右军集》），多持一种冷静、通达的态度。所以，他的一些著名的书信文，如《与会稽王笺》《遗殷浩书》《诫谢万书》《与吏部郎谢万书》《遗谢安书》等，如论军政要事则从实际出发，忧时忧国，"而操履识见，当世亦少其比"（宋洪迈《容斋四笔》卷一〇）；如叙自我生平的情趣志向，则能纵意任谈，恳挚真实，直出肺腑。另外，还有一些杂简书帖，虽然篇幅短小，只是信手所出，不事修饰，但抒情述事，颇见有余不尽之味，且文字亦复简净洒脱，疏爽自然，实为小品中的佳制。如为《书法要录》所载者：

> 计与足下别，二十六年于今，虽时书问，不解阔怀。省足下先后二书，但增叹慨。顷积雪凝寒，五十年中所无，想顷如常，冀来夏秋间，或复得足下问耳。比者悠悠，如何可言？吾服食久，犹为劣劣，大都比之年时，为复可耳。足下保爱为上，临书但有惆怅！

又如：

> 吾前东，粗足作佳观。吾为逸民之怀久矣，足下何以方复及此，似梦中语耶？无缘言而为叹，书何能悉！

不过，王羲之最负盛誉的，还是为宴集修禊盛会所作的《兰亭集序》，它已经远远超出寻常应酬文字的意义。文章开头先以简洁的笔致说明时、地及周遭环境，虽然也可视之为写景，但并不作详尽细微的具象刻画，只是大略叙述其见闻感想而已："此地有崇山峻岭，茂林修竹，又有清流激湍，映带左右。引以为流觞曲水，列坐其次，虽无丝竹管弦之盛，一觞一咏，亦足以畅叙幽情。是日也，天朗气清，惠风和畅，仰观宇宙之大，俯察品类之盛，所以游目骋怀，足以极视听之娱，信可乐也。"接下来，便用主要篇幅抒写情怀：

> 夫人之相与，俯仰一世，或取诸怀抱，晤言一室之内；或因寄所托，放浪形骸之外。虽取舍万殊，静躁不同，当其欣于所遇，暂得于己，快然自足，曾不知老之将至。及其所之既倦，情随事迁，感慨系之矣！向之所欣，俛仰之间，已为陈迹，犹不能不以之兴怀。况修短随化，终期于尽，古人云："死生亦大矣"，岂不痛哉？每览昔人兴感之由，若合一契，未尝不临文嗟悼，不能喻之于怀。固知一死生为虚诞，齐彭、殇为妄作，后之视今，亦犹今之视昔。悲夫！故列叙时人，录其所述，虽世殊事异，所以兴怀，其致一也。后之览者，亦将有感于斯文。

俯仰今古，怅触万端，也仍然是因为年光倏忽、盛时不再所困惑。《晋书》本传载其"尝与同志宴集于会稽山阴之兰亭，羲之自为之。《序》，以申其志云云。或以潘岳《金谷诗序》方其文，羲之比于石崇，闻而甚喜"。石崇《金谷诗叙》亦先述众人宴集之乐事，却结以"感性命之不永，惧凋落之无期"语，都同样是叹息聚散生死的无常，最终由"乐"转"悲"。所以，在表层的闲逸旷达面貌后，弥漫着沉挚悲凉的情绪。而就文风言，王羲之以清浅自然的语言，畅发衷曲，辞气平易从容，却宛转达意。"已经不像魏、晋之际的嵇康、阮籍那样'师心''使气',也不像西晋潘岳那样'清绮'、陆机那样'繁缛'"①;并且也有异于当时流行的骈俪文偏重隶事用典、讲求雕章琢句的习尚,故能"高爽有风气,不类常流"(《世说新语·赏誉》注引《文章志》)。另外,王羲之同时有《兰亭诗二首》,一为四言,一为五言,其中有句云:"虽无丝与竹,玄泉有清声。虽无啸与歌,咏言有余馨。取乐在一朝,寄之齐千龄。"又云:"三春启群品,寄畅在所因。仰望碧天际,俯磐绿水滨。寥朗无涯观,寓目理自陈。大矣造化工,万殊莫不均。群籁虽参差,适我无非新。"与《兰亭集序》的风貌大致类近,"亦清超越俗"(《古诗源》卷八),只不过诗更多具飘逸恬淡、纯任天真的韵致。又者,诗以夹叙夹议的笔法出之,间就景物点缀其中,而时带玄风,他的《答许询诗》:"取欢仁智乐,寄畅山水阴。清泠涧下濑,历落松竹松。"也与此相似。《诗品·总论》云:"永嘉时,贵黄、老,稍尚虚谈,于时篇什,理过其辞,淡乎寡味。爰及江表,微波尚传。"刘师培云:"江左诗文,溺乎玄风。辞谢雕采,旨寄玄虚,以平淡之词,寓精微之理。"(《南北文学不同论》)②可见这也是受到时代文学潮流浸染影响的结果。当然,总观王羲之的作品,究竟与那些一味辩说玄理、"平典似《道德论》"者相径庭。他由山水写襟怀、玄风中时露真性情,清而实丽、韵味隽永的风格面貌,既是有晋一代士大夫文人崇尚清淡,留连自然山水以寄形托命的生活方式、思想取向的反映,较诸魏代文士,尤显露出清新通脱的高致;同时又下开谢灵运、陶渊明山水田园诗的先端。这点是应特为拈出的。只其因书法著大名于世,故文名常为所掩。

颜延之(384—456),字延平,琅琊临沂人。他是南朝宋初文坛上开创风气、影响一代的作家,故《宋书》本传称其"文章之美,冠绝当时"。诗、文、赋各体皆擅,原有集30卷,逸集1卷。《汉魏六朝百三家集题辞·颜光禄集》评云:"江左词采,颜、谢齐名,延年文莫长于庭诰,诗莫长于五君。……远吊屈大夫,近友陶征士,其风流固可想见云。"涉及到各体名作,以下分而论之。

---

① 郭预衡:《中国散文史》,上海古籍出版社1986年版,第445页。
② 《刘申叔遗书》第15册,宁武南氏校印本。

先谈诗歌。《说诗晬语》卷上云:"诗至于宋,性情渐隐,声色大开,诗运一转关也。康乐(谢灵运)神工默运,明远(鲍照)廉隽无前,允称二妙。延年声价虽高,雕镂太过,不无沉默;要其厚重处,古意犹存。"《古诗源·例言》又说:"诗至于宋,体制渐变,声色大开。"都是指当时的诗歌注重艺术风貌上的精丽新巧,日渐讲求辞采、偶对、声律等技巧形式的完美工整,已经不同于汉魏古诗的沉挚悲慨格调与东晋玄言诗枯燥议论的倾向,但是,对于当时颜、谢并列的议论,如《宋书·谢灵运传论》云:"爰逮宋氏,颜、谢腾声,灵运之兴会标举,延年之体裁明密,并方轨前秀,垂范后昆。"《南史》本传云:"延之与陈郡谢灵运俱以词采齐名,自潘岳、陆机之后,文士莫及也,江右称潘、陆,江左称颜、谢焉。"但是,沈德潜提出了不同意见,认为颜延之"镂刻太甚,填缀求工,转伤真气"(《古诗源》卷一〇),不及谢灵运的天然清新。其实,鲍照在回答颜延之询问自己与谢灵运的优劣时,已经比较说:"谢公诗如初发芙蓉,自然可爱;君诗如铺锦列绣,亦雕缋满眼。"(《南史》本传)所以,《诗品·总论》以"谢客为元嘉之雄,颜延年为辅,斯皆五言之冠冕,文词之命世也",故首列谢诗为上品,因为颜诗"尤为繁密",将之置于中品,并具体析论云:"其源出于陆机,尚巧似,体裁绮密,情喻渊深。动无虚散,一句一字,皆致意焉,又喜用古事,弥见拘束。虽乖透逸,是经纶文雅才,雅才若减人,则蹈于困踬矣。汤惠休曰:'谢诗如芙蓉出水,颜如错采镂金。'颜终身病之。"

现在看来,被《诗品》推许为"五言之警策者"的《北使洛》,于写作技法、感情色彩方面,明显受到陆机《赴洛道中作》3首的影响,前半部分虽较平直,而后半部的写景抒情,却多苍莽悲凉情调,但不及同期的《还至梁城作》浓郁恳挚。二诗中的"阴风振凉野,飞雪瞀穷天""木石扃幽闷,黍苗延高坟"诸句,与《赠王太常僧达》"庭昏见野阴,山明望松雪"《夏夜呈从兄散骑车长沙》"侧听风薄木,遥睇月开云。夜蝉堂夏急,阴虫先秋闻"等,皆善于刻画,体貌写物而巧构形似,与陆机诗有一脉相承之处。其他,如《从军行》有云:"地广旁无界,岩阿上亏天。峤雾下高鸟,冰沙固流川。秋飙冬未至,春液夏不涓。闽烽指荆吴,胡埃属幽燕。横海咸飞骊,绝漠皆控弦。驰檄发章表,军书交塞边。接镝赴阵首,卷甲起行前。羽驿驰无绝,旌旗昼夜悬。卧伺金柝响,起候亭燧燃。"虽亦同陆机的拟古习气一样，但也缘于颜延之自己曾有过从军的亲身生活体验。况且多用工整的对偶句，连类铺列排比，注重词藻雕镂刻画的精巧。这些艺术特点，于《秋胡行》9章中亦有所体现。

据《南史》本传载，颜延之初为步兵校尉，赏遇甚厚。由于好酒疏诞，不能斟酌当世，每犯权要，遂"出为永嘉太守，延之甚怨愤，乃作《五君咏》，以述竹林七贤。山涛、王戎，以贵显被黜"。其事在元嘉十一年（434）。由于是"怨愤"之作，故情意真笃、词气激荡，且章法严密而回环圆合，造语俊迈，足当"体裁绮密，情喻渊深，动无虚散，一句一字，皆致意焉"的评论，是为代表性的佳制。如其一《阮步兵》咏阮籍云：

阮公虽论迹，识密鉴亦洞。沉醉似埋照，寓辞类托讽。长啸若怀人，越礼自惊众。物故不可论，途穷能无恸？

其二《嵇中散》咏嵇康云：

中散不偶世，本自餐霞人。形解验默仙，吐论知凝神。立俗迕流议，寻山洽隐沦。鸾翮有时铩，龙性谁能驯！

其三《刘参军》咏刘伶云：

刘伶善闭关，怀情灭闻见。鼓钟不足欢，荣色岂能眩？韬精日沉饮，谁知非荒宴！颂酒虽短章，深衷自此见。

总观言之，《五君咏》虽写古人，但他们生当衰世，朝政黑暗险恶，或沉沦自晦仅求保全性命，或终遭杀身横祸的悲剧性命运，实在寓有颜延之的切身感受，带有自明心志的成分。故《阮步兵》结尾两句的长歌当哭，被《宋书》本传认作"盖自序也"，又说他"性既褊急，兼有酒过，肆意直言，曾无遏隐"，以之观照《嵇中散》结尾两句的桀骜不驯之气，不也正相通吗？要之，诗的清峻急切，当是其思想人格的显露。"五篇则为新裁，其声坚苍，其旨超越。每于结句凄婉壮激，余音诎然，千秋乃有此体"(《采菽堂古诗选》卷一六)。

颜延之现存诗已不足20首,数量很有限。如从内容上看,应制庙堂之什便占了近一半,而于艺术表现方面则雕词琢句,过于繁密,铺陈故典,致笔墨窒滞不畅,这些已为《诗品》所诟病的,而在《车驾幸京口侍游蒜山作》《赠王太常僧达诗》《直东宫答郑尚书道子诗》等诗中都有体现。《义门读书记》便曾摘出一些语句,指责说"拉杂而至,亦复何趣"!但他开出的隶事用典的一途,却对南朝文学影响深远,以后则变本加厉,形成为时代风气,非以此不为工、能。"矜言数典,以富博为长也。齐、梁文翰与东晋异,即诗什亦然。自宋代颜延之以下,侈言用事,学者浸以成俗。……盖南朝之诗,始则工言景物,继则惟以数典为工,因是各体文章,亦以用事为贵"①。一旦超过适当限度,便会舍本逐末,影响了情性意趣的抒写。如果把握好分寸感,则注重偶对与事典,便有助于诗歌向格律化的发展演变,促进诗家更精心地谋篇炼句,追求严整简洁,言约义丰。

比较而言之,颜延之诗歌成就不及谢灵运,然文与赋却超过了谢。略以《文选》为例,选谢灵运作品凡41首,皆为诗;选颜延之诗虽仅21首,却另录其赋1篇,文5篇,就透露了一些消息。

《文选》卷一四载颜延之《赭白马赋》,成于元嘉十八年(441),据前序"乃有乘舆赭白,特禀逸异之姿,妙简帝心,用锡圣皂。服御顺志,驰骤合度……岁老气殚,毙于内栈"云云,乃奉文帝诏命所作,性质类同应制诗;但就内容题材而言,应为咏物作品,尽管其中少不了颂扬帝恩、劝修文德之语。此篇符合南朝赋日趋骈偶化的倾向,讲究偶对工整、用典繁富,注重辞采的雕饰凝炼,而句丽声圆。且善于刻画鲜明生动的形象,具载着一定视觉效果,引发想象联想,因之对后世颇有影响,是出色的咏马佳作。如其中描摹赭白马体貌、神采、速度之卓骏的一段云:

> 徒观其附筋树骨,垂梢植发,双瞳夹镜,两权协月,异体峰生,殊相逸发,超摅绝夫尘辙,驱鹜迅于灭没。简伟塞门,献状绛阙,旦刷幽燕,昼秣荆越。

---

① 刘师培《中国中古文学史·论文杂记》,北京:人民文学出版社1984年版,第89页。

钱钟书评析说:"前人写马之迅疾,辄揣称其驰骤之状,追风绝尘……颜氏之'旦''昼',犹'朝''夕'也,而一破窠臼,不写马之行路,只写马之在厩,顾其过都历块,万里一息,不言可喻。文思新巧,宜李白、杜甫见而心喜。李《天马歌》:'鸡鸣刷燕晡秣越',直取颜语;杜《骢马行》:'昼洗须腾泾渭深,夕趋可刷幽并夜',稍加点缀,而道出'趋'字,便落迹著相。"① 另外,杜甫《魏将军歌》《高都护骢马行》《瘦马行》等诗亦曾多次化用《赭白马赋》中的辞语。

颜延之的文,也多属"沉思翰藻"的骈体,前引张溥《汉魏六朝百三家集题辞》特地列举的《陶征士诔并序》与《祭屈原文》最为著名。陶渊明的诗风恬淡自然,"文体省净,殆无长语"(《诗品·宋征士陶潜》),不合南朝绮丽精整的流行风尚,故被《诗品》抑于中品。颜延之独与他友善,"在浔阳,与潜情款。后为始安郡,经过,日日造潜,每往必酣饮至醉。临去,留二万钱与潜"(《宋书·隐逸传》)。但此文中,却仍然将之作为巢父、伯夷式的高士来看待,"赋辞归来,高蹈独善,亦既超旷,无适非心。汲流旧巘,葺宇家林,晨烟暮霭,春煦秋阴。陈书辍卷,置酒弦琴,居备勤俭,躬兼贫病。人否其忧,子然其命。"纵使情辞兼胜、景象如画,形状陶渊明的抗行峻节充分具象化,使之亲切有味,历历可以感受想见,"诔文骨劲色苍,不特为渊明写照,而其品概,亦因之翛然远矣"(清许梿《六朝文絜》卷一二)。但却缺乏对他以文学为著名之根本,及其创作超拔时流、独标高格,从而开出新途,泽被后人无穷的认识与肯定。

景平二年(424),颜延之出为始安(今广西桂林)太守,"道经汨潭,为湘州刺史张纪《祭屈原文》以致其意"(《宋书》本传),文云:

> 兰薰而摧,玉缜则折,物忌坚芳,人讳明洁。曰若先生,逢辰之缺,温风怠时,飞霜急节。赢、芈遘纷,昭、怀不端,谋折义、尚,贞蔑椒、兰。身绝郢阙,迹遍湘干,比物荃荪,连类龙鸾。声溢金石,志华日月,如彼树芳,实颖实发。望汨心欷,瞻罗思越,藉用可尘,昭忠难阙。

---

① 钱钟书:《管锥编》第四册,北京:中华书局1997年版,第1305页。

文章开首八句劈头即揭示出高洁之士必为世之俗浊所嫉忌、排挤的普遍社会现象,引逗出屈原的悲惨遭际来。"温风"二句为文中仅有的写景之笔,渲染衰落肃杀气氛,因景结情,譬托屈原所处的时代环境,从而逼出"嬴、芈遘纷"以下八句,正面叙写其生平身世,以及《离骚》等作品。"比物荃荪,连类龙鸾"虽仅两句,但总括屈原的文学象征形象特点,精切有味。故于末尾抒发崇仰凭吊之意,以为收束。全篇笼罩着欷歔叹慨的不尽之情,因古及今,联系及一己受徐羡之、傅亮、谢晦等权臣谗毁斥逐的现实状况,笔墨间也充满着自悼自怨意味。

鲍照(414?—466),字明远,东海(今郯城)人。他生当颜延之、谢灵运之后,与之鼎足共立,并列为南朝宋文学三大家。然其兼善诗、文、赋等各体文字,又与颜延之相似。关于其诗歌创作,《诗品》亦将之抑在中品,评云:"嗟其才秀人微,故取湮当代。然贵尚巧似,不避危仄,颇伤清雅之调,故言险俗者,多以附照。"此说与《南齐书·文学传论》"发唱惊挺,操调险急,雕藻淫艳,倾炫心魂。亦犹五色之有朱紫,八音之有郑、卫。斯鲍照之遗烈也"的评论相同,都是以"其文急以怨"(《文中子》)和"俗"为病。所以,《义门读书记》附和云:"诗至于鲍,渐事夸饰,虽奇之又奇,颇乏天然,又不娴于廊庙之制,于时名价不逮颜公,非但人微也。"现在看来,鲍照诗能多方面地反映社会现实生活,直率抒写个人感情,"已发露无余",其内容的丰富深广应推当世第一。尤其是他大量的边塞题材作品,多具开拓性,为以后的边塞征戍之制垂型示则、建构范式,于此端,则共陶渊明之于田园诗、谢灵运之于山水诗的开创奠基之功相仿佛。

鲍照现存诗约近200首,其中拟乐府之什即达80余首,上述的艺术特色就主要体现在这些篇章里。《古诗源》卷一一云:"明远乐府,如五丁凿山,开人世所未有。后太白往往效之。五言古亦在颜、谢之间。"而载具典型意义的则为《拟行路难十八首》。《乐府诗集》将之入于"杂曲歌辞",并引《乐府解题》曰:"《行路难》,备言世路艰难及离别悲伤之意。"以下即首录鲍照诗,或作19首,系将其十三"春禽喈喈旦暮鸣"的"亦云朝悲泣闲房"以下六句另析作一首。此18首并非一地一时制作,其一云:

奉君金卮之美酒,玳瑁玉匣之雕琴。七采芙蓉之羽帐,九华蒲萄之锦衾。红颜零落岁将暮,寒光宛转时欲沉。愿君裁悲且减思,听我抵节行路吟。不见柏梁铜雀上,宁闻古时清吹音?

其四云:

泻水置平地,各自东西南北流。人生亦有命,安能行叹复坐愁!酌酒以自宽,举杯断绝歌路难,心非木石岂无感?吞声踯躅不敢言。

其六云:

对案不能食,拔剑击柱长叹息。丈夫生世会几时?安能蹀躞垂羽翼!弃置罢官去,还家自休息。朝出与亲辞,暮还在亲侧。弄儿床前戏,看妇机中织。自古圣贤尽贫贱,何况我辈孤且直!

其九云:

剉檗染黄丝,黄丝历乱不可治。我昔与君始相值,尔时自谓可君意。结带与君言,死生好恶不相置。今日见我颜色衰,意中索寞与先异。还君金钗玳瑁簪,不忍见之益愁思。

关于乐府诗的拟作,于其本意,向有转、借二法:"转者就旧题而转出新意,借者借前题而裁以己意"(朱秬堂《乐府正义》),鲍照于此则兼而有之。但不管何法,其主旨都是抒发沉沦下僚、人不尽才而徒呼负负的愤慨不平之气。在这方面,他与山东前辈作家左思十分类似,同样的感情激荡、笔力雄肆;只不过与《咏史八首》的整饬五言形式比较起来,杂言体的《拟行路难十八首》音节错综促急如珠走玉盘,且语言夸饰奇丽。这些对李白的乐府诗影响甚巨。

相近的还有一些五言乐府诗与拟古诗,如《代出自蓟北门行》《代悲哉行》《代结客少年场行》《代边居行》等,特别是《学刘公幹体五首》其二:

> 暄暄寒野雾，苍苍阴山柏。树迥雾萦集，山寒野风急。岁物尽沦伤，孤贞为谁立？赖树自能贞，不计迹幽涩。

也是以树譬人，效仿刘桢《赠从弟三首》其二，风骨峻挺，词语质劲，但更注重情景的融合与气氛色调的渲染，显示出在技巧手法上的用心处。而上举诗篇里的一些句子，如"马毛缩如猬，角弓不可张""九衢平若水，双阙似云浮"；又如"丹蛇逾百尺，玄蜂盈十围。含沙射流影，吹蛊病行晖"（《代苦热行》）、"层阁肃天居，驰道直如发"（《代陆平原君子有所思行》），均以大胆夸张的想象出人意表，比喻新颖奇特，与他"险急"的风格特征相表里，确是"雕藻淫艳，倾炫心魂。"

除却拟作的汉魏乐府旧曲以外，对于时下流行的南朝乐府民歌"吴声""西曲"之类，因其清新流美、风情旖旎的独特韵致，吸引了鲍照的兴趣，亦为之拟作，这大约便是论者所谓其"俗"的一面。如《吴歌三首》其二："夏口樊城岸，曹公却月楼。观见流水还，识是侬泪流。"其三："人言荆江狭，荆江定自阔。五两了无闻，风声那得达？"《采菱歌七首》其一："鹜舲驰桂浦，息棹偃椒潭。箫弄澄湘北，菱歌清汉南。"其三："睽阔逢喧新，凄怨值妍华。秋心不可荡，春思乱如麻。"大多描述男女间的深挚相思恋情，采用比喻、衬托、渲染等民歌中惯用的手法，语言也浅近自然，有的已接近口语。还应注意的是"鹜舲驰桂浦"一首，虽然是写江上行旅，听清箫菱唱的境况，但已略带屈原《九歌》的清隽悠远中隐含一丝丝迷惘，似烟雾般缭绕的楚骚意味，又融化《九章·涉江》"乘舲船余上沅兮，齐吴榜以击汰""入溆浦余儃徊兮，迷不知吾所如"之类句意，见出文士的锤炼书卷气息。又，"睽阔逢喧新"一首，因韶光而感"妍华"不永、生命水逝，竟顿生索寞凄怨的"秋心"；它表层虽写女子珍重青春、恐颜色衰凋的纷乱"春思"，其实深层已阑入自我"孤门贱生"（《解褐谢侍郎表》）、备受抑压的沉痛身世之感。这就突破江南乐府民歌专写怨爱离思的男女异性感情，题材覆盖范围过为狭窄的缺憾，而注目于比较宽广的社会现实内容。

直接咏叹时事，完全脱弃了绮怨情思的如《采菱歌七首》其五：

> 烟暄越嶂深，箭迅楚江急。空抱琴中悲，徒望近关泣。

开首两句描摹烟峰迷暝、江急船疾的苍茫气象，由之兴发后两句的悲凄怅惘情怀。"近关"语出自《左传》载卫灵公戒孙文子、宁惠子食，不以礼，又暴虐，文子从近关出境逃亡事，大概鲍照缘由其困窘迫厄的某具体遭遇而用此典故，然详情已无法确知了。所以，他才空自抱琴泣咽，"上有弦歌声，音响一何悲！"（《古诗十九首》）也唯有凭此托寄心志了。不同于此首的就景映情，情由景发，其七则直举胸臆，全以叙述笔法出之：

思今怀近忆，望古怀远识。怀古复怀今，长怀无终极。

通篇仅说思今望古、近忆怀远，并没有明确的情趣内容指向，但觉来一片莽莽苍苍，那悲凉梗概意气直充塞于时空之中，都无从把握，"复归于无极"（《老子》）。故格调的浑厚、心绪的高旷，直追汉魏气质与左思风力，下开陈子昂《登幽州台歌》"念天地之悠悠，独怆然而涕下"的先声。且反复叠用"怀"字，造成一种回环重加的情调，更增一层沉挚感。总之，《吴声》《西曲》那绵软媚艳的小儿女情态在这里已扫地皆去，绝无丝毫遗存，仍统一于鲍照骨节强劲、意气高亢激扬，"如饥鹰独出，奇矫无前"（敖器之《诗评》）的主流风格中去。

杜甫《春日忆李白》云："清新庾开府，俊逸鲍参军。"这俊逸的面目主要体现在鲍照的一些五言诗里。如《登庐山望石门》《还都道中三首》《白云》《玩月城西门廨中》等均可参味。不过，俊逸并不仅在于体形貌物的景象摹写上，也见于精神情志的发扬，如《日落望江赠荀丞》：

旅人乏愉乐，薄暮忧思深。日落岭云归，延颈望江阴。乱流灇大壑，长雾帀高林。林际无穷极，云边不可寻。惟见独飞鸟，千里一扬音。推其感物情，则知游子心。君居帝京内，高会日挥金。岂念慕群客，咨嗟恋景沉？

傍晚时分，隔江怀想南方京城内的友人，写苍茫渺远的景色来映托忧思，并借"飞鸟"为譬喻。结末言贵贱殊分，但仍致自我慕群恋景的思念深情。全诗意味沉挚但无一毫颓衰气，境界超旷，笔力矫举。故清王夫之云:"古今之间,别立一体,全以激昂风韵,自致胜地。终日长对此等诗,既不足入风雅堂奥,而眉端吻际,俗尘洗尽矣。鲍集中此种极少,乃似剑埋土中,偶尔被发,清光直欲彻天。"吴挚甫云:"'惟见'四句,此明远所为俊逸也。"① 其他又如《从登香炉峰》:"青冥摇烟树,穹跨负天石。霜崖灭土膏,金涧测泉脉。旋渊抱星汉,乳窦通海碧。"《望孤石》:"江南多暖谷,杂树茂寒峰。朱华抱白雪,阳条熙朔风。蚌节流绮藻,辉石乱烟虹。"《吴兴黄浦亭庾中郎别》:"已经江海别,复与亲眷违。奔景易有穷,离袖安可挥?欢觞为悲酌,歌服成泣衣。温念终不渝,藻志远存追。"则无论写景的清峭瑰丽,抑或述情的新警切挚,都如同清丁福保评论的:"明远独俊逸,又时出奇警,所以独步千秋,衣被百世。"(《八代诗菁华录笺注》)

要之,总观鲍照诗,其主流风貌,特别是拟乐府诸什,凭意志纵横奔放见长,而以险仄怨急为极至。它得力于汉魏古诗的悲慨苍凉与左思风力的雄健亢扬;那意气垒涌激荡处,实与山东前辈作家刘桢、王粲相通,"抗音吐怀,每成亮节。其高处远轶机、云,上追操、植"(《古诗源》卷一一)。诚如陆时雍所摹拟气象说:"鲍照材力标举,凌厉当年,如五丁凿山,开人世之所未有。当其得意时,直前挥霍,目无坚壁矣,骏马轻貂,雕弓短剑,秋风落日,驰骋平冈,可以想此君意气所在。"(《诗镜总论》)

另一方面,则是他大量五言诗中标举的俊逸格调。于表现手法上,为言辞华美流丽,讲求刻画细致,大量使用对仗句法,精工整齐,这些都标志着当时诗歌新的演进倾向,透露出从宋诗到齐梁诗嬗变的契机。故胡应麟说:"宋人一代,康乐外,明远信为绝出,上挽曹、刘之逸步,下开李、杜之先鞭。第康乐丽而能淡,明远丽而稍靡,淡故居晋、宋之间,靡故涉齐、梁之轨"(《诗薮》外编卷二)。许学夷又进而阐释云:"明远五言,既渐入律体,中复有成律句而绮靡者。如'归华先委露,别叶早辞风''蜀琴抽白雪,郢曲发阳春''珠帘无隔露,罗幌不胜风''扬芬紫烟上,垂彩绿云中'等句,则皆律句而绮靡者也。"(《诗源辩体》卷七)将此等说论去印证鲍照五言,如《登庐山》《从庾中郎游园山石室》《登翻车

---

① 钱仲联:《鲍参军集注》,上海古籍出版社1980年版,第288页"补集说"引。

岘》《自砺山东望震泽》等，几近通篇排比对偶，已类乎近体诗的格律工整，且词藻精丽，但能不伤于雕琢浮靡，故较比齐、梁诗的格韵为胜高。又如《登黄鹤矶》诗云：

　　木落江渡寒，雁还风送秋。临流断商弦，瞰川悲棹讴。适郢无东辕，还夏有西浮。三崖隐丹磴，九派引沧流。泪行感湘别，弄珠怀汉游。岂伊药饵泰，得奉旅人忧。

　　起句即兴象旷逸，可谓清风万古。孟浩然《早寒有怀》开首"木落雁南渡，北风江上寒"即全从此处脱化所出。以下则从登临所见所感引发，依次铺陈情事景物，结尾收以自慰宽解语，仍显示胸襟的超迈。像这样精心于章法句法的严整工丽，境界苍茫闳敞，代表了他的另一种面貌。

　　所以说，鲍照与颜延之、谢灵运虽并为"元嘉三大家"，各有建树，但其艺术精神与创作取向却自具特征。颜、谢的重要功绩是革除流行于东晋诗坛上的玄言风气，具言之，颜侧重在形式技巧，谢主要为题材内容的开拓，以山水诗来取代玄言诗。这就是《文心雕龙·明诗》指出的："宋初文咏，体有因革，庄老告退，而山水方滋。俪采百字之偶，争价一句之奇，情必极貌以写物，辞必穷力而追新。"鲍照后出，则开启了由宋向齐、梁，即自元嘉而永明诗风转变的进程，其作用兼及题材内容和表现方法两方面。于前端，他较广泛地注目社会现实生活多种现象，放笔抒写一己的思想感情，热烈率真、坦露无余，载具着强烈的自我主体意识；从后者看，虽与颜延之的审美追求相似，但颜延之趋"雅"而鲍照循"俗"。正是其"俗"，顺应着诗歌的发展潮流，才对后世产生出重大深远的影响，又不仅止于齐、梁了。[①] 故约言之，颜、谢总前而鲍照启后。

　　除诗歌以外，鲍照的文、赋亦为当时名家。一般认为，于此端谢不如颜、颜不及鲍，故推鲍照为首。其实，刘宋一代，也应推其属第一。不过，有异于他诗歌创作中慷慨峻拔与绮丽清俊的两种风格并存的现象，文、赋则主要呈现为"镂彫云凤，琢削支鄂""坌乎其气，煊乎其华"

[①] 参见张亚新：《汉魏六朝诗：走向顶峰之路》（乔力主编《中国古代文学主流》丛书等2种），桂林：广西师范大学出版社1999年版，第268页。

(清张惠言《七十家赋钞序》)的精整面貌,而融汇险急奔涌的气势和奇峭矫厉的笔力于其流美曼艳间,始得在对当时,乃至齐、梁缉比事典词藻、讲求骈偶对仗,以巧绮华靡为尚的流行风气的认同里,能够彰显自我的独特格调。

先说赋。刘宋朝堪称作者辈出不穷,纵使不计由宋入齐者,可数的也有颜延之、谢灵运、傅亮、谢晦、谢惠连、谢庄、袁淑、卞伯玉,以及孝武帝刘骏、临川王刘义庆、江夏王刘义恭等20余人,亦属兴盛局面;但对于鲍照来说,无疑是众星辉月。而鲍照的赋中,又无疑首推《芜城赋》,它与山东前辈作家王粲的《登楼赋》,在汉末至六朝的抒情短赋里,都拥载着经典意义。《芜城赋》兼具京都宫观赋和纪行赋的性质,但不同于汉代都城之赋的以主客问答形式发端,且一味铺张繁华、歌功颂德的内容;也不同于那时的纪行赋,每好述陈有关历史遗迹与典故,间或略及个人感叹。鲍照一改前风,仅凭依这个中介物的兴废巨变作契机,而感发触兴,专意抒写不胜今昔的凭吊之慨。像此等的怀古凭吊,遂启开了后世文学作品的无限法门,以至形成为一种重要主题,滔滔者充塞着各朝各代文士们的笔端墨底,吟诵不倦。

《文选》卷一一将《芜城赋》录入"游览"类,李善注引《集》云:"登广陵故城。"并引《汉书》谓先名江都,南朝时系南兖州治所在地,即今江苏扬州。钱仲联云:"考宋文帝元嘉二十七年(450)冬十二月,北魏太武帝南犯,兵至瓜州,广陵太守刘怀之逆烧城府船乘,尽率其民渡江。孝武大明三年(459)四月,竟陵王诞据广陵反,七月,沈庆之讨平之,杀三千馀口。是十年之间,广陵两遭兵祸,照盖有感于此而赋。"[①] 赋的开首,先用甚简练的笔触,说明广陵所处的重要交通位置和重江复关怀抱中的险要地理形势。接下云:

> 当昔全盛之时,车挂轊,人驾肩,廛闟扑地,歌吹沸天。孳货盐田,铲利铜山;才力雄富,士马精妍。故能侈秦法,佚周令,划崇墉,刳浚洫,图修世以休命。是以板筑雉堞之殷,井幹烽橹之勤,格高五岳,衺广三坟,崒若断崖,蠚似长云。制磁石以御冲,糊赪壤以

---

① 钱仲联:《鲍参军集注》,上海古籍出版社1980年版,第14页。

飞文；观基扃之固护，将万祀而一君。出入三代，五百馀载，竟瓜剖而豆分。泽葵依井，荒葛罥涂。坛罗虺蜮，阶斗麏鼯。木魅山鬼，野鼠城狐。风嗥雨啸，晨见昏趋。饥鹰厉吻，寒鸱吓雏。伏虣藏虎，乳血飧肤。崩榛塞路，峥嵘古馗。白杨早落，塞草前衰。棱棱霜气，蔌蔌风威。孤蓬自振，惊沙坐飞。灌莽杳而无际，丛薄纷其相依。通池既已夷，峻隅又已颓。直视千里外，唯见起黄埃。凝思寂听，心伤已摧。若夫藻扃黼帐，歌堂舞阁之基；璇渊碧树，弋林钓渚之馆；吴蔡齐秦之声，鱼龙爵马之玩：皆薰歇烬灭，光沉响绝。东都妙姬，南国丽人，蕙心纨质，玉貌绛唇，莫不埋魂幽石，委骨穷尘。岂忆同舆之愉乐，离宫之苦辛哉！天道如何？吞恨者多！抽琴命操，为芜城之歌。歌曰：边风急兮城上寒，井迳灭兮丘陇残，千龄兮万代，共尽兮何言！

关于此赋极言昔时豪华现今废圮的强烈对比结构和铺张扬厉、夸饰藻绘的手法，以及从绮文丽句间流露出来的那种徘徊顾瞻、深为痛悼又徒唤奈何的无穷慨喟低回之情，前人多有论析，并异口同声地给予赞扬。如"何义门云前半言昔日之盛，后半言今日之衰，全在两两相形之处，生出感慨。属对精工，意趣亦觉深挚。姚姬传云：'驱迈苍茫之气，惊心动魄之间，皆赋家绝境也。'今案，赋之雄奇，独步千古"（《赋学正鹄》）、"入手极言广陵形胜及其繁盛，后乃写其凋敝衰飒之形，俯仰苍茫，满目悲凉之状，溢于纸上，真足以惊心动魂矣"（《林纾评点古文辞类纂选本》）。不过，如果推究赋的深层含蕴，联系到刘宋一朝内部倾轧的极端激烈严酷，成败荣枯反复无常，权贵名士亦鲜有善终正寝者。鲍照耳闻目睹，才结束以千龄万代，共尽于荒径残陇的危言悲歌，那么，华屋山丘，便不再只是泛泛的感叹，应还包藏有更深沉的现实忧虑及冷峻的醒世意味，或许也就不仅局囿在《义门读书记》所说系针对孝武帝剿杀其弟刘诞而发之一事上了。

前引《南齐书·文学传论》"发唱惊挺，操调险急，雕藻淫艳，倾炫心魂"，《汉魏六朝百三家集题辞·鲍参军集》认为这也是鲍照赋和文的同样特点。所谓"惊挺""险急"者，其实渊源于胸襟里的怨急悲慨之气与沉痛切挚的身世之感，它无论正笔反笔，皆或隐或显地流注在鲍照的赋作里。如因《易·系辞下》"尺蠖之屈，以求伸也；龙蛇之蛰，以存身也"而发的《尺蠖赋》，却一反这种广被士大夫文人认同的"动静必观于物，消息各随乎时"的处世之道，而高倡"苟见义而守勇，岂专取于弦箭"的一往直前，义无反顾精神。旨趣相类的另如《飞蛾赋》，其中有"凌燋烟之浮景，赴熙焰之明光。拔身幽草下，毕命在此堂。本轻死以邀得，虽糜烂其何仿？岂学南山之文豹，避云雾而岩藏"的句子，悲壮慷慨，与孔、孟"杀身成仁""舍生取义"的凛然正气可谓一脉承传。如果参比鲍照晚年为临海王刘子顼前军参军、掌书记，泰始二年（466），子顼附从晋安王刘子勋反，兵败，子顼被明帝赐死，鲍照也死于乱军中的悲剧结局，则他急切用世、不计险危的本心，也就更易于理解了。

鲍照现存赋10篇，虽率皆不及《芜城赋》的包纳深广、笔力卓荦超群，然亦能气骨警挺。除上述《尺蠖》《飞蛾》二赋外，其他又如《游思赋》的写景辽阔苍茫，而归结于"使豫章生而可知，夫何异夫丛棘"的激愤不平；《舞鹤赋》的工于描画，却是状其"厌江海而游泽，掩云罗而见羁"的丧失自由的结恨长悲，乃至《芙蓉赋》的直抒"恨狎世而贻贱，徒爱存而赏没。虽凌群以擅奇，终从岁而零歇"的沉沦不偶之哀切，都是缘因他仕途蹭蹬、屡受压抑的现实经历。

鲍照的文，与时代风气一致，亦多为骈俪之制，如代表作《登大雷岸与妹书》，虽表面上是书信类文章，"实与赋相类"[①]。它成于元嘉十六年（439）秋，赴江州（今江西九江）临川王义庆佐吏职任途中。文中虽然开首即叙事抒情，写旅途苦辛的感受："涂登千里，日逾十晨。严霜惨节，悲风断肌。去亲为客，如何如何！"结末也直言对妹鲍令晖的深切关念："风吹雷飙，夜戒前路。下弦内外，望达所届。寒暑难适，汝专自慎。夙夜戒护，勿我为念。恐欲知之，聊书所睹。临涂草蹙，辞意不周。"皆造语较为质朴，情意恳挚动人。但是，全书的绝大部分却用来摹写所见的周遭景物，而且南东北西、上下山川的历数铺陈，也全用赋体笔法。如：

---

① 参见陈庆元：《赋：时代投影与体制演变》（乔力主编《中国古代文学主流》丛书第8种），桂林：广西师范大学出版社2000年版，第293页。

西南望庐山，又特惊异。基压江潮，峰与辰汉相接。上常积云霞，雕锦缛，若华夕曜，岩泽气通，传明散彩，赫似绛天。左右青霭，表里紫霄。从岭而上，气尽金光，半山以下，纯为黛色。信可以神居帝郊，镇控湘汉者也。若潈洞所积，溪壑所射，鼓怒之所豗击，涌澓之所宕涤，则上穷荻浦，下至狶洲，南薄燕爪，北极雷淀，削长埤短，可数百里。其中腾波触天，高浪灌日，吞吐百川，写泄万壑。轻烟不流，华鼎振涾，弱草朱靡，洪涟陇蹙。散涣长惊，电透箭疾，穹溘崩聚，坻飞岭复。回沫冠山，奔涛空谷，砧石为之摧碎，碕岸为之䃘落。仰视大火，俯听波声，愁魄胁息，心惊慄矣。

既着意于铸词炼字的新奇警绝，敷彩著色；又精心结构全景式格局，依次排比，使山耸涛响与草木日星、洞壑丘石等相互映照激发，无论巨细均生姿显态，不仅只状形写貌且传现精神，从而造成一种特有的急湍险崛、幽杳峻远的气象声势，全然似一幅精细涂染描画的工笔山水长卷。所以，清许槤认为它"烟云变灭，尽态极妍，即使李思训数月之工，亦恐画所难到"，"句句锤炼无渣滓，真是精绝"，赞许"明远骈体，高视八代"（《六朝文絜》卷七）。钱钟书也称《登大雷岸与妹书》为"鲍文第一。即标为宋文第一，亦无不可"。[①] 总之，于此文中，又显示出前引《南齐书·文学传论》说的"雕藻""倾炫"的艺术风貌。其他如晚年在荆州为临海王子顼掌书记时所作的《石帆铭》，有云："应风剖流，息石横渡，下潥地轴，上猎星罗。吐湘引汉，歙蠡吞沲，西历岷冢，北泻淮河。眇森宏蔼，积广连深，论天测际，亘海穷阴。云旌未起，风柯不吟，崩涛山坠，郁浪雷沉。"也是模山范水时极尽琢炼功夫，融化闳远奇突境界于夸饰曼丽的词采文藻间，呈现出其上述的一贯风貌特色。又，《飞白书势铭》，虽然是以书法为题材，但诸如"轻如游雾，重似崩云。绝锋剑摧，惊势箭飞。差池燕起，振迅鸿归。临危制节，中险腾机。圭角星芒，明丽烂逸"之类描写飞白书法的句子，可谓锤字坚响，迭用比喻拟譬手法，而略形取神，声沉旨郁，与鲍照写景之文同样炫目倾心，以奇丽取胜。

[①] 钱钟书：《管锥编》第1册，北京：中华书局1979年版，第313页。

鲍照《又请假启》云："臣实百罹，孤苦风雨。天伦同气，实惟一妹。"这就是上面《登大雷岸与妹书》所致寄的鲍令晖（生卒年不详）。她颇有才思，著《香茗赋集》行于世，已亡佚。现仅《玉台新咏》卷四录其诗6首，《艺文类聚》卷三一录其诗1首，共存6题7首。《诗品》将之列于下品，评云："令晖歌诗，往往崭绝清巧。拟古尤胜，唯百愿淫矣。照尝答孝武云：'臣妹才自亚于左芬，臣才不及太冲尔。'"鲍令晖有《拟青青河畔草》《拟客从远方来》；又有《题书后寄行人》，《乐府诗集》卷六九录入，题目作《自君之出矣》，入"杂曲歌辞"，这些都属拟古之制，其中颇见佳句，如"明志逸秋霜，玉颜艳春红。人生谁不别？恨君早从戎""终身执此调，岁寒不改心。愿作阳春曲，宫商长相寻""杨枯识节异，鸿来知客寒。游用暮秋尽，除春待君还"，虽都是表现一般的闺怨相思题材，但词句清俊，善用比兴，抒发了坚执挚热的情怀，与鲍照的拟南朝乐府诗风味差似，而柔曼似有过之，故被《诗品》赞为"尤胜"。

其实，鲍令晖《古意赠今人》抒写寄夫望归之意，才堪称佳制美篇，诗云：

> 寒乡无异服，衣毡代文练。月月望君归，年年不解绽。荆扬春早和，幽冀犹霜霰。北寒妾已知，南心君不见。谁为道辛苦？寄情双飞燕。形迫杼煎丝，颜落风催电，容华一朝尽，惟余心不变！

开首二句落笔，即遥遥注目对方，悬想他的着衣，以引出次二句自己久久思夫君还家而其仍不得归的情状，那种盼念焦灼，不言自明，故率露间却涵深婉。"荆扬"以下八句，用笔较快，层次也多转折：从气候的感应对比推及人心，埋怨远人不知我的相思苦况。且无法寄达此意给他，无奈无聊中唯有托诸无知的"双飞燕"；这虽是痴语更是挚情至极时语，并且就燕子的成对双飞更反衬托出她的孤独——此手法开启出后世法门，在诗、词里被大量运用来传现离情恋思，影响深远，其成功处便在于语浅情深，似直实曲，而兴中寓比，意溢言外。结末"容华"二句紧承上两句叹喟时光急逝、色貌凋残衰老而来，表明心志，那高洁贞坚之气，已化柔作刚。像这样语言明丽、情深缠绵而意味隽永之作，足当"崭绝清巧"之语。另外，"诗中多用对仗，有对得工整的，如'北寒妾已知，南心君不见''形迫杼煎丝,颜落风催电',一卿一我,两相关照,互衬互补,很见功力;有的并不工整,如'月月望君归,年年不解铤''荆扬春早和,幽冀犹霜霰',对应关系只落在前半部,后半句则各有变化,自然而少雕饰,多见古朴之美。从中可以看到南朝文人诗歌的发展轨迹,一方面保持了古诗的风貌,另一方面则又增添了近体格律中的一些新因素,为唐代近体诗的最后完成创造了条件。"[①]

总之,鲍令晖现存的作品虽不及左棻繁富,但其诗歌却较左棻为清丽新巧,格调亦显得明爽,这大约是身世境遇差异的缘故。鲍氏兄妹也足可映辉左氏兄妹。

齐、梁、陈三代,国祚短促,统加起来仅得百年之数(齐高帝建元元年,489至陈后主祯明三年,589)。这个期间的山东籍作家,与北地乡梓更是隔膜既深且久,几乎是渺无关连了。故除个别特例,如刘勰与《文心雕龙》外,余者本书中便不再予以赘述,仅择要略排列大概而已。

任昉(460—508),字彦升,小字阿堆,乐安博昌(今寿光)人。《南史》本传称其"雅善属文,尤长载笔,才思无穷",时沈约以诗闻名于世,故并誉为"沈诗任笔";朝廷文诰、王公表奏多出于他的手中,《文选》计载有任昉策问一、表五、上书三、弹事二、笺二、序一、墓志一、行状一。而《奏弹范缜》一文,极力排击"神灭"之说。原有诗文集34卷、《杂传》247卷、《地记》252卷、《文章》32卷,然多已散佚,今存明人辑《任彦升集》。另有旧题任昉撰志怪小说集《述异记》,实系唐宋间人托名所作。

刘峻(462—521),字孝标,平原人。曾撰《辨命论》,以自然命定论反驳佛教的有神论。又因见任昉生时好客,坐上常满,但死后家业萧条,诸子流离道路,不能自振,而生平旧交竟莫有收恤者,遂愤而作《广绝交论》。他学识渊博,为《世说新语》所作的注,引证翔实,资料丰繁,向为世人推重,故与原书一并流传。原有文集6卷,已经散佚,今存明人辑本《刘户曹集》。

王僧孺(465—522),东海郯(令郯城)人。《梁书·文学传序》云,"沈约、江淹、任昉,并以文采妙绝当时",而王僧孺则为"后来之秀

[①] 吕晴飞主编:《汉魏六朝诗歌鉴赏辞典》,北京:中国和平出版社1990年版,第646页。

也"。本传也称其"工属文，多识古事，其文丽逸，多用新事，人所未见者，时重其富博。文集三十卷"，后散佚，现有明人所辑的《王左丞集》，约存诗近40首，风格绮艳。故《汉魏六朝百三家集题辞》认为"杼轴云霞，激越钟管，新声代变，于此称极。文人不博，不能致奇，硕学之效，其班班者"。如《中川长望诗》云："危帆渡中悬，孤光岩下昃。岸际树难辨，云中鸟易识。"《秋日愁居答孔主簿》云："日华随水汛，树影逐风轻。依帘野马合，当户昔耶生。"《湘夫人》云："桂栋承薜帷，眇眇川之湄。白蘋徒可望，绿芷竟空滋。日暮思公子，衔意嘿无辞。"可咮一脔。

刘勰（465？—532？），字彦和，东莞莒县人，世居京口（时名南东莞，今江苏镇江）。少孤贫，不能婚娶，依沙门僧祐十余年。遂博通佛教经论，亦崇尚儒学。晚年复燔鬓发以自誓，出家定林寺为僧，改名慧池。所撰《文心雕龙》10卷，共50篇，为魏晋南北朝文学理论批评史上的巨著。其末篇《序志》，总述书的命名、主旨与内容概貌。全书大约可划分为三大类：其一为"文之枢纽"，讨论文章的内容和形式关系，包括自《原道》到《辨骚》的5篇；其二系"论文叙笔"，评论自上古至时下的各种文体，以及其演进过程、艺术特征与写作经验，从《明诗》至《书记》计有20篇；其三则"割情析采"，研究文学创作和文学批评的得失，共计有自《神思》而及《程器》的24篇。其作意诚如刘勰所自言者："是以附辞会义，务总纲领；驱万涂于同归，贞百虑于一致。使众理虽繁，而无倒置之乖；群言虽多，而无棼丝之乱。扶阳而出条，顺阴而藏迹；首尾周密，表里一体。"（《文心雕龙·附会》）堪称体大思周、结构严密之制。且全用南朝盛行的骈文写成，属对工整，词藻华美流丽，多用譬喻形象性语言，甚富审美价值，显示出娴熟的写作技巧与高度的文学修养。

不过，书成后"未为时流所称。勰自重其书，欲取定于沈约，约时贵盛，无由自达，乃负其书候约出，干之于车前，状若鬻货者"（《南史》本传）。而自陈、隋乃至唐、宋以来的相当长时期里，也流传未广，一直不被时人见知；所以，对历朝各代的文学创作活动，并未产生实际影响作用。到明、清时，始渐为学人所重，评价日高。如清章学诚将之与当时锺嵘撰著的另一部诗歌批评专著《诗品》并列，称扬说："《诗品》之于论诗，视《文心雕龙》之于论文，皆专门名家，勒为成书之初祖也。《文

心》体大而虑周，《诗品》思深而意远；盖《文心》笼罩群言，而《诗品》探从立艺溯流别也。"（《文史通义·诗话》）

《南史》本传又谓刘勰"为文长于佛理，都下寺塔及名僧碑志，必请制文"，现存的仅有《会稽掇英总集》卷一六载《梁建安王造剡山石城寺石象碑》。另，《弘明集》卷八又载其《灭惑论》，则阐扬儒家与佛学虽为两派，然于义理却是"异经同归""殊教同契"的观点。

缘由上述者，首先体现于《文心雕龙》一书中的思想便比较复杂。一般认为，"刘勰一生兼长儒学与佛理，他的思想也是兼综儒佛，只是由于著作的性质与内容不同，分别表现出不同的思想倾向。《文心雕龙》是在儒家思想指导下写作的。"[①] 现在看来，是书首列《原道》，而以《征圣》《宗经》为第二、第三，主张以圣人孔子为征验，学习其"垂文"之则；宗法儒家经典，得以"明道"。另在最后的《序志》里，表明以"树德建言""名踰金石之坚"为写作目的，也本源于儒家"三不朽"的传统认识。《程器》篇还说："是以君子藏器，待时而动，发挥事业，固宜蓄素以弸中，散采以彪外，楩柟其质，豫章其干。摛文必在纬军国，负重必在任栋梁；穷则独善以垂文，达则奉时以骋绩，若此文人，应梓材之士矣。"联系到刘勰自己出身寒门，仕宦不显，最终遁迹托身于释门，而撰作《文心雕龙》，煌煌巨制，却企冀通过权贵者赏识以传布的经历，便知道他对于"穷则独善其身，达则兼善天下"（《孟子·尽心上》）出处之道的理解之深刻和文章应有益于教化政治的儒家实用功利思想的承循。总之，为文必须宗法《五经》——刘勰的乡梓后辈颜之推《颜氏家训·文章》亦云："夫文章者，原出《五经》：诏命策檄，生于《书》者也；序述论议，生于《易》者也；歌咏赋颂，生于《诗》者也；祭祀哀诔，生于《礼》者也；奏议箴铭，生于《春秋》者也。"可与他互参并通——以儒家之道为准则规范的思想，是贯穿于《文心雕龙》全书的主线。

其次，《文心雕龙》还部分地接受了佛家思想的影响。就细微处言之，如《论说》篇里偶尔阑入"般若"一类佛教术语；于整体大局而观之，其体系完备、结构严整、论证精切、逻辑谨密等特征，当系因佛教典

[①] 王运熙、杨明：《魏晋南北朝文学批评史》（王运熙、顾易生主编《中国文学批评通史》之二），上海古籍出版社 1989 年版，第 325 页。

籍的启示引导而效习师法,"盖采取释书法式而为之,故能剖理明晰若此"(范文澜《文心雕龙注·序志》)。当然,《文心雕龙》一书的写作,并不仅止于此,刘勰显然还承循、吸收了先秦两汉以来学术著作传统及其成熟经验。如《吕氏春秋》,全书包括十二纪、八览、六论三大部分计26篇;每篇则细分为若干节,各有题目,每纪四题、每览七题、每论五题。又如司马迁《史记》以十二本纪、十表、八书、三十世家、七十列传的结构形式,分门别类地记叙复杂纷繁的历史事件与各等历史人物,都堪称体系完整严密的巨著,垂范作则于后代。另外,像陆贾《新语》以《道基》作开篇、《淮南子》就《原道》为首,都包含统摄全书、究本推原的用意,这也被《文心雕龙》的《原道》第一所借鉴。

再者,魏晋以至南朝,老庄之学盛行,是为道家的旷达自然。它与传统的儒学渗透融合,遂形成为新兴的玄学。"魏晋玄学虽然企图调和儒道,但它实质上仍是沿着道家老庄思想发展的,以'内在超越'为特征的儒家哲学所追求的是道德上的理想人格;同样以'内在超越'为特征的道家哲学所追求的是精神上的自由。这两种精神深深地影响着中国哲学的发展和中国知识分子的人格。"[①] 总观刘勰的思想,也浸润吸纳着老庄与玄学的成分。《周易》《老子》《庄子》号称"三玄",为玄学的基本经典,《文心雕龙》全书中对之多所称引。如《易·系辞上》云:"大衍之数五十,其用四十有九。"故《文心雕龙》也总共50篇,以合天地之数;而除去最后的《序志》篇,则为49篇。《序志》阐释其根据说:"盖文心之作也,本乎道,师乎圣,体乎经,酌乎纬,变乎骚,文之枢纽,亦云极矣。若乃论文叙笔,则囿别区分,原始以表末,释名以章义,选文以定篇,敷理以举统:上篇以上,纲领明矣。至于剖情析采,笼圈条贯,摛神性,图风势,苞会通,阅声字,崇替于时序,褒贬于才略,怊怅于知音,耿介于程器,长怀序志,以驭群篇;下篇以下,毛且显矣。位理定名,彰乎大易之数,其为文用,四十九篇而已。"——这甚至关乎、决定到通体性的根本构思取向了。又如他论文力主"自然"和"自然之道",强调造语应注意简约精要,显然亦出于老庄与玄学的影响。《原道》的一些重要观点,即兼取《老子》和《易传》。刘勰将老、庄论道的自然无为与《易

[①] 汤一介:《儒道释与内在超越问题》,南昌:江西人民出版社1991年版,第35页。

传》的强调圣人以神道设教融合到一起,也正是那个时代玄学思潮的继续与反映。另,魏晋玄学家王弼、郭象等皆倡扬名教自然论,认为儒家维护封建社会制度的政治思想、伦理道德学说是效法自然、合乎自然的,与老庄的自然之道并不悖谬,而是相一致的。诚如东晋袁宏所言者:"然则名教之作何为者也?盖准天地之性,求之自然之理,拟议以制其名,因循以弘其教,辨物成器,以通天下之物者也。"(《后汉纪》卷二六)既然儒家的《六经》集中规定并体现了"名教",故《原道》认为《六经》不仅只根据上天意志,且合于自然。"从《原道》篇看,从《文心雕龙》全书看,刘勰对名教、自然二者,更为重视名教。他认为文章应当对政治教化起积极作用,他以名教作为衡量作品思想内容、指导写作的主要标准,这就是所谓宗经。"①

从这种基本观念出发,刘勰心目中的"文章",实际上是一个十分宽泛的杂文体。除了文辞华美,"诗赋欲丽"(曹丕《典论·论文》)、"诗缘情而绮靡,赋体物而浏亮"(陆机《文赋》),以审美为主要价值取向的纯文学体式之外,还包括学术、历史等各类著作,乃至诸多实用型的文字。所以,《文心雕龙》的"论文叙笔",便依照当时的文笔之别,分头论述有关文体的渊源性质、体制特征及写作要求。"文"为有韵者,"笔"乃无韵者,各包括10种,对应以10篇,总计得20篇。而其排列的先后次序,也颇带层次递进的意义。大略言之,有韵的文的10篇,为《明诗》:有韵文以诗为最早,且《诗三百》为儒家经典,称《诗经》,是以居首席;《乐府》:诗中的合乐可歌者,位居第二;《诠赋》:赋是诗的流变,故居第三;《颂赞》:虽亦属诗之流变,然不及赋的流行发达,故居第四;《祝盟》:颂本告神,祝盟的目的也在于告神,故居第五;《铭箴》:铭以勒功,箴用来刺过,都系生人之事,故较告神为次,所以居第六;《诔碑》:记载死人行迹,又不如生人事情重要了,故居第七;《哀吊》:哀夭折、吊祸灾,与死丧有关,故居第八;《杂文》:是乃文体之散杂纷乱者,又不足以各分立体,故而总名为杂文,居第九;《谐隐》:譬九流

---

① 王运熙、杨明:《魏晋南北朝文学批评史》,上海古籍出版社1989年版,第345页。又,参见周满江、吴全兰:《玄思风流:清淡名流与魏晋兴亡》(乔力、丁少伦主编《文化中国:永恒的话题》丛书第2种),济南出版社2002年版。

之有小说，不成其家数，故贬居末位，含有轻鄙之意。又，最后的《诔碑》《哀吊》《杂文》《谐隐》4篇，实际上是间杂着有韵文与无韵文为一体者，但刘勰认为它们以有韵的方面为主导格式，故而将之列于此。再说无韵的笔，亦列10篇如次：《史传》：无韵的文以史传为最先出早生，故理当为领首；《诸子》：诸子散文百家争鸣，后出于史，所以排列第二；《论说》：博明万事为子，而再适辩一理为论，故列第三；《诏策》：作为帝王的号令，它系诸应用文字之首，故被列第四；《檄移》：檄文主军事，移文目的在教民，皆国家大事，仅次于王命，故列第五；《封禅》：帝王登泰山祭天为大典礼，故列第六；《章表》：臣下之辞，自当次于帝王之事，故列第七；《奏启》：奏以按劾，又次于陈情之表，故列第八；《议对》：议以执异，又次于按劾，故列第九；《书记》：系杂记众事无所归依者，故只能排列于末尾以收纳以上九体所不属的。①

尽管刘勰持宽泛的杂文学，即"文章"的观念，举凡经、史、子、集各类型的作品，无不尽数包纳于这个范围之内。但是，其中主要的，仍然是纯文学的诗歌、辞赋，再衍及载具一定审美意义、富有文学性的各体骈、散文，如《五经》之"圣文雅丽，衔华佩实"（《征圣》篇），司马迁有"博雅宏辩之才"、班固《汉书》的"赞序弘丽"（《史传》篇），《孟子》《荀子》则"理懿而辞雅"、《列子》特见"气伟而采奇"（《诸子》篇），等等不一。所以，在论及有关为文的根本时，他强调倚雅、颂驭楚篇而文质彬彬的总纲，提出"酌奇而不失其贞，玩华而不坠其实"（《辨骚》篇）、"情以物兴，故义必明雅；物以情观，故词必巧丽。丽词雅义，符采相胜"（《诠赋》篇）的艺术精神与审美理想；《宗经》更将之系统化为六条指导创作、评价作品的准则，即情深、风清、事信、义直、体约、文丽。基础于上述诸端，《文心雕龙》的创作论，从总体上看，多针对纯文学性作品所来。此前，陆机《文赋》"妙解情理，心识文体"（《文选》卷一七本篇李善注引臧荣绪《晋书》），对文学创作的复杂过程和其间的诸般微妙奇特现象，如构思、结构、剪裁、风格、语言之类，已经做过较为系统的探讨与总结，这些显然对《文心雕龙》，有关篇章的设置、写作有所启示。"刘勰氏出，本陆机说而倡论中心"（清章学

---

① 参见周振甫：《文心雕龙注释》，北京：人民文学出版社1981年版，第13~14页。

诚《文史通义·文德》)。不过,刘勰更为细密周详、精辟透彻,较诸前人之说,有着更进一步的发展提高。

进行文学创作活动,首先遇到的问题就是艺术构思,"此盖驭文之首术,谋篇之大端?"(《神思》篇),南朝梁萧子显《南齐书·文学传论》也认为"属文之道,事出神思,感召无象,变化不穷"。之后才循次进入以文辞为中介表达的阶段,"使玄解之宰,寻声律而定墨;独照之匠,窥意象而运斤"(《神思》篇),"选义按部,考辞就班。抱景者咸叩,怀响者毕弹"(《文赋》)。故是《文心雕龙》在自《神思》到《总术》的19篇里,通论文章创作的各个方面时,便首以《神思》作专门论析,其他如《养气》《物色》等篇亦有部分涉及。诚如《文赋》所言:"其始也,皆收视反听,耽思傍讯,精骛八极,心游万仞。其致也,情瞳昽而弥鲜,物昭晰而互进。"作家的艺术构思活动具有无限阔大辽远的时空包容性和鲜明生动、可以具体感知闻见的形象特征。《神思》开篇便指出:

古人云:"形在江海之上,心存魏阙之下。"神思之谓也。文之思也,其神远矣。故寂然凝虑,思接千载;悄焉动容,视通万里。吟咏之间,吐纳珠玉之声;眉睫之前,卷舒风云之色,其思理之致乎?

一般说来,作家每每因外界事物景象的牵引触发而生出情感意绪的波动,激荡起创作热潮,随之形成为某种与之相应的艺术构思活动。最初各样物象意想纷至沓来,异常繁乱庞杂,上下古今,巨细晦显而无所不及;待它们通过作家的酝酿、想象、选择乃至重新安排和组合,遂渐次变得清晰、稳固起来,借助语言文辞表现为富有艺术生命力的境界,于是,一件新的文学作品就初步完成了:

故思理为妙,神与物游。神居胸臆,而志气统其关键;物沿耳目,而辞令管其枢机。枢机方通,则物无隐貌;关键将塞,则神有遁心。……夫神思方运,万涂竞萌,规矩虚位,刻镂无形;登山则情满于山,观海则意溢于海。我才之多少,将与风云而并驱矣。方其搦翰,气倍辞前;暨乎篇成,半折心始。何则?意翻空而易奇,言征实而难巧也。是以意授于思,言授于意,密则无际,疏则千里。(《神

思》篇）

春秋代序，阴阳惨舒，物色之动，心亦摇焉。盖阳气萌而玄驹步，阴律凝而丹鸟羞，微虫犹或入感，四时之动物深矣。若夫珪璋挺其惠心，英华秀其清气，物色相召，人谁获安？是以献岁发春，悦豫之情畅；滔滔孟夏，郁陶之心凝；天高气清，阴沉之志远；霰雪无垠，矜肃之虑深。岁有其物，物有其容；情以物迁，辞以情发。一叶且或迎意，虫声有足引心；况清风与明月同夜，白日与春林共朝哉！是以诗人感物，联类不穷，流连万象之际，沉吟视听之区。写气图貌，既随物以宛转；属采附声，亦与心而徘徊。（《物色》篇）

在这里，论述到作家主观思想感情、外界客观事物景象与语言文辞三方面的复杂关系，并结合着《神思》篇的一些其他内容，连带述及从艺术构思直到具体写作的整个过程里，构想与表达，或者说原先的情思和最后呈现的文辞常存在着歧异，虚实疏密等不一致，以及作家本人的不同创作时期和不同作家间每多迟速通塞的变化差别的现象。"或理在方寸，而求之域表；或义在咫尺，而思隔山河"、"人之禀才，迟速异分；文之制体，大小殊功。……若夫骏发之士，心总要术，敏在虑前，应机立断；覃思之人，情饶歧路，鉴在疑后，研虑方定：机敏故造次而成功，虑疑故愈久而致绩"（《神思》篇）。

然而，无论构思、写作的敏钝难易，都必须经过广泛读书学习，勤奋积累以提高素养才智、"研阅穷照"的阶段，"然后使玄解之宰，寻声律而定墨；独照之匠，窥意象而运斤"（《神思》篇）。待进入创作活动之际，则自始至终，都要保持心气清朗条畅的状态，全力竭思，浸沉到艺术想象的世界里去，摒绝庸鄙俗滥的物欲念头，"是以陶钧文思，贵在虚静，疏瀹五藏，澡雪精神"（《神思》篇）。《庄子·知北游》云："老聃曰：'汝齐戒疏瀹而心，澡雪而精神。'"刘永济《文心雕龙校释》说：刘勰"虚静二义，盖取老聃'守静''致虚'之语。惟虚则能纳，惟静则能照"。这些也都从另方面印证前述其所受老庄之学的深刻影响。宋朱熹曾较详细地阐述说："不虚不静，故不明；不明，故不识。若虚静而明，便识好事物。虽百工技艺，做得精者也是他心虚理明，所以做得来精。心理闹如何见得？"（《清邃阁论诗》）而对于这种充沛爽利的心理状态的重要性，刘勰结合着不同的创作现象，在《养气》篇中又作了具体说明。

> 且夫思有利钝，时有通塞，沐则心覆，且或反常，神之方昏，再三愈黩，是以吐纳文艺，务在节宣，清和其心，调畅其气，烦则即舍，勿使壅滞。意得则舒怀以命笔，理伏则投笔以卷怀。……纷哉万象，劳矣千想；玄神宜宝，素气资养。水停以鉴，火静而朗；无扰文虑，郁此精爽。

前此，《文赋》曾云："若夫应感之会，通塞之纪，来不可遏，去不可止。藏若景灭，行犹响起。方天机之骏利，夫何纷而不理？思风发于胸臆，言泉流于唇齿。……及其六情底滞，志往神留，兀若枯木，豁若涸流。……虽兹物之在我，非余力之所戮，故时抚空怀而自惋，吾未识夫开塞之所由也。"虽认识并具体描述出创作中利钝顺壅的复杂变化情状，却慨叹不能解释它之所以如此的原因。刘勰较之前进了一步，给出切合实际的说明及解决问题的大略方法。

《文心雕龙》主要用《神思》篇概括文学创作的大体总纲，接下来，便就末尾的"赞"予以结论性说明："神用象通，情变所孕。物以貌求，心以理应。刻镂声律，萌芽比兴。结虑司契，垂帷制胜。"借此以率领关于论述作品具体创作方法、技巧的《熔裁》《声律》《章句》《丽辞》《比兴》《夸饰》《事类》《练字》《隐秀》《指瑕》等篇。举凡声律文采的谐和华美、骈俪对偶的工整精切、属典用事的富博妥帖，乃至情辞关系、描写抒发上的修饰夸张、比喻托譬等等，无不涉及。刘勰在总结前代作家艺术经验的基础上，并结合当时文坛的创作实际情形，予以剖析品衡，指陈得失短长，有的放矢性地提出自己纠偏补弊的意见。这些，再结合着前面的《风骨》《通变》《定势》《情采》等篇，便表现得更为切实明晰。

汉魏以来，骈体文学有了长足的发展。至六朝时期，更占据文坛的主导位置，以至诗、赋、各体文都喜用骈体制作，讲求对仗、声律、用典、辞藻等形式的精美工艺，强调"综辑辞采""错比文华""事出于沉思，义归乎翰藻"（《文选序》），"至如文者，惟须绮縠纷披，宫征靡曼，唇吻遒会，情灵摇荡"（《金楼子·立言》）。但走到极端，便流于舍本逐末，一味堆砌排比，造成思想内容的贫乏浮滥，"彩丽竞繁，而兴寄都绝"

(唐陈子昂《与东方左史虬修竹篇序》），以致为后世诟病指斥。刘勰清醒地认识到"采滥辞诡，则心理愈翳。固知翠纶桂饵，反所以失鱼""繁采寡情，味之必厌"；应当为情造文，敷设文采是为了更好地表达思想感情，二者有机配合，方能相得愈彰："夫铅黛所以饰容，而盼倩生于淑姿；文采所以饰言，而辩丽本于情性。故情者文之经，辞者理之纬；经正而后纬成，理定而后辞畅，此立文之本源也""心定而后结音，理正而后摘藻。使文不灭质，博不溺心，正采耀乎朱蓝，间色屏于红紫，乃可谓雕琢其章，彬彬君子矣"（《情采》篇）。

在这方面，刘勰批评近代文人为文的诡异淫侈的不良风气。如在造语用词上，《定势》篇指出他们为追求新奇而每每颠倒文句，《练字》篇说其喜欢借用音讹文变而使用别字，形成"率多猜忌，至乃比语求蚩、反音取瑕"（《指瑕》篇）之病，等等不一。所以，"他主张辞采运用要适度，不要过分。《丽辞》篇提出作文要'迭用奇偶，节以杂佩'，即骈偶句与单句要穿插运用，避免语句的过分整齐呆板。《夸饰》篇指出夸张应得体扼要，不应诡异与淫侈。……它主张'酌《诗》《书》之旷旨，翦扬马之甚泰，使夸而有节，饰而不诬'。《风骨》强调'无务繁采'，《镕裁》主张'剪截浮词'，都是这层意思。《风骨》还主张以质朴刚健的语言为骨干，再以华美的辞藻加以润色，做到风骨与辞采很好结合，即质文兼备"[①]。

现在看来，《文心雕龙》一书的文体论和创作论，是在其特定的时代背景与文学自身的发展过程中形成、进行的。自先秦至魏晋南北朝的漫长历史阶段里，主要的文学样式是诗歌、辞赋与各体骈散文；至于小说——无论志人还是志怪，多为片断短幅的笔记形式，仅史传类的偶见长篇，而戏曲则尚未出现。所以，在刘勰的文学观念中，这二种叙事性文体基本不包括在内，而重点注目于抒情写景型。故认为"情以物迁，辞以情发"（《物色》篇），即在创作主体的作家、客体的外部世界和文学作品，或者说人的主观思想感情（情志）、外界客观事物景象与表现中介的语言文辞这文学创作的三个要素里，用"物"来指称外界客观事物景象，只是自然景物，却忽略了人物形象的部分，便不能不说是一种偏颇。其直接缺憾

[①] 王运熙、杨明：《魏晋南北朝文学批评史》，上海古籍出版社1989年版，第476页。

就是在评价作品时,不重视那些叙事性很浓重的乐府诗篇和史传中的人物传记。

再者,刘勰处于魏晋南北朝骈体文学昌盛,十分讲求骈偶藻饰的风气环境里,自然容易受到其浸润感染,故而也推重文采声律,连自己都是这方面的高手,如他的洋洋巨制《方心雕龙》,便通体用精整华美的骈文写就。那么,乐府叙事诗、历史人物传记因为多使用白描笔法写成,缺乏骈俪文的绮丽辞语,就不被其欣赏。又,尽管萧统极赞陶渊明"文章不群,辞采精拔,跌宕昭彰,独超众类;抑扬爽朗,莫之与京。横素波而傍流,于青云而直上。语时事则指而可想,论怀抱则旷而且真"(《陶渊明集序》),然陶诗的风格自然质朴、不事雕饰,不合当时追求文采的潮流,故刘勰竟视而不见,未加置论,也就没有什么可奇怪的了。是以从本质上看,他对当时流行的骈体文学并未彻底否定,反倒是持赞成态度且积极身体力行之。而所要批评反对的,只不过是其认为本末倒置,因过分讲究形式语言的精美绝丽,乃至造成情志匮乏、思浅力柔而失之浮靡纤巧的不良趋向罢了。是以才极力救偏补弊,试图给予改良、矫正,强调"若夫熔铸经典之范,翔集子史之术,洞晓情变,曲昭文体,然后能孚甲新意,雕画奇辞。昭体故意新而不乱,晓变故辞奇而不黩。……情与气偕,辞共体并,文明以健,珪璋乃骋"(《风骨》篇),"练青濯绛,必归蓝茜,矫讹翻浅,还宗经诰。斯斟酌乎质文之间,而櫽括乎雅俗之际"(《通变》篇),才能重新建立刚健质朴的风气,兼具雅正与华美二者之长,文质并备,回归正途。

还有些其他方面的问题,《管锥编·张湛注〈列子〉》曾举例论其短长,可参见之:

《文心雕龙·诸子》篇先以"孟轲膺儒"与"庄周述道"并列,及乎衡鉴文词,则道孟、荀而不及庄,独标"列御寇之书,气伟而采奇";《时序》篇亦称孟、荀而遗庄,至于《情采》篇不过借庄子语以明藻绘之不可或缺而已。盖刘勰不解于诸子中拔《庄子》,正如其不解于史传中拔《史记》,于诗咏中拔陶潜;综核群伦,则优为之,破格殊伦,识犹未逮。……韩愈《进学解》:"下逮庄、骚,太史所录。"《送孟东野序》复以庄周、屈原、司马迁同为"善鸣"之数；柳宗元《与杨京兆凭书》《答韦中立论师道书》《报袁君陈秀才避师名书》举古来文人之雄，庄、屈、马赫然亦在，列与班皆未挂齿。文章具眼，来者难诬，以迄今兹，遂成公论。……然刘氏失之于庄耳，于列未为不得也。列固众作之有滋味者，视庄徐行稍后。

其实，类似者还有不少，都可说明刘勰识见的不足或迟钝。如对于诗歌体式的演变发展及对五言诗优胜之处的评价上，在历数从上古直到晋宋近世的特点及得失后，只是简单地总结说："若夫四言正体，则雅润为本；五言流调，则清丽居宗。"（《明诗》篇）若比较相同时代《诗品·总论》所云者："夫四言文约意广，取效风、骚，便可多得。每苦文繁而意少，故世罕习焉。五言居文词之要，是众作之有滋味者也，故云会于流俗。岂不以指事造形，穷情写物，最为详切者耶！"便明显见出刘勰的浅浮肤廓，远不及钟嵘的深刻透彻和敏锐细致的审美感悟力，只凭寥寥数语，便揭橥出五言诗的本质艺术精神及广阔前景。又如《明诗》篇参照文学史的文体流变实际现象，只在结尾处略及"三六杂言"，而全篇独以五言诗为论述重点，是十分妥帖的，已经把握住主流，但竟无一语提到较晚近出现的七言诗。然《宋书·谢灵运传论》却云："若夫平子艳发，文以情变，绝唱高纵，久无嗣响。"《南齐书·文学传论》也称："桂林湘水，平子之华章；飞馆玉池，魏文之丽篆。七言之作，非此谁先？"皆高度赞扬张衡七言体的《四愁诗》与曹丕的七言诗，这自是源于沈约、萧子显有关七言诗这种新体式丰富艺术表现力和旺盛生命力的充分理解、预见，也都超过了刘勰。

要之，"体大而虑周"的古代文学理论巨著《文心雕龙》，从它成书直至现代骤成为"显学"的千余年间，虽迭有起落，而总的说来，是历经了长时期的寂寞冷落。唐陆龟蒙《袭美先辈以龟蒙所献五百言既蒙见和复示荣唱至于千字提奖之重蓦有称实再抒鄙怀用伸酬谢》诗云：

刘生吐英辩，上下穷高卑。下臻宋与齐，上指轩从羲。岂但标八索，殆将包两仪。人谣洞野老，骚怨明湘累。立本以致诘，驱宏来抵蠘。清如朔雪严，缓若春烟羸。或欲开户牖，或将饰缨绥。虽非倚天剑，亦是囊中锥。皆由内史意，致得东莞词。

能够明确"指出它立本、驱宏,显得它能为探本之论,规模宏大;指出它开户牖,有创见;是囊中锥,能脱颖而出;但非倚天剑,不把它评价过高。指出它由内史意,如内史的诏王意,有助于治道"①。虽十分推重《文心雕龙》一书,但又比较客观、全面,将之放在一个比较合适的位置上,谕扬得当,是弥足可贵的,不妨移来作为我们今天重新认识的参考。

王融(467—493),字元长,琅琊临沂人。为齐武帝次子竟陵王萧子良在西邸时的"竟陵八友"之一。其奉武帝命所作《三月三日曲水诗序》,辞藻富丽,为世称颂,《文选》卷四六载录:"玄黄金石,斐然盈篇,即词涉比偶,而壮气不没,其焜耀一时,亦有繇也"(《汉魏六朝百三家集题辞·王宁朔集》)。验之其文,有云:"飞观神行,虚檐云构,离房乍设,层楼间起。负朝阳而抗殿,跨灵沼而浮荣,镜文虹于绮疏,浸兰泉于玉砌。幽幽丛薄,秩秩斯干,曲拂遭廻,潺湲径复。新萍泛沚,华桐发岫,杂天采于柔荑,乱嘤声于绵羽"。其气象的巨丽纷繁、文笔张扬铺排,确是依稀犹存汉大赋的作风,而与时下骈文流行的纤巧浮靡习尚异趣,难怪被来访的北朝使者认为胜过颜延之的同名之作。

王融现存诗100余首,于有齐一代,谢朓之下,当推杰出。"齐人寥寥,玄晖独有一代。元长以下,无能为役"(《古诗源·例言》)。然《诗品·总论》批评说:"近任昉、王元长等,词不贵奇,竞须新事,尔来作者,寝以成俗。遂乃句无虚语,语无虚字,拘挛补衲,蠹文已甚。"这与钟嵘"观古今胜语,多非补假,皆由直寻""至乎吟咏性情,亦何贵于用事"的审美趣味相径庭,是以被列为下品。但是,也承认他有"盛才",云其"词美英净。至于五言之作,几乎尺有所短,譬应变将略,非武侯所长,未足以贬卧龙"。其实,王融的重大贡献,在于同沈约共创"永明体",其特点是"始用四声,以为新变"(《梁书·庾肩吾传》),能细密讲求诗歌的声韵音律,为近体诗的最终形成,起到奠定基础和重要推进作用。这具体表现在将五言四句与八句的诗渐归于定型,使之占据诗歌中的主要样式,成为与五言古诗的分离临界。另外,他写乐府,也出以排偶之笔和绮丽之语,如《渌水曲》"琼树落晨红,瑶塘水初绿。日霁沙溆明,

---

① 周振甫:《文心雕龙注释》,北京:人民文学出版社1981年版,第2页。

风泉动华烛"、《巫山高》"烟霞乍舒卷,蘅芳自断续"、《采菱曲》"荆姬采菱曲,越女江南讴。腾声翻叶静,发响谷云浮"。故《诗薮》外编卷二尽管说王融诗歌"篇什虽繁,未为绝出",另一方面又评价"宋、齐自诸谢外,明远、延之、元长三数公而已"——凑巧的是,他们三人皆属山东籍文士。

何逊(?—518),字仲言,东海郯(今郯城)人。《梁书》本传言:"逊文章与刘孝绰并见重于世,世谓之何、刘"。但他现存仅有赋一、笺二、书一。诗歌今可见者,约有60首,而其中与范云、刘孝绰、高爽、韦黯、王江乘等人联句之制就占10余首。据梁元帝"诗多而能者沈约,少而能者谢朓、何逊"(《梁书》本传引)的话来看,他当时流传的便有限,然却颇多佳作。如《从镇江州与游故别诗》:"历稔共追随,一旦辞群匹。复如东注水,未有西归日。夜雨滴空阶,晓灯暗离室。相悲各罢酒,何时同促膝?"便是历来称诵的名篇。又如《咏早梅诗》(冯惟讷《古诗纪》于题目作《扬州法曹梅花盛开》)也影响深远,常被后人作为咏梅的典故看待,用之诗词中。其他像"露湿寒塘草,月映清淮流"(《与胡兴安夜别》)、"旅葵应蔓井,荒藤已上扉。寂寞空郊暮,无复车马归。潋滟故池水,苍茫落日晖"(《行经范仆射故宅》)、"绕岸平沙合,连山远雾浮。客悲不自已,江上望归舟"(《慈姥矶》)、"曲终相顾起,日暮松柏声"(《铜雀妓》)等,已十分类近唐人近体风韵,是以被杜甫屡屡称扬:"孰知二谢将能事,颇学阴何苦用心""沈范早知何水部,曹刘不待薛郎中"(《解闷十二首》其四、其七)、"阴何尚清省"(《夔州咏怀寄郑监李宾客》)、"能诗何水曹"(《北邻》),于写景、炼字等艺术表现上受其浸染。要之,何逊诗清冷隽丽,藻采斐然,风格与谢朓较为接近。卒后,同乡籍的王僧孺集其诗文等作品为8卷,已散佚。今有明人辑《何记室集》本行世。

徐陵(507—583),字孝穆,东海郯(今郯城)人。父徐摛为梁代著名文士,时以徐氏父子和庾肩吾、庾信父子比肩共美。又,徐陵早年与庾信俱为东宫抄撰学士,诗文华艳绮靡,争驰新巧,故号称"徐庾体",是为宫体文学的代表。中年遭逢乱离,徐陵出使北齐被羁留,故作品"感慨兴亡,声泪并发。……苏李悲歌,犹见遗则;代马越鸟,能不凄然"(《汉魏六朝百三家集题辞·徐仆射集》)。入陈后,"为一代文宗。……其文颇变旧体,缉裁巧密,多有新意"(《陈书》本传)。现存诗计40余首,乐府诗于流丽中间出壮语,气势较为苍劲;五言诗风格则有所变化,并不一味作轻艳软媚态。如《别毛永嘉》的切挚沉痛,造语朴质浑厚,颔联"嗟余今老病,此别空长离",独用当时罕有的流水对,全篇整体上已类似成熟的五律了。又《内园逐凉》呈现清逸闲适的风貌,也高轶出流行的宫体习气之外。

唐刘肃云:"梁简文帝为太子,好作艳诗,境内化之,浸以成俗,谓之宫体。晚年改作,追之不及,乃令徐陵撰《玉台集》以大其体。"(《大唐新语》卷三)《玉台新咏》计10卷,是继《诗经》《楚辞》之后现存最古老的诗歌总集,按时代先后顺序排列收录汉末至梁的"艳诗",即歌咏妇女的题材内容,"此书之例,非词关闺闼者不收"(清纪容舒《玉台新咏考异》卷九),诚为徐陵编选的创格。而他自撰的《玉台新咏序》,则极尽铺陈敷扬之能事,博征事典、属对精严、词采艳丽,历来被推为六朝骈文中的上乘制作。徐陵原有集30卷,已散佚,后人辑有《徐孝穆集》6卷。

王褒(513?—576),字子渊,琅琊临沂人。他早年在萧梁时即以诗擅名,辞藻清绮,属对精工,与流行的诗风相似。中年之际历经战乱,出使北周以国亡不得南归,遂使创作风格产生很大变化,这些都与庾信类同,"王子渊羁迹宇文,宠班朝右。及周汝南自陈来聘,赠诗致书,汉节楚冠,凄凉在念。又言览九仙、怀五岳,有飘遥遗世之感。盖外縻周爵,而情切土风,流离寄叹,亦徐孝穆之报尹义尚,庾子山之哀江南也"(《汉魏六朝百三家集题辞·王司空集》)。这里提及的《与周弘让书》《赠周处士诗》,深挚悲慨,无穷的乡关故国之思皆溢诸字句间,而凭苍劲浑朴的笔力出之,代表着其入周后的主导风格。另,王褒起初被西魏虏获押赴长安时的《渡河北》:"秋风吹木叶,还似洞庭波。常山临代郡,亭障绕黄河。心悲异方乐,肠断陇头歌。薄暮临征马,失道北山阿。"悲感之篇,时见风骨,已经透露出后来的消息。原有文集30卷,已散佚,现存明人辑《王司空集》。

颜之推(531—591?),字介,琅琊临沂人。他与徐陵、王褒的遭际大同小异,也是先仕萧梁,及江陵为西魏宇文泰军攻破,乃潜奔北齐,齐亡入北周,而终于隋。现存诗仅5首,其中《古意二首》是晚年追念故国、深悼萧梁覆亡而自伤身世的抒怀之作，词语流丽，多用对偶，然不掩古质苍劲之气，体现出南北风气的交融。《和阳纳言听鸣蝉篇》为入隋后制，巧构形似，更多存南朝轻绮遗韵。北齐亡后所成的《观我生赋》，自述平生饱经流离变故的遭遇，叙事述情，洋洋大篇，甚见沉郁顿挫之致。最著名的为《颜氏家训》，共 20 篇，属于杂散文性质，内容涉及艺文、博物、志异、考据，乃至社会现实生活、人情世态等多方面，优于史料和学术价值而缺乏文学性。其中《文章》虽具有一定的文学批评意义，但叙次较杂乱，类似札记随笔，并无系统、明确的主旨。颜之推原有诗文集 30 卷、《集灵记》20 卷，皆已散佚。今存《冤魂志》（又作《还冤志》或《北齐还冤志》）3 卷，及《颜氏家训》。

二 巨大的落差

隋文帝于开皇九年（589）平定江南，结束了长达两个多世纪的分裂局面，使全国重新复归统一。然隋仅传两世，享国不足 40 年（581—618），运祚短暂，故文学上尚来不及形成自己的面貌。当时著称的文士如卢思道（范阳人）、薛道衡（河东汾阳人）、孙万寿（信都武强人），以及重臣杨素（弘农华阳人）等，皆系由齐历周而入隋的北朝名流。而山东文坛的衰歇寂寥中可以提及的，唯有自南朝陈入隋的王眘、王胄兄弟。王眘（生卒年不详）字元恭，琅琊临沂人。现仅存《七夕诗》2 首，虽仍未脱齐、梁以来的浮靡积习，但如"落月移妆镜，浮云动别衣。欢逐今宵尽，愁随还路归"之句，则较为清丽。王胄（558—613），字承基。于陈任太子舍人、东阳王文学；入隋后以文词为炀帝赏重，曾从征辽东，进位朝散大夫，以坐交杨玄感被杀。著有文集 10 卷，今存诗近 20 首。其《燕歌行》所存残句"庭草无人随意绿"（《太平御览》卷五九一引《国朝传记》），历来传诵人口。五言《雨晴诗》有云："残虹低饮涧，新溜上侵塘。风度蝉声远，云开雁路长。"也是流美隽秀，境界清远寥廓，已仿佛盛唐诗写景的气象；且对仗工整、音韵谐畅，俨然成熟的五律句法了。又如《别周记室诗》云：

五里徘徊鹤，三声断绝猿。何言俱失路，相对泣离樽。别意凄无已，当歌寂不喧。贫交欲有赠，掩涕竟无言。

王胄另有《赋得雁送别周员外戍岭表诗》，疑两者为同时之制。此篇起以比兴，以下直举胸臆，悲泣切挚，送别友人中融入自我身世之慨，故觉迟回顾瞻，悠悠无穷。已尽扫轻艳靡丽之致，显示出兼融南北风气的趋向。

另，《敦煌乐二首》为五言乐府诗，《乐府诗集》卷七八入"杂曲歌辞"，其二云："极目眺修涂，平原忽超远。心期在何处？望望崦嵫晚。"虽不尽的生命迟暮、道路迢递要眇的感叹，然笔力遒劲，颇具苍茫悲凉情味，染浸着北地气格，为梁陈诗作中所罕见。而长达34句的《白马篇》，慷慨豪纵，通体流溢着英雄气概，系模拟曹植之作，故仍多存建安诗歌的风力意气。结尾云："鼓行徇玉检，乘胜荡朝鲜。志勇期功立，宁惮微躯捐！不羡山河赏，唯希竹素传。"显知为从炀帝征辽东时作，表现出希冀建功立业的强烈用世心。同时，也见到王胄诗歌风格的多样化特征以及隋代诗风向唐过渡的一些迹象。

李唐王朝自高祖武德元年（618）至哀帝天祐四年（907），首尾共计近300年。这是中国历史上最强盛的时代，似乎只有国祚400余年的两汉差可相并肩，故向以"汉唐"并称。然而就疆域、国力、军事、经济、文化、文学等情况综合看来，似乎大唐帝国较之犹过。高度繁荣的唐代文化耸然矗作巅峰，"分野中峰变"（王维《终南山》），又拥载着独特的标志意义，即成为中古时期与近古时期的分界线。然而，"和希腊文化不同的是，唐文化并非处于我民族发展的童、少年时代，而是处在青春期。因此，它有生与熟之间的特征：既集古老文化之大成，又开新世界之门户。它好比有两节车厢的大客车，初、盛唐是一节，中、晚唐是一节。前一节是士族文化的总结、吸收，后一节是世庶地主文化之开始，两种文化构型同处一个王朝"①。而同样高度繁荣的唐代文学，便滋生、发展、成熟于这片高原沃土之上。

在唐代，各种文学样式皆臻达极盛。清人所编集的《全唐诗》900卷，计存有名姓可考的作者2200余人，诗歌作品48900余首；《全唐文》1000卷，载录3040多人的各类文章18480多篇，仅由此数量，便可想见

---

① 林继中：《唐诗：日丽中天》（乔力主编《中国古代文学主流》丛书第3种），桂林：广西师范大学出版社2000年版，第5页。

其大概况状。当然，就文而言，情况比较复杂，以审美为本质特征的纯文学作品只有少部分，而那些主要以社会教化或实用为鹄的杂文学，甚至非文学性质之作则占据了相当的比例。总之，从纯文学的角度来看，唐代的诗歌、散文、小说（志异、传奇、笔记）等各种文体间，当推诗歌为极则，是一代文学繁盛的最好标志，巅峰上的巅峰。所以，后人言"一代有一代之文学"时，便每每以汉赋、六朝骈文、唐诗、宋词、元曲、明清小说并称，形成了具载普遍社会文化意义的文学认同。因为唐诗作为一种文化——文学现象，它那巨大、永恒，"去唐愈远而光景如新"的艺术魅力，"是同它在其中产生而且只能在其中产生的那些未成熟的社会条件永远不能复返这一点分不开的"[①]。同宋词这样的新兴音乐文学形式一样，是后世永远也无法再复制或逾越的极顶辉煌。

《诗薮》外编卷二全景式地描述说：

> 甚矣，诗之盛于唐也！其体，则三、四、五言，六、七、杂言、乐府、歌行、近体、绝句，靡弗备矣。其格，则高卑、远近、浓淡、浅深、巨细、精粗、巧拙、强弱，靡弗至矣。其调，则飘逸、浑雄、沉深、博大、绮丽、幽闲、新奇、猥琐，靡弗诣矣。其人，则帝王、将相、朝士、布衣、童子、妇人、淄流、羽客，靡弗预矣。

与之构成巨大落差或鲜明对比的，则是山东文坛的衰飒冷清。首先是诗，亦兼及文，都未曾有过一流大家的出现，就连二三流的名家作者也寥若晨星；甚至不得已退而求其下，连那些成绩非常有限的小作者数量也不是很多——是否可以认为，在位处漫长的中国古代文学史鼎盛阶段的唐，却是山东地域文学史中的低谷。至于其中原因究竟何在，因情况复杂，一时也难以完全探明，且限于本书体例与篇幅容量，故不予论析。但是，出于研究的通盘考虑，必须提出这个特殊现象来，以引起注意。

关于山东的政区设置，唐仍因循隋改前代州、郡、县三级制为州、县

---

① 马克思：《〈政治经济学批判〉导言》，见《马克思恩格斯选集》第2卷，北京：人民出版社1972年版，第114页。

二级制，故"州"与前朝"郡"之面积几相等。要之，有唐一代，州、县的析合无常，屡经变化，但总体上属有齐、青、淄、兖、沂等14州，大略与现代的山东政区范围相近。唐前期，山东经济相当发达，如农桑渔盐、纺织手工及商业、交通等皆可称道，"齐纨鲁缟""鲁酒"更是名著天下，屡屡见诸咏歌。"安史之乱"以后，江南地区因未遭兵燹，故经济、文化迅速崛起，江、淮一带成为国家财政赋税的支柱。山东地区则以藩镇割据，多经战火，便呈相对衰落之势。

山东文坛上，年辈较早的是崔融。融（653—706），字安成，齐州全节（今济南）人。史称其为文典丽华婉，当时罕有其比，朝廷所需大手笔，多出其手，时共苏味道、李峤、杜审言齐名，并称为"文章四友"。后因为奉诏撰武后哀册文，用思过为精苦，绝笔而卒。但这些多为应用性质，缺乏文学价值，实可置而不论。他现存诗约近20首。一类写边塞题材，或拟乐府旧题，如《关山月》，或为纪实之作，如《西征军行遇风》，皆气象开阔，意气慷慨，已略见盛唐边塞诗先声，如"兵气腾北荒，军声振西极。坐觉威灵远，行看氛祲息"。这当系来源于其"及兹戎旅地，悉从书记职"的亲身生活经历。故《塞上寄内》诗云："旅魂惊塞北，归望断河西。春风若可寄，暂为绕兰闺。"虽构思工巧，然仍有真实的感情贯注，不掩浑朴恳挚的气质风貌。另一类为写景咏怀之制，如《吴中好风景》诗中颔联"夕烟杨柳岸，春水木兰桡"，清疏俊朗。又《和宋之问寒食题黄梅临江驿》云：

> 春分自淮北，寒食渡江南。忽见浔阳水，疑是宋家潭。明主阍难叫，孤臣逐未堪。遥思故国陌，桃李正酣酣。

用叙述笔法写事、景、情，颈联寓幽愤于直言，但怨而不怒，实含不尽深隐宛曲之意于内，所以，尾联以丽景反衬乡愁，才倍觉哀痛，饱含着一掬同情的泪水。

《日本国见在书目》中著录有《唐朝新定诗体》1卷，近人考证为崔融所撰。日僧空海（法号遍照金刚）《文镜秘府论》之东卷《论对》、地卷《十体》等时有征引："就其残文观之，其原书内容大抵论调声、声病、属对以及修辞者。书称'新定诗体'或'诗格'，则似为当时人所应遵循者。其于律诗格式之奠定，当曾起重要作用"①。试举他的五律，除上引两首外，又如《留别杜审言并呈洛中旧游》《则天皇后挽歌二首》《韦长史挽词》等，皆颇工整精确，可与同时的沈佺期、宋之问、杜审言等有关制作相颉颃。又如七言的《从军行》，有句云："关头落月横西岭，寒下凝云断北荒。漠漠边尘飞众鸟，昏昏朔气聚牛羊。依稀蜀杖迷新竹，仿佛胡床识胡乡。"气象雄浑，且以律诗句法入歌行，多为盛唐诗人王维、杜甫、高适、岑参等喜用。又七律《嵩山石淙侍宴应制》，全篇皆对仗，造语精丽清华。崔融不仅只在理论形式上规范，且以自己的创作实践与之印证、呼应，为律诗的最后成熟稳固作出贡献。

相较而言，唐代的山东文坛上，当首推储光羲成就为高。储光羲（706？—762？），行十二，兖州人。或说为润州延陵（今江苏金坛）人。储光羲《游茅山五首》之一云："十年别乡县，西去入皇州。此意在观国，不言空远游。……北洛返初路，东江还故丘。"茅山蜿蜒于江苏句容、金坛间，北临丹徒，南及溧阳，因东汉元帝时有茅盈、茅固、茅衷三兄弟在此修道，故名之，以后遂成道教中心。据此，似储光羲世居于江南，而祖籍在兖州，所以，天宝十二年（癸巳，753）丹阳进士殷璠选当时24位士人的234首诗，辑编为《河岳英灵集》，其中便称"鲁国储光羲"。又谓"尝睹公《正论》十五卷、《九经外义疏》二十卷，言博理当，实可谓经国之大才"。另，《新唐书·艺文志》著录有《储光羲集》70卷，均早已亡佚。今仅存《全唐诗》所收其诗4卷，总计220余首。

储光羲是唐代山水田园诗派的重要成员，也是众美咸集、已臻达峰巅极致的盛唐诗坛上较有影响的诗人。他与王维、孟浩然、岑参、綦毋潜、裴迪等皆有交往，于当时颇负盛誉，如《河岳英灵集·叙》便说："粤若王维、昌龄、储光羲等二十四人，皆河岳英灵也，此集便以'河岳英灵'为号。"并言："昌龄以还，四百年内，曹（植）、刘（桢）、陆（机）、谢（灵运），风骨顿尽。"认为只有王昌龄与储光羲"颇从厥游。且两贤气同体别，而王稍声峻"。在卷中选录储诗时评云："格高调逸，趣远情深，削尽常言，挟风雅之迹，浩然之气。"至中唐时，顾况甚至揄扬其

---

① 周祖譔主编：《中国文学家大辞典·唐五代卷》，北京：中华书局1992年版，第716页。又，参见王利器《文镜秘府论校注》，北京：中国社会科学出版社1983年版。

"声价隐隐辒轹诸子（谓崔国辅、綦毋潜、常建、王昌龄）"（《监察御史储公集序》）。其实，这已是过为夸张，总体比较起来，储光羲"远逊王（维）、韦（应物），次惭孟（浩然）、柳（宗元）"（清李慈铭《越缦堂读书记》卷八），成绩是无法与这些山水田园诗派的代表人物相并肩共论的。

纵览他诗歌的题材内容，自然是以田园山水为大宗。不过，不同于王、孟等人的用审美眼光来看待自然山水景色和田园风光，笔端下流溢着清雅闲逸的情致韵味；其间的野老农夫，亦仿佛避世隐遁的高士，无论浣女牧童的日常劳作，皆处处笼罩着"纯美"的诗情画意，实际上是已经完全予以艺术化了。故沈德潜云：储光羲诗"学陶（渊明）而得其真朴，与王右丞分道扬镳"（《唐诗别裁集》卷一）。这不仅只在于风格面目的差异，更根本表现为立意取旨的"真实"。如《田家杂兴八首》之六：

楚山有高士，梁国有遗老。筑室既相邻，向田复同道。糗糒常共饭，儿孙每更抱。忘此耕耨劳，愧彼风雨好。蟋蟀鸣空泽，鸤鸠伤秋草。日夜寒风来，衣裳苦不早。

类似的还有《同王十三维偶然作十首》之一："仲夏日中时，草木看欲燋。田家惜工力，把锄来东皋。顾望浮云阴，往往误伤苗。"《田家即事》："迎晨起饭牛，双驾耕东菑。蚯蚓土中出，田乌随我飞。"都再现了农村的辛苦勤劳情状。当然，作为士大夫文人且身居显宦者，储光羲总是自觉不自觉地要流露出自己的情趣志向，而借农家形象为中介，以寓托抒写之，如《同王十三维偶然作十首》其三云：

野老本贫贱，冒暑锄瓜田。一畦未及终，树下高枕眠。荷蓧者谁子？蹯蹯来息肩。不复问乡墟，相见但依然。腹中无一物，高话羲皇年。落日临层隅，逍遥望晴川。使妇提蚕筐，呼儿傍渔船。悠悠泛绿水，去摘浦中莲。莲花艳且美，使我不能还。

依次叙来，行态情状明晰如画，一派高古旷逸气象，末尾转束以清妍流美之笔致。诗中既用陶渊明"晴川"典故，胸襟也与彼《与子俨等疏》

"常言五六月中,北窗下卧,遇凉风暂至,自谓是羲皇上人"的淡远疏散相似,只是于学陶的浑朴中,多了一抹亮鲜色泽。应该说,那正是盛唐明丽开朗的时代精神特征的映射,表现为对生活的热情,遂融合统一于外在客体物象与内在本体风神意趣的审美感觉里。这点,又与王、孟等盛唐山水田园诗人波澜不二,形成为共同的艺术特征了:"唐初承袭梁、隋,陈子昂独开古雅之源,张子寿首创清淡之派。盛唐继起,孟浩然、王维、储光羲、常建、韦应物,本曲江(张九龄)之清淡,而益以风神者也"(《诗薮》内编卷二)。

六朝以来,田园诗与山水诗兴起,并形成为诗歌中拥载较稳定内涵范畴的题材概念,其中对唐人影响最深的是陶渊明与大、小谢(谢灵运、谢朓)。陶渊明的田园诗真率浑朴,能将现实日常生活及周围乡村风物、自我情感志趣、审美这三者有机地交汇作一体;而二谢的山水诗则绘形状貌、工于摹画,用客观欣赏的态度将自然景象撷纳于诗中,风格或精丽或清绮。至唐代,遂将两端聚合为田园山水诗,于浸润传承中更有所衍化发展,而再造新境。如果说上述储光羲的诗反映田园生活,艺术面貌接近陶渊明的话,那么,他另一些以模山范水为题材内容的诗篇,就多具清朗俊逸之美。如《泛茅山东溪》有云:"江海霁初景,草木含新色。"《仲夏入园中东陂》有云:"环岸垂绿柳,盈潭发红藻。"《巩城南河作寄徐三景晖》有云:"清露洗云林,轻波戏鱼鸟。"《答王十三维》云:"落花满春水,疏柳映池塘。"《临江亭五咏》其二有云:"潮生建业水,风散广陵烟。"其五有云:"落霞明楚岸,夕露湿吴台。"等等不烦枚举。它们无论笔法疏阔抑或细腻,都颇注重色彩效果和动态感受,犹如一幅幅形象鲜明的写生画卷,有的更散发着盛唐所特有的青春勃动的气息。

总览储光羲诗作,以五古数量为多,亦以此体见长。这方面明显可以感觉到魏晋古诗的风味情貌,如《夜到洛口入黄河》诗云:

> 河洲多青草,朝暮增客愁。客愁惜朝暮,枉渚暂停舟。中宵大川静,解缆逐归流。浦溆既清旷,沿洄非阻修。登舻望落月,击汰悲新秋。倘遇乘槎客,永言星汉游。

也是用叙述的笔法写景抒情,不务细腻精工,但自有一种浑厚开阔的气象，于结末忽发逸想，欲作高远超遁之举，更挟带着郭璞《游仙诗》的飘飘轻迈的忘怀遗世意趣。不过，诗中虽反复言"愁""悲"，却只像朝暮的淡烟薄雾似的，微微流荡在客子的心头，很快便消散了，并不觉得过分浓重深沉；望着即将沉落的秋月。悬想与又一个黎明所伴随而来的希望，这就是盛唐人普遍的明朗豁达性格和永远面向未来的精神。另，《舟中别武金坛》有云："漾舟清潭里，慰我别离魂。落日下西山，左右惨无言。萧条风雨散，窅霭江湖昏。秋荷尚幽郁，暮鸟复翩翩。纸笔亦何为？写我心中冤。"细味通篇，似为安史乱中，因陷贼被迫受伪职，叛平后被定罪贬谪南方时作，故发意悲挚痛咽，然仍能慷慨任情、使气命诗，较前者更得力建安风骨，并不仅只在于造语用笔的质率朴健。

储光羲的五言古，也有不少格新调逸之制，如为各唐诗选本所必录的《杂咏五首》其四《钓鱼湾》：

垂钓绿湾春，春深杏花乱。潭清疑水浅，荷动知鱼散。日暮待情人，维舟绿扬岸。

前四句写景，幽静中间缀以清艳之色，从而牵引出后两句期待同抱逸趣澄怀的高士到来，以豁畅襟胸的意想。"此见无心于钓，借之以适情，故即景之幽，其乐自在。待情人者候同志也"（清唐汝询《唐诗解》卷八）。又，中间一联写景，语虽浅意却极层折曲深，"这两句'疑'和'知'相应。水清而又浅往往无鱼，因荷动而知有鱼，因有鱼而知不浅。清水中的鱼本来是可见的，但由于荷叶覆盖，不能见鱼，所以从荷叶的摇动中才知鱼在游动。两句一悬一断，意思贯注"[①]。其他如五言乐府诗《江南曲四首》其三云："日暮长江里，相邀归渡头。落花如有意，来去逐船流。"与盛唐时崔国辅《采莲曲》、崔颢《长干曲》都是效习南朝民歌的言情之作，此篇独借喻"落花"以寓譬恋情慕爱的缠绵，用意虽精深却不落痕迹，不尽的盈盈一水，伊人宛在之思，皆于言外出之，深得其宛转绵邈之遗。

[①] 中国社会科学院文学研究所：《唐诗选》上册，北京：人民文学出版社1978年版，第99页。

储光羲的五言近体,较古体为少,然亦不乏佳品。如五律《洛桥送别》云:

河桥送客舟,河水正安流。远见清桡动,遥怜故国游。海禽逢早雁,江月值新秋。一听南津曲,分明散别愁。

开首点题,即以"河水"发兴,颔联流水对,承上而引出离情;颈联写景,暗示时间的转移,末尾忽以听曲收束,以见胸次旷朗。全诗清遒爽逸,语淡情长而不低回,并无丝毫萎靡呻吟态,显示出盛唐五律成熟期的典型风貌。其他如《汉阳即事》《陇头水送别》等亦可味。五绝则多呈现别一番风貌。如《长安道》其二云:"西行一千里,暝色生寒树。暗闻歌吹声,知是长安路。"气象闳阔,于客观的描述中写出京都的豪华,简洁有味。另,《洛阳道五首献吕四郎中》其三云:"大道直如发,春日佳气多。五陵贵公子,双双鸣玉珂。"刻画东都贵少年的昂扬骄奢情态,是讥刺?是赏叹?竟不下一断语,只让人自己去品题。可与上合看,一写景一写人,一闻声一如见,动静互映而生态。

盛唐时期的七律不多,及待到杜甫手里,才使之成熟并臻范型化,从此以后,便逐渐成为古典诗歌中的支柱性体式。储光羲只有两首,一首以古诗笔法为之,且有一联不对;另一首《田家即事》亦较平淡,尾联更是才意枯竭、聊以终篇的敷衍冗庸语,远不及同类题材内容的五言古。而七言古在当时已甚是风行,一般说来,田园山水派诗人不多喜作,唯王维有些佳篇为世称重;边塞诗人中此体却大盛,李颀、高适、岑参等均为高手大家,大概是其跌宕开阖、富于变化的长篇形式涵纳着更为丰富复杂的容量,更适宜于表现复杂纷繁的事物场景,更有利于抒发豪放激荡的情绪波流。所以,无论是其风貌特征趋向于慷慨高歌、矫挺亢昂,抑或苍茫悲凉、沉郁感叹,而都有纵横不羁、鼓涌恣肆的气势或意气流走盛溢于字里行间。储光羲的长篇七古《登戏马台作》也便卓异于他清逸浑朴的整体作风,独呈别貌,诗云:

君不见宋公杖钺诛燕后,英雄踊跃争趋走。小会衣冠吕梁壑,大征甲卒碻磝口。天开神武树元勋,九日茱萸飨六军。泛泛楼船游极浦,摇摇歌吹动浮云。居人满目市朝变,霸业犹存齐楚甸。泗水南流桐柏川,沂山北走琅邪县。沧海沉沉晨雾开,彭城烈烈秋风来。少年自言未得意,日暮萧条登古台。

这是怀古登临之作,故以凭吊叹喟为尚,以胸次旷远、情味沉郁不尽而笔力动荡顿挫为高胜。它前八句历述刘裕平灭南燕、一时天下雄杰趋随的武功霸业和在戏马台宴饮群僚、赋诗述美的文治盛况,已隐隐透露出无限的追怀想望之心,"泛泛楼船"两句以景结事,形象地再现出当年那种煌大热烈的气象。紧接着凭"居人满目"两句以千钧之力一笔挽转,感慨时世移易,"霸业"往矣,如今也不过空留声名在故乡罢了。以下"泗水南流"四句始点明登临眺望的本旨,依次铺排南北东西的四方景物,由时间的溯探转到空间的摹写,或者说,从主观心理活动移向客观耳目见闻,但"烈烈秋风来",仍然涵纳着萧索落寞的情绪指向的牵引、暗示与烘托渲染。故结尾两句便直赴主题,虽不作含蓄包藏之笔,然于详透发露中所表明的抚今感昔、不胜兴衰的沧桑感和世事无常、功名煊赫一时也难保长久的沉重历史意识,依旧教人唏嘘回味,为之怅然不置。全篇除首、尾的各两句外。中间大多数皆用对仗,工整中不掩疏荡之气,滔滔一泻而下,也是盛唐诗人的一贯品格。

七绝在当时曾配上曲谱、被之管弦以供演唱,唐孟棨《本事诗》便记载有高适、王之涣、王昌龄"旗亭赌唱"的故事,可见此等体式盛行情况的一斑。储光羲有十余首作品,虽远不及其五言古、近体的篇什繁富,但却较七古为多。其中《明妃曲四首》之三云:"日暮惊沙乱雪飞,傍人相劝易罗衣。强来前帐看歌舞,共待单于夜猎归。"本旨在写王昭君的孤寂凄苦之心绪,正面不着一字,只是客观地叙述,却尽可于言外想见之。且命思新颖,不落俗套,语淡情深而意余言表,故觉风神绵邈。又,《同武平一员外游湖五首时武贬金坛令》为记游组诗,辞藻较华艳,此系歌舞筵宴上的侑饮佐欢之制,是以意趣只在词采的绮丽与音调的谐协美听,并无须多求性情的张扬,正所谓"形式决定内容"者。如其一即开章明义云:"红荷碧筱夜相鲜,皂盖兰桡浮翠筵。舟中对舞邯郸曲,月下双弹卢女弦。"它值得称道处是中间有清疏之致逸出,并未一味堆叠,秾媚得化不开。当然,七绝里能体现他主导风貌的是早年所作的《寄孙山人》:

新林二月孤舟还，水满清江花满山。借问故园隐君子，时时来去在人间。

清幽新逸，仍在人间，虽绝尘俗却也不是不食烟火气，所以才富于生活气息。

应单独提及的是《洛中贻朝校书衡朝即日本人也》，诗云："万国朝天中，东隅道最长。朝生美无度，高驾仕春坊。出入蓬山里，逍遥伊水旁。伯鸾游太学，中夜一相望。落日悬高殿，秋风入洞房。屡言相去远，不觉生朝光。"案，朝衡即晁衡（698—770），这是日本人阿倍仲麻吕的汉名。他系日本奈良县阿部村人，开元四年（716）被选为遣唐留学生，次年随遣唐使多治比广成一行共517人来长安，学成后留唐未归，历任左拾遗、左补阙、秘书监兼卫尉卿等官职。天宝十二年（753）与中国高僧鉴真等随遣唐使藤原清河返回日本。途中因遇海上风暴，船漂流至安南（今越南）得救，遂辗转再返长安。大历五年（770）卒于中国，时为左散骑常侍、镇南都护。他与王维、李白、储光羲、赵晔、包佶等著名文士皆有交往，此诗亦为中日文化文学交流史上的重要资料。

羊士谔（762?—822?），字谏卿，行第二十七，泰山（今泰安）人。他以诗、文擅名当时，晚唐张为《诗人主客图》推首白居易为"广大教化主"，而列羊士谔作"入室"者之一；元辛文房称"士谔工诗，妙造良选，作皆典重"（《唐才子传》卷五）。原有集1卷。《全唐文》现存其文5篇，唐孟简《建南镇碣记》云："谏卿受气端劲，为文雅拔。"又赞扬其《南镇永兴公祠堂碑》"彩章辉焕，物象飞动"。现在看来，本意重在社会应用价值，文学意义并不高。

《全唐诗》收录羊士谔诗1卷，计得100余首，题材上不外乎记游写景、酬别赠人、咏怀咏物之类，主要偏向于一己的个体人生活动内容和心迹的表述，而较少对社会现实生活广阔场境的关注。如被张为《诗人主客图》所摘引的佳句"风泉留古韵，笙磬想遗音""桂朽有遗馥，莺飞安可待"，以及"尘沙蔼如雾，长波惊飚度。雁起汀洲寒，马嘶高城暮。银釭倦秋馆，绮瑟瞻永路。重有携手期，清光倚玉树"之类，便可略见一斑。其他如《小园春至偶呈吏部窦郎中孟员外》："松筱虽苦节，冰霜惨其间。欣欣发佳色，如喜东风还。幽抱想前躅，冥鸿度南山。春台一以眺，达士亦解颜。偃息非老圃，沉吟闷玄关。驰晖忽复失，壮岁不得闲。君子当济物，丹梯难共攀。心期自有约，去扫苍台斑。"因春至登台眺望以感兴，惊心于时光急驰，写理想和现实的矛盾，因之启生用世济物与遁世玄想两难全的叹息，最终仍以达士襟胸淡泊明志以自解。这种情怀，正与《游郭驸马大安山池》尾联"坐阅清晖不知暮，烟横北渚水悠悠"的散淡闲远，以及咏物比况的《初移琪树》"爱此丘中物，烟霜尽日看。无穷白云意，更助绿窗寒"相映照。联系到他永贞元年（806）入京，以公言执政王叔文之非，被贬汀州宁化县尉，及元和初再入京为监察御史，寻迁侍御史，三年（808）秋，因与御史中丞窦群等谋倾宰相李吉甫，被贬资州刺史，未及到任，道贬巴州刺史的坎坷经历，对其拗直的性格与热心政治的举止，便会增加一些深层背景的了解。又，《旧唐书》本传谓其在贬所任上能关心民瘼，舒民之困危，治行居最；后又历任资州、洋州、睦州刺史，皆有政绩。故《郡楼晴望二首》之一有云："无功惭岁晚，唯念故山归。"《守郡累年俄及知命聊以言志》有云："气直惭龙剑，心清爱玉壶。聊持循吏传，早晚□为徒。"便不仅仅是聊作姿态的浮表言。

检点羊士谔诗，五言、七言各体皆备。五言中古诗数量为少，也率皆平淡质木之作，唯个别篇章，如《九月十日郡楼独酌》有句："暮节独赏心，寒江鸣湍石。"意味清峻无俗。又如《题郡南山光福寺寺即严黄门所置时自给事中京兆少尹出守年三十性乐山水故老云每旬数至后分阆西川州门有去思碑即郄拾遗之词也》诗，先以"传闻黄阁守，兹地赋长沙。少壮称时杰，功名惜岁华"四句，追念旧事，称扬先贤，已微露迁谪之慨。中间四句转到寺庙本身上来，谓彼人虽已长逝而遗爱犹存，故末四句才唱叹多致："碑残犹堕泪，城古自归鸦。籍籍清风在，怀人谅不遐。""碑残"句融化羊祜典故了无痕迹，即或不用此典故，与下"城古"句相映，也属天然的情景佳句。末两句谓先贤清风高节犹与人亲近，教人怀想，便做足题目，富于情味。要之，此篇以律体入于古风，工整中仍有迟回顿挫韵致。

五律最多，这仍是中唐时最盛行，也已经发育到极度成熟的体式。羊士谔于此从容着笔，自不乏驾轻就熟之感，如"留步苍苔暗，停觞白日迟"（《故萧尚书瘿柏斋前玉蕊树与王起居吏部孟员外同赏》）、"归思偏消洒，春寒为近山"（《雨中寒食》）、"愁鬓华簪小，归心社燕前"（《郡楼怀长安亲友》），皆能以情涵融入事、景中，流注轻畅伺仍有余思缭绕于字句里。至如《资中早春》诗云：

> 一雨东风晚，山莺独报春。淹留巫峡梦，惆怅洛阳人。柳意笼丹槛，梅香覆锦茵。年华行可惜，瑶瑟莫生尘。

此为游宦蜀中时所制，前四句出以叙述笔法，说早春逢雨、异乡羁滞所生发的怅惘伤感意绪。颈联之曲句写景，一"笼"字用得颇新警，已表足春意初盈的景状；对句虽仍在写景，但顺承上而点出赏梅宴饮的事来。是以尾联以爱重韶光，及时行乐作结，显出感叹中又有豁达的情怀。

他的七律数量既较少，也缺乏佳作。较有情味的如《州民有献杏者瑰丽溢目因感花未几聊以成咏》，借"却忆落花飘绮席，忽惊如实满雕盘"以抒发节序如流、年光递嬗，而"志士""美人"同一的悲慨。又，《郡斋感物寄长安亲友》诗云："晴天春意并无穷，过腊江楼日日风。琼树花香故人别，兰卮酒色去年同。闲吟铃阁巴歌里，回首神皋瑞气中。自愧朝衣犹在箧，归来应是白头翁。"细味诗意，似是被贬谪出京守资州时之作。所谓"感物"者，系感慨"晴天春意"应节即至亘古无穷尽时，而人事却昨是今非，回望长安，只恐怕白首为归期了。深沉的迟徊顾盼里既无迸发的怨愤语，也不过为低迷凄咽，多的是那份轻叹微唱，论者所谓的"作皆典重"，或许这也算一种表现侧面吧。

羊士谔的七绝篇数与五律相接近，然成绩却最高，毫无疑问，属于他诗艺造诣之代表。如宋纪有功《唐诗纪事》卷四三选录的《寻山家》："独访山家歇还涉，茅屋斜连隔松叶。主人闻语未开门，绕篱野菜飞黄蝶。"简朴素朗，笼罩着浓郁的生活气息，犹如一幅明丽的山上农家画图。其实，此诗的新警处，或者说"诗眼"全在第四句上，有了它始才见出精神来，挽回通篇质直枯淡、无余味的缺陷。也许，因此篇虽乏盛唐七绝风神绵邈、情溢言表的高格丰韵，却于章法技巧、风格面目上透露出宋调的一些特征，方被《唐诗纪事》的编选者所瞩目，未载及其他一些更富情韵的佳作。如《登楼》：

> 槐柳萧疏绕郡城，夜添山雨作江声。秋风南陌无车马，独上高楼

故国情。

清李瑛云:"此亦思归之作。三句写景,末句点到登楼,笔力自高。"(《诗法易简录》卷一四)它前三句摹写登楼见闻,从回想昨夜的山雨喧声,到眼下的满目疏柳凋槐,相伴着闻寂荒寞的秋风南陌,遂因物及心,涌溢起一派萧索衰落的季节感情,那么,连类而起故园之思,便是自然而然的了。全诗只凭景物的客观描写以渲染、营造气氛,构成某种特定的情绪导向,再就结句点明"故国情",虽不言愁但愁思已经弥漫在笔墨间,于是,客观也便融化或转换为主观了。"见闻如此,摇落萧飒甚矣,此际登楼,那能无故国之思"(清宋顾乐《唐人万首绝句选》)。像这种笔法,直承盛唐七绝如王昌龄而来,犹不失流风余韵,只是由其高华而变沉咽,这或许是不同的身世遭际,乃至时代气数使然。又如《王起居独游青龙寺玩红叶因寄》云:

十亩苍苔绕画廊,凡株红树过清霜。高情还似看花去,闲对南山步夕阳。

它不正面写景,而是描述赏景的过程及由之兴发的审美心理感受,使自具清丽疏朗意趣,可与杜牧的名篇《山行》"停车坐爱枫林晚,霜叶红于二月花"前后映辉。其他如《寄裴校书》:"登高何处见琼枝?白露黄花自绕篱。惟有楼中好山色,稻畦残水入秋池。"《斋中咏怀》:"无心惟有白云知,闲卧高斋梦蝶时。不觉东风过寒食,雨来萱草出笆篱。"《客有自渠州来说常谏议使君故事怅然成咏》:"才子长沙暂左迁,能将意气慰当年。至今犹有东山妓,长使歌诗被管弦。"或摹写极平常的乡村景色,情调明朗,毫无习惯的悲秋意绪;或因景映情,有高卧怡然之乐而不生春残迟暮叹慨,或夷然不以迁谪为伤感,阑入谢安事以显襟怀旷逸,皆以隽逸清劲的笔致见胜。

段成式(803?—863?),字柯古,临淄邹平人。[①] 宰相段文昌之子。

[①] 或说段成式郡望临淄,世居荆州;另有西河、南郡、河南籍贯之说。今依方南生《段成式年谱》之说,见段成式《酉阳杂俎》,北京:中华书局1981年版,第305~306页。

他著述甚多,如退居襄阳时,与温庭筠、余知古、周繇、韦蟾等人同游山南东道节度使徐商幕,赋诗唱和,编成的《汉上题襟集》10卷,曾为《新唐书·艺文志》著录。另,自撰《庐陵官下记》2卷、《段成式集》7卷,皆已散佚。现存最著名的是《酉阳杂俎》《新唐书·艺文志》置列于"子部小说家类",宋陈振孙《直斋书录解题》、晁公武《郡斋读书志》、明胡应麟《少室山房笔丛》皆谓前集20卷、续集10卷。关于内容,宋周登嘉定七年(1214)《后序》称"其书类多仙佛诡怪、幽经秘录之所出。至于推析物理,《器奇》《艺绝》《广动植》等篇,则有前哲之所未及者。其载唐事,修史者或取之"。《四库全书总目提要》云:"其书多诡怪不经之谈,荒渺无稽之物,而遗文秘籍,亦往往错出其中,故论者虽病其浮夸,而不能不相征引。自唐以来,推为小说之翘楚,莫或废也。其曰《酉阳杂俎》者,盖取梁元帝赋'访酉阳之逸典'语。二酉,藏书之义也。"现在看来,它具载笔丛札记性质,除了南北朝至唐代的史料,中西文化、物产交流,以及博物科学等方面的历史、学术价值外,若从文学上着眼,则记述传说、神话、故事、传奇之类,繁富多采。如《前集》卷九《盗侠》篇中的一条:

建中初,士人韦生移家汝州,中路逢一僧,因与连镳,言论颇洽。日将衔山,僧指路谓曰:"此数里是贫道兰若,郎君岂不能左顾乎?"士人许之,因令家口先行,僧即处分步者先。排比行十余里,不至,韦生问之,即指一处林烟,曰:"此是矣!"又前进,日已没。韦生疑之,素善弹,乃密于靴中取弓卸弹,怀铜丸十余,方责僧曰:"弟子有程期,适偶贪上人清论,勉副相邀。今已行二十里不至,何也?"僧但言且行。至是,僧前行百余步,韦知其盗也,乃弹之,正中其脑。僧初不觉,凡五发中之,僧始扪中处,徐曰:"郎君莫作恶剧。"韦知无奈何,亦不复弹。见僧方至一庄,数十人列炬出迎。僧延韦坐一厅中,唤云:"郎君勿忧!"因问左右:"夫人下处如法无?"复曰:"郎君且自慰安之,即就此也。"韦生见妻女别在一处,供帐甚盛,相顾涕泣。即就僧,僧前执韦生手,曰:"贫道,盗也!本无好意,不知郎君艺若此,非贫道亦不支也。今日固无他,幸不疑也,适来贫道所中郎君弹悉在。"乃举手搦脑后,五丸坠地焉。盖弹衔弹丸而无伤，虽列言"无痕挞"、孟称"不肤挠"；不啻过也。有顷，布筵具蒸犊，犊割刀子十余，以齑饼环之。揖韦生就坐，复曰："贫道有义弟数人，欲令伏谒。"言未已，朱衣巨带者五六辈，列于阶下。僧呼曰："拜郎君！汝等向遇郎君，则成齑粉矣！"食毕，僧曰："贫道久为此业，今向迟暮，欲改前非。不幸有一子，技过老僧，欲请郎君为老僧断之。"乃呼飞飞出参郎君。飞飞年才十六、七，碧衣长袖，皮肉如脂。僧叱曰："向后堂侍郎君！"僧乃授韦一剑及五丸，且曰："乞郎君尽艺杀之，无为老僧累也。"引韦入一堂中，乃反锁之。堂中四隅，明灯而已。飞飞当堂执一短马鞭，韦引弹，意必中，丸已敲落。不觉跳在梁上，循壁虚摄，捷若猱玃，弹丸尽不复中。韦乃运剑逐之，飞飞倏忽逗闪，去韦身不尺，韦断其鞭数节，竟不能伤。僧久乃开门，问韦："与老僧除得害乎？"韦具言之，僧怅然，顾飞飞曰："郎君证成汝为贼也，知复如何！"僧终夕与韦论剑及弧矢之事。天将晓，僧送韦路口，赠绢百匹，垂泣而别。

叙述故事情节曲折生动，善于设置悬念，往往出人意表之外，颇富有传奇性。另外，已注意到细节的作用，或以之刻画人物个性，如开头写韦生怀疑僧人身份后摸靴取弓弹的动作，见出他的细密周谨，作事不鲁莽；或表现激烈的气氛场面，如描摹韦生与飞飞堂中比武的一段，惊险形象，历历如可闻见，皆虎虎有生气。

如果说此条仅讲述了一段江湖上的奇遇，颇有趣味，好供赏玩的话，那么，《续集》卷一《支诺皋上》中的一条，在体现了相似的艺术特征同时，还含纳着深刻的社会揭露意义：

元和初，上都东市恶少李和子，父努眼。和子性忍，常攘狗及猫食之，为坊市之患。尝臂鹞立于衢，见二人紫衣，呼曰："公非李努眼子名和子乎？"和子即遽祗揖，又曰："有故，可隙处言也。"因行数步，止于人外，言冥司追公，可即去。和子初不受，曰："人也，何绐言？"又曰："我即鬼。"因探怀中，出一牒，印窠犹湿，见其姓名分明，为猫犬四百六十头论诉事。和子惊惧，乃弃鹞子拜祈之，且曰："我分死，尔必为我暂留，当具少酒。"鬼固辞不获已。初，将入饸锣肆,鬼掩鼻不肯前。乃延于旗亭杜家,揖让独言,人以为狂也。遂索酒九碗,自饮三碗,六碗虚设于西座,且求其为方便以免。二鬼相顾,我等既受一醉之恩,须为作计,因起曰:"姑迟我数刻当返。"未移时至,曰:"君办钱四十万,为君假三年命也。"和子诺许,以翌日及午为期。因酬酒值,且返其酒,尝之味如水矣,冷复冰齿。和子遽归,贷衣具齑楮,如期备酹焚之,自见二鬼挈其钱而去。及三日,和子卒,鬼言三年,盖人间三日也。

虽然是讲述鬼的故事,但阴司也爱受贿赂,花钱便可买得恶人3年寿命,且遵守游戏规则:"收钱即办事"。这实在是对现实政治黑暗、官吏极端腐败的辛辣讥刺和抨击!同样旨趣的,还有《前集》卷十二《语资》中的一条:

明皇封禅泰山,张说为封禅使。说女婿郑镒,本九品官。旧例封禅后,自三公以下皆迁转一级,惟郑镒因说骤五品,兼赐绯服。因大脯次,玄宗见镒官位腾跃,怪而问之,镒无词以对。黄幡绰曰:"此乃泰山之力也。"

矛头直指最高执宰的培植裙带,违反国家行政制度,但却讽而不虐,幽默机智,教人不禁破颜解颐。从此,"泰山"便成为岳父的代称语,古今一直沿循使用下来,也是一则文坛佳话。其他直接涉及时政国事的,还有《前集》卷三《贝编》里的一条,但却不再那么轻松有趣,而是直感到沉重得喘不过气来,几乎要窒息了。其文云:

天后任酷吏罗织,位稍隆者日别妻子。博陵王崔玄晖,位望俱极,其母忧之,曰:"汝可一迎万廻,此僧宝志之流,可以观其举止祸福也。"及至,母垂泣作礼,兼施银匙筯一双。万廻忽下阶,掷其匙筯于堂屋上,掉臂而去,一家谓为不祥。经日,令上屋取之,匙筯下得书一卷,观之,谶纬书也,遽令焚之。数日,有司忽即其家,大索图谶不获,得雪。时酷吏多令盗夜埋蛊遗谶于人家,经日,告密籍之。博陵微万廻,则灭族矣!

崔玄晖尽管侥幸脱却灭族的大祸巨灾，但其事件产生的社会时代背景，即武则天鼓励望风捕影、无中生有的告密和陷害，大量任用酷吏实行空前的恐怖政治，思之即毛骨悚然。本条是实录，更彰显了它文学以外的严肃历史价值。从总体上说来《酉阳杂俎》的叙述仍是侧重于讲故事，以情节见长，而忽略于人物个性及形貌的刻画。比较以当时单行的长篇幅的传奇小说，它明显短小、简单，语言趋于古朴率真，不及唐传奇的富艳精绮、色彩绚丽。然而，就上举前两条及一些未及论析的相类似的作品言之，则已经超越了六朝志怪、志人的笔记体，向着唐传奇靠拢，初步具备现代意义概念的小说特征。

《酉阳杂俎》的书名，就已经标明它体式、性质、内容的庞杂，无所不纳。所以，除却上已谈及的文学方面外，还应当注意到其蕴含的有关风物习俗、典章史事之类的地方文献作用。如有关齐州（今济南）的几条：

历城北有使君林，魏正始中，郑公悫三伏之际，每率宾僚避暑于此。取大莲叶置砚格上，盛酒三升，以簪刺叶，令与柄通，屈茎上轮菌如象鼻，传吸之，名为碧筒杯。历下学之，言酒味杂莲气，香冷胜于水。（《前集》卷七《酒食》）

王母使者，齐郡函山有鸟，足青，嘴赤，黄素翼，绛颈，名王母使者。昔汉武登此山得玉函，长五寸，帝下山，玉函忽化为白鸟飞去。世传山上有王母药函，常令鸟守之。（《前集》卷十六《羽篇》）

柿，俗谓柿树有七绝：一寿、二多阴、三无鸟巢、四无虫、五霜叶可玩、六嘉宾、七落叶肥大可用以书。

汉帝杏，济南郡之东南有分流山，山上多杏，大如梨，色黄如橘。土人谓之汉帝杏，亦曰金杏。（以上二条见《前集》卷十八《木篇》）

《酉阳杂俎》类似晋张华《博物志》的叙异事奇物，录秘藏珍典，所以它流传很广，在国外也受到重视，如〔美〕劳费尔介绍说："段成式在大约公元八百六十年所写的《酉阳杂俎》里，提供了许多关于波斯和拂林植物的很有用的材料。"[①] 又，〔英〕李约瑟所著《中国科学技术史》里，

---

① 劳费尔：《中国伊朗编·阿月浑子》，北京：商务印书馆1964年版，第72页。

也屡屡摘引《酉阳杂俎》的资料。如《前集》卷七《医》有一条云："婆罗门国有药名畔茶佉水，出大山中石臼内。有七种色，或热或冷，能消草木金铁，人手入则消烂。若欲取水，以骆驼髑髅沉于石臼，取水转注瓠芦中。"实际上即是无机酸，但欧洲最早到13世纪才有记载，已经比段成式晚了600年。[①] ——不过，这些都属于文学以外的话题，兹不再赘论。

段成式能诗，尤以骈文著名于世，风格皆偏向于绮华艳丽，与李商隐、温庭筠齐名，因三人均排行十六，故时人号为"三十六体"。其文所存已无多，《全唐文》载录18篇，《唐文拾遗》又辑补5篇。现存诗约近60首，《全唐诗》编为1卷。它们大率叙写身边歌舞饮宴、观赏游览之类的生活琐事，奉赠酬和之制便占据相当比例。五言诗较少，且都为近体，如《观山灯献徐尚书》，是为其罢处州刺史任职，寓居襄阳而游徐商幕时作，其序有云："及上元日，百姓请事山灯，以报穰祈祉也。时从事及上客从公登城南楼观之：初烁空燄谷，漫若朝炬；忽惊狂烧卷风，扑缘一峰。如尘烘筛色，如波残鲸鬣；如霞驳，如珊瑚露；如丹蛇蚁离，如朱草丛丛；如芝之曲，如莲之擎。布字而疾抵电书，写塔而争同蜃构，亦天下一绝也。"排比铺张上元节的灯火之盛，图形状貌，连类而及，极尽譬喻比拟的能事，亦可谓炫目惊心，再加之藻饰华美，与其三"疏中摇月彩，繁处杂星芒。火树枝柯密，烛龙鳞甲张"的诗句，都同样代表了段成式的风格特征。

段成式的诗绝大多数为七绝，如《不赴光风亭夜饮赠周繇》《襄阳中堂赏花为宪与妓人戏语嘲之》《嘲飞卿七首》《柔卿解籍戏呈飞卿三首》，等等，都是客徐商幕时的制作，对方亦有酬答，多含戏谑消遣性质，语多轻媚浮靡，与《唐诗纪事》卷五七所载"光风亭夜宴，妓有醉殴者。温飞卿曰：'若状此，便可以痏面对捽胡。'成式乃曰：'捽胡云彩落，痏面月痕消。'又曰：'掷履仙凫起，扯衣蝴蝶飘。羞中含薄怒，颦里带余娇。醒后犹攘腕，归时更折腰。狂夫自绝缨，眉势倩谁描？'"的诗同样，只长于摹写细腻缛丽，技巧娴熟，反映了文士风流，却并无深挚厚重的情味。

---

① 李约瑟：《中国科学技术史》第1卷，北京：科学出版社1975年版，第467~470页。

较见清幽韵致的有《猿》，诗云：

却忆书斋值晚晴，挽枝闲啸激蝉清。影沉巴峡夜岩色，踪绝石塘寒濑声。

虽为咏物篇什，却不作正笔的形貌摹画，而是由"忆"字入题，从声音里牵引出一系列联想，遂使猿啸与鸣蝉、水泻互为映衬交织，凸显出诗人主观上的感受，构想巧妙，可称不写之写。又如《题谷隐兰若三首》之一有云："草衰乍觉径增险，叶尽却疑溪不深。"也是从景色中见出人的感觉，以暗示山谷深处佛寺的幽僻险峻。只不过此类格调在段成式诗中甚少。

刘沧（？—873?），字蕴灵，鲁国（今曲阜）人，或说汶阳（今宁阳）人。《新唐书·艺文志》著录《刘沧诗》1卷，《全唐诗》同，计百首。《唐才子传》卷八称其体貌魁梧，尚气节，善饮酒，好论古今之事，令人终日不倦。屡举进士不中，大中八年（834）始登第，已是白发苍然。又说他"诗极清丽，句法绝同赵嘏、许浑"。明胡震亨则认为他"长于怀古，悲而不壮，语带秋意，衰世之音也"（《唐音癸签》卷八）。其实，这两种风格刘沧兼而有之。除却2首五言律外，他的诗全为七言律，这种情形在唐人集中亦较罕见。

历来论者颇称道刘沧的《长洲怀古》和《咸阳怀古》，前者云："野烧原空尽荻灰，吴王此地有楼台。千年事往人何在？半夜月明潮自来。白鸟影从江树没，清猿声入楚云哀。停车日晚荐蘋藻，风静寒塘花正开。"后者云："经过此地无穷事，一望凄然感废兴。渭水故都秦二世，咸阳秋草汉诸陵。天空绝塞闻边雁，叶尽孤村见夜灯。风景苍苍多少恨，寒山半出白云层。"首联因地触发怀古之感兴，遂牵引出中间二联，思想史事，摹写眼前见闻的诸般景色，至尾联再收束以情景之笔。"其今古废兴，山河陈迹，凄凉悲慨之感，读之可为一唱三叹矣"（《唐诗品汇》卷八一）。总体观来，刘沧的怀古诗大率如此，皆弥漫着俯仰盛衰、不尽今昔的沉郁情调，几乎篇篇可味之，并不仅以上举两首为佳胜。如下面选录的几首，一是《经炀帝行宫》：

此地曾经翠辇过,浮云流水竟如何?香销南国美人尽,怨入东风芳草多。残柳宫前空露叶,夕阳川上浩烟波。行人遥起广陵思,古渡月明闻棹歌。

又如《秋日过昭陵》:

寝庙徒悲剑与冠,翠华龙驭杳漫漫。原分山势入空塞,地匝松阴出晚寒。上界鼎成云缥缈,西陵舞罢泪阑干。那堪独立斜阳里,碧落秋光烟树残。

再如《经曲阜城》:

行经阙里自堪伤,曾叹东流逝水长。萝蔓几涧荒陇树,莓苔多处古宫墙。三千弟子标青史,万代先生号素王。萧索风高洙泗上,秋山明月夜苍苍。

另如《过北邙山》:

散漫黄埃满北原,折碑横路碾苔痕。空山夜月来松影,荒冢春风变木根。漠漠兔丝罗古庙,翩翩丹旐过孤村。白杨落日悲风起,萧索寒巢鸟独奔。

最后还有《经过建业》:

六代兴衰曾此地,西风露泣白蘋花。烟波浩渺空亡国,杨柳萧条有几家?楚塞秋光晴入树,浙江残雨晚生霞。凄凉处处渔樵路,鸟去人归山影斜。

虽然题目上并未曾标明"怀古"二字,但字里行间,无处不笼罩着浓郁的凄怆悲凉感。诗中凭吊盛世不再,追慕先哲前贤功业,喟叹现今的萧疏寂寞,而映衬以大量的景色描写。这些景色也多为残春秋夜里的落日暮烟、晚树疾风、断碑野径、宿鸟归舟之类，无一不沉积着特定的主观情绪指向，包蕴了古今时空的永恒标志意义，由之与人事的起伏变化、生命的短促难持形成为某种强烈的对比性，最终建构起所有以"怀古"为主题的已经充分类型化了沧桑感。这也不独是刘沧一人如此，如赵嘏《经汾阳旧宅》，许浑《金陵怀古》《凌歊台》《登洛阳故城》等诗的情味、意旨及笔法皆可共参。

刘沧另一类诗多写游览、寄别、寓怀、投赠等内容，不同于其上述怀古诗的沉挚悲咽，而别呈一派疏隽清邃面目。如《秋夕山斋即事》：

衡门无事闭苍苔，篱下萧疏野菊开。半夜秋风江色动，满山寒叶雨声来。雁飞关塞霜初落，书寄乡间人来回。独坐高窗此时节，一弹瑶瑟自成哀。

内容也无非是写山居感秋，思乡怀人之情，并逗出相关的孤寂无友、岁华迟暮的淡淡哀愁来，原亦系唐诗里的常见题材。可称道处在于以景映情、情景交融的表现手法。《金圣叹选批唐诗》卷六曾详为分析道："无事闭门，只加'苍苔'两字，便知不是以无故偶闭门，直是以无人故特不开门也。再写篱下野菊，极诉其更无相对。三、四句半夜风动，满山雨来，于遥遥异乡，兀兀独住人分中，真为极大不堪也。此解与评仲晦（许浑）'溪云初起'（许浑《咸阳城东楼》句）一解，便是一副机杼，危苦既同，呻吟如一，笔墨所至，不谋而然。诗之为言为思夫岂不信乎哉！五，雁飞关塞，是今年新雁；六，书寄乡山，是去年旧书，言见新雁又欲寄新书，而忆旧书尚未接旧雁。此时此景真成独坐，何暇更弹别鹄等曲耶？"清胡以梅云："三、四有精神，余说匀润，可以取材。"（《唐诗贯珠》卷五〇）

类似此篇情怀，但境界较为寥阔的如《洛阳月夜书怀》，诗云："疏柳高槐古巷通，月明夕照上阳宫。一声边雁塞门雪，几处远砧河汉风。独榻闲眠移岳影，寒窗幽思度烟空。孤吟此夕惊秋晚，落叶残花树色中。"也是依时光流转来铺写景色的交换，通篇虽以写景为主，但却是从"情"的角度着眼落笔，故流露出浓郁的主观色调，仅凭"闲""惊""幽思""孤吟"等略事挈领，便自然而然地溢满笔墨间，是为情中之景了。刘沧诗中这样的就景融情之句尚多，只不过微见浓疏显隐之分罢了。前者如"蝉吟高树雨初霁，人忆故乡山正秋。浩渺蒹葭连夕照，萧疏杨柳隔沙洲"（《秋日山斋书怀》）、"庭叶霜浓悲远客，宫城日晚度寒鸦"（《晚秋洛阳客舍》）、"浩浩晴原人独去，依依春草水分流"（《春日旅游》）、"秋风汉水旅愁起，寒木楚山归思遥。独夜猿声和叶落，空江月色带潮回"（《送李休秀才归岭中》）、"青山残月有归梦，碧落片云生远心"（《和友人忆洞庭旧居》）等；后者则有"残春杨柳长川迥，落日蒹葭远水平"（《邺都怀古》）、"黄河晚冻雪风急，野火远烧山木枯"（《边思》）、"蝴蝶翅翻残露滴，子规声尽野烟深"（《经古行宫》）、"日出空江分远浪，鸟归高木认孤城"（《送友人游蜀》）、"思飘明月浪花白，声入碧云枫叶秋"（《江楼月夜闻笛》）、"大河风急寒声远，高岭云开夕影深"（《留别山中友人》）之类，皆不胜枚举。总之，上举诸般，境界或苍茫或细密，造语或朴厚或疏秀，率能属对精工、韵致隽永，但却多露人工锤琢锻炼功力，而缺乏天然浑成、气纵神逸的劲骨。所以，黄白山云："虽气格未超，而风韵独绝。"（清贺裳《载酒园诗话》又编引）

也被黄白山赞许为"晚唐铮铮者"的《经麻姑山》，于刘沧诗中，系独标超逸清迥之韵致者，不太多见，诗云：

　　麻姑此地鍊神丹，寂寞烟霞古灶残。一自仙娥归碧落，几年春雨洗红兰。帆飞震泽秋江远，雨过陵阳晚树寒。山顶白云千万片，时闻鸾鹤下仙坛。

案，麻姑是神话传说中的仙女。据晋葛洪《神仙传》卷七载，她有次同仙人王方平一齐降临于蔡经家，"来时亦先闻人马箫鼓声，既至，从官半于方平。麻姑至，蔡经亦举家见之。是好女子，年十八、九许，于顶中作髻，余发垂至腰，其衣有文章，而非锦绮，光彩耀目不可名状。……宴毕，方平、麻姑命驾升天而去"。又记"麻姑自说云：'接侍以来，已见东海三为桑田。向到蓬莱，水又浅于往昔会时略半也，岂将复还为陵陆乎？'方平笑曰：'圣人皆言海中复扬尘也！'"麻姑山在江西临川附近之南城。来到此地，笼罩于心头的往往是人生短促、世事无常的苍凉感，然首联却别从麻姑飞升后，只剩有旧址的寥落空寂景象着笔；颔联则以流水对承之，化轻浅的伤感意绪为清绮淡艳的色调，秾而不妖。颈联写周遭远景，气象寥阔，犹如迷漾杳茫的山水长卷。遂于尾联骤生出她乘鸾辇鹤驾时或下返暂驻的奇想，使全诗也即像山顶白云一样：飘缥超凡，带着高举遐飞的玄虚之致，几断绝人间烟火气息了。情韵略为接近，更趋幽邃清迥一路的，则有《游上方石窟寺》《题马太尉华山庄》《赠天台隐者》《晚归山居》等，诸如"一声疏磬过寒水，半壁危楼隐白云""竹色拂云连岳寺，泉声带雨出溪林""回望一巢悬木末，独寻危石坐岩中""山影暗随云水动，钟声潜入远烟微"等句，即可供品味之。

在众多的晚唐诗人中，刘沧只作七律，凭此显示出自我的特色。"序怀感之意，得讽兴之体"（宋范晞文，《对床夜话》），是为其怀古诗的胜处："刘沧之时作拗峭"（《唐音癸签》卷一○）的佳境，则多体现在他写景咏怀之类制作里。另外，还应顺便提及的是，刘沧仅存的2首五言律诗，题材和风格也属于后者范围内，如《秋日旅途即事》云：

驱羸多自感，烟草远郊平。乡路几时尽？旅人终日行。渡边寒水驿，山下夕阳城。萧索更何有，秋风向鬓生。

抒发羁旅中的秋感愁怀，能得情景互生之趣，尤其是尾联竟化物为情，形象生动，新隽、深挚而有言外味。另一首《早行》也表达同样主题，唯偏重于写景，如中间二联云："残影郡楼月，一声关树鸡。听钟烟柳外，问渡水云西。"由途旅所见景物中，可想象旅人被鸡声唤醒早行赶路，伴着残月，听晓钟初响在他已抛于身后的烟柳外，既能扣紧诗题，而路途的苦辛劳顿也不言自明，真善融情入景、意存言表者。只遗憾首联、尾联平弱庸滥，不足挺起全篇，否则，直堪与温庭筠《商山早行》诗比肩。

总之，刘沧作为唐代山东诗坛的殿军，从可能的意义上说，算是与先前的储光羲遥相呼应，画下一个较圆满的句号。不过，晚唐藩镇割据、宦官擅权、朝廷大臣党争愈演愈烈的状况，预示着大唐帝国已不可挽回地走向衰亡，绝不能与政治较清明、经济繁荣、国力强大，正处如日当天之势的盛唐时期相并论。而刘沧半生飘零、白首始第的困窘沉沦也殊异于储光羲那份长期位居京城要职、交游显赫的显达得志。所以，发之为诗，同样的怀古题材,刘多悲悼沉咽心绪却缺乏储的意气慷慨激荡;同样的清隽风格,刘倾向于清幽拗僻而储则为清朗明洁——若作形象比喻的话,是老年的迟暮低回情怀与青春的飞扬顾盼风姿的区别。至此,唐代山东文坛随同时代,走完了它演进嬗变的历程。

天祐四年(907),梁王朱全忠称帝于汴州(今河南开封),改名晃,国号梁,建元开平,是为后梁太祖。并废唐哀帝为济阴王,幽于曹州,唐亡。继之再立后唐李氏、后晋石氏、后汉刘氏,至后周恭帝显德七年(960),殿前都检点赵匡胤在陈桥驿(今开封东北)发动兵变,称帝,建立宋朝,改元建隆,五代十国的混乱局面至此告结束,历时仅五十余年。在此期间,山东最初是后梁、后唐互相抢夺的重要地盘,其夹持黄河的多次激烈战斗,更带来巨大灾难。后期的后晋、后汉、后周三朝,均视山东区域为腹地,每出名官镇守,故形势相对稳定,经济生产也有所发展。

五代时期的山东文坛上,重要作家唯有和凝。和凝(898—955),字成绩,郓州须昌(今东平)人。他历仕梁、唐、晋、汉、周各朝,官终太子太傅。善文章,能诗词,平生著述宏富,有集百卷,曾自行雕版,模印数百套分赠予人。《宋史·艺文志》著录其《演论集》30卷、《游艺集》50卷、《红药编》5卷,皆散佚。又有《香奁集》,因与韩偓《香奁集》重名,所以,宋沈括《梦溪笔谈》云:"和鲁公有艳词一编,名《香奁集》。后贵,乃嫁其名为韩偓。今世传韩偓《香奁集》,乃凝所为也。……自为《游艺集序》云:'余有《香奁》《籯金》二集,不行于世。'凝在政府避议论,讳其名,又欲后人知,故于《游艺集序》述之,此凝之意也。"按,和集与韩集各不相关,沈说疑非是。后蜀赵崇祚辑编《花间集》选录20首,多为香艳之制。也正因为其善短歌艳曲,故时号"曲子相公"。

现在看来,和凝词主要表现男女恋情与离别相思,用笔或纤秾绮丽接近于温庭筠,或清疏率直处承循韦庄,有些词特点在于描写细腻生动,形神具备,已拥载初步的情节性。另外他还有颂扬承平风光之制,辞藻华美中透出雍容富贵气,这也是其位居枢相的身份地位所使然。如〔山花子〕云:

银字笙寒调正长,水纹簟冷画屏凉。玉腕重因金扼臂,淡梳妆。

　　　　几度试香纤手暖，一回尝酒绛唇光。伴弄红丝蝇拂子，打檀郎。

词中摹写年轻女子的铺设扮饰，以及她吹笙弄调、试香品酒，和与情郎戏谑笑耍的举止意态，充满着轻快欢娱的气氛。贺裳云："和鲁公'几度试香纤手暖，一回尝酒绛唇光'，真觉俨然如在目前，疑于化工之笔。"（《皱水轩词筌》）要之，全篇状物绘情，无不灵动活现，宛如一幅声色绚烂的重彩工笔美人图卷，字句间无处不流溢出鲜艳妩媚的花间风韵。类似格调，而极写闺怨绮思的，则如〔虞美人〕其五："深闺春色劳思想，恨共春芜长。黄鹂娇啭呢芳妍，杏枝如画倚轻烟，锁窗前。　凭栏愁立双蛾细，柳影斜摇砌。玉郎还是不还家，教人梦魂逐杨花，绕天涯。"开首譬喻妥帖，接着以丽景反衬哀情，是加一倍的笔法。结拍以飘荡的杨花寓托寻思"玉郎"而无处不达的魂梦，精警深邈，颇有唐人七绝情韵，遂为宋代词家所喜欢循用点化于己作中。如王安国〔清平乐〕《春晚》过片云："小怜初上琵琶，晓来思绕天涯。"赵令畤〔乌夜啼〕《春思》结拍云："重门不锁相思梦，随意绕天涯。"

　　和凝还有的词已极尽缱绻曼靡的怜抚浓情，在花间词中甚是显眼，常被后来论者诟病。如〔临江仙〕其二：

　　　　披袍窣地红宫锦，莺语时啭轻音。碧罗冠子稳犀簪，凤凰双飐步摇金。　肌骨细匀红玉软，脸波微送春心。娇羞不肯入鸳衾，兰膏光里两情深。

摹写男女两情缠绵慕爱之状，已颇富暗示色彩和挑逗性，倘若再过一步，便入淫媟恶道。然好处即在于恰到此处为止，仍具审美意义，这或许就是花间词家"独精巧高丽，后世莫及"（《直斋书录解题》）的地方。相同的题材内容，唯笔墨更加酣畅的还有〔麦秀两岐〕，词云："凉簟铺斑竹，鸳枕并红玉。脸莲红，眉柳绿，胸雪宜新浴。淡黄衫子裁春毂，异香芬馥。　羞道交回烛，未惯双双宿。树连枝，鱼比目，掌上腰如束。娇娆不争人拳跼，黛眉微蹙。"已颇类南朝宫体的格调体貌了。

　　组词〔江城子〕五首不载于《花间集》，而录列在《全唐诗》卷八九三附词里。它属于首尾贯通完整的联章体，讲述一位女子与恋人相约，从初夜准备、长时间等待、深夜欢会直到黎明分别的全部过程，已具备一定的情节意义和相对浓厚的叙事色彩。其第二首云：

> 竹里风生月上门、理秦筝，对云屏。轻拨朱弦，恐乱马嘶声。含恨含娇独自语，今夜约，太迟生！

第三首云：

> 斗转星移玉漏频，已三更，对栖莺。历历花间，似有马蹄声。含笑整衣开绣户，斜敛手，下阶迎。

前者描述她夜深久待恋人不至时际的情态。那种百无聊赖、借弹筝以排遣光阴的动作举止和焦灼、敏感的心态刻画，都十分细致生动。如"轻拨朱弦，恐乱马嘶声"二句，清况周颐《餐樱庑词话》认为"熨贴入微，似乎人人意中所有，却未经前人道过。写出柔情蜜意，真质而不涉尖纤"。后者则紧紧承继上面所叙而来。你看，她痴痴地直待等到"三更"时分，久盼未至的恋人终于来到了，"含笑"三句虽然只写及其行为，但是，那种极端兴奋、几乎已早就迫不及待的情绪却都跃然毕呈。全篇写景，暗蕴着提示、烘托作用，造语也浅显明白如话，多取白描手法，都保持着与前相一致的风格。

自从中唐文士张志和创为〔渔父〕词，借托迹寄心于大自然的渔父形象以为自我写照，以见胸襟的高洁，由之建构起词中的渔父—隐士的特定类型范式以来，遂为历代词家所喜仿作。和凝〔渔父〕词云：

> 白芷汀寒立鹭鸶，蘋风轻剪浪花时。烟羃羃，日迟迟，香引芙蓉惹钓丝。

也是专咏调名本意，描摹水天风物景色如画，结句虽未明点渔翁，唯袅袅竿丝，隐约现身于芙蓉花香丛里，则早已在其间了，如此情景甚耐寻索。尤应引起注意的是，秋江寒钓，向来即浸润着清逸寥远的韵致，但这里却收束以"香引"之句，便为之平添出若许暖红馨温风调，正透露出花间词的底色。这种风调在富有南朝乐府民歌遗韵流风的〔春光好〕其二里，表现得更为充分。词云："蘋叶软，杏花明，画船轻。双浴鸳鸯出绿汀，棹歌声。　春水无风无浪，春天半雨半晴。红粉相随南浦晚，几含情？"至于宫词性质的〔临江仙〕，则恰与〔渔父〕相反，在绮华纤秾的主体风貌间，忽结束以清空顽艳之句，遂流荡着轻烟淡雾般的凭吊怀古伤感意味，于一派软媚中独标高韵。词云："海棠香老春江晚，小楼雾縠空濛。翠鬟初出绣帘中，麝烟鸾珮惹蘋风。　碾玉钗摇䈇鹉战，雪肌云鬓将融。含情遥指碧波东，越王台殿蓼花红。"将衰飒荒废的内涵寓蕴到热烈鲜艳的色彩里，诚无愧"情真而调逸，思深而言婉。嗟乎！虽文之靡无补于世，亦可谓工矣"（宋绍兴本《花间集》晁谦之跋语）的评论。

　　顺便提一下，明汲古阁覆宋本《花间集》附有陆游的两则跋语，其一云："花间集，皆唐五代时人作。方斯时天下岌岌，生民救死不暇，士大夫乃流宕至此，可叹也哉！或者，出于无聊故耶？"其二云："唐自大中后，诗家日趣浅薄，其间杰出者亦不复有前辈宏妙浑厚之作。久而自厌，然梏于俗尚，不能拔出。会有倚声作词者，本欲酒间易晓，颇摆落故态，适与六朝跌宕意气差近，此集所载是也。故历唐季、五代，诗愈卑而倚声辄简古可爱。盖天宝以后，诗人常恨文不迨大中，以后诗衰而倚声作，使诸人以其所长，格力施于所短，则后世孰得而议。笔墨驰骋则一，能此而不能彼，未能以理推也。"以之来说和凝词，也是适宜的。新兴音乐文学样式的词，其价值功用取向从一开始便定位于筵宴尊俎间的侑饮助欢、娱宾遣兴上，是为对儒家载道明志、政治教化之类正统诗教观念的背逆与吐弃。所以，其审美趣味自然以曼艳轻靡、宛啭美听为尚。于此端，后面将有专门论析，此处兹不再赘言。而和凝词的题材内容、风格面目，也正是与上述花间艺术精神完全一致。故从这个角度来看，他无视当时严重的现实苦难与社会政治的混乱黑暗，而只怡情愉心在摹写红楼夜月、香径春风的"清绝之词"（后蜀欧阳炯《花间集叙》）里，便也不觉奇怪了。如果再就文体代兴的规律而言，和凝在山东文坛上发为先声，属第一个制作曲子词的文士，且已融入到新兴文学样式的主流中去，由之超迈出窄狭的地域区限性，产生了广泛影响，对文体的发展也备具积极推动意义，这就是陆游所谓的"诗衰而倚声作"的文学流变现象。至于"本欲酒间易晓，颇摆落故态，适与六朝跌宕意气差近"之说，实质上则系指花间词在风貌特征、美学理想及功能价值取向等诸方面与南朝宫体诗的内在承循演进问题，已经脱离唐诗关注社会政治人生，重在抒发情志的传统道路，所以说是"摆落故态"。

和凝现存诗100余首，《全唐诗》编为1卷。其中著名的系《宫词百首》，以七绝形式表现宫廷的各种生活场景，规模宏大，秾丽华艳，气象雍容贵矜，多存藻饰颂扬之辞。整体而言，审美价值不高，可视为典型的御用文学作品。其间偶尔见略微生动有致的，如其十九云："金鸾双立紫檀槽，暖殿无风韵自高。含笑试弹红蕊调，君王宣赐酪樱桃。"其四十九云："珠帘静卷水亭凉，玉蕊风飘小槛香。几年按歌齐入破，双双雏燕出宫墙。"其五十云："宫娥解禊艳阳时，鹢舸兰桡满凤池。春水如蓝垂柳醉，和风无力褭金丝。"其九十八云："便殿朝回卸玉簪，竞来芳槛摘花心。风和难捉花中蝶，却向窗前弄绣针。"尽管仅就作品本身而论，《宫词百首》无多称道处。但和凝所采取的这种全用七言绝句体式、动辄上百数的大型组合形制，以反映较广阔复杂的社会生活内容的方法，却颇有借鉴、效仿价值，因为它解决了七绝因篇幅短小而容量有限的先天制约缺憾。先是中唐王建己创为《宫词》100首，晚唐曹唐又作《小游仙诗》98首；此后，宋遗民汪元量有《湖州歌》98首，抒写"亡国之苦，去国之戚"，更不尽泣咽悲痛。另外，和凝尚有数首题画记游之作。如《题鹰猎兔画》有云："虽是丹青物，沉吟亦可伤。君夸鹰眼疾，我悯兔心忙。"流露悲悯天物的仁者情怀。又，《兴执观》颔联云："瘦柏握盘笼殿紫，灵泉澄洁浸花香。"笔致亦清峻不俗。

三 李白、杜甫、高适等客籍诗人在山东的文学创作活动

有唐一代，文士漫游之风都十分兴盛。其主要动因虽然不外乎求学求仕、干谒行卷、出塞入幕等，以达到获取更大的生存发展机遇和空间，"各为稻粱谋"，更成功地实现自我生命价值的功利性目的。但同时，也包纳有相当部分的历览名山大川、晓阅各地风物习尚的非功利性审美观赏内容。另外，寻仙访道、探望亲友、结揽天下英杰隽才等社会人情活动，亦占据着旅行的不少时间。然而，无论怎样，均使之开阔了胸襟眼界、丰富人生经历见闻，为他们的文学创作激荡起热情与灵性，增加素材，充实底蕴。唐代雄厚的经济基础和发达的水陆交通网络为这种大范围规模的漫

游活动，提供着极便利的物质条件。以盛唐时期为例，全国官驿完整配套，已成连绵互应的系统，每 30 里一驿馆站，全国共计有 1600 余个之多。玄宗开元中，驿道东至宋、汴，西至岐州，夹道皆罗列大量店肆以接待客人，酒肴丰溢，且每店有驴供旅客赁乘代步，倏忽间即达数十里。南则抵荆、襄，北诣太原，西到蜀川、凉府，无不盛陈店肆以供商旅宿行。水路交通也十分畅达，东都洛阳系南北运河之枢纽。孟浩然《自洛之越》诗有云，"扁舟泛湖海"，大概便是由漕运进入江河以作长途旅行的。又据 20 世纪 70 年代初期于新疆吐鲁番阿斯塔那所发现的唐代文书推知，岑参曾于天宝期间到过今乌鲁木齐一带活动，而其《热海行送崔侍御还京》一诗又说明他曾远行竟达今伊塞克湖（吉尔吉斯斯坦境内）。要之，上述者在杜甫《忆昔二首》诗其二里有最形象的描述："忆昔开元全盛日，小邑犹藏万家室。稻米流脂粟米白，公私仓廪俱丰实。九州道路无豺虎，远行不劳吉日出。齐纨鲁缟车班班，男耕女桑不相失。宫中圣人奏云门，天下朋友皆胶漆。百余年间未灾变，叔孙礼乐萧何律。"

山东虽然偏处东隅，距离当时政治、经济、文化的中心长安较远，但它秀美雄奇的自然景象、淳朴豪爽的民俗土风和悠久厚重的历史积蕴，都为各地文士所向往景慕，故好为齐鲁之游。其中大诗人李白、杜甫、高适最引人注目，他们或独自或结伴，相遇共游，或长期寓家于此，酒酣耳热之际，慷慨高歌、发诸吟咏，留下许多脍炙人口的诗文名篇，为山东文坛之佳话美闻，增添出辉目耀眼的光彩。下面依次择要论述之。

李白（701—762），字太白，号青莲居士，行十二。先世陇西成纪（今甘肃秦安西北）人，出生于中亚碎叶城（今托克马古城），后移家绵州昌明（今四川江油）。青少年时读书击剑，好纵横术，为任侠。开元十二年（724），"仗剑去国，辞亲远游"，出蜀中，开始了长期的漫游生涯。他是唐诗极巅上高峙的大家，众美纷呈，诸体齐备，而尤以乐府诗和七绝见长。风格豪雄奇放，复饶天然飘逸之致。杜甫《春日忆李白》云："白也诗无敌，飘然思不群。"又，《寄李十二白二十韵》云其"笔落惊风雨，诗成泣鬼神"。韩愈《调张籍》诗则极言"李杜文章在，光芒万丈长"。《河岳英灵集》卷上谓："白性嗜酒，志不拘检，常林栖十数载。故其为文章，率皆纵逸。至如《蜀道难》等篇，可谓奇之又奇，然自骚人以还，鲜有此体调也。"李白生前嘱友人魏万编辑其诗文为《李翰林集》，又托族叔李阳冰辑编《草堂集》，皆已早佚。今传宋宋敏求裒集诸书所成之《李太白集》30卷。又，《尊前集》收录其词12首，然大半体式不严明，实介乎诗词之间，且有托名附会或存疑者。

李白一生中，数度游览山东名胜，且曾娶山东女子为妻，生育儿女，长期间寓家于此。魏颢（即魏万）《李翰林集序》云："白始娶于许，生一女一男曰明月奴，女既嫁而卒。……次合于鲁一妇人，生子曰颇黎。"他开元二十四年（736）由太原初度入鲁，寓家任城（今济宁），唐孟棨《本事诗》载："初，白自幼好酒，于兖州习业，平居多饮。又于任城构酒楼，日与同志荒宴其上，少有醒时。邑人皆以白重名，望其楼而加敬焉。"（《太平广记》卷二〇一引）又与孔巢父、韩准、裴政、张叔明、陶沔会聚同隐于徂徕山，酣饮纵酒，号"竹溪六逸"。直至开元二十六年（738）中方西去洛阳。开元二十八年（740）春，自南阳归东鲁，《忆旧游寄谯郡元参军》记此事云："余既还山寻故巢，君亦归家渡渭桥。"次年，其子明月奴生于山东，取名伯禽。天宝元年（742）春夏间，李白携妻子离开鲁中赴会稽（今浙江绍兴），与道士吴筠隐于剡中。

天宝四年（745）春，李白离开长安，复经商州（今属陕西）东出关。夏，初遇杜甫于东都洛阳，是为二位绝代大诗人的订交之始，这种深挚真诚的友谊一直贯注着他们的终生。对于李白与杜甫结识的重要意义，闻一多认为：

> 我们应该品三通画角，发三通擂鼓，然后提起笔来蘸饱了金墨，大书而特书。因为我们四千年的历史里，除了孔子见老子（假如他们是见过面的），没有比这两人的会面，更重大，更神圣，更可纪念的。我们再逼紧我们的想象，譬如说，青天里太阳和月亮走碰了头，那么，尘世上不知要焚起多少香案，不知有多少人要望天遥拜，说是皇天的祥瑞。如今李白和杜甫——诗中的两曜，劈面走来了，我们看去，不比那天空的异端一样的神奇，一样的有重大意义吗？[①]

[①] 转引自邓乔彬、赵晓岚：《学者闻一多》，上海：学林出版社2001年版，第347~348页。

其时，诗人高适正在汴州，三人遂相偕游梁、宋，同访梁园登吹台，慷慨怀古，"忆与高李辈，论交入酒垆。两公壮藻思，得我色敷腴。气酣登吹台，怀古视平芜。芒砀云一去，雁鹜空相呼"（杜甫《遣怀》）。秋冬之际，李白就从祖陈留采访大使李彦允请北海高天师授道箓于齐州紫极宫。复与杜甫、高适至单父（今单县），共登琴台，并于孟诸泽纵猎。"昔者与高李（原注：'高适、李白'），晚登单父台。寒芜际碣石，万里风云来。桑柘叶如雨，飞藿共徘徊，清霜大泽东，禽兽有余哀。是时仓廪实，洞达寰区开"（杜甫《昔游》）。天宝五年（746）春，至兖州。夏，李白游济南。与北海太守李邕及杜甫、高适等泛舟鹊山湖，诗酒唱和甚乐。此后杜甫旋暂如临邑，与李白短期分别。秋后至兖州，时李白亦归东鲁，二人再次聚会。俄而李白将有江浙之行，杜甫则欲西还去长安，遂于曲阜石门分别，此一别便成永诀，以后再无相见的机会了。直至天宝十载（751）春，李白才又返鲁郡探家，于秋间去南阳（今属河南）访友人元丹丘，离开山东，自此再未履迹齐鲁之地。①

李白屡屡来山东，滋生出浓厚的感情，留下的诗、文作品约近60首之多，大率为记游、酬赠、感怀、记事之制，各体皆备，不乏历代流传，被视为其代表作的佳什名篇。其中相当部分只能知为在山东期间所成，却难以考定确凿年月，故为叙述方便，就不依岁时为次，而按照体式来论析之。下面先说古体诗。李白诗名盛溢天下，所到处与地方官员士绅多有往还，如《赠范金乡二首》《赠瑕丘王少府》《对雪奉饯任城六父秩满还京》《送薛九被谗去鲁》《送鲁郡刘长史迁弘农长史》，等等，便属于这一类制作。其间如《秋日鲁郡尧祠亭上宴别杜补阙范侍御》开首云："我觉秋兴逸，谁云秋兴悲？山将落日去，水与晴空宜。鲁酒白玉壶，送行驻金羁。"起笔便翻倒悲秋的传统季节情结，别以"逸"字统领，写景叙事，点出送行主旨。中间数句因此意铺衍，再于末尾结云："云归碧海夕，雁没青天时。相失各万里，茫然空尔思。"以景融情，并无低咽迟回之致，自然显见出襟怀的高旷。另，《别中都明府兄》有云："东楼喜奉连枝会，南陌愁为落叶分。城隅渌水明秋日，海上青山隔暮云。取醉不辞留夜月，雁行中断惜离群。"也表现着相似的境界。又如《鲁郡尧祠送窦明府薄华

---

① 以上诸年行迹，参见詹锳《李白诗文系年》，北京：人民文学出版社1984年版。

还西京》云：

> 朝策犁眉骝，拳鞭力不堪。强抉愁疾向何处？角巾微服尧祠南。长扬扫地不见日，石门喷作金沙潭。笑夸故人指绝境，山光水色青于蓝。庙中往往来击鼓，尧本无心尔何苦！门前长跪双石人，有女如花日歌舞。银鞍绣毂往复回，簸林蹶石鸣风雷。远烟空翠时明灭，白鸥历乱长飞雪。红泥亭子赤栏干，碧流环转青锦湍。深沉百丈洞海底，那知不有蛟龙蟠？君不见绿珠潭水流东海，绿珠红粉沉光彩。绿珠楼下花满园，今日曾无一枝在！昨夜秋声阊阖来，洞庭木落骚人哀。遂将三五少年辈，登高远望形神开。生前一笑轻九鼎，魏武何悲铜雀台？我歌白云倚窗牖，尔闻其声但挥手。长风吹月渡海来，遥劝仙人一杯酒。酒中乐酣宵向分，举觞酹尧尧可闻。何不令皋繇拥彗横八极，直上青天扫浮云？高阳小饮真琐琐，山公酩酊何如我！竹林七子去道赊，兰亭雄笔安足夸？尧祠笑杀五湖水，至今憔悴空荷花。尔向西秦我东越，暂向瀛洲访金阙。蓝田太白若可期，为余扫洒石上月。

《旧唐书·地理志》云："河南道兖州：天宝元年改兖州为鲁郡。"又，《太平寰宇记》卷二十二："尧祠在（兖州瑕丘）县东南七里。"李白在此诗题下原有注云："时久病初起作。"据诗意，当系天宝五载秋，行将离鲁中经淮南往会稽之际所制。一年多以前，刚因权贵谗毁，在长安的政治活动失败，被玄宗"赐金放还"，再加上疾病绕缠，心绪自是落寞抑郁，故篇中间及屈原、绿珠、曹操等，阑入繁华事散、春秋代谢的不尽凭吊感。但是，这些终究遮掩不住他豪迈豁朗的本色，所以，又欲令皋繇清道，大言古代的著名酒徒和兰亭被禊盛会皆不足与今日的高兴相比，最后则仍归之于高蹈林泉，以明月相伴。《唐诗射裁集》卷六云："太白七言古想落天外，局自变生，大江无风，波浪自涌，白云从空，随风变灭。此殆天授，非人可及。"又称："读李诗者于雄快之中得其深远宕逸之神，才是谪仙人面目。"此篇虽未臻极致，然已经体现出李白的一些基本特征。如开头从自我的衰病勉力至尧祠送行说起，但接下来却抛开主旨，以大段文字描摹周遭景致；然后改就"君不见"领起，慨叹古今沧桑，又横笔云"举觞酹尧"及"尧祠笑杀五湖水"等句，与上文不相蒙。只到了结尾四句,才回归本题,而仍分西东各写对方与己之行踪,以共期约"石上月"纽合到一处。全篇任凭意兴所至而纵笔挥洒,似断似续,处处又贯注着丰富的想象和鼓荡的气势,仍多超逸高远神致。语言自然畅达,了无拘束,也是李白、乃至盛唐诗清新明朗的一贯风习。

如果说上述一类作品还带有一定应酬性质,含蕴着某些模式化的因素的话,那么,李白写给亲友的诗篇,即更多出自真情的流露。如《送韩准裴政孔巢父还山》,称其峻节清操,则是"猎客张兔罝,不能挂龙虎。所以青云人,高歌在岩户";述一己的眷眷别情,则为"昨宵梦里还,云弄竹溪月。今晨鲁东门,帐饮与君别。雪崖滑去马,萝径迷归人。相思若烟草,历乱无冬春",结以比兴笔法,深挚绵厚,余味不尽。类似的另如《金乡送韦八之西京》,诗云:

客自长安来,还归长安去。狂风吹我心,西挂咸阳树。此情不可道,此别何时遇?望望不见君,连山起烟雾。

既送友人还归长安,同时也表达了自己对长安的怀想之意,"狂风"两句,实属天外奇想,让人叹赏不置。是而结尾"望望不见君",友人与长安共之,那份无穷的迷惘怅茫,就如烟雾般久久笼罩在心头,挥之不去,排遣不开了。要之,以极平淡语抒写极切挚情,能于凡常中见新警,也正是此诗所难企及处。有时候,李白会于此时更率直地坦露个人急切的用世之心和对长安朝廷的顾恋,以及对亲友幸获机遇的羡慕,然而,使人只觉其"真"而丝毫不觉其"俗",也是因为上述的胜境。如《鲁中送二从弟赴举之西京》有云:"鲁客向西笑,君门若梦中。霜凋逐臣发,日忆明光宫。复羡二龙去,才华冠世雄。平衢骋高足,逸翰凌长风。"

李白观览山东各地胜景风物,咏述之作,当首推《游泰山六首》,大约系开元二十五年左右,初次入鲁,寓家任城,与孔巢父等会于徂徕山,为竹溪六逸时际所作。其一云:

四月上泰山,石平御道开。六龙过万壑,涧谷随萦回。马迹绕碧峰,于今满青苔。飞流洒绝巘,水急松声哀。北眺崿嶂奇,倾崖向东摧。洞门闭石扇,地底兴云雷。登高望蓬瀛,想象金银台。天门一长啸，万里清风来。玉女四五人，飘飘下九垓。含笑引素手，遗我流霞杯。稽首再拜之，自愧非仙才。旷然小宇宙，弃世何悠哉！

它大致循沿行踪依次述来，描摹沿途所见奇伟壮丽的自然景色，间及人文遗迹。据清乾隆二十三年（1758）刊王琦辑注《李太白文集》本卷二十题目下注云："一作《天宝元年四月从故御道上泰山》。"又，《旧唐书·玄宗纪》载，其于开元十三年（725）十月辛酉，东封泰山，从东都洛阳出发，十一月丙戌，至兖州岱宗安顿。己丑，备法驾登山，"仗卫罗列山下百余里，诏行从留于谷口，上与宰臣礼官升山……礼毕，藏玉册于封祀坛之石匮，然后燔柴。燎发，群臣称万岁，传呼自山顶至岳下，震动山谷"，这威势该是何等煊赫嚣张！但是，才曾几时，竟"于今满青苔"了。或许正由于一时的繁华富贵难以凭据，使李白促发飞升遐举的玄想，企冀从仙人处求得永恒，才于后半部分纵笔铺写。"天门"两句，境界阔大杳远，以见襟怀心胸的高旷开豁，直照应末尾"小宇宙"而弃绝尘世、遨游太空之志。自其三到其五，夹写山色景物和游仙的种种奇妙"想象"，间或流露青春水逝、壮心难遂的深沉叹慨："笑我晚学仙，蹉跎凋朱颜。踌躇忽不见，浩荡难追攀"。其六云：

朝饮王母池，暝投天门关。独抱绿绮琴，夜行青山间。山明月露白，夜静松风歇。仙人游碧峰，处处笙歌发。寂静娱清辉，玉真连翠微。想象鸾凤舞，飘飘龙虎衣。扪天摘匏瓜，恍惚不忆归。举手弄清浅，误攀织女机。明晨坐相失，但见五云飞。

章法叙述与其一相似。"山明"两句写景可与其"飞流"两句共参互映，但那系白日闻见者，多有清峻韵味；此处则为夜间的感受，已是静绝尘氛，一碧无余，生发神游太虚之想。故后面接着大笔挥写，直教人目迷五色，飘飘欲仙。总之，《游泰山六首》明显表露出郭璞《游仙诗》的影响痕迹，写景多浸染谢朓笔意，但李白能有机地融汇二者为一体，且气象开阔闳大，体现了自己超逸清丽的艺术特征，不愧"谪仙人"之谓。《唐宋诗醇》评云："白性本高逸，复遇偃蹇，其胸中磊砢一于诗乎发之。泰山观日，天下之奇，故是以舒其旷渺而写其块垒不平之意。是篇气骨高峻而无恢张之象，后三篇状景奇特，而无刻削之迹。盖浩浩落落独往独来，自然而成，不假人力，大家所以异人者在此。若其体近游仙，则其寄兴云耳。"①

再说近体诗。李白才情横溢，凭意兴激荡而迸发为诗，丝毫没有锤琢迹象，故自云："自从建安来，绮丽不足珍。圣代复玄古，垂衣贵清真。"(《古风五十九首》其一）所欣赏的是"清水出芙蓉，天然去雕饰。逸兴横素襟，无时不招寻"(《经乱离后天恩流夜郎忆旧游书怀赠江夏韦太守良宰》）的境界风格。所以，集中多存古体和乐府歌行之作，而较少近体形式，这是因为不喜欢格律声韵的限制拘束的缘故。然而，不好作并不等于说不能作、不善作，他的五言律诗中就有不少精警篇章，而于七言绝句更为圣手，气象高华、兴象神妙，向与同时的"诗家天子"王昌龄的七绝齐名，为后人所难以企及。如赠答杜甫的二首诗便是其集中，亦为唐代诗坛上的上乘作品。《沙丘城下寄杜甫》云：

我来竟何事？高卧沙丘城。城边有古树，日夕连秋声。鲁酒不可醉，齐歌空复情。思君若汶水，浩荡寄南征。

又，《鲁郡东石门送杜二甫》云：

醉别复几日，登临遍池台。何时石门路，重有金樽开？秋波落泗水，海色明徂徕。飞蓬各自远，且尽手中杯。

前者寄赠。然首先从自己着笔，沙丘位于汶水之滨，当系李白的鲁中居所。故颔联摹写周围景色，只古树秋声，已流注了萧瑟摇落情怀；是而于颈联由景移情，叙说"鲁酒""齐歌"虽醇美，亦不足以消释。为什么呢？尾联旋即正面点题，将对杜甫的思念比譬为浩浩南去的汶河水，或凭借汶水以寄情，既深且长，永远无尽头。以流水喻离思别情，是古代诗歌里的惯常手法，前代山东诗人徐幹《室思》其三云："自君之出矣，明镜暗不治。思君如流水，何有穷已时。"李白更每每用之，如《金陵酒肆留

---

① 转引自瞿蜕园、朱金城：《李白集校注》，上海古籍出版社1980年版，第1160页。

别》有云:"请君试问东流水,别意与之谁短长?"《黄鹤楼送孟浩然之广陵》有云:"孤帆远影碧空尽,唯见长江天际流。"《渡荆门送别》有云:"仍怜故乡水,万里送行舟。"拟类托兴,或直显或曲隐,意相近而笔法变化不一,是以常用常新,倍感真切恳挚,绝无浮泛熟滥之弊。

后者饯行。《居易录》云:"孔博士东塘言曲阜县东北有石门山,即杜子美诗《题张氏隐居》所谓'春山无伴独相求',《刘九法曹郑瑕丘石门宴集》所谓'秋水清无底'者,是也。李太白有《石门送杜二甫》诗:'何时石门路,更有金樽开?'亦其地。山麓今尚有张氏庄,相传为唐隐士张叔明旧居。张盖与太白、孔巢父辈同隐徂徕,称'竹溪六逸'者也。山不甚高大,石峡对峙如门,故名。中有石门寺,寺后曰涵峰,峰顶有泉,流入溪涧,往往成瀑布。"(《李太白文集》卷一七王琦注引)故直就眼下事说起,"何时"一联,言近意远,抒发了无限的眷恋怅惘情怀,其深层则包藏着对未来命运难以预料、无法把握的悲凉感,十分厚重。所以分手后的天宝六载(747),杜甫在长安作《春日忆李白》诗,后两联云:"渭北春天树,江东日暮云。何时一樽酒,重与细论文?"还念念在此情此境,遥为对应。然而,李白究竟是胸襟洒落的人,下面便转过笔势描述周围所见景象:秋波跌落泗水,声响入耳;翠绿的徂徕山色像碧海,照映眼明。山水静动交互错杂,清爽旷朗,气象也高远寥廓。遂于尾联轻叹微慨两人都身如飘蓬不定,且尽杯酒为欢,仍呼应到首句的"醉别"本旨上来,笔力不懈。

要之,这两首诗中间颔联对仗并不工整,且通篇格式、部分语词尚遗存有古体诗的习气,此种律中见古、对中杂散的风貌,正是李白等盛唐诗家所独具的特征,最突出的如"彻首尾不对"的《夜泊牛渚怀古》:"牛渚西江月,青天无片云。登舟望秋月,空忆谢将军。余亦能高咏,斯人不可闻。明朝挂帆席,枫叶落纷纷。"皆一气旋折,倾注而下,唯以兴寄为主,不再屑屑执拘在声调排偶之工上。"诗至此,色相俱空,正如羚羊挂角,无迹可求,画家所谓逸品是也"(清王士禛《带经堂诗话》)。唯与《夜泊牛渚怀古》不同的是,赠别杜甫的两首诗更多了些浑朴厚挚情味,而不在于凭格新调逸为胜。

《客中作》云:

兰陵美酒郁金香，玉碗盛来琥珀光。但使主人能醉客，不知何处是他乡。

兰陵为古县名，战国楚始置，唐时治所在今枣庄峄城镇南。诗本来是在写羁旅乡思，但前两句却极力称颂兰陵酿造之美酒，由味及色；于后两句又转出酒醉解客愁之意，直中能曲，颇出人意表，又全为熟习常语，故方觉意味悠长，是李白豪放嗜饮、耽于漫游的个性特色的自然流露。唯其率真健朗，出于纯情，所以广泛传诵不衰。不同于此篇的情语，《东鲁门泛舟二首》则属景语，其一有云："日落沙明天倒开，波摇石动水萦回。"清隽爽丽，善于放笔写开阔景致，不作细腻精致的摹画，与《陪从祖济南太守泛鹊山湖三首》同一风味。如其三云："水入北湖去，舟从南浦回。遥看鹊山转，却似送人来。"用笔更加粗疏，似乎只记述行程，而不加形象刻画。然而后两句不说人泛舟周游看山，反从对面落笔，将无知觉的山拟人化了，反翻出新意来。

李白数次游山东，还曾经写下过几篇文章，但皆属应酬实用性质，文学意味无多可论处，如《崇明寺佛顶尊胜陀罗尼幢颂并序》《鲁郡叶和尚赞》之类便是。稍可提及的，如《任城县厅壁记》。文中先追述任城之来由沿革，次则述其周围地理形势，进一层描写说：

况其城池爽垲，邑屋丰润。香阁倚日，凌丹霄而欲飞；石桥横波，惊彩虹而不去。其雄丽块垝有如此焉。故万商往来，四海绵历，实泉货之橐籥，为英髦之咽喉。故资大贤，以主东道，制我美锦，不易其人。

散体中夹用骈俪，词藻华丽，气势却甚宏伟恢张，"香阁倚日"四句可视为精警。于后段详载其户籍民俗，具有一定的历史文献价值。

李白一生飘泊，足迹半天下，几次婚娶，子女常不在身边。他是有真情又极重感情的人，离开山东后，对留居东鲁的家庭十分关念，每诉之诗篇，以抒写心怀，往往恳挚动人。如《送萧三十一之鲁中兼问稚子伯禽》有云："我家寄在沙丘旁，三年不归空断肠。君行既识伯禽子，应驾小车骑白羊。"殷殷眷挂之情，直溢诸言表。又如《寄东鲁二稚子》云：

吴地桑叶绿，吴蚕已三眠。我家寄东鲁，谁种龟阴田？春事已不及，江行复茫然。南风吹归心，飞堕酒楼前。楼东一株桃，枝叶拂青烟。此树我所种，别来向三年。桃今与楼齐，我行尚未旋。娇女字平阳，折花倚桃边。折花不见我，泪下如流泉。小儿名伯禽，与姊亦齐肩。双行桃树下，抚背复谁怜？念此失次第，肝肠日忧煎。裂素写远意，因之汶阳川。

李白"《南陵别儿童入京》诗谓：'儿女嬉笑牵人衣'，度其时白之儿女在三、五岁间，今儿女齐肩，则已届十龄左右矣。白之去鲁南游约在天宝六载（747）春间，此诗盖天宝九载（750）春作，故得云'别来向三年'也"①。诗委曲缠绵道来，全然生活话头，充分显示出其慈爱老父的另一面形象，不见丝毫"痛饮狂歌""飞扬跋扈"的诗仙模样，这就是家庭亲情中的真实李白。他记挂家中无人劳作田事，如何生计？悬想渐次长大成人的儿女苦苦思念远行不归的父亲的伤痛，不说自己的彻骨锥心的怀想，反从对方揣测，更加切挚深沉。既牵引出结尾"念此"四句的正面描述，又对照此前"南风"二句的奇思遐想，不仅是文字技巧的新颖佳妙，并且内有真情充蕴贯注。"家常语琐琐屑屑，弥见其真，得《东山》诗意"（《唐诗别裁集》卷二）。

杜甫（712—770），字子美，行二，原籍襄阳（今属湖北），自曾祖时迁居巩县（今属河南）。他与李白同为唐代诗歌顶峰上的顶峰，故历来并称"李杜"。但杜甫更多关切朝廷时事政治和现实社会人生的作品，以至被目为"诗史"（《本事诗·高逸》）。去蜀后殆及晚年，渐多抒写自我身世痛感与闲适性情之制，于诗律益为精细严整。其诗风格沉郁顿挫，尤擅长五古和七律。一般说来，杜甫标志着从盛唐向中唐诗歌风气面目转捩的关键。"李白自称'布衣'，但他唱的其实还是六朝士族遗音；只有杜甫，入蜀以后长期'与田畯野老相狎荡，无拘检'（《旧唐书·文苑下》），唱的才是真正的俗世之歌。""杜甫对诗歌新形式、新手法的探求是自觉的。他曾自称是'晚节渐于诗律细'，又说是'为人性僻耽佳句，语不惊人死不休'，对诗表现功能的拓展、完善孜孜以求。或拗体，或排

---

① 詹锳：《李白诗文系年》，北京：人民文学出版社1984年新1版，第76页。

律,或组诗(连章体),或运古入律,或以文为诗,他不断尝试,无论成功与否,都对后人有启迪,开千百法门。其中主要有三事:一是七律形式的开发与完善,一是以文为诗、以讨论为诗,一是对诗歌语言的提炼"[1]。苏轼云:"子美之诗,退之(韩愈)之文,鲁公(颜真卿)之书,皆集大成者也。"(宋陈师道《后山诗话》引)关于其作品,《新唐书·艺文志》著录《杜甫集》60卷,唐刺史樊晃辑编《杜甫小集》6卷,宋孙洙编《杜工部集》20卷、《补遗》1卷,然皆已早散佚。后世通行的杜集,均为宋人所重编,清仇兆鳌《杜诗详注》较著名。

《新唐书》本传谓杜甫"少贫,不自振,客吴、楚、齐、赵间"。开元二十三年(735),他自吴越漫游归洛阳,举进士不第。二十四年(736)以后至二十七、八年间,游齐、赵,"放荡齐赵间,裘马颇清狂。春歌丛台上,冬猎青丘旁。呼鹰皂枥林,逐兽云雪冈。射飞曾纵鞚,引臂落鹜鸧"(《壮游》)。青丘,相传为春秋时齐景公狩猎处,约略位于今广饶一带。又,皂枥林、云雪冈,亦齐地名,大概在今青州附近。这是杜甫第一次来山东,他还曾到过鲁中各地。《壮游》接上又云:"苏侯据鞍喜,忽如携葛强。"原注:"监门胄苏预。"苏预(?—764),字源明,京兆武功(今属陕西)人。少孤,时寓居徐、兖二州,读书泰山,与杜甫为好友,故两人得同游猎欢会。天宝四年(745)夏,在洛阳与李白初识,从此结下终生的深厚友谊。"二年客东都,所历厌机巧。野人对腥膻,蔬食常不饱。岂无青精饭,使我颜色好?苦乏大药资,山林迹如扫。李侯金闺彦,脱身事幽讨。亦有梁宋游,方期拾瑶草"(《赠李白》)。先是开元二十七年(739)秋,杜甫正在齐鲁漫游,与高适相会于汶阳,便拟出游梁、宋,故诗末特提及此事。如今机会已至,二人便至汴州,同高适相偕共游(参见上引《遣怀》《昔游》二诗及有关叙述)。五年(746),杜甫再游齐鲁。是时李子芳为齐州司马。夏日,北海太守李邕来齐州,杜甫从游,陪宴历下亭及鹊山湖亭。李白、高适亦共之,多有诗酒酬和之乐事。其间杜甫曾暂如临邑,秋后至兖州。《寄李白二十韵》有云:"醉舞梁园夜,行歌泗水春。"与李白分别后,便西归长安,从此杜甫就再未到过山东

---

[1] 林继中:《唐诗:日丽中天》(乔力主编《中国古代文学主流》丛书第3种),桂林:广西师范大学出版社2000年版,第263~266页。

了。要之，据前引《壮游》诗意，并参照有关史料，则他自开元二十四年初游齐、赵起始，开元二十九年（741）曾一度寓居洛阳；到天宝四载又重游齐鲁，后于五、六载间西还长安，在齐、赵之地断断续续，前后共计逗留八、九年时间之久。

现存杜甫在山东的作品仅得10余首，数量甚是有限，且皆系其早期的一批作品。但却俨然大家的气象境界，出手即卓尔不凡。如五古《望岳》云：

> 岱宗夫如何？齐鲁青未了。造化钟神秀，阴阳割昏晓。荡胸生层云，决眦入归鸟。会当凌绝顶，一览众山小。

这是杜甫开元二十四年落第后，初次游览山东时作。杜诗中第一首系在洛阳的《游龙门奉先寺》，此篇列为第二。两诗"格似五律，但句中平仄未谐，盖古诗之对偶者。而其气骨峥嵘，体势雄浑，能直驾齐、梁以上"（《杜诗详注》卷一）。因为只是"望"而非已经登临，是而凭疑问之词的"夫如何"领起，紧接着承以"青未了"，说岱岳的青翠山色直超迈齐鲁之外，特状其高峻阔大。中间四句多系远眺时的悬想，重在抒写胸襟感受，"非实语，不可句字解也。公盖身在岳麓，神游岳顶，所云'一览众山小'者，已冥搜而得之矣"（明王嗣奭《杜臆》卷一）。末尾用《孟子·尽心上》"孔子登东山而小鲁，登泰山而小天下"句意，已写尽泰山形势精神，直对应开首。总之，它显示出杜诗闳伟雄阔的艺术特征，不屑于细琐摹拟；或者说，也是其意气飞扬、壮志勃发的青春风姿和盛唐时代精神的形象写照。

初游山东期间，杜甫曾往探省时任兖州司马的父亲杜闲，留有五律《登兖州城楼》，诗云：

> 东郡趋庭日，南楼纵目初。浮云连海岱，平野入青徐。孤嶂秦碑在，荒城鲁殿余。从来多古意，登临独踌躇。

清浦起龙论析其章法云："首二，点事；三、四横说，紧承'纵目'；五、六竖说，转出'古意'；末句仍还'登'字，与'纵目'应。局势开拓，结构谨严。"(《读杜心解》卷三）其实，此诗应关注的，并不仅仅是前半登楼四顾，后半顿生怀古之情，善能驱使名胜古迹的遒劲笔力，而在于从宏大空间的流连瞻视间，牵引出秦碑鲁殿的漫长时间思索，遂激荡着俯仰千里、上下千古的无穷今昔慨叹，那种"踌躇"于宇宙、历史永恒与个体生命短促的比照间的伤感怅惘意绪——它是沉郁切挚的，却并不颓靡废放，与《望岳》对映，同样是多样化盛唐气象的另一面表现。又，《登兖州城楼》是杜甫的第一首五言律诗，格律工稳，意境开阔，向来与其晚年的同体制作《登岳阳楼》并称楷模，凌轹百代之下。所以，《诗薮》内编卷四云："五言律体，极盛于唐。……唯工部（杜甫）诸作，气象嵬峨，规模宏远，当其神来境诣，错综幻化，不可端倪。千古以还，一人而已。"并分别例举此篇和《登岳阳楼》为"感慨"与"宏大"的典型作品。

　　杜甫的偏好并擅能五律，在初游齐鲁之际就已经显示出来。且不论《刘九法曹郑瑕丘石门宴集》《与任城许主簿游南池》的以律法入于五古，即如《题张氏隐居二首》其二、《对雨书怀走邀许主簿》便已属成功的五律，特见出娴熟的技巧。尤如《巳上人茅斋》，诗云："巳公茅屋下，可以赋新诗。枕簟入林僻，茶瓜留客迟。江莲摇白羽，天棘蔓青丝。空忝许询辈，难酬支遁词。"《摩诃般若经》云："何名上人？佛言：'若菩萨一心行阿耨菩提，心不散乱，是名上人。'"但在篇中，虽与高僧往还，也并无弃绝人世烟火的苦寂若死水的气息。颔联谓地虽僻远，但清味足以久久留客；颈联写白莲舞风、天冬叶丝细绕盘延的盛夏景象，更幽凉无暑，流露着清新惬人的趣味。

　　大概是天性中喜欢艺术形式的精整工美，故杜甫从创作初期即多为近体。除五律之外，尚有七律《题张氏隐居二首》其一。关于张氏隐居，前述李白石门送别杜甫诗时已言及，兹不再赘。诗云："春山无伴独相求，伐木丁丁山更幽。涧道余寒历冰雪，石门斜日到林丘。不贪夜识金银气，远害朝看麋鹿游。乘兴杳然迷出处，对君疑是泛虚舟。"它顺循从傍晚造访、夜间相对，直到次晨别去的时间线索着笔，不过前半首重在写景，后半首主于述意。如果味其情韵，此为隐士，上论《巳上人茅斋》的主人是高僧，但那份高洁清幽却并无二致，只不过此篇于颈联明言之罢了。清朱鹤龄注"不贪"句引旧典以相证明："《南史》载梁隐士孔祐至行通神,尝见四明山谷中有钱数百斛,视之如瓦石。樵人竞取,入手即成沙砾。'金银气'殆是类耶?"(《杜诗详注》卷一引)再联系到下面"远害"句,便写出张氏的廉静自适,且兼及自我敝屣富贵、悠然超迈俗尘的高怀远致。是以方得在尾联道出宾主两忘,情与境俱化。

五言排律《临邑舍弟书至苦雨黄河泛溢堤防之患簿领所忧风寄此诗用宽其意》,朱鹤龄注据《旧唐书·五行志》载:"(开元)二十九年七月,伊、洛及支川皆溢,害稼,毁天津桥及东西漕、上阳宫仗舍,溺死千余人。是秋,河南、河北郡二十四,水,害稼。"谓"齐其一也,当是其年作"。时杜甫弟杜颖任临邑主簿,负责治河筑堤,故制此篇。全诗计长12韵,先是叙述因久雨水暴涨、黄河泛滥,灾民的苦难及杜颖的忧虑心情,接着纵笔铺写他想象中的境况:"燕南吹畎亩,济上没蓬蒿,螺蚌满近郭,蛟螭乘九皋。徐关深水府,碣石小秋毫。白屋留孤树,青天失万艘。"用赋的手法张扬渲染,摹绘形态,写景物人事皆各当其可。末尾虽叹息自己如水上泛梗般飘泊未定,前程无着,但却已设想能垂钓东海足鳖以平息水患,表现出济世拯民的博大襟怀。看来,杜甫的仁者之心早已有之,只不过后期到蜀中的"安得广厦千万间,大庇天下寒士俱欢颜,风雨不动安如山?呜呼!何时眼前突兀见此屋,吾庐独破受冻死亦足"(《茅屋为秋风所破歌》)才进为高潮,广被世人称颂而已。

杜甫第二次再游山东,在齐州留憩时写下的几首诗,甚为地方上人士诵传,最著名的便首推《陪李北海宴历下亭》,诗云:

> 东藩驻皂盖,北渚凌清河。海右此亭古,济南名士多。云山已发兴,玉佩仍当歌。修竹不受暑,交流空涌波。蕴真惬所遇,落日将如何?贵贱俱物役,从公难重过。

据北魏郦道元《水经注·济水》云:"其水北为大明湖,西即大明寺,寺东北两面侧湖,此水便成净池也。池上有客亭,左右楸桐,负日俯仰,目对鱼鸟极,水木明瑟,可谓濠梁之性,物我无违矣。"又,元于钦《齐乘》称"池上有亭即渚池,今名五龙潭。客亭当为历下古亭,故曰'海古此亭古'"。然是书另云:"历下亭,在府城驿邸内历山台上,面山背湖,实为胜绝。"(《杜诗详注》卷一引)杜甫得与焉盛会,故先以"海右"两句称美齐州的历史人文之久盛。接前"云山"四句眼前即景,渲染清爽净雅的气氛情调;末尾四句因为暮色即至,盛会难再而发为慨喟,不论贵贱皆受世俗事务驱使,实在无奈啊!全篇间杂叙述、写景、议论笔法,而以意兴贯注通体,清隽高逸中略带嗟叹,故随之像轻烟薄雾般飘散过心头,不觉过分沉挚伤感。这一时期的《同李太守登历下古城员外新亭》《暂如临邑至崞山湖亭奉怀李员外率尔成兴》,也屡云"圆荷想自昔,遗堞感至今。芳宴此时具,哀丝千古心""暂游阻词伯,却望怀青关。霭霭生云雾,惟应促驾还",都表示出留连美景、珍重嘉会的类似情怀。

秋日,杜甫至鲁中,与李白暂别又重聚,共游同饮,情极欢洽,有《与李十二白同寻范十隐居》记下了他们的活动迹踪。诗云:

李侯有佳句,往往似阴铿。余亦东蒙客,怜君如弟兄。醉眠秋共被,携手日同行。更想幽期处,还寻北郭生。入门高兴发,侍立小童清。落景闻寒杵,屯云对古城。向来吟橘颂,谁与讨莼羹?不愿论簪笏,悠悠沧海情。

此篇也是按时间循次叙述的章法。开首六句美赞李白隽才,描写二人亲如弟兄的情谊,"醉眠"二句事虽小却涵纳挚重,语虽浅近却感人至深。中间"更想"六句是到友人隐居处的境状,"落景"二句于景中说出留连至晚、极欢尽兴的情形,充满厚朴亲切意味。所以,末尾四句便扣住"隐居"的本题,借屈原《橘颂》"受命不迁"之意和张翰"人生贵适志,何能羁宦数千里以要名爵乎"的典故,来喻譬范十弃脱冠冕、不慕荣利功名的高蹈志趣。

《诗薮》内编卷五谓杜甫"排律近体,前人未备,伐山道源,为百世模"。总览其在山东的制作,虽高下有等差,但大概说来,已导夫先路,预发未来辉煌的先声。

高适(700—765),字达夫,行三十五,郡望渤海蓨(今河北景县)人,籍贯不详。[①]他是盛唐边塞诗派的代表人物,向与岑参齐名,并称

---

① 关于高适生年有多说,今从周勋初《高适年谱》,上海古籍出版社1980年版,第8~9页。

"高岑"。其实所作包纳了较广阔的社会生活内容，并非仅局限于此一端。风格"悲壮，读之使人感慨"（宋严羽《沧浪诗话·诗评》），尤长于乐府歌行和古体。《河岳英灵集》卷上云其"性拓落，不拘小节，耻预常科，隐迹博徒，才名自远。然适诗多胸臆语，兼有气骨，故朝野通赏其文"。杜甫《奉简高三十五使君》则谓："当代论才子，如公复几人？骅骝开道路，鹰隼出风尘。"又称他与岑参诗"意惬关飞动，篇终接混茫"（《寄彭州高三十五使君适虢州岑二十七长史参三十韵》）。高适诗当时即被入乐而广为传唱，唐薛用弱《集异记》便载有其与王之涣、王昌龄旗亭赌唱的故事。① 《新唐书·艺文志》著录《高适集》20卷，已散佚。《全唐诗》编高适诗为4卷。

高适于开元二十七年（739）秋初次履足山东，与杜甫订交于汶上。其《东平路作三首》其一云："南图适不就，东走岂吾心。索索凉风动，行行秋水深。"说明原拟南下，然因事未得如愿，故只好改从东行。其二又云："扁舟向何处？吾爱汶阳中。"点明此次的目的地所在。杜甫晚年在蜀中，还曾回忆这次相识经历并叙二人深挚友情说："汶上相逢年颇多，飞腾无那故人何。总戎楚蜀应全未，方驾曹刘不啻过。今日朝廷须汲黯，中原将帅忆廉颇。天涯春色催迟暮，别泪遥添锦水波。"（《奉寄高常侍》）天宝四载（745）夏，偕李白、杜甫登吹台，酒酣慷慨怀古，遂漫游梁、宋。秋冬之际，至单父（今单县），三人登琴台赏玩，并于孟诸泽纵猎。别后归睢阳（今河南商丘），旋赴鲁郡，至任城，再达东平郡。据《鲁西至东平》诗云："沙岸泊不定，石桥水横流。"可知他是由泗水乘舟而抵。直到天宝五载（746）夏，应北海太守李邕召，赴济南，再次与李白、杜甫会聚，诗酒唱和，留下一些作品。初秋，高适随李邕至北海（今青州），其间曾东至渤海游赏观览。天宝六载（747）正月，因李邕被权相李林甫遣人杖杀，遂离开北海再去东平。寒食后，经汶水、梁山回睢阳，从此再未来到过山东。

高适在山东的诗作约有20余首。② 其中多存酬应赠人之制。其实，这种题材不仅是高适诗、也是唐诗中的大宗，说明唐诗的发达繁盛，已经

---

① 此事并见唐孟棨《本事诗》，参见前233页。
② 参见刘开扬：《高适诗集编年笺注》，北京：中华书局1981年版，第8~9页。

渗透、融注入现实生活的各个方面，除却文学自身的审美特征外，还涵纳、拥载着普遍的社会实用价值功能，几可谓无所不具、无处不见。当然，大家高手能够将两者有机地统一于诗中，便觉仍有真情性、高境界，非一味泛泛敷衍者。如《单父逢邓司仓覆仓库因而有赠》，这是一首较长的五古，前半部分称赞邓司仓勤恳戒慎、敬忠职守的循吏作风；后半部分转笔到两人的交际上："邂逅得相逢，欢言至夕阳。开襟自公余，载酒登琴堂。举杯挹山川，寓目穷毫芒。白鸟向田尽，青蝉归路长。醉中不惜别，况乃正游梁。"也是惯用的叙述手法，言事写景，从容道来，自然意兴酣畅，气象开阔。又如《鲁郡途中遇徐十八录事》，题下原注："时此君学王书嗟别。"则这位录事参军是位书法家。诗从叙述自我行踪起笔，临古迹、怀先哲而生悲慨之情，直抒胸臆，反复铺写。末尾云："弱冠负高节，十年思自强。终当不得意，去去任行藏。"感叹落拓不得意，但仍结于行藏任我，只在随心适意，一副兀傲不驯神态。又，《途中寄徐录事》，题下原注："比以王书见赠"。诗云：

落日风雨至，秋天鸿雁初。离忧不堪比，旅馆复何如？君又几时去，我知音信疏。空多箧中赠，长见右军书。

明钟惺、谭元春评析云："起二句清光纷披，'君又'句若有承接，实无着落，妙妙。'我知'句妙在预知，苦在预知。妙在不添一词藻然后逼真。'长见'句亦自写得亲厚。"（《唐诗归》卷一二）实际上，全篇开首二句就述景以点明时节，以下一气贯注，因事见情，以真率挚深而特显浑厚古朴。这便是明徐献忠说的"视诸苏卿（武）之悲愤，陆平原（机）之怅惘，辞节虽离而音调不促，无以过之矣。夫诗本人情，囿风气，河洛之间其气浑然远矣，其殆庶乎"（《唐诗品》）。

盛唐漫游之风特盛，造成朋友间经常的分离，所以，诗人的别诗便大量出现。前述李白、杜甫时已曾论及，高适于此亦甚有佳品，如《东平别前卫县李寀少府》云：

黄鸟翩翩杨柳垂，春风送客使人悲。怨别自惊千里外，论交却忆十年时。云开汶水孤帆远，路绕梁山匹马迟。此地从来可乘兴，留君不住益凄其。

据《大清一统志》卷一四二云："汶水……又西流经东平州南境，又西南流入兖州府汶上县，俗呼为大汶河。"又云："梁山在东平州西南五十里。"《新唐书·地理志》云："郓州东平郡寿张县有刀梁山。"可推测这是高适天宝六载暮春返归睢阳途中所作，因汶水、梁山均在东平郡属地范围内，故诗题仍书东平。它首联以景物应题，揭出主旨。颔联就空间的"千里"以表明即将离别之遥别，所以"惊"；而"忆"时间的"十年"来显示相交的悠久，暗示着情谊深厚，自然便突出那个上句领首之"怨"字。颈联再借景象分写两人分别后的情境，"'云开'，写少府既别而去也；'路绕'，写自己既送而归也。'远'字，见去者之太疾；'迟'字，见送者之不舍"（清金圣叹《唐才子诗集》卷四）。故尾联乃直抒胸臆，以情语收束全篇。总之，诗先景后情、以景映情，善能教景中含情，浑融无间，"情不深而自远，景不丽而自佳，韵使之也"（《唐诗别裁集》卷一三）。这是对"近体贵神韵"所说，而古体杂言诗又呈现另一番面目，如《送郭处士往莱芜兼寄苟山人》云："君为东蒙客，往来东蒙畔。云卧临峄阳，山行穷日观。少年词赋皆可听，秀眉白面风清泠。身上未曾染名利，口中独未知膻腥。今日还山意无极，岂辞世路多相识。归见莱芜九十翁，为论别后长相忆。"不同于上一首的缠绵低回，语带凄愁；此篇则清畅酣放，意兴豁达流走。全诗皆紧扣住郭处士，前四句五言先述其山行踪迹，"云卧"两句意味旷远；接着转为七言，赞扬其才隽貌美、志趣高逸绝俗。故"今日还山"四句呼应到送其归隐林下，兼问讯苟山人，末尾"长相忆"者，遥从对方及己，笔法变化不滞，有言外余味。要之，此诗气骨清劲，意胜于辞，与高适悲壮豪放的主导风格相为映照。

在山东期间，高适漫游多处，故亦颇有记行之制，描述旅途的风光感想。如《鲁西至东平》，诗云：

> 沙岸泊不定，石桥水横流。问津见鲁谷，怀古伤家丘。寥落千载后，空传褒圣侯。

只就起首两句写景，后四句因经孔子遗址而生怀古感叹，悼其生时不遇却身后声名不朽，不着一正面评语，实已暗寓自伤意味，是以"寥落"云云不言言之，寄慨无尽。另，天宝五载秋，高适在北海郡与人畋猎时所作的《同群公出猎海上》，又全然是别一种笔墨了。诗云：

> 畋猎自古昔，况伊心赏俱。偶与群公游，旷然出平芜。层阴涨溟海，杀气穷幽都。鹰隼何翩翩，驰聚相传呼。豺狼窜榛莽，麋鹿罹艰虞。高鸟下骍弓，困兽斗匹夫。尘惊大泽晦，火燎深林枯。失之有余恨，获者无全躯。咄彼工拙间，恨非指踪徒。犹怀老氏训，感叹此欢娱。

据《旧唐书·李邕传》"驰猎自恣"之语，或许此次亦系由李邕率领出猎的行动，地点靠邻渤海，故称海上。开头四句叙事，以下"层阴"云云十句，笔力遒劲，摹写阴云蒙布，肃杀之气弥漫北地海滨，以及豺狼奔窜、鹰隼搏击，麋鹿落网、高鸟跌坠，风尘遮蔽昏暗、火势燎烧林枯的酷烈壮观场面，声色激荡喧烨，犹如一幅活动画卷，直教人惊心眩目。与高适另外一些描画战争的边塞诗可以相共映照，见出其激宕亢扬，"摹画景象，气骨琅然，而词峰华润，感赏之情，殆出常表"（《唐诗品》）的艺术特征。所以，身历此境，他末尾联想起《老子》"驰骋畋猎，令人心发狂"的古训，确实要感叹一番了。如果参读《东平旅游奉赠薛太守二十四韵》中"郡国长河绕，川源大野幽。地连尧泰岳，山向禹青州。汶上春帆渡，秦亭晚日愁。遗墟当少昊，悬象逼奎娄"诸句所渲染刻画的闳阔伟丽的场境气象，尽管与这里人兽之间血与火生命搏斗的静动氛围殊异迥别，但那矫举雄健的气骨却是波澜莫二。

高适擅长七言歌行，集中的《秋胡行》应给以注意。因为这是其间"唯一叙事完整之作，上继古乐府及卢（照邻）、骆（宾王），下对日后杜甫、元稹、白居易之作新乐府亦可能有所影响"①。关于春秋时鲁国大夫秋胡戏妻的故事，汉刘向《列女传》、晋葛洪《西京杂记》里均有记载。《古今图书集成·神异典·神庙部》引《山东通志》，谓秋胡庙在嘉祥县南五十里平山上，其来已久；但庙中所祀的，其实是秋胡之妻，"俗传秋

---

① 刘开扬：《高适诗集编年笺注》，北京：中华书局1981年版，第144页。

胡妻邵氏为神，山下居民邵姓者自称秋胡妻族"。唐时嘉祥属鲁郡任城县。《秋胡行》为乐府旧题，《乐府诗集》卷三六入"相和歌辞"之"清调曲"。此前曹操、曹丕、曹植、傅玄、陆机、谢惠连、颜延之、王融等已先有拟作，然均为四言或五言；独高适创为七言新体，似属不歌的徒诗，是以这种不事依傍的作法，对后来杜甫等即事名篇的新乐府来说，具有开风气之先的意义和一定示范作用，当是很有可能性的。高适诗云：

> 妾本邯郸未嫁时，客华倚翠人未知。一朝结发事君子，将妾迢迢东路陲。时逢大道无难阻，君方游宦从陈汝。蕙楼独卧频度春，彩落辞君几徂暑。三月垂杨蚕未眠，携笼结侣南陌边。道逢行子不相识，赠妾黄金买少年。妾家夫婿经离久，寸心誓与长相守。愿言行路莫多情，道妾贞心在人口。日暮蚕饥相命归，携笼端饰来庭闱。劳心苦力终无恨，所冀君恩那可依？闻说行人已归止，乃是向来赠金子。相看颜色不复言，相顾怀惭有何已？从来自隐无疑背，直为君情也相会。如何咫尺仍有情，况复迢迢千里外？誓将顾恩不顾身，念君此日赴河津。莫道向来不得意，故欲留规诚后人。

同为叙事作品，然相较于部分情节相似的汉五言乐府诗《陌上桑》，便会发现，《陌上桑》故事情节简单，其实只是生活的一个断面而已，但注重从细节、对话来刻画人物形象，且多具夸饰性的喜剧色彩，造语亦相对古朴。《秋胡行》则以洋洋大篇叙说一个首尾完整，情节跌宕变化、较为复杂的悲剧性故事。唯其更注重表述过程的曲折演进和戏剧化的巧合、冲突，却相对忽略人物形象的塑造和细节描写，且语言较为典丽流美。就叙事角度而言，《陌上桑》采取第三人称的客观述说，夹杂对话；而《秋胡行》却通篇皆属第一人称的主观自述口吻，故多有内在心态的呈露，委婉细致。

总上所论析者，或者可以结语说，唐代的山东诗坛，最初是崔融对近体诗格律的成熟、确定具有某种程度上的积极推动作用。至盛唐时期，储光羲与客籍漫游至此的李白、杜甫、高适等共同构建起短暂的辉煌。他们无论表述欢乐还是哀伤的感情，运用简洁抑或繁复的笔墨，以及选择相对自由无拘羁的古体和格律谨严的近体形制，但就总体视之，则呈现为矫举豪放、雄浑悲壮的格调风貌，显示出刚健、开阔、明朗的时代精神，字里行间，处处流荡充溢着登高极望、远接混茫的气势——这便是人所艳羡的"盛唐气象"。一种慷慨高歌、酣畅纵横的风神气度，永远的青春热情所勃发的生命活力与不可压抑的高度自信心，遂集中凝聚成"风骨凛然"的美。一种"夫文有神来、气来、情来，有雅体、野体、鄙体、俗体"，"既闲新声，复晓古体，文质半取，风骚两挟。言气骨则建安为传，论宫商则太康不逮"（《河岳英灵集·集论》）的艺术精神。殆及晚唐，刘沧专为七律，对其表现技巧和风格多样化的探索有所创建。另外，从诗歌的题材内容来看，主要集中于个体人生活动方面，诸如记游赠答、访友送别、乡思念亲，乃至登临怀古、遁世远想，等等，无不抒情言志，一任意兴所发。其他亦间涉时事政治、社会现实生活之类，表现出诗人们较广阔的关注视野。

  传奇小说于唐、特别是中唐以后骤盛，与诗歌、古文鼎足而三，均标志着一代的最高文学成绩——相对言之，魏晋以来传统的笔记体志怪、志人小说却显得冷落清寂，只有数量的丛林却缺少艺术的高峰之制。而段成式显然为佼佼者，《酉阳杂俎》卓异特立，足当唐代笔记小说、更是山东文坛上的代表，所以历来被论者称道。

  到晚唐五代，音乐文学样式的词崛起，以西蜀文士为主体的花间派是为主流，导引并规范了这种新型文体的发展走向，彰显着一派繁荣、前途无限辉煌绚烂的景象，这与日趋委靡衰颓的五代诗坛恰作强烈比照，形成为巨大落差。而和凝敏锐地觉察到文体代兴的征兆，力求融入到时代文学的主流中去，主动顺应这种变化局势，遂支撑起山东词坛的亮色，带来一股新鲜气息，给未来山东文学的第一次高潮——宋代词坛埋下种子，为它潜伏下盛开、耸起的历史契机。至此，山东文坛已经结束它将近2000年的漫长又缓慢的演进阶段，终于走完了从杂文学向纯文学的复杂曲折的转换历程。在其上空，遂高扬起成熟的文学本体和作家主体的自觉意识，一直贯注到以后的宋、元、明、清四代。就整体而言，无论其间遭遇过多少次起伏盛衰，但它始终不再被掩覆泯灭。作为灵魂，也便牢牢占据着主导位置，辉耀着文学独立的审美与社会价值。

第二编

宋代山东文学

概说　总体特征及社会文化面貌

　　诚如太祖赵匡胤《咏初日》诗所云："一轮顷刻上天衢，逐退群星与残月。"他以兵变手段，轻而易举地从后周幼主柴宗训手里夺到政权，建立起宋王朝；再经其弟太宗赵炅，最终得以削平群雄，结束五代十国的分裂割据局面，重新统一天下。历北宋（建隆元年至靖康二年，960—1127）、南宋（建炎元年至祥兴二年，1127—1279）两个时期，有宋一代享国共计320年；比较自秦以后之各朝，仅短于西、东两汉的刘氏政权，而长于李唐、蒙元、朱明与满清，可谓运祚绵长。宋王朝鉴于唐"安史之乱"以来藩镇割据、终至覆亡的历史教训，推行高度中央集权的专制体制，改革隋唐的地方行政制度，建立起由中央政府统揽总管下的路、府（州）、军（监）、县等的系统化地方行政区划，其方式基本为以后的元、明、清三代所承袭沿用。

　　太宗即位之初，即"以天下土地形势，俾之分路而治"，至道三年（997），于全国设立15路，其中京东路辖境东极于海，西达汴，南至淮、泗，北抵河，覆盖了今山东的大部分区域。以后各帝陆续有所调整，变化较大。至徽宗政和元年（1111），又将山东地区析置京东东路与京东西路，另有少数州、县归属河北东路，共设有26府州军，领89县。北宋于靖康末鼎覆后，衣冠过江，史称"南宋"，遂形成南北对峙、划江而治的局面，山东乃属于女真族金朝的领土。金熙宗完颜亶天会十五年（1137），将全金地方政区统一划分，设17路以治，仍因北宋王朝的京东东路、西路置山东东路和山东西路，首次以"山东"作为政区名称。至金章宗完颜璟泰和六年（1209），又始立"山东行省"之名。

　　五代的战乱，对山东地区的生产经济造成极大破坏，户口锐减，民不聊生。针对这一情形，宋王朝实行招抚流亡、鼓励农桑而轻徭薄赋等措施，使农业及手工业、商业得到全面的恢复发展，促成社会经济的长期稳定与高度繁荣。另一方面，宋重视文治，始终奉行"兴文教、抑武事"的国策，山东也大力兴办学校教育，尊孔养士蔚成风气。如天禧年间，兖州知府孙奭于孔庙建学舍，广纳生员，朝廷特赐田10顷为学粮田，"诸州给学田，盖始此"（《续资治通鉴长编》卷九九），由之形成了北宋的学田制度。同时，私人设帐授徒之事也十分普遍，培养出一批批人才。如济州巨野人王禹偁幼从毕士安学，始举乡贡即小有名气，终成一代贤臣和大文学家；又如并称"泰山三先生"之一的奉符人石介，"以《易》教授于家，鲁人号介'徂徕先生'"（《宋史》本传），皆不胜枚举。正是在这样的大环境下，文士们一般皆具载较高程度的文化艺术素养和学识水平，喜为吟咏文章之事，好弄笔墨以逞才识。

有宋一代，都十分善待文士，自太祖即曾立誓碑不诛戮士大夫及上书言事人，并通过科举考试取士，给广大庶族贫寒文人以进身机会。故范仲淹晚年知青州时，特地重访少年随母改适、勤奋求学的邹平旧居，不胜感慨，遂赋《留别长山父老》诗，云："长山一寒儒，荣归三纪馀。百花春满路，二麦雨随车。鼓吹罗前郡，烟霞指旧庐。郡人莫相羡，教子苦读书。"这当是出于切身体会所发的由衷之言了。再者，学而优则仕，仕便可获取丰厚俸禄和名目繁多的赏赐，尽情享受生活。同时，宋代的思想学术较为开放，虽崇奉儒家为正统，但也兼纳释老佛道，占据主导位置的"理学"其实就是三者融和的新产物，且政治气氛又相对宽松，极少兴文字狱之祸，绝不同于以后明、清两代的文网越来越严密越残酷。总之，良好的社会文化背景为山东文学的发展繁盛提供了坚实的基础与有力的外部保证。若审视其总体特征，大略可举如下两端。

一　时代文学词的高潮与诗文的平缓演进态势

经过晚唐五代的培育铺垫，新兴音乐文学样式的词在宋代臻达极致，可谓如日中天，最是一代文学之胜景壮观。山东词坛成绩卓著，在整个宋词中有着举足轻重的地位。宋人有词传世且籍贯可考者，作者人数总量据唐圭璋《宋词四考·两宋词人占籍考》统计，各省中以浙江为首，其他依次为江西、福建、江苏等，总体上说南方人士多于北方。北方人士以河南为首，据全国第五位，山东作者人数在北方区域仅次于河南，为第二位，在全国范围内则列第八。依照上述情状，也约略可以看出山东的词风之盛行及作者覆盖面的广泛。

　　当然，品衡的标准并不仅局限在作者及其作品数量的多寡这一条上，而是应首先着眼于它的艺术水准和审美价值。在这方面，山东词坛亦无愧色，它始终标举着主体自觉创作意识，拥载自我独立的艺术精神和风格面貌，无论强或弱，多能在一个时代的极顶辉煌间保持有自己的亮色，而不被其绚烂所淹没。如初宋的王禹偁，即以〔点绛唇〕《感兴》之孤篇首作发端，昭示盛世之音，为历代词选本所必著录。继之有曹州定陶人刘潜、历城人李冠，虽仅存〔六州歌头〕《项羽庙》《骊山》等寥寥数首，然纵横大篇，慷慨悲壮，实已开后来苏轼、辛弃疾一派的先声。其他如沧州无棣人李之仪、济州巨野人晁补之，皆称词坛作手耆宿：李之仪擅长令词短章，在此体式上，他于晏殊、欧阳修及殿军大家晏几道以外，仍自具一种面目一番风韵；晁补之虽系苏门学士，但并不尽受笼罩，而是调和苏轼的革新与花间传统的艳科绮丽，倡扬当行本色语。至于章丘人李清照和历城人辛弃疾，于整个宋代词坛并峙双巅，均为立派开宗之一流大家，标志了山东词坛最高潮的确立。要之，山东词家在历代的有关词籍、笔记及论者的研究视野里，都程度不等地受到重视与关注，完全被忽略淡漠者甚为罕见，这点也从一个侧面说明它的地位和影响力。

　　宋代文士一般皆能诗文，山东自不例外，只不过比较起词而言，却呈现为平稳庸缓的走势，并无逐渐递进再臻巅峰极致的趋向。它于宋建国之甫初，便乍然耸出王禹偁那样的大家，可谓发唱惊挺，独标高格于当时甚显冷寂的文学园地间，是为北宋中后期繁盛发达局面的前奏。不过，山东诗坛没有从这个耀眼的亮点继续发展深化，与整个宋代诗歌同步提升，再造新的辉煌；而是伤于冗弱，影响下降。虽然有"东州逸党"诗派的异军陡起，自成格调而不蹈袭时流，但它毕竟是中小诗人的松散组合，缺乏主盟诗坛、具风起云涌之大声响的真正大家，如欧阳修、苏轼、黄庭坚之类人物，所以未能进入宋诗发展的主流中去，仅只僻处一隅，不久便悄自凋残了。至于穆修、石介大力倡扬韩愈、柳宗元文统，严斥西昆浮华风气，一时倒也惊动天下，为世瞩目。但他们多偏重于理论声势的宣传，本身并无相应的创作业绩作为实践上的印证、支持，且不当率统中枢的势位，故北宋"古文运动"的最终完成与艺术范型的建构，尚有待于欧阳修等后哲去竟毕其功，山东作家已难以置喙其中了。

二 自觉的理论批评意识

山东是孔、孟的故乡，自汉武帝"罢黜百家，独尊儒术"以来，它已从邹鲁的乡曲之学很快演变、发展成为居正统地位的显学，长期占据并统领着整个思想文化界的主流。且宋人又十分重视"统系"，于文学强调文统。山东的文学家在这双重背景的熏染下，具载着自觉的理论批评意识——通过对创作实践经验的总结和作家作品的批评比较，而升华为一定的理论意识，再反向地以之引导、规范着具体的创作实践，从而使二者间形成为一种交融互动的连锁关系，相共促进生发。

如词，花间南唐的绮丽婉曲风格入宋后已发展为主流，建构起稳固的传统，被奉作正体。至苏轼则大力张扬革新，以诗为词，虽振响时人耳目，却终究被视作变体。李之仪、晁补之、李清照等山东词家，于纵向"史"的观照和横向论析后，归纳出词须作"当行家语"，而"别是一家"的本体艺术精神与美学理想，并就长调慢词的铺叙展衍手法、字面句式的锤炼、使事用典，乃至音韵声律等操作层面的诸问题进行细致深入研讨，试图给予某种范式化的规定，起到纲领性的艺术导向作用。

又如诗文，初宋时际仍然笼罩着五季颓风，柔靡无力，"忘于教化之道，以妖艳为胜"（五代牛希济《文章论》）。王禹偁奋起呼吁改革，"革弊复古，宜其有闻"（《送孙何序》），明确提出以李白、杜甫诗歌和韩愈、柳宗元散文为楷模，初步具有理论指导意义。后来郓州人穆修、奉符人石介则进一步强化了这种师法韩柳、尊崇儒道的主张。尤其是石介，一力张扬儒术，攘辟佛老，强调文章"必本于教化仁义，根于礼乐刑政"（《上赵先生书》），以社会功利作用为先，提升到捍卫孔孟道统的高度上来。他们自己的创作，也多是于这种理论观念的导引之下来实行的。

第三章 变化流程

唐、宋两代向来并称，都是中国古代文明高度发达、文化乃至文学最为繁盛的历史时期，但却又各自有其不同的风貌特征。一般而言，与唐代的以诗歌、散文、传奇小说著称不同，宋代则以诗歌、散文、词成绩卓著。"一代有一代之文学"，新兴音乐文学样式的词是宋代文学的标志，代表着它所能臻达的高度，向与唐诗、元曲被一并视作相应文体的巅峰极顶。而诗文亦继唐人之后，凭新变再造自己的辉煌，相并行世，为后人垂则示范。

地域文学虽然有其独特之处，并不总是与整个时代文学的流变衍展轨迹完全叠合；不过，它却是在那整体发展态势与过程中去运作、完成的。所以，就有必要首先简略观照一下时代文学的主流走向，才有益于更深刻理解和细致把握山东文学在这段时期内的具体演进变化状况。

第一节 北宋至南宋前期的诗文

一 诗歌以新变再造辉煌

中国古典诗歌历经千余年的嬗变发展，至唐代乃臻达鼎盛时期，可谓诸体皆备，众美咸集，耸然作再也难以逾越的灿烂极至。"有唐诗作榜样是宋人的大幸，也是宋人的大不幸。看了这个好榜样，宋代诗人就学了乖，会在技巧和语言方面精益求精；同时，有了这个好榜样，他们也偷起懒来，放纵了摹仿和依赖的惰性。瞧不起宋诗的明人说它学唐诗而不像唐诗，这句话并不错，只是它们不懂这一点不像之处恰恰就是宋诗的创造性和价值所在。……宋人能够把唐人修筑的道路延长了，疏凿的河流加深了，可是不曾冒险开荒，没有去发现新天地。用宋代文学批评的术语来说，凭藉了唐诗，宋代作者在诗歌的'小结裹'方面有了很多发明和成功的尝试，譬如某一个意思写得比唐人透澈，某一个字眼或句法从唐人那里来而比他们工稳，然而在'大判断'或者艺术的整个方向上没有什么特著的转变，风格和意境虽不寄生在杜甫、韩愈、白居易或贾岛、姚合等人的身上，总多多少少落在他们的势力圈里。"① 对宋诗的这种评论，笼统看也无不当，但仔细研究下来，总觉过于严苛，尚有不够全面周密之处。首先是宋人的高度自觉意识，"若无新变，不能代雄"（《南齐书·文学传论》），宋诗正是著意以人工别辟新境。其成功处在于能有异于唐诗，而不求胜过唐诗，春兰秋菊，各擅其美，又如双峰并峙、两水分流，终于凭新变再造一片辉煌。

初宋诗歌尚受晚唐五代余风笼罩，王禹偁、徐铉、李昉等脱弃绮丽浮靡，倾心于中唐白居易的清浅平易而乐效之，时号"白体"；王禹偁成绩最高，故主盟诗坛。稍后，魏野、林逋、潘阆、寇准与惠崇、希昼、宇昭等"九僧"，宗法贾岛、姚合清僻萧散的意趣，多写山林风物与逍遥泉石的生涯，称为"晚唐体"。与之基本同时而稍晚的"西昆体"，系由《西昆酬唱集》所得名，代表诗家有杨亿、刘筠和钱惟演。他们踪迹李商隐，"研味前作，挹其芳润"，风格密丽精细，善于用事而取材博赡、属对工整而音调锵铿流美，专务近体。由于以台阁重臣的身份迭相唱和切劘，致风行天下，产生广泛影响，"后进学者争效之，风雅一变"（欧阳修《六一诗话》）。但是，以上这师法唐诗的三派，无论彼此间取向不同、面目殊异，但共同之处都是因循承续前人多而新创之意少，缺乏或者说尚未形成自我独立显明的个性色彩，只能算是"宋调"的酝酿阶段。

真正自外于"唐音"而尝试着建构"宋调"艺术特征的，当自梅尧臣、苏舜钦与欧阳修始。就各自的主体风貌格调而言之，"子美（苏舜钦）笔力豪隽，以超迈横绝为奇；圣俞（梅尧臣）覃思精微，以深远闲淡为意"（欧阳修《六一诗话》）。欧阳修享年较永，却又比梅尧臣年岁略小，诗多温丽深稳、清雅容与之致，且"以文章道德为一世宗师"（宋吴充《欧阳公行状》），故最终融合作一个以复古为创新的诗派。他们对初宋三体的长短得失持批判继承的理性态度，再进而上溯韩愈、孟郊，从对

---

① 钱锺书：《宋诗选注》，北京：人民文学出版社1958年版，第13~14页。

传统题材、诗法的翻新、拓展入手，"以文为诗""以议论为诗"，崇尚气雄语险。改唐诗之兴象高妙而专主气格，变唐人之重情景交融而以韵胜为求义理透阐而以意胜，遂由文士型的持凭才气为诗向学者型的以学问为诗过渡，人工的成分多于天然，起到为宋诗的继续发展和走向繁盛导夫先路的作用。其他如韩维、刘攽、郑獬、文同、王令、吕南公等，也都间接或直接受到他们的浸染，而共同形成为一时风气，推进宋诗自觉艺术精神的建构。

接着王安石又有所开拓发展，欧阳修《赠王介甫》诗云："翰林风月三千首，吏部文章二百年。老去自怜心尚在，后来谁与子争先。"可见对他期许之殷。而王安石早年的诗歌也确受欧阳修、梅尧臣的影响，他关心社会政事，喜作古体，好发议论，以散文句法入诗，却趋于质直浅白。至中年时期，王安石的主体自觉意识渐趋强化，遂于大量研味唐人（主要是杜甫、韩愈）的基础上，参酌取用，以求建立起具有鲜明特色的个人风格。如其咏史诗，以立意新警、义理精深而笔力雄健为人不能及。晚年罢相后，思想由儒家的"兼善""入世"，急剧朝禅宗的内修自省和直觉观照体悟转变，倾心王维，试图向唐风回归，又杂融宋体特色，注重工巧与细密化，以人工而达天然之境。"尤精严，造语用字，间不容发。然意与言会，言随意遣，浑然天成，殆不见有牵率排比处"（宋叶梦得《石林诗话》卷中），这些都反映在他的近体诗特别是绝句上。宋严羽《沧浪诗话·诗体》于"以人而论"将之称为"王荆公体"。再者，王安石学广识博，是宋人"以才学为诗"的创始者之一，如于用典改变西昆体的堆积故实、取材窄狭为自出己意，但借事以相发，使情态毕现且无所不及。总之，"平生文体数变，暮年诗益工，用意益苦"（宋陈师道《后山诗话》），于他的创作过程中，典型体现出宋诗在逐渐显示自我艺术特征时，由最初的浅直发露向着后来精工、深折的转化。所以说，较之欧、梅、苏，王安石则更多地具载着宋诗风貌，影响深远，其"七言诸绝，宋调坌出，实苏、黄前导也"（明胡应麟《诗薮》外编卷五），"山谷为江西派之祖，其特色在拗硬深窈，生气远出。然此体实开自荆公"（梁启超《王安石评传》）。

如果说王安石诗以工巧胜，黄庭坚诗以新奇胜，那么，居二人之中枢的苏轼就是以高大胜，标志了有宋一代诗歌之极顶风光，既能全面展示宋调以议论为诗、以文为诗、以才学为诗的特点，又对之有所超越。先说前者。苏轼好议论，取材广、命意新，而其涵盖范围较欧阳修等为宽泛，表达方式也较王安石为多样。其次，如果想包纳更加繁重纷杂的题目，当然不能再追步唐诗的融说理于情景之中，追求唱叹含蓄之旧途；势必要打通文体界限，引散文句法入诗，俾使深透明辟、曲折尽意。苏轼的成功之处在于善能以笔运意，"直涉理路而有挥洒自如之妙，遂不以理路病之"（清纪昀《纪评苏文忠公诗集》卷七）。复次，同样作为以才学为诗的创始者，他挟持充溢的才气、驾驭富赡的学识，教两者交融无间不为学累，故纵横奔放，于此基础上化实为虚，以轻灵运质重。再说后者。宋人注重以理性为诗，故特别讲求技法、才学。但是，苏轼却独标"出新意于法度之中，寄妙理于豪放之外"（《书吴道子画后》），"始知豪放本精微，不比凡花生客慧"（《题吴道子画》）。要求既遵守诗法——有关格律、技巧等艺术形式方面的规范；又不为其所拘，致株死于"法度"下，限制了"新意"的表达。或者说，那种纵心写意、无往而不达的"豪放"境界，本以循守"精微"的法度为前提。总之，"自由是以规律性的认识为基础，在艺术规律的容许之下，创造力有充分的自由活动。"① 唯此，方得"从心所欲，不逾矩"（《论语·为政》）。所以，苏轼诗虽以雄放清旷、驰纵机变为主要特色，而其根本的出发点却在于人工与天然的有机统一，浑成如意，自然高妙。"坡诗不以锻炼为工，其妙处在乎心地空明，自然流出，一似全不著力，而自然沁人心脾"（清赵翼《瓯北诗话》卷五）。

也正缘因苏轼的以才之高盛掩学之广博，故赵翼又说："大概才思横溢，触处生春，胸中书卷繁富，又足以供其左旋右抽，无不如志。其尤不可及者，天生健笔一枝，爽如哀梨，快如并剪，有必达之隐，无难显之情。"（引同上）用天然融会人工，由技巧臻达化境，最终超越法度而信笔挥洒纵横并无雕凿痕——上述者原本互为表里是二而一的事。这些也使他与王安石、黄庭坚等所代表的刻意人工为能的宋诗一般面目有了区别，是"东坡诗体"超迈"宋调"之处。所以，论者每认为苏轼近似李白，尽管名满天下，门下有"四学士""六君子"等众多追随者，但他们诗风

---

① 钱锺书：《宋诗选注》，北京：人民文学出版社1958年版，第71页。

各异，未能形成较统一的流派，就在于那份奔纵天成不可学、无法学。

宋刘克庄云："元祐后诗人迭起。一种则波澜富而句律疏，一种则锻炼精而情性远，要之不出苏、黄二体而已。"（《后村诗话》）不过，苏轼虽然代表了宋诗的最高成就，而最集中体现"宋调"艺术特征的，却是黄庭坚。"唐诗多以丰神情韵擅长，宋诗多以筋骨思理见胜"[①]，"唐诗以韵胜，故浑雅，而贵酝藉空灵；宋诗以意胜，故精能，而贵深折透辟"[②]。黄庭坚诗宗杜甫，特别讲求法度的系统化与细密化。于命意设思、章法结构、造语用字、音韵格律等无不苦心锻炼锤琢，力避圆熟凡俗，从而形成一种瘦硬生新、奇倔遒峭的风格面貌，涩中回甘，更多诉诸人理性的认知理解而不靠情感的直觉体味共鸣，故能以人工胜天然。又兼他将之建构起一整套理论，从初学门径直到最高境界，都历历有脉络踪迹教示，"金针度人"，所以法席盛天下，遂形成声势浩大的"江西诗派"，直笼罩以后二百年的有宋诗坛，影响垂及清末。这便是刘克庄《江西诗派序·黄山谷》所说的：

> 国初诗人，如潘阆、魏野，规规晚唐格调，寸步不敢走作。杨、刘则又专为昆体，故优人有挦扯义山之诮。苏、梅二子稍变以平淡豪俊，而和之者尚寡。至六一、坡公，巍然为大家数，学者宗焉，然二公亦各极其天才笔力之所至而已，非必锻炼勤苦而成也。豫章（黄庭坚）稍后出，会粹百家句律之长，究极历代体制之变，搜猎奇书，穿穴异闻，作为古律，自成一家，虽只字半句不轻出，遂为本朝诗家宗祖，在禅学中比得达磨，不易之论也。

陈师道学黄庭坚而与之并称"黄陈"，是江西诗派的另一领袖人物。但不同的是，其诗以朴拙清健、简峻幽洁见长，亦能自成一家，突出体现了宋诗的某些独特面貌。"其师涪翁，不得其瑰玮卓诡、天骨开张，而耽乎洗剥渺寂以为奇"（清方东树《昭昧詹言》卷一〇引姚姜坞语），也正是从这种差异中，开始透露着江西诗派、乃至南宋诗从接响而渐趋变调的

---

① 钱锺书：《谈艺录》，北京：中华书局1984年版，第2页。
② 缪钺：《诗词散论》，上海古籍出版社1982年版，第36页。

最初消息与端倪。

陈与义、韩驹、徐俯、晁冲之、吕本中、曾几等江西派诗家,由于生当北、南宋之交时期,亲历中原陆沉、家国破亡的巨祸,在外部社会环境与生存条件的强力影响下,诗风产生变化。典型的如陈与义,"建炎以后,避地湖峤,行路万里,诗益奇壮"(《后村诗话》),对杜甫"安史之乱"后的诗篇有了极亲切的认同感,故伤时念乱,所作多有沉雄深郁气势。另一方面,他们仍未停止过艺术上的探索追求,"学诗当识活法。所谓'活法'者,规矩备具而能出于规矩之外,变化不测而亦不背于规矩也"(吕本中《夏均父集序》)。虽依然循继黄庭坚诗法而来,但却已改其拗折生硬为圆活流转、明净妥帖,只是波澜不够宏阔、气度未见高远,故意境较浅近。总之,宋诗至此盛极难继,即使此后也再未臻达至北宋中后期的高度;并且江西诗派末流枯涩晦僻、"资书以为诗"的弊病也日渐显露,诗坛在呼唤着又一次新变。范成大、杨万里、陆游等"中兴四大家"遂应运而起,造成宋诗的第二次高潮。尽管他们是否属于江西诗派,一直议论未定,然而其最初都是受江西诗派的熏染,由此入门却毫无歧异。如陆游青年时拜曾几为师学诗,自述云:"忆在茶山听说诗,亲从夜半得玄机。常忧老死无人付,不料穷荒见此奇。律令合时方帖妥,功夫深处却平夷。"(《追怀曾文清公呈赵教授》)杨万里《诚斋荆溪集序》云:"予之诗始学江西诸君子,既又学后山(陈师道)五字律,既又学半山老人(王安石)七字绝句,晚乃学绝句于唐人。"后来虽因不满江西家法故欲跳出其窠臼而独立名家,但也只是脱弃黄、陈,却从变调的圆活清劲出发,再继续发展而形成了自我的个性特征。

二 建构范型散文

明代的"唐宋派"文学家茅坤编选《唐宋八大家文钞》,标举韩愈、柳宗元、欧阳修、曾巩、王安石、苏洵、苏轼、苏辙为古文八大家。但是,以复古为革新的古文运动,自中唐韩、柳之后便趋向衰落;殆及晚唐五代,藻饰华丽的骈体文依旧盛行天下,为士子们所普遍崇尚。宋初仍承循这种骈俪浮艳的文风,至柳开、王禹偁、姚铉等起而反对之,以"革弊复古"(王禹偁《送孙何序》)为己任,重新倡扬韩、柳文章,主张晓畅平易,遂开有宋一代风气之先。然而,他们的影响和创作实绩皆有限,接着是雕章丽句、堆积故典的西昆体诗文崛起，一时弥漫整个文坛。穆修、石介、尹洙、范仲淹等深恶其流弊，乃倡古文复古道，在理论和实践上都有不同程度的建树，对后来的欧阳修产生直接影响。故《四库全书总目提要》卷一五二谓穆修"天资高迈，沿溯于韩、柳而自得之，宋之古文，实柳开与修为倡。然开之学及身而亡，修则一传为尹洙，再传为欧阳修，而宋之文章于斯极盛，则其功亦不鲜矣。"

范仲淹《尹师鲁河南集序》云："遽得欧阳永叔从而大振之，由是天下之文一变。"确实，作为盟主文宗的欧阳修，于个人创作上备具众体、内容丰富各有特色；但他主要是张扬了韩愈条畅明利、曲折自如的一面，进一步形成自己清隽舒徐、唱叹跌宕而柔婉有致的风神，为世人垂范立则。另一方面，又大力提携后进，积极倡导、推行古文，最终促成整体文风的转变，开始建立文道合一而疏朗轻易、清新自然的新范型。所以，论者每将其在宋文中的地位、作用比作唐文中的韩愈，与之并称。曾巩与王安石均受知于欧阳修，二人又为同乡好友，相互推挽，但文风却颇不同。一般说来，曾巩纡余委曲，意态情韵近似欧阳修，"其才皆偏于柔之美者"（清姚鼐《复鲁絜非书》）。不过，曾巩好穷尽事理，有重学术而轻辞章的倾向，故谨重古雅有余而文采不足。王安石的文学观念虽与曾巩相类，亦将理道置于文辞之先；但他强调文章"以适用为本"（《上人书》），更注重社会现实效用，是以尤长于论事说理，而凌厉迫急、一往无前，笔势刻峭"如断岸千尺，又如高士溪刻不近人情"（清魏禧《杂说》）。在此基础上，无论何体，王安石常呈现出结构严谨，文字简洁瘦劲而识见精辟新警的主要特色。

苏洵、苏轼、苏辙父子兄弟先后皆得欧阳修识拔延誉，一门三士耸动京师。苏洵文长于议论，"精于物理而善识变权，文章不为空言而期于有用"（欧阳修《荐布衣苏洵状》）。故陈古喻今、直指时弊，皆奇纵博辩，警确闳伟，颇具纵横家的风采。其他书信杂记文则为少，然或周折绵密、意气雄放；或明爽峻健、托物寄慨，能流露出较多的抒情色彩，文学意味也较浓。至于苏辙，平生著述虽富，然推散文成就为高，创作上受到父兄的影响，但不同于苏洵的是，他以记叙见长。茅坤评论说："其奇峭处不如其父，其雄伟处不如其兄；而其疏宕袅娜处，亦自有一片烟波，似非诸家所及。"（《苏文定公文钞》卷八）总的说来，苏辙文风趋于洒脱舒荡、冲和澹泊，而气度雍容沉静。其中的委婉曲尽、唱叹摇曳之胜，约略得欧阳修的情趣。

苏轼曾自述创作经验说："某生平无快意事，惟作文章，意之所到则笔力曲折无不尽意，自谓世间乐事无逾此者。"（宋何薳《春渚纪闻》卷六引）他继欧阳修而为文坛领袖，与之共同标志着宋文的巅峰极致，并有所拓展创新。综观其文，除却诸体皆擅、包罗宏富无不及容外，最显著的艺术特征便是那种任心适性、意到笔随而文理自然、恣态横生的面貌，这点与苏诗在精神实质上是相通一致的："辞至于达，足矣，不可以有加矣"（《与王庠书》）。或者说，他命思着想高远宏敞，滔滔汨汨而略无窒涩处，足当"汗漫"（宋王十朋《读苏文》）、"博"（明贝琼《唐宋六家文衡序》）之谓。于行文则能因物赋形、神态尽出而各具机杼；且无论记叙、描写、抒情、议论，皆酣畅淋漓，气势磅礴。"引物连类，千转万变而不可方物，即不可摹之状，与其难显之情，无不随形立肖，跃然现前。"（明焦竑《百三十二家评注三苏文范》）总体风格则为豪纵清雄、疏旷新逸，绝无一毫俗尘萎琐气。另外应提及的是苏轼的随笔小品，包括题跋、书牍、杂记之类，明陈继儒《苏长公小品序》用"短而隽异者"概括出其体制与内质精神、外貌风范。它们直抒性灵，信笔挥洒而自具率真潇洒意味，最能体现他的坦荡旷达襟怀和幽默风趣性格，对明清两代产生了深远影响。

要之，北宋散文自欧阳修始，出现全国繁荣的局面，足以和诗歌比肩。除上述诸大家外，再如苏舜钦、李觏、邵雍、蔡襄、周敦颐、司马光、宋敏求、苏颂、沈括、文同、张舜民、李之仪、黄庭坚、秦观、晁补之、李格非、米芾等作手，已不烦赘举，他们的创作呈现出丰富多彩的个性风神，于体式上也各有建树。所以，自此之后，散文便一直稳居着文章正宗的主流位置；而后世所师法的艺术范型，也主要是宋人平易畅达、清新流走的作风。待到南宋，由于社会形势与文化环境的变化，且理学大盛，故重在功利实用的议论文流行文坛，但它们一般都不具备太高的文学性与审美价值。倒是笔记获得长足发展，结集的数量多至数百种，而内容广泛，几无所不包，笔法也灵活多样，不拘一格。不过，总体上说来，已经不可挽转地趋向衰落的低谷，远不足与北宋时期的鼎盛共论。

第二节　发声惊挺的山东诗文

词是宋代的标志性文体，山东也出现了一流大家，辉耀词坛而融入整个时代的主流之中。诗文虽相对低潮，未能产生牵动全局的一流大家，却也自具特色，有其可以称道处；故论宋代诗文，山东是不能忽视的重要区域。

一　自觉意识张扬的山东诗坛

按照前面"导论"中所悬立的取去准则，除掉南宋后期只籍贯为山东，本人却从未践履过北土的那些作者；而现仍有诗作存世的，约计得130人左右。不过，他们作品的数量多寡不等，大部分仅几首，甚至是残篇零句，且艺术价值甚是有限，故不足深论。但是，其中有几位名家却是宋诗史上的重要人物，直接影响一代诗歌的衍变进展；或卓然自树、以异军独标于时代潮流之外，遂共同构成了山东诗坛上的重镇，为之增添若许亮色，从而勾勒出地域诗歌发展变化的主线。如果沿循这条主线作纵向考察，那么，大致可以划分为以下四个时期。一、自太祖建国的建隆元年（960）至仁宗嘉祐八年（1063），为北宋前期；二、从英宗治平元年（1064）到徽宗宣和七年（1125），为北宋后期；三、由钦宗靖康元年（1126）而高宗绍兴三十二年（1162），为北南宋之交期；四、孝宗隆兴元年（1163）起及宁宗开禧三年（1207）止，为南宋前期。

先说北宋前期，它可以咸平四年（1001）王禹偁去世为界，划作前后两个阶段。前者如青州人许仲宣（930—990）、巨野人夏侯峤（933—1004）、大名莘县人王旭（生卒年不详）等，虽然官位较显达，但存诗皆1首，平平无足道。唯曹州冤句人张齐贤（943—1014），字师亮，有诗8首，其《致仕后戏赠故人》前半云："午桥今得晋公庐，花木烟云兴有馀。"据《宋史》本传载："齐贤归洛，得裴度午桥庄，有池榭松竹之盛，日与亲旧觞咏其间，意甚旷适。"此篇依稀见出白居易晚年闲适诗舒散容与的风味。又应天楚丘（今曹县东南）人戚纶（954—1021），字仲言，仅存诗3首，而《送何水部蒙出牧袁州》以律笔作古体，中有"郡楼拥翠峰峦合，井邑交光竹树明。醇酎岂知千日醉？温泉常见四时清"之句，写景叙述，气象较开阔，略显太平时世。济州巨野人王禹偁（954—1001），字元之，耸然忽出高峰，是初宋白体诗派的卓异代表，当时整个诗坛的主盟，开一代宋诗之先声，影响深远，也是山东诗坛上成就最高者。下章将有专节论析，此不再赘。

后者当首推"东州逸党"。这是仁宗天圣、明道年间，西昆体声势尚盛之际，以齐州（今济南）为中心所形成的一个诗歌流派，成员绝大多数为山东人，"范讽、石延年、刘潜之徒，豪放剧饮，不循礼法，后进多慕之"（《宋史·文苑传》），李冠、石介、杜默等人亦与此风气。他们富有放荡不羁的"狂士"气质，每好使酒纵放、慷慨悲歌，生活和创作中都充溢着浓郁的"齐气"（曹丕《典论·论文》）。此等特征远溯可上至《诗·齐风》的豪健热情，如《猗嗟》《东方之日》诸篇；下及"并志深而笔长，故梗概而多气"（刘勰《文心雕龙·时序》）的建安风骨，前文已曾述及这种源流脉络，可参看。具体到诗歌上，则受韩愈、孟郊诗派奇伟险怪作风的浸润，于总体表现出劲挺峭健、鼓荡拗兀的面目；既殊异于西昆体的雕章俪句、精密绮艳，也能自立于欧、梅等清易平淡、自然畅达的新风之外，作为桑梓后辈的李清照、辛弃疾，也不同程度地留下其遗韵余绪。颜回47代孙，与之同时的鲁人颜太初，曾制作长篇五古《东州逸党》以记叙之：

> 东州有逸党，尊大自相许。号曰方外交，荡然绝四维。六籍被诋诃，三皇遭毁訾。阮儒愚黔首，快哉秦李斯！与世立宪度，迂哉鲁先师！流宕终忘反，恶闻有民彝。或为童牧饮，垂髫以相嬉。或作概量歌，无非市井辞。或作薤露唱，发声令人悲。或称重气义，金帛不为贵。或曰外形骸，顶踵了无私。……斯人之一唱，翕然天下随。斯人之一趋，靡然天下驰。乡老为品状，不以逸为嗤。宗伯主计偕，不以逸为非，私庭训子弟，多以逸为宜，公朝论人物，翻以逸为奇。

此诗虽从儒家正统礼法的顽固立场出发，"深疾"（清厉鹗《宋诗纪事》卷一〇引《儒林公议》）东州逸党带有浓厚叛逆色彩的行为作派；自许"幸有名教党，可与决雄雌"，建言朝廷"赫尔奋独断，去邪在勿疑。分捕复大索，恔人无子遗。大者肆朝市，其徒窜海湄。杀一以戒万，是曰政之基"，充分显露出用心的恶毒与面目之狰狞，直欲大兴文字狱；而其不识时务的迂腐执拗却可卑复可笑。无怪乎熙宁七年（1074）苏轼知密州（今诸城）时，应颜太初之子请托为他的《凫绎先生文集》作《叙》，文中追述苏洵庆历五年（1045）"适京师与卿士大夫游，归以语轼曰：'小子识之，后数十年，天下无复为斯文者也。'"然而，从此诗中，也可以看到东州逸党的作品特征、文化价值取向和流行之广盛。下面将分别论析其有关诗作。

齐州人范讽（生卒年不详），字补之，存诗2首。据宋释文莹《湘山野录》卷上载："鼎州甘泉寺介官道之侧，嘉泉也，便于漱酌，行客未有不舍车而留者。"一代名相寇准与丁谓迁谪时皆过此，并各于东、西槛题辞。后范讽安抚湖南，有《题鼎州甘泉寺》诗，前两句述寇、丁事，后半云："烟岚翠锁门前路，转使高僧厌宠荣。"不尽的功名难持慨叹，溢乎言表。又《题济南城西张寺丞园亭》："园林再到身犹健，官职全抛梦乍醒。惟有南山与君眼，相逢不改旧时青。"也是于历经宦海沉浮后才产生的沧桑感，遂倍觉故乡山水与故人心眼之亲切；虽重在表"意"，造语明白清浅，然笔墨间仍带有兀傲不驯气，未脱此"逸"字本色。

又如兖州奉符（今泰安东南）人石介（1005—1045），字守道，又字公操，因曾讲学徂徕山下，故学者称徂徕先生。他以推尊韩愈古文、大力张扬文风改革著称于时；然亦能诗，《徂徕石先生文集》20卷中有诗歌4卷，约共140余首。其中如《宋颂九首》《庆历圣德颂》《汴渠》《河决》《感事》之类，或四言、或五言，多属长篇巨制，以政治时事为主题，注重社会现实功用，故朴拙质木无文，可置而不论。其他如《送范曙赴天雄李太尉辟命》其一：

吾家泰山徂徕间，浓岚泼翠粘衣冠。君来访我茅屋下，正值山色含春寒。终日把酒对山坐，几片山色落酒盘。峰头云好望无倦，笃里酒多倾不干。临行再拜殷勤别，请我一言披心肝。吾贫无钱以赠君，门前峨峨横两山。愿君节似两山高，眼看富贵如鸿毛。

写自己的山居生涯和胸襟之高逸绝尘、敝屣世俗荣名，清气一贯直下，疏宕中间杂以整饬之笔，生动再现出石介的耿介傲岸个性。全诗不以写景抒情胜，而多凭叙述出之，气脉酣畅流走，意格冷峭清奇，已显示出宋调的一些特色。但他比较擅长七言近体，如《寄沛县梁子高》之"醉读兵韬斗龙豹，闲抽宝剑舞星辰"、《予与元均永叔君谟同年登科永叔寻入馆阁元均今制策高第君谟复磨砺元均事业独予驽下因寄君谟》之"海里赤鲸疑有角，云中骐骥欲追风"、《喜雨》之"天捉乖龙鞭见血，雷驱和气泄为霖"、《送冯司理之任彭州》之"江形诘曲千回折，岭路崚增万屈盘"等，境象阔大奇谲；如《元均首登贤良科因寄》之"三千字独陈当宁，十七人甘坐下风"、《入蜀至左绵路次水轩暂憩》之"蜀道三千里巇险，宦途五十驿风波"、《士廷评相会梓州》之"一千二百日离别，五十六驿外相寻"等，句法拗折生涩，皆能弃绝凡近滑熟，力求超出常表，略具韩、孟派的风味。其他有些诗，例如《泥溪驿中作》：

    山驿萧条酒倦倾，嘉陵相背去无情。临流不忍轻相别，吟听潺湲坐到明。

  诗题下自注云："嘉陵江自大散关与予相伴二十余程，至泥溪背予去，因有是作。"也托物寄情，有隽永绵长之致，于其集中别标一格。又，温庭筠《过分水岭》诗云："溪水无情似有情，入山三日得同行。岭头便是分头处，惜别潺湲一夜深。"石介诗意当系从此化出，然更为简练明洁，情溢于辞。

  东州逸党中，诗歌成绩较高的是非山东籍的宋州宋城（今河南商丘）人石延年（994—1041），字曼卿，又字安仁，其诗集早就散佚，现存作品数量已有限，散见于宋人笔记、诗话及诸总集、选集、地方志中。欧阳修《哭曼卿》云："作诗几百篇，锦组联琼琚。时时出险语，意外研精粗。寄奇变云烟，搜怪蟠蛟鱼。"苏舜钦《石曼卿诗集序》云："又特振奇发秀，……独以劲语蟠泊，会而终于篇。而复气横意举，洒落章句之外，学者不可寻其屏阃而依倚之，其诗之豪者欤！"《宋诗纪事》卷十引宋蔡正孙《诗林广记》云："石曼卿诗如饥鹰乍归，迅逸不可言。"又引元马端临《文献通考》云："张浮休评曼卿诗如饥雁夜归，岩冰秋拆；俊爽有馀，不可寻绎。"一致认同他的风格趋于峭奇险劲、爽利健挺，而这些正是东州逸党诗派的基本格调。

石延年亦长于近体，如《瀑布》"玉虹垂地色，银汉落天声。万丈寒云湿，千岩暑气清"之写景，《古松》"直气森森耻屈盘，铁衣生涩紫鳞干。影摇千尺龙蛇动，声撼半天风雨寒"之状物，《送人游杭》"激激霜风吹黑貂，男儿醉别气飘飘。五湖载酒期吴客，六代成诗倍楚桥"之赠别，又《后村诗话》所载之断句"风劲香逾远，天寒色更鲜。秋天买不断，无意学金钱"的感兴，皆体现出上述特色，其境象意味也与前引及的石介诗有某些沟通处。不过，石延年更接近于清峭傲兀、气意挥举驰纵方面，如《平阳代意一篇寄师鲁》：

十年一梦花空委，依旧山河损桃李。雁声北去燕西飞，高楼日日春风里。眉黛石州山对起，娇波泪落妆如洗。汾河不断水南流，天色无情淡如水。

以比兴笔法，托意闺怨相思之类而别有所属，中唐孟郊、张籍、王建等已屡有佳作；石延年此诗因之以寓寄对友人的深切怀念，措意命思也并无出奇处。其奇则在于借助拗硬的句语和生冷的构想来传达平常的内容，从而造成一种瘦劲深折的境界，便觉新警精能，变腐朽为神奇。宋王辟之《渑水燕谈录》卷七云："石曼卿，天圣、宝元间以歌诗豪于一时"，又记他自述语："延年平生作诗多矣，独常自以为《代平阳》一首最为得意。"又，他天圣四年（1026）知金乡县时，有《金乡张氏园亭》诗，其颈联"乐意相关禽对语，生香不断树交花"，向为宋人所激赏。佳处或许在于将人的主观情绪感受移注入禽鸟花树里，能妙合无垠；换言之，善能由眼前的普通客观景物中，生发出独特而新警的感觉和联想，却从未被道出过，故而清陈衍推许它"辟出境界"（《宋诗精华录》卷一）。总之，它与前引诗相类，造语设意上已经明显透露出宋人著力人工熔铸的姿态，不同于唐诗的自然高妙。

除"东州逸党"外，此期间山东诗坛上还有些作者。如青州益都人燕肃（961—1040），字穆之，《宋史》本传称他"喜为诗，能画，入妙品。尝造指南车、记里鼓二车，及鼓器以献，又上莲花漏法。在明州为《海潮图》，著《海潮论》二篇"，可见其多才艺，且长于科技工艺，并关注民生。《赠惠山庆上人》后半云："像阁磬敲清有韵，藓庭雪过静无踪。

相逢多说游方话,知老灵山第几峰?"写景冷寂空静,故结句讥刺世人言不由衷,颇含深慨。与之相应,其《僻居》云:"茅斋城市远,草径接渔村。白日偶无客,青山长对门。药炉留火暖,花坞带烟昏。静坐搜新句,冥心傍酒樽。"全然清寂落寞情味,结尾见出苦吟情态,也颇生动形象。又古文家、郓州汶阳(今东平)人穆修(979—1032),字伯长,有《穆参军集》3卷,存诗50余首。他擅长近体,五律《和茅秀才江墅幽居好》中云:"径通茶坞绿,门带橘园香。藉石还胜榻,听松不让簧。"幽雅之趣浓郁,清新绝俗。七律《江南寒食》云:

  江城水国春光饶,清明上巳多招要。花阴连络青草岸,柳色掩映红阑桥。歌调呕哑杂吴俗,髻鬟疏削传南朝。谁怜北客未归去?楚魄湘魂唯暗消。

  颔联描摹暮春景色犹如流丽的工笔彩墨画,旷远中又有细致笔法;颈联继之记叙当地风习民俗,毕现江南特色。至尾联忽转笔作故乡之思,伴着眼前的"楚魄湘魂",情味尤为凄清。又七绝《过西京》:"西京千古帝王宫,无限名园水竹中。来恨不逢桃李日,满城红树正秋风。"有异于前两首的重在情景交融,以韵高胜,尚处唐风笼罩之下;此诗以叙述为主,仅结句写景收,遂逗出无限的繁华难持、不胜萧索之叹,引人深思,已可初见清淡生新,蕴理致而以意格为长的宋调面貌。青州人李之才(?—1045),字挺之,曾师从穆修学《易》,并再传于大理学家邵雍。他存诗仅2首,《凤州绝句》云:"去年三月洛城游,今日寻春到凤州。欲把双鱼附归信,嘉陵江水不东流。"也是造语晓畅清易而命意新奇,颇近似于穆修七绝。

  总之,北宋前期的山东诗坛有两个现象引人注目,即王禹偁于初宋之际发为宋调先声与"东州逸党"诗歌流派的出现。尽管前者影响深远,由承流接响者张扬为诗坛主流风格之一;而后者则始终只是某主流走向的反拨或补充,甚至被融汇进去,两者的地位、作用自是颇见差异。但是,他们不肯俯仰流俗风潮,力求卓然特立的新创性却并无二致;这也正是宋诗的主流艺术精神和宋调之成立的基本原因。

  再说北宋后期。如上节所述,此时宋诗已经臻达鼎盛阶段,诸体皆备，大家辈出而名家云集，宋调完全自成面目；略可方之于盛唐时期的繁荣局面，然时间却较之为长。不过，山东的情形却相对冷落寂寥，取得的成就也有限。以下将分别论析之。年代较早的有楚丘人李师中（1013—1078），字诚之，著作多已散佚，今仅有《珠溪集》1卷，存诗近40首及断句若干。其中写景之作数量较多也较胜，如嘉祐间提点广西刑狱时所制之五古《龙隐岩》，前半云："春波饱微绿，斗柄涵虚明。方舟贯岩腹，鹅鹳相酬鸣。仰窥穹窿顶，宛转百怪呈。仅余鳞甲碎，不见头角狞。下闯清冷渊，演迤万顷澄。但同鱼鸟参，勿遣蛟龙惊。"以下再依次叙行踪感想，洋洋大篇，井然有序。全诗纯用单句散行，以古文笔法为之，风格劲健拗倔，出入于韩愈、孟郊诗派，甚至可以上溯到杜甫安史乱后自秦川往成都途中，一些五古纪行诗的痕迹，可见宋人宗杜乃一代风气。又如《和李明叔理定道中》："门外初寒江气白，岭头多雨烧痕青。"以拗句作律，写景清新如画。另《咏松》云："半依岩岫倚云端，独上亭亭耐岁寒。一事颇为清节累，秦时曾作大夫官。"以前半古松的孤高物象牵引出后半的议论，陡然转折作翻案文章，立意虽新警却正大，恰得宋人"以议论为诗"正调，可与其《赠御史唐介贬英州别驾》之"去国一身轻似叶，高名千古重如山"并参。

其他有诗存留的山东作者尚有数十人，数量既不多，文学意味也十分淡薄。稍佳的如广济军定陶人仲讷（999—1045），字朴翁，其《负暄闲眠》云："茅檐晴日暖于春，一枕钧天乐事新。满眼繁华皆得意，午眠安稳却无人。"郓州须城（今郓城）人傅尧俞（1024—1091），字钦之，其《读书》云："吾屋虽喧卑，颇不甚芜秽。置席屋中间，坐卧群书内。横风吹急雨，入屋洒我背。展卷殊未知，心与古人会。有客自外来，笑我苦痴昧。何致雨侵衣？屡问我不对。必欲穷所因，起答客亦退。聊复得此心，沾湿宁足悔！"虽然这两首诗一为七绝一为五古，体式各异；一平淡一古拙，风格也不同，但却皆就叙述笔法杂入议论，体现出宋诗主"意"的特点。且那种安贫乐道、淡泊自守的儒者形象，也是宋代士大夫文人的典型人格精神。

济州巨野人晁端友（1028—1075），字君成，其子晁补之《与鲁直求撰先君墓志书》称他"尤嗜为诗，悲欢得失一寓于此，其辞怨而不迫，有集若干卷。眉山苏公（轼）序之，其略曰：'清厚静深，如其为人，而

每篇辄出新意奇语,宜为人所共爱。'"如果用"新意奇语"的评价去印证其《宿济州西门外旅馆》诗,可称恰切:

> 寒林残日欲栖乌,壁里青灯乍有无。小雨惜情人假寐,卧听疲马啮残刍。

它以唐人不常用或认为不宜入诗的马嚼吃料草声来渲染、暗示旅途心绪的寂寞无聊,故觉奇警生新,戒绝熟滥。其实,更成功的还在于晁端友独特而极富于个性化的联想与敏锐细微的直觉感受能力,所以才被黄庭坚"爱赏不已。他日得句云:'马龁枯萁喧午梦,误惊风雨浪翻江。'自以为工,以语舅氏无咎,(晁补之)曰:'我诗实发于乃翁前联。'余始闻舅氏言此,不解风雨翻江之意。一日憩于逆旅,闻旁舍有澎湃鞺鞳之声,如风浪之历船者,起视之乃马食于槽,水与草龃龉于槽间,而为此声,方悟鲁直之好奇。然此亦非可以意索,适相遇而得之也"(宋叶梦得《石林诗话》卷上)。其实,这种由声音相似而产生的"通感"——认此为彼的表现手法,唐人早已有之。如白居易《江楼夕望招客》颈联云:"风吹古木晴天雨,月照平沙夏夜霜。"其出句即写风吹古木的萧萧声似下雨,且特以"晴天"明示之。又同时释无可《秋寄从兄岛》颔联云:"听雨寒更尽,开门落叶深。"笔法正相同。宋魏庆之《诗人玉屑》卷三引《冷斋诗话》云:"唐僧多佳句,其琢句法比物以意,而不指言一物,谓之象外句。如无可上人诗是落叶比雨声也。"但不同于上述的纯取自然物象以泛写之,晁端友用疲马咀嚼残草声意比小雨,则更细致恰确,且阑入日常生活俗琐事,便显露出宋诗浓重的社会人文底蕴和精密化的发展趋向,所以在当时才广为传诵。又,他的五律也写得清朗工稳,如《早行》:"马上鸡初唱,天涯星未稀。惊风时坠笠,零露暗沾衣。山下疏钟发,林梢独鸟飞。远峰烟霭澹,迤逦见朝晖。"情融于景而景外有情,充溢着自然生机和轻快愉悦的心绪,无深折曲隐之意而多淡雅清爽韵致,却是唐音的同调了。晁端友诗作原来较多,《宋史·艺文志》七著录有《晁端友诗》10卷,后虽已散佚,但在当时,他应是成绩较高且较著名的。

虽然本以词作名家而著称于世,但是,诗歌现存数量尚较多、也颇有可称道者的是沧州无棣人李之仪和济州巨野人晁补之,因下章将有专节论及，此处兹不赘言。另外诗作较有情趣者，如任城（今济宁）人李昭玘（？—1126），字成季，自号乐静先生。他喜作题画诗，这是当时的流行风气与宋代士大夫文人自文化艺术素养普遍提高后，文化精神高涨的一种表现，故多喜在这类小题目上费心思逞才技，于唐人略处着力。类似情况还可参见下节论及的咏画词。其《观刘孝嗣写真》《观江都王画马》皆笔势健挺，五古《观画》开首仅以"梦泽正天寒，南峰带秋色。诗人句不尽，余意传粉墨"点题，接着却大段转而叙写自我的境况、感受等，不再正面摹划画幅，末尾束结以"写我江湖心，浩荡满千尺"，便觉情韵横生，让人品想不尽，充满清逸渺远意趣。

还有莘县人王巩（生卒年不详），字定国，自号清虚先生。他是名相王旦之孙，尝通判扬州；殆哲宗亲政，新党主国是，遂坐与苏轼游而被贬谪，后又入元祐党籍。在这样的社会政治背景下，苏辙殁，仍为作《挽苏黄门子由》诗3首，其二云：

　　已矣东门路，空悲未尽情。交亲逾四纪，忧患共平生。此去音容隔，徒多涕泪横。蜀山千万叠，何处是佳城？

自注云："公前年寄书，约予至许田，曰：'有南斋翠竹满轩，可与定国为十日之饮。'此老年未尽之情也。"诗只是依次平平叙来，并不务深曲委婉，也无号哭涕泗的激烈迸发语，然因贯注了患难与之的终生友谊，故看似静水无波，其实那深层饱蕴着极诚挚悲痛的感情，味来全由血泪铸就。至此，已经无须、也不暇再讲求技巧，便大工似拙，自是真文字。再如《湘山光孝寺》云："半岭风吹草木香，落阶花雨送春忙。从师远借云庵卧，还我平生午枕凉。"也是造语平易晓畅，自具清疏容与意味。又，孔子后裔的孔夷（生卒年不详），字方平，自号滍皋先生，有《寄王定国》诗云：

　　世路难行肯效尤？蒲桃斗酒换凉州。春风不到仲文树，野水犹沉梦得舟。珍重故家青玉案，徜徉乡社翠云裘。淮南千里莺花老，月照关山笛里愁。

这大概是元祐六年（1091）王巩倅扬州时的酬赠之作，时苏轼也知扬州。作为逍遥山水的隐士，孔夷称许王巩的诗酒风流，并致殷殷之意，诗风清隽流转，然已不主情致而多以意行，亦属接响欧、梅者。

另有一值得注意的现象是，宋人每以词为艳科好写绮情，于诗歌中却很少涉及，这或许是他们的文体分工观念在创作实践上的反映。但东平人李元膺（生卒年不详）却作七绝组诗《十忆诗》，包括《忆行》《忆饮》《忆歌》《忆颦》《忆妆》等10事，摹描美人极妍尽态，明言效为宫体，敢为人所不为，如《忆书》云："纤玉参差象管轻，蜀笺小砚碧窗明。袖纱密掩嗔郎看，学写鸳鸯字未成。"《忆笑》末云："乍向客前犹掩敛，不知已觉钿窝深。"下节曾言及李元膺以〔茶瓶儿〕"去年相逢深院宇"为妻悼亡，也是宋词中甚罕见的题材，这都说明他标新立异、不为习尚拘囿的独立精神。

可视为北宋后期山东诗坛的殿军、也是最后一位依稀具名家风采的济州巨野人晁冲之（生卒年不详），字叔用，初字用道，因曾隐居河南具茨山，人称具茨先生，为晁补之从弟。有《具茨集》10卷，存诗160余首。宋胡仔《苕溪渔隐丛话前集》卷四八云，吕本中尝作《江西诗社宗派图》，自黄庭坚以下，凡列25人，"以为法嗣，谓其源流皆出豫章也"。晁冲之虽亦列名中间，不过，他因曾从陈师道学诗，故其浑朴沉稳、隽洁清劲的风格，也更接近于陈师道的面貌，却有异于黄庭坚的瘦硬奇倔。如《和十二兄五首》其五起句云："我家溱洧间，春水色如酒。"便已有醇然之意，接下来一一叙写田园乐事，虽凝炼不够，但意境古朴淳厚，屏绝浮华。又如《春日》其二：

  阴阴溪曲绿交加，小雨翻萍上浅沙。鹅鸭不知春去尽，争随流水趁桃花。

写暮春寻常乡村景物，充满了浓郁生机，那清爽生新的意趣，也是江西派诗歌所常见的。再如《香山示孔处厚》的幽峻净简，有飘然林表的高致逸兴，皆同宋喻汝砺《具茨集序》言者："既已油然栖志于林涧旷远之中，寓事写物，形于兴属，渊雅疏亮，未尝为凄怨危愤激烈愁苦之音，其于晦明消长用舍得失之际，未尝不安而乐之也。"（《江西诗派序·晁叔

用》引)

不过,缘由生活经历和情志秉性之故,晁冲之诗呈现出多样化的倾向。"少年豪华自放,挟轻肥游帝京,狎官妓李师师,缠头以千万,酒船歌板,宾从杂逻,声艳一时。"(清吴之振《宋诗钞·具茨集钞》)晚节制作七律《都下追感往昔因成二首》回忆说:"少年使酒走京华,纵步曾游小小家。看舞霓裳羽衣曲,听歌玉树后庭花。""系马柳低当户叶,迎人桃出隔墙花。鬓深钗暖云侵脸,臂薄衫寒玉映纱。"写得风情艳美、辞藻流利俊畅而不失诸纤弱,是以当时即传诵颇广。同样性质的还有《次二十一兄季此韵》:"忆在长安最少年,酒酣到处一欣然。猎回汉苑秋高夜,饮罢秦台雪作天。"别又显示出他豪健纵迈、使酒任气的一面,反映到诗歌里,如《夷门行赠秦夷仲》:

君不见夷门客有侯嬴风,杀人白昼红尘中。京兆知名不敢捕,倚天长剑著崆峒。同时结交三数公,联翩走马几骒骢。仰天一笑万事空,入门宾客不复通。起家簪笏明光宫。呜呼!男儿名重泰山身如叶,手犯龙鳞心莫慑。一生好色马相如,慷慨直辞犹谏猎。

诗中钦慕大梁侠客的胆识风操,讥刺官场凉薄,而笔力劲挺、气势慷慨奔放;于江西诗派为别调,却近似李颀七古与李白七言歌行的风貌及其《侠客行》的命意。尤其是"呜呼"以下结尾处,既激励友人,又以耿直勇烈自许,用心与前引《次二十一兄季此韵》之颈联"不拟伊优陪殿下,相随于芀过楼前"类同;故《江西诗派序·晁叔用》评云:"乱离后追书承平事,未有悲哀警策于此句者。晁氏家世显贵,而叔用不宜于此时陪伊优之列,而甘随于芀之后,可谓贤矣。"总之,此序称晁冲之诗"意度沉阔,气力宽余,一洗诗人穷饿醉辛之态",又谓"激烈慷慨,南渡后放翁(陆游)可以继之",正当指上述《夷门行》之类,或许也是"齐气"的鼓荡流溢所致。

要之,若顾视这一时期的山东诗坛,可以平稳发展一语来概括。虽有李之仪、晁补之、晁冲之等一时作手,差可名家,但却多规模唐人或为本朝主流诗风所笼罩,是而善长承流接响,自我为主体的新创精神却相对不足。倒是欧阳修、苏轼、黄庭坚等大家巨匠,以客籍身份在山东的创作颇具光彩，令人瞩目。后面亦将设专节对之论析，此处就不再详谈了。

然后接着说北南宋之交期的山东诗坛。这个两朝过渡阶段不足40年，作者皆曾在北宋生活过长短不已的一些时间，有的且留下若干作品；后因靖康鼎革、中原陆沉而避战乱南下，其主要文学创作活动或取得的主要创作成绩已经是南宋立朝之初始。只不过他们诗作的艺术价值多不高，实不足以独立称家；并且有的身跻显宦，仅视诗歌为政余酬应感发之余事，聊示风雅而已，亦未过多措意求工，已经非同以往悉心穷力、倾注生平精血之意义上的诗人了。如乐陵人、后徙齐州的吕颐浩（1071—1139），字元直，高宗朝曾拜少保、尚书左仆射兼同中书门下平章事，一度执掌朝廷枢要。元方回《瀛奎律髓》卷三五"庭宇类"收录他3首诗：《次韵张全真参政退老堂》《次韵李泰叔退老堂》和《次韵蔡叔厚退老堂》。《次韵蔡叔厚退老堂》云：

心存魏阙岂能忘？揣分非才合退藏。此日燕休难报国，平生艰阻忆垂堂。枕戈每叹身先老，览镜常嗟貌不扬。每羡蘧庐聊偃息，会须恢复返吾乡。

清纪昀云："三首诗格俱庸钝，惟此首语意差好。"（《瀛奎律髓刊误》）大约因为它表达了致仕后犹念时事、期望故国的内容。其实，第一首之"东郊卜筑傍溪流，菡萏香中系小舟。脱去簪绅归畎亩，悟来渔钓胜公侯"，似更清畅而胜于林泉韵致。

类似的又如高密人、后徙北海（今潍坊）的綦崇礼（1083—1142），字叔厚，现存《北海集》36卷，内有诗歌1卷，约近80首。他官至兵部侍郎、兼直学士院，再拜翰林学士、进兼侍读、兼史馆修撰；诗中每好发议论，博引故典，但融化不开，便失之于拙涩枯质，并多为次韵应酬之作。如《建炎丞相成国吕忠穆公退老堂》，便是为赠奉吕颐浩而作的。其一云："脱遗富贵还身外，收拾芳菲寓目前。未息烟尘劳瞩望，莫孤风月且留连。"其二云："已作时霖却龙卧，行看天讨待鹰扬。嘱公未用安高退，准拟功成老故乡。"颂赞吕的退闲安居，又不忘故国系念光复，殷殷期许，那份雍容高华的气度，可谓立言得体。又《赋东城梅花示哲上人》与《崇礼次韵奉酬聊致挽留之意》二诗的颔、颈两联相同，皆云：

> 铁石心情犹解赋，芝兰风味合相陪。腊残绝讶迟迟见，春近何妨得得来。

不作正面描摹，只借事典牵引或悬想虚写梅花，以尽物理之精微，就显露出清瘦硬峭的笔势。

另有济州任城（今济宁）人李邴（1085—1146），字汉老，号云龛居士，曾拜尚书右丞，改参知政事，原有《草堂集》100卷，已佚，今仅存诗近20首。他的长篇七古《建炎丞相成国吕忠穆公退老堂诗》，也是为吕颐浩所作。看来南渡后的山东高层士大夫文人，系结于桑梓情分，时有交往，托意于诗酒，故此诗中亦云："宣王于今事北伐，周公不日歌东征。迎还两宫天地庆，埽洒六合风尘清。是时公归乃可耳，岂得遽适羲皇情？"因为吕颐浩于靖康时力主抗金，且多有谋略；南渡后又屡次上书，谓和议之事必不可成，劝高宗早为进取计。所以，大家对这位兼具文武之才的同乡寄望甚厚，那么，有关诗作也就不仅只是泛泛的交际应酬，而一并传达着那个特定时代的民族心声。宋吴曾《能改斋漫录》卷一一载："李汉老建炎末自签枢迁右辖，未几迁知院，前后二三月而罢。因为《梅》诗以托意。"《梅》云：

> 绵霜历雪怨开迟，风笛无情抵死吹。鼎实未成心尚苦，不甘桃李傍疏篱。

北宋时李师中曾有《偶题》诗咏燕，以讥刺当权者之妒能嫉贤、排斥异己。承此传统，桑梓后辈的李邴也托物寓兴，抒发自己落职后的兀傲不平之气。这里也不刻画物态形貌、因景融情以求唱叹含蕴之致，而是用叙述笔法表"意"，特见深折透辟的理趣，略与前述綦崇礼梅花诗格调近似。再者，梅花的孤高芳洁，被赋予了充分的人格象征，故为饱受儒家传统精神薰染的山东文士所喜爱，每于作品中拟喻、咏赞之。不独是诗歌，在词中亦然，下节将论及山东词坛上李邴等人的咏梅之制，可与此参看。还应提及的是，李邴有宫怨诗《宫词四首》，这种题材宋诗中已不常见，他却仍承唐人遗韵为之。而情味的委婉清邈，也类同其词作，如第二首云："舞袖何年络臂韝？蛛丝网断玉搔头。羊车一去空余竹，纨扇相看不到秋。"

殊异于上述高层文士诗作者的,是章丘明水(今属济南)人李清照,自号易安居士。她是中国古代最著名的女文学家,词坛巨擘,但当时却是以正统文学样式的诗文著称于世的:"善属文,于诗尤工,晁无咎多对士大夫称之。"(宋朱弁《风月堂诗话》卷上)只不过多数已散佚,今仅存诗作近 20 首,风格趋于旷逸豪健,而不同于其词的深婉清隽。有的如《乌江》:

生当作人杰,死亦为鬼雄。至今思项羽,不肯过江东!

则又变调为悲慨激烈了。"建安七子"之一、山东前辈诗家的王粲《咏史诗》云:"生为百夫雄,死为壮士规。"可谓"齐气"的极力张扬,李清照即承此而来,所以,明毛晋《漱玉词跋》称她之"妙":"非止雄于一代才媛,直洗南渡诸儒腐气,上返魏晋矣。"因下章另设专节论李清照之创作,是以此处不再赘言。

最后说南宋前期山东诗坛上的作者。他们中年辈略长者,系因靖康之乱而渡江南下,于高宗朝举进士第初得功名,主要仕宦经历则在孝宗朝了。如晁氏家族中的晁公武(生卒年不详),字子止,号昭德先生,乃晁冲之之子。《宋史·艺文志》虽著录他作品甚富,然皆散佚,诗歌今仅存 10 余首,以七言近体居多,风格相近于其父清逸生新的一面。如《诗扇》云:

短蓬烟里冷萧萧,两岸梅花各见招。吹散前村一杯酒,满江风雨不相饶。

又七律《南定楼》,当为他乾道初出知泸州(今属四川)时所作。因景生情,追怀蜀汉诸葛亮功业遗迹,憾恨于其未能实现北伐光复、一统河山的壮志,故结尾云:"南方已定虽饶富,北望中原正惨神。"就古作今,对南宋小朝廷偏安一隅、不能收复沦陷疆土的慨叹是很明显的。

又,晁公溯(生卒年不详),字子西,号嵩山居士,乃晁公武之弟。有《嵩山居士文集》54 卷,内含诗歌 13 卷,约 450 首,在山东诗坛上,可称数量居前列者。其中虽古、近体皆备,但以古体为多,而五言又多于七言,且不乏洋洋大篇。他的诗有大量的赠答酬应,与亲友同僚往还交游之制;还好写身边日常琐事,如晨坐、睡起、病愈、饮酒、游园、食水果之类,都体现出宋诗日益功用化、生活化的普遍倾向。不过,作为一个循吏,他颇为关心民生疾苦和社会政治问题,并于诗歌里多所反映,这点,可以说是直承乡先贤王禹偁的传统。如《麦》,通篇铺写麦熟时节风光,"邻舍思煮饼,隔墙闻沸汤",充满村居温馨气氛;不料结尾陡地横笔逆转:"里胥忽在门,先当输官仓!"一下跌到了极冷。而有关朝廷的苛征暴敛和对民生的危害,《清晨坐堂上》一诗作出更详切直白的揭露:"不闻问养民,但闻横索钱。按籍为之课,独求最多年。……商不愿出途,农不愿授田。居者转沟壑,行者死道边。"发语之尖锐深刻,较王禹偁也有过之无不及。其他如《寄宋嗣宗》:"何须读刑书,顾欲多平反。但令吏不污,信是民无冤。"抨击刑法的黑暗;又《冬暮》:"传闻西南戍,未敢休王师。不辞征行苦,颇念馈饷迟。遥怜持戟士,半是五陵儿。不知家存亡,辛苦临边陲。日暮裘褐单,谁当寄征衣?"殷切关注边防兵士的生存状况,都扩大、丰富了他诗歌的内容的现实意义。

南宋前期,江西诗派的影响正如日方中,盛行天下,晁公溯自要受其笼罩,况且还有一层家学的渊源。只不过与乃父晁冲之的师法陈师道不同,他主要是学习黄庭坚。如《曾夔州座右山水图》之远宗杜甫、近效黄庭坚《次韵子瞻题郭熙画秋山》的层次曲折、韵味清奇姿纵且不详论。另《观画》诗云:

  菰蒲欹倒洲渚生,江流茫茫亦清平。小舟击汰如有声,入眼初觉非丹青。便欲从之载酒行,忽怪四壁风涛惊。

命意之新奇、章法之跌宕当直接从黄庭坚的"崖崇烟雨归雁,坐我潇湘洞庭。欲唤扁舟归去,故人言是丹青!"(《题郑防画夹五首》其一)化出,但笔势略趋平缓,且增加写景的部分,不像黄庭坚的全凭意行。其他另如"松道夹萧森,石门闭清幽,薜字崖壁古,虫书山叶秋"(《中岩》)、"一杯未尽醉色起,红入两颊惊春回"(《天寒》)、"玉斧琢月玻璃声,月中桂树秋风惊"(《今秋久雨至八月望夕始晴月色尤清澈可爱置酒月下作》)、"琉璃万顷忽破碎,知是一苇横江来"(《乐温舟中作》)等,皆苦心锻炼锤琢字法句意,吐弃凡近圆熟,讲求瘦削劲健、变化生新,也都是对黄庭坚"以俗为雅,以故为新"(《再次韵杨明叔序》)理论的实践运用。

年辈稍迟一些的,则多出生于北宋覆灭后、已被金人占领的山东地区。他们或不满于异族入侵者的暴虐统治,或是寻找不到仕宦出路,故渡江南下,投奔汉族的赵宋小朝廷,但一般说来,其文学创作活动则开始于离开家乡之后。最典型者,自首推历城(今属济南)人辛弃疾,字幼安,号稼轩居士。他与上一时期的李清照共为词坛上的双子星座,又是宋词中开宗立派的巨擘大家。而诗歌虽略有可观处,却亦不足为名家,实无法与其词作比肩并论。下章将设专节论析其整个创作活动,此处不再多谈。

总之,本期与上面的北南宋之交期,一并形成为山东诗坛日益走向低谷的总体趋势,这与山东词坛因"二安"的出现,正值其极盛阶段的辉煌恰恰相反。究其原因,简单说来,首先在于独创新变的自觉意识淡薄乃至失落。当时江西诗风弥漫整个诗坛,由于它讲究技巧法度,可操作性强,为文人士子锐意于诗者提供从初学入门途径、再进而登堂入室乃至直臻精熟的一整套方法范式,故为他们所乐意接受传习。但其负面效应却是形成沿袭仿模习惯,溺于人工穷心竭智的匠气,阻遏着天然才气的流溢,自是难达大家的上乘之境。山东诗人既沾染此习尚,当然也无例外。这点也与其个人的秉性天分、教养学识、修为造诣密切相关,所以,诗坛上的巨擘才会寥若晨星,平庸的诗作者却汗牛充栋,其实也不独以山东一地此一时为然。再者是作者的兴趣嗜好之偏至,决定了他对文体的认同和选择。典型事例自然是李清照与辛弃疾,二人皆系词坛上罕见的天才大家,也耸然作山东的极顶巅峰,但其诗、文却平平,并未给桑梓的诗坛、文坛增添多少亮色。

二 理胜于辞的山东文坛

山东散文的衍变发展过程基本上与诗歌同步并轨,不少人是兼诗和文于一身。如初宋的王禹偁,他紧承柳开之后,反对从晚唐五代以来流行在文坛上的讲求骈俪声韵、文风趋向纤秾绮艳的"今体";而以复古为革新,倡导古文:"咸通以来,斯文不竞,革弊复古,宜其有闻。"(《送孙何序》)并在创作实践上取得较好成绩,可谓整个山东文坛上最早的、也是最具影响的大古文家。对此,下面一章将设专节论析之。

随后则有穆修、石介继之以起,复兴古道、大力张扬韩愈、柳宗元的道统和文统。穆修年辈早于石介,应是北宋前期释智圆之后,较早得见韩、柳全集的古文名家。据《穆参军遗事》载,他曾向亲友募集资金,鸠工刻印其家藏唐本韩、柳集百数部,"携入京师相国寺,设帐鬻之"。穆修极力推尊韩、柳"能大吐古人之文,其言与仁义相华实而不杂,……辞严义密,制述如经"(《唐柳先生集后序》);同时又有志于古之儒道,其《答乔适书》云:"夫学乎古者所以为道,学乎今者所以为名。道者仁义之谓也,名者爵禄之谓也。然则行道者有以兼乎名,守名者无以兼乎道。何者?行夫道者虽固有穷达云耳,然而达于上也则为贤公卿,穷于下也则为令君子;其在上,则礼成乎君而治加于人,其在下,则顺悦乎亲而勤修乎身。穷也,达也,皆本于善称焉。"他不仅身体力行,且传其学于尹洙、尹渐兄弟,"洛阳尹师鲁,少有高识,不逐时辈,从穆伯长游,力为古文"(范仲淹《尹师鲁河南集序》),为北宋的"古文运动"培育了队伍。

石介在尊宗儒家经典,推崇韩愈而呼吁文风改革方面,与穆修一致,只是态度更为激进。如《尊韩》称"孔子为圣人之至","吏部(韩愈)为贤人之至";《上赵先生书》认为韩愈"必本于教化仁义,根于礼乐刑政,而后为之辞。大者驱引帝皇王之道,施于国家,教于人民,以佐神灵,以浸虫鱼;次者正百度,叙百官,和阴阳,平四时,以舒畅元化,缉安四方。今之为文,其主者不过句读妍巧,对偶得当而已;极美者不过事实繁多,声律调谐而已。雕镂篆刻伤其本,浮华缘饰丧其真,于教化仁义礼乐刑政,则缺然无仿佛者"。所以,他猛烈排击当时风靡天下的"西昆体",深恶痛绝其流弊。另一方面,与穆修的虽崇儒尊韩,但并不反佛不同;石介诋斥佛老异端则极为坚决,毫不假借,其观点集中体现在《怪说》3篇上。这些就是《宋史》本传说的:"介为文有气,尝患文章之弊,佛、老为蠹者,……言去此三者,乃可以有为。"石介的言论为古文运动造出声势,廓清道路,故后继者,又是文坛盟主的欧阳修称赞他:"作为文章,极陈古今治乱成败,以指切当世贤愚善恶、是是非非,无所讳忌。世俗颇骇其言,由是谤议喧然,而小人尤嫉恶之,相与出力必挤之

死。先生安然，不惑不变，曰：'吾道固如是，吾勇过孟轲矣。'"（徂徕石先生墓志铭》）

然而，作为正统的儒者，由于过分强调文章的道德政治教化功用，"三纲，文之象也；五常，文之质也；……礼乐，文之饰也；孝悌，文之美也"（石介《上蔡副枢书》），使之成为"道"的附庸，便必然会淡化，乃至消解掉作为文学本质独立存在的审美价值。所以，统观穆修记志书序等文章约20篇、石介记序书启杂著等文章约近百篇，富有文采者殊寥寥，这也正是他们的理论偏颇所造成的创作实践方面的缺憾。穆修写得较为生动的可推《亳州魏武帝帐庙记》，中云：

> 当帝之经营征伐也，袁绍父子据兵河朔，关权蜀备内窥中夏，帝挟持汉室，抗力三方。慨慷兴言，则失彼匕箸；从容即事，则走人头颅。卒灭袁而沮权、备之强者，惟帝之雄。使天济其勇，尚延数年之位，得徐图成败，其伐谋制胜料敌应变之下，岂江吴庸蜀而足平哉！

笔墨酣畅而气势浩荡，于史实的叙述和评论中，充溢流走着赞叹之情，使人悠悠然想见曹操的英雄本色。石介《辨惑》则又是别一种风貌：

> 吾谓天地间必然无者有三：无神仙，无黄金术，无佛。然此三者举世人皆惑之，以为必有，故甘心乐死而求之。然吾以为必无者，吾有以知之：大凡穷天下而奉之者，一人也。莫崇于一人，莫责于一人，无求不得其欲，无取不得其志。天地两间苟所有者，惟不索焉，索之则无不获也。秦始皇之求为仙，汉武帝之求为黄金，梁武帝之求为佛，勤已至矣。而秦始皇远游死，梁武帝饥饿死，汉武帝铸黄金不成。推是而言，吾知必无神仙也，必无佛也，必无黄金术也！

不足200字的短文，层层转折，语意切峻而说理明透，遂使论断确凿无疑、不可更移。造语虽平易浅近；不求奥僻怪险，但是，章法的跌宕摇曳及排比句的运用却增加了它奇倔刚正之气。或许可以说，这是石介承继韩愈《进学解》"抵排异端，攘斥佛老"思想、严守儒家道统与"志深而喻切，因事以陈辞"（韩愈《答胡生书》）文统的集中表现。

北宋后期,"古文运动"已经取得完全胜利,它所建构的成熟的艺术范型耸立于文坛之上,形成为有宋一代最繁盛的局面。但是相较之下,却格外映衬出山东文坛的平庸沉寂,甚至还不如上述及以前一阶段情形。其中的成绩卓异者当首属晁补之,下一章因将设专节论析,此处不再赘言。另,可称道者尚有章丘人李格非(生卒年不详),字文叔。《宋史》本传谓其"苦心于词章,陵轹直前,无难易可否,笔力不少滞。尝言:'文不可以苟作,诚不著焉,则不能工。'"宋释惠洪《冷斋夜话》卷三又载其语云:"吾是知文章以气为主,气以诚为主。"平生著述虽然颇繁富,但多已散佚,现仅存《洛阳名园记》。宋邵博《邵氏闻见后录》卷二四云:"洛阳名公卿园林,为天下第一,裔夷以势役祝融回禄,尽取以去矣。予得李格非文叔《洛阳名园记》,读之至流涕。文叔出东坡之门,其文亦可观。"如记《丛春园》云:

  岑寂而高木森然,桐、梓、桧、柏皆就行列。其大亭有丛春亭,高亭有先春亭,出荼蘼架上,北可望洛水,盖洛水自西汹涌奔激而东。天津桥者,叠石为之,直力溃其怒,而纳之于洪下。洪下皆大石底,与水争,喷薄成霜雪,声数十里。予尝穷冬月夜登是亭,听洛水声,久之觉清洌侵入肌骨,不可留,乃去。

依次写园内木、亭、桥石、水等景象,井井有序,且纯用白描笔法,语言晓畅清浅,却无论巨细、声色皆历历可闻可见,至"洪下皆大石底"几句尤其明晰生动如画图。末尾突出了人的感受,乍看似闲笔,其实,更映衬丛春园清幽绝尘品格。这种山水小品的笔墨、构想显然是借鉴、继承了柳宗元《永州八记》"清"的风韵,只不过变其冷峭为润洁而已。《洛阳名园记》全书最后总结性的"论曰",则先叙述"洛阳处天下之中"的险要地势,提出"洛阳之盛衰,天下治乱之候也"的第一层论断;接着再说其于唐时的馆第亭榭之盛佟到悉数焚毁于五代兵火的巨大变易,进而提出"园圃之废兴,洛阳盛衰之候也"的第二层论断。然后便从容揭出写作的本旨:

  且天下之治乱,候于洛阳之盛衰而知;洛阳之盛衰,候于园圃之废兴而得。则《名园记》之作，予岂徒然哉？呜呼！公卿大夫方进于朝，放乎一己之私意以自为，而忘天下之治忽，欲退享此乐，得乎？唐之末路是矣！

由园林而及朝廷政治，慨叹一代的得失治乱，联系到李格非所处徽宗朝的现实政局，则其因古系今、以古鉴今的深层用意便不言自明；也能够更深沉地体味到他于跌宕顿挫的笔墨间，所含蕴的浓郁情感色彩。至于"呜呼"的唱叹有致，发言精警，也颇得欧阳修《新五代史·伶官传序》一类文字的韵味情貌，同样的尺幅短章，皆具萦回无尽之意。难怪作为洛阳人的邵博南渡之后，因亲历北宋倾亡、中原丘墟的家国巨祸，再读此书，那份感慨便尤为痛切深挚了。

北南宋之交期和南宋前期的山东文坛循沿上阶段的衰势而下，也仍然较为冷落，并未见有多少起色，这点倒与当时的整个文坛于高潮后开始跌入低谷的局面同步。较有成绩的作者首推李清照，现存文数篇，其间最著名的为《金石录后序》。关于其缘起，宋洪迈云："东武赵明诚德甫，清宪丞相（赵挺之）中子也，著《金石录》三十篇。……其妻易安李居士，平生与之同志，赵殁后，愍悼旧物之不存，乃作《后序》，极道遭罹变故本末。"（《容斋四笔》卷五）所以，它实际上是夫妇两人的自叙传，以收藏金石文物的聚散存没为线索，历历写出家国的盛衰变化和靖康之乱时个人身世的飘零孤苦。"今日忽阅此书，如见故人。因忆侯在东莱静治堂，装卷初就，芸签缥带，束十卷作一帙。每日晚吏散，辄校勘二卷，跋题一卷，此二千卷，有题跋者五百二卷耳。今手泽如新，而墓木已拱，悲夫！"痛定思痛，顾忆往事如烟如梦而物在人亡。故开首与结尾两用"呜呼"的感叹语引起，反复申言"自王播、元载之祸，书画与胡椒无异；长舆、元凯之病，钱癖与传癖何殊？名虽不同，其惑一也""然有有必有无，有聚必有散，乃理之长"的哲理，看似明达，其实，那深蕴于心头的创伤是绵绵无尽、永远也不能抚平的。总之，全篇文字简雅明洁，依时间为次叙述半生经历，中间夹杂以生动的细节描写和抒情、议论之笔；口吻虽平淡，却弥漫着浓重的、无法排遣的怅惘伤感之情，是以格外沁人心脾。

上节曾述及，南宋的散文偏重于实用功利性能，纯文学意味被削弱。

晁公武《郡斋读书志序》便是其中写得较胜的一篇。按,《郡斋读书志》4卷,是宋代著名的目录学著作。此《序》先遥遥从三国魏王粲及北宋时宋敏求等人的藏书领起,论"能博"之事;然后再追叙自己家世代藏书之富与散佚之故,从而转到目前:"余仕宦连蹇,久益穷空,虽心志未衰,而无书可读,每恨之。"正是经过这些转折,才显得文气动荡、笔势摇曳多姿而富于情味;故下文回到本题,记得书经过、成书目的及对井氏的承诺的一段流水账式文字,亦不板滞了。

最后似应再提一下辛弃疾,下章将有专节论析其词与诗。而现存的文则多属奏对策议之类,无甚文采可言;且他特重现实事功,好发危言高论,至于可行性却难以逆料。但有一篇寥寥数十字的短文《跋绍兴辛巳亲征诏草》颇精警:

<blockquote>
使此诏出于绍兴之初,可以无事仇之大耻;使此诏行于隆兴之后,可以卒不世之大功;今此诏与此虏犹俱存也,悲夫!
</blockquote>

辛巳乃绍兴三十一年(1161),据《宋史·高宗纪》载,是年十月丁巳(十八日),由陈康伯代拟"亲征诏草",要求全国上下奋力备战,抗击入侵的金兵。十一月,宋将虞允文于采石矶(今安徽当涂牛渚山下)击溃金主完颜亮军,取得南宋小朝廷少有的一次大胜利,使隔江对峙的局面初步稳定下来。辛弃疾则从三个不同的时间方位上来看待此诏文,前两个系假设:一为"绍兴之初"。当时南宋立国不久,南北割据的形势尚不明显;如果朝廷能不惧艰危,坚决抗战,那么,收复中原、重新统一河山也大有可能。二为"隆兴之后"。隆兴元年(1163),宋草率出师北伐,结果在符离(今属安徽)兵败,于是朝内主和派又再得势;如果孝宗不动摇,继续积蓄实力,伺时机成熟挥戈北上,那么,也极有希望反败为胜、扭转大局。正是基础于此,文中始断言:"可以无事仇之大耻"、"可以卒不世之大功"!然而,历史不会因假设产生丝毫改变。在题此"跋"的嘉泰四年(1204),辛弃疾所面对的,只能是"今此诏与此虏犹俱存也"的严酷真实;经此巨大曲折跌落,所以,他多少的憾恨、痛苦、不平又无奈,也唯有付之于一声"悲夫"了。总之,仅三句话便概括出波谲云诡的复杂时代背景和国家民族的兴衰命运,极具广阔深厚的包容度;而那翻

腾充溢于其间的,则为一代豪雄沉郁浓重、几不可抑勒的激情。

第三节　一代文学的极盛标志——词

　　词,初称"曲子""曲子词",是一种受到声律规范、配合乐曲歌唱的新体诗。一般具载着抒情的内容、娱乐性功能,以及句式长短参差不齐的外在形式特点,而就本质言之,它也应属于诗歌这个广义的文体范畴之内。不过,从其最初兴起流行时的狭义的文体名称上来看,是一种与音乐有着密切血缘关系的特殊文学样式。

　　纵观中国的古代音乐,存在三大体系,即汉、魏以前的"雅乐",汉、魏六朝时期的"清商乐"与隋、唐之际开始盛行起来的"燕(宴)乐"。据《旧唐书·音乐志》云:"自开元以来,歌者杂用胡夷里巷之曲。"宋郭茂倩《乐府诗集·近代曲辞序》则称言:

　　　　唐武德初,因隋旧制用九部乐,太宗增高昌乐,又造燕乐而去礼毕曲。其著令部者十部:一曰宴乐、二曰清商乐、三曰西凉、四曰天竺、五曰高丽、六曰龟兹、七曰安国、八曰疏勒、九曰高昌、十曰康国,而总谓之"燕乐"。声辞繁杂,不可胜纪。

　　由此可知,"燕乐"是基础于中原民间音乐,主要是北方民间音乐之上,再大量汲取外来音乐,即胡部乐而相互交杂汇融所形成的一种抒情意味很浓郁的新型"俗乐"。它清朗刚健、新颖美听,那"下则益浊,上则益清,慢者过节,急者流荡"(《旧唐书·礼乐志》),而回环宛转、繁复多变的节奏旋律和哀乐极情、跌宕起伏的曲调,相对比较于供庙享仪式上使用的"和平中正"、平直单调的旧式"雅乐"来说,当然更富有生命活力和青春气息,能够给人的感官以强烈刺激,使之获得充分的审美愉悦,自然就很迅速地受到社会各阶层人士的欢迎,广泛流行开来。

　　"燕乐"所使用的乐器以弦乐器种类的琵琶为主,琵琶有四弦,每弦均能成七调(宫、商、角、徵、羽、变宫、变徵),合计可弹奏二十八调,纷纭多采;其他使用的乐器种类还有觱、篥、笙、笛等管乐器和羯鼓之类的打击乐。因为它们大多是来自北方主要是西北少数民族地区,故而这"燕乐"本身便属于中外汉胡文化交流的产物。中外汉胡的文化交流促成了外来音乐与中原歌曲的结合,这些当然和隋、唐结束了南北朝的长期分裂局面,国家重新归于大一统,以及经济的长足发展繁荣,"丝绸之路"的开通也很大程度上促进中外贸易、人员交流频繁等诸社会因素有所关连。

一 词生成发展的外部社会条件

有乐始有曲,有曲方有词,诚如白居易《长安道》诗中所描述者:"花枝缺处青楼开,艳歌一曲酒一杯。""词"的文辞本来便是依照乐曲填写出来以供歌伎舞女唱奏表演,教人娱怀遣兴而用的,那么,其艺术风貌与美学趣味的指向艳丽绮华,自也是必然之途。词的演唱处所,多在王侯贵宦的殿廷府邸与大城市的歌楼酒榭之间。一般而言,大城市的商业经济发达,奢侈享乐风气盛行,以公卿显贵、文人士子而及市井民众的物质和文化消费水准都比较高,这无疑给词的生成发展提供了最适宜的温床,或者说,是它最强大有力的催化剂。

大唐帝国经过"安史之乱"的重创,中原地区饱受兵燹,颇见凋敝。故社会的经济重心开始南移,国家赋税三分之二须仰赖于江南地区供给,而随着生产力与生产水准的大幅发展提高,遂涌现出一批手工业、商业繁荣发达的城市。贵族官僚、富商豪贾纷纷云集于此,基于需求的刺激,消费经济也呈畸形澎涨增长的势头。如当时的扬州(今属江苏)与益州(今四川成都)便是号称"扬一益二"的奢靡华丽典型,天下知名;其他如金陵(今江苏南京)、洪州(今江西南昌)、苏州、杭州等地的情形亦不多逊。"贵珰要地,大贾豪民,买笑千金,呼卢百万。以至痴儿骏子,密约幽期,无不在焉。日糜金钱,靡有纪极,故杭谚有'销金锅儿'之号"(周密《武林旧事》卷三)说的虽然是南宋时的杭州,但也可借来推想唐代江南大城市的繁盛现象。

被尊为"花间鼻祖"、标志着新兴音乐文学"词"的真正成熟和文体独立的温庭筠,便是于这种酒绿灯红、玉堂画栏,轻歌曼舞至欢饮达旦犹不休止的环境氛围中进行他的创作活动的。是以《旧唐书》本传称其"士行尘杂,不修边幅,能逐弦吹之音,为侧艳之词"。那么,在他的词里,触目皆见"金鹧鸪""金翡翠""玉钩""玉楼""翠钿""珠帘"

"鸾镜""画罗""颇黎枕""鸳鸯锦"一类的精丽华美辞藻字面,便是再自然不过的了,因为这也正是城市里豪奢的物质文化生活与畸形消费的具体反映。换言之,温庭筠以及他所代表的新文体的词,正是基于上述社会背景,并为满足、适应这种社会背景的文化消费需求所产生出来的;另一方面,这些词又同时推进、助长了那种消费经济的发展——二者正是互为因果、相得益彰而共进的关系。诚如后蜀欧阳炯《花间集叙》云:

> 镂玉雕琼,拟化工而迥巧;裁花剪叶,夺春艳以争鲜。是以唱云谣则金母词清,挹霞醴则穆王心醉。名高白雪,声声而自合鸾歌;响遏行云,字字而偏谐凤律。杨柳大堤之句,乐府相传;芙蓉曲渚之篇,豪家自制。莫不争高门下,三千玳瑁之簪;竞富尊前,数十珊瑚之树。则有绮筵公子,绣幌佳人,递叶叶之花笺,文抽丽锦;举纤纤之玉指,拍按香檀。不无清绝之词,用助娇娆之态。自南朝之宫体,扇北里之倡风。何止言之不文,所谓秀而不实。……家家之香径春风,宁寻越艳;处处之红楼月夜,自锁嫦娥。……以拾翠洲边,自得羽毛之异;织绡泉底,独殊机杼之功。广会众宾,时延佳论。……庶使西园英哲,用资羽盖之欢;南国婵娟,体唱莲舟之引。

指出在特定的时代文化环境与价值取向的规定下,强调词在供宫廷公府筵宴酬酢之际用来演唱的实用功能和侑酒佐欢、娱宾遣兴的消闲愉悦性质;而假歌伎乐工伴丝管按檀板宛啭唱出,也便自然决定了"以男子而作闺音"(田同之《西圃词说》),对于香艳绮靡的"软性"内容题材以及纤丽精致的风貌的偏嗜性选择。这种艺术精神与审美趣味,从此便构建起词的文体传统,一直贯注着从宋到清末的整个封建社会后期的全部流变进程——尽管这中间曾经屡屡有过革新修正,不少词家试图使之向言志抒情的诗歌传统复归,使词也能够成为纯文学性的、摆脱扬弃了依靠消费经济提供创作动力的文体,即词坛上所谓的"正变"之争,但是,那占据主流位置的,却依然是上述花间的"艳科"观念。

依照文学进化论的规律来看:"四言敝而有楚辞,楚辞敝而有五言,五言敝而有七言,古诗敝而有律绝,律绝敝而有词。盖文体通行既久,染指遂多,自成习套。豪杰之士,亦难于其中自出新意,故遁而作他体,以自解脱。一切文体所以始盛终衰者,皆由于此。"(王国维《人间词话》)故而词发展到赵宋之世,便成为时代文学之标志,与唐诗、元曲等并称,可谓空前绝后,臻达其最鼎盛的阶段。所涉及的范围,早已远远超过晚唐五代的帝王显宦与中上层文士之间,而变成了全社会各阶层群体普遍接受、欢迎的文学样式,举凡大邑通衢、市井坊陌、远寺乡郊、官府公廷,无处不有它的流行,时时都能听得歌吹奏唱之音。当然,这些只不过就广泛的现象言之,而词的主要阵地与演进动因,仍然还在大城市里面。或者说,拥有较高文化物质水平的大城市的成批出现,既是宋代经济高度发展的产物,也同时诱导、促发着宋词的兴盛繁荣——以社会外部的(主要是消费经济的大量需求)条件成为文学萌生、发展而高度兴旺的直接根由,这是宋词不同于诗歌、散文与骈文等其他文体的特殊之处。

下面从微观实证的角度,首先考察一下宋代城市的具体情况。据宋李焘《续资治通鉴长编》之卷二六二"熙宁八年(1075)四月癸未"、卷三五九"元丰八年(1085)九月乙未"两条记载,当时都城汴京(今河南开封)的各种商铺至少已有160余行、6400多家。宋孟元老《东京梦华录》里更有全面而详细的资料,如卷二"东角楼街巷"条说汴京外城方圆长达四十余里,其间人口密集,街道纵横交织如网,那些同行业的店铺常习惯性地凑集到一起:潘帛楼街南多经营珍珠、匹帛、香药;界身巷里则"并是金银彩帛之所,屋宇雄壮,门面广阔,望之森然。每一交易动辄千万,骇人闻见";在潘楼酒店下面,竟自早五更时分即起市交易,有买卖衣物、珍玩犀玉之类,各种商品整日交替不绝,"向晚,卖何娄、头面、冠梳、领袜、珍玩、动使之类"。卷三"相国寺内万姓交易"条又说,大相国寺是汴京中心最为热闹繁华的去处,每月有五次开放"万姓交易",而"珍禽奇兽,无所不有",四面八方的来客皆云集于此地。卷二"州桥夜市"条记叙了在这个商业消费高度发达的都市里,除却白天的贸易活动外,自傍晚至次日晓晨还有许多夜市的活跃存在,州桥附近的夜市是"直至三更"方散;卷三"马行街北诸医铺"条称"夜市比州桥又盛百倍,车马阗拥,不可驻足"。

但是,在汴京乃至各个消费经济发达的城市里,当推酒楼和妓院最具象征意义。宋蔡绦《铁围山丛谈》卷四里曾载有下面一则趣闻,可见一斑:"天下苦蚊蚋,都城独马行街无之,马行街者,都城之夜市酒楼极繁盛处也。蚊蚋恶油,而马行街人物嘈杂,灯火照天,每至四鼓罢,故永绝蚊蚋。上元五夜,马行街南北几十里……声伎非常,烧灯尤壮观。"《东京梦华录》卷三"寺东门街巷""上清宫"、卷二"饮食果子"、卷五"民俗"、卷六"(正月)十六日"各条里,都不乏有关叙述:"在京正店七十二户,此外不能遍数,其余皆谓之'脚店'"——这说的是大小酒楼,那种"诸酒店必有厅院,廊庑掩映,排列小阁子,吊窗花烛,各垂帘幕,命妓歌笑,各得稳便"的状况已历历在目。至于妓院,却又"别有深坊小巷,绣额珠帘,巧制新妆,竞夸华丽。春情骀荡,酒兴融怡,雅会幽欢,寸阴可惜,景色浩闹,不觉更阑。宝骑骎骎,香轮辘辘,五陵年少,满路行歌,万户千门,声簧未彻",真个旖旎风流,教人留连销魂不已。是以身经北宋覆亡的陵谷巨变后,避地江南的孟元老仍不胜眷念的回忆说:

仆从先人宦游南北,崇宁癸来(1103)到京师,卜居于州西金梁桥西夹道之南,渐次长立,正当辇毂之下。太平日久,人物繁阜,垂髫之童,但习鼓舞;班白之老,不识干戈。时节相次,各有观赏:灯宵月夕,雪际花时,乞巧登高,教池游苑。举目则青楼画阁,绣户珠帘。雕车竞驻于天街,宝马争驰于御路。金翠耀目,罗绮飘香,新声巧笑于柳陌花衢,按管调弦于茶坊酒肆。……花光满路,何限春游;箫鼓喧空,几家夜宴?伎巧则惊人耳目,侈奢则长人精神。

无待赘言,有经济实力和大量闲暇时光沉醉在这种冶游享乐生活之中,视为安乐窝、销金窟而留连不思返的,主要是商贾富绅之类的中上层市民与一批文人士子,他们更多地注目于物质上的享受和感官的刺激满足。

至于贵族士大夫阶层,虽有的同样奢豪富丽,或者较诸市井间的浮靡远远过之,但其表现方式却是高雅雍容或安闲逍遥的。他们日常生活的内容每每是饮宴酬宾、听歌制曲、品茶观花,他们的家中也有自备的舞伎歌女,以供宴客娱兴及岁时庆贺所需,其中留下名字的,如莲、红、蘋、云、小红、美奴、啭春莺等,不烦遍举。而且朝廷还置有专门的官妓,供官员们公务之余的筵乐游赏,这些官妓有的仅是以歌舞使艺娱人,且具备较高的文化艺术素养,她们与官僚文士间的交往,为词坛留下不少趣闻佳话。有关典型而著名的例子,前者如宋叶梦得《避暑录话》卷下所记叙的:

> 晏元献(殊)喜宾客,虽早富贵,而奉养极约,唯未尝一日不饮宴。而盘馔皆不预办,客至旋营之。顷见苏丞相子容(颂)尝在公幕府,见每有佳客必留,但人设一空案一杯,既命酒,果实蔬茹渐至,亦必以歌乐相佐,谈笑杂出,数行之后,案上已粲然矣。稍阑即罢,遣歌乐曰:"汝曹呈艺已遍,吾当呈艺。"乃具笔札,相与赋诗,率以为常。

故而晏殊现传的词集《珠玉词》,有不少是在类似的情状下制作的;而词中所表现的主题内容,自然也多与上述的生活背景与文化氛围紧密关联,由之形成为风流闲雅的姿致情味和温润秀洁的艺术风貌,其间则又无不凝聚着这些上层士大夫文人的审美趣味与美学理想。而后者则如皇都风月主人《绿窗新话》卷上引《古今词话》云:

> 涪翁(黄庭坚)过泸南,泸帅留府,会有官妓盼盼性颇聪慧,帅尝宠之。涪翁赠〔浣溪沙〕词曰:"脚上鞋儿四寸罗,唇边朱麝一樱多。见人无语但回波。 料得有心怜宋玉,只应无奈楚襄何,今生有分向伊么?"盼盼拜谢。涪翁令唱词侑觞,盼盼唱〔惜花容〕曰:"少年看花双鬓绿,走马章台管弦逐。而今老更惜花深,终日看花看不足。
>
> 座中美女颜如玉,为我一歌〔金缕曲〕。归时压得帽檐欹,头上春风红簌簌。"涪翁大喜。翌日出城游山寺,盼盼乞词,涪翁作〔蓦山溪〕:"朝来春日,陡觉春衫便。官柳艳明眉,戏秋千,谁家倩盼?烟滋露洒,草色媚横塘,平沙软。雕轮转,行乐闻弦管。 追思年少,曾约寻芳伴。一醉几缠头,过扬州珠帘尽卷。而今老矣,花似雾中看。欢喜浅,天涯远,信马归来晚。"

这种故事在宋代十分普遍,或风雅或戏谑,然是处多与宴饮歌舞、娱宾遣兴的流行风气相关。总之，诚如宋沈括《梦溪笔谈》卷九概括说的："天下无事，（朝廷）许臣僚择胜饮宴，当时侍从文馆士大夫为燕集，以至市楼酒肆，皆供帐为游息之地。"都可印证我们前面的论述，足见当时社会的经济文化环境作为一个外部条件，对词这种特殊音乐文学样式的迅速发展，以及其价值取向、功能和艺术精神的定位所产生的巨大而直接的影响推进作用。

二 词的自身萌生演进过程

其次，再考察一下词在文学自身演变运动中的成熟、发展乃至极盛的进程。

上文已经谈及，词作为一种新兴文体，最初萌发于隋、唐之际的6世纪末叶到7世纪初，但它开始时只是在民间流行。现在还能够见到的作品，便是清光绪二十六年（1900）于敦煌鸣沙山断崖千佛洞第17窟所偶然发现的一批手写本，即通称敦煌曲子词的。这数百首民间词除了有6首署明作者姓名外，余者皆无主名，而"作辞时代可考之83首内，盛唐54首，中唐11首，晚唐10首，五代8首"[①]。它们展现的题材内容颇为广泛，主要是中下层社会民众群体的各种生活及其情感心态；但艺术表现方面却较为粗糙，带有十分明显的试验探索特点，格律音韵等尚不规范，造语朴拙甚至鄙俚，处处显示着原生态的混沌美。也正因为它们肇端了未来的无限扩展空间，整体上充溢着萌生期的蓬勃生命活力，所以被朱孝臧推许说："洵倚声之椎轮大辂。"（《云谣集杂曲子跋》）而传统的诗歌，自先秦时期的《诗经》《楚辞》始，历千余年演变乃至盛唐，已臻达辉煌的顶峰。后人若欲再图发展，除了另辟蹊径实已别无他途，故"诗到元和体变新"。而于古、近体的诗歌外，盛唐时在民间普遍风行、大量涌现、征兆着诗坛风气嬗变消息的新文体的词，便逐渐引起一些创作思维活跃、审美感受力特别敏锐的中唐文士的注意。他们饶有兴趣的仿效，随之即以新的创作来充实、丰富这块刚开发的文学园地。由于这些文士们具载着较高的文学艺术水准，所以，其介入便有了示范导向作用，提升了原先只流传于社会下层人士间、也较为俗陋卑俚的新兴文体词的美学品位，使之走向风雅精致，更适合中上层

[①] 任二北：《敦煌曲初探》，上海文艺联合出版社1955年版，第86页。

社会普遍的审美意趣,增强并扩张其文化辐射力。

不过,中唐文士如张志和、白居易、刘禹锡、韦应物、王建等的制作——时谓"诗客曲子词",在艺术精神上仍基本处于传统诗歌主要是近体绝句的笼罩之下,"唐贤为词,往往丽而不流,与其诗不甚相远"(况周颐《蕙风词话》卷二),只是间或透露出若干文体新变的现象而已。因之就本质上说,它尚处在由渐发而臻突变、从量的累积衍化朝向质的提升过渡的前夜。[①] 直待到了晚唐,温庭筠的词才正式标志着这种新文体的完全确立,显示出文体独立的自觉征兆,代表着词真正走进发育成熟的新时期的开始和一个新阶段的到来。要言之,以温庭筠、韦庄为首,以西蜀词人为主体的"花间派",建构起词"艳科娱人"的文体范型与拥载本体意义的明晰的美学理想及操作程式,确认了词家清醒的自我创作意识,从而形成定势即为后世所认同、承续,并作为一种主流活跃在宋代词坛上。

随之,与西蜀词人群体年代相接、地处长江下游的南唐词人则对花间词开启的传统给以新的补充和发展,使之由成熟而趋向更规范化、由琼华富丽而渐变为闲雅清绮。进而融艳科娱人与传情娱己为一体,使词更浸润着诗的纯美气质,得以深深植根在士大夫文人阶层的文化艺术氛围和审美偏嗜中。由之便成功地实现了从类型化制作向个性化创作的过渡,于群体共识的流派风格中发现并确认了自我的独特存在,所以,王国维才认为:"冯正中堂庑特大,与中、后二主词皆在'花间'范围之外。"(《人间词话》)当然,这也只不过是大而化之的一般而论,其实他们三家中存在着规模、程度上的若干差异。具体说来,冯延巳词,包括中主李璟词和后主李煜开宝八年(975)金陵陷落、亡国被俘之前的词,依旧较多地循承了花间风习,多选择相思离别、饮宴歌舞之类的传统题材;只是于深层内蕴里已另有寓托,暗暗注入国运陁危、人事无常的喟叹与真切的生命忧患感,从而含纳着抒怀写心、托物寄兴的新意义。这些对宋人,尤其是晏殊、欧阳修、晏几道、秦观、李清照等影响颇为深远,故清刘熙载云:"冯延巳词,晏同叔得其俊,欧阳永叔得其深。"(《艺概》卷四)而李煜被俘入宋后的词则据事言情、情切言质,直抒胸臆而毫无雕饰,直将外在

[①] 参见乔力:《"诗之馀":论中唐文士词的文化品位与审美特征》,载《文学评论》,1995年第4期。

的语言形式视作自我内在情怀心绪的直觉转化物和宣泄载体，已超越消解了词为艳科、娱宾遣兴的传统观念，开始朝向诗化的道路复归。他对花间传统的题材内容也作出定向开拓，强化了士大夫文人阶层的自我排遣与趋雅成分，实现了"传情娱己"的新的范型意义。这个"情"，并不复局囿于男女异性间的恋情爱思，而是广泛包含着现实人生中的多方面体味与各种复杂感情——正是于上述意义上，《人间词话》才推许说："词至李后主而眼界始大，感慨遂深，遂变伶工之词而为士大夫之词。"

词到宋代臻达巅峰极致，成为一代文学中某特定文体空前绝后盛况的标志，不过，在这300余年的漫长时间里，它也经历了不断的流变发展过程。大略言之，从太祖赵匡胤建隆元年（960）正式立国，至英宗治平末（1067）的百多年，为北宋前期；但在词史上，它与此前的南唐词、晚唐西蜀词，仍然还都属于这种新兴变体的成熟阶段。其原因则在于词家的文体观念和词的基本风格面貌同处于相类近的艺术精神、美学理想的笼罩之下；换言之，即便有所因革更益，也仍然是在花间传统的大格局之内运行演化的。晏、欧、张先等诸家自无待多言，就是柳永的出现，"音律谐婉，语意妥帖，承平气象，形容曲尽，尤工于羁旅行役"（宋陈振孙《直斋书录解题》卷二一），以及大量创制慢词长调，参用市井新声，也未脱语言形式的外在表现层面，而并未达及对词深层本质性的革新改造。

自北宋熙宁初（1068）中经靖康之难中原陆沉，而下及南宋开禧末（1207）的一个半世纪，词坛所取得的辉煌业绩及其所造就的鼎盛局面，可谓诸体皆备，众美咸集而气象万千，故方使宋词取得与唐诗并称千古的尊崇地位。它以苏轼改造词风、扩张词境、提升词的文化审美品位、对词全面革新为始，在基本遵循词体外在格律音调等固有形式规范的同时，为之引进内在的诗化精神，致力于依照诗的美学理想与文化品位改造词，从而突破艳科小道的樊篱，形成一个超逸出历时已二百余年的花间传统之外的，抒怀娱己的新流派：

  东坡先生非醉心于音律者，偶尔作歌，指出向上一路，新天下耳目，弄笔者始知自振。（宋王灼《碧鸡漫志》卷二）

不过在当时，除黄庭坚、晁补之等少数苏门学士受其沾溉、为之羽翼外，苏轼的"以诗为词"（陈师道《后山诗话》）之道较为寥落；而更多词家，甚至包括苏门学士的秦观，都依旧沿循花间，南唐以来的传统再继续发展下去。就中周邦彦堪称集大成者。他基于对一定历史时期文化精神实质的深刻理解和词所拥载的特有优势的充分把握中，建构起一套较完备、稳固的表达方法与操作准则，显示范型意义，为词体的创作指点门径；而其词作也广泛传唱在社会各不同阶层间，并且尤得闲雅风流、具有较高审美能力和充裕物质生活基础的士大夫文人的赏爱，以适应他们声色感官与心灵情感的双重需要。宋刘肃云：

> 周美成以旁搜远绍之才，寄情长短句，缜密典丽，流风可仰。其征辞引类，推古夸今，或借字用意，言言皆有来历，真足冠冕词林，欢筵歌席，率知崇爱。（陈云龙集注《片玉词》序引）

但是，随着金兵南侵、汴京沦陷、北宋灭亡；建炎元年（1127）高宗继位，南宋偏安江南的激烈震荡下的新历史格局的出现，以外部的强制性压力，整个改变了汉民族固有的习惯生活方式与深层心理平衡结构。也必然要严重影响到词家在长期承平的社会文化背景上所形成的创作趋势，重新为词坛确立救亡图存、光复故国的时代主调，使之以新的笔调给其词作补充进前所未有的新内容。从朱敦儒、叶梦得、李清照、陈与义等起，经张元幹、张孝祥诸家，直至陆游、辛弃疾，重新接续苏轼以诗为词的传统，于抒情言志中直接介入现实人生，以国家民族命运为关注的主题，回荡着空前的激扬悲慨情调，最终组构起这段已持续了上百年的一代文学的极顶辉煌。最突出者，当然是"以文为词"的辛弃疾。他以豪杰志士的本色而倾注于词，抚时感事，雄深雅健间勃发不平之鸣；在不违背词的基本文体规范的前提下，最大可能地扩张着词的表现自由限度，使之纷繁多彩、极富变化而无所不及：

> 所作大声镗鞳，小声铿鍧，横绝六合，扫空万古，自有苍生所未见。其秾纤绵密者，亦不在小晏（几道），秦郎（观）之下。（宋刘克庄《辛稼轩集序》）

至此，由苏轼正式发端的对词体的全面革新，被辛弃疾张扬到极致，他们所创建的新的流派也已臻达极盛局面。但盛极难继，自此后而时势迁易，渐入季世，殆及南宋鼎覆而至宋遗民词家，虽然学辛者代不乏人，却多失之粗犷叫嚣，仅得皮毛罢了。姜夔、吴文英、王沂孙、张炎等大家则仍回到温庭筠、周邦彦的传统道路上去，再转为深婉骚雅的风格面貌，抒怀写心、慨喟身世，专心于锤炼字句和格律精严，最终则与音乐脱离了关系，在本质上认同诗歌的艺术精神。

第四节　双峰并峙的山东词坛

　　两宋据朝 300 余年，这期间的山东籍词家，据唐圭璋《两宋词人占籍考》统计，共计为 31 人。[①] 但其中晁说之（巨野人）现并无词存世，至于《全芳备祖·前集》、卷一二、《永乐大典》卷一五一三九著录于其名下的［洞仙歌］"今春闰好"和［金盏倒垂莲］"休说将军"二词，据唐圭璋《宋词互见考》云，实为晁说之从兄晁补之词，[②] 已见徐昌绶"景刊宋金元明本词"之《晁氏琴趣外篇》，当是。另据有关资料考证，误入他籍，而实应属山东籍的词人，尚有和岘、李师中、孔夷、孔榘、王嵎、王质、李谌、林表民、周起等 9 人，[③] 那么，现仍有词可见者则为 39 人了。

　　当然，并非所有制作过词的人都能够得上称"词家"，所作也都蕴含文学的本质意义——审美价值，由之被纳入我们的观照视野之内。同时，还仍如"导言"所悬设之准则，地域性文学史研究的范围，只包括与其具载了实质性关联的诗人、作家，而不涉及那些只占祖籍在此，余外毫无干系者。最典型的是南宋末元初之际的周密，尽管他每每自称"华不注山人"，自许"齐人""历山"，实际上举家徙移江南已长达百年，他本人则从未有过在故乡生活的经历，诚如其自述者："余家济南历城，曾大父少师遭靖康狄难，一家十六人皆奔窜四出。"（《齐东野语·事圣茹素》）

---

　　① 《宋词四考》，南京：江苏古籍出版社 1982 年版。
　　② 《宋词四考》，南京：江苏古籍出版社 1982 年版。参见乔力：《晁补之词编年笺注》，济南：齐鲁书社 1992 年版，第 6 页、第 161 页。
　　③ 参见崔海正：《宋代齐鲁词人概观》，北京：中国文联出版社 2000 年版，第 23 页。

所以，周密才坦率表白自己眷恋旧土的心迹，与实际的人生居处存在是两回事："我自实其为齐，非也；然客为我非齐，亦非也。我家曾大父中丞公实始自齐迁吴，及今四世，于吴为客，先公尝言：'我虽居吴，心未尝一饭不在齐也。'岂其裔孙而遂忘齐哉！"（元戴表元《剡源集》卷七引《齐东野语序》）类似这样的情状，当然不属本书的论析范围。故而于两宋词，下限断截至南宋前期，即开禧三年（1207），辛弃疾之卒，一代豪雄慷慨悲歌，遽尔结束他北伐光复的梦想，同时也为永远不会再现此等盛况的山东词坛降落下帷幕。

俯瞰山东词坛的嬗变演进，与当时宋代词坛的整体发展走向大致合拍，也可以约略划分为四个时期。

一　北宋前期

它实际上是从晚唐温庭筠、韦庄与西蜀的花间词家群体为开始的第一阶段，中经第二阶段的南唐词家，一并过渡而来的第三阶段——即从赵宋立国到治平四年（1067），可称之为第一时期。如果总论包括花间、南唐与北宋前期在内的这个时期，是为词的发展成熟与词家主体意识的自觉确立时期。北宋前期的山东词坛，虽然在词家和词作的数量上都不甚多，但却拥载了较重要的多层意义，不仅只是对下一时期的山东词坛的高度繁荣具有导夫先路的作用，而且在与之同一时期的整个宋词发展过程中也占有一席之地。

首先是和岘（933—988），字晦仁，初名三美，郓州须昌人。[①] 他仕宦历五代的后汉、后周而及赵宋太祖、太宗两朝，可谓宋词的开端第一人，故是唐圭璋编《全宋词》亦将之列居首位。他现存〔南郊鼓吹歌曲〕3首，包括〔导引〕〔六州〕〔十二时〕（载《宋史·乐志》），作于开宝元年（968）。关于其主旨功能，宋马端临《古今文献通考》卷一四三《乐》云："本朝歌止有四曲，〔十二时〕〔导引〕〔降仙台〕，并〔六州〕为四。每大礼宿斋或行幸，遇夜每更三奏，名为警场。"可见这是为皇室

---

① 《宋史》本传谓和岘的籍贯是开封浚仪（今属河南），然其父和凝曾为后晋宰相，新、旧《五代史》本传则谓和凝为汶阳须昌或郓州须昌人。据《元丰九域志》云，郓州，东平郡，治须城县。按，须昌为须城古名，唐、五代时改称，即今东平之宿城镇；汶阳系今泰安西南一带，东平亦在此范围内。故和岘应随父籍贯为须昌人，而开封浚仪则为和岘当时的居住地。

封禅祭祀等大典时的专用歌曲,是与《诗经》中《颂》,当然包括《鲁颂》在内的性质相类的庙堂文学,自然要接受其熏染规约,一脉承传,意在歌功颂德、彰扬勋绩,只不过临时多一点严肃仪仗警卫的作用。如〔导引〕云:

  气和玉烛,睿化著鸿明,缇管一阳生。郊禋盛礼燔柴毕,旋轸凤凰城。森罗仪卫振华缨。载路溢欢声,皇图大业超前古,垂象泰阶平。 岁时半衍,九土乐升平,睹寰海澄清。道高尧舜垂衣治,日月并文明。嘉禾甘露登歌荐,云物焕祥经。竞竞惕惕持谦德,未许禅云亭。

可谓辞采典雅富丽、音节平和谐顺,一派雍容华贵的"御用"气象,正符合帝室皇家的审美趣味及装点太平的政治需求,所以,它也就免不了虚饰溢美的类型特点。

此种类型之作,虽因其受众面过于窄狭的先天局限性,始终未能在山东乃及整个宋代词坛上跻身主流位置中,但和岘作为宋词首发者,无论直接抑或间接,却影响未绝,代有继者。首先便可举超出山东地域之外、而年辈与其相接的大词家柳永为例。如柳永〔倾杯乐〕词,本意在摹写京都元宵节的繁华盛丽景象,充满祥和昌明气象,最适宜于社会各阶层节庆应景的演唱。然据宋叶梦得云:"永初为《上元辞》(按,即〔倾杯乐〕),有'乐府两籍神仙,梨园四部弦管'之句传禁中,多称之。"(《避暑录话》卷下)则由于它颂扬美祝的性质,遂被宫廷所采用。又宋陈元靓《岁时广记》卷一七引《古今词话》云:"柳耆卿(永)祝仁宗皇帝圣寿,作〔醉蓬莱〕一曲,此词一传,天下皆称妙绝。"即是专为进献皇帝助兴愉悦的了。

在这方面,为和岘山东同乡后辈、属于下一个时期的晁端礼(1046—1113)[①],也制有进献皇宫御用的〔并蒂芙蓉〕:

[①] 据宋李昭玘《晁次膺(端礼字)墓志铭》:"世为澶之清丰(今属河南)人,后金紫葬济之任城,今为任城人。"(《乐静集》卷二八)又晁说之《宋故平恩府君晁公墓表》云端礼"葬鱼山世墓之次"(《景迂生集》卷一九),鱼山在今巨野,为宋济州府治。则端礼当是移居于此。

> 太液波澄，向鉴中照影，芙蓉同蒂。千柄绿荷深，并丹脸争媚。天心眷临圣日，殿宇分明敞嘉瑞，弄香嗅蕊。愿君王，寿与南山齐比。　池边屡回翠辇，拥群仙醉赏，凭栏凝思。荇绿揽飞琼，共波上游戏。西风又春露下，更结双双新莲子。斗妆竞美，问鸳鸯向谁留意？

颂美藻饰，辞采华丽，较和岘词毫不逊色，深得《颂》诗的遗意；或者说，也是山东词坛多元发展的一端吧，从词格律音乐的精审规范来看，则起到一定推进作用。

但是，真正能以清新绵邈之笔致，正式揭开一代文学之极盛——宋词的开端，征兆着它未来无限辉煌的先声的，则推巨野人王禹偁所作的〔点绛唇〕：

> 雨恨云愁，江南依旧称佳丽。水村渔市，一缕孤烟细。天际征鸿，遥认行如缀。平生事，此时凝睇，谁会凭栏意！

宋黄升《唐宋诸贤绝妙词选》卷三于词调下另有题目作《感兴》，可知这是有为而作，目的在抒怀写心，意在自娱，实质上与诗求得认同，已和词的艳科娱人传统异趣。王禹偁历仕太宗、真宗两朝，遇事敢言，常议论时政得失，曾三遭贬谪，经历颇为坎坷。故严迪昌认为"此词大抵作于被贬黄州写《三黜赋》之前后，开罪了权相张齐贤等，他的襟怀是难以尽展了的"①。词虽开篇即点出"恨""愁"二字，但假云雨以行之，用笔甚轻。接下来转而再描写江南渔村的景象，清丽中却隐隐透出落寞情味，是以结拍以"平生事"提唱，终归之凭栏眺望，无人能理解自己的苦闷束结，引发人不尽的联想。这种笔法常被后来词家所汲取借鉴，如山东后辈辛弃疾〔水龙吟〕《登建康赏心亭》歇拍云："把吴钩看了，栏干拍遍，无人会，登临意。"要之，王禹偁此词虽不受花间传统的绮靡风气浸染，较多融入了自我身世之慨，与其诗声息相通；但于整体词坛格局上，却仍然在从冯延巳开始，下及晏殊、欧阳修等的主流走向的笼罩中，只是更为

---

① 刘杨忠、乔力、王兆鹏主编：《唐宋词精华》，北京：朝华出版社1991年版，第173页。

高旷罢了。他与同时代的潘阆、寇准、林逋一起，为北宋立国初期半个多世纪的冷清词坛带来了几点亮色，可谓承前启后；而作为出手不凡的发唱首制，他更预示了山东词坛将来那花团锦簇的高潮的到来，岂止是"清丽可爱"（清王奕清等《历代词话》卷四引《词苑》语）所能限得！

稍后，活动于真宗、仁宗两朝的曹州定陶（今定陶北）人刘潜（生卒年不详）、历城（今济南）人李冠（生卒年不详）虽现存词仅寥寥数首，但却能于占据当时词坛主流的闲雅深蕴的风格流派之外，异军突起、高张异帜而别具一番自家面目，尤其值得注意。二人仕宦不显，事迹多亦不详，据《宋史·石延年传》附《刘潜传》云："少卓异有大志，好为古文，以进士起家，为淄州军事推官。尝知蓬莱县，代还过郓州，方与曼卿（石延年）饮，闻母暴疾亟归。母死，潜一恸遂绝，其妻复抚潜大号而死。时人伤之曰：'子死于孝，妻死于义。'"在他身上，浓重体现了山东笃重伦理纲常的气质特点和儒家的人生价值观念。又，《刘潜传》附叙云："同时以文学称京东者齐州历城有李冠，举进士不第，得同三礼出身，调乾宁主簿，卒。有《东皋集》二十卷。"北宋时京东东路、京东西路之辖境略大于今山东省区划地域，齐州（今济南）则属京东东路。

刘潜今存词2首，皆见于《唐宋诸贤绝妙词选》卷五。其〔水调歌头〕云：

落日塞垣路，风劲戛貂裘。翩翩数骑闲猎，深入黑山头。极目平沙千里，惟见琱弓白羽，铁面骇骅骝。隐隐望青冢，特地起闲愁。

汉天子，方鼎盛，四百州。玉颜皓齿，深锁三十六宫秋。堂有经纶贤相，边有纵横谋将，不作翠蛾羞。戎虏和乐也，圣主永无忧。

这是写边塞题材的，当时宋与北境的辽、西北的西夏时有战事，造成对国家安全的威胁，故刘潜表示了特别的关注，正符合前引本传对他"卓异有大志"的记叙。不过，有宋一代虽积贫积弱，但前期基本上尚能抗侮守土，且政治较为清明、经济繁荣，是以词家也有较大的自信心，而借塞外游猎的侧面出之，结以颂扬太平，气势豪壮廓朗，格局闳大，依稀犹存盛唐气象，远非北宋末的内忧外患、国势蹙迫与南宋的半壁河山、艰窘图存时故作放言大语所能比望。①

另一首〔六州歌头〕《项羽庙》，据宋陈师道《后山诗话》："冠，齐人，为〔六州歌头〕道刘、项事，慷慨雄伟。刘潜，大侠也，喜诵之。"则当系李冠所制作，因刘潜常诵而误著录于其名下者。此词乃因《史记·项羽本纪》演绎而成，与李冠同调别题为《骊山》，敷衍唐陈鸿《长恨歌传》传奇与白居易《长恨歌》诗载唐玄宗、杨贵妃故事所来者皆同一类型。这两首〔六州歌头〕可视作组词，慷慨怀古、铺陈史事，不尽的兴亡盛衰之叹，全以夹叙夹议笔法写出。同时期的柳永虽然也偶尔有类近的咏史怀古之作，如〔双声子〕"晚天萧索"，但上阕写景，下阕于史事中融情，意味苍凉，更多注重在自我见闻感受的抒发；到是〔西施〕"苎萝妖艳世难谐"与李冠二词的风貌差似。

总之，刘潜、李冠两人之作，"使人怅慨，良不与艳词同科"（宋程大昌《演繁录》卷一六），已率先对花间传统进行了整体革新，尽洗脂粉气，使词向着诗化道路复归。即从前引"喜诵之"的"诵"字上看，也是对所作的吟咏把味，抒情言志，不再仅只将之视为歌筵酒席上的侑饮佐欢、聊供娱宾遣兴的小道。另一方面，二人作长调慢词，于体式上突破了当时词坛主流盛行的令词短篇小幅，便需要组织更为复杂多样的内容和表现手法，除却相邻接的诗歌之外，还向文、赋等其他文学体裁借鉴、汲收更丰富的创作经验，以层层铺叙描摹，精心安排章法结构，妥善调配空间场境与时间过程的错综变化，于张扬发露之中特见周致回环之妙，一泻而下却不无余。这些都与同时期大量改编、创新长调慢词的柳永为同道。只是柳永多注重于外在形式，主题内容则仍不脱传统的闺怨相思、羁旅别愁之习套。可以说，刘潜、李冠二人以山东同乡而词作同道，已开后来北宋中后期苏轼之词体革新的先河，甚至于山东同乡晁补之等，与词坛巨擘辛弃疾"以文为词"、对内容与形式全面扩张的作品里，仍可显露出这二位同乡先贤的痕迹。只可惜二人词作太少，名位不彰，以及历史机遇的不成熟，未能形成新的流派，以至被人所忽略，但其"史"的意义应予充分肯定。

---

① 此词又见黄庭坚《山谷琴趣外篇》卷一，但应断为刘潜词。说参见崔海正：《宋代齐鲁词人概观》，中国文联出版社2000年版，第38页。

当然，李冠试求新变，创体只存孤例；他的多数词作，仍以绮思闲愁、惜春伤别为题材，呈现深婉秀丽的风貌，以至于和李煜、欧阳修等人混淆。如〔蝶恋花〕《春暮》：

遥亭夜皋闲信步，才过清明，渐觉伤春暮。数点雨声风约住，朦胧淡月云来去。　桃杏依稀香暗度，谁在秋千，笑里轻轻语？一寸相思千万绪，人间没个安排处。

明杨慎云："《草堂诗余》'朦胧淡月云来去'。齐人李冠之词，今传其词而隐其名矣。冠又有〔六州歌头〕，道刘、项事，慷慨悲壮，今亦不传（案，杨说误，此词今传，或署刘潜名）。"（《词品》卷二）其实，即使置于冯延巳、李煜、晏殊、欧阳修、晏几道等大家集中，李冠此词亦不逊色为上乘之作。它上阕写景、下阕言情，总因春残而牵惹出年华迟暮的伤喟与无穷无尽的相思之苦。后来李清照〔一剪梅〕下阕云："一种相思，两处闲愁。此情无计可消除，才下眉头，却上心头。"论者多指为源自范仲淹〔御街行〕结拍："都来此事，眉间心上，无计相回避。"单就字面上看，固然相似；但若于境界的新奇深刻与造意命思的夸张渲染方式而言，则未必不是从这位小同乡前辈（李清照亦为济南人）"一寸相思千万绪，人间没个安排处"的句子里变化出来的呢！而且相形之下，李清照将大作小，反倒是显得有点局促小器了。

作为北宋前期山东词坛殿军的楚丘（今曹县东）人李师中（1013—1078），字诚之，晚年退居汶上时，年轻的晁补之曾专程去拜谒聆教，时苏轼离密州（今诸城）任赴汴京途中，也正在他家里做客。这真是一次难得的文坛佳话，可惜晁补之事后只在《题麻田山人吴子野》诗题下注了一句："余见李公诚之于汶上，苏密州在焉。"详细的咳唾珠玉，尽数湮没于历史的尘埃中了。① 李师中现存词仅1首，是他于广西提点刑狱任满离职时所作的〔菩萨蛮〕："子规啼破城楼月，画船晓载笙歌发。两岸荔枝红，万家烟雨中。　佳人相对泣，泪下罗衣湿。从此音信稀，岭南

---

① 参见乔力：《晁补之词编年笺注》，"晁补之年谱简编·熙宁十年丁巳（1077）"条，济南：齐鲁书社1992年版，第235页。

无雁飞。"词写离开桂林时的眷眷难舍之情,虽视野较为开阔,但仍未脱主流词派委婉清丽的风貌。只是跳出了一般男女惜别离愁的狭窄圈子,拥具较丰富的人生内容;再者,阑入当地特色风物,"荔枝烟雨,盖桂实景也"(宋范公偁《过庭录》),类似花间词家中的李珣、欧阳炯、孙光宪等刻画蜀粤水乡风光土俗,"为诸树传谱"(明徐士俊《古今词统》),遂为宋词、也为山东词坛开拓了新的境界。

于此前,尚有济州任城(今济宁)人荣諲(1007—1071),字仲思,现亦仅存词1首,即宋黄大舆辑《梅苑》卷七著录之〔南乡子〕:

> 江上野梅芳,粉色盈盈照路旁。闲折一枝和雪嗅,思量,似个人人玉体香。　　特地起愁肠,此恨谁人与寄将?山馆寂寥天欲暮,凄凉,人转迢迢路转长。

其上阕写野梅的清香繁丽,下阕转笔述由之牵引出的羁旅惆怅,自景及情、物我互化而含思凄婉,也属于从花间、南唐以来,在北宋前期词坛上占据主流取向的传统风貌,并仍为令词体,致使其表现技法上亦多因循,未呈现出自我的个性特色。

但它仍有几点值得注意:一、这是宋代较早出现的咏物词。诗中的咏物之什,久已有之,唐代已是大盛;而词中则发达甚晚,宋词中最早当为隐士林逋的咏草词〔点绛唇〕"金谷年年"与西昆派诗人杨亿的咏梅词〔少年游〕"江南时节",此后沉寂近半个世纪,殆及苏轼、黄庭坚等始多有制作行世,到南宋后期方臻达极致。那么,荣諲此篇于咏物词的发展史上,便须应一叙。二、宋代士大夫文人阶层的文化艺术素质,整体上说空前的高于前代,他们也普遍地更强调生命个体品格道德的修养;所以,托物寓志,梅花凌霜雪独怒放的高洁孤傲、芳香绝俗尘的特点,便产生出关于人的主观比拟性联想,而博得其偏爱激赏——明白了这一层关系,便很容易理解为什么现存作品较多的宋代词家,几乎都数量不等的有咏梅之制,因为其间寄寓着他们的美学理想、人生楷模意义与情感慰藉。〔南乡子〕是山东词坛上的首唱,对后辈词家当有所影响,如晁补之绍圣三年(1096)因党祸贬谪亳州(今安徽亳县)时,曾连续作〔盐角儿〕"开时似雪"、〔江神子〕"去年初见早梅芳"、〔洞仙歌〕"年年青眼"、〔行香子〕"雪里清香"、〔万年欢〕"心忆春归"、〔生查子〕"青帝晓来风"等多篇以咏梅;至于晁冲之〔汉宫春〕《梅》词中"微云淡月,对孤芳,分付他谁?"李清照〔孤雁儿〕"一枝折得,人间天上,没个人堪寄"与辛弃疾〔洞仙歌〕《红梅》"风流噷,说与群芳不解。更总做、北人未识伊,据品调难作,杏花看待"、〔念奴娇〕《题梅》"漂泊天涯空瘦损,犹有当年标格"之句,所流露出来的身世落拓、知音无觅的伤感,与荣諲"特地起愁肠,此恨谁人与寄将"的孤寂冷寞情怀似乎微有声息相通。三、作为一种较特殊的艺术形式,即接受诗歌的影响而移植到新兴音乐文学样式词里的咏物体,在初始乃至以后相当长的一个时段里,或借物以比兴寄托,言此意彼而善为譬拟;或注重于物的具体描摹刻画,力求逼真细腻,将纯粹的美诉诸创作主体,即词家的心理感受,构造出鲜明生动的再现印象,一般却无意于对客观物体对象自身寓纳多少主观内涵。荣諲咏梅词即属前者。直到南宋末,尤其是以王沂孙等为标志,才将咏物词提升到一个新的高度,即赋于物以特定的强烈主观情绪指向——那不尽的家国今昔伤叹与身世沦落之慨;并不仅再着眼于一般的体物状形、传神写照,只就客观物象本身为表现重心——甚至可以这样认为,物象本身已经退居到次要从属的位置,只是作为词家托情咏志的载体而存在,并不复拥具独立的自我意义了。或者说,所咏之物,即是词家自我的化身与象征体,从初始的物牵情发、情缘物生而最终完成、实现了以我驭物、物假我出的过渡及转变进程。

综上所述者,已见北宋前期山东词坛初现多样化的风貌。而待及宋词的鼎盛时期,山东词坛也在既有的良好基础上,于各方面都得到充分发展,可谓诸体皆备,众美咸集而满目绮华辉耀,跻登于空前繁荣的局面,臻达于其最高潮。而参照宋词总体的演变流程,我们也将之分作三个阶段来依次论析。

二 北宋中后期

它始于熙宁元年(1068),下到宣和七年(1125),约当于整个北宋词坛上苏轼全面革新词风、创建新的流派以倡扬诗化艺术精神和传统词派经增益更张已登峰造极而由周邦彦集其大成的双美并峙的阶段。山东词坛虽是绚丽多姿,但基本生仍处于这个大格局的笼罩之下,与之互相浸染。

前文言及和岘作颂词、是宋朝廷已将这种新兴音乐文学样式纳入礼乐教化体制中去的一例；基于其具载的雅则祥庆的审美愉悦感和夸饰太平盛世的实用政治功能，所以，它也一直为统治阶层重视奖掖，成为庙堂文学的重要组成部分，为一些追逐功名的士大夫文人热衷制作。如晁端礼的〔金人捧露盘〕"天锡禹圭尧瑞"、〔玉女摇仙佩〕"宫梅弄粉"、〔鹧鸪天〕《歌咏太平辄拟之为十篇……》之类，前已引〔并蒂芙蓉〕词尤堪称典型，宋吴曾《能改斋漫录》卷一六记其佚事说，因"禁中嘉莲生，分苞合跗，复出天造，人意有不能形容者"，晁端礼进献此词，"上（徽宗）览之称善，除大晟府协律郎"。

其实，如果放大了眼光看，词在宋代的实用娱乐酬应功能，已经从庙堂之上而扩张及整个社会，渗透到生活的各方面。如婚庆、祝寿、节令应景，等等，无不有词，正像当年的唐诗似的，词已经是被各阶层人士所普遍接受、喜爱的时代性文体和"文化消费"的重要方式之一端。有的还因为音调韶美，辞采流丽，以至"时天下无问迩遐大小，虽伟男髫女，皆争唱之"（《铁围山丛谈》卷二）。如宋朱弁《续骫骳说》云者：

> 都下元宵观游之盛，前人或于歌词中道之，而故族大家，宗藩戚里，宴赏往来，车马骈阗，五昼夜不止。每出必穷日尽夜漏，乃始还家，往往不及小憩，虽舍醒溢疲恶，亦不暇寐，皆相呼理残妆，而速客者已在门矣。又妇女首饰至此一新，髻鬟簪插，如蛾蝉蜂蝶雪柳玉梅灯球，袅袅满头。其名件甚多，不知起何时，而词客未有及之者。晁叔用作〔上林春慢〕云："帽落宫花，衣惹御香，风辇晚来初过。鹤降诏飞，龙擎烛戏，端门万枝灯火。满城车马，对明月有谁闲坐？任狂游，更许傍禁街，不扃金锁。　玉楼人暗中掷果，珍帘下、笑著春衫袅娜。素蛾绕钗，轻蝉扑鬓，垂垂柳丝梅朵。夜阑饮散，但赢得翠翘双軃。醉归来，又重向晓窗梳裹。"此词虽非绝唱，然句句皆是实事，亦前人所未尝道者，良可喜也。

北宋盛时，一年中最隆重的节日便是上元，举国倾城欢赏游宴若醉若痴，这在当时的文学作品里有许多相关记载。山东词家李清照南渡后，于国亡家破、饱经忧患之余，怀念起当年旧事，还历历忆及"中州盛日，闺门多暇，记得偏重三五。铺翠冠儿，撚金雪柳，簇带争济楚"（〔永遇乐〕），便足见一斑。而此词则就即时的身亲闻见者全景式地记录下这个全民狂欢的盛大时刻，犹如一幅精细的工笔长卷，巨细无遗，也体现了山东词坛写实的作风。案，晁冲之（生卒年不详），字叔用，又字用道，世称具茨先生，巨野人，为晁补之从弟。清况周颐评其"慢词纡徐排调，略似柳耆卿"（《历代词人考略》卷一六），确实，〔上林春慢〕的层层铺写展衍，依时间顺序向空间扩转，详明毕现，皆颇近柳永笔法，更可与柳永同类写元宵节题材的〔倾杯乐〕"禁漏花深"、〔迎新春〕"嶰管变青律"等词参看，且细致入微处尤过之。又如沧州无棣（今无棣西北）人李之仪〔南乡子〕《夏日作》："绿水满池塘，点水蜻蜓避燕忙。杏子压枝黄半熟，邻墙，风送荷花几阵香。　角簟衬牙床，汗透鲛绡昼影长。点滴芭蕉疏影过，微凉，画角悠悠送夕阳。"这是供消夏用的，试思当日歌席舞筵上听赏之，清词丽句伴着满目的清阴新绿，自当尽洗去暑燥气，犹如阵阵清风拂过身心，似可与晁补之〔永遇乐〕"松菊堂深"、〔黄莺儿〕"南园佳致偏宜暑"等词的幽趣生意相通。

当然，北宋中后期的山东词坛主流走向仍与整个词坛一致，即于"以男子而作闺音"（清田同之《西圃词说》），写相思怀人、伤别惜春的传统中，往往再融入个人的真实经历感受；变佐欢娱人的"代言体"为一己的抒情寄意，无论自觉不自觉，也已经渗透进若干诗化性质，向诗歌的艺术精神趋同。并且在风貌上，也由花间的软媚艳秾改为深婉清丽。前者如东平人李元膺的〔鹧鸪天〕："寂寞秋千两绣旗，日长花影转阶迟。燕惊午梦周遮语，蝶困春游落拓飞。　思往事，入颦眉，柳梢阴重又当时。薄情风絮难拘束，飞过东墙不肯归。"它上阕景下阕情，因景牵情而移情入景，结拍景情互化交融遂点出相思之无望，尤见怨怅之深，深得花间、南唐诸家遗意。后者如晁冲之〔临江仙〕词："忆昔西池池上饮，年年多少欢娱。别来不寄一行书。寻常相见了，犹道不如初。　安稳锦屏今夜梦，月明好渡江湖。相思休问定何如。情知春去后，管得落花无？"宋张邦基《墨庄漫录》卷八云："政和间，汴京平康之盛，……晁冲之叔用每会饮，多召侑席"，并记其后十许年再来京师时的忆旧诗，有"少年使酒来京华，纵步曾游小小家"之句；另外他的《次二十一兄韵》亦云："忆在长安最少年，酒酣到处一欣然。猎回汉苑秋高夜，饮罢秦台雪作天。"可见此词相思念旧，无论恋人抑或友人，都缘由年少时纵饮高歌、裘马轻狂的生活，寓托着不胜今昔、追怀青春的慨叹，清许昂霄尤激赏结拍二句，称"淡语有深致，咀之无穷"（《词综偶评》）。它是晁冲之心灵深处的一段"痛"，铭刻在生命迟暮的岁月上，故于词中屡屡咏及，如〔汉宫春〕"黯黯离怀"、〔玉蝴蝶〕"目断江南千里"、〔小重山〕"碧水浮瓜纹簟前"等，早已越超过一般"艳词"的范围了。其他类似性质的，如晁端礼〔水龙吟〕"倦游京洛风尘"、〔蓦山溪〕"轻衫短帽"、〔安公子〕"帝里重阳好"，孔夷〔惜余春慢〕《情景》等，皆仿佛可得见秦观、贺铸乃至周邦彦等大家的风味情韵。

还应注意到的，是山东词家于传统的因革中对词的题材、境界的开拓，这表现在以下几个方面上。首先，宋人词中写男女爱情之作虽极多，但一般都属于与歌伎舞姬之间的正式婚姻之外的，而对于夫妻感情的表述却极少。李元膺〔茶瓶儿〕却是这样的作品：

去年相逢深院宇，海棠下、曾歌金缕。歌罢花如雨，翠罗衫上，点点红无数。　　今岁重寻携手处，空物是、人非春暮。回首青门路，乱红飞絮，相逐东风去。

此词载宋释惠洪《冷斋夜话》卷三，并引许彦周说，乃为"丧妻"所作，而"李元膺寻亦卒"——笃深于夫妻之情，一至于斯！钱钟书说："宋人在恋爱生活里的悲欢离合不反映在他们的诗里，而常常出现在他们的词里。……据唐宋两代的诗词来看，也许可以说，爱情，尤其是在封建礼教眼开眼闭的监视之下那种公然走私的爱情，从古体诗里差不多全部撤退到近体诗里，又从近体诗里大部分迁移到词里。"[①] 所言自不错，"词传情"。但如前述者，受到"艳体小道"的文体观念的影响，宋词所涉及的爱情，绝大部分都属于"婚外恋"式的，而非伦理纲常规范内的夫妻间的。至于这种"悼亡"之制，则尤为罕见。最早出现的悼亡词，是宋孙光宪《北梦琐言》卷八所载晚唐张曙〔浣溪沙〕"枕障熏炉隔绣帷"（《花间

[①] 《宋诗选注》，北京：人民文学出版社1958年版，第10页。

集》卷四作张泌），① 其后，尚有苏轼〔江城子〕《乙卯正月二十日夜记梦》与贺铸〔鹧鸪天〕"重过阊门万事非"。李元膺词，切挚或不及苏、贺之作，而深婉缠绵则与张曙相近，只是历来被人忽略罢了，然而其"类型"意义，并不稍逊。

其次，如同悼亡是诗歌中早已熟习的题材，而词里却甚罕有一样；宫怨这个为诗人们所常常关注的内容，也极少出现在词家笔下。晁冲之〔如梦令〕便是这种偶尔一见的宫词：

帘外新来双燕，珠阁琼楼穿遍。香径得泥归，飞甍池塘波面。谁见，谁见，春晚昭阳宫殿。

它写常年深锁后宫中的宫女的寂寞孤独，就在这里埋葬了她们的青春幸福。但并不著一正笔，只借双飞燕子反衬，并以其所见昭阳殿上得宠者来做对比，则一切均于言外见之，耐人回味，笔法或从王昌龄《长信秋词》诗"玉颜不及寒鸦色，犹带昭阳日影来"化出。但就词体之渊源而言，则中唐文士王建先已有〔宫中三台〕、〔调笑令〕等制作与"春草昭阳路断"之句，可视为宫词的肇端，那么，晁冲之便是承断续者了。

再者，是咏物词高潮的出现，不仅数量多、所咏物品广泛，且整体艺术水准也较高，大不同于北宋前期山东词坛的孤韵独响了。如李之仪〔清平乐〕《橘》〔浪淘沙〕《琴》〔雨中花令〕《王德循东斋瑞香花》，晁端礼〔绿头鸭〕《咏月》〔水龙吟〕"岭梅香雪飘零尽"之咏桃花、同调"小桃零落春将半"之咏杏花，李元膺〔浣溪沙〕《咏掠发》，晁补之〔洞仙歌〕《温园赏海棠》〔望海潮〕《扬州芍药会作》〔夜合花〕《和李浩季良牡丹》〔下水船〕《和季良琼花》〔浣溪沙〕《樱桃》〔感皇恩〕《海棠》〔洞仙歌〕《菊》〔洞仙歌〕"温江异果"之咏柑子，等等。这显示出宋词至此已臻达鼎盛阶段，佳采纷呈，词家蜂起而竞争激烈，他们要出奇制胜、再上高层，便注意借鉴已积累起的丰富创作经验，讲求表现技巧方法，作多向的开拓。咏物体兴起尚晚，问径者也较少，故被视为一试身手的新园地，自是情理中事。

---

① 参见乔力：《唐五代词选》，北京：人民文学出版社2000年版，第69页。

但是，一个特别现象是山东词家之偏爱梅，热衷于咏梅词的制作，使之占了咏物词中的压倒多数。考察个中原因，以前述及荣諲词时已略有所及，其实还可以就相关社会文化因素再补充之。梅，上古典籍《尚书》《诗经》里已记载过，但那只是纯物理功用性质的，也只处于客观背景位置。真正将梅拟人化、赋于了主观情感指向与价值定位的，首推南朝宋时东海（今山东苍山南）人鲍照，其乐府诗《梅花落》称叹"中庭杂树多，偏为梅咨嗟。问君何独然？念其霜中能作花，露中能作实"，使之拥载了人的高洁孤傲品格，颇类孔子"岁寒，然后知松柏之后凋"（《论语·子罕》）的移情意味。唐诗人咏梅者渐众，但唯有至宋代，咏梅之风始大盛，林逋诗首发高唱，"疏影横斜水清浅，暗香浮动月黄昏"（《山园小梅》二首之一）之句被视为经典，不过转而从审美鉴赏的眼光去描写了。之后，王安石、苏轼、黄庭坚皆屡屡于诗歌里咏梅，这些都对"近亲"的新兴文体词发生了影响，为其借鉴。李之仪〔浣溪沙〕《梅》上阕云："剪水开头碧玉条，能令江汉客魂销。只应香信是春潮。"就说明梅已不再是单纯生物意义上的花，而是被充分诗化了的、涵纳着当时士大夫文人美学理想、生存判断的一种特定载体，如同松柏、竹、菊等。所以，山东词坛上的诸多咏梅之作，往往形神兼具，被注入品格节操和审美意趣的双重含义，并由之融汇进词家的情怀感受。如前引晁冲之〔汉宫春〕《梅》，就江梅的清寥冷落处境以显品格的孤高绝俗，正是"借梅写照"（清黄苏《蓼园词选》），被宋陈振孙《直斋书录解题》视为晁词的压卷之作。又如孔子四十八代孙的孔榘（生卒年不详），现仅存词2首，皆为咏梅之制。其〔鼓笛慢〕云：

> 数枝凌雪乘冰，嫩英半吐琼酥点。南州故苑，何郎遗咏，风台月观。疏影横斜，暗香浮动，水寒云晚。笑浮花浪蕊，娇春万里，空零落、愁莺燕。　游子寂寥暮景，向天边、几回相见？玉人纤手，殷勤攀赠，欲行微盼。越使归来，汉宫妆罢，昭华流怨。念湘江梦杳，窗前凝是，此情何限。

由物及人，而以情贯注通体，虽用典较多，但因善于融化，故亦不觉堆砌生硬，反倒增添一番蕴藉含蓄之致。其章法结构的曲折回环，精心构思命意善于驾驭长调的能力,颇似周邦彦。相比之下,孔榘另一首中调的咏梅词〔鹧鸪天〕"却月凌风度雪清",便显得平直而较少深婉韵味;倒是其叔孔夷(生卒年不详)的长调咏梅词〔水龙吟〕"岁穷风雪飘零",与〔鼓笛慢〕笔法之妙相近。

前处已叙过,苏轼一力引进诗化艺术精神以全面革新词风,在当时词坛上虽曾激起波浪,但真正追随的却并不多。受其笼罩者,山东词坛上自以晁补之最为明显,另李之仪也有一些长调可见痕迹,于此我们以后再另辟专节论析。其他的,则以孔夷〔南浦〕《旅怀》最受称道:

> 风悲画角,听单于、三弄落谯门。投宿骎骎征骑,飞雪满孤村。酒市渐阑灯火,正敲窗、乱叶舞纷纷。送数声惊雁,乍离烟水,嘹唳度寒云。　好在半胧溪月,到如今、无处不消魂。故国梅花归梦,愁损绿罗裙。为问暗香闲艳,也相思、万点付啼痕。算翠屏应是,两眉余恨倚黄昏。

据《碧鸡漫志》卷二云,孔夷为宁极之子(案,宁极名旼,为孔子四十六代孙),字方平,"称鲁逸仲,皆方平隐名,如子虚、乌有、亡是之类。孔方平自号滍皋渔父,与侄处度(孔榘)齐名,李方叔(廌)诗酒侣也",又清厉鹗《宋诗纪事》卷三四称他为"元祐中隐士,刘攽、韩维之畏友",载其诗中有"他时雪里相逢处,能记骑驴孟浩然"之句,皆可与此词相互印证。它上阕写景,依时间顺序渐次展开,然冬夜飞雪、孤村惊雁,伴着长途羁旅者,已渲染出凄清寂寥气氛;下阕抒情,故乡归梦,无限愁思怀想,却遥遥从对方的闺中爱人着笔,正是深一层的笔法。全篇造语切挚沉咽,不类于苏轼的高旷,而较接近于同乡晁补之贬谪时的作品,如〔迷神引〕《贬玉溪对江山作》〔玉蝴蝶〕"暗忆少年豪气"的风貌。黄苏《蓼园词选》云:"细玩词意,似亦经靖康乱后作也。第词旨含蓄,耐人寻味。"恐属悬想之辞,难以确指,因为下阕"故国梅花归梦"句,一般多作"故乡"解。

总结说来,词初兴起时的体式多为百字内的小令中调,至北宋前期已将所拥纳的各种表现功能与潜力发挥得淋漓尽致,晏几道可谓专注于此体的光辉殿军,而他也最大可能圆满地实现了他的美学理想,标志着这种体式黄金时代的终结——此后虽亦陆续不乏佳制，或足与前贤并驰争美，但却再也无法独占词坛的主流位置了。相共映照的，则是柳永所致力的长调慢词正步入高潮的开端，再经苏轼、秦观、周邦彦等大家的多方开拓推进，遂建构起此后历经百余年之久的无限辉煌。① 北宋中后期的山东词坛亦顺应这种整体演进趋势与发展流向，词家纷纷制作长调，且题材、风格均呈多样化。既有承接柳永余绪，出入于秦、周传统词派的作品，或秾艳软媚，以供歌舞筵宴间伴檀板丝管款款演唱，以娱宾遣兴；或绵邈深挚，于相思别情间打并入一己的身世际遇之慨与天涯沦落的喟叹；也有径直以诗歌抒情言志述怀的艺术精神入词，诸如怀古忆旧、寄友念乡、伤贬谪思隐逸的作品，多有沉挚重著、曲折如意之笔，略可踪迹苏轼"无意不可入，无事不可言"（《艺概·词曲概》）的作风。如晁端礼有 4 首〔满庭芳〕皆是赠酬从侄晁补之的。其中一首是于晁补之绍圣元年（1094）夏知齐州（今济南）任上同游之作：

北渚澄兰，南山凝翠，望中浑似仙乡。万家烟霭，朱户锁垂杨。好是飞泉漱玉，回环遍、小曲深坊。西风里，芙蕖带雨，飘散满城香。　微凉，湖上好，桥虹倒影，月练飞光。命玳簪促席，云鬟分行。谁似风流太守，端解道、春草池塘。须留恋，神京纵好，此地也难忘。

北渚亭系熙宁五年（1072）曾巩知齐州时于西湖（今大明湖）上所建，"风雨废久"（晁补之《北渚亭赋》），补之来知齐州，遂重为修葺，伴湖光山色，成为一郡名胜佳境。另齐州南依佛慧、玉函、历山等，群峦绿翠蜿蜒连绵如屏。济南盛赞的"四面荷花三面柳，一城山色半城湖""家家泉水，户户垂杨"美景，早在晁端礼此词中，已有细致生动的刻画了。又如元符二年（1099）晁补之以党祸故贬监信州。（今江西上饶）盐酒税，行前晁端礼为制〔满江红〕送别：

---

① 参见钱鸿瑛、乔力、程郁缀：《唐宋词：本体意识的高扬与深化》（乔力主编《中国古代文学主流》丛书第 5 种，桂林：广西师范大学出版社 2000 年版，第 246 页。

> 五两风轻，移舟向、斜阳岛外。最好是、潇湘烟景，自然心会。倒影芙蓉明镜底，更折花嗅蕊西风里。待问君明日向何州？西南指。
>
> 人生事，谁如意，剩拼取，尊前醉。想升沉有命，来去非己。菊老松深三径在，田园已有归来计。问甚时、重此望归舟？远相对。

上阕写分别时的情景，但迁客逐臣的哀怨情调只像一层轻淡的烟雾，并不浓重；下阕再更为解脱语，最终以故里田园共隐的期望束结，尤见出胸襟的豁达。全篇毫不着意于含蓄委婉，而是融会情、景、事、理为一体，夹用叙述、描绘、议论手法，由眼前实见而未来悬想，纵笔一泻无余，于详明袒露中特见出切挚酣畅的胜处。这些，都与以往盛行的短调令词蕴藉隐曲、言外见意或不言言之的风调韵致迥异其趣了。一般说来，长调的字数增多，篇幅容量较大，故须要组织进较复杂的内容，就特别讲求章法结构的严密与铺叙手法，层层推进，回环呼应，对艺术技巧的要求相应也为严格。而山东词家则不乏作手，在长调的发展成熟上作出相当的贡献。

下面还有两种现象，虽为此一阶段山东词坛之余波，并未融入主流创作之中，但因具有一定的"词史"意义，故附论之。

一是谐谑词，或称诙谐词、俳谐词、滑稽词等。有关其性质，王国维定义说："诗人视一切外物，皆游戏之材料也。然其游戏，则以热心为之，故诙谐与严重二性质，亦不可缺一也。"（《人间词话删稿》）要之，即是以一种调笑、幽默的笔法以抒情达意，不用庄语重言，别给人以轻松戏谑的审美感受。它在诗歌里历史悠远，《左传·宣公二年》与《襄公四年》里早已有记载，尽管还只属于民间歌谣；汉挚虞《文章流别论》则引《诗经》为例："'谁谓雀无角，何以穿我屋'之属是也，于俳谐倡乐多用之。"杜甫、李商隐等则于诗题生明标"俳谐体"。词中的谐谑体则出现较晚，清冯金伯《词苑萃编》卷二二《谐谑》条认为唐中宗时优伶唱《回波词》"回波尔时栲栳"与沈佺期"回波尔时俭期"为"俳词之祖"，但是，初唐诗词界限尚不严，词体乍始，故亦可将之视为六言歌诗。现在看来，应以晚唐才正式出现较妥，唐范摅云：

> 裴郎中减，晋国公次弟子也，善谈谑，与温岐（庭筠）为友。好作歌曲，既入台，为三院所谑曰："能为淫艳之歌，有异洁清之

士。"其〔南歌子〕云:"不是厨中串,争知炙里心?井边银钏落,展转恨还深。"……二人又为〔新声杨柳枝词〕,温词云:"井底点灯深烛伊,共郎长行莫围棋。玲珑骰子安红豆,入骨相思知不知?"(《云溪友议》卷一〇)

至宋代,真宗时扬州人陈亚用中药名始大作谐谑词,宋吴处厚称之为"滑稽之雄",并记其所为云:"(陈)亚与章郇公同年友善,郇公当轴,将用之,而为言者所抑。亚作药名〔生查子〕陈情献之曰:'朝廷数擢贤,旋占凌霄路。自是郁陶人,险难无移处。 也知没药疗饥寒,食薄何相误。大幅纸连粘,甘草归田赋。'"(《青箱杂记》卷一)这里借用药名谐音的方法,抒写仕途坎坷的苦闷。至苏轼,又以大手笔推动了谐谑词的长足发展,丰富了其创作手法,为时人所乐道。"熙、丰、元祐间,兖州张山人以诙谐独步京师,时出一两解"(《碧鸡漫志》卷二),稍后,又有高密人侯蒙(1054—1121)〔临江仙〕促人解颐:

未遇行藏谁肯信?如今方表名踪。无端良匠画形容。当风轻借力,一举入高空。 才得吹嘘身渐稳,只疑远赴蟾宫。雨余时候夕阳红。凡人平地上,看我碧霄中。

宋洪迈说他"自少游场屋,年三十有一始得乡贡,人以其年长貌寝,不加敬。有轻薄子画其形于纸鸢上,引线放之,蒙见而大笑,作〔临江仙〕词题其上"(《夷坚甲志》卷四),由此可知侯蒙豁达大度的襟怀和诙谐幽默的性格,词也亦庄亦谐,无浅薄卑下之弊而有高远之志。顺便说一下,《红楼梦》第七〇回"林黛玉重建桃花社,史湘云偶填柳絮词"中,薛宝钗以〔临江仙〕咏柳絮,有"好风频借力,送我上青云"之句,每每被论《红》者称引,或褒或贬,纷纭不一,用同调牌而其意或化出于此词之歇拍,可对读品味。又,《宋史》本传云:"宋江寇京东,(侯)蒙上书言:'江以三十六人横行齐魏,官军数万无敢抗者,其才必过人。今清溪盗起,不若赦江,使讨方腊以自赎。'"这是官方史书关于宋江事的最早正式记载,对于研究《水浒传》小说及梁山泊故事的流传演变过程甚具参考价值。由此看来,侯蒙于山东文坛是很有些渊源的。

青州人刘山老（生卒年不详），字野夫，人号刘跛子。性诙谐，好戏谑，"拄一拐，每岁必一至洛中看花，馆范家园，春尽即还京师。为人谈噱有味"（《冷斋夜话》卷八），现存其〔满庭芳〕"跛子年来"，堪称为他的一幅自画像，语言通俗生动而充满风趣，见出游戏人生、不羁怀于荣利的处世态度，显示出谐谑词的另一种风貌。要之，山东词作者为当时渐起的谐谑词潮流推波助澜，并对南渡后这派词的再度兴起产生了影响。至辛弃疾，则大作谐谑词，几占其作品总数的十分之一，多达五六十首，实为空前，堪称两宋词坛上谐谑体的第一大家，自然也是山东词坛上的一大特色。

二是俗词，即以俚俗的口语入词。这在初起的民间词（敦煌曲子词）中是极普遍的现象，以后，由于士大夫文人的介入，词坛的主流便由"俗"趋"雅"，在晚唐五代时期，民间作风的俗词便几乎绝迹。至柳永，由于他市井坊陌的独特经历和"创新声"、供城市生活娱乐消闲的目的，便承继敦煌民间词的传统，大量制作俗词，以迎合中下层市民群众的审美趣味。因其佳处能"状难状之景，达难达之情，而出之以自然"（清冯煦《宋六十一家词选例言》），较之词坛主流派的雅词别具另一番胜境，是以为其后的一些士大夫文人所乐意效法，遂形成词中的雅、俗之分。北宋中后期，苏轼、黄庭坚、秦观、周邦彦等不少大家都有这类作品。而山东词坛上，如李之仪〔雨中花令〕"休把身心捆就"，晁端礼〔吴音子〕"细想当初事"〔洞仙歌〕"眼来眼去"〔踏莎行〕"骂女嗔男？"〔一落索〕"道著明朝分袂"〔鹊桥仙〕"从来因被"〔柳初新〕"些儿柄靶天来大"〔步蟾宫〕"昨宵争个甚闲事"〔滴滴金〕"庞儿周正心儿得"，晁补之〔蓦山溪〕"自来相识"〔青玉案〕"三年宋玉墙东畔"〔点绛唇〕"檀口星眸"等，尽管参用俚俗语言的程度有所差异，但是，就性质上仍均属于俗词的范围之内，其中晁端礼尤其热心这种词的制作，所存数量尤夥。不过，纵观之下，便会发现他们所写的几乎清一色的皆系男女恋情、风流相思的内容，更有浪子狎妓的邪狭浮荡色调，且有个别词作选用口语生僻得几不可晓，整体格调鄙陋低卑，并不可取，实在是一种失败的尝试。

三 北南宋之交期

北南宋之交，迄自靖康元年（1126），而大略至绍兴三十二年

(1162)，虽然只不过短短的三十多载岁月，但作为两宋词的一个转折阶段，却具载特别的意义，值得认真体味考索。夏承焘云，"有宋一代词，事之大者，无如南渡及厓山之覆。当时遗民孼子，身丁种族宗社之痛，辞愈隐而志愈哀，实处唐诗人未遘之境，酒边花间之作，至此激为西台朱乌之音，洵天水一朝之文学异彩矣。"① 对金兵入侵中原陆沉、北宋倾亡南宋建立而宋、金隔江分治对峙的沧桑遽变，于整个宋词演进嬗变的巨大影响作了概括描述。山东词坛自然也处在其中，有着与之共同的发展趋向；不过，从总体共性中，它又显示出自己的独有特征和若干差异之处。

一般说来，身当这个历史大动荡时代的山东词家，多经历了天翻地覆式的两种截然不同的社会环境，而且主要是由于外部鼎革易代的客观原因，硬性改变着其原来人生命运的轨迹。青少年时期，他们生活在太平盛世，四周潜伏的深层危机并不能在太大程度上冲击表面的高度繁华，于是，在樽俎歌舞的旖旎风光里，吟唱着相思闲愁与感叹着一己的进退浮沉际遇，并未将多少注意力移向更广阔的时代现实。讵料金人的铁骑带来了新的历史格局，他们以中暮年的生命岁月纷纷避乱南下，于颠沛流离，饱尝艰窘危蹶之际，自觉不自觉地汇注入救亡图存、共纾国难的时代主流中去，其创作便也随之发生不同程度的改变，呈现出一些新的面貌风调。这就中尤推李清照为典型，她是有宋一代山东词坛上最耀目的巨星之一、女词家中领袖群芳的巨擘。承平时节，李清照只是一个唯知吟雪赏月、沉溺于风流相思的贵族少妇而已；中年因避靖康鼎迁之祸而仓皇随皇室南逃，夫死即再适张汝舟，然旋即又反目离异，五十多岁了仍孤苦一身，所以后期作品便不再是仅仅以才情取胜，而凝结着民族与个人的共同患难，直以血泪贯注所成。关于李清照，因后面将另辟专节论析，此处兹不多赘。

以下姑且以南渡为划界，就前后两部分来谈这一阶段的词。顺便再说明一下，有若干作年难以确指的词，则以类相从，依据风格内容的相近来归属于相应部分，因为在大的流变发展过程中，是可以将之包容其中的。

先谈南渡前的山东词坛。自北宋中后期苏轼倡扬革新，吹进来清健高旷之风，叫人耳目一新；紧接其后的周邦彦却越迈过苏轼，仍旧回到花间的传统道路上去，并张扬光大之，美声丽句、趁舞清歌，于宣（和）、政

---

① 《天风阁学词日记》，杭州：浙江古籍出版社1984年版，1931年3月11日。

（和）间风靡天下。山东词家也多与这种主流艺术精神认同，不过，于具体的因革损益中，却也呈现出多样化统一的风貌，因为传统本来就是一种继承、补充、改易乃至进化发展的不断流动的形态。

有的词作依然循守艳科小道的文体观念，所写者不外乎伤春怨别、恋情相思一类的习见题材，以供樽俎间按拍赴节、歌唱侑饮佐欢之用，风调柔婉绮媚。如巨野人李邴（1085—1146），字汉老，号云龛居士，① 所制之〔清平乐〕《闺情》：

> 露花烟柳，春思浓如酒。几阵狂风新雨后，满地落红铺绣。
> 风流何处疏狂？厌厌恨结柔肠。又是危阑独倚，一川烟草斜阳。

词写暮春景色，只过片"风流"二句点出闺中女子对恋人用情不专的怨望，呼应上阕浓浓的"春思"，最后仍以景结情，凄婉绵邈，情余言外。虽然全篇造境、手法并无新奇处，但深得花间、南唐遗意，达到了令词最成熟期的境地，无丝毫俗滥气，可与前期李冠〔蝶恋花〕《春暮》参味，见出山东词家"长枪大戟"般豪纵雄放的气质之外另有的柔情缠绵一面。

还有一些词作于惯常的相思艳情中融入个人的身世之叹慨，便超越了仅供遣兴娱人的"代言体"，多师法晏几道、秦观的笔法和托意，如东武（今诸城）人侯寘（生卒年不详），字彦周的《懒窟词》中的〔风入松〕《西湖戏作》：

> 少年心醉杜韦娘，曾格外疏狂。锦笺预约西湖上，共幽深竹院松窗。愁夜黛眉颦翠，惜归罗帕分香。　　香来一觉梦黄粱，空烟水微茫。如今眼底无姚魏，记旧游凝伫凄凉。入扇柳风残酒，点衣花雨斜阳。

此篇虽不如晏、秦的沉挚醇厚，"淡语皆有味，浅语皆有致"（《宋六

---

① 或说李邴为济州任城（今济宁）人，今从宋周必大《资政殿学士中大夫参知政事赠太师李文敏公邴神道碑》之说，作济州巨野人。

十一家词选例言》），且标题曰"戏作"，但今昔聚散中所深蕴的微痛纤悲，无疑源自他所亲身经历者，是而酒边花下，一往情深。但也有的词篇，虽然写的是与上引侯寊词大致相近的内容题材，但却一改怨悱亮丽的风调，将凄清与秾纤融化于一体，而别具另一番幽艳之趣，如东平人王千秋（生卒年不详），字锡老，其《审斋词》中的〔念奴娇〕《荷叶浦雪中作》：

> 扁舟东下，正岁华将晚，江湖清绝。万点寒鸦高下舞，凝住一天云叶。映篆渔村，衡茅酒舍，淅沥鸣飞雪。壮怀兴感，悔将钗凤轻别。　　遥望杰阁层楼，明眸秾艳，许把同心结。东欹西倾浑未定，终恐前盟虚设。燕兽炉温，分霞酒满，此夕欢应狎。多情言语，又还知共谁说？

上阕写别后所见之景，为眼前实有；下阕叙别时难舍之情，系对往事的回忆。这种时间的倒置与空间的移动，则通过歇拍的"悔将钗凤轻别"句转折，再紧接过片"遥望杰阁层楼"三句牵引出，遂一气贯注直下，使雪夜孤村、寒鸦万点的阴霾冷寂与灯红酒热间共恋人相拥对坐的温馨甜蜜形成强烈反差，从而融汇对立的情景为统一体，远行客浓挚的思念怀想也便和盘托出，通篇于详尽铺排外仍存不尽余味。而就章法结构而言，依然受柳永的较大影响，较为简单，不及周邦彦的错综变化、跳跃繁曲。

还有一个较突出的现象，是这一阶段的山东词坛承前期余风，仍盛行咏物词的结撰，其中侯寊和王千秋允推作手。前者如〔瑞鹤仙〕《咏含笑》〔蓦山溪〕《建康郡圃赏芍药》〔清平乐〕《咏橄榄灯球儿》〔菩萨蛮〕《荼蘼》及同调的组词《木犀十咏》〔朝中措〕《双头芍药》，后者如〔菩萨蛮〕《荼蘼》〔蓦山溪〕《海棠》〔念奴娇〕《水仙》〔解佩令〕《木犀》〔鹧鸪天〕《圆子》《蒸茧》〔浣溪沙〕《焦油》《科斗》《白纻衫子》，等等。尽管题目不同、长调短章的体式也皆具，但是，都绘形绘神、由形及神再阑入他事别意，穷极工力讲求技巧，以使间接性的、依靠想象联想的符号中介——语言文字尽可能地拥具直观式的绘图的功能。这也是某种文体每当发展到极盛阶段，在积累了丰富的创作经验后，自然要进行总结归纳，常常出现的讲究表现技巧，由天然浑成而转向人工雕饰的一般规律的侧面表现，词也不例外。对此，不宜笼统的以成败，即朝向精深继续进展或走向衰退与模式化而论之，只能做具体的实证分析。

于此端，可以举咏梅词例之——仿佛已形成为前后相接续的传统似的，山东词家多偏嗜梅花。如前已言及之〔汉宫春〕"潇洒江梅"词，宋胡仔《苕溪渔隐丛话前集》卷五九、《直斋书录解题》卷二一云为晁冲之之作，但宋曾慥《乐府雅词》卷上、宋王明清《玉照新志》卷三、宋陈景沂《全芳备祖》前集卷一、宋黄升《中兴以来绝妙词选》卷一却俱断为李邴作，以致于宋陈鹄《西塘耆旧续闻》卷九特地引陆游的辩证："《梅》词〔汉宫春〕，人皆以为李汉老（邴）作，非也，乃晁叔用（冲之）赠王逐客之作。王仲甫（观）为翰林，权直内宿，有宫娥新得幸，仲甫应制赋词（〔清平乐〕）云'黄金殿里，烛影双龙戏。劝得官家真个醉，进酒犹呼万岁。　锦裀舞彻凉州，君恩与整搔头。一夜御前宣唤，六宫多少人愁。'翌旦宣仁太后闻之，语宰相曰：'岂有馆阁儒臣，应制作狎词邪？'既而弹章罢。然馆中同僚相约祖饯，及朝无一至者，独叔用一人而已，因作《梅》词赠别云：'无情燕子，怕春寒、轻失花期。'正谓此尔。又云：'问玉堂何似，茅舍疏篱。'指翰苑之玉堂。"……王仲甫，字明之，自号为逐客，有《冠柳集》行于世。"现在看来，姑不论词作者果为谁氏。却说明了咏梅词在山东词坛的制作者之众与传唱之广的特殊现象，才发生了混淆不清，它的文化内涵恰在于将梅花的物理属性人格化及山东人重视德养节操的传统地域特征。下面不妨再对照侯寘〔凤凰台上忆吹箫〕《再用韵咏梅》词：

浴雪精神，倚风情态，百端邀勒春还。记旧隐溪桥日暮，驿路泥干。曾伴先生蕙帐，香细细、粉瘦琼闲。伤牢落，一夜梦回，肠断家山。　空教映溪带月，供游客无情，折满雕鞍。便忘了明窗净几，笔砚同欢。莫向高楼喷笛，花似我、蓬鬓霜斑。都休说，今夜倍觉清寒。

它虽标题曰"咏梅"，但不作形态的详细摹画，仅开端三句略事点染其风神藉之以起兴，自"记旧隐"句下便阑入人事。忆往岁伴梅花逸游，惜未得笔砚清赏的雅趣，从而牵惹出无穷的家山思念之情；结尾则一笔双向，暗用笛曲《落梅花》之典兼喻春色与生命的迟暮之慨，使"清寒"的感受更加深沉绵长。由此篇可以看到，咏物词从最初的专以描摹物体的形态神理为主要内容，到因物生情、物我交融而以情驱物的演进方向。

再说南渡后的山东词坛。诚如前所言及者，女真铁骑入侵、赵宋王朝偏安江左的巨大历史战乱，是以外在力量遽然切断了当时盛行的柳、周传统词风，硬性改变着词坛的主流走向。中原衣冠纷纷南下避祸，无论流离旅途、遁迹山水，还是高居庙堂、出仕州府，总是忘不了那陆沉于胡虏腥膻的洙泗旧土，心中盘梗着浓郁的乡思情结，不由得托之于词中，聊为抒发。如单父（今单县）人张表臣（生卒年不详），字正民，靖康二年（1127）任县主簿时，参与了汴京的抗金战争，并曾"劝率乡人、捐资助国，及募河东兵赴援也"，及宋室南渡，他"以百司从车驾止建康"（张表臣《珊瑚钩诗话》卷二）。摄帅幕时，曾于镇江甘露寺壁上题〔蓦山溪〕：

> 楼横北固，尽日厌厌雨。欸乃数声歌，但渺漠江山烟树。寂寥风物，三五过元宵，寻柳眼，觅花英，春色知何处？　　落梅呜咽，吹彻江城暮。脉脉数飞鸿，杳归期东风凝伫。长安不见，烽起夕阳间，魂欲断，酒初醒，独下危梯去。

北固楼，又名北顾，频临长江，是当时宋金对峙的前线，天色晴明时，可清楚望见江北岸金人的游骑驰纵。于初春烟雨中登楼临赏，将是何感想？直到日暮时分，"脉脉数归鸿"，那么，仓皇南下的北人的归宿又在何处？鸿鸟尚且可以自由翱翔，人却被大江无情隔断还乡之望，至此，不由得联想及后来杨万里《初入淮河》中的诗句："两岸舟船各背驰，波痕交涉亦难为。只余鸥鹭无拘管，北去南来自在飞。"所以，遥望故国汴京不可见，满目是斜阳中燃起的烽火，伴着满耳呜咽的笛声，他唯有黯黯下楼独去。这样，"寂寥"的倒不只是"风物"，更是人的感受了。全篇虽不用重笔，无激烈的情绪迸发语，但怅惘迷濛间，却充塞着切挚深沉的神州故土之念。

政治腐败、军备松弛可以说是造成北宋倾覆的大劫难的根本原因所在，全民族也都程度不等地承受了这个巨大历史悲剧所造成的残酷后果。

但是，南宋王朝从建立之初的危急颠簸到战事粗定、稍得固稳后，便意图苟安这江南半壁河山，"去年建明堂，今年立太庙，是将以临安（今浙江杭州）为久居之地，不复有意中原"（《宋史·高宗纪》），而以纳贡求和为既定国策，这样就导致了战和两派在朝廷内的纷争及主和派权臣对抗战士气的压制、销解。一些原来持有抗金雪耻壮志的士人眼看北伐光复无望，而朝政昏聩、奸佞当道、残害忠良，于愤慨悲痛之余，有的便转而独善其身，啸傲山水清音。这以早年名列"洛中八俊"，高唱"诗万首，酒千觞，几曾着眼看侯王？玉楼金阙慵归去，且插梅花醉洛阳"（〔鹧鸪天〕《西都作》）的朱敦儒最称典型。南渡后他起始也曾"忧时念乱，忠愤之致触感而生"（清王鹏运《樵歌跋》），但因胡汉分治既成定局、恢复之事已不可问，乃遂托余生于五湖烟霞，"飘然携去，旗亭问酒，萧寺寻茶。恰似黄鹂无定，不知飞向谁家？"（〔朝中措〕）于花间南唐传统与苏轼革新、以诗为词的两大主流词派之外，中兴自中唐张志和以来、几成断响绝嗣的隐遁清逸词派。而南下后的山东词家，最盛行的便是这种在大自然里寻求寄托生命乐趣的清远超逸之制，如李邴〔念奴娇〕：

  素光练净，映秋山、隐隐修眉横绿。鸤鹊楼高天似水，碧瓦寒生银粟。千丈斜晖，奔云涌雾，飞过卢仝屋。更无尘气，满庭风碎梧竹。 谁念鹤发仙翁，当年曾共赏，紫岩飞瀑？对影三人聊痛饮，一洗离愁千斛。斗转参横，翩然归去，万里骑黄鹄。满川霜晓，叫云吹断横玉。

这是一首秋月词。鸤鹊楼，原在长安，《三辅黄图》卷四云："甘泉苑，（汉）武帝置。……苑中起宫殿台阁百余所，有仙人观、石阙观、封峦观、鸤鹊观。"又谢朓《暂使下都夜发新林至京邑赠西府同僚》："金波丽鸤鹊，玉绳低建章。"故词中以之指称北宋汴京。至过片"谁念鹤发仙翁"三句领唱，方知上阕是回忆昔年承平时的赏月景象。但是，词中并未因之生发出黍离之痛家国之感，仅就"对影三人聊痛饮，一洗离愁千斛"二句轻轻带过，便转而作高举出尘之想，仍以现今赏月束结。"气体清高，词旨又极伉爽"（《蓼园词选》），看来，他是淡漠于国土沦丧、身世流离的苦难现实，而满足于徘徊风月的飘然不羁生涯了。又如侯寘

〔江城子〕《萍乡王圣俞席上作》:

> 萍蓬踪迹几时休?尽飘浮,为君留。共话当年,年少气横秋。莫叹两翁俱白发,今古事,尽悠悠。　西风吹梦入江楼,故山幽,谩回头。又是手遮,西日望皇州。欲向西湖重载酒,君不去,与谁游?

再如王千秋〔水调歌头〕《九日》:

> 壮日遇重九,跃马□欢游。如今何事多感,双鬓不禁秋!目断五陵台路,无复临高千骑,鼓吹簇轻裘。霜露下南国,淮汉绕神州。　钓松鲈,斟郢酒,听吴讴。壮心铄尽,今夕重见紫茱羞。月落笳鸣沙碛,烽静人耕榆塞,此志恐悠悠。拟欲堕清泪,生怕菊花愁。

两首词,尤其是后作虽然较多也较直接地流露出家国故山之思,忧虑南宋小朝廷一味苟安求和的国策消磨了朝野上下的北伐抗金士气,以致中原光复无望;不过,也只有载酒讴歌、徒呼负负而已,并无更积极实际的行动计划,两词的整体基调都是低回沉重的。其他无论侯寘〔水调歌头〕《题岳麓法华台》〔念奴娇〕《和王圣俞》〔秦楼月〕《与杨君孜月夜泛舟》的清逸隽奇、高挹不顾俗尘;抑或王千秋〔贺新郎〕《石城吊古》〔西江月〕"老去频惊节物"〔水调歌头〕"迟日江山好"〔瑞鹤仙〕"征鸿翻塞影"〔满江红〕"水满方塘"的感慨萧飒,变秾绮为沉咽,"其体本花间,而出入东坡门径,风格秀拔,要自不杂俚音"(清永瑢等《四库全书总目提要·审斋词》),总之都少了一些悲慨扬昂、志在国家民族命运的时代主调,而多的则是一己个体情怀志趣的吟唱。

要之,纵观北南宋之交阶段的山东词坛,大略有以下几个特点:

一、如上文所述者,它并未能紧密关注神州陆沉、易代鼎迁的严酷现实,把握住当时整个词坛最为关注的主流,唱响诸如张元幹、王以宁、李纲、张孝祥等词家那样的豪雄悲慨之声,如黄钟大吕,振聋发聩——这或许就是因循持重的山东地域人文传统的负面效应,使山东词家过分拘执于南渡以前艳科小道与言情抒怀的艺术精神和主流传统,以至于对突发的历史巨变给词这种特殊音乐文学样式提出的新的现实要求,失去敏感,自也未能以新的时代美学理想去引导词的创作。这不能说不是一个大的缺憾。

二、前期词家的持续影响。北宋时广泛流行于民间的俗曲〔调笑〕，又名〔调笑转踏〕，是专供歌伎舞女演唱之用的，《碧鸡漫志》卷三云："世有〔般涉调拂霓裳曲〕，因石曼卿（延年）取作〔转踏〕，述开元、天宝旧事。"晁补之曾作〔调笑〕7首，每首则诗词相间而以一曲连续咏唱一事（其他词家亦有以数首合咏一事之作），如西施、宋玉、仙女解佩、苏蕙回纹诗等，供筵宴间观赏以佐兴助欢。实际上，它已经初具后世戏曲的因素了。李邴仍承继了这种向民间俗词学习的作风，现存其〔调笑令〕一首，起以一篇骈文述旨趣，接着先诗后词，写宫女故事，辞采清绮流丽，颇类晁补之〔调笑〕韵致。其他另如侯寘〔新荷叶〕《金陵府会鼓子词》〔点绛唇〕《金陵府会鼓子词》，与前期欧阳修的两组〔渔家傲〕《十二月鼓子词》、赵令畤〔蝶恋花〕《商调十二首》（虽然他二人不属山东籍）都可以视为受民间俗曲熏染而效作的结果。

三、词的实用功能益愈强化和泛化，诸如寿诞婚礼、节令时庆、送别赠友等日常生活的人际交往，都将之用作一种特殊而较雅致的工具。如李邴〔小冲山〕《立春》〔女冠子〕《上元》，侯寘〔水调歌头〕《上饶送程伯禹尚书》《为张敬夫直阁寿》《为刘信叔大尉寿》〔水龙吟〕《老人寿词》〔玉楼春〕《次中秋闰月表舅晁仲如韵》〔青玉案〕《东园饯母舅晁阁学镇临川》〔朝中措〕《谢郭道深惠菊有二小鬟》，王千秋〔沁园春〕《晁共道侍郎生日》〔醉蓬莱〕《送汤》〔南歌子〕《寿广文》〔青玉案〕《送人赴黄冈令》〔虞美人〕《代简督伯和借〈战国策〉》〔瑞鹤仙〕《韩南涧生日》《张四益生日》〔点绛唇〕《刘公宝生日》，等等的大量涌现，便是这种风气在社会普遍流行的产物——或者可以比拟说，像过去诗歌的广及唐代宫廷公廨、文会学府、倡楼酒馆、观寺邮候，乃至牛童马走，无不传写吟对似的，上述现象也从一个侧面说明词已经成为宋代最为盛行的时代文学样式。当然，主要属于应用性质的制作不可避免地要产生敷衍饰辞、陈陈因循而言不由衷的模式化弊端，它既以酬谢应景为目的，自很难顾及个性化与真实唯美的艺术精神的追求。但对这种类型化的工具式制作，原也不宜过分苛求，悬望过侈，以致一体否定；实际上，其中也间或有真性情表露的作品。如王千秋〔水调歌头〕《赵可大生日》：

披锦泛江客，横槊赋诗人。气吞宇宙，当拥千骑静胡尘。何事折腰执板，久在泛莲幕府，深觉负平生。跟踽众人底，欲语复吞声。

　　　庆垂弧，期赐杖，酒深倾。愿君大耐，碧眸丹颊百千龄。用即经纶天下，不用归谋三径，一笑友渊明。出处两俱得，鸱鹞亦鹍鹏。

首先即期许颇具儒将风流的友人以涤荡胡虏的大功业——这点与侯寘〔水调歌头〕《为郑子礼提刑寿》"扫榉枪，苏尨倪，载弓櫜。远民流恋，须信寰海待甄陶"之句相似，正是汉民族光复旧土的热望——接着为其沉沦下僚的蹭蹬际遇而不平，而最后仍以兼济独善的儒家文化传统价值观念相宽解，便觉情意真切又不失贺词本旨。全篇激扬豪纵中有高远挥洒之致。无丝毫颓靡萧索气，令人联想到后来辛弃疾〔水龙吟〕《为韩南涧尚书寿甲辰岁》，那份雄豪明朗的气概可谓虽异时却互通；而这里举陶渊明为人生出处的楷模，也恰恰是辛弃疾所倾心的异代知己、高洁品格和精神的象征。又王千秋〔渔家傲〕《简张德共》：

　　　黄栗留鸣春已暮，西园无著清阴处。昨日骤寒风又雨，花良苦，信缘吹落谁家去？　　病起日长无意绪，等闲还与春相负。魏紫姚黄无恙否？栽培起，开始我欲听金缕。

它是写给友人的书札。暮春之际，常有骤寒风雨而落红难驻，遂牵惹出伤春惜时之叹，故相约牡丹开时持酒听歌聊作欢会，但这里以词作简，便又别具一番闲雅趣味，词本身也作得清婉流丽，犹见晏、欧余韵，并无头巾俗滥气。

　　四、词体式多样化开展的继续。如诗歌与绘画之间在艺术精神上本多有沟通处，"诗是有声画，画为无言诗"，两者各自的创作经验也可以互相借鉴，这在唐诗中已颇为明显，故王维自许"宿世谬词客，前身应画师"（《偶然作六首》之六）。题画诗则试图以语言文字的中介符号来描摹、表现画中直观展示的具体形象与境界，也便由之派生出来。盛唐大家李白、杜甫已有多首此类作品，如李白之《同族弟金城尉叔卿烛照山水壁画歌》《当涂赵炎少府粉图山水歌》《观博平王志安少府山水粉图》《观元丹丘坐巫山屏风》《求崔山人百丈崖瀑布图》《莹禅师房观山海图》、杜甫之《画鹰》《天育骠图歌》《奉先刘少府新画山水障歌》《题李尊师松树障子歌》《画鹘行》《题壁上韦偃画马歌》《戏题王宰画山水图歌》《戏为韦偃双松图歌》《严公厅宴同咏蜀道画图》《通泉县署壁后薛少保画鹤》《韦讽录事宅观曹将军画马图歌》《奉观严郑公厅事岷山沱江画图十韵》《观李固请司马弟山水图三首》等，有的状形传神、托物寄兴，堪称题画诗的经典之作。至宋代，题画诗更盛，已蔚成诗坛一宗。

不过，词中的题画之作却甚是罕见。生活于神宗朝的俞紫芝有〔临江仙〕《题清溪图》的题画之制，可能是最早出现的题画词了。紧承其后，山东词家晁补之晚年因党祸罢官退居金乡时，曾有题画词〔满庭芳〕《用东坡韵题自画〈莲社图〉》，其《题〈白莲社图〉后》文中云："齐鲁俗朴，工技世守，知变通者寡。而缙画史孟仲宁独善学，知余得意绩事中，惠听余言，使集吴道玄、关仝、韩干、魏贤、李成、郭忠恕、许道宁数子精笔，为《白莲社图》，甚似。"他先已有《白莲社图记》一文，详叙此图画意，可能是情犹未已，所以再就词咏之。清张德瀛云："晁无咎（补之字）慕陶靖节为人，致仕后，葺归来园，号归来子。观《琴趣外篇》题自画《莲社图》词，……淡然无营，俯仰自足，可以挹其高致。"（《词征》卷五）以画家、词家集于一身，自画又自为题画词，晁补之的"史"的意义与影响可见一斑。接下来，先世乐陵，后徙居齐州的吕颐浩（1071—1139），字元直，又作成题画词〔水调歌头〕《紫微观石牛》：

一片苍崖璞，孕秀自天钟。浑如暖烟堆里、乍放力犹慵。疑是犀眠海畔，贪玩烂银光彩，精魄入蟾宫。泼墨阴云妒，蟾影淡朦胧。

汧山颂，戴生笔，写难穷。些儿造化，凭谁细与问元工？那用牧童鞭索，不入千群万队，扣角起雷同。莫怪作诗手，偷入锦囊中。

就此篇上阕看来，这是一幅水墨写意的石犀图，词由形及神，紧扣题目铺写；下阕则抒发观赏后的感想，极赞画工之精妙超诣，再以自己故而题词称扬为结，前后暗相呼应，章法妥帖严密。全词的佳处大约也就止于这些，都属于表现技巧方面的，别无更深层的意蕴内涵，所以缺乏回味之处。

四　南宋前期

这个阶段约有四十余年的时间，即从孝宗临位的隆兴元年（1163），到辛弃疾逝世的开禧三年（1207）。从大的时代背景来看，先是绍兴三十一年（1161）。金兵再度大举南犯，结果被宋军击溃于采石矶，金主完颜亮也被部下杀害，至元气大伤，无力继续兴兵攻掠江南，使南宋小朝廷已不复渡江之初时的仓皇狼狈，南北长期对峙的格局基本得以稳定。不过，面对异族侵略者虎视鲸吞的强劲压力，形势仍是很严峻的：或者北伐进取，以谋光复旧都故土，重新一统汉疆；或者划江分治，但也须能据地自守，不再重蹈南朝覆灭的旧辙。这等关乎国家民族存续缓急的头等大事，为当时朝野所普遍关注，自然也先决性地确定了整个词坛的主调，为词家们创作的中心题目。换言之，这外在、客观的创作环境已经直接影响制约着创作主体词家的自觉意识，使之关注在社会群体命运上，于抒情言志中介入现实人生。在艺术精神的实质上它虽与以前的苏轼没有太大差别，不过，随着外在条件和文体自身的改变发展，却不再像苏词那样多局囿在自我的遭际意趣，以个体人生为表现重点。所以说，就整体趋向方面，南宋前期的词坛更直接地承续南渡初期而来。

此一阶段的山东词家早已丧失掉祖辈世代生活的齐鲁故土，而辗转流离于江南异乡，这给他们的心灵深处铭刻下永远也难以平复的巨大创痛。是以伤悼国运、志存恢复的时代主调便萦系充塞于其咏叹吟唱间；另一方面，他们也不仅只满足于笔墨樽俎中抒发、以词家自许的旧模式，而是首重事功，每每参与实际事务，或具体献计进策，或直接投入到血与火的大潮中去，具载着极强烈的使命感。这中间自然首推辛弃疾，他豪雄悲慨，在文学创作中毕平生主要精力于词，从而将由苏轼正式开创的"以诗为词"的新传统推向极致，并在南宋张扬再创新的艺术流派，是影响词坛全局的大家，就不仅限于山东地域范围了："世言稼轩居士辛公之词似东坡，非有意于学坡也，自其发于所蓄者言之，则不能不坡若也。……公一世之豪，以气节自负，以功业自许，方将敛藏其用以事清旷，果何意于歌辞哉？直陶写之具耳。故其词之为体，如张乐洞庭之野，无首无尾，不主故常；又如春云浮空，卷舒起灭，随所变态，无非可观。无他，意不在于作词，而其气之所充，蓄之所发，词自不能不尔也。"（宋范开《稼轩词序》）关于辛弃疾的整个文学创作，下章将设专节论析，此处兹不多赘。

另有郓州（今东平）人、后徙居兴国（今湖北阳新）的王质，字景文，号雪山（1127—1189），抗金名将张浚都督江淮、虞允文宣抚川陕前线时，都曾辟为幕属；又与力主北伐恢复的词家张孝祥友善，张孝祥绍兴二十八年（1158）任中书舍人时拟推荐他举制科，因次年秋去职而未果。后来他作有悼词〔八声甘州〕《怀张安国》：

海茫茫天北与天南，吾友定安归。闻濡须江上，皖公山下，驾白云飞。莽苍空郊虚野，古路立斜晖。颜跖皆尘土，苦泪休挥。　一代锦肠绣肺，想英魂皎皎，健口霏霏。望寒空明月，无路寄相思。叹千古兴亡成败，满乾坤、遗恨有谁知？今何在，一川烟惨，万壑风悲。

张孝祥，字安国，历阳乌江（今安徽和县）人。孝宗隆兴初任建康（今江苏南京）留守时，因极力赞助张浚北伐，受到主和派打击被革职。王质的深厚友情是基础于共同的政治见解与事业心之上，诚如他在张孝祥生前和其词作里所云者："要使群生安堵，不听三更吠犬，此则是奇功。一任画麟阁，吾自老墙东。"（〔水调歌头〕）讵料朝廷懦弱，只图苟安江左，致使英雄空逝，存者也唯有扼腕慨叹罢了。所以，王质以同调又填制《读周公瑾传》《读诸葛武侯传》《读谢安石传》3首咏史词，追怀往昔业绩，以致仰慕之情，但总的基调却都是苍凉沉重的，意在慨喟先贤平定中原、创建一统基业的壮志未遂，便中道崩殂："出师未捷身先死，长使英雄泪满襟！"（杜甫《蜀相》）联系到南宋前期的现实局势，这种慨喟因古及今的深层内容便尤耐人咀嚼品察。下面再对照一下他的〔水调歌头〕《京口》：

江水去无极，无地有青天。怒涛汹涌，卷浪成雪蔽长川。一望扬州苍莽，隐见烟竿双蠹，何处卷珠帘。落日瓜洲渡，鸿鹭满风前。
古战场，皆白草，更苍烟。清平犹有遗恨，久矣在江边。北固山前三杰，遥想当年意气，覃覃眖中原。上马促归去，风堕接䍦翩。

京口即今江苏镇江,位于长江南岸,与江北的扬州隔江相望,正是当时的国防前线。故而王质因此而生情,忧古顾今,自然会联想到昔时在此地建国立都、北御曹操的吴大帝孙权,由这里起事、平定桓玄内乱遂奄有江南的南朝宋开国君主刘裕等英雄人物;"遥想当年意气,氤氲眄中原"云云,当指刘裕曾统军北伐,灭掉南燕、后秦等胡夷政权,先后光复洛阳、长安故都,驰骋中原大地的勋业。至今五六百年过去了,犹令后人悠然神往,鼓舞起消除靖康"遗恨"、踏平胡虏的斗志;而"久矣在江边",著一"久"字,又暗暗透露出对苟安时局的不满,抗金志士无用武之地啊!全词上阕写眼前所见之景,下阕述怀古伤今之情,其苍凉沉郁的格调,与辛弃疾〔永遇乐〕《京口北固亭怀古》〔水调歌头〕《舟次扬州和人韵》〔满江红〕《江行和杨济翁韵》等篇,以及前一阶段张表臣〔蓦山溪〕"楼横北固"词皆多有相通处,皆源于山东关注国家民生的地域人文传统与作家慷慨悲歌的个人气质一脉承转接续,缘此时世乱离的非常之际,便被激荡张扬出来。它们与前此的张元幹、张孝祥,再与此一阶段的陈亮、刘过、陆游等人同类风貌的词作一起,汇聚为南渡初期及南宋前期整个词坛上的主流词派。

枕流漱石、啸傲于山水清音,寄托情志在亭林村野草木风月上,原本是士大夫文人阶层另一面的重要生命取向所在,自孔子赞赏的"浴乎沂,风乎舞雩,咏而归"(《论语·子路曾晳冉有公西华侍坐》)的生活意趣以来,也早已成为山东历代作家着力抒写表现的一种传统题材、内容。就南宋前期的形势而言,隔江分治的偏安局面已定,虽英豪雄杰亦难有作为;而江南之地经济繁荣富庶,且山温水软景色秀丽,不乏游憩观览的胜境,足可供载酒泛舟颐养余生以终老天年,是以朱敦儒一派的词风兴起自有其主客观及表层深层的诸多机缘,并非仅只词家个体的偶然原因。前文已叙及山东词坛上南渡初期的这一类作品,在此时期又继续新的发展。如东平人赵磻老(生卒年不详),字渭师,乾道六年(1170)夏曾以书状官身份随资政殿大学士醴泉观使范成大出使金国,"以文儒有气节,慨然与俱"(范成大《右宣教郎奉使大金祈请国信所书状官赵磻老回程可通直郎制》),是一生大业。然其〔满江红〕词云:

见说春时,新波涨、二川溶溢。今底事、沙痕犹褪,石渠悭碧。

人意不须长作解，兴来便向杯中觅。纵茂林修竹记山阴，千年一。

薰吹动，春工毕，桥上景，壶中日。况梅肥笋嫩、雨微鱼出。只恐延英催入觐，不教绿野长均逸。任多情、蝴蝶满园飞，狂踪迹。

通篇但叙村郊园野游兴，全无文人词客传统中的惜春叹逝的伤感情怀，而是一咏一觞，已陶然于初夏的满目新绿美景中，"梅肥笋嫩、雨微鱼出"的寻常物事便足可惬意悦心，竟唯恐朝廷征召再以政事烦恼了。另，赵磻老还有一首同调和韵之作，其下阕后半云："想无心不竞，水流云出。物外烟霞供啸咏，个中鱼鸟同休逸。又何须、浮海访三山，寻仙踪？"则连神仙之事也弃置度外——可见他深得云水徜徉、诗酒逍遥的真乐趣，一片化机流溢在心头，已不复著意于个人的仕途浮沉荣辱，甚至于国事时势的休咎得失也置诸身外了。

其他如王质〔沁园春〕《闲居》〔别素质〕《请浙江僧嗣宗住庵》〔青玉案〕《池亭》等作，又由一般的大自然转向日常生活里的琴酒茶书、周围身边的亭木鸟鱼之类，以从中寻求清雅隽永的趣味，既在俗世又超俗，变出世的身心俱"隐"为入世的身"闲"而心"隐"。这样一来，则无论客途或居家、朝夕或春秋冬夏时节，皆可发现并品味人生之"美"，获得慰藉或愉悦的情趣，使骚动不宁的心绪平息熨帖下来。如阳谷，或说汝阳（今汶上）人周文璞（生卒年不详），字晋仙，号方泉，又号野斋、山楹，明杨慎评其〔浪淘沙〕《题酒家壁》云："其词飘逸似方外尘表"（《词品》卷二），它是岁末旅途间所作，雪夜孤舟伴孑然一身，不仅丝毫没有异乡羁旅的凄凉愁思，反倒随时随地都善于从眼前发现佳好景致："盘礴古梅边，也信前缘。鹅黄雪白又醒然。一事最奇君听取：明日新年。"字里行间，真是充满了清奇的情韵风调。又如潍州北海（今潍坊）人、寓居吴兴（今属浙江）的王崰（？—1182），字季夷，号贵英，当时被推为"绍（兴）、淳（熙）间名士"（《直斋书录解题》卷二十），曾与大诗人陆游同学，甚友善，又据陆游《孺人王氏墓表》称，他们有中表之亲。其〔夜行船〕云：

曲水溅裙三月二，马如龙、钿车如水。风飐游丝，日烘晴昼，人共海棠俱醉。　　客里光阴难可意，扫芳尘、旧游谁记？午梦醒来，小窗人静,春在卖花声里。

这是写暮春上巳节的词作。旧历三月上旬的巳日,谓之上巳日,自上古时便有修禊的民俗,见于《周礼·春官》,《后汉书·礼仪志》亦云:"是月上巳,官民皆絜于东流水上。"即到水滨游浴采兰,以驱祓不祥。而文人士子又常以羽觞盛酒置放于溪流中,当觞触岸停止时,便让坐在近处的人取饮之,这就是南朝梁宗懔《荆楚岁时记》所载:"士人并出水渚,为流杯曲水之饮。"从三国曹魏以后,便定在每年的三月三日,不再用巳日。上阕即极力铺写那种热烈欢畅的景况,至歇拍"人共海棠俱醉",则酣游若痴若狂的气氛已达极致了。过片始揭出以上皆系忆念着的旧事,如今客居他乡异地,又值上巳,虽风光不殊,然孤独滋味,自是尤觉"难可意";当从午梦的往日欢乐里醒来,寂静中传过"卖花声",才忽然感到春的温馨和悦,给人以青春的生机——现在与过去也是连通着的啊!至此,便释然了。又,此词结拍"小窗"二句与陆游《临安春雨初霁》诗颔联"小楼一夜听春雨,深巷明朝卖杏花"境界相类,且同为春日客中所作,友人间于诗词两种不同文体本来就可以互相参味借鉴,只不过陆诗较为清隽旷爽,有异于王词的更多了些委婉顿挫的意味。

纵览南宋前期的山东词坛,虽以悲慨沉雄的辛派词风为主流,再辅以清远俊朗的格调;但就整体而言,则仍是主导之下的多样化取向,仍不废花间、南唐以来,再由柳永、秦观、周邦彦、李清照等承续发展起来的传统词派的流行,相思恋情、伤春怨别之类的传统题材仍不时出现在词家的笔底,且又有新的增益。如王质〔红窗怨〕《即事》:

帘不卷,人难见,缥缈歌声,暗随香转。记得三五少年,在杭州、曾听得几遍。　唱到生绡白团扇,晚凉初、桐阴满院。待要图入丹青,奈无缘识如花面。

这是因听歌女唱苏轼〔贺新郎〕"乳燕飞华屋"的咏榴花词感兴所作。叹赞她歌声美妙,憾无缘相识,虽无更深寓意,但清畅流丽,且使我们从侧面了解到,当时为社会各阶层喜欢的"流行歌曲",仍是宛啭美听、轻柔婉曲风调的作品。又周文璞〔一剪梅〕:

风韵萧疏玉一团,更著梅花,轻袅云鬟。这回不是恋江南。只是温柔,天上人间。　　赋罢闲情共倚阑,江月庭芜,总是销魂。流苏斜掩烛花寒。一样眉尖,两处关山。

同样是相思怨别的"艳科"之制,但此词将思妇与梅花共写,由人牵引出梅花再由梅而及人,且暗暗融入了南北阻绝"两处关山"犹似"天上人间"的睽隔之苦,那么,是否有当时现实形势的特定指向?倘果如此,则就含纳着若干的社会意义了。

其他又如较多的寿诞节令、宴筵酬和等实用性作品,咏物(尤喜欢咏梅)以及叙写日常生活小趣味的风气,多甚平庸熟滥,系承上一阶段而来,无足称道处,自不必再赘述。

第四章 主流作家

第一节 纵横初宋的王禹偁

王禹偁（954—1001），字元之，济州巨野人。初宋的半个多世纪的诗坛，仍承五代余绪，流行晚唐靡丽之风；但王禹偁却喜欢白居易诗歌的平易清浅，而仿效学习之，成绩卓著，于宋诗人中最早得以名家。故当时被人推许说："放达唯唐有白傅，纵横吾宋是黄州。"（林逋《读王黄州集》）即是指上述者所言。

一 诗歌："白体"之翘楚

正如《吾志》诗表白的那样："吾生非不辰，吾志复不卑。致君望尧舜，学业根孔姬。自为志得行，功业如皋夔。"王禹偁是恂恂儒者，一生出处行止多遵奉占据主流思想传统的孔孟之道，而不像后来苏轼、黄庭坚等士大夫文人名流的儒家中兼杂释老之学、道机禅悟，于三教圆融共通。所以，说"王黄州学白乐天"（宋严羽《沧浪诗话·诗辨》），便不仅在于表现方法及风格面貌方面，当也包纳着思想内容。这可以其淳化二年（991）九月至淳化四年（993）四月贬谪商州（今属陕西）期间的作品为例，商州是他的创作高潮与诗风变化阶段，且数量繁富。先是长安等地大旱，农民无以为生，乃纷纷背离乡园外出谋食求生。王禹偁为之作《感流亡》的长篇五古以真实写照，其中描述说："老翁与病妪，头鬓皆皤然。呱呱三儿泣，茕茕一夫鳏。道粮无斗粟，路费无百钱。聚头未有食，颜色颇饥寒。……山深号六里，路峻名七盘。襁负且乞丐，冻馁复险艰。惟愁大雨雪，僵死山谷间。"使他们的悲惨处境历历毕现目前，对他们的一片悯怜同情之心也充溢纸上。后又感叹自己碌碌宦海素餐无为，"文瀚皆徒尔,放逐固自然",自责自愧,出言至诚。另《蔬食示舍弟禹圭并嘉祐》云:"商山水复旱,谷价方腾贵。更恐到前春,藜藿亦不断。……且吾官冗散,适为时所弃。汝家本寒贱,自昔无生计。菜茹各须甘,努力度凶岁。"意旨也相类似,都与白居易《观刈麦》《新制布裘》《秦中吟》等诗"直歌其事"的精神宗旨一脉承接。

又如《竹𪕲》《乌啄疮驴歌》,以竹鼠和乌鸦来喻比奸佞贪官,痛斥彼辈对于贤良的谗害和贫苦民众的盘剥,最后分别云:"所食既非宜,所祸诚知速。……朝见秉大权,夕闻罹显戮。""赖是商山多鸷鸟,便问邻家借秋鹘。铁尔拳兮钩尔爪,折乌颈兮食乌脑。"疾恶刚肠疾言厉色,丝毫不宽容假借,是王禹偁耿直坚毅性格本色的显现。但是这种借鸟兽喻人的寓言式类比拟的构思命想,很可能接受了白居易《新乐府》中《古冢狐》《黑潭吏》《秦吉了》等篇的启发影响;而至于尖锐揭露朝政的黑暗与官员的残虐暴戾,更和白居易"讽谕诗"的批判功能相通。要之,这类内容的诗作多为古体,或叙或议,扬扬大篇多以直笔单行运行,浅易切近,胸臆毕见尽显而不求深隐包藏,"其辞质而径""其言直而切"(白居易《新乐府序》),也已初步透露出宋诗趋向于散文化、议论化的消息。

王禹偁诗虽以学白居易起始,然其太平兴国八年(983)年未满三旬即第进士,授成武(今属山东)主簿,次年移知长洲(今江苏苏州);雍熙四年(987)八月被太宗闻名,召赴阙试中书,次年擢右拾遗直史馆,端拱二年(989)三月,拜左司谏、知制诰;是为他仕途中最顺利的一段时期,心情舒畅,喜与同僚诗酒酬和,以见风雅。所以,他欣赏的却是白居易晚年的唱酬诗与闲适诗,并仿效之,自云:"公暇不妨闲唱和,免教来往递诗筒。"即是翻用白居易任杭州刺史时《醉封诗筒寄微之》"为向两州邮吏道,莫辞来去递诗筒"句意,时元稹正任越州(今浙江绍兴)刺史。如初至成武任所,王禹偁即有《寄鱼台主簿傅翱》:

听说鱼台景最奇,鲍参军到语多时。天晴绿野悬渔网,木脱空城露酒旗。锦掷鲜鳞红拔刺,雪翻寒鹭白襜褕。仍夸县尹风骚客,应有秋来唱和诗。

又如知长洲县时的《除夜寄罗评事同年二首》之一:

> 岁暮洞庭山，知君思浩然。年侵晓色尽，人枕夜涛眠。移棹风摇浪，开窗雪满天。无因一乘兴，同醉太湖船。

其他游吟赏兴之制如《再泛吴江》：

> 二年为吏住江滨，重到江头照病身。满眼碧波输野鸟，一蓑疏雨属渔人。随船晓月孤轮白，入座晴山数点青。张翰精灵还笑我，绿袍依旧惹埃尘。

这类诗作每用近体律绝，尤以七律为胜。一般以首联直叙领起，申明事缘，如上引第一首于对句后自注："时林法橡来自鱼台，因言烟水之兴，故有此句。"中间的颔、颈二联写景，多有隽秀清丽之境和潇散洒爽意趣，至尾联则顺势抒发情怀，应足题旨。它们的笔法面貌甚近白居易知杭州及分司东都后的一些作品，寄兴山水，流连光景，以清雅闲逸为高。

不过，由于两人年龄阅历的差异，此时的王禹偁的诗作较为浅近，多系因物移情、随机生感，不像白居易以迟暮之身、迭经宦海险恶之余的知足保和，但凭诗酒风月消遣天年，背后便有着更深沉的内涵意义。故所谓的效"白体"，也常偏重在技巧方法的精巧圆熟与一般性字面意境上，如《今冬》中所云"白纸糊窗堪听雪，红炉着火别藏春。旋笞官酝漂浮蚁，时取溪鱼削白鳞"，或系从白居易《问刘十九》诗境界变生而得。又宋许颙《彦周诗话》云："元之诗可重，大抵语迫切而意雍容，如云'身后声名文集草，眼前衣食簿书堆'，……大类乐天也。"（宋胡仔《苕溪渔隐丛话后集》卷一九引）也正是自白居易《编集拙诗成一十五卷因题卷末戏赠元九李十二》颈联"世间富贵应无分，身后文章合有名"句意化出。自然，上述者只是相对言之，随着不断因直言招祸、屡屡谪黜，他对白诗及其为人的体会亦不断深化，故善处逆境，"或诱于一时一物，发于一笑一吟"（白居易《与元九书》）以聊自解脱，这便是王禹偁自称的"平生诗句多山水，谪官谁知是胜游"（《咏泉》），"身世龙钟且自宽，追量才分合饥寒。朝中旧友休夸贵，箧里新诗不博官。晓发静梳微霰落，夜琴闲拂古风残。会须归去沧江上，累石移莎拥钓滩"（《自宽》）。只不过此类诗主旨在表述超越仕途的荣辱进退、随遇而安，以自然为寄托的个体

"独善"式人生取向，显然不同于前述商州部分诗偏重于关注民生疾苦、抨击时弊的"兼济"式现实政治目的。

王禹偁论诗，曾自述云："本与乐天为后进，敢期子美是前身。"（《前赋村居杂兴诗二首间半岁不复省视因长男嘉祐读杜工部集见语意颇有相类者咨于予且意予窃之也喜而作诗聊以自贺》）其本事据宋蔡宽夫《诗话》云：

> 元之本学白乐天诗，在商州尝赋《春日杂兴》云："两株桃杏映篱斜，装点商州副使家。何事春风容不得？和莺吹折数枝花。"其子嘉祐云："老杜尝有'恰似春风相欺得，夜来吹拆数枝花'之句，语颇相近，因请易之。"王元之忻然曰："吾诗精诣，遂能暗合子美邪？"更为诗"本与"云云，卒不复易。（《苕溪渔隐丛话前集》卷二五引）

说明王禹偁并不仅局囿于仿效白居易，而更要进一层往上追溯杜甫，这首先体现在学习杜诗情调风貌方面。如果说，像"蚕市夜歌欹枕处，峨眉春雨倚楼时"（《送冯学士入蜀》）还留存有白体诗圆转清浅的痕迹的话，那么，"不愤黄鹂夸巧舌，多惭戴胜劝归耕"（《春郊独步》）"漆燕黄鹂夸舌健，柳花榆荚斗身轻"（《清明日独酌》）之类的句法格调，便是学习杜甫中年入蜀以后惨淡经营，变清利天然为拗健生新、以主观的"意"融化、组合客观之"物"的结果。从这里，甚至隐约可以看到通往黄庭坚"夺胎换骨"、苦心着意于凡常意象结构的"陌生化"的通道。又如《秋居幽兴三首》其二：

> 园林经积雨，晚步思幽哉！宿鸟头相并，秋瓜顶自开。药田荒野蔓，屐齿没苍苔。幽兴将何遣？焦琴贳酒来。

其三：

> 谪居人事慵，幽兴与谁同？僧到烹秋菌，儿啼索草虫。扫苔留嫩绿，写叶惜残红。岁晏琴樽好，篱边有竹丛。

遣词造语精心琢炼、以人工显示天然之境及意趣神貌的潇洒清幽,都有着杜甫成都草堂诗的浸润影响。其他像《杏花七首》其二:"暖映垂杨曲槛边,一堆红雪罩春烟。春来自得风流伴,榆荚休抛买笑钱。"其四:"长愁风雨暗离披,醉绕吟看得几时?只有流莺偏称意,夜来偷宿最繁枝。"已全无李白、王昌龄等盛唐七绝的兴象高妙和含蓄蕴藉、清新流丽的神韵,只师法杜甫七绝如《漫兴九首》《江畔独步寻花七绝句》等的"别调"风味。以硬笔散语出之,并不作委婉深绵的境界,只唯求曲折尽意,能穷达事理物形之精微,注重诉诸于理解而略于直觉感受,也已初步呈现出宋诗的一些主要艺术特征。

上述者说明王禹偁的近体诗于艺术表现上多受杜甫蜀中诗风的滋养,而其古体诗从内容格局上则基本得益于杜甫入蜀前的作品;故之他说"子美集开诗世界"(《日长简仲咸》),便涵纳有多层次的意义。比较直捷的,如《甘菊冷淘》,明言得获杜甫《槐叶冷淘》诗的启迪:"子美重槐叶,直欲献至尊。起予有遗韵,甫也可与言。"这是至道二年(996)正月知滁州(今属安徽)时作,前半先详细摹写这种凉面的制作情状:"淮南地甚暖,甘菊生篱根。长芽出土膏,小叶弄晴暾。采采忽盈把,洗去朝露痕。俸面新且细,溲摄如玉墩。随刀落银缕,煮投寒泉盆。杂此青青色,芳香敌兰荪。"虽一味小食品,也是色香四溢,笔底生花。后半转而抒写由此生发的感想,愧比郑虔、元鲁山等先贤的孤高自守,故自足于藜藿蔬食,仍念念不忘君国,怨而不怒,显示出一个正统儒士的节操,也都与杜甫"献芹则小小,荐藻明区区。万里露寒殿,开冰清玉壶。君王纳凉晚,此味亦时须"的精神相通。

王禹偁喜作长篇巨幅的五言古诗,或自述际遇直抒胸臆,或赠酬友人同僚寄托情怀,或缘事触物追念古人,大都随心挥洒浩瀚腾涌而无不畅达尽意。其用语则质直素朴,不事雕饰,结构章法亦自然流顺而不作跳跃出奇、挪翻错杂的变化,兼融叙事、写景、抒怀、议论之笔,颇具浑厚气势。如《七夕》,自注"商州作"。首句以"去年七月七"提领,追述当时在京师任辞臣时奉侍宫廷的煊赫和与家人团聚共度乞巧节的欢愉,一派欣怡自得的气氛。随之便疏密相间,阑入写景的清丽之笔:"露柳蜩忽鸣,风帘燕频过。寂寂红药阶,槿花开一朵。"中忽以"宠辱方若惊,倚伏忽成祸"两句横转,归到眼下贬逐商州的凄凉困窘现状上来:"玄发半凋落，紫绶空垂拖。客计鱼脱泉，年光蚁旋磨"，亦述亦议，喻拟形象生动。所以，对于此处的七夕，只以"昨夜枕簟凉，西郊忽流火。河汉势清浅，牛女姿婀娜"草草带过，因为荣枯殊异，已无可表述了。接着大段铺写商州地硗确民劳瘅，又多水旱灾荒，清楚表露出所承受的心理和生活压力。不过，"赖有道依据，故得心安妥"，结尾10句仍然强自宽慰，虽然故作"委顺信吾生，无可无不可"的旷达语，但其实心情是很沉痛悲凉的。

又如《酬种放征君一百韵》，洋洋巨篇，一力铺张排比，故包纳着较为丰富复杂的内容。细微处几毛发无遗，闳阔处又遍及舟陆深壑，举凡有关的人物身心动态、周遭景物情境、事由原委经过、朝野议论活动等皆依时空顺转序次——写出，条畅井然、明晰详透而情态意理毕显。后尾部分则揭出主旨："男儿既束发，出处歧路各。苟非秉陶钧，即去持矛槊。致主比唐虞，安边如卫霍。不尔为逸人，深居返吾朴。胡然自碌碌，名节亦销烁。"仍旧不离儒家传统的"兼济""独善"之道，是奉为立身出处准绳，并用以自约。要之，就整体而言，此类诗自逊于杜甫五古大篇的浑成灵动兼具，海涌山立而气象万千，王禹偁的笔墨甚或失之枯涩板拙，情味不够醇厚；然其佳胜处，也依稀可窥见杜甫《北征》等篇的面貌。其他再如《月波楼咏怀》的大段写景文字贯穿事理，咏古抚今；遂因"旅怀虽自适，诗物奈粗尤"而逗出"官常已三黜，怀抱罹百忧"的喟叹。《北楼感事》于"晚窗度急雨，夏木交繁枝"之际，从凭吊唐朝名相李德裕的坎坷生涯与功过是非，到自伤"儒冠筮仕者，仅免寒与饥"的时世，也都笔力挺健，深于感慨，寓注着真实的身世现实之想，并不徒以虚言冗语敷衍来求得篇幅宏富。

总观王禹偁一生近600首的诗作，可以看到，他注重学习唐贤，并取得较好的成效，是为时人所不及。而其不足处则在于相对缺乏显明成熟的个性化色彩，这或许因为其享年不永，尚未来得及熔铸变化，由入而出，以建构起自我的独特风格面目。但是，他仍然有一些自具境界、不事依傍的佳作，历来被人们称誉，这主要是七律。如《寒食》诗：

今年寒食在商山，山里风光亦可怜。稚子就花拈蛱蝶，人家依树系秋千。效原晓绿初经雨，巷陌春阴乍禁烟。副使官闲莫惆怅，酒钱犹有撰碑钱。

又如《村行》诗：

> 马穿山径菊初黄，信马悠悠野兴长。万壑有声含晚籁，数峰无语立斜阳。棠梨叶落胭脂色，荞麦花开白雪香。何事吟余忽惆怅？村桥原树似吾乡。

两诗皆为贬官商州时作。前者抚今追昔，怀念以往在汴京时过节的盛况，但只以首句"今年"云云暗示，其情则于言外见之。后者因谪居荒僻而思恋起家乡，然而全诗仅铺写当地风物景象，到尾句始点明原因在于"似吾乡"，引人回思品味。并且两诗的颔联颈联皆描摹商州山野景色，前者又从节令连及人事，由动而静；后者则自远至近，声色交织，都充满了大自然的生机活力。所以，那种"惆怅"也就只如轻烟薄雾般淡淡飘散在心头，并不觉多么凝重，反倒映衬出格调的清新隽逸。

王禹偁开创有宋一代诗风之先兆，对后来的影响甚是深远，故为人钦仰。如庆历六年（1046）欧阳修知滁州，不仅为政上效法王禹偁，不卑小邦，善为治理，且有《书王元之画像侧》，云："想公风采常如在，顾我文章不足论。"熙宁四年（1071）苏轼南下赴杭州通判任途中，作《王元之画像赞》，称"余过苏州虎丘寺，见公之画像，想其遗风余烈，愿为执鞭而不可得"，并谓其"以雄文直道独立当世"。黄庭坚元祐元年（1086）在京师，于其《题王黄州墨迹后》云："往时王黄州，谋国极匪躬。朝闻不及夕，百壬避其锋。九鼎安磐石，一身转孤蓬。浮云当日月，白发照秋空。"从上述宋诗发展史领袖人物的一致认同里，自可想见王禹偁的重要意义。故清吴之振等《宋诗钞·小畜集钞》云："是时西昆体方盛，元之独开有宋风气，于是欧阳文忠（修）得以承流接响。文忠之诗，雄深过于元之，然元之固其滥觞矣。穆修、尹洙为古文于人所不为之时，元之则为杜（甫）诗于人所不为之时者也。"

二 散文："革弊复古"的先行者

王禹偁晚年手自编定《小畜集》30卷，除诗歌11卷外，另有赋2

卷、文17卷，共计约近300篇，数量甚为繁富。初宋时期的文风，仍沿循五代、晚唐风气，盛行骈俪体，以堆砌辞藻故典为能事，崇尚雕饰秾艳的形式之美。与在诗歌领域里同样，王禹偁的散文创作也以"复古"为革新，踪迹韩愈、柳宗元，直斥"咸通（晚唐懿宗年号）而下，不足征也"（《东观集序》），倡扬"篇章取李杜，讲贯本姬孔。古文阅韩柳，时策闻晁（错）董（仲舒）"（《寄题陕府南溪兼简孙何兄弟》），又说："谁怜所好还同我，韩柳文章李杜诗。"（《赠朱严》）下面将依照文章性质，略以记叙文、传体文、书序杂著文等分类论析；至于为数不少的策论表奏之类，多以实际应用为制作目的，一般说来，限于体式，难见真性情表露，且审美意义不大，故可置而不论。

记叙文集中体现出王禹偁散文的艺术成绩，其中佳绝之作，自当首推《黄州新建小竹楼记》，它是咸平二年（999）贬谪黄州（今属湖北）时所作。开首以极简洁的文字叙述了建造小竹楼的缘起，旋即就四时见闻展开笔墨铺写：

> 子城西北隅，雉堞圮毁，蓁莽荒秽，因作小楼二间与月波楼通。远吞山光，平挹江濑，幽阒辽敻，不可具状，夏宜急雨，有瀑布声；冬宜密雪，有碎玉声；宜鼓琴，琴调虚畅；宜咏诗，诗韵清绝；宜围棋，子声丁丁然；宜投壶，矢声铮铮然。皆竹楼之所助也。公退之暇，披鹤氅，戴华阳巾，手执《周易》一卷，焚香默坐，消遣世虑。江山之外，第见风帆沙鸟、烟云竹树而已。待其酒力醒，茶烟歇，送夕阳，迎素月，亦谪居之胜概也。

这是全篇的主体部分。先用排比对仗句法，描摹夏冬琴诗的种种乐趣，而皆以一个"宜"字领引出声响的多样，便显示出体味的真切隽永，也突现了"竹楼"的主题。接下来直接转向自我情怀感受的表现，但皆以侧笔出之，借助动作与景物映托。字句间处处流溢着清幽冷峭的韵味，也正是谪居心态的折射，悉数物化于江山胜景之中，虽不直言情却无处不有情，已经深得柳宗元永州山水诸记的风神。于是以后再转而发表议论，记述自己的频频徙迁生涯，说："四年之间奔走不暇，未知明年又在何处，岂惧竹楼之易朽乎？"语气虽然平淡，那深层却含蕴着叹慨、忿懑、茫然的复杂情绪，也是对前面所描述的一种反跌，唯经此，文气便兀傲不平，一吐胸中之块垒。总之，《黄州新建小竹楼记》以平易晓畅的语言，描写富有诗意画韵的境界，尽现出士大夫文人的清雅情趣，唱叹多致，并抒发深沉的身世之感，从而具载某种文体范型的意义，遂开有宋之先导，其影响直及欧阳修、曾巩、苏轼等人的同类之作中。

雍熙四年（987）任大理评事时制作的《待漏院记》，虽为记体文形式，但却以议论为重，旨在警诫宰相应秉公心执政，以勤为本。它写作的特色首先体现于结构安排上。如开始以天道和圣人的"不言"，论断宰相"是不独有其德，亦皆务于勤尔"。然后用"待漏之际，相君其有思乎"引领，以对列排比方式，依次遍举他所遇到的各种情况及不同做法；分两段去对照其行为的当与不当，所得到的回报也就截然相反："皇风于是乎清夷，苍生以之而富庶。若然，总百官，食万钱，非幸也，宜也"，"政柄于是乎隳哉，帝位以之而危矣！若然，则死下狱，投远方，非不幸也，亦宜也"。这是全篇的中心，故铺衍张扬，细密周备，由之才结论为"可不慎欤"，便觉得顺理成章而理所当然的了。其次是多用四字句，如"至若北阙向曙，东方未明。相君启行，煌煌火城，相君至止，哕哕銮声。金门未辟，玉漏犹滴，彻盖下车，于焉以息"，风格古拙庄重，颇类《诗·鲁颂·泮水》之类的庙堂文字，既写出声势的煊赫，严肃的场面，也有着对文学传统的承接运用。

再说传体文，虽使用了多样化的表现方式，但一般说来，无论重在叙述故事原委或刻画人物形象，其旨都在说明道理、逗出议论，以表达他对国事时政的关切与意见。如《休粮道士传》，首先注目在"人有服古之儒服者，众目之曰道士"辟谷断粒的奇异："复能不食累月，一裘穿结数十年矣。隆冬之日无寒色，鼻气如虹，面光如童。虽披裘拥炉而酣酒者，神色未如也。"寥寥数语，便再现出其神仙风采，令人悠然想望不置。但人物描写至此却戛然而止，以下的大段篇幅是他关于"却粒之术"的议论，则无论"君子""小人"，抑或"农工商贾""士大夫"，纵横铺排，皆归结到"但有用于时，则可食矣"一点上来，其见解与前《待漏院记》有相通处。全文气势滔滔而不枝蔓，故甚觉笔力精警。又如《唐河店妪传》，结构章法略与上文同，只不过开首为叙事之笔：

> 唐河店南距常山郡七里，因河为名。平时虏至店饮食游息，不以为怪，兵兴以来始防捍之，然亦未甚惧。端拱中，有妪独止店上。会一虏至，系马于门，持弓矢坐定，呵妪汲水。妪持缏缶趋井，悬而复止，因胡语呼虏为王，且告虏曰："缏短不能及也，妪老力惫，王可自取之。"虏因系缏弓弰，俯而汲焉。妪自后推虏堕井，跨马诣郡，马之介甲具焉，鞍之后复悬一彘首。

以白描手法写整个过程清晰可见，语言明洁简练，不作渲染夸饰，让人联想起韩愈、柳宗元一些传体文章的叙事笔墨。然而，自此而下的大半部分却为因此所生发的感想议论。它从"国之备塞，多用边兵"说起，历数其英勇及如今渐次削弱离散的缘由，并具体提出强化充实他们的措施，遂径直断言："谋人之国者，不以此留心，吾未见其忠也！"辞锋极为锐利果决，不仅是为文，也同时显示出王禹偁为人的性格特征。不过，由于它以事引入理，层层推进，逻辑严密而思理周详，故只见其对国对民的殷殷关切之情，却无空言自矜的感觉。

关于书序杂著文，数量也较可观，它因制作目的不同，故涉及的内容甚广泛，表现手法亦各异。如《吊税人场文》，其主旨于"序"中已阐明："峡口镇多暴虎，路人过而罹害者，十有一二焉，行役者目其地曰税人场。言虎之博人犹官之税人，因为文以吊之。"春秋之际，孔子早已说过："苛政猛于虎也。"（《礼记·檀弓》）王禹偁于此文中表述的，仍然是这个老话题。或者说，他又继柳宗元《捕蛇者说》再继续发挥之；因为与柳宗元相同，这里也将泛义的政令具体定向在苛烦繁重的赋税上面。吊辞自然就围着主题展开："虎之生兮，亦禀亭毒。……匪雾隐以泽毛，惟咥人而嗜肉。"描摹其形神威猛，生性残暴，为害一方。这段文字犹如一幅彩绘画卷，鲜明逼真；又骈四俪六，对仗精严，音调锵铿，在全篇中最见神采。以下仍顺势转入议论，先揭出"虎之博人也，止于充肠；官之税人也，几于败俗"，立言精辟犀锐，直指朝廷。然后历数往古的暴君虐政之害民，寄希望于仁政，雄辩迭出不竭，文字趋于硬拗奇肆，不同于他散文平顺流利的作风。诚如其自言者："远师六经，近师吏部"（《答张扶书》），只不过不是韩愈"句之易道，义之易晓"者，而是韩文中艰奥生涩的另一类风格，这在王禹偁文中也是不多见的。

又如《录海人书》，完全是陶渊明《桃花源记》故事的翻版，只另假秦末"海岛夷人"之口道出，且于"后序"诡称"此书献时，盖秦已乱，而不得上达，故《史记》阙焉。余因收而录之，以示于后"。再联系前论述的《吊税人场文》及《端拱箴》等，则无论虚实正反，王禹偁那规讽劝谕的现实政治目的都十分清楚，即是"使薄天下之赋，休天下之兵，息天下之役，则万民怡怡"。通观全篇，"有前揖而对臣者，则曰"以下的后半叙事部分，用笔质直，命思也平淡；倒是前面描写那个海外"理想国"的一段文字意味较胜：

> 今秋乘潮放舟，下岸渐远。无何，疾飚忽作，怒浪间起，飘然不自知其何往也。经信宿，风恬浪平，天色晴霁，倚桡而望，似闻洲岛间有语笑声。乃叠棹而趋之，至则有居人百余家，垣篱庐舍，具体而微，亦小有耕垦处。有曝背而偃者，有濯足而坐者，有男子网钓鱼鳖者，有妇人采撷药草者，熙熙然殆非人世之所能及也。

文笔简洁生动而历历如画，错落有序，虽不及陶渊明写桃花源境象造语的清而富丽、丰腴多致，然亦略具一番自然疏爽情趣。其他如《拾筒牍遗事》的以事明理、《送进士郝太冲序》的由行动叙写而突出个性形象、《送江翊黄序》的以短幅而多摇曳展衍之姿、《海说》的铺张扬厉之势挟高论并行，亦各具特征。

总之，王禹偁乘时际遇，以振兴文运为己任，其文多以清畅淡雅、隽洁明秀见胜，"始全变五季雕绘之习，然亦不为柳开之奇僻"（《四库简明目录》），故于初宋得据大家之位。

第二节 李之仪与晁补之

顾视有宋一代的文学，虽然诗歌、散文皆取得不凡成绩，差比肩并唐人，不过，真正最具独创意义而成为标志性文体的，却仍然是词。在众多词家中，只有李清照和辛弃疾，才有实力与晏、欧、柳、苏、秦、周等大家并驱争衢于整个词坛；至于李之仪、晁补之等二三流作手，地位自是差了一等，故历来论词者的有关评述不多，特别是李之仪更被忽略。其实，他们的作品数量既不算少，如李之仪词近百首、晁补之词则存一百七八十首，而艺术表现上亦颇具特色，时出胜境，认真研究下来，便会有所发现的。

一 一时词家李之仪

李之仪（1047—?），字端叔，号姑溪居士，沧州无棣（今无棣西北）人。其诗曾被苏轼赏爱，有苏轼《夜值玉堂携李之仪端叔诗百余首读至夜半书其后》"暂借好诗消永夜，每逢佳处辄参禅"之句可证，时在元祐中，他为枢密院编修官，苏轼任翰林学士兼侍读，故以门生之礼师事苏。又，李之仪诗词中尚有与黄庭坚、秦观、张耒、陈师道及米芾、贺铸等人的唱酬之作，可知他在当时也是较著名且甚活跃的文士。其《姑溪居士文集》前集50卷、后集20卷，词存集中（见前集卷四七、后集卷一三），另单行者名《姑溪词》。

明毛晋《宋六十名家词·跋〈姑溪词〉》云："多次韵、小令，更长于淡语、景语、情语，如'鸳衾半拥空床月'、又如'步懒恰寻床，卧看游丝到地长'，又如'时时浸手心头熨，受尽无人知处凉'，即置之《片玉》《漱玉》集中，莫能伯仲。至若'我住长江头，君往长江尾。日日思君不见君，共饮长江水'，真是古乐府俊语矣。"又《四库全书总目提要》谓李之仪"词亦工，小令尤清婉峭茜，殆不减秦观"，《宋六十一家词选例言》则称姑溪词"长调近柳，短调近秦，而均有未至"。

具体论析李之仪词，有长调10首，多系酬和与节景应时之制，在表现手法上，一般是上阕写景，下阕抒怀。如〔谢池春〕"残寒销尽"，上阕摹描暮春景物，而在这个节令所习见的落红飞絮、乳燕轻飏之类，于唐宋词家的笔下，早已不复是纯客观的自然现象，而是兼含沉积着浓郁的主观情绪色彩的类型化群体，故歇拍便牵出"著人滋味，真个浓如酒"，自然而然地过渡到下阕关于相思离情的抒发上。"不见又思量，见了还依旧。为问频相见，何似长相守？"四句纯用日常言语，写恋人心思也极为细密透彻，一发无余，不作吞吐含蓄之笔，这些也都像柳永的特色，佳处正在于真率挚热，李之仪可谓深得其三昧。而〔满庭芳〕《有碾龙团为供求诗者作长短句报之》则有着与上不同的艺术风貌：

花陌千条，珠帘十里，梦中还是扬州。月斜河汉，曾记醉歌楼。谁赋红棱小斫，因飞絮、天与风流。春常在，仙源路隔，空自泛渔舟。　　新秋初雨过，龙团细碾，雪乳浮瓯。问殷勤何处，特地相留？应念长门赋罢，消渴甚、无物堪酬。情无尽，金扉玉牓，何日许重游？

词虽是为应人赠茶而酬谢所制，具有一定社会实用性质，但其间亦颇含感慨。上阕回忆昔年醉饮歌楼、狭邪风流的艳情，喟叹分别后便如仙凡悬隔，无缘重聚了。过片直道赠茶事以出题义，接着阑入司马相如旧典，借指此时以词答谢，至结拍则以异日得再共游为期，有不尽之意。细味之，似乎此词是为从前"扬州"同游者所作，故上阕忆旧，造语较流丽；下阕写现今，多用平淡笔法，而通篇以叙述为主，间杂以景语。（"茶兴于唐而盛于宋"，欧阳修、蔡襄、苏轼、黄庭坚等许多著名文士皆嗜茶，并有《茶录》《大明水记》《煎茶赋》等专门著述行世，有关诗、词、文等作品中更屡屡言及。）当时流行做成团片状的饼茶，宋《宣和北苑贡茶录》云："宋太平兴国初，特置龙、凤模，遣使即北苑造团茶，以别庶饮。龙、凤茶盖始于此。"词中的"龙团"句即指将新茶蒸青水洗后榨去汁，再对水细研入龙形模中压饼烘干的制茶过程；"雪乳"句则描述煎茶的情形。李之仪此作也说明他对茶的嗜好，从侧面印证当时士大夫文人的生活情趣，并丰富了词的表现内容。

姑溪词中，令词短章占绝大多数，也以此为后世论词者称道。大约是受到李之仪自己"专以《花间》所集为准"（《跋吴思道小词》）之类词的本体观念的影响，故每有写相思离别、惜春伤时等内容，风格趋于绮丽婉柔的"艳词"，如〔临江仙〕"九十日春都过了"〔踏莎行〕"绿遍东山"〔留春令〕"梦断难寻"诸作，不烦枚举。至如〔如梦令〕：

回首芜城旧苑，还是翠深红浅。春意已无多，斜日满帘飞燕。不见，不见，门掩落花庭院。

词写伤春怀人之情，但通体只以景语出之，并不著一正笔；结末以"不见"的叠句提唱，只剩下满庭落花，伴人儿掩门独处，则那种落寞怅惘的心境，皆于言外见之。其含蕴深婉，"语尽而意不尽，意尽而情不尽"（《跋吴思道小词》），不让秦观、晏几道等传统派大家之作。而首句"回首芜城"云云，还可联系前引〔满庭芳〕中"梦中还是扬州"诸句，那么，李之仪可能在扬州有过一段铭刻于情感至深处的生活经历，就当非泛泛的代言体拟作了。又，欧阳修〔蝶恋花〕"门掩黄昏，无计留春住。泪眼问花花不语，乱红飞过秋千去"，以及南宋初李重元〔忆王孙〕《春词》"欲黄昏，雨打梨花深闭门"之句，与李之仪此词结尾意境情味相类，且无论其中间是否存有承传参用的关系，但它是一个沉积着丰富情绪内涵、拥载了特定审美感发力指向的经典意象组合，却是无疑义的，所以，才为词家们在表达某种主观感情和类型化题材时所惯用。

　　李之仪还有一首最著名，为历代词选本所必录的词，即毛晋所盛赞的〔卜算子〕：

　　　　我住长江头，君住长江尾。日日思君不见君，共饮长江水。
　　　　此水几时休，此恨何时已？只愿君心似我心，定不负相思意。

　　此词是他善能以"淡语"作"情语"的佳制，通篇皆围绕"长江水"立意，便极见情思的真挚深沉。虽然全用口语白话，但其实已经过精心的锤炼选择，故能化俗为雅，从大俗处见雅，毫无粗陋鄙俗气；即使结尾"只愿君心"二句，虽用《花间集》中顾敻〔诉衷情〕"换我心，为你心，始知相忆深"句意，但是如盐著水，已融化无痕，直同己出了。总之，〔卜算子〕深得南朝民歌意味，清浅明净中仍饶有绵邈隽永情致，于姑溪词里别具一格，颇异于其间大部分作品的风貌，而说到底，它的佳胜处也只在"言浅意深情长"而已。也许，对这种词，联想重于理解，直觉性品味优于理性的分析。

　　词向诗化道路复归，由单纯的男女恋情进而包纳人生的各种丰富复杂的感情、由狭窄的闺怨离愁放大目光到关注社会生活中的形形色色遭际情怀，这已是北宋中后期词坛的主流走向，是苏轼革新词风、扩张词境的积极后果，直接促进了词家主体自觉意识的高扬。即使是传统派的词家，在循承南唐与晏、欧等前辈余绪之际，也已有所增益、更张；虽然他们与苏轼创建的新的艺术流派风格各异，但在扩展词的容量、强化词的表现张力方面，却殊途同归，并无二致。这方面，秦观堪称典范。而李之仪在接受传统影响的同时，也适应词的发展演进潮流，认同生成于那个时代的新的艺术精神，并体现到自己的创作实践中去。如〔江城子〕：

> 今宵莫惜醉颜红，十分中，且从容。须信欢情，回首似旋风。流落天涯头白也！难得是，再相逢。　十年南北感征鸿，恨应同，苦重重。休把愁怀，容易便书空。只有琴樽堪寄老，除此外，尽蒿蓬。

这是写与友人久别重逢的情境，那种生命迟暮的喟叹，不禁让人联想起杜甫《赠卫八处士》诗的情味，只是由于异代际遇的不同，此词中更多了些悲凉感。李之仪元祐中在朝为官，时苏轼任翰林学士，黄庭坚、秦观、晁补之、张耒等苏门学士俱供职馆阁，他常常与之诗酒酬唱，为一时盛事，这些在相互的作品里也都有记述。待哲宗亲政后，新党主国事，元祐旧臣尽遭斥逐，李之仪自不能幸免，"元符中监内香药库，御史石豫言其尝从苏轼辟，不可以任京官，诏勒停。徽宗初，提举河东常平，坐为范纯仁遗表作行状，编管太平州，遂居姑熟"（《宋史·李之纯传附李之仪传》）。〔江城子〕当系其晚年谪居江南时所作，上阕写故友重聚，只是叙别易会难，盛年已逝，如今天涯沦落，白头相顾无言，唯有付之一醉中。这里虽未直接言情，但那凝重的气氛已弥漫于字里行间。下阕抒发感受，珍重彼此的情谊和心灵的契合，最后则归结为以诗酒寄老，不必再为世事俗尘萦念了。语虽平淡，但意味却十分沉痛。值得注意的是，秦观也有一首〔江城子〕，可与李之仪词参读同味："南来飞燕北归鸿，偶相逢，惨愁容。绿鬓朱颜，重见两衰翁。别后悠悠君莫问，无限事，不言中。小槽春酒滴珠红，莫匆匆，满金钟。饮散落花，流水各西东。后会不知何处是？烟浪远，暮云重。"这是元符三年（1100）六月秦观在雷州贬所，与移迁廉州路过的苏轼相逢时作，时苏轼64岁、秦观52岁，都已距各自生命的终点不远了。而李之仪与秦观这两首词的创作背景、笔法情调皆非常近似，几可视为倡和之制了。这些是生发于自我悲剧式人生现实的最真切深沉的情感流露，已无假雕饰，只纯任自然从容道出，便绝无一毫浮声泛响；它也彻底脱弃了花间艳科娱人的传统，将词视作一己襟怀表述的载体，从而与诗歌言情的传统融合并行，后来在南宋的山东词家中，更成为创作的主流取向。李之仪还有〔千秋岁〕《用秦少游韵》，似亦制于他晚年流落江湖时。谪逐情怀，自是凄凉冷寞，时时怀念起昔年的友人，故因词以托意，也属于上述一类的作品。

其他方面，如〔清平乐〕《橘》〔浪淘沙〕《琴》〔浣溪沙〕《梅》〔西江月〕《橘》〔雨中花令〕《王德循东斋瑞香花》〔临江仙〕。《江东人得早梅见约探题且访梅所在因携笺管就赋花下》等，皆系咏物之制，与当时山东词家喜作咏物之什的习气相一致。但李之仪的这些作品，往往并不过分拘执于所咏物体本身，一般只是就其形象特征略事描摹刻画，便宕开笔端，挽入有关诸等情、事，从而扩张意境的容量——或者说，已不再是严格意义上的咏物词了。如〔清平乐〕《橘》，上阕只凭"璀璨寄来光欲溜"句正面点题，其他则是作侧笔煊染；下阕"画屏"二语又转入闺中人的描写，最后将橘与梅花的"清香绝韵"比问，便增添一层清迥绝俗之致，可谓取神遗貌。

总观李之仪词，长调多为次韵或应景之作，常就景叙事言情，依时、空顺序而直笔推进，较少跳跃腾挪的变化，章法结构上尚比较简单，这些都与柳永相似。但他与柳词的差距主要在于，只是平面的述写铺排，且缺乏深挚真切的感情内涵，流于为文而造情者，故未能使情景浑融，组合成为有机的境界，致浅浮直露，语尽即情、意皆尽，少有让人反复品味的艺术张力。这样一来，即或偶见佳句，如"拨尽火边灰，搅愁肠、飞花舞絮"（〔蓦山溪〕）、"夕阳波似动，曲水风犹懒"（〔早梅芳〕）等，也不足以挺振起全篇，使之成为名作被称誉传诵，仅得小巧而已。

他的令词短章成绩远超过长调，个别如前所引录的佳绝者，已可与当时词坛名宿抗手，未遑多输。其他又如〔忆秦娥〕《用太白韵》：

清溪咽，霜风洗出山头月。山头月，迎得云归，还送云别。
不知今是何时节？凌歊望断音尘绝。音尘绝，帆来帆去，天际双阙。

又如〔蝶恋花〕《席上代人送客因载其语》：

帘外飞花湖上语，不恨花飞，只恨人难住。多谢雨来留得住，看看却恐晴催去。　寸寸离肠须会取，今日宁宁，明日从谁诉？怎得此身如去路，迢迢长在君行处。

亦一时精妙，并美时贤。前者是李之仪编管太平州（今安徽当涂）时之作。凌歊台在太平州城北黄山之上，南朝宋武帝南游，曾于此登台造避暑离宫，李白《姑熟十咏》中有《凌歊台》诗。上阕写所见景色，已渲染出一派凄冷气氛；下阕便直抒感念旧京而久遭窜逐的喟慨，江上有来去征帆，望穿天际也不见故国，那无穷的萦牵、怅惘尽付于言外体察。较之李白原词气象的苍凉阔大，此和韵之作则更多了些沉咽清寂情味，在姑溪词中亦属别调。于此，可参者尚有〔临江仙〕《登凌歊台感怀》："偶向凌歊台上望，春光已过三分。江山重叠倍销魂。风花飞有态，烟絮坠无痕。　已是年来伤感甚，那堪旧恨仍存。清愁满眼共谁论？却应台下草，不解忆王孙。"前者悲秋起兴，今来伤春感怀，但那份抚今追昔、天涯沦落的人生慨叹却并无二致，只是这里的情思较为低迷委婉罢了——而在本质艺术精神上，它们和上已述及的〔江城子〕"今宵莫惜醉颜红"等词同样，均是源发于生命本体的纯粹的"诗"，要旨在于抒怀自娱，显然殊异于李之仪原先关于词"自有一种风格"（《跋吴思道小词》），而以花间传统为宗的理论了。这些，后面"余论"章里另有专节析评，此处不赘。关于后者，虽系一般赠别之制，也是凡常习见的传统题材，但构想造意的曲折圆转、垂缩多致，譬喻的新奇贴切，却使它显得清新不俗；那种离愁别绪虽切挚，却并不写的过为沉重。而这种笔法风貌，则是秦观词里所少见的了。

综前所述及者，则李之仪虽主要致力于令词短章的创作，但这种体式，前有晏殊、欧阳修等沾溉南唐而再凭闲雅蕴藉风貌出之，已臻至高度完美的境地，经晏几道另融入身世落拓的感慨，给以光辉终结，遂最终完成它经典化的建构，由之具载着永恒的范型价值；而另一方面，也标志了其独占词坛主流位置数百年过程的结束，此后便是长调慢词迅速发展并流行大兴，与令词短章争艳竞胜，甚至骎骎然呈压倒它的趋势。李之仪正当这种格局之下，自是难以超迈文体演进规律的制约而有例外的大作为；且同期前后，又被苏轼、秦观、周邦彦等大家所遮蔽。他们既精于令词短章，在长调慢词上更是继往开来，以新变而创造出词坛亘古未有之境界，佳制名篇纷涌迭现，直教人缤纷满目而应接不暇。比较之下，李之仪显然无从措辞而踌躇,所以,他的被后世论词者冷漠也就不足为怪。

再说诗歌。李之仪现存约700首,在山东诗坛上是数量较多的一位,载《姑溪居士前集》者12卷、《后集》有13卷。所作虽各体皆备,然而擅长喜为的却是七言长句。先看其七言古诗。在北宋中后期的激烈竞争中,他与旧党要员的范纯仁、苏轼等友善,亦进退与共。故当新党章惇主政,便屡遭贬谪,晚年又以忤蔡京被编管太平州,长期居住在姑熟(今安徽当涂)。这里是李白埋骨之所,其悲剧性命运难免要牵动李之仪的同感,时往凭吊,赋诗以寄慨。如《谒李太白祠》云:

> 爱君独酌板桥句,想君不向稽山时。千载风流同一辙,孤坟数尺埋蒿藜。文章误人岂当日,声名虽好终何为?譬之花卉自开落,又如时鸟啼高低。行吟漫葬江鱼腹,鹏来空赋予何之。君不见吾腰耻为小儿折,或车或棹聊为期。又不见嬴颠刘蹶不到耳,采花摘实相维持。春寒漠漠青山路,厚颜已觉归来迟。一廛尚冀容此老,与君朽骨分东西。

诗中叹喟李白才高却不为世所用,潦倒沦落以终老,并引入屈原、贾谊、陶潜等先贤事,证明自古"文章误人",故自己要归隐青山。全篇叙议间杂,一意鼓荡注下,充满兀傲不平之气,都看得出受李白歌行影响的痕迹。尤其是杂言的《题王德循书院壁》:"热不就恶木枝,渴不饮盗泉水。古人不可期,岁月姑相委。不爱尔井泉百尺深,不爱尔庭树千里阴。相看岂持一饭报?长啸聊为猛虎吟。"造语不避直白坦露,句式长短错落参差,唯求意到笔随;而气势浑浩流转,情感激烈迸发,那纵横挥洒中全就议论出之,只觉得真挚热切,如大河滔滔涌下略无窒滞,反倒衬得委婉含蓄是多余的了。尽管它篇幅较短小,却颇具李白《梁甫吟》《猛虎吟》《答王十二寒夜独酌有怀》等诗意味。一般说来,宋诗学唐,以杜甫为大宗,取径李白者则较少。如欧阳修、苏轼等人,即便学李白,也侧重于其飘逸清新、天然高旷的情韵;而李之仪却独从李白豪放奔纵的气派入手,以卓显胸中块垒为尚,并无意于工拙,虽然这类作品不多,但却应加以注意。

七律在李之仪的诗作中所占比重较大,颇有清畅闲淡之制,不作奇倔恣肆之态，如《后圃》：

> 鹁鸠呼妇天欲雨，杏子退花莺未雏。庭前已觉绿半毯，酒面忽有红双凫。芳物恋客不忍去，主人好贤谁复如。会应百岁享此乐，何妨画作重屏图。

从日常习见景物中体味出生活的无穷趣味，在与天机的融合无间里尽现诗酒风流的雅人深致，所以是那么地舒闲容与。加上诗风的平易清朗，用语流利浅近，都和白居易晚年退居洛阳时的七律的面目相类。但颔联写庭前草绿、人面酒红则构思见巧，已是著意锤炼，这与"萦云垒嶻巇天去，极目沧波入坐来"（《澄虚堂》）"天边鹤驾瞻仙袂，云里诗笺带海岚"（《次韵东坡还自岭南》）"岩岫涌寒清澈水，芰荷翻浪绿连天"（《陪曾延之泛舟历湖至苦竹寺次韵陈致君席上所赋》）等联皆已流露出以意格胜的人工之美，可互参。只是此诗的颈、尾两联笔力冗弱，不足振起全篇。

他的各体中，当推七绝整体水平为高，不乏佳制，这里略举几例，如《又书扇》云：

> 几年无事在江湖，醉倒黄公旧酒垆。觉后不知新月上，满身花影倩人扶。

又如《宿观音寺三绝》其二：

> 乌啼鹊噪趁初晴，百舌新调燕羽轻。滑滑竹鸡催布谷，声声鹁鸠唤流莺。

前者写闲居时赏花醉酒情态，甚见名士清雅的风姿意趣。不过，"几年无事"的淡淡口吻中，醒来后"倩人扶"的需要里，总是渗杂着缕缕的冷寂颓放意味。这大约就是李之仪落职编管后消磨岁月的方式和落拓生涯的真实写照吧。后者描摹初夏景色，但却选择了一个独特表现角度。即通过百鸟的啼鸣声，因"趁""轻""催""唤"等语牵引出人由听觉所产生的诸般感受联想，或将之注入到无知的禽鸟身上，亦此亦彼，凸显出特有的季节风物及清欣欢畅的机趣。另外，还有以刻划人物形象、描写动作为题的，如《绝句七首》其二云：

  万腔腰鼓打梁州，舞罢还催步打球。更借缠头三百万，阿奴要彻第三筹。

  再现歌舞欢腾的场面，鲜明生动，犹似一幅风俗长卷让人历历可见。
  李之仪所作五言相对为少，其古体每以散行单句行之，力避熟滑圆庸，追求拗折硬峭的面貌，从中也可以看出宋人以文为诗的努力，如《秦太虚寄书云想君在毗陵广坐中白眼望青天也因录此语为寄兼简诸君》《送灵台尉徐舜举》《次韵黄鲁直晁尧民游马颊归》等，皆可参味，但也有些诗作风格不同，如《毗陵西城楼感怀》："平皋已春风，昨夜犹繁霜。倦客惊节物，游子思故乡。楼高白日促，远目空悲凉。愿言平生欢，各在天一方。溯游不可从，山川阻且长。安得一樽酒，咿哑共深堂？孤怀昔萧屑，壮志犹激昂。无阶际玄护，尚期梦池塘。饥鹰在千里，怒鼍存三湘。寒鸦似相求，依依度斜阳。"因节物变迁而生感叹，抚想坎坷身世而追怀往昔；无论抒怀言志，皆凭叙述笔法驾驭驱杂以出之，从而呈现出悲慨沉挚、顿挫朴厚的情调气势，通体潜转流荡着一股"齐气"，尚依稀可想见乡前辈王粲、刘桢等的建安风骨之余绪。他的五律近体，瘦劲清隽，语意生新，已显露出宋调的一些特征。如《谢陈无己相访》："论心日恨短，归路雨无忧。红叶缤纷晚，黄花烂缦秋"《雨中过明觉招上人辄留小诗》："语款疑缲茧，心明自有灯"《夜行巩洛道上》："风脱林衣瘦，山擎云帽低"之类，写意则透辟深折，写景则镂刻清警，并不求天然凑泊、兴象高华之妙，而是以人力苦心琢炼为工。
  要之，总观李之仪诗，抒情写景、送别寄友、怀古咏赞，主要侧重于个体人生活动与生命感受的表现。尤其是大量的次韵酬赠以及有关日常生活琐事细物的作品，更体达出当时诗坛流行的风雅习气与宋代士大夫文人文化兴趣的转移。于此，他可以说是紧步苏轼、黄庭坚之后而较为突出的例子。所以，其题材、内容便显得窄狭，缺少对于广阔社会现实的关注，唯《筑城词效张籍体》为别调：

齐眉去，朝天回。一声号，千声催。土匀才布一抟许，试锥只恐锥锋摧。万仞连云绝川路，胡骑回还不敢觑。但云本是汉家地，如此携家渡河去。渡河去，莫回头。汉家人人要首级，渭州门外签尔喉。

　　据《续资治通鉴长编》卷四九一载，绍圣元年（1094）苏轼知定州（今河北定县）时，辟李之仪为管勾机宜文字。至四年（1097），李之仪因折可适兵败事牵连，被罢职。定州系边防重镇，与北方的契丹时有战事，诗或作于此期间，真实反映了当地边民劳役繁重，居人被迫逃亡的严酷情状。全篇浅近明白，叙述条畅，虽不正面抒情，但一片浓浓的关爱怜悯之意充溢在字里行间，那质朴率直的风貌也颇近似张籍、王建等的"新乐府"之作。

　　最后还应谈及的是他的咏梅咏画之作。自六朝以来，梅花逐渐文人化，被赋于了高洁孤傲的品格内涵；山水画于唐代的兴起，则引发诗家的注意，使之成为其作品中描摹表现的一个题材。这两者均于宋代大盛，从中流露出具有典型意义的精神风貌和审美趣味，同时也是山东文士所喜为，似乎形成为风气与传统。李之仪的咏梅诗，一般不对梅花本身的形貌神韵作过多描摹，而是以梅花为中心，围绕着相关种种来着笔，亦梅亦人亦事，特见高韵雅致。如《累日气候差暖梅花辄已弄色聊课童仆芟削培灌以助其发戏成小诗三首》，由植梅到赏梅而惜梅，"嗅香嚼蕊不忍舍，为怜绝韵真颜色""一番风雨便纷飞，念垢情尘漫磨拭。今年春尽有明年，花落花开几今昔"，梅花已经融入生活主要内容中了。《次韵梅花》2首则就梅本身叙写题旨，并组织典故牵引烘托，以见其"开遍漫夸千种韵，天然别是一般香"。类似的又如《次韵东坡梅花十绝》其十：

　　漏泄天工意不轻，傍春依腊独分明。孤高不作繁红伴，造化须知别有情。

　　略形而重神，由物及人，比兴托喻，实寄寓着孤高绝俗的人格理想，也正是咏梅诗之最终结穴处。

　　至于咏画诗，则呈现出较丰富的表现手法。七古大篇如《题王子重出李成所画山水》，先就眼前实景不及李成画卷领起，极赞"营丘山水天下知，全齐十二雄一时。旧游历历如到眼，吾宗笔力穷高低"。李成（919—967），字咸熙，北海营丘（今昌乐东南）人，为山水画三大宗师之一，世称李营丘。是以李之仪对这位桑梓前辈所绘故乡景物熟稔且甚感亲切，接下去洋洋洒洒，穷形尽相，描摹画图中的峰云石泉、老木苍藤，流转着一派清泠幽邃韵致。又《壁间所挂山水图》，以主要篇幅铺写图上景象："云烟濛濛心共远，草树阴阴日将晚。一声幽鸟隔前溪，万古回春来叠嶂"，声色交织，用文字去引发人的视觉联想，清晰历历。而七绝则受到篇幅短小的体式制约，不宜精细刻划，然《故人李世南画秋山林木平远三首和韵》却以组诗联章的形式，勾勒画卷的风景人物，笔法与前引七古有相近处；却不同于《再和观画三首》的由画面生发，着重在自我主观感受，如其一：

扫除不尽自无痕，底事狂缘尚有根。几日宁宁图画里，只缘归思在江村。

二 苏门学士晁补之

晁补之（1053—1110），字无咎，晚年曾自号归来子，济州巨野人。熙宁二年（1069），他随侍父晁端友往新城（今浙江临安）令任所。四年（1071）冬，苏轼来通判杭州，晁补之闻而谒之，及听到苏轼议论，乃退而撰《七述》，备述钱塘山川风物的盛丽。苏轼见后大为称奇，竟为之搁笔，并许其必著文名于世，是年他19岁，遂拜苏轼门下，为"苏门四学士"之一。这是二人订交之始，此后的师友情谊直贯终生，进退无不相共，也对晁补之的文学创作活动影响深远。张耒《次酬奉酬无咎兼呈慎思天启》诗叙此事云："晁侯再作班与扬，正始故在何曾亡？江湖十年愿饱偿，夜成七发光出囊。苏公后出长卿乡，为君吴都无一行。"自注："苏翰林欲作《杭州赋》，见无咎杭州《七述》，乃止。"《宋史·艺文志》著录晁补之《续楚辞》20卷、《变离骚》20卷、《鸡肋集》100卷、《晁补之集》70卷。今所存《鸡肋集》70卷，系其从弟晁谦之于南宋绍兴七年（1137）编定，上距晁补之之殁已有28载了。关于集名，清吴之振等《宋诗钞》云："（补之）自谓'食之则无得，弃之则可惜'，故名《鸡肋集》。"另，《直斋书录解题》卷二十著录《晁无咎词》一卷，并称："晁尝言：'今代词手，惟秦七（观）、黄九（庭坚），他人不能及也。'然二公之词，亦自有不同者，若晁无咎，佳者固未多逊也。"确实，晁补之虽能诗、文，但仍是以词著名于世，今存词集《晁氏琴趣外篇》6卷、补遗1卷。

论及"四学士"，虽向被世人视作苏轼羽翼，但是，缘由各自秉性气质、所承袭的历史文化背景和审美观念的差异，故于文学创作上便反映出不同的艺术风貌。黄庭坚是"江西诗派"的开山人物，当时已并称"苏黄"；秦观的诗词淡雅怨悱、委婉深情而不能自已，与苏轼纵横卷舒的作风大相径庭；张耒诗晓畅平易而词存者太少，不足深论（近人刘毓盘辑编《唐五代宋辽金元名家词集》60种，于张耒《柯山词》仅得10首），其情味则略似秦观。唯独晁补之词，苦心踪迹苏轼，可入彼门墙而无愧。事实上，后来论者也正是这样评价他的。如《碧鸡漫志》卷二共列举北宋后期8位学苏的词家，独许黄庭坚、晁补之两人"韵制得七八"，但旋又说"黄晚年闲放于狭邪，故有少疏荡处"。金元好问亦云："（东）坡以来，山谷、晁无咎、陈去非、辛幼安诸公，俱以歌词取称。吟咏情性，留连光景，清壮顿挫，能起人妙思，……皆自坡发之。"（《新轩乐府引》）又，清胡薇元认为："无咎为苏门四学士之一，其词神姿高秀，可与坡老肩随。"（《岁寒居词话》）《艺概·词曲概》谓："东坡词在当时鲜与同调，不独秦七、黄九，别成两派也。晁无咎坦易之怀、磊落之气，差堪骖靳。然悬崖撒手处，无咎莫能追蹑矣。"《蕙风词话》卷二并云："有宋熙（宁）、（元）丰间词学极盛，苏长公（轼）提倡风雅，为一代山斗。……山谷、无咎皆工倚声，体格与长公为近。"而至张尔田则断言："学东坡者，必自无咎始，再降则为叶石林（梦得），此北宋正轨也。"（《忍寒词序》）然而，参订诸家之说，那中间承续流变的复杂脉络，却非他们略供消息的三言两句便能爬梳得清晰，还必须从多层面加以论析阐发，才能求得比较深刻、条理的认识。

全面检视晁补之，当推他被罢知湖州任、以寄祠官而退闲居金乡故里阶段的词作最具代表意义，因为在此时期，他的创作热情骤然旺盛，并且较明显地表现出其人生价值取向与对词的本体艺术精神的界定。

从词的发展演进过程来说，此时早已高度成熟且臻达鼎盛，苏轼的革新是企图超迈风月恋思、艳科小道的传统局囿而转向诗化道路复归。但是难被时人理解，故景从者寥寥。晁补之却能沿顺此途继续走下去，将其笔触延伸到社会现实生活的各方面，使之拥载较广阔的内容。在词中，他生动描述了金乡东皋归来园里的四时风物，融入自我随遇而安超然世表的旨趣，当其看待与身相伴的丽日景光时，决不将之视为无知觉而冷漠的客观存在物，而是处处蕴和着浓烈的主观情感。所以，他便不仅只凝滞在细微的平面摹写上，或者全凭寄兴比托之法以言外见意；而是常由正面注目、放笔铺排，经过精心选择提炼，藉一系列最易体达心思感受、善能引发联想的景象，来直接表述主观情意，从而使景为情用、景中见情。如〔永遇乐〕《东皋寓居》：

　　松菊堂深，芰荷池小，长夏清暑。燕引雏还，鸠呼妇往，人静郊原趣。麦天已过，薄衣轻扇，试起绕园徐步。听衡宇欣欣童稚，共说夜来初雨。　　苍菅径里，紫葳枝上，数点幽花垂露。东里催锄，西邻助饷，相戒清晨去。斜川归兴，翛然满目，回首帝乡何处？只愁恐、轻鞭犯夜，灞陵归路。

全词大半篇幅皆铺写初夏乡村景物风光，字里行间无不流溢着闲适轻悠的趣味，故下阕后半遂从容逗出"斜川"两句，以明隐退之乐，体现了社会现实环境与个我志向意兴的有机契合，物我无违，一片轻畅愉悦气氛。陶渊明《游斜川》诗序云："天气澄和，风物闲美，与二三邻曲，同游斜川，临长流，望层城，鲂鲤跃鳞于将夕，水鸥乘和于翻飞。"晁补之《送永嘉县君回至鹿邑东门外作》诗："华发下堪悲事故，斜川归兴满东皋。"晁补之诗词，乃至生活中都引陶渊明归田园为同调，如前章屡屡叙及的，也是山东文学家的普遍认同心理。要之，在表现手法方面，通体皆不作曲笔，也没有深幽隐微之境，纯然以真情的直率袒露和气势畅达见长，是而特具清朗疏阔之美。

这种格调贯注在晁补之金乡闲居时的大多数词作间，如记述端午节清趣雅致的〔消息〕"红日葵开"，色彩绚烂，家常情调浓郁熟习；如描写暮春景色的〔梁州令叠韵〕"田野闲来惯"〔诉衷情〕"东城南陌"〔金凤钩〕"春辞我"，皆流连韶华，慨叹青春易逝，虽不免流露出些许的凄迷惘怅意味，但总体上看，却只是一层轻轻缭绕着的淡烟薄雾似的，很快便消解于新绿红芳、晓燕黄莺的美丽中，并不觉得过分重挚。另如描绘盛夏永日消闲场境的〔酒泉子〕"萱草戎葵"、〔生查子〕"永日向人妍"〔诉衷情〕"小园过午"，都是清新丽爽，叫人赏心悦目，心头充满了对人生美好事物的珍重热爱之情；抒发早春感怀的〔木兰花〕"小楼新创"〔阮郎归〕"小楼独上"，均惊心于韶光倏变，故极寻常的斜阳暮钟也每每牵动天涯遐思，情味亦深沉邈远，咀嚼不尽。凡此等等，无不使情、景、事紧密契合融化，而一切全凭藉那份"情"去挈领。所以，并不特别追求韵味的含蓄丰蕴与刻画描写的精丽细致，而独以境界的高朗旷远取胜。在漫长的废黜闲退岁月里，晁补之非常倾慕魏晋高贤放浪恣纵、于世务俗情的得失无所萦系的洒脱风度，其间尤奉陶渊明的人生价值取向和审美旨趣为楷模，相关词作也正是这种心曲的物化方式。

当然，上述的艺术特征并非仅只见于他后期家居时的词作里，早在此前的若干篇章中已显端倪。如〔安公子〕《送进道四弟官无为》："柳老荷花尽，夜来霜落平湖净。征雁横天，鸥舞乱鱼游清镜。又还是、当年我向江南兴。移画船，深渚蒹葭映，对半篙碧水，满眼青山魂凝。"〔水龙吟〕《寄留守无愧丈》："满湖高柳摇风，坐看骤雨来湖面。跳珠溅玉，圆荷翻倒，轻鸥惊散。堂上凉生，槛前暑退，罗裙凌乱。"爽俊间透露着清隽朗丽的风致。又如〔临江仙〕《和韩求仁南都留别》〔忆少年〕《别历下》诸词，不须浓墨重彩去铺陈别情离绪，只从眼前风景从容道出，但字句间却贯注着真挚的伤感留恋，语浅情浓，言简意深，也同时显示出词家襟怀格调的高迈宏敞，引人回想无穷。清陈廷焯《词坛丛话》云："晁无咎词，名不逮秦、柳诸家，而本领不在其下。"若就上述诸作证之，当不为无根游谈。况且〔忆少年〕之起句"无穷官柳，无情画舸，无根行客"，采用排比手法，独出心裁，从拗折复叠里饶显天然真率之趣，极见锤琢洗涤又重归浑朴的功力，故是甚为清先著、程洪赞赏："晁补之〔忆少年〕'无穷官柳'云云，'花无人戴，酒无人劝，醉也无人管'与此词起处同一警绝。唐以后特地有词，正以有如许妙语，诗家收拾不尽耳。"（《词洁》卷一）"花无人戴"三句为南宋黄公绍〔青玉案〕词结拍语，清贺裳《皱水轩词荃》评云："语淡而情浓，事浅而言深。"不妨移以见晁补之之词。

晁补之还有另外一种于清朗高旷的基调上生发，而偏向空灵隽逸情致的词作。既深得苏轼神韵,又能不株守户下,而是手挥目送,自作构想,在意象组合与境界构建方面,使自然景物拥具某种象征指向,情则潜蕴其中,作为贯通联结的线脉。如〔八声甘州〕《扬州次韵和东坡钱塘作》,融今昔不同的时间范围、南北两处空间场景为一端,借"秋波一种""江雨霏霏"作为相互交迭触引的契机,以喟慨年华递嬗,又深深包纳着真挚的友情,"念平生相从江海,任飘蓬、不遣此心违。"用笔流动不滞,气韵夭矫从心。又如〔玉蝴蝶〕"暗忆少年豪气",本旨在抚今追昔,不胜叹息悲凉之意,但多就事、景和人物风态着眼,便觉清脱潇洒里暗暗蕴含着一缕缕的迷惘感伤,让人不尽回味。而他最后在官舍的绝笔词〔洞仙歌〕《泗州中秋作》:

青烟幂处,碧海飞金镜。永夜闲阶卧桂影,露凉时、零乱多少寒螀,神京远,惟有蓝桥路近。 水晶帘不下,云母屏开,冷浸佳人淡脂粉。待都将许多明,付与金尊,投晓共流霞倾尽。更携取胡床、上南楼,看玉做人间,素秋千顷。

更是对幻想世界和艺术完美的一次终极追索。词里所刻画的碧海青烟、玉阶桂影等具载多层历史文化内涵与特定情思导向的景物,既是固有的客观存在,又同时带着憧憬向往的象征意义,亦幻亦真,故顿生出万念胥澄、形神双清之感,直觉复绝尘俗,不由得让人联想起苏轼的中秋词〔水调歌头〕"明月几时有"来——只不过,苏轼于其间倾注了更多的热情和期待,虽不乏对人生缺憾的慨喟和知音难觅的悲凉意绪,然就其实质而言,却始终未曾放弃对美好理想与未来的执着追求。而晁补之词则大不然了,中秋清光下所剩有的仅是沉静冷寂,那是饱经忧患、惯见沧桑后的老年人所特具的一份气质,他已不再为世事的荣枯盛衰牵羁,早年的激情色调已消褪殆尽,即或还有着些许的生命迟暮的叹息,也很快付诸淡烟流水,一起溶化在这个清辉澄澈的皎洁世界里。

置身在新旧党争的漩涡里,晁补之平生浮沉下僚,命途多舛,以至早岁的壮志成虚、大好韶华无端耗掉,最教他忿懑难平。反映到词作里,也便不暇再细琐推求音律的抗坠疾徐、句法字面的参差变换,而是径直慨然言志抒情,一任笔墨的纵横挥洒,全仗恃豪放奔腾的气势驱使、运行,故

一体贯穿,辐辏涌出泻下。典型之作如〔摸鱼儿〕《东皋寓居》:

买陂塘,旋栽杨柳,依稀淮岸湘浦。东皋嘉雨新痕涨,沙觜鹭来鸥聚。堪爱处,最好是、一川夜月光流渚。无人独舞。任翠幄张天,柔茵藉地,酒尽未能去。　青绫被,莫忆金闺故步。儒冠曾把身误。弓刀千骑成何事?荒了邵平瓜圃。君试觑,满青镜,星星鬓影今如许!便似得班超,封侯万里,归计恐迟暮。

这也是其罢职家居时所制。先是放笔描叙归来园的清隽景色,以充分体达啸傲风月、寄兴诗酒的意趣情怀;过片转过来写对年轻时热心馆阁侍臣,徒自销磨岁月的悔痛,接着迭用旧典来坐实儒冠误人,一时的荣名显赫也不足恃,总不如高蹈归隐为上。证诸有关史实及其生平行迹,就知道晁补之的心头积郁着一股难以消解的忿慨,故而始激荡出"功名浪语"的反笔来,质率发露,滔滔倾泻而下,特以气象阔大豪纵见长,全然不同于传统词派密丽婉曲的习惯。《艺概》卷四云:"无咎词堂庑颇大,人知辛稼轩〔摸鱼儿〕'更能消几番风雨'一阕为后来名家所竞效,其实辛词所本,即无咎〔摸鱼儿〕'买陂塘,旋栽杨柳'之波澜也。"揭橥出山东词家的承传流变消息。其着眼点,正在于晁补之的造境浑成厚重,善于熔铸事典,而借助盘郁勃发的气脉驱策运行之,既教情怀毕现,又避免浅易粗陋之病。其他再求诸同类之作印证,则又如〔一丛花〕《十二叔节推以无咎生日于此声中为辞依韵和答》2首,诸如"高情敢并汉庭疏,长揖去田庐。囊无上赐金堪散,也未妨、山猎溪渔""凌烟画像云台议,似眼前、百草春风。盏里圣贤,壶中天地,高兴更谁同"等句,简直与〔摸鱼儿〕如出一辙。只不过后者的情绪更加激切,吐辞造语更为直白明尽,犹似骨鲠充喉,必出为快,这些与当时流行的含蓄曲幽、婉而不露的词风实在是背道而驰了。

全面看来,晁补之虽多有师法苏轼处,但决非亦步亦趋者,他于创作上力主"师心而不蹈迹"(《跋董源画》),以为"法可以人人而传,而妙必其胸中之所独得"(《跋谢良佐所收李唐卿篆千字文》),孜孜在自我艺术风貌与美学范式的建构。再结合他的具体生平、思想来看待其作品,将会认识得更真切。

晁补之家世早衰微,父亲游宦四方,竟至客死京师而贫不能丧。中年步入仕途,也仍未摆脱贫困,甚至为了多得俸禄而自请外任;且又迭遭窜谪,饱谙那世态炎凉、迁客逐臣的况味。这些无论隐显,都会在他的创作中投下阴影。若进而追溯其所接受的历史文化传统浸润,则晁补之精研楚骚,沉潜于李白、杜牧等前贤,对他们因忠见斥、孤愤怨怼的情怀和美人芳草、悱恻幽眇的韵致都体味得异常深切。至于个人的秉性气质又是沉绵凄逸,趋于内向而不善排遣,缺少苏轼那种豁达豪健的襟怀,也殊异于陶渊明旷远淡穆、静泊自守的气度。凡此等等,无不直接间接地规定着他低咽多怨的基本格调,故清冯煦《蒿庵论词》说晁补之"所为诗余,无子瞻之高华,而沉咽则过之。"

元符二年(1099),晁补之贬监信州(今江西上饶)盐酒税,这时他已经是47岁了。以垂暮艰窘之身,南窜荒蛮之地,心头的愁怨哀怆自无待言。乃赋〔迷神引〕《贬玉溪对江山作》,聊为抒写:

> 黯黯青山红日暮,浩浩大江东注。余霞散绮,回向烟波路。使人愁,长安远,在何处?几点渔灯小,迷近坞。一片客帆低,傍前浦。
> 暗想平生,自悔儒冠误。觉阮途穷,归心阻。断魂素月,一千里,伤平楚。怪竹枝歌,声声怨,为谁苦!猿鸟一时啼,惊岛屿。烛暗不成眠,听津鼓。

开篇写夕阳暮帆的萧条景象,即牵惹起骚客谪臣的满怀愁绪,帝乡渺茫,归程何计?用笔质朴而由景生情,透出深长的迷惘。过片仍以"自悔儒冠误"的本旨提唱,明点怨情,深致途穷蹭蹬之叹。下面转而摹画素月猿鸟,总束夜阑不能寐的现况,通过时空的转换、推移,清晰表述出此时一系列纷繁的心理活动及所承受的沉重压力。全词依次递进,层层铺写,在景物映衬和故典牵引中,和盘倾吐出天涯沦落的情怀;虽不为包藏细密、含蕴待发的曲笔,但仍存盘旋不尽之韵致,教人往复回味。

他这种沉沦斥逐的哀怨竟然积郁得那么深重,以至当金风送爽、秋灯有味的九月,值晴空放目、欢饮佳节之际,而满眼所见、入耳成听者,都只是"露冷初减兰红,风紧潜凋垂柳,愁人漏长梦惊"的黯淡凄恻景象;从胸襟里发出的,也仅有"宦名缰索,世路蓬萍。难相见,赖有黄花满把，从教绿酒深倾"（〔八六子〕《重九即事呈徐倅祖禹十六叔》）的沉挚叹息。就这般因循到废黜家居闲处的晚年，晁补之又常常回忆旧游，追怀故交，那种愁思也抒发得更加凄婉切挚。如〔满江红〕《次韵吊汶阳李诚之待制》，便可视为典范之作：

> 华鬓春风，长歌罢、伤今感昨。春正好、瑶墀已叹，侍臣冥寞。牙帐尘昏余剑戟，翠帷月冷虚弦索。记往岁，龙坂误曾登，今飘泊。
> 贤人命，从来薄。流水意，知谁托？绕南枝身似，未眠飞鹊。射虎山边寻旧迹，骑鲸海上追前约。便江湖、与世永相望，还堪乐。

李师中（诚之），本是当时山东文坛前辈，曾与苏轼交游，前已述及，也属旧党中人物，因政见同王安石、吕惠卿牴牾，暮年遂退居汶上家乡。而此词融合叙事抒情于一体，借比兴笔法，哀叹贤哲命运多舛，也伤心于自我的无辜放逐；下阕再阑入李广、李白等历史人物，并不仅仅是用之关合李氏族望，那更多的深层含意，恐怕还是取其中共同的充满悲剧色彩的人生遭遇。这样以古类今，便使一片哀悼喟慨之情抒写得尤为委婉多味。故《彦周诗话》认为："不独用事的确，其指意高古，深悲而善怨似《离骚》。"给予很高评价。

如果再将之与〔离亭宴〕《次韵吊黄鲁直》〔古阳关〕《寄无致八弟宰宝应》等词参照，即能够更充分地理解笼罩在晁补之心灵上的哀怨怅惘是多么浓重，又被他多么淋漓尽致地表现出来。其实，便是一些境界较为苍茫涵浑的词篇，如〔阮郎归〕《遐观楼》《同十二叔泛济州环溪》之类，也往往于轻丽迷茫中揉进岁月无多、美人迟暮的深长感叹，以至陡然生发出沉重萧索的意味。当然，若是从主导格调来看，这些仍然有异于传统派词家习用的以缠绵委曲之笔写幽怨悱恻之情思的手法，也甚不同于苏轼的清旷健劲，虽然极言愁思如海，却依旧散发出掩抑不住的飒爽英气。

以上所论者，只是就晁补之的主流艺术精神而言，实际上，检点其全部词篇，伤春惜别、相思忆恋之类传统题材的作品，仍在数量上居一半之多。它们颇具闲雅蕴藉韵致与婉柔绵邈情味，合乎他自己词须"当行家语"的理论要求。如春日怀人，这是几乎被写得近于熟滥的传统题目，但晁补之的〔引驾行〕依然能别出新意，寻求到自我的独特表现角度：

梅梢琼绽，东君次第开桃李。痛年年好风景，无情对花垂泪。园里，旧赏处幽葩柔条，一一动芳意。恨心事、春来间阻，忆年时，把罗袂。　　雅戏，樱桃红颗，为插鬓边明丽。又渐是樱桃尝新，忍把旧游重记？何意，便云收雨歇，瓶沉簪折两无计？谩追悔、凭向谁说，只厌厌地。

起首便说春光满园，人却独自垂泪，中间略事点染，于歇拍处就揭示出了"忆年时，把罗袂"的缘故：全在旧情难忘啊！过片转过笔意呼应，但只写出恋人所留下印象最深的一个细微动作，则她的美丽即跃然历现，那艳红的樱桃仿佛一条主线，将今年和去年的春天连缀起来。韶华依旧，芳姿也依稀可踪，只是人儿竟一去杳杳无音讯。当时分离实出无奈，不过此情有谁知，又堪向谁人道呢！全词运用铺叙方法，章法缜密不懈，不作大幅度的跨越摇曳，率拙间饶有浑厚气，虽借鉴了柳永长调的经验，然也见出晁补之组织驾驭的能力。

不过，在传统词派的诸大家中，最使他倾倒服膺的首推晏殊、晏几道父子和欧阳修的"风调闲雅"，绝无一毫市井俗尘气。所以，自己便也极力踪迹那种隽永流丽、含蕴不尽的风神韵致，着眼在意象境界的深曲丰厚与造语的清婉凝练，却较多地脱弃了花间派精细雕琢、富艳秾纤的习尚。在一些令词短章里，晁补之较好地体现出他上述的美学理想。如绍圣二年（1095）通判应天府（今河南商丘）时，制有〔鹧鸪天〕：

欲上南湖彩舫嬉，还思北渚与岚漪。圆荷盖水垂杨暗，溪鹅鸳鸯欲下时。　　持此意，遣谁知？清波还照鬓间丝。西楼重唱池塘好，应有红妆敛翠眉。

上阕首句只是虚拟语，意实在于暗示蛰居贬所之苦闷，故随之即明点"还思"故乡齐州风物景光的本旨，特显眷念深挚。下阕叹慨年华渐渐老去，犹自连蹇宦海，以后纵或有机缘再重游旧地，只怕也没有了当时的豪兴。全词即景言情，于轻歌微吟间流露出顾瞻迟回的惆怅，虽轻淡，却缭绕不去，这全在情思的厚重真切。其他如〔一丛花〕"雕梁双燕"〔少年游〕"前时相见"〔浣溪沙〕《樱桃》等作，也大都写得清畅新丽，含思委婉而一往情深，颇具晏、欧的绰约绵邈风神，绝非仅凭以堆砌绮靡、雕缋满眼为能事者。

审视晁补之这种审美趣味选择与艺术创作取向，当基于他比较明晰的理论意识，相互间正可作双向互动式印证。关于其《评本朝乐府》文中的艺术精神表述，后面有专门论析，此处不赘。而在实践方面，于慢词的结构和铺叙手法上，他较多地师法柳永浑成谐婉、妥帖周密的长处，而摒弃其迎合市民趣味，过于俚俗粗鄙的缺陷。如〔洞仙歌〕《留春》《填卢仝诗》〔水龙吟〕《次韵林圣予惜春》〔斗百草〕"别日常多"等，或以景带情出，或借事理映托牵发情景，或纯凭情运理行，都是措意构思安排层曲深折，井然有序，而首尾回环呼应，于提纵挥洒中融汇时空背景，甚见委宛展衍之姿。而这些皆源于胸中一片真情，并无儇薄轻佻气。至于令词短章，则亦略得冯延巳、二晏与欧阳修诸家风韵，清新绵远，神致澄澈雅丽，犹如秋水微波。无怪乎后人编词集时，将晁补之的作品与彼等混淆窜误。

总之，晁补之描述田园风光、乡居生涯，直率吐露政治风波中的失意哀怨，体达出对亲友间的深挚情意，生动形象地刻画各地山川景物，于一定程度上突破花间传统的狭隘范围，反映了较多层的社会生活内容。与之相适应，他在审美趣味和艺术表现上，也有着相对宽泛的取向与更繁复多样的方法，如博引事典并喜欢熔铸成句，以增加词的弹性与容纳深度，使之更富于暗示、象征、对比和联想力，从而扩张词境，比较起单纯凭景物去渲染烘托情思的传统路数，显然是丰富多了。同时，与一般的白描手段相比，这样会增加理解的难度，便要求读者听众具载更高的文化艺术素养及鉴赏能力，因而也限制了它更广泛程度上的流行。这实在是利弊共存，不得不付出的代价。顺便说明一下，较之苏轼、尤其是后来居上的同乡辛弃疾，晁补之于使典用事还远远称不起宏富广博。

又如变词境的密丽含藏为疏朗详透，使言情状物无一不畅达尽意，但遣辞造语仍以表情为先，晁补之并未于实质上摆脱诗言志、词传情的儒家诗教和花间艳科的双重传统观念局囿。只是他对"情"字的涵义界定比较宽泛通脱，包括着人类生活里被激荡起的各种情感意绪，不再仅仅注目于窄狭定向的异性相思恋情而已。正缘于此故，使晁补之尽管有身历神、哲、徽宗三朝、迭经变革的丰富人生经历，却也未能放眼于更广阔的社会现实，无从臻达苏轼那种说理叙事、谈玄论道，"无意不可入，无事不可言"（《艺概·词曲概》）的深广度。

不过，内容与形式本是互为制约、相辅共成的统一体。即以词而论，它自身文体样式的特殊性，先天决定了其长于抒情而拙于说理叙事的表现特征。但就恰恰在这点上，它才比其他文体样式更能够满足人们传达某些细腻敏感、甚或难以名状的复杂情意的需要，所以，方得于渊源久远、势力雄厚的诗文以外，再另行自立新体。诚如《人间词话删稿》一二所语者："词之为体，要眇宜修，能言诗之所不能言，而不能尽言诗之所能言。诗之境阔，词之言长。"然而，词的长处同时也就是它的短处，因为取境深者其径则狭。另一方面，从词的演变进程来看，自花间始，经南唐再至北宋诸大家，于描写风月相思、离怀别绪等传统题材及建立与之相适宜的表达手法上，如借景抒情、因景见情、比兴寄托、有余不尽等，已经取得的成绩同它所可能达到的高度之间，并不存在太大差距，主要问题则是广度不够——因为如前曾屡屡述及的，现实人生里所存在的"情"，较之传统派词家的心理定势中业已凝固程式化了的男女恋情，要丰富复杂得多。苏轼革新的主要功绩，在于已开始认识到这个根本性问题并试图从创作实践中给予解决，倒不必拘执于他自己究竟实现过多少。实际上，现存的苏词仍以传统题材、风格的作品占多数。晁补之继踵苏轼，对词风词品的转变提高，也有所贡献。再到南渡后词家，则伤时念乱，志存恢复，心系黍离麦秀之痛，一改超朗旷逸为辛弃疾式的纵横驰骤、慷慨悲歌。至此，词以抒情为本体的价值功用已发挥到极致，而它在山东词坛上渐次发展的流派脉络也清晰可见。

然而，所谓的"以诗为词""以文为词"，是否真的能够通往完全成路之路？试推究苏、辛原旨，或许是想着开拓表现功能，易移径深为界广。但苏轼〔哨遍〕"为米折腰"〔满庭芳〕"蜗角虚名"，辛弃疾〔踏莎行〕"进退存亡"〔哨遍〕"一壑自专"等作，却是索然无韵味，无境界，其原因便在于违背了词本体固有的艺术规范，致使中介的载体与所承载的内容不相协调、融洽。晁补之虽兼擅诗词，且曾将有的诗篇改写作词，只是他的变革始终保持在词体艺术规范所可以承受的范围之内。这或许是魄力有欠，但决定原因还在于其本体意识："东坡尝以所作小词示无咎、文潜，曰：'何如少游？二人皆对云：'少游诗似小词，先生小词似诗。'"

(《苕溪渔隐丛话前集》卷四二引《王直方诗话》)

晁补之有选择地接受苏轼词的艺术精神与创作经验，善能融会贯通，由之建立起自我的风貌特征，在一定程度上扩张了词的包容范围、丰富了其表现手法。在基本方面，他则仍旧遵循"词传情"的观念，仅只是有限度地摆落传统束缚。这样虽然制约了对词境更大的开拓和主观审美体验的更新，却也得之免除生硬造作的缺陷，使其探索创新的努力被定位在词体特殊艺术规范之内。

再说晁补之的诗文创作。《鸡肋集》中有诗歌二十余卷、散文辞赋约近 50 卷，数量应该说是不少的。只是总体成就不高，显得平庸，虽然亦有精警之制，但难以名家，故为历来论者所冷落，在有关宋代诗歌与宋代散文的史的论述中，间或被设小节言及，属于名家之外的偏傍位置，有的也竟置而不论。

先说诗歌创作。晁补之约存六百余首，其中五古每以散文笔法出之，常喜阑入议论，于朴拙中偶见硬语生新、着意经营的姿恣，体现出宋诗的一般特色。如《再次韵文潜病起》："斯人自龙性，意变难章程。嗜酒不疵眚，身如秋叶轻。自言士处世，何必冰雪清？交游满台省，毁誉半王城。不肯效俯仰，畏高侮鲦悇。常思老伊颍，紫蟹羞吴秔。我辄抵掌和，音同磬随笙。"尤其如《送君》诗：

> 送君上马时，不道朝炉燠。春风入木心，皮肌发红绿。春风良易暮，那得勤行路？且莫望南窗，胡蝶飞无数。

本是写送别友人及不尽依依的情怀，也是凡常习见的题材，但晁补之却苦思而见出独特面貌：首联以"朝炉燠"写出节令和暖的特点与人因春风骤暖而燥热的感觉，真是琢磨入微。三、四两联迭用"春风"领起，不避繁复，而是从重复中见流动变化。唯前者写细刻小景物，为未经人道者，可谓透辟入里，久嚼回甘；后者则直发议论。尾联转用"且莫望"的反语作悬想，于景物中暗蕴眷念情怀，隽永有致。要之，全篇勤苦锻炼，拗折中别显人工之美，颇具黄庭坚诗的风韵，从中看到了"宋调"的一个侧面。后来江西派诗人吕本中说："无咎初从山谷理会作诗，故无咎旧诗，往往似山谷。"（《紫微诗话》）从晁补之上类诗作里，或可略得个中消息。

　　张耒《晁无咎墓志铭》云其"举进士，礼部别试第一，而考官谓其文辞近世未有，遂以进御。神宗见之，曰：'是深于经，可革浮薄。'"说明他深深浸润在儒学正统传统里，实际上，晁补之自己也是以"儒冠"自许。而五古这种形式比较开放自由，篇幅长短随意，不要格律的严格制约，笔法灵活多样，更宜于说理议论言志述道。如他的《即事一首次韵祝朝奉十一丈》《谒岱词即事》《游信州南岩》等，皆洋洋大篇，挥洒自如，直追踪杜甫、韩愈"以文以诗"的变创。前者制于绍圣末以党争故被贬监处州盐酒税，因丁母忧服丧家居期间，以巨野地低卑贫薄，遂迁居金乡城东。诗的上半部分以近50句的大量篇幅叙写无辜遭斥逐而废退的落寞困窘境况，中间总归以"而我独迁疏，通人所讥骂。正赖觞咏中，得意自陶写"明志自表心衷。接着改就"是时春雨余，桑密鸠鸣野"数句写景，略事点缀，以疏间密。下半部分的近30句仍然继续假古文句法述事、理、情，并引宰我、曾晳的有关典故深化内涵："功名与道义，熊掌偕鱼炙。二事良难兼，夫子贤点也。"认同的依旧是儒家的人生伦理价值观念。

　　后两首主要写山水景物，呈现出与前《即事一首次韵呈祝朝奉十一丈》颇为不同的艺术风貌。如《谒岱祠即事》，当作于晁补之晚年罢职闲居时际，曾往游泰山，故有诗。开篇三十余句先述泰山大概及其神奇，从"神灵所镇守，民物斯苾存"以下入谒拜岱祠事。然后转过笔意，自"明朝好天色，万象开胚浑。势横恒碣尽，支压齐鲁蹲"到。"挥斥八极远，风来袂轩轩。寥廓自无梯，犹疑天可宾。阴谷不敢视，恐落魑魅群。安得遂独往，身如黄鹄翻"，共达68句之多。——铺叙岱顶登临所见诸般景物，笔势纵横开阔，巨细宏微错落杂间有致，而气象阔大雄浑、灏瀚流转，且又多用僻字生冷语，佶屈聱牙、怪怪奇奇，那涩奥兀傲的面目，甚近韩愈《岳阳楼别窦司直》一类五古大篇，以及江西诗派苦心烹炼的独特旨趣；而《游信州南岩》主要是写景，其"搜猎奇书，穿穴异闻"（宋刘克庄《江西诗派小序》）的瘦硬倔奇风神，也与它相同。《宋史》本传称晁补之"才气飘逸，嗜学不知倦，文章温润典缛，其凌丽奇卓，出于天成。尤精《楚辞》"，故是他以才学为诗、以散文句法入诗，追踪屈骚楚辞的奇丽幽眇，在这里都得到充分体现。再者，晁补之虽不是黄庭坚开创的江西诗派中人，诗歌风格也较多样，但上述五古之类却与之同调，带有典型的成熟期宋诗风味特征。

《谒岱祠即事》于"周流遍五岳，采掇芝英繁。即欲憩圆峤，或当止昆仑"以下的最后部分28句，先是承上大段写景部分生发，流露出追慕老庄，高举方外以遗世独立的玄思远想；但旋即又以"答此太遗物，身闲犹事君。重华迹已远，秦汉事方烦。成功属吾宋，五礼垂后昆"云云数语翻转，仍追忆他元祐朝供职馆阁的盛年荣耀，终于自明心志："有志类韩愈，无书愧文园。臣发将雪素，臣心犹日暾。"还是继承儒学道统、眷念君国的入世心怀。结尾云："今此在林薮，跳身同獶猿。徒观众山小，愁绝下天门。"一派有志不骋，不得已才栖身田园的怅惘迷茫充溢言表。总之，晁补之骨子里是一个恪守孔孟正统的"儒者"，其思想基础、人生价值准则依旧是兼济独善的儒家出处之道，这点同王禹偁以来的山东文坛传统也并无二致。他的求新变的创造精神，多是贯注在艺术表现形式上。

《苕溪渔隐丛话前集》卷五一"晁无咎"条下云："余观《鸡肋集》，惟古乐府是其所长，辞格俊逸可喜。如《行路难》云：'赠君珊瑚夜光之角枕，玳瑁明月之雕床，一茧秋蝉之丽縠，百和更生之宝香。秋华纷纷白日暮，红颜寂寂无留芳。人生失意十八九，君心美恶谁能量？愿君虚怀广未照，听我一曲关山长。不见班姬与陈后，宁闻衰落尚专房。'"前此王安石有《明妃曲》2首，前篇末云："寄声欲问塞南事，只有年年鸿雁飞。家人万里传消息，好在毡城莫相忆。君不见咫尺长门闭阿娇，人生失意无南北！"晁补之诗与之相似，都是借汉朝宫廷故事来抒写对于"人生失意"的普遍缺憾的感叹。王安石此诗当时曾广泛传诵，颇具影响，欧阳修即有《明妃曲和王介甫作》，晁补之这首《行路难和鲜于大夫子骏》诗的取意构想或许也对之有所借鉴。但是，他在遣辞造语与神采情调上，大约是由于文体本身的传统审美取向与艺术范型导示的关系，却更多师承了山东籍前代诗人、南朝宋鲍照《行路难》"发唱惊挺，操调险急，雕藻淫艳，倾炫心魂"（《南齐书·文学传论》）的作风，呈现出瑰奇的风貌，只是后半部分用笔较多沉挚意味而已。顺便说一句，晁补之的乐府诗其实数量并不太多，格调也较驳杂，倒是一些七古，如《富春行赠范振》《赠送张愈秀才》《苕雪行和于潜令毛国华》，尤其是一些大篇，如《赠戴嗣良歌时罢洪府监兵过广陵为东坡公出所获西夏刀剑东坡公命作》《饮城西赠金乡宰韩宗恕》《同鲁直文潜饮刑部杜君章家次封丘杜仲观韵》等，皆畅达流动，意气洒落而一无拘滞，当得"俊逸"二字。或者说，他意欲学得苏轼才情充溢，白云卷舒而任心适意的妙境，但"得苏之隽爽，而不得其雄骏"（清陈衍《宋诗精华录》）。

晁补之的近体诗亦不乏佳制，乍看似不甚著力，亦罕有古诗的硬拗奥涩姿态，而多清新流美之致，如"雨园鸠唤妇，风径燕将儿"（《同鲁直和普安院壁上苏公诗》）"松根危抱石，岭路曲随溪"（《千秋岭上》）"柳嫩桑柔鸦欲乳，雪消冰动麦初齐"（《鱼沟怀家》）等句，写景鲜明如画，于细致精微处见出自然生机。至于"出檐碧笋犹争长，映户丹榴故后开。双蝶风前愁夜去，一蝉雨外送秋来"（《蠮轩孤坐寄曹南教授八弟》）之类，则苦心运思造境、琢炼字句，虽皆寻常凡熟者，也都力求生新深透；虽无唐诗林茂水阔的浑厚气象，但略其所详而详其所略，特见出技巧的精细。这些，都可谓与黄庭坚诗志趣、面貌相合，尽管他才情、功力不及黄庭坚丰溢深广，诗也逊于黄。

但晁补之更多近体诗却是语意平顺晓达，注重情景的映托融合与韵味的唱叹含蓄，境界也较为廓大浑茫。如《吴松道中二首》其二：

晓路雨萧萧，江乡叶正飘。天寒雁声急，岁晚客程遥。鸟避征帆却，鱼惊荡桨跳。孤舟宿何许？霜月系枫桥。

崇宁元年（1102），新党重治元祐及元符末旧臣，宰相蔡京籍司马光、苏轼等120人罪状，谓之奸党，请御书刻石子端礼门，晁补之亦在籍。秋，被罢知湖州（今浙江吴兴）任，此诗当作于北归途中。全篇描写深秋的衰飒萧索景象，已充分渲染出冷寂落寞的气氛，虽不言情，字句间也已饱蕴着主观的情感指向了。颈联之"岁晚"，即坐实时令，亦暗示生命季节，因为他已是50岁的人，年华迟暮、去日无多，且又遭仕途宦海的再次沉重打击，由眼前所见触生牵引出凄惶迷惘的心绪，并将之反注于客观景物中，自是契合无间。接着"客程遥"点明现在处境，以"孤舟宿何许"束结空间由远而近、时间自晓至暮的过程，妥帖平稳。

绍圣元年（1094）初夏，晁补之由秘书省官出知齐州（今济南），有

《赴齐州道中》诗：

> 淮南蒙召鬓毛斑，乞得东秦慰病颜。晓整轻鞍汶阳北，却冲微雨看青山。

然而任职尚不及一载，次年正月便因党争故被降通判应天府（今河南商丘），行前他又有《将别历下二首》，其一云：

> 来见红蕖溢渚香，归途未变柳梢黄。殷勤趵突溪中水，相送扁舟向汶阳。

前者并不抒情写景，只是叙事，但在"却冲微雨看青山"的动作描述中，尽展出轻畅悠闲的神姿，那份愉悦自也尽现于言外，全诗纯以意胜。后者则背景截然相反，但终究是初遭蹭蹬，故不觉十分沉重，不从正面著笔，只是写景。前两句通过景物的变换表示时间的短促，后两句取意颇类李白《金陵酒肆留别》："请君试问东流水，别意与之谁短长？"只是改将浓郁的主观惜别之情尽皆化作可实在把握的客观物象，以不尽的泉水溪流喻譬之，意味便尤觉绵邈深婉。

最后，还应单独谈到晁补之的题画诗。前已叙及，他自己善画，对画也具有很高的鉴赏力，词中已见品题之制。当时诗坛以画为题目的品咏之风甚盛，苏轼、黄庭坚尤为个中大手笔。晁补之亦有《题四弟以道横轴画》《赠文潜甥杨克一学文与可画竹求诗》《和苏翰林题李甲画雁二首》《酬李唐臣赠山水短轴》《题工部文侍郎周翰郭熙平远二首》等，体式多样，有五言古诗、七言杂言古风、七绝之类；表现手法也丰富多变，或用直笔，逐次摹写画中景象人物，使言语文字扩张功用，而产生画图式直观形象效果，可历历想见；或径就议论入手，傍举类引，以实例探明画理，将金针度人；或扣住题意，以画家的谋思构图角度来描述画面，工细中又有风雨挥洒、洪涛翻卷的气势和云烟迷濛、深岩老树的幽远之美。二首七绝则将自己观赏的感受及所引发出的联想，一并融入对画图的描写里，简疏中饶具杳茫韵味，这又与他许多其他题材内容的七绝诗风致相似。尤其是《题自画山水留春堂大屏》，更典型体现了他七绝的格韵高绝：

胸中正可吞云梦，盏底何妨对圣贤？有意清秋入衡霍，为君无尽写江天。

据明毛晋《晁氏琴趣外篇跋》所云，这是大观四年（1110）在泗州（今安徽泗县）官舍所作，"又咏〔洞仙歌〕一阕，遂绝笔。"全诗均直言叙述，并无一毫的曲隐含蓄，而纯以意格胜。故清旷超逸，迥绝尘俗，几无人间烟火气，让人悠然作高举远游之想，与其同为绝笔之作的〔洞仙歌〕"青烟幂处"词同一风貌，完成了他艺术精神与美学理想的最后升华。

晁补之工词与诗，在当时他却是以文章著名于世，尤其是时政议论。苏轼曾称赞其"于文无所不能，博辩俊伟，绝人远甚"（《晁君成诗集引》），黄庭坚《奉和文潜赠无咎篇末多以见及以既见君子云胡不喜为韵》其五云："晁张班马手，崔蔡不足云。当令横笔阵，一战静楚氛。"《能改斋漫录》卷一一具体比较苏门四学士的文学创作说："四客各有所长，鲁直长于诗辞，秦、晁长于议论。鲁直《与秦少章书》曰：'庭坚心醉于诗与楚辞，似若有得；至于议论文字，今日乃当付之少游及晁、张、无己（陈师道），足下可从此四君子一一问之。'其后，张文潜《赠李德载》诗亦云：'长公（苏轼）波涛万顷海，少公（苏辙）峭拔千寻麓。黄郎萧萧日下鹤，陈子峭峭霜中竹。秦文倩丽若桃李，晁论峥嵘走珠玉。'乃知人才各有所长，虽苏门不能兼全也。"皆认同这点。

然而，晁补之的章表、史评之类的议论文字，如《上皇帝北事书》《上皇帝安南罪言》等，多属关于时事军兵的实用性对策之制，虽综核古今为证，论辩滔滔，条分缕析，周密严谨，"波澜壮阔，与苏轼父子相驰骤"（《四库全书总目提要·鸡肋集》），实际上却偏离了文学的审美本质，并不具备多少艺术价值，故无须深论。至于他四十余篇辞赋作品，如早年的《七述》，放笔铺陈钱塘的山川人物，巧构形似，颇得汉大赋的遗风。元祐初至京师任太学正时，精心撰作《求志赋》，历述家世行迹，抒情表意，条畅博奥，感慨遥深，见出务深好奇的特征。中年出知齐州府，甫到任，即修葺废圮已久的北渚亭，使与湖光山色相接映，成为一郡名胜，并作《北渚亭赋》以记之："北渚亭，熙宁五年集贤校理南丰曾侯巩守齐之所作也，盖取杜甫《宴历下亭》诗以名之，所谓'东藩驻皂盖，北渚凌清河'者也。风雨废久，州人思侯，犹能道之。后二十一年，而秘阁校理南阳晁补之来承守乏。……乃撤池南苇间坏亭，徙而复之。"在有关湖山亭周秀丽风光的描摹中，流露出对前贤的深深仰慕怀想之情，情辞文藻皆可称道。

《鸡肋集》有碑志传状五十余篇，数量比重甚大，只是限于文体规范和特定应用性质的制约，大多平庸冗长，无可深言者。"倒是一些逸民处士、下层官吏以至妇道人家的墓志墓表，没有什么架子，却有生动可观的内容。如《邓先生墓表》记邓御夫结茅水滨，埋头著述，其居处'如坠谷，有石几丹墨，作《老子注》，寒暑易节，乃一再出'；《四会县尉刘君墓志铭》记刘师愈破'叶氏兄弟出贩，兄独归而弟为人杀'的疑案，终将谋财害命的兄长置之于法；《李氏墓志铭》记少妇李仲琬知礼义、识大体，劝知陕州的公公善待入贡的羌人；《苏门居士胡君墓志铭》记友人胡戬临终之前以铭墓之文相托，自己闻讯后不由失声而泣，等等。"① 特别是建中靖国元年（1101），闻苏轼病逝，晁补之悲恸至深，为《祭端明苏公文》以悼之：

补之童冠，拜公钱塘，见谓可教，剔垢求光。顾惟冥顽，仡未闻道，愧负公语，以无成老。穷秋讣至，沉痛刳肠，扁舟东泛，道哭公丧。作此鄙词，惟公所喜，伸哀一恸，绝弦自此。呜呼哀哉！

祭文从追忆少年时初遇苏轼起，结以闻此凶讯，叙说极度的哀痛心绪，文字质朴古拙，然真情挚意贯融通篇，自具一番憾动人心的力量。尾云："伸哀一恸，绝弦自此"，虽用俞伯牙善琴，以钟子期为知音，及子期殁，"伯牙破琴绝弦，终身不复鼓琴，以为世无足复为鼓琴者"（《吕氏春秋·孝行览·本味》）的旧典，但在长时期的广泛流传、使用过程中，它被不断注入新的情感内容，遂沉积了异常丰富深沉的内涵张力，如唐张说《右丞相苏公挽歌二首》其二："自惜同声处，从今遂绝弦。"唐崔珏《哭李商隐》："良马足因无主踠，旧交心为绝弦哀。"已见先例，此处用

---

① 洪本健：《唐宋散文要义》中卷，北京：光明日报出版社1996年版，第729页，乔力主编：《中国文化精典要义全书》第12种。

于义兼师友的苏轼,更觉低回沉挚,有椎心泣血意味。

但是,最能体达晁补之艺术特色和成绩的,是他的二十多篇记叙体散文。其中《新城游北山记》,依时空顺序次第叙写游新城(浙江新登,今划归桐庐)北山一昼夜的各种见闻。写景物则绘形绘色,迭用喻譬之笔逗引人的想象联想,使之产生身亲经历的真实感觉:

初犹骑行石齿间,旁皆大松,曲者如盖,直者如幢,立者如人,卧者如虬。松下草间有泉,沮洳伏见,堕石井,锵然而鸣。松间藤数十尺,蜿蜒如大蚖;其上有鸟,黑如鸲鹆,赤冠长喙,俯而啄磔然有声。稍西一峰高绝,有蹊介然,仅可步。系马石骼,相扶携而上,篁箨仰不见日,如四五里乃闻鸡声。

写人事则于动态中表现其神情,注意精细刻画周遭的环境,渲染气氛,使之和谐无间:

有僧布袍蹑履来迎,与之语,膑而顾,如麋鹿不可接。顶有屋数十间,曲折依崖壁为栏楯,如蜗鼠缭绕乃得出,门牖相值。既坐,山风飒然而至,堂殿铃铎皆鸣,二三子相顾而惊,不知身之在何境也。且莫,皆宿。于时九月,天高露清,山空月明,仰视星斗,皆光大如适在人上。窗间竹数十竿,相摩戛,声切切不已。竹间梅棕森然,如鬼魅离立突鬓之状,二三子又相顾魄动而不得寐。

全篇文字疏畅顺易,纡徐道来,多有自然容与之致,而无不条达明净,展现出欧阳修、苏轼等为代表的宋代古文的范型面貌,不同于韩愈硬语盘空、逆折动荡的作风;然于意趣境界的清奇幽杳上,却又逼近柳宗元的《永州八记》等山水游记,历来最为人称道见赏。

其他如《照碧堂记》:"花明草薰,百物媚妩,湖光弥漫,飞射堂栋。长夏畏日,坐见风雨自堤而来,水波纷纭,柳摇而荷靡,鸥鸟尽舞。"《拱翠堂记》:"泉山之势南峙而北屏,左则如涛如云,如虎如蛇,腾涌挐蹩,杂袭而相羊。右则如车如盖,如人如马,逶迤雍容,离立而孤骧。中则平原绿野,桑柘禾黍,井间沟洫,什伍而纵横。"《金乡张氏重修园亭记》:"诸山或断或续,屏列远陆如画。其南数百凫雁飞集鸣唼声,回望白水明灭桑野间,意甚乐之。"亦皆能清丽明爽,层次错落而生动如画,于言辞字句间流露出赏悦轻畅的心绪,使情如水著盐,不见痕迹地溶于景的摹写描画里,更显示出人与自然的互化契合,这正是中国传统思想中的理想境地。不过,与《新城游北山记》的纯用白描笔法不同,这些以后的文字每常于直接叙述时,再间杂入议论抒情内容。或者于登堂眺望之际,抚今追昔,不尽凭吊留连之慨;或者在优游胜景时候,叹息其鲜为世人赏爱的冷寞孤寂;或者就园亭的建构与位置、物产等的述说中,感喟身世际遇。其他如《清美堂记》《归来子名缗城所居记》之类,不烦枚举。总之,这类记叙体文善能有机融合写景、抒情、叙事、说理为一体,形象鲜明逼真,气势卷舒洒挥自如,议论条晰透辟,而情辞生发互映,饶具韵致。这些都可与前辈同乡王禹偁相此肩并美,只是与其简洁隽永相较,晁补之有的作品失于杂沓浅率,不够凝炼,意味自也不及王禹偁的醇厚。

第三节 旷世才情李清照

清王士禛评论李清照和辛弃疾二人的词,有过一段非常著名的话,经常被山东、尤其是济南人称引:"张南湖(綖)论词派有二:一曰婉约,一曰豪放。仆谓婉约以易安为宗,豪放惟幼安称首,皆吾济南人,难乎为继矣。"(《花草蒙拾》)其实,王士禛之说当源自明徐士俊《古今词统》:"余谓正宗易安第一,旁宗幼安第一,二安之外,无首席矣。"这种正宗、旁宗——或谓正体、变体的说法,当是从宋代词在鼎盛之际就已经流行,并被社会所普遍认同的一种观念,前文论述李之仪、晁补之及下章有关李清照"词论"的部分均曾谈到,兹不赘。而明人正是承此而来并张扬之,如首倡词有婉约、豪放二派的张綖便并不平等看待它们:"大约词体以婉约为正,故东坡称少游(秦观)为今之词手。后山(陈师道)评东坡(词)如教坊雷大使舞,虽极天下之工,要非本色。"(《诗余图谱》)徐师曾《文体明辨序论》亦云:"至论其词,则有婉约者,有豪放者。婉约者欲其词情蕴藉,豪放者欲其气象恢宏,盖虽各因其质,而词贵感人,要当以婉约为正。否则虽极精工,终乖本色,非有识者所取也。"抛开两种不同的风格流派价值判断方面的等差偏见勿论,李清照、辛弃疾的巨大艺术成就与深远影响却是无疑的,早已跨越了地域与时代的界限,而卓然彪炳在整个中国文学史册之上。他们的作品与行迹身世既已广被人们熟知,也是历代论词者所重点关注的对象,到20世纪,更成为古代作家作品中的热门研究对象,有关著述连篇累牍,实不烦遍举。鉴于上述实际情况,本书便不再做一般性全面式论析,以避琐屑重复,而是采取偏锋个别角度的切入方式,这是有异于"主流作家"中的其他作家的。

李清照(1084—1155?),齐州章丘(今属济南)人[1],自号易安居士,元祐名士李格非之女。少即文才华赡,年十八,适诸城赵明诚。靖康乱后,她避兵战南下。建炎三年(1129),赵明诚病逝于建康任上,李清照遂辗转流离于金华、临安等地,孤寂终老。著有《李易安集》7卷与《漱玉词》6卷(《宋史·艺文志》),皆佚。今存诗词文集皆后人所辑录。李清照的号当出典于陶渊明《归去来并序》:"倚南窗以寄傲,审容膝之易安。"唐李善注引《韩诗外传》:"北郭先生妻曰:'今结驷列骑,所安不过容膝;食方丈于前,所甘不过一肉。'"(《文选》卷四五)又据史载,赵明诚父赵挺之,曾被苏轼斥之为"聚敛小人,学行无取",后官至吏部尚书、左丞相,与蔡京结党,"排击元祐诸人不遗力"(《宋史》本传)。因与蔡京争权而互相攻讦,死后遂使家人罹祸。大观元年(1107),赵明诚被革职屏居青州乡里,凡十年之久。李清照此时取"易安"为号,自然含有随遇而安、虽陋室蜗居亦无碍的意味。与其相映成趣的是,先前已叙及李清照的父执辈晁补之,因名列元祐党籍退黜金乡家园闲居,长达八年时间,"居乡间,以学行为乡人所敬。而尤好晋陶渊明之为人,其居室庐园圃,悉取渊明《归去来辞》以名之"(《宋史》本传)。另,前引晁端礼送晁补之贬监信州税时作的〔满江红〕词中,亦有"菊老松深三径在,田园已有归来计"之句,乃化用陶渊明事及其《归去来辞》。又,前引及南渡后王千秋〔水调歌头〕《赵可大生日》词云:"不用归谋三径,一笑友渊明。出处两俱得,鸱鹗亦鹓鹓。"也与晁端礼词同一出处,只是反用典意而已。再如后来的辛弃疾一些词篇及行事里,都显示出对陶渊明的风节与处世方式、态度的由衷钦仰并效法之意。甚至可以认为,这已经形成为山东词家的一种传统和积习——当然,它受到整个宋代词坛及至大

---

[1] 参见徐北文主编:《李清照全集评注》,济南出版社1990年版,第3~5页。

文化氛围崇陶学陶风气的浸染，最具典型且影响巨大者如苏轼，晚年谪逐岭南时，和陶诗竟达百余首之众。

一 摆脱桎梏的人生追求

由于迭经散佚，李清照现存词仅50余首，数量已是有限。而其中大都为清隽绵挚之什，以含蕴深邃见长，故历来被奉为婉约派之正宗，虽万口亦无异辞。但是，唯独这首〔渔家傲〕却忽标殊格别调，能凭其高迈飞扬的风神姿采取胜，诚如清梁令娴《艺蘅馆词选》乙卷所云者："绝似苏、辛派，不类《漱玉集》中语。"故而颇引人注目。近来更被一些论者推许作别具光彩的珍品，即求诸两宋词坛亦属罕见，认定其间抒发了她不满封建礼教枷锁、企冀有所作为的积极奋发情绪与对自由幸福生活的渴望，系自述理想之制。不过，仔细、客观地品味此篇，其主旨是否尽符合诸论者所言，而其深层包纳的与表层具体显现的人生追求的主要内容究竟何在，实有进一步探讨的必要，因为这将为比较全面、中肯地认识、评价李清照的词作及思想意识提供一个新的观察视点。此词云：

　　天接云涛连晓雾，星河欲转千帆舞。仿佛梦魂归帝所，闻天语，殷勤问我归何处？　　我报路长嗟日暮，学诗谩有惊人句。九万里风鹏正举。风休住，蓬舟吹取三山去。

此词调牌下宋黄升《唐宋诸贤绝妙词选》卷一〇题目作《记梦》，而通观全词，也确是通过梦幻般境界的描摹叙写来表达自我的一腔向往之情。试看上阕所展示者：值云涛雾幕弥蒙在天际之时，忽有银河转现，第见繁星闪烁、流光飘扬，犹如千帆竞发，可知夜色已将向尽了。

那起句中的"晓"字当视为点题之笔，规定着"梦"的特定时间限度，并由之延伸到其相应的空间范围。但是，说到底这里所描画的一番璀璨斑斓的景象，究竟当真是梦里所亲见，抑或本系李清照以其想象而托辞于梦境聊为发端者，已不可、也无须一定要确指实证了，因为只要充分肯定它非现实性的、富有象征意义的本质之所在便已足够。正是在此等的时间进程与空间场地上，词家缘序直下，径而布置了她的奇遇："仿佛梦魂归帝所，闻天语，殷勤问我归何处？"——这歇拍语似乎隐括了屈原《离骚》中"路漫漫其修远兮,吾将上下而求索"与"欲少留此灵琐兮,日忽忽其将暮"的句意,不过,她又觉得自己的运气似乎要较那位古代诗人要好一些,因为有幸蒙受天帝热情的关注,承其"殷勤"垂询,而不曾像屈子那样被冷漠地拒诸天国门外:"吾令帝阍开关兮,倚阊阖而望予。时暧暧其将罢兮,结幽兰而延伫。"(《离骚》)所以,下阕遂大变李清照婉曲含蕴的习惯作风,而一气贯注,尽情倾泻出她胸襟中所积郁的困惑烦恼,直诉对于理想人生境界的追求。而这些仍然是胎息于《离骚》"汩余若将不及兮,恐年岁之不吾与。……惟草木之零落兮,恐美人之迟暮"的怅惘,只不过移屈子的深蕴为此处的径率,袒然吐露了自我那份嵚崟日近,一己却仍无所成就的焦灼急迫感。退一步言之,纵然苦心为诗,务求高绝,但终究于时世实事何补!一个"谩"字下得精确传神,甚见分寸,清楚地表明了词家不欲以雕虫之末技终老,渴望有机缘摆脱平庸因循生活的桎梏,而奋力升华到那别具浪漫情调的理想世界里去:"风休住,蓬舟吹取三山去!"

那么,李清照梦寐中追求的"三山"是什么天地?据《史记·封禅书》云:"蓬莱、方丈、瀛州,此三神山者,其传在渤海中……诸仙人及不死之药在焉,其禽兽尽白,而黄金银为宫阙。未至,望之如云;及到,三神山仅居水下;临之,风辄引去,终莫能至。"在词中,是仅只局囿于典故自身的凝定含义而实有其指,还是借以譬喻作寄托着某种幻想境域而仅仅是一个替代性符号呢?她没有再说。但是,其妙处也恰恰在于戛然止于此,由之给人留下了驰骋想象的丰富空间,不同的读词者尽可以依照自己的领会力与赏析所得,作出各自不同的认识阐发:或称扬其神采的骏爽刚健,卓有豪杰气度;或体察那恢宏阔大的襟怀与彪异特立的人格,巾帼犹胜须眉……等等皆无不可。因为艺术形象原即大于主观创作思想,"作者之用心未必然,读者之用心何必不然"(清谭献《复堂词话》),是一条普遍的接受学规律。只不过有些论者一定要指实为李清照的本来意图,如本文开头所言及者,便值得商榷了,那原因是她自己早已经对此作出回答,甚至还详细描述过晨梦中追求的是何种理想境界,这些便表现在其另外一首《晓梦》诗里:

晓梦随疏钟,飘然蹑云霞。因缘安期生,邂逅萼绿华。秋风正无赖，吹尽玉井花。共看藕如船，同食枣如瓜。翩翩座上客，意妙语亦佳。嘲辞斗诡辩，活火分新茶。虽非助帝功，其乐莫可涯。人生能如此，何必归故家！起来敛衣坐，掩耳厌喧哗。心知不可见，念念犹咨嗟。

无独有偶，〔渔家傲〕词的题目也是《记梦》，记述晨晓梦境，与《晓梦》诗正相契合，两者精神实质上的浑融沟通应当不是偶然的。所以，它们的写作时间很有可能是同期而衔接的，系用两种不同的文学体式表现同一个题材内容，而相为补充、互文见意，只是词先而诗后罢了。其间差异处，当在于必须适应不同文体的各自特定要求——李清照原也力主词"别是一家"（宋胡仔《苕溪渔隐丛话后集》卷三三），故而〔渔家傲〕循当行本色之规范，讲究有余不尽，不宜放言尽言，便只写到"蓬舟吹取三山去"便篇外见意了——虽然就词来看，本篇亦属较为详明径直者——但她兴致实有未酣，情实存未达，遂再另于诗中畅申之。况且，"诗言志"是传统的文体功用观念，古风正自不妨拙率真切，一任彼驰笔纵言，尽抒胸臆，无须再假物托意寄心。因之于《晓梦》诗里，李清照便承词之兴意而续发之，紧扣着结拍"三山"的有关事典展开，企冀踪迹于传说里古仙人踵后，亦得能飞蹑云霞、高蹈尘寰，长作域外游。其地财有船藕瓜枣，众仙士骋辩舌、分新茶，那份逍遥潇洒的姿容神彩定非俗世间所可以想见。可惜是晓钟梦断，醒来后心知不可得，也唯有忆念着这悠缈惝恍之境重重咨嗟了。不言而喻，她流露出来的眷恋向往之情确是十分浓挚。

现在分析起来，《晓梦》诗里所摹写表抒的玄风仙趣也并非词家之独创，而是渊源自一种历时久远的文化传统沉积汇聚所构成的，虽复杂却相对稳定的艺术与人生交织互融的境界。它涵纳了理想和现实、出世共入世的双重因素，两者间也是相互渗透掺杂，故此每每呈现亦真亦幻、幻中含真的情状。诸如东方的齐文化中有关三仙山乃至扶桑若木的神话之类，南方的楚文化里屈原的"我瞻四方，促促靡所骋"的情怀以及《远游》"悲时俗之迫阨兮，愿轻举而远游。……惟天地之无穷兮，哀人生之长勤；往者余弗及兮，来者吾不闻"的慨喟姑且不论，《庄子·逍遥游》的大段文字亦不暇征引对照，仅举晋人郭璞《游仙诗》便可以视作最直接的滥觞：

>　　吞舟涌海底，高浪驾蓬莱。神仙排云出，但见金银台。陵阳挹丹溜，容成挥玉杯；姮娥扬妙音，洪崖领其颐。升降随长烟，飘摇戏九垓。

郭璞诗中数列的陵阳子明、容成、嫦娥、洪崖张先生等古仙，大概就属于李清照心目里"意妙语亦佳"的"翩翩座上客"吧！至于喜好言神仙事、将不可求之事求之的李白，更是屡屡高唱"登高望蓬瀛，想象金银台。天门一长啸，万里清风来。玉女四五人，飘摇下九垓。含笑引素手，遗我流霞杯"（《游泰山》）"传闻海水上，乃有蓬莱山，玉树生绿叶，灵仙每登攀"（《杂诗》）等诗。他们虽处异代不同时，但潜在的志趣却相投合。只是如再细细寻绎品味，便会发现郭璞"朱门何足荣，未若托蓬莱"的高蹈之调与李白"吾欲从此去，去之无时还"的倾慕之心，较之李清照"人生能如此，何必归故家"的由衷赞叹，似乎立意上要略胜一筹：因为他们大有敝屣王侯的气派，而不像李清照的眷眷拘执在"帝功"，不得已方才遁而言仙家事，终究难以遮盖那难舍荣名的底色来。

当然，神仙之说归根结底本属虚妄，这是历来大作高蹈梦的人心里都很明白的道理。所以，他们多数也只是藉此聊以抒愤世忧生之怀抱，表达一己郁郁不得志的意绪而已，"游仙诗本有托而言，坎壈咏怀，其本旨也"（清沈德潜《古诗源》卷八）。所以，从内涵实质及制作本意上言之，咏歌神仙即等于是咏歌退隐遁世，只不过故意给它披上一层迷离奇幻的外衣，以神其说，聊以为此等行事踵华敷彩罢了。先前的郭璞、李白辈是这样，此时的李清照亦复如此，但值得再作深究的是，她又在什么样的背景下制作的这两首词、诗呢？

乍从表面上看，似乎出自于李清照的早期生涯中。她以绝代才女幸适贵宦家之公子，新婚燕尔荣华舒适，自是气畅意盛，故于暇时易滋生奇想，忽偶尔发志趣于笔端；兼之其秉性疏放不拘礼法，或者假此作以聊示对于虽然优裕悠闲、但却未免平庸单调的贵妇人日常生活的不满足，特见己之清高绝俗。而自整体文化环境以视之，封建时代本来就弥漫着滞凝重浊的氛围，急剧走向下坡路的后期北宋王朝尤其暮气沉沉，处于社会等级结构最低层的妇女，所受到的束缚当更加严厉，生机几尽遭斫丧。这些虽然是具载相当普遍性的问题，不独李清照一人为然——相对地说，她的境遇地位也要远较当时大多数女性为好。不过，由于李清照向来以才华自许自负，有直欲压倒须眉之气概，偏偏困蹶于上述两方面交叠互构的现实网罗之内，就不可避免地要与自我强烈的主观意愿产生冲突，由之形成为十分痛切的压抑沉沦感觉。遂反拨而起高飞远举之悬想，希企在悠远传统文化中沉积出来的、以神话传说为介体的非现实的理想国度里寻求精神慰藉和寄托。诚如阮籍《咏怀》诗所说的"夸谈快愤懑"似的，聊舒一时快意。不过，还有更多李清照作品选注者及说词者，却断〔渔家傲〕出自她南渡以后手笔，系晚年制作，并极口褒赞其虽迭遭国亡家破夫死及再适离异等大祸，最终只身零落江湖，却仍能于此篇中高标豪迈豁朗的气概，闪烁着积极浪漫主义的光彩，超轶了她当时其他词作中那种悲苦凄戚、"欲语泪先流"的消沉基调，塑造出一派光辉的新境界。

然而，较为准确地辨认此词——当然也应兼顾《晓梦》诗，由于二者原系关联一体的。考虑到行文方便，这里姑且重点谈词——的编年，是准确把握李清照当时的思想情感状况，以及客观恰当地评论作品价值的关键所在。晚年托迹江南所作的看法，难免含有凿空臆测的成分，失之于游谈无根，因为此说并未提出确实的立论依据；而遽判初嫁赵明诚时的作品也欠妥当，因为它仅从诗词本身所表现的内容与当时一般的社会局势做平面孤立的推衍揣测，却缺乏将那个特定时期的朝廷政治党派斗争的现实背景和李氏家庭于其间所处的具体位置，一并联系起来作综合宏观考察的历史眼光，所以都有着空疏片面之失。

既然如此，便有必要略略追溯有关的史实。北宋中叶，自神宗熙宁年间信用王安石，推行新法以来，统治集团内部因利益重新调整，矛盾日趋激化，遂演变成新、旧二党，其相互的消长攻讦几与以后北宋王朝的命运走向共终结。哲宗元祐初宣仁高太后听政，起用反对新法的司马光等，旧党得主国是。李清照之父李格非（字文叔）以文章受知于旧党苏轼，与苏门四学士中的晁补之、张耒友善，李清照亦得以凤慧才学见赏于晁补之；李格非复与廖正一、李禧、董荣共号称后四学士，俱供职于馆阁，为一时盛事。殆及哲宗亲政，绍述（继承新法）之论大兴，元祐旧党尽遭斥逐，政局遽变。至徽宗崇宁初，蔡京任相，赵挺之以附媚位擢权要，得居执政，极力打击元祐党人。时旧党群贤贬窜徙死殆尽，而蔡京等意犹未惬，乃籍文彦博、吕公著、司马光等前朝宰辅和苏轼、黄庭坚、秦观、晁补之、张耒等117人,谓之"元祐奸党",御书刻石端礼门;后再下名单于外路州军,监司长吏厅立石刊记,以示天下(见《皇宋通鉴长编纪事本末》卷一二一)[①] 李格非前因不肯与编元祐群臣章奏,亦列党籍,名在"余官"第26人。李清照不忍,乃恳请赵挺之援手,献诗有句云:"何况人间父子情!"(宋张琰《洛阳名园记序》)这时她19岁,嫁赵明诚仅年余,这事怎能不在她心头留下伤痛,成为闺阁美景上的一块抹不掉的阴影?然而新党内部也是互相倾轧,到了大观元年(1107)三月,赵挺之被罢相,五日后身死,旋为蔡京党论列,追夺所赠司徒,落观文殿大学士。赵明诚也曾被捕送制狱究治(《宋宰辅编年录》卷一二),不久即免官,遂携李清照返归青州乡里,开始了长达10年的屏居生涯。这时李清照正在二十四五岁间的年龄。

回顾不久前赵明诚官鸿胪少卿,二兄存诚、思诚分别任卫尉卿、秘书少监,赵挺之则更贵至宰辅、位极人臣,真可谓一门煊赫威扬。讵料黄粱易醒,繁华瞬时消歇,遽败落为山林野夫!李清照多年后已渐归平淡,虽也总结说"仰取俯拾,衣食有余"(《金石录后序》),但当时家庭的衰废却使她从往日习惯的贵妇人骄纵尊荣生活之外,约略又领会到另一种人生,也有机缘比较真切地窥昧到封建社会的诸多阴暗面。她既宕逸自负,亦复敏感多情,作为一种最好的情绪抒发宣泄剂,〔渔家傲〕词与《晓梦》诗便最有可能属于这个多感慨的乡居阶段的诸多作品之列——若再推广言之,下面论析的《浯溪中兴颂诗和张文潜二首》也当系年于此期间,所以说二者的创作背景既然相同,可以一体参看,情感思想基调也多有互通处,只不过表达方法与表现形式各异罢了:如一是于理想人生的非现实追求,属个人生活,偏向娱己,用词和五古诗共发之;一是对历史教训的现实回顾,属国家政治,重在示人,寄褒贬儆戒于七古长篇。

有关上述的朝廷党争,李清照只是间接随家庭牵连波及,并无直接参与的资格,但却也饱谙了人世情态的炎凉,故而思谋退身事外,"掩耳厌喧哗",幻想着高飞远引,永远弃离尘俗的无谓纷扰了。不过,诗家所谓的"游仙",实质上即是隐遁,由于在现实政治或事业上遭受到挫折失败,喟叹于仕途坎坷、建功立业的夙志难以实现,而顺着历史传统和社会

---

① 据《宋史·徽宗本纪》作120人。

习惯力量所形成的反拨落差，必然极容易地要转思作遗世捐俗，远归山林或退返田园之计，以洁身自好。如果上溯孔子的"用之则行，舍之则藏"（《论语·述而》）"道不行，乘桴浮于海"（《论语·公冶长》），孟子的"穷则独善其身，达则兼善天下"（《孟子·尽心上》）的处世立身准则，与老庄那种愤世嫉俗、全身远害而回归自然的人生哲学，就是这样行世出处的根源和依据。相互比照参究之下，透过〔渔家傲〕《晓梦》中五色斑斓、奇谲诡幻的表象，所能看到的底蕴，不也正是出入于儒道两端的人生追求吗？

"学诗谩有惊人句""虽非助帝功"云云，足见出李清照已经不再自满于仅凭文章辞采名世，或许在渴望着能够有某些振衰济弊、辅弼帝王朝政的实际功业。这并非她突发天外奇想，实是古代已不乏先例，如《诗·鄘风·载驰》的作者许穆夫人，便是挽救国家危亡的杰出女政治家，汉代曹大家（班昭）的事迹当更为其熟悉而心仪之，李清照的用世之心也多么迫切！但是，"风休住，蓬舟吹取三山去""其乐莫可涯"，在那个封建社会里，作为妇女地位支柱的夫家既已失势，她的人生目标自不得不随之作出根本性改易。故之试图沿循形神双寂、心自静宁的隐逸生涯的轴向，去另外寻求归宿和生命寄托地，觅得新生活的乐趣，其结果便是期与神仙作汗漫游的憧憬，即"梦"了。

要之，〔渔家傲〕词与《晓梦》诗正是李清照随赵明诚长期屏居青州乡里时所制作，是她当时精神状态之一面的真实写照，某些情绪感触的自然流露；或者说，是当时的严重政治压力及所处艰窘境遇的曲折反映，即借助充满玄思幻想色调的非现实的载体、外壳来表达她富于社会文化内容的现实人生追求。纵观其思想境界与刻划的艺术形象，并无太多的新意与超迈前贤之处，在《晓梦》里，更处处可见对郭璞、李白的仿效描摹之笔，流露着一种深长而不可掩抑的失望的叹息。

二　抚今追昔的政治评论

据宋王象之《舆地纪胜》卷五六所载，《大唐中兴颂碑》勒于湖南祁阳浯溪石崖之上，俗称《磨崖碑》，系唐元结于肃宗上元二年（761）撰文，颜真卿10年之后书写，即随镌刻所成的。碑文叙玄宗以安史之乱入蜀及肃宗灵武（今属甘肃）即位中兴的史实，因属当代朝臣记时事，自多存揄扬溢美之弊，故后来题咏虽繁，作者却往往从新角度给以再评价，力求褒贬得当，显示史家眼光见识。如明瞿佑云："黄鲁直、张文潜皆作大篇以发扬之，谓肃宗擅立，功不赎罪，继其作者皆一律。识者谓此碑乃唐一罪案尔，非颂也。"（《归田诗话》卷上）张耒（字文潜）本来与李格非有通家之谊，其诗原题作《读〈中兴颂碑〉》，诗云："玉环妖血无人扫，渔阳马厌长安草。潼关战骨高于山，万里君王蜀中老。金戈铁马从西来，郭公凛凛英雄才。兴旗为风偃为雨，洒扫九庙无尘埃。元功名高谁与纪？风雅不继骚人死。水部胸中墨斗文，太师笔下蛟龙字。天遣二子传将来，高山十丈磨苍崖。谁持此碑入我室，使我一见昏眸开。百年兴废增叹慨，当时数子今安在？君不见荒凉浯水弃不收，时有游人打碑卖。"[①] 张耒开篇便直斥杨玉环蛊媚惑主，大唐帝国也因安史之乱而趋于衰败，幸赖郭子仪等中兴名将，方得剪除群凶、光复中原，其功业自当万古垂范。诗中间又转而称赞元文颜书的卓诣，既能够传"元功高名"于不朽，其本身亦因之并行不废。最后再宕开一层，喟叹先贤已逝，繁华终归寥落，唯剩有遗迹聊供后人凭吊罢了，遂透出沉重的历史沧桑感。李清照读过意兴顿生，也抚今追昔，制作《浯溪中兴颂诗和张文潜二首》，其一云：

五十年功如电扫，华清宫柳咸阳草。五坊供奉斗鸡儿，酒肉堆中不知老。胡兵忽自天上来，逆胡亦是奸雄才。勤政楼前走胡马，珠翠踏尽香尘埃。何为出战辄披靡？传置荔枝多马死。尧功舜德本如天，安用区区纪文字？著碑铭德真陋哉！乃令神鬼磨山崖。子仪光弼不自猜，天心悔祸人心开。夏商有鉴当深戒，简策汗青今具在。君不见当时张说最多机，虽生亦被姚崇卖。

其二云：

君不见惊人废兴传天宝，中兴碑上今生草。不知负国有奸雄，但

[①] 此诗《舆地纪胜》云为秦观作，宋曾敏行《独醒杂志》卷五谓本秦诗而题作"张耒文潜"；《苕溪渔隐丛话后集》卷三一则："余游浯溪，观磨崖，碑之侧有此诗刻石，前云：'《读中兴颂》，张耒文潜。'后云：'秦观少游书。'当以刻石为正。"案，当以张耒作诗为是。

说成功尊国老。谁令妃子天上来？虢秦韩国皆天才。花桑羯鼓玉方响，春风不敢生尘埃。姓名谁复知安史，健儿猛将安眠死。去天尺五抱瓮峰，峰头凿出开元字。时移势去真可哀，奸人心丑深如崖。西蜀万里尚能返，南内一闭何时开？可怜孝德如天大，反使将军称好在。呜呼！奴辈乃不能道辅国用事张后尊，乃能念春荠长安作斤卖。

关于此二诗的编年，也有着几种不同认识。一说主要依据张耒《自庐山过富池隔江遥祷甘公祠求便风》诗下的自注："元符庚辰，耒同男秬率潘仲达同游匡山，六月望日，齐安罢官，步登客舟，过樊口，李文叔棹小舸相送……因与潘、李饮酒赋诗其中"，因断李清照因此机缘得见张耒诗而和之，故谓其作于元符三年（庚辰，1100）或此后不久时间。又一说则定在崇宁四年（1105），谓是年八月赵挺之自尚书右丞进尚书左丞、中书门下侍郎，辅蔡京同执国柄，乃籍刻元祐党人姓名，不得与在京差遣者17人，李格非名列第5。而李清照伤感父亲与张耒等元祐诸贤的横遭贬窜，愤慨权奸当朝政排斥异己，忧虑国祚衰颓，故是借题发挥，以抒泻胸中郁懑。其中"君不见当时张说最多机，虽生已被姚崇卖"之句就古讽今，尤为惊警，盖以之暗喻赵挺之，恐其终将被蔡京所陷害。

上述说法是否恰切？固如上节所已叙及的，作品自身里所表露的内容与传达的思想情感，毫无疑问，是把握其旨趣的主要根据。不过，"知人论世""以意逆志"，也应须参照着当时的特定历史背景、社会变化和作者本人的具体情状作出一番综合考察，才较能得到更深刻的理解与更中肯的评价。在这里，确切的系年便是立论的基础，具有着相当重要的作用。换言之，也只有将作品置于准确的时代坐标上，兼及微观宏观，给予全面客观的认识，以避免孤立片面地推测游移之言，才有可能妥当地解决作品编年问题。从根本上说，这两者原就是互为因果、相辅相成的。所以，考虑李清照《浯溪中兴颂诗和张文潜二首》的制作年代，评论由之体现出来的政治意识，也必须先就诗作谈起。

安史之乱是大唐帝国命运的转捩点，玄宗当然是其中的关键人物。他早年固不失为励精图治、卓有建树的君主，而从贞观到开元的大唐盛世，更与汉文景武帝之治、清康雍乾之治并列为中国整个漫长封建社会的三个极顶阶段，历来为史家所艳称赞羡。但是，李清照关注的却不在于此处，她劈头便以"五十年功如电扫"一句总领之,紧承以"华清宫柳咸阳草"句牵引出下文,转笔重重铺写玄宗晚年的奢靡昏聩,弄得国事颠倒,终至渔阳鼙鼓卷地来,铸成一场空前的历史悲剧。"何为出战"二句、"谁令妃子"二句皆属诛心之语,直逼事变祸首的万乘之尊,毫无宽贷假借,显示出李清照过人的胆识,摆脱了女姓祸水的封建传统偏见,较之张耒首言"玉环妖血",自是高出一筹。第1首从"尧功舜德"到"乃令神鬼"四句、第2首从"去天尺五"到"奸人心丑"四句,对所谓肃宗中兴提出了自己的不同见解。纵观肃宗灵武称帝,玄宗不得已退为太上皇以及还京后被迫迁居西内的一大段史事,集中体现出封建专制集团内部的残酷权力斗争,父慈子孝、君仁臣忠的虚伪性,故从"西蜀万里"到"反使将军"四句真是笔利如刃,千载之下犹教人心臆一快!

"不知负国"二句与"鸣呼"以下结尾二句,则于深责玄宗不纳善谏、宠信安禄山致养虎贻患和任用高力士、引入杨玉环兄妹误国等过失的同时,也决不放过肃宗。讽刺他内惧张后,致彼把持禁中、干预政事的懦弱昏暗与外任阉奴李辅国,使之擅权用事、尾大不掉,开了中晚唐宦官专政恶例的弊端。先此已经有黄庭坚《书磨崖碑后》,诗中云:

> 明皇不作包桑计,颠倒四海由禄儿。九庙不守乘舆西,万官已作乌择栖。抚军监国太子事,何乃趣取大物为?事有至难天幸尔,上皇蹐踌还京师。内间张后色可否,外间李父颐指挥。

李清照大致承循了这些议论,又进一步再作发挥:如退而言之,肃宗若果有功德,定可为万姓仰见、昭著青史,又何庸自我标榜?岂不见赫赫中天的"尧功舜德",终古不灭,又几时曾仰赖"著碑铭德"的拙陋手段,寄厚望在"区区文字"上呢!再试看玄宗,则借用唐郑棨《开天传信记》事典,说他拟于华岳瓮肚峰头凿"开元"巨字,填以白石,欲令百余里外都可望见,似乎与山河同光了——讵料"时移势去",一切如电扫风吹,可怜枉费心力!正是天心民意,自有所则,并不是专制君主一人可得左右的。故审时度势,须当恭俭谨慎,远斥奸佞,才能使国运昌盛;其他自欺欺人的粉饰花样,均于实事无补益。

"夏商有鉴"二句则一笔双向,即总归李唐中兴的一段史事,强调这治乱兴衰的教训对后代统治者也具有十分现实的借鉴作用，昭昭典籍在目，且莫忽视了。这是历史大角度的俯察，而个体人臣的仰观细审的侧面内容则予结句特发之："君不见当时张说最多机，虽生已被姚崇卖！"张说与姚崇同为名相，然素不相善，张尤嫉姚，姚崇临终时安排下计谋使张说上当，遂保全了儿孙家族，此事见于唐郑处诲《明皇杂录》卷上。只不过，姚、张二人分别卒于开元九年（721）和十八年（730），与爆发在天宝十四载（755）的"安史之乱"毫不关涉。李清照何以于诗末忽横笔阑入？初看殊不可解，其实关键处却正在于此间。如果结合她作这二首诗时的有关朝廷政事和家庭命运变化联系起来解读，便豁然可悟了。

徽宗建中靖国元年（1101），李清照适东武（今诸城）赵明诚，赵挺之是年迁吏部侍郎，李格非为礼部员外郎。次年（崇宁元年），赵挺之除尚书右丞，佐蔡京共当国政，乃禁元祐学术、籍记元祐党人姓名，李格非以在党籍外出为京东提刑。时居朝廷重臣的赵挺之，以阿附蔡京等新党、全力排击元祐旧党而步步擢升，终于在崇宁四年跻登相位。对比之下，李清照深感夫翁的势焰熏灼，但又以为古来盛极难久，曾献诗"炙手可热心可寒"（宋晁公武《郡斋读书志》卷四）警诫之。赵挺之这次为相仅三月余，因惧蔡京忌己，乃自请罢免。至大观元年（1107）三月，赵挺之再次复相后又被罢，后五日卒，旋为蔡京陷害，被落职、追所赠官。综合前面论析〔渔家傲〕词与《晓梦》诗时所征引的背景材料，故可推断，《浯溪中兴颂诗和张文潜二首》当系大观二年（1108）李清照随丈夫退归闲居青州乡里、即她25岁以后所作。

设若依照前引元符三年作说，则是时李清照年仅17岁，尚未出嫁，以深闺娇女，涉世事无多，似难以生成这样卓立的历史见解与复杂深刻的现实政治感慨。虽然她完全有可能读到张耒的原诗，但却未必就具载深一层理会其间批判内涵的足够人生经验，并且立刻和作，况就这两首诗本身意蕴主旨分析，也缺乏内在的必然因素。至于另一种崇宁四年制作的说法，细察之也多有凿枘未合处。李清照不愿看到赵挺之被蔡京辈倾轧固确有然，因为这会直接影响到她自己和丈夫的命运，其道理不言自明。不过，此时她初适赵门尚不久，亦未生育子嗣，以封建社会里官僚显宦大家庭的礼法森严，岂得容新为子妇者与闻豀豀舅公之庙堂政事！且是时赵、蔡正同列宰辅，协力大兴元祐党人案，矛盾并未明显化，李清照一闺阁少妇，正潜心于柔辞艳章抒发其缠绵琐屑之情爱，又何得预知而痛言之？此系常理，无待赘言。

但是，如果将《浯溪中兴颂诗和张文潜二首》的系年，断在赵明诚因父遽殁而失势罢官、携李清照退归青州乡里期间，则上述诸疑问便可以获得较为妥当的解释。就国家兴衰大事的宏观角度来看，徽宗朝属北宋的最后阶段，经济虽然繁盛发达，但朝政吏治却急促走向腐败化，军事武备荒弛，契丹犹压境，新兴的女真又虎视眈眈；徽宗本人则为典型的风流天子，骄奢淫佚未已。上述种种无不透露着危亡迹象，荆棘铜驼，为明眼人所悚惧忧虑。经过父夫双方大挫折的李清照，此时已经对社会政治有了较深沉、丰富的体认，以一个局外人冷静清醒的目光，藉古类今，自更易洞察时弊，觉得现实处境与玄宗天宝末年多有相似："五坊供奉斗鸡儿，酒肉堆中不知老""姓名谁复知安史，健儿猛将安眠死"——难道仅只是在泛泛咏史吗？再结合家庭变故的直接原因而言，李清照也已身亲历经目睹了官场险巇、翻手云雨，岂止是以赵挺之、蔡京事为尽然！远的姑且不论，即就新党内部言，王安石初行新法时，倚重吕惠卿为腹心，及吕得势，反排击王安石无所不用其极。故王安石晚年败退后，"于钟山书院多写'福建子'（吕为泉州晋江人）三字，盖悔恨于吕惠卿者，恨为惠卿所陷，悔为惠卿所误也"（宋邵伯温《邵氏闻见录》卷一二）。以李清照的家庭关系，她完全可得知闻，由人及己，能不惊耸！"君不见张说"云云、"奸人心丑深如崖"的痛心语当是有实感所出者，故由今溯古，忽挽入张、姚史事聊作发端，真是喻兴多方，吞吐有致，不宜看作空引故实。否则的话，便不好解释诗中因何忽然横入与安史之乱、大唐中兴毫无牵涉的这桩陈旧公案了。当然，若一定将张、姚坐实为比附赵、蔡，去逐句推寻，也就失之穿凿，既难以让人信服又读来索然寡味，因为它把原来含纳着丰富形象性和无穷联想余地的诗歌变成猜谜语，从而滋生妄加论断的弊端。而李清照在创作之际，不过是因为积郁在心，兴意所至处便拈取性质类近的史事逸闻于诗中，姑为寄托以发人体味思索罢了，并非为以古等今、将今作古之陋举。对于两诗中大段关于天宝旧史与徽宗时政的喻比类譬亦当作如是观，才符合她的实际情况和一般诗歌创作规律。

要之，"君不见惊人废兴传天宝，中兴碑上今生草"，李唐王朝的这段盛衰治乱的大史剧早已成陈迹，连当年记功铭德的磨崖碑都淹没于荒草寒烟之间了，但它留下的沉痛教训却永远昭著简册，那功过得失也还被后世议论不休。临到徽宗朝廷，又接近历史大变乱的时期，类似于安史之乱前的那种天子荒淫、权奸用事、将帅荒嬉、胡兵在窥伺南侵的阽危迹象，不也是随处可见吗？而执政的新党重臣却置国家命运于不顾，争权夺利、倾轧正急，蔡、赵事不过其中之一例而已。前文所叙及的"有鉴当深戒"的一笔双向之言，也正指诗中将这两方面的内容一并绾结，交织浑融，颇得似断实续之妙，亦含李清照明出暗入的苦心。可证她已经具载一定的社会人生体验与较为明确的历史是非判断标准，故而于褒贬喟慨之中，流露着逐渐成熟的政治观念。及到北宋覆亡，她也南下后，经历过家国破亡的空前惨祸，才能写出《上枢密韩肖冑诗》2首、《乌江》《咏史》诸作暨"南渡衣冠少王导，北来消息欠刘琨""南来尚怯吴江冷，北狩应悲易水寒"等脍炙人口的警句，充溢着强烈的忧患意识与光复故土的热切期望，拥有积极的现实意义，也便非偶然的了。应该说，于《浯溪中兴颂诗和张文潜二首》里，早已经先发其端倪，细心参味之下，是不难觅得贯穿于其间的内在脉络的。

第四节　豪雄盖世辛弃疾

辛弃疾（1140—1207），历城（今属济南）人，字幼安，因认为"人生在勤，当以力田为先。北方之人，养生之具，不求于人，是以无甚富甚贫之家；南方多末作以病农，而兼并之患兴，贫富斯不侔矣"（《宋史》本传），故自号稼轩。其友人《稼轩记》亦云："乃荒左偏以立圃，稻田泱泱，居然衍十弓，意他日释位得归，必躬耕于是。故凭高作屋下临之，是为稼轩。"他的青少年时期是在已经沦陷为金兵占领区的山东故乡度过的，绍兴三十一年（1161），参加耿京的抗金部队，次年奉表南下归宋，不料途中闻耿京被叛将杀害，遂北返率五十余骑袭入金营，生擒叛将持之渡江献于建康，时年方23岁。这是辛弃疾在山东的实际军事业功，但是，此段期间内并未见有任何文学创作活动存留。他南渡后，终身再未得机会北归故乡，而所有的作品都是在江南完成的。后来刘克庄评论其入宋后的生涯行藏及词作说：

呜呼！以孝皇之神武，及公（辛弃疾）盛壮之时，行其说而尽其才，纵未封狼居胥，岂遂置中原于度外哉？机会一差，至于开禧，则向之文武名臣欲尽，而公亦老矣。余读其书而深悲焉，世之知公者，诵其诗词。而以前辈谓有井水处皆唱柳词，余谓耆卿直留连光景歌咏太平尔，公所作大声鞺鞳，小声铿鍧，横绝六合，扫空万古，自有苍生以来所无；其秾纤绵密者，亦不在小晏、秦郎之下。（《辛稼轩集序》）。

憾痛辛弃疾雄才大略不得施展和恢复旧京的壮志未遂，而极赞稼轩词的兼容并包、卓逸两宋，一片深挚情意溢诸言表。

又，辛弃疾尚有诗文之作若干，在他殁后经嗣人编纂成集行世，明初修撰《永乐大典》与《历代名臣奏议》时均有所收录，但至明中叶之际已经流散。清嘉庆间，法式善和辛氏后裔辛启泰广为辑采《永乐大典》及诸方志类书，汇刻成为《稼轩集钞存》，然仅得诗歌110首、文31篇。若纵览辛诗，虽古近律绝各体皆备，但整个说来，少有浑厚高远之致，缺乏大家气象，远不如其词之纵横开阔、不可一世，臻达得心应手、游刃有余的从容境地。而文章则多属奏疏对策之类，以谋国治兵为主旨的议论之作，如《美芹十论》《九议》《淳熙己亥论盗贼札子》等可称代表。刘克庄推许说："笔势浩荡，智略辐辏，有《权书》《论衡》之风。"（《辛稼轩集序》）但其实，它们基本上不具载文学的审美特质，是广义的杂散文，可以置而不议。

具体就辛弃疾诗来看，古诗中，主要是五古受黄庭坚影响较深，好发议论而喜逞才学，虽运思精严透彻，但境界形象不够生动丰满。较佳者如《蒌蒿宜作河豚羹》《和赵晋臣敷文积翠岩去类石》，或刻苦锤炼，于句法字法上求拗折峭拔取胜，别具古拙风味，或洋洋大篇，一似长江大河奔涌直下，虽不免夹杂泥沙，但亦具浑灏流转的气势。近体诸篇中则以七言见美，有的七律构思密致，情景交融而互为生发，读来隽丽可喜，如《和吴克明广文赋梅》；有的托意深沉，于挥洒淋漓间透露出雄迈悲壮情调，感慨不尽，近乎他的词风，如《傅岩叟见和用韵答之》："万里鱼龙会有时，壮怀歌罢涕交颐。一毛未许杨朱拔，三战空怀鲍叔知。明月夜光多白眼，高山流水自朱丝。尘埃野马知多少？拟倩撩天鼻空吹。"辛弃疾的七绝最多，约占现存诗总数的一半，成绩也最高。其佳者不讲求辞采华瞻与笔势奇峭瘦硬，而是能于清丽淡逸中造成一种含蓄摇曳的情姿，故韵致悠远隽永，颇具唐人风神，或可与山东前辈晁补之诗并肩竞美。如《鹤鸣亭绝句四首》其一：

> 饱饭闲游绕小溪，却将往事细寻思。有时思到难思处，拍碎栏干人不知。

和《鹤鸣亭独饮》：

> 小亭独酌兴悠哉，忽有清愁到酒杯。四面青山围欲合，不知愁自那边来？

都寄寓了很深沉的现实慨喟，与他〔水龙吟〕《登建康赏心亭》词里的"把吴钩看了，栏干拍遍，无人会登临意"之句同一机杼，如前文所已叙及者，或皆渊源自王禹偁〔点绛唇〕《感兴》之"平生事，此时凝睇，谁会凭栏意"的意象原型。只不过辛诗中以浅淡语平平叙出，也同样具载蕴藉的滋味。

一　重实用的功利性价值取向

总观辛弃疾的思想，虽也兼纳释老佛道，但那占据主导位置的，却依然为儒家正统学说："要识死生真道理，须凭邹鲁圣人儒。"（《读语孟二首》之一）故而事父事君、兴观群怨之类注重社会实际功用的传统诗学理论，也就牢牢植根于他的文学观念里，规范着其某些创作活动的大致趋向。同时，辛弃疾是职位崇隆、声誉显赫的官僚士大夫上层文人，无论居官或野处，都不乏广泛的社会活动交往，而彼此相互间的酬应赠还、联络感情，自离不开既风雅又方便快捷的诗词类文学形式了。因此，他便须强化相关作品的现实效益指向，力图适宜接受方的意趣兴味，以使自我的表达能够产生较满意的效果，这些条件便决定着其对文学技巧性的刻意讲求，据外在的形式传达功能作冷静的价值选择，而并非本源在主体创作意识高扬的感性生命热潮。因之，尽管他腾挪变化、任心舒卷挥斥，亦常见光华精警之笔，不过在审美本质上，却总也散发出一股过分娴熟圆庸的匠气，少有戛戛独造的蓬勃生机流溢。属于这个实用型层类的，则是辛弃疾一部分投赠答酬的诗词。

这类作品多为某人某事始成、因文造情者，往往先就模式化的主旨题意而铺衍成章，仅藉外在形式功能而呈现出一种规范的精巧圆熟。例如绍熙五年（1194）辛弃疾被罢职闲居铅山庄园时，与地方缙绅官长饮宴往还的诗歌《寿赵茂嘉郎中二首》：

玉色长身白首郎，当年麾节几甘棠。力贫话物阴功大，未老垂车逸兴长。久矣如今太公望，肖然真是鲁灵光。朝廷正尔遵黄发，稳驾蒲轮觐玉皇。

鹅湖山麓堪溪湄，华屋耽耽照绿漪。子侄日为真率会，弟兄剩有唱酬诗。杨花榆荚浑如许，苦笋樱桃正是时。待酌西江援北斗，摩挲金狄与君期。

赵茂嘉时为江西提刑，曾"置兼济仓，冬粜夏粜，里闾德周，绘像勒石祠焉"（宋徐元杰《嘉遁赵公赞》），故诗中起首颂扬彼有善政惠民，再阑入太公望、鲁灵光殿等山东传统文化沉积物的旧典，喟叹英杰渐次凋落而又喜此老之独存，归结到必将为朝廷大用，这正契合题中应有的贺语祝祷辞。第2首转到眼前境象，叙湖山风物之美与天伦孝悌之乐，"扬花"一联遂直及寿会节序，景中含情，流丽有致。尾联忽宕开本题，改就中原光复、灭此胡虏事业相期许，乍看似横笔径入，实际上却暗暗呼应上首"觐玉皇"之语，足见出对赵茂嘉的殷殷厚望，且由之唤出一己的豪情，气象较雄阔，也较有余味。其他如〔感皇恩〕《滁州寿范倅》〔水调歌头〕《庆韩南涧尚书七十》等词，通过"松姿虽瘦，偏耐雪寒霜晓""看取垂天云翼，九万里风在下，与造物同游"的吉祥语，恭维被受者虽老犹健、必享永年，然后再接之以"明日天香襟袖""快上星辰去，名姓动金瓯"一类套语，希庆彼辈擢升；而篇中间并点缀以即时风光、席上弦歌，渲染出一派喜庆热烈气氛，难免落入平庸寡白，均属相同性质。

即使与人鉴赏风月、啸傲山林的缘兴应答之章，虽略略偏重在景物描写上面，如《和傅岩叟梅花二首》诗、〔水调歌头〕《题赵晋臣敷文真得归方是闲二堂》词等，也不是来源于真实的生活体验和情绪激发流泄的必然，而是依旧从实现某种预先设定的意图的明确动机去构想制作，故是同上者一样，多靠捃扯事典、堆垛成句旧意，其物象类比甚趋于模式化，缺乏独立自觉的艺术精神与审美价值。

　　要之，辛弃疾这个层类的诗词的创作思维特征及其相应艺术表现方式在于，首先强调适合特定的具体投送目标，且以此作为命意设题的前提，而不是渊源依从那种试图表现或超越现实世界的感情热潮。这样一来，便教涵纳着明晰指向的理性意念与清醒的认知力主宰着创作思维的全过程，同时使激扬奔跃的情绪活动受到抑制，那丰富的想象力也被局限于一个庸常狭窄的框架之内。结果是舍曲隐就直显、变生新为熟滥，作品中含蕴的事理物象同它要表述的意义等同，相互间只存在一种单向对应共建的关系，即同文字所直接指谓的表层意义作线性的一致，因而缺少深层包藏的浓密度与伸缩弹张空间。它固然得凭其直白浅露而被对方很便易地理解接受，但是从文学的角度看，却也为此付出丧失独立风格个性，由之成为社会现实功利目标的附庸的沉重代价。

二　直觉经验式的感性热潮

　　感物发兴，借吟咏以言志抒情向来就是儒家诗学理论的重要内容之一，从由其浓浓泽被着的山东大地上走出来的辛弃疾，也将之深刻地贯注到自己的创作实践中去。试观他一生遭际，蹉跎宦海风波迭起，壮岁曾两被罢斥，先后蛰处上饶、铅山庄园几达 20 载，顾念平生抱负百无一酬，胸中自是积郁着无穷的喟慨。所以，尚气好奇、放意高歌，或缘事而生情，遂怡心泉石山野，长啸轻歌；或就景以写意，滔滔笔墨者无不是从肺腑间泻出，全在屏绝矫饰，不复计虑世俗的骇异诟怪。如若推究其本来的立足措意处，也只在于真、率二字而已。应该说，辛弃疾的大部分诗词，都属于这个抒情感志层类。当然，基于触引契机与题旨归趣等方面的不同，反映到其创作思维上，也相应呈现出纷纭多样的表现方式，故下面便分别析论之。如《送别湖南部曲》诗云：

　　　　青山匹马万人呼，幕府当年急急符。愧我明珠成薏苡，负君赤手
　　　　缚於菟。观书到老眼如镜，论事惊人胆满躯。万里云霄送君去，不妨

风雨破吾庐。

和〔水调歌头〕《送杨民瞻》词云：

　　日月如磨蚁，万事且浮休。君看檐外江水，滚滚自东流。风雨瓢泉夜半，花草雪楼春到，老子已菟裘。岁晚问无恙，归计橘千头。
　　梦连环，歌弹铗，赋登楼。黄鸡白酒，君去村社一番秋。长剑倚天谁问？夷甫诸人堪笑，西北有神州。此事君自了，千古一扁舟。

两者均系因为某种特定的社会生活场景所作，但却并不滞止于它所限设的狭隘范围，而是凭仗想象联想的张力，移目到更为闳阔悠远的时空内容上，再由之生发开来，因之能够蕴含着浓烈的情感活力与睿智的哲理因素，显得既隽永高旷又凝重深沉。

关于诗歌的本事，刘克庄《后村诗话》云："辛稼轩师湖南，有小官山前宣劳，既上功绩，未报而辛去，赏格不下。其人来访，辛有诗别之。"辛弃疾于淳熙六年（1179）知潭州兼湖南安抚使，任上兴修水利、整顿乡社，又为防备溪峒蛮獠作乱而创建飞虎军，卓有作为，然仅年余即改官江西，"以言者落职"（《宋史》本传），乃回上饶，从此开始了长达七年的闲居生涯，此诗当作于是时。他愤懑于旧部所遭受的不公正对待，故"明珠蕙苡"的汉马援历史事典的阑入，是以其类比性的特定含义指向妒贤嫉能、白黑颠倒的严酷现实，而在这古今两端的大跨度时间关联的汇合点，则为"萧条异代不同时"！而那饱含深挚情性的"愧""负"二字背后，又该凝结着多少人才陆沉的痛憾！至尾联"风雨吾庐"云云，为一笔双向，既归穴于当下因朝廷废弃而被迫野处退闲的实境，又气势陡生，以守道明志自许，一派桀傲不驯的傲态跃然纸上。总之，全诗夹叙夹议，紧扣人与我、今与昔来互相映照，那"悲壮雄迈"（《后山诗话》）的格调，正可伴他的词共读。

至于后一首词，亦属上饶时期之作，但它不是一味例行的浮泛唱酬，其实质当在于聊借此以发端，尽吐自我胸臆情怀。上阕化用先哲前贤成句，叹慨流光急遽、逝水滔滔，大有点检浮生瞻顾留连不已的反思意味，遂使如今投闲置散空老英雄的年华迟暮感更加沉重。然而，辛弃疾并不甘心于无端消磨掉大好岁月，故在过片蓄势振起，另开拓出一层境界，借冯谖弹铗、王粲登楼的齐地鲁人等有关山东的旧事故典来寄托英才不遇、豪雄沉沦的苦闷。如果说，这里的情绪还表现得比较委婉的话，那么，"长剑倚天"以下便直吐积郁而快语尽言无遗了：一己之所以百结莫解者，全都是缘由小朝廷的昏聩闇弱、苟且偷安、不思进取，致教神州光复的夙愿落空啊！纵览全词，自敏锐而略带伤感的生命意识出发，着眼于现实的沉浮遭际，而那贯通中心的则系对理想事业的执着追求和不可抑遏的人生热情。这些均凭畅利通达的议论出之，中间或缀有写景之笔，转觉轻清灵动，平添一番高爽趣味。其实，在他大量的投赠吟别之作中，或沉挚曲隐，或勃发径露，并不乏类似的志意情态的多角度多层次表现，要皆真切深厚，绝少见浮声泛响。

上述两篇皆缘某人事立题，但已化实就虚，超越原来的具体范围指向，使之变成为供自我挥洒抒发的中介体，并不为狭隘封闭的实用功能所限止。不过，辛弃疾更每每触物感兴，寄托情志，以直接的抒怀写意手法出之，不再过分拘执在间接过渡的方式上。如其暮年退隐瓢泉时的《题鹤鸣亭三首》其一：

> 种竹栽花猝未休，乐天知命且无忧。百年自运非人力，万事从今与鹤谋。用力何如巧作凑，封侯原自曲如钩。请看鱼鸟飞潜处，更有鸡虫得失不？

首、颔两联叙述栽竹种花、友鹤鸟而远世尘的闲散疏淡生涯，自谓"乐天知命"，似乎心气平和已悠悠然了。讵料旋即翻作愤激戛兀之音，颈联直斥奸佞以狡诈逢迎得势，贤智者却因刚正不阿而罢废谪退的不合理社会现实，并不稍为假借；至尾联再转过一层，阑入杜甫《缚鸡行》诗意来自明心志，大有俯视群小作蟪蚁得失争，而我清者自清胸怀高远的气派，唯是借冷语出之，那种鄙薄不屑才显得更为决绝刻峻！又如开禧元年（1205）知镇江府任上所赋之〔永遇乐〕《京口北固亭怀古》，最推此类的典型之作：

> 千古江山，英雄无觅，孙仲谋处。舞榭歌台，风流总被，雨打风

吹去。斜阳草树，寻常巷陌，人道寄奴曾住。想当年、金戈铁马，气吞万里如虎。　元嘉草草，封狼居胥，赢得仓皇北顾。四十三年，望中犹记，烽火扬州路。可堪回首，佛狸祠下，一片神鸦社鼓。凭谁问，廉颇老矣，尚能饭否？

京口古镇，向来积蕴着六代繁华与江南军事要塞的特定时空内涵，辛弃疾因为对国势时局的深切关注，故而很快便从对眼底"江山"的单纯审美观照移转到关于军国政事的沉重历史反思上去，在那份往昔治乱成败的精细评判里，也寓托着人物皆非的现实鉴证之痛慨。"四十三年"云云，虽然是追念南宋渡江建国之初，金主完颜亮大举追逼、宋军节节败退的严峻危急前事，但"烽火扬州"语，实亦隐喻南朝刘宋文帝元嘉二十七年（450），北魏兴兵南侵，"焚烧广陵"（《宋书·索虏传》）的旧耻，交融古今，从而提起"佛狸祠下"沉溺嬉恬的现状，为当时朝野上下一片燕安怠惰而深觉惧惕。至结拍便径引廉颇自况，仍是直言英雄老矣，虽壮志犹存，但却难以见重于时的落寞感。唯其凭反诘语设问，才更突出词家的不平不甘之心。

实际上，这些相类似的慨喟悲愤在辛弃疾是骨鲠已久，它以情绪记忆和意旨定向的方式，潜沉在他的创作思维深层，随缘触处即发。例如〔破阵子〕《为陈同甫赋壮语以寄》〔鹧鸪天〕《有客慨然谈功名因追念少年时事戏作》〔菩萨蛮〕《书江西造口壁》〔清平乐〕《独宿博山王氏庵》等等，皆抚今追昔，自抒烈士迟暮情怀，而挥斥驰纵，真气淋漓，一派苍莽，绝无作萧飒衰颓态。又如〔水调歌头〕《舟次扬州和人韵》〔水龙吟〕《登建康赏心亭》〔摸鱼儿〕《淳熙己亥自湖北漕移湖南同官王正之置酒小山亭为赋》〔八声甘州〕《夜读李广传不能寐因念晁楚老杨民瞻约同居山间戏用李广事赋以寄之》诸什，或仍感奋于少壮时的抗金义举，以戮力杀敌为快，但又深恐盛年易逝、功业难就，致教满腔豪情壮志付之于流水寒烟；或痛恨群小众口铄金，而君王竟终不能悟，影响国运日蹙，令人烟柳肠断，徒具忠爱热诚之忧。而上述者则又借曲转顿挫的笔法来表达，使刚气潜运，怨慕尽态，"敛雄心，抗高调，变温婉，成悲凉"（清周济《宋四家词选目录序论》），别有一番沉挚凄迷的情韵。

辛弃疾南下后的频繁调徙的仕宦经历，得以遍游吴、楚、闽、越诸地，使他这位"眼光有棱，足以映照一世之豪；背胛有负，足以荷载四国之重"（陈亮《辛稼轩画像赞》）的齐鲁北地大汉饱览了江南山软水温之美；那几近20年的闲居生涯里，更是著意营造园林，忘形得趣在带湖水云、瓢泉风月。于是，对他而言自然景物便不再仅只是供人流连玩赏的纯粹客观存在，还进一步与人的心灵情意相通，能够不断地牵引记忆回念、触发联想、想象等一系列主观心理活动，由之成为蕴酿兴味寄寓情志的具体中介形式，拥载着浓厚的人格色彩，被充分理想化了。如《江山庆云桥》其一：

草梢出水已无多，村路弥漫奈雨何。水底有桥桥有月，只今平地怕风波。

其二：

断崖老树互撑柱，白水绿畦相灌输。焉得溪南一丘壑，放舩画作归来图。

江山具名以境内有江郎山而得之，在今浙江省。前者叙写阵雨过后明月澄映，伴小桥一并倒影水下。这原本是再寻常不过的乡村景象，但结句忽然移向社会现实感受的表叙，也正因为深慨于世道人心的险巇莫测，才特地发作孤危之辞。后者继之先刻画山村水田风光，然后承以放舟丘壑优游的悬想，阑入陶渊明归去来旧典，从而导引出挂冠赋隐、终老田野的意愿，这恰恰是对于前者命意的补充阐发与全部结穴所在。两首诗采取同质异向而联动的结构方式，以此贯通自然景物与人世现象的主客观类比联想，由之将比较复杂的心态意绪体现得明晰简捷又多富韵致。

又如〔玉楼春〕《乙丑京口奉祠西归将至仙人矶》词：

江山一带斜阳树，总是六朝人住处。悠悠兴废不关心，唯有沙洲双白鹭。　仙人矶下多风雨，好卸征帆留不住。直须抖擞尽尘埃，却趁新凉秋水去。

此词当系于开禧元年秋所作。是年辛弃疾在知镇江府任上，先以荐人不当降两职，旋又被臣僚弹劾"好色贪财，淫刑聚敛"，遂第三次罢职返铅山居闲退隐，此乃归途中制作。后来朝廷虽屡有征召，且升迁至兵部侍郎、枢密都承旨，但他都力辞不应，直到开禧三年（1207）九月赍志以殁，也再未出仕。所以，当时他以垂暮之身得到提举冲祐观的空衔（"奉祠"）被遣返，便已对统治高层彻底失去信心，深深厌倦了宦海无常。故现今免官赋归，反倒生出一层完全解脱的轻松感，绝不似前两次那样的愤懑不平了。举目江岸，斜阳草树尚一如六朝之盛密，只是无数的"兴废"往事都早已消逝在历史的长河里，也难以再给人心头留下多少痕迹。此刻词家所寄意者，唯剩有逍遥双栖于沙滩汀洲上的白鹭罢了。联系到辛弃疾从前被罢职闲居时，最喜爱白鹭，且有〔水调歌头〕《盟鸥》词，便知他之神往企羡的实质，就在于那种高蹈脱俗、忘弃机心于世表的象征意义，所以，"直须抖擞"二句的束结语，成为其抛除名利羁绊、一身清爽的真切写照。是以此词既讥刺官场的攻讦无常，自己又遭罢免事，同时极写理想自由的境界，以示胸襟的恬淡通达，呈现出表层具象与深层意蕴指向认同的一致性。

总此，可以略见辛弃疾第二层类诗词的创作思维定式和艺术表现特征。一般说来，它们虽然也是缘由或人生或自然的某种情事触发，但却拥具着较为明晰的非社会实用性表现目标。因而便不去通连外在的狭隘功利意义的制作动机，而是基础于内在的、完全个性化的情绪激扬扩张，故紧密贴近现实却又时时企求超越现实，以便通向哲理的无限时空与纯粹美感的境界。在他的整个创作思维过程中，虽然并不乏反思谛观式的理性认知的介入，但是，那些占据主导性位置的，却仍旧属于直观经验类的感性热潮的涌动，以及由之规范着其大致走向的各种各样的心理活动与想象力。于是，辛弃疾或者直抒胸际块垒，不务深曲隐微；或者滔滔畅言事理，专注在显明详细；或者信笔摹写描画山川景光，最终旨归于物我同化，满眼和谐自在的气象。这些，要皆出之以鼓决勃郁的真性情，全凭一派浩浩气脉运行流转，不事敷衍，无假雕饰。有时他也好大量征引事典故实，间以杂用比兴寄托，颇存有隐喻、暗示、象征等意味，以求得扩大包容度，丰富并强化艺术表现的张力，于径率劲直中能含纳那种沉郁厚重之致，从而使诗词的意境形象于其直接呈露的表层含义背后，别存一层深度意蕴。不过,还应指出的是,在这个层类的作品里,上述两者也仅仅是由此及彼、由表及里的直线型对应比照关系,具载了可以明确体认的实际内容,它们是辛弃疾激劲刚直的北地齐鲁人个性特征的鲜明体现,往往于顷刻间便喷溢出灼人心弦的感情热潮。但是,在另一方面,"飘风不终日,骤雨不终朝",有时它们也难以持久,以致时移境迁后,那些过为情绪化的表述便容易缺少、流失牵引更广阔联想和深切回味的综合意蕴内涵。

三　歌哭无端兴寄无端的多元含纳

前已约略言及,辛弃疾的整个文化心理结构是一种多元多向的复杂组合体。但如果仅只从一般的理性认知层次上讲,他自是奉崇儒家伦理政治观念为正统,这也相同于历来山东作家思想意识与人生价值取向主流传统的区域特征。所以,常理想着致君尧舜、光复旧疆而重整山河,十分注重实际事功,以社会、主要是统治集团高层即南宋小朝廷的认同作为自我成功与否的判断标准,甚至说:"屏去佛经与道书,只将语孟味真腴。出门俯仰见天地,日月光中行坦途。"(《读语孟二首》其二)不过,话虽是这样,但老庄那放心委性于自然,禅宗的从个人领悟里获得解脱的生命存在方式又为其所深深倾慕,被视作虚幻无凭的现实世界里唯一可以实在把握到的慰藉,使躁动不宁的心灵获得平静的最好归宿地。因此,避世远遁、绝弃俗世喧嚣,"人生忧患始于名,且喜无闻过此生"(《偶题》其一)便是理想的生活境界了。如《偶题》其三便云:

> 闲花浪蕊不知名,又是一番春草生。病起小园无一事,杖藜看得绿阴成。

花开草长,又是春光普临遍及大地,"病起"闲至小园,才知新绿满目,才更真切地感受到时节的循环往复,并于天地化机中对大自然作纯粹的审美感悟,以求得生命理解,颇具某种"禅味"。

当然,就本质而言辛弃疾终究属于挚爱人间、"入世"心切的热血男儿,他要摈弃的只是官场的机诈窳败罢了。故而山水清音、田园幽韵,相伴着麦风蒲雨、飞絮啼莺,都无处不让他感受到美好,但有时也触引起他古今茫茫、春秋代序的愁思和关于人生意义的本体性哲理思考,却又总也理不清头绪，只剩得眼前风光景物自在，自己却徒然堕入无穷的慨叹唏嘘中去。而属于这种纯粹心灵审美层类的，是他少数的诗词作品。如《游武夷作棹歌呈晦翁十首》其一：

一水奔流叠嶂开，溪头千步响如雷。扁舟费尽篙师力，咫尺平澜上不来。

一带飞流横断群山涌泻出，本是眼中所实见景，水石激撞，声响胜雷，则是耳闻的感觉，由此充分状写出水势的湍急。那么，一叶小舟溯流而上，篙师同漩涡奋勇搏击，"咫尺平澜上不来"的景象，便尤为怵目警心了——于短暂的动态审美观照里，赋于凡常生活事物以奇气奇致，从而就备具了恒久的欣赏联想魅力。又如〔鹊桥仙〕《己酉山行书所见》词：

松冈避暑，茅檐避雨，闲去闲来几度。醉扶怪石看飞泉，又却是前回醒处。　东家娶妇，西家归女，灯火门前笑语。酿成千顷稻花香，夜夜费一天风露。

己酉即淳熙十六年（1189）。辛弃疾自两浙西路提点刑狱任上被弹劾，罢职归上饶，至此已经八年有余。长时期的投闲置散间，他遍历周遭的山乡林舍，熟习其风物民俗，并由之领会到拟往的仕宦生涯里所从来未曾有过的淳朴清新乐趣，故特觉亲切。所以，常见的茅檐松冈，也能成为优游驻足的胜地，眼下有怪石飞泉，溅来玉珠琼沫，都教人爽透心脾。待蓦然惊觉，竟发现这是上回醒酒处，又平添出一层意外之喜。过片转过笔意，不仅描述村落中笑语灯烛错杂热闹的婚娶盛况，打破山村惯常的平静阒寂气氛，更通过空间视野的转移暗示出时间流程的变迁过渡，含蓄地透露出自己的喜悦留连心情。结拍再借嗅觉连贯感觉触及想象，看一天风露催动千顷稻香，似乎已经在预兆着丰收的消息，真吹得人心醉啊！正是因为补足这灵动的一笔，才使通篇轻畅清醇的情调更加浓重。

类似上述者还有〔清平乐〕《村居》〔西江月〕《夜行黄沙道中》〔鹧鸪天〕《代人赋》词，以及《鹅湖寺道中》《游鹅湖醉书酒家壁》诗等，不烦遍举。它们都是在平常熟见的景物风习的描述里，从容披现着自我的襟怀意趣，其清朗疏淡之致又迥异于幽谷空山绝弃人世的孤寂落寞。从实质上来看，这是一种纯粹感性化了的审美体验，不假托喻比类，亦别无包藏深微的含蕴，仿佛在不知觉间便领略到大自然的化机精奥，故而也便物我两合，心境浑融，一任其滔滔流泻出来了。

但辛弃疾终究是属兼文学家与政治军事家于一身的人物，他对于历史和社会现实的深邃思考，以及诗人式的敏锐感受气质与丰富情绪热潮均已交化贯融作一体。所以，哪怕一时的斜阳坠红、流水舞燕，皆往往牵动他的无限情思和丰厚辽远的想象，却又上下古今难以确指，以致无端逗引起胸中的一片苍茫，哀乐替转交加，但都不知从哪里掇拾清理了。如〔满江红〕《暮春》词：

> 家住江南，又过了、清明寒食。花径里，一番风雨，一番狼藉。红粉暗随流水去，园林渐觉清阴密。算年年、落尽刺桐花，寒无力。
> 庭院静，空相忆。无处说，闲愁极。怕流莺乳燕，得知消息。尺素如今何处也，彩云依旧无踪迹。谩教人、羞去上层楼，平芜碧。

与〔念奴娇〕《书东流村壁》：

> 野棠花落，又匆匆过了，清明时节。刬地东风欺客梦，一夜云屏寒怯。曲岸持觞，垂杨系马，此地曾轻别。楼空人去，旧游飞燕能说。　闻道绮陌东头，行人曾见，帘底纤纤月。旧恨春江流不断，新恨云山千叠。料得明朝，尊前重见，镜里花难折。也应惊问，近来多少华发？

这两首词都是叙写暮春景色及感受的，倘若只就表层推求其原委，也不外乎惜春怀人之慨，为花间南唐乃至晏、欧、秦、周等惯常表现的传统题材，似乎病于命意的浮泛。然而经过仔细品味，方始悟其实是言近旨远，不过，究竟旨趣归在何处？却仍是厌放难求，显得过为渊玄恍惚。清陈廷焯评前者"亦流宕，亦沉切"（《云韶集》卷五），认为"可作无题，亦不定是绮言也"（《白雨斋词话》卷一），沈曾植则又直指为"髀肉复生之感"（《稼轩长短句小笺》）；关于后者，梁启超断言"此南渡之感"

(《艺蘅馆词选》丙卷引），而俞陛云《唐五代两宋词选释》却说"客途遇艳，瞥眼惊鸿，村壁醉题，旧游回首，此赋乃闲情之曲。……以幼安之健笔，此曲化为绕指柔矣"，仍是写柔情恋思别愁，并阑人怀旧之笔而已——显然不过是试为踪迹大概罢了。

现在看来，两词均就眼前实见的"清明寒食"，即暮春景色开端。春天本来是万物复苏欣荣之时节，人的情绪亦然，觉得生命充满生机，但倏忽间便至春暮了。如今忽面临满目凋残景象，除了时序惊心，韶华如水易逝的一般性喟叹外，再联类触念及自己南渡投宋以来的坎坷际遇，便尤觉宦海碌庸、功业难成，又怎能不进而牵惹起整个人生命运的悲慨联想！因此，所谓的"庭院静，空相忆"，"楼空人去，旧游飞燕能说"云云，乍看是对某些旧情往事的铭记，以引出今旧的眷挂怀想，但实际上，在词家更深层的心态意蕴里，应还包纳有对过往青春岁月的全部忆念留恋。这样，才使得单向的表层意象拥载着异常丰厚复杂的内涵外延性质。至于"怕流莺乳燕，得知消息"，"剗地东风欺客梦，一夜云屏寒怯"诸句，本系陡然横入的奇笔，应前注后，领贯通篇：原来燕莺利喙多嘴，怕它恶风四煽，处处欺人；东风无情吹散好梦，教人寒彻心扉骨髓——在这里，可以联系、对照辛弃疾"臣孤危一身久矣，……生平则刚拙自信，年来不为众人所容，顾恐言未脱口而祸不旋踵"（《淳熙己亥论盗贼札子》）的沉痛自白，则他那种群小交口谗毁，一身困独无措的艰窘境况，不是完全可以清楚描画出来的吗？所以，无论彩云飞逝音踪杳渺、纤月重见亦为镜花，抑或红芳飘零春华难再、英雄老去机会不来，种种的缺憾忿懑一齐都化成天涯碧草，触动出无边的闲愁。而那滚滚江流千叠云山，似乎也都凝集作旧恨新怨而一并涌上心头，迅即滋生蔓延开来，教人无从躲避也排遣不去。

要之，辛弃疾或是融化故典事实，依托其中积沉着的特定历史文化意蕴以丰富、张扬字句间的包容量，或者托物比兴，情景互生，借之强化、扩展意境形象的深广度，他极尽情态的描绘渲染，从中又透出疏远蕴藉的风神，遂使词的韵致变得格外醇厚。但上述者均深深浸润于神质里，却非空载于表层形貌，故而几经宛转，似乎已然吐露衷曲，但再度回味，反倒又难以辨察其最终旨归了。因为这是由其生命本体进行的执着探索，以及对其终极价值、意义的困惑迷惘，所以既热切且悲凉，是一种时时都在寻冀解脱、实现却终究无一能臻达、获得所产生的恒久寂寞，于是百无聊赖之际，也唯有将满腔失落惆怅寄迹于惜春伤别忆旧的承载体上了。

就上所述者，可以见出辛弃疾第三层类诗词的创作思维特征和艺术表现手法，即它们并不具载明确的社会实用与个体情志抒写的呈现目的，而是纯粹为着自我感受仍然复归自我的审美观照，一般地多由某些直观物象触发引动，带有相当程度上的随机随缘色彩。于是，在特定的创思设意过程里，那些原先潜沉于心灵深处的想象、联想、记忆、幻觉等因素就竞相复活跃动，形成为多元多向纷杂四射的格局。他或者于潜意识的直觉感受里，从单纯中领悟到无从言说的天籁化机，臻达至心缘物生、物我交融和谐为一的自然超脱境地，从而完成了对现实世间的"征服"。或是因为客观物象的启迪诱导，而兴起对人生意义与归宿的哲理性探讨。当然，在实质上这并非严密的理性思辨，而仍旧属于主观情绪的感知，具有着不确定的朦胧游移性质。所以，在意境形象的表层展现和深层涵蕴之间，建构起的是一种不对应的多重多向多义关系。换言之，它不是直接通往有限的实在内容，而是源自心灵感知的境界中所生发出来的宽泛无羁的联想想象踪迹，"若远若近，可喻不可喻"（《白雨斋词话》卷六）"一事一物，引而伸之，触类多通"（《宋四家词选目录序论》），故得以直成曲，虽显亦隐。

以上所述的种种，分由三个层类论析了辛弃疾诗词的多样化创作思维特征。其实，如果能够从另一种更为开阔的文化视野来观察审照的话，则可以总结说：在第一层类上，更多地显示出他作为圆通练达的世俗士大夫文人，善于社会活动、重实事的方面。在第二层类上，则充分体现到那悲歌慷慨、坚执炽烈的热血男儿本色，这是其艺术精神的主流。只有在第三层类上，辛弃疾才最终实现纯任性灵、以纯美的无功利眼光欣赏世间万物，得以超越现实的纯诗人意愿。

第五章 余 论

第一节 开风气之先的词学理论与批评

每当文学创作发展到一定阶段、臻达相应的繁荣程度时，便需要对之作出理性的审视考察，以期分析、评价作家及其作品的艺术表现特征与得失经验，归纳、总结各种复杂的文学现象的生发演变进程，使个别、感性的东西得以升华抽象为具载普遍意义的一般性规律。所以说，文学的理论和批评虽然基础于创作实践活动之上，但它反过来又对其起到推进、匡正与指导作用，故就本质而言，二者原本是一种互为表里，相与制约、促发而对立统一的关系。那新兴音乐文学样式的词，自然也不例外。

初生萌芽时期的敦煌民间词和中唐文士词，尚未脱离实验探索的感性时期，尤其是"曲子诗客"们，只是凭兴趣，依照创作诗歌的惯性思维而偶一为之，还谈不到拥具词的本体自觉意识，故乏理性的认知可言。殆及晚唐五代，作为一种独立文体的词已经发展成熟，出现词史上的第一次高潮，并形成了相对稳定、风格基本类似的第一个艺术流派——花间词派，欧阳炯《花间集叙》便是其理论宣言。它描述了词生成的历史文化环境，体认其于宴筵酬酢间演唱的实用功能与娱宾遣兴的消闲性价值取向，由之决定着那种绮丽纤软的主导风格。而这些，都是对儒家正统诗教的公然偏离或背弃，对于人生命本能需要的充分肯定与满足。但所有这些，多属于一种浸染着感性色彩的主观表述，而不是客观的分析评价，使用的也还是形象性的文学语言，缺乏逻辑推论和对具体现象的抽象概括。这种情形，只是到了北宋中后期的山东词家那里，才得以初步改观。

于有宋一代，山东词家最早撰写出较系统完整的词学论章，以"史"的角度简略勾勒出词生发演变的进程，论析具有代表意义的词家词作；并由事实评判提升到价值评判,提出词独立的本体艺术精神,张扬词家的主体自觉意识。而在基本问题上,他们的见解一致,并于有意无意间形成某种前后承传影响的关系。这就是李之仪、晁补之与李清照。

一 李之仪以花间艺术为范型的词学观念及词评

检览《姑溪居士文集》,涉及词学的文字有《书乐府长短句后》《跋山谷二词》《跋小重山词》《再跋小重山后》《题贺方回词》《跋凌歊引后》《跋戚氏》等多篇,但大部分属于记事性质,在理论方面无甚阐发;而真正具有词学研究价值的,则为《跋吴思道小词》:

> 长短句于遣词中最为难工,自有一种风格,稍不如格,便觉龃龉。唐人但以诗句而用和声抑扬以就之,若今之歌〔阳关词〕是也。至唐末,遂因其声之长短,句而以意填之,始一变以成音律。大抵以《花间集》中所载为宗,然多小阕。至柳耆卿始铺叙展衍,备足无余,形容盛明,千载如逢当日。较之《花间》所集,韵终不胜,由是知其为难能也。张子野独矫拂而振起之,虽刻意追逐,要是才不足而情有余。良可佳者晏元献、欧阳文忠,宋景文则以其余力游戏,而风流闲雅,超出意表,又非其类也。谛味研究,字字皆有据,而其妙见于卒章,语尽而意不尽,意尽而情不尽,岂平平可得仿佛哉?思道覃思精诣,专以《花间》所集为准,其自得处未易咫尺可论。苟辅之以晏、欧阳、宋,而取舍于张、柳,其进也将不可得而御矣。

现在来看,这篇文字尽管不长,但已涉及词史、词评与词论等从本体——词的形式要求到创作主体——词家艺术特征的多方面问题,内涵还是相当丰富的。分析起来大致有以下几点:

第一,任何文学样式都是内容与形式的内外统一,词自然也同此理。而词的外在形式,即构成其文体特征的,最突出的便是声律音韵的规定,关于此项,李之仪是结合着词的生成的"史"的脉络来谈的。唐人之声诗多以整齐的五、七言近体诗配合音乐来歌唱,但乐曲参差不一多变化,故须加上虚声来协调应和,"抑扬以就之"。〔阳关词〕原系王维七绝《送元二使安西》:"渭城朝雨浥轻尘,客舍青青柳色新。劝君更尽一杯酒,西出阳关无故人。"因应歌不便，后人协以和声，遂衍展成为著名的《阳关三叠》，广为传唱。词则不同了，它是"依曲拍为句"（刘禹锡〔忆江南〕《和乐天春词》），或者说，"在音声者，因声以废词，审调以节唱，句度长短之数，声韵平上之差，莫不由准度"（元稹《乐府古题序》）。即按照乐曲节拍与声律音韵来填词，故称倚声填词，务为谐畅协合："因其声之长短，句而以意填之"。所以，李之仪开篇就使用了词的另一个流行称谓："长短句"。

而以意填词，又牵涉到对不同词调的选择使用。因为词调所标志的乐曲和声律音韵，本身便存在着刚柔清浊、缓促抗坠、抑扬洪细的差异，它们各自含纳了并且分别适宜于传现喜怒哀乐等不同情感。如晏几道〔鹧鸪天〕有"小令尊前见玉箫，银灯一曲太妖娆"之句，〔银灯〕即〔剔银灯〕词调，"太妖娆"便说明它是婉转美听的艳曲。故而词家填词，首先当视本身的状况来选调以写境表意，即因情以配声，因声以抒情，才得使声情互动益彰。反过来看，众多词家习惯性地选择某一词调抒写某一类型的情感，"句而以意填之"，也会对其范型化的情感指向产生能动作用，取得"因语以会其境，缘声以同其感"（《跋凌歊引后》）的艺术效果。那么，词的音律便不仅仅是一种客观的纯形式外在性规范，而是沉积着特定情感内蕴的"有意味的形式"了。

正是基于上述观念，李之仪才在这篇文字里劈头便揭橥出词"自有一种风格"的说法，以协合音律作为"如格"的首要条件。于此，可视为有关词的文体独立的概括、张扬，是旗帜鲜明的首倡之论，影响深远。以后晁补之的"当行家语"说、李清照的"别是一家"说，皆对之表示了认同；而李清照又进一步对音律的复杂变化作了精细入微的探讨，甚至将之提升到本体论的高度，以强调其重要性。一般说来，宋代的音律之学颇盛，《宋史·乐志》里便有相关记载，当时的词家对音律都很熟谙，唯此才方便词的创作。这点在山东词坛似乎也形成风气，如最早的和岘音律造诣精深，"会太祖以雅乐声高，诏岘讲求其理，以均节之。自是八音和畅，上甚嘉之"（《宋史》本传）；后来晁端礼曾任大晟府协律郎，晁冲之亦列大晟词家中。故李之仪的理论对创作实践传统予以升华，应运所生，也是很自然的事情。

第二，是随之他便提出"大抵以《花间集》中所载为宗"，称赞吴思道词，也是因为其"专以《花间》所集为准"，明确标举花间词所建构起的原初性艺术范型为创作中的取舍依违楷模，则大略符合晚唐五代乃至初宋以来的词史发展实际情况。至于李清照对此仅以"郑卫之声日炽，流靡之变日烦"（《词论》）二语轻轻带过，独倾心于南唐词的"尚文雅"，那是因为审美趣味的差异导致了着眼点的不同，而于纵的主流演进脉络上的把握，却是与李之仪波澜莫二。就是在这种范型的映照下，李之仪对入宋以来的著名词家，于比较中一一给予简要精当的批评。

从花间至晏、欧、宋诸家，所作率多"小阕"，所以，才充分肯定柳永大作长调慢词、"变旧声作新声"（李清照《词论》）的创造之功。"铺叙展衍，备足无余，形容盛明，千载如逢当日"，可谓对柳词的经典性评述，每为历来论词者所首肯称引，直到清夏敬观之说也与之同："层层铺叙，情景交融，一笔到底，始终不懈。"（《手评乐章集》）不过，事情总是两面的，"铺叙"的尽情描绘、详明透彻的表现手法，却不再讲究含蓄委婉，是而李之仪又认为柳永"韵终不胜"。所谓"韵"，即韵味、韵致，以他自己的话说即"语尽而意不尽，意尽而情不尽"。其实，缘于体式的规定，令词篇幅短小、容量有限，为了扩张其弹性和包容空间，就必须强调用曲笔，以不言言之或言外见意，篇终有余味，方能尽量多地表现情思意想，这样便拥具了蕴藉隐深之致。所以，长调和它是不能一概而论的。

张先词多承花间余绪，尤善以景色、人物动作神态来映托渲染情趣，从而造成整体和谐、充满韵味的境界，特具空灵含蓄之致。但他别有些作品，融进了叙事成分，不再仅只凭藉比托喻兴的曲笔求取言外意内、有余不尽的审美效果，而是改用长调的赋体铺叙手法，极态尽妍，层层摹写刻画以使情怀毕现——这种从令词小阕向长调慢词的过渡，体现出张先的主体自觉意识与艺术创新精神，给因令词的高度成熟而渐趋范式化的词坛注入生机，对词的继续发展并走往极盛起到积极推动作用。故此李之仪称许"张子野独矫拂而振起之"。但是，他的局限性在于拘囿令词的单向结构，还难以编组更复杂丰富的内容、不善于娴熟驾驭更多层次角度及大跨度时空范围的表达方法，是以虽勉力制作长调，也显得一味平铺直叙，缺乏开阖动荡的变化气象，而伤于局促。李之仪因之又不满他"才不足而情有余"，情胜于辞的缺陷。后来《宋四家词选目录序论》也说："子野清出处、生脆处味极隽永，只是偏才，无大起落。"

晏殊、欧阳修被赞许为"良可佳者"。晏殊的优胜处在于能将内在心态融合于深曲精细的运思、明净雅洁的造语与凝炼的表现手法中,通过言简意丰的令词体式,创造出珠圆玉润的艺术风貌:"风流蕴藉,一时莫及,而温润秀洁,亦无其比"(《碧鸡漫志》卷二)。欧阳修则早年好追步花间作绮靡流丽的艳词,此后的许多词又为之注入深婉缠绵的情思,含不尽余味,颇近晏殊。但因为时代背景和一己身世遭际的不同,欧阳修又有异于晏殊的纯以轻柔圆转之笔致写深情,只是一缕闲愁幽恨;他的情感变得炽热切挚,充溢了青春生机而较少儒雅中和、舒缓容与的姿态。当然,上述者也只不过相对而言,晏、欧在整体风格上仍属清丽婉约、"风流闲雅",典型体现出具备高度文化艺术素养、秉性气质敏感纤细而物质生活较为优裕闲暇的高层士大夫文人的美学理想和生活情趣——而这些,也恰正是李之仪等文士阶层所十分欣赏并楷模借鉴的。所以,才认为对于张先、尤其是柳永来言,是"超出意表,又非其类也"的。由此也可以认识到,他对于令词短章及其所代表的艺术精神的偏嗜,以及这种倾向直接影响到李之仪的创作实践,并且制约了其可能取得的成绩的原因。

至于宋祁,向以史家身份名世,曾主持修撰《新唐书》。现存词仅6首,见《唐宋诸贤绝妙词选》卷三、《能改斋漫录》卷一七等书,但并无个人词的专集,故想来当时作品也不会多,所以,李之仪才说他"以其余力游戏",未多留心于此道。但片光吉羽,弥足珍贵。如〔玉楼春〕《春景》向获盛誉,其中"红杏枝头春意闹"之句,被赞为"卓绝千古"(请刘体仁《七颂堂词绎》),《花草蒙拾》又指出其"实本花间'暖觉杏梢红',特有青蓝冰水之妙耳"。其他如〔浪淘沙近〕"少年不管"〔好事近〕"睡起玉屏风"等制,亦皆同上词,惜春叹别,留连光景,无论持酒斜阳、花月人远,都总是弥漫着一种虽轻淡、却无法掩抑的深长的伤感情味。而清辞丽句,委婉绵邈,极具晏、欧的韵致,是以李之仪将之归属为同类一并评析,显示出明晰的流派意识。

第三,是于强调词的本体形式规则,并从发展流变过程中,提出载具示范意义的原初创作类型,再结合着评论有关词家的艺术得失后,特对吴思道的"小词",义同"小阕",即令词作品,发表了具体改进、提高意见。与前面推许花间艺术精神为楷模的主张相一致,这里首先就充分肯定他"专以《花间》所集为准"的作词方法。不过,花间词以侑饮佐欢、遣兴娱宾为本的价值观念，导致了过分软媚靡曼，华而不实的审美偏斜，往往限制、甚至消释了词家个人情思意绪的抒写，很容易产生个性特征失落而只见群体面貌的类型化结果，便显得单调浅浮。这恰是循继南唐遗韵，又尤重自我生命感受与终极关怀思考的北宋词坛所要改变再加以深化的。所以，李之仪建议吴词补充、增益以晏、欧、宋诸家含思要眇、风流闲雅的情怀姿致，有不尽余味耐人咀嚼回想。另一方面，从规律性的意义上说，令词篇幅短小的特点，既是其长处——含蕴丰厚、隽永多韵致，也同时是其短处——容量有限、章法结构较简单。故是李之仪认为应汲取张先于令词短章中引进慢词笔法、不仅一味因循的创新精神，与柳永善于铺叙、"形容盛明"的长处，而脱弃他们情不胜辞和一泻无余、直露乏韵的缺陷。苟能臻达此理想境界，则艺术成就便不可限量。

总观《跋吴思道小词》，便会发现，它通篇讲的都是外在形式、表现手法和词家的创作得失及相应艺术风格问题，却并无一语涉及词的内容题材。其实，不同的内容题材对表现手法及作品整体风格的形成，有着一定的影响取向作用，反过来，某种特定风格及艺术手法也最适宜于表现相应的题材内容。从花间乃至晏、欧、张、柳等词家的传统流派，所写者大率不外乎男女相思恋情、怨离伤别、惜春感逝之类，范围比较狭窄，而李之仪对此并未置异议，或许他认为这就是作为"艳科"的词的应有之义，唯此方"如格"，故不须再予检讨了。而此一时期，苏轼已在革新传统词风、大力扩张词境、丰富词的表现内容。相形之下，便见出李之仪词学观念的保守性与局限性，故而体现到创作实践上，他也谨守花间传统词派的樊篱，少有开拓意识。

二　以"当行家语"评词并有所拓展的晁补之

晁补之与李之仪，以及后来的李清照相同，皆系以词家之身份去论词评词，由创作实践向着理性的总结归纳提升。较之专门的词学家而言，他们自然是更多了一些感性的经验色彩与自我主观倾向，于此，晁补之似乎更具典型性。

据宋朱弁《续骫骳说》载，晁补之曾撰有"《骫骳说》二卷，其大概多论乐府歌词，皆近世人所为也"，今已佚。他现存较完整的词学文字唯《评本朝乐章》一篇，见于《苕溪渔隐丛话后集》卷三三"晁无咎"条下所引《复斋漫录》，文云：

> 世言柳耆卿曲俗，非也，如〔八声甘州〕云："渐霜风凄惨，关河冷落，残照当楼。"此唐人语，不减高处矣。欧阳永叔〔浣溪沙〕云："堤上游人逐画船，拍堤春水四垂天，绿杨楼外出秋千。"要皆绝妙，然只一"出"字，自是后人道不到处。东坡词，人谓多不谐音律，然居士词横放杰出，自是曲中缚不住者。黄鲁直间作小词，固高妙，然不是当家语，自是著腔子唱好诗。晏元献不蹈袭人语，而风调闲雅，如"舞低杨柳楼心月，歌尽桃花扇底风"，知此人不住三家村也。张子野与柳耆卿齐名，而时以子野不及耆卿，然子野韵高，是耆卿所乏处。近世以来作者，皆不及秦少游，如"斜阳外，寒鸦万点，流水绕孤村"，虽不识字，亦知是天生好言语。

又，《能改斋漫录》卷一六、宋魏庆之《诗人玉屑》卷二一亦载录此篇，仅字句略有出入。它的特点是从表层看，只是限于对词家具体作品，甚至是某些个别词句的评析，而不似李之仪、李清照的多有本体论与词史嬗变演进的叙述。其实，晁补之关于词的本体意识、风格流派的把握正是通过对创作实践的品评和比较体现出来，不过格于行文体式，显得破碎局促罢了。概括言之，则主要涉及以下几点：

第一，于当时词坛上的雅俗之辨，他仍然认同士大夫文人阶层尚雅薄俗的主流风气。如开首即为被普遍批评词风鄙俚俗陋的柳永辩解，极赞其"渐霜风"等句。确实，它景中融情，境界苍凉浑厚，气象阔大而骨韵俱高，深得盛唐诗意味。宋赵令畤《侯鲭录》卷七引文作苏轼云："此语于诗句不减唐人高处。"可知这是具有共同性的认识。但问题的实质在于，肯定柳永有高雅感慨的一面，是基于对他俗词贬斥否定的前提上。若推究晁补之本意，不过要求客观准确，不以偏概全而已，故特地指出柳永并非全然"俗"。

第二，坚持词的本体意识，即须"当家语"（《能改斋漫录》引作"当行家语"），也就是诗与词两种文体表现方法和艺术风格的区别。这比较复杂，前面论析晁补之词作时已曾叙及，此处只简言之。一般说来，词体要求音调谐宛以美听，写景言情细腻委曲，意境深微而较狭窄；诗歌则跌宕开阖,气势较廓大开朗。顾视黄庭坚词,如〔定风波〕"万里黔中一漏天"〔鹧鸪天〕"黄菊枝头生晓寒""紫菊黄花风露寒"等等,或写谪居情怀,或因节令生感,但将写诗的作风带进词里,而皆以硬笔冷语出之,一派兀傲桀倨姿态跃然纸上,全不作含蕴柔婉的词家传统风韵。故而晁补之说"自是著腔子唱好诗",认为虽然"高妙",但是不符合词特具的体貌范型,是以不甚赞许。再者,词以"谐音律"为文体的前提性法度,是宋人的普遍流行观念,从李之仪到后来的李清照,论词皆首述及此条。晁补之当然无异议,但稍有不同的是,他持论较为通脱,能够从创作实践出发,注重表情达意为先,而不再恪守唯音律为是的纯形式规则。所以,于苏轼词便作相对理解:"横放杰出,自是曲子中缚不住者。"这里有两层含意:一是词不应为了拘执音律而胶柱鼓瑟,以致妨碍内容的表现;二是词应呈多样化的风格面貌,苏轼词的革新之举是对传统的开拓更张,那骏爽清朗,意到笔行而无所不适的作风也自成一家,当与晏、欧之"闲雅"并行不废。基于此,对他的"不谐音律"便以特例视之,不必过为苛责了。

第三,缘上述者而下,晁补之以此文的大部分篇幅对"近世人"的作品进行了评论比较——在这里,他主要参用论诗时惯行已久的"摘句法"。关于欧阳修〔浣溪沙〕词,着眼于字法的精心锤琢烹炼上;而对晏几道(晁补之误作晏殊)〔鹧鸪天〕词的"舞低"一联,则由之印证其艺术特征:"风调闲雅",及善能创新,"不蹈袭人语",也与前李之仪"风流闲雅,超出意表"的意见相同。不过,晁补之还从词中体现出来的气象、境界进一步联系到词家的身世际遇和写作背景,所谓"以意逆志,知人论世",就觉更深了一层。另,宋吴处厚《青箱杂记》卷五记载有晏殊的作词见解,也可与此处对看:

> 晏元献公虽起田里,而文章富贵,出于天然。尝览李庆孙《富贵曲》云:"轴装曲谱金书字,树记花名玉篆牌。"公曰:"此乃乞儿相,未谙富贵者。故余每吟咏富贵,不言金玉锦绣而唯说其气象,若'楼台侧畔杨花过,帘幕中间燕子飞'、'梨花院落溶溶月,柳絮池塘淡淡风'之类是也。"故公自以此句语人曰:"穷儿家有这景致也无?"

不正面直说，仅凭侧笔渲染烘托，以引发人的联想、想象，从中品味那种"富贵相"，才具载丰厚的"韵致"——由此可知"舞低杨柳楼心月，歌尽桃花扇底风"两句的妙处何在，及晁补之推许其"不蹈袭人语而风调闲雅"的缘故，并暗示出他评黄庭坚词"自是著腔子唱好诗"的理由：因为黄庭坚过于直白率露而不够隐曲含蓄，以诗法来制词。

在对柳永与张先的比较中，晁补之仍然继续运用上述"韵"的概念：柳永创作长调，层层铺叙，为较少变化的张先所不及。但柳词铺叙笔法所造成的详尽明透的艺术效果，却往往使情景毕现无遗，以至少有回味余地；而张先词包蕴深厚、隽永有致，是其佳胜处，故说他"韵高"，是为柳永所缺乏的。

最后，晁补之给秦观词以极高评价。所举〔满庭芳〕词歇拍"斜阳外"云云，其中"万点"又或作"数点"。原系檃栝隋炀帝杨广诗："寒鸦飞数点，流水绕孤村。"而晁补之姊子叶梦得《避暑录话》卷三则引作"寒鸦千万点"，并称秦观词"语工而入律，知乐者谓之作家歌"。它以浅显明白的语言写出饱蕴萧疏冷落情调的生动画图，浑然天成，不用事典，不作深隐曲折之笔，且又合乎词体规范，晓畅易明，故被赞为"天生好言语"。这就显示出晁补之审美趣味的多元性与包容性。

三　本体意识的张扬：李清照的词"别是一家"说及其他

随着词坛创作的繁荣发展，对这种新兴音乐文学样式的理论研究与作品评论也必然要进入词家的关注视野。这方面，山东词家可谓独得风气之先，起步甚早，如李之仪，尤其是晁补之，初步提出词要合音律，自有其不同于诗歌的"当家语"，格调须风流闲雅，以韵高为胜，不可卑俗等观点，前已述及。李清照作为后辈，"善属文，于诗尤工，晁补之多对士大夫称之"（宋朱弁《风月堂诗话》卷上）。她的词论虽后出转精，较为周密，但基本认识上却是一脉相承，受他们的影响十分明显。所以《苕溪渔隐丛话后集》卷三三将之附于"晁无咎"条下，当不为无因。其原文云：

乐府、声诗并著，最盛于唐开元、天宝间。有李八郎者，能歌擅天下，时新及第进士开宴曲江，榜中一名士先召李，使易服隐名姓，衣冠故敝，精神惨沮，与之同宴所。曰："表弟愿与坐末。"众皆不顾。既酒行乐作，歌者进，时曹元谦、念奴为冠，歌罢众皆咨嗟称赏。名士急指李曰："请表弟歌。"众皆哂，或有怒者。及转喉发声，歌一曲，众皆泣下罗拜，曰："此李八郎也！"自后郑、卫之声日炽，流靡之变日烦。已有〔菩萨蛮〕〔春光好〕〔莎鸡子〕〔更漏子〕〔浣溪沙〕〔梦江南〕〔渔父〕等词，不可遍举。五代干戈，四海瓜分豆剖，斯文道熄。独江南李氏君臣尚文雅，故有"小楼吹彻玉笙寒""吹皱一池春水"之词，语虽奇甚，所谓"亡国之音哀以思"也。逮至本朝，礼乐文武大备，又涵养百余年，始有柳屯田永者，变旧声，作新声，出《乐章集》，大得声称于世，虽协音律，而词语尘下。又有张子野、宋子京兄弟、沈唐、元绛、晁次膺辈继出，虽时时有妙语，而破碎何足名家。至晏元献、欧阳永叔、苏子瞻，学际天人，作为小歌词，直如酌蠡水于大海，然皆句读不葺之诗尔，又往往不协音律者，何邪？盖诗文分平侧，而歌词分五音，又分五声，又分六律，又分清浊轻重。且如近世所谓〔声声慢〕〔雨中花〕〔喜迁莺〕，既押平声韵，又押入声韵；〔玉楼春〕本押平声韵，又押上去声，又押入声。本押仄声韵，如押上声则协，如押入声则不可歌矣。王介甫、曾子固文章似西汉，若作一小歌词，则人必绝倒，不可读也。乃知别是一家，知之者少。后晏叔原、贺方回、秦少游、黄鲁直出，始能知之。又晏苦无铺叙，贺苦少典重，秦即专主情致而少故实，譬如贫家美女，虽极妍丽丰逸，而终乏富贵态。黄即尚故实，而多疵病，譬如良玉有瑕，价自减半矣。

又，此文并载于宋魏庆之《诗人玉屑》卷二一，共计561字，约略论述了有关词的发展流变、艺术准则与美学理想及具体词家批评等方面的问题。尽管还未完全摆脱当时一般诗话"集以资闲谈"（欧阳修《六一诗话》）"辨句法，备古今，记盛德，录异事，正讹误"（宋许顗《彦周诗话》）的随笔记叙方式，如开首关于李八郎的一段逸闻逸事，但它毕竟是词话中较早的，也较为明晰条理，是篇幅最长的著作，值得重视。

现在看来，李清照《词论》的核心是强调词是独立于传统诗歌之外的另一种新的文学样式，并试图为之规定出诸如音律声韵、表现手法、内容格调等各方面的特殊要求，而有关这些，她多是结合着相应的创作实践来表述的。下面我们将逐点予以论析，以求得全面的认识。

首先是对于词的起源，所谓"声诗"，原系唐人于乐府之外用以配乐歌唱的五七言诗，至于它与乐府诗是否即为词的源头，李清照基本还是沿袭旧的流行看法，如年辈迟于她的王灼即认为："古歌变为古乐府，古乐府变为今曲子，其本一也。"（《碧鸡漫志》卷一）接着她简述了词在晚唐五代的演变发展："郑、卫之声日炽，流靡之变日烦"，深致对花间词派繁丽绮艳作风的不满。而"独江南李氏君臣尚文雅"一段，却透露出这样的消息，即经过南唐词家的努力，词的境界开拓了，情致变深沉了，使之由最初侑饮应歌以供娱乐的艳科小道，演进成为能够容纳一定社会现实生活内容的抒情文学，从而获得生命力。再当论及词在本朝高度兴盛发展的状况时，李清照首先推许柳永"变旧声作新声"的成绩，对词的进一步成熟与广泛普及起到重要作用。这当指柳永大量创制长调慢词，在乐曲更加顿挫抑扬、婉曼美听的背景上，充分使用铺叙手段，编织入较为复杂多样的内容，从而融抒情、写景、叙事于一体，大大丰富充实了词固有的表现能力和含蕴量。

再者，由于词缘音乐而生，与之形成着先天性的密切血缘关系，是以李清照力主词应协律方可当歌，这是它作为一种独立文体的必须条件。缘于此，她批评苏轼等耆宿大家不合音律的弊病，所作实质上不过是句式长短参差不一的诗，徒具词的外壳罢了。这也是当时宋人的普遍观点，晁补之先已有类似的说法，李清照固渊源有自。不过，她持论却太苛，并且虽不厌繁赘地侈谈音律上的某些细微处，似乎凿凿有据，实则本身即颇有疏误，殊未见得精明。[①] 而自己的词也多不符合所悬的标准，反倒是在周邦彦的创作实践中充分实现了其理论。

第三，李清照从词的格调内容方面批评柳永"虽协音律，而词语尘下"，这典型体现了士大夫文人阶层崇尚"雅"的审美取向。柳词中多有应教坊乐工之请而为歌伎倡家所制作者，故汲取民间文学的营养，注重通俗晓畅，以适应广大市民阶层的趣味。但是，这并不能仅只等同于用口语

---

① 参见主仲闻：《李清照集校注》卷三《词论》注 [24] [25]、附录"按语"。北京：人民文学出版社1979年版。

俗语这个表现形式层面上的特点，因为词原称"曲子"，顾名思义，本来便是供人"听"的——"听"，当然要求入耳即易领会，不可能提供"看"那样的细细揣摩、反复品赏的从容条件，所以，明白如话正是它的当行本色。试求诸李清照自己的制作，如〔南歌子〕："旧时天气旧时衣，只有情怀、不似旧家时。"〔转调满庭芳〕："玉钩金锁，管是客来咻。"〔诉衷情〕："更挼残蕊，更捻余香，更得些时。"之类，又何尝避俗字口语入词！最典型的如她晚年名篇〔声声慢〕"寻寻觅觅"，几乎纯用白话，并无藻饰雕琢，亦不须借典故的牵引烘托，只凭家常语往复倾泻，却获得极大艺术成功。由此可知，问题不在造语遣辞，而李清照之不满于柳永者，是其格调内容的陋俗卑滥！

考察柳永半生行迹，每混迹于秦楼楚馆，时所交往接触的人也多系倡伎歌女市井细民辈，难免要受到熏染。虽然他因个人的沉沦不偶而深怀愤懑，表示出某些抗争色彩，但也确含有玩世不恭聊以卒岁的心态，使作品带有较浓厚的沉湎声色、渲染风情的倾向。这对于生长于书香世家、适身贵宦门下，生活在安适闲雅的生活环境里、品鉴隽逸清秀韵致的李清照来说，当然是扞格不合。如同样叙写传统的风月恋情题材，柳永是尽兴描摹渲染，词风酣畅恣纵，从粗俗袒露的气息间流动着热烈的情欲追求和青春的生命活力。李清照则大不然，她的恋情挚热深切，却绝不含纳任何轻薄佻艳成分，一般不失大家闺秀特具的矜持含蓄风范。如〔一剪梅〕"红藕香残玉簟秋"，写景叙事，明言离怀思绪，然仍先就花、水起兴，假柔婉蕴藉之笔出之，呈现一派清丽绵邈的风韵，尚属较为明快发露的。至于〔浣溪沙〕"莫许杯深琥珀浓"，更系深隐委曲之制，通体纯用侧锋烘托渲染，并不著一正笔，至结拍处始以烛火方明点睛，则整天之独居无聊、酒亦难解愁，长夜之迟迟不寐、深闺孤寂凄凉的情状皆历历可想见，那么，她心灵的空虚与对美满爱情的向往渴求便也昭然若揭了。然而上述等等，均于词外见意，教人思后得之，词家仅写景叙事而已；虽说是景中含情，也只作有限程度上的点拨暗示，以期引发人的诸般联想、想象。总之，相互比照之下，柳显露李涵藏，柳俚俗李风雅，柳为游子倡女代言李为娇娃贵妇传情，故李清照指斥柳永"词语尘下"，便完全可以理解了。

李清照还对其他北宋词家进行评论。初期的张先、宋祁等与徽宗朝的大晟府词家、山东同乡前辈晁端礼，虽间或有妙句佳什传诵，但总体成就有限，缺乏大手笔气象，是而她只以"破碎何足名家"一语便带过。晏几道、秦观是公认的典范大家，词到他们已发展到高度成熟的地步，极为历代论词者推崇："淮海、小山，古之伤心人也。其淡语皆有味，浅语皆有致，求之两宋词人，实罕其匹。"（清冯煦《宋六十一家词选例言》）但李清照心有未餍，认为"晏苦无铺叙""秦即专主情致而少故实"，皆有未臻。通览晏几道小山词，多短令而少长调。令词体式小，容量有限，相对说来章法技巧也较单纯，故向以精粹含蓄、余味悠远为胜境。随着长调慢词的兴起所出现的多角度描绘摹写、层层渲染递进，以求境界浑成、内涵繁富复杂的一整套铺叙手段、方法，在这种简短的样式里便很难运用。故之，就当时流派迭起、诸体大备的词坛来看，小山词虽已抵超诣之境、足供后世楷模，但他只是短令的集大成者，而在表现社会生活的广度与拥具艺术手法的多样性方面却明显不够。它是清溪幽径，虽不乏教人留连回想的佳绝处，却毕竟难见蟠结千里的长河大山那变幻跌宕、气象万端的阔阔气象。如果这是李清照的本意的话，那么其批评是可以成立的。

不过，秦观的情形却不一样了。淮海词向以多情并善写情著称，但却未必"少故实"。所谓"故实"者，即引用旧典故事与熔铸古人诗文以之入词。作为一种逐渐发达起来的特殊表现技法，就是借助恰当的历史类比与精心选择的旧语成句，通过对比、拟喻、暗示、象征等方式，牵动人的联想想象，使本来不便于明言直说的意思得以传现，使原先浅露平淡的内容变得生动深刻，由之增加了作品的弹性与形象性，更富于感染力。苏轼最早将之大量成功地使用到词中，从而在一定程度上避免了浅率熟滥的缺憾；但也不宜将之绝对化，片面地引申出唯以征引故实为高的结论。淮海词花边酒下，一往情深，是经过精心锤琢提炼而臻达的高度自然，绝非不能或不善征事引类，融化诗句。试看〔满庭芳〕里"豆蔻梢头旧恨，十年梦、屈指堪惊"的暗用杜牧扬州逸事与《遣怀》《赠别》诗意，借以推古论今；〔望海潮〕中"柳下桃蹊，乱分春色到人家"之熔化《史记·李将军列传》"桃李不言，下自成蹊"的名句，却全变原意，类似的例子不烦赘举。即此可证秦观驱策故实以供我写情表意亦为高手，只是比较而言，他似乎更喜欢就眼前景、心头事径直道来，从浅、淡中求得深、厚的意蕴韵致。其实，词的成功与否与"故实"之多少或用否之间并无必然联系，而是间接受制约于词家是否拥载真切的人生感受和踏实的艺术积累,直接取决于是否具有充实的情思内蕴与选择了最适宜的表述方式,简言之,须得辞情相称。所以,李清照以"少故实"为秦观弊病,诚为本末倒置之言。若再进而论列风格体貌,则春兰秋菊,各具其独特之美。淮海词即便如贫家美女,然天然佳丽,譬诸初日芙蓉、晓风杨柳,其清隽雅洁之姿有何不好?绮阁贵妇,浓妆盛饰,固自见桃李倩艳、牡丹雍容的风情,亦精丽过人,但是,岂能执定唯此等"富贵态"方为上乘!李清照审美趣味的过于偏颇,影响到她评论的客观、准确性,实不足取。

贺铸年辈略晚于黄庭坚、秦观,其《东山词》里多存雄健激郁之气,慷慨悲歌,不让苏、辛辈。不过,就整体风貌言,还是清婉流丽,主要写闲愁幽恨、相思别情的传统题材。他于风月场上、浅酌低唱之际,难免一般士子纵情声色以聊为排遣的通病,反映到词中,便屡现儇佻媟靡之制,几入柳永魔道。所以,被纯挚雅则的李清照诟病,指责他"苦少典重"了。

黄庭坚是"江西诗派"的创立者,词也被世人推重,"今代词手,唯秦七、黄九耳,唐诸人不逮也"(《苕溪渔隐丛话后集》卷三三引陈师道语)。他早期喜作绮艳语,晚间屡经迁谪,一变为旷逸疏宕,托意山水,感喟生平,高处直逼苏轼。其《山谷琴趣外篇》品类驳杂,雅、俚二种格调的水平上下悬殊。李清照肯定其词"尚故实"的方面,又认为其他则"多疵病,譬如良玉有瑕,价自减半"。其实,黄庭坚是宋诗中"点铁成金""夺胎换骨"法的倡导者,讲求的就是博用事典,无一字无来处,在词里自然也要体现出来。而他的缺憾恰在于失去合理的比例,过分醉心于搜奇求异,以堆垛故典、檃栝成句为能事,结果反倒弄巧成拙。如〔南乡子〕"黄菊满东篱"〔渔家傲〕《江宁江口阻风戏效宝宁勇禅师……始记四篇》等尤甚者,全不顾意境的浑成及通篇和谐,只一味矜才使气、炫示渊博。再者,黄庭坚以市井语所作的俚词,内容既多涉亵秽,格调亦复低诨卑陋,下者较柳永尤过之,历来便被人訾病,宜当乎为李清照所不满。还有一个协律问题,晁补之先已称山谷词系"著腔子唱好诗"(《苕溪渔隐丛话后集》卷三三),讥其不谐音律,这便不符合李清照论词的首要标准。总之,她对黄庭坚印象较佳,许办"良玉",但也尚未臻达及其理想中应有的精粹度,以致"价自减半"。

依据上述音律与文学本身两方面的因素,李清照提出她的见解,即论词的第四点：词"别是一家"。综合而言之，它包括"协律"，以适宜歌唱为准则，不能像诗那样只求文辞之美，却不管是否歌者"钮折嗓子"。其次是应以闲雅典重的格调内容为高，须力戒卑俗粗陋。这便在于善能铺叙，层次井然，并长于资用故实，以浑融无迹、涵蕴深永，从而避免平直质率之弊——这些是词本体性的必备条件，不容或缺。所以，晏、贺、秦、黄诸家，不过大醇小疵，在许其为"别是一家"的"知之者"的同时，李清照约略指出他们的某些不足，未再予深责。而对王安石、曾巩等古文大家则不许，她断言彼等不谙此道，"若作小歌词，则人必绝倒，不可读也"。因为以诗与词的姊妹文体的接近，尚间有若许不通不同处，那十分疏离的古文，做法及审美要求更与词是判然两途了。

要之，李清照《词论》接受"词言情"的传统，在总结前人既有创作经验的基础上，坚持"尊体"之说，强调词"别是一家"，自具特有的文体独立的美学理想和操作规范。那么，现在应该怎样评价她的理论主张的功过得失呢？如若就词的起源及其形式特征着眼，诚如刘熙载所言："虽小却好，虽好却小。"（《艺概·词曲概》）词那长短参差的句式、委曲密致的章法和吞吐含蓄的韵致，特别善于细腻深刻地传达人们某些敏锐复杂又难以名状的心思感受："情有文不能达、诗不能道者，而独于长短句中可以委宛形容之。"（清查礼《铜鼓书堂词话》）故而词长于抒情而短于叙事说理。李清照准确地把握到这些，凭高度的本体自觉意识加以肯定、张扬，对词的发展显然具有积极意义。但是，如将此置于历史不断发展的过程中进行全面、持续的考察，便会再看到另一番景象：随着词在北宋中后期的高度繁荣与广泛流行，它已逐渐从最初娱乐遣兴的艳科小道范式里解脱出来，并趋向认同于诗歌的艺术精神，演变成独立于音乐之外的一种纯文学样式，这便要求它扩大表现范围，拓展境界，以便包纳更为丰富多样化的社会现实内容。即便词依然保存着以写情为主见长的文体特征，那么，这份"情"当包容着人类生活里不同场境的各种各类的感情，也不应仅只局囿于男女间的恋情相思。事实上，李清照自己南渡后由于身历家国的惨祸巨变，词作中业已呈现出不同于渡江避难前的风貌，她以创作实践突破并纠正了早期理论认识上的局限和偏颇。

第二节 苏轼等客籍作家在山东的创作活动

北宋的一些著名文学家,曾在山东任职或生活过,并有着一定的创作活动。虽然时间长短不一,数量及艺术价值不等,但是,他们以客籍身份所写下的这部分文学作品,曾被当时及后代的齐鲁士子所广泛传诵,遂沉积作山东文学遗产的重要组成部分,并参与山东地域文学传统的建构与整合,载具着积极意义。当然,其各人的情况也颇有差异。有些只是其全部文学创作活动中的一段匆匆行程,没有多少重要作用,在对文学主流嬗变演进的观照中,甚至可略而不论;有的却是他文学事业的最辉煌阶段之一,为某种文体风格与审美观念转变的标志,对以后的个人创作,乃至整个时代的文学发展都产生了重要影响,备具艺术范型价值和相当的理论内涵。所以,对他们实不宜一概等同视之,故而下面即依据其具体创作情形,分别予以论析。

一 欧阳修、曾巩、苏辙、黄庭坚及范仲淹

欧阳修(1007—1072),字永叔,自号醉翁,晚年又自号六一居士,吉州庐陵(今江西吉安)人。熙宁元年(1068)62岁时,以知亳州转兵部尚书、改知青州,充京东东路安抚使,十月,至青州任职。在任约近两年的时间,又以三年(1070)七月,改知蔡州(今河南汝南),九月抵达任所。经过几十年的宦海浮沉、仕途蹉跌后,特别是贬官夷陵(今湖北宜昌)、滁州(今属安徽)、颍州(今安徽阜阳)的几次重大打击,他已是厌倦了政治生涯,思欲归老田园,啸咏以终余年。颍州风光秀美,是理想的托身之地,故尤为眷念。前尚在亳州时,自春至夏,欧阳修曾连上五表五札子乞请致仕,然朝廷不允。在得到改知青州的新任命,又连上三札子请辞免,亦未获允。他是带着极不情愿的心情去赴任的。途中路过齐州,曾有《留题齐州舜泉》等诗,《晓发齐州道中二首》云:

岁晚劳征役,三齐旧富闲。人行桑下路,日上海边山。轩冕非吾志,风霜犯客颜。惟应思颍梦,先过穆陵关。

东州几日倦征轩,千骑骎骎白草原。雁入寒云惊晓角,鸡鸣沧海

浴朝暾。国恩未报身先老,客思无聊岁已昏。谁得平时为郡乐?自怜消渴马文园。

它们虽然分别用五律与七律形式,但笔法大致相同。皆先以首联叙述行迹,颔联写景,再就颈、尾二联表明心志。

所幸青州地僻人闲,民风淳朴,倒也太平无事,诚如欧阳修自己描述的:"辞青不获,勉策病躯东来。而东州土俗深厚,岁丰盗讼亦稀,甚为养拙之幸。"(《与直讲都官》)这期间,他的诗作不甚多,但从《表海亭》《球场看山》《春晴书事》《青州书事》《谒庙马上有感》等字句间,也约略表现出此时的生活和心情。如《读易》:

莫嫌白发拥朱轮,恩许东州养病臣。饮酒横琴消永日,焚香读易过残春。

和《留题南楼二绝》其二:

醉翁到处不曾醒,问向青州作么生?公退留宾夸酒美,睡余欹枕看山横。

公事之暇,不过是弹琴饮酒、焚香读易,而"睡余欹枕"与青山相对,更感到一份逍遥闲适意趣,生命与自然的交通融合,浑然忘却官场的无聊纷争倾轧。总之,欧阳修的山东诗篇,着重写的是渴望退闲和思恋颍州两个内容,大都以顺易从容的叙述笔法出之,以重驭轻,随意抒发而不求深隐层曲之致,犹如一泓清溪淙淙流去,虽无大的波澜和闳阔奇瑰气象,但其清新自然,风神澄澈明洁,正是他诗歌的一贯特征。但缺点是,这些诗过于浅白袒直,锤炼不够,故乏委婉唱叹、有余不尽的含蓄情韵,而远非其集中的上乘之制。宋叶梦得云:"欧阳文忠公诗始矫昆体,专以气格为主,故其言多平易疏畅。律诗意所到处,虽语有不伦亦不复问。而学之者往往遂失于快直,倾囷倒廪,无复余地。"(《石林诗话》)用以评论此期诗作,尤称允当。

在山东期间,欧阳修还留下了一批散文作品,只是率为奏表信札、墓志书序之类应用性文字，可称道者无多。唯独成于熙宁三年（1070）为父亲欧阳观、母亲郑氏的墓道所作的碑文《泷冈阡表》，却是标志其文学成就的最优秀作品之一，被论者推崇为与韩愈《祭十二郎文》、清袁枚《祭妹文》并美的"千古至文"。泷冈，在今江西永丰沙溪镇南之凤凰山。这时，距父亲下葬已有60年之久了。文章开首即说明所以延缓的缘因，而以"有待"二字起势，总领全篇：

> 修不幸，生四岁而孤，太夫人守节自誓，居穷，自力于衣食。以长以教，俾至于成人。太夫人告之曰："汝父为吏廉，而好施与，喜宾客，其俸禄虽薄，常不使有余。曰：'毋以是为我累。'故其亡也，无一瓦之覆，一垅之植，以庇而为生。吾何恃而能自守也？吾于汝父知其一二，以有待于汝也。自吾为汝家妇，不及事吾姑，然知汝父之能养也。汝幼而孤，吾不能知汝之必有立，然知汝父之必将有后也。吾之始归也，汝父免于母丧方逾年，岁时祭祀，则必涕泣，曰：'祭而丰，不如养之薄也。'间御酒食，则又涕泣，曰：'昔常不足，而今有余，其何及也！'吾始一二见之，以为新免于丧适然耳，既而其后常然，至其终身未尝不然。吾虽不及事姑，而以此知汝父之能养也。汝父为吏，尝夜烛治官书，屡废而叹。吾问之，则曰：'此死狱也，我求其生不得尔。'吾曰：'生可求乎？'曰：'求其生而不得，则死者与我皆无恨也；矧求而有得邪？以其有得，则知不求而死者有恨也。失常求其生，犹失之死，而况常求其死！'回顾乳者抱汝而立于旁，因指而叹，曰：'术者谓我岁行在戌将死，使其言然，吾不及见儿之立也，后当以我语告之。'其平居教他子弟，常用此语，吾耳熟焉，故能详也。其施于外事吾不能知，其居于家无所矜饰，而所为如此，是真发于中者邪？呜呼，其心厚于仁者邪？此吾知汝父之必将有后也，汝其勉之！夫养不必丰，要于孝；利虽不得博于物，要其心之厚于仁。吾不能教汝，此汝父之志也！"

这一大段文字，通过母亲的追述与记忆，来表现父亲生前的某些行为和对儿子的期望，"因以死后之贫验其廉，以思亲之久验其孝，以治狱之叹验其仁。或反跌，或正叙，琐琐曲尽，无不极其翰旋"（清林云铭《古文析义》卷一四），使人物形象栩栩如生，跃然纸上。再者，"文为表其父阡，实则表其母节"（《林纾评点古文辞类纂》卷八），它看似转述欧阳观事，实际上却是由母亲郑氏口出之，便从侧面写出她对儿子的谆谆教诲，勤劳劬育。下文则进一步作正笔直叙：

> 太夫人恭俭仁爱而有礼，……自其家少微时，治其家以俭约，其后常不使过之，曰："吾儿不能苟合于世，俭薄所以居患难也。"其后修贬夷陵，太夫人言笑自若，曰："汝家故贫贱也，吾处之有素矣。汝能安之，吾亦安矣。"

两处互相映衬配合，虚实生发，也历历显现出母亲的高风亮节。此后，又以大段篇幅详记自己历年的官秩职位与"赐爵受封，显荣褒大，实有三朝之锡命，是足以表见于后世，而庇赖其子孙"的光耀。亦绝无矜夸标榜之意，而是冀希告慰父母神灵，并落实、呼应开首的"有待"，以见有始有终。

《泷冈阡表》是真性情流溢成的真文字，故不假藻饰，不务华丽，只凭浅显质实的语言自然道出，即能沁人心脾。虽然格于体式和所表现题材内容的限囿，它不同于《醉翁亭记》之类迂徐委曲、唱叹蕴蓄的风貌，更具清幽柔美的情韵，其深挚笃诚，无穷的感慨追慕，让人反复回味。

曾巩（1019—1083），字子固，建昌南丰（今属江西）人。熙宁四年（1071）53岁时，以通判越州（今浙江绍兴）改知齐州军州事，六月到任，在齐州约两年，遂于熙宁六年（1073）秋徙知襄州（今湖北襄樊）。他任齐州郡守时，为政宽简，兴利除弊，"会朝廷变法，遣使四出，公推行有方，民用不扰。使者或希望私欲有所为，公亦不听也"（曾肇《子固先生行状》）。友人强至《寄齐州曾子固学士》诗也称赞说："历山名重舜耕余，太守文章世罕如。但见清风变齐鲁，未闻紫诏起严徐。"这里又有湖光山色胜境，风光秀美，他时时往出赏览游憩，"爱其山水，题咏最多"（王士禛《带经堂诗话》卷一四）。如《西湖二首》《北池小会》《西湖二月二十日》《百花堤》《北湖》《到郡一年》《喜雨》《大明湖》《百花堤》《鹊山亭》《水香亭》《芍药厅》《阅武堂下新渠》《芙蓉桥》《凝香斋》《北渚亭雨中》《金线泉》《鹊山》《华不注山》《登华不注望鲍

山》《灵岩寺兼简重元长老二刘居士》《郡楼》《鲍山》《百花台》,等等不烦赘举。诚如他《齐州杂诗序》所云者:

> 余之疲驽来为是州,除其奸强,而振其弛坏;去其疾苦,而抚其善良。未期囹圄多空,而桴鼓几熄,岁又连熟,州以无事。故得与其士大夫及四方之宾客,以其暇日,时游后园。或长轩峣樾,登览之观,属思千里;或芙蕖芰荷,湖波渺然,纵州上下。虽病不饮酒,而闲为小诗,以娱情写物,亦拙者之适也。

这些诗多用近体,写景述意,皆有清新朗爽意趣,虽少见灏瀚雄阔气象和层深曲隐的内涵,但细致精整,犹如一幅幅工笔画图,映入眼帘,教人赏心悦目。如《西湖纳凉》:

> 问吾何处避炎蒸?十顷西湖照眼明。鱼戏一篙新浪满,鸟啼千步绿荫成。虹腰隐隐松桥出,鹢首峨峨画舫行。最喜晚凉风月好,紫荷香里听泉声。

按,北魏郦道元《水经注》卷八云"济水又东北,泺水出焉",而"其水北为大明湖,西即大明寺,寺东北两面侧湖,此水便成净池也。池上有客亭,左右楸桐,负日俯仰,目对鱼鸟极望,水木明瑟,可谓濠梁之性,物我无违矣"。宋时称大明湖为西湖或四望湖,与鹊山湖相通,后逐渐湮塞,半为街市民居。金元好问《济南行记》则以今城内湖沿袭大明湖旧名。又《环碧亭》,则描写湖中美景:

> 水心还有拂云堆,日日应须把酒杯。杨柳巧含烟景合,芙蓉争带露华开。城头山色相围出,眼底波声四面来。谁信瀛洲未归去?两州俱得小蓬莱。

颔联鲜明生动,虽工整又不伤于过分雕凿,写出了大明湖的特色景观。故尾联将之与他来齐州前所任职的越州并举,极言其佳美要胜过瀛洲仙境。越州亦名蓬莱,并有蓬莱阁。

曾巩知齐州任两年,虽时间不久,却主持修造了北水门、鹊山亭、百花堤、百花桥、百花台等不少建筑。如熙宁五年(1072)建造北渚亭后,即赋《北渚亭》诗以描述其胜景:

四楹虚彻地无邻,断送孤高与使君。午夜坐临沧海日,半天吟看泰山云。青徐气接川原秀,常碣风连草木薰。莫笑一樽留恋久,下阶尘土便纷纷。

北渚亭地势高敞,俯仰旷远,故此诗的颔、颈二联也取境甚为闳大雄阔,于时间过渡上从午夜至黎明,以连接海日岱云,并于青徐而常碣,作空间的大跨度张扬,便觉气势不凡。后来晁补之知齐州时,有《北渚亭赋》,怀念曾巩,可与本诗参看。《水经注》卷八又云:"泺水出历县故城西南,泉源上涌若轮。《春秋》桓公十八年,公会齐侯于泺是也。俗谓之为娥英水也,以泉源有舜妃娥英庙故也。"此泉名鉴泉、瀑流泉,自曾巩为之赋《趵突泉》诗后,始通称趵突至今。诗云:"一派遥从玉水分,暗来都洒历山尘。滋荣冬茹温常早,润泽春茶味更真。已觉路傍行似鉴,最怜沙际涌如轮。曾成齐鲁封疆会,况托娥英诧世人。"而对于齐州特有的自然现象,他的观察也很细致。如齐州冬季的雾凇,或称雾挂,宋张邦基曾记叙说:"东北冬月寒甚,夜气塞空如雾,着于林木,凝结如珠玉,见日乃消,齐鲁谓之雾凇。谚云:'雾凇重雾凇,穷汉置饭瓮。'丰年之兆也。"(《墨庄漫录》)并引用了曾巩《雾凇》诗,诗云:

园林初日静无风,雾凇开花处处同。记得集英深殿里,舞人齐插玉笼松。

总之,曾巩在齐州的这段岁月,心情轻爽舒畅,对当地的风景民俗和自己的治绩,也较为满意。《冬夜即事》诗对之作出较全面的表述:

印奁封罢阁铃闲,喜有秋毫免素餐。市粟易求仓廪实,邑狵无警里闾安。香清一榻氍毹暖,月淡千门雾凇寒。闻说丰年从此始,更回笼烛卷帘看。

首、领两联叙公退的生活和市风民情，以质直平实之笔烘托出"喜"字。故颈联续以景语，从周遭感觉的"暖"推及所见节令风物的"寒"，点明题意，所写由近、小而至远、大，风雅与清奇兼具，就能挺起全篇，不使过为板滞，也使尾联的愉悦叹赞显得真切而富有情味。

曾巩的诗不足以名家，"短于韵语"（《后山诗话》），虽清浅明丽，却是不够醇厚含蕴，远未臻达散文的成绩。其为文则纡徐委曲，情韵意态类近于欧阳修，故在唐宋古文八大家里，向来以"欧曾"并称，诚如清姚鼐所云："欧阳、曾公之文，其才皆偏于柔之美者。"（《复鲁絜非书》）但检视他在知齐州期间的作品，如《亡侄韶州军事判官墓志铭》《光禄少卿晁公墓志铭》《祭王逵龙图文》《祭张唐公文》等，多为应人请托的实用性质文字，虽间有呜咽感叹之笔，然总体而言，趋于模式化，平板冗庸而乏文采，"如村老判事，止此没要紧话，板今掉古，牵曳不休，令人不耐"（清王夫之《夕堂永日绪论外编》）。另有《齐州北水门记》《齐州二堂记》《齐州杂诗序》等记叙书序文，行文流畅自如，井然有序，即事因景生情，体现出曾巩文章的一般风范，较为可读。

苏辙（1039—1112），字子由，又字同叔，晚自号颍滨遗老，眉州眉山（今属四川）人。苏轼弟，因生于宝元二年（己卯），故轼呼之卯君。熙宁六年（1073）35岁时，由河阳（今河南孟县）学官改任齐州掌书记，熙宁九年（1076）十月，罢齐州任职回京师。他在齐州三年时间，先后历李师中、李肃之、李常来任郡守，皆能与之相得；其间又值苏轼知密州，相距为邻，故心情愉悦，时有吟咏，多为写齐地风光胜景、日常生活及赠答酬唱之制。清贺裳《载酒园诗话》谓：苏辙"身份气概总不如兄，然潇洒俊逸，于雄姿英发中，兼有醇醪饮人之致。虽亦远于唐音，实宋诗之可喜者也"。不妨也用来看他的一些齐州诗。

苏辙《和李诚之待制燕别西湖并叙》云："李公自登州来守此邦，爱其山川泉石之美，怡然有久留之意。"其实这也正是他自己在齐州的心情，故多在诗中吟咏之，能与曾巩的同类诗作比肩。如《北渚亭》：

  西湖已过百花汀，未厌相携上古城。云放连山瞻岳麓，雪消平野看春耕。临风举酒千锺尽，步月吹笳十里声。犹恨雨中人不到，风云飘荡恐神惊。

诗从饮宴游赏中写于亭中眺望之景，故只用"云放""雪消"一联描摹，其他则就人的活动着笔，由此显示出兴致之高与乐趣之浓。结尾因烟雨的飘渺迷濛和"北渚"的字面生发联想，阑入屈原《九歌·湘君》"帝子降兮北渚，目眇眇兮愁予"与帝舜娥英旧典，便平空增添了若许楚骚的悠远意味。其他如《环波亭》《鹊山亭》《槛泉亭》《灵岩寺》《四禅寺》《初入南山》《岳下》等写景诸篇，也可与之互参。又，齐州城南有舜泉，或名舜井，传说为舜耕历山所掘挖成。先是苏辙刚赴任时，适值齐州大旱，"谁言到官舍，旱气裂后土"（《送排保甲陈祐甫》）。后来舜泉久涸复涌，他特作《舜泉复发》诗庆贺。诗云：

奕奕清流旧绕城，旱来泉眼亦尘生。连宵暑雨源初接，发地春雷夜有声。复理沟渠通屈曲，重开池沼放澄清。通衢细洒浮埃净，车马归来似晚晴。

一般说来，宋人的文体分工观念较为明晰，词以言情，文以载道，而诗歌则趋于高度成熟，担负着最广泛多样的社会功能。如唱和答酬，既交流情感，又呈现技巧才思，在宋诗中甚是流行，苏氏兄弟和苏门文士于此等风气尤盛。苏辙在齐州时期，与苏轼有依题唱和诗多首，如《次韵子瞻病中赠提刑段绎》《和子瞻喜虎儿生》《次韵子瞻赋雪二首》《次韵子瞻寄眉守黎希声》《和子瞻玉盘盂二首》等。和韵诗受到格律的制约较严格，虽然因难见巧，但主要是在文字技法上着力，不易展舒自我真性情，故实难臻达于高妙浑成的境界，反倒常滋生削足适履弊病。苏辙更因才力、胸襟有限，所以无法追踪苏轼原作，诚如他自己说的，"兄诗有味剧隽永，和者仅同如画影"（《次韵子瞻道中见寄》），只不过依声韵凑泊而终篇罢了。

其他同类诗作如《和李诚之待制燕别西湖》《和青州教授顿起九日见寄》《和顿主簿见赠》《次韵韩宗弼太祝游太山》《次韵赵至节推首夏》《次韵李昭叙供备燕别湖亭》《和李公择赴历下道中杂咏十二首》《次韵李公择寄子瞻》《次韵李公择九日见约以疾不赴》《和文与可洋州园亭三十咏》等，大都系为文造情，"更寻诗句斗新尖"的勉力敷衍之制。但其间也有较佳胜者，如《次韵刘殿丞送春》：

　　　　春去堂堂不复追，空余草木弄晴辉。交游归雁行将尽，踪迹鸣鸠懒不飞。老大未须惊节物，醉狂兼得避危机。东风虽有经旬在，芳意从今日日非。

　　诗写残春景象。惜春伤春，喟叹物华而惊心韶光倏忽，本来是沉积于有宋一代文人士大夫心头上的一种早已凝定的、类型化了的季节情结。但是，苏辙这里却不作凄惋怅惘之态，独以理性的目光看待大自然正常的时令变迁，"堂堂"语正足以领起全篇。所以，颈联才得凭意高为胜，既不因年岁"老大"而惊心于生命水逝；虽职位低卑，而能容我"醉狂"逍遥，也就摆脱宦海的险恶风波。《晋书·诸葛长民传》云："富贵必履危机。"诗中化用此语。尾联则照应题目"送春"的本旨，说"芳意"渐尽，虽然东风犹在，也不过为它送行而已；虽然流露出人情上若许的无奈，也只以轻叹微慨之笔出之，并不多么沉重。总之，全篇气格高旷爽利，造语清畅疏朗，不用事典去求深曲幽隐，不靠托喻比兴来渲染烘托，只是就直笔叙说，深折透辟，以诉诸人的认知，体现出宋诗特有的风貌。

　　与曾巩的情形相近似，苏辙的诗歌成绩不甚为人称道，钱钟书甚至认为其诗尚远不及曾巩写得好[1]。他是以文章名世，与父洵兄轼并列于唐宋古文八大家之中。苏轼称赞说"其文如其为人，故汪洋澹泊，有一唱三叹之声，而其秀杰之气，终不可没"（《答张文潜书》）。明唐宋派古文家茅坤通过比较，也认为"子由之文，其奇峭处不如其父，其雄伟处不如其兄，而其疏宕袅娜处，亦自有一片烟波，似非诸家所及"（《苏文定公文钞》卷八）。可见宛纡委备、闲易冲和而蕴蓄深广多致是苏辙文字的基本风格。通览他任齐州时的作品，有《京西北路转运使题名记》《齐州代李肃之谏议谢表》《洛阳李氏园池诗记》《齐州闵子祠堂记》《齐州泺源石桥记》《送王璋长官赴真定孙和甫辟书》等。历来论文者评苏辙，认为他长于议论而疏于记事，以之印证上述诸篇，信然。当然，苏辙的记叙文并非没有佳制，如《黄州快哉亭记》《武昌九曲亭记》等皆足可传世，但这却是齐州诸作的平冗呆直所不能比拟者，倒是和苏轼熙宁八年（1075）冬所作《超然台记》一文的《超然台赋》，较为佳胜。

---

[1] 参见《宋诗选注》，北京：人民文学出版社1958年版，第46页。

《超然台赋》前有叙,备述苏轼于密州(今诸城)造台的缘起与命名:"顾居处隐陋,无以自放,乃因其城上之废台而增葺之,日与其僚览其山川而乐之。以告辙曰:'此将何以名之?'辙曰:'今夫山居者知山,林居者知林,耕者知原,渔者知泽。安于其所而已,其乐不相及也,而台则尽之。天下之士奔走于是非之场,浮沉于荣辱之海,嚣然尽力而忘反,亦莫自知也,而达者哀之。二者非以其超然不累于物故耶?老子曰:虽有荣观,燕处超然。尝试以超然名之,可乎?'因为之赋以告。"这里用疏朗平易的语言,从登台观览尽知山林耕渔者等众人之乐,并推衍及冷眼看待"天下之士"的沉溺于世俗的是非荣辱而迷然不知返,再引老子的话为证。纡余往复,优游不迫,最后始逗出以"超然"名台的本旨,紧扣苏轼《超然台记》"以见余之无所往而不乐者,盖游于物之外也"的结穴,显现出苏辙文婉转尽致,善于敛气蓄势,故意味隽永的风韵神采。但下面的赋文却另具一番纵逸挥洒面貌,它先写台的高峻,继之描述人在其上饮燕乐歌、啸咏徙倚的活动,并由之扩张开去:

极千里于一瞬兮,寄无尽于云烟。前陵阜之汹涌兮,后平野之漉漫。乔木蔚其蓁蓁兮,兴亡忽乎满前。怀故国于天末兮,限东西之险艰。飞鸿往而莫及兮,落日耿其夕躔。嗟人生之漂摇兮,寄流梗于海壖。苟所遇而皆得兮,遑既择而后安?

摹写空间的"千里"极目纵望,但见莽莽苍苍,陵冈、原野、林木上弥漫着一派云烟;遂生出慨喟时间之永恒,而千古"兴亡"接续的沧桑感。接着嗟叹人生漂泊无常,世路险艰,油然兴起遥远的故乡家国的思念。这样既融合情景为一体,境界浑成,有渺远苍茫之致,又深化了其内涵。随后另围绕着"诚达观之无不可兮,又何有于忧患"发表议论,阐明"超然"主旨,暗与前面的叙文呼应。至此,铺排已足,便遥承赋的开端,仍回到登台宴赏的本事上来,以尽兴夜归结束全篇:

虽昼日其犹未足兮,俟明月乎林端。纷既醉而相命兮,霜凝磴而跰䠓。马蹄躅而号鸣兮,左右翼而不能鞍。各云散于城邑兮,徂清夜之既阑。惟所往而乐易兮,其所以为超然者耶!

苏辙借鉴汉魏抒情小赋，特别是其间的山东前辈作家王粲《登楼赋》的章法用笔。但缘由两人人生际遇和具体创作背景的差异，故无王粲之低回悲凉，缺少他那种沉重的乡关之念、乱离之思和有志不聘、切望入世以建功立业的身世感，也就自然不及《登楼赋》的沉郁顿挫与丰厚的内在张力。

黄庭坚（1045—1105），字鲁直，自号山谷道人，又号涪翁，洪州分宁（今江西修水）人。元丰六年（1083）十二月他38岁时，由知吉州太和县（今属江西）移监德州德平镇（今商河境内），七年（1084）春，由家乡省亲北上赴任，途经扬州、泗州，于夏秋间始到职。元丰八年（1085）四月，除授秘书省校书郎，六七月间抵达汴京。在德平约近一年时间。这里地僻镇小，继室谢氏也早在元丰二年（1079）病殁，唯续娶之妾于来前新生一子，然"客宦不能以家来官舍，萧然如寄"（《与德州太守书》），故生活颇落寞。但在文学创作上却甚有收获，他瘦劲奇倔的独特诗风已经稳固形成，于此留下一些佳制名作。不过就内容来看，多为怀念亲友、表现日常生活与投赠酬应之类，注重在抒写自我的情趣感受，并无直接反映现实社会现象而批评时局朝政方面的——这些，或许是为其融通儒、释、道三家的哲理思想和养性修己、泊然自持，"古之人学问高明，胸中如日月，然后能似土木，与世浮沉"（《答人求学书》）的立身态度所影响决定的。

先说怀念赠送亲友的诗篇。最著名的自推《寄黄几复》：

> 我居北海君南海，寄雁传书谢不能。桃李春风一杯酒，江湖夜雨十年灯。持家但有四立壁，治病不蕲三折肱。想得读书头已白，隔溪猿哭瘴溪藤。

诗中黄庭坚自注："几复在广州四会，予以德州德平镇，皆海滨也。"又据他为其撰写的《黄几复墓志铭》，则黄几复名介，南昌人，与黄庭坚少时多有交游。诗劈头即以"北海""南海"对举，以明现在已是天各一方；为了凸显距离的遥远，竟说雁儿也拒绝传递书信——"谢不能"，因为它只飞到衡阳便北归了。将极平常的意思变化作新奇精警，一上来便见出构想命思的不凡。接着分别就"桃李"与"江湖"两句，叙说当日同游共饮之乐事和以后的相互间漂泊隔离、长久思念。它全部用一般习见的名词数量词平行置列，只借助联想的脉络予以贯通，便情景毕现，境界自出。无怪乎《苕溪渔隐丛话前集》卷四七《王直方诗话》引张耒的称赞说"真是奇语"。奇就奇在从普通字词的选择和熟悉意象的组合上见成效，遂具载范型意义，故同书苕溪渔隐曰："汪彦章有'千里江山渔笛晚，十年灯火客毡寒'之句，效山谷体也。"后面四句则宕过笔势，于对面悬想黄几复现在的境况，虽未曾直言，但是，那份殷殷眷念的情怀已尽皆透露出。而以"四立壁"化用《汉书·司马相如传》"四壁立"旧语，变动词为形容词，与"三折肱"对仗，也见锤琢烹炼之工，是黄庭坚诗的优长。总之，此篇的首、颈两联四用《左传》《国语》《史记》等故典成语，运散入律，特显拗折兀傲神态；颔、尾二联却间隔以习常语的平顺流畅，乃张弛错杂，可知章法上的匠心。

又如赠别妹夫王纯亮的两首诗。五古《留王郎》首云："河外吹沙尘，江南水无津。骨肉常万里，寄声何由频。"述分离后相望之远，接着"我随简书来，顾影将一身"云云一大段，诉说自己的宦游孤寂，悬想王纯亮归家后田酒耕读的乐趣，期望他勤学有成。其中"百年才一炊，六籍经几秦"二句，本意不过是说岁月匆遽，为学守道不易，但一经化用沈既济《枕中记》邯郸梦旧典和王安石《处州学记》"周道微，不幸而有秦，烧诗书，杀学士。然是心非独秦也，当孔子时，即有欲毁乡校者矣"文意，便觉生涩回甘，绝无一毫俗滥气了。结尾称赞王郎才学卓荦超凡，必将臻至得心应手的妙境，但仍然用《庄子·徐无鬼》郢人斤斫的典故喻譬比拟，就别具一番涵咏咀嚼的兴味，不致质木浅近。上述这些差不多的内容，又以七古《送王郎》出之，却完全是另一种面貌风格了：

  酌君以蒲城桑落之酒，泛君以湘累秋菊之英，赠君以黟川点漆之墨，送君以阳关堕泪之声。酒浇胸次之磊块，菊制短世之颓龄。墨以传万古文章之印，歌以写一家兄弟之情。江山千里俱头白，骨肉十年终眼青。连床夜雨鸡戒晓，书囊无底谈未了。有功翰墨乃如此，何恨远别音书少。炒沙作糜终不饱，镂冰文章费工巧。要须心地收汗马，孔孟行世日杲杲。有弟有弟力持家，妇能养姑供珍鲑。儿大诗书女丝麻，公但读书煮春茶。

诗的前八句辞藻华美，用排比笔法滔滔泻下，大开大合，豪放恣肆而略无滞拘，全凭真气鼓荡运行。这种作风在黄庭坚诗里可谓"别调"，是不常见的。前此南朝宋山东籍诗家鲍照七言乐府《拟行路难十八首》之一起篇云："奉君金卮之美酒，玳瑁玉匣之雕琴。七彩芙蓉之羽帐，九华蒲萄之锦衾。"又欧阳修《奉送原甫侍读出守永嘉》开首云："酌君以荆州鱼枕之蕉，赠君以宣城鼠须之管。酒如长虹饮沧海，笔若骏马驰平坂。"都可能为他所借鉴再化用。另，晁补之《行路难和鲜于大夫子骏》起端云："赠君珊瑚夜光之角枕，玳瑁明月之雕床。一茧秋蟾一丽縠，百和更生之宝香。"亦可并此参看。紧接的"江山千里俱头白，骨肉十年终眼青"一联为全篇主旨及转折的关捩处。据《黄山谷诗内集》卷一宋任渊于句下注，乃从老杜"别来头并白，相对眼终青"诗意化出。它包容着巨大的时空跨度和情感张力，意极沉挚，笔力遒劲峭。以下便承此顺势转为对王纯亮的叮咛期许，好像变奔放腾涌的大河为容与舒展的清溪，由气势的豪纵改为情调的闲适。但是，"炒沙"四句仍是堂堂正大之论，神态凛然，以"理"胜。清方东树云："山谷之妙，起无端，接无端，大笔如椽，转折如龙虎。扫除一切，独提精要之语，每每承接处中亘万里，不相联属，非寻常意计所及。"（《昭昧詹言》卷一一）细味此诗便可知之。

描述日常生活境况情趣的诗篇，最容易看到黄庭坚的真实面貌，了解其心态意绪，因为它是细致、纯然的自我写照，具有更高的可信度。如《平原宴坐二首》：

老作儒生不解事，江南有田归荷锄。北窗风来举书叶，犹自劝人勤读书。

黄落委庭观九州，虫声日夜戒衣裘。金钱满地无人费，一斛明珠薏苡秋。

《黄山谷诗外集》卷一五宋史容于题下注："蜀中刻山谷真迹，题作《平原郡斋》，而诗句小异，云：'平生浪学不知株，江北江南去荷锄。窗风文字翻叶叶，犹似劝人勤读书。''成巢不处避岁鹊，得巢不安呼妇鸠，金钱满地无人费，一斛明珠薏苡秋。'"或许已经过修改，见出他创作的勤勉严谨态度与对此二诗的赏爱。前者述说不为俗世功名羁念，而欲归田园刻苦读书的志向。后者则以意驭景，写出对秋天的敏锐感受和联想；末两句更以黄叶比金钱，横笔挽入马援事典，似有似无，微微吐露出敝屣富贵与仕途多风波而忧谗畏讥的消息，但也不必胶柱鼓瑟，定为凿实。要之，前者并未正面抒情说理，而是运文意入诗，多含机趣，故精能透辟，并不求唱叹含蓄之致。后者则以实作虚，借助景物的铺排去着意表现意致，似密而疏。两者都体现出黄庭坚诗清瘦雅深、曲折生新的另一种风貌，同样可纠滑熟圆俗之弊。又，黄庭坚又曾将后诗题写友人邢敦夫扇面，唯次句改作"小虫催女献功裘"。邢敦夫遂有《和黄鲁直平原郡斋秋怀二首》诗："木落天高忆旧居，几时归去带经锄？黄花烂漫无人折，柿叶翻红正好书。""目送愁云尽日愁，寒来著破旧貂裘。凭谁说与西风道，留取花间点缀秋。"而由这则逸事，也折射出当时文士对诗艺的重视和酬唱之风的兴盛，在黄庭坚身上，则体现得尤为典型。

关于酬和应答之制，在现存全部约近2000首的黄诗里，数量甚夥。不过，因为其实用性质的先天局囿，故须着重于文字技巧功夫上，往往逞才气炫博学，致少有真性情显露，也缺乏审美价值，是为历来论者所诟病。然而，倘不以绝对化的眼光看待，则其间亦未尝没有佳作，如《次韵刘景文登邺王台见思五首》。其一后半云："归鸦度晚景，落雁带边声。平生知音处，别离空复情。"情辞兼胜，气象浑茫苍凉，中有绵邈不尽的意味，颇得唐人韵致，特别是李白《别友人》之类。只是黄庭坚较少了一分天然浑成，更加工整而已。又如其二：

旧时刘子政，憔悴邺王城。把笔已头白，见书犹眼明。平原秋树色，沙麓暮钟声。归雁南飞尽，无因寄此情。

黄诗学杜甫，领联已极见他锤炼字句、化熟为生而兀拗不平的笔力，甚得老杜晚年律体的神貌。颈联钳入"平原""沙麓"两个地名以分点己与刘两人，但又不使人觉、不露痕迹，可谓大巧归于天成，亦从杜甫《春日忆李白》颈联"渭北春天树，江东日暮云"句法来，但似更有出蓝之妙。至尾联反用《汉书·苏武传》雁足传书典故，因情作景，尤见缠绵挚重，蕴藉有致，从而完足了全篇。

如果说上举诸诗还是以宋调入唐音、人工自然参半的话，那么，其五则纯粹是黄庭坚自己的本色了。上半云："公诗如美色，未嫁已倾城。嫁作荡子妇，寒机泣到明。"借美女的变化来喻比刘景文诗歌风格面目的不同，设思新颖妥帖；且以古诗句法入律，将艳语给予雅化净化的改造，故能"洗尽铅华，独标隽旨，凡风云月露与夫体近香奁者，洗剥殆尽"（陈丰《辨疑》），显示出他拙朴劲拔、将熟作生而吐弃凡近庸弱的一贯特征。至如《同刘景文游郭氏西园因留宿》："人居城市虚华馆，秋入园林著晚花。落日临池见科斗，必知清夜有鸣蛙。"以前两句为铺垫，看似平平而起，讵料后两句忽振挺笔力，化实为虚，举重若轻，凭巧思驭质重，也是黄庭坚独到的一种胜境。

总之，他在山东为官期间的诗歌，虽数量不算多，但古近体五七言皆备，风貌格调也趋向多样化，体达出其基本特色，已初现大家气象。"入思深，造句奇崛；笔势健，足以药熟滑"（《昭昧詹言》），"祖陶宗杜，体无不备，而早年亦从事于玉溪生（李商隐）。故集中所登，慷慨沉雄者故多，而流丽芊绵者亦复不少。……世人未览全集，辄以'生硬'二字蔽之，不知公时作硬语，而老朴中自饶丰致"（《辨疑》），正可以用来评价。

范仲淹（989—1052），字希文，苏州吴县（今属江苏）人。生二岁而父范墉殁，贫孤无依，故随母谢氏再适淄川长山（今邹平）朱氏，遂改从朱姓，名说。他少有志操，曾刻苦读书于长白山醴泉寺，虽饘粥不充亦未辍，自幼即深受当地淳朴民风的熏染和儒家传统学说的教诲。直到大中祥符八年（1015）26岁时举进士第，才离开第二故乡山东，迎母归养并复本姓。自宋初以来，柳开、王禹偁、穆修、石介等一力倡导文风改革，摒弃浮靡巧艳之辞，欧阳修则写作古文以为响应、示范。范仲淹均引为同调，给予支持，并批评当时"为学者不根乎经籍，从政者罕议乎教化，故文章柔靡，风俗巧伪"（《上时相议制举书》）的不良风气。他于名作《岳阳楼记》中，表示欲追效"古仁人之心"，而"不以物喜，不以己悲"，只念念在君与民，故最终归结为"先天下之忧而忧，后天下之乐而乐"的生命价值取向。这正是其由"人溺己溺"的孔孟遗训所生发的"期不负圣人之学"（《宋史·范纯仁传》）的处世为人准则的集中体现。又如《严先生祠堂记》，制于无辜被贬逐睦州（今浙江新安）的困境中，但范仲淹仍高歌"云山苍苍，江水泱泱。先生之风，山高水长"，并不为一己一身的进退荣辱为意，都显现着高洁的品格与襟怀的豁达博大。

他皇祐三年（1051）知青州时，曾看望青少年时期的旧居，写下过《尧庙》《游石子涧》《留别长山父老》等诗篇，感慨于"鼓吹罗前郡，烟霞指旧庐"的穷达之异。其《表海亭》诗云：

一带林峦秀复奇，每来凭槛即舒眉。好山深会诗人意，留得夕阳无限时。

清厉鹗《宋诗纪事》卷二○引《东皋杂录》云："青社表海亭，取太公（姜尚）表东海之意。"其故址位于青州旧府城之北。范仲淹诗虽造语浅近而意却不俗，它以情入景，反用李商隐"夕阳无限好，只是近黄昏"（《登乐游原》）的诗意，固亦含有无限留连之念，但并无一毫衰颓萧飒之气。将客观无知的"山"充分主观化，特见出他生活兴趣的浓厚和生命力的旺盛，至老不改；同时也初现宋诗以意高为胜长的艺术特色。另，元祐初，曾巩弟曾布子宣来知青州，也曾登临赏览并赋《表海亭》诗："表海风流旧所闻，青冥飞观一番新。山河十二名空在，簪履三千迹已陈。极目烟岚九霄近，满川楼阁万家春。由来兴废南柯梦，且喜登临属后人。"触景生情，于极力铺陈张扬中杂以轻叹微吟，又有异于范仲淹的清新简洁了。

二　苏轼在山东时期的创作高潮

苏轼（1037—1101），字子瞻，一字和仲，自号东坡居士，眉州眉山（今属四川）人。他在山东任职两次，第一次是熙宁七年（1074）九月，39岁时由通判杭州改以太常博士、直史馆权知密州（今诸城）军州事，十二月抵任所；至熙宁九年（1076）十二月，罢密州任，以祠部员外郎、直史馆移知河中府（今山西永济），在任两年时间。遂离密州，过安丘，除夕大雪乃宿潍州，直到次年正月始至青州，过齐州，二月抵郓州，离山东境。第二次系于元丰八年（1085）六月，50岁时以汝州团练副使、不得签书公事起复朝奉郎、知登州（今蓬莱），十月于赴任途中重经密州，十五日抵任所；然仅五日即调礼部郎中召赴京师，乃在十一月初离登州，过莱州，至青州，再经郓州离山东境。他在山东，特别是密州的时期较长，留下数量不少的文学作品，在其一生的创作活动中占据重要位置，就中尤以词的成绩为显著。下面将依文体分别来谈，先说词。

苏轼早年即以诗文著大名于世，但开始作词的时间却甚晚，一般认为他熙宁五年（1072）通判杭州任时才有词，那么，知密州时便仍属于初起阶段了。然而，其热情却颇高涨，且出手不凡，气魄闳阔，现存的近二十首作品词艺造诣高超，并多有精品绝唱传诵不衰。词在当时，已发展到高度成熟的境地。但无论是晏殊、欧阳修、晏几道等的风调闲雅，集中体现着文人士夫阶层的审美趣味，代表了令词短章所能臻达的成就；还是柳永的大量创制长调慢词，适应新兴市民阶层的文化休闲需要，遂风行天下，却都无例外的承接花间、南唐传统，以词为艳科，主传情——这个"情"，又局囿在男女相思离别的柔情上。苏轼不满于此途，便试图将诗歌的艺术精神引进词中，为之开拓新境界，故题材内容、表现手法及风格便为之大变。密州诸篇，应是此革新之举的良好开端，并为之建构起典范以启迪后来词家。如〔江城子〕《密州出猎》：

老夫聊发少年狂，左牵黄，右擎苍。锦帽貂裘，千骑卷平冈。为报倾城随太守，亲射虎，看孙郎。　酒酣胸胆尚开张，鬓微霜，又何妨！持节云中，何日遣冯唐？会挽雕弓如满月，西北望，射天狼。

他同时尚有《祭常山回小猎》诗："青盖前头点皂旗，黄茅冈下出长围。弄风骄马跑空立，趁兔苍鹰掠地飞。回望白云生翠巘，归来红叶满征衣。圣明若用西凉簿，白羽犹能效一挥。"可以互参。或说这是苏轼豪放词的开始，确实，篇中不用惯式写景抒情、情景交融的手法，而是直接诉之以叙述，着重塑造出一个意气奔腾、纵马驰骋而志在君国的自我形象，这是以往词坛所从未曾出现过的。其《与鲜于子骏书》云："近却颇作小词，虽无柳七郎风味，亦自成一家。数日前猎于郊外，所获颇多，作得一阕，令东州壮士抵掌顿足而歌之，吹笛击鼓以为节，颇壮观也。"看来，他对突破柳永依红偎翠的秾媚风调是颇为得意的。

同样写男女爱情却"无柳七郎风味"，而别呈一番新面貌的是又一首〔江城子〕《乙卯正月二十日夜记梦》：

十年生死两茫茫,不思量,自难忘。千里孤坟,无处话凄凉。纵使相逢应不识,尘满面,鬓如霜。　夜来幽梦忽还乡,小轩窗,正梳妆。相顾无言,惟有泪千行。料得年年肠断处,明月夜,短松冈。

据《亡妻王氏墓志铭》:"治平二年(1065)五月丁亥,赵郡苏轼之妻王氏卒于京师。……君讳弗,眉之青神人,乡贡进士方之女,生十有六年而归于轼。……其死也,盖年二十有七而已。先君命轼曰:'妇从汝于艰难,不可忘也,他日必葬诸其姑之侧。'"至作词的熙宁八年(1075)已整整10年了,但时间的流逝并未能消磨掉他的眷念哀悼之情,反倒是积酝得更加切挚深沉。故是词从现实到幻梦,自过去而如今,最后再将时空境界推衍至未来的无穷岁月和遥远故乡的亡妻坟茔,无不一以贯之。苏轼不喜作绮艳恋语,也未重言怨愁恨思,只是以白描笔法直直述去,然其有真性情且深深执着于情的一面便于此毕现无遗。

到任所不久,很快便是来年正月,〔蝶恋花〕《密州上元》词云:"灯火钱塘三五夜,明月如霜,照见人如画。帐底吹笙香吐麝,更无一点尘随马。　寂寞山城人老也,击鼓吹箫,却入农桑社。火冷灯稀霜露下,昏昏雪意云垂野。"有宋一代,最重元宵节,往往是笙歌灯火彻夜,无论妇雏童叟皆狂欢无已,当时人的诗词作品描写其盛丽热烈场景的,也举不胜举。但是,山城密州的上元却落寞冷清,与"自古繁华"的杭州形成鲜明对比,这就在苏轼心头产生巨大落差。故过片以"人老也"提唱,再顾视年华已老大,却仍旧游宦四方,壮志未遂,莫名的迷惘惆怅便黯然袭上。所以,结拍写雪垂四野的"昏昏",并不仅只为满目景色,其深层更融入了他的年华迟暮、无所归依的感叹。而这种郁结的愁怀总是难以消释的,到了熙宁九年暮春,苏轼又有〔望江南〕《超然台作》词:

春未老,风细柳斜斜。试上超然台上看,半壕春水一城花。烟雨暗千家。　寒食后,酒醒却咨嗟。休对故人思故国,且将新火试新茶。诗酒趁年华。

在这里,他寄兴于春水春花,借诗酒娱心,而不再只慨喟韶光永逝,却将一切都化解在眼前的美好事物间——"故人故国,触绪生悲;新火新茶,及时行乐。以此易彼，公诚达人也"（俞陛云《唐五代两宋词选释》）。不过，真正最难得的，在于生命与艺术交融中的自然流露，纯然为一派真朴，绝非浅露的表层做作，徒具形貌姿态而已。

高旷超逸，清朗畅达，向来是苏轼的主流格调，戛戛独造，为他人所难臻之妙境。〔水调歌头〕《丙辰中秋欢饮达旦大醉作此篇兼怀子由》可谓这方面的代表作：

> 明月几时有？把酒问青天。不知天上宫阙，今夕是何年？我欲乘风归去，又恐琼楼玉宇，高处不胜寒。起舞弄清影，何似在人间。
> 转朱阁，低绮户，照无眠。不应有恨，何事长向别时圆？人有悲欢离合，月有阴晴圆缺，此事古难全。但愿人长久，千里共婵娟。

通篇以咏月贯穿始终，亦景亦情、物我交浃而盘旋流泻，表现出词家既向往超越世表又留恋人间的矛盾心态。能将人生的哲理性思考与渺杳的神话传说汇融作一体，虽然也伤感于兄弟离索却仍达观处之，故包纳了相当的深邃意蕴与丰厚情味。兼之那份奇特的想象、奇高的兴会又通过奇妙的文采，一起溶化到皓月临空、美人千里的审美境界里，便更显寥远清廓，也使一般的思念情感拥有着恒久价值。总之，全词想落天外，运笔舒卷曲折如意，既沉挚又空灵，"中秋词自东坡〔水调歌头〕一出，余词尽废"（《苕溪渔隐丛话后集》卷三九）。

在山东是苏轼词创作的第一个高潮期，已初步显示他词坛大家的风貌与扩拓革新的成绩，奠定此后的主导艺术精神。于题材内容上，除了以前述及者外，其他诸如〔雨中花慢〕"今岁花时深院"的写秋晚赏牡丹之意外乐事，〔减字木兰花〕《送东武令赵昶失官归海州》〔满江红〕《正月十三日雪中送文安国还朝》的饯别同僚，感叹云泥浮沉的际遇，〔媺人娇〕《戏邦直》的祝贺友人新婚得佳偶，〔画堂春〕《寄子由》的直抒兄弟情思，都体现出词体观念的开放和涵盖面的宽阔，大小正谐，无不可纳入词笔下，词已渗透进社会生活的各个层面里。而在风格方法方面，虽也丰富多样，但主要的是，改变传统的景情交融、景中含情，以求唱叹含蓄的审美取向；别替之为直笔叙述，洋洋挥洒，皆能详明尽透，以情感挚重、气势酣畅为高的新作风，同他的诗歌、尤其是某些五七言古体相通。如

〔沁园春〕《赴密州早行马上寄子由》词,上片描述清晓旅途历经的景物,随之生发出"世路无穷"、劳生寡欢的感慨;下片则先追写二人少年时的才学抱负,以见卓荦超凡,继之云"用舍由时,行藏在我,袖手何妨闲处看!身长健,但优游卒岁,且斗尊前",直抒身世落拓而随缘自适的襟怀。全篇将情、景夹杂在大段议论间,于旷达中溢出不平之气,兼融清超与沉著为一体,都是后来的苏词里所经常见到的,并对晁补之、辛弃疾等词家的长调产生了影响,尤其是他们废退金乡、闲居铅山时期的作品。

即便是用令词短章写传统的惜春感时题材,苏轼也自具面目,如〔望江南〕《暮春》:

春已老,春服几时成?曲水浪低蕉叶稳,舞雩风软纻罗轻。酣咏乐升平。　微雨过,何处不催耕。百舌无言桃李尽,柘林深处鹁鸪鸣。春色属芜菁。

它虽重在写景,但也只是直笔描摹,视野开阔,如色彩明丽的彩墨长卷,并无深隐层曲的喻托寄兴在内;而且从园林亭阁走向自然田野,充满清朴的乡土气息和欣欣生机,毫无低回缠绵的伤感之情。这都为后来〔浣溪沙〕《徐门石潭谢雨道上作五首》之类作品开出先风。又如〔江城子〕《东武雪中送客》,在动作的叙述里挈领景、情,均借助从现在的实境到对别后的悬想,和别筵把酒而远途风雪的时间空间转换中展现,不务包藏含蕴,唯依次顺序地径直写出,便真挚浑成,耐人品味。这些都可以互相参看。

再说诗歌。苏轼标志着宋诗所能臻达的高度,他最突出的特点是才情富溢、学识渊博,故体现于诗歌创作上,便是表现内容广阔和艺术风格的多元化,而其主流趋向则为天然清畅、雄逸奔放,于新颖精警中间有奇趣横生。所以,他下笔即挥洒纵横,似不甚着力却无不曲折尽意,较之欧阳修的清新平易多了一份神采高爽、精光四射,也更殊异于黄庭坚的苦心锤琢磨砺,生涩劲瘦,以人工而臻精微新奇之胜境。但由之带来的负面效应是,恃才太过而失诸轻易草率,用事典过多而难免堆砌杂凑,仅凭技巧因题终韵成篇而陷于小趣味,总之就像长江大河一泻滔滔却挟裹泥沙俱下。上述特点和缺点,在山东期间写下的百余首作品里,都不同程度地有所体现。

综观这些诗篇，虽诸体皆备，然以五古和七律所占数量比重最大；七言古体次之，基本上相等于七绝；而以五言近体为最少，艺术水准也偏低。又，上已言及苏轼诗歌涉及的内容复杂，涵盖面广阔，前代论者认为其承继唐人传统而再为拓展开辟之："赖杜（甫）诗一出乃稍为开扩，庶及可尽天下之情事。韩（愈）一衍之，苏再衍之，于是情与事无不可尽。"（明李东阳《麓堂诗话》）话也大致不差。只是仔细察看下来，便会发觉，其实苏轼的大部分诗作注重在自我情怀感受的抒发与人生遭遇见闻的表现上，至于自然山水景物类的描摹，也由此生发挈领，无一不贯注着他显明的个性特色；其他诸如咏画咏茶、谢人赠纸墨惠砚、写酒筵饮食等诸般日常细事，乃至酬唱应和、命题次韵的文士交际，亦皆备具，而正面反映社会现实状况、时局政务方面的却相对较少。但于知密州时，却有这样内容的诗。

如刚到任所，正值当地蝗灾严重，他即采取措施治灭，并有《上韩丞相论灾伤手实书》，呈报灾情，并要求朝廷"量蠲秋税"，以减轻农民负担。后来作《和赵郎中捕蝗见寄次韵》，前半云："麦穗人许长，谷苗牛可没。天公独何意，忍使蝗虫发！驱攘著令典，农事安可忽？"；中一段虽切合题意述说自己诗思的敏捷垒涌，然结尾仍殷殷叮咛："民病何时休？吏职不可越。慎毋及世事，向空书咄咄。"委婉表示了对新法一些弊端的不满。又熙宁八年春夏连旱，导致蝗虫滋生，苏轼祷雨祈减灾，并赋《次韵章传道喜雨》诗，题目下自注："祷常山而得。"诗开首即直陈灾情："去年夏旱秋不雨，海畔居民饮咸苦。今年春暖欲生蝝，地上戢戢多于土。预忧一旦开两翅，口吻如风那肯吐！"接下来叙说农民与自己的焦灼心情，可并其《祭常山祝文》参照："哀我邦人，遭此凶旱。流殍之余，其命如发。而飞蝗流毒，遗种布野，使其变跃飞腾，则桑柘麦禾，举罹其灾，民其罔有孑遗。"诗又称赞山神的灵验，云："夜窗骚骚闹松竹，朝畦泫泫流膏乳。从来蝗旱必相资，此事吾闻老农语。庶将积润扫余孽，收拾丰岁还明主。"以上，都生动展现出一个关心民瘼、勤于治事的循吏形象。

两诗使用了五古、七古体式，因为其篇幅格律皆较开放自由，便于随心挥洒。然这种题材究竟非他所长，故质直木枘，徒具形貌却缺乏诗的情味韵致。但一回到熟悉的内容上来，即大不相同了。如《登常山绝顶广丽亭》：

> 西望穆陵关，东望琅邪台。南望九仙山，北望空飞埃。相将叫虞舜，遂欲归蓬莱。嗟我二三子，狂饮亦荒哉。红裙欲仙去，长笛有余哀。清歌入云霄，妙舞纤腰回。自从有此山，白石封苍苔。何尝有此乐？将去复徘徊。人生如朝露，白发日夜催。弃置当何言，万劫终飞灰。

起首四句依次铺排四方所见，气势便突兀不凡。这种笔法虽然古乐府《江南可采莲》中早已有之，但更直接的，似乎是从杜甫《石龛》开篇的"熊罴咆我东，虎豹号我西。我后鬼长啸，我前狌又啼"化出。故接下来"相将"二句便径用杜甫"回首叫虞舜，苍梧云正愁"（《同诸公登慈恩寺塔》）的意境，只不过变苍凉为超逸罢了。"嗟我"以下十句则融合描述与议论为一体，将寻常的歌舞说得飘飘欲仙，极言登赏之乐，似已达到高潮。不想结尾四句又陡然转折急下，感叹人命危浅，所有一切终将归于无有，重又跌落到凡世来。这样大开大阖，提纵伸缩自如，足可显出苏轼五古气派闳阔而笔力雄健的特征。其他如《二公再和亦再答之》"寒鸡知将晨，饥鹤知夜半。亦如老病客，遇节常感叹。光阴等敲石，过眼不容玩。亲友如抟沙，放手还复散。羁孤每自笑，寂寞谁肯伴"的叙议夹杂中仍唱叹有致；《西斋》"榴花开一枝，桑枣沃以光。鸣鸠得美荫，困立忘飞翔。黄鸟亦自喜，新音变圆吭"的天人物我合一、生机盎然；《答李邦直》"美人如春风，著物物先知。羁愁似冰雪，见子先流澌"的譬喻新奇贴切、构思工巧；《留别雩泉》"举酒属雩泉，白发日夜新。何时泉中天，复照泉上人？二年饮泉水，鱼鸟亦相亲。还将弄泉手，遮日向西秦"的圆转流美、于复叠中见深情，均意趣迭生，真朴清新而绝无雕饰痕，全凭才气驾驭又以悠然容与之貌出之。

"东坡最长于七古。沉雄不如杜（甫），而奔放过之；秀逸不如李（白），而超旷似之。又有文学以济其才，有宋三百年无敌手也。"（清施补华《岘佣说诗》）"李诗如高云之游空，杜诗如乔岳之矗天，苏诗如流水之行地。"（清赵翼《瓯北诗话》）他七古的体大思精、波澜奔涌，在

《登州海市》诗有着充分体现：

> 东方云海空复空，群仙出没空明中。荡摇浮世生万象，岂有贝阙藏珠宫？心知所见皆幻影，敢以耳目烦神工。岁寒水冷天地闭，为我起蛰鞭鱼龙。重楼翠阜出霜晓，异事惊倒百岁翁。人间所得容力取，世外无物谁为雄？率然有请不我拒，信我人厄非天穷。潮阳太守南迁归，喜见石廪堆祝融。自言正直动山鬼，岂知造物哀龙钟。伸眉一笑岂易得？神之报汝亦已丰。斜阳万里孤岛没，但见碧海磨青铜。新诗绮语亦安用，相与变灭随东风。

诗题下有"叙"云："予闻登州海市旧矣。父老云：'常见于春夏，今岁晚，不复出也。'予到官五日而去，以不见为恨，祷于海神广德王之庙，明日见焉，乃作此诗。"它前10句着力描摹铺写海市蜃楼那迷离异变、似仙如幻的景象，笔力奇谲跌宕，杂以惊叹之感。后14句则一笔贯注到底，作主观心态的率然袒露。从韩愈贬谪潮阳到自己的斥逐黄州，皆是九死一生，由之触生出关于人生哲理的独特见解与深沉感受，逐纷然杂陈，汇聚在古今时间和南北空间的映照比托里，既热情又悲凉，于豁达大度中又总是流露出一股抹不掉的伤感意绪——这自然是因着生命的寂寞燃烧所导致的苦闷。或者说，冬日罕有海市，更不可能以求祝神灵而得现之。所以，历来便有人怀疑此诗所写的真实性，认为不过是文人好弄狡狯以出奇的文字积习而已，实际上并未见到。但是，论诗本不必如此拘滞，这里不妨视作苏轼对于人生美好事物执着追求的特殊表现方式，现实中即使没有，也要在艺术中创造出来；另一方面，亦是他宣泄积郁、疏导情绪的物化形式。

苏轼是个感情丰富，热爱生活、热爱大自然的人，所以，在他眼中，无处不是诗材、无事无物不可以入诗，都具有着美。如春日看牡丹，最是赏心悦目，但"初至密州，以累年旱蝗，斋素累月，方春牡丹盛开，遂不获一赏"（〔雨中花慢〕"叙"），不由得念想起昔时杭州吉祥寺赏花的盛事来："道人劝我清明来，腰鼓百面如春雷，打彻凉州花自开。沙河塘上插花回，醉倒不觉吴儿咍，岂知如今双鬓摧？"紧接着笔势忽转，回折到眼下的寂寥冷落："城西古寺没蒿莱，有僧闭门手自栽，千枝万叶巧剪裁。就中一丛何所似？马瑙盘盛金缕杯。而我食菜方清斋，对花不饮花应猜。夜来雨雹如李梅，红残绿暗吁可哀！"以强烈的对比手法，突现出诗题《惜花》的意旨；这样还不够，又于诗末加文字注说："钱塘吉祥寺花为第一。壬子清明赏会最盛，金盘彩篮以献于座者五十三人，夜归沙河塘上，观者如山，尔后无复继也。今年诸家园圃花亦极盛，而龙兴僧房一株尤奇，但里病牢落，自无以发兴耳。昨日雨雹，知此花之存者无几，可为太息也。"且它首尾均作两句一韵，中间六句却改为三句一韵，音调铿锵节奏流转，滔滔清绝，诚如清纪昀所评："信手写出，有曲折自如之妙。"（《纪评苏诗》卷一三）

又如被纪昀称赞"开合变动，笔力不凡"的长篇七古《和蒋夔寄茶》，能将一件友人日常往来及各种不同煎茶方式的生活琐事，置入自我南北迁徙的游宦生涯里，中间再杂以民俗饮食："自从舍舟入东武，沃野便到桑麻川。剪毛胡羊大如马，谁记鹿角腥盘筵？厨中蒸粟堆饭瓮，大杓更取酸生涎。"自注："山东喜食粟饭，饮酸酱。"夹叙夹议，充满情趣。最后则由小及大，联系上浮沉际遇与处世态度："人生所遇无不可，南北嗜好知谁贤？死生祸福久不择，更论甘苦争蚩妍！知君穷旅不自释，因诗寄谢聊相镌。"这种探讨虽是严肃的大题目，却并不沉重，更笼罩着亲切关爱的友情，故纪昀认为："结处一齐翻尽，乃通篇俱化烟云，笔墨脱洒之至。"（《纪评苏诗》卷一三）又，元丰八年（1085）苏轼赴登州途中重经密州，恍惚间已过去将近10年岁月，自己横遭乌台诗案之祸，饱历忧患，劫后余生，真是慨喟遥深，有《再过超然台赠太守霍翔》诗，其前半云：

  昔饮雩泉别常山，天寒岁在龙蛇间。山中儿童拍手笑，问我西去何当还？十年不赴竹马约，扁舟独与渔蓑闲。重来父老喜我在，扶挈老幼相遮攀。当时襁褓皆七尺，而我安得留朱颜！

抚今思昔，然后"问今"六句再追索过去的生命痕迹，继之眺望那亘古不变的自然景象：

  孤云落日在马耳，照耀金碧开烟鬟。郑淇自古北流水，跳波下濑鸣玦环。

疏朗清丽，给以上凝重的气氛别增入一抹亮色，调节了全篇的情绪，乃顺势收结，还归到主人身上："愿公谈笑作石埭，坐使城郭生溪湾。"希望他能兴修水利工程，即添美景，又使农业生产受益。则所系念者，仍在民生，便深化了诗的社会内涵，并开拓出新的想象空间。

论者比较各体诗作之短长，虽然认为苏轼最优擅于七古："东坡天才豪放，学殖富有，发为文章，非大篇长句不足供其挥洒，故其诗七言最为擅场。七古较七律尤为出色，七律虽不及七古，而气格超胜。"（清许印芳《律髓辑要》）但是，他在山东期间，却是制作七律的数量多于七古。如《雪后北台书壁二首》最为著名：

> 黄昏犹作雨纤纤，夜静无风势转严。但觉衾裯如泼水，不知庭院已堆盐。五更晓色来书幌，半夜寒声落画檐。试扫北台看马耳，未随埋没有双尖。
> 城头初日始翻鸦，陌上晴泥已没车。冻合玉楼寒起栗，光摇银海眩生花。遗蝗入地应千尺，宿麦连云有几家！老病自嗟诗力退，空吟冰柱忆刘叉。

从内容、题材上看，此二诗系咏物体，至少前一首是标准的咏雪之作，所写者实并无多少可以过为称誉处，到是后一首颈联念念在农业与农民，乃苏轼性情精神的一贯表露，弥足贵。它之所以被人盛赞，则在于表现方法技巧上。如"但觉"和"冻合"这二联，通过人的感觉、视觉来表述雪，由形及神而形神兼现，清奇生新。再如用"尖""叉"二韵，因险难而特见巧、奇、能，正是显示才学之处，"盖其胸中有数万卷书，左抽右取，皆出自然。初不著意要寻好韵，而韵与意会，语皆浑成，此所以为好。若拘于用韵，必有牵强处，则害一篇之意，亦何足称"（宋费衮《梁溪漫志》卷七），故后来苏轼本人与王安石、黄庭坚等均多次依韵酬唱，以比高下。清何曰愈云："押险韵要工稳而有味。王荆公'尖''叉'韵当时往复唱和，皆不及东坡'试扫北台看马耳，未随埋没有双尖'也。'双尖'二字，妙在从上句'马耳'生出，不然亦平平耳。"(《退庵诗话》卷四)总之，所难得者也不过这些了，所以这二诗终非苏轼上乘之作。

其他如"尘容已似服辕驹，野性犹同纵壑鱼。出入岩峦千仞表，较量筋力十年初"(《游庐山次韵章传道》)的譬喻新颖出奇，承接得体；"出处升沉十年后，死生契阔几人存？他时京口寻遗迹，宿草犹应有泪痕"(《同年王中甫挽词》)的沉著痛切，情溢于文而余韵无穷，与《苏潜圣挽词》"趋时肯负平生志？有子还应不死同。惟我闲思十年事，数行老泪寄西风"正同一意味。又如《雪夜独宿柏仙庵》："晚雨纤纤变玉霙，小庵高卧有余清。梦惊忽有穿窗片，夜静惟闻泻竹声。稍厌冬温聊得健，未濡秋早若为耕？天公用意真难会，又作春风烂漫晴。"《纪评苏诗》卷一四云："绝胜'尖''叉'诗，而人多称彼，故险韵为欺人之巧策。"确实，它上半融情入景，以视听来写雪，真幻交织一体却细致鲜明；下半仍是由此而关注到民生民瘼，甚至询问天公，情真意切，显示出仁者风范。要之，这时期的七律虽以技巧见长，也有情味厚重、写景流美的制作，但总体成绩似逊于七古和五古。

七绝则大多清疏畅达，不重抒情写景，而能以意高为胜，如《答陈述古二首》《和鲁人孔周翰题诗二首》《别东武流杯》之类。但应特别称道的是《和孔密州五绝》其三《东栏梨花》：

梨花淡白柳深青，柳絮飞时花满城。惆怅东栏一株雪，人生看得几清明？

这是苏轼罢密州任改知徐州，于熙宁十年（1077）四月到职所后寄给新继任者孔宗翰之作，也与山东有关。它前两句通过梨花柳絮来暗示春光由盛到衰的变化，景中已含情；故后两句顺势转下，明言人生匆遽，美景不驻至韶光似水的伤感情绪，语虽浅淡，但意味却深沉挚重，教人回思品叹无已，甚得唐人七绝有余不尽、言短意长而绵邈有致的风韵。另，杜牧《初冬夜饮》："砌下梨花一堆雪，明年谁此凭栏干？"苏轼或参用此意，但造语又各异样，唯其天然浑成中复饶摇曳之姿的胜境都是相同的。

苏轼是罕有的全能型文学家，各体皆擅，且数量宏富。但首推文的数量为最夥，高达四千余篇，且赋铭、颂赞、碑传、策奏、政论、史议、记叙、书牍、笔记、杂著等，几无所不具。在山东生活期间，计得五十余篇，其中也间有名作，代表这方面的成绩，只不过就整体比较而言，似不如词和诗歌的创作。

密州城北原即因城为台，故名北台，"马耳与常山在其南。东坡为守日，葺而新之，子由因请名之曰'超然台'。"（宋张淏《云谷杂记》卷三）苏轼遂为之作《超然台记》。文章开头似乎从毫无关系处凌空落笔："凡物皆有可观。苟有可观，皆有可乐，非必怪奇伟丽者也。铺糟啜醨，皆可以醉；果蔬草木，皆可以饱。推此类也，吾安往而不乐？"先提出命题，旋以日常饮食的感性形态推论自己的触处皆乐。然后下面议论滔滔，就"福""祸"的变动不测说人之情欲，扩衍及因"物之内"与"物之外"的不同所产生的忧乐，纵横驰骤，层进层深。接着"予自钱塘移守胶西"的大段文字改笔叙事写景，述说来后的为政和生活情境，则怡然自适；铺排登台观览所见四方景物，吊古凭今，不胜抚然。经过这样的迂曲盘旋，做足铺垫，方始正面落笔于台的本身：

> 台高而安，深而明，夏凉而冬温。雨雪之朝，风月之夕，予未尝不在，客未尝不从。撷园蔬，取池鱼，酿秫酒，瀹脱粟而食之。曰：乐哉游乎！

至此，已揭出是处皆乐的主旨，遥遥呼应开篇的话题，结构章法缜密而又提纵自如，遂于终端结穴，说明"乐"的缘由在于能"超然"，而超然的要义即"盖游于物之外也"！

苏轼曾经自述作文的心得："吾文如万斛泉源，不择地而出。在平地滔滔汩汩，虽一日千里无难，及其与山石曲折，随物赋形，而不可知也。所可知者，常行于所当行，常止于不可不止，如是而已矣。"（《文说》）《艺概·文概》称他"远想出宏域，高步超常伦。"试味《超然台记》，议论精辟博辩，叙事周致简劲，写景明丽清峭，而这些均凭藉悠远散淡、无可不适的襟怀贯通挈领之，遂融化作有机的统一体，以舒卷尽意，恣态横生的风貌，充分显现出苏轼散文的美胜处。

一代名相韩琦慕白居易晚年为人，"作堂于私第之池上，名之曰'醉白'。……将求文于轼以为记而未果",韩琦逝世后,苏轼乃应其子之请作《醉白堂记》。这是一篇议论文字,首先从其造堂的本事说起,不务芟蔓,旋即紧绕韩、白的比较展开。由平生文武功业到乞身致仕后的诗酒田园生活,二人互为有无;但是,"忠言嘉谟,效于当时,而文采表于后世。死生穷达,不易其操,而道德高于古人。此公与乐天之所同也"。同时再就此结论阐明了自己的认识:

方其寓形于一醉也,齐得丧,忘祸福,混贵贱,等贤愚,同乎万物,而与造物者游。非独自比于乐天而已。

至此,似乎文意已足、文气已竭,难乎为继了。然而苏轼又忽地将文笔宕开,仍就以己比人的事,阑入"古之君子"与"后之君子"的差别。前者是孔子,"实浮于名,而世诵其美不厌";后者有臧孙纥、白圭、司马相如、扬雄、崔浩等,"实则不至,而皆有侈心焉"。由此归结为韩琦"之贤于人也远矣"。看似闲闲类及,唯经此开拓,才最终以高潮收束。全文如剥笋,层层深入,又似游名山,步步跻升;并以侧笔、反笔映托正笔,多变化而不滞涩。那贯注通体的,则是韩琦的风节与自己的仰慕赞叹之情,所以,名为堂记实为论人,论人又重神而遗形,由此一端可联想及他的全部。至于感情,却又深藏不露,只于末句"泣而书之"始表白,更耐品思。

至于他移守徐州时,应同乡友人,通判密州的赵成伯之请所作的《密州通判厅题名记》,已尽除官牍公文习气,而抒情气氛浓郁,寄托着很深的感慨。它先是回叙与赵成伯的多年交往,又自述"余性不慎语言,与人无亲疏,辄输写腑脏。有所不尽,如茹物不下,必吐出乃已。而人或记疏以为怨咎,以此尤不可与深中而多数者处。君既故人,而简易疏达,表里洞然,余固甚乐之"——率然袒露心扉,虽然从容淡淡道出,却别具一种沉痛意味。"文如其人",由之可以更深层地理解苏轼文学作品的精神实质及其风貌特征的重要形成原因。以下转到本题:

君曰:"吾厅事未有壁记。"乃集前人之姓名以属于余,余未暇作也。及为彭城,君每书来,辄以为言,且曰:"吾将托子以不朽。"

昔羊叔子登岘山，谓从事邹湛曰："自有宇宙而有此山。登此远望，如我与卿者多矣，皆埋灭无闻，使人悲伤。"湛曰："公之名当与此山共传，若湛辈乃当如公言耳。"夫使天下至今有邹湛者，羊叔子之贤也。今余顽鄙自放，而且老矣，然无以自表见于后世。自计且不足，而况能及于子乎？虽然，不可以不一言。使数百年之后，得此文于颓垣废井之间者，茫然长思而一叹也。

从人生价值和生命本体的角度作哲理性思考，但究其内涵，则缘由年华老大而功业未就、沉沦不偶所触引生发，笔致纡徐委婉，顾念喟叹，与他〔永遇乐〕《彭城夜宿燕子楼梦盼盼因作此词》正同一情味，也显示了苏轼文风切挚深情、迟回绵邈的另一面特征。

欧阳修《秋声赋》打破汉魏以来赋体用骈语的模式，追踪杜牧《阿房宫赋》散文化的趋向而再进一步发展之，遂开宋人文赋的先河。苏轼熙宁八年秋作的《后杞菊赋》，也属于同一体式；虽然尚不及后来贬谪黄州（今属湖北）时的前、后《赤壁赋》超诣精妙，却也可以视为尝试性先导，为它积累了创作经验。赋前有"叙"，说明因"斋厨索然，不堪其忧"，故"循古城废圃，求杞菊食之"以得充饥的缘起。正文的开首曾被宋洪迈激赏："自屈原辞赋假为渔父、日者之后，后人作者悉相摹仿。……言语非不工也，而此习根著，未之或改。若东坡公作《后杞菊赋》，破题直云'吁嗟先生，谁使汝坐堂上称太守！'殆如飞龙抟鹏，骞翔扶摇于烟霄九万里之外，不可博诘。岂区区巢林翾者所能窥探其涯涘哉！"（《容斋五笔》卷七）见出苏轼临文不蹈袭故常，出新语惊人的苦心。接着描述"曾杯酒之不设，揽草木以诳口；对案颦蹙，举箸噎呕"的窘况。连举井丹、何曾、庾杲之等旧典，铺排贫富肥瘦的异同，而结云：

较丰约于梦寐，卒同归于一朽。吾方以杞为粮，以菊为糗。春食苗，夏食叶，秋食花实而冬食根，庶几乎西河、南阳之寿。

它篇幅较短小，夹叙夹议，事理互映，但文笔恣肆、气势酣畅流走，颇具高远旷健意趣。所要表达的主旨与《超然台记》类似，生动展现出其不以外物为累，善处贫困、随境自适、永远乐观的人格形象。另，苏轼还留下不少书札，或论时事政务，或议诗文学术，或与友人抒发情怀道问信讯，工拙不等，姿态各殊。其他尚有记铭、叙引、启状之类文字，总体看来，以实用为多，少有文学意味。

第三编

元代山东文学

概说　总体特征及社会文化面貌

元朝是中国古代地域最广阔的朝代。《元史·地理志》言："自封建变为郡县，有天下者，汉、隋、唐、宋为盛，然幅员之广，咸不逮元。"元代山东的地域，比今日山东也稍广阔一些。其地由中书省统辖，谓之"腹里"。据《元史·地理志》记载，在山东元代共设立有6路、23州、97县。6路分别是东平、东昌、济宁、益都、济南、般阳。各路下辖若干州县，有的州下又辖若干县。23州中有一些直属中书省。它们是：曹州、濮州、高唐、泰安、德州、恩州、冠州、宁海。由于山东地处"腹里"，地理位置相当重要，杜牧曾言："王者不得之，则不可以王；伯者不得之，则不可以伯。"所以元朝政府对山东的治理极为重视。又因为山东是孔孟的故乡，传统文化和传统思想的势力相当强大，所以元代山东地区的文化，在唐宋文化的基础上，在元代以"汉法"治国政策的前提下，又进一步发展，呈现出新的面貌。正是在这种文化背景下，元代的山东文学创作也取得了出色的成绩：传统的诗文在山东遍地开花，拥有众多的作家和作品；新兴的散曲和杂剧领域，则出现了闻名全国的戏曲家、散曲家，以及著名的剧作和曲作。可以说，元代是山东文学大发展的时代，特别是"俗文学"极其繁荣的时代。据不完全统计，各种文献记载元代山东籍贯的文学家，包括诗人、散曲家、戏曲家等合计约有130人之多。其中有数十人在当时就名闻全国，在中国文学史乃至诗史、词史、散曲史、戏曲史上都占有一定的地位。

一　独特的"世侯文化"与"运河文化"

山东，在金元易代之际是战争频仍的地区，政局相当不稳。蒙古和金、宋政权都要在这里建立自己的武装，扩大势力范围，以控制局面。有相当一段时间，山东地区就处于三种政权拉锯的形势之下。当金宣宗迁都汴京后，金朝在山东的地方官吏多纷纷逃亡，山东一些土豪趁势而起，招兵买马，发展自己的武装力量。于是很快形成了割据一方的军阀统治，他们在蒙、金、宋三方政权的夹缝中求生存和发展，政治态度经常改变。当金朝势力已经明显不支，南宋政权也自顾不暇，蒙古大军长驱直入占领山东以后，各地方武装力量也就完全归顺了蒙古政权。蒙古统治者利用这些降伏的军阀，封他们以官职，让他们治理地方，并给他们世袭的权力。当然，蒙古政权要派官监视，军阀们还要将自己的子侄亲属送往蒙古大营为人质。军阀同时要听从蒙古统治者的命令，派出军队参加蒙古大军的统一军事行动，还要向蒙古政权交纳赋税。但是有一个时期，大约有三十多年，毕竟在山东形成了在蒙古政权下的汉人军阀的"自治"局面。由于他们类似王侯，又有世袭特权，他们可以自己在所辖地区任命职官，征收赋税，自己办学，自主生杀……，所以史称他们为"世侯"。"世侯自治"就是元代初年山东社会文化最突出的特征。这些山东"世侯"势力范围大小不等，以严实、张荣、李璮最为强大。这些"世侯"的治理，对元代初年山东经济文化的相对稳定、发展曾产生了重大影响。元初的山东文学正是在这样的政治背景和文化基础上产生和发展起来的。

严实父子是山东"世侯"中辖地最广者，属地有五十多城，东平为其治政所在。在动荡的年代流离失所的读书人纷纷寻找栖身之所，严实则以求贤之名，专门接纳文儒和饱学之士。他让这些文士作他的幕僚、参谋，为他在东平的统治出谋献策。所以一时间四方文士皆云集东平。当时著名的文学家、诗人王若虚、元好问、杜善夫、商挺，著名学者宋子贞、刘肃、李昶等都不远千里而至。文人贤士帮助严实整顿政治吏治，恢复经济生产，发展文化教育，就使东平成为相对安定和富裕之地。其他一些"世侯"也多注意采取一定措施稳定民心，发展农业生产，如河南人遇战乱奔逃至济南，那里的"世侯"张荣即下令民间分屋与土地予流民，使有居所，并开垦荒地，"将旷野辟为乐土"，因而史载"中书考绩为天下第一"。"世侯"们的举措就使山东总体处于比较安定的局面，原有的传统文化得以继续发展。这就使山东出现了以"世侯"为中心的独特的"世侯文化"。在金元大战、兵荒马乱的年代，山东"世侯"一时间竟成为那时文化的"避难所"，文人的"栖身地"。也正因为如此，山东"世侯"在那个时代特别耀眼。而有的"世侯"也就忘乎所以，发动了"叛乱"，"叛乱"的结果又给山东乃至全国社会文化带来了极大的影响。

山东"世侯"中，占据益都的李璮野心最大。从他的父亲李全开始，就已经全力经营自己的地盘，金正大八年（1231）李全死后，李璮与其岳父——在蒙古中央政权机构任中书平章的王文统相勾连，于1262年在益都发动了兵变，他迅速攻占了济南，并号召各地"世侯"响应其叛乱。只是他错估了形势，"世侯"响应者寥寥。元世祖忽必烈派出强大的兵力进行镇压，全力剿乱，李璮兵败被杀。从此忽必烈下决心削弱"世侯"权力，解除地方军阀军权。当叛乱平息后，忽必烈即下令取消全部"世侯"的世袭以及其他所有特权，加强中央集权统治，派蒙古人到全国，包括山东各州县任达鲁花赤（即监理官），汉人任总管，回人任同知，永为定制。中央集权加强了对地方的管理和控制。在全国建立了省、路、府、州、县的行政管理制度。这样一来，就取消了山东"世侯"的相对"独立性"，使山东和元王朝整体的政治经济文化同步发展起来。山东作家走出山东则成为一种时代的趋势。

但是毕竟"世侯"在山东曾有强大的势力，在蒙古铁蹄初下中原，只知烧杀抢掠，大肆破坏中原文化之时，他们曾成为保护传统文化的唯一力量和唯一所在。特别是他们兴学重教，重视文学，有的还自己参与诗文词曲的创作，这就使山东文化和文学的发展繁荣实际上已以"世侯"的文化举措为导向，并形成了那一时代独特的"世侯文化"现象。这其间东平地区就率先成为全国文化中心地之一，同时也成为山东文学的最繁荣地区。出现了以"东平府学"为中心的"东平文化圈"和东平作家创作群体。东平还成为了那一时代戏曲创作和演出的重镇。

元代山东除了"世侯文化"，还出现了"运河文化"现象。元代的国都在大都，京师所需粮草物资都要从江南由运河输送，为了运输的便利，元代政府先后疏通开凿了几条新河。一是从济宁到东平的济州河；二是由东平安山东南，经寿张西北，至东昌、临清与御河相接的会通河；三是通州至大都的通惠河。这样一来南北大运河全线贯通，山东则成为漕运的重要地段。由于运河的疏凿开通，在实践中就使山东的水利科学获得特别的发展，东明人李好文就由一个诗人、文人因注重研究水利成为当时著名全国的水利专家。他所著《长安图志》3卷就明确提出了泾渠灌溉用水的管理和分配原则，初步提出了"流量"概念。水利发达必然促进农业发展。在山东就出现了著名的农业科学家王祯。王祯，字伯善，东平人。元贞初为旌德县尹，又为永丰县尹。他所著《农书》于元仁宗皇庆二年（1313）问世，该书有 37 卷，附 300 余幅插图。内容有《农桑通诀》《百谷谱》《农器图谱》三大部分。分别介绍了中国南北十余省农业生产的经验，其中包括 80 多种农作物的起源和种植、树木栽种、家畜饲养等各个方面。还细致介绍了各种农用工具和器械，同时又用诗歌的形式进行吟诵。这是中国古代第一部对全国农业系统研究的名著。王祯又是一个杰出的发明家，他曾创造了木活字三万多个，发明了转轮贮字架，这项发明，就使印刷业大大前进了一步。他所写的《造活字印书法》，所绘制的《活字版韵轮图》皆附在《农书》末尾。实际上这就是世界最早系统论说活字印刷的珍贵文献。

沿运河各城市由于运输的繁忙，就迅速繁荣发展起来。同时由于元代以大都为中心修建了驿道，设立了站赤制度，山东计有 198 处站赤，这就使陆路与水上交通交错成网。交通的发达必然带动商业的兴旺发达和城市进一步繁荣。像济南、章丘、博兴、临清、胶州、济宁、东平、益都等地都极其繁华。意大利著名旅游家马可波罗在元代曾到过中国，途经山东济南等城市，在他的《游记》中曾盛赞山东城市的繁华。他记叙说济南商人无数，商业经营规模巨大，丝织之富令人不可思议。又说小清河畔的博兴舟楫交通畅达，鱼稻成市，贸易极为兴盛。而运河边上的临清城，人们称赞其繁华则说："南金出楚越，玉帛来东吴。此地实冲要，昼夜闻歌呼。"《临清县志》则道："每届漕运时期，帆樯如林，百货山积……当其盛时，北至塔湾，南至头闸，绵亘数十里，市肆栉比，有肩摩毂击之势。"而位当水陆要冲的济宁的景象，则是："商堰北行舟，市杂荆吴客。人烟多似簇，聒耳厌喧啾。"这些城市商业的繁荣、市民的增多，必然要求丰富的文化娱乐。也正因为如此当时的流行歌曲，也就是后来说的散曲才能迅速在山东蔓延，并有山东文人率先模仿创作；杂剧才能在山东市井迅速搬演，并出现众多剧作家。散曲和杂剧这两种通俗文学艺术样式必须有发达的城市经济、商业经济为基础才能兴盛起来。山东在元代恰恰率先具备有这种条件，所以号称与唐诗、宋词相比并的元曲才在山东很快发展，取得了令人瞩目的成就。

二 源远流长的儒家传统文化

山东是孔孟大儒的故乡,有着悠久的崇儒尊儒的社会传统。元朝开国皇帝忽必烈为藩王之时就接受了元好问、张德辉等人所上的"儒教大宗师"的称号,他的伯父元太宗窝阔台在登位第五年(1233)即诏孔子51世孙孔元措袭封衍圣公。忽必烈进入中原,在统一全国的过程中,更接受汉人儒生的建议,采用"汉法"治国。他虽然是本民族萨满教的忠实信徒,又尊崇佛教,但他对道教和"儒教"也不排斥。其间山东的名儒、名士对忽必烈施行汉法治国也曾给予积极的影响。如曹州东明人王鹗(1190—1273)字百一,本系金正大元年(1224)状元。金亡张柔救其于乱军之中。忽必烈在藩邸闻其名遣使礼聘。王鹗即向忽必烈讲述儒家《孝》《书》《易》等经典著作,以及齐家治国之道,古今事物之变。忽必烈即位后,则建言修史书,设立学士院并荐李昶、李冶、王磐、徐世隆、高鸣等儒士为翰林学士,同时奏立10道提举学校官。其著作有《论语集义》1卷和诗文集《应物集》40卷。王鹗在朝倍受礼重。与王鹗同时,元朝初期朝廷内外有许多汉人官员都是从山东出去的。因为山东是儒学故乡,在时局动荡、战火纷纷之时,有些山东"世侯"就高瞻远瞩在其所辖地大兴儒学,与蒙古烧杀抢掠相反,以儒家温柔敦厚、仁义忠孝治理其所辖之地。他们又兴学重教,这就自然为元朝一统天下后急需治国人才预先做好了准备。

这种情况突出表现在东平地区,东平"世侯"严实率先开办东平学府,广招生徒,聘请当时名儒、名士和流离失所的金朝进士等,到其所办的府学任教,同时辅佐他治理该地区。这就使东平儒学昌盛,文化蔚兴。如金朝正大四年(1227)进士王磐(1202—1293),字文炳,金亡,严实迎其至东平为府学之师,随其受业者常数百人,后多为名士。王磐得王鹗举荐入朝廷后,官为翰林学士,首言宫廷朝仪,并倡言尊孔祭孔及七十致仕之论。

东平人李昶(1203—1289),字士都,秉承家学,专攻《春秋》,注重经世致用。他在严实父子手下,多有建议,为东平文化建设立有独特功劳。他也曾被聘在东平设教,一时名士,若李谦、马绍、吴衍辈,皆出其门。其声名为忽必烈所知,即召见他,问治国用兵之要,他以儒家治国理论相答，甚得忽必烈赏识。忽必烈称他"李秀才"，以示对他的礼敬。李昶曾官礼部尚书，出为山东东西道提刑按察使。在阐述儒家学说方面，尝集《春秋》诸家之说折衷之，著《春秋左氏遗意》20卷和《孟子权衡遗说》5卷。其弟子李谦（1233—1311），字受益，为东阿人，史称他与徐世隆、孟祺、阎复齐名，"而谦为首"。他学成后也曾在东平为教授，生徒四集。其"文章醇厚有古风，不尚浮巧，学者宗之，号'野斋先生'"。翰林学士王磐举荐他入朝，深得元世祖器重。他以儒家治国理论教导皇子，强调"正心、睦亲、崇俭、几谏、戢兵、亲贤、尚文、定律、正名、革弊"。又向元仁宗疏言9事道："正心术以正百官，崇孝治以先天下，选贤能以居辅相之位，广视听以通上下之情，恤贫乏以重邦家之本，课农桑以丰衣食之源，兴学校以广人才之路，颁律令使民不犯，练士卒居安虑危。"

徐世隆（1198—1278），字威卿，亦是金朝正大四年（1227）进士，金亡，至东平幕府，严实以他执掌书记。严实卒，严忠济任他为东平行台经历。徐乃赞助严忠济谋划兴学养士。他得王鹗荐，以儒家学说又得到忽必烈赏识，曾劝谏忽必烈"陛下帝中国，当行中国事"。为元朝制定了百官朝会礼仪以及铨选之法则。他在山东任东昌路总管、提刑按察使，皆推行儒家之治。同时他又善诗文，著有《瀛洲集》达百卷。

刘肃（1188—1263），字才卿，金朝兴定二年（1218）进士，金亡，依东平严实，为东平行省左司员外郎、万户府经历。尝集诸家《易》说，成《读易备忘》一书，后得忽必烈赏识，官至左三部尚书兼商议中书省事。官曹典宪多所议定。

宋子贞（1186—1267），字周臣，潞州长子人。本为金太学生，金亡依东平严实。严实用他为详议官，兼提举学校。史称他"拔名儒张特立、刘肃、李昶于羁旅，与之同列。四方之士闻风而至，故东平一时人才多于他镇"。严忠济时，他参议东平路事，兼提举太常礼乐。史称他"作新庙学，延前进士康晔、王磐为教官，招致生徒几百人，出粟赡之，俾学经艺。每季程试，必亲临之。齐鲁儒风，为之一变"。他又建言忽必烈：请建国学教胄子，敕州郡提学课试诸生，三年一贡举。官至中书平章。朝廷中的典章制度多由他参预裁定。

商挺（1209—1289），字孟卿，曹洲济阴人。金亡，被严实聘为诸子师。后严忠济辟其为经历，出为曹州判官。忽必烈在潜邸闻其名，遣使征聘。曾与姚枢、窦默、王鹗、杨果等人纂《五经要语》凡28类供忽必烈浏览。

阎复（1236—1312），字子靖，金末，其父避兵于山东高唐，遂家焉。阎复弱冠入东平学府，师事名儒康晔。严实请元好问校试诸生进士业，阎复、徐琰、李谦、孟祺预选，阎复为首。他先在东平行台掌书记，王磐荐入朝，历官翰林学士承旨，不断宣扬儒学，曾建言："京师宜首建宣圣庙学，定用释奠雅乐"，所作有《静轩集》50卷。孟祺（1240—1291）字德卿，金亡移居东平，为东平府学生，考试成绩优异，获上选，严实即命他掌书记。后得廉希宪、宋子贞荐入朝。后又回东平。他每到一地皆首以兴学为务，创立规制，宣扬儒家学说。

东明人李好文（约1288—约1358），字惟中，至治元年（1321）进士，官至翰林学士承旨。就是前面所述著名水利专家。他也曾竭力宣扬孔孟之道。史载他曾上书宰相言："三代圣王，莫不以教世子为先务，盖帝王之治本于道，圣贤之道存于经，而传经期于明道，出治在于为学，关系至重，要在得人。"他又道："欲求二帝三王之道，必由于孔氏，其书则《孝经》《大学》《论语》《孟子》《中庸》。"他摘各经要略，加以解释，仿真德秀《大学衍义》之例，为书11卷，名《端本堂经训要义》，皇帝乃令太子为教科书。他还集历代帝王故事共计600篇，取古史治乱兴废事编为《大宝录》，取前代帝王是非善恶当法当戒者编为《大宝龟鉴》。

从以上举例即可清楚地看到，在元代山东是儒学兴盛的中心，源远流长的儒家传统文化在山东得到继承和发展，而且由山东进而步入元朝中央，成为左右元朝政府制定朝廷礼仪和政治制度的起决定性作用的力量。儒家又向来重视诗歌，其经典论述曾道："不学诗无以言""诗言志"。儒家积极入世的人生态度、以中庸之道处世的人生哲学、以仁政治国的政治主张，以及其忠孝节义、礼义廉耻等等伦理道德观念，往往都要运用诗歌的形式加以表达。所以儒者无不能诗。诗歌乃是儒家文化在文学上的代表样式，因此在元代，诗歌创作在山东一直长盛不衰。据不完全统计，元代山东籍贯的诗人就有百人之多。有的在当时还是很著名的诗人，如杜善夫、徐琰、王旭、刘敏中、张养浩、李洞、王继学、曹元用等。而孔子的后裔，被封为"衍圣公"的孔元措和曲阜孔氏子弟孔克让、孔思立、孔思吉等也都留有诗作。元代山东文学的总体特征，尽管可以说诗歌依然是基础，是传统的被儒家奉为神圣的文学样式，却已不是时代文学的主流，也不是元代山东文学的主流了。中国传统的文学发展到元代已经到了一个大转折的时期，俗文学从那时开始登堂入室，成为文学发展的主流了。山东的"运河文化"所形成的城市繁荣就为这种新兴的俗文学的迅速流传散播提供了最好的场所和欣赏群体；而山东的"世侯文化"和传统的"儒家文化"，其深厚的地方文化和民族文化的底蕴，就为俗文学的雅化，为雅俗文化和雅俗文学的交融，提供了最好的创造者，造就了一大批新型的作家——散曲家和杂剧家。有不少著名诗人同时就是那一时代著名的散曲家或戏剧家，如杜善夫、徐琰、张养浩、刘敏中、李泂、曹元用等。

三　俗文学空前发展的总体特征

中国社会科学院文学研究所总纂、邓绍基研究员主编的《元代文学史》开篇即道："元代文学有两个基本特点：一是自宋代开始明显的俗文学和雅文学的分裂局面继续发展；二是雅文学即传统的诗文领域内出现新变现象。这两个基本特点又以前者最为重要，作为俗文学的元杂剧的诞生、完备和盛行，不仅为我国古典戏曲的表演艺术奠定了基础，而且还实际上争得了与传统的文学形式——诗词歌赋文相颉颃的地位，在很大程度上代表着元代文学的成就。"[①] 这段话论说了元代文学的整体特点，元代的山东文学自然也不例外，具有这两个基本特点。但是在这两大特点中，山东文学的总体特征则更突出表现为俗文学的空前发展。所谓俗文学，就是指金元之际新兴的散曲和杂剧，它们在山东长足发展，出现了一批著名的作家和作品，它们的文学成就已令传统的雅文学——诗词文赋不可企及。

散曲和杂剧，原本是在民间流行，为广大民众所喜爱的文学艺术样式。它们之所以在金元时期兴起，是和时代社会条件的变化分不开的，尤其是与接受了少数民族文学艺术的影响分不开的。那时中原地带是各民族文化交流的中心，少数民族清新雄壮的乐曲在中原广泛传播，就打破了沿袭已久的宋词和唐代音乐一统天下的局面。明王世贞《曲藻序》即道：

[①]《元代文学史》，北京：人民文学出版社1991年版，第2页。

"曲者，词之变。自金、元入主中国，所用胡乐嘈杂凄紧，缓急之间，词不能按，乃更为新声以媚之。"于是首先在街市流行起一种少数民族乐曲和汉族民间小调相结合的"叶儿"，即当时的流行歌曲应时而生。这种随口而歌、信口所唱的小曲，由于其新颖别致，很快得到人们的喜爱与效仿。众口共歌，一个又一个小曲的曲调形成，使人们耳目一新，争相传唱，于是就形成为人们所说的"北曲"。"北曲"不胫而走，城乡共歌，风靡长城内外、大江南北，取代了宋词唐乐，成为一代新声。明徐渭《南词叙录》曾道："金之北曲，盖辽、金北鄙杀伐之音，壮伟狠戾；武夫马上之歌，流入中原，遂为民间之日用。宋词既不可被管弦，南人亦遂尚此，上下风靡。"

山东原本是传统诗词音乐的故乡，宋词的歌声曾在山东嘹亮无比，李清照、辛弃疾那风格绝然不同的委婉、豪放的词章都曾从大明湖畔传向全国东西南北，它们曾是山东的骄傲。而曲阜孔府的礼乐则一直是历代朝廷祭祀朝拜所用的标准音乐。《元史·礼乐志》二《制乐始末》则清清楚楚记载了元代朝廷如何命孔元措以及东平严忠济训练"太常礼乐"之事，要他们"常加督视肄习，以备朝廷之用"。但是与之相对，山东民间音乐歌唱也潜在发展自成气候。宋王灼《碧鸡漫志》卷二即记载在宋代熙丰、元祐间（1068—1094）兖州张山人以诙谐独步京师，与当时盛行的雅词迥然不同。而靠运河运输繁忙兴盛起来的城市，流行歌曲与新兴杂剧自然也会成为市井文艺的主要的门类。据夏伯和《青楼集》载曹州人商道（正叔）所编的说唱《双渐苏卿》诸宫调就在市井广为流行。东平侯严仲济善作曲，其所宠歌妓聂檀香则歌之，歌韵清圆，名闻遐迩。还有真凤歌也是山东名妓，善小唱；金莺儿则"挡筝合唱，鲜有其比"。其他文献所载民间善歌者还有临清人王子敬，济宁人胡惟中等。杜善夫的〔般涉调·耍孩儿〕《庄家不识勾栏》则真切描写了俗曲和戏剧在市井演出的情景：一个人在勾栏门口大声吆喝，为演出作广告宣传说："刚才演的是院本《调风月》，下面有更精彩的演出，由著名演员刘耍和演出。来晚的可没有座位喽！"接着该曲细致描写了一个庄稼汉初次进城观看演出的种种印象和感受。这一切都说明散曲和杂剧这种新兴的文学样式一诞生就在山东迅速流传开来。而众多的散曲和杂剧作家在山东涌现，就更能说明这一事实。

山东籍作家散曲和杂剧的创作数量和质量，当时在全国都排在前列，一时间涌现出一批很有影响的著名全国的散曲家和杂剧家。而东平则为全国著名的戏曲重镇。其中著名散曲家有严忠济、商道、杜善夫、商挺、王修甫、奥敦（屯）周卿、徐琰、张养浩、刘敏中、王继学、李洞、高克礼、陈无妄、刘廷信。杂剧作家有高文秀、武汉臣、康进之、王廷秀、岳伯川、张时起、张寿卿、赵良弼、顾仲清、李时中，南戏作家有曹元用。散曲家张养浩则是山东的骄傲，他曲作和诗作中关心民生艰难困苦的真挚情感，令今人读来也会感动不已。更可贵的是他不仅那么写，而且他能够做到身体力行。可以说他是封建社会中一个难得的清官良吏。他的散曲名作《潼关怀古》不是抒发他个人名利得失，他站在历史的高度，道出了千年封建社会一个不争的事实，那就是："兴，百姓苦；亡，百姓苦！"任江山易色，朝代更迭，换了一个又一个皇帝，但是到头来，百姓的地位却丝毫没有改变，百姓们不管在哪朝哪代都是受苦受难。这种清醒的对封建社会一针见血的针砭，在整个文学史上都是少见的。

还要说及的一个社会文化现象，那就是在元代全真教特别盛行，而元代全真教的领袖人物就出在山东。丘处机（1148—1227），字通密，号长春真人，登州栖霞人。他从王喆学道，后为全真教教主。他曾应召，谒见成吉思汗，劝告成吉思汗"敬天爱民为本"，"清心寡欲为要"，"欲一天下者，必在乎不嗜杀人"。因应对甚合成吉思汗意，被称为"神仙"。全真教徒得到可以免税役的特许，丘处机则被命为天下道教总管。为了宣传道教，扩大影响，一些道教人物也发现了民众间流行的散曲，于是他们率先使用散曲宣传其道义和主张，印行了《自然集》。这也在客观上推动了散曲的迅速发展。很多散曲作者是全真教徒或受全真教影响，他们的曲作内容有一些就是讴歌"道情"之作。像康进之的［双调·新水令］《武陵春》就颇有道风仙骨之意境。本来传统的道家思想是宣扬清静无为，而全真教则融合儒释道之论，并不一味强调出世，所以它能迎合儒士的口味。俗文学创作中，无论散曲、杂剧，皆有了神仙道化一类，像岳伯川所作的《铁拐李》就是明显的道化剧。由于元代社会黑暗，儒生大多感到没有出路，避世、出世、厌世、逃世、玩世，寻求"世外桃源"就成为散曲中一个突出的主题，这种主题无疑是消极的，但却反映了当时士人对社会的不满情绪。山东的散曲家、杂剧家虽然也有这类作品，但由于山东传统儒家积极入世的人生哲学的影响，其作品积极进取的内容居多。关心民生疾苦是创作的主流，无论是散曲、是杂剧，内容多反映民众的呼声，表达民众的愿望，对黑暗的社会现实敢于大胆揭露和抨击。

比如宋代山东曾发生有宋江领导的农民起义，梁山则是其起义的根据地。民间流传有许多关于梁山好汉的故事，于是山东的杂剧作家就纷纷取材民间传说创作杂剧，形成了"水浒"戏系列，出现了专写"水浒"戏的专家，而高文秀和康进之则是元杂剧作家中写"水浒戏"的佼佼者，高文秀的《双献功》和康进之的《李逵负荆》则是元代"水浒戏"的双璧。它们各自选取梁山英雄李逵生活的某个侧面，分别着意刻画了李逵的疾恶如仇、刚直勇猛、胆大心细、单纯善良的个性，以及他对梁山事业的无比热爱的深厚感情。高、康不仅各自塑造出了一个栩栩如生的李逵，一个生动的戏曲文学形象，而且他们的剧作意在给予人们鼓舞，增强人们的斗志，让人们生活得有信心、有力量。至于写历史英雄人物和事件的剧作，如高文秀的《班超投笔》《廉颇负荆》则借古讽今，含义深邃。其他像写日常生活、家庭关系的剧作，如武汉臣的《老生儿》《鲁义姑》也都是给人们显示何为是、何为非，劝告人们行善、和睦。总之俗文学在元代山东空前发展，成就斐然，这就是元代山东文学不同于其他朝代的最鲜明的总体特征。

第六章 变化流程

第一节 诗词仍多承循唐宋余绪

元代的诗词继承了金代的诗风词脉，但又有进一步发展。由于元人以唐、宋人为宗师，取法高古，眼界开阔，诗词创作成就远远超过了金代，就是与宋代相比亦是各有特色。宋荦《元诗选·序》言："论者谓元诗不如宋，其实不然，宋诗多沈僿，近少陵；元诗多轻扬，近太白。以晚唐论，则宋人学韩、白为多，元人学温、李为多，要亦娣姒耳。……遗山、静修居其先，虞、杨、范、揭诸君鸣其盛，铁崖、云林持其乱，沨沨乎亦各一代之音"。《四库全书总目·御定四朝诗》亦言："有元一代，作者云兴，虞、杨、范、揭以下，指不胜屈。"所谓"虞、杨、范、揭"，就是说的"元诗四大家"。四大家之外，元代著名诗人、文人的数量已大大超过了金代。不过由于散曲和杂剧在元代蔚然勃兴，元曲已被人们公认为元代文学的代表样式，是元代文学最高成就的标志，所以长期以来人们对元代的诗词就没有给以足够的注意，甚至评价往往偏低。事实上元代诗词不仅创作数量可观，就是在思想和艺术成就方面也有其独到之处。顾嗣立在其《元诗选凡例》中即道元代之作："上接唐宋之渊源，而后启有明之文物"，"百余年间，名人志士项背相望，才思所积，发为词华，蔚然自成一代文章之体"。在这个时代山东地区的诗文创作十分繁盛，为元代诗文的发展，山东的作家们贡献出了他们的才智，表现出了他们耀眼的光华。

一 以元、杜为首追求诗风雅正

元代初期是"一代宗工"元好问衣被天下的时期，他众多的故交门生与其唱和，秉承其衣钵，这就形成元初诗词继承金代余绪的现象。元诗人袁桷《乐侍郎诗集序》即道："金之亡，一时儒先犹秉旧闻于感慨穷困之际，不改其度，出语若一，故中统、至元间皆昔时之余绪"。金亡后，元好问曾寓居山东，他在山东有一批诗朋文友，他又在山东主持东平府学，考试诸生。他的知交好友杜善夫，金亡后就长期"坐镇"山东，他们年轻时曾一起切磋诗艺，杜善夫从内心佩服元好问，称元好问名继苏轼，诗作"极天下之工"。元好问和杜善夫还有其他诗友、文友如王鹗、王磐、康晔、刘肃、宋子贞等合力支持严实、严忠济父子兴办东平府学。这就使山东产生出一批追随元好问和杜善夫的诗文作家，他们虽然没有形成什么流派，打出什么团体的旗号，但实际上他们都奉元好问、杜善夫为师，敬之，学之，在诗文创作上以得到他们的褒扬为荣光。这一松散的"群体"的文学创作也就带动了整个山东的诗词创作在元代初期相当繁荣，在战乱频仍的年代，东平文化和文学的兴盛就成为当时一道奇景。

元好问的弟子，元代名士王恽《西岩赵君文集序》曾言："逮壬辰北渡，斯文命脉，不绝如线，赖元、李、杜、曹、麻、刘诸公为之主张，学者知所适从。"这里所讲的是当金朝衰亡之时，正是因了元好问一批文人的努力，才使文学和文化传统得以继承，而元好问传承金代文学、文化的中心地就在山东，又以东平府为中心，扩延及山东各地。元好问的诗朋文友中，山东籍者就有数十人[1]，其中当时的名家就有王鹗、严仲济、杜仁杰、商道和商挺叔侄等，他们都有诗文著作传世。其中王鹗仕元曾为翰林学士承旨。著作有《应物集》诗文40卷，在当时影响很大。他的论文主张更为人所称道："作文有三体，入作当如虎首，中如豕腹，终如虿尾。虎首取其猛重，豕腹取其楦穰，虿尾取其螫而毒也。"此论当启发元代后来著名曲家乔吉论曲"凤头、猪肚、豹尾"之说。杜仁杰不仅诗文有名，散曲尤为著名，其声名远播宫廷市井，诚为一代名士。杜善夫也曾在东平府讲学，弟子甚多。元好问的山东籍弟子在文学上有相当成就者有李谦、徐琰、阎复、孟祺；杜仁杰的山东籍弟子著名者有刘敏中、王旭等等。

元好问作诗文主言之有物经世致用，在继承中要勇于创新。所以他既道"古人文章，需要遍参"，又道"文章大忌随人后，自成一家乃逼真"。但无论诗文都要讲究"温柔敦厚"。他主张"诗与文同源而别派"，"文章

---

[1] 参见降大任：《元遗山新论》，太原：北岳文艺出版社1988年版，第167~428页。

天地中和之气，太过为荒唐，不及为灭裂"，他感叹当时人所作诗歌"温柔与敦厚，扫灭不复留"，他批评时人所作诗歌"曲学虚荒小说欺，俳谐怒骂岂诗宜"，因而其诗文不崇尚华丽新奇。元、杜之门生弟子为诗文都遵循元好问之主张，例如王恽（1227—1304），即是元好问的著名弟子，中统初曾为东平详议官，至元中又曾为山东宪副。他就主张文学当以"自得""有用"为宗旨，他以为如此才能"浮艳陈烂是去，方能造乎中和醇正之域，而无剽窃捞攘灭裂荒唐之弊"。这就使山东诗文呈现出温柔敦厚、以诚为本，不失雅正，普遍关心时事和世事的面貌。比如李谦，史称其"文章醇厚有古风，不尚浮巧，学者宗之"。阎复则著有《静轩集》传世。徐琰不仅善诗文，还工散曲。刘敏中有《中庵集》传世。王旭有《兰轩集》传世。这当中诗歌成就较突出者则是曹伯启。

曹伯启（1255—1333），字士开，济宁砀山人。曾官集贤侍读学士、御史台侍御史、浙西廉访等职。他弱冠从学于李谦，其诗文之作亦受李谦影响，可谓"思致敏赡，襟韵朗夷，临文抒志，造次天成"。著有《曹文贞公诗集》，即《汉泉漫稿》。

其诗作有一部分内容抒发了他有志于国家事业的胸怀，以及对自己功业未成的不满和牢骚。《和傅茌山九日秋闱》道："宦游何所得？岁岁客殊方。驰骛不自已，别离是寻常。资身素无策，返愧工与商。"《浣衣图》道："常怀济时策，进退皆康庄。"《秋夜西斋有感》道："旅况随秋变，凄凄百感生……邻砧催薄暮，楼鼓辨深更。目断家何在？年衰志未平。"《泾阳述怀》道："晚境难期博望侯，微官且学子长游。泾清渭浊源何异，物换星移志未酬。陇月照人征雁晓，金天飞露候虫秋。尘缘衮衮今犹古，唯有书生易白头。"在蒙古族作为统治民族实行种族统治政策的情况下，汉人很少能为官，尤其到中央部门或地方要害部门任职。就是为官也要在蒙古"达鲁花赤"的监视之下，不被信任，所以汉人官员心情不舒畅，在整个元代，都是一种时代特有的社会现象。曹伯启所抒发的郁郁寡欢的情怀，实际也是所有汉人、南人共同的心怀。其《陪诸公杖屦登梁王吹台悠悠悼古之情不能自已呈孟子周子文二友》诗道：

天宇廓然秋已暮，幽人欲作登高赋。联镳沽酒上繁台，千古兴亡一回顾。百鸟喧啾塔半摧，荆榛掩映台前路。黄花采采未成欢，目断荒城起烟雾。

登高怀古，向往中华悠久的文明、历史上数不尽的风流人物，他怎能不感慨万千，强烈的民族情绪使他往往触景生情。如他《夜宿太湖岸》诗：

> 太湖西望如沧溟，木落霜寒波更清。闻道是中多巧石，明朝岂用劳生灵。晚风作恶蛟鼍走，摇荡乾坤洗星斗。大隐乘舟不见人，而今盗贼为渊薮。

但他毕竟生于"太平年月"，他的诗歌对国家的统一、生活的安定也进行了讴歌。如《题宋成之画马卷》："奚官珍重玉花骢，纵意清漣碧草中。幸际四庭烽火静，不须腾踏待秋风。"《过白沟河》诗更道："久听人间说白沟，两朝曾此界中州。而今六合无关禁，依旧潺潺碧水流。"但这种讴歌也总伴有让人感觉似乎有某种缺憾似的叹息。有时他也会讴歌清闲自在，赞叹民众得以安居乐业。《初到江阴寄徐路教仲祥》诗即道："自古江南地，澄江小翠微。讼清衙散早，路僻客来稀。季子高风在，春申故宅非。晚凉无一事，携酒坐台矶。""自古江南地，民安乐最深。稻畦云漠漠，松畹雾森森。鹅鸭喧池水，鸡豚憩竹林。小舟维古岸，销我利名心。"诗歌描绘了江南美景，也抒发了他对无是无非宁静恬淡生活的向往之情。总体而言，曹伯启仕途基本风顺，人生道路无大坎坷，其诗歌也多平实冲和之作，诗风属温柔敦厚一类，反映了山东诗坛前期共同的诗风。

二 以王、李为代表的豪放诗风

诗文发展到元代，人们已清楚地意识到秦汉之文、唐宋之诗已经取得了相当高的成就，前朝诗文大家的创作已给后人树立了崇高的范本。金元之际，元好问就已经提出了向唐诗学习的主张，并编辑了一部《唐诗鼓吹集》和一部《杜诗学》，开启了元代诗人全面学唐的先河。元代的诗人们，纷纷依自己所喜爱的唐人为榜样，进行诗歌创作，就使元代诗坛呈现出全面宗唐，又多姿多彩的局面，这和后来明代诗人"文必秦汉、诗必盛唐"的拘谨模仿并不一样。

这一时期山东籍贯的诗文作家，著名的有王士熙、李洞、张养浩、周驰、张起岩、曹元用等。

王士熙（1285？—1350？），字继学，号陌庵，东平人，是诗人王构（1245—1310）的长子。王构肄业于东平府学，曾深受杜仁杰的赏识，后官至翰林学士承旨。王士熙幼受教于其父，后随父至京师，大德中师事邓善之，因博学工文，遂声名日振，延祐初即官翰林修撰。诗人马祖常有诗道："山东豪侠客，走马两京来。芹藻流清誉，丝纶藉美才。"（《再用韵奉继学》）王士熙后历官翰林待制、中书参政，元文宗时遭流放，后复官为江东廉访使，又迁南台侍御史，至正间官至南台中丞，不久去世。当王士熙从流放地海南回归时，马祖常曾有诗贺喜道："班超生入玉门关，圣德如天远赐还。已有声华通北斗，又将词赋动南山。"（《寄王继学廉使》）诗人傅与砺也有诗贺喜道："丈人文律擅风骚，往常朝中属望劳。宣室近闻征贾谊，汉廷重见遣王褒。苍松雪后森森直，玉树风前凛凛高。几处疮痍待苏息，遥瞻使节下江皋。"（《呈王继学大参时领江东宪》）王士熙著有《王陌庵诗集》，即《江亭亭》。在元代王士熙名声甚著，著名诗人萨都剌曾说他"四海名高瞻北斗，一弦调古和南薰"（《姑苏台奉别侍御王继学》）。诗人胡助则称誉他："玉堂挥翰洒珠玑，家家光华世所稀。"（《挽王继学中丞》）名诗人杨维桢在所编《西湖竹枝集》亦言"王继学，博学工文，其诗与虞、揭、马、宋同为盛言"，则直将王士熙视为当时的大家。元人对王士熙的评价得到了后人的认同，顾嗣立《元诗选》道："继学为诗，长于乐府歌行。与袁伯长、马伯庸、虞伯生、揭曼硕、宋诚夫辈唱和馆阁，雕章丽句，脍炙人口。如杜、王、岑、贾之在唐，杨、刘、钱、李之在宋，论者以为有元盛世之音也。"也就是说王士熙作为山东籍贯的诗人，他在当时的影响是全国性的，是具有时代代表性的作家之一。

王士熙的诗歌流丽清新，豪迈之气溢于言表，有李白之遗风。如其《行路难》诗道："男儿有志在四方，忧思坎坷缠风霜""鸡鸣函谷云纵横，志士长歌中夜起"，表现了鲜明的个性色彩。如他的《赠广东宪使张汉英之南台掾》诗：

生平不愿为佣书，亦不愿作章句儒。酒酣诗成吐素霓，意气凛凛吞千夫。前年排云叫阊阖,出门一夜车四角。去年海峤席未温,一舸乘潮又催发。大江之西日本东,庐陵文物常称雄。决科岁占十八九,君当努力提词锋。才高不用长叹息,四海弥天岂无识。壮年怀居亦何有,著眼带砺开胸臆。岩岩柏府凌高寒,豪士倾盖宜交欢。我知屠龙不屠豨,食马正欲食马肝。吴姬压酒飘香絮,谪仙神游歌《白纻》。敬亭惟有孤云闲,欲雨人间亦飞去。

诗风豪迈,达观乐天,气势非凡。他本人仕途就极为坎坷,虽被下狱,被流放,但他处变不惊,从不消极哀伤。正因为他为人处世心境平和,所以其诗作也给人一种安详潇洒、自得其乐的感觉。如其咏物诗《江上竹》:"萧萧江上竹,依依遍山麓。晨霞屑明金,夕月拥寒玉。梢梢绿凤翼,叶叶青鸾足。深丛疑立壁,高节折垂蠹。荒凉含雨露,历乱同草木。不求笋煮羹,不求橡架屋。寨条作长笛,吹我平调曲。"此诗明是咏物,实际也是明志,作者是以"江上竹"自比,虽经变故如同草木,但自信决不丧失。能在种种打击之下保持如此平和的心态,没有一定的修养和旷达的处世态度是不可能做到的。

王士熙的边塞诗也很有特色。如《送和林苏郎中》:"居庸关头乱山积,李陵台西白沙碛。画省郎中貂帽侧,飞雪皑皑马缰湿。马蹄雪深迟迟行,冷月栖云塞垣明。铁甲无光风不惊,万营角声如水清。明年四月新草青,征人卖剑陇头耕。思君遥遥隔高城,南风城头来雁鸣。"写出北方边地白雪皑皑、肃穆平和、宁静安稳的景象,一如其人,如其一贯的诗风。而其有名的《竹枝词》和《柳枝词》在平和中又增加了几分轻灵和欢快,同时也写出了北国风光独特的景色:

宫装骣褺锦障泥,百辆毡车一字齐。夜宿岩前觅泉水,林中还有子规啼。车帘都卷锦流苏,自控金鞍捻仆姑。山间白雀能言语,试学江南唱鹧鸪。侬在南都见柳花,花红柳绿有人家。如今四月犹飞絮,沙碛萧萧映草芽。雪色骅骝窈窕骑,宫罗窄袖袂能垂。驻向山前折杨柳,戏捻柔条作笛吹。

这些诗歌不是身临其境是难以写出来的。王士熙的诗作在元代诗坛代表了盛元气象，其诗风继承和发展了盛唐诗人的创作成就。

　　李洞（1274—1332），字溉之，滕州人。以文章受知于姚燧，得姚荐举，官至奎章阁承制学士。曾参加撰修《经世大典》，著有文集40卷。其人风神秀逸，为文奋笔挥洒，汩汩滔滔，思态迭出，纵横奇变，若纷错而有条理，意之所至，臻极神妙。诗歌风格豪放飘逸，他每以李白自拟，时人则往往以其为元代诗坛之"李白"。元代名诗人萨都剌曾投诗李洞说："山东李白似刘伶，投老归来酒未醒。天下三分秋月色，二分多在水心亭。"这是因为李洞居济南大明湖上，壅土水中建亭曰："天心水面"，萨都剌写诗以贺。萨更称赞李洞说："笑掷金龟上酒船，不须图像在凌烟。碧罗衫子乌纱帽，便是开元李谪仙。"曲家张小山也把李洞比作李白道："杏雨沾罗袖，柳云迷画船，烂醉花前李谪仙。联，半篇人月圆。泥金扇，草书题玉莲"（［南吕·金字经］《携李溉之泛湖》）。清人顾嗣立编《元诗选》录李洞之《溉之集》，其诗有《留别金门知己》，诗前序道："我本山人，素志于丘壑。获归名山，为愿毕矣。"诗云："野马脱羁鞅，倏疑天地宽。临风一长鸣，风吹散入青冥间。颇如鲁仲连，蹈海不复还；又如安期生，长留一舄令人看。江南浩荡忽如海，落日照耀浮云关。既不能低眉伏气摧心颜，诡遇特达惊冥顽；又不能抱书挟策千万乘，调笑日月相回盘。匡庐迢迢接仙山，仙翁泛若秋云间。长松之阴引孤鹤，望我不见空长叹。采铅天池津，饮醁桃花湾；苍梧倒影三湘寒，赤城霞气生微澜。鲸鲵翻空海波赤，晓色欲上扶桑难。人间之乐兮诚不足恃，何如归卧栖岩峦。栖岩峦，卧岩穴，夜半天风吹酒醒，犹有西溪万年月。"诗颇有超凡脱俗飘飘欲仙之气概；不干权贵，不低眉伏气摧心颜，也颇有正气傲骨。读此诗正可令人想起李白《将进酒》《蜀道难》之类的名作，难怪时人以之比作李白。但是李洞也仅仅是模仿李白，其诗歌成就当然难比李白。但李洞生于元代，其熟悉时代民歌，创作了一些散曲，却是李白时代不可想象的。特别是他的［双调·夜行船］《送友归吴》套曲，写大丈夫志在四海为家，"虹霓胆气冲霄汉，笑谈间人见罕"，回肠荡气，豪放洒脱，确实手笔不凡。

　　曹元用（1275—1329），字子贞，世居阿城，后徙汶上。官至翰林侍讲。他文名甚高，工诗文，能散曲。其所作诗文有《超然集》40卷。时人称其文"属辞庄、屈之洁，析理孟、荀之达，而比事左、班之核也。"

其诗歌风格学李白,属豪放一派。当时与清河元明善、济南张养浩同时号为"三俊"。如其《李白酒楼》诗:

> 太白一去不复留,任城上有崔嵬楼。楼头四望渺无际,草木黄落悲清秋。凫峄插天摩翠壁,汶泗迢迢展空碧。争奇献秀百年态,作意随人来几席。诸老高会秋云端,金璧照耀青琅玕。谈笑不为礼法窘,酒杯更比乾坤宽。饮酣意气横今古,玉山倾倒忘宾主。谪仙人去杳何许,异代同符吾与汝。谁能跨海为一呼?八表神游共豪举。

张起岩(1285—1353),字梦臣,号华峰,祖籍章丘,后迁居济南。为延祐乙卯(1315)进士,官至翰林承旨。著作有《华峰漫稿》《金陵集》等。他的诗歌表现了对大好河山的热爱,意境也多开阔、飘逸。如他写《潍县八景》,其《南溪垂钓》:"垂柳阴阴蘸碧溪,溪边钓叟坐苔矶。是非拨置纶竿外,闲看沙头白鹭飞。"其《孤峰夕照》:"一抹残阳碧映岑,孤峰倒影自成阴。牧童横笛归家去,鞭趁牛羊出远林。"文笔潇洒,情致高雅,显见是太平时代轻松自如生活的写照。

周驰(1260?—1312?),字景远,号如是翁,聊城人,官至南台监察御史。其诗作多平实,志向也颇高远。其《题赵鸥波高士图》道:"僵卧空斋尽耐寒,门前行路雪漫漫。投炎附热非吾事,一任人将冷眼看。"此类诗歌正可见其人胸襟。

三 道士词风与儒士词作

比之元代的诗文,元代的词创作相对更为薄弱,少有宋代那样多的大手笔。就山东而言,词作家数量也很少。但是却有一个奇特现象,那就是全真教在元代盛行,其早期教主都出于山东,而这些教主却又都钟情于词,于是就使元代山东词坛显现出一种道骨仙风。

全真教,是道教的一大派别。所尊的七大真人,都和山东有密切关系。马钰(1123—1183),即丹阳子,由陕西迁居于山东牟平。因其妻子孙不二(1119—1182),即清静散人,为牟平人,所以居山东。谭处端(1123—1185),即长真子,郝大通(1140—1212),即广宁子,两人也是牟平人。王处一(1142—1217),即玉阳子,家也居于牟平。刘处玄

（1147—1203），即长生子，为东莱人。丘处机（1148—1227），即长春子，为栖霞人。他们在金元之际得到金朝和蒙元王朝帝王支持，尤其丘处机得到成吉思汗的召见，封他为天下道教总统领，就使全真教教徒一时猛增。那么，用通俗的文学艺术形式宣传全真教，就成为这七大真人必须要做的事情。他们共同采用了传统的能够歌唱的宋词形式，纷纷创作，就使金元之际道家俗词广播人间。这里仅以丘处机的词作为例，看他们都写了些什么内容。

首先，他们不忘祖师爷，宣传其师承。其〔赞师〕词道："漫漫苦海，似东溟、深阔无边无底。碌碌群生颠倒竞，还若游鱼争戏。巨浪沉浮，洪波出没，嗜欲如痴醉。漂沦无限，化鹏超度能几？ 唯有当日重阳，惺惺了了，独有冲天志。学易年高心大悟，掣断浮华缰系。十载舟成，一时功就，脱壳成蝉蜕。从师别后，更谁风范相继。"词中隐隐表露他要担当起领导全真教的大业，负起领袖的重任，其次宣传其成仙得道的神仙世界。其〔仙景〕词道："十洲三岛，云长春、不夜风光无极。宝阁琼楼山上耸，突兀巍峨千尺。绿桧乔松，丹霞密雾，簇拥神仙宅。漫漫云海，奈何无处寻觅。 遥想徐福当时，楼船东下，一去无消息。万里沧波空浩渺，远接天涯秋碧。痛念人生，难逃物化，怎得游仙域。超凡入圣，在乎身外身易。"再者，他更多的词作是宣讲如何修身养性，如何得道，劝人从善寡欲，不要被名利缠身，告诫世人，"旧日掀天富贵，当时耀、绝代英雄。百年后，都归甚处，一旦尽成空"。在苦难中挣扎的百姓，被其神仙世界所吸引，不求今生，只愿来生，与世无争，隐忍过活，这正是统治者所需要的顺民，像绵羊一样服帖的百姓。无疑全真教是消极的，但在当时它却恰恰符合大多数民众不愿与蒙古统治者合作的心理，合乎当时读书人要避世、逃世、出世的思想情趣。他们这些词作和元曲家所作的"神仙道化"剧虽然在意旨上并不相同，但在百姓听来无外乎"善有善报""求仁得仁"，所以其词能广泛流传。

七大真人之后他们的徒弟继续用词的形式宣传咏歌。在山东著名的有尹志平（1160—1251），即清和真人，东莱人，著作有《葆光集》。宋德方（1183—1247），即披云子，莱州人。玉志谨（？—1263），即栖云真人，东明人，作有《盘山语录》。还有王志谨的弟子姬翼（？—1268），即知常子，作有《云山集》。他们的词作就使山东词坛，甚至元代词坛，一时充满了一种仙风道气。当然也还有一些词人不受这种时风影响,以儒家思想世俗词作名震当时,这其中佼佼者就属刘敏中了。

刘敏中（1243—1318）,字端甫,号中庵,章丘人,官至翰林学士承旨。史称其人"身不怀币,口不论钱,义不苟进,进必有所匡救,援据古今,雍容不迫"。著作有诗词文集《中庵集》25卷。其中词的数量最多,有149首。内容或写他仕途生活的感慨,或描绘大自然的美好风光,情满气充,语淡意浓,其词风豪放飘逸、恬淡明丽,在元代山东词人中成就可以说最高。如其［满江红］词:

> 我笑前人,痴绝甚,搔瓜钻李。天壤内,神奇腐朽,有所穷已。才见凌风霄汉上,忽看垂翅蓬蒿底。试闲将得失遍思量,凡经几。
> 无汝愧,从渠毁。非我有,何吾喜。但物来即应尽心焉耳。一榻高眠人事了,一瓢乐饮家缘理。也何曾直待马千蹄,童千指。

又如［念奴娇］词:

> 乌飞兔走,叹劳生,浮世匆匆如此。眼底风尘今古梦,到了谁非谁是。击短扶长,曲邀横结,为问都能几?悠悠长啸,漫嗟真个男子。　数载黄卷青灯,种兰植蕙,颇遂平生喜。冷笑纷纷儿女语,都付春风马耳。美景良辰,亲朋密友,有酒何妨醉。高歌一曲,二三知己知彼。

《蕙风词话》称其词作"雄廓而不失之于伧出,酝藉而不流于侧媚",应当说是恰如其分。

另外,金元之际和全真道人词并行于山东者还有杨弘道、杜善夫和姜彧等人的词作。

杨弘道（1189—1258）,字叔能,和元好问同时,淄川人,金亡后寓家济源。著作有《小亨集》。其词则多有对现实的感叹,反映兵荒马乱民不聊生之作。如［六国朝］:

> 繁花烟暖,落叶风高。岁月去如流,身渐老。叹三十年虚度,月

堕鸡号。痛离散人何在，云沉雁杳。浮萍断梗，任风水、东泛西漂。万事总无成，忧患绕。　虚名何益，薄宦徒劳。得预俊游中，观望好。漫能出惊人语，瑞锦秋涛。莫夸有如神句，鸣禽春草。干戈满地，甚处用、儒雅风骚。援笔赋归田，宜去早。

这种牢骚满腹正是才华不得施展、抱负不得实现的怨尤。其词风词意和道家人所作自是别一趣味。

杜善夫是元好问好友。但其耽于散曲，其词作也类似曲，通俗浅显，带有市井气味，和杨弘道词风又不相同。如其［朝中措］：

汴梁三月正繁华，行路见双娃。遍体一身明锦，遮尘满面乌纱。　车鞍似水，留伊无故，去落谁家。争奈无人说与，新来憔悴因他。

姜彧（1218—1293），字文卿，莱阳人，官至行台御史中丞。其词风则清澈明媚，平静放达。其［浣溪沙］道："方丈堆空瞰碧潭，潭光山影静相涵。开轩千里供晴岚。　流水桃花疑物外，小桥烟柳似江南，挽将风月入醺酣。"其词宛如一幅明净的山水画，表现统一局面已经稳固，人的心境也趋于平静。而后，元代山东词坛还有曹伯启、王旭、张养浩，他们的词作也很有名。

曹伯启（生卒年不详）的词和他的诗一样，感慨深沉，走的是苏、辛一路，风格豪放，气象阔大。［水龙吟］和［满江红］两词可为其词作代表。［水龙吟］词曰：

岳阳西望荆州，倚楼曾为思刘表。国亡家破，当时豪俊，鱼沈雁渺。王霸纷更，乾坤摇荡，废兴难晓。记观山纵酒，巡檐索句，宿官舫，篷窗小。　不畏黑风白浪，伴一点、残灯斜照。棹歌明发，天光无际，得舒晴眺。万里驰驱，千年陈迹，数声悲啸。试闲中想象，兴来陶写，付时人笑。

词吊古伤今，感叹人生，有些事是无法预料，又无可奈何。虽说新意不多，但在作者所处的特定时代，则表现了一种在民族压迫下难言的苦衷，作者也就只能采取得过且过的处世态度。所以他的［满江红］词写道：

    四十年间，问何似、古人方略。时自笑，致身无策，疗贫无药。世事从来如意少，宦情已比当年薄。更不须、勋业镜中看，今非昨。
    眠卧榻，登高阁。携短杖，斟长杓。放屈伸由己，碧空盘鹗。较短量长无定论，抗尘走俗非真乐。算从前、有铁铸难成，求人错。

王旭词作多为贺寿之作，其诗比词成就要高。张养浩的词作只是偶一为之，他的文学成就也多在于诗文和散曲。

总之元代山东作家的诗词承接唐宋余绪，并取得相当可观的成就，风格多样，绚丽多姿，为山东文坛留下了令人难忘的光辉。

第二节　时兴新曲争相创作搬演

  元代的散曲和杂剧是两种不同门类又有紧密联系的文学艺术样式。散曲和诗、词一样是可以配乐而歌的文字，除去乐谱，文字部分都可以视为诗。不过词比诗的句式更参差不齐，而且因为音乐的限制，有了词牌，其文字必须依词牌填写，其韵律也和诗不大相同。因而人们才把词又称为"诗余"。散曲也是长短句式，也有曲牌，但其字数、句数并不像词那么死板固定，也就是说曲可以视需要"自由"添加"衬字"。其风格也偏于通俗，不像词那么典雅。散曲，就是元代的流行歌曲。其曲词和传统的诗词相比，可以说是那时的通俗诗歌。散曲有小令和套数两种形式，套数则是构成杂剧的核心成分。杂剧由剧曲和宾白、科介等部分组成。元杂剧一般都是四折，每一折的歌唱，就由一套曲组成，所以元杂剧的实质就是四个套数按一定的规则联缀起来进行演唱。由于散曲和杂剧都是时新的文艺样式，很受人们欢迎，所以在科举考试停止、文人步入官场的通常道路已不通时，很多文人就沦落市井，与歌儿舞女为伍，写作散曲和杂剧。这也就是为什么元曲迅速发展、风行一时的重要原因。山东情况也不例外，时兴新曲，争相创作、搬演，也是当时山东文坛鲜明的特征。

一 新体散曲的流行

由诗及词及散曲这是中国古典诗歌嬗变的轨迹，而唐诗、宋词、元曲也就成为中国古典诗歌发展三大高峰的标志。元曲，这里指的就是元散曲，如果说包括元杂剧，也是仅指杂剧中的曲词部分。元人罗宗信在《中原音韵序》中即明确说道："世之共称唐诗、宋词、大元乐府，诚哉。"罗宗信所说的"大元乐府"就是指的"元散曲"。元散曲作为一代新兴的文体曾有一个诞生和发展壮大的过程。清宋翔凤在《乐府余论》中曾道："宋元之间，词与曲一也。以文写之则为词，以声度之则为曲。"在散曲刚刚崭露头角之时，它还只能附翼于词下，人们只是因它歌唱的声调新鲜活泼而依声填词，将之称为"新乐府"，或曰"北乐府""今乐府"。但它毕竟已和传统诗词的风格和形式越来越表明有极大的差异，因为它来自北方广大民众的创造，并糅合了一些少数民族的音乐和文学特色。本色自然，痛快淋漓，诙谐幽默，不避俚俗。既有相对稳定的格式、句式、谱式，但又不绝对化，字数、句数都可以视内容需要而"自由"变化。散曲是传统诗词的新变，它由民众在市井间自发地创造，并迅速在繁华的城镇流传开来。山东则是散曲最早的流行地之一，山东还是散曲作家最早、最集中的诞生地区。

1. 为散曲创作趟路的先锋

元代文人创作散曲的开路先锋，就是历来被人们视为一代文学宗师的元好问。他"以文章伯独步几三十年"，金亡不仕，过着到处流浪的生活。由于他沦落民间，熟悉了民间文学，自觉不自觉有意无意间，向民间流行歌曲汲取营养，仿制新词，并自创新曲，遂使他成为文人创作散曲这一新兴文学体式的开路人。他所创制的［骤雨打新荷］曲在当时广为流传，市井歌妓争相传唱。

偏巧的是元好问多次身临山东，一代名士长清人杜善夫是他的好友，曹州人商道及其侄商挺一家和他是世交，东平地区的长官、东平府学的座主严实、严忠济父子则是多次邀请他到山东来的东道主。这些人又都是散曲的爱好者，勤奋的学习者、创作者。山东地区在散曲初兴之时便有幸得到元好问的引导，并且以元好问为中心形成了一个散曲创作群体。这一群体中还包含有元好问、杜善夫等人的门生弟子白朴、王恽、徐琰、刘敏中、张孔孙，王继学等。当时散曲还没有被上层社会所认可，散曲创作并没有成熟的经验可供借鉴。这些人就各凭自己的感受和体会，向民间大胆学习，勇敢摸索，虽然他们所作有的还像诗、像词，但经过多年努力，他们终于趟出了一条路，写出了可以经得住时间考验的散曲。也遂使山东散曲创作迅速开辟出一个新局面，走在全国的前列。

由于朝代变革，杜善夫以特殊的情结，在金元两朝皆未出仕。他长期客居东平幕府，闲来就以写诗作曲消遣。胡紫山称他："百年放适诗千首，四海交游酒一尊。醉眼无风吹不醒，倒骑箕尾阅乾坤。"王恽则称他"独擅才名四十年"。其散曲在中国散曲和戏曲史上具有独特的地位，下面将单独论说。

商道（约1192—约1260），字正叔，一作政叔，曹州济阴人，与元好问为通家之好，多才多艺。据夏伯和《青楼集》记载，他曾改编民间艺人张五牛编撰的诸宫调《双渐苏卿》，被青楼歌伎传唱。同时他又善绘画，曾为歌伎张怡云绘图像。从元好问所写《曹南商氏千秋录》和《商正叔陇山行役图》诗2首来看，可知他家虽曾仕于金、宋，但他却"安闲乐易"，在动乱的年代仕途不遂，就寄情诗酒，混迹青楼，在市井间赢得"滑稽豪侠"之名。今可见其所作小令4首，套数8套。另有残套1套。内容都是青楼韵事：或写情欢，或写离愁，缠绵悱恻，正表现了他仕途无望的苦闷和无聊。但有的曲作也反映了处于社会底层妓女命运的悲惨。如［南吕·一枝花］《叹秀英》套曲：

钗横金凤偏，鬓乱香云軃，早是身染沉疴。自想前缘，结下何因果，今生遭折磨：流落在娼门，一旦把身躯点污。

［梁州第七］生把俺殃及做顶老，为妓路划地波波。忍耻包羞排场上坐，念诗执板，打和开呵：随高遂下，送故迎新，身心受尽摧挫。奈恶业姻缘好家风俏无些个，纠撅丁走踢飞拳，老妖精缚手缠脚，拣挣勤到下锹镬。甚娘，过活！每朝分外说不尽无廉耻，颠狂相爱左。应有的私房贴了汉子，恣意淫讹。

［赚煞］禽兽撮口由闲可，殴面枭头甚罪过。圣长里厮搭抹，倒把人看舌头厮缴络。气杀人呵，唱道晓夜评薄，待嫁人时要财定囤囵课。惊心碎唬胆破，只为你没情肠五奴虔婆，毒害相扶持得残病

了我。

其作虽以青楼为题材，但写得不轻狂、不淫逸，和那些猥亵之曲不可同日而语，所以市井青楼尤爱唱其所作曲词。明朱权《太和正音谱》评其散曲风格"如朝霞散彩"，是说其曲作华丽清新。散曲中的套数写作需要功力，在元代前期曲作家中，商道是写作套数较多的曲家。商挺（1209—1288）系商道之侄，字孟卿，号左山。其父商衡于天兴元年（1233）卒于兵。汴京城破，他北奔，和元好问等同聚于冠县赵天锡处，又同被严实聘为诸子师，后为东平经历、曹州判官。入元朝官至参知政事、安西王相。其曲作多艳丽，尤善描绘儿女心理、神态。如其［双调·潘妃曲］曲词曰："闷酒将来刚刚咽，欲饮先浇奠。频祝愿，普天下心厮爱早团圆。谢神天，教俺也频频的勤相见。""戴月披星担惊怕，欠立纱窗下，等候他。蓦听得门外地皮儿踏，则道是冤家，原来风动荼蘼架。"曲曲皆写得本色自然，表现了早期散曲民间风味浓厚的特点。和商氏叔侄几乎同时的曲家东平人王修甫（约1219—1273），其曲风亦相类。今存其所作套数两套，即［仙吕·八声甘州］和［越调·斗鹌鹑］，内容亦是写女子相思心态、离愁悲绪。像其中曲道："正欢娱阻隔欢娱，道心毒果是心毒，生拆散吹箫伴侣。不堪言处，痛伤怀凤只鸾孤。""没缘受似水如鱼，有分受些枕冷衾寒，地狱海誓山盟，肺腑对何人告诉？"这些曲作皆能引起处于社会底层，没有人身自由的女子的共鸣，所以极易在青楼传唱。

王恽（1227—1304），字仲谋，号秋涧。曾在山东为东平详议官，又为山东副宪使。与王博文、王旭齐名，时人称为"三王"。王恽之曲作如诗如词，更多文人的书卷气、官场味。如其［正宫·黑漆弩］："休官彭泽居闲久，纵清苦爱吾子能守。幸年来所事消磨，只有苦吟甘酒。平生学道在初心，富贵浮云何有。恐此身未许投闲，又待看凤麟飞走。"就是他写市井事物也多文气，如［越调·平湖乐］《尧庙秋社》："社坛烟淡散林鸦，把酒观多稼。霹雳弦声斗高下，笑喧哗，壤歌亭外山如画。朝来致有，西山爽气，不羡日夕佳。"其曲走的是文雅一路，因此也更多得到文人的赞赏。

徐琰（约1220—1301），字子方（一作子芳），号容斋、养斋、汶叟等，东平人，是东平府学的杰出生员之一，官至翰林承旨。其人历官南北宦游东西，"位近三台，仕逾五纪"，但"天性清真，闻一言之中于道，一材之适于用，则夸张赞诩，至自引其躬，以为如不可及"。其曲作优悠，典雅风流如［双调·沉醉东风］："御食饱清茶漱口，锦衣穿，翠袖梳头。有几个省部交，朝廷友，樽席上玉盏金瓯。封却公男伯子侯，也强如不识字烟波钓叟。"这里所写的是典型的士大夫生活。元代著名曲家贯云石为杨朝英所编散曲集《阳春白雪》作序，曾道："徐子芳滑雅"，即谓徐作散曲平滑雅丽，属于典雅一派但不失情趣。如其套数《间阻》写少年情思尤见其曲作的滑雅特色。其中［梁州］曲："他为我画阁中倦拈针指，我因他在绿窗前懒看诗书。这些时琴闲了雁足，歌歇骊珠。则我这身心恍惚。鬼病揶揄，望夕阳对景嗟吁，倚危楼朝夜踌躇……"虽然书生气很浓，但切合实际人物身份。

刘敏中他自幼聪明好学，杜善夫甚爱其才。他对诗文词曲都很擅长，尤其于词的创作成就颇为人所称道。他的曲作与其词风相一致，因为他是以写词之术作曲，基本属于文雅一派。如其［正宫·黑漆弩］《村居遣兴》之曲："长巾阔领深村住，不识我唤作伧夫。掩白沙翠竹柴门，听彻秋来夜雨。闲将得失思量，往事水流东去。便宜教画却凌烟，甚是功名了处。""吾庐却近江鸥住，更几个好事农夫。对青山枕上诗成，一阵沙头风雨。酒旗只隔横塘，自过小桥沽去。尽疏狂不怕人嫌，是我生平喜处。"恬淡闲适，表达了士大夫的情趣。

山东元代初期的散曲家，大多是专写散曲，题材面也比较狭窄，但他们毕竟只是开路者，道路开辟，要在后来者大显身手。

2. 驾驭散曲得心应手

元代至元、大德以后，散曲就在全社会流行起来，以散曲套数为基本结构的杂剧也早已风行市井，这时散曲作者的数量大大增加，不仅是下层文人创作散曲，就是王公显宦受时代风气影响，也写作起散曲来，散曲的风格和内容也更加绚丽多彩。这一时期山东籍散曲家的地域也不仅限于东平一带，而向四方扩大了。有名的散曲家有奥敦（屯）周卿、李洞、张养浩、高克礼、贾固、刘廷信等。

奥敦（一作奥屯）希鲁（约1230—1300?），字周卿，号竹庵，淄州人，女真族。其先人当是早年随金朝建立而南下，居于山东者。其父奥敦保和,《元史》卷一五一有传。称"其先世仕金,为淄州刺史"。希鲁为保和第三子。从元人文献知希鲁初为怀孟路判官,历官河南宪佥、江西宪副、江东宪使、澧州总管至侍御史。他曾作有乐府集1卷。俞德邻《佩韦斋集》卷一〇《奥屯提刑乐府序》曰:"至元丙戌(1286),余留山阳,宪使奥屯公以乐府数十阕示,豪宕清婉,律吕谐和,足以追配数公者(指苏轼、辛弃疾、元好问等人)。尝试观之,如取骅骝饰以金镳玉勒,所谓驰骤于白帝城,水云之外,江村野堂,争入我目;已而,垂鞭弹鞚恣睢凌厉于紫陌间,一何奇也。然则舍坡老、稼轩、遗山外,如公者讵肯兄视余子哉?虽然是,特公之余事也。"序对希鲁之曲作可以说推崇至极,希鲁之曲确也手笔不凡。如〔双调·蟾宫曲〕:

西湖烟水茫茫,百顷风潭,十里荷香。宜雨宜晴,宜西施淡抹浓装。尾尾衔画舫,尽欢声无日不笙簧。春暖花香,岁稔时康,真乃上有天堂,下有苏杭。

曲词融古人诗词名句与时俗谚语于一炉,表现了作者驾驭语言的高度技巧。曲风典雅明丽,既写出了西湖之美,又写出了西湖的繁华景象,还表达了作者快乐的心境。他的套曲〔南吕·一枝花〕《远归》写得也很朴实自然,于平常白话表达别离重见的喜悦真情,极有风趣,极有感染力,显见作者已十分清楚曲与词与诗的界限。奥敦希鲁能曲善词,俞德邻所赞美希鲁之乐府作品,当有曲也有词,同时其诗作也不错。俞序还曾道:"余尝与张君达善读公之诗,铿铿幽渺,发金石而感鬼神。及造公之庐,几案间阒无长物,惟羲文孔子之易。薰炉静坐,世虑泊如,超然若欲立乎万物之表者。"由此可见,奥敦希鲁其人品亦甚高雅。

李洞他的诗作豪放,以此人称其为"山东李白"。其作散曲也属豪放一流。如〔双调·夜行船〕套《送友归吴》曲道:

驿路西风冷绣鞍,离情秋色相关。鸿雁啼寒,枫林染泪,撺断旅情无限。
〔风入松〕丈夫双泪不轻弹,都付杯酒间。苏台景物非虚诞,年前倚棹曾看。野水鸥边萧寺,乱云马首吴山。

［新水令］君行那与利名干，纵疏狂柳羁花绊。何曾畏，道途难。往日今番，江海上浪游惯。
　　［乔牌儿］剑横腰秋水寒，袍夺目晓霞灿。虹霓胆气冲霄汉，笑谈间人见罕。
　　［离亭宴煞］束装预喜苍头办，分襟无奈骊驹趱，容易去何时重返。见月客窗思，问程村店宿，阻雨山家饭；传情字莫违，买醉金宜散。千古事毋劳吊挽，阖闾墓野花埋，馆娃宫淡烟晚。

此曲写得可谓回肠荡气，丈夫志四海，江湖浪游惯；胆气冲霄汉，笑谈人见罕。壮士相别，丈夫有泪不轻弹。曲调豪放洒脱，具有一种阳刚之美，非曲家里手难以作成。

张养浩作有《云庄休居自适小乐府》。他是今知元代散曲家创作数量较多的作家之一，他的曲作是他人生遭际的真实记录，是他对人生社会认识的结晶，具有很高的思想价值和审美价值。他的散曲在中国散曲史上也占有光辉的一页，下面将单独论说。

高克礼（1285？—1360？），字敬臣，号秋泉。《录鬼簿》载他官县尹，"小曲、乐府，极为工巧，人所不及"，未言他为何地人。清人编《元诗选癸集》收其诗作，言他为河间人，荫官至庆元理官。治政以清静为务，不为苛刻，以简淡自处。实际高克礼也是一位山东籍的散曲家。《赤城别集》卷二，元人胡世佐《重建推官厅记》即道："至正八年（1348）夏五月，市（庆元）燎延及（推官厅），是岁之冬，济南高君、东平王君（即曲家王继学之弟王继善，名士然者）相继来为郡推官。十年（1350），二君乃捐俸为资（重建推官厅）。高君名克礼，字敬臣，故镇江路总管亚忠公之世嫡"。高克礼与著名诗人、曲家乔吉、萨都剌、杨维桢皆有交游，诗曲唱和。其曲作今传小令4首，都系风情本色之作。如其［越调·黄蔷薇过庆元贞］曲："燕燕别无甚孝顺，哥哥行在意殷勤。三纳子藤箱儿问肯，便待要锦帐罗帏就亲。唬得我惊急列蓦出卧房门。他措支刺扯住我皂腰裙，我软兀剌好话儿倒温存。一来怕夫人——情性哏；二来怕误妾百年身。"简短的曲词，活画出一个少女面对莽撞情人的自尊、自爱的言行举止和细致的心理活动。语言明白如话，直用口语、俗语入曲，却又生动形象。这是传统的诗词所做不到，也不能做到的。

贾固（1280？—1350？），字伯坚，沂州人，历官山东佥宪、西台御史、淮东廉访使、扬州路总管，至中书左参政。《录鬼簿续编》载他善乐府，谐音律，有［庆元贞］《朱砂渍玉鼎》盛行于世。又载他总管职满，僚属为他送行并迎接新任总管，宴席上新总管以《上高竿》为题请贾固作曲，贾笔不停思，成［水仙子］一阕，赢得满座称赏。贾固还有一段作曲逸事广为流传。事见《青楼集·金莺儿》：

> 金莺儿，山东名姝也，美姿色，善谈笑。抡筝合唱，鲜有其比。贾伯坚任山东佥宪，一见属意焉，与之甚昵。后除西台御史，不能忘情，作［醉高歌红绣鞋］曲以寄之，曰："乐心儿比目连枝，肯意儿新婚燕尔。画船开，抛闪的人独自。遥望关西店儿，黄河水流不尽心事，中条山隔不断相思。常记得，夜深沉，人静悄、自来时。来时节三两句话，去时节一篇诗，记在人心窝儿里直到死。"由是台端知之，被劾而去，至今山东传为美谈。

贾固的［醉高歌过红绣鞋］小令确实写的情感缠绵深沉，由衷地表现了他对于歌伎金莺儿的深情眷恋。特别是"黄河水流不尽心事，中条山隔不断相思"，"记在人心窝儿里直到死"的表白，表现了贾固对爱的挚着，令人感动。一个宪台御史对一个风尘女子能够如此钟情，并能大胆表露，这是需要相当大的勇气的。也说明散曲在当时已成为时代风气，在山东、在全国都已普遍流行。

刘廷信（1290？—1360？），本名廷玉，孙楷第《元曲家考略》曾考得其家世籍贯为益都人。元人贡师道《玩斋集》卷一〇《故中奉大夫江南诸道行御史台治书侍御史刘公圹志铭》则更为集中详细叙述了刘廷信、廷干兄弟在益都的家世。《录鬼簿续编》称刘廷信："行五，身长而黑，人尽称'黑刘五舍'。"其人"风流蕴藉，超出伦辈。风晨月夕，唯以填词为事"。又称其所作"'枕头一线印香痕'双调，和者甚众，莫能出其右。又有'丝丝杨柳风''金风送晚凉'南吕等作，语极俊丽，举世歌之。"从上述记载文字可知刘廷信几乎以散曲创作为业，他所作曲在市井广泛流传，很受人们欢迎。其"枕头一线印香痕"曲为［新水令］套曲，"丝丝杨柳风"和"金风送晚凉"是两首［一枝花］套曲，今都可见于

《全元散曲》。三曲都是写男女离别情长之作。［新水令］套中有词道："指尖儿弹破腮，泪珠儿镇长在。自从他去恹恹害，这病便重如山深似海"，"闷日月难捱，我又则怕青春不再来"。［尾］曲道："来时节吃我一会闲顿摔，我可便不比其他性格，将他那信人搬弄的耳朵儿揪，薄幸乔才面皮儿上掴。"细致地描摹了女子对情人的爱极、恨极、思极的心理和情态。［一枝花］"丝丝杨柳风"套曲则道："叫一声才郎身去心休去，不由我愁似铁，泪如珠，樽前无计留君住。魂飞在离恨途，身落在寂寞所，情递在相思铺""早知你抛掷咱应举，我不合惯纵的你读书。伤情处，我命薄，你心毒！"但是情人毕竟是情人，分别在即，她仍然谆谆嘱咐："江湖中须要寻一个新船儿渡，宿卧处多将些厚褥子铺。起时节迟些儿起，住时节早些儿住，茶饭上无人将你顾觑，睡卧处无人将你盖覆，你是必早寻一个着实店房里宿。"而"金风送晚凉"套则着重写别后相思，梦断秋风。其［黄钟尾］曲道："惊回好梦添凄楚，无奈秋声最狠毒。风声忧，雨声怒，角声哀，鼓声助。一声听，一声数，一声愁，一声苦。投至的风声宁，雨声住，角声绝，鼓声足，又被这一声钟撞我一口长吁，则我这泪点儿更多如窗外雨。"这些曲词皆真实地写出了当时社会底层歌儿舞女的心声和遭遇。因为是写实，自然受到那些有亲身体验的人们的深深热爱，众口传唱，其曲也不胫而走。

元人夏伯和所著《青楼集》之《般般丑》条则道："时有刘廷信者，南台御史刘廷翰之族弟，俗呼曰'黑刘五'，落魄不羁，工于笑谈，天性聪慧，至于词章，信口成句，而街市俚近之谈，变用新奇，能道人所不能道者……"。伤离别，是古代诗文中最常见的主题，元曲中也有不少名作。但刘廷信却是写离情别恨的专家。由于他常年在市井，混迹于青楼，对歌女的不幸多有了解，以此他写底层妇女对薄幸男儿轻离别的怨恨和思念，文笔极其细腻，语言极为俊丽。词人中柳永是写市井慢词的高手，当时的歌妓都以柳永为知己，虽然柳词已被人称为"俗"，但是柳作比起刘廷信的曲作还是要"雅"得多。刘直取市井口语入曲，情感热烈奔放，痛快淋漓，直言其爱、其恨，毫不扭捏。他的［折桂令］"想人生最苦离别"12首组曲，就从不同方面、不同角度，抒发了女子对离别的伤感和痛苦。他首先写因为离别，女子十分伤感："想离别怎捱今宵，捱过今宵，怎过明朝"；继而写女子仔细品味"别离之苦"："想人生最苦离别，三个字细细分开，凄凄凉凉无了歇，别字儿半响痴呆，离字儿一时拆散，苦字儿两下里堆叠。"但是尽管她不愿离别，情人仍然要离去，她只得依依不舍地送行，千叮咛，万嘱咐："情分儿你心里记着""看时节勤勤的饮食，沿路上好好的将息""贫也休题，富也休题，称青春匹马归来，永白头一世夫妻。"情人离去，女子陷入无尽的思念之中，可是情人一去"雁杳鱼沉，信断音绝"，她不由得怨愤交加："叫一声负德冤家，送了人当甚么豪杰！"她由愤而疑，莫非情人变心，忘记了"生则同衾，死则同穴"的山盟海誓，如果真是如此，"半路情绝，一旦心邪"，她也决不肯善罢甘休。她道："鸣珂巷说谎的哥哥，告与俺海神庙取命爷爷！"由于思念之深，离别之苦，她竟然变得神思恍惚："脚到处胡行，眼落处痴呆"，"茶一时，饭一时，喉咙里千般哽噎；风半窗，月半窗，梦魂儿千里跋涉；交之厚，念之频，旧恨重叠；感之重，染之深，鬼病些些。海之角，天之涯，盼得他来；膏之上，肓之下，害杀人也！"尽管元曲有不少写离别的名曲，但没有一个曲家能够像刘廷信这么细腻深刻地唱出离别的苦滋味。

刘廷信因其兄廷干官于湖北，曾居武昌，在那里他和散曲家、江西元帅兰楚芳相交好，"赓和乐章，人多以'元、白'拟之"。元代著名文学家杨维桢所著《东维子文集》卷一一《沈生乐府序》曾道元散曲自名家卢疏斋（卢挚）、贯酸斋（贯云石）以后，小山（张可久）局于方，黑刘（刘廷信）纵于圆。"纵于圆"之意，就是说刘作散曲过于恣情任性。当今学者杨栋博士对杨维桢批评刘廷信之论不以为然，他说："就刘作散曲存世的几十篇来看，应属于本色的一派，较多地保留了市井俗曲俚谐放肆的特色。杨维桢说他'纵于圆''恣情'，原本不错，但若认定为'过'、为'失'，就暴露出他的文人贵族意识。以谐俗为美，正是曲于诗词相区别的根本特征"[1]。朱权《太和正音谱》评刘廷信曲作"如摩云老鹘"，说明其曲作风格老到圆熟，境界极高，所评可谓切合实际。

元人杨朝英所编散曲集《阳春白雪》还收有长清人，官东平万户严忠济的散曲两首，《录鬼簿》《太和正音谱》还载有散曲家东平人曹元用、王继学、李显卿、陈无妄等皆善曲，《录鬼簿续编》载有散曲家刘时中，

---

[1] 杨栋：《中国散曲学史研究》，北京：高等教育出版社1998年版，第134页。

乃历城人。元人李祁所著《云阳集》卷三《赠刘时中序》记其事。清人常将他与另一散曲家山西人刘时中名致者相混。等等记载，说明散曲，作为一种新兴的文学艺术样式，元代文学的主流文体之一，山东作家走在时代的前列，他们不仅率先掌握了这种文学样式，而且有一批取得相当高的创作成就的散曲家，这些散曲家的创作不仅使山东文坛光彩照人，而且对推进整个元代散曲创作的发展都起了很大的作用。

二 戏曲创作成果丰硕

元代是中国古典戏曲成熟的时代、繁荣的时代，是中国古典戏曲迎来的第一个高峰时期。这一时期戏曲繁荣的代表样式是元杂剧。但是当时戏曲演出却又不仅仅是这种单一的、唯一的样式，与杂剧并行，在市井演出的戏曲样式至少还有"院本""南戏"，"南戏"又称为"戏文"。山东是北方戏曲创作和演出发展迅速、成就斐然的地域之一。东平尤为当时著名的文化中心和戏曲重镇。在山东涌现出一批杂剧作家，东平一带尤其集中。这些剧作家的创作不仅推动了山东地区戏曲的发展和繁荣，而且他们出走山东，北上大都，南下杭州，名扬四海，对发展和繁荣整个元代的戏曲都作出了很大的贡献。

大体统计山东元代戏曲家有 10 人，他们是东平人高文秀、赵良弼、张时起、顾仲清、张寿卿、曹元用，济南人武汉臣、岳伯川，益都人王廷秀，棣州人康进之。他们共写作杂剧 60 部，南戏 1 部。从内容可分为历史故事剧、社会风情剧、神仙道化剧、水浒英雄剧、清官公案剧等类别。

1. **历史剧借古讽今**

历史故事剧是山东戏曲家创作的第一大类。一方面因为剧作家大都饱读经史，博学多才，对历史题材相当熟悉；另一方面借历史写现实，以古讽今，乃是中国古代文学一种传统的写作手法。山东戏曲家所写的历史故事剧取材范围相当广阔，有取材春秋战国时事的，有两汉三国时事的，有唐宋时事的，但是不论写哪一朝代之事，都只是一种大体轮廓，不少具体情节并不符合历史真实，所以这些戏曲不是严格意义的历史剧，它们的情节完全受剧作家个人意志所支配，多有虚构，为的是充分表达作者自己的情感和其对现实的所思所想。也正因为如此，这些看似写历史故事的戏曲才具有十分鲜明的社会现实意义和强烈的时代精神。

首先，剧作家要为当时昏暗的政治树立可供学习的样板，抒发他们心中理想的社会模式，于是他们就歌颂历史上善于治国安民的明君贤臣及其君臣遇合。武汉臣的《赵太祖创立天子班》剧本虽逸，但从天一阁本《录鬼簿》所载其剧题目"李后主君臣会"，正名"赵太祖天子班"来看，其剧内容无疑是写宋太祖赵匡胤灭南唐、统一中国，建立宋朝新政之事。在蒙古族统治之下歌唱前代汉族王朝的建立，缅怀其功业，这不能不说带有相当浓厚的民族情绪。写宋太祖事在元代杂剧可以说是有一股强大的时代潮，关汉卿、李好古、赵子祥、王仲文，以至到元末的罗贯中都有关于宋太祖题材的剧作。很可能是因为这类题材为时所忌，剧作出来后，不能自由传唱，所以剧本大都不存。相类的有高文秀（生卒年不详）的《好酒赵元遇上皇》剧，剧作幸存有元代刊本，剧叙赵元奇遇皇帝宋徽宗事。某官与赵元之妻私通，就假公济私派赵元去送文书，限期送到。赵妻断言赵必误期依律被斩，就逼迫赵行前写下休书。赵元路遇风雪，果然误期，在一酒店饮酒，闷闷不乐。恰遇三个书生模样的人也在酒店饮酒，因无钱付账，被店主殴打，赵元看不下去，就替那三人付了钱。双方互通姓名，其中一个"书生"说他也姓赵，于是和赵元结拜为兄弟，四人再一起饮酒。赵元说出自己的苦恼，新结拜的兄弟说赵元要到之地的官员是他的弟兄，他写一信去，保证赵元不会有事。赵元到地方后，官员要处罚他时，他忙说有你哥哥的信。官员见信，认得是宋徽宗的笔迹，不仅赦赵元无罪，而且还封赵元为南京府尹。赵元到南京拜见了徽宗，辞官不做，徽宗于是帮赵元报仇捉拿了奸夫淫妻。该剧同样抒发了汉族民众对前朝的怀念之情，不同版本的此剧甚至还把宋徽宗改成了宋太祖，用意也就更加明显。但剧中所表现赵元不愿为官的想法，却又反映了当时文士对蒙古政权不合作的情绪。如其所唱［折桂令］：

我怕的是闹垓垓虎窟龙潭，原来这龙有风云，虎有山岩，玉殿金阶，龙争虎斗，惹起奸谗。朝野里谁人似俺，衠懵懂愚浊痴憨。语语喃喃，峥峥巉巉，早难道宰相王侯，倒不如李四张三。

这种言语在元代很普遍，翻开元人散曲几乎触目皆可得见。

同是高文秀所作的《刘先主襄阳会》，则着意塑造了蜀汉君主刘备德义谦和求贤用贤的帝王形象。剧中一再讴歌"大汉"的祖业根基以及"任贤能四方风云会,扫群雄定乱除危""汉室兴隆,子孙永享",也是意在唤起民众的民族情绪,表现出对蒙古统治的不满。至于高文秀的《相府门廉颇负荆》,则意在歌颂将相匡扶明君,歌颂忠君爱国的品格和思想。《廉颇负荆》剧事取材于《史记·廉颇蔺相如列传》,剧作的意旨在于增强人们的民族自信心,鼓舞人们的斗志,指出只要人们团结一致,不畏惧强暴,共同对敌,就能战胜强者。剧中一再号召,"我则待罢刀兵,安社稷,则要的物阜民熙,则俺这为臣子要当竭力",并反复宣扬历代仁义,反对强暴,"您待要讲圣贤,论今古,称尧舜禹汤文武。他都是圣明君统绪宏图。他将那仁义举,凶暴除,不比您恃刚强并吞攻取,普天下讴歌道泰咸伏。桀纣因饰非拒谏亡家国,尧舜为发政施仁立帝都,强教的四海无虞。"这在当时具有明显的时代意义。他的《御史台赵尧辞金》剧取材于《汉书·赵尧传》,赵尧在汉曾为御史大夫,但史书并未记载其"辞金"事,"辞金"故事的主人公应为汉代的杨震。但元人编剧往往将几个古人事加以捏合,重在表现其个人的思想意趣,并不注重考察史实的确否。所以此剧也可能将杨震事加在赵尧身上,以表现作者对官吏廉洁的期望和歌颂。

其次,剧作家要赞扬历史上征战沙场的英雄人物和他们所建立的功业,歌颂他们开阔的胸襟,豪迈的行为,以鼓舞当时人们的生活斗志,表达作者对正义的呼唤,对正气的颂扬,对现实的批判。高文秀的《忠义士班超投笔》,取材于《后汉书·班超传》。该剧歌颂班超建功立业的雄心壮志,当以班超"投笔从戎"时所言:"大丈夫当立功异域,以取诸侯,安能久事笔砚间乎!"为全剧的中心意旨。此剧当为高文秀早年所作,剧作既勉励他人,同时也意在自勉。该剧未存,元人鲍天祐同名剧作也未存。明人邱浚传奇有《投笔记》存,剧中还写有班超与人有仇隙及其他家事,不知是邱杜撰,还是从高作、鲍作中因袭。高文秀的《周瑜谒鲁肃》,题目作《孙权娶大乔》,当取材于《三国志·吴志》中《鲁肃传》和《周瑜传》,叙周瑜向鲁肃借粮,鲁肃慨然以粮仓相赠事以及周瑜娶乔公次女事。由于该剧仅存一套曲,详细内容不可得知,但可知此剧讴歌三国时英雄人物鲁肃和周瑜的慷慨风流,意在借古讽今,批判世风,指斥为富不仁和抒发志士壮怀难伸的不平之气。高文秀所作《须贾谇范雎》，取材于《史记·范雎列传》，剧有《元曲选》等多种版本流传。内容叙战国时魏国丞相魏齐派须贾出使齐国，须贾携带友人范雎同行。齐国大夫驺衍设宴招待范雎，冷落须贾，须贾则疑心范雎出卖了魏国机密。回到魏国后，须贾把自己的怀疑告诉了魏齐，魏齐则在宴会上侮辱范雎，命其吃草，把他打死，弃置茅厕；在茅厕范雎死而复甦，幸得须贾院公帮助，逃亡他国。范雎改名为张禄，在秦国做了丞相，须贾奉命出使秦，范雎扮作穷苦模样，去见须贾，须贾怜范雎衣破，赠以绨袍。范雎说他在秦相府有相知，须贾到相府才知秦相张禄就是范雎，须贾大惊失色。范雎大宴各国使臣，席上痛骂须贾，也叫他吃草料，但念他绨袍相赠，尚有故人情谊，就饶了他，命他回国送魏齐的头来。此剧乃意在说明英雄总是英雄，人才终是人才，世上难得伯乐，人间真情友谊尤为可贵。实则讥讽元代糟蹋人才，不能重用读书之人，反而把书生当作牛马一般使唤，该剧有深刻的现实意义。剧中范雎一出场所唱〔仙吕·端正好〕："凭著俺仲尼书、苍颉字、周公礼、子产文辞，奈家贫不遇人驱使。怎肯道是无用也才思。"实际是唱出了当时社会广大读书人的心声，为天下书生鸣不平。继而他所唱〔油葫芦〕曲道：

　　自古书生多命薄，端的可便成事的少。你看几人平步蹑云霄？便读得十年书，也只受的十年暴；便晓得十分事，也抵不得十分饱。至如俺学到老，越着俺穷到老。想诗书不是防身宝，划地着俺白屋教儿曹。

他所唱〔滚绣球〕曲道：

　　人道是文章好济贫，偏我被儒冠误此身，到今日越无求进。我本待学儒人倒不如人，昨日周，今日秦，可着我有家难奔，恰便似断蓬般移转无根。道不得个地无松柏非为贵，腹隐诗书未是贫，则着我何处飘沦。

这哪里是范雎的牢骚，分明就是元代读书人的声口。剧中对当时世风的不正进行了无情的揭露和批评道："但有些个好穿着，好靴脚，出来的苦眼铺眉，一个个纳胯那腰。说谎的今时可便使着，天那，则俺这诚实的管老死蓬蒿""调大谎往上趱，抱粗腿向前跳，倒能够禄重官高"。

武汉臣的《穷韩信登坛拜将》剧本虽不存，但从题目可知为歌颂楚汉之争时大将韩信的被起用事。剧事当本《史记》《汉书》有关韩信的记载。剧意应在于说明"千军易得，一将难求"，其主旨在告诫元代统治者对于人才应当尊重和爱惜。一旦将人才放于适当的位置，他们必将发挥出无可替代的巨大作用，建立不朽的功业。剧作是针对蒙古贵族只重杀戮，不懂教养人才而作。武汉臣的《虎牢关三战吕布》，剧叙三国故事，演汉末十八路诸侯联合声讨董卓，在虎牢关聚集，大战董卓部将吕布，为典型的"三国戏"。其内容取自民间传说，与《三国志平话》内容相同。剧以张飞为主要角色，全剧以张飞主唱，塑造了一个勇敢无畏的英雄形象。歌颂古代英雄，也是要大长当时人的志气和威风，尤其是汉人的威风。因元曲四大家之一的郑光祖也有一本剧作《虎牢关三战吕布》，现存剧作，有人说是武汉臣所作，也有人说是郑光祖所作。但无论谁作，剧的内容应是一致的。

高文秀的《禹王庙霸王举鼎》也是依据民间传说写成。剧虽无传，但关于霸王举鼎事还可从《楚汉演义》等记载略知大概。"举鼎"，乃是叙项羽早年时事，会稽禹王庙前有石鼎，项羽轻易举起，虞公以此把女儿许配项羽。又有传说项羽为黑龙所生，食虎乳生长；或说项羽曾降服黑龙，黑龙则变为乌骓马……，总之剧乃歌颂英雄项羽的勇武以及民众对英雄的热爱之情。王廷秀的《周亚夫屯细柳营》，乃歌颂汉代名将周勃之子周亚夫治军之事。其事见《汉书·周勃传》。汉文帝时拜周亚夫为将军，驻守细柳营（今陕西咸阳西）以防匈奴。文帝劳军，先驱者至，不得入营；先驱者言奉天子命来，守门官说"军中闻将军令，不闻天子之诏"。文帝至，还是不得入。于是文帝使使者持节，传言，周亚父才命开营门。至中营，亚夫只揖见，说："介胄之士不拜，请以军礼见。"剧意当在于歌颂汉人历来善于治军，鼓舞汉人士气。告诫蒙人：莫要以为汉人可欺。

顾仲清的《知汉兴陵母伏剑》《荥阳城火烧纪信》两剧都是写汉人崇高气节之事。《陵母伏剑》取材于《汉书·王陵传》，或参考了敦煌变文《汉八年楚灭汉兴王陵变》，剧叙楚汉之争，王陵与灌婴率军大败楚军。于是项羽派部将钟离昧捉拿了王陵之母，逼迫陵母写信招降王陵。陵母大骂项羽，不肯写信。后来陵母听说王陵要来楚营，于是假意说她写信招降，并要割下自己头发夹在信中为证。项羽借给她宝剑，陵母拿到剑却自刎而死。剧本就以此刻画了一个英雄的母亲形象，歌颂了她以死捍卫"汉家江山"的英雄精神。《火烧纪信》取材于《汉书·高祖纪》，写项羽兵围荥阳，事在紧急，汉王部下纪信就对刘邦说："事急矣，臣请诳楚，可以间出。"于是纪信冒充汉王，用汉王车仪，假称食尽而降，刘邦则乘机带数十骑从西门逃跑。项羽看到纪信，审问他刘邦何在，纪信大声说："汉王早已离开此地！"项羽大怒，将纪信烧死。该剧塑造了一个舍生救主，维护"汉家江山"事业的英雄形象。两剧中的"忠于汉家"的思想和精神，无疑在当时会相当震撼人心。武汉臣的《女元帅挂甲朝天》，因剧无存，已难知所写为何人何事，庄一拂《古典戏曲存目汇考》疑该剧演隋朝谯国夫人高凉冼氏事，寄予悼亡之意。可备一说。

  再者，剧作家也要从历史人物和历史事件总结反面教训，批判过往的昏君暴君，以及误国害民的奸佞小人，以为当今掌政者借鉴，实际也是抒发作者对现实的不满和心中的不平之气。高文秀所作《伍子胥弃子走樊城》当是依据民间传说写成，伍子胥是春秋战国时代一个著名的英雄人物。"弃子"是说伍子胥在吴为相国，但吴王夫差刚愎自用，不听伍子胥谏言，伍预料吴国必被越国所灭，就把儿子寄养于齐国的鲍牧处。伍子胥"走樊城"事发生在"过昭关"以前，那时伍子胥还没有投吴。但是元人作剧，并不按照历史或传说的原来面貌去写，多是依其兴趣所至，顺笔发挥，要在抒发自己的情性和时代的感受，所以很多元人剧作都不能以严格的历史剧去衡量。高文秀此剧亦是重在抒发有才之士的失意、不得志，批判君主的不能用贤使能，要在抒发这种时代所共同的不满情绪。

  高文秀的《病樊哙打吕胥》，或系高文秀依据民间传说创作。《史记》樊哙传曾记樊哙娶吕后之妹吕须（胥）为妻，但无有打妻之事。史书无记并不等于生活中无有。该剧无传，但可推测此剧必抒发汉人官员对被蒙古人所任"达鲁花赤"监视，处处掣肘的不满。王廷秀的《秦始皇坑儒焚典》取材于《史记·始皇本纪》。原纪叙述秦始皇三十四年（前213）咸阳诸生是古非今，批评时政，丞相李斯以为前代诸子百家之书扰乱人心，于是秦始皇听从李斯建议，下令：凡不是秦国史纪和政府藏书，天下私人所藏诗书百家，一律送官府烧毁，只有农、药、卜类书不禁。民间有敢偶语诗书者，斩首弃市；敢以古非今者处死灭族，吏见知不举者与同罪。转年有卢生等人逃去，不听命令，始皇大怒，抓捕儒生四百六十多人，全部活埋。这就是震骇历史的"焚书坑儒"事件，人们往往以此事件说明帝王的昏庸，统治的残暴。王廷秀搬出这一历史事件，将之重现于舞台，无疑有借古讽今之意，映射元代轻贱儒生，使儒生社会地位此前朝一落千丈，其统治直似秦始皇一样残暴。或许该剧用秦始皇焚书坑儒大失人心，不久就灭亡的历史教训来警戒元代统治者，因剧本不存，详情也就不可得知，但剧中对秦始皇的为政进行批评并影射现实则是肯定的。

张时起的《昭君出塞》系取材于民间传说。元人以此题材写杂剧者有关汉卿、马致远、吴昌龄等，完整流传下来的剧作只有马致远的《汉宫秋》。张时起所作剧本无传，但其剧事当与马作无大差异。内容大体是批判汉元帝软弱无能众官员庸庸碌碌，甚至还有的官员通敌叛国；昭君被迫出塞，无限幽怨或誓死报国。这在当时也是一本深深呼唤民族情感的剧作。张时起的另一本剧作《霸王垓下别虞姬》取材于《史记·项羽本纪》，叙项羽军在垓下，已兵少食尽，处于穷途末路。而夜晚又听汉军在四周尽作楚歌，项羽大惊说："汉军已尽得楚地了吗？为什么楚人会这么多？"半夜起饮，以酒浇愁，慷慨悲歌。其大帐中有美人虞姬，与其唱和，众人皆泣，不敢仰视。剧当写出一个末路英雄的自负和无奈，实际批判了其残暴无能，说明只有勇武并不能获得人们的拥护。剧作有深刻的含义，要人们去仔细体味。

2. 神仙神话剧影射现实

山东剧作家还取材于神话传说写了一些神话故事剧，但是剧中那些神仙无不是现实人生的折光，其故事的核心无不是现实社会生活的反映。高文秀的《木叉行者锁水母》，又名《泗州大圣锁水母》，这本神话剧当是演古代治水的故事，表现了古代民众与水害进行斗争的业绩。赵景深主编《元明杂剧总目考略》言："泗州大圣指和尚僧伽，唐人，是历史上著名的高僧。宋元以来盛行'泗州大圣降水母'的传说，但内容已不可知。"庄一拂《古典戏曲存目汇考》则曰："此演洪泽湖观音降水怪神话，今徽剧尚有演之者，剧中虽有木吒，但非主角。按泗州盱眙无支祁，大禹曾锁水神于此，殆即《锁水母》之渊源。"看来剧作中心还是歌颂人们战胜自然灾害。高文秀的《烟月门神诉冤》当演妓院门神的劳苦烦恼，实际借神祗诉说人间处于社会底层小人物的生活感受。可惜剧作不传，详情已难知。

岳伯川的《吕洞宾度铁拐李岳》演述的是八仙故事，讲八仙之一"铁拐李"的出身来历。剧有多种传本。内容是说郑州孔目岳寿把持衙门，吕洞宾来度脱他，却被他吊拷，廉访使韩琦私访到郑州，放了吕洞宾。岳寿又将韩吊问。当岳得知韩的身份后惊吓成病。韩琦检查案卷，发现岳寿办事有相当能力，就派人去安慰他，没想到岳寿竟然病死。岳寿魂到阴间，阎王也以为他罪大，要严惩，吕洞宾却要收他为弟子。但岳寿尸体已被焚烧，只好叫岳寿的魂附在新死的李屠身上。可李屠是个瘸子，岳寿回生后腿瘸一条，他仍思想旧家，但他到岳家后，李家人也来相争，告到官府，韩琦无法判断，吕洞宾来说破真相，度岳寿成仙，名为李岳，即"铁拐李"。这本戏虽然是写神仙度脱弟子的道化剧，但是剧中不少曲词都说的是社会现实之事。该剧借岳寿之口曾揭露了当时官场的黑暗腐败，岳寿道："你那里知道俺这为吏的，若不贪赃，能有几人也呵！"其〔混江龙〕曲曰："想前日解来强盗，都只为昧心钱买转了这管紫霜毫：减一笔教当刑的责断；添一笔教为从的该敲。这一管扭曲作直取状笔，更狠似图财致命杀人刀。出来的都关来节去，私多公少。可曾有一件儿合天道？他每都指山卖磨，将百姓画地为牢。"直道出当时吏治的贪赃枉法，大胆妄为，简直无法无天。同时剧中又通过廉访使韩琦之口道出为官就应廉洁自律奉公守法，他所说的"造法容易执法难，徒流笞杖死相关。三尺由来天下命，精审刑名莫等闲"，实际是对一切为官者的告诫。而孙福所说的"人道公门不可入，我道公门好修行。若将曲直无颠倒，脚底莲花步步生"，则直道出作为公吏差役，只要把心放正，不颠倒黑白，不颠倒是非，行得正，自然能在公门挺立。但是岳寿却以为"七寸逍遥管，三分玉兔毫，落在文人手，胜似杀人刀""则我那一管笔扭曲直，一片心瞒天地，一家儿享富贵，一辈儿无差役"。直到他到阴间地府才明白，忏悔道："为甚我今日身不正，则为我往常心不直，和那鬼魂灵不能够两脚踏实地。至如省里部里、台里院里，咱只说府里州里，他官人每一个个要为国不为家，怎知道也似我说的行不的。"这里就将矛头直指向当时官场从中央到地方一切部门和机构，乃至整个社会都贪赃枉法一片黑暗，其批判的力度之大，在元杂剧中也是很少见的，不能不让人佩服作者的胆识过人。岳寿最后终于悔悟，他反省自己往日的行为说："我往常见那有钱无理的慌分解，见有理无钱的即便拍。瞒心昧己觅钱财。为甚我两脚一个歪？也是我前世不修来。"剧中正是通过岳寿的借尸还魂，猛醒昨非今是，所以才得道成仙，告诫人们要加强自我修行，"名缰利锁都教剖，意马心猿尽放开"，也就离成仙不远。此虽为神仙道化剧，却具有强烈的现实意义。

岳伯川的《罗公远梦断杨贵妃》，应是一部神仙风情剧。罗公远是唐代传说中有名的神仙，其事可见《太平广记》卷二二，引自《神仙感遇传》，叙述罗曾抛杖成桥，引唐明皇游月宫和杨贵妃相会等事。但文献不记罗"梦断"之事，估计"梦断"情节乃作者的创造，或借"梦断"来批判统治者的荒淫，或警戒世人。由于该剧只存残曲叙杨贵妃被马践踏的悲剧，对此案罗公远究竟如何"梦断"，即作者表明如何态度，今人是不可得知了。张时起的《沉香太子劈华山》演的是一段神话故事，讲述书生刘锡（彦昌）赶考途经华山，在圣母殿借宿，见圣母塑像甚美，竟题诗倾诉其爱慕之情。诗歌勾起圣母的凡心，遂和刘锡在月老祠结为夫妇，两人婚后生子，取名为沉香。圣母兄为二郎神，得知圣母违犯天条，就率兵搜山，圣母知自己不敌，就嘱咐刘锡携子远逃，她自己却被二郎神压在华山底下。十三年后，沉香得到圣母侍女灵芝的指点，获得了神斧，打败二郎神，劈开华山，救出了母亲。这是一部极其感人的神话剧，讴歌了神仙对人间幸福生活的孜孜追求，歌颂了人类社会的真性真情定能战胜神仙世界的冷酷无情。这还不仅是对人性的讴歌，同时也寓意真、善、美，必定要战胜强暴和邪恶，在这方面该剧对处于水深火热中的元代民众来说也具有一定的鼓舞斗志的作用。

3. 公案剧和"水浒戏"为民呼吁

公案剧是写清官判案为民申冤、主持正义和公道的内容，其中包拯就是清官的典型，也是元杂剧中公案戏中的最主要的清官形象。山东剧作家在公案剧中除了塑造包拯的形象，还塑造了本地的清官形象，如东平府的蒲丞相。但是清官毕竟是人们的盼望，现实社会的官吏有几个不贪赃枉法？百姓们有口难言，无处说理，于是他们就把希望又寄托在自己中间产生出来的英雄人物，这就是"水浒英雄"的身上。山东戏剧家写公案剧、水浒戏，都是意在为民呼吁。武汉臣的《曹伯明错勘赃》剧是根据当时流传甚广的民间故事所写，同样题材和同样剧目的剧作还有郑廷玉、纪君祥的剧作，但是无论谁作，剧本皆无传，仅同名南戏存残曲两只。然而元《清平山堂话本·雨窗集》有《曹伯明错勘赃记》，当系传说的一种写定本。由此可知当日杂剧所演内容大概：东平府曹州有一个店主曹伯明，其妻死后，他又续娶妓女谢小桃。谢小桃原有情人倘都军，两人旧情不断，就合计陷害曹伯明，以达两人结合目的。曹一日出门会客，雪中拾得一包裹，回家就嘱咐小桃收好。数日后曹州尹派人来捉拿赃犯曹伯明，小桃即拿出包裹出首。曹伯明被判罪，解往东平府复审，审问官蒲左丞怀疑其中有诈，就提小桃重审，小桃招出她与旧情人设计陷害曹伯明事，真相才得大白。所以该剧题目又为《蒲丞相大断案》。武汉臣所作《四哥哥神助提头鬼》，学者多以为即武所作杂剧《生金阁》。详见下面关于武汉臣剧作的专门论说。王廷秀的《盐客三告状》，从剧目看肯定是一部公案戏，恐怕还是一部时事剧。但剧本不存，剧事已难知。

由于山东东平一带的水泊梁山是宋代徽宗时宋江农民起义的根据地，宋江起义虽然失败了，但是在山东梁山起义英雄的事迹却久久地在民间流传着，人民大众以其丰富的创造力和想象力对起义的英雄，一个个给予再创造，增加了许多新的情节，甚至将人物加以神化。这样一来原本是历史实事，就逐渐演变为民间故事，在街市乡野演说，那些历史上的真实人物就变化为民间文艺人物，他们比历史的原貌更加生动活泼，更得到人们的喜爱。当元杂剧兴起后，元代的戏曲家自然会注目于这一被人民大众所喜爱的题材，有不少剧作家都创作了以"水浒英雄"为主角的杂剧。尤其是山东戏曲家得天独厚，更首先致力于这一题材剧作的创作，出现了以写水浒戏著名的专家高文秀和康进之等。高文秀作有《黑旋风诗酒丽春园》《黑旋风大闹牡丹园》《黑旋风斗鸡会》《黑旋风乔教学》《黑旋风双献头》《黑旋风借尸还魂》《黑旋风穷风月》等剧。康进之作有《黑旋风老收心》《梁山泊黑旋风负荆》等剧。关于水浒戏创作下面将有专门论说。至于《录鬼簿》记高文秀作《黑旋风敷演刘耍和》剧，当属误笔，应是《黑旋风》剧，刘耍和敷演，即表演，是说高文秀写的关于李逵的杂剧都是由元初著名的演员刘耍和表演的。

4. 社会风情剧歌颂传统文明

中华大地有悠久的文明史，儒家的伦理道德观念深入人心。当时的中原人们也以此为骄傲，对周边地区的野蛮、不开化甚为鄙夷。当蒙古大兵烧杀抢掠蹂躏中州大地之时，山东杂剧家讴歌自己的传统道德和文明无疑也就是对现实的批判。其中还有一些风情剧，哪怕是写历史风情，也表现了民众对美好生活的祈求，对美好青春、爱情的讴歌。武汉臣的《抱侄携男鲁义姑》剧取材于刘向《烈女传·鲁义姑姊》。鲁义姑是鲁国一个民妇，齐国攻打到鲁国时，齐国将军看见一个妇女抱着一个小儿，领着一个小儿，齐军逼近了，那妇女抛弃下怀抱的小儿，抱起原来领着的小儿跑向山里。被抛弃的小儿大哭，妇女竟不顾。齐将军问哭啼的小儿："跑走的是你母亲吗？"小儿说是。问小儿："你母亲抱的是谁？"小儿说不知道。齐将领兵追逐那妇女，喊道："站住！不然就放箭了！"追近前，齐将军问："你抱的是谁家小儿？"妇女回答："兄之子"。又问："你抛下的是谁之子？"答："我之子。我见大军至，不能两全，就撇下了我亲生之子。"齐将军不解，问："子母连心，你怎忍心抛弃亲生儿子，而抱兄之子？"答曰："爱己之子，是私爱也；侄之从姑，公义也。背公而私，妾不为也。"齐将军说："鲁国一个普通妇人持节行义，不以私害公，其朝廷士大夫就可知了。鲁国不可以伐。"于是他停止进军，并禀告齐君主，大军回归。鲁国君主闻之，号那妇女为"义姑"。剧演此事，在当时也定有鼓舞汉人气节和心志之意。惜剧本无存。关于武汉臣的名作《散家财天赐老生儿》反映当时家庭伦理和财产继承等问题，详见对武汉臣剧作的专门评析。高文秀的《老郎君养子不及父》当也是一部讲述家庭伦理关系、述及赡养老人问题的剧作。可惜剧本也未传。

高文秀的《五凤楼潘安掷果》当是一部才子佳人戏，取材于《晋书·潘岳传》和《世说新语》。传说潘岳姿仪不凡，是一个著名的美男子，他出游时，常有女人向他投掷果品。《宣帝问张敞画眉》则取材于《汉书·张敞传》，也是写士人的风流韵事。《醉秀才戒酒论杜康》当叙文士饮酒至醉的逸事。杜康为传说中的善制酒者，俗有"杜康造酒刘伶醉"之说。这三剧都不存，大概俱表现文人的闲情逸致。高文秀的《郑元和风雪打瓦罐》《太液池儿女并头莲》《穷秀才双弃瓢》，张寿卿的《谢金莲诗酒红梨花》，赵良弼的《春夜梨花雨》，张时起的《赛花月秋千记》，武汉臣的《谢琼双千里关山怨》《郑琼娥梅雪玉堂春》皆是写文人与仕女的爱情剧。除张寿卿所作《红梨花》外（后面有专门论说），皆无存本。郑元和的故事是取材唐传奇《李娃传》，《秋千记》等故事似乎都取材于实事或民间传说，但剧情大多已难详。然而，可以断定都是表现人们对美好爱情生活的追求，是对美好爱情的咏歌，其中也不乏对现实的批判。如高文秀的《妆旦色害夫人》，题目作《狠鸨儿厌宅眷》，当是一部表演时事的风情剧。因剧本无传，详情已不可得知。

另外，还有高文秀的《豹子秀才不当差》《豹子令史干请俸》《豹子尚书慌秀才》《志公和尚开哑禅》亦属社会风情剧，但剧本无传，剧情已难详。其中"志公和尚"据赵景深考为南北朝时著名和尚宝志。传说宝志善预言，《太平广记》卷九〇引《异僧传》等记其事。但也只能是猜测而已。

总之山东戏曲家以其内容丰富、风格多样、数量众多的剧作，使当时山东大地新戏连台，戏曲舞台极其繁荣。其剧作也使山东文坛呈现出一片繁荣昌盛的局面。应当说，当时山东戏曲家的创作不仅采用杂剧的形式，还有院本、南戏，甚至还应有唱赚、诸宫调等等样式，但除了有文献记载曹元用作有南戏《百花亭》（剧本无存），其他作家的姓名和创作怕已很难得知了。这只能说是一种深深的遗憾。

第七章 主流作家

第一节 写"水浒戏"的名家高文秀和康进之

元杂剧中以"水浒英雄"故事为题材的剧作有一个长长的系列,大约有三四十种。在山东籍的戏剧作家中,当推高文秀和康进之为写"水浒戏"的专家,更是写"李逵"这一英雄人物的专家。他们这方面的剧作取得了相当高的成就,得到了历代戏曲家的好评。

一 "小汉卿"高文秀剧作良多

高文秀(1240?—1285?),东平人。元锺嗣成所著《录鬼簿》载,他曾为东平府学生员,早卒。其人于元灭宋后或南下,为官山阴县尹(官山阴之高文秀是否与杂剧家高文秀同为一人,当今学术界意见尚不统一)。因多有杂剧创作,元时都下人皆号其为"小汉卿",称誉他乃紧步大戏曲家关汉卿之后尘。戏曲家贾仲明吊挽他说:"除汉卿一个,将前贤疏驳,比诸公么末极多。"当今学者也有人推测高文秀或许就是大戏剧家关汉卿的弟子①。高文秀也确是一位高产作家,据《录鬼簿》载他作有杂剧32种,在元杂剧作家中其作剧数量仅次于关汉卿,位居第二,但可惜大多失传。今得见其作仅有5种:《双献头》《谇范雎》《渑池会》《遇上皇》《襄阳会》等。从其剧作目录中可知他所作有关"水浒英雄"的剧作有8种:《丽春园》《牡丹园》《穷风月》《乔教学》《借尸还魂》《斗鸡会》《黑旋风》《双献头》等。这8种剧作内容都是写英雄李逵的故事,然而仅存《双献头》1种。此剧曲白俱佳,正可为高文秀剧作的代表。

---

① 孔繁信:《略论高文秀的杂剧》,载《求是学刊》,1994年第21期。

《双献头》的故事取材于民间传说，是小说《水浒传》所不载的。剧叙李逵奉宋江命令，假扮庄家后生，保护孙孔目夫妇到泰安烧香。孙妻在中途被白衙内"拐走"，孙孔目则被关进狱中。李逵改扮成一个傻小子，蒙骗牢狱看守，并用麻醉药麻倒了看守，救出了孙孔目和其他囚犯。然后他又改扮衙役，混入官衙，杀死了白衙内和孙妻，返回梁山。剧中李逵的性格粗放豪爽，侠义勇猛，同时又机警谨慎。而剧中着意所要表现的就是李逵的机警和细心谨慎的一面。

该剧李逵一出场接受宋江交给的任务时，他便很豪爽地说："若是有差迟失了军中令，哥也，我便情愿纳下一纸儿军状为凭。""我情愿输了我吃饭的这一颗头和颈。"宋江知道他性情鲁莽，一再叮咛让他"忍事饶人"，李逵一再保证"吞声忍气，匿迹潜形"。但是［哨篇］一曲却充分表现出他的性格本色：

  可便道恭敬不如从命，今日里奉着哥哥令。若有人将哥哥厮欺负，我和他两白日便见那簸箕星。则我这两条臂拦关扶碑，则我这两只手可敢便直钩缺丁。理会的山儿性，我从来个路见不平，爱与人当道撅坑。我喝一喝骨都都海波腾，撼一撼赤力力山岳崩。但恼着我黑脸的爹爹，和他做场的歹斗，翻过来落可便吊盘的煎饼。

李逵又眼光敏锐，一见孙孔目的妻子从她"丢眉弄色"便识别出其人不正派，这就为以后剧情发展埋下了伏线。果然孙妻因与白衙内有染，借烧香的机会，两人算计好，由白衙内将孙妻"拐跑"了。此时李逵大怒，剧本再次展现他的勇猛和忠于信义的个性。他不顾孙孔目劝阻，要一力为孙孔目追回妻子，唱道：

  我也不用一条枪，也不用三尺铁，则俺这壮士怒目前见血。东岳庙磕塔的相逢无话说，把那厮滴溜溜扑马上活挟。他若是与时节，万事无些；不与呵，山儿待放会劣憋。恼起我这草坡前倒拖牛的性格，强逞我这些敌官军勇烈，我把那厮脊梁骨各支支生拥做两三截！

这样的表现乃是李逵的本来面目，他哪里是忍气吞声的人啊！高文秀剧作的高明就在于他并没有按照李逵原来性格写下去,让李逵再来一通胡杀乱砍,以表现他疾恶如仇,表现他勇猛威风。那样写未尝不可,但是却不见有什么特色了。孙孔目上衙门状告白衙内,却告到白衙内手里,反被白衙内将他下到死囚牢里。李逵知道后,想起自己立的军令状,一心要救出孙孔目,此时环境和形势逼迫他必须要改变以往的行事手段,在一个特定的情景下,高文秀就着意表现了李逵性格精细机警的一面,从而使这个英雄人物的形象更加丰满,其剧作也取得了巨大的成功。如果说李逵接受任务下山时的乔装打扮还是受宋江指使,那么在李逵去牢中搭救孙孔目,改装为一个傻厮,就完全是出于李逵自己的心计了。正因为一切都是他自己设计,所以他表演得很"真实":他探监装做不懂拉门铃,而用砖头砸门;把牢房故意说成是看守人的家,他装呆做傻,伺机行事,趁机在羊肉泡饭中下了蒙汗药,麻倒了看守。李逵救出了孙孔目和全牢中的人,而后他继续用计,改扮为祗候,混进衙门,杀了奸夫淫妇,返回梁山。粗中有细,鲁莽汉也会巧使心计,这是高文秀对李逵形象塑造的一大贡献。当然高文秀如此写李逵也是借鉴了民间文学、民间传说的成就,但在杂剧中如此写出李逵性格的多样性,高文秀还是比较早的剧作家。

《双献头》剧作歌颂了水浒英雄,歌颂了梁山义军和民众的密切关系,以及梁山好汉随时随地为民众惩办邪恶势力从而受到民众爱护和信赖,实际是揭露了元代社会的黑暗,鞭挞了元代社会衙内横行不法的无耻行径。该剧语言风格本色质朴,无论是李逵的忠勇粗豪,白衙内的无赖横蛮,都很切合人物身份地位。

高文秀现存《渑池会》《襄阳会》《谇范叔》3剧皆是历史故事剧。《渑池会》取材《史记·廉颇蔺相如列传》,通过"完璧归赵""渑池会""廉颇负荆请罪",三个故事着意刻画了蔺相如的机智勇敢、胸怀豁达,以及他以国家利益为重,不计个人恩怨的高贵品德;刻画了廉颇忠勇为国,知错必改的大将风度。全剧讴歌了将相和好,团结御敌,弱者勇敢抗暴,热爱国家,保卫祖国,正义必定战胜邪恶的主题。同时该剧也赋予蔺相如关心苍生疾苦、仁义为怀的思想意识,融合了动乱时代民众反战争、求太平的时代呼声。剧中写蔺相如使秦,他自述其使命,说的是"这一遭入秦为使也,非同小可。则为救苍生之苦"。他认为"则为这两国干戈若动烦,数十载难也波安"。他劝大将廉颇道:"你若是谋动干戈,境内分崩，四方离析。则不如叙彝伦正纲常、躬行仁义。我则待要效唐虞太平之治。"他说一旦战争打起，于民不利，"商贾每阻了行旅，庄农每费了耕织，将他这仓廪耗散，府库空虚"。因为这一剧作的思想意义积极，具有鼓舞人心的力量，所以此剧在当时大受欢迎，在后世不断被改编，得到广泛的传唱。《襄阳会》是据《三国志》写蜀汉刘备在建国前的一段经历，意在表明"真龙天子"必有神佑，大难不死，必有后福。所以剧中襄阳之会，刘备能逃脱刘琮的算计，本来"妨人之马"却能驮他飞跃檀溪，而后则遇高参徐庶为军师，遂大破曹操军队，得以在群雄激烈争战中取得自己的立足之地。刘备遭遇种种惊险挫折而不悔、不退缩的一往直前的精神，对人们无疑有积极的鼓舞意义，所以此剧也被人们所喜爱。《谇范叔》取材于《史记·范雎蔡泽列传》，剧作写谋士范雎因有才被须贾嫉妒从而加害，后来范雎逃到秦国并当了宰相，对须贾"以其人之道还治其人之身"，泄尽胸中不平之气，表现了元代社会书生怀才不遇生不逢时极希望改变自己命运的强烈愿望。剧虽演唱的是古人古事，实际上在很大程度上有映射现实的意义。剧中范雎所唱"自古书生多命薄，端的可便成事的少。你看几人平步蹑云霄？便读得十年书也只受得十年暴；便晓得十分事也抵不得十分饱。至如俺学到老，越着俺穷到老。想诗书不是防身宝，划地着俺白屋教儿曹。"就是表达了当时广大书生对现实的不满情绪。他道"用谗言闭塞贤门，施侥幸将人陷害""调大谎往上趱，抱粗腿向前跳，倒能勾禄重官高""说谎的今时可便使着，天哪，则俺这诚实的管老死蓬蒿"。这实质就是对当时社会仕途黑暗的揭露和批判。这和元杂剧大家马致远所写《荐福碑》等名作所表现的思想感情是一样的。

高文秀所作《遇上皇》乃是据民间传说写成，事虽不见经传，但反映了民众希望有好皇帝、好县官的良好愿望。同时剧本在一定程度上又批判了官场的腐败、仕途的凶险，世道人情的冷暖，糅进了高文秀个人的思想意识和时代意识。剧中赵元所唱"我怕的是闹垓垓虎窟龙潭，原来这龙有风云，虎有山岩。玉殿金阶，龙争虎斗，惹起奸谗。朝野里谁人似俺，衒懵懂愚浊痴憨。语语喃喃，峥峥巉巉，早难道宰相王侯，倒不如李四张三"。这是作者对官场的认识，也是那一时代读书人对官场的共同认识。

总体来看高文秀的剧作内容比较广泛，历史文献和现实民间传说都被剧作家作为其剧作取材的范围。其剧作生活气息浓厚，对社会现实既有批判又有鼓舞人们斗争和进取的意义。各剧人物形象大多鲜明生动，具有个性。其剧作曲白并重，语言风格不拘一格，以切合人物实际所处的时地环境为重。其剧作可以说是元杂剧本色的代表，所以他在当时才被人所重，他被人们称为"小汉卿"是当之无愧的。

二　康进之《李逵负荆》显示结撰大手笔

元杂剧表现"水浒英雄"故事的剧作中，有一部最为人们称道者，那就是康进之所作的《李逵负荆》。

康进之（生卒年不详）是元初棣州（今惠民）人。他作有杂剧两种：一为《李逵负荆》，另一种是《老收心》，都是写李逵的，可惜《老收心》已不存。

《李逵负荆》剧写盗寇冒充梁山英雄宋江和鲁智深，抢走了一个小酒店老板王林的女儿。李逵闻知，粗心莽撞，就以为真是自家梁山好汉所为。他气冲冲奔上山，大闹"聚义堂"，砍倒"替天行道"的大旗，立下军令状，拉宋江和鲁智深到酒店对质。真相大白之后，李逵负荆请罪，并捉拿了强盗，立功赎罪。此剧是据民间传说而写，李逵的性格与高文秀《双献头》剧中的李逵很近似。但是两者又有不同。高文秀剧着重表现的是李逵粗豪中的机警精细，康进之剧所表现的则是李逵的正直纯真以及他知错认错、有错必改的高尚品格，歌颂了他对梁山事业的无比热爱、忠贞不渝的精神。高作和康作两剧共同点就是他们都歌颂了梁山好汉除暴安良、救危解难、主持正义、替天行道、为民除害的侠义精神，都从自己取材的角度，所选取的生活侧面，成功地塑造了李逵"英雄好汉"的动人形象。

《李逵负荆》剧中的李逵个性突出，血肉丰满。他对梁山无比热爱，为维护梁山事业，他疾恶如仇。该剧第一折写清明梁山放假，李逵下山游玩，他见大好春光，禁不住信口高歌："可正是清明时候，却言风雨替花愁。和风渐起，暮雨初收。俺则见杨柳半藏沽酒市，桃花深映钓鱼舟。更和这碧粼粼春水波纹皱，有往来社燕，远近沙鸥。"观赏大自然的美景，他不由道："人道我梁山泊无有景致，俺打那厮的嘴！"在美好的春天里，李逵竟像一个天真无邪的孩子，顺着小河追逐落水的桃花，他不时从水中捞出花瓣欣赏，唱道："俺这里雾锁着青山秀，烟罩定绿杨洲。他道是轻薄桃花逐水流，恰便是粉衬的这胭脂透。"这种由衷的赞叹、歌唱，表现了他心地淳朴、性格单纯，也正表明他对梁山的无比热爱之情。

正由于李逵对梁山无比热爱，他绝不允许任何人玷污梁山的声誉，哪怕他是自己的结义兄弟，是梁山领袖人物。所以他在酒店听了老板的哭诉后，不由得怒火万丈，立刻奔回山上。他道："抖擞着黑精神，扎煞开黄髭髯；则今番不许收拾，俺可也摩拳擦掌，行行里按不住莽撞心头气。"他大喊大叫，对着宋江、鲁智深、吴学究等梁山兄弟，指着宋、鲁两人说："俺哥哥要娶妻，这秃厮会作媒。原来个梁山泊有天无日！就恨不斫倒这一面黄旗。你道我忒口快，忒心直，还待要献勤出力，则不如做个会六亲庆喜的筵席。走不了你个撮合山师父唐三藏，更和这新女婿郎君。哎，你个柳盗跖，看那个便宜。"正如有学者分析该剧说："贯穿全剧的矛盾，是李逵和宋江为维护梁山'替天行道救生民'的宗旨而发生的冲突。李逵和宋江都以郑重和严肃的态度，维护梁山义军的纯洁性。由于坏人的欺骗，引起王林对宋江的误会，而由李逵的轻信，误会传导到李逵与宋江之间。为维护梁山的威望，李逵砍旗闹山；也是为维护梁山的威望，宋江下山对质。人民信任爱戴义军，坏人利用义军的威信以达到自己的目的，义军内部容不得出现破坏纪律的现象，都符合生活本身的发展逻辑。"① 这种对"误会手法"的巧用，就增加了剧情的紧张性，起着"引人入胜"的作用；这种"误会手法"的巧用还使李逵的莽撞性格得到充分的表演，却又显示了李逵疾恶如仇的可贵品格。

李逵虽然莽撞，但是并不固执，不顽固，他心如明镜，一旦知道事情的真相，知道原来是他由于粗心冤枉了自己的好兄弟，好战友，好领袖，他便马上道："这的是山儿不是了也！"然后就"负荆请罪。"表明其性格光明磊落勇于认错、改错。因此在元杂剧水浒戏写李逵的一类剧作中，《李逵负荆》剧乃是把李逵这一形象塑造得最光辉灿烂的一种。

康进之善于抓住人物最本质的性格特征，以"相反相成"的手法，运用典型细节刻画人物的精神面貌。比如李逵立下军令状，"押解"宋江、鲁智深下山对质，处处写李逵的"细心"，实际是处处写他的鲁莽。

---

① 邓绍基主编：《元代文学史》，北京：人民文学出版社1991年版，第187页。

而这鲁莽又是出于他对梁山的热爱,这就造成一种性格喜剧。李逵自身并不感到他的行为可笑,甚至他是极其严肃认真的,而他越认真,就越会产生一种特别的喜剧效果。宋江和鲁智深心中没鬼,任凭李逵摆布和讥讽。他们走快了,李逵说他们上丈人家去心中好欢喜;他们走慢了,李逵说他们拐了人家女儿,不敢前往对质。到了酒店里,他告诫宋江说店老板是一个老人家,不许吓唬人家。酒店老板说宋江他们不是抢他女儿的人,李逵气不打一处来。他先是怪宋江他们吓着了老人家,又告诉老板这就是抢他女儿的人,要老板认可。老板不能否认事实,气得李逵竟然动手打起老板来,但是最终他到底明白是由于他的粗心大意把事情搞错了。这一认错过程写得波波折折,让人大笑不已,但这就是该剧的成功。所以明代戏曲家孟称舜评论康进之此剧说:"曲语句句当行,手笔绝高绝老。至其摩像李山儿,半粗半细,似呆似慧,形景如见,世无此巧丹青也"。

宋江是梁山义军的领袖人物,在该剧中这个人物受杂剧体制的约束,没有一句唱词,但是在宾白中康进之也着意刻画了他作为领袖人物的不凡气度,表现了他的宽厚、公正与对梁山英雄兄弟般的关心与爱护。他一出场就告诉人们他的水浒大寨所树的大旗,上有七个大字:"替天行道救生民",他的绰号就是"顺天呼保义"。他们水浒英雄威镇山东,令行河北,已成为一股强大的武装力量。正因为如此,所以一些小毛贼就往往冒充梁山英雄干些见不得人的勾当。李逵心粗莽撞,听人说宋江强抢民女,不细加调查,就信以为真,上山和宋江理论。这时候宋江表现出的仍是领袖风度:他先是劝李逵有话好好说,若跟自己说不方便,还可以先和军师说。李逵则气得直是要大闹,宋江在众人对李逵进行劝解的同时,心平气和地问李逵是否多喝了酒,听了什么胡言。正因为他太了解自己的弟兄了,太爱惜梁山事业了,所以尽管李逵一再气势汹汹、胡乱指责,他都不与李逵一般见识。剧中写宋江问李逵:

"山儿,你下山去,有什么事情?何不明对我说?"
"山儿,你下山,在那里吃酒,遇着什么人?想必说我些什么,你从头儿说,则要说得明白。"

循循善诱,耐心地询问开导,终于让气恼不已的李逵说出了实情。待宋江问明白是酒店老板王林的女儿被人抢走，已知必是有人冒名顶替。他为了严明军纪，教育李逵和梁山众人，就和李逵提出打赌，并且双方都立下了军令状。在去往对质的路上李逵猜疑讥讽，语出不逊，宋江都不计较；在对质时李逵大呼小叫，宋江听他摆布……，最后酒店老板说李逵领来的真宋江不是抢他女儿的人，李逵先不自责，却气得要打王林。宋江不和他理论，直回山寨。当李逵负荆请罪时，宋江可故意不允了。他要严肃纪律，教训教训李逵不能再那么莽撞粗心。直到王林来求情，宋江才命李逵去拿贼人，将功折罪。一个善于领导群雄、团结人才、使用人才的领袖形象自然而然就矗立在人们面前。

剧中另一个梁山人物鲁智深，作者写的也很有分寸。他不是宋江那样的领袖人物，他也没有宋江那样的胸怀和度量。李逵上山大闹骂了他，对质又数落了他，他都对李逵心有不满。所以当李逵被命下山捉贼，宋江让他去帮助时，他说："那山儿开口便骂我秃厮会做媒，两次三番要那王林认我，是甚主意也！他如今有本事自去拿那两个，我鲁智深决不帮他。"但是他嘴上这么说，不过是发泄他心中的怨气。而当军师吴学究劝说他"你只看'聚义'两个字，不要因这小忿，坏了大体面"，宋江也劝说他去抓那两个冒名顶替的贼来，他就不能不把嫌怨全抛却，而要以梁山事业和威名为重了。说到底，鲁智深也是梁山英雄，英雄自有英雄本色，他和宋江不同，也和李逵不同。

王林也是该剧塑造的很生动的人物，他是全剧剧情发展的牵线人物。由于他女儿被抢，他认不清人，向李逵哭诉，才引起李逵一系列风风火火的行动。由于他确认真宋江不是抢走他女儿的人，李逵才不得已而"负荆请罪"。全剧正是通过这个普通的善良的平民百姓对梁山英雄的热爱、依靠、信赖，表现了梁山英雄和人民大众的血肉相连的关系。

《李逵负荆》一剧，其结构尤为成功，显示了作者是一位大手笔。该剧4折，没有楔子。剧情又不复杂，结构不好就容易使人感觉平淡无奇。但康进之巧用匠心，使该剧波澜起伏，激烈紧张，动人心弦。我们试把该剧的整体做一解构：

首先看到的是该剧以李逵的行动为主线；其次是贼人的行动；宋江的行动；王林的行动。这些人的行动分在四折剧中，作者是这样安排的：

第一折：1. 梁山宋江上场介绍清明放假，众英雄好汉下山扫墓，三日回山。

2. 王林酒店，歹徒冒充宋江等抢走其女满堂娇。

3. 李逵下山至王林酒店，听王林哭诉女儿被宋江抢走，大怒，要立刻回山，数说宋江罪过，并要带他们到酒店来，让王林指认。

第二折：1. 三日假满，宋江等候众英雄按期回山。

2. 李逵大闹梁山，不听宋江等人解释。

3. 李逵与宋江"赌赛"，逼迫宋江等下山对质。

第三折：1. 王林念念不忘李逵所说三日后带宋江来对质，做好茶饭准备。

2. 李逵带宋江等下山，一路讥讽不断。

3. 酒店对质，王林说抢走他女儿的不是李逵所带来的宋江。

4. 李逵后悔莫及，自知莽撞。

5. 贼人回店。王林感激李逵，连夜上梁山报信。

第四折：1. 李逵负荆请罪。宋江不允。李逵欲自尽。

2. 王林到山报信。宋江命李逵捉贼，将功折罪。

3. 李逵再次下山，捉住贼人回山。

4. 梁山摆宴庆功。

从以上解构可以清楚地看到该剧主线清晰，紧紧围绕主要人物李逵结构和开展剧情，不枝不蔓，情节紧凑。该剧没有多余的情节、多余的人物，简洁明了，故事有头有尾，开始、发展、高潮、结局，清清楚楚。全部剧情都为塑造李逵这一主要人物服务，特别是剧中写了李逵三次下山，有铺有垫，因果分明。三次上山，每一次下山、上山，剧情就向前发展一步，每一次下山、上山都是后一次下山、上山的缘由。结构环环相扣，自然合理、逻辑分明，而误会与巧合的适度运用，更使此剧结构显得天衣无缝。该剧情节紧张源于剧中人物合乎其本性的行动，而其行动则又被剧作者一步步设计得有条不紊，合乎生活的本来逻辑。四折剧，每一折都担负着各自发展剧情、塑造人物的特殊使命，但又一折比一折更推进剧情的发展，更显现剧中主人公的可贵品格。随着四折剧的完成，全部故事有了完整的结局，人物的刻画也被赋予最明亮的光彩，因此，康进之才被人们称为大手笔。

第二节 写世态人情戏的高手武汉臣与张寿卿

元代百年来杂剧风行一时，涌现出一大批杰出作家，杂剧的内容更是丰富多彩，大凡历史事件、当代事实、古今传说、市井奇闻无不被剧作家收进他们的剧作中。元代山东的杂剧家创作的杂剧内容也是多种多样的，除了以写"水浒英雄"剧闻名的高文秀和康进之，还有写世态人情的高手武汉臣和张寿卿，历来也为人所称道。武汉臣的名作《老生儿》是元杂剧最早被译成外文本的剧作之一，早在1817年《老生儿》就有了英文本，被介绍到欧洲。因此，著名学者郑振铎先生曾评论武汉臣说："他的作品不仅写作技巧和结构都非常高超，而且还描写了当时社会真情实况。他所写的《老生儿》是公认的杰作"[①]。而对于张寿卿，《录鬼簿》载元末戏曲家贾仲明即道："浙江省掾祖东平，蕴藉风流张寿卿。《红梨花》一段文笔盛，花三婆独自胜，论才情压倒群英。敲金句，击玉声，振动神京。"

一 反映市井民众生活的武汉臣

武汉臣（生卒年不详）是济南人。在元初废除科举的年代，大概他出身寒微，没有门路，因此也就只能混迹市井间，与歌儿舞女为伍，作为一个书会才人，以写作为业来谋生。他的杂剧作品数量据《录鬼簿》载有10种：《鲁义姑》《三战吕布》《挂甲朝天》《韩信登坛》《玉堂春》《天子班》《关山怨》《老生儿》《提头鬼》《错勘赃》等。《元曲选》又多《生金阁》1种，或即《提头鬼》。又有人以为《玉壶春》杂剧是他所作，那是把《玉壶春》误作《玉堂春》了，《玉壶春》乃另一山东剧作家贾仲明所作。武汉臣剧作实存2种，即《元曲选》所载《生金阁》和《老生儿》。

《生金阁》表面是写宋代包拯判案的故事，可以将该剧看作是"包公案"系列剧中的1种。但是该剧实质所反映的乃是元代社会的现实生活，武汉臣所用的手法乃是借古人之名，写当今之实。该剧内容写包拯为书生

[①] 见《郑振铎古典文学论集》，上海古籍出版社1978年版，第498页。

郭成申冤之事，而郭成之冤案实际就是当时社会经常发生的事件。郭成听信卜者所言，为躲避"百日血光"之灾，携妻李幼奴上京，顺便求取功名。临行其父送他一传家宝——生金阁，告诉他说，万一考不取，可以该宝物换取一官半职。郭成在京郊酒店遇到外出打猎的庞衙内，缺乏处世经验的郭成，错以为庞衙内有权有势，是他可以求助之人。他道："这人物不寻俗，一群价飞鹰走犬相随逐，都是些貂裘暖帽锦衣服。虽不见门排十二戟，户列八椒图，你觑那金牌上悬铜虎，玉带上挂银鱼。"他的妻子劝他慎重，他不听，径直作出了"献宝求官"的举动。庞衙内是个什么样的人呢？剧中交代他自称："花花太岁为第一，浪子丧门世无对。闻着名儿脑也疼，只我有权有势庞衙内。"因他是权豪势要之家，累代簪缨之子，嫌官小不做，马瘦不骑，打死人不偿命。"若打死一个人，如同捏杀个苍蝇相似。"这些交代明明就告诉人们他所写的就是当今世事。"打死人不偿命"，这只有在实行种族统治的元王朝，享有特权的衙内，才敢公然宣称，因为维护蒙古贵族统治利益的"法律"就做有这样的规定。据多桑《蒙古史》第二章记成吉思汗时令：杀一汉人，其值仅与一驴价等。而后《通制条格》卷二八则记述：蒙古人殴打汉人，汉人不许还手。《元史·刑法志》则记：主殴打奴致死者，免罪。所以社会上就滋生出一批豪强无赖。元人文献往往记载："豪夺民产，吏不敢决""殴人致死，有司弗敢诘""或夺人妻室，官不敢治而反抵告者以罪"。豪强们依仗权势"欺凌路、府、州、县""侮弄省官，有同儿戏"。

　　郭成千不该万不该，把"生金阁"献给庞衙内后，又让他年轻美貌的妻子去拜见庞衙内。庞衙内本是一个好色之徒，他一见李幼奴就心生歹意。他先将郭成夫妇诳骗至自己府中，威逼郭成把妻子献给他；因李幼奴不从，庞衙内继而又把劝说李幼奴的老嬷嬷投到井里，铡了郭成的头，他可真是不把杀死人当回事。然而剧作家并不仅以揭露社会上衙内横行为满足，他要带人们去铲除和打击社会上这些恶势力。由于正面的惩办在当时是不可能的，因而作者就采取浪漫主义手法，塑造了日断阳夜断阴的包拯形象，让鬼魂去到包拯那里状告庞衙内，报仇申冤。包拯一类的清官就是作者和当时民众心目中的大救星。该剧表现了元代人民大众生活在无法无天的社会环境中，他们的生命财产没有任何安全保障，他们被压迫、被奴役，痛苦不堪，所以他们热盼清平世界，热盼清官执法，社会安定。剧中第三折特意安排的老人们的话语是很有深意的，老人说："头一盅酒，愿天下太平；第二盅酒，愿黎民乐业；做官的皆如卓鲁（指后汉时贤官良吏卓茂、鲁恭），令史每尽压萧曹（指西汉名相萧何、曹参），轻徭薄税，免受涂炭者。"正说出了广大百姓的心声。

《生金阁》虽然是用浪漫主义笔法写成，但剧作最大的成就却在于该剧深刻的现实主义的震撼力。该剧尽管以大报仇收束全剧，横行不法的庞衙内得到正法，死者得到慰藉，家属得到安抚，令人看似圆满，然而当全剧帷幕拉下后，留给人们的印象却依然是沉甸甸的，抹不去它的悲剧色彩，反而引人痛定思痛。

《老生儿》讲述商人刘从善无子，与女儿引章、女婿张郎和侄儿引孙一起生活，还有一个小妾小梅已有身孕。刘妻不喜侄儿，将其赶走，其女婿也为人不善。刘女为照顾姨娘，防她生子受害，将她藏起来。刘从善在外听说小妾逃走，感叹自己年老无子，就发誓舍财赎罪。刘施舍时，其侄也来乞讨，被刘妻赶走。刘从善却告诉他勤祭扫刘家祖坟，包他会成财主。到清明扫墓时，女儿、女婿只上张家祖坟祭扫，刘家祖坟只有引孙祭扫。刘妻因而感动，招侄儿回家。到刘从善生日时，引章带小梅母子相见，从善才知小妾并未逃走。于是他把家财分为三份：侄儿、女儿、儿子各得一份。从表面看"此剧主题无非是行善得子和家族的血缘观念"[①]，实际该剧是深刻地反映了当时社会由财产继承问题所引发的多种多样的家庭人际关系的矛盾，真实地表现了那一时代人们的思想观念、家庭观念、财产观念、血缘观念、处世观念等等方面的问题，这实际上是一部很严肃的社会问题剧。因而在很早，它就能引起欧洲资产阶级人士的注意，并把它译成了英文。

具体而言，该剧是如何反映当时人们的一些社会观念的呢？

首先，该剧是对当时社会重商轻儒之风的反击，也就是对蒙古统治者轻视儒生的抨击。元代开国实行"四等人制"的种族统治政策，废除科举考试，使汉人儒生几乎断绝了仕进之路。而历来被儒家轻视的商人，社会地位却扶摇直上。商人凭借其手中的钱财直可做高官，享厚禄。《元史》即记载大商人奥都拉合蛮"买扑中原银课"（《太宗记》），"以货得

[①] 邵曾祺：《元明北杂剧总目考略》，郑州：中州古籍出版社1985年版，第145页。

政柄，廷中悉畏附之"（《耶律楚材传》）。大商人阿合马父子甚至官为宰相。另一元代权臣卢世荣"素无文艺，亦无武功，惟以商贩所获之货，趋赴权臣，营求入仕，舆赃辇贿，输送权门"（《元史·陈裙传》），也得为一时掌政贵要。他当政后，立规措所，经营钱谷，秩五品，所有官吏以善贾为之。《元史》卷九四《食货志·商税》载："世祖中统四年，用阿合马、王光祖等言：凡在京权势之家为商贾，及以官银卖买之人，并令赴务输税，入城不吊引者，同匿税法。"这也就是说元代官吏经商并不被法律禁止，反而得到鼓励。所以早有学者指出："商贾之特受优遇，为元代政治特色之一"①。商人地位越高，读书人的地位也就显得越低。这在当时的读书人心里是极其不平的事，《老生儿》就借刘从善的忏悔，对商人的无德进行了严厉批判。他道："钱也，则被你送了老夫也呵！"他是那么爱钱，"半生忙，十年闹，无明无夜攘攘劳劳，则我这快心儿如意随身的宝。哎，钱也，我为你呵，恨不得便盖一座家这通行庙"。他为钱曾抛家舍业，受尽凄苦。他道："我那其间正年小，为本少。我便恨不得问别人强要，拼着个仗剑提刀。哎，钱也，我为你呵，也曾痛杀杀将俺父母来离，也曾急煎煎将俺那妻子来抛。哎，钱也，我为你呵，那搭儿里不到？几曾惮半点勤劳。遮莫他虎啸风峷律律的高山直走上三千遍，那龙喷浪翻滚滚的长江也经过有二百遭。我提起来魄散魂消。"他道就因为他"好赂贪财"，"我幼年间的亏心，今日老来报"，所以他无限愧悔，要做善事加以补救。剧中一曲〔滚绣球〕把读书和经商做了鲜明对比，表现刘从善的彻底悔悟道：

  我道那读书的志气豪，为商的度量小。则这是各人的所好，你便苦志争似那勤学。为商的小钱番做大钱，读书的把白衣换做紫袍。则这的将来量较，可不做官的比那做客的妆幺。有一日功名成就人争羡，抵多少买卖归来汗未消。便见的个低高！

这里对商人的追逐利润，不择手段，气度狭窄，艰苦为难做了透彻的剖析。经过多半生的"奋斗"刘从善成了富翁。但是刘从善对他的致富，

---

① 蒙思明：《元代社会阶级制度》，北京：中华书局1980年版，第146页。

并不感到快乐,他赞赏的、向往的依然是儒家的"学而优则仕"。这种对商人的批判和对儒生的称赞就是当时读书人心中的最强音,是时代的呼声,决不可把此剧主题仅仅看作是"行善得子"或"宣扬什么家族血缘",那就把此剧的时代意义一笔抹杀了。

其次,该剧宣扬了善有善报,人生在世理当积德行善的处世观念,实际批判了统治者一味杀伐掳掠、强征暴敛、贪得无厌的行径。刘从善年轻时行为不检,到老来他一一反思,不寒而栗。他道:"我想人生在世,凡事不可过分。到这年纪上多有还报。则我那幼年间做经商买卖,早起晚眠,吃辛受苦,也不知瞒心昧己,用心使幸,做下了许多冤业。到底来是如何也呵!"他回想往事:"往常我瞒心昧己信口胡开,把神佛毁谤,将僧道抢白。"他忏悔道:"我也再不去图私利狠心的放解,我也再不去惹官司瞒心儿举债。"他道是:"我在这城中住六十年,做富汉三十载,无倒断则是营生的计策,今日个眼睁睁都与了补代。"他认识到正因为他过去做了不少亏心事,所以老天要折罚他"除根剪草"。他后悔莫及,要想方设法进行补救,希望能得到上天的原谅。他道:"我今日舍散家财,毁烧文契,改过迁善,愿神天可表。""我今日个散钱波把穷民来济,悔罪波将神灵来告。"与刘从善相对的形象是他的女婿张郎。张郎娶刘从善之女就因为刘从善无儿,他看上的是刘从善有好大的家资产业,日后都要归他。他嫉妒刘从善的侄子,将他排挤出刘家;当他知道刘从善的小妾有了身孕,竟又要将那小妾害死,真是见财忘义,利令智昏,丧尽天良。幸而他的妻子私下把小妾藏过,到后来他们夫妇才能得到刘从善的原谅。

再者,该剧表现了当时人们浓厚的家族血缘观念以及财产的继承权问题,在维护儒家传统家庭意识的同时糅进了商人的经营意识。剧中虽然意在否定商人,肯定读书,矛头实指时代弊病。剧中刘从善道:"则待经商寻些资本,则不如依本分教些村学。"这明明是说经商不是本分,然而他的内心却又充满矛盾。经营不本分,刘从善可是通过经商成为富户,积累了财产,他由衷地感叹自己经商付出了许多辛苦,经历了许多艰难。所以他又道:"则俺这做经商的一个个非为不道。"商场如战场,竞争是残酷的,所以了解刘从善的老婆说:"老的也,你走苏杭两广,都为这钱。恨不得你死我活,也非是容易挣下来的。"该剧在否定商人的同时也在肯定商人。因此在剧中大力宣扬儒家意识、儒家观念,家庭财产必须由儿子继承的同时，也糅进了商人的经营意识。刘从善悔恨早年行径，散财补过，如果他不期望得到回报，那就是真行善；但他散财仍然希望得到老天赐子的回报，所以他的散财实质上不过是一种新的投资形式，仍是一种商人的经营行为。他虽然遵从儒家宗法观念，重孝、重子，但是他更重现实，谁能把他的财产经营管理好。他曾把13把钥匙都交给女婿张郎，张郎的人生观念是："人生虽是命安排，也要机谋会使乖。假饶不做欺心事，谁把钱财送我来。"这正是他排挤走刘从善之侄，逼迫刘从善小妾逃离的"使乖""欺心"的自我表白，由此他才得以掌管刘家家私。然而他的私心终于被刘从善看破，刘把管家钥匙收回，又交给侄子。孝顺侄不可越过亲儿，这是儒家观念，当得知刘从善有了儿子之后，侄子自动把钥匙交回。对于家财到底该怎样分配？刘从善道"我怎肯知恩不报恩？"最后以三份分配，又糅合了商人"有劳有获"的意识。全剧即成功地塑造了一个受儒家思想熏陶很深的元代老年商人的形象。

还有一点，就是该剧充分显现了钱财的威力，这也是该剧明显的商人意识的一种表现。剧中女婿张郎和侄子刘引孙曾分别得到执掌刘家财权的机会，他们都曾被赋予掌握13把钥匙的大权。他们在得到这种财权之后，都表现出扬扬得意的姿态，神气地对对方尖酸刻薄地加以嘲讽奚落。同样的行为在不同人身上的同样重复，只能说明金钱资财可以使人的性格发生扭曲变形。当然在张郎和刘引孙同样行为所表现出来的两人的性格又有很大差异。在张郎是贪婪追求，财权终于到手，欲望满足的骄横；刘引孙则是意外向往，不期而得，兴奋激动，对往日所受屈辱的报复。用同样的行为表现不同人物的不同性格，这正是作者创作才能高超的表现。

《老生儿》剧结构严密，构思精巧，情节人物经得起推敲，耐人寻味。所以著名学者王国维在他所著《宋元戏曲考·元剧之文章》批判元杂剧一般作品结构多有疏漏同时，却道："然如武汉臣之《老生儿》，关汉卿之《救风尘》，其布置结构，亦极意匠惨淡之致，宁较后世之传奇，有优无劣也。"正因为该剧具有明显的时代意义，人物形象鲜明，故事情节感人，关目结构杰出，所以不仅在当时受到欢迎，而且对后世文学也产生相当大的影响。像以后杨文奎所著杂剧《儿女团圆》，沈受先所作传奇《三元记》等皆系由《老生儿》化出者。凌濛初又将其故事改编为话本《占家财狠婿妒侄，延亲脉孝女藏儿》，收入其所编《拍案惊奇》小说集中。武汉臣和他的《老生儿》剧永远是山东文学史上可以引以自豪的作家和作品。

二 才情压倒群英的张寿卿

张寿卿（生卒年不详），是元代初期杂剧作家，东平人，元灭宋后他南下杭州，曾为江浙行省掾吏。在那个科举不行的年代，他也无可奈何，只能沉埋下僚，以其才华寄于声歌。今知其杂剧作品只有一种，即《红梨花》。但此一剧即使他名留戏史，为戏曲行家所称道，同时也为山东元代剧坛又增添了一份光彩。

《红梨花》剧叙秀才赵汝州耳闻洛阳名妓谢金莲大名，就到洛阳找其同窗故友——太守刘辅。他要刘辅为他介绍，刘告知赵谢已出嫁，留赵夜宿其后花园中。刘却又安排谢伪称王同知之女去花园与赵相会。谢亦钟情于赵，送赵一束红梨花，赵作诗与谢唱答，后谢被一老妈妈唤走。紧接着一个卖花的"三婆"告知赵王同知之女早已去世，他夜间相遇的乃是一个女鬼，自己的儿子就被那女鬼缠死。赵汝州闻听大惊，赶忙离开洛阳，进京赶考。赵得中状元后，回洛阳为县令，拜见太守。刘辅为赵设宴庆贺，命谢金莲将红梨花插在白纨扇上，给赵打扇。赵一见，以为又遇鬼。刘才说明谢假扮王女和三婆所言鬼事，都是出于他的安排指使，目的就是不要他留恋声歌忘掉功名，不要贪图玩乐耽误功名。事情说开，赵、谢遂得结合。

该剧属于风情剧，抒发的是作者怀才不遇、沉郁下僚的不平之气与不自甘堕落的心志。不能把该剧简单地只看作是才子佳人戏。由于元初停止科举，对儒生毫不重视，读书人的社会地位比唐宋时一落千丈，几与娼妓、乞丐相类，读书人大多心怀不忿，利用当时流行的散曲、杂剧抒发其心中不平已是一种普遍的社会现象。《红梨花》首先讴歌读书人地位崇高，对他们决不可轻贱。该剧一开始就借谢金莲之口极度称赞读书人："秀才每从来我羡他，提起来偏喜恰，攻书学剑是生涯。秀才每受辛苦十载寒窗下，久后他显才能一举登科甲。秀才每习礼仪，学问答，哎，你一个小梅香今后休奸诈，只说那秀才每不当家。"谢的丫头梅香不服，看不出书生有什么出息。谢又教训她道："我这里从头说，你那里试听咱：有吴融八韵赋自古无人压；有杜甫五言诗盖世人惊讶；有李白一封书吓的那南蛮怕。你只说秀才无路上云霄，却不道文官把笔平天下。"这一连串的唱词，对秀才一气歌颂，正是要大长读书人的志气，对当时社会蔑视儒生的逆潮是明显的抗争。进而该剧鼓励读书人要奋发自强，不可自暴自弃。剧中刘辅深知书生有志决不会久困尘埃，他以现身说法道："满腹诗书七步才，绮罗衫袖拂香埃。今朝坐享逍遥福，不是读书何处来！"他又对一时迷恋花柳的好友进行劝诫，他要其好友不坠青云之志。当赵汝州终于得中状元后，他道："当初你寄书来，要见谢金莲，原来是个妓女。我怕你迷恋烟花，堕了你进取之志……"刘费尽心机做了巧妙安排，才使才子佳人得成眷属，又使好友没有沉沦。通过这一故事作者告诫读书人的一个重要道理，那就是在任何时候读书人都不要自我气馁，而要自强自立，要积极进取。因为当时有相当多的读书人对社会现实已不抱任何希望，他们消极避世，滑稽佻达，玩世不恭，混迹青楼，不思进取。此剧则表现出在当时还有读书人并不甘心随世沉浮，他们还要作自己力所能及的抗争。

《红梨花》剧在当时和后世都有相当大的影响，戏曲家贾仲明吊挽张寿卿时就曾竭力称赞他的这部剧作，尤其称赞该剧第三折中花三婆的唱词形象生动。后来明代剧作家徐复祚编传奇《红梨花》基本依该剧铺展，而徐作第二十三出《再错》则几乎完全照抄张寿卿剧作的一些曲词。如三婆所唱：

[中吕·粉蝶儿] 则为我年老也甘贫，携着个圆篮儿俨然厮趁，卖几朵及时花且度朝昏。则被这牡丹枝、蔷薇刺将我这袖梢儿抓尽。见如今节过三春，都不如洛阳丰韵。

[醉春风] 这蜂惹的满头香，蝶翻的两翅粉。原来是卖花人头上一技春，把蜂蝶来引。引，红杏芳芬，碧桃初绽，海棠开喷。

这些曲词皆符合人物身份，又语带双关，切合环境气氛。三婆在剧中不是主要人物，但却起着使剧情陡转变化，使人物境遇、命运发生急遽改变的关键作用。所以四折剧关键的第三折由她来主唱，作者这样安排也是别具匠心。该剧结构中所使用的误会手法虽然在元剧中比较常见，但张寿卿使用得还是很巧妙。一是运用自然，不见编造痕迹；二是符合生活逻辑，真实可信；三是连环相套，有条不紊，使人不得不跟着作者的思路走,直到最后才恍然大悟。比如三婆卖花为生很自然,到花园采花也很正常,遇到在花园里暂住的赵汝州,两人攀谈起来,这都合乎常理常情,可是偏偏在这一切看似都很普通的生活场景中,三婆却给赵汝州讲述了花园闹鬼的故事,而且那女鬼的行踪模样竟跟赵汝州所遇女子完全一样。三婆还用自己切身遭遇来证明她所说是实,不由人不信。三婆的话直接导致赵汝州不辞而别,再不敢留恋花园里的风情,而这一切谁又知道都是太守刘辅的有意安排?这个误会直到赵汝州考中状元再回洛阳,才由刘辅讲穿。可以说《红梨花》剧确实表现了作者不凡的才情,贾仲明说张寿卿以此剧"压倒群英""振动神京",也并非是虚夸。张寿卿为元代山东文坛赢得了一道光华。

第三节　著名散曲家张养浩

张养浩(1270—1329),字希孟,号云庄,其先为章丘相公庄人,后至其祖父张山时迁徙济南历城,故人又称其为济南人。他一生著述诗词曲文甚多,是当时有名的文学家、诗人,更是文学史上一位著名的散曲家。其主要著作有:《云庄休居自适小乐府》(即《云庄乐府》)《归田类稿》(即(云庄类稿))《三事忠告》(即《牧民忠告》《风宪忠告》《庙堂忠告》)等。他的著作在元明清三代曾广泛流传,有众多版本,《永乐大典》《四库全书》都曾收录他的著作。

一　仕途坎坷　忠正为民

张养浩出身于平民之家,他的父亲张郁是一个商贩,但张养浩却自幼勤苦好学,以至于他的父母怕他过于劳累而限制他读书。他为了不让父母忧虑,就白天默诵,到晚上再闭门于灯下窃读。数年后,以其学有所成,一篇《白云楼赋》使他名播齐鲁。山东按察使焦遂闻其名,即荐他为东平学正。张养浩游京师,得山东廉访副使、散曲家陈英荐引,献书于平章不忽木,得到不忽木赏识,辟他为礼部令史,转御史台掾,又为丞相掾。当大德九年(1305)时被选授堂邑县尹,从此张养浩步入仕途。

初至县衙,人告知他说"官舍不利",居之者多有灾祸。他却不听"忠告",不但居之,而且还把县里三十多所淫祠全部拆毁。紧接着他又废除了每逢初一十五"盗贼"必到县衙参拜的规定。他说:"那些所谓的盗贼,都是良民,为饥寒所迫,不得已而为盗。既然已判过刑,刑满释放了,还以盗贼看待他们,那就等于绝了他们的自新之路。"众"盗贼"闻知后,都十分感动,互相告诫说不要辜负了张公的心意。对于善良的民众张养浩甚为体恤,对于真正的恶徒他也并不手软。堂邑县有一个杀人的暴徒,名叫李虎,其人有一帮党羽,横行乡里,无法无天,民众深受其害。原来的县尹迫于李虎的淫威,竟不敢诘问,因此李虎他们就更加暴戾。张养浩将李虎一般人的罪证查实,一一尽依法处置,当地民众人心大快。张养浩在堂邑三年,人称那里"三年之间,田者赢,工贩者足,老幼服于礼节,强者不得病夫细弱者矣!智者、谲者、饕餮顽暴者,戢也不得肆矣!得尽其才,得尽其力,庶几以道养民也。"因张养浩在堂邑3年实施德政,他去官10年后,那里的民众还为其立碑颂德。张养浩根据他为官的体会所写的《牧民忠告》,也随他的政绩一时间广为人们传诵。

　　张养浩从堂邑被调任博平,不久被召至东官任文学之职,很快于至大元年(1308)又被拜监察御史。张养浩只知尽职尽责,"司耳目之寄,任刺举之事",他哪里知道官场上有一些官职不过是装潢门面而已。一旦要真的认真负责,也就在那个职位上待不下去了。张养浩却只知忠正行事,不避权贵,一味直言,这就使他被权贵们认为是一个很不识时务的人了。偏偏张养浩于至大三年(1310)还上什么"万言书"批评时政得失说:"一曰赏赐太侈,二曰刑禁太疏,三曰名爵太轻,四曰台纲太弱,五曰土木太盛,六曰号令太浮,七曰幸门太多,八曰风俗太靡,九曰异端太横,十曰取相之术太宽。"其言辞切直,权贵们看张养浩实在是"只有一个心眼",只好让他挪挪位置了。当权者将张养浩安排去做一个闲官——翰林待制,后来觉得还是不能封住张养浩的嘴,找了一个莫须有的罪名,就把张养浩的官职罢免了,而且还告诫省台部门不许再起用他。张养浩这才知道官场是怎样的官场,他怕权贵还不肯善罢甘休,再加害自己,就变更姓名逃离了京城。

　　元仁宗登基以后,张养浩又被起用为右司都事,改秘书少监,迁翰林直学士。当恢复科举之时,延祐二年(1315)开考进士,张养浩为第一届主考官之一,他以礼部侍郎知贡举。后擢陕西行台治书侍御史,改右司郎中,拜礼部尚书,又主持了一次科举考试。无论在什么职位上他皆无丝毫私心。比如，他的同乡济南人张起岩和几个新科进士登门拜谒他时，他却在一个纸条上写了"诸君子但思报效，奚劳谢为！"让守门人送出去，拒绝私自交接，这种看似颇有一些愚顽的举动，正表明张养浩举止的光明磊落。当时官场倾轧成风，贪污受贿成风，贪图享乐成风，当元英宗即位，命他参议中书省事，他以为新皇帝要大干一场，他想新皇帝上任也应当改革旧弊。于是在元宵节元英宗要在宫内大张灯火之时，他就上了一道《谏灯山疏》，让左丞相拜住呈交给皇帝。他的谏疏所言，主要是说："今灯山之搆，臣以为所玩者小，所系者大；所乐者浅，所患者深。伏愿以崇俭虑远为法，以喜奢乐近为戒。"英宗初看谏疏大怒，继而看是张养浩所上疏，才面有喜色道："非张希孟不敢言。"不仅听从了劝告，罢去灯山之玩，还给张养浩赏赐以旌其直。但是张养浩却再一次体会到"伴君如伴虎"的凶险，他决心辞官归隐了。

当张养浩以父病老为借口，终于辞官还家以后，朝廷不断征召他回朝任职，什么吏部尚书、太子詹事丞兼经筵说书、淮东廉访使、翰林学士等一个又一个官职全不能打动他的心。可是到天历二年（1329）关中大旱，饥民相食，朝廷再次召他为陕西行台中丞，要他负责救灾之时，已经赋闲八年，视仕途多危机，对做官已无意的张养浩，却立即"散其家之所有与乡里贫乏者"，不顾自己已年届花甲，不怕路程遥远，不听家人劝阻，立即登车就道。当时他的老母拉着他的手，流着泪说："我年迫八旬，汝发已素，此别之后，再无见期。"他虽心有踌躇，但还是安慰了老母几句，毅然上路。他想的是官场上的贪官污吏只顾自己享乐，不管民众死活，遭受天灾的穷苦民众极盼他前去解救，他不能只为自己而不顾百姓。他到任四个月"未尝家居，止宿公署，夜则祷于天，昼财出赈饥民，终日无少息。"救灾任务完成，民众脱离了死亡线，生活已安顿就绪，张养浩则因劳累过度，一病不起。忠正为民的张养浩去世时，"关中之人，哀之如失父母"。至顺二年（1331），朝廷赠他为"摅诚宣惠功臣、荣禄大夫、陕西等处行中书省平章政事、柱国，追封滨国公，谥文忠。"

张养浩的灵柩由其子张引护送回家乡，葬于云庄，后更名为张公坟庄。张养浩的忠正廉洁一直为后人所钦敬，元代名臣苏天爵为张养浩的纪念祠堂所写的《七聘堂记》曾高度评价其一生，说："其牧民则为贤令尹，入馆阁财曰名流，司台谏则称骨鲠，历省曹则号能臣，是诚一代伟人软!"明、清人还在他墓前立碑纪念。其中明代一位吏部尚书尹旻在碑文中称颂张养浩:"风绰高致,节全始终,名留天地,齐鲁一人!"张养浩当之无愧,张养浩可以说是山东的骄傲。

张养浩不仅为官忠正刚直、勤恳努力、尽职尽责,而且他在公务之余还致力于文学创作,在诗词曲文领域皆有名作传世。张养浩不仅是一位有名的清官廉吏,他更是一位著名的文学家。正因为张养浩人正品高,他的文学创作也恰如其人,光明正大、气势不凡。他的诗词曲文就是他人生经历的真实写照,是他忠正为民思想感情的真实表现。他的文学成就不仅为山东地域文学生辉增色,而且在中国文学史上也占有光辉的一页。特别是在元代新兴的散曲领域,他的散曲创作成就尤为卓著超然,在中国散曲史上,他可以说是一位成就突出的大家。

二 诗文纯正 忧国忧民

张养浩所生活的时代是元代诗文的繁荣和发展时期。这一时期社会情况相对稳定,再加上科举制度的恢复,就使得文人们又致力于传统的诗文旧业。和张养浩同时,就产生了元代著名的"元诗四大家"——虞集、扬载、范椁、揭傒斯。还有萨都剌、马祖常、欧阳玄、黄溍、扬维桢等等一大批卓有成就的诗人、文人。张养浩在这样一种时代的文学氛围中生活,自然也不甘落后、不甘示弱。他的诗文创作不仅表现出深厚的功力,更主要的是他从来不作无病呻吟,所作皆是发自肺腑之言,源自生活的真实感受,言之有物,情感充沛,正气浩然。他现存诗作400余首,比之四大家中的揭、杨两家的诗作,数量还要多一些。

张养浩景仰历史上的英雄贤哲,赞誉崇拜之情经常萦绕于他的诗作之中。其《过颜鲁公庙》写他路过颜真卿的庙宇,前往拜谒,看到庙祠荒芜,他感慨万分。赋诗赞叹唐代大书法家颜真卿英勇抗击乱敌道:"抗虏一身皆是胆,留名千古不因书。极知老境桑榆近,争忍清朝社稷孤。"对这样一位正直的爱国名士,看到其庙祠竟已少有人照顾,张养浩在诗的结尾慨然写道:"下马荒祠访遗躅,北风吹树眇愁余。"其他像《咏史》组诗中《苏武》诗道:"为臣惟命敢辞难,脱遇艰难亦自安。试看子卿持节处,雪花如席不知寒。"《朱震》诗道:"交道衰微数百年,死亡谁肯与周全。如何当日陈蕃榻,止为南州孺子悬?"《过范文正公读书堂》赞范仲淹遭："今至忠义气，高压万仞壁。"以及其他像"人言廉蔺才相轧，谁信陈雷志更坚"（《留别元复初》）"求田素有陈登志，作吏初非叔夜心"（《直省》）"子牟恋阙心空赤，江总还家鬓尚玄"（《留别乡里诸友》）等诗句，《过舜祠》《过沛县高祖庙》《过东方朔庙》等诗篇，都表现了他对英雄豪杰、志士仁人的敬仰和发自内心的颂歌。

张养浩对于那些祸国殃民的昏暴国君和奸佞权臣无比痛恨，在其诗歌中对那些人的残暴行为和无耻行径进行了无情的揭露和猛烈的批判。像《石鼓诗》《登徐州项王戏马台》《读诗有感》《咏史》等作品，即对秦始皇的无道、项羽的骄悍、汉武帝的穷兵黩武、好大喜功与唐玄宗的荒淫昏庸，皆进行了尖锐的嘲讽和无情的鞭挞。而有的诗作不仅抒发了他对历史和古人的感慨，其中还深深蕴含有他对自己切身遭遇的感叹。如他的《读史有感》诗所言："不信忠良信诡随，於兹可灼乱亡机。东京党锢迷臧否，西晋玄谈混是非。"表面述说的是汉晋之事，联系张养浩在官场的遭遇，即可知实际诗中也是指斥当今朝廷是非不辨，忠良难以在朝立足。又如《赠刘仲宪》诗所言："自从秦鞅废井田，王政丝棼民隳束。利归兼并富啮贫，万世祸基从此筑。汉兴文帝殊有为，瓦砾黄金金玉粟。蠹农一切悉禁绝，千耦如云四郊绿。下及魏晋隋若唐，或耀武功或货黩。尽剜民为供上需，何异养身还饵毒。间时偶尔值小登，悔祸元出天公独。劝农使者徒上功，虚丽衹堪文案牍。绎骚后迨五季间，竞投钱镈悬刀镯。民间十室九皆窳，父子几何不沟渎。"这些对历代朝政的批判，实际也包含有对现实的批判意义。

在黑暗残暴的统治下，民众受尽了压榨和欺凌，张养浩有相当数量的诗歌表达了他对百姓痛苦生活的同情，关心民生疾苦是张养浩诗作又一重要内容。如他的《悯农》诗道："父子传衣出，夫妻趁熟分。未言先欲泣，乍见内如焚。征赋敲门急，充饥饮水勤。何当天雨粟，四海共欢忻。"写出在繁重的租赋重压和吏役急迫的追逼下，民众已到了家破人亡的地步。他在陕西救灾任上所写的《哀流民操》诗道：

哀哉流民！为鬼非鬼，为人非人。哀哉流民！男子无缊袍，妇女无完裙。哀哉流民！剥树食其皮，掘草食其根。哀哉流民！昼行绝烟火，夜宿依星辰。哀哉流民！父不子厥子，子不亲厥亲。哀哉流民！

言辞不忍听,号哭不忍闻。哀哉流民!朝不敢保夕,暮不敢保晨。哀哉流民!死者已满路,生者与鬼邻。哀哉流民!一女易斗粟,一儿钱数文。哀哉流民!甚至不得将,割爱委路尘。哀哉流民!何时天雨粟,使女俱生存。哀哉流民!

其诗中一句句,"哀哉流民",真切地表现了张养浩对灾民的无限同情,以及他恨不能苍天立时降雨,使广大灾民能够得救的迫切愿望。而他所写的《长安孝子贾海》长篇叙事诗,则向人们讲述了一个他亲眼所见的发生在当时的真实而悲惨的故事:陕西当时的情景是"嗷嗷三辅间,十室九困疲。行者总沟瘠,居者恒馁而。亲戚自鱼肉,遑恤父子离"。而贾海一家四口,全靠他行乞度日。他要不到饭时,老母口出怨词,贾海就和妻子商议卖子养母,然而却无人买。贾海在情急之下竟杀死了儿子供养老母。张养浩闻知后,"怒诘官失治。使民至如此,赈贷犹迟疑。即引造行省,使细陈毫厘。且命出儿肉,阖府遍示之。饤诸相坐前,余为失声悲。"他最后大力褒扬贾海的孝行,虽然其持论不无腐朽,但他对这种人吃人社会现象的揭露和抨击还是有相当积极意义的。

张养浩的诗歌抒发了他自己的人生志向,表明了他的人生观、道义观、交友观、处世观。他的《赠刘仲宪》诗,其序言:"仲宪,卫州人。以儒掾台省者十余年,清苦如一日,人馈遗皆不受。能诗,喜谈政治。尝谓天下不自农桑始,三代之盛,终不能致。闲尝叩之,其言激切,或至泪下。余器其人类古君子,故以诗赠之。"其诗热烈讴歌了一个普通省掾精明的政治见解,赞誉了其人忧国忧民的博大情怀。诗道:"我闻其语汗雨如,始也解颐终项缩。半生醉梦郑卫音,一旦醒心韶濩曲。刘君刘君策固佳,俯仰悠悠知者孰?"他道:"君不见东家求官交近侍,西家豪富相征逐。奈何温饱不自谋,日为黎黔欲长哭!我知君心如古人,我知君才非世俗。子牟身远志在廷,梁父调高音振谷。贾生流涕叫虎关,屈叟甘心葬鱼腹。旧闻造物辅善良,比岁看来亦翻覆。"他为一个正人君子满腹才华不得施展而感到悲哀和不平。他道:"蹇余亦本山野民,仕路强趋终蹐蹄。向非亲命须官为,定买烟霞事耕耨。书生所见然颇同,欲奋不能宁韫椟。因知世事如意少,讵止君家为不足。"他只能劝慰,只能同情,于无可奈何中借酒浇愁而已,"须臾酩酊彼此忘,哀玉满庭风动竹"。他以古来贤哲为榜样，希望自己也能够有一番作为，辅佐明君建功立业，可是现实世界并非是理想世界，你忠心耿耿反而会被猜疑，遭嫉妒，甚至被迫害，张养浩是有切身体会的啊。所以他虽为官，却常思归隐。其《题四知堂》诗道："邑仕怜才弱，官微虑患深。韦弦千古意，水蘖一生心。袖有归来赋，囊无暮夜金。三年何所得？憔悴雪盈簪！"

因为官场上的失意，所以张养浩找个借口辞官回乡，过起了隐居的生活。歌颂隐居生活是他诗作的一个重要内容。一方面他讴歌辞官不受功名羁绊，行为高雅，说："世味宁同酒味甘，野情不似宦情贪。乘舟远遁谁如范？拍板高歌每羡蓝。追狗仅能功第二，卧龙竟使国分三。英雄事业无涯苦，举似高人一笑堪。"（《遂闲堂独坐》）另一方面他赞美归隐生活自由自在，自得其乐。他道："一退愁城万里降，从今按堵乐吾邦。睡残蕙月猿推枕，吟断松风鹤啄窗。槁木不春从换岁，虚舟无物任飘江。抚尊笑向儿童道，安得佳肴锦鲤双。"（《翠阴亭落成》）

他热爱生活，热爱家乡，热爱民众，热爱祖国的锦绣河山，他希望国家富强，民众都能够安居乐业，生活富足。他在为官时曾有机会南下北上，饱览祖国的大好山河，写下不少讴歌山水风光的游览之作。他归隐之后对家乡的山山水水、美丽风景更有许多真切的描绘。但是他的这些写景诗却又不是单纯的、静止的写景，而是在诗中深深融合进他深沉的情感和哲理，读来能动人心弦并引人深思。如他的《游香山》诗描绘了他游历香山的种种奇观："乱峰夹翠""游人联蚁""细路一线云间垂""泉进岩薮银虹驰""一声啼鸠百花落，两崖红雨春淋漓"，从早到晚他陶醉在香山的美景之中，诗的结尾却道："斜阳忽将暝色至，山灵应怪归鞍迟。人间胜事忌多取，毋使乐极还生悲。"使这样一首写景诗平添出一种深深的哲理意味。又如他的《上都道中》云："穷迮惟沙漠，昔闻今信然。行人鬓有雪，野店灶无烟。白草牛羊地，黄云雕鹗天。故乡何处是？愁绝晚风前。"一方面写出了北方沙漠的荒凉空阔，另一方面也抒发了他对故乡深深的思念之情。而其《黄州道中》诗在描写南国景色的诗句中又深含他对归隐生活的向往之情："濯足常思万里流，几年尘迹意悠悠。闲云一片不成雨，黄叶满城都是秋。落日断鸿天外路，西风长笛水边楼。梦回已悟人间世，犹向邯郸话旧游。"诗中对世外生活的向往之情可谓溢于言表。

他的《我爱云庄好》组诗道出了他对家乡的爱，对归隐生活的爱。

他道：

> 我爱云庄好，溪流转玉虹。惊飙荷背白，残照鸟身红。远意微茫外，真欢放浪中。终身能若此，甘作灌园翁。
>
> 我爱云庄好，衡门昼寂然。苔香花覆砌，石润竹通泉。独处蓬为室，闲游杖挂钱。白头乡社里，未觉愧前贤。

张养浩热爱家乡，他的诗作曾不断讴歌家乡的山水名胜。大明湖、趵突泉、珍珠泉、金线泉、华不注山以至泰山等风景名胜地，无不留有张养浩的歌诗。他《登泰山》写山势峻伟及日出的灿烂道："万古齐州烟九点，五更沧海日三竿。"《登历下亭》写他为家乡人杰地灵而自豪："翠绕轩窗山陆续，玉萦城郭水周遭。风烟谁道江南好，人物都传海右高。"张养浩诗赞《趵突泉》："物平莫如水，堙阻乃有声。云胡在坦夷，起立若纷争。无乃沧溟穴，漏泄元气精。不然定鬼物，博激风涛惊。奇观天下无，每过烦襟清。茫茫彼区域，载物良不轻。微水坤焉浮，非天水奚生。孰知一脉许，而与天地并。因之有真悟，日晏忘濯缨。"歌颂了泉水的奇特以及诗人对其水的热爱和感悟。虽是写景咏景，却也表达了诗人对人事世事的联想：每当观此泉，则犹如洗涤了胸襟，那一切烦恼全会被抛到九霄云外；而此一脉清泉却又和天地相通连，自己虽为一官，不也和天下社稷相关，岂可不尽职尽责为民为国而效力？后人所谓"天下兴亡，匹夫有责"，张养浩此诗已深悟此理。正因为张养浩心中时时装有国事、政事，所以他的登临山水写景咏物诗，皆多人生慨叹，多含有较深的社会意义。周永年《归田类稿序》言，"公家于云庄，辞聘侍亲者十余年，于环城之溪光山色，刻画清新，为诸家所未及"，正道出张养浩所写关于其家乡的诗作具有重要的历史意义和审美价值，是山东文学一份宝贵的遗产。

他在《晚霁》诗中道："田园无限乐，夫岂为逃名？"在《晨起》诗中道："村居真可喜，触处是诗题。"其《郊居许敬臣廉使见过》诗所写"从仕非不佳，其奈多掣肘。所以明哲人，往往去之陡"，就写出了他在官场上备受压抑而毅然辞官的原因。归隐后，他由衷地歌颂"无官一身轻"的自由自在的田园生活和田园风光。他有《拟四季归田乐》组诗，其《春》诗道：

日月底天庙，阳瘅土脉生。习习协风来，颙颙众蛰惊，农人服厥亩，薄言事春耕。缺堤流汩汩，灌木鸣嘤嘤。白扉飐青帘，绿野明丹英。蚕妇喜形色，牧竖歌传声。天随野色遥，山与吟怀清。向来悭一际，今者幸四并。倘佯子真谷，万事秋毫轻。

诗歌描述了春暖花开，农民和蚕妇的喜悦，作者置身于这样的良辰美景之中，心情无限轻松欢快，表现了他辞官归隐后的"一身自由"。其《郊行》诗在描写了郊野辽阔苍茫的景色之后所写的"平生喜清晨，揽之欲杯吸。讵惟可乐饥，亦足已沈疾。幽闲自能年，直恐人未识。千载桃源春，莫谓访无迹。"同样表现了他对归隐生活的向往和咏歌。

张养浩一生为人忠正，他教育他的儿子也要为人正直，忠心报国。其《寿子——示引也》诗先是以历代名人典故为其子树立典范，说："周仲孝显，汉良智彰。释之平决，博望远扬。折辕有湛，埋轮有纲。吴悝昭直，蜀贤飞刚。五龙佐宋，九龄辅唐。睢阳之节，山斗与昂。"然后说到自家："天开皇元，有公有卿，凡吾之胄，皆时之望。"他历数了其祖、父辈的勤苦与高尚人品，讲述了他自己的人生经历，满怀深情地告诫儿子说："被圣与贤，非四耳目。第性甚染，不汩于欲。夫道非远，在志之笃。维志之笃，无坚不窟，无远不躅；无高不升，无深不瞩。其弱可强，其暗可煜；铁焉可金，石焉可玉。毋小成是桔，毋细娱是逐；毋师友是拂，毋祖宗是辱。"这就是说他要求儿子要胸怀大志，人皆可以为圣贤，要做生活中的强者。为此他要求儿子加强自我修养："维人之心，匪恶伊善。由弗修养，道乃违叛。处彼下流，只将欵怨。粤天地分，岁月无算。此身始有，胡忍涂炭。"他道："古人遗训，方册具见。吾指其南，汝进毋惮。"拳拳父子深情溢于言表，正直坦荡的胸怀，光明正大的思想，令人肃然起敬。

张养浩的诗作以其情感真切，朴实无华赢得了人们的喜爱。他的文作也同样厚重实用，不为浮夸之词。因此时人孛术鲁翀为其《云庄类稿》作序道："本朝牧庵姚文公以古文雄天下，天下英才振奋而宗之，卓然有成，如云庄张公，其魁杰也。"又道："其文渊奥昭朗，豪宕妥帖。其动荡也，云雾晦冥，霆砰电激；其静止也，风熙日舒，川岳融峙，绰有姿容。辟禽禽顿，辞必己出，读之令人想象其平生，千载而下，凛有生气，不可磨灭，斯足尚矣"。清人顾嗣立编《元诗选》称张养浩诗歌："其风致潇洒，亦在元和、长庆间也。"这些评价都道出了张养浩诗文的特色。可以说张养浩的诗文之作继承了唐代元、白的平易诗风和韩、欧文通字顺、辞必己出的文风。

三　散曲豪放　多姿多彩

散曲在元代是一种新兴的文学艺术样式，它不同于传统的诗歌——唐诗和宋词。曲与诗词最大的区别就在于它是诗词内容和形式两方面的一次大解放。散曲不必"温柔敦厚"，不必"含而不露""温文尔雅"，不必受传统功利的束缚。散曲，"想怎么唱就怎么唱""心里怎样想，就怎样唱"，酣畅淋漓，吐尽胸臆，在固定的格式中可以自己随意添加字句，这就使它一时广为流行。当然受传统束缚的文人对这种新兴的文学不屑一顾，嗤之以"俗"，但是也有相当一批文学家看到了这种新兴文学的生命力和审美价值，他们敢于"反传统"，大力向民间学习，使这种新兴的文学样式终于在上层社会间也流传开来。张养浩就是在元代散曲基本"登堂入室"的情况下，在山东这个散曲"摇篮"的造就下，熟练地掌握了这种样式，并进行了大量的创作，这就使他成为中国散曲史上一大名家，继杜善夫之后揭开了山东散曲史新的篇章。

张养浩的时代与杜善夫所处的改朝换代之际，时局动荡不安的情况，已大不相同。此时元朝政局已相当稳定，各项法规也基本建立，蒙古统治者已在很大程度上接受了汉族的治国经验，恢复了停止七八十年的科举制度，在元朝出生的一代人也认可了他们所处的客观环境。所以为大元朝效力，尽忠元代朝廷，已成为许多人的人生目标。张养浩也不例外。然而蒙古贵族所奉行的种族统治政策却没有改变，汉人被歧视的情况并没有改变，在官场上蒙古贵族的种种特权越来越多、越来越大，这就使张养浩这样的为官者自然会生有一种不被信任的心理，有一种与蒙古统治者天然的隔阂。特别是张养浩又亲身经历了宦海浮沉，对官场内部的种种腐朽与钩心斗角有了深深地了解，切身的体验，他就忍不住要宣泄他心中的不满、激愤、牢骚以及其他种种复杂的情感。而传统诗词的庄重典雅、含蓄委婉，不可能使他情感痛痛快快地表达，他也就自然而然选择了新兴的散曲作为抒发他胸怀的最好形式。由于人在官场身不由己，处处需要防范，就不可能经常流露真情，所以张养浩大量散曲创作是在他辞官休居时所作。

张养浩和那些忘情世事的"世外高隐"不同，他的散曲散发着浓烈的时代气息，与当时的社会生活有着紧密的联系，这就使他的曲作具有时代反光镜的作用。同时由于他在曲作中融入了真实的思想情感，尤其是充满了对民众苦难生活的深刻同情，就使他的曲作又具有强烈的民主性和深刻的社会意义。张养浩散曲的一个重要内容就是写他为官的感受，写他对自己为官生活的回忆和反省。这些曲作集中表现的是通过感叹官场和仕途的险恶，来揭露元代政治的腐败和官场生活的可怖。其［中吕·红绣鞋］《警世》（或名《悟世》）曲道：

才上马齐声儿喝道，只这的便是送了人的根苗。直引到深坑里恰心焦。祸来也何处躲，天怒也怎生饶？把旧来时威风不见了。

此曲明明白白告诫世人：做官，就是祸患的根苗。官越大，权越大，祸患也就越大。很多人不明白，却还要争着去做官，到头来"惹祸上身"后悔也就晚了。他的［沉醉东风］曲更道：

班定远飘零玉关，楚灵均憔悴江干。李斯有黄犬悲，陆机有华亭叹。张柬之老来遭难，把个苏子瞻长流了四五番，因此上功名意懒。

万言策长沙不还，六韬书云梦空叹。只为他进身的疾，收心的晚，终不免有许多忧患。见了些无下梢从前玉笋班，因此上功名意懒。

他纵观古今历史，得出结论说："功名百尺竿头，自古及今，有几个干休？一个悬首城门，一个和衣东市，一个抱恨湘流，一个十大功亲戚不留，一个万言策贬窜忠州，一个无罪监收，一个自抹咽喉……，仔细寻思，都不如一叶扁舟。"（［双调·折桂令］）他又道："在官时只说闲，得闲也又思官。直到教人做样看，从前的试观，那一个不遭灾难？楚大夫行吟泽畔，伍将军血污衣冠，乌江岸消磨了好汉，咸阳市乾休了丞相。这几个百般，要安，不安。怎如俺五柳庄逍遥散诞。"（［双调·沽美酒兼太平令］《叹世》）在休官隐居的生活中他一再反思说："中年才过便休官，合共神仙一样看。出门来山水相留恋,倒大来耳根清眼界宽。细寻思这的是真欢。黄金带缠着忧患,紫罗襕裹着祸端,怎如俺藜杖藤冠。"([双调·冰仙子])他的曲作所唱决没有丝毫矫情,而是他自己官场生活的体验和真切感受。他曾勇敢地向皇帝上"万言书",大胆批评朝政,也曾受迫害变姓改名逃离朝廷。他对官场的所谓"荣华富贵"到底是怎样一回事是最清楚不过了。其[中吕·朱履曲]即道:

> 那的是为官荣贵?止不过多吃些筵席,更不呵安插些旧相知,家庭中添些盖作,囊箧里攒些东西。教好人每看做甚的!

张养浩以极其鄙夷的态度揭示了那些可鄙又可怜的官场小丑们的龌龊举止,他由现实拓展思路,回顾中国悠久的历史,他看到的是:

> 骊山四顾,阿房一炬,当时奢侈今何处?只见草萧疏,水萦纡,至今遗恨迷烟树。列国周齐秦汉楚,赢,都变做了土;输,都变做了土!([中吕·山坡羊]《骊山怀古》)
>
> 秦王强暴,赵王懦弱,相如何以为怀抱。不量度,剩粗豪,酒席间便欲伐无道。倘若祖龙心内恼,君,干送了;民,干送了!([中吕·山坡羊]《渑池怀古》)

他更看到在争王争霸的权势争斗中,在朝代兴亡交替中,一个个统治者谁也不关心民众的死活,百姓们却总是处于被驱使、被宰割的地位。他因而在《潼关怀古》曲作中发出震撼千古的感叹:

> 峰峦如聚,波涛如怒,山河表里潼关路。望西都,意踟蹰。伤心秦汉经行处,宫阙万间都做了土。兴,百姓苦;亡,百姓苦!

正因为张养浩对官场生活有清醒的认识,所以他能做到不迷恋功名利禄,急流勇退。他批判了历代那些"愚忠"人物,虽然他对他们的人品、业绩都很敬重,但是他决不认同他们为昏君、暴君"殉葬"的行为。他"出仕以行道""进退皆在为""以义处命"。许有壬《张文忠公年谱序》

所言"公以布衣入京,历登枢要,道不合即去"(《至正集》卷三十四),正说出了张养浩为官为隐的一个生活准则,那就是人生之行为要合乎道义。所以他的归隐与一般人并不相同。他的〔双调·雁儿落兼得胜令〕道:

  也不学严子陵七里滩,也不学姜太公磻溪岸,也不学贺知章乞鉴湖,也不学柳子厚游南涧。俺住云水屋三间,风月竹千竿。一任傀儡棚中闹,且向昆仑顶上看。身安,倒大来无忧患;游观,壶中天地宽!

他不学的是不问世事式、求终南捷径式、御赐归隐式和被放逐无奈式,他追求的是淡泊名利,但不忘世事,他敬慕的是功成身退。所以他的〔雁儿落兼得胜令〕又唱道:"抖擞了元亮尘,分付了苏卿印。喜西风范蠡舟,任雪满潘安鬓。乞得自由身,且作太平民。"〔中吕·朱履曲〕唱道:"正胶漆当思勇退,到参商才说归期,只恐范蠡张良笑人痴。抻着胸登要路,睁着眼履危机,直到那其间谁救你?"无论进退出处他所想的就是如何"行道""尽义"。他在给其好友元明善送行时写的《送元复初序》即明确说:"用则经纶天下不以为夸。否则著述山林不以为歉。盖经纶所以行道,著述所以传道,其深沉显晦虽若不同,揆诸事业则埒也。"他劝人如此,他自己更是这样说,并且也是这样做的。数年归隐生活,一旦听到百姓受灾,需要他去救助,他竟毫不犹豫立刻登程,重新出仕。他的陕西救灾这一段仕途生活,乃是他人生和文学创作最光辉的阶段,他的思想品德达到了封建社会仕人最高的境界——为了民众,他已经到了忘我工作的地步。他的曲作比他的诗文更直接表达了他高尚的情感。试看他所作〔中吕·喜春来〕:

  路逢饿殍须亲问,道遇流民必细询,满城都道好官人。还自哂,只落的白发满头新。
  亲登华岳悲哀雨,自舍资财拯救民,满城都道好官人。还自哂,比颜御史费精神。
  乡村良善全生命,廛市凶顽破胆心,满城都道好官人。还自哂,未戮乱朝臣。

这些曲作真实地表达了他在救灾时的慈善行动和慈悲胸怀,以及满城百姓对他的赞誉,他在赞誉面前的种种感受。一个平易近人、关心群众的良吏形象跃然纸上。在这当中他的喜怒哀乐已和广大群众息息相通。他的〔双调·得胜令〕《四月一日喜雨》曲高唱:"万象欲焦枯,一雨足沾濡。天地廻生意,风云起壮图。农夫,舞破蓑衣绿;和余,欢喜的无是处!"〔南吕·一枝花〕《咏喜雨》又唱道:

用尽我为民为国心,祈下些值玉值金雨。数年空盼望,一旦遂沾濡。唤省焦枯,喜万象春如故。恨流民尚在途,留不住都弃业抛家,当不的也离乡背土。

〔梁州〕恨不的把野草翻腾做菽粟,澄河沙都变化做珍珠。直使千门万户家豪富,我也不枉了受天禄。眼觑着灾伤教我没是处,只落的雪满头颅。

〔尾声〕青天多谢相扶助,赤子从今罢叹吁。只愿的三日霖霪不停住,便下当街上似五湖,都淹了九衢,犹自洗不尽从前受过的苦。

两首曲子,一为小令,一为套数,小令重在抒发他在灾情严重的救灾现场忽然久旱逢甘雨,和农民一起喜悦无比的情怀;套数则不仅表现他对降雨的喜悦,而且还表现了他对恢复生产的希望,对流民生活无着的关心。他确实是"用尽为民为国心",也确实是封建社会里一位难得的好官人。

但是这样一位好官在当时并不得志,还身受迫害,所以张养浩的散曲更多的内容是表现他对隐居生活的歌咏。在大自然的怀抱里他心灵的创伤得到熨帖,他的心境趋于平和。他在〔中吕·十二月过尧民歌〕讴歌他的恬静和快慰道:

从跳出功名火坑,来到这花月蓬瀛。守着这良田数顷,看一会雨种烟耕。倒大来心头不惊,每日家直睡到天明。见斜川鸡犬乐升平,绕屋桑麻翠烟生。杖藜无处不堪行,满月云山画难成。泉声,响时仔细听，转觉柴门静。

他辞官还家，就像发现了新大陆似的那么欣喜，这里是那么宁静，那么舒服，那么叫人心旷神怡。他回忆官场上是"忧与辱常常不曾离"，直到辞官回乡才发现"却原来好光景在这里"（[中吕·朱履曲]）。他对这一"新世界"遂竭力歌颂，他赞美家乡的山水风光，他将自己也化入了山山水水之中。其［双调·雁儿落带得胜令］曲道：

云来山更佳，云去山如画。山因云晦明，云共山高下。倚杖立云沙，回首见山家。野鹿眠山草，山猿戏野花。云霞，我爱山无价。看时行踏，云山也爱咱。

大自然的美更是由于心境的变化才能够加以领略。所以张养浩不少曲作又直抒其胸臆，明明白白道出他对官场的厌恶和对归隐的欢呼。由于他为官不在于追求个人名利，所以他辞官毫无失落感。他道："说着功名事，满怀都是愁。何似青山归去休。休，从今身自由。谁能够，一蓑烟雨秋。"（[南吕·西番经]《乐隐》）他又道："楚《离骚》谁能解？就中之意，日月明白。恨尚存，人何在？空快活了湘江鱼虾蟹，这先生畅好是胡来。怎如向青山影里，狂歌痛快，其乐无涯。"（[中吕·普天乐]）

他在村居生活中探讨人生义理，思考人当如何为人，又写出了歌颂中华民族传统美德的散曲，同时从中也表露了他自己高尚的人品。这些曲作直到今天仍不失有格言意义。如［中吕·山坡羊]：

人生于世，休行非义，谩过人也谩不过天公意。便攒些东西，得些衣食，他时终作儿孙累。本分世间为第一，休使见识，干涂甚的？

无官何患，无钱何惮，休教无德人轻慢。你便列朝班，铸铜山，止不过只为衣和饭，腹内不饥身上暖。官，君莫想；钱，君莫想。

休学谄佞，休学奔竞，休学说谎言无信。貌相迎，不实诚，纵然富贵皆侥幸，神恶鬼嫌人又憎。官，待怎生；钱，待怎生。

这些曲作和他在《为政忠告》所讲的要公心勤政、仁义爱民、正己济人、以传道行道为终身事业是一致的。他克己奉公,关心民生,轻名利,重节操,严以律己。在《庙堂忠告》之《修身第一》篇他曾道:"所谓善自修者何?廉以律身,忠以事上,正以处身,恭谨以率百僚,如是则令名随焉,舆论归焉,鬼神福焉,虽欲辞其荣,不可得也。所谓不善自修者何?徇私忘公,贪无纪极,不戒覆车,靡思报国,如是则恶名随焉,众毁归焉,神鬼过焉,虽欲避其辱,亦不可得也。"他这样想,所以他的曲中也反复强调"于人诚信,于官清正,居于乡里宜和顺""与人方便,救人危急,休趋富汉欺穷汉""金银盈溢,于身无益,争如长把人周济""如何是良贵,如何是珍味,所行所做依仁义。淡黄齑,也似堂食,必能如此方无愧,万事莫教差半米。天,成就你;人,钦敬你。"

张养浩的散曲今存160余首,是元代散曲家作品留存数量较多者之一。明人朱权在《太和正音谱》书中称张养浩之曲作如"玉树临风",正说明在元代散曲家中,张养浩之作别具一格:旷达真诚、坦率平和,一如其人,老成持重、忠厚洒脱。其精神和他的诗文一脉相通。所以李昌集在《中国古代散曲史》评价张养浩的散曲说:"诸曲质朴老健,'诗'的格调更明,而'曲味'亦甚纯熟自然,体现了张养浩的一贯风格。然其动人所在,艺术性已在其次,其间充溢的诗人与百姓同忧喜的感人情怀,一种自觉承担的社会责任感,在整个散曲史上都是极难见到的可贵之作,从而使张养浩在散曲史上的分量更增一层。"[①] 在山东散曲发展史上张养浩则是一个里程碑式的人物。

---

① 《中国古代散曲史》,上海:华东师范大学出版社1991年版,第553页。

第八章 余 论

第一节 作为文化现象出现的戏曲重镇——东平

东平，自宋金以来便为雄藩大郡。在蒙古灭金和元代初期，东平在山东"世侯"严实父子多年经营下，遂成为山东地区一个政治、经济、文化中心。后来元朝朝廷为了便利南粮北运，疏通开掘南北大运河，在山东段，东平地区又恰值河道流经之地。在元世祖至元年间会通河开凿成功，大运河中断百年后恢复航行，东平临河一带就水运繁忙，舟船往来如梭，富商大贾多聚集于该地。《马可·波罗游记》第62章《东平州》曾记述当时繁华景象说："这一座雄伟壮丽的大城市，商品和制造业十分丰盛。""大河上千帆竞发，舟楫如织，数目之多，简直令人发指，难以置信，""只要观察河上的船舶穿梭似的往返不断，载着最有价值的商品的船只的数量和吨位，确实就会使人惊讶不已。"漕运，使东平地区的商业经济、城市文化更加急剧发展，畸形繁荣。当时新兴的戏曲——元杂剧，本是市民通俗文艺，自然就会在东平这样一个客观条件良好的地区很快滋生繁衍、迅速发展，东平成为当时一座戏曲重镇则是自然而然的事情了。

一 兴学重教 礼聘贤士

蒙古初下中原，依照草原建国旧习，把动乱中"自然形成"的军阀割据地区，凡归附者，皆顺势变为封建领区。金朝东平行台部将、长清人严实，先看金朝不可靠，叛金投宋，南宋封他为"济南治中"节制太行以东。1220年严实又感到宋不可恃，遂率所部彰德、大名、磁、洺、恩、博、滑、浚等州户三十万归依蒙古政权，不久他又取曹、濮、单三州，攻占东平，便行台东平，蒙古政权授他为金紫光禄大夫、行尚书省事，东平路行军万户,领州县54,辖今山东西南、河北南部、河南北部三省交界的大片地区。成为山东一个势力强大的"世侯"。严实治理东平,可以说是井井有条。元好问《东平行台严公神道碑》称:"初,贞祐南渡(1213),豪杰乘乱而起,四方之人,无所归命。公据上流之便,握劲锋之选,威望之著,隐若敌国。人心所以为楚为汉者,皆倚之以为重。""公以百城长东诸侯者十五年矣。始于披荆棘、扦豺虎,敝衣粝食,暴露风日。挈沟壑转徙之民,而置之衽席之上,以勤耕稼,以丰委积。公帑所积,尽于交聘、燕飨、祭祀、宾客之奉,而未尝私贮之。辟置俊良,汰逐贪墨,颐指所及,竭蹶奉命。不三四年,由武城而南,新泰而西,行于野,则知其为乐岁;出于途,则知其为善俗;观于政,则知其为太平官府。"金元之际中原萧条,而东平却相对安定繁荣。1240年严实死后,其子严忠济继为东平路管军万户总管,行总管府事,所辖范围仍然如旧。《元史·严忠济传》曰:"开府布政,一法其父,养老尊贤,治为诸道第一。"到至元五年(1268)忽必烈以东平为散府,至元九年(1272)改为下路总管府,东平所辖才定为6县,即须城、东阿、阳谷、汶上、寿张、平阴。东平在严实父子经营下局面稳定,兴学重教,礼聘贤士,遂使东平出现文化空前繁荣的景象。东平成为戏曲重镇正是在这种文化繁荣的基础上才得以形成的。

严氏父子很懂得人才的重要。在元军粗暴杀掳抢掠的时候,严氏父子则忙于搜罗"无家可归""无所依靠"的文人名士。因此一时间东平就集中了大批金亡后的名流人物,年长一些的像王磐、王鹗、商正叔、商挺、杜善夫、张仲经、宋子贞、李冶、李昶、刘肃等,他们为治理东平、繁荣东平文化都做出了重大贡献。严氏父子在他们积极建议下办了三件大得民心之事:

1. 以德教民,以礼养士。

严实父子宣扬孔孟仁慈爱民的王道,在东平实行仁政文治。元好问《东平行台严公祠堂碑铭》即记严实所行道:"中岁之后,乃能以仁民爱物为怀。"不仅在战争中"计前后所活,无虑数十万人",而且他为难民"辟四野,完保聚,所至延见父老,训饬子弟,教以农里之言,而勉之孝弟之本。恳切至到,如家人父子,初不以侯牧自居。"元好问在《东平府新学记》一文更记府学师生共言:"严侯父子崇饰儒馆以布宣圣化,承平文物顿还旧观。"孔子和邹、衮两公及十哲塑像于大厅,七十子、二十四大儒像绘画于"贤廊",孔子后裔在府学亲自执教,名儒王磐、康晔主其教事。东平风气为之大变。

2. 兴学重教,培养人才。

严实父子办起东平府学,不仅吸引大批名流学者聚会,还为元朝培养了大批政治人才和文化人物。后起之秀王构、李谦、徐世隆、王旭、孟祺、阎复、高文秀、张时起等著名官宦,同时也是当时的名士或著名杂剧家,都是受到了东平学府的栽培才得以成才的。《元史》严仲济传和宋子贞传即说:"东平庙学(即府学)故隘陋,改卜高爽地于城东,教养诸生,后多显者。幕僚如宋子贞、刘肃、李昶、徐世隆俱为名臣。"

3. 礼乐化民,尊孔兴乐。

金亡以后,严实把孔子五十一代孙孔元措,从汴京请至东平。严氏父子治理东平的四十多年间,就数次去曲阜祭孔,意在宣扬仁义礼乐,反对野蛮政治,东平在当时实际已成为人们心目中的"王道乐土"。清《济南府志》卷六八《艺文》四《长清庙学碑阴记》即称:"严武惠公称藩于东平,以长清为汤沐邑。往来其中,能折节下士。将军李公及崔县丞、张县丞,诸家举好士。夫杜止轩征君而又世为邑人,故河洛名士禽然向风,如曹南商正叔先生商公,参政江孝卿、崔君佐,隆安张仲经,太原杨震亨,冀州李仲敬,徐州赵仲祥,汴梁赵季夫辈,乐聚此邦,文风于是在此。衣冠俎豆之仪,春秋朔望如礼,齐鲁上郡迹来取法。"

史书关于东平文化勃兴的情况多有记述。《元史·阎复传》记:"严实领东平行台,招诸生肄进士业,迎元好问校试其文,预选者四人,复为首,徐琰、李谦、孟祺次之。"《元史·宋子贞传》载:"金士之流寓者,悉引见周给,且荐用之。拔名儒张特立、刘肃、李昶辈于羁旅,与之同列。四方之士闻风而至,故东平一时人才多于他镇。"宋子贞又参议东平路事,兼提举太常礼乐,兴庙学。传称:"子贞作新庙学,延前进士康晔、王磐为教官,招致生徒几百人,出粟赡之,俾习经艺。每季程试,必亲临之。齐鲁儒风,为之一变。"《元史·选举志》记:元太宗九年(1237)东平开科举"得杨奂等,凡若干人,皆一时名士"。杨奂(1186—1255),字焕然,号紫阳。本是奉天人。金亡,至东平,参加科考,两中赋论第一,由是出名,成为蒙元时期著名的汉人大臣、名士,也是当时著名的诗文作家，著作有《还山遗稿》2卷。

东平为元初礼乐人员的集训地。《元史·礼乐志》关于元代的"制乐始末"，记载元太宗十年（1238）窝阔台接受孔子五十一代孙孔元措建议，令"亡金知礼乐旧人，可并其家属徙赴东平"。十六年即乃马真后三年（1244）"大乐令苗兰诣东平，指授工人，造琴十张"；蒙哥二年（1252）"命东平万户严仲济立局"，此后朝廷有礼乐活动，乐队则调出，礼毕还东平。元好问《东平府新学记》记元宪宗二年（1252）严忠济在东平设立乐局，"访太常所隶直官歌工之属，备钟磬之县，岁时阅习，以宿儒府参议宋子贞领之"。东平礼乐大兴，"四方来观者，皆失喜称异，以为衣冠礼乐尽在是矣"。直到元世祖忽必烈时朝廷礼乐还要不断从东平调选专门人才。东平的礼乐发达，东平人才和乐工的聚集，势必推动文学艺术在该地的发展，也就促使其地散曲、杂剧能迅速发展。东平一带流行民间小曲在当时很有名气，元人燕南芝庵所著《唱论》就记载说："凡唱曲有地所，东平唱［木兰花慢］……"杜善夫在东平写下了著名的散曲［般涉调·耍孩儿］《庄家不识勾栏》，曾详细描述了戏曲在东平演出的情形。杂剧家产生于东平，杂剧也演出东平之事或以东平为背景。佚名作者所作杂剧《王矮虎大闹东平府》第三折写东平元宵节演出戏曲的情况道："自家东平府在城社长，时逢稔岁，节遇上元，在城内鼓楼下作了一个元宵社会，数日前出了花招告示。俺这社会，端的有驰名散乐，善舞的歌红，做几段笑乐院本，搬演些节义戏文。更有那鱼跃于渊的筋斗，惊心惊眼的百戏。"真实记载了东平演出繁盛，有艺术水平很高的专业戏班和声名卓著的演员。《宦门子弟错立身》就写剧中女主人公是"东平散乐王金榜"到洛阳演出。正由于严实父子多年经营，并维护东平的安定，兴学重教，礼贤下士，才使那里文化气氛浓厚，文学艺术得以蓬勃发展。

二 诗文兴盛 作家云集

东平的文化繁盛，一个突出表现就是一时涌现出一大批文人作家，其中不少是蜚声当时文坛的著名诗人。如王旭、王构和客居东平的王磐，都以文章闻名于时，天下号其为"三王"。王磐（1202—1293）长期居于山东，任官山东，曾被严实迎为东平府学教师。他主张"文章以自得不蹈袭前人一言为贵"，又说："为学务要精熟，当熔成汁，泻成锭，团成块，按成饼。"所以他所作文词波澜宏放,浩无津涯;却又不取尖新以为奇,不尚隐僻以为高。从而得文体之正,优容典雅。为诗则闲逸豪迈,不拘一律。王构(1245—1310)字肯堂,号安野,弱冠即以词赋中选,任东平行台掌书记,后入京累官至翰林承旨。作有《修辞铨衡》。他的两个儿子王士熙(字继学)和王士点(字继志)也都是著名的诗人。王士熙官至南台御史中丞,作有《江亭集》。王士点官至四川廉访副使,编有《禁扁》等书。王士熙不仅善诗,还善散曲,在元代文坛极为活跃,其声名甚至超过乃父。王旭(生卒年不详),字景初,一生未仕,从至元初到大德年间一直教授四方,著述有《兰轩集》。其诗词文赋各种文体皆工。从〔春从天上来〕《退隐》词可见其平生志趣:"绿鬓凋零,看几度人间春蝶秋萤。天地为室,山海为屏。收浩气、入沈冥。便囊金探尽,犹自有诗笔通灵。谢红尘,且游心汗漫,濯发清冷。平生眼中豪杰,试屈指年来,稀似晨星。虎豹关深,风波路远,幽梦不到王庭。任浮云千变,青山色万古长青。醉魂醒,有寒灯一点,相伴荧荧。"

徐琰(1220?—1301),字子方,号容斋、又号汶叟,官至翰林承旨。他是严实开东平学府招元好问校试文章得选四人之一,当时人将被选四人——徐琰、阎复、李谦、孟祺称为"四杰"。徐琰诗文词曲无所不能,人称他"人物伟岸,襟度宽宏""文学吏才,笔不停思"。在当时享有文学重望。他曾与名公文士姚燧、王恽、胡紫山、侯克中、程钜夫、胡长孺、苟宗道等游宴唱和。侯克中称他:"学海汪洋萃众流,早年姓名冠鳌头。"又说他"江淮襟量雪霜姿,曾折蟾宫第一枝。北阙万言金马赋,西湖千首锦囊诗"。他作有《爱兰轩诗集》和散曲若干。散曲内容多写其游宴生活,表现了士大夫贪图享乐的情趣,但也证明了原本只在民间流行的小曲,到徐琰时代就已进入上层社会,成为文人熟稔掌握的一种新兴的俗文学样式。正因为散曲充分发展,杂剧才得以利用其套曲形式表演一个又一个动人的故事。

还有至元大德间人王祯(生卒年不详),字伯善,他于元贞初官旌德县尹,六年(1302)再调为永丰县。为官关心农务,作有《农书》,戴表元称其书"纲提目举,华寡实聚。顾旧农书有南北异宜而古今异制者,此书历历可以通贯。信儒者之用世,非空言也。"顾嗣立编《元诗选》收其诗歌为《农务集》。其每首诗皆系咏歌农业器具或与农务相关之事,与历代诗人的诗歌集比较，特色极为鲜明。不仅其诗题大都是"梯田""围田""镰""牛曳水车""蚕蔟""缫车""芟麦歌"等，让人一看就知其诗内容必与农业相关，而且其诗歌词句用语也极其通俗易懂，有的直如白话。如其《缫车》："人家育蚕忧不得，今岁蚕收茧如积。满家儿女喜欲狂，走送车头趁缫缉。南州夸冷盆，冷盆缴细何轻匀。北俗尚热釜，热釜丝圆尽多绪。即令南北均所长，热釜冷盆俱此轩，轩头转机须足踏，钱眼添梯丝度滑。非弦非管声咿轧，村北村南响相答。妇姑此时还对语，准备吾家好机杼。岂知县吏已催科，不时揭去无余纼。迫索仍忧宿负多，车乎车乎将奈何？"该诗不仅写出缫丝的进步，更写出在苛捐杂税的重压下，蚕虽丰收，农人却仍不堪官吏催逼之忧。王祯的诗作与那些不关世事者之作实为两途。他的爱民之心，为民之情溢于诗外，读其诗就如见其人。

元代东平的诗文作家除却上述者外，文献所载还有一些人物。他们大体情况可见下表：

姓名	字号	生卒	仕履事迹	著作	文献记载
王俣	朋益	不详	大名路总管	诗文若干	《全元文》
王宥		不详	中书郎中	诗文若干	《元诗选癸集》
王毅	栗夫	不详	中书平章	诗文若干	《元诗选癸集》
王修甫		不详		诗文散曲	《全元散曲》
吕谦	伯益	不详	广东廉访使	诗文若干	《元诗选癸集》
李昶	士都	1203—1289	山东按察使	诗文若干	《元诗选癸集》
李谦	受益、野斋	1233—1311	翰林承旨	诗文若干	《全元文》
李之绍	伯宗、果斋	1254—1326	翰林侍讲	诗文若干	《元诗选癸集》《全元文》
李处巽	元让	不详	湖南廉访副使	诗文若干	《元诗选癸集》
李显卿		不详	钱谷官	散曲若干	《录鬼簿》
李昌龄		不详	衢州路治中	诗文若干	《全元文》
宋渤	齐彦、柳庵	不详	集贤学士	诗歌若干	《元诗选癸集》
张崇	彦高	不详		诗文若干	《元诗选癸集》
张镃	文焕、慵庵	不详	太平路治中	诗文若干	《太平府志》《桐江续集》
陈无妄	彦实	不详	浙东宪吏	诗曲若干	《录鬼簿》
耶律有尚	伯强	1236—1320	国子祭酒	诗文若干	《元儒考略》
赵天麟		不详		诗文若干	《古今图书集成·文学典》

姓名	字号	生卒	仕履事迹	著作	文献记载
赵鸾鸾	文鸂	不详		诗歌若干	《元诗纪事》
周泰		不详	潞州同知	诗文若干	《元诗选癸集》
皇甫琰	邦瑞	不详		诗文若干	《元诗选癸集》
信世昌	云甫	不详	翰林承旨	诗文若干	《元诗选癸集》
侯谦		不详	镇江路判	诗文若干	《元诗选癸集》
郭庸	彦中	不详		诗文若干	《元诗选癸集》

还有一些作家虽然籍贯不是东平人，但曾在东平居住和生活，他们的文学创作也极大地推动和繁荣了东平的文化。严实父子开府东平，在东平建立府学，一些著名文学人士如元好问、杜善夫、张仲经、王恽、阎复等从四方纷至，都为东平文化和文学发展作出了各自的贡献，而且对整个元代文学都甚有影响，当时名声甚响。如元好问和王磐都是金朝进士，元好问被时人称为"一代宗工"，在金元之际实居文坛盟主的领袖地位；王磐则入仕元朝，官至翰林承旨，作有《鹿庵集》，其"人品高迈，气概一世""持文柄者余二十年，天下学子士大夫想闻风采，得从容晋接，终身为荣"。杜善夫则为一代名士，被人尊为"滑稽之雄"，在山东和全国都很知名。元好问、王磐和杜善夫在东平都居于师长地位，他们曾培养教育出一大批政治和文学人才。他们带头运用新兴的散曲写作，尤其元好问和杜善夫的散曲作品都有开创性，广为流传，使东平的散曲创作蔚然成风。就连严实之子严忠济（1210？—1293）也成为当时有名的散曲家之一。他所作的［越调·天净沙］曲尤为有名："宁可少活十年，休得一日无权。大丈夫时乖命蹇。有朝一日天随人愿，赛田文养客三千。"该曲真实地表达了汉人王侯被剥夺兵权的牢骚和不满，在当时颇能引起一些人共鸣。东平散曲作家还有徐琰、王继学、王修甫、陈无妄、李显卿等，由于散曲是戏曲形成和发展的基础，是杂剧创作的基础，东平散曲创作的发展，也就大力推动了杂剧在东平的迅速发展，出现了一批著名戏曲作家和剧作，使东平成为当时名闻全国的戏曲重镇。

三 戏曲之乡 杂剧辉煌

东平的戏曲创作和演出，当时在全国可谓名列前茅。东平是有名的

"戏曲之乡",有元一代曾涌现出很多著名的剧作和戏曲家。比如高文秀,就是元代著名的"水浒戏"创作专家,当时人号称他为"小汉卿"。其杂剧创作数量有三十多种,仅次于关汉卿。就此一个高文秀,就可使人对东平戏曲状况刮目相看了,然而东平却并不仅仅是只出了一个高文秀。东平还有一批闻名全国的杂剧作家,他们是曹元用、张寿卿、张时起、顾仲清、陈无妄、赵良弼、李显卿等。张寿卿以一本《红梨花》剧名动全国,前面也已说过,这里只论尚未说及的几个作家。

曹元用(1275—1329)字子贞,号超然,是当时名士之一。他家世居阿城,后徙汶上。他游京师时得到阎复的举荐,历官翰林编修至侍讲,从而文名大振,与济南张养浩、清河元明善被时人并称为"三俊"。作有诗文集《超然集》40卷。戴表元评其文有秦汉之风,曾盛为赞誉。他的散曲创作在当时也很有名,《录鬼簿》和《太和正音谱》都把他列为著名散曲家之一。所以没有把他放在前面东平诗文作家里介绍,却放在戏曲部分述说,是因为据张大复《寒山堂曲谱》载,曹元用作有一部南戏《风流王焕百花亭》。由此可见东平戏曲家不仅创作杂剧,而且对南戏发展也尽了一份心力。《百花亭》戏源于民间传说。据元人刘一清《钱塘遗事·戏文诲淫》记:戊辰、己巳间,即1268—1269年间,《王焕》戏文盛行都下,《百花亭》可能在改写中寓于了时代意义。故事大概是说王焕与洛阳名妓贺怜怜相遇百花亭,两人相约结为夫妻。可是西延边将高远来到洛阳,也看中贺怜怜,他要买下贺。王焕因囊中羞涩,被鸨母赶出妓院,鸨母要把贺卖给高远。贺怜怜托卖查梨条的王小二找到王焕,赠其路资,劝他往西延立功。王焕投奔经略钟师道,因立功被授官为西凉节度使。高远买贺怜怜所用的钱乃是置办军需款,事发,高远被拘审,贺怜怜即道她本是王焕之妻。于是经官断,王焕与贺怜怜团聚。可惜该戏仅存残曲一支。曹元用曾到江南一些地方为官游历,根据当地的曲调写作南戏是顺理成章之事。张大复还记载了马致远、刘唐卿、史樟等杂剧家作南戏的事,说明在杂剧风行全国之时南戏也有一些作家进行创作,他补充了《录鬼簿》所记南戏创作的情况。虽然张大复所记晚出,但他所记绝不是无稽之谈,而是很珍贵的文献资料。曹元用所作诗文散曲和南戏大都失传,这是一种莫大的遗憾。这里录其所作《介春堂》诗歌,可以想见其人:"光阴迅流矢,富贵等浮沤。昨日少年今白首,华构咫尺归荒丘。人生贵适意,栖栖欲何求？肘印大如斗，不及春介堂上一杯酒。可以消百虑，可以介眉寿。况有苍鹰白鹤翔座隅，琼树照耀青芙蕖。洞庭云璈奏和响，双成玉佩鸣清虚。玉仙人，真吾侣，便须日日陪尊俎。尽把西湖酿春酒，三万六千从此数。"

张时起（生卒年不详），字才英，一作才美，与高文秀系同窗，亦是东平府学生员。同时他也是一位著名的杂剧作家。所作剧有《昭君出塞》《霸王垓下别虞姬》《沉香太子劈华山》《赛花月秋千记》等4种。《昭君出塞》是一个古老的传说故事，讲述汉元帝时宫女昭君远嫁匈奴之事。史实与传说颇有歧义，因为在传说中不断夹杂了不同时代不同人的情感因素。元代更赋予这一传说以民族情感，以反抗蒙古族的种族歧视和种族压迫，一时间杂剧家多有以其为创作题材者。如关汉卿有《汉元帝哭昭君》，马致远有《破幽梦孤雁汉宫秋》，吴昌龄有《夜月走昭君》等。其中以马致远所作最为人所欢迎，流传至今。《别虞姬》的故事来源更早。系演说楚汉相争时霸王项羽的事迹。元代以此为题材作杂剧者尚有高文秀的《禹王庙霸王举鼎》，顾仲清的《荥阳城火烧纪信》，佚名作者的《火烧阿房宫》，另外王伯成有套曲《项羽自刎》存世。《劈华山》也是源自民间传说。南戏就有《刘锡沉香太子》，故事大意说刘锡上京考试路过华山庙，见到三圣母塑像貌美，就题诗于壁，表示愿娶圣母为妻。三圣母大怒，本想杀死刘锡，却为其真情所动，遂与刘成婚。其事被三圣母之兄二郎神知道，二郎神以其妹违犯天条，就将三圣母压在华山下。一年后三圣母产子取名"沉香"，并托人将沉香送到刘锡处。刘锡婚后即继续应考，接到三圣母送来的儿子时，他已为官。沉香长大才知自己的母亲尚在华山下受苦，就赶往华山和二郎神厮打，二郎神未能打败沉香，沉香遂斧劈华山，救出母亲。这是一个很美丽的神话传说，张时起将其编为杂剧更有助于这一传说的流传。《秋千记》大概是根据当时一段实事所写，那就是宣徽院使孛罗之女打秋千，被公子拜住看到，拜住遂向其求婚，中间又有许多曲折。因传统杂剧一本四折，演述不尽，于是此剧破例写成了六折，说明张时起创作决不胶柱鼓瑟，很善于灵活通变。尽管今天已看不到张时起剧作的原貌，但当日他的剧作对繁荣东平戏坛起了相当大的作用是毋庸置疑的。

顾仲清（生卒年不详）为至元大德间人，曾官清泉场司令。他作有杂剧两种。《荥阳城火烧纪信》又名《楚霸王火烧纪信》，歌颂"舍生救主"，是楚汉相争中的一个著名故事。《汉书·高祖本纪》所记可以参考。关于"楚霸王"的故事是元代戏曲家乐意选取的题材，各人皆借题抒发各自不同的人生感慨。《知汉兴陵母伏剑》所述也是楚汉相争中的故事。南戏即有《王陵》剧演出。剧事可参见《汉书·王陵传》："项羽取陵母置军中，陵使至，则东向坐陵母，欲以招陵。陵母既私送使者，泣曰：'愿为老妾语陵：善事汉王，汉王长者。毋以老妾故持二心。妾以死送使者。'遂伏剑而死。项王怒，烹陵母。"而敦煌变文《汉八年楚灭汉兴王陵变》所叙则更为详细，情节亦更曲折复杂。顾仲清以此事为题材作剧，意在抒发汉族兴汉的民族情绪也是显而易见的。

赵良弼（？—1328），字君卿，由东平而南迁杭州，与著名戏曲家锺嗣成为邻里，为同窗，同师著名文学家邓善之、曹克明、刘声之三先生，又同为省府吏。《录鬼簿》载他多才多能："公经史问难，诗文酬唱，及乐章、小曲、隐语、传奇，无不究竟。所编《梨花雨》，其辞甚丽。"此外他还"能楷书，善丹青"，其"为人风流酝藉，开怀待客，人所不及"。他所作杂剧《春夜梨花雨》虽不存，但能得到锺嗣成高度赞誉，可见自也出手不凡。锺嗣成的吊挽之词更对其人其作表达了敬佩之意："闲中袖手刻新词，醉后挥毫写旧诗，两般总是龙蛇字。不风流难会此，更文才宿世天资。感夜雨，梨花梦，叹秋风，两鬓丝，住人间能有几时？"

陈无妄（？—1329），字彦实，也是东平人南下杭州者，与赵良弼、锺嗣成为同窗友。后来他为衢州路吏，又迁婺州，升浙东宪吏，调福建道。《录鬼簿》载其人："性资沉重，事不苟简，以苛刻为务，讦直为忠，与人寡合，人亦难之。"但他"于乐府隐语，无不用心"，所作甚多，只是流传很少。

还有，李显卿（生卒年不详）是东平人，因他父亲任职为浙江省掾，因而迁居杭州。他后来则袭父职任钱谷官，《录鬼簿》载他"酷嗜隐语，遂通词章，作［赚煞］……总而计之，四百乐章称是。"以上几人虽然是由东平南下的曲家，其作品存留也不多，但却说明东平作为元代初期的文化发展地、戏曲重镇，曾培养出一大批文学人才，戏曲人才，这些人有的享名于当时当地，为繁荣东平文化、文学、戏曲立下汗马功劳，也有许多人从东平出发，奔向京师，奔向全国各地，他们把在东平所受到的教育，所得到的知识，撒向了全国各地，为繁荣元代的文化、文学和戏曲，东平人更是功劳多多。因此在论及元代文化、文学、戏曲，都不能不说及山东，论到山东就不能不说及东平。东平文化乃是山东文化的旗帜，是元代全国文化的繁盛地区之一。

元杂剧中所写的内容，有一些故事发生地就在东平或以东平为背景。从这方面也可以说明它是戏曲重镇。

"水浒戏"是写原本产生在山东的梁山好汉的故事，其故事发生地域会涉及东平不足为奇，就是不是东平人，甚至不是山东人的作家所写剧本也以东平人和东平事为其剧本的机杼，就不能不说东平作为当时文化戏曲重镇影响是何等广大了。比如说武汉臣所作名剧《散家财天赐老生儿》，该剧一开始，主人公刘从善一出场就道："老夫东平府人氏"，接着讲述他的家事，道他有一个侄儿先是父死，后是母亡，他只能回到伯父家里。从刘从善的道白和唱词中透露出来在金元征战之际，东平确实相对安宁，他年已60，早年经商为业，赚了不少钱财，成为东平府有名的刘员外。剧作通过他的反思忏悔道："我如今只待要舍浮财。遍着那村城里外，都教他每请钞来。缺食的买米柴，少衣的截些绢帛，把饥寒早撤开。免忧愁尽自在。"他道："我在这城中住六十年，做富汉三十载。"如果不是安定的环境他一个平民百姓是不可能靠个人经商发财的。无独有偶，还有一个非山东籍的剧作家秦简夫，他有一部名剧《东堂老劝破家子弟》，该剧人物李茂卿、赵国器，都是商人，赵国器一出场就道："老夫姓赵，名国器，祖贯东平府人氏。因做商贾，到此扬州东门里牌楼巷居住。"李茂卿一出场即道："老夫姓李，名实，字茂卿，今年五十八岁。本贯东平府人氏。"他和赵国器同乡，又一同流寓扬州，为邻里，相互往来，已经三十余岁。该剧所演虽说是在扬州的事，但主人公分明是秉承东平商人的气质和生活原则行事。讲述东平人的道德助人为乐和对东平文化的传播。元杂剧中还有一些剧作涉及东平，这里就不一一列举。

总之，东平作为元代一个戏曲重镇，是那一时代独特的社会文化背景所决定的，也是东平地区的治理者相对注重文化、培养人才、爱好新兴的散曲和杂剧这种俗文学样式的结果。还要说及的是归根结底，东平成为一个戏曲重镇乃是东平广大民众对戏曲的热爱，是他们哺育了东平的作家和演员，是他们支持了东平的作家和演员，如果没有东平民众对戏曲的支持和热爱，也就不会有东平戏曲的发展和繁荣。东平有一片好山好水好土地，更有众多热爱戏曲和文学的好民众，他们才是东平文化的真正的主体和主人翁。

第二节 "水浒戏"的文学流变意义

"水浒英雄"的故事源出于北宋末年发生于华北和华东地区的宋江等人所发动的武装起义。《宋史》卷二二《徽宗本纪》曾记述说："淮南盗宋江等犯淮阳军，遣将讨捕；又犯京东、河北，入楚、海州界，命知州张叔夜招降之。"在《宋史》卷三五三《张叔夜传》又记述说："宋江起河朔，转略十郡，官军莫敢撄其锋。声言将至，叔夜使间者觇所向，贼径趋海濒劫巨舟十余，载卤获。于是募死士得千人，设伏近城，而出轻兵距海，诱之战。先匿壮卒海旁，伺兵合，举火焚其舟。贼闻之，皆无斗志，伏兵乘之，擒其副将，江乃降。"这次起义的结局是悲惨的，统治者运用招安和镇压两手策略，又拉又打，软硬兼施，最后使起义归于失败。起义虽然失败了，但是水浒英雄的英勇斗争精神以及他们的英雄事迹却永远牢记在广大民众的心坎里，他们世世代代口口相传，并不断地进行着艺术加工。在这一流传过程中，起义的各个原型人物都发生了不同程度的变化，他们变得更完美、高大，故事情节也增加了许多离奇怪异的成分。这就产生了普遍流行于山东大地的水浒民间传说和有关水浒英雄内容的各种各样的民间故事。这些传说和故事起初是一个个的、一段段的，各地所传所讲内容也不尽相同。市井说话艺人们更各发挥其所长，讲说他们所知道的"水浒英雄"故事。如南宋罗烨《醉翁谈录》所记"小说开辟"内容，就记载了当时民间艺人讲述有以"石头孙立""青面兽杨志""花和尚鲁智深""行者武松"等为名目的水浒故事。几乎同时也就有人把市井分散的内容加以"捏合"，遂出现了一部诞生于宋元间的讲史平话《宣和遗事》。在这部书中，宋江等36人聚义故事，第一次成形。像"智取生辰纲""宋江怒杀阎婆惜"等故事情节已相当丰满。又有画家龚开面水浒英雄36人像，并作《三十六人画赞》。其所记人名、绰号和《宣和遗事》有所不同，说明民间流传讲述情况并不一致。正是在民间广泛流传水浒英雄故事的时候，一些戏曲作家就运用杂剧——这种新兴的文艺形式，来歌颂水浒英雄，表演水浒故事了。于是在中国戏曲史上就产生了以"水浒英雄"为主人公的戏剧系列，也就是"水浒戏"系列。写作"水浒戏"，山东戏曲家占有得天独厚的便利条件。他们自幼就倾听关于水浒英雄的故事传说，他们就身处水浒英雄曾经生活和战斗的地方，他们对水浒英雄的精神应当最能准确地把握。事实也是山东籍戏曲家创作了不少脍炙人口的"水浒戏"，但是水浒英雄的传说并不仅仅局限于山东一地，写作"水浒戏"也并不都是山东籍的作家，这些外省剧作家和山东本省作家共同为歌颂山东"水泊梁山"的众英雄好汉作出了卓越的贡献。因此讲说山东文学，在叙述"水浒戏"的发展流变时，就不应忘记那些非山东籍的作家。

一 "水浒戏"的共同主题

元代的"水浒戏"大约有三十余种，流传下来的有六种：《双献功》（高文秀作）《李逵负荆》（康进之作）《燕青博鱼》（李文蔚作）《还牢末》（李致远作）《争报恩》（佚名作者）《黄花峪》（佚名作者）。就是没流传下来的作品，从其题目正名大多也能推测出是演哪一位水浒英雄故事的。"水浒戏"从元代起就构成戏曲众多题材中一个突出的系列剧作。这一系列"水浒戏"，虽然戏中的主人公不同，故事情节也不同，但都表达了一个共同的主题——替天行道，除暴安良。在现存6种"水浒戏"中，有5种明确提出了"替天行道"的口号。这是梁山好汉水浒英雄们共同的行动纲领、指导思想。

在每一种"水浒戏"中，基本都有权豪势要胡作非为，欺压良善、奸淫妇女、杀人害命；而剧中不论出场的水浒英雄是谁，他都要打抱不平，惩罚那些作恶之人，为民申冤。而水泊梁山英雄的首领宋江在剧中总要宣扬其主张"替天行道"。《双献功》剧叙白衙内恃特权，打死人不偿命，勾结孔目之妻，反把孔目下在死囚牢中，幸得李逵相救。剧末宋江宣布："白衙内倚势挟权，泼贱妇暗河团圆，孙孔目反遭缧绁，有口也怎得申冤。黑旋风拔刀相助，双献头号令山前。宋公明替天行道，到今日庆赏开筵。"《还牢末》剧叙赵令史与李孔目的小夫人有私，又与梁山英雄作对，陷害和水浒英雄交好的李孔目，以勾结贼人之名将李下于狱中，并贿赂狱吏要将李孔目害死。后来李逵等将李孔目救出。剧尾宋江亦道："俺梁山泊远近驰名,要替天行道公平。忠义堂施呈气概,结交尽四海豪英……早准备庆喜宴席,显见的天理分明。"其他剧如《黄花峪》剧末宋江也道:"虽落草替天行道,明罪犯斩首街前。"《李逵负荆》剧末宋江也道:"宋公明行道替天,众英雄聚义林泉。"这些"水浒戏"中,其领袖人物宋江口口声声所说的"替天行道",就是要除掉在社会一方危害百姓的权豪势要。"替天行道"实际就是揭露当时社会的黑暗:吏治腐败,权豪横行,人民的生命财产皆没有任何安全保证。

元代"水浒戏"中的"衙内"就是指那些享有特权的权贵,他们公然声称他们可以"打死人不偿命",如《双献功》剧中的白衙内,而《燕青博鱼》剧中的杨衙内更被人们惧怕,因为他"打死人如同那房檐上揭一块瓦相似"。他自称:"花花太岁我为最,浪子丧门世无对。满城百姓尽闻名,唤做有权有势杨衙内。"《黄花峪》剧中的蔡衙内气焰同样嚣张,他道:"花花太岁为第一,浪子丧门世无对。阶下小民闻吾怕,则我是势力并行的蔡衙内。"这么多"衙内"横冲直撞,就没有王法吗?问题是在那时说不的什么"王子犯法与庶民同罪"。因为官府没有什么法制观念,当政者是非不分,黑白不辨,行贿受贿司空见惯。正如《还牢末》剧中东平府尹尹亨所言:"做官都说要清名,偏我要钱不要清。纵有清名没钱使,依旧连官做不成。"既然官府如此黑暗,无法可讲,无理可讲,老百姓也就把申冤说理的希望寄托于"水浒英雄"的身上。这正如《黄花峪》刘庆甫所言:"我别处告,近不的他,直往梁山上告宋江哥哥走一遭去。"老百姓有难,有苦,他们直把梁山当作他们的依靠。"水浒戏"形成"替天行道"共同的主题,是时代的需求,是当时民众的呼唤,是作家表达了民众的心声,表现了当时民众对社会现实的强烈不满。

"水浒英雄"何以能完成"替天行道"的重任?"水浒戏"在不同的剧目分别做了回答。首先,这些戏剧都不同程度地交代了水泊梁山不是乌合之众。他们有一块和封建政权相对独立的地域,在那里他们不受皇帝政权的管辖约束,他们自己执掌生杀大权。《双献功》剧宋江说的最明确:"某聚三十六大伙,七十二小伙,半垓来小偻儸。寨名水浒,泊号梁山。纵横河港一千条,四下方圆八百里。东连大海,西接济阳,南通巨野金乡,北靠青、齐、衮、郓。有七十二道深河港,屯数百只战舰艨艟;三十六座宴楼台,聚几千家军粮马草。风高敢放连天火,月黑提刀去杀人。"

在这样一个地域,梁山英雄进可攻,退可守,粮草充足,武力雄厚,他们当然可以去"替天行道"!其次,水泊梁山具有严密的组织和严明的纪律,他们不是为非作歹的强盗,更不是鸡鸣狗盗之徒。他们是一支武装部队,专门除暴安良。水浒英雄虽然有时是个人行动,但个人行动的背后都有领袖人物的指挥安排,是以整体为后盾下的个体行动。个体行动也决不允许违反集体的纪律。就是领袖人物违反纪律,迫害民众,水浒英雄也不答应。《李逵负荆》剧则集中表现了梁山好汉和人民大众的鱼水关系,表现了水浒英雄有铁的纪律。所以他们能替天行道,得到广大民众的拥护。再者,梁山英雄随时了解周边地区官绅恶豪的动静,一有情况立即行动。梁山了解情况,一方面是梁山上派人下山打探。正如《争报恩》剧宋江所言:"俺这梁山上,离东平府不远。每月差个头领下山打探事情去。"另一方面,是民众自觉自愿向梁山报告或求助。如《双献功》《李逵负荆》都写了民众对梁山英雄的信任和爱护。替天行道就是为民除害,已成为水浒英雄自觉自愿的行动,路见不平,拔刀相助,锄恶诛奸是梁山好汉的行动准则。《燕青博鱼》诛杀作恶多端的杨衙内,《双献功》诛杀白衙内,《还牢末》诛杀赵令史,《黄花峪》诛杀蔡衙内,这些水浒戏的矛头直指当时社会的强暴势力、统治势力,表现了民众对当时社会极大的不满情绪、反抗情绪。

"水浒戏"讴歌了梁山英雄的行侠仗义,所有梁山好汉都是共同维护人间正义,除暴安良,志同道合,情同手足的好弟兄。他们彼此之间意气相投,为"替天行道"的目标从四面八方聚集到一起,生死与共,有难同当,有福同享。为了兄弟情谊,为了梁山大义,他们乐意赴汤蹈火万死不辞。《双献功》剧中因孙孔目是宋江的"结义兄弟",李逵护送孙去烧香还愿,中间发生一系列变故,李逵舍生忘死搭救孙孔目出狱,并将恶毒的白衙内送上梁山处置,是除暴,是行道,也是侠义。《燕青博鱼》写燕青与燕和、燕顺兄弟结拜,燕青忠于兄弟情谊,为燕和捉奸,为社会除害,也同是豪侠行为。他如《争报恩》写关胜、花荣、徐宁与李千娇义结为"姐弟",他们在李千娇被害时又争相解救,都说明"义"字当头,梁山好汉慷慨赴难,绝无退缩。梁山英雄对于"义"之大小、公私,界限又甚是分明,他们个人之间私情再厚,也绝不能超于公义、大义之上。这在《李逵负荆》一剧表现得最明显。李逵和宋江义结金兰,比亲兄弟还要亲,但李逵一听人说自己尊敬爱戴的哥哥竟然"抢夺"人家的女儿为妻,登时翻脸,大闹梁山。他为梁山的"大义"一定要和哥哥赌个明白。他要坚决维护的是人间正义。他砍倒"替天行道"的大旗,却表明他要真正维护梁山"替天行道"的大旗。他的行为乃是真正的侠义行为。

二 "水浒戏"塑造了生动的英雄形象

水浒英雄的事迹虽然在民间早已流传,而且还有了民间说话人的分段讲述,但是在元杂剧之前所有文字记载的水浒英雄的形象还不能说鲜明确立,有的只是一个大体轮廓,基本脉络。只有当元杂剧出来,一个个水浒英雄的形象才鲜活地出现在人们面前。有人统计现存 6 种元代水浒戏中,共有 20 个梁山好汉出场。他们是:宋江、吴学究、李逵、燕青、鲁智深、武松、张弘、刘唐、史进、阮小五、花荣、杨雄、李俊、雷横、卢俊义、关胜、徐宁、王矮虎、呼延灼、张顺等。这是第一次把水浒英雄的具体面目加以生动刻画,写成文学作品——成熟的剧本,并搬上舞台,通过演员的二度创造,使水浒英雄成为活生生的艺术形象。这种开创之功对中国文学和戏曲发展影响是巨大的、深远的。

元杂剧中的水浒英雄形象塑造得最生动、最成功的则首推李逵。在中国文学领域,李逵这一人物,有他自己的性格,成为一个有血有肉的形象,就始于元杂剧。几种不同的杂剧既刻画了他最突出的个性,同时又分别表现了他的性格的不同侧面。像《乔断案》《乔教学》《穷风月》《斗鸡会》《丽春园》《借尸还魂》等剧,虽然剧本无存,但从剧目也可推测它们所表演的李逵是一个风趣滑稽的人物,而正在这滑稽风趣中表现出他傲视权贵、蔑视礼教、嘲弄官府、揶揄神鬼,天不怕,地不怕,桀骜不驯的个性。当然李逵形象还是在现存三本专门写他的剧作——《双献功》《李逵负荆》《还牢末》中,刻画得最鲜明。另外《黄花峪》也用力刻画了李逵的形象。《双献功》通过李逵自叙使人看到李逵的外貌神情:"我这里见客人,将礼数迎,把我这两只手插定。哥也,他见我这威凛凛的身似碑亭,他可惯听,我这莽壮声?唬他一个痴挣,唬得荆棘律的胆战心惊。他见我风吹的龌龊,是这鼻凹里黑;他见我血渍的腌臜,是这衲袄腥。审问个叮咛。"李逵的粗莽豪壮令人一见心惊,这从宋江的介绍进一步使人们加深这种印象:"你这般茜红巾,腥衲袄,乾红裉膊,腿绷护膝，八答麻鞋，恰便似那烟薰的子路，墨染的金刚。休道是白日里，夜晚间揣摸着你呵，也不是个好人。"但是人不可貌相，所以宋江向人介绍说："兄弟，休惊莫怕。则他是第十三个头领：山儿李逵。这人相貌虽恶，心是善的！"李逵用他的一系列行动证明了他不负领袖哥哥的器重，于粗豪中又细心机警，勇敢无畏地完成了使命。《双献功》中的李逵合乎李逵一贯的性格作风，但又有其独特的一面——粗中有细。《李逵负荆》中的李逵则又表现了他性格中的另一方面：疾恶如仇。他对梁山的山山水水都充满了热爱之情，谁要敢说梁山景致不好，他就要打人家的嘴。可是他偏偏听人说他最尊敬和爱戴的领袖哥哥强抢人家女儿，他怎能压住心头怒火。于是由一场误会引发出来的斗争就热热闹闹地展开了。这本杂剧着意表现的是李逵的本性天趣，一切显得都是那么自然，一切又都合乎李逵其人的行事，但分明这又是一个典型。《还牢末》和《黄花峪》写李逵：前者写李逵的有恩必报恩怨分明；后者写李逵尽心竭力完成宋江交给的救人任务，他假扮货郎解人危难大义凛然。两者写得皆各有特色。李逵心地善良，同情弱者，见义勇为，甚至不顾自己得失。像《还牢末》剧事起因就因为李逵在街上看到一后生殴打老者，气不忿，出手帮助老人，不想一拳就误伤人命。他性格豪爽侠义但又行事过于粗疏鲁直，但他也还不是鲁莽到毫无心计，有时他又表现的极有风趣，很有算计。有时他在淳朴中又夹带几分风雅文趣，在元杂剧中李逵是一个性格丰富多彩，惹人喜爱的英雄人物。相比后来的小说《水浒传》，杂剧中的李逵形象似乎更为丰满完美，小说只是突出了其性格中的某一方面，比杂剧简单化了。

在元杂剧塑造的众多水浒英雄群像中，宋江也是一个值得人们注意的人物。因为他是梁山的领袖，水浒英雄的核心人物，所以凡是水浒剧多有宋江出场。这是一个深明大义，热爱梁山事业，能团结各路英雄好汉，主持正义公道，为当时人们所敬重的英雄。元代"水浒戏"还没有以宋江为剧中主人公的戏，但在"水浒戏"中宋江却大多在剧情的关键时刻出场，尤以开场和收场时居多。凡开场宋江的出现一是要交代梁山泊的阵势和力量，宣传梁山英雄们行动的宗旨，打出他们"替天行道"的旗号。如《争报恩》剧一开场，宋江即道："只因误杀阎婆惜，逃出郓州城，占下了八百里梁山泊，搭造起百十座水兵营。忠义堂高搠杏黄旗一面，上写着'替天行道'。"二是要交代他自己的出身始末，他在梁山的地位以及

人们对他的尊重情形,总之他给人一个群雄之首、英雄领袖的印象。如《还牢末》宋江出场道:

> 自幼郓城为小吏,因杀娼人遭迭配。宋江表字本公明,绰号顺天呼保义。
> 我乃宋江是也。山东郓城县人。幼年为把笔司吏,因带酒杀了娼妓阎婆惜,迭配江州牢城。路打梁山泊经过,有我结义哥哥晁盖,知我平日度量宽宏,但有不得已的英雄好汉,见了我时,便助他些钱物,因此天下人都叫我做及时雨宋公明。晁盖哥哥并众头领让我坐第二把交椅。哥哥三打祝家庄身亡之后,众兄弟让我为头领。

凡是剧末宋江出场则几乎是一种模式,即以"大法官"的面目出现,公正无私地对全剧所演之事给予合理的、符合民众愿望的判决。也就是说在元杂剧中宋江是一个草莽英雄兼廉洁执法的清官形象,这也是与后来小说《水浒传》所写宋江有不少差异的。在水浒戏中宋江坚决维护替天行道的群体宗旨,他主持正义,敌我界限分明,对敌人决不手软,对战友极其关怀爱护。他领导梁山事业号令严整,行事果敢,胸襟豁达,他为人精细,义气深重,却又执法严明。所以有学者说宋江与公案剧中的著名清官包拯极其相似,"元人水浒杂剧并不是以大规模的农民战争作为故事间架,而是把宋江等梁山好汉当作衙内及权豪势要的对抗力量,当作社会正义力量的化身。由于宋江等人同情人民的疾苦,仇恨邪恶势力,为老百姓申冤理屈,为社会伸张正义,因而人民群众把他们称为'青天',当作保护神来顶礼膜拜,这也是梁山'替天行道'宗旨的具体体现。"[①] 但是宋江和包拯仍有本质的不同。宋江是民众把他当作了"包拯",他的实质乃是草莽英雄,他不受朝廷皇帝的束缚管辖,争的是自身生存的自由和权利,其自身和民众的利益天然一致。包拯本质上是朝廷命官,他所作所为不过是要为帝王分忧,他的为民是他忠君行为的另一方面而已。像水浒戏《争报恩》宋江上场所言:"聚义的三十六个英雄汉,哪一个不应天上恶

---

① 参见张月中主编:《元曲通融》,太原:山西古籍出版社1999年版,第723页。佘太平:《元人水浒杂剧的忠义思想》。

魔星。绣衲袄千重花艳,茜红巾万缕霞生。肩担的无非长刀大斧,腰挂的尽是鹊画雕翎。赢了时,舍性命大道上赶官军;若输呵,芦苇中潜身抹不着我影。"至于水浒戏结尾宋江往往判将抓获的凶人歹徒剖腹剜心,碎尸万段,将其心肝下酒等等行为,包拯是决做不出说不出的。因而说到底宋江还是一个啸聚山林的群雄领袖,他和后来小说《水浒传》中那个农民起义领袖也自不同。元代水浒戏还没有表现水浒英雄和政府的直接冲突,和官军的直接较量。

"水浒戏"还刻画了其他的英雄人物,这些人物的性格表现和后来小说所写也有较大差异。比如燕青、关胜、徐宁,在戏中他们都是民间普通老百姓中的一员,所写都是当时民众随时随地都能遇到的事件。他们生活穷苦、流离失所、遭人欺凌,他们更容易引起当时人们的情感呼应,因为剧中所表现的就是元代民众的苦难生活。后来小说刻画这几个人物则更多传奇性,燕青风流倜傥,关胜、徐宁也变得出身高贵起来。这是因为戏曲和小说所要表现的主旨意趣有所不同,难说两者有高下之别。

三 "水浒戏"的文学流变及其影响

"水浒戏"源于历史上的宋江起义,但是又和历史史实有很大的差异,因为"水浒戏"不是历史剧。它根本无意于去复述过去曾发生过的事件,它只不过借宋江起义为原由,表达民众此时此刻此地的思想感情。所以元代水浒戏和借古讽今的历史剧精神都相一致,表面说的是宋代的人事,实际演的就是元代社会现实。所以水浒戏取材不是文人笔记史书,而是来源于广大民众的"添油加醋"的传说,反映的也就是民众的喜怒哀乐。本来在民间流传有关于梁山英雄的话本和平话,市井民众听说话人讲说那些英雄故事自娱自乐,可惜这些话本大多失传,已不知水浒戏到底和水浒话本之间有怎样密切的联系。但是水浒戏作家从水浒话本、平话中汲取了创作素材,借鉴了其思想和艺术多方面的成就,则是定而无疑的。

"水浒戏"在元杂剧中别树一枝,自成系列,不仅是因为在当时有一些剧作家创作"水浒戏",出现了一批表现梁山英雄故事的剧作,还在于整个中国戏曲史从元代开始"水浒戏"就一直长盛不衰,元、明、清三代不断有戏曲家创作出一个又一个新的水浒剧出来,而且在各个时代都产生有很大的影响。尤其"水浒戏"的盛行,促进了中国古代最杰出的长篇小说《水浒传》的问世，小说的盛行反过来又促进了"水浒戏"的发展。可以说元代"水浒戏"为后来的以梁山好汉为主人公的小说和戏剧起了开路先锋的作用，这种作用最突出表现就在于从元代"水浒戏"开始，对"盗贼"观念有了新的变化。"水浒戏"中的英雄好汉，在以前，在正统观念中，他们都不过是打家劫舍的盗贼，是占山为王的强盗，他们是应当被捕捉、被剿杀的。然而在戏中他们却一个个成为民众百姓的救星，成为惩恶捉奸的正义化身，替人民呼唤、被民众爱戴的英雄。在黑暗的现实社会人们找不到出路，于是就把光明和希望寄托在梁山好汉身上，梁山也就成为人们心目中的一片圣地净土，苦难中的人们向往那里，崇拜水浒，这就自然形成"水浒戏"无穷尽的生命力。

由于水浒戏反映了民众的意愿和时代的呼声，所以水浒戏才受到广大民众的欢迎。后来的小说和戏曲无论其内容怎样比元杂剧丰富，人物如何增多，其基本精神——反映民众的愿望和时代的声音，却得到继承和发展，梁山好汉"替天行道"的旗帜越来越鲜明。正因为如此，小说《水浒传》才受杂剧启发，而又在思想性和艺术性方面都超过了元杂剧，明传奇一些"水浒戏"才又达到新的高峰。小说和明清传奇所写的水浒故事要比元杂剧所写复杂得多，人物刻画也细致得多，场面也壮阔雄伟得多，思想含义也深刻得多，但是它们都是在元代"水浒戏"基础上的流变与发展。元代创造了"水浒戏"系列，塑造了一批栩栩如生的英雄形象，定下了一个反映时代民众情感的基调，确立了不断从民间传说去挖掘创作素材的方向，这就保证了以后关于"水浒英雄"为题材的文学作品大体都能具有人民性、斗争性、进步性。

元代"水浒戏"受人民大众欢迎，就因为它具有三大精神：一是梁山英雄救人危难的侠义精神。元代"水浒戏"很少写英雄为何聚义梁山，他们一出场就已是梁山好汉，坐第几把交椅。往往是放假下山或奉命下山，遇到衙内、歹徒、凶人欺压平民百姓，于是梁山好汉们路见不平，拔刀相助，救人危难。《双献功》《还牢末》《黄花峪》的剧事都表现了这一精神。二是为民做主的"替天行道"精神。梁山英雄惩办凶恶歹徒，除了在交手武打中将对手当场打死者外，都要押解到梁山大寨，由其领袖"审判公断"，最后公开处理。表现梁山是民众心目中有别于当朝政权，是专为老百姓作主讲公理的所在。例如《争报恩》《李逵负荆》都点明山寨大旗上"替天行道"的口号，各本戏结尾几乎都是由宋江判决作结。三是梁山好汉和民众鱼水相得的精神。元代"水浒戏"写了梁山好汉解救平民百姓，济困扶危，不怕牺牲英勇斗争的行动，同时也写了民众对梁山的敬仰和信赖。比如《燕青博鱼》中的燕顺一听说燕青是梁山好汉，就主动要求和燕青结拜，同时以很景仰的感情要燕青讲述梁山英雄的事迹。又如《争报恩》中的李千娇，她本是一个家庭主妇，普通女流之辈，可是她听说在她面前有困难的人竟是梁山好汉时，她一一设法救助，也和那些梁山好汉结拜为姐弟。水浒英雄已深入百姓之心，官宦豪富、权势人家对水浒英雄的态度和人民大众的态度截然不同，这也说明水浒英雄是民众心目中的英雄。所以"水浒戏"最受民众欢迎。

"水浒戏"所创造出来的"水泊梁山"是人民大众理想中的一片"净土"，是当时民众在痛苦的现实生活中所虚构出来的一种幻景。那里没有压迫、没有租税、没有奴役，更没有权豪势要、贪官污吏，大家都是兄弟，平等民主，生死相依，患难与共，真诚相处。它和污浊的现实相比，简直就是天堂。只有在那里才有正义，才有光明，才有温暖，人们生活才会舒心如意、轻松快乐。它与现实形成强烈的对照，因此人们莫不向往梁山，热爱梁山。这是人们对自己理想和憧憬的自发的捍卫，人们需要它来安慰自己、鼓舞自己，人们要从中汲取力量和勇气生存下去、斗争下去。

从元代的"水浒戏"开始，民间关于梁山好汉的传说以及市井间关于梁山好汉的故事讲说，才第一次大规模被文人编成剧本，水浒英雄的形象才第一次成为文学典型被载入中国古典文学的史册。同时这些水浒英雄被元代艺人活灵活现地搬演于舞台，成为中国戏曲第一批生动的艺术形象。名演员刘耍和因扮演李逵成功而永载戏曲史册。"水浒戏"的编演成功，"水浒戏"的大为兴盛流行，反过来又大大促进了水浒故事的传播和发展。说话和杂剧相辅相成，正是在这基础上才能产生不朽的小说《水浒传》。

元代的"水浒戏"情节比以前民间简略的说话极大地丰富，故事内容已可以说相当丰富多彩。三十余种剧作从多方面讲述梁山故事，涉及人物事件已大大超过早期简短的说话。特别是这些剧作皆搬演于舞台，使人们能看到"活生生"的梁山英雄，这是以前的文学创作所不可能做到的。这当中还形成了表演某一水浒英雄的系列剧，使该人物性格全面展现，极其丰满完善，比如李逵、武松等，多位剧作家的多种剧作，就把民间流传的关于他们的传说故事连贯起来，统一起来、也使他们的形象高大起来。在这其间剧作家充分发挥了他们的创造力、想象力，极尽他们的才思，驰骋文墨，巧为编织，遂成为第一代"水浒戏"创作专家和名家，比如高文秀、康进之、李致远、李文蔚等，他们为以后的"水浒戏"创作开辟了道路，树立了榜样。

第四编
明代山东文学

概说　总体特征及社会文化面貌

元末时期，广大百姓不堪忍受蒙古统治者的剥削，以农民起义的强大力量，推翻了元朝，建立了最后一个以汉人为皇帝的、统一的明王朝。明代立国之初，就置山东行中书省，不久又改山东等处为承宣布政使司，下领6府15州89县，所辖区域，已和近代大体相仿。由于其地理位置，山东在元末明初是明军北伐的前线，所受到战火的破坏，比起其他许多省份来，尤为严重。洪武三年（1370）济南知府在奏疏中就说："北方郡县，近城之地，多荒芜。"（《明太祖实录》卷三三）许多地方都是不见人烟，其残破景象可想而知。战乱结束之后，社会逐渐安定下来，由于朝廷采取了一系列措施，生产力也得到了恢复和发展，农业、手工业和商业等逐步地繁荣起来。明代开国以后的几十年间，山东和全国大部分地区一样，经济得到了较快的恢复，并进一步发展。

一　严酷的政治环境与严密的思想钳制

贫苦百姓出身的朱元璋，在打天下时，能够"礼贤下士"，广泛招揽人才，并采纳他们的建议，实行了"高筑墙、缓称王、广积粮"（《明史·朱升传》）等一系列正确的方针政策，大大增强了政治、军事和经济实力，因而能够在群雄逐鹿中，捷足先登，成为明代开国之君。但他登上皇帝的宝座之后，对群臣的猜忌，对百姓思想的钳制，比起贵族出身的皇帝，则是有过之而无不及。当他读到《孟子》中的"民为贵，社稷次之，君为轻"一段之后，勃然大怒，"怪其对君不逊，怒曰：'使此老在今日，宁得免耶？'时将丁祭，遂命罢配享。"（清全祖望《辨钱尚书争孟子事》）虽然孟子的配享后来又恢复，但朱元璋因此命人对《孟子》全书加以删节,被删去达85章之多①。朱元璋虽然是个半文盲,但他同历史上的帝王一样狂妄自大,对古代的文学家也多有指摘。他认为,位居唐、宋八大家之首的韩愈之文,"中有疵焉",而八大家中的另一位柳宗元的文章,更是"无益"。他这样吹毛求疵的目的不仅是为了显示他的"天纵圣明",而且"欲使今之儒者,凡著笔之际,勿使高而下、低而昂,当尊者尊,当卑者卑,钦天畏地,谨人神,必思至精之言以为文,永无疵矣。"他自以为比古代大文学家都高明,对当时匍伏在他脚下、山呼万岁的群臣,更是不会放在眼中。他曾命文臣作《阅江楼记》,但包括"开国文臣之首"的宋濂所作之文,他都不满意,"于是自作一篇,以为示范"。"在中国历史上,君臣唱和、应制写作的事例是不少的,但像朱元璋这样命题作文、鄙视群臣者,是史无前例的。"② 他以为自己当上了皇帝,贵为天子,富有四海,学问自然而然就会大涨,就可以为天下文人之"师"了。

朱元璋不仅狂妄,而且"雄猜好杀""多以文字疑误杀人"(清赵翼《廿二史札记·明初文字之祸》)。杭州府学教授徐一夔在上给皇帝的"贺表"中,有"光天之下,天生圣人,为世作则"之语,本来是歌功颂德的马屁话,却不料朱元璋读了之后大怒,即令把他斩首。原来朱元璋年轻时曾出家当过和尚,"贺表"中的"光",使人想到"光头",他认为这是徐在讽刺他出身卑贱,而"作则"又和"作贼"音相近,是在嘲笑他是强盗出身。因此当时群臣奏疏中有"光""秃""僧""贼"及其同音字而遭到惩罚的,大有人在。明初的著名诗人高启、张羽、杨基诸人均在朱元璋的迫害下丧命,而且同朱元璋一道出生入死打天下的开国功臣,也大都不得善终。正如解缙在奏疏中所说:"国初至今,将二十载,无几时不变之法,无一日无过之人。"(《明史》卷一四七)在这种不知什么时候就会遭受无妄之灾的环境下,明代前期的文学,又怎能不出现萧条凋敝的景象呢?

明代文学,尤其是传统的诗文,成就远逊于前代,还有一个主要原因,就是八股文的兴起和流行。明初即沿袭元代的科举条制,规定用

---

① 容肇祖:《明太祖的孟子节文》,见《容肇祖集》,济南:山东人民出版社1989年版,第170页。

② 郭预衡:《中国散文史》下册,上海古籍出版社2000年版,第3页。

"四书""五经"的内容作为考试的题目，而"四书"又须以朱熹的《四书章句集注》为依据，"五经"则以程、朱及其弟子的注解为准绳。成祖时，又颁布了《五经大全》《四书大全》《性理大全》，名为"大全"，实为程、朱学派的著述汇集。而且应试文章的语气，必须是"代圣贤立言"，不容许发挥自己的思想；在形式上也有严格的规定，这就形成了所谓的"八股文"。这种八股文严重地束缚了天下读书人的思维，而且越到后来，限制越严格，连字数多少也必须控制一定的范围之内，稍有越轨和舛错，即遭摒弃。这样一来，程、朱理学的统治地位进一步加强，其影响遍及社会的各个领域，尤其对思想文化和文学艺术等领域的发展，产生了极为严重的负面影响。黄宗羲在总结明代文学时，曾沉痛地说：

> 盖以一章一体论之，则有明未尝无韩（愈）、杜（甫）、欧（阳修）、苏（轼）、遗山（元好问）、牧庵（姚燧）、道园（虞集）之文；若成就以名一家，则如韩、杜、欧、苏、遗山、牧庵、道园之家，有明固未尝有一人也。……此无他，三百年人士之精神，专注于场屋之业，割其余以为古文，其不能尽如前代之盛者，无足怪也。（《明文案序上》）

对于在明代文学史上，不仅没有唐、宋时代杜甫、韩愈那样的大家，连金、元时代的元好问、虞集等人的成就也比不上，这样的事实，怎能不令作为明朝遗民的黄宗羲痛心疾首！痛定思痛，他认为"场屋之业"的八股文是造成这种结果的罪魁祸首之一。

二　高压态势下的文学

明代前期的文学，整个说来是比较寂寞的，在山东更是如此。传统的诗、文作者甚少，而且没有影响较大的作家和作品出现。引人注目的是长篇小说《水浒传》，虽然其成书年代迄今尚有争论，但书中所描写的水泊梁山，则是确定无疑的在本省境内。《水浒传》是中国古代第一部成功的长篇白话小说，不仅对后来的小说创作产生了重大的影响，而且以"水浒"为题材的戏剧、评话等大量出现，使"水浒"故事广泛传播，可以说是无论城乡，无论老幼，几乎没有人会不知道"水浒"中的一些故事和人物的，因而它对民族文化心理的形成，也有着不容忽视的影响。在戏曲方面，作者颇多，但成就却不大。山东作家中值得一提的是贾仲明，贾仲明一生著述甚多，所作杂剧有16种，流传至今的有《金童玉女》等6种，题材既有神仙戏，也有爱情故事。内容上虽然没有什么特殊之处，但在形式上却有所革新，在音乐的运用等方面有突破元代杂剧的地方，特别是其剧本文字华美，"如锦帷琼筵"（《太和正音谱》），因而受到当时社会上层人士的欢迎。明成祖在即位前，曾召贾仲明赴燕王府邸作侍从，"每有宴会，应制之作，无不称赏"（《录鬼簿续编》），深受朱棣宠爱。

但是朱棣通过"靖难之役"取代建文帝朱允炆之后，其残忍嗜杀，一点也不比乃父稍差。他诛杀方孝孺，至株连十族，连方的门生故旧也都不放过。当时人们就说："杀方孝孺，天下读书种子绝矣。"（《明史》卷四一）当日敢于上万言书批评太祖的解缙，也因事触犯了朱棣，"上大怒征下狱，三载，命狱吏沃以烧酒，埋雪中死。"（焦竑《玉堂丛语》卷七）只要皇帝稍不满意，许多大臣不是被处死，就是被投进监狱，一关多年。《明史·刑法志》中说："成祖起靖难之师，悉指忠臣为奸党，甚者加诛族、掘冢，妻女发浣衣局、教坊司，亲党谪戍者至隆（庆）、万（历）间犹勾伍不绝也。抗违者既尽杀戮，惧人窃议之，疾诽谤特甚。"在这种环境下，文人除了歌功颂德的马屁文章之外，其他是决不敢轻易动笔乱说乱写的。

正因为此，在稍后的宣德、正统年间，"台阁体"盛行于世。"台阁体"以位居内阁大臣的杨荣、杨溥、杨士奇"三杨"为代表，而杨溥就曾以触犯成祖而入狱达十年之久。在皇帝的无上权威面前，群臣不得不屈服以求生存和升迁。"台阁体"在内容上要"歌颂圣德，施之诏诰典册以申命行事"（王直为杨荣《文敏集》所作《序》），要抒写"爱亲忠君之念，咎己自悼之怀"（杨荣《省愆集序》），在表现上则要"雅正平和""大都词气安闲，首尾停稳，不尚藻辞，不矜丽句，太平宰相之风度，可以想见，以词章取之则末矣。"（清钱谦益《列朝诗集小传》评杨士奇语）总之，既无深切的情感，也缺乏对社会生活的关怀，在艺术上也是平庸苍白，毫无创造性。因此，这种风气遭到了有识之士的反对。以李东阳为首的"茶陵派"，就企图纠正"台阁体"的失误，但真正扫荡了"台阁体"影响的，则是明代中期的前后"七子"。

明代中期,所谓的"仁宣盛世"已经结束,英宗朱祁镇宠信宦官王振,酿成了"土木之变",他本人也成了敌人的俘虏,这是明朝由盛转衰的标志。朱祁镇复辟之后,仍然宠用宦官,并且杀害了对国家有重大贡献的于谦。"于谦之死毫不留情地粉碎了士人的幻想,使他们不得不在朝廷之外重新寻找生命的寄托。"① 这些都促使思想界开始发生变化,王守仁提出了以"致良知"为核心的心学思想体系,并广泛流传,大有取代朱学的趋势。顾炎武曾说:"盖自弘治、正德之际,天下之士,厌常喜新,风会之变,已有其所从来。而文成(王守仁)以绝世之资,唱其新说,鼓动海内。"(《日知录》卷十八)王学的产生和流行,有着深刻的社会原因,在当时对于士人来说,具有思想解放的意义。王学在山东也有相当的影响,其弟子堂邑人穆孔晖(1479—1539),武城人王道(1487—1547),就是继承和传播王学最早的山东学者,稍后还有王学的再传弟子茌平人张后觉(1487—1547)及孟秋(1525—1589),他们对王学在山东,特别是鲁西北一带的传播,都做了大量的工作。

与王守仁同时的"前七子",以李梦阳、何景明为首,崛起于诗坛。董其昌曾说:"成(化)、弘(治)间,师无异道,士无异学,程、朱之书,立于掌故,称大一统。而修辞之家,墨守欧、曾,平平尔。时文之变而师古也,自北地(李梦阳)始;理学之变而师心也,自东越(王守仁)始。"(《合刻罗文庄公集序》)北地指李梦阳,东越指王守仁,他如实地叙述了当时思想界和文学界已经开始发生变化,这些变化有着共同的社会原因。这段话还说明,"七子派"在文学上的"复古",同王守仁的"心学"一样,在当时是有着解放思想的意义的。"我们不能把'前七子'的复古运动,看成仅仅是'文体'改革运动,而必须充分估计它的政治改革和思想解放的意义。"② 即使仅仅在文学上,当时也是到了非改革不可的时候了。正如朱彝尊所说:

> 成(化)弘(治)间,诗道旁落,杂而多端:台阁诸公,白草黄茅,纷芜靡曼……理学诸公,击壤打油,筋斗样子……北地一呼,

---

① 左东岭:《王学与中晚期士人心态》,北京:人民文学出版社2000年版,第38页。
② 茅盾:《夜读偶记》,天津:百花文艺出版社1979年版,第21页。

豪杰四应，信阳（何景明）角之，迪功（徐祯卿）侬之……呜呼盛哉！（《明诗综》卷二九）

在当时的文学界，除了"台阁体"的影响之外，由于程、朱理学在思想界占据统治地位，一些道学家为了宣扬他们的观点，就采用了诗歌的形式，撰写了大量的押韵的歌诀，而且还自以为胜过诗人文学家的作品。这种风气在宋代就有，明代更加甚嚣尘上。前后七子对他们的观点进行了尖锐地抨击，并把他们低劣的作品当作笑料，有力地扭转了诗坛上的不良风气。前后"七子"最著名的口号是"文必秦、汉，诗必盛唐"，虽然在创作实践中出现了一些流弊，但"它使人们知道，除了死气沉沉的八股文、啴缓萎弱的台阁体、杂沓庸陋的道学体之外，还有秦、汉散文、盛唐诗歌那样内容充实、感情真挚、风格多样、文采奕奕的好作品，起到了开阔人们眼界的作用"[①]。山东历城人边贡也名列"七子"之中。在他们的影响下，山东诗坛出现了兴盛的局面。到了"后七子"之时，山东的诗坛更加兴旺，"后七子"的领袖李攀龙和结社之初的实际领袖谢榛，都是山东诗人。这一时期诗人众多，创作繁荣，出现了"海岱诗社""历下诗派"等文学团体和流派，不仅在当地带动了文学创作的兴盛，而且对全国的诗坛都有相当大的影响。

七子派创作以诗为主，在散文方面，则有名列于"嘉靖八子"之中的李开先。而李开先的戏曲创作成就更高。稍后，以戏曲名家者，还有冯惟敏、高应玘、刘效祖、张国筹等人，他们都有一些比较优秀的作品问世。另外，以"水浒"为题材的戏曲创作，在这时期也很普遍，流传至今者也有数10种之多。这些都显示了山东戏曲创作的繁荣。

至于小说方面，最重要的成果是出现了署名为"兰陵笑笑生"的长篇小说《金瓶梅》，虽然《金瓶梅》的作者至今尚无定论，但"它是一部很伟大的写实小说，赤裸裸的毫无忌惮的表现着中国社会的病态，表现着

[①] 赵永纪：《明七子派的崛起》，载上海古籍出版社1984年《古代文学理论研究丛刊》第9辑。

'世纪末'的最荒唐的一个堕落的社会景象"[①]。书中故事发生的地方,也指明是在山东境内,在山东文学史上自然应该占有一席之地。

明代中期山东文学的繁荣,同当时的社会文化各方面的环境是密切相关的。山东地处南、北二京之中,是交通要道,还有黄河、大运河贯穿于境内,交通的便利,带动了农业、手工业、商业、采矿业等的发展。明代山东的生产力,虽然可能比不上江南几省,但比起全国大部分地区来,都要先进些。比如峄县,因地处运河的交通要道上,漕运之船多"挟南货以易煤、米,商船、民船时时往还不绝,奇物珍货衍溢。本地麦、豆及煤诸物亦得善价,而行销数千里"(清光绪《绎县志》卷七)。其他如德州、济宁、临清等地,皆因靠近运河而得到较大的发展。特别是临清,"每届漕运时期,帆墙如林,百货山积,经数百年之取精用宏,商业勃兴而不可遏。当其盛时,北至塔湾,南至大闸,绵亘数十里,市肆栉比,有肩摩毂击之势。"(民国《临清县志》第4册)因此,临清由一个普通的县,在弘治二年(1489)升为州,到清代乾隆间又升为直隶州。而著名诗人谢榛就是临清人,《金瓶梅》中也多次写到了临清,作者"兰陵笑笑生"所谓的兰陵,距离临清也不远。因此,这时期山东不少地方文学的繁荣,特别是《金瓶梅》的出现,都与山东的"运河文化"密切相关。

万历之后,朝政日坏。"七子派"的流弊也日趋严重,因而有"公安派""竟陵派"起而代之。但二派之倡始者皆是南方人,其追随者也多在南方各省,他们在山东的影响并不大。山东诗文作家中,许多人还是沿袭"七子派"关心现实的传统,注意到了当时社会的各种弊端,并在作品中反映了当时百姓所遭受的各种苦难。其中如于慎行、冯琦,虽然官居高位,但对朝廷中之弊政、社会上之乱象,都有清醒的认识。这时期的戏曲、小说作家,山东也有一些,但较为出色的作品则很少见。

[①] 郑振铎:《谈金瓶梅词话》,见《论金瓶梅》,北京:文化艺术出版社1984年版,第50页。

第九章 变化流程

第一节 诗文的嬗变

一 寂寥的明初诗文

按照一般对明代历史的划分,从洪武至天顺(1368—1464)这近100年为明代的前期。这时期开始是太祖朱元璋推翻元朝,建立自己的统治;又经永乐靖难,成祖朱棣起兵夺取了其侄朱允炆的帝位。但在这两场对明代权力至关重要的战争中,山东同全国许多地区一样,地位都不甚重要,也没有什么关系全局的事件在山东发生,因此也就没有出现多少重要人物。当时的山东文坛也比较寂寥,没有什么出色的人物。作为"开国文臣"代表人物的宋濂、刘基以及稍后的方孝孺,都是浙江人,而明初最著名的诗人袁凯、高启等都是江南人。这样,他们对北方的影响就小得多。但山东作家的创作活动虽不活跃,却并没有停止,历代都有一些诗人留下了自己的声音。

论明代山东诗人,最早的当数洪武年间的牛谅、张绅诸人。

牛谅(生卒年不详),字士良,东平人。洪武元年(1368)举秀才,为典簿,曾出使安南,后官至礼部尚书。《明史》本传说他曾参与更定释奠及大祀分献礼等朝廷礼仪,在明初的山东籍人士中,可以说是官职最高的,并且为新朝的典章制度的建立和完善,作出了一定的贡献。牛谅著有《尚友斋集》。《明诗统》称他"资性过人,才高学博,为文千言,不见艰涩。初游吴楚,文多激慨,中更离乱,去居深山中,授以为养,文多隐约。明兴应诏起,凡稽古礼文,皆出其论定。诗文盛传于世。"他有一首《破窗风雨图》写道:

风雨东南接漏天，客窗吹破碧纱烟。十年世事关心曲，一片秋声到枕前。花落不妨尊有酒，客来未觉坐无毡。老子曾见苏端隐，藜杖春泥绿水边。

画图中描绘了残破的小屋在风雨交加中，摇摇晃晃，但屋内朋友相聚，兴致正浓，谈起世事，颇多会心，因而对室内器物的简陋，对室外环境的恶劣，都全然漠视。诗中反映了元末明初的社会动荡，表现了当时士人对时事的关切。牛谅曾万里迢迢出使安南，在当时的交通条件和社会环境下，这是一次艰难的旅途，是他终生难忘的事情。与他同行的有同僚张志道，是他相濡以沫的好友。后志道卒，牛谅闻讯后，有《枕上成句》诗云：

出使艰虞万里同，归期日日待秋风。宁知永诀蛮江上，才得相逢客梦中。岸帻尚看头似雪，掀髯犹觉气如虹。起来抆泪凭栏久，落月啼蛮绕殡宫。

共同患难的老友，一朝天人永隔，真使人肝肠寸断，夜不能寐，遂写成这情挚意浓、感人至深的诗篇。陈田在《明诗纪事》中特别提到此诗，认为："诗颇沉痛，足增友谊之厚。"

洪武时还有张绅（生卒年不详），字仲绅，一字士行。他的籍贯，《列朝诗集》小传中说是"济南人"，而《明史》《四库全书总目》等则称其为"登州人"。还有张绅和牛谅孰更年长，《列朝诗集》列牛谅于前，而宋弼《山左明诗抄》则以张绅为首，由于他们的生卒年皆不可确定，今从后说。张绅于洪武十五年（1382）以荐授鄠县教谕，不久召为右佥都御史，官至浙江左布政使。张绅以书法名家，朱彝尊《静志居诗话》称他："工大小篆，精于赏鉴，法书名画多所品题。"《四库全书总目》著录他的《法书通释》一书。他的诗作也颇有名气，《列朝诗集小传》说他"诗文不经意而自成一家，盖北方豪杰之士也"。他的《湖中玩月》诗说：

银波千顷照神州，此夕人间别是秋。地与楼台相上下，天随星斗共沉浮。一尘不向空中住，万象都于物外求。醉吸清华游碧落，更于何处觅瀛洲。

在天高气爽的秋季,在清彻见底的湖边,一轮明月当空,又有一轮明月在湖中,还有满天的星斗,微风徐来,水波皱起,楼台星月皆随风而晃动,真使人以为脱离了尘寰,进了仙境,陶醉于其中了。他的《游冶城山》描绘的又是一番景色:

瑶草秋深石磴长,半空岚气湿衣裳。江山佳处一亭古,风雨来时四座凉。阴洞水腥龙蜕骨,仙岩云暖麝生香。道人好护新松树,长见清阴覆御床。

另外,他的《送勤上人归灵鹫山》中"乱山啼鸟烟霞里,一路落花风雨时",也是描写工致。其他如《日出行》描写了"东方瞳瞳日初出,田家少妇当窗织"的劳动情景。《捕雀行》描写了"荒村小儿捕黄雀",村落中的一群活泼又淘气的少年儿童,在野外一边放牛,一边张网捕雀,然后又拣来枯枝野草,煨烧猎物和山芋,虽然味道不会怎样好,但各人都很满足,到黄昏时"各自骑牛唱歌去"。这些作品都富有生活气息。

陈田在《明诗纪事》中曾说:"明初山东以诗文名家者,仲绅、牛士良外,指不多屈。宋弼辑山左明诗,洪武间寥寥数人。"在《山左明诗抄》卷一中,洪武时期只录有6人诗不到40首。他认为之所以这样,原因是:"当时岂无作者?无好事者表章之耳。"他指出了问题的一个方面,没有人收集整理,使得许多人的作品没能流传下来。但同时,也说明当时山东一带诗文创作并不繁荣,如果诗人众多,诗作纷繁,自然会有"好事者"为之揄扬表彰,使之流传。《列朝诗集》中所收明初江南诗人众多,就是明证。

在永乐至成化这几十年中,在全国文学界占主导地位的是以"三杨"为代表的"台阁体",他们官高位尊,所作诗文作品,内容多歌功颂德,粉饰现实;艺术上追求雅正,流于平庸。这种风气,严重阻碍了文学的健康发展。虽有以李东阳为代表的"茶陵诗派"欲别树一帜,但仍然未能摆脱"台阁体"的影响。而这期间山东籍人士官居高位者寥寥,因此所受到"台阁体"影响并不显著。其间作家也不太多,值得一提的有黄福、许彬。

黄福（1363—1440），字如锡，昌邑人。洪武中，由太学生历金吾前卫经历，上书论国家大计，太祖奇之，超拜工部右侍郎。建文时，深见倚任。成祖平定安南后，命福以尚书掌布政、按察二司事。他在安南编氓籍，定赋税，兴学校，置官师，建立了一套行之有效的制度，并且严戒属吏苛扰百姓。他在交阯凡十九年，百姓安居乐业。但黄福回京几年后，"交阯贼遂剧，讫不能靖。"（《明史》本传）因为继任者并没有继续他的政策，因而使社会矛盾激化。黄福著有《黄忠宣集》。《诗统》称他"所著诗文朴实雅淡"。他有不少诗作都是在旅途中完成，如：

  玉峡凌晨发，金川近午过。好山常叠翠，流水不扬波。舸缆逐津远，楼台傍岸多。呼童问风景，比尔越南何。（《过抚州》）
  总角沾天泽，拥旄涉宦途。两来交阯地，三过洞庭湖。水接长天远，山离大地孤。岳阳知己遇，重与问樽壶。（《过洞庭》）

描写当地的景物，都能把握住特征，而且意境开阔，景中有人。他的《过济南》诗说："往年载酒藕花湖，醉笔曾将舞袖涂。今日停骖杨柳馆，名泉虽有故人无。"也是清新流畅，有景有情。

许彬（生卒年不详），字道中，宁阳人。永乐十三年（1415）进士，改庶吉士，授检讨，正统末，累迁太常少卿，兼翰林待诏，提督四夷馆。英宗复辟后，进礼部左侍郎，兼翰林院学士，入直文渊阁。著有《东鲁先生集》。清代王士禛《北征日纪》中曾说："乡前辈许襄敏公诗有云：'道上钩衣苍耳子，风前聒客白头翁。'殊可诵。"其他如《送李佑之赴陕西参议》诗：

  十载含香侍上台，旬宣分陕用奇才。黄河九曲天边落，华岳三峰马上来。长乐月明笳鼓静，终南云敛障屏开。行行喜近重阳节，黄菊飘香入酒杯。

描写陕西的景物，大气磅礴，读之使人心胸开阔。

二　中期的创作繁荣

宣德至成化间，山东作家逐渐多了起来，其间如马愉、刘珝等人，都有一些好的作品，但总的影响都不大。成化间，毛纪（生卒年不详）有《鳌峰类稿》，其中诗8卷文16卷，诗文都有一些较好的作品，如《海山亭记》中的描写，就颇具文采：

> 或芳草令节，屯郡之士大夫，燕会其中，把酒长吟，凝视远眺，鲸波蜃气，浩瀚杳霭，瀹瀹涉涉，仿佛荡乎盎之襟次。而丛峦叠巘，苍翠碑兀，相对恍然，若超出于尘埃之表者。至若风清云淡，雨霁霞飞，市火炊烟，森霏鸟语，若无若近，出没不常，朝暮之间，变态万状，会心感怀，可喜可愕。则斯亭之景，岂非所谓瑰伟绝特之称者哉！

海山亭在东莱城东一里之外，原先是抗倭时修建的瞭望台，后废堙，因之而修建此亭。毛纪对在亭中眺望所见到的景色，给予了细致的描绘，所用句法，颇类宋代范仲淹著名的《岳阳楼记》，但并无模仿的痕迹，而是把呈现在眼前景物，形象地描绘了出来。徐缙序其文集时曾说其文"质直而浑厚，和平而简畅"，像这样文采斐然的作品，在他的文集中并不很多。

到了弘治、正德年间，"前七子"崛起，边贡厕身其中，才给山东的文学带来较大的起色。

明代的"复古"思潮，有着深刻的社会原因。明太祖是从统治了中国近百年的蒙古人手中夺回了政权，因此建国伊始，朱元璋就一切都要恢复汉制，连服饰也要返回到唐装式样。在思想上，则大力强化程朱理学的主导地位。在科举中，以八股文取士，应试文中所讲"四书""五经"之义，又必须以程、朱注疏为准，不准稍有越轨。这样，就使八股文成了士子安身立命之物，八股文风因此也产生了严重的负面影响。这些都使有识之士深为忧虑，于是李梦阳、何景明等人遂结为"七子社"，倡导"文必秦汉、诗必盛唐"，以打破人们对八股时文的迷恋，恢复秦、汉、盛唐那样内容充实、感情充沛、文采奕奕、风格多样的优良传统。"七子"的理论和创作，虽然也有偏颇，有毛病，但他们以复古为革新的主张，强烈地震撼了诗坛文坛，使文风诗风为之一新。山东的边贡名列"七子"之中，又和李梦阳、何景明、徐祯卿合称"弘正四杰"，在其中起了相当大的作用。边贡的创作，下面将有专节评论。

"七子派"倡导"文必秦汉，诗必盛唐"，其流弊则使剽窃模拟的风气盛行。尤其是秦、汉距当时时代较远，学习秦、汉散文者，往往写出佶屈聱牙的句子，使人读也读不通，因此"唐宋派"诸人，起而与之抗衡。"唐宋派"以福建的王慎中、江苏的唐顺之等人为代表。他们在山东也有影响。嘉靖初，李开先与王慎中、唐顺之等人并称为"八才子"。虽然"唐宋派"并不像前后七子那样有着公开的结社活动，其文学宗旨也不那么明确张扬，但在李开先的诗文作品中，确实和"七子派"有所不同。李开先以剧曲名世，下面会有专节论述。其诗文之名为曲所掩，但其文集中作品数量众多，也有不少较好的篇章。他在《昆仑张诗人传》中，曾说："物不古不灵，人不古不明，文不古不行，诗不古不成。"这段话可以说是对当时社会上复古风气的最言简意赅地概括了。他还有戏曲论著《词谑》，涉及戏曲的本事、声乐等许多方面，这里举其中《词乐》中的一段，以见其叙事的风格：

> 徐州人周全，善唱南北词，一日在酒肆唱〔赏花时〕，声既洪亮，节有低昂。邻一老贾，生平以知音自负，少有可其意者，闻唱，方因卧，即起而据床颦眉，愁第五句最难，或无下落。已而转折放顿，如贾之素所操习者。乃跳身于地，回视几上有白银十两、青蚨千孔、色绢二端，以一盘盛之，双手扶于顶上，膝行至全所，声："祖翁！某年已垂死，始闻此音，愿以微物将敬！"贾非丰裕者，全以此名闻天下。

寥寥数笔，把一个垂垂老矣的戏迷之痴情，与周全唱腔之高妙，活灵活现地展现在读者面前。其中如"颦"、如"跳"、如"声"诸词，最为传神。特别是"声"，不用"说""道""叫"等字，而用一"声"字，以名词作动词，使人如闻其"声"，把老翁的赞叹惊喜的情感，淋漓尽致地表现了出来。《四库全书总目·闲居集提要》说他"汲汲于经世，不甚争文苑之名。故所作随笔挥洒，一篇或至数千言，其诗亦往往叠韵至百首，其持论确于李、何，而终不能夺李、何之坛坫，盖有由矣。"但他确实也有一些具有较高成就的作品。

李开先对当时流传在市井民间的艳词歌曲，非常重视，赞赏它们是"语意则直出肺肝，不加雕刻"，反映了百姓的真实感情，因而也就得到百姓的喜爱，能够广泛流行。他自己也曾仿其体而作歌词，"市井闻之响应"，大受欢迎。他在《市井艳词序》中，强调"风出谣口，真诗只在民间。"他这样勇于向民间作品学习，对当时那些摹拟古人作品，不敢稍离尺寸的文风，具有针砭作用，在文学思想上应该说是比较进步的。以致后来钱谦益还说他："搜辑市井艳词、诗禅、对类之属，多流俗琐碎，士大夫所不道者。"（《列朝诗集小传》丁集上）虽然许多士大夫不屑一顾，但他对民歌的搜集整理的成绩，为后来许多研究者所称道。

这一时期山东文学创作的繁荣，除了表现在诗人和作品众多之外，还表现在山东本地也出现了一些诗社，诗人自觉地聚集在一起，吟诗唱和，共同切磋琢磨，留下了许多优秀的作品。其中最著名的就是"海岱诗社"。

"海岱诗社"出现在嘉靖十四（1535）、十五年间，成员是青州一带已经退休或赋闲在家的一批官绅，其中主要的是石存礼、蓝田、冯裕、刘澄甫、陈经、黄卿、刘渊甫、杨应奎等八人。这些人志趣相投，结为诗社，经常聚会，每逢节日，更是集在一起饮酒吟诗。虽然是诗酒唱酬，但作品所涉及的内容则非常广泛。他们虽都在乡闲居，已经不在其位，但他们却还是关心着时政，特别是边防战事。因为战争对于任何时代的国家和百姓来说，都是利害攸关的头等大事。当时的明朝，东南、西北皆有外患，他们对战、和的决策并没有发言权，但这并未能妨碍他们的倾心关注。冯裕在乐府诗《战城南》中写道：

　　前岁战，在云中；今岁战，在辽东。玉林塞南穹庐满，广宁城边人烟空。年年春草腓更绿，不知征战何时穷。

对连年的征战给经济和百姓生活造成的毁坏，表示了强烈的不满。他并且回顾历史："忆昔虏庭绝漠北，焉支祁连入中国。迩来胡马渐南侵，河外三城收未得。"历史上非常强盛,是什么原因造成近代以来的衰弱呢?显然是当权者的决策失误所致。对邻国的政策失当,遂使边疆屡被侵扰,而丧失的城池收不回来,更使敌人气数嚣张,不断挑衅。黄卿《三关书事》也表现了这种关注和反思:

  曾闻甲戌边声急,白首追谈足怆神。子女牛羊充塞窟,旌笳驼马暗风尘。山埋战骨云长惨,野哭惊沙草不春。旧日偾军今甲第,大廷持法是何人?

朝廷的赏罚不明,皇帝以个人的好恶决定将领的升降,不遵法度,对士气肯定会带来严重的伤害,这样的军队又怎么能够打胜仗呢?刘澄甫《君马黄》中写道:

  香闺红颜泣成血,边城白骨多如麻。交河北流无青草,年年走马交河道。

也是揭露连年的征战,给百姓造成的伤害和痛苦。除了朝政大事,他们对百姓的疾苦,也有一定的关心。中国古代是以农业为主,一遇水旱灾害,粮食必然减产,百姓的生活就会发生困难。冯裕《谷贵叹》写道:"往年斗米数十钱,今岁青蚨百余翼。"正是由于粮价大涨,一般百姓就要忍饥挨饿:"稚子奔波类鹄形,瘦妻伶仃如土色。"妇女和儿童都在经受着灾荒的煎熬。看到这些,诗人也很伤感:"三春无雨口嗷嗷,百里绝烟心恻恻。"然而他已退休在家,无权无财,丝毫也不能对灾民有所帮助,"有司谁上流民图?"只能希望当权者看到这种情形之后,能够如实上报给最高统治者,以采取措施,解救百姓的苦难。一般情况下,当局也会采取一些措施,来缓解民困。刘澄甫《蠲租》写道:

  租税年年急,疮痍何日苏。幸逢宽恤诏,将慰海邦逋。妻子仍无地,讴歌半载途。家家共牛酒,欢赏愿须臾。

这首通过对朝廷宽恤诏颁发后百姓欣喜情景的描绘,反映了在天灾人祸双重压迫下，满目疮痍的百姓，可以得到"须臾"的欢悦，但"疮痍何日苏？"才是诗人真正关心的问题，但又是非常难以解决的问题。

而在他们的唱和诗中，涉及最多的题材，仍然是对山水景物的描绘。冯裕有《梦游劳山》：

> 昔闻人说劳山高，巉巉万仞摩层霄。卓午茅斋正高卧，仿佛仙杖随卢敖。长风吹衣度海水，玉楼琼阁重云起。万壑千岩朗不迷，名花奇药纷相似。坐对师石窥龙岩，长藤百尺垂松杉。灵风萧萧飘玉瑟，瀑布细细开珠帘。逢萌幽栖如可睹，竹解成龙杏伏虎。仙人独坐玉虚岩，恍若目成不相语。欲语不语凌太空，海东片片丹霞红。倏忽雷雨垂火泽，顷刻日月开鸿蒙。觉来尚忆仙人曲，坐教三岛生茅屋。人世营营无了休，枕上片时游亦足。

劳山，亦称崂山，在山东半岛西南，是山东省的名胜之一。崂山东临崂山湾，南临黄海，海山相连，水气岚光，变幻无穷。其雄奇壮阔、灵秀幽清的景观，在诸名山中自有特色。《齐记》中曾说："泰山虽云高，不如东海崂。"由此可见前人对它是如何的赞赏了。冯裕借梦境，对崂山的高、险、奇、丽，或用白描，或用比喻，进行了生动地描绘。此诗七言古风大约是受到李白《梦游天姥吟留别》诗的影响，结构上也是结尾发议论，但李白诗末尾"安能摧眉折腰事权贵，使我不得开心颜"，其思想深度显然非此诗之议论所可比。这就是伟大诗人和一般诗人差别所在的一个重要方面吧。石存礼《幽居》写道：

> 幽居近城府，而无城府迹。耕凿乐岁时，樵木共朝夕。鸟啼芳树深，犬吠村巷僻。乘闲或杖屦，有酒邀邻客。扫石奠盏斝，藉草为茵席。陶然忘外求，所愿非所适。

在临近城市的乡村居住，与一般的百姓共处，满目花草芳鲜，时闻鸟啼犬吠，有时还可以和邻居饮酒闲话，真使人陶然其中。诗中描写了一片安详平和的乡村生活，在太平年代，百姓还是可以自得其乐的。冯裕的《山泉精舍》也描绘了相类的情景：

> 两山重重泉曲曲，高人傍此结茅屋。蓬窗引入清风来，白云常在檐阿宿。阶前紫竹几千竿，架上牙签三万轴。渊明秋熟多酿酒，陶然一醉东篱菊。间山老翁日相过，击节酣歌振崖谷。

在两山之间的泉水旁，有一所茅屋，清风徐来，白云悠悠，屋周围是竹林，屋门前是丛菊，屋之内是书架。茅屋的主人显然是作者的朋友，或许也是海岱诗社中的某一位，他们退休之后，在此一边观赏美景，一边饮酒赋诗，以颐养天年。

"海岱诗社"的一些作品，后来被冯裕的后代冯琦汇集成书，为《海岱会集》12卷，收录各体诗749首。其中的作品受到不少诗论家的好评。王士禛《古于夫亭杂录》中说："吾乡六郡，青州冠盖最盛。世宗时，林下诸老为海岱诗社，倡和尤盛。……倡和诗凡十二卷，冯文敏公所选，无刊本。予访得之。诗各体皆入格，非浪作者。"此集后来收入《四库全书》，《提要》中也赞同王士禛的评价，认为："其诗皆清雅可观，无三杨台阁之习，亦无七子摹拟之弊，故王士禛称其各体皆入格，非苟作者。"并且指出原因就在于他们，"盖山间林下，自适性情，不复以文坛名誉为事，故不随风气为转移。而八人皆闲散之身，自吟咏外，别无余事，故互相推敲，自少疵类。其斐然可诵，良亦有由矣。"认为这些人全是"为诗歌而创作""对景言情，即事属辞"（卷首魏允贞序），并不想借此博得声誉或换取其他什么东西，所以能够不受当时诗坛流行风气的影响；而且他们又有余暇，可以反复推敲，互相琢磨，因而就能够留下好的作品。

除了"海岱诗社"之外，各地也都出现了一些诗人。如殷云霄（生卒年不详），字近夫，号石川，寿张人，弘治乙丑（1505）进士，官南工科给事中，有《石川集》。《国雅品》曾称赏他"才情遒丽"。《明诗综》则说："近夫如传写手，欲并生面，而神采未工，然风格自存，终不作铺眉苦眼求似。"他的《长店》诗写道：

> 大风扬尘沙，白日昏林丘。前途浩莫辨，聊此停吾舟。崇岗蹲狐狸，高树鸣鸺鹠。我欲驱之去，惜哉无弓矛。鸾虞嗟已矣，此辈今何求。

显然是一首寓言，对奸臣当道，世事淆乱，前途难卜，发出了无奈的哀叹，这也是旧时代一般正直读书人所常常遇到的苦闷。殷云霄自称"性不谐俗务，往往爱名山"，因而游山玩水的诗作不少，对大自然美景的描摹，有时也很细致。如《石门》诗，记述他陶醉在"冥冥云霞窟，山高水潆洄"山水之中，"自酌还自歌，日夕不忍还"，流连忘返，乐不思归。

而聊城人许成名（生卒年不详），字思仁，号龙石，由于他没有功名，生活在社会下层，因而对民生凋敝，社会疮痍，多有揭露。他在《出郊有感》中说：

> 北门驱马出隈头，极目萧条起客愁。田已荒芜缘水旱，村仍流徙困诛求。明廷屡下宽民诏，当路谁能为国谋。潦倒民生无自补，几番空抱杞人忧。

正因为他自己穷困潦倒，所以对下层百姓的苦难接触较多，了解较深。旱灾是中国北方最常发生的自然灾害，北方的水利条件远远不如南方，所以山东诗人的作品中，往往多出现对干旱的描写。又由于山东靠近当时的边防，所以诗人也多对边关战争给予较多的注意。许成名的作品中，就屡屡有这方面的题材，如《题任麟石骢马出塞图》中，在叙述了画图中的场景之后写道：

> 今年骄虏忽犯顺，疆场无备师无纪。羽书未报明光宫，孤军已覆长城垒。况苦骄阳亢欲极，赤地千里无种植。更兼沙碛易枯槁，遂令禾黍为荆棘。边氓枵腹有待哺，甲士荷戈无喘息。

边关条件的艰苦，明朝军队的腐败，百姓在战乱中的灾难，都令人触目惊心，而朝廷之上，"文儒只烦多议论，纨袴无策能肉食"，只是空谈议论，根本没有解决的办法。在《题臧梧岗司寇行边图》，许成名议论道："匈奴自古无强弱，失驭则恣驭则削。汉唐之盛鉴伊迩，天骄往往为其缚。"关键在于如何处理与边疆少数民族政权的关系，如果能够处理得好，就会和平共处，百姓安乐，但明代显然没有处理好，而且"民之膏血尽权幸,比来苏息何能康?"贪官悍将只会中饱私囊,国家又如何能够安定?百姓如何能够安居乐业?明代的边防,一直不太安靖,也一直没能好好解决,直至最后,还是东北边疆的满洲军队,打入了北京,取代了朱氏王朝。

这一时期的创作繁荣,还表现在出现了一些族群作家,即是一个家族中,或是兄弟数人皆以诗名,或是从祖、父到儿、孙辈,连续几代都有比较著名的作家出现。比如临朐的冯氏,冯裕的四个儿子,都有诗名,被人称为"五冯",其孙辈中也有不少诗人,直至其玄孙冯琦,仍以文名于朝廷。还有曹县的王氏,王崇仁、王崇文、王崇献、王崇俭兄弟,皆有诗集传世。这一部分,下面还有专节论述。

如果说边贡在"前七子"中只是普通一员,那么到了嘉靖、隆庆时崛起的"后七子"中,谢榛、李攀龙这两个山东诗人,曾先后充当"后七子"派领袖人物,使山东诗派对全国诗坛的影响大大地加强。前七子成派之后,追随者众多,由于其文学理论和创作实践上的某些偏颇,造成了严重的流弊,因而反对的声音逐渐大了起来。王慎中、唐顺之等人揭橥"唐宋派"宗旨,与之抗衡。但"唐宋派"在散文的创作上较有成就,而在诗歌上,仍然摆脱不了"道学体"的影响,因此,又有"后七子"挺身而出,重举"前七子"的旗帜,对诗坛上的台阁体、道学体以及八股时文的影响,进行了更猛烈的扫荡。在七子结社之初,讨论如何学习前人时,谢榛认为当选初唐盛唐十四家著名诗人作品之"最佳者",认真学习,"熟读之以夺神气,歌咏之以求声调,玩味之以裒精华"(《四溟诗话》卷三),然后自成一家。他的主张得到诸人的首肯。由于他年长,且早有诗名,所以在开始阶段实际上是"后七子"的领袖。但由于他是布衣,而李攀龙等人皆有功名,且年轻气盛,因而对谢榛的批评指教产生反感,诗社内部遂起龃龉,诸人驱逐谢榛,由李攀龙取而代之。李攀龙、王世贞等人,在一起纵论古今,品评当代,主盟诗坛达数十年之久,形成了庞大的七子诗派,彻底扫荡了"台阁体"的影响,使得"当世诗文,下不在山林,上不在台阁。"(汪道昆《太函集·与王弇州》引王世贞语)而山东更是诗人辈出,特别是在李攀龙的家乡,形成了"历下诗派",出现了不少比较著名的诗人。这些在后面都有专节论述。

"七子派"影响虽大,但也不能一统天下,即使在山东也是如此,也还有一些不受派别牢笼的诗人。如苏祐（生卒年不详），字允吉，一字舜泽，濮州人，嘉靖丙戌（1526）进士，历官总督宣大兵部尚书，有《谷原诗集》。陈子龙在《皇明诗选》中评论说："司马诗沉雄雅炼，边塞之篇不愧横槊，七律格律精严，声调清亮，咄咄逸群而上。"如《出塞》：

  风急天高动鼓鼙，黄云白草照旌旗。单于秋牧榆林塞，烽火宵传晔马池。声断悲笳胡雁起，气沉明月汉军知。长驱乌合腥膻垒，安见鹰扬节制师。

显然受到杜甫诗的影响，具有沉郁顿挫的风格，激昂铿锵的音调，这正是他多年在边防前线的生活环境所造就。即使是绝句小诗，也具有这种面貌，如《即事》：

  山入北楼双眼明，凭高遥见应州城。天中宝塔层层影，风外金铃杳杳声。
  大石相连小石开，蒙茸林薄锁墩台。据形已得高山险，制变还须大将才。

前人曾称赏他的诗有"盛唐遗韵"，这些诗确实是具有唐代边塞诗那种大气磅礴的风貌。如果说苏祐学唐诗，和李攀龙等人还有近似之处的话，那么李开先等人，可以说就和"七子派"的诗文趣向相差甚远了。李开先的戏曲更为著名，下面会专节论述，这里只简要谈谈他的诗作。前人对他的诗评价不高，如谓其"为文诗不循格律，诙嘲谈笑，信手放笔"，认为其诗虽多，"然词浮意浅，多何尚焉？"但汰其凡庸，仍有不少佳作。如《早春即事》：

  柳半青黄叶欲舒，雪残又是雨晴初。带耕且读陶潜传，种树频翻郭橐书。每抚雄心还自笑，羞将鹤发对人梳。真如生计惟春日，罢吏为农十载余。

由于他在壮盛之年，就因上疏抨击朝政而被罢官，在家闲居近二十年，所以在诗文中也常常表现那种愤懑不平之气,再如《村游晚归感怀》中:"世态如云变,年光逐水流。塞翁非失马,庄叟叹牺牛。横笛吹新恨,寒砧捣旧愁。食场驹皎皎,在野鹿呦呦。谤以虚名起,官因愚直休。"都是这种牢骚满腹的发露。有时也会故作旷达,如《富村翁》诗中描写了一个"家世本山丘,事业惟田畴。经年一到县,半生不到州"的乡翁,遇到年成好,"多收十斛麦,心轻万户侯",一幅志得意满的神态,这是因为他"胸中无别虑,身外复何求"。作者对此富村翁非常羡慕,诗的结尾说:"吾惟曾作吏,浸淫有智谋。若是终田舍,此老共为俦。"但一个"若是",表明他在内心深处,是不甘心"终田舍",还希望有机会东山再起。旧时代的官僚,常常会因各种原因而遭到贬谪乃至罢官,在仕途上一帆风顺的人可以说是很少的,所以李开先诗中的牢骚不平,也就具有相当代表性了。

这一时期的文学,还有值得一提的就是戚继光的诗文。戚继光(1528—1587),字元敬,号南塘、孟诸,蓬莱人。袭父职任登州卫指挥佥事,嘉靖中调浙江任参将,后升任总兵官。隆庆初,调值蓟州,守御得力,边境平靖无事。著有《纪效新书》《止止堂集》等。他的诗作,往往是描写他"一年三百六十日,多是横戈马上行"(《马上行》)的军旅生活,以及"但使玄戈销杀气,未妨白发老边才"(《盘山绝顶》)的保卫祖国边疆的决心。他虽是武将,但由于他喜读书,又与王世贞等文人交好,所以诗中也多佳作,如《过文登营》:

> 冉冉双幡度海涯,晓烟低护野人家。谁将春色来残堞,独有天风送短笳。水落犹存秦代石,潮来不见汉时槎。遥知百国微茫外,未敢忘危负岁华。

文登山,古名不夜城,在山东沿海,属登州府,当时有军队驻守。嘉靖年间,日本浪人勾结海盗,多次大规模地侵扰我国沿海地区,东海人民深受其害,倭寇成了当时的一大边患。戚继光召募士卒,严加训练,组成了一支战斗力很强的"戚家军",痛剿倭寇,战绩辉煌。这首诗就是描写当时他巡察山东沿海各营防时,到达文登营时的情景。帆船在微风中缓缓而行,沿岸的炊烟缭绕,一片和平宁静的气氛。百姓的平安生活,怎能让人侵者来破坏呢？"水落"二句，写出了我国历史的悠久，秦、汉时的国力强盛。作者因此更感到了责任的重大，泱泱大国，怎能受那些海外夷邦的欺负呢？作者居安思危，表现了一名爱国将领的高度责任感。诗也写得对仗工稳，情景融洽。沈德潜评戚诗时曾说："无意为诗，自足生趣。"（《明诗别裁集》）此诗也体现了这种特色。明代将领中能诗者颇有其人，如同时的另一名将俞大猷，《列朝诗集》中也收有他的作品。

戚继光在戎马倥偬之余，勤于著述，除诗歌之外，还有许多作品传世。特别是他总结练兵经验的《纪效新书》，尤为后人重视。他在《自序》中说：

> 数年间，予承乏浙东，乃知孙武之法纲领精微莫加矣，第于下手详细节目，则无一及焉，犹禅家所谓上乘之教也。下学者何由以措？于是乃集所练士卒条目，自选畎亩民丁以至号令、战法、行营、武艺、守哨、水战，间择其实用有效者，分别教练先后次第之，各为一卷，以诲诸三军，俾习焉。顾苦于缮写之难也，爰授梓人。客为题曰《纪效新书》。夫曰"纪效"，明非口耳空言；曰"新书"，所以明其出于法而不泥于法，合时措之宜也。

这段话清晰地叙述了作书的缘起，书的内容，以及书名的含义，文章写得明白条畅。戚继光虽然和"后七子"的领袖王世贞等人交情甚笃，在文学上也受到他们相当的影响，但却没有沾染"摹古"的毛病。他认为，《孙子兵法》"精微莫加"，是指导作战的"纲领"，但如何具体付诸实践，孙子没有讲，前人讲的也不多，于是他就根据自己的实践经验，对其加以补充，所以是"新书"，并不是古人的翻版，而且书中所言，多为行之有效的实际经验的总结。清人许乃钊盛赞此书，说它："语语可为孙吴注脚而不袭韬钤一字。至其说理精微处，直与阳明语录并传。盖非躬行心得者，不能体之深而言之切也。"（《纪效新书序》）像明代最著名的哲学家王守仁的语录一样，戚继光的兵书，在写作上力求通俗易懂，多使用口语，而不追求辞藻华丽。从文学叙述的角度来看，戚书也有值得称道的地方。

三　面对现实的后期作家

万历之后，明朝的历史步入了晚期。文学方面，"七子派"剽窃模拟的弊端，逐渐显露出来。"公安派"倡导"独抒性灵，不拘格套"（袁宏道《叙小修诗》），"竟陵派"则"别出手眼，另立深幽孤峭之宗"（钱谦益《列朝诗集小传》），但二派均出自湖北，追随者也多为南方人士，在北方的影响要小得多。这时山东的诗人仍然不少，但影响却远不能和以前相比了。虽然有赞同"公安""竟陵"之论者，但步趋"七子派"者，仍然大有人在。这是因为明末时局日坏，百姓生活每况愈下，使得人们不得不关注社会现实。而"公安""竟陵"诗人都有些脱离现实的倾向，如袁宏道曾说自己："新诗日日千余言，诗中无一爱民字。"（《显灵宫集诸公以城市山林为韵》）虽然是针对"假杜"的过激之言，却也表现出其偏颇之处。钟惺则说："我辈文字，到极无烟火处，便是机锋。"（《与谭友夏》）也是脱离现实的论调。而这时期山东诗人，创作了大量地反映社会现实和百姓苦难的作品。而在馆阁之中，也出现了于慎行、冯琦二位山东籍人士鹤立鸡群的局面。

于慎行（1545—1608），字无垢，号穀山，东阿人。年17，举于乡，隆庆二年（1568）进士，官至礼部尚书，卒赠太子太保，谥文定。著有《穀城山馆诗文集》《穀山笔麈》等。于慎行对当时"七子派"末流的弊端，非常不满，屡屡予以抨击，以纠其偏。他曾论古乐府说：

> 唐人不为古乐府，是知古乐府也。辞声相杂，既无从辨，音节未会，又难于歌，故不为尔。然不效其体，而时假其名，以达所欲出，斯慕古而托焉者乎。近世一二名家，至乃逐句形模，以追遗响，则唐人所吐弃矣。（《古乐府本调序》）

这显然是针对李攀龙而言。受李攀龙的影响，其追随者多有摹仿古乐府的作品，佶屈聱牙，令人难以句读，形成了很坏的风气。于慎行开始也受到这种风气的影响，"余间为郊祀铙歌，可数十首，已而视之，颇涉儿戏，亦复不自了然，遂焚弃之"。经过反思，他认识到这种做法的危害，遂大力加以反对。他自己在后来的创作中，也是努力避免剽窃模拟弊端的影响，因而写出了不少好作品，钱谦益《列朝诗集》选录他的作品达94首，是所收作品数量最多的诗人之一。如他的长篇古诗《长安道》：

> 东出灞陵桥，回望长安道。烟花万户暖风轻，罗绮千门明月晓。汉家宫阙郁苕峣，碧阁珠楼倚绛霄。丞相衣冠苍玉佩，将军甲第赤栏桥。平明内殿承颜色，目晏朝回行紫陌。夹道金羁赭汗流，盈门绣辖朱尘塞。人生得意自辉光，刺谒纷纷满路旁。一笑看人回禄命，片言酬客腐肝肠。小子胜衣皆受印，苍头结绶亦为郎。貔虎三千陈列第，鸳鸯七十闲东厢。银床月茎流苏帐，翠幕烟浮玳瑁梁。灯前北里千金舞，座上宜城九酝觞。年去年来无旦暮，春花秋月依然度。歌吹平连长乐钟，林园直接新丰树。只知娱乐不知忧，转眼荣华逐水流。谁道冰山可永恃，谁言天雨可重收。曾闻上将幽钟室，曾见元公赐养牛。博陆门前罗鸟雀，平津邸内走鼪鼬。古来世事浑如许，道上垂杨不解语。唯有东陵旧日侯，瓜田看尽青门雨。

长安是汉、唐历代的古都，有许多巍峨的建筑，尤其是皇宫内院和达官贵人的豪宅，当其繁盛之时，真是歌舞升平，花团锦簇，但这些人春风得意之时，"只知娱乐不知忧"，并没有想到秋风落叶会到来，因而一旦衰败，就忽啦啦似大厦倾，往日的歌舞场，就变成了只有"鸟雀""鼪鼬"光顾的地方。于慎行面对日渐衰败的朝政，不断地在提醒当权者，如果没有忧患意识，就会出现"转眼荣华逐水流"，到时悔之晚矣。他还以当代权臣的下场为例，《武定侯墓歌》中描写"当时贵宠真无匹，势倚青天回白日"的武定侯郭勋，在皇帝的宠幸下，胡作非为，不可一世，"权相交欢亦扫门，彻侯受酒咸避席。此时意气薄青云，睥笑看人宠辱分"，人人都巴结他唯恐不及，谁也不敢得罪他半分，这时他们心中"自言富贵无销歇"，但是事物的规律却是"争见桑田海亦竭"什么都在变化之中，个人是这样，国家也是这样。当年"郁苕峣""倚绛霄"的"汉家宫阙"，后来的结局如何，不是显而易见的吗？"古来世事浑如许"，能够吸取历史教训的又有几人呢？唐代杜牧《阿房宫赋》中说过："秦人不暇自哀，而后人哀之。后人哀之，而不鉴之，亦使后人而复哀后人也。"于慎行诗中同样包含这样的感慨。万历之后，明朝统治者加速了腐败的进程，身居高位的于慎行，不能不对此有深切的感受。在他的作品中，这类题材还有一些，如《双林寺歌》等。另外，他的一些小诗也别有风味，如：

> 侬如水中石，波至亦累累。欢如陌上尘，左右从风吹。（《子夜歌四首》其四）

除《子夜歌》之外，他还有《子夜春歌》《子夜夏歌》《子夜秋歌》《子夜冬歌》各数首，与前人同题的诗作一样，都是模仿民歌腔调，或写男女爱情，或写生活情趣，有些也比较出色。

于慎行还有《谷山笔麈》《读史漫录》等著作，对明代万历以前的典章制度、遗闻逸事多有记述，不仅为后来研究者提供了政治、经济、文化、军事、宗教诸多方面的大量史料，而且在文字上，也有较高的可读性。这里举其《笔麈》中的一则：

> 杨公好奇，多雅致，平生宦游，所历名山，皆取其一卷石以归。久之，积石成小山。闲时，举酒酬石，每石一种，与酒，亦自饮也。予慕其事，而无石可浇，山园种菊二十余本，菊花盛开，无可共饮，独造花下，与酒一杯，自饮一杯，凡酬二十许者，径醉矣。

杨公指作者的朋友杨巍。这一段记述了当时士大夫中那些洁身自好者的雅趣，宁可与石、与花为伴共饮，也不肯同流合污。《明史》本传说："慎行学有原委，贯穿百家。神宗时，词馆中以慎行及临朐冯琦文学为一时冠。"

冯琦（1558—1603），字用韫，临朐人。他幼颖敏绝人，年19，举万历五年进士，改庶吉士，授编修，累官礼部尚书，卒于官。天启初，谥文敏。著有《宗伯集》《北海集》等。临朐冯氏，自冯裕以来，代有人才，多有诗文集传世。冯琦在朝多有建树，其诗文也颇著名，正如陈子龙《皇明诗选》所说："宗伯经术之上，其诗虽未冥搜，亦能象合。"如他的长篇歌行《观灯篇》，描写京城元宵节的热闹非凡的场面。万历初年，经过张居正改革，国力有所恢复，"新岁风光属上元，中原物力方全盛"，北京城中，到处张灯结彩，"薄暮千门凝瑞霭，当天片月流光彩。十二楼台天不夜，三千世界春如海。万岁山前望翠华，九光灯里簇明霞"。出现了"星桥直接银河起"的无比壮观的景象。而普通百姓的欢乐，远远比不上皇亲国戚：

> 灯烟散入五侯家，炊金馔玉斗骄奢。桂烬兰膏九微火，珠帘绣幌七香车。长安少年喜宾客，驰骛东城复南陌。百万纵博输不辞，十千沽酒贫何惜。夜深纵酒复征歌，归路曾无醉尉诃。六街明月吹笙管，十里香风散绮罗。

这些人穷欢极乐，一掷万金，这些场面，真是如"烈火烹油，鲜花着锦之盛"。但是，在这繁盛的后面，还是有不少穷困的百姓，诗中笔锋一转，接着写道："绮罗笙管春如绣，穷檐蔀屋寒如旧。谁家朝突静无烟，谁家夜色明于昼。夜夜都城望月新，年年郡国告灾频。"能够透过繁华景象，看到下层百姓仍然缺衣少食，在贫困线上挣扎，表明作者具有"己饥己溺"的胸怀，同时又具有清醒的头脑。在诗的结尾，他希望"愿将圣主光明烛，普照冰天桂海人"，希望皇帝能够对穷困百姓雪中送炭，而不要只是给皇族权贵们锦上添花。但是万历皇帝亲政之后，即把张居正改革措施废除几尽。而且深居后宫，多年不临朝听政。朝廷之上，正直的大臣，多被排挤。冯琦《壬辰书事赠别钟淑濂张伯任》诗中就记述了其中的一件事，诗中说：

> 所惜正士去，满朝气凋丧。从兹天厩马，静立含元仗。居然言路塞，兼虞祸机酿。

虽然"古来直节士，大半投炎瘴"，是封建社会中的普遍现象，但诗人还是为朝政非常忧虑，因为他清楚地认识到，言路闭塞，肯定会"祸机酿"。壬辰是万历二十年（1592），果然没过几年，明神宗就派遣宦官为矿监税使，四出开矿征商，掠财扰民，在全国许多地区都多次激起民变。除了朝政大事的题材之外，冯琦诗中的题材也很广泛，有不少佳作。如《送孝与东归》：

素衣不惯帝京尘,出郭看春已暮春。我自倦游君未遇,杨花如雪送归人。

赠别朋友离京,情景交融,音节流畅,有唐人绝句风味。

钱谦益对于、冯二人的文学评价颇高,在《列朝诗集》二人之诗都选录了数十首,而且为两人各写了很长的小传,认为:"学有根柢,词知典要,二公其卓然者也。"并且指出:"自时厥后,词林之学,日就踳驳,修饰枝叶者,以肥皮厚肉相夸;剥换面目者,以牛鬼蛇神自喜……而气运亦滔滔不可返也。"钱谦益很强调文学和国运的关系,他甚至认为不良的文风要对明代的灭亡负有责任。虽然他的论述不无偏颇,但具有一定的合理性还是显而易见的。

明代末期,山东的不少诗人都看到了社会问题的严重性,并且在作品中有所反映。百姓所遭受的苦难有许多方面,在天灾人祸的压迫下,许多百姓走投无路,只能委尸沟壑了。杨士聪的《凶年四吟》就集中反映了当时百姓的遭遇,诗前小序中说:"崇祯庚辰辛巳(1641)济宁大饥,人相食,土寇蠢起,感时有作。"首先是天灾,其第一首说:

累年皆赤地,无怪民穷蹙。釜甑既生尘,爨烟绝比屋。
三旬鲜九食,瓶空那得谷。滤槐收涩实,剥榆露白木。杨树罄寒林,草根殚邃谷。一家先后亡,寂尔无人哭。已分作捐瘠,曷辞委沟渎。所恨息未绝,同类厌其肉。良吏括仓庚,辛勤为饘粥。久饥始一餐,焉能拯枵腹。相将赴暗途,止争迟与速。(右死饥)

连年干旱,庄稼颗粒无收,百姓没有了生活来源,只得想方设法,把一切能够充饥的东西都搞来吃了,但这些东西本就有限,吃完之后,命也就完了。没有饿死的呢?也不得安生,因为饥寒生盗心,为饥寒所迫,强盗就多了起来,这些强盗并不是像现代某些小说中所虚构的那样纪律严明,而是"焚烧作生涯,杀戮为娱乐。远镇既攻陷,近村恣驱掠"(《死寇》)。有寇就有官兵来剿灭,但官兵对百姓更是毫不客气,"缘村掠民蓄,如驼识水脉。马牛择肥健,女妇相与夕。少抗辄被戮,孰操自完策。贫无立锥者,更复遭奇厄。谈笑借汝首,聊以充斩馘。所地闻哭声,过后余萧索。"（《死后》）民谚所谓："寇过如梳，兵过如剃。"官兵对百姓的摧残往往大过贼寇。侥幸躲过这些劫难的，还没算完，又发生了病疫。春天气候渐暖，疫情也流传开来，染病者根本无医可救，"横尸在通衢，端为乌鸢设。腐骴每随风，乱骨饿森雪。"（《死疫》）在明末，山东一带还不是遭灾最重的，但百姓也是倍受荼毒。作者写此诗时已经到了崇祯的末年，三年之后，明朝就被农民起义军推翻了。

当时还有一些诗人是跨越明、清两个朝代的，特别是一些至死不肯臣服于异族统治的遗民，山东也有不少。这些将在后面清代部分再加论述。

第二节 曲坛新局面的开拓

明代曲坛继元曲繁荣之后，由于能别开生面，从而焕发新机，勃勃向荣。散曲自元代蔚兴，至明代又成为文人普遍掌握的一种文体样式。有明一代，散曲作家、作品的数量以及散曲的样式、内容的丰富性和风格的多样性，散曲流播地域的广泛性，都已大大超过了元代。戏曲至元末南戏兴起，渐与杂剧并驾齐驱，而至明中叶以后传奇则完全取代了杂剧，成为一种新兴的戏曲样式风靡大江南北。其作家作品的数量以及作品的体制规模都也已超过元代杂剧的繁荣情况，明王骥德《曲律》卷一《论曲源》即曰："始犹南北画地相角，迩年以来，燕、赵之歌童舞女，咸弃其捍拨，尽效南声，而北词几废。"正是说的这种新情况。

在曲坛发生变化的时刻，山东曲家不但积极适应新的形势，而且他们之中不少人还走在时代的前列，为明代曲坛开拓新局面作出了独特的贡献，在明代散曲史和戏曲史上，山东曲家都占有举足轻重的地位。

明代和元代相比，汉人又争得了统治地位，千年的文化传统得到恢复和继承，儒学理学和科举考试、读书做官，又成为文人生活的主宰和必走之路。但是这条路却极多坎坷波折，每一个人都会遇到种种不如意，自金元以来兴起的散曲、戏曲等文学样式，就成为明代士人抒发其牢骚和不平的工具。正如清吴伟业在《北词广正谱序》中所言："盖士之不遇者，郁积其无聊不平之慨于胸中，无所发抒，因借古人之歌呼笑骂，以陶写我之抑郁牢骚；而我之性情，爱借古人之性情，而盘旋于纸上，宛转于当场。"文人要借用流行的曲词样式抒发自己的感慨，就必须要熟练地驾驭其形式，同时自觉不自觉地追随着时代的变化而给散曲和戏曲样式注入新的血液、新的活力。

明代曲坛变化大体表现在如下几个方面：

一 杂剧的雅化、短化和南化

杂剧在元代本为市井文学，"俗"乃其本色，但入明以后，为适应上层人士欣赏的需要，杂剧首先就向着雅化方面发展。其中山东著名的戏曲家贾仲明就是杂剧雅化的先驱者之一。

贾仲明（1343—1422），一作仲名，号云水散人、云水翁，淄川人，后徙居兰陵（今苍山）。《录鬼簿续编》称他天性明敏，博究群书，善吟咏，尤精于乐章、隐语。明成祖朱棣为燕王时，他曾为文学侍从，倍受宠爱。每有宴会应制之作，无不称赏。他为人丰神秀拔，衣冠济楚，量度汪洋，天下名士大夫咸与之相交好。所作传奇、乐府极多，骈丽工巧，有非他人所及者。一时侪辈，率多拱手敬服以事之。著有《云水遗音》集，杂剧16种，散曲近百首。

文人为王爷或皇家侍从，其所作就必得适合主子的口味才能得到其称赏，而这些帝王们的兴趣与平民百姓自不会相同。简率粗俗之作不会得到他们的青睐，精练雅致也就成为曲作家努力的方向，内容形式自然也要趋于富丽堂皇歌舞升平。试看其散曲套数《元宵赏灯》：

〔醉花阴北〕国祚风和太平了，是处产灵芝瑞草。圣天子，美臣僚，法正官清，百姓每都安乐。喜佳节值元宵，点万盏花灯直到晓。

〔画眉序南〕花灯儿巧妆描，万朵金莲绽池沼。任铜壶绝漏，禁鼓停敲。庭内外香霭齐焚，楼上下灯光相照。楚腰。罗绮丛中俏，人在洞天蓬岛。

〔喜迁莺北〕似神仙般欢乐，听梨园一派笙箫，青霄，月离了海峤，恰便似宝鉴高悬银汉遥。明皎皎，月色和灯光相射，灯光和月色相交。

〔画眉序南〕街市上喜通宵，仕女游人斗施巧。剪春娥云鬓，宝钗斜挑。红袖底双握春纤，华灯下相看花貌。楚腰，罗绮丛中俏，人在洞天蓬岛。

这一套曲共 12 只曲，由此 4 支已可充分看出其曲词全是歌颂朱明王朝天下太平万民同乐，这是完全迎合统治者愉悦的曲作。把当时社会说成是美好的仙境，把人们生活都说成是神仙般欢乐，这是地地道道的粉饰和颂歌。其曲的华丽情调和华美词藻标志明代套曲已脱离元代的粗犷质朴，而以其为基调和基本结构的杂剧，自然也就呈现出雅化的新特色，此外套曲中的一北曲一南曲的结合交互运用组成一套的形式，已成为当时流行的样式，杂剧曲调的南化已见端倪。

贾仲明所作杂剧 16 种，今存 6 种，它们是《裴度还带》《对玉梳》《菩萨蛮》《玉壶春》《金安寿》和《升仙梦》等。这些剧作主要内容是写神仙度脱，以迎合贵族追求长生不老之心态，再就是写才子佳人悲欢离合，满足社会上层人士追欢求乐之情思。其曲词都偏向雅丽香艳。如《金安寿》第四折：

〔梅花酒〕呀，俺如今便去来，既换骨抽胎，早降福消灾。也不须守戒持斋，昨日过今日改。玉面猿戏丹泽，绿毛龟枕碧苔，银斑鹿践香埃，朱顶鹤守仙宅，金睛兽护苍崖，众毛女喜颜开，共道侣笑哈哈，献蟠桃筵会排。度金童上丹台，引玉女列仙阶。

〔收江南〕呀，兀的不是月明千里故人来，抵多少一场春梦唤回来。今日个满堂和气醉归来，贤贤易色，再休提洛阳花酒一齐来。

此剧正名为《铁拐李度金童玉女》。神仙道化剧本为元杂剧中一大门类，元曲四大家之一马致远就是作此类剧的高手。但元杂剧中的神仙道化剧内里却多寄托、多愤慨，以出世而讽现实。至贾仲明则转化为咏歌神仙世界，虚无缥缈，远离现实。他的《吕洞宾桃柳升仙梦》《丘长春三度碧桃花》等等剧作实际已成为明代初年神仙度脱剧大为兴盛的滥觞，由其开风气之先，而后才有朱有燉《诚斋乐府》和众多的神仙度脱剧作。而且其剧作如《升仙梦》用南北合套唱演，也标志着杂剧在明代已"自觉"融合南曲，适应时代的要求，顽强地谋求着生存发展之路。

贾仲明另一类才子佳人剧作虽然已无元杂剧深刻的社会意义，但在描写风情上仍不失为行家里手，极适宜演出，排场热闹，语词华美，能得到时人的欣赏。如《玉壶春》剧第一折：

〔六么序〕呀，猛见了心飘荡，魂灵儿飞在天。怎生来这搭儿遇着神仙？他那里眼送眉传，我这里腹热心煎，两下里都思惹情牵。他则管送春情不住相留恋，引的人意悬悬，似热地蚰蜒。他生的身躯袅娜真堪羡，更那堪眉弯新月，步蹩金莲。

〔么篇〕好着俺俄延，熬煎，眼晕头旋，有口难言，兀的不送了我也这一搭儿平原。他那里退后趋前，俺这里意马心猿。几时得共宿同眠，若天公肯与人方便，成就了一世姻缘。若是风亭月馆谐莺燕，但得他舌尖上甜唾，才止住这口角头顽涎。

此曲写李唐宾郊游遇到妓女李素兰一见钟情、神魂飘荡的情态可谓活灵活现，后历经曲折两人终得结合。这种内容的剧作在明代是一大门类，而贾仲明对此种剧的开拓之功乃在于写时事，以真人真事入戏。《玉壶春》中的男主角就是贾仲明的好友，广陵人李唐宾，号玉壶道人者。李唐宾曾官淮南省宣使，也是一位著名的曲家，所作俏丽，与贾仲明气味相合。《玉壶春》即是写李唐宾青年时代的逸事。写时代真人真事的剧作，贾仲明还有《甄秋峰诗酒漆园春，顺时秀月夜英（燕）山梦》。顺时秀乃元代大德年间名妓，此剧或写贾仲明耳闻其晚年之事。因为贾仲明根据其所闻在修补《录鬼簿》时，曾在元曲家杨显之名下言顺时秀称杨为伯父。

贾仲明在明代杂剧雅化、南化过程中可谓是一位先驱性人物，一位标志性人物。而他的吸收时事和现实人物入剧，又为日后明代戏剧写政治时事开了先路。作为一个戏曲家，贾仲明在中国戏曲史上有一席不容忽视的地位，还不在于他的剧作，而在于他的散曲内容有绝大部分是歌咏吊挽元曲家者；在于他对元代所存留下来的唯一一部全面记录元曲家事迹的典籍——《录鬼簿》作了不少有价值的修改。正像有学者所言："贾仲明作为一个有心人，积极利用其时代靠近和为燕王作文学侍从的方便条件，全力搜罗资料，为钟嗣成'拾其遗而补其缺'，其历史功绩与贡献是不可抹杀的。"[①] 其中像其〔双调·凌波仙〕《挽关汉卿》《挽马致远》《挽王实甫》曲早已成为人们对关、马、王评论的定语：

---

① 杨栋：《中国散曲学史研究（续篇）》，济南：山东大学出版社1998年版，第6页。

珠玑语唾自然流，金玉词源即便有，玲珑肺腑天生就。风月情感惯熟，姓名香四大神物（洲）。驱梨园领袖，总编修师首，捻杂剧班头。

　　万花丛里马神仙，百世集中说致远，四方海内皆谈羡。战文场曲状元，姓名香贯满梨园。《汉宫秋》《青衫泪》《戚夫人》《孟浩然》，共庚、白、关老齐肩。

　　风月营密匝匝列旌旗，莺花寨明飚飚排剑戟，翠红乡雄赳赳施谋智。作词章风韵美，士林中等辈伏低。新杂剧、旧传奇，《西厢记》天下夺魁！

　　不仅是对关、马、王的评论，就是对其他元剧家的吊词，也大都中肯，为人们提供了《录鬼簿》原著所未曾有的新信息，新资料。至今研究元曲不能不读《录鬼簿》，也不能不先熟悉贾仲明的修补。更值得人们注意的是有一部《录鬼簿续编》附于贾仲明修补的《录鬼簿》之后，学术界有相当多一部分人以为《录鬼簿续编》即贾仲明所撰。当代学者杨栋说："贾仲明更大的功绩和贡献是撰著了一部《录鬼簿续编》，收录了《录鬼簿》之后元末明初的钟嗣成、罗贯中、夏庭芝、周德清、刘庭信等71位散曲家和戏曲家以及曲学家的生平事迹和著作名目，多有珍奇难得的独家材料，从而填补了元末明初曲学史的空白。"[①] 他列举了《录鬼簿续编》系贾仲明作的四大证据。笔者以为其说有理，这是山东曲家贾仲明对中国散曲史和戏曲史所作出的不朽贡献。

　　如果说贾仲明在明代杂剧的雅化、南化上开了先路，那么，在杂剧的短化方面，李开先则可谓始作俑者。李开先是山东文坛的大家，也是中国戏曲史上的名家，下面将专章论说。这里只说其在明代杂剧短化方面的开路作用。杂剧的短化是其南化的一种表现形式，笔者曾有论说道："所谓杂剧南化，其含义是指在剧本结构上，它不再保持一本四折加楔子的固定形式，也就是不再由剧情内容去迁就形式；反之，乃是根据剧情需要，由作者自行结构。情节简单者，不过一套曲而已，即一折也可；情节复杂者，则可以达数折，决不仅限于四折的模式。这种变异就使折数自由灵

---

① 杨栋：《中国散曲学史研究（续篇）》，济南：山东大学出版社1998年版，第7～8页。

活，每一折的曲唱安排长短也很自由，甚至出现了无曲之戏，全剧只有宾白。其次，由于结构体制的变化，在演员演唱上也就改变了一人独唱的局面，凡剧中角色该唱则唱，无有限制，且不限于独唱，还可用对唱、同唱、合唱等形式，全依南戏唱法。再者，为适应观众兴趣的转化，在用曲上不再如元杂剧纯用北曲，而一变采用南曲，或南北曲合套"[①]。贾仲明是由元入明之人，感受时代风气的变化，在其杂剧创作中已运用了南北合套形式，而时代稍后的李开先已属明代中叶之人，此时北杂剧已全面衰落，其南化现象更加剧烈，李开先所作杂剧南化又有了进一步发展。

其一，不再保持四折的杂剧结构，因其所作剧敷演故事都比较单纯，情节并不复杂，所以就多用一套曲演出，体制也就成为单折杂剧，如今尚可见之《园林午梦》剧。《远山堂剧品》称其剧"词甚寂寥，无足取也"，是说其情节过于简单，只述一渔翁在园林午睡，梦见崔莺莺与李亚先，两人互相讥笑。剧情虽无深意，但这种形式却开创了明代单折杂剧盛行一时的风气。李开先的其他几个杂剧剧作也是这种单折形式。

其二，将若干单折剧组合混装，形成系列剧，并用一个总名概括。如李开先即以《一笑散》命名，将其所作单折杂剧6种《打哑禅》《园林午梦》《搅道场》《乔坐衙》《昏厮迷》《三枝花大闹土地堂》等混组到一起，大概是取各剧皆可引人发笑之意。李开先的这种创举虽然本身成就不高，但其所用的形式，在其后却普遍流行。如徐渭的著名杂剧《四声猿》，叶宪祖的杂剧《四艳记》，许潮的杂剧《泰和记》，沈自征的《渔阳三弄》等都是合几种短杂剧为一编。这种短折的组合自是受南戏民间小戏影响，又融合杂剧折数体制形式而成，在明杂剧史上亦曾有过灿烂光辉。

明代山东杂剧作家还有冯惟敏、高应玘、张国筹等人，他们各为杂剧在明代发展发挥了自己的才智，为山东戏曲的繁荣作出了自己的贡献。

这里还要说及的一个问题是，自元杂剧以来演山东英雄的"水浒故事戏"就成为戏曲的一大门类，而且出现了写"水浒戏"的专门作家如高文秀、康进之等。明代杂剧继承了这一传统，特别是小说《水浒传》

---

① 门岿：《戏曲文学：语言托起的综合艺术》（乔力主编《中国古代文学主流》丛书第13种），桂林：广西师范大学出版社2000年版，第217~218页。

的问世和传播，就更加促进了明杂剧"水浒戏"的创作。虽然写"水浒戏"的戏曲作家并不都是山东人，但这些作家所写的"水浒戏"无疑也与山东密切相关，在叙述明代山东戏曲发展状况时就不能不述及。据初步统计，明杂剧中的"水浒戏"有如下名目：

1. 豹子和尚自还俗：朱有燉作。剧演鲁智深事，内容与《水浒传》小说不同。有明刊本存。

2. 黑旋风仗义疏财：朱有燉作。剧演李逵事，事不见《水浒传》小说。有明刊本存。

3. 宋公明闹元宵：凌濛初作。剧演宋江事。见《二刻拍案惊奇》。

4. 一丈青闹元宵：无名氏作。剧本不传，当演扈三娘事。

5. 小李广大闹元宵夜：无名氏作。剧未传，当演花荣事。

6. 王矮虎大闹东平府：无名氏作。剧演王矮虎（王英）徐宁事。事不见《水浒传》小说。有《孤本元明杂剧》刊本。

7. 宋公明劫法场：无名氏作。据《远山堂剧品》说，此剧当演《水浒传》小说《闹江州》事。剧无传。

8. 宋公明喜赏新春会：无名氏作。《水浒传》小说似无此情节。剧无传。

9. 宋公明排九宫八卦阵：无名氏作。剧事与《水浒传》征辽事相类。有《孤本元明杂剧》刊本。

10. 争报恩三虎下山：无名氏作。剧演关胜、徐宁、花荣事。剧目见《录鬼簿续编》，事不见《水浒传》小说。有《元曲选》本。

11. 梁山五虎大劫牢：无名氏作。剧演李应招韩伯龙入伙梁山事。事与《水浒传》小说不同，或疑韩伯龙即小说中所写卢俊义之寄身。有《孤本元明杂剧》刊本。

12. 梁山七虎闹铜台：无名氏作。剧演卢俊义事。但与《水浒传》小说情节有异。有《孤本元明杂剧》刑本。

这里有一个有趣的现象是，明杂剧《水浒戏》和元杂剧《水浒戏》一样大多和《水浒传》小说情节相异，甚至杂剧所演事为《水浒传》小说所不载。这无疑告诉人们一个信息：即山东民间关于水浒英雄故事的传说丰富多彩，各剧作家和小说家皆从民间文学汲取营养完成了自己的创作。山东不仅有自己的戏曲家、诗人、小说家，更有数不清的民间文学传说，是民间文学哺育了文人文学的成长和发展。除了"水浒英雄故事",还可以举"瓦岗英雄故事"为例说明这一情况,小说《隋唐演义》《说唐》等都叙说的是山东瓦岗英雄的故事,那么在明代杂剧中就有一系列的剧作演述瓦岗各个英雄的故事,如《长安城四马投唐》写李密事,《徐茂功智降秦叔宝》写徐茂功事,《尉迟恭鞭打单雄信》写单雄信事,《程咬金斧劈老君堂》写程咬金事等等,剧皆见《孤本元明杂剧》刊本。其他还有搬演发生在山东大地的历史事件和民间故事的杂剧,像《齐桓公九合诸侯》,写齐桓公称霸事,《鲁敬姜》写鲁大夫文伯之母事,《库国君》写舜耕历山与其弟象的故事,《孟母三移》写孟子之母事,《田穰苴伐晋兴齐》写田穰苴事,《孟姜女死哭长城》《采桑戏妻》《张公艺九世同居》《齐东绝倒》等,皆演各代山东民间故事传说。明代山东剧坛就杂剧而言是丰富多彩的,不仅为明代杂剧发展有走在前列开辟路径的作家,而且更有丰厚的民间文学的底蕴,对于整个明代杂剧的繁盛,山东都有难以尽说的功勋。

二 散曲应时而歌及对套数的发展

散曲自元代兴起,与唐诗、宋词成为鼎足相立之势后,明代获得了长足发展,达到了新的高峰。诚如郑骞所言:"若夫散曲,则朱明一代,别擅胜场,绝非元人所能笼罩者也。"[1] 但是由于学术界对明代散曲研究相当薄弱,很不充分,所以对明代散曲成绩的认识彼此也有很大差异,尤其各种版本的中国文学史,对元代散曲还能肯定,对明代散曲的成绩几乎都视而不见,或评价不高。就是专业的散曲史,各家认识也不一致。李昌集虽承认明散曲自有其成就,但"较之元代散曲,并无大创建,而风力情采,亦终让元人一等"[2]。而梁杨、杨东甫等则认为:"在思想内容和艺术特色方面,明散曲继承了元散曲的优秀传统而又有所创新,有所发展,自有特色。"[3] 笔者以为明散曲是中国散曲史上的又一次大飞跃,而山东散曲家则为这一时代散曲的飞跃发展做有杰出的贡献。

---

[1] 转引自李昌集:《中国古代散曲史》,上海:华东师范大学出版社1991年版,第636页。
[2] 李昌集:《中国古代散曲史》,上海:华东师范大学出版社1991年版,第356页。
[3] 梁杨、杨东甫:《中国散曲史》,南宁:广西人民出版社1995年版,第145页。

元散曲是元人创造的时代之歌,明散曲则是明人创造的流行歌曲。应时而歌是散曲的本色,山东曲家王田、李开先、冯惟敏、高应玘、刘效祖、王克笃等等,莫不以他们的曲作反映了他们所处的时代和社会种种生活面貌以及他们的切身感受。关于冯惟敏,因为他是明代散曲第一流的大家,下面有专节述说,这里就略而不论,只论其他散曲家,看他们都写了些什么。

王田(生卒年不详),字舜耕,号西楼,济南人。李开先《词谑》曾记其逸事,为人多谐趣。其〔商调·集贤宾〕《述怀》套曲开篇即唱道:"二十年一场虚梦境,刚熬到知足好前程。干家私如还了冷债,置田宅做到了空营。钻故纸,错认作多识多知;觑先贤,参透了无用无能。好光阴恰如形共影,紧慢里将咱来缠定。因此上朱颜忙里减,白发暗中增。"而后〔后庭花〕曲道:"灵台如镜明,神光似水清。暗里算十分会,明中除无半点儿赢。枉施逞,者么你扳为斗柄。拔山力势已倾,苦天财醉未醒,金谷园草色青,马嵬坡血气腥,四般儿谁不曾?〔青歌儿〕呀,一个个里边厢扎挣,扒不出活落深坑。倒悬中配上个无星称,何日满,几时平,方信道吾也难明。"曲中写其对纷纭复杂利禄欲望世界的批判、认识、远离和超脱。

高应玘(生卒年不详),字仲子,又字仲纯,号笔峰,章丘人,是李开先弟子,曾官元城县丞。作有曲集《醉乡小稿》存世。而其所作《笔峰诗草》《归田稿》和杂剧《北门锁钥》皆失传。试看其散曲〔仙吕·寄生草〕《醉中一笑》:"时世多颠倒,和谁辩假真,胡言乱语为公论。圣经贤传难凭信,达人志士无投奔;孟尝君紧闭纳贤门,庞居士牢守盛钱囤。"〔正宫·醉太平〕《阅世》道:"花花草草,攘攘劳劳,近来时世怎蹊跷。百般家做作,蛆心狡肚伏机窍,损人利己为公道,翻黄造黑驾空桥。老先生笑倒。"讥讽世事贤愚不分,黑白颠倒,志士贤才失路,小人奸人当道,表达了作者的愤慨和不满。

刘效祖(1522—1589),字仲修,号念庵,滨州人。嘉靖二十九年(1550)进士,官至陕西按察副使。有文名于时,著有诗文集多种。散曲集《词脔》今存。他的〔双调·沉醉东风〕曲道:"这壁厢鹰牙鹞爪,那壁厢虎背熊腰。人争强马斗膘,弓上弦刀出鞘,恶狠狠杀气偏高。为甚先生眼闭着,看不上碜头怪脑。"〔双调·雁儿落带得胜令〕《和元学士汪云林》曲道："参详滋味熟,看觑机关透。排场戏转新,宦海渡仍旧。文绣喻牺牛,衣冠比沐猴。壮志惊蓬鬓,闲身且敞裘。知休,名利休拖逗;回头,英雄尽土丘。"写出官场的险恶以及作者对这种相互倾轧、争夺权势的厌恶。

王克笃(约1526—1594后),字菊逸,东平人。他有〔双调·折桂令〕《自述》曲道:"老先生不爱繁华,淡淡生涯,小小人家。有的是万轴牙签,一轩风月,数亩烟霞。甚的是轻裘肥马,甚的是大纛高衙。名也休夸,利也休夸;富也从他,贵也从他。""半生来百事无能,不会奔趋,不会经营;不会去黑海连鳌,丹山挦凤,碧水屠龙。劣性格懵懵懂懂,古心肠聩聩聋聋。酒约诗盟,笔耨舌耕,赢得清狂,当了功名。"他的《自叹》《自慰》等曲作皆表达了他与世无争,自甘寂寞,自许清高,自得其乐的平和心态。

写自己时代的歌,写自己对生活的感受,明散曲家继承了元散曲这种传统,但是这其中也有差异。元散曲家是"彻底顿悟",他们在科举路绝、仕途无望的情况下,厌世、避世、出世、玩世,是真的不想问人间世事。而明散曲家则多在仕途之中,而不是身居其外。他们关心世事而不满世事,他们不是不想作为,而是一心想有所作为。因此散曲在明代比元代发生了一个很大的变化,就是散曲已和传统诗文的功能相结合,相融合,它不再是元人笔下那样仅仅抒发个人情意,痛快淋漓,无所顾忌,而是也充当起诗文写人心志、拯世救人的功能。山东作家向在孔孟之乡,受齐鲁正统文化——儒家思想熏陶,就是在元代,山东名曲家张养浩也念念不忘民生疾苦,到了明代,山东曲家作曲直面人生,揭露官场和社会黑暗,抨击时弊,为民众的苦难鸣不平更成为明显的特色。冯惟敏、李开先这样大手笔下的散曲,有这种鲜明特点,下面将有论说,那么就看一般散曲家此种曲作也会令人激动不已。

王克笃有散曲集《适暮稿》,虽是为自适而作,但其中多有对民生艰难的同情,反映民生疾苦之作。其〔双调·清江引〕曲道:

谷子谷子没结果,偏我做的错?起初苗儿稀,次后虮蜡过。该人家七八石愁杀我。

豆子豆子怎么好,旱的旱潦的潦。牛毛黄不开花,百枝齐叶儿吊。几亩小菉豆狗支了。

旱涝无收，欠人粮债，生计愁难，曲虽无明言，已使人替农家愁苦不已。特别是作者所写当时社会情景竟是"老来磨，老来人事转蹉跎。席门昼掩谁相过？尽可张罗。叹贫恨一身多，画饼虽充饥，指梅空疗渴。交情寂淡，世味凉薄。"（〔双调·殿前欢〕《暮景》）。作者所写〔正宫·醉太平〕《感事》曲更描画出当时社会的"为富不仁"。那些员外们"惯为非作歹，好成精弄怪，千方百计巧安排""放倒身施为，掐破手算计，漫天拨地治庄宅"，可是他们对穷人佣户典儿卖女不闻不问，作者愤愤地唱道：

汗珠儿洗脚，肋条肉喂猫。家家给一扇许由瓢，向沿门乞讨。翻砖劫瓦将街房闹，捶胸跌足把皇天叫，典儿卖女往外边逃。俺只推不晓。

赖祖宗庆衍，托天地周全。丰衣足食美田园，心遂意满。一人得志千人怨，一家成就千家散，十年富贵百年冤。看殷鉴不远！

当时社会已是"三脚猫咬杀锦斑豹，五眼鸡变做葳蕤凤"（〔仙吕·寄生草〕《闲怨》），作者警告世风如此日下，离开朝代灭亡也就不远了。如此关心世事、描摹世情，自是对元散曲的发展，是对散曲内容的拓展，题材的拓宽。

为民众而忧，为民众而喜也是山东曲家的散曲所表达的明显内容。杨应奎（约1480—1541?），字文焕，号渑谷，别号蹇翁，益都人，官至知府。其〔仙吕·点绛唇〕《割麦忧旱》套数的〔混江龙〕曲即道："绿槐庭院，薰风偏动出山仙。则见昼日呼号，终夜惊翻。四野尘飞常卷土，田畴龟折那般干。见如此荒落如焚麦柱死，禾黍无救苍生叹。几时能够甘霖如注，庶草惟蕃。"丁惟恕，字心田，诸城人。刻于崇祯十三年（1640）的《续小令集》也有〔南正宫·玉芙蓉〕《忧旱》曲道："田间禾黍干，井底泉源断。分明是懒龙王一向偷闲，雨伯不救众生难，风姨仍将五谷残。民愁叹，告天望天，讨赐些雨星星，答救我黎元。"两首不同时地的忧旱曲都表达了曲家为苍生叹，为民众忧的情感。而益都人薛岗（约

1535—1595）所写〔南吕·宜春令〕《喜雨》则道出了久旱喜雨的心情，虽则主要写自己的欢喜，但曲中也写出了为民众而喜的情感，如道"亢旸时灾祲早除""救万姓春回田亩""见农翁欣跃，披蓑荷插归来暮"。安丘人孙峡峰（？—1642）所写〔南商调·黄莺儿〕曲："时雨遍天涯，农夫们笑哈哈。今年丰收别无话。麦垛着休打，四遍谷休拉，先把豆子耩了吧。喜杀咱，鼓腹野幸，是田禾长一折。""老天降甘霖，农夫们笑欣欣。万物滋长田园润。四遍谷中耘，种豆子称心，密虫淋去芝麻俊。好喜人，收成有望，这年成有十分。"曲中似乎作者又化身和农民在一起，直如农民自己在述说喜雨天降的满腔欢乐之情。就连语言声口都极似农夫，实诚质朴，不见雕琢。这些曲作自是继承了张养浩的忧国忧民的曲风，同时也表现了明代山东曲家朴实的曲风，和关爱民生的进步精神。

明代曲家继承元散曲家优良传统并进一步发展的又一突出表现，就是他们认识到"真诗在民间"，主动积极向民歌学习，形成一种新时代的俗曲，或者叫小曲，即有别于文雅散曲的新体式，这种新体式最大的特色就是口语化。山东曲家为明代散曲这种新发展也竭尽能力，如刘效祖写有〔挂枝儿〕〔双叠翠〕〔锁南枝〕〔醉罗歌〕等皆吸取民间杂曲歌谣以为之，风风火火，泼辣热烈，直如民间歌儿舞女顺口信歌，与传统散曲别是一番面目。如〔锁南枝〕：

伤心事对谁学，要见个明白惟天可表。你和我谁厚谁薄，谁情绝谁性儿难调，谁把谁心全然负了。也是俺妇人家痴愚，好心偏不得个好报。瞎虫蚁逃生实撞着你线索，虽不和你见识一般，杀人可恕情理难饶！

丁采（约1573—1637后），号前溪，诸城人。他更善于向民歌学习，多种内容的曲词都写得明白如话，却又情趣热烈，如〔劈破玉〕：

窗外鸡那等无情分，俺做一个团圆梦，沙里澄金。你逞高声鸣，你的音和韵，惊了人儿去，教我没处寻。捋了你那毛衣，煮你一百滚！

一声笛吹下我千行泪，断肠人吃不尽你的亏，聒吱吱那管人憔悴。废损伶仃体，怎禁夜夜吹？前世里仇人就是你！

两曲一恨鸡鸣一恨笛吹，前者激烈，后者幽怨，都表现了民间男女对爱情的渴望。丁绤学习民歌不仅写情爱，还用来叹世。其〔南双调·锁南枝半插罗江怨〕《歌怀盛世》曲道：

> 黄金尽，志不衰，还把眉毛挽起来。虎瘦了尚有雄心在。经过了几个十年，更换了多少楼台，谁家否了谁家泰；谁吃了不死的金丹，谁挂着无事的招牌。劝君少把精神卖。天理上果有循环，冥冥中自有安排。几年来见不的谁成败。

这就把民歌的题材进一步扩大，并拓，并把民歌曲调雅化成可以表达文人各种思想情感的新载体了。这种情形在孙峡峰那里就更明显，他已运用民歌曲牌写出了各种劝世曲。他用〔南商调·黄莺儿〕曲写道："世态忒炎凉，不中看恼人肠，噙唇在嘴妆模样。有麝自香，何待风扬，还是本等才为上。自忖量，安丘县里，只你是富家郎？""为人该存心，若存心是好人，狠心狗肺中做甚？我从来傻心，任你们笑人，老天自有公评论。劝世人，精细过了，子孙们不如人！"像此类曲作孙峡峰所作甚多。它们虽属粗俗一路，但更见本色。正是由这些曲作推迟了散曲在明代完全雅化僵死的进程，为明散曲增添了不少新的活力。

　　明代散曲比元散曲另一个发展是南曲散曲与南北合套散曲的创作大大超过了元代，套数的创作也远远超过了元代，无论从数量上，质量上都可以如此说，山东曲家的创作也体现了这样的特点。元曲家写散曲几乎全用北曲，用南北曲合套者，钟嗣成《录鬼簿》所记乃从元代后期杭州作家沈和开始。到了明代，受时代风气影响，南曲由南而北代替了北曲的流行，山东的曲家从最早的贾仲明开始，就已出现了南北合套，以后刘龙田、王田、杨应奎、李开先、冯惟敏、高应玘、刘效祖、殷士儋、王克笃等用南北合套，或用南曲写作就成为了常事。由于南曲结合性比北曲自由，宫调没有很严格限制，再加上其风格细腻柔婉，易于长篇大套抒情叙事，所以套数入明以后相对元代有了极大的发展。这种发展表现为：一是就作家创作套数数量而言，明代曲家显著增多。依《全元散曲》和《全明散曲》收曲比较来看，元代曲家所写有十几套套曲就算很多的了，那也不过就几个人，而超过20套的就只有后期朱庭玉一人，汤式作套达六七十，但他已属明代曲家和贾仲明同时。山东曲家顺应时代发展趋势，在散曲创作上于套数亦很用力，几乎百分之七十以上曲家都作有套数，而像冯惟敏这样的大家一人就写有50套套数。套数在明代还有一个发展就是长套增多。一般套数只要有数曲加〔尾〕就可为套，三四只曲子加〔尾〕，那是短套，通常七八只曲子最常见，元代刘时中套数用到三十几只曲子那是唯一现象。而明代曲家套数通常都有十几只曲子，长套到二三十只曲子已不是什么特别现象了。像李开先《赠康对山》、冯惟敏《徐成亭归田》《吕纯阳三界一览》等都是著名的长套。

明代山东曲家应时而歌顺乎潮流，从思想内容发展了开拓了散曲的表现领域，从艺术形式上注意向民歌学习，开创了散曲新体。适应时尚，南北曲兼为，并力作南曲，多创套数，在整个明代散曲发展史上，山东曲家走在了前列，其成就引人瞩目。其中以李开先、冯惟敏为中心，以其弟子和朋友组成的曲家集团虽然松散，但对散曲创作的开展则起了相当大的推进作用。

三 传奇在继承中创新

"传奇"一词本义为传说奇人奇事，在文学上最早用于专指唐代文言小说，用以和汉代稗官小说，六朝志怪和笔记小说区别。但在民间则把"传奇"视为各种奇异故事的讲述、演出，因此也就包容进戏曲这一文艺形式，凡杂剧、南戏，皆可称"传奇"。但是自元代以后，明清的戏曲样式与元代杂剧出现了很大不同，简言之就是，南曲逐渐完全取代了北曲，演唱再不是一人主唱，出现了剧中人都可开口唱的多种歌唱形式，剧本规模大大扩展，再不是固定的四折一楔子的样式，这样明清的戏曲就被专门称作为"传奇"。明代初年是一个由杂剧过渡到传奇的阶段，明中叶以后传奇就繁盛起来，北杂剧演唱遂成为绝响。

在过渡阶段中，山东曲家于杂剧南化、雅化、短化方面，为杂剧在新时代延续生命做出了积极的努力，特别是出现了像贾仲明那样在戏曲史上有相当地位的戏曲家。而传奇领域，山东曲家李开先则首挑大旗，他虽为北人，但却用南曲形式写剧，曲词于俗中见雅，文采绚丽，开了传奇文采派先河；他又以时代精神为创作主旨，抓住忠奸政治斗争的主线结构戏剧，开创了明传奇戏曲与时代政治紧相结合的先例；他又采用传统的"水浒"题材，进行改造，开创了明传奇"水浒戏"系列及"借古寓今"的范式。李开先在明代传奇领域的开创之功下文有专门叙说。这里只讲在传奇兴盛之时山东戏坛的状况。

和杂剧相比，明代传奇在山东是相对薄弱的领域，因为明传奇在四大声腔并行不久就发展成为昆曲的一统天下，也就是在李开先以后整个明代传奇戏坛几乎皆以昆腔为宗。山东地处北方，原本流行海盐腔。王骥德《曲律》卷二《论腔调》说："旧凡唱南调者，皆曰海盐。今海盐不振，而曰昆山。"海盐腔原本由元曲家贯云石、鲜于枢父子与杨梓父子等南北结合而创制的，北人还便于适应，而昆山腔则北曲成分甚少，北人依其曲而制剧，在初期不熟悉的情况下，无疑相当困难。因此在李开先以后明代传奇作家山东籍者甚少，客居山东的曲家也只有万历年间的顾氏兄弟：顾懋宏，字靖甫，又字仲雍，号容山，与其兄顾允默（即顾懋仁）字希雍者，皆为传奇作家。他们本是昆山人，但顾懋宏曾到山东守莒州，他作有《椒觞记》传奇；另顾允默作有《五鼎记》，皆只留残曲。

值得述及的是一些演述山东人事的传奇，他们在继承中大都有所创新。

首先是关于"水浒英雄"的传奇。李开先撰《宝剑记》可谓"水浒英雄"传奇的滥觞，之后就有一个长长的系列。

一是明传奇大家，吴江派领袖沈璟（1533—1610）所写的名作《义侠记》，有多种刊本存世。36出，演《水浒传》小说之武松故事。作者继承了元杂剧写武松戏的传统，又吸收了小说的优长，成功地塑造了武松的英雄形象。吕天成《曲品》称其作"激烈悲壮，具英雄气色""吴下竞演之矣"。

二是传奇杂剧名家陈与郊（1544—1611）所写的名作《灵宝刀》，有《古本戏曲丛刊二集》刊本。35出。其《灵宝刀》自题谓："山东李伯华旧稿，重加删润"，虽然陈与郊用了不少心血，但曲界演出林冲故事仍用李开先本。其改编则扩大了李开先剧的影响。

三是李素甫（明末人）所作《元宵闹》。27出。有《古本戏曲丛刊二集》刊本。剧演小说《水浒传》中卢俊义故事。因吴用设计元宵夜烧翠云楼，此剧又名《翠云楼》。唯孔目张文远系宋江杀阎婆惜之后逃至大名复任职事，为剧中所增饰。

四是传奇名家沈自晋（1583—1665）所作《翠屏山》，有《古本戏曲丛刊二集》刊本。27出。据《水浒传》小说杨雄、石秀故事改编，基本情节全依小说。此剧一直传唱到当今。

五是许自昌（万历年间在世）所作《水浒记》，作者是《太平广记》校刻者，名声很大。《水浒记》有多种刊本。32出。剧演宋江故事，依《水浒传》小说改编，多出张三郎《借茶》和阎婆惜《活捉》张三郎等情节。该剧亦传唱至今。此剧一名《青楼记》。

六是王异（即王权）所作《水浒记》，为改订许自昌所作本。

七是夏邦所作《宝带记》，剧演小旋风柴进事及征方腊事，添加以宝带联姻情节，事当演小说《水浒传》事。剧本无存。

八是张子贤所作《聚星记》，剧演卢俊义上梁山故事，基本依小说《水浒传》情节敷演，但稍有增饰。《曲海总目提要》有记述，剧本不存。

九是夏树芳撰（万历间人）《玉麒麟》，演卢俊义事，剧本无存。

十是无名氏所撰《水浒青楼记》，亦名《青楼记》，原有4卷，今只《怡春锦》存残出。全依小说《水浒传》演宋江事。与许自昌本内容不同。

十一无名氏所撰《花石纲》，演搬运太湖石之事，为水浒故事内容之一，剧无传本。

十二无名氏所作《鹰刀记》，剧演卢俊义事。剧无传本。

这些有关"水浒英雄"的传奇，一方面本着小说所提供的蓝本，加以改编，扩大了小说的影响；另一方面又根据民间传说和作者自己的创造，对各种人物和故事情节又多有增饰，发展丰富了水浒英雄故事系列。传奇和杂剧依不同的戏曲样式使"水浒英雄"故事戏在明代戏坛大放光辉，使山东水浒英雄在人们心目中深深扎根、家喻户晓。

和杂剧一样，取材于山东历史人物传说的传奇，并不只是"水浒英雄"一类，还有《分金记》（叶良表作）演管仲和鲍叔牙事。《东郭记》（孙钟龄作）演《孟子》所叙齐人有一妻一妾事。《孝义记》（汪淇溪作）演闵子骞事等等。山东的历史传说和故事给明代戏曲提供了丰富的素材，良好的题材，不仅山东籍作家从中得到营养，而且这块沃土还哺育了明代众多非山东籍的戏曲家。由此也可以看出山东是古代文学的重要发祥地之一。起码从中国戏曲发展史而言，从戏曲文学而言，无论从金元时代，还是明清时代而论，都不能忽视山东戏曲作家和他们的创作，也不能忽视山东地方的文学传说给戏曲和戏曲文学所提供的营养。就明代戏曲和散曲而言，山东自有其独特的成就，独特的辉煌，令世人永远瞩目。

第三节 长篇白话小说的高度繁盛

明代社会为小说的繁荣提供了沃壤。随着工商业的发展，市民阶层逐渐壮大，形成了一定的社会力量，印刷技术的进步又为小说、戏曲的刊行和传布创造了条件。尤其是明中叶以后，随着资本主义萌芽的出现，思想领域也出现了以王艮、李贽为代表的王学左派，他们是具有初步民主主义思想的进步思想家。作为时代精神晴雨表的文学与之呼应，徐渭、袁宏道、汤显祖、冯梦龙等艺术大师都在自己的文学实践中，以"情""性"为武器，向封建理学发起冲击，从而促成了戏曲、小说的繁盛局面。我国古代第一批长篇章回小说于明代破土而出。

元末明初，《三国演义》和《水浒传》问世了，它们是在宋元讲史话本的基础上发展起来的，揭开了我国古代长篇章回小说创作的序幕，堪称双璧。而后出于嘉靖年间的另一部著名长篇小说《西游记》与之鼎足而三，分别开创了历史演义，英雄传奇和神魔三大小说流派，形成了我国古代长篇章回小说的第一个高峰。明中叶以后，兰陵笑笑生创作《金瓶梅》，开辟了文人独创小说的新时代，小说创作进入一个空前繁荣的时期。《三国演义》《水浒传》《西游记》《金瓶梅》并称明代小说"四大奇书"。其中的《水浒传》和《金瓶梅》所描写的内容故事分别发生在以阳谷和清河为重点的鲁西一带，它们的作者虽然未必就是山东人，但其中的山川风光、历史人文环境、社会经济现象、人物活动场所和故事进程都发生在山东，弥漫着山东乡土气息和民俗风情，自然应载入山东地域文学史。四分天下有其二，在长篇章回小说的初始阶段，山东即使没有出现更多的著名小说作家和作品，这两部鸿篇巨制也足可引以为荣了。

与《三国演义》并驾齐驱的《水浒传》对中国古代长篇小说同样有开山之功，因为迄今为止人们还拿不出这两部作品孰先孰后的确证。更何况即使可以确定《水浒传》的作者就是苏北的那个施耐庵，罗贯中也是染指了的"编次"者，而施、罗二人的关系还是扑朔迷离的。一个不容置疑的事实是，《水浒传》在历史演义小说之外，又开创了一个新的英雄传奇小说流派。它不像历史演义小说那样强调要忠于基本史实；而是据史生发，虚多实少。《水浒传》所描述的宋江起义在《宋史》中的记载十分简略，除了宋江之外，一百单八将中的其他人几乎都是名不见史传的。《水浒传》中大量生动的人物故事主要来自话本、杂剧和民间口头传说。它不是"以文运事"，而是"因文生事"，基本摆脱了史事的束缚，给作家提供了更为广阔的创作空间。英雄传奇小说的另一个优长是它的描写重点是英雄人物的传奇故事，突出形象塑造，而不是以描写历史事件的演变为依归，从而改编年体为纪传体。《水浒传》前面写英雄们殊途同归上梁山，是一篇篇精彩的人物传记，事随人走，情节与人物紧密结合，塑造了一大批血肉丰满的活生生的人物形象。这无疑是一条更符合小说要求的创作之路，所以就总体成就而言，英雄传奇小说流派是高于历史演义的。

宋江领导的农民起义在史书的记载中与山东梁山本无关系，后来在民间流传过程中才逐渐移植并定位到这里。究其缘由，除了当时山东东平附近的郓州确有个蜿蜒数百里的梁山泊，可为义军提供理想的栖身与活动场所之外，恐怕与齐鲁一带丰厚的绿林文化历史积淀和勇武豪强、任侠好义的民风也不无关系。当然，《水浒传》的成书与流布，又进一步为山东地域文化增添了绿林文化的因子，增添了"水浒气"。梁山好汉具有魁梧健壮、孔武有力的体魄，粗豪爽朗、纯真质朴的性格，团结战斗、平等相待的群体意识，扶危济困、仗义疏财的品德，不甘屈服、勇于反抗的精神，豁达洒脱，乐观幽默的人生态度，实际上这在很大程度上，也成了炎黄子孙的民族性格。至于这部作品的思想内容，由于作品本身的巨大容量和成书过程中的种种复杂情况，众说纷纭，争议颇大，但无论如何它写了历史上一次农民革命的基本事实也是抹杀不了的。它不但在文学史上破天荒地用长篇小说的规模描写了这次农民起义的全过程，而且对起义英雄进行了热情的歌颂。这种取材的勇气和熔材的气魄在封建时代的作品中都是无与伦比的。在揭示起义的原因时所涉及的社会面如此深广，描写起义的过程如此形象细密，绘制农民革命的理想蓝图又那么生动诱人，作品最后即使歌颂了招安，那"官逼民反""风风火火闹九州"的基调与激情也是感人至深的，是一部鼓舞被压迫人民奋起反抗的"发愤之作"。所以从它诞生之日起，就被封建时代的统治者视为洪水猛兽，不遗余力地进行围剿与禁毁。

与《三国演义》不同的是，《水浒传》除了描写风高放火、月夜杀人的豪侠与金戈铁马的战场之外，也写了淫妇媒婆、凶僧恶道、走卒商贩、泼皮无赖的芸芸众生，展示了茶楼酒馆，菜园灯市、书场庙会等色彩斑斓的市井环境，江湖气加市井气。而且，一些英雄人物身上也多有市民思想的烙印，从中，略可窥见英雄传奇小说对人情小说的孕育。兰陵笑笑生就《水浒传》中武松斗杀西门庆这段情节，嫁接出另外一株人情小说的参天大树，也不是偶然的。

兰陵笑笑生究竟是何许人？学术界尚无定论。不过，从作品涉及的地域背景、大量运用鲁地方言和书中蕴含的地方风味来看，他该是山东人，或长期在山东生活，对山东风土人情极为熟悉的人。《金瓶梅》把故事的发生地由《水浒传》中相对偏远的阳谷县改为清河，也是大有深意的。因为清河与当时重要的运河码头临清临近，"船只聚会之所，车辆辐辏之地"，一下子给作品涂上了都市生活的色调，这与世情小说的题旨是相合的。《金瓶梅》承袭了《水浒传》写市井生活的内容，并且发扬光大，成为一部专写市井生活琐事，镂刻人情世态的人情小说，其人物不再是帝王将相、英雄豪杰与神魔鬼怪，而是现实生活中的普通人；其情节也不再以波澜起伏、扣人心弦取胜，而被日常生活的细枝末节、涟漪微波所取代。这标志着我国小说由讲述故事向描写人生的转变，也开拓了一个新的审美领域。小说家开始把自己的智慧放到人物形象的塑造上，而且对人物生活的社会环境进行审美观照。小说发展到描写现实人生的阶段，是走向成熟的重要标志，《金瓶梅》对人情小说的开创之功是该大书特书的。

《金瓶梅》是第一部家庭小说。它写的是一个以西门庆为代表的商人家庭的兴衰史，这是非常有时代气息的。明中叶以来随着资本主义萌芽的出现，商业大潮涌动。位于山东西部的运河口岸城市——济宁、临清等地都是南北漕运的必经之地，商业十分繁荣，四方商贾毕集，形成"江淮货币，百贾云集，其民务为生殖，仰机利食，不事耕种"（《古今图书集成·兖州府风俗考》），"车者、舟者、负者、担者"，往来如梭，日夜不停。《金瓶梅》详尽地描写了西门庆在这一带的经商生活，先后四五个店铺，又大搞长途贩运，进行原始积累。家资日丰之后，则不择手段地贿赂官府，最后捞到一个"理刑正千户"的官职，这种商人以各种方式向官僚队伍渗透与转化的描写，反映了当时货币权力与封建权力相结合的现实，很有认识意义。

《金瓶梅》是第一部文人独创的小说。中国古代长篇章回小说形成之后，首先出现的是一些经过民间长期流传，然后由一两位文人加工整理再创造的积累型作品，如《三国演义》《水浒传》《西游记》，以及短篇白话小说集"三言"等，这是长篇章回小说发展的第一个阶段。以后，随着创作经验的积累和创作技巧的提高，才发展到更高的文人独创的新阶段，这以清代的《儒林外史》和《红楼梦》为代表。《金瓶梅》虽然因袭了《水浒传》，中的两三回，但它的主要内容是作家的借题发挥，书中虽然保留了不少前人的说唱资料，但它结构严整，风格统一，显然出自一人之手，基本上迈上了文人独创的阶梯，开创了一个新的小说时代。

《金瓶梅》是一部以暴露为主的长篇小说，它真实地描写了当时城市生活的黑暗面。全书没有一个忠臣孝子、义夫节妇，没有一个清官能吏、侠士英雄，充斥于墨页之间的尽是些贪官污吏、市侩流氓、妓女淫妇；即使一些被污辱与被损害的奴婢佣人，也都一样的浑噩庸俗、厚颜无耻。它描绘的是一个没有正义、没有纯洁、没有健康、没有美的世界。这样的作品，能够从更深更广的层面上对社会的腐朽揭露自不待言，但它又缺乏批判力量和理想的光辉，在多数情况下，不能用批判的武器将现实中的丑转化为艺术上的美。作家的创作态度仅限于愤世、讽世，却达不到匡世的高度。而且，受晚明颓废淫乱世风的浸染，还泥沙俱下地增益了不少淫秽描写，形成赘疣，在相当长的时间内，也严重损害了这部"伟大"作品的声誉，这是令人遗憾的。

《金瓶梅》也是最早用大量方言写成的长篇小说，也是一部很好的方言文学。尤其是妇人之间的打架斗嘴，男女之间的打情骂俏，方言俗语注而不竭，更增添了山东地方色彩。对研究山东方言，也有一定价值。

列宁说："判断历史的功绩，不是根据历史活动家没有提供现代所要求的东西，而是根据他们比他们的前辈提供了新的东西。"[1]《金瓶梅》比前面的小说所提供的"新的东西"如此之多，还不能以"伟大"冠之吗！

---

[1] 《列宁全集》第2卷，北京：人民出版社1974年版，第150页。

第十章 主流作家

第一节 边贡与李先芳

一 海岳隽才边贡

在明代山东文学史上，边贡占有重要地位，正如朱中立《海岳灵秀集》中所说："孝庙以前，海岳之才，无其伦比。"

边贡（1476—1532），字廷实，历城人。祖、父皆曾任地方官。他年20举于乡，弘治九年（1496）成进士，除太常博士，擢兵科给事中。孝宗崩，疏劾中官用药之谬、用兵之失，改太常丞，迁卫辉知府，改荆州，在任皆有政声。历陕西、河南提学副使，以母忧家居。嘉靖改元，用荐起南京太常少卿，三迁太常卿，督四夷馆，擢刑部右侍郎，拜户部尚书，并在南京。都御史汪某忌其名，劾其纵酒废职，遂罢归。他平生爱好搜集古籍，家中收藏的金石碑帖及各种善本甚富。一天晚上突然失火，心爱之物焚毁殆尽，他仰天痛哭，大呼道："嗟乎，甚于丧我也！"遂一病不起，才57岁就去世了。

《明史·文苑传》说他："早负才名，美风姿，所交悉海内名士。久官留都，优闲无事，游览江山，挥毫浮白，夜以继日。"这些在他的诗文作品中多有表现。他有不少登临游览的佳作，如《重阳后三日登雨花台》：

> 一片金陵月，荒台对酒看。水云霏冉冉，江日隐团团。雁早那堪听，花迟未可餐。凭轩望乡国，西北近长安。

雨花台解放以后被辟为革命烈士陵园，屡加修建。但在明代时，只是南京城南一个高约100米、长约3000多米的山冈。作者在南京为官多年，大小名胜遍布足迹，雨花台更是常游之处。诗中既写"月"，又写"日"，可见他在此是流连忘返。在雨花台可以望见长江，在日出日落之时，圆圆的太阳透过冉冉上升的水气，别是一种景观。结句大约是受到李白《登金陵凤凰台》诗中"总为浮云能蔽日，长安不见使人愁"的影响。边贡因为峻直敢言，而屡遭贬谪，曾长期在南京为闲曹，后虽官至南京户部尚书，却没有什么实权，也没有多少实事可干，因而不免有浮云蔽日的感叹。有时他也是通过名胜古迹发思古之幽情，如《谒文山祠》：

丞相英灵犹未消，绛帷灯火飒寒飙。乾坤浩荡身难继，道路间关梦且遥。花外子规燕市月，水边精卫浙江潮。祠堂也有西湖树，不遣南枝向北朝。

文天祥是著名的民族英雄。诗人在拜谒祠堂时，心中充满了景仰之情。祠中的绛帷，闪烁的灯火，飒飒的风声，都令人肃然起敬，而且会感到其"英灵犹未消"。作者由此而联想到文天祥当时的情景，想到抗击元兵的浴血战斗，想到被俘后押解途中的种种折磨，想到了严词拒绝元廷的威逼利诱，想到了最后柴市的从容就义，而又由此想到了另一位抗御外族入侵的英雄岳飞。诗的前半是概括祠堂和文天祥的事迹；后半用了几个典故，这样就更加深了诗句的意蕴。全诗情景交融，想象丰富，所以屡为诗论家所赞赏。陈子龙《皇明诗选》选录此诗，并对某些字句加以改动。沈德潜《明诗别裁集》更盛赞道："后半神到，吊信国诗此为第一。"他也有一些诗作品题的是距当时时代不远的旧迹，如《过寿陵故址》：

玉体今何所，遗墟夕蔼凝。宝衣销野磷，碧瓦蔓沟藤。成戾崩年谥，恭仁葬后称。千秋同一毁，不独汉唐陵。

诗题下有自注："景帝临驭时自建，寻毁之。"正统十四年（1449）土木堡之变，明英宗成了瓦剌兵的俘虏，京师震恐，景帝在太后和朝臣的支持下即皇帝位，以打破敌人的要挟。景帝任用于谦主持军事，加强北京守御，击退瓦剌军于京郊，使社稷转危为安。瓦剌不得已遣还英宗，置之于南宫。但当景帝病重时,英宗复辟,并废景帝为郕王,死于西宫。死后以亲王礼葬金山,并予恶谥曰"戾"。他所建造的寿陵被毁,所以诗人称为"故址"。但公道自在人心。英宗死后,成化十一年(1475)诏谥曰"恭仁康定景皇帝",算是部分地为他恢复了名誉。但其坟墓却一直未得到管理。到了一百多年后的清代,毛奇龄还记载说:"西山有景帝坟,倾圮不堪,人呼废坟。康熙中,圣祖见之怆然,为置守陵尉与诸陵等。"英宗是明代最糟糕的皇帝之一,作为臣子,边贡当然不可能对之公然加以贬抑,但在诗中可以感到诗人的倾向所在。他还有《山行即事》诗说:

陵署青青生午烟,山渠潊潊响春泉。白头宫监松林下,闲说英皇北狩年。

英宗朱祁镇宠信宦官王振,并在王的纵容下,不顾于谦等大臣的反对,率兵亲征来犯的瓦剌。由于英宗、王振视战争为游戏,命令屡变,结果在土木堡一带,被数量远远少于明军的瓦剌军包围。在昏聩皇帝的指挥下,明军几乎毫无战斗力,一触即溃,死伤数十万,扈从大臣五十余人死难,王振被明将杀死,朱祁镇则成了瓦剌兵的俘虏,并被挟之进攻北京,险些造成明朝的覆亡。土木之变使明军元气大伤,对后来的政治、军事都产生了深远的影响。从此以后,明朝军队一直采取守势。但就是这样一个糟糕透顶的皇帝,在冷宫待了多年之后,居然又复辟了,这是前代少见的。作者在诗中不让宫人说他"复辟"的幸事,而只让说他"北狩"即被俘的丑事,其好恶之情不是显而易见了吗?

边贡名列"七子"之中,交友颇广。他与朋友唱酬的作品中,不少都是充满情义,而且写得深切感人。如《重赠吴国宾》:

汉江明月照归人,万里秋风一叶身。休把客衣轻浣濯,此中犹有帝京尘。

这是诗人在京师送别友人回归江汉。"帝京尘"语本陆机《为顾彦先赠妇诗》中:"京洛多风尘,素衣化为缁。"后来遂用作士人厌倦仕宦的典故。按平常理解,素衣沾满的风尘,当然要把它洗涤干净了。但作者却嘱咐朋友，归家后不要轻易把客衣浣洗，原因不是别的，恰恰就是"此中犹有帝京尘"。他是要朋友看到衣服上的风尘，就想到仍在京师的老朋友，想到在一起的欢乐时光和弥足珍贵的友谊。诗中这样把古典之意反而言之，遂使诗味隽永，更耐人咀嚼。沈德潜评此诗"婉而挚"。他的诗集中有不少这样的情韵婉挚的作品。如他的一首以《嫦娥》为题的诗：

月宫秋冷桂团团，岁岁花开只自攀。共在人间说天上，不知天上忆人间。

诗后有作者自注说："时外舅胡观察谢政家居，寄此通慰。"咏嫦娥的诗古今多矣，著名的如唐代李商隐的同题诗："云母屏风烛影深，长河渐落晓星沉。嫦娥应悔偷灵药，碧海青天夜夜心。"这首诗的前两句也是写嫦娥的孤单寂寞，但作者并没有沿袭前人的窠臼，第三句他笔锋一转，含意就深入一层了。其内涵相当于今天所谓的"围城"效应，外面的想进去，里面的想出来。作者正是这样来安慰离官回家的亲人，不要因"谢政"而烦恼，居官自有居官的险恶，在家闲居也自有其不可替代的乐趣。

边贡对亲戚朋友总是这样一往情深，这一点特别表现在他对亡故亲人的怀念上。其《上王氏妹墓》诗说：

王郎呼不起，吾妹亦泉台。白日山头下，悲风树里来。有亲差可慰，无子更堪哀。岁岁荒坟土，何人奠一杯？

王氏妹就是作者的妹妹。旧时女子出嫁后随夫姓称某氏。王氏妹的身世很为可怜，夫已早死，又无子，所以她死后，只有他这个哥哥还能来墓前祭扫。但以后呢？恐怕就要成为无人祭扫的荒坟了。古代中国人特别注重生儿育女，一方面固然是为了传宗接代；另一方面也是为了死后坟墓有人祭扫，所以"无后"在古人看来是很悲哀的事情。此诗语言上平淡如话，但却寄托了诗人深厚的感情。在他的文集中，有《祖奠亡弟庭实文》，文不长，全录如下：

于戏！吾与尔为兄弟二十七年，一旦已矣，其何以为情耶？吾去家而服官，赖尔以寄门户之托；吾弃亲以事君，赖尔以供甘旨之奉。今一旦违我而去，尔则忍矣。老母在堂，哀心如割，使我入无所依，出无所倚，其何以为情耶？明只迁柩，将殡尔丁先府君墓侧。吾弟有知，其必痛此千古之别矣。尚飨！

边贡21岁中进士后，就在外为官，家中就靠弟弟支撑门户。他一直居官在外，无法照顾父母亲人，因此对弟弟就更加倚重，心中也充满感激。但弟弟才27岁就去世了，做哥哥的自然肝肠寸断，难言其哀。

边贡的《华泉集》14卷，其中诗8卷、文6卷。其诗屡为后人所称道，而文则默默无闻，正如《四库全书总目》提要所说："今核其品格，实远逊有韵之词。"这同许多诗人的情况是相类的。明代山东以诗名家者颇有其人，以文名者则寥寥焉。

前人对边贡的诗评价颇高。《山左明诗抄》引袁永之语："李、何、徐、边，世称'四杰'，李雄健，何秀逸，徐精融，边朴实，并负盛名，辉映当代。四公殆艺苑之菁英也。"认为四人可以并驾齐驱，都是当时艺苑的"菁英"。实际上四人之中，李、何二人无论诗歌成就，还是对诗坛的影响，都要大于其他二人。而边贡和徐祯卿的地位高低，前人却有不同看法。《列朝诗集小传》中引吴人语谓："李、何、徐、边，世称'四杰'，边稍不逮，只堪鼓吹三家耳。"《皇明诗选》中宋辕文评语说："尚书才情甚富，故能于沉稳处见其流丽，声价在昌谷之下。"但也有相反的看法。如何良俊曾说："世人独推李、何为当代第一。余以为空同关中人，气稍过劲，未免失之怒张；大复之俊节亮语，出于天性，亦自难到，但工于言语而乏意外之趣；独边华泉兴象飘逸，而语尤清圆，故当共推此人。"认为边贡的诗甚至要超迈李、何之上，当然不无道理，但却得不到一般论者的认同。而陈子龙的评语则较持平，他说："廷实粗率未除，然时见精诣，五言尤称长城。"又云："五言华贵，时出俊语，令人百思。李、何劲敌也。"又说："尚书才情甚富，能于沉稳处见其流丽。"（《皇明诗选》）肯定其五言诗的成就，也指出其不足。沈德潜也说："华泉边幅较狭，而风人遗韵，故自不乏。李、何、边、徐并名，有以也。"而《四库全书总目》评论得更为具体："今考其诗，才力雄健不及李梦阳、何景明，善于用长。意境清远不及徐祯卿、薛蕙，善于用短。而夷犹于诸人之间，以不战为胜，无凭陵一世之名，而时过事移，日久论定，亦不甚受后人之排击。"确实如此，边贡在当时名声不及李、何，但后来也不像李、何诸人那样受人攻击。钱谦益选《列朝诗集》，对李梦阳等人"吹垢索斑，不遗余力"（王士禛语），但对边贡则并无恶语。

边贡在明代山东文学史上的地位，正如前引朱中立语所说，在此前是无人可与之相比的。清初时王士禛曾将边贡的诗精选为4卷，并在序中说："济南诗派大昌于华泉、沧溟二氏，而筚路蓝缕之功，又以边氏为首庸。"充分肯定了边贡在山东诗坛的地位和作用。

二 诗思秀发的李先芳

李先芳是嘉靖诗坛上的一位重要人物，尤其在"后七子"兴起之初，李先芳起了重要作用。

李先芳（1511—1594），字伯承，号北山，濮州（今鄄城）人，嘉靖二十六年（1547）进士，除新喻知县，迁刑部郎中，改尚宝司丞，升少卿，降亳州同知，稍迁宁国府同知，复以台抨罢。他年少时倜傥风流，美如冠玉，因此成了驸马的候选人之一，后虽未入选，但声名鹊起。他自负才名，目高于顶，对什么人都不放在眼中。在他任职尚宝司时，就因此得罪了同样不可一世的两位御史。后来他仕途多舛，屡被贬谪，都与这种恃才傲物的性格有关。邢子愿《李公行状》中说他"卒以多所傲睨，为人所蟊，罢官，仅壮年耳。优游林下，享文酒声伎之奉四十余年。所著《东岱山房稿》三十卷，他著又五十余万言。"

李先芳虽恃才傲物，对朋友却很热心，据史载，在"后七子"结社之前，李攀龙在刑部任职之初，就曾与李先芳以及临清谢榛、孝丰吴维岳辈倡诗社。王世贞中进士后，是李先芳引介他加入诗社，并与李攀龙相交。但此后不多久，先芳就被放为外吏，离开了京师。"又二年，宗臣、梁有誉入，是为五子。未几，徐中行、吴国伦亦至，乃改称七子。诸人多少年，才高气锐，互相标榜，视当世无人，七才子之名播天下。"（《明史·文苑传》）可见，李先芳是"后七子"诗社的先驱者之一，但"五子""七子"之名是在他离京无法参加诗社的活动许久之后才出现的，因此，后来那些所谓把他和吴维岳摈弃不与的说法，是不符合事实的。但以李先芳的性格，他对此耿耿于怀，也是可能的。据《列朝诗集小传》中说："伯承晚年每为愤盈，酒后耳热，少年用片语挑之，往往怒目嚼齿，不欢而罢。邢子愿以台使按吴，访拿州而归，伯承与极论其始末，语已，目直上视，气勃勃颐颊间，折案覆怀，酒汁沾湿，子愿逡巡不敢应，后为伯承墓志，亦略及之。"钱谦益说这些记载是"余闻之卢德水如是"。这种情形容或有之，不是捏造，但正如钱所说，一是在酒后，一是有人"用片语挑之"，故意要激起他的愤怒。实际上，李先芳与李攀龙等人，交情一直不错，并未反目成仇，这从他们的诗文作品中可以看出来。李先芳诗集中有不少与七子诸人唱酬的篇章，如《别王比部元美》：

　　棘寺同官日，兰尊结社时。过门邀并骑，入省封弹棋。未结王生袜，多惭贺监知。我乘青雀舫，君入白云司。作吏风尘隔，为郎日月私。临岐重携手，休唱渭城诗。

他对当日与王世贞等人在京师为官，结诗社时的情景，念念不忘，当时诸人确实是过从甚密，工作时有来往，闲暇时也常常在一起。只是后来"作吏风尘隔"，天各一方。这次在旅途又得重新相见，真是一件幸事，所以他希望二人在分手之时，仍然要高高兴兴地各奔前程，"休唱渭城诗"，不要悲悲切切，这种情意只有在交情非常浑厚的朋友中才会表现出来。《再寄王元美》诗中说：

　　当年汉署共鸣珂，班马才名不啻过。天畔孤臣吾老矣，中原诸少竟如何？生涯只合寻糜鹿，世事宁须问汨罗。今古含情君不见，鸱夷江上有沧波。

这诗显然是他晚年所作，开首也是回忆在郎署中诗酒唱酬的时光，"中原诸少竟如何？"虽然多年未曾谋面，但他一直都在挂念着那些朋友们。李攀龙等人也多有寄赠、怀念李先芳的作品。如李攀龙《寄伯承》诗说："才子含香满玉墀，仙郎赋就几人知？只今西省空相忆，扬、冯风流自一时。"也是对当日在诗社的交往心心念念。当李先芳被劾罢官之后，曾给李攀龙去信，告诉他自己的遭遇，攀龙即复信安慰，《答李伯承》中开首即言:"日闻解郡,良久自失,奈何伯承亦复坐及此也!"这时李攀龙本人也是解职在家闲居,听到老友的遭遇,非常难过,但他安慰先芳说:"以足下重名,无终困理。即杜门卒业,效不朽一大事因缘,又奈何乎伯承?"希望他在官场上的挫折只是暂时的,即使不是暂时的,那也不要紧,还可以投身文学事业,这也是古人所说的"三不朽"之一。接下去攀龙又赞扬他的新作:"辱惠新集,洋洋雅音,是盈病耳。暮春者,维我二人,握手天门、日观之上,信宿道故。东望吴门,品目中原诸子,沾沾自快无已;南谒孔林振衣金奏,可论昭旷之致。伯承能无意乎?"邀请老友一道去各地名胜游览,在一起品评当世诗文,并且认为能够如此,真是人生的大快事,又何必斤斤计较于官场上的得失呢?此书表现了李攀龙对先芳的款款深情。后来李攀龙的母亲去世时,李先芳在办丧事等方面给他以很大的帮助,所以李攀龙在《报李伯承》中,又给以诚挚的感谢。李攀龙去世时,先芳有诗痛哭老友,《寄吊》中说:

> 四海论交二十秋,夫君佳句胜曹、刘。怀中久握连城璧,历下重开白雪楼。入梦长庚元不偶,行空天马故难留。灌园剩有山翁在,倚杖柴门哭未休。

李攀龙才五十多岁,正当创作的高峰时期,就遽尔去世,李先芳闻讯痛哭不已。诗中盛赞攀龙的文学成就,还把他比作行空的天马,因而不能在人间久留。后来李先芳也一直思念老友,并且经常在梦中相会。他有《五哀诗》,是他晚年思念已经去世的五位老友而作,其中就有谢榛和李攀龙:

> 燕市行歌落日低,一囊归卧邺城西。当年王粲依刘表,往事虞卿救魏齐。四海论心君独老,他山埋骨尔谁携。东门何限冬青树,有鸟还来夜半啼。(谢四溟山人)
> 鲍山宿草几经秋,历下犹传白雪楼。白雪调高人寡和,鲍山云尽水空流。断肠魂梦能今夕,握手交情忆昔游。晓倚东门古紫气,真人尚许驾青牛。(李沧溟宪长)

诗中对谢、李二人推崇备至,足见他们之间的交情一直都是真挚深厚的。陈田《明诗纪事》在"李先芳"名下的按语中,全录哀李的这首诗,并且说他:"心折于鳞如此。牧斋乃欲次伯承诗于于鳞之上,伯承有知,当亦不敢自居矣。"这是指钱谦益在《列朝诗集》中,选诗时把李先芳列于李攀龙之前,并且在小传中说:"今之论者,奉历下为晋、楚,揶揄伯承,使之捧盘盂而从小邾之后。余录伯承诗次于于鳞之上,使伯承之魂,为之默举,且以间执耳食者之口也。"钱氏的《列朝诗集》,于明诗的保存和研究,颇多裨益,但他对前后七子则明显地抱有偏见,不择任何机会加以贬抑,因此他的论述就不免时有偏颇了。

同"七子派"许多人一样,李先芳也有拟古乐府诗,数量还不少。其诗集"古乐府"类前有自撰小序,表明他反对对前人作品的"效尤掠美",认为这样不过是啜拾古人的糟粕,他要像六朝、盛唐的诗人那样,"或假题命意,或控旨属词,诸凡口不容言,情不自达者,托以写之",也就是用古乐府这种体裁,来表达自己的思想感情。当然,在他的作品中,也只能说是部分地达到了这种要求。如《江南谣》:

> 塞上有兵机,江南科赋役。逋赋动十年,征发在今夕。文移纷如雪,府胥坐如棘。良田委榛芜,子女易金帛。持金谢府胥,所希聊喘息。民诉一何苦,胥怒一何极。我有千斤弩,欲施不得力。愿为良吏胡可得?

作为一个地方官,他看到百姓的贫困,十年的积逋,要一下子还清,谈何容易?因为连年遭灾,"良田委榛芜",才会欠下赋役那么多,拿什么上交呢?只好卖儿卖女。但仍然凑不够数,百姓痛苦,胥吏日子也不好过,因为完不成上级交给的任务,他也没法交差。作者曾在许多地方做过官,亲自体会到,在当时的社会条件下,空有一番抱负,空有一身力气,就是使不出来,"愿为良吏胡可得?"想做一个爱百姓的好官,真是谈何容易。此诗虽然不够深入,但他对百姓的同情,对世道的愤慨,则完全表现了出来。这样的意思在他的其他诗篇中也有反映,如《闻二月十二日过何家溜铺迄西白日强盗劫人时方春旱麦枯村落骚然可虞之甚》其一说:

麦田春欲枯，白日盗仍劫。百里惨风沙，行人道路绝。官差催如火，征派纷如雪。奈何为人牧，鞭策日流血。揭榜招流亡，谁肯复归业。欲作循良吏，呜呼焉可得？

如果说上一首还是因借用古乐府体裁，而显得浮泛，那么这一首完全是他亲身经历、亲眼所见的情景，有感而成。从中可以看出当时在不少地方，百姓已经是非常的苦难，要大规模地流亡他乡了。这是严重的社会问题，发展到明朝末年，终于引发了大规模的农民起义。在地方上并不是没有比较好的官吏，但他们也毫无办法，对于"鞭策日流血"，至少在诗人的心中是感到愧疚的，但他又能做些什么呢？

《山左明诗抄》引穆敬甫语说："伯承诗思秀发，绰有右丞之风。"这是指李先芳那些游览山水、描摹景物的作品，其中颇有些佳作，特别是一些小诗。如：

蟋蟀鸣玉阶，梧桐落金井。执扇本生凉，错恨秋风冷。（《玉阶怨》）
西山带雨痕，南浦生秋草。烟中树若荠，波上舟如鸟。（《江雨》）
贪看芳草色，不觉白日晚。介问路旁儿，去城知近远。（《野行》）
三月轻风麦浪生，黄河岸上晚波涌。村原处处垂杨柳，一路青青到永城。（《由商丘入永城途中作》）

都是清新澹远，确实具有唐人王维的风味。当然，他也能写大景，如《九江》：

浔阳江尽水连空，九派烟波处处通。彭蠡不传淮海信，江豚空拜石龙风。溢城树色浮天上，庐阜岚光写镜中。估客乘流千艇下，轻帆飞过楚云东。

碧水连空，烟波浩渺，两岸山色，映倒入水，无数快艇，顺流而下，好像在云上飞行一样，读之令人神往。

当时和后来评论李先芳诗者，多喜把他与李攀龙相比较。前面提到的钱谦益就是如此。为李先芳作状的邢子愿也说："当世作者，率推历下，先生出处，略与之同。所不同者，历下简贵，不匿近人，而先生伉爽敢决，任挟自豪。两人论难过从，瑕瑜不相贷也。迨后历下名愈高，先生若为所掩，然修戈待媾，未尝一日忘于鳞云。"是从两人的性格和待人处世方面相比较的。于慎行则比较二人之诗说："吾里两李先生，其称诗不同，历下以气骨合神，湛涵万有，而发以雄迅，意尝超于象之表；濮阳以才情赴调，融洽众采，而出以和平，力尝蓄于法之中；所谓异曲同工者。"认为二人各有特色，可以并驾齐驱。但宋弼就明确指出，先芳诗作成就是不如李攀龙等人的，他说："予以东岱诗及王、李并观，律绝足以相拟，古体殊不敌。顾非郏莒之从，差可齐秦之匹，以视徐、吴、梁、宗，有过之而无不及也。虞山推之于鳞之上，第欲重抑历下，而不知其言之过也。"认为先芳诗成就虽然比不上李攀龙、王世贞，但比"后七子"其他人则要强些。《四库全书总目》李先芳诗集的《提要》中也说："今观其诗，才力实出攀龙下。慎行等以乡曲情匀，不欲分左右袒耳。明末攻七子者，遂欲以跻攀龙之上，非笃论也。"这可以说是比较平允的论调。在《皇明诗选》中，陈子龙则说："伯承为七子先驱，而其后不振。"在诗社内，诸人经常在一起，切磋琢磨，可以互相激发，互相促进，以达到共同提高。李先芳很早就离开了诗社，后来又颓然自放，所以其诗歌成就就不能和王、李诸人相比了。但王世贞仍把他列入"广五子"中，仍然把他当成当时山东诗坛的重要成员。

另外，李先芳著述甚丰，除诗文集外，仅《明史》著录的就有《安攘新编》30卷、《杂纂》40卷、《阴符经解》1卷、《蓬玄杂录》10卷，而陈田《明诗纪事》更有十数种之多。现在的一些研究者，认为李先芳就是著名的古典小说《金瓶梅》的作者，如果此说能够证实的话，那李先芳在文学史上的地位就不可同日而语了。

李先芳之弟同芳，字幼承，也以诗名，当时论者谓其"才情不减乃兄"。

第二节　李攀龙和谢榛

一　"后七子"的领袖李攀龙

在明代山东文学史上，李攀龙可以说是首屈一指的人物，这无论从创作成就，还是从对当时和后来的影响上，都是如此。

李攀龙（1514—1570），字于鳞，号沧溟，先世籍贯是济南府长清县，其曾祖父时迁移至历城县东北郊的龙山（今属章丘县），嘉靖二十三年（1544）进士，除刑部主事，擢陕西提学副使，因不堪上司颐指，托病归里，筑白雪楼以自娱，而名益盛。隆庆初荐起官至河南按察使，以母丧过哀而卒。著有《沧溟集》等。

明代"七子派"的崛起，有着深刻的社会原因。"前七子"之后数十年，又有"后七子"出现，而且影响更加广泛，在嘉靖、隆庆之时，"海内称诗者不奉李（攀龙）王（世贞）之教，则若夷狄之不遵正朔"（陈田《明诗纪事己签序》）。之所以产生如此大的影响，除了别的原因之外，李、王的个人魅力，也起着十分重要的作用。在当时，李、王的作品，"倾动一世，举以为班、马、李、杜复生于明"（《四库全书·沧溟集提要》）[①]。李攀龙是"后七子"的倡始者和主要领袖，"后七子"的理论主张和创作取向，都受到他的很大影响。他的基本主张，仍然是重举"前七子"所倡导的"文必秦汉，诗必盛唐"的旗帜，反对台阁体、道学体和八股文对文学创作的不良影响。但是他并没有系统的理论著作，他的文集中也只少数的序和书信涉及诗歌理论问题。他的主张多是由同时其他人的记述而保存下来。李攀龙一生留下了近1400首诗，其中不少在当时就被广为传诵，成为诗人创作的楷模。

李攀龙的创作成就，在当时是举世公认的。王世贞曾以比喻形容明代诗人及其作品，评李攀龙说："李于鳞如峨眉积雪，阆风蒸霞，高华气色，罕见其比；又如大商舶，明珠异宝，贵堪敌国，下者亦是木难、火齐。"（《艺苑卮言》卷五）他又具体评论李作的各种体裁说："于鳞拟古乐府，无一字一句不精美，然不堪与古乐府并看，看则似临摹帖耳。五言古，出西京建安者，酷得风神，大抵其体不宜多作，多不足以尽变，而嫌於袭；出三谢以后者，峭峻过之不甚合也。七言歌行，初甚工於辞，而微伤其气，晚节雄丽精美，纵横自如，烨然春工之妙。五七言律，自是神境，无容拟议。绝句亦是太白少伯雁行。排律比拟沈宋，而不能尽少陵之

[①] 《文渊阁四库全书》，台北，台湾商务印书馆1983影印本。中华书局1965年版。《四库全书总目》中该集提要与前书中详略颇有不同。

变。志传之文,出入左氏司马,法甚高,少不满者,损益今事以附古语耳。序论杂用《战国策》《韩非》诸子,意深而词博,微苦缠忧。铭辞奇雅而寡变。记辞古峻而太琢。书牍无一笔凡语。"(《艺苑卮言》卷七)这段话可以说是对李攀龙文学成就的全面评价。对其拟古乐府,直截了当地指出"似临摹帖",显然并不是赞美而是否定;对其他各体虽然不免有溢美之处,但大体上还是合乎实际的。

在李攀龙的诗作中,各体都有,而尤以七言的古近体数量最多,也最著名。如《岁杪放歌》:

> 终年著书一字无,中岁学道仍狂大。劝君高枕且自爱,劝君浊醪且自沽。何人不说宦游乐,如君弃官亦不恶。何处不说有炎凉,如君杜门复不妨。终然疏拙非时调,便是悠悠亦所长。

这首诗可以说很好地体现了李攀龙的精神面貌。"中岁学道仍狂夫","狂"之一字可以概括他的性格,也是当时不少人对他的评价。在他年轻时,就对那些为了考取功名,终日只埋头于八股时文之中,不问世事,也不读其他书的同学非常看不惯。他自己常常吟诵的古代诗文名作,那些同学也听不懂,因此就给他起了个"狂生"的外号,李攀龙知道后并不介意,反而针锋相对地说:"吾而不狂,谁当狂者?"(王世贞《李于鳞先生传》)在他踏入仕途后,这种态度也未改变。在他为按察副使视学陕西时,巡抚殷某"尝下檄于鳞代撰奠章及送行序,于鳞不乐,移病乞归,殷固留之。入谢,乃请曰:'台下但以一介来命,不则尺牍见属,无不应者,似不必檄也。'殷愕然起谢过,有所属撰,以名刺往。而久之复移檄,于鳞恚曰:'彼岂以我重去官耶!'即上疏乞休,不待报竟归。"(《艺苑卮言》卷七)在一般人看来,为了这点小事,就弃官而去,不是发疯就是发狂,但在李攀龙看来,"文可檄致邪?"写作诗文,是一种创作性的活动,是应当受到尊重的,上司如果无礼,则宁可丢官也不能受此侮辱。所以李攀龙所维护的是知识分子的人格尊严,是儒家传统所强调的"威武不能屈"的骨气,这也是他"自爱"自尊自重的表现。中国古代有不少这样的"狂士",为了维护尊严而舍弃荣华富贵,甚至丢掉性命也在所不惜。可惜这种传统在近代逐渐地消亡了。这首诗在艺术上也有较高的成就。钱钟书先生《谈艺录》中曾指出，此诗是仿唐人张谓《赠乔琳》之作，"两诗章法、句样以至风调，无不如月之印潭、印之印泥。李戴张冠，而宽窄适首；亦步亦趋，而自由自在。虽归模拟，而了不扭扎。'印板死法'云乎哉，禅家所谓'死蛇弄活'者欤？"① 认为李诗虽仿前人，但琢磨熨帖，自然无痕，因而能够超越前人。《皇明诗选》中李雯评此诗说："入道之言，愈淡愈老愈壮。"也是充分肯定此诗的成就。李攀龙的七律以"浑涵雄深"（宗臣语）著称，如《杪秋登太华山绝顶》：

缥缈真探白帝宫，三峰此日为谁雄？苍龙半挂秦川雨，石马长嘶汉苑风。地敞中原秋色尽，天开万里夕阳空。平生突兀看人意，容尔深知造化功。

太华山，即华山，五岳中的西岳。李攀龙在陕西按察司提学副使任上时，公务之外，自然要游览华山。他并作了《太华山记》和此题诗共四首。华山高耸入云，山峰常在云雾缥缈之中，因而人们传说上面有白帝在居住。"自古华山一条道"，苍龙岭的险峻，更是人所共知。诗人经过艰苦的攀登，终于登上了高峰，看到了壮丽的景观，于是感到三峰也在为自己骄傲。在绝顶之上，目光再也没有什么可以阻挡，千里大平原的秋色，可以一览无余。而"秦川""汉苑"又使人产生时间上的联想，千年的风风雨雨，朝代的兴盛衰亡，而太华山则依然屹立。在大自然面前，人生是短暂的，个人是渺小的，只有身临华山这样雄峻的大山，才能深深懂得造化之功是多么神奇伟大。这首诗在艺术上也很见功力，但在这组诗中，却有一个毛病，就是四首中都有"万里"字样，这是第二首，第一首颔联"黄河忽堕三峰下，秋色遥从万里来"，第三首第一句就是"太华高临万里看"，第四首也有一句是"萧条万里见高秋"，如此重复，足为瑕疵。同时为后来攻击他的人留下了口实，清代周容《春酒堂诗话》中就说："四律中各有'万里'字，其无心耶？抑故为之耶？岂成名而有所无不可也？名之为害如此。"这确实是李攀龙诗中的缺点之一。连在清初时重新为李攀龙立墓碑的施闰章，在其《蠖斋诗话》中也指出："于鳞自喜高

---

① 钱锺书：《谈艺录》，北京：中华书局1984年版，第606页。

调,于登临尤擅场。然登太行、太华山绝顶各四首,竭尽气力,声格俱壮。细看四首景象,无甚差别,前后亦少层次,总似一首可尽。"他又举出杜甫作为对照,认为:"杜老《秋兴》八首,《咏怀古迹》五首,各有所指,自可不厌。"李攀龙学杜是颇有成就的,但比起杜甫这样伟大的诗人,还是有相当的差距的呀!

李攀龙的绝句数量众多,仅七绝就有340首之多,同时也备受推崇。胡应麟在《诗薮》中,曾将前后七子各人作了比较,他说:"仲默(何景明)不甚工绝句,献吉(李梦阳)兼师李、杜及盛唐诸家,虽才力绝大而调颇纯驳。惟于鳞一人一以太白、龙标为主,故其风神高迈,直接盛唐。"(内编卷六)甚至认为"于鳞之七言绝"与李白,王昌龄"可谓异代同工"(续编卷二)。请看他的《和聂仪部明妃曲》:

天山雪后北风寒,抱得琵琶马上弹。曲罢不知青海月,徘徊犹作汉宫看。

历代的明妃诗可谓是数不胜数。李攀龙这组诗是和聂仪所作四首,这是第三首。首句描写了昭君远嫁后的生活环境,从中原而到塞北,其地苦寒,各方面都难以适应,只得弹琵琶以解忧。弹着弹着,她渐渐地沉醉在乐曲之中,看到了天上的明月,似乎与汉宫时没有什么区别。杜甫《咏怀古迹》中有一首咏昭君说:"千载琵琶作胡语,分明怨恨曲中论。"此诗不言哀怨,而昭君的哀怨之情,则隐然欲出。沈德潜评此诗说:"诗虽不著议论,而一切著议论者皆在其下,此诗品也。"蕴藉含蓄,余韵不尽,是古代诗歌中最受赞赏的特色之一。再如《挽王中丞》:

司马台前列柏高,风云犹自夹旌旄。属镂不是君王意,莫作胥山万里涛。(其二)
幕府高临碣石开,蓟门丹旐重徘徊。沙场入夜多风雨,人见亲提铁骑来。(其八)

王中丞即王忬,官至兵部右侍郎、右都御史,故称中丞。明中叶之后,边防废弛,王忬任蓟辽总督时,整顿军队,留心军备,也颇有成效。但嘉靖三十八年（1559），鞑靼兵扬言东侵，王忬引兵而东，敌军却乘机由西而入，大掠遵化等地，京师震动。御史劾忬失机之罪，刑部论忬戍边。奸相严嵩互与王忬不合，忬子世贞又因故得罪了嵩子世藩。杨继盛被害后，世贞等人又为他经纪丧事，嵩父子大恨，因趁机改论忬斩。时论多屈之。作为世贞的好友，李攀龙对王忬的冤死非常悲痛，遂写下这组诗共8首，描写了王忬生前作为将帅的气概，死后也英魂不灭，仍在沙场驰骋，杀敌报国，表达了对王忬的深切怀念。沈德潜曾评论"属镂不是君王意"一首说："为中丞吐气，而忠厚之意宛然。"认为这符合儒家温柔敦厚的"诗教"。实际上，在封建社会中，皇帝乾纲独断，是最后的决定者，有否决权，所以应当承担大部分的责任。即使是奸臣当道，也只能说明皇帝的昏庸无能。所谓"不是君王意"，固然是在安慰好友王世贞等人，同时也显露出旧时代诗人的思想局限。在封建时代一切功劳要归于君王，一切过失则要推诿于臣下，就连宋高宗赵构指使秦桧卖国求荣，人们也只骂秦桧，而为赵构开脱。封建传统使然，而且这种思维形成了定式，一直盘踞在中国老百姓的脑子里。

李攀龙《沧溟集》30卷，诗文各半。前引王世贞语，对其各体文章评价也颇高。实际上，在散文方面，前后七子中不少人都有一些好文章，但总的成就都不很高，在这方面他们不如同时的"唐宋派"。但李攀龙也有一些可诵之作。如他的《总督蓟辽右都御史兵部左侍郎王公传》，对王忬一生的事迹叙述得井然有序，对其作战的功绩及被害的过程交代得明白简当，这里仅录传中记述王忬在浙中一次大破倭寇的战绩的一段：

是役也，越境而歼之，且陆胜贼矣。因行部凡二十余县，计倭所由道，次第毕城之。独慈溪谢不可。公去一岁，而慈溪破，始就城。相诮不早听王公言。公在浙、闽可二岁，凡一十余捷，功次三千余，所得沿海大猾为倭内主者，系之，覆其家数十人，贼自是无与乡导，往往食尽遁矣。

倭寇就是明代骚扰中国沿海地区的日本海盗，倭患在嘉靖年间特别猖獗，在当时日本统治者的支持下，日本海盗与中国海盗相勾结，在江浙、福建沿海一带攻掠乡镇，烧杀奸淫，无恶不作。但由于明世宗的昏聩无能以及权臣严嵩的奸贪狠毒，使得明朝的边防、海防残破空虚，形同虚设，所以倭寇能够频频得手，给沿海百姓造成了极大的破坏。王忬在明朝将领中，是比较有远见、能作战的，他对倭作战曾多次取得胜利。王忬还能知人善任，抗倭名将俞大猷、汤克宽等人都是他一手提拔，才得到重用的。但由于他和子王世贞，因故得罪了严嵩，严嵩挟嫌报复，使他罹重谴。这段记述，可以说并无模拟前人之痕，也不聱牙拗口，而是朗朗可诵。特别是结尾处的赞语，更是充满感情：

　　赞曰：大臣之处成功，难言哉！庚戌虏犯京师，中外汹汹。公先策必至以闻，而身守通州，使不得西渡河。严邑翼翼，辅以无恐。肃皇帝张皇备胡，左顾右盼，念无可与，所立一总督、一大将军，而公以督饷参闻，并负倚重。寻机闽浙，旋移大同。由遄已，则奉而南；倭遄已，则奉而北。非不欲久任之以听厥成，而天子厉精方称，缓急图辄效，官处拔土，号为大同得人，异数宠之，以逼帷幄之臣，度次蓟辽，而公拒走大虏者六，至有一岁三捷者。奈何不免嵩父子文致之也！自练兵之议起，而间以生。奈何比年治师、不中调发、自期三岁也！所疏十三事，具是矣。天子方喜自拔士，号得人，度次以蓟辽。乃有上言不任事，负国恩，当罢，则谁为之者？激极而反，大臣之处成功，难言哉！

这段话是作者对传主的总结和感慨，其中间部分，多用三、四字为句，句短而调促，显示出王忬为抗击敌寇而来往奔波，以致不得空闲做出较长期的战略布置，而这正是"天子"的失策，因为他没有远见，只欲"缓急图辄效"，结果造成王忬后来的失误。而王忬却不得不承担全部罪责，终于被处以极刑。赞语的开头和结尾，都用了"大臣之处成功难言哉"，表现了作者的愤慨，有一唱三叹的效果，足以引起读者的深思。

　　李攀龙文集的不少序跋和一些书札，短小精悍，颇见功力。前面提到的李攀龙《答李伯承》，就是行文流畅，情意绵绵。再如其《与王元美》其五：

　　雨雪入关，道经二华，遥见三峰插天，白云如练，往来其下，秀色射人。长安、咸阳，即复萧索，徒见汉家诸陵返照间而已。回中西北，见皆丘垤；空同笄头，硔硔自异。然已近塞，风气荒凉。大率秦、陇震荡之余，至今家室尚无完堵。一二僚友，人人自危，虽有华榱，缉芦而寝。某与一二孺子妾，方如幕上燕矣。

这篇书札，先是描写途中所见景物，特别对华山耸入云天的山峰，着意加以描绘。后半则写到任之后，因为不久前刚经历过地震，造成了很大的破坏，而且还怕有余震，所以人们都不敢在屋中。这对于初来乍到的李攀龙一家来说，生活更难于安定下来，所以他说是"如幕上燕"。王世贞是最好的朋友，所以李攀龙对他是无话不谈。这篇书札既无生僻词语，也无摹古之意，非秦非汉，也非唐非宋，就好像是面对着朋友说家常话一样，娓娓道来。这样的短札，在李攀龙文集中还有不少，虽然不像"公安派"袁宏道等人的小品文那样轻灵活泼，但也自有特色，显然不能归入食古不化一类。

李攀龙并没有专门的诗论著作。《诗学事类》旧题李攀龙撰，但此书编排芜杂混乱，根本不像是李攀龙所为，正如《四库全书总目》所说："其学终有根柢，不应玮芜至此，必托名也。"李攀龙的基本观点，仍然是沿袭"前七子"李梦阳等人的理论，他曾说："文章经国大业，不朽盛事。今之作者，论不与李献吉辈者，知其无能为已。"（《送王元美序》）他编纂有《古今诗删》34卷，选录历代之诗，每代各自分体，始于古逸，次以汉、魏、南北朝，次以唐，唐以后继以明，多录同时诸人之作，而于宋、元两朝，则不录一人一诗。这显然是沿袭了李梦阳所谓"不读唐以后书"的观点，其偏颇自不待言。王世贞《李于鳞先生传》中，对李攀龙的文学主张作了概括性的记述：

> 于鳞既以古文辞创起齐鲁间，意不可一世学，而属居曹无事，悉取诸名家言读之。以为记述之文，厄于东京，班氏姑其狡狡者耳。不以规矩，不成方圆，拟议成变，日新富有。今夫《尚书》《庄》《左氏》《檀弓》《考工》、司马，其成言班如也，法则森如也，吾撮其华而裁其衷，琢字成辞，属辞成篇，以求当于古之作者而已。操觚之士，不尽见古作者语，谓于鳞师心而务求高，以阴操其胜于人耳目之

外，而骇之。其骇与尊赏者相半。而至于有韵之文，则心服靡间言。盖于鳞以诗歌，自西京逮于唐大历，代有降而体不沿，格有变而才各至，故于法不必有所增损，而能纵其夙授，神解于法之表，句得而为篇，篇得而为句，即所称古作者，其已至之语，出入于笔端而不见迹，未发之语，为天地所秘者，创出于胸臆而不为异。亡论建安而后诸公，有不遍之调，于鳞以全收之，即其偏至相角者，不啻敌也。

这里全面概括了李攀龙的诗文主张，于文要以秦、汉以前的经典为榜样，要反复揣摩，"拟议成变"，在学习的基础上有所变化。诗的体裁更多，学习前人，但在自己的创作中要"不见迹"，虽然是"创出于胸臆"，是出于自己内心的情感，但整体上却又与古人"不为异"。即是说，既与古人一脉相承，但又没有模拟的痕迹，酷似古人而又不是古人。他的这些观点得到了"后七子"及其追随者的普遍赞同，李攀龙也因此成了"后七子"的领袖。

在李攀龙的文集中，特别是一些序跋书札，也多有论诗之处。有许多在当时和后来，都产生了相当大的影响。如他的《选唐诗序》：

唐无五言古诗，而有其古诗。陈子昂以其古诗为古诗，弗取也。七言古诗，唯杜子美不失初唐气格，而纵横有之。太白纵横，往往强弩之末，间杂长语，英雄欺人耳。至如五、七言绝句，实唐三百年一人，盖以不用意得之，即太白亦不自知其所至，而工者顾失焉。五言律、排律，诸家概多佳句。七言律体，诸家所难，王维、李颀颇臻其妙。即子美篇什虽众，愤焉自放矣。作者自苦，亦惟天宝生才不尽。后之君子，乃兹集以尽唐诗，而唐诗尽于此。

这篇序并没有模仿前人的痕迹，语言流畅，层次也清晰井然。此序非常短，还不足二百字，但却把各种体裁的唐诗都评论到了，而且还对具体的作家的各种不同体裁诗的优劣，给予了中肯的评价。其观点则深入精辟，是他研究唐诗多年的总结。特别是文章的开头关于五言古诗的话，后来引起了轩然大波，一直到清代初期，都聚讼不断。钱谦益在《列朝诗集》李攀龙的小传中，对此说大加攻讦，反驳说："彼以昭明所选为古诗，而唐无古诗也，则胡不曰魏有其古诗，而无汉古诗，晋有其古诗，而无汉、魏之古诗乎？"认为他这是"僻学为师，封己自是，限隔人代，揣摩声调，论古则判唐、选为鸿沟，言今则别中、盛为河汉，谬种流传，俗学沉锢，昧者视舟壑之密移，愚人求津剑于已逝，此可为叹息者也！"但王士禛同意李攀龙的看法，认为"此定论也"，并反驳钱谦益说："常熟钱氏但截取上一句，以为沧溟罪案，沧溟不受也。要之，唐五古固多妙绪，较诸《十九首》、陈思、陶、谢，自然有别。"（郎廷槐《师友诗传录》）而且连猛烈抨击"七子派"的王夫之，在其《姜斋诗话》中，也认为李攀龙之说"言亦近是"，认为唐人之五言古"百不得一二而已"。可见李攀龙的观点虽不无偏颇，还是有一定道理的。

李攀龙在世时得到很高的评价，其去世后，王世贞等人一直对他推崇有加。但后来却不断遭到评论者的攻击。公安派诋之为"赝古"，特别是钱谦益，更是以扫荡"七子派"为己任。但是这些攻击，同当时的吹捧一样，都难免偏颇。沈德潜《明诗别裁集》中说："历下诗，元美诸家推奖过盛，而受之掊击，谨呼叫呶，几至体无完肤，皆党同伐私之见也。分而观之，古乐府及五言古体，临摹太过，痕迹宛然；七言律及七言绝句，高华矜贵，脱弃凡庸。去短取长，不存意见，历下之真面目出矣。"《四库全书总目》也说："今观其集，《古乐府》割剥字句，诚不免剽窃之讥，诸体诗亦亮节较多，微情差少，杂文更有意诘屈其词，涂饰其字，诚不免如诸家所讥。然攀龙资地本高，记诵亦博，其才力富健，凌轹一时，实有不可磨灭者。汰其肤廓，撷其英华，固亦豪杰之士。誉者过情，毁者亦太甚矣。"这些都是持平之论。评价一个作家，同评价一个运动员一样，要看他的最好的成绩，而不能只看其差的方面。李攀龙和前后七子其他人一样，都留下了不少比较优秀的作品，是中华民族富贵的文化遗产的一个组成部分。

二 布衣诗侠谢榛

谢榛（1495—1575），字茂秦，号四溟山人，又号脱屣山人，临清人。他从小虽一目失明，而性格豪爽。"年十六，作乐府商调，少年争歌之。已，折节读书，刻意为歌诗。西游彰德，为赵康王所宾礼。"

嘉靖十九年（1540），浚县卢柟因得罪县令，被诬杀人，陷死牢中，狱连十数年不得解，这是因为诬陷他的县令后来升官，再加上正如他给朋友的书信中所说；"我卢氏有浚世世业农，无公卿朝士大夫显者，故仆得罪后，无一人肯援手者。"谢榛知道后，就带着卢柟的作品到京师，对一些达官贵人哭诉，力辩卢柟之冤，并说："天乎！冤哉卢生也！及柟在，而诸君不以时白之，乃罔罔从千古哀湘而吊贾乎！"在他的奔走之下，许多人都知道了卢柟的冤案。陆光祖任浚县知县后，就平反了这起冤案，把卢开释出狱。谢榛仗义救人的事迹，传播遐迩，他的名声更大了。

1. "后七子"初期的首领

李攀龙中进士后，就邀集谢榛和一些朋友结成诗社，后来王世贞等新科进士也陆续加入。谢榛年最长，比李攀龙大19岁，比王世贞大了31岁。再加上谢榛已经是多年有名气的诗人，所以在诗社之初，谢榛是实际上的首领，他在《四溟诗话》中曾记载说：

> 予客京时，李于鳞、王元美，徐子与、梁公实、宗子相诸君招余结社赋诗。一日，因谈初唐盛唐十二家诗集，并李杜二家，孰可专为楷范？或云沈宋，或云李杜，或云王孟。予默然久之，曰："历观十四家所作，咸可为法。当选其诸集中之最佳者，录成一帙，熟读之以夺神气，歌咏之以求声调，玩味之以哀精华。得此三要，则造乎浑沦，不必塑谪仙而画少陵也。夫万物——我也，千古一心也，易驳而为纯，去浊而归清，使李杜诸公复起，孰以予为可教也。"诸君笑而然之。

可见在一开始，他的诗学理论观点为"后七子"奠定了基础。在创作上，他也指导这些年轻人。从现存的诗篇中，可以看到诸人对他都很推崇，如李攀龙有《初春元美席上赠谢茂秦得关字》：

> 凤城杨柳又堪攀，谢朓西园未拟还。客久高吟生白发，春来归梦满青山。明时抱病风尘下，短褐论交天地间。闻道鹿门妻子在，只今词赋且燕关。

对谢榛的诗歌成就和生平行事，都加赞赏。沈德潜《明诗别裁集》评此诗说："诵五六语，如见茂秦意气之高，应求之广。"王世贞有一篇《谢生歌七夕送脱屣老人谢榛》的长篇歌行，其中有："谢生长河朔，奇笔破万卷，日月纵游遨，乾坤任偃蹇。开元以来八百载，少陵诸公竟安在。精爽虽然付元气，骨骼已见沉沧海。"更是推崇谢榛的诗歌，可以承继盛唐和杜甫诸人。谢榛也留下了不少当时唱酬的诗作。

但是随着李攀龙等人的名气越来越大，并且他们都在京师六部中做官，而谢榛还是一介布衣，所以他们对谢榛的指教就越来越不满意，终于引起了冲突。据李攀龙《戏为谢绝谢茂秦书》所言，冲突的导火线是谢榛痛斥吴国伦，说："称诗如此，他何用粪土为？"吴大窘，遂去李攀龙等人面前诉苦。众人多曾被谢榛责骂过，积不能堪，遂起而攻之，李攀龙说："于鳞不佞，二三兄弟爱才久矣，岂其使一眇君子肆于二三兄弟之上，以从其淫，而离散昵好，弃天地之性？必不然矣。"于是诸人与谢榛的关系恶化，但并未断绝来往。这有他们的诗文作品为证。实际上明人"常常带一股泼辣辣的霸气"[①]，尤其是新登进士的年轻人，大都自以为了不起，目空一切，又怎能虚心下气地接受别人的批评？何况，以谢榛之脾气，他也不可能是循循善诱的长者，言语过激之处在所难免，冲突迟早会发生。后来在《四溟诗话》中，谢榛屡屡强调，诗人要勇于接受别人的批评，这样对提高自己的水平大有好处，如：

> 作诗勿自满。若识者诋诃，则易之。虽盛唐名家，亦有罅隙可议，所谓瑜不掩瑕是也。已成家数，有疵易露；家数未成，有疵难评。（卷二）
>
> 作诗能不自满，此大雅之胚也。虽跻上乘，得正法眼评之尤妙。勤以进之，苦以精之，谦以全之。能入乎天下之目，则百世之目可知。（卷三）

他这些话都是感慨言之，他有时疾言厉色，实际上也是苦口婆心，可惜那些年轻的后进之辈，并不领他的情啊！谢榛在诗作中，对此也屡有感慨，如《杂感寄都门旧知》说："奈何君子交，中道两弃置。不见针与石，相

---

① 郭绍虞：《中国文学批评史》，上海古籍出版社1979年版，第452页。

合似同类。"可见他并没有忘情于诸友。后来论及谢榛与李攀龙交恶者，或讥李，或斥谢，反对"七子派"的人，更是幸灾乐祸，多有夸大不实之词。

2.《四溟诗话》

《四溟诗话》又名《诗家直说》，是谢榛论诗的专著，其中有不少堪称精深的观点和精彩的论述。他对诗歌的基本要素作了精当的概括，认为："诗有四格，曰兴，曰趣，曰意，曰理。"（卷二）又说："《余师录》曰：'文不可无者有四：曰体，曰志，曰气，曰韵。'作诗亦然。体贵正大，志贵高远，气贵雄浑，韵贵隽永。四者之本，非养无以发其真，非悟无以入其妙。"（卷一）这表明他对诗歌的内容和艺术表现等方面，都有比较全面比较深入的认识。他特别强调诗歌中情与景的关系：

> 作诗本乎情景，孤不自成，两不相背。（卷三）
> 诗乃模写情景之具，情融乎内而深且长，景耀乎外而远且大。当知神龙变化之妙，小则入乎微罅，大则腾乎天宇。此惟李杜二老知之。（卷四）
> 景多则堆垛，情多则闇弱，大家无此失矣。（卷一）

在诗话中他屡屡论及情景及体式之间的关系，对在作品中如何言情写景，也提出了不少意见。卷三中说：

> 凡作诗不宜逼真。如朝行远望，青山佳色，隐然可爱，其烟霞变幻，难于名状；及登临非复奇观，惟片石数树而已，远近所见不同。妙在含糊，方见作手。

所谓含糊，就是现代所说的朦胧美；所谓逼真，就是直露无遗。他以观山景为喻，说明诗不能说尽，须含蕴深远，一览无余，没有想象的余地，美感自然就少了。《诗话》中曾反复阐明这一观点。这又牵涉到诗的虚实问题。卷一中说：

> 写景述事，宜实而不泥乎实。有实用而害于诗者，有虚用而无害

于诗者，此诗之权衡也。

他又举出具体的诗句，认为像贯休的"庭花蒙蒙水泠泠，小儿啼索树上莺"，就是"景实而无趣"，而李白的"燕山雪花大如席，片片吹落轩辕台"，则是"景虚而有味"。他还说："景多则堆垛，情多则阘弱，大家无此失也。"堆垛情景，就是只知道用实，不知道用虚，这样就会出毛病。这和后来王士禛倡导"神韵说"，反对诗中"记里鼓"的观点有相通之处。谢榛也是受到严羽《沧浪诗话》的影响，他认为：

> 诗有可解、不可解、不必解，若镜花水月，勿泥其迹可也。（卷一）

"镜花水月"之喻，自从《沧浪诗话》之后，多为论者所乐道。因为诗中之情景有虚有实，论诗者就不能强作解人，因为仅从字面上去解释，并不一定能够得到正确的理解。

《四溟诗话》中对诗歌的创作，也提出了不少见解，特别是他对"走笔成诗"与"琢句入神"的论述。他在卷三中说："走笔成诗，兴也；琢句入神，力也。"就指出了创作过程中常常出现的两种不同的状态。谢榛非常强调"兴"的作用：

> 诗有不立意造句，以兴为主，漫然成篇，此诗之入化也。（卷一）
>
> 子美曰："细雨荷锄立，江猿吟翠屏。"此语宛然入画，情景适会，与造物同其妙，非沉思苦索而得之也。（卷二）
>
> 凡作文，静室隐几，冥搜渺然，不期诗思遽生，妙句萌心，且含毫咀味，两事兼举，以就兴之缓急也。（卷三）
>
> 凡作诗，悲欢皆由乎兴，非兴则造语弗工。……熟读李、杜合集，方知无处无时而非兴也。（卷三）

这些都是强调"兴"的。他所谓兴，许多地方就是指的灵感。卷三中在论"兴之缓急"之后，他描述自己作诗的情形说："予一夕欹枕而卧，因咏蜉蝣之句，忽机转文思，而势不可遏。"诗兴大发，因而很快走笔成诗。但是，这种诗兴，并不是随便什么时候都能产生的，他说："诗有天机，待时而发，触物而成，虽幽寻苦索，不易得也。"（卷二）诗兴不发之时，要完成好的作品，就需要"琢句入神"的功夫了。《诗话》中反复强调修改的必要，如果"虽十脱稿而无一警策"，那还是没有达到目的，还要继续修改。炼字也不可忽视。因为"一字不工，乃造物之不完"（卷四）。他以买帽子为喻，说明诗中的用字，不妨"出其若干，一一试之，必有个恰好者"，经过反复挑选，最后确定最贴切的那一个字。但他也认识到，即使经过反复的修改，仍然可能不如"兴"发时的作品，因为："自然妙者为上，精工者次之，此着力不着力之分，学者不必专一而逼真也。"谢榛有关诗兴的论述，有些与后来王士禛所论，有相通之处。

　　《四溟诗话》中有不少深入的见解。他是既重视声律，又重视意理，于内容与艺术表现两方面都加以强调。他有关"辞前意""辞后意"的论述，说明他对诗歌的审美特征有比较深入的认识，诗不一定像文章那样，非得先确定主题思想，构思好再写，有时诗人触物兴怀，一挥而就，其情其意自然淋漓尽致地表达出来。他对描写民生苦难诗篇的赞赏，说明他同七子其他人一样，重视诗歌反映社会现实的作用。他对"兴"的论述，表明了格调、性灵与神韵之间，有可以互相沟通之处；他有关情与景的论述，与后来王夫之《姜斋诗话》中关于情语和景语的论述，王国维《文学小言》中关于情、景是文学的"二原质"的观点，是先后一致的。他曾记载自己与朋友杜约夫一起讨论"点景写情孰难"问题的情形，听到他的一番议论后，杜感叹道："子能发情景之蕴，以至极致，沧浪辈未尝道也。"（卷二）他自己把赞赏的话记载下来，不免有自诩之嫌，但从诗学理论发展史的角度来看，他关于情景的论述，确有一些比较深入的观点是超越了前人的，对后来论诗者也有深远的影响。

　　但由于谢榛在书中多夸誉己作，并指责前人诗病、改动前人名作中字句，因而引起后人的诋斥。王士禛《论诗绝句》就有"何因点窜澄江练，笑杀谈诗谢茂秦"之语。《四库全书总目》列此书于"存目"中，《提要》中并说："榛诗本足自传，而急于求名，乃作是书以自誉，持论多夸而无当。又多指摘唐人诗病，而改定其字句。甚至称梦见杜甫、李白，登堂过访，勉以努力齐名。"基本都是一些否定的评价。他们指出的这些缺点确实存在，但不能以偏概全。《四溟诗话》可以说是瑕瑜并存，瑕不掩瑜，在明代诗话中也可以算是佼佼者，其中有些论述在今天也有进一步研究的必要。

3. 诗歌成就

前人对谢榛的诗作评价较高，特别是他的近体诗。如钱谦益《列朝诗集小传》谓："茂秦今体工力深厚，句响而字稳。"沈德潜《明诗别裁集》也说："四溟五言近体，句烹字炼，气逸调高，七子中故推独步。"如《榆河晓发》：

> 朝晖开众山，遥见居庸关。云出三边外，风生万马间。征尘何日静？古戍几人还？忽忆弃繻者，空惭旅鬓斑。

居庸关又名蓟门关，是长城的重要关塞。繻，是汉代入关时的帛制凭证。《汉书·终军传》载：终军初为博士弟子，后至长安上书言事，武帝异其文，拜为谒者给事中。终军一次出关时，关吏发给他军繻，他问这有什么用？关吏告诉他，回转时入关，要以此为凭证。终军说："大丈夫西游终不复传还。"弃繻而去。后果然在边疆建立功业。谢榛遍游各地，对边塞的雄伟气势，情有独钟，写下了不少描写边塞风光的诗篇，这首诗气势宏大，炼字精当，首句一个"开"字，把景物写活了。陈子龙《皇明诗选》引卢楠评此诗语云："读其警语，恍然塞云不飞，胡开四合，朔气凛凛侵肌骨也。"此诗具有强烈的感染力。尤以颔联最为精警。沈德潜《明诗别裁集》说："读'风生万马间'，纸上有声，若衍成二语，气味便薄。"结尾二句感慨自己不能像终军那样为国效力，建功立业，就不是泛泛写景，而是诗中有人了。再如《漳河有感》：

> 行经百渡水，只是一漳河。不畏奔腾急，其如转折多。出山通远脉，兼雨作洪波。偏入曹刘赋，东流邺下过。

山西东部有清漳、浊漳二河。诗中间四句描写漳河流水湍急，而且转折甚多，在其中行船，有时很不安全。一遇暴雨，河水大涨，就更加凶险。但诗的开始二句表明作者对漳河有着特殊的感情，他多年在各地漫游，所渡的河水何止以百数？为什么说"只是一漳河"呢？这是因为各地河流虽多，而给他留下最深印象的则只有漳河。其中的原因当然不止是漳河的水势，而是因为诗人年轻时，曾游彰德，受到赵康王的礼遇；万历间又游彰德，康王的曾孙穆王也待之如上宾。谢榛以布衣而成为藩王的上宾，这种待遇，并不是随便什么人都可以遇到的。诗人对漳河的感情，就是由这种知己之感而来。诗末联想到邺下曹、刘等建安文人，显然也有诗人自况之意在内。

谢榛一生过着漫游的生活，孤身在外，尤其是遇到恶劣天气之时，更使人难以为怀。谢榛的《苦雨后感怀》写道：

> 苦雨万家愁，宁言客滞留？蛙鸣池水夕，蝶恋菜花秋。天地惟孤馆，寒暄一敝裘。须臾古今事，何必叹蜉蝣。

连绵不断的阴雨，严重地影响了人们的正常生活，使得"万家愁"，而旅行在外的人，更被阴雨阻碍了行程，不得不滞留一地，其愁更加倍深重了。但阴雨虽不利于人，却使一些动物舒畅，青蛙在池水中得意地鸣叫，蝴蝶在菜花丛中飞来飞去，不仅不以阴雨为苦，反而更以为乐。诗人看到这些情景，愁闷的心情得到缓解，古今之际，也不过是顷刻之间、转眼即逝的事，又何必哀叹蜉蝣生命的短促呢？眼前的"苦雨"更不值得一提了。这种观点是从庄子那里来的。《庄子·德充符》中认为："自其同者视之，万物皆一也。"而更直接的影响，则是来自苏轼《赤壁赋》中："自其变者观之，虽天地曾不能以一瞬。"诗虽悟道而无理语，所以不同于理学家的性气诗，而是艺术作品。一时的愁苦得以舒解，但家乡的亲人却时常在旅客的心中萦回。因此在谢榛诗集中留下了不少思乡念亲的作品，许多都是情真意切。如《秋日怀弟》：

> 生涯怜汝自憔苏，时序惊心尚道途。别后几年儿女大，望中千里弟兄孤。秋天落木愁多少，夜雨残灯梦有无。遥想故园挥涕泪，况闻寒雁下江湖。

谢榛有一个弟弟在家乡务农。诗的开头由怀弟而及己，自己终年在外奔波，不知不觉中又到了秋天。家中的子侄们都还好吧？几年不见，肯定都已长大了不少。诗的下半更是融情于景，由落木、夜雨，更衬托出对亲人的思念。忽然听到几声寒雁叫，诗人不由得热泪盈眶。因为他自己也没有固定的职业，没有固定的收入，也不可能在金钱方面给亲人多少帮助。全诗基本上没用典故。虽然古人常以雁行、雁序等来比喻兄弟，但此句很大可能是实有其境，因为听到雁叫在秋季是很平常的事。而诗的字里行间却跳动着诗人的真挚情感。清代叶矫然《龙性堂诗话续集》云："谢茂秦诗多矜重而出，独有《秋日怀弟》一律情真笔老，若不经意为工。此诗人多不录，知音者少耳。"不经意为工，而真情至意自然流出，确是此诗的显著特点。

谢榛的近体诗成就较高，古体、歌行中也有不少佳作，如《登盘山绝顶谒黄龙祖师祠》：

蓟北来游第一山，山连七十二禅关。人行巨壑泉声里，马度层崖云气间。石径萧萧松吹冷，万折千回临绝顶。钟响时传下界遥，鸟飞不到诸天迥。无劳汉使泛槎心，挥手银河能几寻？历历边城纷蚁垤，明明沧海一牛涔。老僧笑指烟霞外，此意沉冥谁与会？风生平地本无因，云点太清犹是碍。吊古踟蹰空石堂，黄龙西去杳茫茫。珠林不见菩提影，宝塔长含舍利光。壁尘拂去独留赋，下岭回看迷晓雾。放浪人间那复来？月明梦绕盘山路。

盘山位于今天津蓟县北。相传三国时高士田盘隐居于此，故名田盘山，简称盘山。或谓因山势陡峭险峻，人盘旋而登之，因名盘山。山分为上、中、下三盘，各以松、石、水胜，最高处为挂月峰，形势雄奇。黄龙祖师指宋普觉禅师慧南，住持隆兴府黄龙山黄龙寺，开创黄龙宗。黄龙祖师祠位于盘山绝顶，殿六角以象征天圆地方，每方各阔一丈，通高二丈九尺。层檐复拱，皆以砖为之，建于明正统、成化间，距今已五百余年。盘山在华北平原上拔地而起，上有许多古迹，为天津一带的旅游名胜之处，自古就有蓟北第一山之称。诗的开头写诗人登山的情景，到了山顶，接着描写山之高，往上好像已经到了天上，离银河也只有几寻之近了。放眼四望，边城都变得像蚁穴附近的土堆一般，而沧海也不过像牛蹄印中那么大点的水。接着则是与禅师的交谈，有悟道之语。最后又写了下山之后，在睡梦中又看到了盘山的路。全诗描写了流览盘山的全过程，但读来并不使人有平板呆滞之感。尤其是形容山高的几句，更是形象鲜明生动，亲身经历其境的人，更能体会出其中的妙处。

谢榛在"后七子"中占有重要地位，其诗论和诗作都有相当的成就。但后来反对"七子派"者，往往要借抬高谢榛来压低李攀龙、王世贞诸人，这显然并不是实事求是的做法。

第三节　集豪放派大成的散曲家冯惟敏

冯惟敏（1511—1580 后），字汝行，号海浮，临朐人。是明代著名的散曲大家、豪放派曲家的杰出代表，也是集豪放派大成的散曲家。《康熙青州府志》卷一五引锺羽正言曰："吾乡作词曲者李开先、谷继宗与海浮，皆著名一时，而论者以冯为胜。观其才情、腔调，卓有独得，所谓别学、别才，非可效而及也。承蜩弄风，即圣人不能与争，况歌词乎？是足以名家矣。"当今学者谓冯惟敏："他在明曲中所占的地位，犹如苏辛之于宋词，关马之于元曲"[①] 这并不是夸大之词，冯惟敏的确在明代可堪称为散曲第一大家。

一　临朐四冯闻名齐鲁

冯惟敏家学有自，其父冯裕以刻苦攻读成理学名士，又博学能文，正德三年（1508）中进士，历官至贵州按察副使。惟敏是裕第三子，当其总角时，裕往贵州石阡任职，力不能携家前往，独带惟敏行，则"课以六经、诸子史"，惟敏性聪颖，学日益进，曾有诗道："八岁问奇字，十岁谐宫商，十二受遗经，十五气飞扬。"终至为文闳肆，万言立就。当冯裕职满携惟敏自石阡归山东家乡时，其声誉则名噪一时。著名学者诗人王慎中督学山东，他自谓博学，气盛，对人少推许，及见惟敏文，不由得刮目相待，自以为才不能逮。冯惟敏于嘉靖十六年（1537）乡举中试，其兄惟健早在嘉靖七年（1528）已中乡举，而其兄惟重与其弟惟讷则皆于

[①] 罗绵堂：《中国散曲史》，台湾：中国文化大学出版部1983年版，第150页。

嘉靖十七年（1538）中进士。冯氏一门两举人两进士，兄弟四人皆善诗文，人言"临朐四冯，称于齐鲁"。

冯惟敏弟兄四人虽都善诗文，但文学成就最高者则推惟敏，而惟敏的文学成就又突出表现于曲作，尤其是散曲创作方面，但是在四兄弟中他的仕途却是最不顺达的。也许正因为他为人正直刚强，不能于世浮沉，钻营官场，才使他有许多感慨发为散曲传播民间，他才能在散曲领域成为大家，赢得人们的崇爱。

当冯惟敏中举后，屡试进士则不得中。20多年的心血尽付东流。在嘉靖四十一年（1562）他乃进京谒选，被任为涞水县令，也就是说他在50岁出头才开始步入官场。长久的平民生活使他对民间疾苦深为了解，及为一方父母官则力求不增添民众负担，为民众谋利造福。地方志书载他"每出行县，以壶餐自随，民无丝粟之费。"他又"缮学宫，浚城隍，树以榆柳"，办学校，修路开河，种植树木，因而得到了人们的称赞。对于地方豪强吞并民田，强征民租者，他痛加惩办。贫民大众拍手称快，然而他却因此获罪权贵，被贬谪到镇江府学任教授。到隆庆三年（1569）迁任保定府判，却又饱受上司无端指责之苦，次年署满城县事，他越来越看不惯官场的龌龊伎俩，卑鄙行径，在62岁时终于辞官归乡。10年出头的官场生涯，时间虽不算长，但却使他对官场内幕了如指掌，尤其以一个下层官吏切身体验，感受到了那些非身临其境而难以体味到的困苦屈辱，这些经历都为他的创作提供了第一手的资料和素材。

冯惟敏的著作有诗文集《山堂诗稿》《石门集》和散曲集《山堂词稿》，以及杂剧《不伏老》和《僧尼共犯》。

其诗文虽雅丽却又力求平易，虽一时为人称道但能被后世传诵的却不多。其杂剧《不伏老》写宋代梁颢82岁中状元事，乃用于勉励学子不坠青云之志，实则也含有作者自励之意，《僧尼共犯》乃写僧人和尼姑的凡俗情缘，最后双双还俗结为夫妇。在当时颇有新意，影响所及昆曲《思凡》源头即在于此。但杂剧在当时毕竟已经不为时所重，所以尽管两剧立意文词皆可为上乘，但在当时社会反响并不大。散曲当时还在兴盛流行发展，山东一地同时就有不少散曲作家彼此唱和，冯惟敏致力于散曲，就使他在散曲创作的成就格外引人注目，"以俊语度新声，流传远迩"，甚至西北人往往将其作被之管弦加以讴歌。由于其散曲作品的广为流布，也就引起曲坛广泛注意。同时的散曲家李开先、沈仕、金銮等都和冯惟敏有密切交往。王世贞《曲藻》尝总评其时代之散曲北调作者曰："近时冯通判惟敏，独为杰出。其板眼、务头、撺抢、紧缓，无不曲尽，而才气亦足发之。"也就是说在一时散曲作家中，冯惟敏乃出类拔萃者。至于王世贞批评冯作"本色过多、北音太繁"之语，近当代散曲研究专家任二北在其所著《散曲概论·派别》曾明确反驳说："冯惟敏《海浮山堂词稿》四卷，生龙活虎，犹词中之有辛弃疾，有明一代，此为最有生气、最有魄力之作矣。王世贞、王骥德辈之品评，皆嫌冯'本色过多，北音太繁'，'多侠寡驯，时为纰类'，盖皆昆腔发生以后，南曲盛行时之议论，殊不足据也。冯氏之长处，正在本色与寡驯，惟其如此，乃能豪辣。"

临朐四冯，闻名齐鲁，一时传诵，然而只有冯惟敏以其杰出的散曲创作在中国文学史和散曲史上占据了一席光辉的地位。山东文学也正因有了冯惟敏和其散曲，才使得在明代这一时期特别引人注目。冯惟敏和李开先乃是山东明代文学，特别是曲学中的双璧，他们的曲作共具不朽的价值。

二 为下层社会写真

冯惟敏的散曲创作是对他所处的那个时代，他所处的社会层面的全方位、多角度的切剖与写真。他以细微的笔触，有力的刻画给人们展现了他所了解认识的那个社会下层官吏和民众的众生众相，以及由他们所形成的世风世态。在一幅幅客观的描画中，无不寄寓了作者悲愤、忧郁、痛苦或者是愉快、欣慰的复杂情感。这些曲作不是无病呻吟，几乎曲曲皆是缘事而发，因情而生，而其事其情则往往又和社会下层民众息息相关，声气相通。这就不能不说其作是"难能可贵"了。

山东曲家关心民生疾苦在元代的代表人物就是张养浩。冯惟敏可以说继承了张养浩曲作的优良传统，并且又进一步发展，其曲作涉及的社会问题更宽泛，所探讨的社会现象更复杂，所表现的情感也更深沉。诚如他〔中吕·朝天子〕《答陈李二君》曲所言："俺如今浅思，编几句小词，也当做诗言志。"散曲，在冯惟敏手中再不是无聊的调笑，无谓的嬉戏；他把散曲赋予了诗歌传统的使命：那就是干预社会、参预世事评判是非。这和元散曲那种高唱不问是非曲直逃世避世遁世玩世的曲作相比，已发生了极大的变异。表现在形式上有一个突出的特点，就是冯惟敏的曲作，特别是套数多有序跋,序跋就是对曲作的说明和交代,是介绍曲作的缘起,足以说明冯惟敏对自己曲作的郑重认真,以及他把曲当作诗文一样来看待的写作态度。

1. 描写官场的亲身经历,抒发其为官的感受,是冯惟敏曲作的一个明显内容。

冯惟敏"孜孜以求"的为官生活,给他精神上的种种刺激,留下了不可磨灭的印象,从而生发出无尽的感慨。原来他很想尽职尽责作一个好官。其〔中吕·朝天子〕《感述》曲其一道:"海翁,老通,时运到官星动。黄堂左右有威风,越显得君恩重。天地无私,文章有用,保山河大一统。效忠,奉公,莫虚耗堂食俸。"他自勉自励,在上司多般刁难下,他依然忠于职守,而且就是到了60岁时兢兢业业,尽心尽力,他的〔正宫·醉太平〕《庚午郡厅自寿》曲道:

> 正管着府厅,又署着满城。忽然夜半报边声,自披衣点灯;飞星迅速传军令,严城仓卒修军政。通宵谁敢误军情,寿筵呵且停。

正在庆祝60大寿,忽然有军情发生,他即刻部署御敌,他道:"能赋诗退虏,且闭阁修书。谁知文武有吾徒,论全才敢许。天公自有英雄录,朝廷也有功劳簿。书生还有护身符,常措身坦途。"

正因为冯惟敏为官每到一地,每换一职都尽自己所能,发挥自己才智,忠于朝廷,关心民众,而不知为自己谋私利。所以他为官多年遭到不少同僚的妒忌,遇到不少流言蜚语。冯惟敏对官场人心的险恶,行事的丑恶从亲身经历中体会颇深。其〔仙吕·点绛唇〕《改官谢恩》套数中〔油葫芦〕曲道:

> 俺也曾宰制专城压势豪,性儿又乔,一心待锄奸剔蠹惜民膏。谁承望忘身许国非时调,奉公守法成虚套。没天儿惹了一场,平地里闪了一跤。谈呵呵冷被时人笑,堪笑这割鸡者用牛刀。

被人诬陷的滋味最不好受,冯惟敏的〔中吕·粉蝶儿〕套曲道他"起初时也做了个乔知县,只想把经纶大展",可是他的同僚"饮的醺醺醉",反倒说他为官索酒钱;他本来是循行阡陌,徘徊里巷,"农桑种植身亲劝",反而是"甘棠起谤,至如今乔木含冤"。现实使他对官场有了清醒的认识,为官不在是否有才干,也不在是否有政绩,他道:"乌纱帽满京城日日抢,全不在贤愚上。新人换旧人,后浪催前浪,谁是谁非不用讲。"(〔双调·清江引〕《八不用》)官场好比是妖精猢狲胡乱耍弄:"老妖精爱钱,小猢狲弄权,不认的生人面。"他们结党营私,扭曲为直,胡褒乱贬,把持着仕路,使一般人"望君门天样远"。他在和好友李开先敞开心扉夜话之时更赋曲〔正宫·醉太平〕抒发他对官场黑暗的愤慨:

尽红尘眯眼,看紫陌摩肩。蝇头蜗角斗威权,乱纷纷贵显。一棚傀儡千根线,一条大路三重堑,一生事业半文钱。问前程近远。

官场混乱,仕途凶险,为官则尽力搜刮民脂民膏,冯惟敏感到现实世界是:"包龙图任满,于定国迁官。小民何处得伸冤?望金门路远。严刑峻法锄良善,甜言美语扶凶犯。死声淘气叫皇天,老天公不管!""享荣华富贵,遇盛世明时,干成铜斗好家私,是一生利息。闲花野草田荒废,抛妻撇子民逃避,拿刀弄仗盗乘机,老官人不理!"冯惟敏看到这些污浊,厌恨他们,憎恶他们,诅骂他们,他预言那些虚伪骄横奸佞之徒决不会有好下场。他〔中吕·朝天子〕《感述》曲道:

老天,不言,能富贵能贫贱。饶君日日使威权,终有日天心变。行浊言清,机深见浅,到头来难挣展。一年,两年,根脚终须现。
矫情,撇清,心与口不相应。谁家猫犬怕闻腥,假意儿装干净。掩耳偷铃,踢天弄井,露面贼不自省。丑声,贯盈,迟和早除邪佞。

冯惟敏看透了官场,所以他在能离开时,就迅速脱离。无官一身轻,是冯惟敏的由衷体味,山林生活别是一番情景。

2. 讴歌辞官归隐的田园生活,抒发其快乐闲适之情,是冯惟敏散曲又一个重要内容。

归隐,是诗词曲共同讴歌的内容,每当文士在现实社会生活不得意时,往往都要讴歌归隐生活。但不同时代不同人讴歌的归隐之情却也不尽相同。

冯惟敏首先是讴歌归隐脱离官场，再不受官场的束缚管制，再不受那些窝囊气，他高歌的是归隐自由自在的快乐。其〔商调·集贤宾〕《归田自寿》曲道："呀，猛想起功名功名驰骤，总不如山林山林清秀。俺这竹杖芒鞋独木舟，任意遨游，信口歌讴。百丈崖头，七里滩头，访仙翁道侣慕玄修，闲穷究。""有青莲共唱酬，谢白衣来送酒，山中宰相尽清幽"。其〔般涉调·耍孩儿〕《十自由》曲更从身、心、头、眼、耳、口、须、手、膝、足十个人体感官在官和在野的不同感受来讴歌人不为官的十大自由，如其写膝："膝呵见官人软似绵，到厅前曲似钩。奴颜卑膝甘卑陋，擎拳曲跽精神长，做小伏低礼数周。俺如今出门两脚还如旧，见了人平身免礼，大步挡搜。"写足："足呵任高情行处行，趁闲时走处走。脚跟儿蹬脱了牢笼扣，潜踪洞壑寻深隐，濯足沧浪拣上流，皇朝靴丢剥了权存后，再不向鹓班鹄立，穿一对草履云游。"这些曲作皆形象生动地写出了冯惟敏脱离官场获得身心自由的无比快乐。

冯惟敏在歌颂归隐生活的同时否定了功名富贵，但却充满了愤愤不平。他和元曲家们彻底否定"大彻大悟"的出世、超世、玩世态度不同，而是欲入世却不为世所重，颇有些"愤愤然"的味道。但冯惟敏却并不自卑，而是傲岸不屈，表现了传统士人刚直不阿，正气浩然"进亦忧、退亦忧"不能忘却世事的积极处世态度。正如有学者所言冯惟敏此类内容的曲作"其中潜涵的是对自我价值的肯定和对现实世界的抗争。海浮的'超脱'之作时而与元曲'貌合神离'，根本之处即在此"①。

如其〔南南吕·懒画眉〕《乐闲》曲道："水边林下一闲人，无虑无思自在神。功名富贵等浮云，春光秋月无穷尽。日日看山日日新。"表现的似乎是极为超脱，俨然如一"世外高人"。可是再看他〔双调·折桂令〕《阅报除名》虽道"喜朝中一旦除名，俺才是散诞山人"，"从今后云水青山，竹杖黄冠，远离了世路风尘，跳出了宦海波澜"，然而他在曲中却又道："看人情世态偏别，祸福无端，好恶随邪。歧路亡羊，塞翁失马，弓影成蛇"，"止不过蜗角虚名，又不是都督王侯"，字里行间对仕途仍有所留恋。他是"被除名"，而不是自动离官，对于归田的事实他是不

---

① 李昌集：《中国古代散曲史》，上海：华东师范大学出版社1991年版，第641页。

能不接受，不得不愉快，但他决不向恶势力低头，决不自贱自低自卑。其〔中吕·朝天子〕《自遣》曲道：

　　海翁，命穷，百不会千无用。知书识字总成空，浮世乾和哄。笑俺奔波，从他盘弄，你乖猾俺懵懂。就中，不同，谁认的鸡和凤。
　　万缘，听天，不富贵安贫贱。老妻稚子种山田，骨肉相依恋。家世耕读，时常过遣，又何须姓名显。向前，有年，便足平生愿。

富贵不屈，贫贱不移，凤永是凤，鸡永是鸡，冯惟敏的归隐曲始终洋溢着一种大丈夫之气。当然他也有看破功名世事大彻大悟的时候，忍下心不去问天下事，无牵无挂，此时他的曲作和元人曲几乎难以分辨了。如〔南仙吕入双调·玉抱肚〕《幽居》〔南正宫·玉芙蓉〕《山居杂咏》等曲所表现的就是一种出世心态。看其〔中吕·朝天子〕和〔双调·河西六娘子〕《知止》曲：

　　莫贪求，一任龙蛇斗。月朗风清，天长地久。忙里无，闲处有。种山田一丘，钓沧溟一钩，养性命增年寿。
　　水秀山明安乐窝，抵多少万丈风波，忙时耕种闲时卧。呀，富贵待如何？朋辈已无多，相伴着渔樵唱一会儿歌。

两曲皆意向高远，俨然似世外闲人林间高士，心怀坦荡一无所求。但是这只不过是冯惟敏故为旷达，他心中时刻难忘国计民生，就是在他归田隐居或不仕之时，他眼中所见，心中所想也多是民生的艰苦。

　　3. 关心民生疾苦，为民众的苦难而呐喊，是冯惟敏曲作中又一个重要的内容。

　　无论是为官还是为民，冯惟敏骨子里的忧国忧民意识都一分不减。而且往往直呼明说毫不隐晦地为百姓、为农民所遭遇的种种苦难而大声呼喊。他的〔双调·折桂令〕《刈谷有感》描述他所见到的农村景象是"麦也无收，黍也无收，恰遭逢饥馑之秋。谷也不熟，菜也不熟"，"官也无钱，民也无钱，远乡中一向颠连。村也无烟，市也无烟。贫又逃富又逃前催后趱，田也弃，房也弃，东走西迁"，在这种情景下官府的赋税不但不减,还要"狠催申又讨加添"。其矛头直指当时社会,在这种天灾加人祸的情况下百姓的生活可谓苦上加苦。冯惟敏〔双调·胡十八〕《刈麦有感》曲则道:

> 穿和吃不索愁,愁的是遭官棒。五月半间便开仓,里正哥过堂,花户每比粮。卖田宅无买的,典儿女陪不上。
>
> 往常时收麦年,麦罢了是一俭。今年无麦又无钱,哭哀哀告天,那答儿叫冤。但撞着里正哥,一万声:"可怜见!"

像这样为农民抱不平的曲作,冯惟敏有相当数量。他几乎已与民同忧同乐,和民众苦乐息息相通,正是这一类曲作使他成为为民众而歌的曲家,他的曲作已不再是个人的喜怒哀乐的抒发,而是已成为代广大民众而歌的唱出民众心声的歌。

他的〔双调·玉江引〕《农家苦》道:

> 倒了房宅,堪怜生计蹙;冲了田园,难将双手扒。陆地水平铺,秋禾风乱舞。水旱相仍,农家何日足?墙壁通连,穷年何处补?往常时不似今番苦。万事由天做,又无糊口粮,那有遮羞布。几桩儿不由人不叫苦。

这是千千万万遭受水旱灾害,衣食无着,穷苦无助的农民大众的悲歌、惨呼!可贵的是冯惟敏不仅能设身处地为民众而歌,而且他还热望上苍能帮助民众脱离水深火热的苦况,他的〔南正宫·玉芙蓉〕《苦风》曲一方面自责"难将风雨调,无计回天道","哀哀告"上苍;述说狂风骤雨把农民一年勤苦都化成了"泥中倒","水上漂"。他指责风神说:"封家十八姨,毒害能为祟,撞南墙猛雨如锥,摧残禾稼饥难济,压倒房廊命有亏,民何罪?"他要封姨仔细检讨,不要肆虐,不要与民众作对,"愿回心风调雨顺霁严威"。一个人民的曲家,心中总是装着民众的苦乐。他的〔双调·清江引〕《东村作》〔正宫·塞鸿秋〕《喜雪》〔南正宫·玉芙蓉〕《喜雨》《苦雨》《苦风》《喜晴》〔南仙吕·傍妆台〕《忧复雨》《喜复晴》等数十首曲作共同描绘了他那一时代民众的困苦、无奈、挣扎。冯惟敏深深忧虑民众"田园没，生计微，谁将荒政拯群黎"。一旦看到民众有脱离灾情的希望，他就喜不自胜："举头看，三竿红日上青天。且喜天睁眼，不怕水冲天。虽然南亩禾生耳，忽见东邻灶有烟。诗怀畅，酒量宽，愿同击壤乐尧年。"正因此，冯惟敏所作才能不胫而走广为流传。

4. 受传统曲作影响，叹世、劝世之作也是冯惟敏曲作的内容之一。

冯惟敏的叹世之作揭露了世风的浅薄，人心的险恶，向人们展示了那一时代社会人情的种种风貌，讽刺矛头尤指向社会上层官绅权势人物。其〔双调·玉江引〕《阅世》曲道：

> 论地谈天，逢人说一篇：希圣希贤。空听口内言，心迹总茫然。经纶方大展，妙旨通玄：教人打哑禅。外貌清廉，生来只爱钱。好一似鹭鸶儿毛色鲜，素质无瑕玷；包藏吞噬心，两脚忙如箭，零碎鱼儿嗉儿里趱。

冯惟敏出身宦门，满腹才华，渴望建功立业。可是他半生求取功名而不得，到50岁时才得选官，在官场的下层混迹，有几个慧眼识才？只能是被人驱役。所以冯惟敏〔双调·河西六娘子〕《癸酉新春试笔》曲由衷地感叹："献岁山翁六十三，老冯唐懒去朝参，功名簿上闲磨勘。呀，袖手且妆憨，退步有何惭，世态炎凉已饱谙。"饱谙世态炎凉之后，冯惟敏曲作不能不老辣浩瀚。其〔中吕·朝天子〕《感述》曲道："鄙夫，利徒，今古无其数。青蝇白壁岂能污，未免成耽误。磊落英雄，清修人物，前怕狼后怕虎。没谋，使毒，只待把忠良妒。"其〔双调·玉江引〕《记笑》曲更道："举世见钱亲，穷胎为祸本""休言清慎勤，一味贪嗔""何处寻公论。"现实社会就是这么不辨忠奸，不分黑白，钱能通神，作者又无力改变这种状况，那就只好随缘而过，但是决不同流合污，而要洁身自好。而且他也奉劝世人要读书修身与人为善："休舍命贪饕""抹了脸遮不尽傍人笑，肿了手拿不尽他人钞"，要"急回头自保"。其〔正宫·醉太平〕《家训》更道：

> 劝哥哥自想，要仔细商量，须知兔短不能长，再休提勉强。别人肉贴不在腮颊上，爱便宜见放着傍州样。怕年年医不得眼前疮，悔当

时戳莽。

> 劝哥哥休狠,学性格温存。得饶人处且饶人,退步行最稳。循天理处安吾分,占便宜处甘吾笨。咬牙切齿反吾身,狠读书为本。

冯惟敏还有一些曲作写其亲情、友情,写其冶游玩耍,咏物写景等等,皆抒发其真情实感。虽然从当今眼光看来其中并不都是高尚情思,但他毕竟用他的散曲活画出他整个的人生,读其曲即可知其人,而且由其曲可以了解那是一个怎样的时代,怎样的社会。

三 豪放曲派的杰出代表

冯惟敏的散曲内容丰富,题材广泛,艺术风格多种多样绚丽多姿,但总体却呈现出豪放不羁的气势,因而可以说他是明代散曲豪放一派的杰出代表,人们评述他在散曲界的地位,恰如苏轼、辛弃疾在词中的地位一样。近人卢前在《论曲绝句》诗评山东作家曾道:"云庄疏放海翁豪,鲁国词人骨气高"[1],一语中的。而罗锦堂引《曲谐》之论就更为详细:"此公下笔,无论为丹丘体豪放不羁,为淮南体趣高气劲,为草堂体山林泉石,为香奁体脂粉钗裙;都异样写得出,说得透,不仅此骚人一体,嘲讥戏谑者,颠狂欲绝也。"[2]

冯惟敏曲作给人的艺术感受普遍是胸怀坦荡,无所拘束,粗犷奔放,很似元曲大家关汉卿的风格。试看其〔双调·鸿门奏凯歌〕《谢诸公枉驾》:

> 邀的是试春游张曲江,访的是耽病酒陶元亮,行的是快吟诗唐翰林,坐的是会射策江都相。呀,这的是白云明月谢家庄,抵多少秋风野草镇边堂。您子待平开了西士标名字,俺子待高卧在东山入醉乡。周郎,耳听着六律情偏畅。冯唐,身历了三朝老更狂。

---

[1] 张增元:《冯惟敏和他的散曲》,见门岿主编:《中国古典诗歌的晚晖——散曲》,天津古籍出版社1994年版,第269页。

[2] 罗锦堂:《中国散曲史》,台湾:中国文化大学出版部1983年版,第149页。

曲中冯惟敏以"冯唐易老，功名难封"自比，但毫不颓唐伤感，不像一般失意文人那样自悼自怜，反而表现出无限的洒脱狂放，气势逼人，很易使人联想起关汉卿的《不伏老》。再看他厌倦官场所写〔正宫·塞鸿秋〕《乞休》曲：

> 论形容合不着公卿相，看丰标也没有挡搜样。量衙门又省了交盘账，告尊官便准俺归休状。广开方便门，大展包容量，换春衣直走到东山上。

这里是多么坦荡豪爽，又是多么潇洒磊落，结尾犹如飘飘欲仙意气凌云之概。本来是官场倾轧，被人诬陷，不被人容，他有多少悲愤中生，多少怨艾可诉，可是他却用"换春衣直走到东山上"，袍袖一挥，甩尽过往的烦恼，寻求无是无非的新生活。他的〔双调·河西六娘子〕《笑园六咏》更表现了其曲作的疏放爽朗。他道："人世难逢笑口开，笑的我东倒西歪，平生不欠亏心债。呀，每日笑胎嗨，坦荡放襟怀。笑傲乾坤好快哉！"更唱道："名利机关没正经，笑的我肚儿里生疼，浮沉胜败何时定。呀，个个哄人精，处处赚人坑，只落得山翁笑了一生！"面对艰难的现实社会，到处是虚诳，到处是陷阱，但曲家则笑傲人生，对那些卑鄙小人无耻伎俩只是感到可怜又可笑。由此曲作可知作者胸襟有多么宽广，待人处世有多么海量。

冯惟敏的曲作，气象阔大，场面雄壮，想象奇特，情感强烈也是其豪放风格的鲜明特征。特别是其套曲，往往篇制宏大，包容事态广阔，而又毫不琐碎，让人感到酣畅淋漓，气势非凡，非大手笔不能为。如〔正宫·端正好〕《徐我亭归田》曲套多达三十几曲，一气呵成，诚豪放派套曲中之杰作。徐我亭为官，"节慎忧民"而被放归，正和冯惟敏遭际相类，所以其曲作是慰藉朋友，更是抒发自己感慨。其曲一开始即道："跳出了虎狼穴，脱离了刀枪寨，天加护及早归来，甫能撮凑到红尘外，总是超三界。"别人都为徐归田不平、愤慨，冯则表示庆幸，因为人能平安离开似"虎狼穴""刀枪寨"般的官场，那确是应当庆贺的幸事。曲一开始就气度不凡，令归田者心胸为之大振。接着冯惟敏又细致描摹官场生活道：

〔滚绣球〕碜可查荆棘排，活扑剌蛇蝎挨。打周遭挤成一块，唬得俺脚难挪眉眼难开。一个虚圈套眼下丢，一个闷葫芦脑后摔，踩着他转关儿登时成败，犯着他诀窍儿当日兴衰。几曾见持廉守法垛了冤业，都只为爱国忧民成了祸胎。论甚么清白！

此曲句句揭露官场黑暗腐败，率直尖锐，令人对其厌恶痛恨。离开这样的环境自然只有高兴痛快！下面作者贺喜徐我亭归来，横说竖论，以〔耍孩儿〕曲最为透彻：

浮生但得闲身在，一万两黄金难买。今日个月明千里故人来，抵多少位列三台。无官才是神仙福，有道难为将相才。为甚么跳出樊笼外？这的是急流勇退，须不是早发先衰。

"无官是福"赛似神仙，万两黄金难买自在清闲，归田乃是跳出樊笼重获自由，这种豪放、洒脱、快乐足以慰人，具有说服力，更具有感染力。

冯惟敏曲作中广为人称道的套曲〔正宫·端正好〕《吕纯阳三界一览》以及〔般涉调·耍孩儿〕《骷髅诉冤》《财神诉冤》乃是曲中浪漫主义的杰作。三曲皆极尽想象夸张之能事，以奇幻之神鬼世界影射现实人生，指桑骂槐，痛快淋漓，豪气满纸，令人闻之震惊。特别是其曲前序言明写因齐鲁间酷吏在，神仙乃降曲词，由吕洞宾游历天堂、地狱、人间三界之所见所闻，尖锐地嘲讽了颠倒是非、黑白不分的社会现状以及那些无法无天的贪官污吏。二十一支曲子写尽天上地下、神鬼人间一团混乱。试看：

哪吒每摆两班，夜叉每列几行，牛头马面狼牙棒。后宫收讫金银锞，前殿交盘宝钞箱，打路鬼来索账。尽都是张牙饿虎，露爪贪狼。

有钱的快送来，无钱的且莫慌，寻条出路翻供状。偷与我金银桥上砖一块，水火炉边油两缸。残柴剩炭中烧炕。若无有这般打典，脱与我一件衣裳。

"三界一览既录，人争传诵，咸谓幽明之际可畏哉"，冯惟敏由"三界一览"又生发出《骷髅诉冤》和《财神诉冤》。由于他们是鬼神，不受人间条律法制约束，不被人间官吏管辖，所以他们可以尽情诉说，无所忌惮，尽管阴风嗖嗖，仙风萧萧，事涉荒唐，但无一不暗指人间世事，其讥讽之老辣，鞭辟之入里，想象之奇特、微妙，实为豪放曲词之上品佳作。如《骷髅诉冤》：

  雏徒惯放刁，脏官莽要钱。铺谋定计歪厮战，非干人命伸冤枉，只要身尸作证间。山东六府都跑遍，少可有一千家发冢，八百处开棺。

冯惟敏于曲后跋曰："嘉靖丁巳戊午间（1557—1558）有墨吏某，每按郡县，辄罗捕数百千人，囹圄充塞，重足而立，夕无卧处。计民产百金已上，必坐以法竭之。凡告人命，虽诬必以实论，有厚赂，虽实必释。由是诬告伺察之风盛兴，而倚法强发民冢者不可胜计。冢主自陈无冤，则坐以私扣；县官勘报无伤，则论以枉法。有葬七十余年者，冢颠之木合抱矣，子孙乞哀于县官。县官垂涕而掘之，不敢后。某自谓山东之民易于残虐，密请于故相，独留二年，六郡之财悉归私室而后去。呜呼！诉冤二词，人所不敢言者，而仙言之，亦异矣哉！"由此可知冯惟敏曲作并不是凭空虚构，乃是有事实为据，不过不能用写实之法来表达，才曲折而由鬼神申发，虽似诡谲，但闻者皆知实有所指，该曲实为民众发泄心头之恨而作。

冯惟敏的豪放曲作写神鬼就是写人，不过多想象夸张；而其咏物之曲实是写人，就在想象之外又运用了象征、拟人、比喻等多种手法，表现出滑稽诙谐幽默的另一种品格。如其〔中吕·满庭芳〕《四憎》写蝇、蚊、蚤、虱，还有《药虫》《书虫》和〔南吕·一枝花〕《对驴弹琴》，以及〔中吕·朝天子〕《四术》写医、卜、相、巫等等皆在豪放中透露着辛辣，有时甚至尖刻。比如他写《卜》：

  睁着眼莽诌，闭着眼瞎诌。那一个知休咎，流年月令费钻求。就里多虚谬，四课三传，张八李九，一桩桩不应口。百中经枕头，卦合儿在手，花打算胡将求。

这种老辣的揭穿老底儿式的讥嘲，令闻者会心而笑。社会上的骗子、害人虫实是不少，冯惟敏以自己满腹才华将他们的丑相暴露在光天化日之下，让善良的人们拍手称快，而他也自得其乐。诚如其〔双调·殿前欢〕《归兴》所唱：

> 自评论，功名富贵似浮云。从来世路多危峻，祸福无门。青山且负薪，绿水好垂纶，白屋堪肥遁。乾坤有我，我有乾坤。

冯惟敏一生把散曲作为他的"事业"，走到哪里唱到哪里，"取足目前意兴而止"。正如其《山堂词稿序》所言，他的曲作"好事者喜闻之，传至名流钜工，亦未始不粲然击节云"。因为他的曲说的是真话，发的是真情，指的是事实，唱出了众人心头的喜怒哀乐，因而也就不是他一个人的曲，而成为众人之曲了。冯惟敏是中国散曲史上的大家巨匠，更是山东文学史上一个成就特别杰出的人物，他和李开先是明代山东文学的双璧。

第四节　击响明传奇前奏的李开先

传奇是明代戏曲文学最高成就的代表样式。标志明代传奇成熟的三部剧作为《宝剑记》《浣纱记》和《鸣凤记》。正如有的学者所言："这三部传奇作品的出现，标志着传奇戏曲发展到了一个崭新的历史阶段，它已承担起巨大的艺术使命，广泛而深入地涉及了政治、历史与人生。三部传奇中鲜明的忠奸对立观念、强烈的政治参与意识和深广的社会忧患意识，成为明清传奇的重要主题，遗泽后世，厥功匪浅。"[1] 而这三部传奇中最早问世的一部——《宝剑记》，其作者就是大名鼎鼎的山东才子李开先。

一　才华横溢　声名远播

李开先（1502—1568），字伯华，号中麓，章丘人。嘉靖八年

---

[1] 郭英德：《明清传奇史》，南京：江苏古籍出版社1999年版，第111页。

（1529）进士，历官九任，至提督四夷馆太常寺少卿，于嘉靖二十年（1541）在复杂的官场派系斗争中被挤出官场，罢职回乡。以后则放浪情怀，以词曲为业。

李开先天资聪颖，7岁即能属文，读书过目成诵，博学强记。成年后更是才思敏捷，操笔为文为诗，自然成趣，时人皆以"才俊"目之。钱谦益《列朝诗集小传》丁上卷《吕少卿高》条即言："嘉靖初，朝士有所谓八才子者：晋江王慎中道思、毗陵唐顺之应德、富顺熊过叔仁、慈溪陈束约之、南充任瀚少海、章丘李开先伯华、平凉赵时春景仁，而山甫（吕高字山甫）亦与焉"。又道："八才子者，通经史，谙世务，往往为通儒魁士，以实有学问，以后七子方之，则瞠乎其后矣。"李开先时代的文坛弥漫着一股复古主义的文风。李梦阳、何景明等被人称为"前七子"，倡导"文必秦汉、诗必盛唐"，继之李攀龙与王世贞等"后七子"在文坛仍大倡复古之风。于是唐顺之、王慎中、茅坤、归有光等人奋起抗争，倡导唐宋古文。李开先则加入了反复古的潮流之中。《列朝诗集小传·李少卿开先》言："嘉靖初，王道思、唐应德倡论，尽洗一时剽拟之习。伯华与罗达夫（即罗洪先，李开先同年进士，廷试第一）、赵景仁诸人，左提右挈，李、何文集，几于遏而不行"。

李开先才华横溢，诗词歌赋无不擅长，琴棋书画无不通晓，今知其传世之作有诗文集《闲居集》、散曲集《中麓小令》《卧病江皋》和院本两种、传奇两种，还有《诗禅》《词谑》《画品》等。他编选的著作有《市井艳词》《改定元贤传奇》《歇指调古今词》等多种。钱谦益为其列传称他："征歌度曲，为新声小令，拨弹放歌，自谓马东篱、张小山无以过也。为文一篇辄万言，诗一韵辄百首，不循格律，诙谐调笑，信手放笔。……所著词多于文，文多于诗。改定元人传奇乐府数百卷，搜辑市井艳词、诗禅、对类之属，多流俗琐碎，士大夫所不道者。"也就是说，李开先虽身为正统文人，却对俗文学情有独钟，凡民歌、对联、谜语、俗谚、时曲、故事等大众文学样式，他靡不爱好，极力搜求，并加以编辑订正。更可贵的是他自己不以词曲为小道，而尽力创作，对戏曲各种样式皆为行家里手。正如姜大诚《题宝剑记》所言：李开先"知填词、知小令、知长套、知杂剧、知戏文、知院本"，而且他还"善作能歌"。

诗文是李开先的明志之作，诗品、文品与其人品正相一致。他虽然以文才轰动于时，他自己却"雅负经济，不屑称文士"，在朝为官期间竭力想一展宏图建功立业。然而他却生不逢时，朝廷党派纷争激烈，皇帝又一味求仙问道贪图享乐，李开先满怀壮志只能付诸东流。他眼见边防废弛，边患严重，而朝廷官吏却只顾相互倾轧、争权夺势，不由得不心怀激烈，在其所作诗文中痛斥时事荒谬："失机却报捷，虏级乃华首""虏至避其锋，虏归尾其后。拾得牛马还，边功便借口。"（《边事》）他抨击权奸误国："贵人怀私愤，假公得一逞""时辈尽滔滔，贤人徒耿耿""佞或以巧逢，贤或以直放""用舍关朝政，责在君与相！"（《九子诗》）他无端被罢官之后，有很长一段时间心绪难平，他忧国忧民道："一朝辞帝辇，十载卧园林。有负凌云志，空怀捧日心。"（《立秋日作》）当他闻知边海倭乱军情紧急之时，一方面叹惜："征倭见倭走，军前多懦夫"；一方面焦急："门前听信息，一日几徘徊"；同时又建言平乱绥靖之计策，并把自己族侄送上前线，盼望自己能再度被起用，效力报国。李开先是一个热血满腔的正直之士，他的诗文也洋溢着不尽的思国爱民之情。

同情民生疾苦，为民众种种不幸遭遇而鸣不平是李开先诗文中一个强有力的声音。其《农歌》诗道："近多贪暴为民权，里老下乡众遭毒。征徭偏是及穷独，光明不照逃亡屋。民火动摇元命促，安得缓征薄敛免使闾里向隅哭！"真实写出了农民在苛捐杂税徭役的重压下难以为生的状况，以及作者对农民痛苦的无限同情。如果遇到天灾，百姓的生活就会更加困苦，而当政者再不加抚恤，民众只有在水深火热中痛苦呻吟了。嘉靖三十二年（1553）山东暴雨，灾民成群结队，官府不加救济还要募丁镇压灾民。李开先《感兴》诗愤怒地指责当局的官吏"闾阎贫到骨，官府视犹肥"，并警告他们"民贫盗必侈"。嘉靖三十四年（1555）山西地震，天灾人祸中的景象是"一城一万户，只剩一千家。天地情可惨，生灵祸莫加"。李开先《平阳哀》对这次大地震中民众的苦难忧心如焚，然而他徒有报国之心，却无报国之门，竟积忧成疾，而他却还道："民瘼幸然能脱体，吾身独病亦舒眉"！由此可见作家的胸怀是多么博大，志向是何等高远。

李开先诗文之作不少，内容也多有可取，但他并不以诗文名家，奠定他在中国文学史上地位的，乃是他的曲作。他当时也因曲作杰出闻名遐迩。前七子中的康海、王九思也是著名的曲家，皆折节与李开先相交，对其曲作倍加称赏，甚至还为李开先的《宝剑记》作序。与李开先同时代的著名曲家冯惟敏、沈仕、梁辰鱼等皆与其有过交往。冯惟敏的长套〔仙吕·点绛唇〕《中麓归田》则对李开先的才华和博学、气度极为赞誉，其中〔混江龙〕曲道：

> 山河依旧，其中自古圣贤州。似您这天才杰出，真个是无愧前修。霎时间对客挥毫风雨响，也不曾闭门觅句鬼神愁。囊括了三坟五典，八索九丘；网罗了百家众技，三教九流；席卷了两汉六朝，千篇万首；弹压了三俊四杰，七步八斗。俺也曾夜到明、明到夜，听不彻谈天口。则为他心窝儿包尽了前朝秘府，舌尖儿翻倒了近代书楼。

李开先的识见在同辈中确实高人一等，他在所编《市井艳词》序言中说："风出谣口，真诗只在民间。"这比那风靡文坛的前后七子与唐宋派文人只尊秦汉、盛唐、唐宋者见地自高一等。文学源于生活，民众乃是生活的主人，"饥者歌其食，劳者歌其事"，由生活中诞生的诗才是真诗，哪怕它粗糙，但自有一股清新之气。所以李开先又道："至于《市井艳词》，鄙俚甚矣，而予安之，远近传之。"他更道市井艳词"语意则直出肺肝，不加雕刻"，其情真、意真，古今诗文相同、相通者皆在此也。

后七子的领袖人物李攀龙也是济南人，与李开先可谓同乡，但李攀龙自视高雅，对李开先鼓吹俚曲艳歌、小说戏剧等俗文学创作不以为然，李开先则道："君子不作凤鸣，而学言如鹦鹉，何其陋也。"（《对山康修撰传》）他走的就是向民间学习，用流行的新兴的、人民大众所喜闻乐见的样式，进行文学创作的道路，决不走前后七子模拟古人的创作之路。因此他的曲作能开时代风气之先，能成为中国戏曲发展史上里程碑式的作品，他也才能在中国文学史上取得一席之地，同时他也为明代中叶山东文学的辉煌贡献出自己的全部力量。他归乡后，立即被推为家乡诗社、词社之首，他的家就成为当时山东文学创作的一个中心，他也成为众人心目中的一面旗帜。

二　词山曲海——长歌当哭

李开先酷爱词曲或出于本性，当其青少年时代，《锁南枝》《傍妆台》

《山坡羊》等时尚小曲已风行中原,李开先《市井艳词》序道"虽儿女子初学言者,亦知歌之"。流行歌曲的潮流不可阻挡,李开先更是喜之爱之,不仅歌唱而且搜集、自编。就是当他应举科考的闲暇也还要"敲棋编曲,竟日无休"。当他步入官场后仍不舍编曲唱曲,竟以曲会友,以曲闻名于时。至他被免官后那就更耽于曲,任情放歌。他曾自道:"书藏古剑三千卷,歌擅新声四十人。"人则称他:"年几七十歌犹壮,曲有三千调转高。"

李开先一生都在孜孜访求前代和当世的曲作,凡杂剧、戏文、散曲、院本、曲谱、韵书、民歌等等,一一分类品识,有的他还要加以改编审订,甚至刊刻印行。如他非常喜爱元散曲家张小山和乔梦符,称他们为"曲中李杜",并将两家的小令序刻之,又将他喜爱的元杂剧刊刻为《改定元贤传奇》;还将同时代人袁西野、雪蓑渔者、何大复等人的词曲著作刊刻;搜集市井民间小调编印成集如《市井艳词》《南北插科》……人称其藏书丰富犹如"词山曲海","甲于齐东",天下闻名。李开先从搜集编定前贤、时人、民间曲作的过程中,对散曲这一通俗文学的样式更加了解,对其价值认识更加深刻,也使他更加热爱散曲,致力于创作散曲。在中国曲学史上,在散曲领域和传奇领域李开先都是名家,殷士儋《李公墓志铭》说他"长篇短调,几遍海内,而名亦随之",并不是夸大之词。

为李开先在散曲界赢得博大声名的曲作最早一篇就是〔正宫·端正好〕《赠康对山》套曲。那是嘉靖十年(1531)李开先去宁夏饷边的途中,路出乾州,"偶遇康对山",两人长谈,康即称李为"国士"。钱谦益《列朝诗集小传》记其事曰:"伯华弱冠登朝,奉使银夏,访康德涵、王敬夫于武功、鄠、杜之间,赋诗度曲,引满称寿,二公恨相见晚也。"李开先在为康海所写传中则自道其事说,因与康海机缘相投,"当夜作一正宫长套词赠之,传播长安"。也就是说该曲作虽然未能使"长安纸贵",但因其情真意切,道出时代的病症,说出当时士人心中的激愤,确也广为流传。

曲中对康海被无端罢官表示了愤愤不平,对康海的人品正直表示了深深的钦敬:

〔滚绣球〕要相逢恨不能,得相逢喜又惊。证果的名实相称,把伤心世态闲评：热情怀变冷冰，正团圞散晓星，都只为争名求胜，巧舌头恶浪千层。你如今文高一世人偏忌，学贯三才志不行，怎能够万里前程？

〔叨叨令〕只为你中龙头游龙阙非侥幸，想着你拜龙颜辅龙德人钦敬；只为你逆龙鳞搴龙衮忒正直，赶逐的你效龙吟空龙卧闲游咏。兀的不可惜了人也么哥，兀的不担阁了人也么哥，谁肯去奏龙庭奋龙剑斩了神奸佞？

奸佞当道，志士被冤，这既是康海、李开先时代的弊病，也是历代封建社会的通病。此曲不仅能使康海感慨不已，也能使所有士人唏嘘不已。李开先曲作不仅有愤激不平，惋惜钦敬，同时他还有旷达豪迈之情，为康海跳出官场全身免祸而庆幸，表达了士人"达则兼济天下，穷则独善其身"的传统处世原则。而这种思想也最易于引起在仕途奔竞中不得意者的共鸣。

〔十三煞〕幸一身得自由，做三公待怎生？笑他们千方百计穿捷径。闲愁镇日空千遍，夜睡何曾到五更，傒落出膏肓病。做一个投林的倦鸟，胜强知出海的飞鹏。

〔卡二煞〕人情好不平，人心好不明。岂知消长皆天命。金乌玉兔忙搬弄，沧海桑田几变更，来日事今难定。想着那伙子争妍取宠，怎如这呙儿隐姓埋名！

李开先安慰康海，劝其珍重，要看开世事道："繁华风里灯，功名水上萍，晦明迁转全难定。朝中忽起明珠谮，塞外虚存铜柱名。叹马援逢权佞，见机的是扁舟范蠡，五柳渊明。"由于该曲情真意真，语语无虚，句句动人心弦，直唱出世间一切士人的心曲，所以该曲在士林得到激赏。李开先之名也随此曲广为传播，王世贞《曲藻》谓："北人自王、康后，推山东李伯华"。而李开先其后所作〔南仙吕·傍妆台〕百首，更使他名重朝野。这百首曲亦名《中麓小令》。

《中麓小令》是李开先被罢官之后所作，百首曲作集中抒发了他对被罢免官职的郁郁不平之气，虽是歌，却是哭，一曲曲绵绵不断地述说了当时社会的腐败、官场的险恶、人心的难测、世情的浅薄。这是继承元散曲"叹世"之作的传统,又有鲜明的时代意义的曲作,因为其内容现实真切,情感强烈,言语朴实直率,所以一时得到天下南北曲家的回应,和者、刻者难以计数。其曲道:"自度度,百年屈指四十多,从前已是个伤弓鸟,休更做扑灯蛾。"因而他回忆官场:"絮叨叨,闭门怕见小儿曹。暗中准备狼牙箭,防避雁翎刀""乐陶陶,云台争似钓台高。那愁仕路多坑堑,入海有风涛""气昂昂,旧身挣脱利名缰。休愁卧榻藏狐兔,当道有豺狼。"而世态人情不由得让人心寒:"傻哥哥,识人多处是非多。怎禁对面丢圈套,平地起干戈。""笑嬉嬉,葫芦提罢大家提。世情都把真为假,不辩是和非。""人心不足蛇吞象,世态难平凤做鸡""古来才大难为用,交厚友成仇""世无杜预怜羊祜,谁似常何荐马周?""乱纷纷,人情反复似风云""人情有以鹰逐兔,世事浑如狼牧羊""眼睁睁,世间多是假胡伶。功名不必毛锥子,只要孔方兄"。社会黑暗,人心不古,面对这样的社会环境作者也只能"得藏头处且藏头""得装呆处且装呆",得过且过、安贫随缘,但是作者的精神却无限痛苦,他的旷达实际是无可奈何的悲怆。这一点当时许多曲家都灵犀相通。茅坤评其所作则道:"天之生才,及才之在人,各有所适。大概不得显施,譬之千里之马,而困槽枥之下,其志常在奋振也,不得不啮足而悲鸣,是以古之豪贤俊伟之士,往往有所托焉,以发其悲涕慷慨、抑郁不平之衷。"而其前辈曲家王九思则道:

> 不肖今七十八岁矣!佳作至,目昏不能捧读,付之歌工,凭几而听之,能使老人复少。傲睨乾坤,急流勇退,此岂可与俗人道哉!圣贤之业,山林之乐,积中发外,可谓不负平生矣!

〔南吕·一江风〕《卧病江皋》也是南曲,是李开先出饷西夏归,病中所作,共110首。曲家高应玘嘉靖甲辰(1544)序谓所作"音既合谱,意更可人,押韵满百,不重一字,真艺林之宗工,而南曲之绝唱也。愤世疾邪,固云多实;喻言托兴,善用其虚;歌咏太平,佐侑罇俎,将不是赖耶!"也就是说110首曲作内容各异,情感不同,这在王阶的后序中分析得更为详明,人称其作"千态万状,形容不可得而尽者"。但总体是描述多病的世态及李开先的沉重感慨，其情感和《赠康对山》及《中麓小令》乃互相回应。曲曲皆以"病难捱"开篇，这"病难捱"不是指李开先自己身体病痛，实际所指乃是社会种种难以让人忍受的病态：市井尘俗态、冤业腌臜态、学得呆痴态、满目炎凉态、世态无常态、傀儡牵丝态、骄己矜人态、软款刁钻态、虐政狼蛇态……实则是用其如椽大笔勾勒了一幅幅时代的千奇百怪的世情图。面对该图该景作者不能不惆怅，不能不悲愤，而他又无论如何，只能自嘲、自逐甚至以狂狷自欺在青楼醉酒中以求"脱离现实"。商少峰《与中麓书》言："有以见我公不得已之情，发诸善谑，古谓长歌当哭，殊为至言。"殷士儋《李公墓志铭》更道："人或以靡曼谓公，公不顾。呜呼！古贤智之士，抱瑰琰而就煨尘者，或傍山而吟，或披发而笑，或鹿裘带索而歌，要之其中皆有所负而未庸，故缘此以自泄。而世以恒度测之，远矣！"

　　李开先的散曲真率豪放、坦诚平易，颇得元曲真谛。但是李开先之曲作也并不都是一个模式。人们常称道其曲："曲弯弯，一轮残月照边关。恨来口吸尽黄河水，拳打碎贺兰山。铁衣披雪浑身湿，宝剑飞霜扑面寒。驱兵去，破房还，得偷闲处再偷闲。"粗放、豪壮固是一种代表风格，但其曲作也有细腻委婉缠绵清丽之作，那就是他的《四时悼内》。李开先序曰："宜人既已弃我，有一爱姬，又相次即世，周岁之间，懊恼万状，抚景激衷，四时各有数曲，汇成小集，名之曰'四时悼内'云。愁肠欲断，泪眼将枯，以此付之童辈，长歌当哭，非以恣泆乐而喜篇升也。观者必有知吾苦心者！"时为嘉靖戊申（1548）年。其中冬曲《夜长不寐》道：

　　〔南仙吕·临镜序〕梦虽成，失群哀雁断肠声。觉来搔耳推孤枕，散发步空庭。眼前离恨天般远，望后团圆月不明。（合）断弦难续，悲歌怎听，这般情况几曾经。

　　〔前腔〕泪盈盈，指尖弹血洒残灯。相思日日容颜改，夜夜梦魂惊。堪怜霜杀宜男草，岂料云埋婺女星。（合前）

　　〔赚〕火暗灯青，趱鼓催钟早二更。人孤另，独酌全无兴。峭寒生，半床薄被如冰冷。孤眠易醒，孤眠易醒。

　　〔掉角儿序〕遇穷冬霜雪严凝，正中年形影伶仃。夜迢迢银汉无声，一滴滴玉露伤情。空有那待月楼，礼星亭，焉文阁，谁与同登？

（合）寒鸦乱惊，晨鸡不鸣。把离人撩斗，跌马檐楹。

〔前腔〕捱不到斗转参横，盼不得月落天明。不卿卿谁复卿卿，想惺惺还惜惺惺。空教我运霜毫，扫云笺，编丽曲，愁恨偏增。（合前）

〔尾声〕人生修短由天命。叹佳人死难再生，争奈相如困茂陵。

当今学者评此曲曰："全曲伤痛之情，由肺俯流出，真切感人。与一般泛泛言情者不可同日而语。在词文学史上，东坡的〔江城子〕'十年生死两茫茫'为悼念亡妻的千古绝唱，而在散曲史上，则当推中麓的《四时悼内》了。此等文字，非有至情者绝写不出"。①

李开先的散曲在当时曾有巨大影响，时人评价多称赞高妙。当时著名文学家杨慎在云南见到《中麓小令》即道："得佳词，喜慰无极！去天万里，坐蛮烟瘴雨中，空谷足音不可得，况大君子之好音下坠耶！"至于其推动和促进山东散曲的创作更不待言，当时有一批散曲爱好者和创作者集结在李开先周围，如袁崇冕、张诚庵、乔龙溪、苏雪簑、高应玘、殷士儋、王阶、谢东村等，他们互相唱和、品评，切磋散曲创作成为当时山东一道热闹景色。虽然这些人的曲作大多未能超出李开先的成就，但他们却如绿叶扶红花把那一时期山东散曲创作装点得更加绚丽，形成了一种地方热烈创作的景象。中麓庄院并成为当时曲家聚会的一个著名场所，不仅山东著名曲家冯惟敏过往论曲酬唱，就是黄河上下、大江南北的曲家对中麓庄院这块曲作中心热闹地也都向往心仪，有的向李开先索要曲作，有的向李开先报告其曲作在湖湘关中楚地等受欢迎情况，而张南溟所谓"山川阻修，恨不能缩地问奇，瞻拜于草玄之亭也"，正说出了众人的心声。

三　明清传奇繁盛的标志：《宝剑记》

李开先是明代一位著名的戏曲作家。其戏曲作品有院本杂剧《皮匠参禅》《三枝花大闹土地堂》《打哑禅》《昏斯迷》《乔坐衙》《搅道场》《园林午梦》；传奇《宝剑记》《登坛记》《断发记》等多种。这些剧作当日在山东皆曾演出，受人欢迎，但经过时间的淘汰，而今流传下来的剩有

---

① 李昌集：《中国古代散曲史》，上海：华东师范大学出版社1991年版，第629页。

《宝剑记》《断发记》《园林午梦》《打哑禅》4种。而《宝剑记》的创作演出成功则奠定了李开先在中国戏曲史上不可动摇的、明清传奇开路先锋的地位,此戏一出来,即击响了明清传奇兴盛的前奏曲。

1. 《宝剑记》思想内容的开拓。

当李开先创作《宝剑记》之时,即嘉靖二十六年(1547)前后,小说《水浒传》已经在社会上广为流传。《水浒传》第七回至第十二回就是讲说北宋八十万禁军教头林冲如何被"逼上梁山"的故事。而李开先的《宝剑记》可以说就是根据《水浒传》这几回有关林冲的故事改写而成为五十二出传奇的。如果《宝剑记》只是依样画葫芦,照《水浒传》改写,不过把小说变为戏曲,其思想内容的价值也就微乎其微了。实际上李开先的《宝剑记》虽取材于《水浒传》,但却做了巨大的变更,从而开拓了该故事的思想内容,为明清戏曲高标出了忠奸斗争剧的范本和典型。李开先倾全力塑造了一个忠正刚直的大臣——林冲的典型形象,一个奸佞狡诈的大臣——高俅的形象,并有声有色描述了他们之间尖锐对立的惊心动魄的你死我活的争斗,从而表达了"诛奸佞,表忠良,提真托假振纲常"的创作意旨。从小说到戏曲,李开先经过了细心改造、精心结撰。《宝剑记》所写的林冲故事与《水浒传》所写的林冲故事不仅主旨立意不同,在情节上也有不少差异。

其一,故事情节的起因和发展支点,戏曲和小说有明显的差异。

《水浒传》林冲上梁山故事的起因在于高俅之子调戏林冲的妻子张贞娘,其情节发展动因也在于高俅骄纵其子渔猎女色,从而才制造了一个个陷阱,设计了一个个阴谋,务要诛杀林冲,以使高俅之子得到林冲的妻子。小说这样写旨在表现权豪势要及其子弟在社会上横行霸道已无法无天,它和元杂剧诸多揭露衙内暴行的戏是一脉相承的,是要反映元末那一时代严重的社会问题,述说的是民众的不幸和苦难,这自有其社会意义和进步意义。

《宝剑记》林冲的故事起因却在于朝廷上激烈的政治斗争。林冲因弹劾权奸童贯被贬,得张叔夜赏识,而任禁军教头。闻知高俅、朱勔采办花石纲,给民众带来苦难,林冲竟再度上本参劾高俅、童贯,指出他们"奸比赵高,权似董卓"。于是双方矛盾激化,高、童恼羞成怒,必欲将林冲置于死地。才有了以剑赚林冲入白虎堂,而后一一加害的情节。这样一来，戏曲情节一开始向人们展示的就是"忠"与"奸"两种政治势力水火不容的争斗，其情节发展皆不离忠奸之争的主线。至于小说中高俅之子调戏林冲之妻的情节在传奇中则退居于次要地位，再不是促成故事情节发生发展的支点了。这样的改动无疑增强了戏曲的政治意义，使其名副其实成为一部政治性十分鲜明的戏剧。

其二，人物思想情感、恩怨纠葛及其行动轨迹，戏曲和小说也有诸多不同。

《水浒传》中林冲是一个武艺高强、谨小慎微、逆来顺受的武官；高俅则是一个浪荡子发迹，一朝得势的小丑，心地狭窄，徇私舞弊。林与高两人之间的恩怨仇恨不涉及国家百姓事。其间纠葛纯是挟嫌报复，而林冲是一忍再忍，高俅是步步紧逼，并捎带写出鲁智深和陆谦两人的忠于友与背于义以及张贞娘的守于节，多从道义和个人恩怨出发着笔。

《宝剑记》中的林冲则是一个饱读诗书、疾恶如仇、勇于仗义执言的忠正臣子；高俅也变为一个挟天子作威福，执掌权柄，翻手云雨的朝廷佞臣。两人之间的恩怨主要在于国事民事意见对立，是明显的政治斗争，忠奸分明。一方是忧国忧民，一方是害国害民，双方之争再不是一家对一户的夫妻婚姻，个人恩怨之争，而是关乎国计民生、民族安危的斗争。因为以国事为重、突出政治色彩，所以小说中鲁智深和林冲结拜、林冲棒打洪教头等枝蔓情节全被删除，而张贞娘的自缢也被改成逃亡梁山。再有小说中的高、童攻打梁山兵败，也被改成梁山义军攻打京师，兵临城下……。这一系列变动皆因从政治着眼突出该剧的政治色彩，使剧中人物政治性增强。

其三，戏曲比小说更带有作者本人鲜明的政治倾向性和浓重的激烈的情感。

《水浒传》是作者将民间流传的水浒英雄故事汇总编组辑合而成，它们反映的更多的是难以具名的民众的共同的思想和情感，编订者无论是罗贯中还是施耐庵的个人思想情感也都融合在书中所表现的民众的情感之中。严格说来《水浒传》远不能说是某个作家的个人创作，因此作家个人的思想意旨并不鲜明。《宝剑记》却完全是李开先个人的创作，尽管他取材于《水浒传》但不是抄袭，而是进行了彻头彻尾的再创造，剧中的故事人物无不渗透了作者鲜明的政治倾向和思想感情。

首先，该剧时代色彩显著。

《宝剑记》尽管取材《水浒传》写的是宋朝年间的事，但是作者却处处有意点明他实际要说的却是明朝当代的事。诸如剧中出现的"锦衣卫""九年三考"以及所述〔锁南枝〕〔山坡羊〕等小曲流行，这一切都只是明代才有的政治制度和社会现象，皆告诉人们剧中所演事不过是借"宋"而影射"明"罢了。

其次，该剧政治倾向鲜明。

《宝剑记》的核心内容是写统治阶级内部忠与奸的斗争，其明里是写宋朝，实际则是写的明代党争。其剧中所写"非奸党不容，无资财难进""四海苍生水火间，纷纷满目权奸，哀哉可怜，误国殃民，那更开边患。天条轻犯，致生民遭涂炭，家业有似丘山"，明里写的是对宋代奸佞的谴责，实际是写明代党争大臣争权夺利；北蛮南倭边患紧急；藩王虎视皇室；满目烽火硝烟，饥民蜂起，而权臣依旧作威作福……，这也是对嘉靖时代危机四伏的真实写照。人们观听《宝剑记》一句句斥奸责佞的曲词自会联想到现实皇帝的迷信荒谬与怪戾，大臣"修醮赞玄"，大写青词，大量钱财用于修筑宫观法坛，南北战火纷飞，"百姓生不能安，死不得葬"……剧中所言权奸"滥叨重任，不输謇謇之忠；久玷清班，大肆营营之计"，无疑皆为针对时弊而发，批判权奸误国的政治倾向十分鲜明。

最后，该剧作者情感强烈。

《宝剑记》是作者倾心倾力之作，他在剧中融入了自己深沉的情感和半生的官场感受，剧中人林冲就是作者思想精神的化身。剧中林冲百折不挠一次次上疏、被贬、再上疏的形象塑造，就来自于李开先自身的经历。有学者说："如果说林冲上本劾奸的行为是李开先自身行为的艺术写照，那么，林冲逼上梁山的义举则是李开先敢想而不敢做的精神企望。以现实的政治立场、政治态度选择和改编历史传说故事，寄托作家自身的感慨、愤怒和理想，李开先的《宝剑记》在明清传奇的创作史上堪称始作俑者"。①

2.《宝剑记》的艺术功力高超。

《宝剑记》一出即得到了时人的赞赏。雪蓑隐者为其作序道："是记

---

① 郭英德：《明清传奇史》，南京：江苏古籍出版社1999年版，第116页。

则苍老浑成，流丽款曲，人之异态隐情，描写殆尽，音韵谐和，言辞俊美，终篇一律，有难于去取者。兼之起引、散说、诗句、填词无不高妙……才思之学，当作古今绝唱。"而著名曲家王九思在后记中也道："至圆不能加规，至方不能加矩，一代之奇才，古今之绝唱也。"而后戏曲评论家吕天成在其所著《曲品》中乃称道李开先："此词坛之雄将，曲部之异才。"这些称誉都说明《宝剑记》自有不容否认的艺术魅力。

其一，塑造正面人物典型、真实生动、高大伟岸、虎虎而有生气。

林冲是《宝剑记》中一号正面人物，传奇以细腻的笔触刻画了他的正直品格、忠直行动。戏曲中的林冲形象无论从哪一方面说，起点都比小说《水浒传》中的林冲要高，他的一切思想和行动的动机都在于维护朝纲、痛斥奸恶、关心国计、同情与爱护民众。至于个人家庭的不幸遭遇只是居次要地位，林冲在一次次打击下，一次次死里逃生，无论是个人被贬、被囚，无论是家庭遭难，无论是仓皇出逃，无论是血刃贼小，他显现给人们的总是一种大无畏的英雄气概，坚韧不拔斗争到底的英雄精神，舍生忘死忠于国家的英雄面貌。他在死囚牢中大刑之下高喊的仍是："天如留我贱躯在，不斩奸臣誓不休！"此林冲与小说之林冲相比自是另一种面貌，使人们更多一种敬仰之情。

张贞娘的形象在传寄中更比小说要高大得多，她已不只是一个纯粹善良的被欺辱的、只能以死而守节的弱女子。传奇中的这个人物深明大义，积极支持丈夫的正义行动，当丈夫遭到迫害后她又给丈夫极大的慰藉。既温柔贤惠，同时她又刚强机智、抵御强暴、维护自尊，面对官府义正词严据理申辩，敢于斗争。她是一个和林冲相得益彰的人物形象。她不像小说里那个同名人物那样自杀，而是勇敢地投奔梁山。这个女性形象真是大长了封建社会女子的志气，不由得也令人在赞赏的同时对她产生敬佩之意。

其二，情节安排紧张有序，主线分明，条理清晰，结构完整。

《宝剑记》情节紧凑，出出围绕人物生死命运作戏。全剧抓住了一个"逼"字，写尽了气氛的紧张。因朝政荒弛，林冲被逼无奈而伏阙上书；权臣气焰炙手可热，林冲又被逼无奈入堂献剑；奸臣火烧草场要取他性命，他又被逼手刃敌小；官兵穷追不舍，他只好被逼投奔梁山。这样一个忠正之臣却被一步步逼上"反叛"的道路，也更说明了权奸的可恶。条理的清楚，结构的完整，还表现于剧作出出设伏，引人深入。林冲几次死里逃生皆有其偶然又有其必然的可能。死牢中正义之士相救，野猪林有旧交横截，驿馆暗害恰遇故人行至，大火烧草场却适逢他外出不在……处处紧张，动人心弦，足见作者结撰用心之良苦。有的曲家不解《宝剑记》结撰之妙，如祁彪佳在其所著《远山堂曲品》竟批评说："此公不识炼局之法，故重复处颇多。以林冲为谏诤，而后高俅设白虎堂之计，末方出俅子谋冲妻一段，殊觉多费周折。"他以《水浒传》小说之眼光来看《宝剑记》传奇，自是看不懂《宝剑记》的结构，两者本非一路，也本非同样手法。我们说《宝剑记》正是熟于炼局，才有"重复"，"重复"似重，而实不相同，同中有异才见李开先的匠心所在。

其三，曲词优美，雅俗相兼，切合人物身份处地，晓畅流丽，极便于人们观听。

林冲在剧中迭遭变故，处境和心情不断变化，李开先写林冲之词曲皆能表现林冲不同的心境。如其上疏前感情激愤豪情满怀以力挽狂澜为己任道：

〔梁州序〕埋轮的因何缘故？挂冠的为谁归去？朝市怎安居！又有心非口是，行浊言清，此辈真穴鼠。天下人皆醉，倩谁扶？笑倒三闾大夫。

而到他被逼上梁山连夜逃奔之时，则充满了惊恐恼恨。《夜奔》一出由于将人物情怀的描摹和环境气氛紧密结合成一体来写，感染力极强，历来被人传唱不衰。其曲词为：

〔点绛唇〕数尽更筹，听残银漏，逃秦寇，好教我有国难投，那搭儿相求救！

〔新水令〕按龙泉血泪洒征袍，恨天涯一身流落。专心投水浒，回首望天朝，急走忙逃，顾不的忠和孝。

〔驻马听〕良夜迢迢，投宿休将门户敲。遥瞻残月，暗度重关，急步荒郊。身轻不惮路迢遥，心忙只恐人惊觉。魄散魂消，魄散魂消，红尘误了武陵年少。

〔水仙子〕一朝谏诤触权豪，百战勋名做草茅，半生勤苦无功效。名不将青史标,为国家总是徒劳!再不得倒金樽杯盘欢笑,再不得歌《金缕》筝琵络索,再不得谒金门环佩逍遥。

〔折桂令〕封侯万里班超,生逼做叛国的红巾,背主的黄巢。恰便似脱扣苍鹰,离笼狡兔,摘网腾蛟。救急难谁诛正卯?掌刑罚难得皋陶。鬓发萧骚,行李萧条。这一去博得个斗转天回,须教他海沸山摇!

〔雁儿落〕望家乡去路遥,想妻母将谁靠?我这里吉凶未可知,他那里生死应难料。

〔得胜令〕呀!吓得我汗浸浸身上似汤浇,急煎煎心内类油调。幼妻室今何在?老尊堂恐丧了!劬劳,父母恩难报;悲嚎,英雄气怎消!

〔沽美酒〕怀揣着雪刃刀,行一步哭号咷。拽长裾急急蓦羊肠路绕,且喜这灿灿明星下照。忽然间昏惨惨云迷雾罩,疏刺刺风吹叶落,振山林声声虎啸,绕溪涧哀哀猿叫。吓得我魂飘胆消,百忙里走不出山前古庙。

〔收江南〕呀!又只见乌鸦阵阵起松梢,数声残角断渔樵,忙投村店伴寂寥。想亲帏梦杳,空随风雨度良宵。

此套曲词虽偏文雅典丽,但不尚雕镂,得天然自在之趣,绘情绘景绘声绘色,情景交融浑为一体,显示了李开先高超的艺术功力。

3. 《宝剑记》影响深远。

《宝剑记》是标志明清传奇开始繁荣的三大传奇中问世最早的一部作品,因此对后世戏曲影响极其深远,就是同列三大传奇的后两种也都在不同程度上借鉴了《宝剑记》的创作经验。《宝剑记》对后世的影响可以概括为如下几个方面:

其一,打破了传统题材,揭示了新的方向。

在《宝剑记》之前后,南戏或传奇所演示的大多是才子佳人的故事,一生一旦悲欢离合成为固定的套式,虽然它们比元杂剧篇幅长,情感更细腻,情节多曲折,演唱多变化,但在题材上却赶不上元杂剧丰富多彩。《宝剑记》虽然也在运用生旦的格局,演绎林冲和张贞娘的悲欢离合,但是却在内里注入了强烈的时代气息鲜明的政治内容,并具有明显的影射现实意向。以戏剧批评现实社会，《宝剑记》就打破了戏曲传统的男欢女爱的题材取向，赋予了戏曲新的生命力。正因此剧风一起，而后《浣纱记》《鸣凤记》才进一步发展，以致政治剧或政治倾向鲜明成为明清传奇一个鲜明特色。在山东大地以后才产生了有更大影响的戏曲家孔尚任和他的名作《桃花扇》。可以说《宝剑记》为明清传奇确立了忠奸斗争的主题。

其二，开启了传奇"水浒戏"的大潮。

"水浒戏"在元杂剧中是一种热门题材，其故事发生在山东，山东的元杂剧作家塑造了一个个杂剧舞台上的水浒英雄形象。明清传奇第一个写"水浒戏"并成功地塑造了典型英雄形象的剧作就是《宝剑记》。《宝剑记》继承了山东作家写水浒英雄戏的传统，同时又给戏曲家们揭示了新路，那就是未必模仿小说《水浒传》，戏曲应有自己的开掘和创造。正是如此启示，明清戏曲家才又有了《义侠记》《灵宝刀》《水浒记》《元宵闹》《偷甲记》等一系列"水浒戏"产生，使"水浒戏"的大潮在几百年间的传奇中不断风起浪涌。

其三，吸收民间文艺成就，改进传奇创作。

李开先是一个对民间文艺十分熟悉、十分热爱的戏曲家，因而在他创作戏曲时就能主动向民间文艺宝库汲取营养改进传奇创作。有学者言："李开先在曲牌方面最大的成就，是他大量采取民歌小令入剧曲。沈德符曾专论'时尚小令'在当时风行南北'举世传诵'的情况。《宝剑记》是较早也较多地引此类曲牌入曲的一部剧作。以全剧计，有〔山坡羊〕5支、〔傍妆台〕3支、〔锁南枝〕4支、〔黄莺儿〕3支、〔挂针儿〕2支，另如〔一江风〕〔风入松〕〔挂真儿〕〔五更转〕〔月儿高〕之类流行民间之曲牌，在剧中随处可见。"① 正由于李开先的努力，一些民间小曲进入传奇，使得传奇曲牌得到了丰富，并被后代戏曲音乐或曲谱家视为了"定格"。而《宝剑记》吸取乡土音乐小调在家乡演出又受到了热烈欢迎。影响所及，山东地方的"柳子戏"遂逐渐脱颖而出。明清传奇各地作者吸收各地方音乐形成地方戏普遍开花。虽说这种情况又各有各的原因，但《宝剑记》却是此风之首，开了先例。

---

① 卜键：《传奇意绪》，北京：学苑出版社1995年版，第206~207页。

第五节 《水浒传》:英雄传奇小说的楷模

中国古代长篇章回小说刚刚形成,就横空出世两座高峰——《三国演义》和《水浒传》。前者为历史演义小说之翘楚,后者是英雄传奇小说的楷模。

刚刚出世就形成高峰,与丰厚的文化积淀是分不开的。《水浒传》所写的宋江起义有历史依据,《宋史》中的"徽宗本纪""张叔夜传""侯蒙传"中都有记载,只是语焉不详,而且没跟山东的梁山发生什么联系。在民间流传过程中,才先后与太行山和梁山有了联系。从南宋起,梁山英雄的故事就成为说话人喜爱的题材。罗烨在《醉翁谈录》中罗列的"水浒"话本名目有"青面兽""花和尚""武行者""石头孙立"等多种。至宋末元初的《大宋宣和遗事》则把"水浒"故事由独立短篇联缀为讲史长篇。再加上30余种元杂剧的扩展与发挥,不但有了对水泊梁山这块起义根据地的描写,而且起义队伍也从36人扩充到72人,又发展到108人。

一 作者及版本流传

《水浒传》的最后作者众说纷纭,但又不外施耐庵、罗贯中二人。早期现存四种版本均题"施耐庵集撰""罗贯中编次"。明代高儒《百川书志》著录《忠义水浒传》一百回也题"施耐庵的本""罗贯中编次"。可见,《水浒传》的作者为施耐庵,当无大问题。施、罗是同时代人,明代胡应麟在他的《少室山房笔丛》中说罗为施的"门人",说明他们有密切关系。施的书最后定稿抄写印行时,罗贯中很可能是经了手的,所以才有"编次"云云。人们对这两位作家的生平行迹及相互关系都饶有兴趣,希望能有进一步了解。从20世纪20年代末起,在江苏苏北的兴化,就陆续发现了《施氏族谱》《施耐庵墓志》《施让地照》《施廷佐墓志铭》《施氏家簿谱》等与施耐庵相关的文物资料。这些资料表明,施耐庵并不像胡适所说的那样只是个"亡是公",而是确有其人。这些资料也证明,《施氏家簿谱》中那个施彦端,就是施耐庵,应该就是《水浒传》的作者。

《水浒传》的版本在中国古代小说中几乎是最复杂的。首先分繁简两大系统，二者究竟孰先孰后？恐怕在成书过程中的简先繁后和在刊刻发行过程中的繁先简后这两种情况，在《水浒传》版本的递嬗过程中都存在着。当然，对广大读者来说，应以繁本为据。《水浒传》的繁本系统，主要有三种版本：一种为百回本。内容包括逼上梁山、受招安、征辽、征方腊四个部分。现存最早的四种《水浒传》版本《京本忠义传》《忠义水浒传》和天都外臣序本、容与堂本都是百回本，所以它应该更接近施氏原本。第二种是百二十回本，以明袁无涯刊本最有代表性。它以百回本为基础，加进了征田虎、征王庆二十回内容，是故事最全、描写最细的本子。第三种是七十回本，即被金圣叹"腰斩"的本子。金氏将百回繁本英雄排座次以后的内容砍掉，而增加了一个"惊噩梦"的尾巴，将梁山英雄斩尽杀绝而收束全书。由于它在客观上保留了原著中最精彩的故事情节，突出了全书的精华部分，反倒是后世最为流行的本子。

二 以农民起义为重点的多元化主题内容

说到《水浒传》的思想内容，尽管有"内部斗争说""市民斗争说""江湖豪杰说""忠奸斗争说""反思说""融合说"等纷纭众说，恐怕也难以否定它描写了历史上的一次农民起义的基本事实。因为它所反映的宋江起义是有籍可查的。因为它让我们看到了一个与封建王朝的官军对抗的武装集团，他们的打击对象是贪官污吏、土豪恶霸这些封建势力的代表，这样，无论这支队伍的成分多么复杂，都不能改变它的农民革命性质。因为他们以"替天行道"为口号，以"八方共域，异姓一家""大碗喝酒，大块吃肉，大秤分金银"为理想，这样的纲领和理想也只能属于封建社会的农民。

如果能够认定《水浒传》确实是以农民革命为题材这个基本事实，那么它的思想意义就是无与伦比的。在那"避席畏闻文字狱，著书都为稻粱谋"（龚自珍《咏史》）的封建时代，有谁敢于染指这个十分敏感的题材领域？在小说史乃至文学史的长河中，《水浒传》之前，似乎只有司马迁在《史记》中，对中国历史上第一次农民起义——陈胜、吴广起义，进行了描述和有限的歌颂，但那只是一篇简短的人物传记。在明清小说创作园地中，包括《三国演义》《聊斋志异》和一些拟话本等小说名著，都不乏描写农民起义的内容，但大抵都用仇视、诬蔑的贬笔，从而形成这些名著的白璧微瑕。而以俞万春为代表的御用文人们的劣作，不但极尽诽谤丑化之能事，而且必将其斩尽杀绝而后快。唯有《水浒传》肯于把这些来自社会下层或被统治阶级排挤出来的一批人物作为作品的主角，置于中心地位。唯有《水浒传》敢于把这些与朝廷作对的造反之民，把这些被封建统治阶级及其御用文人视为"大逆不道"的人们作为英雄豪杰进行歌颂，这在封建时代简直是空前绝后的壮举。而且，作品对题材的处理与提炼也表现了作家对生活的深刻把握与理解，可圈可点之处是很多的。

1. 以"官逼"作为"民反"的基本前提。

纵观《水浒传》全书，除了白胜在黄泥冈上唱的那首"赤日炎炎似火烧"的著名山歌，似很少涉及农民田间劳作的辛苦及身受惨重经济剥削的内容。诸路英雄被逼而造反上梁山的动因多是政治方面的。或是由于本人受政治迫害，无路可走；或是路见不平，拔刀相助，失手打死了人，怕吃官司而出走。特别值得指出的是，作品在揭露社会的黑暗与人间不平时，表现了一种清醒的政治意识。五十回写雷横一怒之下打死了卖唱的白秀英，念他的都头身份，本是可以从轻发落的，可无奈那个白秀英偏是新任知县的旧相好，知县见打死了他的旧相好，定将雷横问成死罪，就赋予了这个刑事案件背后的政治内容。林冲的妻子东岳庙进香被高衙内调戏，由于高衙内背后站着太尉高俅，从而导演了一场"误入白虎堂"的政治戏，也就把这个事件由伦理道德层面上升为一场政治迫害。宋江杀阎婆惜本来是个争风吃醋的桃色事件，作品却偏用一个"招文袋"把它与私放晁盖，与水泊梁山联系起来，使之成为一场政治事件，成为宋江走上反抗之路的导火线。全书写了几十起大大小小的政治迫害事件，充分写出了"官逼民反""逼上梁山"的客观形势，也就充分揭示了这场农民革命爆发的社会原因。

作品所描绘的社会生活面相当广泛，统治着暗无天日的世界的是一个庞大的压迫者阵营。上面有高俅、蔡京这样的奸臣；中间有他们遍布各地的爪牙，像大名府的梁中书，江州知府蔡得章，高唐州的高廉，孟州的张都监、张团练等大大小小的贪官污吏；下面还有像西门庆、镇关西、蒋门神、殷天锡、祝朝奉、曾长者这样的土豪恶霸，组成了一个笼罩在人民大众头上的天罗地网。而这个压迫者阵营的总代表则是封建皇帝宋徽宗，作品一开始，就从这个昏庸的皇帝写起。原来他在登基之前作端王时，就交结了一个"浮浪破落子弟"高俅，因为高俅的球踢得好，深受同样喜欢踢球的端王的赏识。等端王登上皇位之后，立即把这个市井无赖提拔为掌握军政大权的太尉，于是种下了万恶之源，扰得天下大乱。金圣叹在第二回的批语中尖锐地指出："一部大书七十回，将写一百八人者，乃开书未写一百八人，而先写高俅者，盖不写高俅，便写一百八人，则是乱自下生也；不写一百八人先写高俅，则是乱自上作也。"全书开宗明义就把贪官污吏的罪恶与封建皇帝联系在一起，矛头直指皇帝的用人政策，正本清源，振聋发聩，是何等深刻的一笔！

2. 以反抗对待压迫。

在文学史上，能够在不同程度上揭露社会黑暗与政治压迫的作家与作品比比皆是。可是如何面对社会现实，如何对待政治压迫，却因人而异，因书不同。有的作品止于揭露，有的作品寄希望于清官与明君，也有些作品用非现实的情节惩恶扬善，表达人民的理想与愿望。这样的处理方式固然各有不可否认的积极意义，但也都或多或少地存在着粉饰与逃避现实的成分。在这一点上《水浒传》却有独绝之处，它旗帜鲜明地提倡"以眼还眼，以牙还牙"，让被压迫者站出来堂皇地进行报复。林冲自打娘子东岳庙进香被人调戏，到误入白虎堂、野猪林，受够了腌臜气，终于在山神庙的风雪中手刃仇敌，报仇雪恨。武松被张都监暗算，险些送了性命。于是他大闹飞云浦之后，在鸳鸯楼一口气杀了蒋门神、张团练及张都监全家，直杀得"血溅画楼，尸横灯影"，才出了"这口鸟气"。宋江、戴宗在江州，被黄蜂刺教唆蔡九知府送上了"断头台"。梁山泊众好汉劫法场，把他俩从刀口下解救出来。等他们擒获了黄文炳之后，用慢刀一块一块地割了他，然后"割开胸膛，取出心肝，把来与众头领做醒酒汤。"实在大快人心。

《水浒传》写压迫，也写了反抗，但以反抗为基调。它对压迫者阵营中的人物，一般只用漫画式的简笔勾勒，作为英雄的陪衬，作为反抗的原因来写，反抗才是它的灵魂。武十回、鲁十回、宋十回、林八回，对这些主要英雄人物的描写笔酣墨畅，兴会淋漓。无论是对那些义无反顾、奔上梁山的草莽英雄，还是那些走投无路、逼上梁山的有着高贵出身与地位的英雄，以及那些被拉上山，"暂居水泊，专等招安"的人物，作品都给予不同程度的歌颂。对"风风火火闹九州"的反抗大潮的描写生动地反映了封建时代农民革命的激情，是社会下层人民情绪的反映。与《水浒传》成书过程中广大人民群众参与创作是密切相关的。

3. 客观地全面地展现了一次农民起义的全过程。

《水浒传》以高俅发迹作为开篇，写出"乱自上作"的总根源之后，就着手写英雄们的个人反抗。在此基础上形成初期的联合斗争，如智取生辰纲，大闹清风寨，聚义二龙山等。这些小股义军再逐步汇合，才形成了一支强大的梁山义军。各路英雄汇聚梁山之后则开始攻城夺府，组织大规模的武装斗争：三打祝家庄，踏平曾头市，大破高唐州，攻打大名府，两赢童贯，三败高俅等。在大聚义排座次的高潮之后，写接受招安、功成被害的悲剧结局。起因，经过，高潮，结局；由小到大，由弱到强，百川汇海，星火燎原。还没见有哪一部作品能够如此完整、如此逼真地再现一次农民起义的全过程，这样写非常符合封建时代农民革命的发展规律，具有很高的认识价值。

接受招安的描写，曾经给《水浒传》带来很大的麻烦。今天，当人们能够坐下来心平气和不受任何羁绊地评说这段公案的时候，实在有点儿隔代修史的味道了。小说戏曲的结尾难写，即使是大家名著，也往往在结尾处矛盾解决的环节，更突出地表现作家的时代与阶级局限。相比之下，《水浒传》的结尾，绝不能简单地以"败笔""烂尾"加以否定。首先，接受招安既然是历代农民起义的归宿之一，就不能说《水浒传》的结尾违反了历史真实。再说，"接受招安"只是作品情节链条上的一个环节，它是英雄们反抗斗争的结束，"征四寇"的过渡，功成被害的铺垫。它并不是全书的主要内容，不能以偏概全，仅仅把这个环节作为评价全书的基点。更何况，全书的最终结局是功成被害，客观上形成了对接受招安的否定而不像有的作品以"立功封疆"的结局去歌颂招安。说《水浒传》的内容是"金前身，银尾巴"，不为过也。当然，我们也不必为招安描写辩解，《水浒传》的作者就像水泊梁山上以宋江、卢俊义为代表的"招安派"一样，认为只有这一归宿才是理想的正途，作家主观上确是在美化招安，其局限性也是毋庸赘言的。

《水浒传》也像明清时期的其他几部名重后世的小说名著一样，是一个复杂的存在，它的主题是多元多义的。梁山英雄的故事在民间长期流传的过程中，除了广大人民群众参与创作之外，还受着城市勾栏瓦舍中的说话艺人和戏曲艺人的孕育，他们的读者听众也是市井小民，因而它的内容又明显地受着新兴市民思想的影响。作品人物，包括梁山一百单八将在内，也多是活跃在城市中的市井细民，而不是"嘴啃黄土背朝天"的农民。书中所写的场景也多是一幕幕市井生活的图画，很少涉及农民的劳作和农家生活的悲苦。更主要的是作品中渗透了市民阶层的价值观、义利观、道德观、婚姻观等诸多意识。因此，《水浒传》主题中的"市民说"也不无合理成分。宋代刚刚形成的广大市民阶层，既无农民对土地的眷恋，又无文人对功名的追求，也不具备明清时期的富商们逐欢买笑的条件，他们崇尚的是高超的武艺和强健的体魄。王进的武艺好，九纹龙史进"纳头便拜"为师。鲁智深在大相国寺的菜园子里把一根禅杖舞得上下翻飞，林冲见了大加喝彩，两人立即结成患难与共的知己。"常怀忠义常贞烈"，生活在社会底层的市民阶层，对世道的昏暗与人间不平深有感触，作为独立的个体，他们在斗争中又需要相互救助，因此就形成了扶弱济贫、重义轻利的豪侠性格。鲁达在酒楼上听了金氏父女的哭诉之后，恨不得立刻就去找郑屠理论。为史进、李忠劝阻之后，当夜"晚饭也不吃，气愤愤地睡去了。"转过天来，还是三拳打死了"镇关西"，作品对这种豪侠行为进行了热情歌颂。"义"是他们的行为准则，团结战斗的纽带。宋江"担着血海也似的干系"私放了劫取生辰纲的晁盖一行；朱仝宁可自己吃官司坐牢房，也要放走家有60岁老母的"杀人犯"雷横，都表现了一种高尚的自我牺牲的利他精神。市民阶层的社会地位略似古代的游侠和现代的游民无产者。"言必信，行必果""轻生死，重然诺"；好虚荣，计恩怨，这大抵也是梁山英雄的共性。林冲身为东京八十万禁军教头，有着极强的自尊心，可对手偏要在自尊心上开他的玩笑，竟然在光天化日之下调戏他的妻子，令他蒙受奇耻大辱，从而突出其逆来顺受的性格。武松在景阳冈上见了阳谷县的印信榜文，"方知端的有虎"。可是欲转身回酒店，又怕吃店家耻笑。在他看来，面子比性命更为重要。他能用最暴烈最残忍的手段报仇雪恨，可又经受不住别人的好言善待，颇有"滴水之恩当涌泉相报"的侠肝义胆。当他杀死了潘金莲、西门庆被发配到孟州，在牢城受到施恩百般呵护，他知情后立即发出"便是一刀一割的勾当，武松也替你去干"的誓言，于是醉打蒋门神，夺回"快活林"酒店。后来作了张都监的亲随体己，酒食、金银、财帛有加。武松自认为受了

"抬举",也决心要"执鞭随镫,伏侍恩相",结果遭到暗算,险些丢掉性命。这位山东好汉在血泊中逐渐觉醒,终于走上了自觉反抗之路。此外,狂饮滥赌,相互救助,乐观幽默,不近女色,这些梁山英雄的群体特征,都颇有几分江湖豪侠之气。从这个角度说,《水浒传》也堪称一部豪侠小说。

三 成功的人物性格刻画

《水浒传》开创了英雄传奇小说流派,它源于史而又不拘泥于史,梁山英雄们的名字除了宋江之外,其他人在史书上几乎找不到。书中的故事也多非"以文运事",而是"因文生事",它不是历史的演义,而是民间流传、民间艺人讲述与演出的总结。因而它的描写重点不是历史事件的演变,而是英雄形象的塑造,通过不同人物的命运遭际与性格发展,反映特定的社会生活。显然这是一条更加小说化的路,较历史演义给作家提供了更为广阔的艺术创作空间。

《水浒传》的人物塑造取得了极高的成就。人物个性鲜明,"人有其性情,人有其气质,人有其形状,人有其声口。"(金圣叹《水浒传回评》)人物语言个性化程度高,常常能使读者由说话看出人来。如果说,这些在中国古代小说人物塑造艺术的宝库中,还属于"我有你有"的一般化优长的话;那么《水浒传》还有除此以外的"我有你无"的特殊优长,更是值得大书特书的。

《水浒传》的人物描写能突出性格描写,并让人物性格在与环境的尖锐冲突之中奔腾跳跃向前发展。在《水浒传》之前的小说创作,算来也只有刘义庆的《世说新语》,因叨时代风气之光能够自觉地刻画人物性格,但那是一部文言笔记,只用三言两语的"丛残小语"刻画人物性格的某些侧面,是无法与长篇章回体的《水浒传》相提并论的。即使同时代的《三国演义》,虽然在刀光剑影、你来我往的斗智斗勇中不乏精彩的性格描写,但也是人随事走,通过一次次的波澜壮阔的战争描写皴染各方众多将帅的性格,并没把人物描写置于作品的中心位置,人物性格也没有明显的发展变化。《水浒传》却不是这样,特别是它的前面描述一个个主要英雄的反抗之路时,能作到事随人走,以人物为中心,通过许多事写一个人。所以,在作品人物刻画与生动情节的完美结合上,《水浒传》在中国古代小说名著中几乎是无与伦比的。作品通过"拳打镇关西""大闹五台山""倒拔垂杨柳""大闹野猪林"等一系列紧张曲折的情节,刻画了鲁智深的性格。而"景阳冈打虎""斗杀西门庆""醉打蒋门神""大闹飞云浦""血溅鸳鸯楼"这一连串生动丰富的情节则是武松性格的发展史。能否写出人物思想性格的发展变化,是衡量一部现实主义小说艺术成就高低的标准之一,在这方面《水浒传》的题材是得天独厚的。因为在封建时代的普通平民走上造反之路也并不是轻而易举的,而那些有一定权势和地位的人,要弃"明"投"暗"上梁山,更要经历一个思想性格的质变。一百零八条好汉上梁山的情况并不一样。像李逵、鲁智深、阮氏三雄这类来自社会下层的草莽英雄,本来具有反抗的因子,一旦时机成熟就义无反顾地奔上梁山。像卢俊义、关胜、秦明这类富豪或朝廷将相,他们被拉上梁山是形势所迫,"暂居水泊,只等招安"。这两类人思想性格的变化都不是十分明显的。而另一类英雄,像宋江、林冲、杨志甚至打虎之后作了都头的武松被逼上山的道路就不那么平坦了。有的是在恶势力的步步紧逼面前,反抗的烈火和复仇的岩浆越积越浓厚终至喷发的渐进式;有的则走过了反抗—妥协—再反抗—再妥协的曲折道路,终于融入起义队伍的反复式。无论哪种形式,对他们来说思想性格都经历了一个由量变到质变的飞跃,所以,这类英雄思想性格的发展最为明显。

《水浒传》能"从阶级意识去描写人物的立身行事",即在描写性格时,能紧密联系人物的生活环境,从而塑造出典型环境中的典型性格,具体说,梁山英雄每人都有自己的独特命运与遭际,经历了独特的上山之路。而这种独特的历史与命运又是由其独特的思想性格决定的。而他们每人思想性格的背后都打着出身地位的印迹,从而写出了人物个性的社会意义,这对古代小说来说,是很不容易的。以林冲、杨志和鲁智深为例,上山之前都是军官,而且都身怀一等武艺,当然也都不曾想到有朝一日会落草为寇。后来,三人都经过不同的道路上了梁山。林冲逆来顺受,所以处处被动,屡经磨难才被逼上梁山。鲁智深仗义救人,抱打不平,每每闯祸,实际上他是以对黑暗现实主动进攻的态度奔上梁山的。杨志一心想讨好上司以求谋个一官半职,光宗耀祖。无奈命途多舛,先后丢了花石纲与生辰纲,不但没能立功反取其祸,只得亡命江湖,最终落草。所以茅盾说:"对于杨志,我们虽可怜其遭遇,却鄙薄其为人;对于林冲,我们既寄以满腔的同情，却又深惜其认识不够；对于鲁达，我们却除了赞叹，别无可言。"这三个人的性格差异，又与他们各自的出身地位密切相关。杨志乃"三代将门之后，五侯杨令公之孙"，所以在他看来，"封妻荫子""光宗耀祖"是天经地义的人生奋斗目标。林冲"八十万禁军教头"的社会地位和幸福美满的小家庭，都使他要苟安现状，要努力维持生活的稳定与心理的平衡，除非被逼得走投无路，是难下铤而走险的决心的。只有鲁智深无室无家，无产无业，"赤条条来去无牵挂"，斗争性反抗性也最强，因为没有牵挂没有负担。唯一的一次例外，是三拳打死镇关西之后，担心坐班房没人送饭，才要了个花点子溜之大吉了。

《水浒传》在人物塑造方面的另一个原创性贡献是在武打之中塑造性格。在历史演义、英雄传奇、侠义公案乃至神魔小说中，武打场面描写都是必不可少的。在平庸的小说作者的笔下，无非是以一招一式激烈对抗的热闹场面取悦读者，或在勇和力的反复较量中为人物武艺的高低排一下座次。高明的小说家则能把武打艺术化，通过精彩纷呈的武打场面描写透视人物性格，把武打作为刻画人物性格的重要手段。《三国演义》是一部军事文学的范本，战争描写在全书中占据突出地位。罗贯中的聪明之处是在战争描写中突出智谋的较量，从而达到刻画人物的目的。武打场面也不少，但像"战长沙"那样能突出人物性格的描写并不多，而且《三国演义》的武打多为长枪马战，短打的机会相对少一些，这也不利于性格描写。《水浒传》写各路英雄上梁山之前，千姿百态的短打格斗场面。《水浒传》的武打具有奇、真、细、趣的特色。武松赤手空拳打死猛虎，奇则奇矣，但由于写得逼真而细腻，不仅增加了可信度，而且凸显了人物英勇而精细的性格。当一只吊睛白额猛虎突然出现在面前时，他手持哨棒闪过了那大虫的"一扑，一掀，一剪"，何等镇静！寻找到破绽之后，才"就势把大虫顶花皮肐臌地揪住"往下按，然后用脚踢它的面门和眼睛，何等有章法！待把老虎打得七窍出血，动弹不得之后，怕它不死又拿起那半截哨棒打了一回，何等仔细！加上那打折哨棒和再见披着虎皮的猎人而大惊失色的著名细节描写，取得了"酌奇而不失其真"的艺术效果。其后的英雄传奇小说中，也屡现打虎情节，但都难望《水浒传》之项背，究其原因多为逐奇失真，远离人物性格所致。《水浒传》中的打人场面更多经典之作，著名的"三打"之所以一直脍炙人口，就是因为它们都是高度性格化的艺术描写。鲁达拳打镇关西之前意趣横生的撩拨与逗引,失手打死镇关西之后的巧妙脱身,都证明了他的粗中有细。镇关西挨打之前被鲁达的两包肉打在脸上"却似下了一阵肉雨"的感受,吃那三拳时味觉、视觉、听觉的绝妙形容,突出了鲁达那居高临下的优势,也烘托了他幽默风趣的洒脱个性,真可谓性格化的三拳啊!如此精彩的武打场面,在后来的英雄传奇小说中是难得一见的。

《水浒传》在艺术上的不足主要也表现在前后水平的差距上。英雄们上梁山之前,生活在"充满传奇式冒险"丰富多彩的世界里,在与环境的碰撞与抗争中,显示他们各自的鲜活个性,一个个生龙活虎,朝气蓬勃。可一旦上了梁山,个性似乎就消融到共性之中了,人物性格不但没有发展,而且失去了原有的光彩与活力。看来,作者很善于通过许多事写一个人,却不善于通过一件事写许多人。英雄们陆续汇聚梁山之后,作品的描写重点由个人的凶杀格斗转向大规模集体作战。而《水浒传》的战争描写艺术除了"三打祝家庄"差强人意之外,都远逊于《三国演义》。《水浒传》艺术的这种前后不平衡的情况与它的成书过程有关。前面的一段段英雄小传多有话本为依据,是说话艺人们长期实践千锤百炼的艺术结晶,施、罗二人最后加工写定时,这些精彩的片断都保留下来,造就了作品的"金前身"。而上山之后的大规模武装斗争既无话本作依托,又无史籍资借鉴,多为一无依傍的向壁虚构。在长篇章回小说的初始阶段,创作经验与创作技巧都相对匮乏的时期,也真真的难为他们了!

第六节 《金瓶梅》:第一部文士个体独立创作的长篇世俗人情小说

《金瓶梅》是一部诞生于中国晚明时期的文学巨著,它与《三国演义》《水浒传》《西游记》并称为明代长篇章回小说的"四大奇书"。书以奇名,固然是由于在长篇白话小说的初始阶段,它们就以宏伟的规模、严谨的结构傲然耸立文苑,而且各自开创了一个小说流派,从而对长篇章回小说的发展起了不可替代的作用。然而更为重要的原因是它们在思想和艺术方面所作的原创性贡献。《金瓶梅》以外的其他三部奇书,所写的内容或是群雄逐鹿的历史画卷,或是农民革命的英雄史诗,或是虚无缥缈的神魔世界。它们的人物是帝王将相、英雄豪杰、神怪妖魔之类的奇人，头上笼罩着超凡脱俗的神圣光环。它们的情节则是充满了刀光剑影的凶杀格斗，大开大合，大起大落，紧张激烈，扣人心弦。总之，这三部作品的超常性特征是显而易见的，自应以"奇书"名之。唯《金瓶梅》独辟蹊径，无论题材内容还是艺术形式，都不以超常取胜，而以平常出新。如果把"奇"与"常"作为相对的一组矛盾的话，《金瓶梅》的"奇"恰恰表现在与众不同的"常"上，与小说这种以叙事为主的艺术形式越来越贴近现实生活的发展规律是相合的。

一 鲜明生动的晚明社会百态图卷

先说取材。《金瓶梅》全然不像传统小说那样搜奇志怪，描写畸人异行；也不运用偶然巧合之类的情节技巧以求引人入胜。它不露人工斧凿痕迹地描摹现实生活，"凡目之所见，耳之所闻，心有感触，皆笔之于书。"（自怡轩主人《娱目醒心编序》）那些活跃在晚明社会市井之间的官绅豪吏、流氓无赖、帮闲篾片、三姑六婆、淫夫荡妇、妓女老鸨的各色人等，纷至沓来墨页之间。他们彼此钩心斗角、倾轧欺诈，组成一个昏暗阴森的鬼蜮世界。而对这个五光十色的鬼蜮世界的描写，是以西门庆的家庭为中心，以西门庆的发家史为中轴辐射的，从而形成中国小说史上第一部以一个家庭为中心，用"走出去，请进来"的方法反映社会的长篇章回小说，也开创了一个新的人情小说流派的创作范式。

西门庆的发迹历程在封建社会是有典型意义的。他本来是清河县里一个"破落户财主"，在县门前开了个中药铺，资本当然是有限的。可是他善于结交浮浪子弟，把揽诉讼，交通官吏，因而由西门大郎"晋升"为西门大官人，成为独霸一方的地头蛇。他的"原始积累"在很大程度上是通过奸娶女人实现的。娶第三房妾孟玉楼，是因为这个寡妇"南京拔步床有两张。四季衣服，插不下手去，也有四五只箱子。金镯银钏不消说，手里现银子也有上千两。好三梭布也有三二百筒。"娶李瓶儿之前，就把"六十锭大元宝，共计三千两"和"四箱柜蟒衣玉带，帽顶绦环"夜晚打墙上运了过来。等花子虚死了之后，又把他的家产连人一起"娶"了过来。他还不失时机地巧取豪夺亲友的资产。亲家陈洪在京城受党争牵连，打发儿子带许多箱笼床帐来避风，并送白银500两。西门庆毫不客气地全部鲸吞了这笔财物,以致他死之后,女婿陈敬济经常以此为口实骂吴月娘。家资日丰之后,西门庆并不像传统的官僚地主那样甘作守财奴,他很清醒地意识到,在等级森严的社会要想兴家创业,光有钱还不行,更重要的是要有权。于是不惜工本地行贿送礼,攀附权贵。本地周守备过生日,他隆重去拜寿。为了结识当朝太师蔡京,用"重礼"买通了蔡的管家,才得以送上"生辰担"。这一招果然奏效,蔡京旋即提拔他作了"理刑副千户"。西门庆由土豪擢升为封建官僚以后,逢迎的人越来越多,他表面上又慷慨好客。结交新科状元蔡一泉,又把初生的儿子与县里的乔大户结了亲,宴请新到任的宋巡按,直到进而拜蔡京为干爹,被提升为正千户提刑官,掌握了地方上的司法大权。手中有权的西门庆,更肆无忌惮地贪赃枉法,变本加厉地巧取豪夺。杀人犯苗青用1000两银子行贿,西门庆不但可以利用手中的权力保他逍遥法外,而且使他成了富翁。蔡御史帮他提前掣取盐引,从而牟取暴利。在经营过程中,他也可以凭借权力偷税漏税,"通共十大车货,只纳了三十两五钱钞银子"。(五十九回)于是,西门庆的资产迅速膨胀,又先后开了缎子铺、生药铺、绒线铺、解当铺等四五个店铺。临死时,他已攫取了十万两银子的经营活动资金。由淫而钱,由钱而权;再由权生钱,权钱交易,权钱相济,西门庆走过的就是一个这样的怪圈。西门庆的怪圈反映了明末封建经济逐渐解体、资本主义萌芽方兴未艾、金钱作用越来越突出的社会现实。作品题材这种鲜明的现实性与时代性,成为人情小说流派的一个重要特征。

  作为暴发户的西门庆,除了把金钱用于行贿买权之外,还大肆挥霍,追求淫乐与享受。作为家庭小说,作品用大量笔墨描写这个富商兼官僚灯红酒绿的家庭生活。以这个家庭为基点,尽可能小中见大地观照整个社会。打开作品,布满视野的几乎都是送往迎来的觥筹宴饮,逢场作戏的吹拉弹唱,妻妾之间的争风吃醋,淫夫荡妇的交欢苟合。西门庆的一妻五妾之间相互争斗的实质是为了地位、财产与子嗣。在一夫多妻的夫权统治时代,对妇人来说能取得丈夫的欢心至关重要,前提正是姿色、财产和子嗣。西门庆的一妻五妾逢迎争宠,吴月娘靠地位,孟玉楼靠财产,潘金莲靠姿色,李瓶儿除兼具众长之外,还能为他生了一个儿子,"技压群芳",因而也几乎成了众矢之的。妒心似火的潘金莲竟用阴险毒辣的手段把孩子暗害了,李瓶儿为此气急败坏而死。李瓶儿之死是本书的一大关节。人情小说作家关注的就是诸如此类的普通人的生活、遭际与命运，他们似乎无意"经国之大业，不朽之盛事"，对翻空逐奇也无大兴趣，只汲汲于描头画角，精雕细刻地描绘和解剖个别的社会细胞。自然，优秀的人情小说是应该见微知著，通过一滴水光照大千世界的。《金瓶梅》的思想意义，突出地表现在通过对西门庆这个富商、官僚兼恶霸的升迁荣辱和龌龊家庭生活的描绘，客观上暴露了晚明社会的极端黑暗。所以鲁迅先生说："至谓此书之作，专以写市井间淫夫、荡妇，则与本文殊不符，缘西门庆故称世家，为缙绅，不唯交通权贵，即士类亦与周旋，著此一家，即骂尽著色，盖非独描摹下流言行，加以笔伐而已。"①

二 丰厚的文化负载

其次是作品的文化负载。由于作者取材视野向下，直面社会市井与人生，因而作品的现实感与时代气息空前增强了，其文化蕴含也超过了前面的几部巨著。它表面写宋代，实际反映的是晚明社会生活。16世纪中叶以后，在中国东南沿海地区出现了以缫丝和棉纺为主的手工业作坊，这种新型经济采用雇佣劳动的形式，规模大的多至百人。据《明实录》记载，当时苏州纺织业的情况是"机户出资，机工出力"，织工计有几千人之多。这是一种新型的生产关系，它说明古老的中国封建社会正在缓慢地向着资本主义方向演化。随着工商业的发展，以商贩、手工业工人及工商业者为主体的市民阶层也逐渐发展壮大，而且逐渐走上政治舞台。《金瓶梅》中的西门庆，虽集官、商、土豪于一身，但他更主要的是个商人。他家世代经商，其父西门达就是从事长途贩运的商人。子承父业西门庆混迹于清河县县门前时，不过是个生药店的小老板，小商人。但由于他工于心计，头脑灵活，不是靠着殷实的经营与劳作，而且用非常的手段暴发成为富商。以小农经济为基础的封建社会，重农轻商是根深蒂固的传统观念，所以在明中叶以前反映商人经商的作品很少。明中叶以后，随着资本主义萌芽的出现和工商业的发展，戏曲、小说中的手工业者和商人的形象才多起来了。但用长篇小说的规模塑造一个发迹变泰的富商形象，《金瓶梅》尚属首创。从文化层面看，西门庆的发家史也很有认识意义。

---

① 鲁迅：《中国小说史略》，北京：人民文学出版社1976年版，第152页。

他初期通过奸娶和巧取豪夺聚敛财物，反映了商业资本原始积累的野蛮。随后的以钱贿权以钱买权，反映了商业资本对封建势力的依附，货币权力与封建权力的结合。至于西门庆的经商活动，虽然不是这部家庭小说的描写重心，却也经常作为过场勾勒出一个大概轮廓。他既是坐贾又是行商。先后开的几个店铺效益最好的是缎子铺和绒线铺，这两个铺子都是以长途运销的方式经营。作品多次写西门庆派人到东南沿海的湖州、杭州和淞江地区去采买绸缎、棉布。五十八回写他派韩道国去杭州一次购进"一万两银子段（缎）绢货物"，"连行李共装了二十大车。"绸缎铺开张的第一天，就卖了500两银子，应伯爵估算的可以"决增十倍之利"，恐非天方夜谭。此外，作品写他还从事"放官吏债""江湖又走标船，扬州兴贩盐引，东平府上纳香蜡"等多项商业活动。盈利之后的分配方法也很精明："譬如得利十分为率，西门庆五分，乔大户三分，其余韩道国、甘出身与崔本三分均分。"两位股东拿大头儿，按投资比例分成；伙计们拿小头儿，看来在那个时候人力就是廉价的。

  法国的现实主义文学大师巴尔扎克说："法国社会将要作历史家，我只能当它的书记，编制恶习和德行的清单，搜集情欲的主要事实，刻画性格，选择社会主要事件，结合几个性质相同的性格特点，揉成典型人物，这样，我也许可以写出许多忘记写的那部历史，就是社会风俗史。"①《金瓶梅》的作者与明末清初的戏曲小说家们一道，用形象思维塑造典型人物，结构主要事件，写出了历史学家们难以写出的"社会风俗史"，出色地充当了这个特定历史时期的"书记"。它用长篇小说的规模描绘了一个新型商人的家庭生活与经商生活，开拓了一个颇具时代气息的新的题材领域。与此同时，它也反映了在商品经济大潮的冲击下，人们价值观、伦理观、义利观、婚姻观、节烈观等传统思想道德观念的异化。因为"道德观念从来都不过是一定经济关系的派生物，只要人们卷进商品交换的激流，商品经济的价值规律就要对人们的道德观念产生影响，而从商品交换中带来的实际利益就会冲击人们对封建道德的信念"。② 明清两代占统治

---

  ① 巴尔扎克：《人间喜剧前言》，见《西方文论选》下册，上海译文出版社1979年版，第168页。

  ② 李时人：《金瓶梅新论》，上海：学林出版社1991年版，第20页。

地位的思想仍是程朱理学。自南宋王阳明以"心学"偷换了"理学"的概念之后，就与程朱"存天理，灭人欲"的宗旨发生了背离，客观上提高了人的价值和作用，突出了人的主体地位。晚明李贽则把"王学"进一步推向前进，提倡"童心"，即"绝假纯真，最初一念之本心"。要求尊重个人情感，把"好货好色"作为"人伦物理"的自然欲求加以肯定。他反对理学和封建礼教，他肯定商贾生涯，提倡男女平等，同情寡妇再嫁，这在一定程度上反映了当时的新兴市民意识。其后的汤显祖、冯梦龙，明末清初的顾炎武、黄宗羲、王夫之，清初的颜元、戴震等思想家、文学家们，各以不同的方式彰扬和发展了李贽的学说，形成了一个波澜壮阔的人性解放的潮流。

精神文化归根结底为社会物质文化所决定，明末掀起的这股人性解放的潮流正是经济领域出现了新型生产关系，从而推动商品经济发展的社会现实的折射。而它们又从不同的方向影响着行为文化，冲击着传统的道德观念，这在《金瓶梅》中有充分的反映。礼拜金钱，去朴尚华，好货好色，物欲横流，成为社会时尚。西门庆荒淫好色，但他更看重的是金钱，在财与色之间首选的是财，所以他娶的妻妾尽是寡妇、妓女与活人妻，根本不计较是不是黄花闺女。被他奸占的各式各样的女性也多为西门庆赠予的银两、衣服、首饰而津津乐道，颇有几分卖淫的色彩，在她们身上，不但丝毫看不到传统礼教的禁锢、贞节观念的束缚，而且矫枉过正地宣淫纵欲，偷期苟合。金钱无往而不胜，人们对金钱的礼拜达到了痴迷的程度。第五十六回写西门庆听应伯爵讲帮闲常时节家无吃无穿无住处的窘境后，周济了12两银子。常时节回家后当着妻子的面把那白花花的银子放在桌子上顶礼膜拜说："孔方兄，孔方兄，我瞧你光闪闪响当当的无价之宝，满身通麻了，恨没口水咽你下去……"这样的道白与莎士比亚笔下那段著名的黄金颂何其相似！然后他马上跑到市场上买了米和肉，又特别给老婆买了五件衣服，可见世风的浮华。这样的世风也提高了商人的地位。寡妇孟玉楼，宁可再嫁给商人西门庆作妾，也不愿给一个有功名的举人老爷作继室，很能说明时人的价值取向。在金钱主宰一切的社会里，宗教的清规戒律、封建的纲常伦理、传统的价值观念统统都要俯首称臣了。正如西门庆所说："咱闻那佛祖西天，也止不过要黄金铺地；阴司十殿，也要些楮强营求。咱只消尽这家私广为善事，就使强奸了嫦娥，和奸了织女，拐了许飞琼，盗了西王母的女儿，也不减我泼天富贵。"（第五十七回）这不很能代表当时的社会心理吗？确切地说，《金瓶梅》则不外描写世情，是一部全面反映中国16世纪后期社会风俗的世情小说。

专以市井生活为题材的《金瓶梅》确是文化史的宝库，除了前面说的经济状况、社会风尚、时代心理以外，还涉及宗教文化、说唱文化、戏曲文化、饮食文化、药膳文化、茶文化、酒文化、娱乐文化等等，它全方位地描述了晚明的大千世界，提供了许多弥足珍贵的资料。以说唱而言，粗略统计计有小曲27支，小令59支，词8首，套数20套。① 此外还有五种宝卷。戏曲则详细地介绍演唱形式、剧种、剧目、乐器、演员等方方面面的内容，像戏曲史上具有重要价值的海盐腔的演唱情况，仅在《金瓶梅》中有多处记载，很有参考价值。

三 以人物描写为中心的艺术表现手法：性格推动情节发展

再说作品人物。文学是人学，对小说来说，能否塑造血肉丰满的人物形象是衡量其艺术价值高低的最重要尺度。可是，中国的早期白话小说由于与唐宋以来的民间说话有着天然的血缘关系，所以都是特重情节的。《三国演义》《水浒传》《西游记》这样的长篇章回小说名著，虽然塑造了一大批艺术典型，但总地看，它们还是把惊险奇特的故事情节放在第一位，在情节的进展中刻画人物形象。这样的作品虽然能使读者在不断的惊奇与感叹之中得到赏心悦目的审美愉悦，但总有一种距离感与隔膜感，因而审美感受还是低层次的。"事物只有通过它们对于人的命运的关系，才能获得诗的生命。"以《金瓶梅》为代表的人情小说开始把人物塑造放在首位，把性格的发展作为情节发展的动力，变故事中心为人物中心。而且作家把艺术焦距由金戈铁马、云遮雾障中的英豪神魔调到转向现实生活中的普通人，在日常生活中去捕捉与挖掘诗意。这样，就能使读者自然而然地调动自己的生活体验与感情体验从而产生共鸣，所唤起的审美感受也是更高层次的。作品能够直接观照社会人生时，作家的主体意识和思想感情能有更多的显现，这也是小说真正走向成熟的重要标志。《金瓶梅》开创的人情小说流派标志着长篇白话小说的成熟，而且促动了《红楼梦》这

---

① 赵景深：《中国小说丛考》，济南：齐鲁书社1980年版，第309页。

样伟大巅峰之作的诞生。可以说，在明清诸多的小说流派之中，人情小说的成就是最为突出的。其后出现的讽刺、谴责等小说流派，虽然同样关注现实生活，但却变人物中心为社会问题中心，因此其成就也是逊于人情小说的。

《金瓶梅》究竟写了多少人物？据著名古典小说史料专家朱一玄先生《金瓶梅资料汇编》的统计为800人，超过了他所统计《红楼梦》人物的672人。当然，数量占优并不意味着它的人物塑造成就也超过了《红楼梦》；相反，和《红楼梦》比，它还有明显的不足。朱氏资料把《金瓶梅》的人物分为三组。第一组为西门庆的家庭成员，即他的一妻五妾，再加上女儿西门大姐及女婿陈敬济。这组人物是着墨最多的，但由于作者还不擅长像《红楼梦》那样自觉地运用对立的原则，把人物性格区分更明显，所以尽管他们各有性格，个性却不十分鲜明。即如西门庆，尽管作品用了那么多的笔墨，但由于只着力写他的荒淫与腐化，缺乏对精神与性格的开掘，读来并没有《三国演义》中的曹操与《红楼梦》中的王熙凤那么丰满。其他能给人留下较深印象的是潘金莲、李瓶儿和陈敬济，能达到典型高度的是潘金莲。这个人物在施耐庵的初创阶段，就已经被定性为淫荡狠毒的坏女人，因为她勾引小叔不成，又与恶棍西门庆勾搭成奸，并一起谋杀了自己的丈夫，从而成为《水浒传》中"四大淫妇"之首。但由于被武松以"剖腹剜心"加以严惩，读者再考虑到她的悲惨出身和不幸婚姻遭遇，又多少有些同情，不断有人试图作些翻案文章。当她走进《金瓶梅》之后，淫荡狠毒的个性更加恶性膨胀。为了满足无限的淫欲，她不但采用各种手段向西门庆邀宠献媚，还与小厮、女婿通奸。为了讨得丈夫的"专宠"，巩固自己在家庭中的地位，她在妻妾之间有拉有打，不断制造事端。害死李瓶儿的孩子，气死李瓶儿，逼死宋惠莲。作品把她写成了淫邪和嫉妒的化身，聪明使她更狠毒，妖艳使她更淫荡，自尊使她更嫉妒，悲苦的出身和尴尬的地位使她更加不择手段地攫取与报复，变成了"一切为了自己"的罪恶之花。《金瓶梅》中的潘金莲，无论如何从出身、遭遇、社会风尚、宗法制度等方面为之辩解，也是难以引起读者同情的。值得指出的是，小说的作者塑造这个形象的时候，并不是从淫妇妒妇的理念出发，使人物成为呆板苍白的传声筒和乖戾反常的傀儡；作家的创作构思过程始终是诉诸形象思维的表象运动。潘金莲艳丽风流，巧言如簧；伶俐机敏，工于心计；能弹会唱，胁肩谄笑；争强好胜，粗俗泼辣……总之，这是一个"丰富的统一体""单一的杂多"，是一个"完满的有生气的人。"因而，从艺术角度看，远比一些平庸作家笔下的淫妇妒妇形象生动而深刻，从而成为不可替代的"这一个"。

朱氏资料归纳的第二组人物形象是西门庆家的奴婢群，包括丫环、媳妇、小厮、伙计们。这是一个庞大的群体，人数之多大概除了《红楼梦》，还没有哪一部明清小说能和它相比。但就人物塑造的成就而言，《金瓶梅》与《红楼梦》的差距是明显的。《红楼梦》讴歌莺歌燕舞的丫环群；《金瓶梅》乐道庸俗浑噩的佣妇帮。《红楼梦》中的丫环即如傻大姐之微末亦能见个性；《金瓶梅》的奴婢唯春梅、宋惠莲、王六儿、如意儿等形象的塑造能差强人意。《红楼梦》中的丫环是清纯的，作家赋予她们理想的光环；《金瓶梅》中的奴婢是污浊的，她们虽然多是被污辱被损害的形象，但却不觉悟，反而津津乐道自己美妙的奴隶生活。

《金瓶梅》的奴婢群中值得咀嚼的形象是宋惠莲。这是一个着墨不多的小人物，二二回出场，二六回就"含羞自缢"了，但宋惠莲之死几乎是全书最有亮色的章节，能给读者带来十分沉重的人性与人生的启迪。她的基本情况很像潘金莲，不但天生丽质，而且出身清贫。她的父亲是个卖棺材的小本商人，十几岁被卖作了丫环，因为不守本分被撵。先是嫁给一个厨役蒋聪，与西门庆的男仆来旺有染。后来蒋聪死于非命，她则成了来旺媳妇。很快被西门庆看在眼里，又作了西门庆的姘妇，可见这是一个不安分的女人。与西门庆的姘居成了她向人炫耀的资本，用"卖淫"得到的银子买了"黄烘烘"的珠儿、坠子，穿着"红潞绸裤儿""大袖子袖着香茶"招摇过市，"逐日与玉楼、金莲、李瓶儿、西门大姐、春梅在一起玩耍"，有时甚至以半个主子自居，呼奴唤婢起来，这是一个浅薄轻佻的女人。作家是带着几分鄙夷、讥讽把这个人物带入作品的。可到了二六回情况突然起了变化，当来旺得知她与西门庆的奸情之后，他不像韩道国那样心甘情愿地戴这顶绿帽子，结果被西门庆陷害入狱，此时的宋惠莲则似乎突然良心发现，三番五次地请求西门庆高抬贵手，网开一面。西门庆只是假意应承，最终还是把来旺流放了。宋惠莲先是被蒙在鼓里，待真相大白之后，她对西门庆"害死人，还看出殡的"那伤天害理的罪恶行径有了新的认识。不但不再想与他过姘靠的生活，而且感到是一种羞辱，最后毅然地选择了死亡之路。作家是以悲剧的严肃与悲凉把这个人物带出作品的，从而完成了肯定性评价，这是作品中为数不多的化丑为美的例证。宋惠莲的突转只能说明她的人性被金钱异化之后，还保留着纯真的一面，说明人作为"第二宇宙"，其构成何其丰富与复杂。在《金瓶梅》的人物中，西门庆、李瓶儿、庞春梅等也都和宋惠莲一样，多侧面、多角度地刻画了他们丰富复杂的内心世界，分明地反映了这部作品在人物塑造方面，由类型化向性格化过渡的轨迹。

《金瓶梅》的第三组人物是游走在西门庆家庭之外的大千世界上的三教九流，各色人等。其中的权相、巡按、守备、状元、御史等上层人物形象显得平面呆板，对他们的交往与生活场面写得也很空泛。相反对那些地痞、妓女、帮闲、赌棍之类的市井细民以及他们的生活境况却描绘得栩栩如生。尤其值得称道的是它成功地塑造了应伯爵这样一个生动的帮闲典型，填补了小说史上的一个空白。崇祯本《金瓶梅》的第一回《西门庆热结十兄弟》，写西门庆在地方上有一帮狐朋狗友，每月在一起会茶饮酒，自然都是西门庆作"东"，这帮兄弟其实都是围绕在西门庆的钱袋周围的蝇营狗苟之徒，是一帮十足的帮闲，其中排在第一位的就是绰号"花子"的应伯爵。作品对应伯爵的家世只作简单交代：本是个"开油绢铺的应员外的儿子"，后来吃喝嫖赌，不务正业，才沦落为靠帮闲混饭吃。所谓帮闲，即在主子身边插科逗趣，阿谀奉承，以求得到一点施舍的残羹剩饭来维持生计。他们略似古代的食客，但又缺乏为主子赴汤蹈火、解救危难的勇气，更无"士为知己者死"的品德。帮闲无德。当西门庆在世时，应伯爵如影随形地整天在西门庆周围趋奉，使出浑身解数给主子寻开心，以求得到欢心。等西门庆一死，立即形同陌路，找到了新主子，而且落井下石，谋赚西门庆的妻妾和财物，连作者都说他是"势利小人"。帮闲无行。应伯爵好吃懒做，无所事事。寄生在西门庆家中，专事逢迎拍马，胡吹瞎说。不时做一些鼠窃狗偷之事，如当妓女李桂姐与西门庆有隙时，他充当说客为之修复关系，从中拿"好处费"。在西门庆家吃喝之后，也常"拢一些放在袖里带回家去"。帮闲无耻。应伯爵的人格谈不上，奴颜婢膝，厚颜无耻。为了蝇头小利，什么下贱的事都做得出来。他可以当众跪在小妓女面前讨酒喝，并甘愿让小妓女打他的嘴巴。帮闲无赖。应伯爵经常半嬉半赖地讹西门庆的钱。有时拉几个"兄弟"装模作样地凑钱还东道，也是为了"抛砖引玉"。应伯爵虽然堪称"四无"之人，却颇有歪才。他能说会道、机敏精明，善于察言观色、换位思考，吹拉弹唱、烹调饪膳、游艺百戏、世事人情样样精通，所以帮闲最能帮到点子上。《金瓶梅》的作者如果不是洞明世事、燃犀烛隐的高手，是断然无法勾魂摄魄、铸鼎象形地刻画如此丰满生动的人物形象的。

虽然《金瓶梅》的前面八九回几乎照抄了《水浒传》的有关章节，而且全书保留了大量的说唱文学资料，也还不足以说明它仍是"世代积累"型的作品；它结构布局严谨，语言风格统一，也已跨越了我国长篇白话小说发展的第二道门槛，进入了文人独创的新的小说时代，因而在小说发展史上具有里程碑的意义。至于它的作者，人们已经苦苦寻找了几百年。早期的抄本和刻本均未署名。明沈德符在《万历野获编》中，首次提到《金瓶梅》的作者，但却含糊其辞，只说"闻此为嘉靖间大名士手笔"。词话本《金瓶梅》卷首欣欣子的序中又说："窃谓兰陵笑笑生作《金瓶梅传》。"沿着这两条线索，学者们先后提出了王世贞、李开先、贾三近、屠隆等三十几位候选人，黄霖甚至考证出屠隆曾化名"笑笑先生"，几近呼之欲出，但终无确证，难孚众望。实际上，欣欣子的序有伪托之嫌，从《金瓶梅》对市井生活的谙熟来看，也未必真的出于什么"大名士"之手，有人把他勾画为下层文人或"书会才人"，庶几近之。现存最早的刊本为刻于万历年间的《金瓶梅词话》一百回，为初刻本的翻印本，原藏北京图书馆，现藏台湾故宫博物院，通行本有人民文学出版社1985年校点本。至崇祯年间又有《新刻绣像金瓶梅》一百回刻本，对词话本进行了适当删改。清代康熙年间张竹坡据以评点，更名《皋鹤堂批评第一奇书金瓶梅》，通行本有1987年齐鲁书社校点本。

《金瓶梅》以常为奇；《金瓶梅》是第一部家庭小说，是晚明市井的浮世绘；《金瓶梅》是第一部文人独创的小说；《金瓶梅》是第一部大量运用方言创作的小说；《金瓶梅》的出现不啻为小说史上的一个奇迹……这都是就它在小说史或文学史上的地位而言的。但就这部名著的思想性和艺术性而言，由于缺乏创作经验的积累与借鉴，还不可避免地存在诸多不尽如人意之处，明显地带有草创色彩。它仍然带有因袭的印迹，还不能"一空依傍，自铸伟词"。它是一部以暴露为主的小说。全书几乎没有正面形象，无论是压迫者还是被压迫者，都是那么丑恶、低级、庸俗、下流，作者一味地丑化生活，缺乏批判力量，常常不能用批判的武器，将现实中的丑转化为艺术上的美，相反，略带几分欣赏趣味，因而难能激发人们的厌恶、否定之情。它的多达两万字的色情描写，完全抛掉了男女、夫妻、夫妾之间的精神因素，只赤裸裸地夸张描写两性关系，大大超过了对人性描写的正当要求的界限。这是《金瓶梅》的严重污点，使它几百年来常常被视为"淫书""秽书"，蒙受不白之冤。它在艺术方面也多有瑕疵，诸如多数人物个性模糊，一些人物性格分裂，情节的前后脱节与重出，细节的种种破绽等等，恰恰说明它的不成熟和过渡性质。瑕不掩瑜，《金瓶梅》仍是一部优秀的古典小说名著。改革开放以来，《金瓶梅》不但摘掉了"淫书""秽书"的帽子，人们越来越有兴趣地发掘它博大精深的文化底蕴，形成了一个古典小说研究热点。这种热度恐怕还要持续下去，因为《金瓶梅》也是说不尽的。

第十一章 余 论

第一节 "驿路文化"与山东文学

山东地处华北平原，历来是南北重要的交通要道，水陆交通都很方便。陆路而言，连接南北二京的驿路贯穿而过，还有各州府之间的官道。水路而言，京杭大运河纵贯南北，黄河、小清河则横贯东西。优越的地理环境，丰富的自然资源，使山东成为中华文明最早的发祥地之一。自古以来，齐鲁地区就有"圣贤之邦"的称呼。在古史记载中，相传大庭氏、伏羲氏、神农氏、太昊、少昊、颛顼、尧、舜等上古圣人都在这里兴起，甚至黄帝也在这里降生。而儒家的圣人周公、孔子、孟子则确确实实地生长在这里。因而山东的文化遗址、名胜古迹特别众多。这些是山东人的自豪，同时也吸引了全国各地的人们前来山东，瞻仰前代圣贤的遗迹，游览各处的名胜。历代的游览者，又留下了许多珍贵的诗文，传诵人口，而且这些游览者的遗迹，又吸引了后来更多的人们，形成了独具山东特色的"驿路文化"。

一 "驿路文化"的形成

自汉武帝"罢黜百家，独尊儒术"以来，儒学成为历代统治者的思想基础，尊孔成了政治上的大事。明代也是如此。据《明史》记载，洪武元年（1368），即"以太牢祀先师孔子于国学"，七年（1374），"修曲阜孔子庙，设孔、颜、孟三氏学"（《明史·太祖本纪》）。后来的各帝，也经常派出特使，赴曲阜祭拜孔子，有的使者因此留下了诗文以记此盛事。弘治十七年（1504）闰四月，李东阳作为皇帝的代表，来到曲阜祭告孔子庙。事后，他作有《东祀录》，记载前后经历和当时所作的诗篇。

如《曲阜纪事》：

> 天下衣冠仰圣门，旧邦风俗本来敦。一方烟火无庵观，三氏弦歌有子孙。城郭已荒遗址在，书文半灭古碑存。凭谁更续《东游记》，归向中朝次第论。

"无庵观"句下自注："本县僧道不入境。"三氏，指孔、颜、孟三氏子孙。《东游记》指元初学者杨奂来曲阜时所写的游记。李东阳对能够来曲阜祭拜孔子感到非常荣幸，曾说"此行合是平生事"（《望阙里》），他的诗文之中，对当时曲阜的民情风俗，多有记载，对孔子及其后代，则充满恭敬之情。李东阳是湖南茶陵人，官至吏部尚书、华盖殿大学士，也以诗文名世，当时影响很大，形成了以他为首的"茶陵派"。他在曲阜还写了不少文章，如《祭尼山庙文》《代告阙里孔子庙记》等等，这里仅抄录其《重建孔子阙里庙图序》开头一段：

> 阙里孔庙之重建也，其经费所出，为竹木之税、舟船之税、麦丝之税及公帑之藏。其名物之籍：米，则市之楚、蜀诸境；石，则取之邹、泗诸山；瓴甓铅铁，则官为之陶冶；丹垩髹漆，则集之于商；斫削搏裁雕琢绘饰之工，则征之京畿及藩府之良者；而夫役，则雇之民间，而官予之直若食焉。

这是一篇类似于现代的说明文体裁的文章，全文介绍了孔子庙重建后的情况，这第一段首先介绍了重建的经费、材料和工匠的来源，涉及全国许多地方，可以说是集中了全国的精材良匠。对于孔子庙图的说明，这也是题中应有之义。接下去介绍了负责重建的官员之后，就具体叙述了庙的各部分情况。文章条理清晰，次序井然，文字简洁流畅。不仅使人对重建后的孔庙有了概括的了解，同时也表现了当时朝廷和百姓对重建孔庙的重视。

曲阜的名胜以孔庙、孔府、孔林为中心，这些"大成至圣先师"的遗迹，受到历代儒者的景仰。明代大儒山西河津的薛瑄（1389—1464）就曾来孔府，瞻仰先圣遗迹，并留下了记游的诗篇，如《诗礼堂》：

> 洙泗趋庭日，相传自世家。三千惟有敬，一语自无邪。乔木参天色，猗兰绕砌花。遗风从此地，化雨被无涯。

据《论语·季氏》篇记载，孔子"尝独立，鲤趋而过庭。曰：'学诗乎？'对曰：'未也。''不学诗，无以言。'鲤退而学诗。他日又独立，鲤趋而过庭。曰：'学礼乎？'对曰：'未也。''不学礼，无以立。'鲤退而学礼。"后人因而在孔庙故宅门前，建立"诗礼堂"。明弘治十七年（1504）重修。薛瑄诗中用了《论语》中论诗的一些典故，如"诗三百，一言以蔽之，曰'思无邪'。"又描写了堂前的景物，以及孔子之语所产生的巨大而且深远的影响。薛瑄死后，隆庆五年（1571）明令从祀孔子庙。在旧时代，这是士人所能得到的最高的荣誉了。另一位大儒，对明代中后期思想界产生了重大影响的浙江余姚人王守仁（1472—1528），也曾到过曲阜，并留下了诗篇，如《谒周公庙》：

> 我来谒周公，嗒焉默不语。归去展陈篇，读书说向汝。

周公姬旦，文王第四子，曾辅助武王灭商，代侄子成王摄政，平定叛乱，制礼作乐，建立周代的典章制度，是孔子最为敬佩的人物。曲阜是周公的封地，他因辅王，派子伯禽到曲阜就封。他死后葬陕西成周，但成王为褒奖他的功绩，特许鲁国建太庙。后被毁，宋真宗时于曲阜重建周公庙，位于城东北一里处的高地上。王阳明来到周公庙中，面对先圣，敬畏之情油然而起，心境空明，嗒然若失，决心回去之后，要更认真地研读先代圣贤的遗著。后来万历十二年（1584），他也被从祀孔庙，为先儒。

曲阜的"三孔"是最著名的古迹，而山东的自然景物，许多也被视为人文景观，最突出的就是泰山。

泰山是我国第一个被联合国教科文组织载入《自然与文化遗产》名录的单位。自古以来，泰山就受到高度的尊崇。据《尚书·舜典》记载："岁二月，东巡狩，至于岱宗，柴望秩于山川。"所谓"柴""望"，都是古人祭祀的方式。这种祭祀天地的形式可以说是后来封禅的雏形。而《史记·封禅书》中关于七十二帝王封禅泰山的记载，便是早期泰山山川崇拜活动的记录。汉代以后，祭祀泰山的活动也是史不绝书。即以明代为例，洪武元年（1368年）六月，太祖遣使祭域内山川。朱元璋在位期间，共遣使6次祭岱。后来的各帝也都多次举行此类活动。除了这些政治活动之外，泰山也是旅游胜地。它东威沧海，西镇大河，山势挺拔，奇峰突兀，"拔地通天""擎天捧日"，是人们对它雄姿的赞叹。由于它历史悠久，文物众多，更吸引了历代文士诗人，不辞劳苦，不远千里，至此一游，并留下传诵千古的篇章。《诗·鲁颂·閟宫》中就有"泰山岩岩，鲁邦所詹"的诗句。唐代李白、杜甫等伟大诗人的咏歌泰山诗篇，更是脍炙人口。在明代，吟咏泰山的诗文也数不胜数。如被誉为"开国文臣之首"的浙江浦江人宋濂，就有《登岱》诗：

岩峣泰岳拄苍穹，万壑千岩一径通。象纬平临青帝观，灵光长绕碧霞宫。凌晨云幔天门白，子夜晴摇海日红。下露金茎应咫尺，举头霄汉思偏雄。

首二句写在山下时，看到高峻的山峰直接苍天，万壑千岩之中，只有一径相通。经过艰苦的攀登，诗人终于到达山顶，参观了青帝观、碧霞宫等建筑，感到它们都像日月星辰面对着面，而它们的周围还有灵奇的光芒缠绕着。诗人留在山上等待看日出，透过南天门上迷漫的云雾，在半夜时分，在遥远的天际就露出了耀眼的红光。这种壮丽的景象，使人们的心胸顿然开阔，因为人工的建造，即使是汉武帝所筑的高大的金茎，都是根本无法和大自然的雄伟相比的。《孟子》曾说："孔子登泰山而小天下。"诗人这时也有同样的感受。比宋濂稍后，那个宁愿被诛灭十族也不肯为朱棣起草登极诏书的浙江宁海人方孝孺，也来到泰山，留下了同题的诗篇：

振衣千仞思悠悠，泰岱于今惬胜游。秦汉旧封悬碧落，乾坤胜概点浮沤。海明日观三更晓，风动天门九夏秋。更上云端频极目，紫微光电闪吴钩。

这首诗直接从千仞的山峰上着眼，登上山顶，终于满足了多年要上泰山的心愿，放眼极目，所谓的"乾坤胜概"不过只是东海上的小水泡而已。诗中同样展示了作者阔大的胸襟。后来嘉靖时，因弹劾奸相严嵩，被酷刑拷打致死的河北容城人杨继盛，也留下了《登泰山》的绝句：

> 志欲小天下，特来登泰山。仰观绝顶上，犹有白云还。

诗虽然只有短短20字，而诗的意境却非常深远，作者的认识也比前人更进了一步，泰山虽高，但其上还有白云，真是山外有山，天外有天，人们的认识也不能故步自封。诗很平淡，但意味隽永，发人深省。其他如李梦阳的《问郑生登岱》、边贡的《登岳》、王守仁的《泰山》等等，也都写得很有特色。

在著名的长篇小说《水浒传》中，也有对泰山的描写。第七四回写道："燕青却随了众人，来到岱岳庙里看时，果然是天下第一，但见"，以下便是一段"话本赞子"，描绘了燕青眼中的泰安岱庙的景象：

> 庙居泰岱，山镇乾坤。为五岳之至尊，乃万神之领袖。山头伏槛，直望见弱水蓬莱；绝顶攀松，尽都是密云薄雾。楼台森耸，疑是金乌展翅飞来；殿阁森耸，恍觉玉兔腾身走到。雕梁画栋，碧瓦朱檐。凤扉亮槅映黄纱，龟背绣帘垂锦带。遥观圣像，九旒冕舜目尧眉；近睹神颜，衮龙袍汤肩禹背。九天司命，芙蓉冠掩映绛纱衣；炳灵圣公，赭黄袍偏称蓝田带。左侍下玉簪珠履，右侍下紫绶金章。阃殿威严，护驾三千金甲将；两廊猛勇，勤王十万铁衣兵。五岳楼相接东宫，仁安殿紧连北阙。蒿里山下，判官分七十二司；白骡庙中，土神按二十四气。管火池铁面太尉，月月通灵；掌生死五道将军，年年显圣。御香不断，天神飞马报丹书；祭祀依时，老幼望风皆获福。嘉宁殿祥云杳霭，正阳门瑞气盘旋。万民朝拜碧霞君，四远归依仁圣帝。

《水浒传》成书于元末明初，所写之事虽发生于宋代，但小说中景物、风俗等方面的描写，多与作者经历有关。所以这一段对岱岳庙的描写，当是写作这段"赞子"的作者所亲见的景象，虽有艺术加工，但决不可能凭空捏造出来。庙中雕塑的排列布置，各种神像的衣着打扮，以及当时泰山庙会时的热闹情景，可以说都是"实录"。可惜此庙与泰山中的许多建筑一样，后来毁于兵燹，人们只能通过作家的描写，来想象当时金碧辉煌、香烟缭绕、颂音盈耳的情景了。

除了山水名胜之外，山东的城市许多也很有特色，其中济南则当仁不让，首屈一指。

济南南依泰岳，北临黄河，很早就是山东政治、经济、文化的中心，在明代更是通都大邑。其独特的地理环境，使它的城池显得雄伟壮观。天顺间任山东提刑按察使的江西丰城人李裕，曾"登北门城楼，启窗四顾"，并记录下了他所见到的景观：

> 其泰山绵亘而南拱，华不注桀立于东，鹊、药诸山环抱于北，俯视白云、巨合诸水，皆在阶戺下。济南山川形势亦雄哉！（《游大明湖记略》）

济南南面有泰山作拱卫，东面突兀耸立着华不注，北面则有连绵的群山，往下看，白云湖、巨合水好像在济南门户的台阶下流淌。山水如此，不由人不发出"济南亦雄哉"的感叹。这是济南阳刚之美的一面，而其"一城山色半城湖"的风姿，到处喷涌的泉水，都吸引着历代的游人，更留下了数不清的篇章。永乐二年（1404）江西庐陵人晏璧，升任山东按察司佥事。一到济南，他就被遍布城区的清泉所吸引，随后，他遍游了金代"名泉碑"上的七十二泉，并写下了《历下名泉咏》，对这大大小小的清泉，发出了由衷的赞叹。其中如咏《趵突泉》说：

> 渴马崖前水满川，江心泉迸蕊珠圆。济南七十泉流乳，趵突独称第一泉。

趵突泉历史悠久，《春秋》中就有鲁桓公"会齐侯于泺"的记载，时间是鲁桓公十八年（公元前694），"泺"即是后来的趵突泉。北魏郦道元《水经注》曾描写它："泉源上涌，水涌若轮。"元世祖忽必烈至元二十九年（1292），赵孟頫任职同知济南路总管府事时所作七律《趵突泉》颈联又说："云雾润蒸华不注，波涛声震大明湖。"晏璧赞赏趵突，也是因其泉水喷涌，三窟并发，声若隐雷，势如鼎沸，在七十二泉中最为壮观，所以称之为"第一泉"。此后"第一泉"就成了趵突泉的别称。再如《北珍珠泉》：

> 白云楼下水溶溶，滴滴泉珠映日红。渊客泣来无觅处，恐随流水入龙宫。

泉在济南城市中心，泉水从地下上涌，状如珍珠，故名。清代王昶《珍珠泉记》中说："泉从沙际出，忽聚忽散，忽断忽续，忽急忽缓，日映之，大者为珠，小者为玑，皆自底以达于面。"可与此诗参看。此泉周围绿柳垂阴，花木扶疏，环境幽雅，历代都为官邸所在处。成化时，明宗室德王府即建于此。

而由珍珠泉、芙蓉泉等泉水汇集而成的大明湖，自宋代以来，就是文人骚客经常聚会，举行诗酒唱酬的场所。大明湖清波荡漾，绿树蔽空，沿湖建造了大大小小的亭台楼阁、水榭长廊，还有许多纪念前辈先贤的祠堂等古迹。唐代大诗人李白、杜甫都留下了游览大明湖的诗作，此后历代诗人的咏唱，更是层出不穷。这里仅举边贡的《七月四日泛湖次暮春佛寺韵》：

> 湖上扁舟寺里登，水云如浪白层层。横桥积雨斜仍断，卧石临溪净可凭。却过竹林忘问主，欲寻莲根恨无僧。酒酣更向城南眺，落日满山烟翠凝。

诗中描写了扁舟泛湖时的情景，"竹林"句用的是晋人的典故。据《世说新语》记载，王徽之爱竹，听说士大夫家中竹园甚美，就前去观赏，主人做好了迎接的各项准备，而王徽之到后，却没有拜会主人，径直到竹林观赏，尽兴之后，仍未同主人打招呼就回去了。诗人用此典，意思是大明湖到处是清新可人的景物，使游人目不暇接，因而也就顾不上和别人应酬交谈了。边贡是历城人，出外为官多年，回到家乡后，对大明湖仍然如此眷顾，其他外地人到此一游，所受到的感染就更强烈了。万历初，河南颍川人张鹤鸣来历城任知县，遂得饱览历城的美景。他对济南名胜多有题咏，这里仅举其《游湖十绝》中的一首：

>佛山影落镜湖秋,湖上看山翠欲流。花外小舟吹笛过,月明香动水云舟。

秋高气爽,水平如镜,湖面上映出千佛山的倒影;荷花飘香,月光如银,远处小舟上传来悠扬的笛声;此情此景,真使人有"今夕何夕"之叹。

除了济南之外,山东有许多名城,历代都吸引了众多的游人,并且留下了不少描摹风土人情、刻画山水景物的诗文作品。乔力等人编纂的《咏鲁诗选注》①中,以地区为纲,以朝代为纬,收录了历代的名作。对其他城市,此处就不再赘述。下面再谈谈运河对山东文学的影响。

二 大运河与山东文学

大运河在山东境内穿过,流贯鲁西,全长 1125 里,占京杭大运河总长的 1/3。在明代,运河担负了繁重的运输任务。元代漕粮主要靠海运,所以虽然开凿了会通河,而运河全程并未畅通。直到明代以后,大运河才真正成了南北物资运输、文化交流的大动脉。明代自成祖迁都北京之后,每年都要从江南运输大量的粮食和其他物资,因此历代皇帝都不惜耗费巨资疏浚和保护运河,以保障漕道的畅通无阻。这样在运河沿线,就出现了不少繁荣热闹的市镇,山东境内的如德州、临清等即是。

经济的发达带来了文化的繁盛。著名的小说《金瓶梅》,所描写的"山东清河县",就是一个靠近运河的水陆交通要道,人口众多,市面繁荣,拥有各种文化娱乐的场所,是一个商业化的中等城市。张竹坡在《金瓶梅》的评点中曾说:"读之,似有一人亲曾执笔在清河县前,西门家里,大大小小,前前后后,碟儿碗儿,一一记之,似真有其事,不敢谓操笔伸纸做出来的。"认为小说作者以写实的笔法,对当时清河的社会面貌,作了真实的记述。鲁迅先生在《中国小说史略》中也给《金瓶梅》以很高评价,认为:"作者之于世情,盖诚极洞达,凡所形容,或条畅,或曲折,或刻露而尽相,或幽伏而含讥,或一时并写两面,使之相形,变

---

① 《咏鲁诗选注》,济南:山东人民出版社1983年版。

幻之情，随在显见，同时说部，无以上之。"① 今天的研究者，或以为小说所写并不是明代清河县的状况，而只是借其名，所写或是临清，或是章丘，或是淮安，等等。《金瓶梅》中也写到了临清，如第九二回中写道：

> 看临清市上，是热闹繁华大码头去处，商贾往来之所，车辆辐辏之地，有三十二条花柳巷，七十二座管弦楼。

第九八回又通过在一座酒楼上的四面景观描写道：

> 正东看，隐隐青螺堆岱岳；正西瞧，茫茫苍雾锁皇都；正北观，层层甲第起朱楼；正南望，浩浩长淮如素练。

登上高楼，城市的面貌尽收眼底，到处都是一片繁华的景象。这些描写，都是作为明代重要商埠的临清的真实写照，和有关的历史记载相一致。如景泰年间做过吏部尚书的王佇在《临清州治记》中写道："薄海内外，舟航之所由，开府分曹达官贵人之所递临；而兵民杂集，商贾萃止，骈樯列肆，云蒸雾渝，而其地遂为南北要冲，岿然一重镇矣。"明代在全国各地"设钞关榷商税"共有七个地方，临清就是其中之一。《金瓶梅》中对这些商业和税收活动，也多有描写。

关于《金瓶梅》的作者"兰陵笑笑生"，研究者也提出了各种猜测，有人统计，已经达到三十余种之多。兰陵，今属山东苍山县，因而作者极有可能是山东人。今天研究者所提到的《金瓶梅》的作者，其中如谢榛、李开先、李先芳、贾三近、丁惟宁等人，都是山东的名人。今天的研究者一般认为："从书中的大量山东方言看，作者大约是山东人。"②

《金瓶梅》在中国古典小说的发展史上，有着非常重要的地位，"它以前的一些著名长篇小说，大都是在长期来自民间说讲故事的基础上由作家集中加工、提炼的产物。而《金瓶梅》则是中国文学史上第一部由文人独创的长篇小说。从此，文人创作就逐渐替代宋元以来根据民间说讲故

---

① 《中国小说史略》，北京：人民文学出版社1973年版，第152页。
② 《中国大百科全书·中国文学》，北京：中国大百科全书出版社1988年版，第315页。

事而整理加工的话本，成了小说创作的主流。《金瓶梅》之前的长篇小说，大多取材于历史故事和神话传说。《金瓶梅》开辟了一条新的路子，以现实社会及家庭日常生活为题材，着重写市井间世俗情态，鲁迅认为是开了'人情小说'的先河。"① 无论《金瓶梅》的作者是不是山东人，毫无疑问的是它是明代社会的产物，和山东的"驿路文化"有着直接的、密不可分的关系。而如果能够证实其作者确为山东某人的话，那明代的山东文学，在整个古代文学史上的地位，就会更加突出了。

第二节 "历下诗派"

历下，是一座历史悠久的古城，春秋时属于齐国、因其城南有历山，据说是远古大舜耕作的地方，故名。汉代置历城县，属济南郡。晋以后，为济南郡治，明、清时为济南府治，因此后人也往往以历下代指济南。济南为通都大邑，历代都是人才荟萃之地。明代时，这里更出现了不少著名的文学家。清初王士禛曾说："历下诗派，始盛于'弘正四杰'之边尚书华泉，再盛于'嘉隆七子'之李观察沧溟。"（《渔洋诗话》卷上）王士禛曾屡次提到"历下诗派"或"济南诗派"，如他在《边华泉诗集序》中说："不佞自束发受书，颇留意乡国文献。以为吾济南诗派大昌于华泉、沧溟二氏。而筚路蓝缕之功，又以边氏为首庸。"王士禛对家乡前辈非常推崇，多有赞美之词。而朱彝尊《静志居诗话》论及高出诗作时则说："孩之（高出字）家本东莱，不袭历下遗派。"（卷一六）朱氏是以赞赏的口吻言此的，可见他对"历下遗派"持批评态度。但由此可见，无论是赞赏者还是批评者，都承认明代有一个"历下诗派"存在。

边贡于"历下诗派"虽有开创之功，但在他当时和身后，追随者并不多，或者说在追随者之中并没有多少比较著名的作家。而李攀龙则不同了，他在世时，就有许多诗人和他来往唱酬，他死后，其追随者仍然不断出现，这是"历下诗派"最鼎盛的时期。除边、李二人外，当时济南比较著名的诗人还有刘天民、边习、谷继宗、许邦才、殷士儋、袭勖、华鳌等人。边、李二人前面已有专节论述，下面简要介绍其他几人的生平和

---

① 《中国大百科全书·中国文学》，北京：中国大百科全书出版社1988年版，第316页。

创作。

刘天民（1486—1541），字希尹，号函山，历城人，正德九年（1514）进士，除户部主事，因谏武宗南巡，廷笞30。嘉靖时，又因泣谏大礼，被廷杖30。当时习俗，凡京官外谪，出都门时，以眼纱自蔽。天民被贬谪时，有许多人仰慕他的风骨，拥其马不得行，他遂掷眼纱于地，并说："吾无愧于衙门，使汝辈得见吾面目耳。"后累迁至河南副使。著有《函山先生集》等。"王思道序其诗，称其为豪隽倜傥之士，屡摈而稍进，一进而辄斥。晚年好为词曲，杂俗兼雅，歌者便之。"（《列朝诗集小传》丙集）

刘天民为边贡门生，边殁后，他搜集边氏遗作，汇为一集。后来论者也往往把他和边氏相提并论。如王士禛曾评论说："吏部五言近体，精深华妙不及华泉，古选当在边上。"由于他仕途多踬，胸中的牢骚不平之气，多借诗以抒发之。如《谢豹》诗：

> 谢豹岂人化，哀鸣自可怜。无端啼永夜，不为客孤眠。悄悄风归树，娟娟月在天。诉深情转剧，血尽眼将穿。

谢豹，即杜鹃鸟，相传为蜀帝杜宇所化，昼夜悲鸣，非啼至血出不止，因此后代诗文中多用作描写哀怨、凄凉的典故。此诗借咏谢豹，以抒发自己的郁闷。这同他在《秋雨叹次少陵韵三首》中"曲钩之子尽封侯，道旁死者如弦直"的感慨是一致的。他不仅为自己，也为当时百姓的苦难而感叹。《土屋行》诗中写道：

> 高岸横崖多土屋，白头黧面山氓宿。鸡埘豚苙百尔无，饥儿哀猿日相逐，权桠老树雪已封，甄无粒米奈三冬。都官不来起城旦，县吏时复征租庸。明将转徙他乡没，复恐无人掩枯骨，仰看高天泣明月。

此诗题下有自注："出陕州作。"是他在陕州时亲眼所见当地百姓的生活情景，山区农民的极端贫困，使他触目惊心。但是他又有什么办法呢？只能"仰看高天泣明月"而已。当然，他也有一些轻松的作品，如《阆中歌五首》：

>　　阆中青水似蒲芽，阆中白石如菱花，岸高瀼滑日易斜。娟娟游冶踏歌去，如此青春不忆家。
>
>　　城下江流绿似罗，城头山色翠成窠。美人劝酒朱颜酡。未到锦州下鞍马，行人争唱阆州歌。

这里只选录了第二、第五两首，描写阆州的风土民情，轻快流利，活泼欢畅，富于民歌风味。董复亨序其集，曾说："予读边、李二公及《函山文集》，庭实若泺上之泉，于鳞若华不注，先生则大明湖，槐柳婆娑，蒲荷荟蔚，何所不有。先生与庭实同时，于鳞之名则先生所命，可称'历下三绝'。"把他与边、李三人并称为"历下三绝"，不免有过情之誉，而对三人诗作风格的比喻，却有恰当之处。

边习（生卒年不详），字仲学，号南洲，边贡之子，有《睡足轩诗》。据王士禛记载，边贡因为官清廉，没有留下多少家产，他死后，边习"贫困，负薪以授徒，取给饘粥"，诗集也没有能力刊刻，幸亏手稿被王士禛看到，在选刻《华泉集》时，就选录边习的部分诗作，附刻于后，其诗遂得以流传后世。边习与李攀龙多有交情，其《登白雪楼怀于鳞》诗说：

>　　泺源风景冠齐州，更筑诗豪白雪楼。人拟古今双学士，天开画图两瀛洲。云间黄鹤还飞去，海上沧波欲倒流。聚散存亡余感慨，转怜花柳不知愁。

此诗情景交融，充满了对李攀龙的景慕之情和对亡友的哀思。再如《雨止》绝句：

>　　访旧归来夕照中，半天凉雨一溪风。须臾雨尽浮云敛，笑看儿童指蝃蝀。

清新自然，富有生活情趣。王士禛对边习的诗甚为赞赏，在各种著作中多次提到他，《渔洋诗话》中又谓："其佳句云：'野风欲落帽，林雨忽沾衣''薄暮不成雨，夕阳开晚清'，宛有家法。"（卷下）在其《戏仿元遗山论诗绝句》中，有一首说："济南文献百年稀，白云楼空宿草菲。未及尚书有边习，犹传'林雨忽沾衣'。"感叹李攀龙的后代，不能像边习那样继承父辈的事业，继续以诗文名世。

谷继宗（生卒年不详），字嗣兴，历城人。嘉靖五年（1526）进士，官知县。他的诗如《赎旧亭后有感》：

可怜一曲吟诗墅，弃作三年卖酒家。八目仅存君子竹，伤心不见美人花。池中水涌鱼争跃，树里风来鸟任哗。此日野堂归旧主，青山坐对兴无涯。

他经常在其中吟诗的一幢住所，三年前卖给了一个酒家，今天终于又赎回来了，虽然许多景致遭到了破坏，但能够重归旧主，毕竟是可喜可贺之事，所以池中的鱼，树上的鸟，都好像在分享诗人的欢乐，他自己更是"兴无涯"，不由就冲口而吟出了此诗。谷继宗诗名在当时也很大，但流传下来的并不多，大概是未能结集刊刻流行的缘故。《列朝诗集》中收录了他的作品，《小传》中说他："富于篇什，以倚待立就为能，故可传者绝罕。"写得快就不容易写得好。《山左明诗抄》收有他的作品7篇，并引王季木《齐音》诗："七子为诗本四家，太常笔底盛烟霞。华峰一柱夸难尽，群玉璘珣更满车。"其自注说："济上之诗，以边庭实为鼻祖，若刘函山、李于鳞、许殿卿、谷少岱，不可胜数。济南名士多，从昔然矣。"

许邦才（生卒年不详），字殿卿，历城人，嘉靖二十二年（1543）解元，官永宁知州，迁德周二府长史，著有《梁园集》等。当时济南称诗者有"边李殷许"四人并列的说法，足见许邦才在"历下诗派"中的地位。邦才少年时即与李攀龙、殷士儋等人为知交，后与李又有姻亲关系，所以二人唱和之作甚多，他曾辑《海右倡和集》，收录当时的作品。如《岁暮赠于鳞》《初冬简于鳞》《蓟门道中忆于鳞》《杨柳青怀于鳞》《平原道中答于鳞差别韵二首》《宿龙里有怀于鳞》等等，都是颇为时人传诵的篇章。这里举邦才《十月朔于鳞招饮二首》中的第一首：

相见年年眼更青，相看柳色又烟汀。画楼好抚春风醉，一月休教一日醒。

攀龙《沧溟集》中写与邦才的诗，也有数十首之多。当李攀龙辞官家居之时，筑白雪楼，许多慕名来访者，包括不少现任官吏，都被拒之门外，"而二三友人独殷、许辈过从靡间"。（王世贞《李于鳞先生传》）李攀龙《答殿卿》诗中也云："大名诗里出，浮世酒中逃。"读这些诗篇，可以想见当时诸人酒逢知己，不醉不休的欢洽情状。邦才并非是附骥尾浪得虚名，他也有不少可读之作。如《晚行即事》：

> 秋阴天易暮，行客倍生愁。江曲明渔火，山椒隐戍楼。密林惊月黑，疑路怯星流。犬吠荒村近，喧呼隔岸舟。

把秋日将暮时江边岸上的情景，描写得历历如绘，有声有色。邦才诗歌成就当然不能和李攀龙相比，但也有其长处，正如朱中立在《海岳灵秀集》中所说："殿卿与李于鳞同调相唱和，气格不逮，然于鳞诗多客气，而殿卿温厚或过之。"朱彝尊也非常赞赏邦才，其《静志居诗话》中说："殿卿如锐头少年，骋猎平原，耳后生风，鼻头生火。长歌有云：'长卿慕人千载前，何以与君俱少年？子云慕人千载后，何以与君俱白首？'爽人殊伦，令张正言为之，不过此也。"并且对邦才不能名列广、续五子，而只列入"四十子"之中，感到不解。认为王世贞"取舍似未公也。"

殷士儋（1522—1582），字正甫，号棠川，历城人。嘉靖二十六年（1547）进士，隆庆时官至礼部尚书兼文渊阁大学士，后致仕归，著有《金舆山房集》等。士儋大约是当时济南人士中官阶最高者。他在朝时也有所建树，但却为高拱所倾轧，辞官后，家居年余即去世。他曾和张居正为同僚。据《万历野获编》记载："殷历城罢相在里，张江陵以宋诗为对联寄之，曰：'山中宰相无官府，天上神仙有子孙。'盖谀与嘲各半。"也可见二人之交情。士儋著有《金舆山房集》，其中也有不少颇佳之作。如《送霁寰吴师参藩大楚》：

> 海岱间关四载余，长安七贵不通书。稍迁犹作天涯客，自信干时

计独疏。

诗中对不通权贵，不干时求进，宁可屈居下僚的峥峥风骨，表示钦慕。《海岳灵秀集》中引王忠伯之语云："先生登高而赋，饯别而歌，体齐鲁之雅驯，兼燕赵之悲壮，采吴越之婉丽，以求胜于历下、娄水之间。"士儋与李攀龙等人交往几十年，一直感情甚笃，所留下的唱酬诗篇和往来书札，在各人诗文集中都有不少。当士儋官检讨出使河洛之时，"济南诸君子出饯焉"，当时诸人都即席赋诗，李攀龙有《送殷正甫》七律，并写了较长的一段引文，其中说："齐鲁于文学其天性，即今日里党可谓多贤。"这在当时的济南，也算得上是一件盛事。攀龙去世后，士儋为他撰写了《明故嘉议大夫河南按察司按察使李公墓志铭》，盛赞他于李梦阳之后，"益拓其业，斐然成一家言"，认为他"可谓当代之宗工钜匠，垂不朽者矣。"这篇墓志与王世贞所作《李于鳞先生传》，都比较详细的记载了李攀龙一生的事迹，是后来研究李攀龙者所必读的资料。

其他如袭勗（生卒年不详），字克懋，一字懋卿，章丘（明代章丘属济南府）人，著有《懋卿集》。袭勗少贫，牧豕山中，暇即诵书，年30始补诸生。王士禛《池北偶谈》记述他的事迹颇详，说他"独与济南殷正甫、李于鳞、许殿卿为古文辞，相友善。年六十，以岁贡仕江都县训导，迁威宁教谕，归五年卒。"（卷一四）查李攀龙《沧溟集》中，与袭勗来往的诗有数首，如《袭克懋托疾不肯入试赋赠》《袭生绯桃栽》等。其中《夏日袭生过鲍山楼》中说："寻常鸡黍休嫌薄，不浅交情二十年。"可见二人是几十年的老朋友了。攀龙有《寄袭勗》的七言绝句：

白云湖上白云飞，长白山中去不归。君在几峰秋色遍，何人共结薛萝衣？

袭勗集中也有《寄于鳞》七绝：

瓜田十亩洛城东，云外青山小院通。流水桃花迷处所，几家春树暮烟中。

二诗可谓异曲同工,都是融情于景,表现了对老友的思慕之情。袭勖的诗再如《立秋》:

烟云暗淡仲宣楼,荏苒年华似水流。白首乡山千里外,满城风雨又新秋。

这当是他晚年的作品,年老体衰,又远离家乡,做一个小小的教职,阴雨绵绵之时,又逢新秋,怎不让人感叹岁月如流水,人生易衰老,而起思乡之情呢?

"历下诗派"在明代山东文学史上有着比较重要的地位,直到清代,济南一带仍然是诗人辈出,名作频传。

第三节 明代山东的族群作家

在中国古代社会中,家族是最基本的社会单元。以家族为核心、以血缘关系为纽带的宗法制度十分完备和系统,这是古代中国社会的一大特征。家庭成员之间真正是"一损俱损,一荣俱荣",一人升迁,可以提携全家,一人得罪,又会株连九族。正因为如此,在中国古代文学史中,也有不少父子、兄弟齐名的现象。明代的山东,就出现了不少族群作家,或是祖父子孙数代相传,或是兄弟数人皆以文名,对当时当地的文坛造成了较大的影响。这里仅举出一些成就较突出、影响较广泛者加以论述。而像边氏父子(贡、习)、李氏兄弟(流芳、同芳)等前面已经有专门论述的,则不再重复。

出现较早的是曹县王氏,成化五年(1469)王珣中进士,其 4 子也先后中举,并皆有诗文集。长子崇仁,正德戊辰(1508)进士,官陕西按察副使,有《录丑稿》。其弟崇文,字叔武,弘治癸丑(1493)进士,改庶吉士,历官巡抚保定副都御史,著有《兼山遗稿》。其弟崇献,字季征,号荫塘,弘治丙辰(1496)进士,改庶吉士,授主事,历官巡抚宁夏佥都御史,有《韵语拾遗》。其弟崇俭,字叔度,嘉靖辛丑(1541)进士,有《五桂堂稿》。王氏兄弟诗作流传下来的并不多,大概是当时虽编辑成集,但未能刊刻流行的缘故吧。如崇献《韵语拾遗自序》中说:"予旧有韵语数卷,沦于洪水,收拾遗稿,以备遗忘,贻子孙尔。"只有手稿,一遇水火之灾,就会丧失殆尽,无法挽回了。他们也有些较为出色的作品,如崇文《谒杜少陵草堂》:

> 万里桥西有所思,少陵此地寄荒祠。乾坤不尽浣溪水,日月常悬杜甫诗。锦里行吟空落日,曲江回首忆当时。兵戈满地秋风起,今古萧条总一悲。

对诗圣杜甫非常推崇,并因杜诗而联想当时的时事,诗人与杜甫一样为时局担忧,为遭难的百姓悲哀。

同时稍后的还有即墨蓝氏。蓝章,字文绣,成化甲辰(1484)进士,历官刑部侍郎,有《劳山遗稿》。其子蓝田,字玉甫,号北泉,嘉靖癸未(1523)进士,官御史,有《蓝侍御集》。其弟蓝图,字深甫,选贡生,有《巨峰遗诗》。其弟蓝因,字征甫,以父荫官凤阳通判,有《东泉遗诗》。蓝氏父子的诗篇佳作更多,而三兄弟皆擅才誉,时人有"蓝氏三凤"之目。其中蓝田名最高,他客居青州山泉时,曾参加"海岱诗社"。

稍后的临朐冯氏,也产生了数代诗人,并且每代都有创作成就较高者,因而影响也更大。王士禛曾说:"予乡文献旧家,以临朐冯氏为首。"(《居易录》卷一〇)冯氏世居临朐,但在明初,太祖召募中原地区人口,迁往边塞,冯裕祖父遂迁徙辽东广宁(今辽宁北镇),在那儿安家落户。直到冯裕中进士为官之后,才得以返归故里。冯裕,字伯顺,号闾山,正德三年(1508)进士,官至按察副使,著有《方伯集》。他归田后,与同乡耆老结"海岱诗社",前面已经谈到过他的作品。他有四子:惟健、惟重、惟敏、惟讷,皆以诗名。惟敏的散曲,前面已有专章介绍。著述最多的则是惟讷,有《楚辞旁注》《选诗约注》《杜诗删注》《文献通考纂要》等,特别是他汇辑自上古以来至隋代以前的诗篇而成《诗纪》。惟讷花了14年的功夫,广搜博采,"溯隋而上,极于黄轩,凡《三百篇》之外,远文断简,片辞只韵,无不具焉。秦汉而下,词客墨卿,孤章浩帙,乐府声歌,童谣里谚,无不括焉。七略四部之所鸠藏,齐谐虞初之所志述,无不搜焉。"(张四维《诗纪序》)把远古至隋以前的诗作汇为一部156卷的巨著。明代以前,汇编总集的人很多,但像《诗纪》这样时代绵长、采搜繁富的，可以说是绝无仅有，虽然其中不免有真伪错杂、牴牾舛漏之处，但其价值，正如《四库全书提要》中所说："然上薄古初，下迄六代，有韵之作，无不兼收，溯诗家之渊源者，不能外是书而别求。固亦采珠之沧海、伐木之邓林也。"此书一出，不断有人纠谬增补，但直到清代乾隆时，仍无人能够超过，"故至今惟惟讷此编为诗家圭臬"。直至近人丁福保《全汉三国晋南北朝诗》，也是根据此书，并稍加增订而成的。

冯氏父子的诗歌作品，数量虽不算很多，但各人都有不少好作品，后来的明诗总集，大都要收录他们的作品，或数首，或数十首不等。他们诗歌的内容涉及面非常广泛，既有关心时政大事、国计民生的作品，也有描摹自然美景，抒发人性深情的篇章。冯氏父子游历颇广，他们从辽东到江南，有的宦迹还到达过西北，所以祖国各地的大好河山，也往往成为他们诗作的题材。惟健《登卧龙岗同孙夹谷》诗写道：

> 僻性好游览，况兹诸葛台。双旌平野驻，孤阁晚秋开。地接嵩山起，泉从汉水来。山川灵异气，千古使人哀。

卧龙岗因三国时名相诸葛亮而得名，诸葛亮是最受古今中国人尊崇的人物之一。"僻性好游览"的诗人，在临近卧龙岗时，又怎能不去登临凭吊一番呢？诗中间两联以工整的对句，描写了诸葛台的地势环境，登临可以使人心胸骤然开阔。结尾显然是受到杜甫《蜀相》诗中"出师未捷身先死，长使英雄泪满襟"这联千古名句的影响。惟重《武昌书怀》诗说：

> 万里衔新诏，三秋滞楚关。江天常带雨，烟水欲沉山。黄鹄何时到，宾鸿且未还。夜来有清梦，曾奉老亲颜。

这是惟重中了进士之后，到湖北公干时所作，他生长在干旱少雨的北方，初到武昌，对那种阴雨连绵的气候并不太习惯。再加上又是初次离开父母兄弟，自己一人在外，所以对亲人的思念，就会常常出现在梦中了。冯氏父子诗中有许多这样情景交融的作品，如：

> 杨花冉冉逐征鞍，旌旗悠悠去不还。一夜香魂化飞絮，随风万里

到长安。(冯裕《柳枝词》)

云树冥冥故国情,扁膛飘泊旅魂惊。杳然欲作对床梦,夜半春江风雨声。(冯惟健《送客归遇雨》)

渡口云深树色苍,孤舟寒雨共离觞。凭君莫话从前事,只是无言已断肠。(冯惟讷《毗陵舟中夜别万吴二明府次俞汝成韵》)

月色同寒水,砧声似故园。江流从此去,早晚下吴门。(冯惟敏《晚泊》)

这些诗写景与抒情水乳交融般地融会在字句中,具有唐人绝句的风味,在艺术上也达到了较高的水平。

其后有东阿于氏。于玭,字子珍,号册川,嘉靖戊子(1528)举人,官平凉同知。与仲子慎思、叔子慎言有《于氏家藏诗略》4卷。邢子愿在《后序》中说:"兹集言不相袭,格经类殊,究厥体裁,率沉雄朗润,妙入玄解。盖缘本天趣,发之性灵,是以机动神随,意无乏绪。"给以高度评价。此集为其子于慎行所辑,慎行的作品前面已经谈过。另外慎思还有《庞眉生集》,朱中立曾评论说:"集中《望岳吟》《河平谣》诸篇,天才跌宕,笔阵激跃,有太白风骨。不特甲科遗才,亦东方之隽品。"

特别值得一提的是于玭的夫人刘氏也能诗。明代的山东,受传统礼教的束缚较深,妇女能诗者很少,以诗名者更是寥若晨星,远远比不上同时的江南等地。《列朝诗集》中曾选录刘氏诗《故城过父友李公旧居》:

暮云深锁故城春,绿树苍烟旧白苹。昔日高楼双燕子,定巢无处往来频。

虽仅一首绝句,也显示出其才情不浅,可惜当时的妇女身受种种束缚,不能人尽其才。

在蒙阴则有号称"五世进士"的公氏。从公勉仁于弘治三年(1490)中进士后,其侄跻奎于嘉靖十四年(1535)成进士,而跻奎子一扬则于嘉靖三十一年(1552)成进士,一扬侄家臣中隆庆五年(1571)进士,这几辈人及其未中进士的兄弟,多有诗文集,但直至家臣子鼐、鼒出,才产生了较为广泛的影响。公鼐,字孝与,万历四十一年(1613)进士,历官礼部右侍郎，有《问次斋稿》。当时评论者对他的诗多有赞赏。如焦竑曾说："先生诗发于情，畅于旨，极变穷工，斟酌中和，率归大雅。"如《天可量》：

> 天可量，海可测，惟有人心无终极。山可平，川可塞，惟有人情多反侧。翻云覆雨不移时，系风捕影杳无迹。锋镝之来尚易防，伏匿之端殊难识。圆如环，曲如钩，屏风转折船两头。身如疴偻口如蜜，引绳下石虚绸缪。康庄闲闲掘陷阱，平风静浪生阳侯。蔽日漫空朝见沫，飞霜布雪春如秋。妆点有无变苍素，能使亲信为仇雠。见机识微苦不早，欲求涉世今已老。一任抑揄自块然，谓我朱愚我亦好。闭关偃仰睡高春，起看春庭长芳草。

诗中对于世上人情反复、人心难测深有感慨，对于口蜜腹剑、落井下石等等鬼蜮伎俩给以深刻地揭露。这与他的仕途经历直接有关。钱谦益在《列朝诗集小传》中说："天启之初，流蔓未已，议论纷呶。孝与以宫端入朝，晓畅旧事，抗疏别白，指陈其所以然。群小恶其害己，尽力击排，遂引疾以去，不得大用。然至今三十余年，国论咸取衷焉。"钱氏亲历明末朝政，所以言之凿凿，对公鼐的遭际深感同情，然当时大厦将倾，非一木所可支。公鼐诗集中长篇的乐府、古诗好作品较多。但王士禛却特别赞赏其绝句，曾说："文介诸文淹雅不减唐人风致，绝句尤工。"如《历下湖上独眺》：

> 窄岸平桥万柳斜，半城春水半人家。东风吹雨宵来急，一片乡心到海涯。

是不是神韵悠扬，因而就更合王氏法眼的缘故？朱彝尊也非常赞赏公鼐，在《静志居诗话》中说："言诗于万历，则三齐之彦，吾必以公文介为巨擘焉。"（卷一六）其弟公鼒，字敬与，号浮来，万历丁酉（1597）举人，官工部主事，有《小东园集》。陈田《明诗纪事》称："敬与诗长于近体，与乃兄风格略似。"

新城王氏也是诗书传家，从嘉靖时起就有诗人出现。《山左明诗抄》

录新城王氏诗人,自王重光始。重光,字廷宣,嘉靖辛丑(1541)进士,官贵州参议。其子之垣,字尔式,号见峰,嘉靖壬戌(1562)进士,历官记挂部侍郎。其弟之猷,字尔嘉,号柏峰,万历丁丑(1577)进士,历官浙江按察使、淮扬兵备,有《柏峰集》。其后王家人才辈出。如象蒙,字子正,之垣从子,万历庚辰(1580)进士,官光禄少卿。象艮,字伯石、思止,象蒙从弟,贡生,官姚安同知,有《迂园集》。象明,原名象履,字用晦,象艮弟,贡生,官大宁知县,有《鹤隐集》。后来王士禛曾辑象艮、象春、象明的诗作为《琅琊三公集》。经过这样数代诗书传家之后,在清初新城王氏出现了主盟诗坛的领袖人物、"神韵说"的倡导者王士禛。这在后面的清代部分,将有详细论述。

山东还有大约是中国古代历时最久的"族群",那就是曲阜一带的"四氏",即孔、孟、颜、曾四族。自汉代朝廷"独尊儒术"之后,孔子的后裔在历代都有封号,到了宋代至和年间,封孔子47代孙为"衍圣公",此后各代世袭。对"亚圣"孟子和孔门大弟子颜回、曾参的后人,历代统治者也都优礼有加。而"四氏"中,历代也都出现了一些比较著名的人物。在明代,有些人在文学上也有所表现。此处不再详述。

三国魏曹丕在《典论·论文》中曾指出:"文以气为主。气之清浊有体,不可力强而致。譬诸音乐,曲度虽均,节奏同检,至于引气不齐,巧拙有素。虽在父兄,不能以移子弟。"指出文学才能并没有遗传性,这当然是正确的。但父兄的文才,往往会给子弟产生直接的、重大的影响,使他们在童年时代,就可能受到文学的启蒙,从而使他们的文学潜质得以尽早地开发,使他们的文学才能得以充分地发挥。这也是文学史上屡见不鲜的事实。山东的族群作家众多,也说明了这一点。

第五编
清代山东文学

概说　总体特征及社会文化面貌

一　前期的空前繁荣

清代是中国历史上最后一个君主专制的封建王朝。明末的农民起义军，虽然攻进了北京，逼得崇祯皇帝上吊自杀，但他们却未能保住胜利的成果，政权最终落在了满洲贵族手中。清朝最初的几十年中，战火仍在不少地方延续，满洲统治者采取了许多手段镇压广大汉族百姓反抗，推行了许多恶政，"剃发、易服、圈地、投充和逃人牵连，是清初的五大弊政，在社会上产生了极坏的影响。为了强制推行这些政策，清廷制定了严厉的法令，并明确宣布'有为剃发、衣冠、圈地、投充、逃人牵连五事具疏者，一概治罪，本不许封进。'（《清世祖实录》卷二八）"①

早在明朝末年，山东就数次遭到了清兵的蹂躏。明末时，清兵曾多次突袭进入内地，崇祯十五年（1642）更深入到山东，攻破济南和其他一些城池，烧杀掳掠，使无数无辜百姓惨死在铁蹄之下，给无数家庭带来沉痛的灾难，也给许多诗人、文学家留下了终生难忘的伤痛。明亡时，清兵在征服全国的过程中，在长江以北并没有遇到多少抵抗，所以，清朝统治者也没有像在江南那样大肆杀戮。这就使山东各地经济得到较快的恢复。同时，由于在清初几十年间，清廷的注意力主要放在那些还未能建立有效统治的地区，放在对南明残余势力的剿灭上，因此对包括山东在内的其他地区的思想钳制，还不那么厉害。而这些，都是清初山东文学出现繁荣景象的客观条件。

首先，传统的诗、词、文在清初的山东都出现了众多的作者，出现了许多佳作。无论是以徐夜、李焕章为代表的遗民作家，以刘正宗、赵进美

---

① 魏千志：《明清史概论》，北京：中国社会科学出版社1998年版，第353页。

为代表的"贰臣"诗人，还是出生于明而成长于清的诗词文皆擅的宋琬、王士禛等人，都创作出大量的在当时备受赞赏、在后世也广为流传的优秀作品，从而出现了"山左之诗，佳于天下"的鼎盛局面。同时，在诗学理论上还出现了影响广泛而且深远的王士禛的"神韵说"。

"神韵说"可以说是康熙时期诗坛占主导地位的诗学理论，它的影响并不局限在山东，全国各地都有不少追随者。王士禛论诗，最推崇唐代司空图"不著一字，尽得风流"（《二十四诗品》）的观点和宋代严羽的"兴趣说"，他晚年选《唐贤三昧集》，序言中也称是以严羽"盛唐诸人惟在兴趣"、司空图"味在酸咸之外"的观点为指导。在创作上，他重视"伫兴"，强调"兴会神到"，触景生情，有所感而作。而对具体的细节，则并不要求真实，他赞赏唐代王维的"雪中芭蕉"，认为"大抵古人诗画，只取兴会神到，若刻舟缘木求之，失其指矣。"（《渔洋诗话》）"神韵说"要求诗作风格自然超妙，含蓄隽永，内容则多是"范水模山，批风抹月"，对山水田园、自然景物的描写，形式则多为五、七言律绝。这种诗风，符合当时社会逐步从战乱转变到承平的客观环境，也适应了统治阶级的需要，因此士禛在世时深得康熙皇帝的赏识，因"赋诗称旨，改翰林院侍讲，迁侍读，入直南书房。汉臣自部曹改词臣，自士禛始。上徵其诗，录上三百篇，曰《御览集》。"（《清史稿》卷二二六）同时的陈维崧在《王阮亭诗集序》中说："阮亭先生既振诗教于上，而变风变雅之音，渐以不作。读是集也，为我告采风者曰：劳苦诸父老，天下且太平，诗其先告我也。"可见，由"变风变雅"的乱世之音，要向"盛世元音"转变，这是当时文学家的普遍认识。王士禛是自觉或不自觉地适应了时代的要求，所以他的理论和作品，才能在社会上受到如此广泛的重视和欢迎。

清初人们在批评明代学风时，总要以"空疏"诋之，不仅学者如此，就是诗人诗论家也多有此论。朱彝尊曾讽刺"公安派"为"公安袁无学兄弟"（《胡永叔诗序》），申涵光也指出："从古无不读书之诗人，自竟陵之派盛，而空肠寡腹者，人人坛坫自命矣。"（《荆园进语》）清初诗论家多强调读书、增长学问对于文学创作的重要性，即使是看起来像是"如仙人五城十二楼，缥缈俱在天际"的"神韵说"，也不例外。王士禛在其诗论中，屡屡强调这一点。他曾说：

> 夫诗之道,有根柢焉,有兴会焉,二者率不可得兼。镜中之像,水中之月,相中之色,羚羊挂角,无迹可求,此兴会也。本之《风》《雅》以导其源,溯之楚骚、汉、魏乐府以达其流,博之九经、三史、诸子以穷其变,此根柢也。根柢源于学问,兴会发于性情,于斯二者兼之,又干之以风骨,润以丹青,谐以金石,故能衔华佩实,大放厥词,自名一家。(《突星阁诗集序》)

强调只有把性情与学问结合起来,才能在创作上取得成就,自成一家,如果只凭兴会,或只靠学问,都是不行的。无论在创作上,还是在理论生,他都是如此做的。也正因为如此,王士禛的"神韵说"及其作品,才能产生广泛的影响,起到了转移风气的作用。但是"神韵说"的追随者们,却不见得都有士禛这样的学问和修养,所以"神韵说"本身的流弊,就会显露出来。正如郭绍虞先生所说:"同样的性情,同样的用短,同样的欲以朦胧见长,然而学问根柢既有差别,工力等第又有区分,所以后人之追迹渔洋者,不免有枯寂之感了。"[①] 而同时人和后来对王士禛的批评,有些确实切中其弊,有些则是对"神韵说"的误解。

二 叙事文学的崛起

在中国古代文学史上,诗是最基本的文学样式,《诗经》几乎是每一个读书人从童蒙时代就会接触到的教材,这也是古代中国历代诗人辈出的一个基本原因。文,同诗一样也是古代文学史的主流样式,但其作者和作品的数量,却远远不能和诗相比。清初李邺嗣曾说:"余尝见近世士大夫所传集,率诗多少文,诸山人游客所赉集,惟以诗。"(《钱退山诗集序》)一般说来,旧时代的读书人,大都能吟几首诗,即使是三家村的教书先生,也往往有诗集问世,文集就罕见了。而能够写作小说、戏曲者,可以说几乎没有不能诗文者。清初山东文坛也呈现出多彩多姿的面貌,以文章名家指不胜屈,如张尔岐、李焕章等人。诗人中也有散文数量众多,佳作颇传者,如王士禛、宋琬等人。还有以小说名称的蒲松龄,以戏剧名世的孔尚任,在散文创作上也都有丰硕的成果。

[①] 郭绍虞:《中国文学批评史》,上海古籍出版社1979年版,第543页。

在当时并非传统"主流"样式的小说、戏曲等领域中，山东作家也不甘人后。《金瓶梅》的作者迄今还无定论，而丁耀亢是《续金瓶梅》的著作权人，则是确定无疑的。虽然《续》书不能和《金瓶梅》相提并论，丁耀亢也因此书而嫁祸入狱，书也长期被禁，几致淹灭，但其价值和地位已经逐渐被研究者所重视。还有署名"西周生"的《醒世姻缘传》，继承了《金瓶梅》描写世情的传统，通过对家庭婚姻各种矛盾冲突的描写，逼真地展现了城市生活的世态人情，胡适先生称道此书为"一部最有价值的社会史料"[①]（《醒世姻缘传考证》），并考订其作者，以为是蒲松龄，也有研究者认为作者是丁耀亢，迄今尚无定论。但即使没有《醒世姻缘传》，蒲松龄在中国小说史上也有着不可磨灭的地位，因为他写出了在当时就被誉为"空前绝后之作"（陈廷玑《聊斋志异拾遗序》）的《聊斋志异》。蒲松龄花费毕生心血，"集腋成裘，妄续幽冥之录；浮白载笔，仅成孤愤之书"，虽然内容多写鬼写狐，看似荒诞不经，实则是深有"寄托"（《聊斋自序》），"它那以传奇笔触写志怪内容的创作新思路，不仅给中国笔记小说创作园地带来了一股清新的空气，改变了元、明以来白话小说创作一统天下、文言笔记小说创作长期衰微不振的局面，而且还影响了有清一代笔记小说创作的整体格局，使志怪小说的创作在清代出现了前所未有的繁荣局面，取得了相当可喜的成就。"[②] 模仿《聊斋志异》的小说在清代出现了不少，其中有些就是山东的作家。这些作品虽然没有《聊斋志异》那么高的成就，但许多无论在思想内容，还是在艺术表现上，不少都有一定值得称道的地方，形成了文言笔记小说创作繁荣的景象。

在曲作方面，清初山东也是作家辈出。丁耀亢、叶承宗、孔尚任、蒲松龄等人都有散曲作品，而丁耀亢、宋琬、孔尚任等人还有戏剧传世。

三 中后期的由盛而衰

到了雍正、乾隆之后，统治者对思想的钳制越来越厉害，最突出的就是文字狱日渐增多，正如鲁迅先生所说："到满洲人以异族侵入中国，讲

[①] 《胡适论中国古典小说》，武汉：长江文艺出版社1987年版，第406页。
[②] 吴礼权：《中国笔记小说史》，北京：商务印书馆国际有限公司1993年版，第220页。

历史的，尤其是讲宋末的事情的人被杀害了，讲时事的自然也被杀害了。所以，到乾隆年间，人民大众便更不敢用文章来说话了。所谓读书人，便只好躲起来读经，校刊古书，做些古时的文章，和当时毫无关系的文章。"(《无声的中国》)① 以考据为主要特征的汉学的兴起，与这种政治形势有着密切的关系。清代汉学萌芽于清初，到乾隆、嘉庆时代进入极盛，最著名的是吴派和皖派。这时期山东也出现了一些著名的学者。如历城的周永年，曾入四库馆，参加了《四库全书》的编纂，"在书馆好深沉之思，四部兵、农、天算、术数诸家，钩稽精义，褒讥悉当，为同馆所推重。"(《清史稿》卷四八一)还有桂馥、孔广森、王筠、杨以增、刘喜海、吴式芬、许瀚等人，都在"乾嘉学派"中占有重要地位，他们在经史考证、文字训诂、金石考古、古书鉴别收藏等方面，都有着杰出的贡献。而且其中不少人，如桂馥等人，在文学创作上，也颇有成就。桂馥不仅有诗文集，还有杂剧《后四声猿》等传世。

这时期的诗文创作，作家仍然众多，但成就已经远不如前期了，能够产生较为广泛影响的作家和作品，就更少出现了。在戏剧、小说方面，也是如此。当时在文学界出现的"格调说""性灵说"以及"桐城派"等等，在山东只有局部的影响，追随者甚少，并没有形成风气。

但乾隆以后，不断有有心人出面搜辑整理乡梓文献，对山东作家的诗文作品，广加搜讨，并筹资加以刊刻，以使流行，最突出的是卢见曾、宋弼、李文藻等人。正是由于他们的工作，才使自明代以来山东作家的作品，特别是诗歌作品，得以大量保存，流传至今，成为中国古代文学遗产中的重要组成部分。

道光之后，封建社会已经步入了末期。鸦片战争的爆发，标志着中国进入了半殖民地、半封建时代。这些对山东的社会文化各方面都产生了深远的影响。在学术界，"乾嘉学派"仍然有很大影响。历城的马国翰在古书的辑佚整理方面，作出了重大贡献。马国翰(1794—1857)，字词溪，号竹吾，道光十二年进士，官陕西知县。他编纂的《玉函山房辑佚书》，共七千多卷，共辑佚书594种，"搜罗的完备，卷帙的繁富，是以前任何人所不及的!"王重民先生在《清代两个大辑佚书家评传》中曾说："清

---

① 《鲁迅全集》第4卷，北京：人民文学出版社1981年版，第24页。

代辑佚，我推先生为第一家。"① 马国翰还有《玉函山房诗文集》，其中有些作品也清新可诵。

随着清王朝的日益腐朽和帝国主义列强的疯狂侵略，山东人民和全国人民一样，开展了反抗侵略、反抗剥削压迫的斗争。清末的义和团在山东的许多地方都有活动。这些对山东的作家都有相当的影响，在他们的作品中也有所反映。可惜咸丰以后的作品，当时未有人加以搜辑整理，很多都散失亡佚了。

---

① 王重民：《中国目录学史论集》，北京：中华书局1984年版，第299页。

第十二章 变化流程

第一节 诗文：正统文学的复兴

一 鼎盛一时的清初诗坛

明清之际的改朝换代，对当时社会生活的各个方面都造成了很大的影响，文学创作自然也不例外。在清代初期，活跃在诗坛、文坛上的，首先是那些由明入清的人。这些人，按其经历又可分为两大类。一类是两朝为官，后来被称作"贰臣"的，这些人活动能力强，影响大，有些明朝时就是文坛领袖。在全国范围内，可以推"江左三大家"即钱谦益、吴伟业、龚鼎孳为代表。而另一类，就是入清不仕的遗民，有些是在明朝为官，入清后不再出仕；有些是在明朝并无官职，入清之后又坚决拒绝清廷的征召，这些人以气节著称，受到时人和后人的景仰，不少遗民在学术和文学上也有着较高的成就。在全国范围内，顾炎武、黄宗羲、屈大均等人就是最突出者。在山东，大体上也和全国一样，文坛上的这两类人都有一些佼佼者。

顺治时期，山东籍官僚有数人曾在朝廷中官居高位，其中对文学有较大影响者，首推刘正宗。

刘正宗（1594—1661），字可宗，号宪石，安丘人。明崇祯元年（1628年）进士，入清后官至文华殿大学士兼礼部尚书。后因事被劾，于顺治十七年（1660）被处以"从宽免死，家产之半入旗，不许回籍"。他因此一病不起，于次年辞世。著有《逋斋诗集》等。刘正宗在馆阁中以能诗名。自明末以来，钱谦益等人就力诋前后七子，特别对李攀龙等人攻击尤甚，刘正宗则坚持"历下诗派"的诗学宗旨，与之相抗衡，在当时也造成了一定的影响。"其诗笔力甚健。江南人选诗多不及之，门户恩怨之见也。"① 正是在刘正宗等人的影响下，清初山东诗坛上坚持以"七子派"为宗者，还大有人在。当然，也有人看到了"七子派"末流的弊端，而提出修正的意见，如赵进美就是其中之一。

赵进美（生卒年不详），字嶷叔，一字韫退，号清止，益都人，明崇祯十三年（1640）进士，顺治初起太常博士，历官福建按察使，有《清止阁集》。他的从孙执信所作的《行实》中称："公童年为诗，颇好华艳，登第后，师友渐摩，遂践信阳、历下之庭。"他在《清止阁集自序》中认为，"古今论诗之合者"，当推宋代严羽及明代徐祯卿、王世贞，但他们的作品并不能完全符合自己的理论，"昌穀最称深造，然所自为不愧其言者，十可五六，元美十可三四止矣"，原因就在于"格律严而境地狭，拟议盛而性情薄，虽作者亦病之。至于放意背驰，侏儒嘈滥，以棘晦为超诣，以疏佻为亮节，又下不足道也。"他仍然推崇前后七子，但对其流弊和不足，则有明确的认识，并认为要加以防止和改进。赵进美分守左江时，尝寄书王士禛，论诗之得失。王士禛因赋诗云："风尘憔悴赵黄门，岭表迁移役梦魂。昨见端州书一纸，说诗真欲到河源。"对其加以赞赏。在当时进美诗名甚著。这里举其《作客行》：

男儿生当天下多事时，读书击剑将何之。醉即高歌，醒当别离，掷觞上马无一辞。朔风吹衣落日寒，美人莫唱行路难。千里常有好颜色，书生何能不作客。

王士禛为其所作《墓志》中称他："丁明末造，多悲天悯人之思，顾盼跌宕，不主故常，有邯郸生天人之叹。"这首诗就体现了上述特色。其他如卢世㴳、孙廷铨、高珩、李呈祥等人，都有一些好的作品传世。

由于清廷是以少数民族入主中原，所以有许多人开始都不肯出仕，欲以遗民终老，但或由于生活穷困，或由于形势所迫，不少人不得不改变初衷。以说鼓词著称的贾应宠，可以说是其中的一个典型。贾应宠（1590—1674），字思退，号凫西，又号木皮散客，曲阜人，崇祯间贡生，官至刑部郎中。明亡后，他"高尚不仕，有县尉数挟之，遂翻然起，仍

---

① 邓之诚：《清诗纪事初编》，上海古籍出版社1984年版，第660页。

补旧职。假王事过里门，执县尉扑于阶下，以为快。不数月，引疾乞放。"（云亭山人《木皮散客传》）在当时，如果坚持不肯出仕，就会被视为叛逆，就会遭到许多麻烦，每个朝代改换之初，都会出现这种现象。所以像贾应宠这样出仕短短一段时间，然后再辞官归家者，在当时也大有其人。贾应宠的《木皮散客鼓词》，以大胆的言词，犀利的笔法，揭露了社会上和历史中的黑暗和丑恶，在当时虽不登大雅之堂，却一直在民间广为传诵。他的《澹园诗草》中，也有些可读之作。

与这些出仕两朝者相比，那些始终坚持气节的遗民们，确实更值得人们尊敬。他们中许多人甘于穷困，顶住了清廷和各级官吏的压迫和骚扰，有的甚至决心用死来表明决不臣服清廷的意志，真正体现"贫贱不能移，威武不能屈"的高尚节操。清初时在全国各地都有这样的遗民，而山东则是遗民人数比较多的省份之一。

提到山东的遗民，首先要提到的是莱阳的"二姜"。兄姜垓（1607—1673），字如农，崇祯四年（1631）进士，官礼科给事中，有《敬亭集》。弟姜垓（1614—1653），字如须，崇祯庚辰（1640）进士，官吏部考功司主事，有《伫石山人稿》。崇祯十五年（1642），任礼科给事中的姜垓，以建言触怒了刚愎自用的崇祯皇帝，被廷杖几死，系刑部狱，"十七年二月始释垓，戍宣州卫。将赴戍所而都城陷。"（《明史》本传）但他对明朝忠心不改，与弟垓卜居吴门以终。姜垓未第时，即以才名，而姜垓自言"甲申以后始学诗"。二人都有一些情文并茂、感人肺腑的好作品。如姜垓的《赴戍州卫》：

> 垂死承恩谴，天威咫尺间。荷戈荒徼去，收骨瘴江还。衮职思犹补，龙髯竟绝攀。桥陵千滴泪，独在敬亭山。

沈德潜曾指出诗中的"荒徼""瘴江"二语"未合宣州"，这是套用唐代韩愈《左迁至蓝关示侄孙湘》中的"好收吾骨瘴江边"之语。但就全诗而论则是"泪痕血点垂胸臆"（《明诗别裁集》卷一〇），具有很强的感染力。

另一位遗民诗人徐夜（1612—1684），字嵇庵，一字东痴，新城人。明时他只是个诸生，入清后就不再应科举试，这是因为他心中对清廷不仅有亡国之痛，还有家破人亡之恨。早在崇祯十五年，清兵突袭破了济南，又进逼新城，城内居民组织起来，进行顽强的抵抗。当时已是"从社"成员的徐夜，积极地投入了守城的战斗。但清兵很快就攻破城池，并进行了残酷的屠戮。徐夜的一家有十多人遇难，母亲、叔伯及兄弟子侄都死于非命。悲痛欲绝的徐夜，就下定了决心，决不向这些野蛮残暴的征服者低头。入清之后，他"年二十九，弃诸生，隐居东皋郑潢河上，掘门土室，绝迹城市。"（王士禛《池北偶谈》卷六）有时生活非常贫困，这从他的诗中也可以看出来。他曾作《饥颂》诗以自嘲，还曾《以诗代疏向诸公乞酒》，他的老朋友如王士禛兄弟都曾携酒去拜访他，因此他又有《答阮亭雪中送酒》等诗以谢之。即使这样穷困潦倒，山东有司曾数次推荐他赴京应诏，都被他拒绝了。而许多遗民则乐于和他来往，"顾炎武不经许可，亲至山中访之。炎武尝有诗曰：'今日大梁非故国，夷门愁杀老侯嬴。'夜之诗曰：'不堪频北望，曾是旧神州。'盖皆有不与同中国之慨，足证同心。"[①] 顺治十四年（1657），顾炎武初访徐夜时，曾作《酬徐处士元善昔年新城之陷在母死焉故有此作》，徐夜则答以《济南赠顾宁人先生诗》，从此二人定交，以后又多有往还。他和顾炎武一样，在开始对复明还存在希望，如《初春写怀二首》其一写道：

衣敝经年已倦游，人间那复觅沧州？田园荒后米春色，城郭寒生起暮愁。旧业一床书枕籍，新交五斗酒沉浮。囊空独有痴名在，晚节还师顾虎头。

诗中描写了他的隐居生活，其核心在最后二句。顾虎头即东晋大画家顾恺之，当时宋武帝北伐时，他曾为之作《祭牙文》。徐夜希望自己能够像顾虎头那样，为南明的北伐事业，作出自己的贡献。徐夜在当时诗名颇著，但他的诗稿在一次旅途中，没于江水。王士禛曾收辑其作，刻成《徐东痴诗》。后来陈田曾评其诗说："东痴诗清真拔俗，时有独造之诣，非隐处岩穴者不能道也。"（《明诗纪事》）

[①] 邓之诚：《清诗纪事初编》，上海古籍出版社1984年版，第160页。

清初时山东的遗民以新城、莱阳、诸城等地为最多。当时诸城诗坛以"十老"最负盛名,其中如王乘篆、刘翼民、张衍、徐田等人皆是遗民,还有侨寓诸城的李焕章、马鲁等人,使得诸城成为当时遗民的一个活动中心。他们都有诗文集传世。

清廷入主中原之后,为了笼络广大士子,于顺治三年(1646)就开科取士,取进士400名。并继承明制,三年一科,有时还额外增加,称作"恩科"。正是在这种种威逼、利诱之下,使得许多本来欲以遗民终老的读书人,放弃了初衷。而在入清以后成长起来的年轻一代,也得通过科举考试,步入仕途。这些人成长起来之后,就逐渐取代了由明入清的贰臣和遗民。在文坛上也是如此。在山东的诗人中,宋琬、王士禛等人,都是在顺治时考中进士的。到了康熙朝中期,前朝的遗老大都谢世,诗坛上的活跃者,基本上和前明没有多少瓜葛了。宋、王等人下面有专门介绍,这里举出康熙时山东其他较有影响的诗人。

田雯(1635—1701),字子纶,一字纶霞,号山姜子,德州人,康熙三年(1664)进士,历官户部侍郎,有《古欢堂集》。他官京师时,曾名列"金台十子"之中,许多佳作也广为传诵。康熙初年,社会逐渐安定下来,但战乱还没有结束,许多地方百姓生活仍然十分贫苦。他的《呼天行》《采金谣》《送马谣》等诗篇都反映了民间疾苦。沈德潜曾赞赏其《送马谣》"写尽农供官之苦,作新乐府读"(《清诗别裁集》卷六)。田雯登上诗坛时,王士禛已经声名鹊起,开始主盟诗坛,但田雯论诗并不随声附和他的这位同乡。沈德潜认为:"山姜诗才力既高,取材复富,欲兼唐、宋而擅之,山左诗中另开一径。"他和王士禛也有相同之处,就是都喜欢接纳后进,因此都有一批追随者。同时的汪琬为田雯诗作序时,就把他和王士禛相提并论,认为士禛之诗"其词隽逸,其旨清婉而和平,而田先生尤纵横跌宕可喜,举凡随物写形,缘情叙事,无不顿挫开阖,各臻其胜。间一出奇,则如夏云之突兀,怪松之礧砢,未易名状。"田雯曾作《黔书》,记载边疆少数民族地区的物产风土,文笔奇峭,受到时人瞩目。钱钟书先生在其《谈艺录》中曾经说:"清初诗文好为沉博绝丽者,莫如田山姜。"[①] 他的《古欢堂集》中有《杂著》3卷,皆论诗之语,后被郭

---

① 钱锺书:《谈艺录》,北京:中华书局1984年版,第108页。

绍虞先生收入《清诗话续编》中。

冯廷櫆（1649—1700），字大木，德州人，康熙二十一年（1682）进士，官中书舍人，有《冯舍人遗诗》。他早负诗名，王士禛对他非常赞赏，但他却不肯像当时许多诗人那样，奔走于渔洋门下，仍然坚持自己的诗风。赵执信曾作《冯舍人遗诗序》，盛赞其"独以清才健笔，绝尘而奔，一旦争长，且抗行焉。渔洋公色飞心动，终不能罗而致之门下也。"他的诗中有些也反映了当时的社会现实，如《朗陵行》，诗前自序说："郾城以南数百里，庐舍萧条，田野不治。访之士人，盖数十年于兹矣。夜抵确山，感而赋此。"可见当时虽称"盛世"，而不少地方却自明末以来，一直穷困萧条，没有什么改变。他的咏古题材的诗，更为人所称道。如《荆轲故里》：

一卷舆图计已粗，单车竟入虎狼都。纵然意气倾燕市，岂有功名到酒徒。空向夫人求匕首，谁令竖子把头颅。南来曾过邯郸道，试问人知剑术无？

荆轲刺秦王是历代诗人常常吟诵的题材，对荆轲以大无畏的精神反抗强秦的暴虐，人们多加以赞赏，只是惋惜其剑术之疏。但此诗认为不仅是剑术精疏的问题，行刺这件事本身就是错误的，这种认识是高出前人的。企图用暗杀的手段来解决政治问题，在今天被称之为恐怖活动。沈德潜评冯廷櫆时说："所为诗清警绝俗，咏古尤佳，山左中尤佼佼者。"（《清诗别裁集》卷一三）

其他如王士禄、孙蕙、黄垍、董讷等人，在当时都以诗名。

当然，在任何时代、在大部分人都热衷于功名利禄的同时，总也有一些人高尚其志，甘于清贫，拒绝功名利禄的诱惑。清初的张实居就是其中一个。张实居（1633—1715），字宾公，号萧亭，邹平人，有《萧亭诗选》。实居为王士禛内兄，士禛序其诗曾说："萧亭生席华胙，鸣钟列戟，一旦弃之如脱屣，而甘就隐约以终老。"对其高尚情操，后人也多有赞赏。邓之诚曾说："实居鸿飞冥冥，类不食人间烟火者。卷中多述怀感叹之作，绝少唱酬泛爱之篇，知其所托，别存高人一等者矣。清初山东诗教最盛，定当以实居为第一。"① 可见是如何地推崇了。请初的顺、康时期，山东诗坛最盛，后面还会有专节论述。

二 绚烂多姿的清初文坛

清初，山东卓然以学术文章名世者，当首推张尔岐。尔岐（1612—1677），字稷若，自号蒿庵居士，济阳人。他于经学用力甚深，尤其是《仪礼郑注句读》一书，费时30年始成。顾炎武游山东，与之交，并且说："独精《三礼》，卓然经师，吾不如张稷若。"（《广师篇》）除了学术专著外，张尔岐文集中也多论学术之文，不同于一般文人之作。但其中也有一些记述日常生活的作品，具有较高的可读性。如《亡室朱氏权厝志》一文，记述其妻的生平，其中说：

> 予与君同出田间，君言动闲靖，合礼法，其天性实然。迫予屡举于乡不中，崇祯己卯，先大人弃其孤，又值大祲，久处腴厚，一旦陨落。君绩敝絮，经纬之，纴以佐衣，辍簪珥以佐食，瘅瘵顾颔，人所不任。得少谷麦，舂别为三品，精者供母及孺子，次者及予及僮，次者君。数年以来，鲜一饫，无怨色，犹日听鸡鸣，烧灯沦茗，以告曰："忘先大人之教乎！"予为之蹶起曰："不敢。"

由富贵而沦入贫贱，是人生最难熬过的，朱氏夫人却平静面对，想方设法支撑一家人的生活，而自己却吃最差的，穿着打扮，"一如田妇"，而且还勉励其夫，安贫乐道，坚守节操。接下去作者记述了入清之后，他们的生活更加贫困，有司欲荐举张尔岐做官，他和夫人商量，夫人以大义导之，使他更坚定了终身不出仕清廷的决心。

张尔岐的主要成就在经学，正如《四库全书总目·蒿庵集提要》中所说："大抵才锋骏利。纵横曼衍，多似苏轼，而持论不免驳杂。盖尔岐之专门名家究在郑氏学也。"即如上引文中，多用古字词汇，其优点是简练，缺点是不易懂，学术文章一般是专门家所读，这样的文风自然适合。但一般的文章仍然如此，而且平铺直叙，又少文采，就不能不影响到文章

---

① 邓之诚：《清诗纪事初编》，上海古籍出版社1984年版，第161页。

的流传了。

清初，山东以古文名家者，当首推李焕章。李焕章（1614—1688），字象先，号织斋，乐安人，明诸生。明亡时，他刚过而立之年，却"绝意人生，罢诸生，放迹荒村萧寺，侘傺无聊"，甚至还要遁入空门。他的朋友劝他说：你整天"惘惘逐逐，南北东西，萧然一苦行头陀，宁必披缁持钵、佛火琉璃而后为出家也耶？兄才学绝人，当力为古文辞，传之后世。"（《忆交记》）他遂专心致力于诗文创作，尤以散文见称于世。康熙初，周亮工在青州任兵备金事时，对李焕章之文非常赞赏，并将其文与南昌王猷定、商丘侯方域、新建陈宏绪合刻为"四家文"，在当时产生了一定的影响。康熙十二年（1673），他还和顾炎武、张尔岐等人一道，被邀参修《山东通志》。李焕章笔耕甚勤，所著诸集"凡百万余言"，其中有不少抒发亡国之痛，因而触犯时忌者，最后刊削定为《织斋集》8卷。现存之文中，仍然有不少涉及清初社会现实。如在《与邑侯邵公第一书》中，他记述康熙年间乐安的情况是：

> 邑大腹豪，与邑令其为政，甚且独为政。怒目悍胸，色诡诡，语纷纷谩骂，一不如意，则蜚语走阙下，起大狱，株连半邑中。邑人幸无事，则百计奔走焉。邑无令、无缙绅、无学校，市无贾、肆无工、野无氓，数十年矣。

豪强劣绅和邑令勾结，把持邑政，飞扬跋扈，不可一世，搅得地方上人人自危，鸡犬不宁。而豪强之所以能够这样横行霸道"数十年"，原因在于上面还有他的后台，"阙下"即宫廷，也即在清廷中有靠山。文中点明时间是"戊午"即康熙十七年（1678）之前，可见在清廷入主中原之后，地方上那些首先投靠满洲贵族的豪强们，借着主子的势力，勾结官吏，一直为非作歹，破坏社会的安定和生产的恢复。康熙中期之后，这种局面才得到治理。《四库全书总目·织斋集提要》称："其文跌宕排闼，气机颇壮，而汪洋纵放，未免一泻无余。至于明季忠烈诸臣，多为立传，其表微阐幽，亦可谓留意史学。然所载不能一一审核。"李焕章对明末清初的史事人物多有记述，如《书雁门尚书行后》《张蒿庵处士传》《三友人传》等等都是，与一般史书不同的是，他的这些传记等文，多是精心结构，精心选材，具有较高的文学性。如《孙征君先生传》中，记述容城著名的遗民孙奇峰撰有议论史事的《大难录》时说：

> 时有野史之禁，妄言流传，闻者皆有忧色。征君笑曰："天下事，论有愧无愧，不问有祸无祸也。八十一岁老人，得此已足矣。"竟无恙。

孙奇峰在清初与李容、黄宗羲并称为"三大儒"，屡次拒绝清廷的征召，隐居山野，躬耕讲学，在当时儒林中深负重望。李焕章此传中对其生平记述颇详，所引一段，寥寥数语，形象地表现了他临难不惊、大义凛然的襟怀。当然，在有的传记中，由于传闻异词，李焕章又不可能对一些事件进行实地的考证，所以出现一些不足为据的记载，在当时的条件下，这也是难以避免的。

张尔岐序《织斋文集》时曾说："其为文，有嶔崎垒砢、猝不能句者，有超忽奔放、目不及瞬者，有简质浑穆、时见斑驳如古敦彝器者，有靓装挑服、香艳自喜如好女者，有微吟缓咏、冷桃淡喝如宗门评唱者，有旋风骤雨、雷霆交下者，其雄伟豪迈、岳岳难下之气，随方变现，不执一轨。"对李焕章文章风格的丰富多彩，对其运用各种题材才能随物赋形、各臻其美的艺术技巧，给予形象的描绘和高度的赞赏。确实如此，李焕章的许多文章中，像顾炎武一样、极少单纯流连山水、描摹景物之作，但偶一为之，也见其功力，如《游琅邪台记》中，记述了他在康熙十八年（1679），与友人一道赴琅邪台游玩时，见到了"海市"，他详细记述的海市蜃楼的变幻情景：

> 灵山岛东，林薄茺岹，长互数里，忽两树南北向，忽为一大树，突兀参天，枝叶扶疏；忽为一山，类米家灰堆；忽散小丘，旁马羊昂首，北驰走，而大珠山北海市见矣。一大村落，林木绕之，扉垣墙具。忽两村茅屋祠庙，联络复为一村，最后为城廓，睥睨兰盾具。时天方曙，绚彩丽天，波光尽赤，晃漾注射，羲轮欲现。众方远望天半，而一线涌自水底，出足踝下，与海外红霞，绝不相属也。

他依照海市变幻的过程,一一写来,秩序井然,实际上,当时天边的景象变幻莫测,全凭观者自己的想象,以为是树则树,以为像屋则屋,奇妙无比。但"意翻空而易奇,言徵实而难巧"(刘勰《文心雕龙·神思》),能够用语言把变幻莫测的奇妙景观,形象生动地描绘出来,而且条理分明,确实表现了作者运用文字的功力。后面还有日出之后的景象,文长不录。海市蜃楼这样的奇观,数年难得一现,恰逢其时,得以观此奇异,真乃一大乐事。作者当时就是抓住同伴的胳臂,大呼:"今日之游,秦皇汉武之所不能得!老句践称霸后,促促一至耳,无所云闻见也!"真有南面王不换之乐。李澄中序其文集曾说:"吾兄上溯子长,下宗韩、柳,晚乃放之庐陵。当其匠心经营,终夜不寐,偶然竟得,披衣急起,倏忽竟篇。故其文有举百钧之力,辟易万夫之概。至其千里一折,如回溪复岭,使读者始而慕,既而思,终而俯仰太息而不能自已。"李焕章的许多文章确实具有强烈的感染力。邓之诚先生曾说他:"为文务驰骋,不屑屑以迂回洗伐为工,视同时诸能为古文者,笔力过于李澄中,澄中又远过安致远、张贞,则定论也。"但后来论诗文者,多不见提起。这一方面是研究者历来重南轻北的偏见所致,一方面是李焕章卓然独立,不肯攀附。"王士禛论文不及焕章,曩亦疑之。及读《与陈孝廉友龙书》,乃知士禛招之不往,遂致疏绝。谓与势利人交为危事,为祸阶,平生得一周亮工知己,不欲再交贵人。盖鄙士禛乡里后进也。"[①] 李焕章的散文成就,不仅在清初山东文坛上首屈一指,而且可以和号称"古文三大家"的侯方域、魏禧等人相比并。只是至今专门研究其作品的论文尚少。

清初,山东以诗名家者,像宋琬、王士禛、赵执信等人,在散文创作上也都有相当的成就,这在下面将有专节论述。其他如以小说、戏曲著名者,也多有散文作品。如蒲松龄、孔尚任就是突出的代表。

提到蒲松龄,自然会想到小说《聊斋志异》,实际上蒲松龄的诗文作品也不少,今人整理的《蒲松龄集》中,收其文集13卷,文500余篇,赋、传、记、序各种体裁都有,其中不乏优秀之作。康熙三十二年(1693),李兴祖主持重修了大明湖畔的历下亭。此亭年代悠久,明代李攀龙曾经加以修葺,距当时已经150年了,坍塌断折,几乎又成了废墟。

---

① 邓之诚:《清诗纪事初编》,上海:上海古籍出版社1984年版,第160页。

李兴祖来历下任职后，请求上司拨款，又有众乡绅赞助，很快把古亭修缮一新，并题曰"古历亭"。蒲松龄游览了新亭，非常高兴，就写下了《古历亭赋》：

> 亭以地名，物因人见。何人何代，迹肇创于华阳；几世几年，名永齐于水面。凭轩四望，俯瞰长渠；顺水一航，直通高殿。笼笼树色，近环薜荔之墙；泛泛溪津，遥接芙蓉之苑。入眭清冷，狎鸥与野鹭兼飞；聒耳哜嘈，禽语共蝉声相乱。金梭织锦，唼呷蒲藻之乡；桂楫张筵，容与芦荻之岸。蒹葭挹露，翠生波而将流；荷芰连天，香随风而不断。蝶迷春草，疑谢氏之池塘；竹荫花斋，类王家之庭院。

这里是第一段，全面介绍了历下亭的来历、位置和周围的景物，有树、有花、有水鸟、有鸣蝉，这是自然景物，无一不招人喜爱，于是就有人来游玩、宴饮，丝竹管弦之乐与自然之声交融，随风飘来的花香，更加沁人心脾。接下去作者又描写了前代名贤如杜甫等人，游历下亭时所留下的优美篇章，明代李攀龙修复时的情况，接着又写了这一次重修，最后作者感叹道："噫嘻！于今百年来，再衰再盛，恰逢白雪之宗；焉知千载下，复废复兴，不有青莲之后哉！"此亭最早是元代天历三年（1330）春李洞所兴建，后来两次修复者皆为李姓之人主持，因此，作者希望此亭今后如果再有衰败，还会有李姓之人加以重修。这篇赋用的是骈体，多四六对句，用典也多，使之文采斐然，由于所用多非僻典，故而并不难懂。

即使是《聊斋志异》中，也有不少并不是小说，而是作者记录下来的当时的"异"事，如《海市》《地震》等篇都是。这里仅录《地震》之文：

> 康熙七年六月十七日戌时，地大震。余适客稷下，方与表兄李笃之对烛饮。忽闻有声如雷，自东南来，向西北去。众骇异，不解其故。俄而几案摆簸，酒杯倾覆，屋梁椽柱，错折有声。相顾失色，久之，方知地震，各疾趋出。见楼阁房舍，仆而复起，墙倾屋塌之声，与儿啼女号，喧如鼎沸。人眩晕不能立，坐地上随地转侧。河水倾泼丈余，鸡鸣犬吠满城中。逾一时许始稍定。视街上，则男女裸体相

聚，竞相告语，并忘其未衣也。后闻某处井倾侧不可汲，某家楼台南北易向，栖霞山裂，沂水陷穴，广数亩。此真非常之奇变也。

康熙七年（1668），临淄一带发生地震，作者亲身经历了地震的全过程，并记下了当时自己和其他人的反应。全文按照时间顺序，开始人们是浑然不觉，地虽震而不知何故。接着房屋发生异变，才知道是发生地震，遂仓皇奔出。在外面，更清楚地看到了地震的情况，而且人们开始啼叫号哭，并有各种奇怪的表现。最后又写了事后所闻。所记完全是据实而录，因而和今天科学家所描写的地震发生的过程完全相符，而且所记人们在地震时的表现，更是亲切如睹。寥寥200余字，把一场大灾难记述得如此清楚，条理分明，足见作者驾驭语言的能力。王士禛曾经评点过《聊斋志异》，给予高度赞赏。蒲松龄也曾把自己的诗文作品，送给王士禛，请他批评指正。王士禛于不少作品都有批点，又写了《题聊斋文后》的总评语，说："八家古文辞日趋平易，于是沧溟、弇州辈起而变之以古奥，而操觚家论正宗，谓不若震川之雅且正也。聊斋文不斤斤宗法震川，而古折奥峭，又非拟王李而得之，卓乎成家，其可传于后无疑也。"可见他对蒲松龄之文，也很赞赏，并给予很高的评价。

孔尚任以《桃花扇》著名于世，也以此在文学史占有重要地位。他的诗文数量也不少，据《孔尚任诗文集》所收，约有诗1400余首，文400余篇，还有词、曲等，他的诗、文论，在山东文学史上也应占有一席之地。这里主要谈谈他的散文。

孔尚任年轻时，曾在曲阜县北的石门山中居住多年，博览群书，研习经典。读书之暇，遂遍游山中各处景观，并写下了《游石门山记》。这篇游记长达四万余字，显然非一时所成。记中详细描绘了山中的峰、涧、树、石等景物，每处虽只寥寥数笔，却能够把景物的独特、生动之处，凸现在读者眼前。如：

书院甚平旷，前瞰颔珠台，后负翠屏峰，珠围翠绕，须我辈消受也。左臂为山之中峰，树石纠杂，苍郁有气。曲者树、直者石、树罅石补之、石缝树弥之。巅半起两石壁，透出木末，似垂两匹鹅溪绡，可看十里许。

书院周围视野开阔,环境优美雅致,能够在此读书,真是福气。作者对石门的山水草木,都充满了感情,因而笔下的景物,往往就被写成了有意识的东西,如:

> 乃自入胜桥南登颔珠台,台长阔数市,筋骨暴露,光怪陆离。坐此则高险平远,尽在襟带,晴宜、雨宜、月夜尤宜。台尽处,孤立一石碑,居山之正位。山灵亦好名,必待人题石门三大字也。台阴垂古藤,下胃老僧龛,乃祖永入悟处。东有洗耳亭,涧水冲石而下,喧叫抵死不歇,若有天大心事,星疾难缓,反令观者五官茫昧,四肢不僵,作烂柯人矣。

像这种拟人化的写法,在文中还有多处。作者在山中多年,可以说每天都要和山、水、木、石打交道,因而在潜意识中已经把它们都当成了自己的老朋友,想象它们也和人一样有喜怒哀乐,有表现的欲望。这种描写,正是作者内心深处情感的自然流露,文章也因之而显得活泼风趣。

孔尚任现存的文章中,以与友人的短札最多。这些书札或数十字,或百十语,言简意赅,却韵味悠长,如:

> 分手后,暂息昭阳北台。长夏无事,坐看湖光海气,侵扑襟袖。每念足下胸有烟云,笔无尘土,何时买棹东来,为我摹写,兼完前托八桢?恐稍迟,则鸥鹭之踪,又不知飞鸣何渚矣。(《与李左民》)
>
> 仆本贫官,又交贫友,有心无力,自蹈菲薄。何时得一机会,大为柴桑故人增色乎?念之念之!弟非食言人也。若谷在敝署,备悉清苦之状。百里荷花,不堪持赠,藕粉数函,聊助苦吟耳。(《答张谐石》)

这是从《孔尚任诗文集》中随手拈来的两札,都表现了作者与朋友的深情厚谊,文字极短而极耐咀嚼,清新隽永,灵动活泼,可与苏轼的小品文相媲美。

三 中后期作家的创作与对文献的搜集整理

雍正、乾隆之后,山左诗人仍然不少,但足以耸动诗坛、影响全国的大诗人却再也没有出现。值得提出的是卢见曾等人对乡邦文献的整理。

卢见曾（1690—1768），字抱孙，号雅雨山人，德州人。康熙六十年（1721）进士，乾隆间官至两淮盐运使，有《雅雨堂诗文》。"见曾勤于吏治，所至皆有殊绩，然爱才好士，官盐运时，四方名流咸集，极一时文酒之盛。"（《清史列传·文苑传》二）见曾招揽名士，校刊的许多古籍，"皆有功后学"。同时又因为他认识到"山左之诗甲于天下"，但"百余年来，未有专选"，因而"每叹遗文散失，姓氏无征，吾乡文献，及今不为搜辑，再更数十年，零落渐灭尽矣。此后死者所大惧也。"于是他就委托同是山东籍的宋弼、董元度等人，"遍搜昭代之诗，上自名公巨卿，下及隐逸方外"，并仿元好问《中州集》体例，"每人各附小传，具列乡里出处，间缀名流评骘，以备一代之诗史。"（《国朝山左诗抄序》）经过多人6年的努力，编成了60卷的《国朝山左诗抄》。卷首有详细的凡例，对全书予以说明。特别指出，所以名"抄"而不名"选"，是因为，"选家标立风旨，合者收之，不合者去之"，而"抄则各存本色"。书中共收录了清初以来山东诗人620余家诗6000余首。

卢见曾《国朝山左诗抄》的编纂，其对乡邦文献的保存，功莫大焉，这不仅因为此编保存了清初至乾隆前期的山东诗人的事迹和作品，更重要的是开了一个先例，后来陆续有人继续他的事业，搜集整理山东诗人的作品。其中宋弼用力最多。

宋弼（1703—1768），字仲良，号蒙泉，德州人，乾隆十年（1745）进士。他也以诗名，官甘肃道时，尝"访问西域风土物产古人所未纪者，各缀以诗，凡百篇"。（钱大昕《甘肃提刑按察使司按察使宋公神道碑》）宋弼受卢见曾委托，编纂成《国朝山左诗抄》之后，又继续搜集所遗，编成《补抄》7卷《续抄》4卷。他还把搜集的范围进一步扩大到明代，当时他正主持滦源书院，除了自己搜讨之外，他还发动书院的学生，因为学生来自各个郡县，见闻更广。后来他赴京为官，更是"逢人求索，有得即手自誊写，无寒暑游宴之闲"。（李文藻《山左明诗抄序》）成稿后，宋弼交给了卢见曾，希望他能够出资刊行。但不久，卢因事得罪，被抄家。而宋弼此时官甘肃按察使，在进京入觐途中，卒于洛阳。在这种情境下，这部书稿的命运真是岌岌可危，幸亏又遇到了另一位关心桑梓的益都人李文藻。此前他曾与宋弼书信往还，讨论编纂之事，此时他"恐此书遂之湮也，己丑正月走德州，从州官求买此书。卢氏书入官者数十万卷，吏为检三日"，终于找到了这部书稿，后来又想方设法筹资刊刻，终于使之能够流传。《山左明诗抄》共35卷，体例略同《国朝山左诗抄》，每人名下有小传和辑评，共收明代山东诗人431位。为后来研究明代山东诗者，提供了很大的便利。

此后，嘉庆间张鹏展督山东学政时，又编纂了《国朝山左诗续抄》32卷，所收自清初起，补前书所遗者。这样嘉庆以前山东诗人共有2000余家，诗12000余首。此后至道光二十九年（1849），济南余正酉又编成《国朝山左诗汇抄后集》，此书亦仿前书体例，稍有不同处是"兼存见在诸人，以俟论定"（卷首自序）。这样一来，从清初至道光200余年间，山东诗人也可以说是大体略备了。

虽然乾隆以后，山东诗人没有足以领袖全国诗坛者，但还是有不少诗人诗作，产生了相当的影响。这时期考据学大兴，出现了所谓的"乾嘉学派"，山东也产生了一些较有成就的学者。如桂馥、郝懿行、马国翰等人，就是其中的佼佼者，他们以学者名世，有不少学术著作，同时也能诗文，也有文集行世。

桂馥（1736—1805），字冬卉，号木谷，曲阜人，乾隆五十五年（1790）进士，官云南永平知县，有《木谷集》。桂馥博涉群书，尤潜心小学，著书多种，其中尤以他花费几十年精力所撰成的《说文义证》，成就最高，"其书荟萃群书，力穷根柢"（《清史列传·儒林传》下二），后之论清代学术史者，认为清儒治《说文》功力之深，当以桂馥居首。桂馥也喜作诗，但多不留稿，其孙始为之搜集刻行。《晚晴簃诗汇》录其诗达20首之多，《诗话》中并说："即今所存类皆骨干坚凝，风格遒上，在同时流辈中正复未遑多计。"（卷一〇七）他的诗作中，也有以金石考古为题材者，如《孔褒铜印歌》《题汉瓦头》等，虽受到学人之诗的影响，却不像倡导"肌理学"的翁方纲等人那样以堆砌故实为能。其他题材的诗也多可诵之篇，举其写景的小诗两首：

　　淡黄柳色小沙堤，昨夜微霜秋满溪。月晓风清人未到，藕香常在钓船西。（《题画》）

　　万木阴中流水远，三家村外断云闲。若使此身能自主，只应解带

换青山。(《梅花堡题壁》)

描摹景物,色彩鲜明,富于神韵,使人爱读。

郝懿行(1757—1825),字恂九,号兰皋,栖霞人,嘉庆四年(1799)进士,官至户部主事,有《晒书堂集》等。懿行一生酷爱读书,家中藏书万卷,所得俸银,几乎全都用来购买书籍。他终日手不释卷,著述甚丰,已刊行和未刊行者,合计达60余种之多。其中《尔雅义疏》是他一生心血的结晶,后人对此书评价甚高,公认为研究训诂学的重要著作。郝懿行的诗文中也有不少好作品,《晚晴簃诗汇》称他"诗亦朴雅无俗韵"。

特别值得一提的是,他的夫人王照圆,也能诗。王照圆(1763—1851),字瑞玉,号婉佺,福山人。她的父亲王锡玮是一位学者,在父亲的熏陶下,她从小就博涉经史,学习写诗作文。嫁给郝懿行之后,懿行每有著述,她多为之写定、题识。二人还经常以诗答问,日积月累,最后成了《诗问》七卷。她自己所作诗也多清新有味,如:

何处清香远,遥瞻岭上梅。不随群卉茂,独占一阳开。(《梅花》)

时回春日暖,晴看柳垂金。绿叶和风放,新枝指晓禽。(《春柳》)

都是隽永可喜。郝懿行去世后,她将其遗著整理刊行。"当时著书家有'高邮王父子、栖霞郝夫妇'之目。"(《清史列传》卷六九)将郝氏夫妇和江苏高邮著名的经学世家王念孙、王引之父子相提并论,足见时人对郝氏夫妇是如何地赞誉了。

咸丰、同治以后,山东诗文虽不如前代之盛、却仍然代不乏人,但由于没有"好事者"为之搜集整理,许多作家、作品遂致湮灭无闻。民国间徐世昌辑《晚晴簃诗汇》,收录有清一代之诗,但所收咸、同以后山东诗人,仅有三十余家,仅从数量上看,也是无法和前一时期相比的。这时期较为突出的诗人,如柯蘅(生卒年不详),字佩韦,胶州人,有《春雨堂诗选》。《晚晴簃诗话》对他赞赏有加,说他:"尤长于五言,论者谓可追踪襄阳，不但无愧于乡先生王阮亭也。七律亦清疏亮拔。"(《晚晴簃诗汇》卷五九)认为他的五言诗可以和唐代著名诗人孟浩然相媲美，可见评价之高。鸦片战争之后，中国社会的许多方面都发生了变化，这些变化不可避免地会在文学作品中有所反映，山东的作家自然也会有这方面的作品。正如《晚晴簃诗话》评论临清徐坊诗时所说："苍凉深婉，有《黍离》《麦秀》之音。"(《晚晴簃诗汇》卷一八〇)曾经强盛一时的大清帝国，正一步一步地由衰败走向灭亡，身处其中的诗人自是感慨不已。

关于文方面，还有值得一提的是道光初潍县的刘鸿翱曾辑成《山左古文抄》8卷，收录自清初张尔岐以来的五十余家之文241篇，所收经过严格斟裁，奏疏表章不录，录"论辩、原说、序记、题跋、书后、墓志碑铭、状略"诸文体。每卷目录后附各人小传，但有不少都注明"履历不详"，这比起此前的多种"诗抄"来，显然要逊色得多了。

词在清代中兴，著名的是"浙派"，浙江一带出了不少著名的词人。但在山东，词同诗差不多，也是在清初时繁盛，乾隆以后，作者就较少了。光绪二十七年(1901)，海丰吴重熹辑刊山左人词，于宋代收柳永、李清照等九家，于当代则收王士禄《炊闻词》、王士禛《衍波词》、宋琬《二乡亭词》、杨通俿《竹西词》、唐梦赉《志壑堂词》、曹贞吉《珂雪词》、赵执信《饴山诗余》、田同之《晚香词》八家，这些词人，大都以诗著称，有些后面会有专节介绍。

第二节　曲坛晚晖

清代已步入中国封建社会的晚期，从政治、经济、文化等各方面看都进入了封建社会的衰老阶段。散曲和戏曲也都走过了几百年的历程，从整体上看都已从最辉煌的时期走向衰亡，不再复有元明时代的光辉灿烂。但是这并不等于说这两种文学艺术样式在清代毫无成就可言，而是说它们都在经历新的蜕变，如散曲由案头化，脱离音乐，而渐变为自由体诗；戏曲由庭院化，典雅化，而乱弹兴起，新剧种层出不穷，推出了当代国剧——京剧等。在这种演变的过程中散曲和戏曲也都如一抹夕阳，晚晖绮丽，出现了一些值得称道、称奇的名家名作。其中一些大家，手笔气势也绝不亚于元明作者。

就山东清代曲坛发展趋势而言，大体也是这等情况。不过由于从明代中叶南曲就逐渐成为时代的主流，北人对南曲终究不太熟悉，因而曲作家数量上和曲作质量上北人都比南人要少许多，差一些。这是从总体而言，具体到某一作家自然又要具体分析，情况也有很大悬殊和差异。山东曲坛无论从散曲和传奇来看，还是从后来生发的地方戏而言，都涌现出一些名家、大家和享誉全国的名作，如孔尚任、丁耀亢、叶承宗、宋琬、蒲松龄、桂馥、孔广林等。这些人多是"全才"，诗文词曲小说各文体兼善。有的本书要专章论述如孔尚任、蒲松龄；有的要放在诗文章节论说，有的在本章侧重论说，这要看其曲作成就大小而定。就散曲与戏曲两种文体看，山东戏曲又比散曲成就要光辉得多，这和清代全国曲坛形势也是一致的。

一 散曲：日落景象中偶见光辉

论及清代散曲，学术界几乎一致认为是"强弩之末"：在思想内容上已不能达到元明水平，在艺术成就上已不能出乎元明人牢笼。要说它有什么特色，只能说它日益退化，失去了散曲本色，一变为诗文的附庸，只有个别出类拔萃者，才能一望元明人的项背。就山东散曲创作情况而言，比南方情况更差一些。但是在研究中国散曲史时，却还不得不涉及山东的散曲家们。

首先要述及的是小说家兼戏曲家、散曲家的丁耀亢。

丁耀亢（1599—1669），字西生，号野鹤，别号紫阳道人，诸城人。清顺治四年（1647）入京，由拔贡而为镶白旗教习，容城教谕，惠安知县等。60岁时以眼病，自称"木鸡道人"。他多才多艺，有《丁野鹤诗钞》，多种小说、戏曲著作。今得见其散曲只有两套：《青毡乐》《青毡笑》，皆为南北曲合套，调为〔双调〕。曲词豪放旷达，笑傲人间，气势充沛，令人想见其为人定是潇洒自如，桀骜不驯，真如野鹤自由翩翩。试看其曲：

〔新水令北〕高名不列荐绅编，别有儒林便览。行藏原是隐，羁旅号为官。萧洒清闲，又休看作风尘下贱。

〔步步娇南〕空堂四壁红尘远，镇日把重门掩，倚然似远山。风雨疏帘,静把图书展。鸣琴仔细弹,歌一曲猗兰空谷无人见。

〔折桂令北〕老头巾不受人怜,说什么炎凉冷暖,苦辣酸甜。到处有酒瓢诗卷,龙泉射电,彩笔如椽。扶世界不用俺登朝上殿,挽江河那用俺进表陈言。天赐平安平安,一任盘桓。受清贫料没有暮夜黄金,论官箴那里讨犯法青钱!

生活清贫"三月食无盐""啮雪并飡毡",但是作者安于清贫,冷观世事"见多少掀天揭地兴亡乱,白衣苍狗浮云变,朝更暮改蜃楼幻"。所以他贫中自安自乐,曲词毫无悲苦之音,道的是"随缘,遇缘;知天,乐天",自得其乐,不是神仙,赛似神仙。人生能得如此超脱,曲风如此爽朗,是得元明曲之神髓也。两套曲若混入元人曲作中也是让人难以分辨的。

和丁耀亢几乎同时的叶承宗,则专攻散曲。他的曲作继承了元代刘时中、明代冯惟敏等散曲大家的现实主义曲风。其曲作面对社会现实,忧国忧民,胸襟博大。他不仅是为抒发个人的情怀而作曲,更是要用散曲为民众而歌,为百姓的疾苦而呐喊。

叶承宗(1602—1649),字奕绳,号泺湄啸史,济南人。他大半生在明代度过,但他参加了清代科举考试,并为顺治三年(1646)进士,还在清为官临川知县,为清廷殉难而死。叶承宗工诗文,善词曲,作有杂剧和传奇多种,他所作散曲今所见虽只五套,但这五套作品却套套动人感人,并能见其胸怀高远,以及当时民生多艰。如他在临川县任上根据自己亲身经历所写的《临川散粥》套曲:

〔南仙吕入双调·步步娇〕散粥城南亲驰骤,老稚纷相揍,阶前人影稠。堪怜他面鹄形鸠,都充名口。他是瘦咽喉,答应不出连声有。

〔醉扶归〕莫怪他挨前还擦后也,是他没力气的筋骸不自由。紧随身还有个病孩儿,等闲弃不开亲娘手也,待要抢先争得饭一瓯,眼生生怎撇下着疼肉。

〔皂罗袍〕怪得他布麻缠首,他母僵废陌,爹葬荒沟。百忙里关不出半瓢飡,从昨日饿倒了两三口。尤可怜那妇人眼儿里饱,进前又羞;肚儿里饥,归家又愁。楚宫腰乱向风前斗。

〔好姐姐〕也有衣冠故旧,恨家残也效干求。对人羞涩,几度欲藏头。休落后,肚里雷轰难消受,且休提裘马翩翩旧日游。
〔香柳娘〕对朝餐自悲,对朝餐自悲,一餐难凑,官粮还欠七八斗。几番家欲死,几番家欲死,卖不出贱田畴,叫不应狠亲旧。还仗赖邑侯,还仗赖邑侯,早奏宸旒,急来搭救!
〔余文〕县官弱骨和伊瘦,痛痛痛言难出口,怎能勾明诒蠲征将子遗留?

这套套曲鲜明地描画了清代初年饥民惶惶的景象,对不同身份阶层的饥民为了一碗粥而表现出的饥渴难忍、无奈羞涩,作了极其生动的描写。同时表达了作者对饥民的无限同情以及他为民着想的可贵胸怀。这种现实主义强烈的曲作就是放到元明曲中也不逊色。他的《旅途述怀》也是一首感叹世事之作,而《榆钱》《病中洗足》两曲皆别具一格。《榆钱》以物喻世,激愤溢于言表;《病中洗足》以事讽世,滑稽诙谐,寄托遥深,十分清灵可爱。总之,叶承宗还秉承着明代散曲的余风,是一个有相当成绩的散曲家。

这一时期还有著名小说家蒲松龄(1640—1715),字留仙,淄川(今属淄博)人。他的散曲别具特色,其俚曲为民间小曲,继承了民间文学朴实清新的曲风。就传统散曲而言,在他写来多充满了辛辣激情,活泼俏皮,于幽默滑稽中具有鲜明的嘲讽意味,很得元曲三昧。如他的〔正宫·九转货郎儿〕套数就是代表,其曲词写一个胸无文墨的举子应考的狼狈相,惟妙惟肖,尤其心理描画入木三分,讽刺了科举把人性已完全扭曲。此人本不爱学:"远躲开仇雠书架,厌气死醉辛砚瓦,论棋酒聪明俺自佳。"可是偏偏要他参加考试,他"这一场惊慌不小",只觉得"一盆冰水向顶门浇,似阎罗王勾牒至,把狂魂儿惊吊了。半晌间心慌跳,相看时有如木雕"。转而他自想自笑,道"怕也难逃。恹头搭脑,只得向法场挨一刀"。把赴考场直当作赴刑场,其在考场表现也就可想而知,只有丑态百出了。这在散曲中乃是不可多得的一套讽刺科举的佳作。

最后还要再论及的就是孔广林。

孔广林(1746—1814后),字丛伯,号幼髯,别号赘翁,曲阜人。是孔子后裔，曾为廪贡生，官太常博士。专攻经学，著有《说经五稿》，又好曲，作有《温经楼游戏翰墨》20卷，是他所作传奇、杂剧、散曲的合集。内有299首小令和20套套曲，也正因这样大的散曲创作数量在清代散曲作家中为首屈一指者，所以论及中国散曲史和清代散曲史都不能不述及他。而他的曲作也恰恰代表了清代散曲向下的一路。

首先，他明确表示作曲就是游戏文字。他在〔高平调·十二红〕《自题游戏翰墨》曲即道他作曲"不过随时乘兴遣无聊"。生活无聊，再用曲歌之，也就更加无聊，所以他的曲作数量尽管在清人中数第一，但内容多写身边无聊琐事，更加用酸腐陈旧经义出之，词句如经文，毫无文采，更无生动活泼之气息，其曲作也就真成了无聊之作了。

其次，他虽好曲，但对中国曲史上的名作却不以为然。他的〔双调·新水令〕《题聘之族祖〈桃花扇〉〈小忽雷〉传奇》套曲道：

〔殿前欢〕每怪那王实甫名擅词坛展腾蛟，《西厢》偏绘凤鸾交。《南风》意旨全忘掉，诗和琴挑，铺张格外饶。人还效，此剧翻南套。写来情艳，总是词妖。

〔雁儿落〕最厌煞形容胭粉娇，一谜里赶趁风流闹。《牡丹亭》伤春梦一场，梅树边惜玉魂频叫。

此套曲意在称颂孔尚任之《桃花扇》和《小忽雷》，"不比那寻常家数小""盈盈正气摧强暴"。但扬此抑彼之中把众人称赏的天下名作贬为"词妖""赶趁风流闹"，斥责其没有《南风》的端庄，明显地表示对这样的曲作最为厌煞，可见孔广林是多么迂腐僵酸了。

第三，毕竟孔广林好曲，无事不入曲，因此千失也有一得。一方面其曲作中也有少许情真意切出乎自然心性之作，读来令人亦能心动，如〔商调·字字锦〕《读曲漫歌》道："慕元贤，真是太华晴云，晴云儿映月九天凤骞。流连，长歌短拍，莫不声调自然。""俺如今便规规仿仿，趋趋步步，也不过是捕风追电。"这倒是老实话，能让人首肯。〔黄钟·昼夜乐〕《败子叹》道："纨袴场中误少年，堪怜堪怜怹憨郭痴颠。随飞絮因风乱卷，是萧蒿怎近得芝兰面？空夸他相府红莲，傲性便。漫笑青毡，漫笑青毡寒贱。"则道出纨袴子弟败家败业，以警世人。本来劝诫之曲占了孔广林作品相当大的数量，写好了未必不是优秀杰作，只可惜他这方面内容的曲作大多是老生常谈，缺乏新警气味，一旦他把散曲写成了道德文章的模样，也就只能令人生厌了。但另一方面孔广林毕竟也在不断追求出新，思想内容他难以跳脱自己为圣人后裔的窠臼，在形式上他还是作了一番努力的，如〔南商调·百一令〕就是他的创举。他在序中说："今夏酷热，烦闷无聊，惟把酒对小山自遣。吟兴勃勃，戏用一字至十字，复十字至一字，成〔百一令〕新调，依南九宫商调度腔，以消溽暑云。"对这种形式上创新的努力自应肯定，但再新颖的形式如果没有深厚的思想内容和真实的情感，只是玩笔墨文字游戏，也作不出好作品。反倒是他出自真情之作能让人引起共鸣。如〔双调·水仙子〕《自叹》：

安心贫素躲风尘，畅好清闲自在身，无端却被冤牵混。要推开养净根，俺为宣圣云孙。既不敢缁流近，又难鲁泗滨，只落个酒度穷辰。

此曲真实地写出了他自端着"宣圣云孙"的架子难以放下，难以合群，难以处世，落寞孤寂自叹自艾，让人觉得这种人又可笑又可怜。而孔广林之所以写了那么多散曲，成就不大，也就在于他自端"圣人自高"架子的缘故，为此他就不敢抒发自己真性灵，只能"代圣人立言"，而这就使他所作散曲失去了生气。清代人有一批散曲家都是吃了这种亏。

大体上说清初的山东曲家大多能秉承元明散曲遗风，各有开拓。至清中叶孔广林为山东散曲名家，受家庭和时代环境影响，头脑冬烘僵化。他创作散曲已不能和前期相比肩，这不是说数量，而是指意境，思想和艺术。还有即墨人黄立世，广饶人金杏园，无棣人吴峦熹等曲作数量都很少，一二首三四首，内容艺术也无新意。随着全清时代散曲的衰落，山东传统的散曲创作也再没有什么起色，但是民间小曲却别开生面显示了勃勃生机。

二　杂剧传奇：寥落星空有巨星突现

杂剧从元代勃兴，中经明代延续发展，到清代已不再是戏曲代表样式。但是作为一种艺术形式，仍有作者爱好和写作。特别是作为一种短剧样式，它能起到长篇大套传奇起不到的作用，能让作者集中抒发感慨，而不需花许多精力去结撰故事情节。山东曲家也有一些人爱好此种形式，并且还写出了有相当影响的杂剧。但是杂剧毕竟已经不是时代戏曲的主流，传奇代替杂剧样式从明代中叶以来就风行全国，至清代更呈现出新的繁荣景况。山东曲家最早秉承明代戏曲风脉而进行传奇创作的就是丁耀亢。他的传奇作品有十几种之多，现存有清刊本四种。其一《化人游》十出。取材于《列子》演周穆王时，西胡有化人来谒穆王，穆王乃随化人腾飞天上，出于云霄。事或受《穆天子传》影响而撰为剧。其二《西湖扇》三十二出。不知事所出。其三《赤松游》四十六出，演张良辞汉随赤松子游事，本于《汉书》和小说《前汉演义》等。其四《蚺蛇胆》又名《表忠记》三十六出。据郭棻序可知该剧乃奉上敕而写。表彰明代杨继盛之忠，序谓：忠愍（杨继盛之谥号）大节，如日星海岳。曩如《鸣凤》诸论，独是以邹、林为主脑，以杨、夏为铺张，微失本旨。今上思以正之，冯公傅公，相顾而语："此非丁野鹤不能"。于是丁历数月而成。但其措词有碍圣瞻，未被进上览。同时有江苏江都人吴绮（1619—1694）亦撰稿《忠愍记》得进宫掖。由此可知丁耀亢肆于才，非能屈于他人之意者。其所作传奇多求疏放自由，世外仙境，实则表现了他对现实的不满。已佚之传奇《星汉槎》《非非梦》等也都如《化人游》《赤松游》，要远离现实，别求神仙世界，即更美好的世界。富于浪漫、想象，运用神话传说作剧乃是丁野鹤传奇的一大特色。

其他山东清代传奇作家还有汶水人路术淳，作有《玉马珮》一种，安邱人张贞作有《画衣记》一种，曲阜人孔传志作有《软羊脂》《软邮筒》《软锟铻》三种，济南人袁声作有《领头书》一种。这些剧虽然在中国戏曲史上说不上是一二流的优秀作品，却对繁荣山东戏曲作出不同贡献。而鼎鼎大名的传奇大家孔尚任，在清代山东曲坛犹如寥落星空中突然出现的一颗光芒四射的巨星；他和在南方同时升起的另一颗巨星洪升，同时照亮了清代的曲坛。孔尚任虽未中进士，但却有着特殊的机遇，在上层官场度过了十几年，他于诗文词曲可谓样样精通。关于他，下面有专章详说，这里暂且不论。

清代山东杂剧创作者中，年辈最早的则是诗坛名家宋琬。人皆知他有诗文集《安雅堂集》，少有人知他亦作有杂剧《祭皋陶》，并有清康熙刊本，可能因剧署名"二乡亭主人"，人不知即为宋琬。该剧乃因宋琬被冤入狱有切身体会，而呼唤严正法官所作。另一名人是大名鼎鼎短篇小说之王蒲松龄，其《闹窘》《钟妹庆寿》两剧皆为杂剧，且有抄本存，说明当时曾演出流行。另《考词九转货郎儿》或以为是杂剧，或以为是散曲，因《全清散曲》已录，无科白，前已以散曲论之。

另外年辈较早而有所成就者是叶承宗。其杂剧今得见有《清人杂剧二集》刊本《十三娘》《孔方兄》两种，皆为短剧一折。前者叙女侠荆十三娘为人"报仇雪恨"事，颇有唐传奇中女侠味道，其事取自《太平广记·荆十三娘》。后者乃据鲁褒《钱神论》而编，着重讥讽钱神，愤于言表。其不存剧尚有《羊角哀》《狂柳郎》《金玉奴》《莽桓温》《猪八戒》《贾阆仙》《穷马周》《痴崔郊》《狗咬吕洞宾》《沈星娘花里言诗》《黑旋风寿张乔坐衙》等，由此可知当时叶承宗创作杂剧量相当大，题材也相当广，但大体不离文人笔记或市井传说。

清代山东杂剧作家中最有成就者乃是桂馥，代表作为《后四声猿》。《后四声猿》杂剧有《清人杂剧初集》刊本。因明代著名戏曲家徐渭有《四声猿》杂剧名作，桂馥取其结构形式，另觅新题材，遂为《后四声猿》。徐渭所作乃借古人事写自己胸中块垒，桂馥所作也如是，剧作寄予了他的不平与愤慨。《后四声猿》为四个短剧，一为《放杨枝》，写白居易晚年欲放还爱姬爱马而情又不忍之事。白有《折杨柳枝词》和《不能忘情吟》，剧乃借此点染结构，写情意之缠绻。剧二为《投溷中》，写李贺有表兄黄某忌李贺之才，将李诗作投于溷中。但冥冥之中黄某却遭报应，被投于鬼窟，受到惩罚，大快人心。剧三为《谒府帅》，写苏轼为小官时，拜谒陈府帅而不得见之尴尬和屈辱。有大才而屈为下僚，受辱，令人拍案不平。剧四为《题园壁》，写陆游于沈园赋〔钗头凤〕词事，多少苦恼尽寓词中。四剧皆写唐宋文人恨事，虽不涉及时政民生，但情意文采自有可取处，一时脍炙人口。王定柱为其剧作序曾道，桂馥才如李长吉，名望有如苏东坡，好奖掖后进，至齿发衰白如白居易，落落不自得。遂取三人逸事，编为剧，以吐臆抒感，敢与徐渭一争风雅。虽然说《后四声猿》说不上是清代一流杂剧创作，但确属名家名作之类，尤其在山东清代曲坛，桂馥则为光彩人物。

济宁人许鸿磐（生卒年不详）则是一个多产作家，字渐逵，号云峤，乾隆四十六年（1781）进士，曾官泗州知州。精于地学，著有《方舆考证》。善诗工曲，诗文集有《六观楼遗文》《雪帆杂著》等。他的杂剧创作合称为《六观楼北曲六种》，有道光年间刊本。六种剧，一为《三钗梦》，取材小说《红楼梦》，写晴雯被逐、黛玉之死、宝钗之寡，以宝玉穿插为四折。二为《女云台》，本《明史》写秦良玉事，演为《传概》《誓师》《叙功》《完节》四折。三为《西辽记》，本《辽史》写辽天祚帝之后事，以戏演史，抒写其见地，共四折。四为《雁帛书》，本《元史》《宋史》，演郝经出使宋被拘十五年，以雁足寄书之事，亦四折。五为《孝女存孤》，乃演清初吴三桂将领张士佶之女张淑贞抚养其侄二十五年事。六为《儒吏完城》，写其友人朱韫山保城拒叛事。总体而言，六剧大体不本于史即本于时事，作者借剧要表达自己对史事人物的见解或情感，皆有所为，不是空泛议论，其中不乏创见和创造。但杂剧这种体式已不流行，故其所作也只能案头鉴赏，未能在曲坛广为传播。类似情况还有孔广林，他的《温经楼游戏翰墨》，收有他所作杂剧四种：《女专诸》《松年引》《璚玑锦》《斗鸡忏》，和他的散曲一样多具教诫之义，走的是教化一路，虽自赏，但未广泛流行。

还应当述及的是除了山东籍剧作家，还有一些客居山东的戏曲家，他们也为繁荣山东清代戏坛起了相当大的作用，以杂剧而言，比如江苏丹徒人严保庸，在嘉庆二十四年（1819）成进士后，即官栖霞县令，其人爱好戏曲，甚至以官署为词场歌榭，竟因此被罢官，而他所作杂剧《吞毡报》《红楼新曲》《同心言》《奇花鉴》等皆"风行都下"，所作《盂兰梦》，则有道光年间刊本传世。而云南宜良人严廷中在嘉庆间亦官莱阳少尹，7摄县令，在山左被称为循吏。所作杂剧《铅山梦》《河楼絮别》等当都在山东作演。道光十九年（1839）他归回故里，还作有杂剧集《秋声谱》，包括三种杂剧。至于为传奇者，则有著名的戏曲家顾彩，无锡人，是孔尚任的好友，曾客居曲阜，与孔尚任一起切磋剧艺。如《小忽雷》传奇即孔尚任和顾彩两人合撰。孔尚任《桃花扇》出，顾彩又改编为《南桃花扇》，扩大了《桃花扇》的影响。其他还作有《后琵琶记》等。应当说顾彩为山东传奇，为托起戏曲巨星孔尚任尽了自己的心力。还有顾彩之弟顾彬亦善传奇，曾取齐鲁事撰《齐人记》，时人称之"脍炙人口"。

以山东人和事编为剧者，清代戏曲也为数不少。有关《水浒传》故事的杂剧传奇，还不断有新作问世。如海宁人张韬所作《后四声猿》杂剧中的一种，就是写戴宗与李逵之事者，名为《戴院长神行蓟州道》。又有乐昌人刘百章所作传奇《祝家庄》，吴县人史集之所作传奇《清风寨》，朱云从所作传奇《二龙山》，金蕉云所作传奇《生辰纲》，常熟人邱园所作传奇《虎囊弹》等，俱是演水浒英雄故事。尤其《虎囊弹》影响甚大，一是后来周祥钰、邹金生合撰《忠义璇图》，即以《虎囊弹》合以《水浒记》《义侠记》汇编而成，为清代昇平署之大戏；二是京剧还在演《虎囊弹》剧。此外大戏曲家洪昇也撰有水浒英雄戏，名为《闹高唐》，当写柴进、李逵事，惜剧本已佚。再有就是江都人郑小白所作传奇《金瓶梅》，与小说同名，但基本还是本《水浒传》小说。只是《金瓶梅》这一戏曲与小说同名现象还是很有趣的。清代水浒戏可以说是一个长长的系列，除了有名姓的作品，失去名姓的还有不少。如写宋江与阎婆惜事的《青楼记》，还有《忠义堂》《高唐记》等等，他们继承了元明水浒戏的传统，使水浒英雄更加深入人心。总体看山东清代戏曲星空寥落，虽然成绩不及元明，但孔尚任一颗巨星突现，就使山东曲坛尽失遗憾。

三　小曲和地方戏：别出一枝

当散曲和戏曲在清代日益成为文人抒发其情感的工具，从街头进入庭院，从勾栏舞台走上案头，从通俗晓畅变为典雅文化之后，民众间自有新生的乐曲歌舞诞生。其风格意趣和文人曲、文人戏迥然有别。这种情况在明代就已产生，在清代愈演愈烈，几乎形成雅俗分流、市井与庭院相对的局面。而这种民间小曲以及文人染指小曲，地方戏丛生、文人投入地方戏创作，则几乎是对当初散曲与杂剧形成时的金元风气的一脉承传了。这种情况在山东也不例外。传统的散曲、杂剧、传奇，除了几个大名家、大手笔的作品以外，大多数都落入平庸，无有新意。而文学贵在创新，一旦亦步亦趋，也就没有多少意味了。除了那些文人摇头晃脑自我欣赏之外，市井大众早已不理睬那些文绉绉的哼哼唧唧了。

这里先说山东的小曲。小曲就是流行歌曲。本来元散曲就是元代的流行歌曲，但进入明代，散曲趋向文人化、典雅化，已经出现了不能在市井流行之势，于是代之而起，民间小曲开始风行。当时的文士和曲家如王骥德、沈德符、顾启元、宋懋澄等都注意到这一问题,并对当时小曲的盛行情况作了反映。有些曲家并走出书斋向民间小曲学习,学用民间曲调和曲风写作散曲。如明代山东曲家刘效祖就是代表。至清代这种情况再次出现。但是由于清代文人始终不肯放下士大夫的架子,不肯承认小曲乃是真诗,他们缺乏明人的见识,所以学起来也很扭捏。文人小曲,清代自比不上明代,这在山东也一样。但文人注意小曲、搜集小曲,欣赏小曲,却并不落于明人之后。在山东清代曲家中有一济南人,姓华,名广生,字春田者,因眼见小曲风行一时,又见前有《万花小曲》《霓裳续曲》的编辑,于是就在嘉庆九年(1804)编成了一部新的清代小曲集,名为《白雪遗音》,刻于道光九年(1829)。卷首有高文德于嘉庆四年(1799)所写的序。该集收录流行小曲780首,内容广泛。罗锦堂《中国散曲史》言:"它是嘉庆、道光年间罕见的小曲总集,这时正是马头调风行的时候。因为本书的编者华广生(字春田)为山东历城人,后住在济南,所以他搜集的歌曲以山东为中心,而马头调便盛行于这一带。"①

"马头调",按郑振铎《中国俗文学史》的解释就是"码头"流行的歌调。也许运河流经山东码头商业文化繁荣,流行小调就在山东一带传开。而华广生搜集编订却是很花了一番功夫的。在其序言中华广生曾道:"曲谱四本,乃多方搜罗,旷日持久,积少成多,费尽心力而后成者。"高文德序中也道华广生"初意乎录数曲,亦自作永日消遣之法。迨后各同人皆问新觅奇,筒封函递,大有集腋成裘之举。"然后华广生又"旦暮握管,凡一年有余,始成大略",又历20多年才得以刊刻。可以说这是耗费华广生多年心血才编成的曲集。郑振铎评论道:"可见华氏的搜集是极为慎重,极为广泛的;几乎是'取之尽珠玑'。实是民间的多方面的趣味的集成,也便是未失了真正的民间作品的面目"。

《白雪遗音》内容收的最多的是关于男女恋情之歌,也就是情歌。这方面的内容也最动人、感人,新鲜活泼,是文人散曲中所不得见,文人散曲也难以写出来的。试录两曲:

人人劝我丢开罢,我只得顺口答应著他,聪明人岂肯听他们糊涂

---

① 罗锦堂:《中国散曲史》,台湾:中国文化大学出版社1983年版,第271页。

话。劝恼我反倒惹我一场骂。情人爱我，我爱冤家，冷石头暖的热了放不下。常言道：人生恩爱原无价。

又是想来又是恨，想你恨你一样的心。我想你，想你不来反成恨。我恨你，恨你不该失奴的信。想你的从前，恨你的如今。你若是想我，我不想你，你恨不恨？我想你，你不想我，岂不恨！

这样的曲词直率、热烈、泼辣、真挚，明白如话。这在清代文人曲中是很难觅到的。但是也不是绝对没有，比如著名小说家蒲松龄就有〔劈破玉〕〔呀呀曲〕〔金纽丝〕等流行小调写成的俚曲，他的"俚曲"共有14篇，有7篇是根据他的小说《聊斋志异》故事所写的"传奇"。比如《磨难曲》就是写的张鸿渐故事，有36回，相当36出。这种小曲传奇和正统的文人创作的弋阳、昆山曲调的传奇风味是大不相同的。一是语言浅显通俗接近生活口语；二是曲调多用民间小曲，曲牌大多新颖。有学者言："除去上述十四种俚曲外，据关德栋先生介绍；日人平井雅尾收藏'聊斋俗曲简目'七十余种""其中的'曲词''小曲'中的连环扣曲、玉美人曲、三更月照、一群雁、细细雨儿、展花笺等十五种，均选见于1928年刊印的《白雪遗音》中，作'马头调'。"① 也就是在清代山东戏曲家中，蒲松龄是致力于用民间小曲创作的大家名手。他所创作的俚曲共用曲牌五十多个，都是风行于时的时兴小曲。有意识地使用小曲曲调曲牌创作，这在蒲松龄所作《幸运曲》第一回有明确宣告："世事儿若循环，如今人不似前，新曲一年一遭换。〔银纽丝〕儿才丢下，后来兴起〔打枣竿〕，〔锁南枝〕半插〔罗江怨〕，又兴起〔正德嫖院〕，〔耍孩儿〕异样新鲜。"

有趣的是在山东济南、临清、章丘、滨州一带广为流行的民间小曲，被民间戏曲家用以为曲调来表演故事，就成为一种新声腔的戏曲形式，这就是山东地区广为流行的"柳子戏"。柳子戏流行地不仅限山东，还涉及到河南、苏北、冀南、皖北。而蒲松龄又可以说是柳子戏剧作家最早的代表。他的《闹馆》一剧就是柳子戏《和先生教学》最早的底本。而著名戏曲研究家周贻白又道："如果要追溯源流的话，蒲氏的《禳妒咒》，应

---

① 纪根垠：《柳子戏简史》，北京：中国戏剧出版社1988年版，第45页。

当就是柳子腔这一系统的最早的剧本。"① 不过在蒲松龄之后，虽然柳子戏相当繁荣并成为全国流行的一大声腔，时称"东柳西梆"，但剧作家大都为民间艺人，留下名姓的甚少。

还要说及的是蒲松龄不仅以民间小曲创作散曲和戏曲，开创了俚曲戏，促进了柳子戏发展，而且他所作的小说《聊斋志异》还给戏曲创作提供了丰富的题材，使戏曲创作在水浒系列、瓦岗系列之外又增加了一个聊斋系列。初步统计有：

沈起凤作《文星榜》演《聊斋志异》之《胭脂》事。

沈起凤作《报恩猿》演《聊斋志异》之《小翠》事。

钱维乔作《鹦鹉媒》演《聊斋志异》之《阿宝》事。

陆继辂作《洞庭缘》演《聊斋志异》之《绍成》与《西湖主》事。

夏大观作《陆判记》演《聊斋志异》之《陆判》事。

李文瀚作《胭脂舄》演《聊斋志异》之《胭脂》事。

黄燮清作《绛绡记》演《聊斋志异》之《西湖主》事。

黄燮清作《鹡鸰原》演《聊斋志异》之《曾友于》事。

陆如钧作《如梦缘》演《聊斋志异》之《连琐》事。

陈烺作《梅喜缘》《负薪记》《错姻缘》皆分别演《聊斋志异》中张诚、张介受和姊妹易嫁等故事。

刘清韵作《丹青副》《天风引》《飞虹啸》等皆分别演《聊斋志异》中庚娘、罗刹海市、田七郎等故事。

还有西凉词客作《点金丹》则演《聊斋志异》之《辛十四娘》事，还有佚名作者所作的《恒娘记》《盍簪报》《紫云回》《钗而弁》《琴隐园》《颠倒缘》等等，也都分别取材《聊斋志异》各篇。而据陶君起《京剧剧目初探》记载京剧取材《聊斋志异》改编者达 40 种。这充分说明《聊斋志异》小说和《水浒传》《三国演义》《说唐》一样对戏曲创作曾发生了巨大影响。反过来这些戏曲，又扩大了小说的影响。《水浒传》和《聊斋志异》是两部不朽的小说，它们又对山东戏曲的发展提供了丰富的素材，反过来"水浒戏"和"聊斋戏"又对这两部小说名著起到了向全国宣传的作用。清代的山东小曲，地方柳子戏和以《聊斋志异》为

---

① 周贻白：《中国戏剧史讲座》，北京：中国戏剧出版社 1958 年版，第 203 页。

题材的传奇在整个中国散曲史和戏曲史上确是别出一枝、别具一格，具有明显的地方特色，同时又给中国清代的散曲和戏曲增添了不少活力，为已衰退的清代曲坛增加了一抹光辉。

第三节　古典小说的光辉终结

清代是我国封建社会的没落期，却是古典小说的成熟期。清代小说不仅数量众多，而且风格多样，长篇短篇，文言白话，争奇斗艳，异彩纷呈。说它成熟，首先是摆脱了模拟与因袭的痕迹，由"积累型"发展到"创作型"。清代小说虽然仍有一些作品是在史籍、传说、话本、杂剧的基础上加工而成，但多数作品已发展到作家独创的新阶段，从思想到艺术，更多地体现了作家的创作个性。其次是题材内容的主流由逝去的历史或神魔世界转向现实人生。清代小说作家，还有些人走《三国演义》《水浒传》和《西游记》的老路，但那些最有才华的作家却继承着《金瓶梅》的传统，更关注着丰富的现实生活。

清代小说的发展，大体分为三个阶段。前期（大约从清初至乾隆末）是清代小说成就最为辉煌的时期，也是中国古典小说的巅峰时期。一时升起了蒲松龄、吴敬梓、曹雪芹三颗最耀眼的新星，他们各自向小说园地奉献了一部不朽的巨著——《聊斋志异》《儒林外史》和《红楼梦》，并称清代三大小说家。与此同时，还有《醒世姻缘传》《歧路灯》《阅微草堂笔记》《小豆棚》等一大批各具特色的作品涌现出来。中期（大约从嘉庆至中日甲午战争）是清代小说的消沉期。康熙、雍正、乾隆这三个王朝施行思想统治高压政策，使清中叶的文人们纷纷扎进考据之学的故纸堆中，"避席畏闻文字狱，著书都为稻粱谋"。小说家们也噤若寒蝉，一大批远离现实的续《红楼梦》之作就是这个时期的产物。鸦片战争之后出现的狭邪小说和侠义公案小说，从思想到艺术，也都比较平庸。晚期（大约从甲午战争到辛亥革命）由于列强入侵，中国一步步沦为半封建半殖民地的政治形势的变化，刺激了小说创作的复兴。特别是资产阶级改良派提出"小说界革命"的口号以后，不少仁人志士要以小说救国，涌现了大批作品。除了大家熟知的《官场现形记》《二十年目睹之怪现状》《老残游记》和《孽海花》四大谴责小说之外，还有为数众多的政治、历史、理想、科学、军事、冒险、侦探、社会、教育、滑稽、心理等各类小说,据有人统计达500多种,可谓蔚为大观。

在万紫千红的清代小说园地中,山东作家和作品居于显赫的地位。如果从地域文学史的角度看,山东清代小说的流变进程也大抵如上,其黄金时代在清初。文言小说以蒲松龄的《聊斋志异》为代表,王士禛、曾衍东等作家也作出了各自的贡献。白话小说署名西周生的《醒世姻缘传》担纲,丁耀亢的《续金瓶梅》与之呼应。文言、白话呈现比翼齐飞的繁盛局面。

一 文言小说的顶峰

中国文言小说源远流长。汉魏六朝时期的志怪、志人小说虽已形成规模,但仍处于"丛残小语"粗陈梗概的雏形时期。唐人"作意好奇",将赋、判、传熔为一炉,虚构了一批"叙述宛转,文辞华艳"的艺术精品,从而把文言小说推向成熟,而且形成第一个高峰。宋代传奇虽常常与唐并称,成就却远逊于唐。元代兵荒马乱,文人们似无心结构小说,像样的作品寥寥无几。明初的"剪灯二种"差强人意,它们延续了文言小说的血脉,却未能扭转衰微之势。时至明中叶,文网放宽,印刷技术有了长足发展,遂使唐稗复出于世,这才形成了一个文人争相撰写文言小说的风气。正如鲁迅所述:"文人素与小说无缘者,亦每为异人侠客童奴以至虎狗虫蚁作传,置之集中。盖传奇风韵,明末实弥漫天下,至易代不改也。"[①]这种社会人文环境,是孕育《聊斋志异》诞生的重要因素。再加上明末清初悲剧时代的感召,齐鲁大地自古以来好奇逐怪的风土民俗,这些客观条件与蒲松龄孤愤与天赋的个体条件相互碰撞,《聊斋志异》诞生了。蒲松龄是山东的骄傲,他能在白话小说大行天下,文言小说日益衰微的形势下,用一支生花妙笔扭转乾坤。一部《聊斋志异》带来了一个文言小说繁盛的新局面,而他的这部鬼狐史,也攀上了文言小说的新高峰。

蒲松龄天分甚高,又嗜书饱学,他的《聊斋志异》广泛吸收了前人的创作经验与成果,继承了神话、传说、史传、志怪、传奇和话本小说的优良传统,继承了从屈原到李贺、苏轼的浪漫主义创作传统,又与现实主

[①] 鲁迅:《中国小说史略》,北京:人民文学出版社1976年版,第178页。

义相融合,是一部现实性很强的浪漫主义杰作。说它现实性强,是因为它的内容反映了那个天崩地坼的悲剧时代主题,成了"社会、时代以及人类的代表与喉舌"。清兵入关后对汉族人民野蛮屠杀,山东也是首当其冲的。仅"戊寅之变""壬午之变"的两次屠杀,殉难者即达百万人。[①] 蒲松龄在《韩方》《林氏》《鬼隶》《张诚》《林四娘》《鬼哭》《野狗》《公孙九娘》等多篇作品中,对征服者的残暴罪行都进行了愤怒的控诉与揭发。山东又是汉族人民抗清斗争比较活跃的地区,谢迁、于七、赵应元、王俊、榆园等多起旨在抗清的农民起义,聊斋先生对他们是持同情态度的。说它现实性强,是因为作家满怀感同身受的愤激之情,站在被压迫者的角度揭露了封建官僚体制下的黑暗社会。蒲松龄的后半生社会渐趋安定,但官吏的贪酷腐败日趋严重。身处山东的穷乡僻壤,耳闻目睹大量赤裸裸的阶级压迫的现实,强烈地刺激着他的感官,使这位"天性伉直"的作家满腔义愤,对那些毛角王公、鬼面大人、灭门令尹、虎狼官吏进行无情的鞭挞,不时发出"惨毒如此,成何世界""强梁世界,原无皂白""此辈无有不可杀者也"之类愤怒的呐喊。说它现实性强,还在于作家的笔触及了揭露科举黑幕的时代主题。蒲松龄才高八斗却境遇坎坷,他一生热衷功名,到老来还是个教书匠,因此牢骚满腹。在《叶生》《于去恶》《司文郎》《贾奉雉》等科举题材的作品中,塑造了一批怀才不遇的落第举子的灰色形象,对科考中出现的"黄钟毁弃,瓦釜雷鸣""金盆玉碗贮狗屎"的荒唐现象进行了强烈的讥讽。虽然和吴敬梓、曹雪芹相比,蒲松龄对科考的揭露还不够深刻,但与此前的作家作品相比,《聊斋志异》这批评科举为题材的作品还是令人瞩目的,蒲松龄不愧为第一位广泛揭露科举弊端的小说家。

生活在中国历史上少有的悲剧时代,蒲松龄感到愤懑、孤独、寂寞,他在《聊斋·自志》中说:"知我者,其在青林黑塞间乎!"世途昏暗,知音难寻,幽情苦绪,书生孤寂,于是作家调动自己的想象,拿起一支浪漫主义的彩笔,用最高的热情,最浓的色彩,最美的语言,塑造了大批花妖鬼狐幻化的少女形象。她们有如花似玉的容貌,锦心绣口的才情,洁白无瑕的品德,她们的爱情生活不乏离经叛道色彩,她们是作家理想世界中

---

① 参见董文成:《清代文学论稿》,沈阳:春风文艺出版社1994年版。

的超尘脱俗的新人。"聊斋红楼,一短一长,千古流传,万世流芳。"① 人们把《聊斋志异》与《红楼梦》并列为文言与白话小说的极致珍品,其重要原因是由于这两部作品分别建造了一系列千姿百态的少女画廊,细致入微地缕刻众多少女的容貌与灵魂。人物形象的虚幻性,带来了独特的造型方法——人性与物性相结合。蒲松龄继承了以《西游记》为代表的将人性、兽性、妖性三者结合起来的浪漫主义人物塑造方法,但又以人性为主,物性为次,"使花妖狐魅,多具人情,和易可亲,忘为异类,而又偶见鹘突,知复为人"。② 这是他对浪漫主义小说人物塑造方法的创新,表现了作家对生活的独特理解和丰富想象。此外,《聊斋志异》能把新鲜活泼的口语融入古奥的文言之中,形成一种文而不文的语言风格,这在拟古之风大盛的明清时代,也为文言小说创作开了新生面。

　　蒲松龄所处的清初时代,主流观念是内敛尚实,大力倡导经世致用。顾炎武就说:"怪力乱神之事……有损于己,无益于人。"(《日知录》卷一九)在这样的背景下,蒲松龄谈狐说鬼,是不合时宜的,连他的朋友们都劝他"聊斋切莫竞空谈",可是,蒲松龄居然成功了!《聊斋志异》的成功,除了反映了重大的时代主题之外,更在于它在思想与艺术方面的创新,蒲松龄能比他的前辈"提供了新的东西。"像历代的文学现象一样,《聊斋志异》在齐鲁大地乃至中华大地上产生了轰动效应之后,一批批仿制效颦之作如雨后春笋一样涌现出来。在乾隆年间和晚清的同光时期,都出现了大批仿作,在仿作者队伍中,自然也少不了山东作家。乾嘉时期,东鲁济宁的曾衍东编著了《小豆棚》,历城解鉴撰写的《益智录》,都在此列。就连模拟《聊斋志异》笔致"不失为唐临晋帖"的著名满族作家和邦额的《夜谭随录》,也是在齐鲁大地上《聊斋志异》文化氛围的薰陶下诞生的,因为和邦额曾在山东供职数年,而且《夜谭随录》也是在山东刻印的。"霹雳之后难为雷",这些仿作就总体水平而言是难望《聊斋志异》项背的,但它们是高潮之后的余波,与《聊斋志异》一起,共同迎来了中国文言小说创作的第二个黄金时代,它们在小说发展史上的地位和自身价值,都是不应抹杀的。《小豆棚》中就描绘了一个从贪官污

---

① 李希凡:《蒲松龄纪念馆题辞》。
② 鲁迅:《中国小说史略》,北京:人民文学出版社1976年版,第179页。

吏到土豪恶棍组成的天罗地网，他们欺压百姓，作恶多端，制造了一起起惨重的冤案，作家在字里行间透露出对贪官酷吏的痛恨。其中卷一一写一个姓金的县令，"好饮，尝理民词，登堂上，以觚置案头。当其喜，则以糊涂了事。其怒，则棰楚交下"，人们给他起了个绰号叫"金酒缸"。进入清中叶之后的官僚，且贪且酷且昏且懒，作品反映了封建社会行将崩溃时夜雨秋灯的昏暗图景，很有时代色彩。

　　清代文言小说，除了以拟唐传奇为主的"聊斋体"之外，还有一脉是以《阅微草堂笔记》为代表的"仿晋"体小说，继承着六朝志怪的写法，尚质黜华，粗陈梗概。这一流派的作品除了一些比较纯正的笔记小品集之外，还有大量的杂俎型笔记。山东作家中，笔记小说创作成就最高的是与蒲松龄同时代的文坛巨擘王士禛。王士禛与蒲松龄同时同乡，蒲松龄长期坐馆的毕家与他又有"三四世姻亲之好"，从而使这两个大文豪有幸相识相交。王士禛是《聊斋志异》的最早读者，他对蒲松龄的才华是欣赏的，对谈狐说鬼的《聊斋志异》是接受的，不但撰写了三十余条评语，还为之"戏题"了一首诗，对《聊斋志异》的广泛传播起了巨大的推动作用。但在以举业为上、以诗文为正宗的封建社会，又囿于朝廷显贵和诗坛泰斗的身份和名望，王士禛在诗文创作之余，没能像蒲松龄那样去结构传奇小说，却写了大量的笔记，除了《皇华纪闻》《池北偶谈》《香祖笔记》《说部精华》外，还有《分甘余话》《居易录》《古夫于亭杂录》等。总观这些笔记的内容，有些属于记典章制度、文献考据、衣冠胜事之类的非文学作品，也有大量歌功颂德之作，无大意味，但也有不少思想与艺术多有可取之处的志怪、志人小说。如《香祖笔记》卷四，写京师卖水人赵逊，先后买回在战乱中失散的母女两人的悲喜剧，客观上揭露了清兵入关后残暴的屠杀掳掠，给平民百姓带来的灾难。卷三写一个满腹八股的老科甲，竟不知司马迁为何许人，揭露了八股取士制度对人才的摧残。从艺术水平来看，王士禛的笔记小说散漫有余，严整不足。但也不尽然，《池北偶谈》中专设"谈异"7卷，都是谈鬼说异的上好小说题材，其中的《剑侠》《女侠》等侠客故事，篇幅较长，情节曲折，形象鲜明，大有"用传奇法而以志怪"的《聊斋志异》笔意。客观地说，王士禛的小说创作成就虽不能和《聊斋志异》相比，却也颇多可读之作，而且在当时与后世都有较大影响，在浪漫的清代文言小说创作园地里，为山东争得了一席之地。

二 世俗人情类白话小说的长足发展

清代的山东作家在白话小说创作方面，虽没有文言小说《聊斋志异》那样光芒四射的重量级作品问世，但也作出了不可磨灭的贡献。或许受《金瓶梅》流风余韵的熏染，他们的创作集中在人情小说领域。丁耀亢的《续金瓶梅》，署名西周生的《醒世姻缘传》，李修行的《梦中缘》都是从家庭生活的角度反映社会的。它们是从《金瓶梅》到《红楼梦》发展链条上的重要环节。此外，外省作家以山东社会生活为题材的作品亦不在少数，知名的有吕熊的《女仙外史》，署名名教中人的《好逑传》，以及刘鹗的《老残游记》等，说明山东确是一片小说的沃土。

100回的《醒世姻缘传》，署名"西周生"，真名尚无定论。这是在《金瓶梅》与《红楼梦》之间规模和影响最大的一部文人独创的人情小说。它继承了《金瓶梅》描写世情的传统，以婚姻家庭为题材，叙述了一个两世恶姻缘冤冤相报的故事。从作家的主观意图来看，似是站在男性立场上为男性醒世之书。前后两世姻缘的男主人公都出奇地惧内，在作者看来，这"阳消阴长的世道"是不正常的，不符合儒家伦理规范，男子不该惧内，为官为宦的男子惧内更是一种耻辱。如果与《聊斋志异》中的《江城》等作品相比照，这类男子惧内的情形在当时的山东农村，恐怕还不是个别的。但作家在深入探索这类社会不良现象的根源时，却拾起了佛家的因果报应理论："大仇不怨，势不能报，今世皆配为夫妻。"小说的结尾也是借助《金刚经》的法力，才得以"福至祸消，冤除恨解。"这样的思想基础当然是荒唐的，这样的宗教迷信宣传当然也是毫无意义的。然而，如果剔除那冤冤相报的两世恶姻缘的外壳，还可以发现它所蕴含的极其丰富极其深刻的社会内容。胡适就很赞赏它的写实精神，称之为"一部最有价值的社会史料"，甚至说将来研究17世纪中国社会风俗史、教育史、经济史（如粮食价格、如灾荒、如捐官价格等等）和政治腐败、民生苦痛、宗教生活的学者，"必定要研究这部书"。[①]可见它的认识价值还是相当高的。

---

① 胡适：《醒世姻缘传考证》，上海东亚图书馆1933年排印本"附录"。

《醒世姻缘传》也是一部以暴露为主的书，所不同的是，《金瓶梅》所写的是市井生活的人生百态，是16世纪市井社会的风俗史；而《醒世姻缘传》所展示的则是农村城镇生活的方方面面，是17世纪中叶以后山东农村的风习画。作家对农村生活的熟悉程度简直可以与蒲松龄媲美，这在中国古代小说家中是非常难得的。作品所写农村灾荒之年的惨景十分真切，"树皮草根都给掘得一些不剩"，然后是人吃人，由死尸到活人，由异姓而食到同姓相残，令人触目惊心，其情状颇似蒲松龄《纪灾前编》中的记载。此外，还写了亲友之间的争田夺产，尼姑道婆的欺诈愚人，农民佃户的心酸血泪，知识分子的穷困潦倒等等，广泛反映了光怪陆离的农村生活场景。作品还写晁思孝、狄希陈之类的农村知识分子通过贿赂钻营走上仕途的经历，揭露了当时的科举黑幕，抨击了选官制度和讼狱制度的腐败，也有较高的认识意义。那个连普通文章都读不通的狄希陈，通过请人代考成了秀才，又用花钱行贿的手段中了举得了官，以致被素姐揪下方巾，骂为"禽兽"，这不正代表着作家的裁判吗？总之，作品暴露了官场腐败、科场黑暗、道德沦丧、世风浇漓的社会现实。

　　从艺术上看，《醒世姻缘传》"描写则颇仔细"，"讽刺抑或锋利"，对现实生活近距离观照，能把人物的思想感情纤毫毕露地刻画出来，颇得《金瓶梅》神韵。同时又经常施用讽刺与夸张的漫画化手法伤时骂世，具有讽刺小说的特色。但由于它在克服《金瓶梅》为暴露而暴露的缺陷时，以佛家因果报应的观念结构全书，塑造形象，这样就常常夸张过度，失去分寸，使人物性格乖戾反常不近情理，变成了作家的主观图解，失去了真实感。所以这部作品在小说史上，难以留下不朽的典型，这是作者的最大失误与遗憾，也是作品难能跻身一流小说之列的最重要原因。

　　《续金瓶梅》是清初出现的又一部山东作家以描写山东生活为主的作品。作者丁耀亢生活在明清鼎革之际，亲历了易代之变。对明代官场的腐败，清兵入关后的野蛮屠杀、生灵涂炭的惨景感触殊深，所以这部作品表现了一定的民族情感和反清倾向。《金瓶梅》结尾已写到金兵南下，《续金瓶梅》就此大事铺张，托宋写清的意图是十分明显的。作品写金兵对河北、山东人民的杀戮："百姓尸山血海，倒街卧巷""十室九空，那有鸡犬人烟灯火"。写人民的苦难："将我中国掳去的男女，买去做牲口使用，怕逃走了，俱用一根皮条穿透，拴在胸中琵琶骨上"。写民众的抗暴斗争："河北、山东一带百姓，哨聚山林，保村守落，远近相连，不下几百营。"此外，还用不少篇幅揭露皇帝的昏庸无道，奢侈亡国，以及奸臣误国，汉奸卖国的罪恶行径，表现了对这些民族败类的强烈义愤。这都是《续金瓶梅》的思想价值所在。作家也因写了这样一部作品而遭诽谤陷害，以致坐了100多天监牢。

然而，这只是《续金瓶梅》思想内容的一个方面。糟糕的是它更是一部"以因果为正论，借《金瓶梅》为戏谈"（《续金瓶梅凡例》）的书，只是在"牵缠孽报"时，能"以国家大事，穿插其间"；或者说，将一场严肃的民族战争的成败得失装入因果报应的思想框架之中。它紧接着《金瓶梅》第一百回的情节，以吴月娘与孝哥母子从离散到团聚为线索，重点写李瓶儿转世的李银瓶、潘金莲转世的黎金桂和庞春梅转世的孔梅玉的婚姻与遭遇的不幸。对这些转世人物的命运安排，也完全遵循"阴曹报应，现世轮回"的法则，让他们一个个遁入空门，这就大大降低了作品的现实性品位。甚至每一回的开头都要引一段经文，然后再叙述故事作为经文的"参解"。而且，作者还经常穿插进一些宣扬因果报应的小故事和说教文字，显得支离破碎，"道学不成道学，稗官不成稗官"（刘廷玑《在园杂志》）。与《醒世姻缘传》相比，《续金瓶梅》的宗教迷信色彩更重，无论思想与艺术也就更等而下之了。总之，这是一部优劣参半之作，在小说发展史上有一定地位，但终难成为上乘之作。

客居的异方人在作品中描写山东的小说家，情况也不一样。吕熊的《女仙外史》把明初唐赛儿在山东发动的农民起义与燕王的"靖难之役"这两件并无直接联系的历史事件生硬撮合在一起，只不过是以山东作舞台，编造一段旨在"扶植纲常、维持名教"的历史，把它划入山东文学史的范围实在有些勉强。名教中人的《好逑传》，让一对才子佳人集合在孔孟之乡，上演一段离奇曲折的维护名教的故事，倒是为他笔下的典型人物选择了一个比较好的典型环境，但限于题材和容量，作品对现实生活的展开面不大，难以更多地展现地域文学的光泽。

比较广泛地描写山东山川风光、人文环境、经济生活，弥漫着浓郁厚重乡土气息与民俗风情的作品是晚清刘鹗的《老残游记》。刘鹗原籍丹徒（今江苏镇江），后随父移居临近山东的淮安（今属江苏）。光绪十六年（1890）以后，他曾在山东任5年提调，参与治河工作。此间，他对社会民情、政治腐败、官场黑暗、黄河危害、民生疾苦等，都有深切感受，为《老残游记》的创作打下了丰厚的基础。刘鹗以自己在山东进行实地考察的生活经历为依托，用典型化的手段将真人真事、实景实物熔铸书中，化为具体可感的艺术形象。"老残"是作者的自况，作品通过这个摇串铃的江湖医生在济南一带游历的见闻，揭露了官场的昏暗、吏治的腐败，对百姓的悲惨遭遇和不幸命运深表同情。其中一个突出内容是对王贤、刚弼为代表的清官的揭露，这些所谓"清官"只限于不贪财，"清廉得格登登的"；但却滥施淫威，残害良民，嗜杀成性，是十足的酷吏。这就勾画出晚清一些顽固守旧官僚的丑恶嘴脸，很有时代特色，表现了深广的社会内容。《老残游记》更为人称道的是写景状物方面的高超艺术，像黄河结冰的雄奇壮美，齐河山色的雪月交辉，明湖雨后的垂柳风荷，都描写得精细微妙，神韵悠长；"明湖轩说书"更是描写音乐曲艺艺术的杰作，脍炙人口，出神入化。正是基于《老残游记》在艺术方面的杰出成就，人们才把它列为四大谴责小说的榜首。也正是这部作品，给古城济南平添了几分人文底蕴，当今天的游客倘徉在泉城街头时，耳听潺潺流水，目睹湖光山色，老残游历的况味油然而生，我们不能不叹服这部作品的艺术魅力啊！

第十三章 主流作家

第一节 丁耀亢与宋琬

清初山东诗人辈出，堪称大家、名家者也是指不胜屈。这里仅举出几位加以介绍。

一 著作甚丰的丁耀亢

丁耀亢，字西生，号野鹤，又号紫阳道人、野航居士等，诸城人。

丁耀亢所作诗，皆按年编排，从崇祯六年（1633）至康熙八年（1669）先后37年的作品，分成若干诗集，最早的诗集名《逍遥游》，以《庄子》中的篇名寓意。其前有顺治丁亥（1647）龚鼎孳所作序，称其诗"天海空阔，回翔自适，以杜陵之声律，写园吏之襟情"，又说："当其意思悠忽，耿耿难名，实有屈子之哀，江淹之恨，步兵之失路无聊，与夫《彭衙》《石壕》《无家》《垂老》之忧伤憔悴。"这些话并不全是朋友之间的客套之语，在丁耀亢的诗作中，确实有许多是继承了杜甫"三吏""三别"的反映社会现实、同情民生疾苦的传统。他在《壬午仲冬廿一日闻东兵入境约九弟奉老母南迁不从由山村至海上候之》诗的题下自注中说："是诗因境纪事，海内所作，痛定思痛，情多于文，故不及工。"他的许多诗篇，都可以说是"因境纪事"，是对当时社会现实的真实记录。在明末的这次清兵对山东的侵扰中，他的九弟和侄子都被杀害了。不久明朝也灭亡了。正因为这家难国仇，所以在一段时间内，丁耀亢也欲以遗民终老，他被列入"诸城十老"之中，经常参加这个以遗民为主体的诗社的活动。但由于生活所迫，他不得不南北游历，后来在京师被聘为镶白旗教习，生活仍然很贫困。他有《陋室二首》描写自己当时的居室，诗说：

> 陋室长安里，席门一榻间。莫云居近市，当作住深山。
> 小灶云炊火，空床月掩关。出门尘似海，忽触麋鹿还。

从这两首小诗中，可以想见他居室之"陋"，这也反映出他当日生活的窘困状况。对于他亲眼所见、亲耳所闻的事实，他也多写入诗中。清兵在攻占江南之后，大肆掳掠，使许多人背井离乡，从江南流落到塞北。他的《感宋娟诗二首》记载的就是这样的事情，诗前的小序中说："始浙中名妓，没于兵，题诗清风店壁，寄浙中孝廉曹子顾求赎，都中盛传其事。"诗的第一首说：

> 一首新诗海内传，人人解识惜婵娟。不知国士埋尘土，马上何人荐惠连。

由此女子的遭遇，诗人联想到自身，在清初的战乱中，不知有多少才子国士死于非命，或者沉沦于底层，哪里还能找到怜玉惜香的人呢？怜才惜士的人又何时能够遇到呢？丁耀亢可以说是一直生活在社会的下层，即使他后来当上了惠安知县，也是一个受到战乱摧残之后的破败小城，因此，他有机会比较深入地了解当时百姓的生活情景。他的《田家》诗说：

> 乱后有田不得种，蚕后有丝不及用。官家令严催军需，杂差十倍官粮重。县官皂吏猛如虎，荒田不售鬻儿女。门前空有十行桑，老牛牵车运军粮。何时望得大麦黄。

清廷入主中原之初，各地的反抗连续不断，清廷的军队在前方作战，而后方的粮草征集就摊派到老百姓头上了，其赋役之重，使得百姓的生活更加困苦，经济生产也没法正常恢复，这在清初许多诗人的作品中都有表现。

丁耀亢游历甚广，对各地的名山大川多有纪游的诗篇。他的长篇歌行《武夷山行》，开始描写了"兹山灵奥辟鸿濛，探奇平生见未足"的奇丽景色，并且用了一连串的比喻来形容：

> 峰插云根水绕山，岈崿浑沦各起伏：或为戳巢耸千寻，或如方堵迭层屋，或截绣铁倚天门，或拔石笋抽苍玉。上有盘盘千尺之乔松，下有亭亭百尺之修竹。芳兰芝草何缤纷，赤箭丹砂相历碌。香烟翠霭斗姿态，金阙银台动光旭。

对千姿百态的山峰和山中千种万类的生物，进行了生动形象的描写，接着又详细描绘了各个名胜古迹的景象。然而，清初的战乱也祸及这座名山，使它受到了很大的摧残，作者在诗的后部写道：

> 自从闽越苦交兵，戎马平行山树秃。剧盗登峰搜富民，军令造船伐大木。邑人避难十万家，劫火焚林死沟渎。前代樟木砍作薪，琳宫梁栋摧为烛。笋干茶茗贡上官，运豆征粮及樵牧。猿惊鹤怨真宰愁，水浊云腥山鬼哭。

官府的横征暴敛，对山林资源的掠夺性的开采，使得自然资源和人文景观都受到了严重的破坏，搞得鸟兽不安，天怒人怨。诗人面对此情此景，也只有同山里的百姓一道"三叹嗟"，祈祷太平的日子早早到来。

清廷入关之后，有不少酷政，如圈地、逃人、禁海等等，都给百姓带来严重的摧残，对经济生产的恢复，对社会秩序的安定，都有很大的破坏作用。丁耀亢有一首《捕逃行》诗说：

> 嗟尔逃人胡为乎来哉？昔为犬与豕，今为虎与豺。犬豕供人刀俎肉，虎豺反噬乡邑灾。尔生不时遭杀掠，不死怀乡亦悲苦。何为潜伏里中村，一捕十家皆灭门。择人而食虎而翼，仇者连坐富者吞。嗟尔已为人所怜，何为众害祸无边。皇恩新赦有宽令，都护爱人惜尔命。甘死北地莫投亲，普天何地非王民。

地处东北边疆的满洲，在明朝末年就不断地对明朝的边境进行骚扰，并多次突破明军的防线，侵入内地。每到一地，他们烧杀掳掠，然后逃窜回到关外。明末山东就屡遭劫难，清兵每次侵扰，除了杀死大量的百姓之外，还要掳走数以十万计的人口，带到关外成为满人的奴隶。满族主人对汉人奴隶操有生杀之权,汉人受到非人的待遇,所以他们一有机会就要拼死逃走。清廷入关后,由于离家乡近了,渴望与家人团聚的汉人奴隶逃亡的就更多了。因此,清廷制定了严厉的"逃人法",不仅惩办逃亡者,连收留逃人,甚至毫不知情而让逃人住宿的人,都要受到严厉制裁。当时不少人就是因为牵涉到逃人的案件,立刻家破人亡。正如《清世祖实录》于顺治十四年中所记:"年来秋决重犯,半属窝逃。"(卷一〇七)丁耀亢就亲眼目睹了这样的惨剧。这首诗把逃人比作犬豕和虎豺,深刻地揭露了满洲贵族对广大百姓的残酷迫害,他们把汉人奴隶当作猪狗,然后又借逃人案件株连更多无辜的百姓。作者虽然同情逃人,但更同情那些受到株连的百姓,他只能希望逃人不要再逃。他在诗中没有提到造成这些悲剧的元凶清廷统治者,显露出他的局限,但读者稍加思索都会明白,把人变成"犬豕"和"虎豺"的,正是那些满洲贵族当权者。

丁耀亢著述甚丰,他早年就曾"取历代天象人事,著《天史》十卷"(李渔村《丁野鹤小传》)。在他的诗集后面还附有《家政须知》,以教训子孙,共有"勤本""节用""广积""因时"等10条,其中"逐末"条尤其值得注意。在古代社会中,以农为本,而把商业视作"末",但丁耀亢却把"末"提到了非常重要的地位,这是因为农业在很大程度上要靠天吃饭,"有终岁勤劳而不逢年,其豆俱空",一遇旱涝灾害,辛辛苦苦干了一年,说不定会毫无收获,这样就会交不起赋税,一家人的生活也会发生困难,为了防备这种情况的发生,就必须"逐末"即进行商业活动,而经商的关键"在于择人而任使,通权而达变"。这说明丁耀亢对生产经营的认识,是远远高于当时一般的读书人的。这篇《家政须知》虽然不长,却是他对当时一般家族生活的总结,是他几十年经验的积累,文字上清通自然,说理深入,并没有宋、明以来流行的语录、家训所多有的道学迂腐气。

丁耀亢还创作了十多部戏剧,现存的有《化人游》《赤松游》《西湖扇》《表忠记》4种。这些作品在内容上推崇民族气节,控诉征服者的残暴,抒发故国故人之思,在艺术上也有较高的成就,郑骞就认为丁氏戏剧"远胜于《六十种曲》中之寻常作品"[1]。他还有长篇小说《续金瓶梅》,

---

[1] 《善本传奇十种提要》,《燕京学报》第24期。

正是这本书使他陷入了牢狱之灾，康熙四年（1665）八月被逮，至季冬始放出，他在狱中写下了数十首诗，集为《请室杂著》。

长篇白话小说《续金瓶梅》沿续《金瓶梅》的人物和故事，叙述北宋末年，金兵南侵，所到之处，烧杀掳掠，西门庆遗孀吴月娘携子孝哥避难至永福寺，寺中正在超度亡灵，令西门庆、潘金莲等孽鬼转生以偿宿债，于是又演出了一段因果报应的故事。丁耀亢晚年曾有诗说："老来顿觉参禅好，绣佛长斋未断沽。"（《寄阎古古次壁上旧韵》）小说中的各人的悲欢离合，命运结局，都与作者的这种思想有关。但书中描写金兵的暴行，其实是影射当时刚刚征服了中原的满洲军队，而所写的北宋末年生灵涂炭的惨景，更是清初社会上随处可见的景象。正因为如此，有人向朝廷告讦，指控"该书虽写有金、宋二朝之事，但书内之言辞中，仍我大清国之地名，讽谕为宁古塔、鱼皮国等"，显然是在对本朝进行恶毒攻击。"据此，理应绞决丁耀亢"[①]。幸亏他的老友龚鼎孳等人，多方为其开脱，丁耀亢在被关押了120天之后，才得以开释。但《续金瓶梅》从此成了禁书，几乎淹没不传，直到清末民初，才有人易名刊行。

丁耀亢还有散曲作品传世，前面有关章节已作论述，可以说在各种文学样式的创作上，他都有涉猎，并且都有一定的成就。

二　命途多舛的宋琬

丁耀亢因祸下狱，在当时并不是个别的现象。同时山东的另一位著名诗人宋琬，也曾数次被诬下狱。

宋琬（1614—1674），字玉叔，号荔裳，莱阳人。他出生在书香世家，父亲应亨是天启五年（1625）状元，他从小就受到良好的教育，"少负异才"，弱冠之时，就以诗古文傲视诸生，还加入了与复社有联系的"山左大社"，是其中的活跃分子。但他在明代，科举并不顺利。入清之后，于顺治三年（1646）中举人，四年成进士，授户部主事。此后，他以诗文在京师崭露头角，与施闰章、严沆等人相唱和，时称"燕台七子"。

宋琬的仕途并不顺利。顺治七年（1650），他曾"用诬浮于理凡浃

[①] 中国第一历史档案馆《顺康年间续金瓶梅作者丁耀亢受审案》。

月"（吴伟业《宋玉叔诗文集序》），这次入狱时间不长，就得平反复官。但到了顺治十八年（1661），正在浙江按察使任上的宋琬，却被满门抄系，槛车押赴北京刑部大狱，一关就是3年。两次都是由族人挟嫌诬告，说他与于七的义军有联系。当时于七的义军在山东栖霞起事，曾攻州县，杀知州，震撼了清廷的统治。而宋氏为莱阳望族，宋琬的父亲与族兄，又是在崇祯十六年（1643）清兵攻陷莱阳时死难的。所以当有人诬告他"与闻逆谋"时，清廷立即就把他逮捕入狱。在狱中，宋琬作了不少诗，抒发自己的冤愤，也记录了饱受摧残的情形。他有《听钟鸣》诗写道：

> 听钟鸣，所听非一声。一声才到枕，双泪忽纵横。白头老鸟作鬼语，群飞哑哑还相惊。明星落，悲风哀，关山宕子行不返，高楼思妇难为怀。何况在罗网，夜半闻殷雷。无襮复无褐，肠内为崩摧。听钟鸣，心独苦。狱吏抱钥来，不许吞声哭。

诗前有小序说："每当宵箭将终，晨钟发响，凄戾之音，心飞魂憚。"因而想起北魏时的一首古诗《听钟鸣》，遂效其体，"以识余之愤懑焉。"诗的格调哀怨，音节回环宛转，一唱一叹，令人如闻呜咽之声，而下同情之泪。他在《晨星叹》诗中写道：

> 自从系狱两经春，面目黧瘦疑非人。昼苦喧嚣夜愁寂，幽风习习吹青磷。

狱中的生活使他又黑又瘦，面目全非，真是人不像人，鬼不像鬼。其他如《庚寅狱中感怀》四首、《写哀》五首、《狱中对月》《悲落叶》等诗，写的都是狱中的情景，表达了他的满腔怨愤。读了这些诗后，施闰章曾有答诗说："摧折惊魂断，哀歌带血腥。"（《临江答宋观察西湖见寄》）

丁耀亢、宋琬等人的被诬下狱，在当时具有深刻的社会政治原因。满洲贵族是以比汉族文化落后的少数民族入主中原的，他们不仅害怕广大汉族百姓的反抗，对朝廷中的汉族官僚也不放心，千方百计地加以约束控制，而摧残打击的手段之一，就是鼓励告密。深受其害的宋琬对此多有揭露，他说："近今以来，时移势殊，兵燹之后，继以大狱。鸡连鱼烂，井屋榛墟。桀骜不逞徒，因之以为奸利，其视刊章告密，犹之乎樗蒲象戏也。"（《吴园次艺香词序》）他对这些诬告者深恶痛绝，屡屡在诗中加以斥骂，如：

> 同室产鸱袅，倾巢瓷餐啮。天威赫雷霆，小臣将殉灭。（《寄怀施愚山少参》）

> 何期同室产鸱枭，告密投章如戏谑。羲轮那复照孤葵，赫怒天威遭束缚。（《晨星叹》）

> 豺虎独何心？苍素使人眩。牢修朝上书，天威赫雷电。滋蔓及宗支，吹毛到亲串。（《送侄幼文归里》）

把诬告者比作鸱枭，比作豺虎，可见他对这些人是如何的痛恨了。值得注意的是，这些诗中都提到"天威"，可见宋琬的案子是当时最高统治者亲自过问的，同时也表明在宋琬心中，对皇帝和朝廷是非常不满的，但是写在诗中，他也只能"怨而不怒"，以免遭到更大的祸害。正是适应清廷统治者的需要，又有利可图，所以诬陷告密成了风气，也成了当时社会的公害之一。康熙六年（1667），御史田六善在奏疏中说："近见奸民捏成莫大之词，逞其诈害之术：在南方者，不曰'通海'，则曰'逆书'；在北方者，不曰'于七党'，则曰'逃人民'；谓非此不足以上耸天听，下怖小民。"（《圣祖实录》卷二一）这些诬陷，造成了大量的冤假错案，使得不少人家破人亡，而且使更多的人提心吊胆，惶惶不可终日，"使海内无贫富、无良贱、无官民，皆惴惴焉莫保其身家。"（《世祖实录》卷八八）所以宋琬这些记述自己遭受陷害的作品，同时也就具有强烈的社会意义，是清初黑暗现实的一种写照。宋琬是当时无数受害者之一，而且他还算是幸运的，后来被平反，还恢复了官职。当时因受诬陷而惨遭荼毒，含冤而死，遗恨九泉者，真是数不胜数。

这一次宋琬虽被开释，却未能复官，放废达八年之久，他流寓江南，生活颇为困窘，但却得以游览各地的山水名胜。直至康熙皇帝亲政之后，宋琬上书讼冤，才得起补四川按察使。康熙十三年（1674），宋琬因公进京，不久吴三桂叛清，攻占成都，"琬家属皆在蜀，闻变惊恸，遂以疾卒。"（《清史列传》卷七七）

宋琬写作了大量的描山摹水的记游作品。他曾说："其或雅慕游观，所至流连不置，而乏登高作赋之才，绘写其空濛苍翠、巉岩戍削之情状，则虽朝登庐霍之巅，夕徙嵩高之岫，与盲人何殊乎？"（《爱山台铭》）认为如果不能用诗文把山水美景形象地描摹下来，就与盲人看不到美景没有多少差别。这当然是一种极端的观点，但足以说明他对游记作品是如何地重视了。这里仅举其游华山时所作《登华岳四首》中的一首：

> 遥遥青黛削芙蓉，此日登临落雁峰。霄汉何人骑白鹿，天门有路跨苍龙。流沙弱水真杯勺，太白终南尽附庸。却忆巨灵开辟日，神功橐龠费陶熔。

这首诗从多角度来展现华岳的雄壮崔巍，先是在山下遥望，后是登临绝顶，身处霄汉，向四面放眼，如此雄伟壮观，不由人不感叹大自然造化之功是何等奇妙！

宋琬的诗作，在当时就得到了很高的赞赏。当时的诗坛泰斗钱谦益，曾称他为"诗人之雄"（《宋玉叔安雅堂集序》）。王士禛在评论当时诗坛时曾说："康熙以来诗人，无出'南施北宋'之右。"（《池北偶谈》卷一一）指的是安徽宣城的施闰章和宋琬二人。这种说法得到后来评论者的广泛赞同，不少论者还具体比较二人的异同，如《晚晴簃诗汇》就评论说："愚山诗朴秀深厚，味之弥永；荔裳则融才情于骚怨，音节动人。托体不同，要皆原本性情，力追正雅，此所以并为大家也。"

宋琬也能作词，有《二乡亭词》集，收录了140余首。其中有些词作抒发了他遭受诬陷后的哀怨，有些是怀古题材，内含有较深的感慨寄托，有些也是描写山水景物，如［破阵子］《关山道中》：

> 拔地千盘深黑，插天一线青冥。行旅远从鱼贯入，樵牧深穿虎穴行。高高秋月明。半紫半红山树，如歌如哭泉声。六月阴崖残雪在，千骑宵征画角清。丹青似李成。

这首词与前引描写华山的诗不同，着重描摹了关山之险。上片写山峰既高且陡，山间小路又曲又窄，只容得下一人通行，而且又在夜晚，更使行人惊心动魄。下片写翻山到了山顶,才看到山中各个高度树的颜色各不相同,而山的阴面还有白雪,红紫白绿各种色彩一齐映入眼底,真像画家的丹青画作,而宋代的著名画家,也是山东人的李成正有一幅题为《关山图》的作品。但词作有时会更胜于丹青,王士禛曾评此词说:"李营丘只好写景,能写出寒泉画角耶?王摩诘诗中有画,荔(裳)老殆胜之。"(二十八家评点本《二乡亭词》)此作有声有色,情景交融,所以能够得到如此赞赏。

宋琬的散文也有特色,如《湖上奇云记》《梅花螯虫记》《吴六益诗序》《沈伊在诗序》等篇,都可以称得上是佳作。这里录其《湖上奇云记》,以见一斑:

> 古诗云:"夏云多奇峰"。举世以为笃论,然未睹其异也。戊申六月初三日,出涌金门,僮仆杂坐舴艋舟中。于时日将晡矣,有云起自西南隅,所谓两高峰者忽不见。须臾,西北亦然,不肤寸合矣。日车亏蔽,微露其半,倒影下射,作紫金色。云之为状,深厚不测,峦回嶂复,咫尺万重。其西南缺处,与天相接,奇峰突兀,若狻猊之立而却顾。其西北,则云脚插于湖中,以意度之,其下正玛瑙寺也。蜿蜿蜒蜒,飞而上腾,若蛟龙之怒而不蟠;又若猛兽穹龟,深目长脰,负重而趋走者。迤而南,是为中峰,尊严戊削,酷似华山之苍龙岭。峰侧觚棱隐隐,像楼台,疑为仙人之所居。立者如鹤,飞者如鸾,植而高者如羽葆之罕,舒而卷者如九旒之旗。其最异者:云之像山者,苍翠空蒙;云之像树者,青葱俏茜。而山凹树杪,各以白云缭之,正如深冬横雪,山林皆冒絮也。山之麓,有崦,有峪,有壑,有塍,有似田家篱落者,有似酒帘之摇曳者,有似略彴之断续者。纷纶倏忽,变幻俄顷,虽王维、荆浩殆未能绘图其仿佛也。呜呼异哉!云之起,在未申之间,予回舟良久,舟子亦倚柂而观,以为老于湖滨、长子孙未之见也。及抵塘门,晚霞将灭,城头角声鸣鸣矣。归而蚊蚋盛集,不可以寐,乃呼童子执烛,而书其异。

文章开始引用了东晋顾恺之《神情诗》:"春水满四泽,夏云多奇峰。"作者虽早闻此语,但却没有实际的经验。康熙七年(1668)的夏天,作者终于有了观赏奇云的机缘，并且记下了整个过程。文中用了许多比喻，把变幻不定、气象万千的奇妙景象，重现在读者面前，使读者如身临其境，睹其形，观其色，也如同亲眼看到了这千姿百态、鬼斧神工的奇妙景观。老舟子几十年都未曾看到的奇观，千百年后的读者，仍然能够通过作者的文笔，领略大自然的美景。

宋琬的作品在他去世后就严重散失，现在的《安雅堂诗文集》《安雅堂未刻稿》是后人收拾残帙，汇辑而成，显非全貌了。他还有《祭皋陶》杂剧院本，也颇受时人称誉。

第二节 "一代正宗"王士禛

在山东古代文学史上，对当时诗坛影响最大的诗人和诗论家，当首推王士禛。

王士禛（1634—1711），字贻上，号阮亭，又号渔洋山人，新城人。顺治十五年（1658）进士，官至刑部尚书。王士禛幼年时就能作诗，12岁那年就作有《明湖》诗，其中的"杨柳临湖水到门"，颇为时人称道。24岁时，与诸名士集于大明湖，举秋柳社，士禛所赋《秋柳》四章，得到许多前辈诗人的赞赏，并且很快传遍大江南北，和作者超过百余家，也使士禛之名在诗坛广为人知。士禛中进士后，被授为江南推官。在扬州的5年多，是他风华正茂之时，他结交了大量的朋友，有前朝的遗民，也有年岁相当的新进之士。这期间也是他诗歌创作的高潮之一，他的许多名篇都是这时期写成的。康熙四年（1665），士禛赴京师礼部任，此后，他在仕途上可以说是一帆风顺，除曾数次奉命出使各地和返回故居之外，一直在京城中任职，直至康熙四十三年（1704）因故被罢官，返归故里。王士禛一生写作不断，著有诗文集、诗话、笔记等10多种，其中诗就有3000余首之多。

一 康熙诗坛的主盟

王士禛早期的作品，有不少描写了当时的社会现实和百姓的苦难。如写于顺治十三年（1656）的《夏雨》，对当时南方战乱不已，山东自然灾害严重，官吏的鞭捕拷打、催科逼赋，百姓走投无路，或揭竿而起，或哭天怨地，都有描写，可以说比较全面地反映了当时的百姓生活。稍后的《蚕租行》则记述了一个他耳闻目睹的故事，诗前小序说："丁酉（顺治十四年）夏，有民家养蚕，质衣钏鬻桑，而催租急，遂缢死。其夫归，见之，亦缢。王子感焉，作是诗也。"正是官吏的催逼，才造成了这对夫妇自杀身亡的悲剧。他的《沙民叹》，更直接揭露了清初的圈地弊政，诗的前半写道：

> 沙洲连袤几千里，昨日高门今废址。稻黄如云不敢收，欲获恐遭君马箠。朝来官长亲驱逐，鸡狗无家苦迁徙。东邻西里半烧焚，微命何堪驱蝼蚁。……

清廷入关后，为了满足新贵们的骄奢淫逸的生活，强行圈占原来属于汉族百姓的土地，把圈定范围内的当地居民统统赶走，而把他们的田园家产，"尽行分给东来诸王、勋臣、兵丁人等"。（《世祖实录》卷一二）使得成千上万的百姓无家可归。他们圈占土地后，许多是用来放马，使大量土地荒芜。士禛诗中所写的稻子黄了也不让收割，宁肯让它们白白烂在地里，这种情况在当时是相当普遍的。满洲贵族的倒行逆施，显然大大地阻碍了清初经济的恢复和生产发展，而且流民增多，也造成了社会的不安定。因而许多有识之士，都对此加以揭露和抨击。清廷最高统治者也认识到这些危害，最终停止了这种野蛮的行径。

王士禛到达扬州上任之时，朝廷正在全力清算与南明政权通牒者。顺治十六年（1659）六月，南明郑成功与张煌言会师，大举北上，次丹徒，泊焦山，破瓜洲，克镇江，围困江宁，一时大江南北4府3州24县相率来归，广大百姓拍手相庆，箪食壶浆，以迎王师，为南明军队提供支援。可惜郑成功中了清将的缓兵之计，大败出海。清廷随即展开大规模的清算，"辞所连及，系者甚众。监司以下，承问稍不称指，皆坐故纵抵罪。"王士禛时任扬州推官，不得不参与审察此案，但他"案狱时，乃理其无明验者，出之，而坐告讦者"，因此"于良善力所保全""全活无算"。他这样做在当时的环境下，是要冒很大风险的。所以直到晚年，士禛对自己能够"独获无咎"，认为是"有天幸焉"（《渔洋山人自撰年谱》），还不免有些后怕。他的这种心情也表现在这时期的一些作品中，如《秦淮杂诗二十首》中：

> 年来肠断秣陵舟，梦绕秦淮水上楼。十日雨丝风片里，浓春烟景似残秋。（其一）
>
> 潮落秦淮春复秋，莫愁好作石城游。年来愁与春潮满，不信湖名尚莫愁。（其五）

"浓春烟景"本来是生机盎然、欣欣向荣的景象，但诗人感到的却是充满肃杀之气的"残秋"，他胸中的哀愁，像春潮一样涨满。这组诗中，还有感慨明朝灭亡，特别是南明弘光朝的篇章，如：

> 新歌细字写冰纨，小部君王带笑看。千载秦淮呜咽水，不应仍恨孔都官。（其九）

诗后作者自注说："福王时，阮司马以吴绫作朱丝阑书《燕子笺》诸剧，进宫中。"阮大铖本为阉党余孽，弘光朝时与马士英勾结，官至兵部尚书，以所著传奇数种，进呈宫中，大得福王欢心。这个主昏臣佞的小朝廷，短短一年就覆亡了。诗人对马、阮奸党十分憎恶，认为他们的奸佞和罪恶，胜过了南朝的孔范。据汪琬《白门诗集序》所说，士禛作这组诗时，"馆于布衣丁继之氏"，丁是明朝遗民，此时年已78，他为士禛缕述前朝旧事，士禛"辄掇拾其语入《秦淮杂诗》中"，所以士禛作品中的亡国哀思，又是受到了遗民的影响。他的这些作品一出，就引起了广泛的共鸣，以致出现了"争写君侯肠断句"（陈维崧语）的场面。

王士禛倡导神韵说，他以"冲淡""自然""清奇"三者为"品之最上"（《鬲津草堂诗集序》），在创作实践中，他有不少作品都达到了这种富于神韵的境界。如《胡桃园夜语》：

> 日暮炊烟起驿楼，虚堂楚篁怯新秋。溪声一夜兼寒雨，纵使啼乌亦白头。

这是康熙十一年（1672），他奉命典四川乡试途中所作，停歇于驿站，看到袅袅炊烟，勾起了思家之情，夜晚淅淅沥沥下起了小雨，和着呜咽不停的溪水声，搅得他难以入睡，远处又不时传来凄唳的乌啼声，更使人羁旅之愁难禁。士禛不少诗篇都是即景而作，如：

> 微雨过青山，漠漠寒烟织。不见秣陵城，坐爱秋江色。（《青山》）
>
> 雨后明月来，照见下山路。人语隔溪烟，借问停舟处。（《惠山下邹流绮过访》）
>
> 昨上京江北固楼，微茫风日见瓜洲。层层远树游青芥，叶叶轻帆起白鸥。（《瓜洲渡》）

这几首都是描写了即目所见，诗人仿佛置身于风景之外，实则又包含于其中，若隐若现。这些都不是苦思冥想、刻意而为，而是"一时伫兴之言""天然不可凑泊"（《香祖笔记》）。士禛的还有不少诗，在当时就被一些画家取以入画，他在《渔洋诗话》中记载：他的《真州绝句》中的"好是日斜风定后，半江红树卖鲈鱼""江淮间多写为画图"。其他如：

> 皖公山色望迢迢，皖水清冷不上潮。青笠红衫风雪里，一林枫柏雨萧萧。（《自洛河至唐婆岭即事》）
>
> 古寺红墙出翠微，莓苔石壁滴人衣。一行白鹭冲船起，却上半岩松顶飞。（《烈山》）

这些诗色彩丰富而且对比强烈，使得形象鲜明突出，读之仿佛眼前浮现一幅幅图画。这些诗容易引起画家的创作冲动，也给他们提供了想象和发挥绘画艺术特长的余地，因而也就受到了不少画家的青睐。

王士禛在康熙诗坛有着崇高的地位，李元度曾说："公以诗名海内垂五十余年，士大夫识与不识，皆尊之为泰山北斗。"（《国朝先正事略》）其诗论和诗作，都起了转移风气的作用。他晚年曾自述其诗风变化的历程，说："吾老矣，还念平生论诗凡屡变，而交游中，亦如日之随影，忽不知其转移也。少年初筮仕时，惟务博综该洽，以求兼长。文章江左，烟月扬州，人海花场，比肩接迹。入吾室者，俱操唐音，韵胜于才，推为祭酒。然而空存昔梦，何堪涉想？中岁越三唐而事两宋，良由物情厌故，笔意喜生，耳目为之顿新，心思与焉避熟。……远近翕然宗之。既而清利流为空疏，新灵寖以佶屈，顾瞻世道，慭焉心忧。于是以太音希声，药淫哇痼疾，《唐贤三昧》之选，所谓乃造平淡时也。然而境亦从兹老矣。"（俞兆晟《渔洋诗话序》）这段话概括说明了士禛一生诗风变化的过程，由唐入宋，又返唐。这种变化，既受诗坛风气的影响，又是有意于起到救弊补偏的作用，所谓"如日之随影""远近翕然宗之"，说明了士禛领导诗坛、转移风气的巨大影响，这并非自诩。《四库全书总目·渔洋精华录提要》中，在回顾清初诗坛风气时说："士禛等以清新俊逸之才，范水模山，批风抹月，倡天下以'不著一字，尽得风流'之说，天下遂翕然应之。"士禛的这种影响力，与他晚年官高位尊有一定关系，但主要的还是由于他在创作上所取得的成就和他在诗学理论上的建树所致。

二 "神韵说"

王士禛之所以能够成为康熙时期诗坛盟主，除了在诗歌创作上有较高的成就之外，还因为他有比较系统的诗学理论观点。士禛论诗，"独以神韵为宗"（《清史稿》卷二六六），"神韵说"可以说是王士禛诗学理论的标帜，"神韵说"因王士禛的倡导而流行一时，成为当时诗坛上的主导。"神""韵"都是中国古典诗歌美学中的重要概念，"神韵"联缀成词，在古代文艺理论中出现得也很早。王士禛在《池北偶谈》中曾说：

> 汾阳孔文谷云："诗以达性，然须清远为尚。"薛西原论诗，独取谢康乐、王摩诘、孟浩然、韦应物，言："'白云抱幽石，绿筱媚清涟'，清也；'表灵物莫赏，蕴真谁为传'，远也；'何必丝与竹，山水有清音'、'景昃鸣禽集，水木湛清华'，清远兼之也。总其妙在神韵矣。""神韵"二字，予向论诗，首为学人拈出，不知先见于此。

孔天胤、薛蕙都是明代人。王士禛倡导"神韵说"，起先还以为是自己首创，后来读书多了才发现"神韵"一词早已有人使用。这并不是他孤陋寡闻，王士禛是很博学的，但由于古代传媒的不发达，书籍流通的不方便，特别是检索手段的落后，这种种原因，使得有许多书籍一般很不容易看到，许多概念的使用情况更难以全面了解，以致王士禛会有此误。实际上，南齐时的谢赫已经使用"神韵"一词了，他的《古画品录》中论述"六法"时，第一就是"气韵生动"，在第二品评顾骏之则说"神韵气力，不逮前贤"，已经将"神韵"联缀在一起了。后来唐张彦远的《历代名画记》有《论画六法》，其中说："至于鬼神人物，有生动之可状，须神韵而后全。若气韵不周，空陈形似，笔力未遒，空善赋形，谓非妙也。"后来论文艺使用"神韵"概念者，也时有所见。到了明代之后，就更加普遍。如胡应麟《诗薮》中使用"神韵"一词多达20余次，他赞美盛唐诗时，称之为"气像浑成，神韵轩举"，而批评韩愈，则说他虽"有大家之具，而神韵全乖"（内编卷五）。清初的王夫之评诗也屡屡使用"神韵"的概念，如《古诗评选》卷一评汉高帝《大风歌》："神韵所不待论。三句三意，不须承转。一比一赋，脱然自致，绝不入文士映带，岂亦非天授也哉！"《唐诗评选》卷四杨巨源《和大夫边春呈长安亲故》又说："虚实在神韵，不以兴比有无为别。"但在王士禛之前，论者虽然多次使用了"神韵"的概念，但均并没有给以特别的地位，因而淹没在卷帙浩繁的著述中，并没有引起人们的重视，所以王士禛才会以为是自己"首为学人拈出"。经过王士禛大力倡导，并加以丰富和发展之后，"神韵说"才得以风靡诗坛，产生了广泛而且深远的影响。正如翁方纲所说："诗人以神韵为心得之秘，此义非自渔洋始也，乃自古诗家之要妙处，古人不言而渔洋始明著也。"（《神韵论》下）

在诗学理论上，对王士禛影响最大的，并不是那些使用了"神韵"概念的论者，而是唐代的司空图和宋代的严羽，他屡屡称引二人之说，并加赞赏：

> 表圣论诗有二十四品，予最喜"不著一字，尽得风流"八字。又云"采采流水，蓬蓬远春"，二语形容诗境，亦绝妙，正与戴容州"蓝田日暖，良玉生烟"八字同旨。（《香祖笔记》卷八）
>
> 严沧浪以禅喻诗，余深契其说，而五言尤为近之。如王、裴辋川绝句，字字入禅。他如"雨中山果落，灯下草虫鸣""明月松间照，清泉石上流"，以及太白"却下水精帘，玲珑望秋月"，常建"松际露微月，清光犹为君"，浩然"樵子暗相失，草虫寒不闻"，刘眘虚

"时有落花至,远随流水香",妙谛微言,与世尊拈花,迦叶微笑,等无差别。通其解者,可语上乘。(《咏雪亭诗序》)

晚唐的司空图有《二十四诗品》,又与人论诗以"韵外之致""味外之味"作为基本出发点。宋代严羽有《沧浪诗话》,倡导"兴趣说",强调诗应当做到"言有尽而意无穷"。王士禛对二人的诗学理论深为契合,直到晚年他选《唐贤三昧集》,序言中还称是以严羽"盛唐诸人惟在兴趣"、司空图"味在酸咸之外"的观点为指导。从他的论述中可以看出,"神韵说"要求诗作风格自然超妙,含蓄隽永,内容则多是对山水田园、自然景物的描写,形式则多为五、七言律绝。在创作上重视"伫兴",强调"兴会神到",《渔洋诗话》中说:"萧子显云:'登高极目,临水送归,蚕雁初莺,花开叶落。有来斯应,每不能已,须其自来,不以力构。'"王士源序孟浩然诗云:"每有制作,伫兴而就。余生平服膺此言,故未尝为人强作,亦不耐为和韵诗也。"

伫兴就是触景生情,有所感而作,而和韵之类,则是硬作,无论是否有感兴,必须凑句成篇,牵强应酬。在《香祖笔记》卷九中他又说,古人"偶然欲书"之语,"最得诗文三昧",也是指灵感骤至,心中有了创作的冲动,就容易创作出优秀的作品,也就不会无病呻吟,不是强拼硬凑。在这种兴之所到、信手拈来的情境下,有时对于某些细枝末节,就不可能都注意到了。《池北偶谈》中说:"世谓王右丞画雪中芭蕉,其诗亦然,如'九江枫树几回青,一片扬州五湖白',下连用兰陵镇、富春郭、石头城诸地名,皆寥远不相属。大抵古人诗画,只取兴会神到,若刻舟缘木求之,失其指矣。"(卷一八)雪景中可以有芭蕉,诗中的地名可以"寥远不相属",因为文艺创作容许作者的想象和虚构,如果一一求实,反而会影响兴会的表现。在《渔洋诗话》中,他又举了江淹、孟浩然等人的诗句,证明"古人诗只取兴会超妙,不似后人章句,但作记里鼓也"。强调神韵的人,往往注意到艺术表现与实际的区别。如与士禛同时稍前的王夫之,在《姜斋诗话》中曾说:"论画者曰:咫尺有万里之势。一势字宜着眼,若不论势,则缩万里于咫尺,直是《广舆记》前一天下图耳。"认为地图与绘画有显著的不同,如果山水画中山势的高低,道路的远近,一一与实际相合,那不过是一幅地图而已,就谈不到艺术性了。

王士禛对兴会神到的强调，也有弊端，那就是容易被人指责为不真。赵执信作有诗话专著《谈龙录》，认为"神韵说"片面强调"一鳞一爪"而忽略了龙的全体，认为司空图《二十四诗品》"设格甚宽，后人得以各从其所近"，而王士禛以"不著一字，尽得风流"为"极则"，违背了司空图的原意。对王士禛的创作和理论，都有所批评。这些批评，有的确实指出了王士禛的弱点和不足，有的则未必中肯。实际上，王士禛也有重视真实的论述。除了在创作中注意表现自己的真挚感情之外，他论诗还强调要"诗地相肖"，《池北偶谈》中说：

> 范仲淹在金陵尝云："钟声独宜著苏州用，唐人'姑苏城外寒山寺，夜半钟声到客船。'如云'聚宝门外报恩寺'，岂非笑柄？"予与陈伯玑论此，因举古今人诗句，如"流将春梦过杭州"，"满天梅雨是苏州"，"二分无赖是扬州"，"白日淡幽州"，"黄云画角见并州"，"淡烟乔木隔绵州"，"旷夜见秦州"，"风声壮岳洲"，风味各肖其地，使易地即不宜。若云"白日淡苏州"，或云"流将春梦过幽州"，不堪绝倒邪？（卷一五）

在《渔洋诗话》《居易录》中，他都把这个观点反复申明，强调"诗地相肖""不可移易"。《居易录》中还说："宋人谓'五月临平山下路，藕花无数满汀洲'，改六月便不佳。"（卷四）这些都是强调诗中所描写的景物，要真实无误，与其时其地相切合。这些论述似乎与其反对"记里鼓"的观点相矛盾，其实不然。在描写诗人的兴会时，诗人的想象"观古今于须臾，抚四海于一瞬"（陆机《文赋》），自然不能局限于地域的远近。而在描写某地方的具体景物时，则要抓住其特征，不能向壁虚造。王士禛还说："陆鲁望白莲诗：'无情有恨何人见，月白风清欲堕时'，语自传神，不可移易，《苕溪渔隐》乃云移作白牡丹亦可，谬矣。"（《池北偶谈》卷一四）可见关键在于传神，无论是反对"记里鼓"，还是强调要"不可移易"，目的都是为了做到"神韵天然"。

当然王士禛受人攻击，也因为他在创作上也有失误之处。比如他入蜀时所作《渡河西望有感》诗中有"高秋华岳三峰出，晓日潼关四扇开"之句，当时就有人指出，潼关大门只有两扇，为什么要写作"四扇"？原来他这是沿袭唐代韩愈的诗，韩愈《次潼关先寄张二十阁老使君》中有："荆山已去华山来，日出潼关四扇开。"这件事成了当时诗坛的一段公案，引起了不少人的议论。直到清末民初，陈衍在《石遗室诗话》中还说："且分明是两扇，必说四扇，似不得借口于古人。昌黎时关门不知如何，总以不说谎为是。"士禛此失，似乎大可不必，"四扇"与"两扇"与诗境能有多少影响？何必一定要蹈袭古人，而留下"说谎"的名声呢？

此外，"神韵说"在诗歌的题材和体裁方面，也有一定的局限。在题材上多为"范水模山，批风抹月"（《四库全书总目·渔洋精华录提要》）即描摹自然风光的作品，而对社会现实、民生疾苦则关注不够。这一点与当时的社会环境也有密切关系。在体裁上则多为五、七言绝句。赵翼曾高度评价王士禛的一些诗篇，认为如《秦淮杂诗》之类，"蕴藉含蓄，实是千古绝调。然专以神韵胜，但可作绝句，而元微之所谓'铺陈终始，排比声韵，豪迈律切'者，往往见绌，终不足八面受敌为大家也。"（《瓯北诗话》卷一〇）既赞赏其优秀的作品，同时指出了其局限和不足。袁枚也有类似的论述，并在论诗绝句中称士禛为"一代正宗才力薄"，既充分肯定"神韵说"的历史地位，也指出王士禛本身的缺憾。

三　文与词

王士禛一生勤奋好学，著述不倦。他在《分甘余话自序》中说：

> 仆生逢盛世，仕宦五十载，叨冒尚书，年逾七耋，迩来作息田间，又六载矣。虽耳聋目眊，犹不废书，有所闻见，辄复掌录，题曰《分甘馀话》。

这一年他已经77岁了，仍然写作不辍。王士禛一生中，除了数千首诗之外，还有文集44卷，说部著述二十多种一百余卷，另外他还编选了他人诗文若干种。当然，在所有的创作中，他的诗成就最高，但其文其词也有相当的成就，在当时也有一定的影响。他的文集和笔记中，都有不少好作品。尤其是一些序、记、书札、题跋，都写得甚有情致，使人爱读。他的说部笔记，涉及面甚广，举凡典章制度、人情物理、文字训诂、书画鉴赏、诗文品题、奇闻逸事、医道药理等等，都有比较深入的见解。不少段落写得风趣幽默，兴致盎然，引人入胜。

记载自己诗文作品的创作经历，是他文集笔记中常见的内容。如《渔洋诗话》中有一段说：

> 江行看晚霞，最是好境。余尝阻风小孤三日，看晚霞极妍尽态，顿忘留滞之苦。虽舟人告米尽，不恤也。赋三绝。

因阻风被困在小岛之上，船上的人都很沮丧，但对诗人来说，有平时难得看到的晚霞这样的美景相伴，"留滞之苦"又何足道哉！即使"米尽"，舟人着急，他却丝毫也不放在心上。寥寥数笔，把一个热爱大自然美景的诗人形象，勾勒了出来。正是因为如此性癖山水，使王士禛多次领略了大自然之美，使他在创作上能够"得江山之助"（《东渚诗序》），从而创作出了大量的优秀作品。王士禛自号"渔洋山人"，这是因为他非常喜爱渔洋山的美景所致，他在《入吴集自序》中说：

> 渔洋山在邓尉之南，太湖之滨，与法华诸山相连缀。岩谷幽窅，筇屐罕至。登万峰而眺之，阴晴雪雨，烟鬟镜黛，殊特妙好，不可名状。予入山，探梅信，宿圣恩寺还元阁上，与是山朝夕相望，若有夙因，乃自号"渔洋山人"云。是役也，发朱方，次云阳，抵吴阊，归经伯鸾之溪。前后所得诗六十余篇，题曰《入吴集》。

渔洋山是太湖边上的一座小山，远远没有邓尉山著名，但王士禛一游，就对它产生了浓厚的兴致，并且以之为号。文中对渔洋山景的描写，像是一篇写景的小品。而作为诗集序来说，则是别具一格。以"入吴"名集，是顺治十八年（1661）王士禛在扬州任推官时，至苏州，过无锡，游太湖，全程写了60余首记游诗。而此序以大半篇幅写渔洋山，可见作序时他的心里还是难忘渔洋山的美景，似乎吴地的其他地方都难以与之相比，他因此以之为号。从此，"渔洋"之名遍天下，山也有殊荣矣。

王士禛以议论为主的文章中，也有不少佳作。仅举其《冯班诋諆严羽》一段：

严沧浪论诗，特拈"妙悟"二字，及所云"不涉理路、不落言筌"，又"镜中之象""水中之月""羚羊挂角，无迹可寻"云云，皆发前人未发之秘。而常熟冯班诋諆之不遗余力，如周兴、来俊臣之流，文致士大夫，锻炼罗织，无所不至……至敢詈沧浪"一窍不通""一字不识"，则尤似醉人骂座，闻之惟排耳走避而已。（《分甘余话》卷二）

前面已经谈到，士禛论诗，受严羽影响最大，因此他对大肆诋諆严羽的冯班，就必然会有反感，而且冯班持论多有偏执，许多是对严羽理论的误解，还有不少是吹毛求疵，至于"一窍不通"之类的攻讦，显然是过激之言，士禛说他"尤似醉人骂座"，又以武则天时期的著名的酷吏周、来二人相比，足见他对冯班是如何的不满了。但他并没有意气用事，而是举出沧浪论诗的特识，并且对冯班的攻击，逐条加以反驳（引文中省略的部分），所以士禛所论还是比较有说服力的。今人郭绍虞先生也认为"冯班驳沧浪的话未为中肯"[①]。可见，过激的态度，偏颇的议论，是不可能服众的。

士禛之文虽然不如其诗著名，但许多篇章也有较高的成就。同时的宋荦在《蚕尾集序》中曾说："予交王先生三十年，仅大服其诗耳，今乃更服其文。"可见时人对士禛之文评价也颇高。其他如《感旧集序》《跋自书宋人绝句》《答门人张力臣》《登燕子矶记》等等，都为后来选家所称道。

士禛也能词，其词作 128 首汇辑为《衍波词》。他在扬州时，大批的词苑名流都与他交往唱和，吴伟业曾说他是"昼了公事，夜接词人"（《居易录》卷四引），确实如此。王士禛的词作也颇有成就。他曾遍和其乡前辈宋代李清照的《漱玉词》，其中有不少佳作，如［蝶恋花］：

凉夜沉沉花漏冻，欹枕无眠，渐听荒鸡动。此际闲愁郎不共，月移窗罅春寒重。忆共锦裯无半缝，郎似桐花，妾似桐花凤。往事迢迢徒入梦，银筝断绝连珠弄。

[①] 郭绍虞：《中国文学批评史》，上海古籍出版社 1979 年版，第 274 页。

词中借用一女子口吻，自述对爱人因思恋而长夜难眠的情景，体现了士禛词作中"极哀怨之深情，穷情盼之逸趣"（唐允甲《衍波词序》）的特色，大受时人赞赏，甚至有人以"王桐花"称之。同他的诗一样，士禛词作中也多描摹景物之作，这里仅举其［浣溪沙］：

> 北郭青溪一带流，红桥风物眼中秋。绿杨城郭是扬州。西望雷塘何处是？香魂零落使人愁。淡烟芳草归迷楼。

这是康熙元年（1662）六月间，王士禛在扬州任上时，与诸友人在著名的红桥一带冶游时所作，词共2首，前面还有300余字的长序。序本身也可以看作是一篇优美的游记小品。其中描写红桥说："林木尽处，有桥，宛然如垂虹下饮于涧，又如丽人靓妆祓服，流照明镜中。"读之令人神往。词的上片以平常的语汇，精练地概括了扬州景观的特点。下片则抒发因景物而兴起的怀古凭吊之情。迷楼是隋炀帝时所建，炀帝因荒淫无度而亡国丧身，以前文人多有吟咏之作。这首词将眼前景、心中情平平道出，无雕琢，似不着意，却意蕴深远，神韵悠长，因而极受赞赏，被认为是王词的代表作。后来朱孝臧《题衍波词》就说："消魂极，绝代阮亭诗。见说绿杨城郭畔，游人争唱冶春词，把笔尽凄迷。"（《疆村语业》卷三）。

士禛还和江南词人邹祗谟一道，联名编纂了《倚声初集》这部大型词选。当时词家对此书评价甚高，如汪懋麟《在棠村词序》中说："本朝词学，近复益胜，实始于武进邹进士程村《倚声集》一选。"认为此选为标志清代词学中兴的里程碑。王士禛的词创作和活动，都集中在他在扬州的几年中，离开扬州之后，他就很少再有词作，而致力于诗了。

王士禛喜交朋友，又乐于奖掖后进，所以追随他的人很多。但同时也有不满者，也有反对者。赵执信《谈龙录》就是为批评王士禛而作。王士禛身后，也有不少人对他加以批评。这些批评有切中其弊之处，也有许多不免是意气用事，并不恰当者。王士禛的神韵说及其诗歌创作，在中国诗歌史和中国古代美学史上，都有着重要的地位。

王士禛之"名"，在他身后却起了变化。在士禛去世十余年后，世宗胤禛做了皇帝，因此"胤禛"两字就为他一人所独有，其他人都得避讳。

他的同胞弟兄名中的"胤"皆被改作了"允",已死的王士禛也再没有人敢直称其名了,或称其号,或称之为"王士正",就这样乱称了几十年。到了乾隆时代,高宗因"所改之字与原名音太不相近,恐流传日久,后世几不复知为何人",因而特诏改为"士祯",以"示褒奖,为稽古者劝"(《清史稿》卷二六六)。所以此后清人所作的书籍中皆作"王士祯"。实际上,"王士祯"是另有其人,《国朝山左诗抄》卷二五收有"王士祯"诗3首,小传说:"士祯,字淑子,淄川人,顺治庚子举人,官成山卫教授,有《偶然草》。"避讳和以权势强改人名,都是封建专制的表现。所以今天应当恢复历史的本来面目,用"王士禛"原名为妥。

第三节 曹贞吉和赵执信

一 以词名家的曹贞吉

词兴起于唐、五代,鼎盛于两宋,但此后衰微,元、明时期词作者寥寥,成就也都不高,而到了清代,词又兴盛起来,开始有许多诗人而兼作词人,籍贯山东者如王士禛、宋琬、曹贞吉等都是。后来以词名家者更多了起来。

曹贞吉(1634—1698),字升六,号实庵,安丘人。康熙三年(1664)进士,官礼部郎中。以疾辞湖广学政,归里卒。

曹贞吉初以诗名,康熙十一年(1671),王士禛选宋荦、王又旦、颜光敏、田雯、曹贞吉等十人之诗为《十子诗略》,因此世人把他们称为"金台十子"。他最著名的诗作是晚年他在徽州同知任内游黄山时所作的《黄山记游诗》,举其中《卧龙松歌》一首:

> 黄山有松皆不俗,一枝两枝等朱珊。轮轮囷囷各异态,不沾寸土精神完。我来九月剧萧摵,震荡勇气凌高寒。红叶满山饱秋雨,诸松俱在青云端。鼓衰力竭不得上,忽惊神物当空蟠。洞壑阴森足冰雪,此松寒偃无凋残。朱鳞火鬣具头角,土花绣涩莓苔斑。出为霖雨亦何有,千秋浓睡风雷悭。鼎湖骑妆去不返,争乃复卧青冥间。我距松上歌一阕,天门积翠常漫漫。

黄山松是非常著名的，奇松与怪石、云海、温泉并称为"黄山四绝"，而卧龙松又和迎客松等共列入"黄山十大名松"之中。诗人首先描写了山中姿态各异的种种松树，每株都令人赏玩不已，但当卧龙松进入视界之时，仍令他惊诧称奇，叹为"神物"，接着遂对之具体描摹，而且引起了他要攀登上树的欲望，并且在树上高"歌一阕"。卧龙松对游人的震撼，由此可见，读之令人神往。时人对贞吉这些作品评价甚高，宋荦就称之为以"奇人"而游"奇境"，故所作皆可"不朽"，并说："此山名作寥寥，向推虞山，今被实庵压倒矣。"虞山指明末清初的诗坛领袖钱谦益，他曾于崇祯末年游黄山，所作记游诗文一直脍炙人口，宋荦认为贞吉所作足以"压倒"钱作，可见他对这些诗篇是如何地赞赏了。

但曹贞吉在文学史上的地位，却是由他的词作确立的。连收录有清一代诗作的《晚晴簃诗汇》也说："升六以填词名世。"曹贞吉的词作，题材丰富，内容充实，风格多样，表现了作者丰富的内心世界和真挚的感情。特别是那些表现他们兄弟情谊的作品。

曹贞吉有一胞弟名申吉，比他小一岁，二人手足情深。在贞吉9岁那年，即明崇祯十五年（1642），清兵铁蹄蹂躏山东之时，其父为避兵，遇害于安东卫，年仅28岁。从此他们兄弟"奉母食贫，相依为命。"（曹申吉《珂雪诗集序》）二人同就外塾，并入具学为生员。但在乡试时，贞吉落榜，申吉得中，并于顺治十年（1653）以进士及第。直至康熙五年（1666），曹贞吉才得中进士。所以以前以科第先后为序的一些选本中，都是把申吉之名排在其兄之前。也因为此，贞吉在仕途上也落后于其弟。康熙十年（1671），当曹贞吉还只是个从七品的内阁中书时，曹申吉已经升为贵州巡抚了。但塞翁得马，焉知非祸？次年，三藩之乱起，吴三桂在贵州的同党把不肯降服的曹申吉抓了起来，而且由于交通不便，信息不通，曹申吉反被朝廷定为"附逆"。在株连九族的时代，这对曹家是个重大的打击，其母"悲伤凄恻，痛于心而不形于言，舍人（指贞吉）则嗫嚅隐忍，惴惴焉而不敢归宁其母"（曹禾《曹复植墓志铭》）。这些在他的词作中都有表现。如[南乡子]《夏夕无寐茫茫交集辄韵语写之不求文也》五首中的第二首：

少小忆趋庭，总角齐肩好弟兄。尝年熊丸心自苦，同听，夜雨连床十载声。有约待躬耕，白发慈亲望眼薺。谁料而今成幻影，飘零，瘴雨蛮烟一带青。

词中回顾了二人从小到大几十年的手足之情，而这时曹申吉已经陷于叛贼营中，家人已经很长时间没有他的音讯了，思念和忧虑，使得他彻夜难眠。此后，由于申吉被定为"附逆"，贞吉就不可能在自己的作品中公开地提到他了，但他的思弟之情，仍然通过咏物等方式，曲折地表达出来。如［留客住］《鹧鸪》：

瘴云苦。遍五溪、沙明水碧，声声不断，只劝行人休去。行人今古如织，正复何事关卿？频寄语：空祠废驿，便征衫湿尽，马蹄难驻。风更雨，一发中原，杳无望处。万里炎荒，遮莫摧残毛羽。记否越王春殿、宫女如花，只今惟剩汝。子规声续，想江深月黑，低头臣甫。

词的起首即用"瘴云苦"，同上引词中的"瘴雨蛮烟"一样，都是指现在申吉被陷的云贵一带，一个"苦"字，奠定了作品的基本情调，既是鹧鸪啼"苦"，更是词人内心之"苦"。王士禛曾评贞吉咏物之作说："实庵先生咏物皆取其闻见所及耳，而神光离合，望之如蜃气结成楼阁。"（见《珂雪词》前《词话》）这段话说明了曹贞吉咏物词的一个显著特点，就是通过"闻见所及"之物，把自己内心深处的情感形象生动地表现出来，而成为具有强烈感染力的文学作品。这首词就体现了这一特点，因而使人读后油然而生"投荒念乱之感"（谭献《箧中词》评语）。在当时，这首词传诵甚广，和作者众多，一方面固然是朋友们对曹申吉的遭遇深表同情，而更重要的恐怕就是因为受到这首作品声情并茂的感染所致了。

曹贞吉的词作中，怀古的题材也不少，有许多也是传诵人口的。如［满庭芳］《和人潼关》：

太华垂旒，黄河喷雪，咸秦百二重城。危楼千尺，刁斗静无声。落日红旗半卷，秋风急、牧马悲鸣。闲凭吊，兴亡满眼，衰草汉诸陵。泥丸封未得,渔阳鼙鼓,响入华清。早平安烽火,不到西京。自古王公设险,终难恃、带砺之形。何年月,铲平斥堠、如掌看春耕。

潼关因潼水而得名,它西薄华山,东接桃林,南临商岭,北距黄河,为陕西、山西、河南三省要冲,历代皆为兵家必争之地。这首词通过秦、汉、唐三朝兴亡的史实,说明了单纯依赖关隘险阻,是不可能长保太平的。而词的末尾,更希望能够"铲平斥堠",不再发生战乱。铸剑为犁,结束战乱而安享太平,这是历代人民共同的愿望。作者亲身经历了明末清初的战乱,写作此词时,三藩之乱还没有平定,所以词人急切地渴望,战事能够早日结束,军事堡垒能够铲平,变成耕地,使得广大百姓得以安居乐业。"何年月"同杜甫《洗兵马》中的"安得壮士挽天河,净洗甲兵长不用"一样,用的都是疑问语气,这表明作者也知道这只是一种良好的愿望而已。其他如〔金人捧露盘〕《黄金台怀古》〔百字令〕《咏史》〔风流子〕等等,都写得颇具特色。

曹贞吉作品中还有不少赠人之作,最著名的就是〔贺新郎〕《再赠柳敬亭》:

> 咄汝青衫叟!阅浮生、繁华萧瑟,白衣苍狗。六代风流归抵掌,舌下涛飞山走。似易水歌声听久。试问于今真姓字?但回头、笑指芜城柳。休暂住,谭天口。当年处仲东来后。断江流,楼船铁锁,落星如斗。七十九年尘土梦,才向青门沽酒。更谁是、嘉荣旧友。天宝琵琶宫监在,诉江潭憔悴人知否?今昔恨,一搔首。

柳敬亭是明末清初名噪一时的说书艺术家,并曾入明将左良玉幕府。据曹禾在《珂雪词》所附的《词话》记载:"柳生敬亭以评话闻公卿,入都时邀致接踵,一日过石林许,曰:'薄技必得诸君子赠言以不朽。'实庵首赠二阕,合肥尚书见之扇头,沉吟叹赏,即援笔和韵,《珂雪》之词,一时盛传京邑。学士顾庵叔自江南来,亦连和二章,敬亭名由此增重。"柳敬亭说书,多说古今沧桑,而他本人又亲身经历了明、清之际改朝换代的巨变,所以咏柳的身世,自然而然地也就包含了兴亡之感。而这种兴亡之感是当时人们共有的,因而容易引起共鸣,所以和作者甚众。但此词感慨遥深,风格雄浑苍凉,在艺术上也有较高的成就,正如王士禛所说:"赠柳生词,牛腰束矣,当以此两词为压卷。"此后,许多名人如黄宗羲、吴伟业等人都为柳敬亭作传,孔尚任更把他写入《桃花扇》中,使之名气更大,流传更远。

曹贞吉的词作,在当时就得到广泛的赞誉。陈维崧在[贺新郎]《题〈珂雪词〉》中,称赏为"雄深苍稳",是"万马齐喑蒲牢吼",具有振聋发聩的力量。朱彝尊则表彰他的词是"幽细绵丽",并以"惟实庵舍人意与予合"而自豪。这些评语当然是见仁见智,但也可以说明无论是婉约还是豪放,贞吉词作的不同风格,都得到名家的认可。曹禾更赞扬贞吉词"宁为创,不为述,宁失之粗豪,不甘为描写",对于词这一文体在清代的复兴,起到了推波助澜的作用。后来乾隆年间编纂《四库全书》,于清初词独收《珂雪》一集,也是充分肯定贞吉词作在文学史上的地位。而吴梅在《词学通论》中则说:"清初诸老惟珂雪最为大雅,才力虽不逮朱(彝尊)陈(维崧),而取径则正大也。其词大抵风华掩映,寄托遥深,古调之中,纬以新意,盖其天分于此事独近耳。"① 可以说是比较公允的评价。

二 "思路剷刻"的赵执信

王士禛诗名满天下,但同时也有人对其诗论和作品加以批评,最著名的就是赵执信。

1. 仕途受挫

赵执信(1662—1744),字伸符,号秋谷,晚号饴山老人,青州府益都县颜神镇人。他出身于官绅世家,曾祖赵振业,明天启进士,入清以后,作过山西、江南两布政司参议。他的叔祖赵进美等人,也都在清廷为官。他的岳父是同里内秘书院大学士兼吏部尚书孙廷铨的长子,岳母是刑部尚书王士禛的从妹。他天资聪颖,又受到良好的教育,康熙十八年(1679)才18岁时,就考中了进士,并被选授翰林院庶吉士,散馆授编修。康熙二十三年(1684),他被派往山西,担任乡试正考官。这时的赵

---

① 吴梅:《词学通论》,上海:华东师范大学出版社1996年版。

执信可以说是春风得意，他最早结集的诗作题为《并门集》，就是收录了他从北京出发到太原主持乡试，又从太原南下，于年底回到故乡探亲这期间的作品。两年后，他又升迁任左春坊右赞善。正因为少年得志，对官场的黑暗、宦海的险恶，都没有多少认识，因而不免恃才傲物，"是以大得狂名于长安"（陈恭尹《观海集序》）"才益著，望益高，忌者亦益多"（黄叔琳所作《墓表》）。终于因在国葬期间观看戏剧《长生殿》，被讦得罪罢官。

《长生殿》剧本是赵执信的好友洪升所作，甫一问世，就成为当时上演最盛的剧目。康熙二十八年（1689）八月，洪升招伶人于宅中演此剧，都下名士多醵分往观。赵执信也应邀前往。观者都对戏剧赞不绝口，却没料到由此而引来大祸。原来当时孝懿皇后刚于上月去世，至此时尚未除服，因此有人参劾，说他们于"国恤"期间观赏戏剧，为"大不敬"之罪。于是洪升被抓入刑部大牢，不久判决下来，洪升被除去国学生籍，与会的赵执信等人被革职。此案牵涉到当时朝廷之上的南、北党争，原因甚为复杂，此处不能详述。但赵执信因此丢官，并且从此后再也没有重入仕途。此案在当时是轰动一时的事件，街谈巷议，众说纷纭，好事者并有诗流传，其中一首说："秋谷才华迥绝俦，少年科第尽风流。可怜一出《长生殿》，断送功名到白头。"（阮葵生《茶馀客话》卷九）可见当时人们对风华正茂的赵执信的遭际，充满了同情和惋惜。赵执信本人受到如此沉重打击，当然也是满腔怨愤，这些也不可能不表现在他的作品中。此时他有《出宫词》五言古诗，通过一个被逐出皇宫的宫女之口，表达了自己被削职后的心情，其结尾说：

旧家送我时，愿妾承天眷。归去姊妹行，含羞说金殿。

赵执信少年得志，他的家族也对他充满着厚望，希望他能飞黄腾达，光宗耀祖；他自己也希望能够逐步高升，即使是从为国为民的角度考虑，也是如此，因为在封建时代，"不在其位，不谋其政"，要想对国家贡献自己的力量，就必须有一定的官位。而他可以说是刚刚踏入仕途不久，就遭挫折，而且仿照惯例，他基本上已经没有东山再起的可能。所以，此时他心中不能不考虑回去以后，如何面对家人，如何面对朋友，因此就只能

"含羞""归去"了。被削职后，赵执信很快就回到家乡，在离开北京时，他写了《出都》一诗：

> 事往浑如梦，忧来岂有端？罢官怜酒失，去国觉天寒。北阙烟中远，西山马首宽。十年一挥手，今日别长安。

把在北京的十年官宦生涯，看作一场梦，而在梦中的他，并没有想到会无端"忧来"，把自己被罢官的原因说成是"酒失"，认为是小过而遭受大惩，心中的愤懑之情，溢于言表。他是不是有些后悔了呢？恐怕是有的，这些在他后来的作品也有一些表现。当然，由于悔亦无益，他不肯承认自己痛悔之意，有时还要说些"身外鸿毛掷一官"（《寄洪昉思》）的豪言，但他那真实的心情，总不免会流露出来。比如此事二十余年之后，他路过淮阴时，写了《淮阴咏古》一诗，表明了他对汉代韩信在长乐宫钟室被吕后谋杀一事的看法：

> 王孙无食空垂钓，老妇相哀少年笑。可怜一饭尚千金，百战功成乃尔报。哙等再拜言称臣，钟室儿女良有因。汉廷将相羞为伍，曾是淮阴胯下人。

诗中对刘邦吕后杀害功臣表示不满，这是历来咏韩信被杀史事者的共同观点，但赵执信此诗其重点却在"良有因"一句。他认为韩信被杀也是咎由自取，当年能够忍受"胯下之辱"的韩信，后来为什么会"汉廷将相羞为伍"？他的死，不正是这种恃功自傲所造成的吗？言为心声，赵执信写此诗时，肯定也会联想到自己的遭际，对自己的少年孟浪懊悔不已，当时所以被削职，难道不是"自家原有三分错"吗？写此诗十余年之后，他又有《涉淄水感怀》一诗：

> 鼓瑟吹竽岂自由？少年卤莽长年羞。而今不作齐门客，才溯清淄最上流。

诗中表明了自己追求清高的境界，而对"少年卤莽"则悔恨不已。经过生活的磨炼，盛气消歇，他再也不会做出"土物拜登，大稿璧谢"那样刻薄的事情了。（梁绍壬《两般秋雨盦随笔》卷四："黄六鸿者，康熙中由知县行取给事中入京，以土物并诗稿遍送名士。至宫赞赵秋谷执信，答以柬云：'土物拜登，大稿璧谢。'黄遂衔之次骨。乃未几而有国葬演剧一事，黄遂据实弹劾。"）

2. 文学创作

但仕途上受到挫折，对赵执信的文学创作来说，未必不是好事。他有了更多的时间去各地游览，此后几十年间，他在各地漫游，观沧海，登名山，游湖泊，渡江河，到处都留下了记游的篇章。在家乡生活和在各地游览，也使他从此对社会下层有了更多的接触，对百姓的日常生活了解得更为深入。他的《纪蝗》《后纪蝗》等诗，记述了面对铺天盖地而来的蝗虫，农户虽奋力捕打，终于无济于事；《大堤叹》《碧波行》等诗，描写了黄河泛滥时，灾民在洪涛中挣扎的情景；《纪旱》《久旱》等诗，则对久旱不雨、苗枯禾焦情势下的"哀哀生民"，表达了由衷的忧虑……这些作品，绝不是身居庙堂之上、脱离百姓生活的达官贵人所能写出来的。赵执信的作品中不仅描写了当时百姓所遭受到的天灾人祸，还记述了他们的反抗斗争。其中最著名的就是题为《甿入城行》的七言歌行：

> 村甿终岁不入城，入城怕逢县令行。行逢县令犹自可，莫见当衙据案坐。但闻坐处已惊魂，何事喧轰来向村。银铛杻械从青盖，狼顾狐嗥怖杀人。鞭笞榜掠惨不止，老幼家家血相视。官私计尽生路无，不如却就城中死。一呼万应齐挥拳，胥隶奔散如飞烟。可怜县令窜何处，眼望高城不敢前。城中大官临广堂，颇知县令出赈荒。门外甿声忽鼎沸，急传温语无张皇。城中酒浓餔飥好，人人给钱买醉饱。醉饱争趋县令衙，撤扉毁阁如风扫。县令深宵匍匐归，奴颜囚首销凶威。诘朝甿去城中定，大官咨嗟顾县令。

诗的开首描写了乡村的百姓在平日的情形，一年也难得进城一趟，其中的一个原因就是害怕在路上碰到县令出行。旧时县令出行，前面有衙役开道，一般百姓如果躲避不及，就会遭到拳打脚踢。大约是有村甿因此吃过亏，因而他们就相诫不敢轻易入城了。而比这更可怕的就是被县令带到公堂上，差役的号叫足以使人魂飞胆丧。村甿虽不敢入城，但县令却不肯放过他们，大概是为了催逼赋税吧，县令把他的公堂设到了村中，"鞭笞榜掠惨不止，老幼家家血相视"，许多百姓都遭受到衙役的拷打，在"官私计尽生路无"的情势下，村甿们终于忍无可忍，他们要成群结队地进城造反了。在百姓的强大声势下，平日里狐假虎威的胥隶们个个逃命去了，县令的上司"大官"只好采用安抚和收买的策略，用好酒好饭款待村甿。村甿们酒足饭饱之后，又把县衙砸了个稀巴烂。县令不仅威风扫地，还要等着上司的惩罚。这件事当时官书上并无记载，这也不难理解，历代官场上盛行的都是报喜不报忧、夸功隐过的风气，不是往脸上贴金的事，官僚们往往不会记录在案的。只有诗人才秉笔直书，"以诗补史之阙"（黄宗羲《万履安先生诗序》），给农民的反抗留下真实的写照。

赵执信的诗，在当时就得到不少人的好评，如吴雯评论说："结体清真，脱去凡近。""直而不俚，高而不诡。"陈恭尹也称赏道："片言只字，不苟下笔，其要归于自写性真，力去浮靡。"（皆见所作执信诗集序）

执信文的数量也不少，还有词集《饴山诗余》，不过成就都比不上其诗，后来选家和评论者，都较少涉及。

3. 诗学研究

除了诗文创作之外，赵执信在文学理论上也颇下功夫，他有诗论专著《谈龙录》和专门探究诗歌声调问题的《声调谱》。

《谈龙录》涉及诗学理论的一些基本问题，其书名之缘由，是因与王士禛等人谈论诗歌问题而起。《谈龙录》第一条记载了当时的情景：

> 钱塘洪昉思（升），久于新城之门矣。与余友。一日，并在司寇宅论诗。昉思嫉时俗之无章也，曰："诗如龙然，首尾爪角鳞鬣，一不具，非龙也。"司寇哂之曰："诗如神龙，见其首不见其尾，或云中露一爪一鳞而已，安得全体！是雕塑绘画者耳。"余曰："神龙者屈伸变化，固无定体，恍惚望见者，第指其一鳞一爪，而龙之首尾完好，故宛然在也。若拘于所见，以为龙具在是，雕绘者反有辞矣。"昉思乃服。此事颇传于时。司寇以告后生而遗余语，闻者遂以洪语斥余，而仍侈司寇往说以相难。惜哉！今出余指，彼将知龙

洪升是王士禛的学生,除了著名的戏曲《长生殿》之外,他在诗歌创作上也颇有成就。他对当时诗坛上不少作品"无章",表示不满,因而以龙为喻,加以批评。但他的这种说法,与王士禛的"神韵说"相违背,因而受到士禛的讥哂。而赵执信则认为洪、王二人之说均有偏颇,因而提出了比较全面的观点。所谓"谈龙",实际上就是探讨文学作品如何表现现实生活的问题。从这一点看,洪升的观点显然有很大的片面性,因为任何文学作品,不要说是诗歌,即使是洋洋十百万言的长篇小说,也不可能把现实生活都写进去,所谓"一不具,非龙也",显然是不可能实现的。王士禛对文学的认识比洪升要深入多了,他认识到诗歌只能写到"一爪一鳞",如果要把全部都表现出来,那是"雕塑绘画",而不是诗了。顺便说一句,在旧时代文人的眼中,对于雕塑绘画是比较轻视的,认为那只是不登大雅之堂的工匠的手艺。赵执信强调的是,不能以"一爪一鳞"而抹煞龙的整体,在表现"一爪一鳞"的同时,要使人感到有整个龙"宛然在"。赵执信的观点当然比较全面,但只能说是"后出转精",和士禛所论,并无多大矛盾。但后来事态的演变,已经与"谈龙"的基本问题无关了。赵执信感到很委屈,因而记下了当时的情况,并以之名书。

《谈龙录》除了对王士禛的诗作和诗论加以批评之外,也正面提出了一些观点,最重要的就是强调"诗中有人"。他说:

> 昆山吴修龄(乔)论诗甚精。所著《围炉诗话》,余三客吴门,遍求之不可得。独见其《与友人书》一篇,中有云:"诗之中须有人在。"余服膺以为名言。夫必使后世因其诗以知其人,而兼可以论其世,是又与于礼义之大者也。若言与心违,而又与其时与地不相蒙也,将安所得知之而论之?

实际上,对作品与作者的密不可分的关系,在文学批评史上很早就有人认识到了。东汉王充《论衡·自纪篇》中所谓"各以所禀,自为佳好",已经认识到了作者的秉性与其作品有着密切的关系。后来论者更多。到了明末清初,吴乔为了反对那种剽窃模拟的风气,更明确地提出了这一点。在《围炉诗话》中,他说:"诗中须有人,乃得成诗。"又说:"诗而有境有情,则自有人在其中。"吴乔还指出,不仅大诗人,甚至像鱼玄机的《咏柳》诗"枝迎南北鸟,叶送往来风",黄巢的《咏菊》诗"堪与百花为总领,自然天赐赭黄袍""荡妇、反贼诗,亦有人在其中"。而对当时诗坛上那些"陈言剿句,万篇一篇,万人一人,了不知作者为何等人"的作品,他直斥之为"诗家异物",根本算不上是诗。赵执信对吴乔的观点,非常推崇,并以此观点批评王士禛,认为他的《南海集》中的诗篇,如首篇《留别相送诸子》云:"芦沟桥上望,落日风尘昏。万里自兹始,孤怀谁与论?"当时王士禛是以少詹事兼翰林院侍讲学士,奉使祭告南海,随从众多,风光一时,但他诗中却分明是"谪宦迁客"之语,所以赵执信说他是"诗中无人",没有表现出作者的真实情性,也不符合作者的身份。因为《围炉诗话》在当时比较少见,赵执信在吴门居住多时,都"遍求之不可得",所以《谈龙录》对这一观点的强调,使之得以广泛流传,产生了较大的影响,对诗歌的发展起到了良好的作用。

赵执信还通过排比古人作品,以探求古诗音节的规律,著成《声调谱》。由于汉字的特点,古人早就注意到了平仄读音的不同,会对诗歌的吟诵产生很大的影响,因而对诗的声调规律多有研究。赵执信对声调的研究,也是受到王士禛的影响,他曾说:"闻古诗别有律调,往请问,司寇靳焉。余宛转窃得之,司寇大惊异。"(《谈龙录自序》)律诗的声调在唐代已经成熟,但对古诗的声调,前人注意者并不多。王士禛注意到了,并有专著,大约是自己还嫌不够成熟的缘故,所以赵执信问时,就没有告诉他。执信自己遂发愤著书,对前人诗作,反复研讨,将诗句分为古句、律句、拗律句三种,以律诗的平仄法来阐明古诗的平仄法。赵执信的研究成果,著成《前谱》《后谱》《续谱》,人称《声调三谱》。在当时就受到论诗者的重视,也受到了后人的好评。郭绍虞先生曾说:"执信由于士禛靳不肯言,乃于唐人诗集中反复推究,始知古调律调之分,因著为此节,成为中国诗律史上一大发见。"[①]当然赵执信的《声调谱》还有许多不成熟、不完善的地方,后来又有不少人继续深入研究,不断地加以完善,但其开创之功,则应在古典诗律的研究史上,占有一席之地。

---

① 郭绍虞:《清诗话前言》,见《清诗话》,上海古籍出版社1963年版,第19页。

第四节 一代戏剧大家孔尚任

传奇由明朝嘉靖、万历年间发展到清代康熙、乾隆时期已完全成熟，全面繁荣。正是在此基础上，清代同时出现了两位戏剧大家：孔尚任和洪升。他们像两颗戏曲巨星一南一北同时升腾在众星闪烁的清代戏曲舞台上，由于他们的出现，才标志着清代传奇又形成了一个新的发展高峰。洪升不在本书论列范围，只就孔尚任而言，当今学者已明白言讲道："除去他与人合作的《小忽雷》传奇之外，一生中属于他独立完成的剧作，只有一部《桃花扇》。然而，仅此一剧，已足以奠定他在中国戏剧史上的不朽地位。"[①]

孔尚任不仅是一位杰出的戏曲家，而且还是清代一位有名的诗人，在山东文学发展史上，孔尚任则是又一位坐标式的人物。

一 戏剧式的人生道路

孔尚任（1648—1718），字聘之，又字季重，号东塘，别号岸堂，又自称云亭山人。曲阜人，是孔子的第六十四代孙。孔尚任出生时清朝虽已建立，但反清的烈火还未全部被扑灭，他的父亲崇尚气节而不仕，就亲自教育孔尚任。而孔尚任乡试未得入选，遂入石门山隐居。他并不是要离群索居遗世独立，过遗老遗少的生活，而是埋头读书著述，希求一逞。有人统计四年隐居他写出了《石门山泉》3卷、《节俗同风录》12卷，《会心录》4卷，同时他还构划了戏曲《桃花扇》的蓝稿。

孔尚任在山中隐居著书，官太子少师的孔毓圻深知孔尚任的人品文才，因为他们曾有同窗之谊，康熙二十三年（1684）十一月，康熙南巡北返要路经曲阜，孔毓圻即推荐孔尚任在皇帝祭孔时为皇帝讲明经书文义，以阐扬文教，鼓舞儒学。

孔尚任讲了《大学》，得到了康熙帝的赏识，就传命对孔尚任可以"不拘例议"使用。一次偶然的机遇，使孔尚任从此步入官场。从康熙二十四年（1685）孔尚任赴京，历任国子监博士、治河使臣、户部主事、

[①] 徐振贵：《孔尚任评传》，南京大学出版社2000年版，第312页。

宝泉局监铸、广东司员外郎，整整任官16年。对于他的戏剧性的步入官场经历，孔尚任曾写有《出山异数记》一文，道："书生遭际，自觉非分，犬马图报，期诸没齿。"

但是官场却并不像孔尚任这一介书生所想象的那么单纯，那么易处，尤其他奉命为治河使臣的几年，他本想认真治理水患为民造福，他曾经日夜在第一线与河工一起劳作，但是实际情况恰如他在《待漏馆晓莺堂记》一文所述："今来且三年矣，淮流尚横，海口尚塞；禾黍之种，未播于野；鱼鳖之游，不离于室。漫没之井灶场圃，漂荡之零棺败骸，且不知处所！而庙堂之上，议论龃龉，结成狱案；胥吏避匿，视为畏途。即与余同事之官，或还朝，或归里，或散或亡，屈指亦无一人在者，独余呻吟病饿於兹馆，留之无益，去之弗许；盖有似乎迁客羁臣。"

康熙二十八年（1689）春皇帝亲自视察治河工程，孔尚任又被召至龙舟面圣。随着皇帝的离去，河局解散，孔尚任也才得以回京。不过3年治河无功而还，孔尚任空有怅惘而已。但是这几年意外的收获是他结交了相当一批明朝的遗老遗少，如冒襄、杜于皇、邓汉仪、许承钦、宗元鼎、龚贤等等，这些人有的还和复社文人侯方域等有过密切的交往，孔尚任还到明朝南都金陵进行了实地考察，这都为他修改其剧作《桃花扇》提供了难得的资料。

回京之后国子监博士原是清闲之职，看到官场腐败的孔尚任也再无心进取，空闲的时间就吟咏听戏，并与友人顾彩合编了一部传奇《小忽雷》。

"小忽雷"，原是唐人制造的琵琶的一种。孔尚任在康熙三十年（1691）于街市偶然得之，《乐府杂录》曾有记载说："文宗朝，有内人郑中丞，善胡琴。内库有二琵琶，号大、小忽雷。"该记述还讲述了郑中丞传奇性的遭遇。孔尚任得到900年前的稀世珍品，又知其关联一段传奇逸事，遂挥笔题诗道："中丞唐女郎，手底旧双弦。内府歌筵罢，凄凉九百年。"于是就构思写一部传奇《小忽雷》，请好友顾彩合作谱曲。该剧取《乐府杂录》所记为本，以郑盈盈与梁厚本爱情故事为线索，穿插中唐元和、太和年间重大历史事件，真实地反映了那时朝政腐败，忠奸斗争的情况。吴穆《小忽雷传奇序》曾道："于是，孔门易座，立传周详；顾氏仙才，填词雅秀。叙廿七年之治乱，贯作连珠；历三四帝之兴衰，编成合谱。"该剧是借儿女之情写兴亡变乱的初次尝试，为孔尚任作《桃花扇》积累了可贵的经验。也许是《小忽雷》演出的成功使孔尚任声名鹊起，不久他就被调任户部，遂为监铸官。人皆以为此乃发财之官，而他却出污泥而不染，僚友竟不相信，孔尚任的宦情就更加淡薄。但他依然尽责尽守，因而被嘉奖授阶"承德郎。"升官固然使孔尚任高兴，但更高兴的事是经过十几年的酝酿、修改、加工，在康熙三十八年（1699）他把《桃花扇》传奇完成了。朋友们对孔尚任写《桃花扇》早有所知，听说完稿纷纷索阅，王公缙绅以至康熙皇帝也都向他索要手稿观赏，几乎有"洛阳纸贵"之势。转年，京都各家戏班则争相传演。从正月到三月，京都议论的皆是《桃花扇》，也许又是由此孔尚任声名大振，他随即也升任户部广东司员外郎。可是人生也许就是多戏剧性转折，孔尚任被宣布升职才十几天又被宣布罢官，事起仓促，令人难测。为什么被罢官，没有一个人能说得清，他只有满怀忧怨泪眼盈盈离别了官场、京城。

孔尚任的出仕是戏剧性的，他的被罢官更是戏剧性的，这种戏剧性的人生道路，多转折，多出人意料，多不能自主，但是就在这种不自主的人生旅程中，孔尚任却自觉地、顽强地、一心一意地完成了不朽的传奇《桃花扇》，这就是他人生最大的成功。他的戏剧创作为传奇，指明了新的发展方向。当然孔尚任不仅是一个杰出的戏曲家，他还是一位很有成就的诗人，从他入仕前到他被罢官后，直到他70岁去世，他都一直笔耕不辍，吟咏不止，所作诗文集有《长留集》《湖海集》《鳣堂集》《岸堂集》《石门集》《绰约词》等。

二　诗文等身　洋洋大家

历来文学史介绍孔尚任只着重评述其名作《桃花扇》，而对其诗文，尤其诗作评价，多一带而过，或根本就不涉及。实际上孔尚任不仅是戏曲大家，也是诗文大家，当时诗人刘廷玑在孔尚任编的《长留集·序》即道："海内之重东塘者，不仅诗也。即以诗言，而《湖海》《岸堂》《石门》诸集，盈尺等身。亦洋洋当代之大家矣。"为什么说孔尚任是诗文大家？不是说只看他一生吟咏不辍，诗文数量众多，而更在于其诗文的思想性和艺术性都不同寻常。

孔尚任作为孔子之后裔，家传儒学，以仁爱为本，所作或阐发圣道，或抒写衷情。他的《花屿堂稿序》则道："文辞不本于道，而道废；道废而文辞亦不能孤行""学道之功即学诗之功，而闻道之人即闻诗之人"。他认为作诗就当"发情畅志"。其《城东草堂诗序》曰"失所谓诗者，欲得性情之正，一有委曲徇俗之意，其大旨已失。"他主张作诗就要各抒自己的真性情，其《古铁斋诗序》谓："不以己之意为诗，而假人之意为诗，久假不归，虽山川风土，亦不能效其功。"就是说有再好的条件，如果情意不真，也写不出好诗，"诗也者，性情之音"，孔尚任这么认为，他的诗作也是这么实践的。故而在其诗文中普遍表现出对民众苦难的同情，对民生疾苦的关切，特别是孔尚任奉命参预治河，深入民间，到社会下层，亲自了解到民众的困苦以后，其诗作就不只是吟咏个人得失志趣，而是首先以莫大的同情心叹惜民生的艰难。

他在江苏高邮所作《登文游台同李松岚端梅庵徐夔摅》诗道："但见流亡庐，荒础无人扫。何处问游踪，枯骨引鸦噪。登台复登楼，千村哭水涝。饥溺圣人心，两河皆覆帱。禹迹底有时，涕泪谁人告？"这时诗人参加治河已经三年，三年来治水一无成效，民众依然流离失所，关怀人民疾苦本就是圣人仁心，应使百姓得到庇护，可是目前百姓依然饱受河患之苦，有谁能去报告给皇上呢？想当初他受命参预治河曾渴望能一济苍生，施展自己为民报国的雄心壮志，其《渡黄河》诗曾道：

　　踯躅何计救桑麻？立马堤头唤渡槎。八月荒蒲飞白鸟，孤城落日照黄沙。南开清口分淮少，东阻云梯去海赊。此处源流谁探取？秋风初动使臣嗟！

他原以为能够马到成功，为民解难分忧，谁料想治河中人事关系那么复杂，而他又无能为力，只能去空口安慰民众。其《元夕船泊渔村作》中云：

　　……日落湖气昏，月出湖光曙。沿湖业渔家，点火群相觑。去年火如银，床上鳅盘踞。今年火如丹，应有晒网处。停舟问渔翁："此卜果可据？吾来计三年，冒雨施凿疏。西决东不流，何以救黎庶？"渔翁笑致辞："庙堂正借著，功岂议论成，君言勿絮絮。"

三年治水一塌糊涂，朝廷还无决策，民众只能等待——忍受河患的煎熬。最后治河还是不了了之，孔尚任也要卸下治河之任离开了，他在《下河局散将北归》诗中写道：

> 明日纷纷送使船，下河还剩水兼天。频逢饥馑春耕后，空话经纶暮雨前。惜别故将诗下酒，壮行只赖树飘钱。年年归计荒唐甚，翻笑临歧意黯然。

他深深为"下河还剩水兼天"，民众依然在饥馑中度日如年而感到自责。所以时人曾注此诗说："此诗作于两河归并，群公散局之时，而依依民瘼如此，先生何等心也！"是的，孔尚任的心就是济世济民之心，关怀民众之心，同情民众疾苦之心，他的诗就是他的心怀的写照。

关心民生疾苦和对贪官污吏腐败的痛恨是一个问题的两个方面。为什么三年治河无效？一是朝廷决策不利，还有一个更重要的原因就是治河的官吏们并不都像孔尚任那样认真负责，关心民生疾苦。孔尚任在《有事维扬诸　开府大僚招宴观剧》诗中写道，那些治河官员在救灾之时竟然大摆宴席大吃大喝，"一客已开十丈筵，客客对列成肆市。钧天鼓乐何震骇，絮语热言频附耳"。吃的是山珍海味，喝的是美酒雪水，听的是曲曲太平，看的是侏儒嬉戏、杂剧传奇。诗歌就是如此活画出治河群官的不问民众死活，只顾自己享乐的景象，有这样的一批官吏主持河事，还能指望有什么功效？

不仅在治河时期孔尚任关心民生，忧时忧民、关切民众疾苦、揭露官场黑暗，乃是他一生所作诗歌中的最强有力的声音，天旱不雨，他忧农民不得耕种，雨下旱解，他由衷的高兴。但雨下不止，他却又担忧田涝无收，以至夜不能寐。如其《忧旱五谣》诗道："旱魃虐我郊，屈指百余日，难禁扫云风，跪肿师巫膝。"百日大旱，求雨不得，"陇麦青变黄""皆吐蝇头穗"。麦收无望，秋耕无期，"闲煞满村牛，墙阴嚼豆萁"。在这种情况下，农民生活的景观只有苦上加苦：

> 不怕农民闲，只愁官长倦。朝朝步祷回，还比催科限！市粮忽减价，岂是转丰年？忍饭亦须粜，欲籴谁有钱！

他的《苦旱》诗和《久旱晚大风雷》诗表达了同样情感："旱久麦苗枯""家家废耕计"。本以为大风雷会有雨，结果是"风去雷乃收，春雨数细点。旱虐兼风霾，万汇从凋敝。天道且颠狂，叹息人间世！"当雨真下来时，孔尚任《喜雨诗四月十六日作》就表达了喜不自禁之情道："未知阡陌几犁深，尽陷牛蹄应不惜。一年农计夏始兴，无麦有谷非大厄。"但是灾情造成之后，农村景象终让人惨不忍睹，孔尚任心痛不已。他的《寒食得花字》诗道：

　　逃亡屋破夕阳斜，社燕归来不见家。旧日踏青芳草路，纷纷白骨衬飞花。
　　村村社鼓久停挝，饧粥何曾到齿牙。拗断吟鞭蒙被卧，今年不看杏开花！

在这组诗题下孔尚任特意注曰："时大饥，流殍载道"。在白骨遍野，村村寂静，民众疾苦之时，诗人由于为民众疾苦而忧愁，但又无计可施，只好蒙头大睡。这同以酒浇愁是一样的，虽然软弱，但他心里装着民众民生却是清楚分明的。他不仅自己爱民忧民，同时对于朋友也以仁爱之道谆谆告之。如其《陈一水中翰出宋兖郡李苍存同行索诗送之》诗道：

　　兖郡由来旧鲁疆，荒城废苑亦堪伤！西通河济多秋水，东接龟蒙半夕阳。少有桑麻难出税，未闻弦诵可休粮。知君爱读循吏传，痛说民情莫暂忘。

谆谆嘱托，款款深情，但不是谋私利，不是为私情，而是殷殷希望朋友能成为一个良吏，体贴民生艰难，抚恤民众疾苦。

　　孔尚任之所以能体恤民众疾苦，除了他自幼蒙受儒家仁爱思想熏陶，还因为他虽然身历官场，但始终郁郁寡欢，处于中下层，有时自己都衣食不保，由自己的艰难联想到不如自己处境的民众之难，所以他才能写出有现实意义和人民性的诗文。抒发生活的清贫和仕途不得意乃是孔尚任诗文中一个重要的内容。虽然写的是他一己之叹，个人感受，但也真实反映了"康熙盛世"下的社会情状，其诗的社会意义亦不能低估。如其《除夜有感》诗：

> 冷署围炉客到频，思乡不得泪沾巾。千愁总累持家妇，百计难欢忆子人。宦后山田多旷废，穷来国税太因循。东归亦是为农圃，敢怨辛勤作使臣。

他为官在外，除夕思乡念亲，这虽是人之常情，但生活的穷窘以致埋怨国税因循，就可知当时的捐税是多么沉重。连一个官员都叫苦，百姓又怎能承受？像他的《行厨》《典裘》《除夕口号》《卖马》《乞金》《谢阮亭先生送米炭》等一系列诗，虽然实际可能不像他诗中写得生活那么可怜，但孔尚任既然不愿与贪官污吏为伍，他又喜好交往，周济亲朋，那么月俸钱难以支应其开销也就不足为怪了。越是穷愁，他越要发诸感慨、书为诗歌，正如他在《与田纶霞抚军》文所言："任抑郁劳愁，莫可言状，《湖海》一集，乃呻吟疾痛之声。"特别是被莫名其妙地罢官，孔尚任更是耿耿于怀，一再抒写其冤。他开始所持态度是"我是白头簿书郎，被谗不辨如聋哑"，希望"世事纷纷久自明"，而后他渐渐明白其冤由："命薄忽遭文章憎，缄口金人受谤诽"，遂不由得"愁入心头一寸热，愁转肠中肠九折"，转而无限愤慨："尽道君王能造命，冯唐头白未封侯""还家徒壁依然冷，谁信相如遇汉皇"。他由巧遇给康熙讲经而踏上仕途对皇上无限感激，经过仕途历练十多年后，遂心灰意冷，"萧然拂袖不须疑"，拂袖而归，再不回头，不再留恋官场。从孔尚任这种处世态度的变化和他反映自己处世态度前后迥然有别的诗歌，正可以让人们再一次认识封建社会所谓的开明皇帝和盛世又是怎么一回事了。

由此孔尚任对古往今来历史兴亡自然要生发出许多感慨，潜在的民族情绪也自然流露于这些诗文之中，如其《过明太祖故宫》：

> 匆忙又散一盘棋，骑马来看旧殿基。夕照偏逢鸦点点，秋风只少黍离离。门通大内红墙短，桥对中街玉柱欹。最是居民无感慨，蜗庐借用瓦琉璃。

又如《拜明孝陵》：

> 夕阳红树间青苔，点染钟山土一堆。厚道群瞻今主拜，酸心稍有旧臣来。石麟碍路埋榛草，玉殿存炉化纸灰。赖有白头中使在，秋晴不放墓门开。

诗里字句不无对亡国遗恨的情绪流露，至于《拜明孝陵》其二所言"英雄有恨欲如何""萧条异代微臣泪，无故秋风洒玉河"，就更明显。至于《梅花岑》道："梅枯岑亦倾，人来立脚叹。岑下水滔滔，将军衣冠斓。"诗注："吴平山太守，筑岑种梅，史道邻阁部，衣冠葬此。"更是对明代民族英雄史可法的凭吊与怀念。还有孔尚任与明代遗老遗少交往唱和之诗文更是感慨良多，如："尊前半是天涯客，却似家园别故人""橐囊却比黄金重，湖海随身点汉文""一番胜事空惆怅，谁续中原绝调诗？""所话朝皆换，其时成未生。追陪炎暑夜，一半冷浮名。"

因为宦情冷落，所以孔尚任就放情山水，因而写下了数量众多的写景之作。江南江北名胜古迹，他凡到必游，游则必诗，从黄河到长江百十地留下了他的吟咏二三百首之多，而更可贵处在于他的写景诗大多是景中含情，情景交融，即景生情之作。如被时人宗定九誉为"龙吟虎啸，金山绝作"的《登金山》诗：

> 千重山势趋京口，万里江涛抵寺门。楼殿空明秋木落，鱼龙寂寞古僧存。峰头拄杖瞻云气，洞底探崖验水痕。不及远公安榻处，风帆来云海朝昏。

写景固是壮观，但其中融含有作者探寻水情一定要治理好河水的深情和信念在。而诗中所谓"峰头拄杖瞻云气，洞底探崖验水痕"正是作者暗自勘察水情的写照，非比一般人写景的凭空想象虚构。其他像《渡黄河》《久泊秦淮》《红桥》《扬州》《平山堂》《渡扬子江》《望练湖》《泊真州》《梅冈寺》等等无不表示诗人对大自然美景的热爱和复杂多样的情感。

正如当今学者所论："统观孔尚任的诗，无论是同情民生疾苦，还是写兴亡慨叹，或者嗟穷叹愁、抒愤诉怒，抑或记游志胜，大都能抒发其真情实感。这正是其诗歌的生命力之所在，也是与其诗歌主张基本一致的。

无病呻吟之诗,虚情假意之作,为他所不取。"① 孔传铎《安怀堂文集》所载《东塘岸堂石门诗全集序》称:"东塘先生称诗四十年,凡海内诸名家,靡不以先生为骚坛领袖,相与商榷风雅。"说明当时孔尚任诗名确实响亮,评议孔尚任如果只论其《桃花扇》,则并不能说认识了孔尚任其人之全貌。另一当代学者在选释孔尚任诗歌时,曾对其艺术特色有所评价,道:"孔尚任的诗,古近体均工。他的古体诗,有的继承汉魏古风的传统,浑厚劲健,颇饶气骨;有的吸取民间歌谣之长,朴素生动,不假雕琢,自成一格。近体诗工力亦深,五言律雍容蕴藉,雅近唐音。七言律尤多佳作,其沈郁顿挫者,似杜工部;隽爽豪迈者,似陆放翁。写景抒情之七言绝句,则大都神韵悠远,不在王渔洋之下。构思新颖,不肯拾人牙慧;刻画人物,能抓住要点,勾摹逼肖,形象鲜明;皆为其不可及之处。"② 笔者以为此确为有见地之论,特录于此。前面述及山东诗文作家不可能给孔尚任诸多篇幅,故这里补及,需知在当日山东文坛孔尚任与王渔洋两位大文豪经常有交往,相互过访,饮酒赋诗。一饮间一读,陶然开心境,这实乃文坛佳话趣事。

三 《桃花扇》底系兴亡

《桃花扇》传奇是孔尚任的成名作、代表作,由此使他和当时另一戏曲家洪升齐名,时称"南洪北孔"。时人金埴(1663—1740)曾道:"今勾栏部以《桃花扇》与《长生殿》并行,罕有不习洪、孔两家之传奇者,三十余年矣"(《不下带编》卷二)。又道:"两家乐府盛康熙,进御均叨天子知。纵使元人多院本,勾栏争唱孔、洪词。"(《巾箱说》)戏曲评论家杨恩寿《词余丛话》卷二《原文》则明确指出:"康熙时,《桃花扇》《长生殿》先后脱稿,时有'南洪北孔'之称。"对于《桃花扇》人们曾给予高度评价,刘中柱《桃花扇跋》曾道:"一部传奇,描写五十年前遗事,君臣将相,儿女友朋,无不人人活现,遂成天地间最有关系文章。往昔之汤临川、近今之李笠翁,皆非敌手。"为什么时人给予《桃花扇》如此高的评价?就因为《桃花扇》一剧乃是"借离合之情,写兴亡之感",

---

① 徐振贵:《孔尚任评传》,南京大学出版社2000年版,第353页。
② 刘叶秋:《孔尚任诗和桃花扇》,郑州:中州书画社1982年版,第23页。

融爱情、历史、政治内熔于一炉,将"南朝兴亡,遂系之桃花扇底"。

孔尚任在《桃花扇小识》曾言:

> 传奇者,传其事之奇焉者也,事不奇则不传。桃花扇何奇乎?妓女之扇也,荡子之题也,游客之画也,皆事之鄙焉者也。为悦己容,甘劈面以誓志,亦事之细焉者也。伊其相谑,借血点而染花,亦事之轻焉者也。私物表情,密缄寄信,又事之猥亵而不足道者也。桃花扇何奇乎?其不奇而奇者,扇面之桃花也。桃花者,美人之血痕也;血痕者,守贞待字,碎首淋漓,不肯辱于权奸者也;权奸者,魏阉之余孽也;余孽者,进声色,罗货利,结党复仇,隳三百年之帝基者也。帝基不存,权奸安在?惟美人之血痕,扇面之桃花,啧啧在口,历历在目,此则事之不奇而奇,不必传而可传者也。

其《桃花扇小引》更道:"《桃花扇》一剧,皆南朝新事,父老犹有存者。场上歌舞,局外指点,知三百年之基业,隳于何人,败于何事,消于何年,歇于何地。不独令观者感慨涕零,亦可惩创人心,为末世之一救矣。"为了真实再现历史,反映实际史事,孔尚任创作该剧颇费苦心,他前后用了20年时间,亲自采访了明代遗老,考察了剧事发生地。他在《桃花扇凡例》中道:"朝政得失,文人聚散,皆确考时地,全无假借。至于儿女钟情,宾客解嘲,虽稍有点染,亦非乌有子虚之比。"为此他在《桃花扇》卷首专门附有《桃花扇考据》,说明剧中事的文献依据。所以吴梅《中国戏曲概论》下卷有言曰:"观其自述《本末》及历记《考据》各条,语语可作信史。自有传奇以来,能细按年月确考时地者,实自东塘始。传奇之尊,遂得与诗文同其声价矣。"

但是《桃花扇》终究是戏曲艺术,而不是历史教科书,所以尽管其思想内容、故事情节、人物角色"忠于历史""符合史实",但是终有孔尚任的艺术加工,匠心结撰,不能将戏曲等同于历史,剧作不过是孔尚任抒发其历史兴亡感慨良多的艺术载体。该剧选取明末复社名士侯方域与秦淮名妓李香君的爱情故事为主线,穿插了复社文人与阉党的斗争,南明王朝内部的忠奸斗争,以及明清易代的兴亡斗争。全剧正文共四十出,上下两卷,外有引子和余波各两出,全剧共四十四出。其剧主旨在于揭示南明覆亡的主要原因：一是南明皇帝不知危亡旦夕，昏庸荒淫，沉醉声色；二是阉党余孽窃取要职太权，结党营私，陷害忠良，求和苟安；三是一些军将争权夺利相互残杀，根本不以王朝国事为重；四是忠臣良将孤立无援，孤木难支大厦将倾，无可奈何。其《拜坛》出有一眉批道："南朝无一非私，焉得不亡！"是说南明君私、臣私、恩私、仇私，一切全从个人恩怨好恶出发，从君王到文臣武将多为私欲奔忙，文争于内，武斗于外，其王朝国事无人问津，怎能不亡？《截矶》一出左良玉痛骂昏君奸臣，"替奸臣复私仇的桀纣，媚昏君上排场的花丑，投北朝学叩马的夷齐，吠唐尧听使唤的三家狗"，就一针见血指出了南明的腐朽和必亡。而《余韵》一出苏昆生所唱〔哀江南〕套曲则有词道：

〔离亭宴带歇指煞〕俺曾见金陵玉殿莺啼晓，秦淮水榭花开早。谁知道容易冰消！眼看他起朱楼，眼看他宴宾客，眼看他楼塌了。这青苔碧瓦堆，俺曾睡风流觉，将五十年兴亡看饱，那乌衣巷不姓王，莫愁湖鬼夜哭，凤凰台栖枭鸟。残山梦最真，旧境丢难掉，不信这舆图换稿。诌一套〔哀江南〕，放悲声唱到老！

这实际是作者对亡明的悲悼和伤吊，江山易主的无限感叹，全剧的悲剧意识和悲剧气氛至此达到高潮。

当然孔尚任在凭吊南明覆亡的同时也讴歌了一些爱国将士和民族英雄，表达了他一定程度的"爱国思想"和民族意识，突出表现在《誓师》《沉江》两出对民族英雄史可法的刻画，如《誓师》出史可法所道："阑珊危局，剩俺支撑。奈人心俱瓦崩，协力少良朋，同心无弟兄。都想逃生，漫不关情，这江山倒像设着筵席请，哭声祖宗，哭声百姓！"一句句道出了一个爱国将领忧国忧民的满腔悲愤。他在国家危难之际明知独木难支，也要支撑到底，最后以身殉国，高大形象自然耸立世间。

为了表达情感和主题，有条不紊地安排错综复杂的历史事件，孔尚任在结构《桃花扇》时曾煞费苦心。《孤吟》出有眉批曾道："争斗则朝宗分其忧，宴游则香君罹其苦。一生一旦，为全本纲领，而南朝之治乱学焉。"同时在描写侯、李爱情主线时，则充分发挥了《桃花扇》的结构作用，正如《凡例》所言："剧名《桃花扇》，则桃花扇譬作珠也，作《桃花扇》之笔譬则龙也。穿云入雾，或正或侧，而龙睛龙爪，总不离乎珠。"在各场情节冷暖起伏照应上该剧也相当讲究，前铺后垫，连环曲折，相互呼应。同时又注意打破旧的套式，正如其《凡例》所言："排场有起伏转折，俱独辟境界；突如而来，倏然而去，令观者不能预拟其局面。"

《桃花扇》塑造了一系列性格鲜活的人物形象，其中当首推李香君。李香君是剧中女主角，她是秦淮名妓李贞丽的假女，年方16，色艺无双，聪明出众。她虽出污泥而不染，品质纯洁，心地高尚，正直刚强，《传歌》《访翠》《却奁》《闹榭》《辞院》《拒媒》《守楼》等一出出戏一步步深入地揭示了其人的内心品德和性情操守。她敬复社，恨阉党，守玉身，死不屈，在被掳而面对奸党的无耻淫威时，她不但不惧，而且当面痛斥奸佞们。其《骂筵》一出有唱词道：

〔五供养〕堂堂列公，半边南朝，望你峥嵘。出身希贵宠，创业选声容，后庭花又添几种？把俺胡撮弄，对寒风雪海冰山，苦陪觞咏。

〔玉交枝〕东林伯仲，俺青楼皆知敬重。干儿义子从新用，绝不了魏家种。冰肌雪肠原自同，铁心石腹何愁冻。吐不尽鹃血满胸，吐不尽鹃血满胸。

句句如长枪短剑投向权奸，字字表明李香君的刚强坚贞，充分展现了她顽强的斗争精神。

侯方域和杨龙友都是与李香君命运紧密相关的人，但他们是两种不同的人物。侯方域是李香君的知音、恋人，同时又视香君为"畏友"两人真诚相爱。但这又不是一般才子佳人之爱，他们的爱情和政治、时势紧密纠结在一起。侯生不汲汲于富贵功名，而又积极关心时事政治，并参与其间的斗争。他反对阉党，代史可法调停四镇武将的内争，劝高杰团结许定国等，企图挽救南明危亡，都显示了此人并非一般吟诗作文的书生，而是满腹才气有政治才能。但可贵的是孔尚任虽然综合不少史实移花接木，把他人的一些才干和所作所为皆放在侯方域名下表现，却并没把侯方域拔高架空到一个完人的地步。他毕竟是上层社会名流书生，虽然他痛恨权奸误国，也与之斗争，但并不坚决彻底，甚至比李香君都软弱得多，然唯其如此，这才是侯方域！

杨龙友则处于复社和阉党之间，启图调和双方，两面应酬，他有善良正直的一面，也有圆滑世故的一面，这种人的存在合乎生活实际，表现了斗争的复杂。其他人物如柳敬亭、苏昆生、左良玉、黄得功、马士英、阮大铖等也都各有各的性格特征。应当说《桃花扇》塑造人物成就的突出特点是不脸谱化，不类型化，剧中每一个人物哪怕身份相近、相类，个性绝不相同，然而又主次分明。《桃花扇》为历史剧塑造人物创出了一条新路，也为传奇生旦才子佳人剧作开出了一条新路。所以传奇至《桃花扇》起才又再度振兴，形成高峰。这就是历史人物要忠于历史，有案可查，有文献为凭，但在塑造人物时可以创造符合人物性格的生活细节，并且必需在表现人物性格的细节上下功夫，不然人物就会概念化，成为作者的传声筒，不生动。在细节创造上可适当把历史事件移花接木，这一经验在小说《三国演义》中运用得十分自如，《桃花扇》则为戏曲做了示范。另外为了排场，为了进一步丰富事件、人物，还可以虚构一些原则上不违背历史真实的情节。因为戏剧终究是艺术，不是历史，它所追求的不是历史的真实，而是艺术的真实。戏剧决不是历史教科书，孔尚任向人们活生生展现了这一创作成功的典型。

《桃花扇》剧本在语言艺术方面，成就也很杰出。剧中以词曲写景抒情，以宾白交代情节叙事，曲白相间，文情相生，无论曲与白，其语言都整饬典雅而又不失其真，切合人物身份。正如其在《凡例》所言，哪怕用典也是"信手拈来，不露钉饾堆砌之痕。化腐为新，易板为活。点鬼垛尸，必不取也"。可见孔尚任花20年功夫结撰剧本，不仅在人物塑造、情节设计上煞费了一番苦心，就是在语言上也是花了一番推敲之功。但是《桃花扇》又不是一味典雅，而是深知雅人为雅，俗人为俗，人人张口出语要切合各自身份地位，同时要切合人物所处环境情境。因此该剧能得到社会各层次人们喜爱。

《桃花扇》剧成，当时备受欢迎，争相演出，其后数百年间也一直被传唱，被改编，当代还被改编成电影、小说、各种剧种的演出本，如京剧、桂剧、话剧、越剧、扬剧、评剧等。同时还被译成英文、日文等介绍到国外。孔尚任作为一代戏剧大家永远光照史册，孔尚任永远是山东文学史的光荣。

第五节　蒲松龄与《聊斋志异》

流淌在胶东大地上的淄河是一条智慧的河，在明末清初它竟同时孕育出三位青史留名的文学家——王士禛、赵执信和蒲松龄。而蒲松龄堪称他们之中的佼佼者，他以一部《聊斋志异》名重后世，成为誉满中外的短篇小说之王。

一　坎坷的生活经历丰富了文学创作

蒲松龄生于明，长于清，自幼读书饱学，早年即已"文名藉藉诸生间"，而且在19岁时，就以"县、府、道三第一"的优异成绩考取秀才。但以后的科举仕途却很不如意，久困场屋，屡试屡败，直到"落拓名场五十秋，不成一事雪盈头"的70岁上，才"拔贡"熬成个贡生，该是怎样的失落啊！应该说，命运坎坷怀才不遇在明清小说家中是不足为奇的，蒲松龄的悲剧则在于，他既没有吴承恩、冯梦龙那样的小遇，也不像吴敬梓、曹雪芹那样根本不想遇，而是很想遇却不能遇，反差太大，怎不令他"欲望望然哭向南山而去"！在《聊斋志异》中，他以辛辣的笔触，满腔悲愤地鞭笞考官，揭露科举弊端，确是有感而发的。既然无缘拾青绂紫金殿对策，就只好蜗居于穷乡僻壤，过了几十年读书、教书、著书的平淡生活。除了31岁时应作了江苏宝应县令的同乡友好孙蕙之约，南游作一年幕僚之外，蒲松龄的足迹最远到达省城济南，这样的经历在很大程度上限制了他的视野，这在封建时代的著名文人中也是不多见的。于是，他为农民编写了《农桑经》《日用俗字》《婚嫁全书》等日用杂书，他的《聊斋志异》也是从一个长期生活在农村的封建文人的视角，反映了大量的农村生活和农民的思想感情。今天，在蒲家庄村东道旁的土阜上，还有一座"茶亭"，传说蒲松龄当年写《聊斋志异》时，每天在这里备一瓮茶，摆一包烟，见过往行人，"必强与语，搜奇说异，随人所知。"（邹弢《三借庐笔谈》）这虽不足信，却也说明了作家创作生活的甘苦，说明民间文学对作家创作的滋养。

生活的磨难对作家绝对不是坏事，可以使他们把自己的"痛苦和幸福深深植根于社会和历史的土壤里,他从而成为社会、时代以及人类的代表和喉舌。"再加上蒲松龄又有山东人朴厚、耿介、峭直的禀性,因而"不能与时相俯仰"。面对乌漆墨黑的社会现实,他觉得满肚皮不合时宜,这才"集腋成裘,妄续幽冥之录;浮白载笔,仅成孤愤之书。"(《聊斋·自志》)他并不是顺民,忤大僚,揭贪官,舍身为民请命之事非止一端,形诸文字时也借以宣泄"平生奇气",《聊斋志异》中彰扬反抗、歌颂复仇的格调是那些以消遣娱乐为目的专写闲情逸致的文言小说作品无法相比的。蒲松龄毕竟是一介寒儒,他自幼受儒家思想教育与熏陶,虽然生活在清初那个仁爱匮乏的时代,他仍然执着地追求儒家的社会理想。他替人代拟的《为人要则》的核心内容就是儒家仁义。然而,他又不是专事封建说教的腐儒,《聊斋志异》也不是辅教之作,它所诠释的儒家伦理是充分故事化、形象化的,而且与平民百姓的是非伦理观常常是相通的。

　　平淡的生活,宁静的环境,优容的时间,再加上天才与勤奋,把蒲松龄造就成一位高产作家。而且,他的才能是多方面的,诗、词、文、曲、小说、戏曲、杂著,无不染指,而且数量颇丰。见于同邑后学张元为他写的墓表和今人路大荒先生编辑的《蒲松龄集》,计有文集 4 册,458 篇;诗集 6 卷,929 首;词 102 阕,杂著 2 种,戏 3 出,通俗俚曲 14 种;再加上《聊斋志异》500 篇,可谓蔚为大观了。而且,这只是他的著作的一部分。王敬铸在《蒲柳泉先生遗集·序》中说蒲松龄"著作甚富,阅其家藏遗稿,子孙秘不示人,后藏书之屋坏于阴雨,先生手泽十损八九,后又洊遭兵燹,并所存者亦复荡为灰烬。"这里即使有夸大其词的成分,至少也说明蒲氏手稿的亡佚之多。现存蒲松龄诗近千首,就数量而言,置于古代诗人的行列中也是很可观的。他的诗内容广泛,或反映现实,揭露黑暗;或酬答唱和,咏志抒怀;或写景状物,登临记游。而且体制多样,清新活泼,朴实自然,独具风格。

　　蒲松龄用民间流行的曲调创作的俚曲也颇具特色。14 种俚曲约有半数是依据《聊斋志异》篇目改编的,它们可以与《聊斋志异》相互生发和对照。像《磨难曲》与《聊斋志异》中的《张鸿渐》相较,就增加了大灾之年百姓逃亡的惨景的描写,而且塑造了一个"只爱雄兵百万,遍天下寻杀贪官"的农民起义领袖的形象。当然,作家是按照自己的理解去塑造的,让他最后也像宋江一样接受了朝廷的招安。再以蒲松龄对皇帝的态度来说,《聊斋志异》中涉及皇帝的几篇大抵都抱回护态度。《辛十四娘》中提到了明武宗正德游幸山西大同逛妓院的事,不但用侧笔,而且为冯生昭雪了冤狱。而在《增补幸运曲》这篇为人民大众喜闻乐见的通俗俚曲中,则正面描写武宗到大同嫖妓的浪荡生活:"那正德爷非等闲,天生下只好玩,贪花恋酒偏能惯。上殿懒整君王事,诸般技艺都学全……"嘲讽揭露的倾向流露于字里行间。然而,最为作家所珍视,用力最著,最使他赢得文坛声誉的还是《聊斋志异》。

二 《聊斋志异》的多样化表现和丰厚内涵

《聊斋志异》是一部近500篇的文言短篇小说集,是蒲松龄花了几十年心血的结晶。它的一个突出特点是芜杂不齐。从文体看,既有一大批脍炙人口的叙述宛转、文辞华艳的传奇体小说,又有粗陈梗概,结构丛残的志怪体小说,也有三言五语的随笔杂录。所以,纪昀指责它"一书兼二体";鲁迅说它"用传奇法,而以志怪。"从题材看,花妖鬼狐,行列而来,"出于幻域,顿入人间",而且也有纯然写实之作。所以它的创作方法引起了人们的争议,人们多以浪漫主义冠之,但也有人力主现实主义,折中的意见是"现实性很强的浪漫主义"。从创作风格看,呈现多样化的特点。既有金刚怒目之作,又有抒情性很强的篇章,有的以幽默谐趣为主调,有的以揶揄讽刺见长。准神话、拟童话、仿寓言,洋洋大观,应有尽有。从思想内容看,刺贪刺虐又歌颂清官,主张复仇反抗又仇视农民革命,讴歌男女真情又美化一夫多妻。而且,在众多精品佳作之间,也能找到一些格调低下的作品。从艺术水平看,虽然有一批堪称一流的名篇雅俗共赏,流布后世。但也有相当数量的志怪小品还只是闻见实录,有的甚至全无文学性可言。总之,和一切影响深广历久不衰的文学名著一样,《聊斋志异》也是一个博大复杂的存在,是一部充满矛盾的文学巨著。

蒲松龄的思想极其复杂。他不是哲学家和思想家,但作为读书饱学之士,必然受着特定时代的统治思想程朱理学和王陆心学的浸染,作品中不难找到对封建纲常的宣扬。他不是布道者,但唯心主义的世界观容易与封建迷信沟通,所以,作品中含有不少宿命论和因果报应成分。蒲松龄虽颇有几分冬烘气又不十分迂腐,是封建时代正统的读书人。儒家的"仁心德政"是他翘首企盼的:"时值太平终岁苦,惟翘白首望清官。"(《十一月初五日官征漕粮》）"不瞻城廓，不知山村之小也；不沾德教，未觉习俗之非也。"（《颂张邑侯德政序》）儒家的伦理道德更浸入他的灵魂："佛曰'虚无'，老曰'清静'，儒曰'克复'，至于教忠教孝，则殊途而同归。"（《问心集·跋》）不管什么教，最后都要统一在忠孝仁爱的儒家政治理想上。以宗教为表，以道德为里，正是蒲松龄宗教观的特质。《聊斋志异》的开篇之作《考城隍》写宋公赴阴间考试，因其仁孝之心被诸神赏识，于是被任命去河南作城隍，成了一方神祉，可见这部大书是以儒家"仁孝"开宗明义的。他拟定的《为人要则》，包括正心、立身、劝善、徙义、急难、救过、重信、轻利、纳益、远损、释怨、戒戏等部分，更系统地阐述了儒家的修身养性之道。

儒家伦理道德在《聊斋志异》中的突出体现是扬善惩恶。善有善报，恶有恶报，蒲松龄不厌其烦地证明这是毫发不爽的至理。《王六郎》中的水鬼，见到落水妇女的孩子"扬手掷足而啼"，顿生恻隐之心，自愿放弃了转生为人的机会。《水莽草》中的祝生，虽然自己被害却不愿再害别人，亦"有功于世"。他们最终都被天帝策为神。《韧针》中那个小商人的妻子夏氏，《雷曹》中的落第士子乐云鹏，也都是因为乐善好施而得到好报。应该说，这类善恶有报、天道好还的观念在当时具有普遍性。然而，在上述篇章中，在果报的背后，作家倡导的却是一种同情弱小、抚助无辜的利他精神，这就与佛家的一味劝善区别开来，放射着人道主义异彩。在劝善扬善的同时，《聊斋志异》中的惩恶之作更多。"用刑者，……施之而当，则重惩而亦仁也。"（《上邑侯张石年帽书》）"非刚断不足以行其仁也。"（《循良政要》）对非仁的惩治正是对仁义的维护，惩恶与扬善是密不可分的。由于《聊斋志异》是浪漫主义作品，对奸佞恶人的惩处十分便当，天谴神怒、豪侠相助、群起锄奸、化为异物，既方便，又多样，而且无所不用其极。而与一般恶有恶报之作不同的是《聊斋志异》的惩处力度大，蒲松龄怀着疾恶如仇的情感，用千钧重笔横扫群奸。所以，他把唐传奇中宣扬浮生若梦的梦幻小说《枕中记》，升华为惩恶锄奸的政治小说《续黄粱》，必让那个寡廉鲜耻的封建官僚曾孝廉饱受折磨：充军被杀—冥府受刑—转生为乞—卖身为妾—因奸受戮……直到他大呼"九幽十八狱，无此黑暗也，"方才罢手。

三 "孤愤之书"

蒲松龄在《聊斋·自志》中说："集腋成裘，妄续幽冥之录；浮白载笔，仅成孤愤之书。"他公开申明自己所写的是一部愤书。章培恒也认为作品的思想内容主要是抒愤："因为作者满腔'孤愤'，他对当时的政治现实和科举制度作了不同程度的批判，对封建礼教的某些方面敢于立异，这就是《聊斋志异》中值得重视的思想内容。"[1] 的确，在《聊斋志异》中作家的感情宣泄是十分明显的，不少作品都是不平则鸣之作，其风格不是怨而不怒，而是既怨又怒，这早已成为广大读者的共识。

《聊斋志异》所抒之愤，突出地表现在两个方面。首先是歌颂人民的反抗斗争。告状者和复仇者明显地形成了两个形象系列，而且以告状者的受挫反衬复仇者的成功，从而突出了"以眼还眼，以牙还牙"的针锋相对斗争精神。蒲松龄的可贵之处在于，他在揭露社会黑暗和歌颂人民反抗时，不像一般文言小说家那样只从旁观者的角度进行客观叙述，而是充满了感同身受的激愤之情。有时借作品人物之口对黑暗现实进行指控："强梁世界，原无皂白。"（《成生》）"受笞允当，谁教我无钱耶？"（《席方平》）有时借"异史氏曰"一吐为快。《红玉》中的虬髯丈夫向贪官投一匕首，仅差半尺未中，作家在结尾慨叹道："刀震震入木，何惜不略移床上半尺许哉！……惜乎击之不中。"《伍秋月》篇末说："余欲上言定律，'凡杀公役者，罪减平人三等'，盖此辈无有不可杀者也。"这不正是平民百姓的呼声吗？可以说，由于作家的独特经历，使他常常不自觉地站在被压迫者的角度去抨击和反抗黑暗的现实，从这意义上说，他抒发的是不孤之愤。在具体作品中，对那些不甘屈辱、勇于反抗的平民英雄们，作家都给予满腔热情的称颂，像"大冤未伸，寸心不死"的席方平，打抱不平、扶弱抑强的崔猛，知恩必报、万死不辞的田七郎，身化猛虎、怒啮仇敌的向杲，都给读者留下了深刻的印象。更值得称道的是，在反抗者、复仇者的行列中，半数以上是女性，如侠女、商三官、细侯、庚娘、云翠仙、乔女等，反映了作家妇女观进步的一面。

《聊斋志异》另一类突出的抒愤之作是那些以科举考试为题材的作

---

[1] 张友鹤辑校：《聊斋志异》（会校会注会评本），上海古籍出版社1978年版，第7页。

品。才高八斗，科举仕途却屡攻不下，对蒲松龄来说，真是一股刻骨铭心的伤痛。吴敬梓笔下的儒生形形色色，而《聊斋志异》中的科举中人几乎只有一种类型，都是如作者一样的怀才不遇之士，"少负才名，不得志于场屋"的司文郎，"才名冠一时，而试辄不售"的贾奉雉等，在这里"诗人是按照自己的肖像来塑造他的人物的"。吴敬梓站在局外人的立场，对那些汲汲于功名富贵的读书人进行客观的暴露与嘲讽。蒲松龄则从局内人的角度，塑造了一批沦落不偶的饱学士子，借以对科举弊端及"金盆玉碗贮狗屎"的不合理现象进行揭露与抗议，以求得到心理平衡，感情投入是巨大的。这是一批最具"自传性"的作品，这里所抒发的是名副其实的"孤愤"。

四　尚"奇"的艺术精神

蒲松龄没有像吴承恩那样写一篇《禹鼎志·序》，讲述他在孩童时期就喜欢神怪的天性。当他在《聊斋·自志》中宣布"才非干宝，雅爱搜神；情类黄州，喜人谈鬼"时，已近不惑之年了。但我们从他青年时期与郢中社友的往来诗作中可以捕捉到一些消息。早在康熙三年（1664）张笃庆给他写的诗中，就有"君自神仙客""司空博物本风流，涪水神刀不可求"这样的诗句，这位"朝分明窗，夜分灯火"的好友，对他喜欢奇闻异事的个性，应该是最了解了。抑或说，蒲松龄从二十几岁起，已开始了他的《聊斋志异》创作。①

"志而曰异，明其不同于常也。"（高珩《聊斋志异·序》）逐奇尚异几乎成了蒲松龄创作心理中最稳定的思维定式。《聊斋志异》中有不少笔记小品，只是"闻则命笔"的单纯志异，看不出有什么寄托，即使如此，也多用"跳达超妙"的才子之笔，写得绘声绘色，别有韵味。至于那些文情并茂、别有寓意的锦绣华章，更表现了作家独特的艺术构思。用官虎吏狼的梦境讥刺生活中的贪官墨吏，用妍媸颠倒的异域远国影射黑白颠倒的社会现实，用盲僧以鼻嗅文鉴别高低的怪诞方式大骂昏聩试官，用书生狐鬼的邂逅奇缘抒写自己的爱情理想。"寂然凝虑，思接千载，悄焉动容，视通万里。"（刘勰《文心雕龙·神思》）蒲松龄是一位广泛想象型的

---

① 袁世硕：《蒲松龄事迹著述新考》，济南：齐鲁书社1988年版，第18页。

浪漫主义作家。他的眼睛像一面多棱镜，透过它现实生活就呈现出光怪陆离的斑斓异彩；他的笔触就像一支神话中的魔杖，点到哪里顿时就会出现绚丽夺目的五色光环。然而，《聊斋志异》并没有像《西游记》那样纵情于想象中的奇人奇事和奇异世界，它对现实生活的折射比后者要直接得多。它所写的环境多是人间常境，现实生活中的人进入殊方异域的情况少，花妖鬼狐闯进人间世界的现象多。它的人物是人妖混杂，但花妖鬼狐幻化的形象最具特色。"悉如常人""偶见鹘突"的造型方法给广大读者带来无限的遐想和美感。

其中，狐的形象是蒲松龄的独绝创造。在此前的中国小说史上出现的狐形象，大多以媚人祟人为基本特征，像唐传奇《任氏传》《许真》《王知古》中塑造的那种美狐、义狐形象并不很多。《聊斋志异》中则出现了大量以狐为主要描写对象的作品，多达 86 篇，[①] 而且多具貌美、慧黠、多情、良善的特征，实在开了为狐写真的新生面，狐仙有灵，是会感谢聊斋先生的知遇之恩的。它的情节也是真幻交错，翻空为奇，平步惊雷。一般说，《聊斋志异》故事所描述的是花妖鬼狐之怪，而不是人世之奇。然而又不是为志怪而志怪，而是将现实情节与非现实情节融合在一起。它的突出特色是幻化，无论是人的物化还是物的人化，都会出现大大小小的"鹘突"，这就形成了千变万化，令人眼花缭乱的虚幻情节。

五 《聊斋志异》的创作心理特征

蒲松龄没有留下文学理论方面的系统著述，但在诗文、《聊斋·自志》或篇末"异史氏曰"中，也都有关于创作动机或美学思想的阐发。"学东坡拨闷，妄谈故鬼；清公上座，杜撰新禅。薄抹清风，细披明月，犹恨古人占我先。"（〔沁园春〕）这不就明确表白自己谈狐说鬼是出于一种求美的创作意向吗？作家平淡的一生虽然生活在穷乡僻壤，但除了科举失意之外，他并没有受到现实的直接压迫。耳闻目见官贪吏虐的社会黑暗而奋起抗争，是有一定时限的，他并没有生活在水深火热之中，家庭生活由温饱逐渐步入小康；加之较为宽松优游的工作环境，生活中不乏花时月夜的良辰美景、儿孙绕膝的融融亲情、故交旧友的诗酒唱和、甚至红巾翠

[①] 辜美高：《明清小说研究集丛》，上海：汉语大词典出版社 1997 年版，第 26 页。

袖的悦目赏心,这又给他带来了平和闲适的创作心境。这样的心境是宜于作家自觉的美的创造的。创作心理学认为,作家的创作心境有两种情况:一种是"缺乏性动机",是基于人在生存中因某种缺乏和痛苦而产生某种心理失衡,它以一种要求重新取得平衡的内驱力而起作用。另一种情况为"丰富性动机",它不是为了解除缺乏或痛苦,而是一种超出了直接的生存需要寻求刺激和满足的动机,表现为一种心理上的张力,作家要为自我的实现而进行艰苦的创造。[①] 这两者在蒲松龄的创作过程中兼而有之。当作家涉笔那些"抒愤""向善"之作时,或为理性主使,或被感情驱遣,具有较为浓重的主观色彩。这样的作品也能创造美,那是一种"依存于一个概念",有着明显功利目的的美,是一种有条件的"依存的美",是基于"缺乏性动机"而产生的一种内驱力作用的结果。而当作家把目光转向另一类"尚异""求美"的作品时,景况就大不一样了,他完全摆脱了现实的羁绊和理性的制约,充分发挥联想、想象、变形的心理优势。绰然堂前,蝴蝶松下,寒灯冷案,树影婆娑,夜雨拍窗,秋虫唧唧,神游四海,骛极八荒,在青林黑塞间徜徉,于花妖鬼狐中驰骋,往往能达到主客观同一的至高无上的审美境界。那是一种超功利的"事物本身所固有的美",是一种纯粹的"自由的美",是出于"丰富性动机"而产生的创作张力作用的结果。正是这样一批极美之作令读者百读不厌,流连忘返,才把《聊斋志异》推上了文言小说的巅峰之位。这种自觉的美的创造才是值得大书特书的。

  首先为千姿百态的情性美。作家饱含深情地塑造了一批狂痴形象,无论是情狂、酒狂、艺狂,还是书痴、石痴、鸽痴、情痴,都与作家"狂固难辞,痴且不讳"的个性相通,作品往往以夸张之笔,歌颂理想中的人物形象执着追求的狂痴精神。孙子楚为所爱可以断指,乔生为情人可以割肉。张幼量好鸽,"其养之也,如保婴儿:冷则疗以粉草,热则投以盐颗"。邢云飞为了一块石头的得失,不仅弄得倾家荡产,而且"屡欲自经,家人觉救,得不死"。蒲松龄对这类现实生活中执着生活、执着所爱的人物,给予热烈的肯定和颂扬:"性痴则其志痴,故书痴者文必工,艺

[①] 钱谷融、鲁枢元:《文学心理学教程》,上海:华东师范大学出版社1988年版,第128页。

痴者技必良；世之落拓而无成者，皆自谓不痴也。"（《阿宝》）他甚至认为，"慧黠而过，乃是真痴"，把痴情看成更高的聪明与智慧。这种对真挚美好的人性进行称颂，思想基础是自明中叶以来兴起的人性解放潮流。这种人情美突出体现在《聊斋志异》那些爱情作品中。蒲松龄笔下的爱情是充分理想化的。长年设帐异乡，夫妻两地，离多会少，子夜灯昏，萧斋案冷，于是驱遣花妖鬼狐行列而来，编织一篇篇旷夫怨女偷情幽会的故事，实在是对世途寂寞的一种极好的补偿与慰藉。而且，作家要在青林黑塞间寻找知音，寄托自己的全部热情和理想，所以这些爱情故事才写得文情并茂，异彩纷呈。理想中的狐妖鬼女在与书生的交往之中，可以完全摒弃现实生活的传统礼教与金钱财产关系的束缚，以知心为基础，以真情为纽带，自由往来，矢志不渝，色授魂予，可歌可泣。在男女交往相知相爱的过程中，不乏离经叛道的色彩。

其次为奇诡莫测的幻化美。士子书生与鬼狐精魅相交，人间世界与殊方异域相通，现实情节与非现实情节相接，人而物，物而人，真真假假，虚虚实实，呈现出一种"山色有无中"的朦胧美。真与幻交汇的重要形式是幻化。中国古代浪漫主义小说中的幻化情节，诸如梦游、冥婚、情死、离魂、复生、物化、成仙等，应有尽有；再加上种种出人意外的奇思异想，令人眼花缭乱，美不胜收。《聊斋志异》堪称一部集浪漫主义情节与细节之大成的作品。幻化又能拉开作品与读者之间的心理距离，从而产生陌生化效应，人们自觉不自觉地站在鉴赏者的角度，才能更好地领略作品的朦胧美。幻化的变形与间离也给读者带来无限的审美愉悦，从而产生赏玩化效应，反复咀嚼，流连忘返，百读不厌，致使人们用评书、戏曲、画册、影视等多种艺术形式去再现它的艺术美，这是《聊斋志异》能饮誉中外、历久不衰的一个重要原因。

最后为氤氲葱茏的诗意美。《聊斋志异》继承了唐人传奇"史才诗笔议论"兼而有之的文备众体写法。其中的"诗笔"即作家的主观感情投入，无论是出于哪种创作目的的作品，都是明显超越唐人的。《聊斋志异》有数十篇作品中嵌入了诗词歌赋，与故事相互生发，平添诗意，但又绝无明人小说中那种堆砌和滥用现象。《聊斋志异》很善于酿造情景交融的环境氛围，哪怕只有寥寥几笔，却能"点缀小景如画"，别有一番境界。蒲松龄运用幻化的艺术手法塑造理想化的人物形象，那些形形色色的狐仙鬼女、花妖神怪多是真善美的化身，她们身上体现着中华民族的传统美德，这也正是作家心仪神往、孜孜以求的。正是这种理想主义异彩，极大地强化了作品整体的诗的境界。

《聊斋志异》版本纷杂，现存版本影响较大的有：手稿本，仅存半部；乾隆十六年（1752）铸雪斋抄本，计 474 篇；乾隆三十一年（1766）青柯亭刻本，计 431 篇；1962 年中华书局出版的会校会注会评本，计 491 篇。蒲松龄生时寂寞，死后哀荣，是《聊斋志异》使他声名鹊起。当这部巨著"初亦藏于家，无力梓行"的时候，就已不胫而走，到处传抄与转述。作者逝世 50 年之后青柯亭刻本问世，很快令洛阳纸贵，"无论名会之区，即僻陬十室，靡不家置一册。"（段雪亭《聊斋志异·序》）其后，人们用评书讲述它，用画册演绎它，用戏剧再现它，并越来越多地把它搬上银屏。《聊斋志异》还插上金色的翅膀，飘洋过海，传遍五大洲。据不完全统计，现已有 18 种文字的七八十种译本，《聊斋志异》已成为各国人民共同的精神财富了。

第六节　家庭小说：《醒世姻缘传》

明清之际的长篇小说《醒世姻缘传》，又名《恶姻缘》，原题为"西周生辑著"。该书较早藏本有周绍良藏本、初印十二行本、同德堂本、省轩锓藏本。

对于这部小说的作者，历来众说纷纭，莫衷一是。最早指出该书作者姓名的是清人杨复吉，他在《梦阑琐笔》中，提出了《醒世姻缘传》的作者即为蒲松龄。胡适在《〈醒世姻缘传〉考证》中，从七个方面加以论述：我的假设，内证，第一次证实，孙楷第先生的证据，《聊斋志异》的白话韵文的发现，从《聊斋志异》的白话曲词里证明《醒世姻缘传》的作者，余论等，进一步指出《醒世姻缘传》的作者是蒲松龄。胡适的内证为《聊斋志异》与《醒世姻缘传》中类似的悍妇，如《江城》篇中的江城、《马介甫》中的尹氏、《大男》篇中的申氏、《吕无病》篇中的王氏、《锦瑟》篇中的兰氏等，她们对于丈夫之凶悍，不亚于《醒世姻缘传》中的薛素姐和童寄姐。例如，《马介甫》篇中的杨万石之妻尹氏，对丈夫"奇悍，少迕之，辄以鞭挞从事"，而上述悍妇的丈夫们则皆"惧内"。且《醒世姻缘传》与《聊斋志异》中的《江城》，在命意布局上也颇为相似。同时，胡适还佐以其他证据来说明，如蒲松龄的大嫂及他的朋友王鹿瞻的妻子，都是"很可怕"的悍妇，就是其中的证据之一。胡适据此认为《醒世姻缘传》的作者为蒲松龄："早年在自己家里已看饱了他家大嫂的悍样，已受够了她的恶气；后来又见了他的同社朋友王鹿瞻的夫人的奇悍情形，实在忍不住了，所以他发愤要替这几位奇悍的太太和他们压的不成人样的几个丈夫留下一点文学的记录。"① 对于胡适和孙楷第先生的观点，响应者颇多，如徐志摩和徐北文都曾在有关的论著中支持这一观点。②

但是，对于上述观点也有许多人提出质疑，田同旭、王增斌在《中国古代小说通论综解》中曾列举过有关的论述。如路大荒的《蒲松龄年谱》，王守义的《〈醒世姻缘传〉成书年代》，金性尧的《〈醒世姻缘传〉作者非蒲松龄说》《〈醒世姻缘传〉后记》等。张清吉曾发表过多篇论文和专著，对《醒世姻缘传》的本事来源及风俗方言进行了评述考释，他还认为该书作者是山东诸城明末清初大家丁耀亢，而不是同样为山东人的蒲松龄，亦非某些论者所说的作者是"山东章丘人"。③

一 独特的人物形象及文化意义

《醒世姻缘传》中最为引人注目的，大概要算悍妇薛素姐的形象。她的性格狠毒、泼辣，主要特征为虐待狂。她对丈夫狄希陈百般虐待，拳打脚踢肆意辱骂是家常便饭。还有罚跪、棒打、钳拧、鞭挞、针刺、火烧、烟熏等酷刑，无所用其极。而她的丈夫则逆来顺受，不敢稍加反抗。素姐何以如此泼悍，而她的丈夫狄希陈又因何异常惧内，这一奇特的文学现象也是历来评论者关注的焦点。

悍妇形象在中国文学中并不鲜见，其中最为人们所熟知的大概是由妒

---

① 胡适：《醒世姻缘传考证》，见《胡适文存》第 4 卷，合肥：黄山书社 1996 年版，第 237—243 页，260—262 页。

② 田同旭、王增斌：《中国古代小说通论综解》，北京：中国文联出版公司 1995 年版，第 560—561 页。

③ 张清吉：《醒世姻缘传作者再补证》，《明清小说研究》1997 年第三期，第 21—27 页。

而生悍者。在明代之前的野史、小说和戏曲中对此多有记载，比如妲己、吕后、杨贵妃等。明清时期的文学作品中也不乏其人，仅以小说为例，如《金瓶梅》中几个重要的女性形象潘金莲、庞春梅、孙雪娥等；《喻世明言·木绵庵郑虎臣报冤》中贾涉之妻唐氏；《警世通言·玉堂春落难逢夫》中的皮氏；《二刻拍案惊奇·赵五虎合计挑家衅　莫六郎立地散神奸》中的方氏；《西湖二集·李凤娘酷妒遭天谴》中的李凤娘；《小青传》中的冯生之大妇；《聊斋志异》中的《邵九娘》篇中的金氏、《段氏》篇中的连氏、《大男》篇中的申氏；《红楼梦》中的王熙凤与夏金桂等，皆为妒悍之妇。

除了上述的妒悍之妇，文学作品中尚有残害其他家庭成员的悍妇，明代之前较为著名的大概要算汉乐府诗《孔雀东南飞》中的焦母，因儿子仲卿与儿媳兰芝关系密切，她便无端挑剔儿媳，即使儿媳终日辛苦劳作小心侍奉，她也不善罢甘休，竟至逼迫儿子将儿媳遣返归家，最终造成儿子儿媳双双殉情而死的悲剧。至明清小说此种悍妇大致可分为几个类型：其一，虐媳型悍妇。其特点是婆婆虐待儿媳妇，其主要原因是婆婆唯恐儿子与儿媳感情深厚，自己在儿子心目乃至家庭中失去应有的地位。如《聊斋志异·珊瑚》中的婆婆沈氏；《阅微草堂笔记》卷四第二十八则，虐待儿媳妇致死的婆婆和卷十六第一则，"虐待童养媳，惨无人道"的婆婆。其二，虐幼型悍妇。其特点是主妇虐待家庭中的幼小的晚辈，即丈夫的子侄。其主要原因是她们惧怕丈夫其他妻妾所生子女或丈夫嫡亲侄辈争夺家产，自己或己出子女在家庭中地位难保。如《醒世恒言·李玉英狱中讼冤》中的焦氏虐待前妻三个子女；《聊斋志异》中《吕无病》篇中的王氏将前妻之子屡次折磨欲死，《马介甫》篇中尹氏虐待侄子喜儿；《阅微草堂笔记》卷十八第十六则，写某太学生的继室凌虐前妻之子；《三侠五义》中刘妃不择手段加害李妃母子，都具有此类悍妇之特征。其三，虐老型悍妇。其特点是家庭主妇虐待公婆。如《西湖二集·姚伯子至孝受显荣》中虐待婆婆的杜氏三个兄弟的媳妇；《聊斋志异·珊瑚》中的臧姑等。

纵观上述悍妇，皆为家庭婚姻中的某种角色，虽然施虐的对象不同，但施虐者与受虐者都是封建婚姻家庭中经济上或人身上的依附者，都是女性。这些悍妇之所以疯狂的施虐，其目的都是为了在经济上、情感上和人身上，紧密维系其与婚姻家庭中男性主宰者的联系，在"妻以夫贵""母随子显"的现实环境中，稳固自己在婚姻家庭中的地位，尽管有时难免物极必反事与愿违。悍妇们之所以要极力维护与家庭中男性主宰者的密切关系，是由男权主体社会为女性规定的性别角色所致，因为婚后的女性，家庭就是其生活的价值与生命的意义之所在。从这个角度看，有些悍妇之所为，确有其不得已的因素，只不过是维护她们在家庭中的那点可怜的权利而已，具有让人同情的另一面。而令人百思不得其解的是，《醒世姻缘传》的女主人公薛素姐施虐的对象，竟然是她的丈夫，家庭中的男性主宰者。而这恰恰是其他女性包括上述悍妇要竭尽全力维系的，这是素姐有别于上述悍妇所独具的特质。

有些论者认为素姐的凶悍是嫉妒所致[①]，书中也能找到与之相关的例证：素姐的丈夫狄希陈因与妓女孙兰姬有私情，以及背着薛素姐娶童寄姐作"两头大"，被素姐发现后，都闹得家反宅乱，人仰马翻。然而，值得注意的是，素姐因妒虐夫只是其中的一个方面，因小故或无故虐夫之事更是不计其数。素姐在新婚的第一天，就来了个下马威，不许丈夫进新房。此后，便对丈夫打骂不断。一次狄希陈因为父亲守孝侥幸躲过一日，素姐一日施虐未成，第二天见到狄希陈"通似饥虎扑食一般，抓到怀里，口咬牙撕了一顿"，然后竟将狄希陈用麻绳线捆在一条窄窄的凳子上，当作犯人监禁起来，一连数日不准自由行动。诸如此类的牢狱之灾非止一次，整得狄希陈像死罪重囚犯一般。狄希陈赴外任，素姐无法虐待他，就买只活猴当作狄希陈，"朝鞭暮打"，猴子不堪咒骂毒打，遂将素姐的一只眼抠瞎，鼻子咬掉。后素姐追寻到狄希陈赴外任的处所，仍然寻事或无端对狄希陈百般凌虐。竟至趁狄希陈不备之时，拈弓搭箭将他射倒，险些丧命。而这些虐待行为都不是因嫉妒而起。

薛素姐敢于虐夫的原因何在？从书中的描写中可以发现，导致素姐成为虐待狂的直接原因是狄希陈的"惧内"。对于这一点，徐志摩在为亚东图书馆本《醒世姻缘传》所作的《序》中就曾明确指出过："你要看《醒世姻缘传》，因为这是一部以'怕老婆'作主干的一部大书。一个主人公的大

[①] 参见游国恩等主编：《中国文学史》，北京：人民文学出版社1989年版。

名就是狄希陈，希陈者当然是陈希常先生也。"① 徐志摩在这里戏称狄希陈为"陈希常先生"，典出苏东坡的朋友陈季常怕老婆的故事。陈季常字友苏，据宋洪迈《容斋三笔·陈季常》卷三载，陈季常之妻"绝凶妒"，其友苏东坡戏赠陈之诗中有"河东狮子吼"一语，河东为柳姓郡望，暗指陈之妻柳氏，师（狮）子吼，佛家以喻威严，苏东坡因陈好佛，故借以戏指其妻怒骂声。而陈季常非常惧内，故有"季常之癖"的成语。

而狄希陈何以"惧内"的原因，却是仁者见仁，智者见智。近年来又有一些论者从不同的角度论及这一问题。有论者认为，是性格原因，薛素姐凶悍而狄希陈懦弱②；还有论者认为狄希陈"惧内"是因其品行恶劣内心感到理亏③；又有论者认为狄希陈"惧内"是由于爱情④；等等。如果把素姐虐夫与狄希陈"惧内"当作一种"个体"现象看待，上述观点从其所观察的角度着眼的确具有一定的道理。

然而，作者偏偏又写了一个狄希陈的妾童寄姐，也是凶悍无比，"动辄将狄希陈打骂"。而狄希陈对于寄姐的虐待，则是"递了降书降表"，不敢违抗。幸亏童寄姐与狄希陈有过一段情投意合的缘分，"从小儿在一搭里相处，倒也你知我见的"，所以，与素姐相比，寄姐之虐夫，往往手下留情。若说狄希陈与寄姐之间尚存爱情，似还有一定的依据。而按照上述的狄希陈因爱素姐而"惧内"的"爱情说"，对此显然难以解释。

书中还多次将"惧内"作为当时极为普遍的社会现象来描写。六十二回，作者将威重权高的汉高祖、戚继光都列入"惧内"之列，并且说："像这样的皇帝车载斗量，也不止汉高祖一个"；"像这样的大将军，也不止戚太师一个。"接着又写了降魔英雄高相公见了老婆："抖缩成一块，唬得只溺醋不溺尿。"因此作者感慨道："但这样惧内的相公也比比皆是，不止高相公一人。从贵至贱，从上至下，可见天下那些红头野人，别再无人可伏，只有个老婆可以相制。"九一回作者还描写了这样一个令人啼笑

---

① 徐志摩：《醒世姻缘传序》，上海古籍出版社1981年版。
② 曹亦冰：《林兰香与醒世姻缘传》，沈阳：辽宁教育出版社1992年版。
③ 杜贵晨：《醒世姻缘传鉴赏》，周钧韬等主编《中国通俗小说鉴赏辞典》，南京大学出版社1993年版，第550页。
④ 魏文哲：《懦夫与悍妇——醒世姻缘传的独特的人物形象》，载《明清小说研究》1995年第2期，第200—210页。

皆非的情节：吴推官因"惧内"被同僚嘲笑，羞恼之下召集本府文武官员参见，对他们是否"惧内"进行考察，结果被考察的四五十人中，只有两人不"惧内"。"一个是府学的教官，年已八十七岁，断了弦二十二年，鳏居未续；一个是仓官，北直隶人，路远不曾带有家眷。"于是作者又借吴推官之口振振有词地说："世上但是男子，没有不惧内的人。阳消阴长的世道，君子怕小人，活人怕死鬼，丈夫怎得不怕老婆？"由此可见，上述"性格说"与"品行说"也颇可质疑，因为，举凡男性"惧内"皆为性格懦弱和品行不端，不仅书中难以找到相关的例证，而且也不合乎情理。

那么，狄希陈"惧内"的原因究竟何在？细读全书，应为狄希陈的自卑乃至自虐的心态所致。狄希陈在素姐面前，时常感到自卑。六一回，狄希陈到龙王庙算命前，作者对其内心活动这样描写："如何偏是我的妻房，我又不敢拗别触了她的性子，胡做犯了她的条教，懒惰误了她的使令，吝惜缺了她的衣食，贪睡误了她的欢娱？……这既是江右的高人，我烦她与我推算一推算。若是命宫注定如此，我只得顺受罢了，连背地里抱怨也是不该的了。"抛开作者在书中宣扬的因果报应的因素，这段内心活动的描写，颇能表现狄希陈自卑的心理与自甘受虐的心态。在这样的心态支配之下，狄希陈平日里对素姐惨无人道的凌虐行为，俯首帖耳逆来顺受，当素姐偶尔"与了一二分温柔颜色"，狄希陈马上喜形于色，"就如当初安禄山在杨贵妃宫中洗儿的一般荣耀，不惟绝无愁怨之言，且并无惨沮之色"。完全失去了作为一个人应有的尊严。因此，在他人的眼里：狄希陈是一个"没志气""顽钝无耻""死狗扶不到墙上"的人，"怎怪得那老婆恁般凌辱！"而这些让人匪夷所思的行为，如果将其视为自卑与自甘受虐的心态在作祟，大概才能使人信服。而这一切更助长了虐待狂素姐的威风。狄希陈到成都府后，素姐追寻而至，打了他六七百棒椎，又将炭火放到熨斗里把他的脊背烧得焦糊稀烂，两次均差点儿使他死于非命。成都府太守知道后，立逼狄希陈递呈子，将素姐当官休断，递解还乡。素姐害怕，无奈之下，对狄希陈认错，并且拜了两拜，狄希陈不仅"唬得失了色"，而且慌乱之中"不觉作下揖去，往前一抢，把个鼻子跌了一块油皮去"。令人难以置信的是，在素姐如此丧心病狂险些断送他性命的情况下，他还在太守那里百般掩饰说情，不愿休弃素姐，而这些恐怕也只能以受虐狂来解释。

狄希陈之所以自卑和甘心受虐，在书中的描写中，其蛛丝马迹似也依稀可辨。比如，在狄希陈和众人看来，素姐的模样"甚是标致"，堪称绝色，狄希陈几次欲休素姐，皆因此而作罢，这也是狄希陈向别人亲口表白的；再者狄希陈中秀才是依仗着素姐的兄弟帮助作弊而成，素姐打骂狄希陈时提及此事，他也不敢还口。但细加推敲，这些理由却又不甚恰当。素姐固然貌美，但当狄希陈赴外任时，素姐被猴子将一只眼抠瞎，鼻子咬掉后，她已变成不堪入目的丑八怪。可是此后当成都府太守逼迫狄希陈休妻时，他仍然千方百计替素姐开脱，可见，素姐的美貌并非是狄希陈甘心受虐的根本原因。狄希陈中秀才，虽得力于素姐的兄弟薛如卞帮助作弊，但据书中描写，这种现象在当时的考场，已是见怪不怪的事情，狄希陈虽然自感理亏，却也不致成为甘心受虐的理由。若将上述理由推而广之于童寄姐，就更加难以成立。书中虽然未细致描写寄姐的相貌，但从寄姐选丫鬟时所说的"我喜你这孩子丑，衬不下我去"，害怕"俊的惹烦恼"，其相貌也只是寻常而已。况且，狄希陈也未有什么诸如"作弊"之类的把柄被寄姐抓在手里，而且在寄姐及家人的心目中，寄姐嫁给已作了官的狄希陈，虽然名分上是妾，却也是求之不得的事情。那么，狄希陈对妻妾何以存在这种莫可名状的自甘受虐的心态呢？在反映世态人情的小说《醒世姻缘传》出现了妻子虐夫，丈夫自甘受虐这样似乎不合情理的文学奇观原因何在？

从宏观的社会历史原因着眼，当与明清之际的经济异质性的变化，思想文化领域的启蒙思潮密切相关。明代中叶后，伴随着资本主义萌芽与发展，带来了商品经济的活跃，市民阶层的壮大。与之相适应，在思想文化领域，以哲学为主导，出现了一股强大的启蒙思潮。由明入清后，封建社会内部的资本主义因素虽曾一度遭到破坏和摧残，但很快又随着经济的恢复和社会的稳定而缓慢复苏，并得以进一步发展。我们从素姐之类的悍妇藐视封建礼法的行为中，可以感到封建纲常以及正统的家庭秩序，在社会上述变化的冲击下正面临着严重的危机。

薛素姐之类的虐夫型悍妇的形成，与当时社会结构的变化似也有某种关联。晚明至清中叶在商品经济的冲击下，在传统社会中处于士农工商四民之末的商人，似乎如鱼得水，而位于四民之首的士人的地位，却有所下降。这一点在晚明时期的小说"三言""二拍"和《金瓶梅》中已多有表现，而稍后的《醒世姻缘传》与《聊斋志异》中，所展现的士人家庭中"阴长阳消"的状况，也正是这一现实的真实反映。

而"虐夫型"悍妇伴随着具有士人身份的自甘受虐的丈夫，在明末清初这一特定的历史时期的文学作品中出现，其更为深层的原因，当与此时士人的普遍心态密切相关。明末至清初，社会动荡，朝代更迭，李自成攻占北京，明王朝覆灭，清兵入关。政局的巨大变异，使士人的心态亦随之发生剧变。虽然，如上所述，晚明至清初的社会经济、思想文化发展有其延续性。但是，政局变故这一微妙因素，却导致了士人心态的变异。士人的心态经历了由晚明时期对具有"新"的因素未来的憧憬，到对明末清初动乱时局的反思，而终感无力扭转现实的悲哀的心路历程。士人的价值取向，也由追求个性张扬转向对个性的压抑，并最终导向个体价值的丧失与人生的失落感。罗宗强先生在《玄学与魏晋士人心态》中指出，要真正确切地阐释文学思想发展的主要原因，必须研究士人心态的演变轨迹。影响士人心态的原因颇为复杂，有政局变化的原因，有社会思潮的原因，以及不同生活环境和文学修养的相互作用，并且将政局的变化这一因素凸现出来。如果我们将这一观点作合理的延伸，应该说时代的文学现象也与士人的心态息息相关，而政局的变化是影响士人心态的极其重要的因素。

士人心态的剧变首先是对动乱时局的反思，主要表现为重建与回归被晚明启蒙思潮所摒弃的传统道德。在朝代更迭异族入侵社会崩溃之际，许多士人认为，传统道德具有固结人心挽救危亡的强大力量。例如：明末白话短篇小说集《幻影》的作者陆云龙在此书的序言中说："天下之乱，皆从贪生好利、背君亲、负德义所至，变幻如此，焉有兵不讧于内，而刃不横于外者乎？"因此，对于"君臣、父子、夫妇、兄弟、朋友之道理，宜认得真"，而于"贵贱穷达、酒色财气之情景，须看得幻"。作者希望通过这部小说，"发人深醒"，以"补于世"，达到挽回道德沦丧世风败坏的颓败之势。而清初的思想家和诗人顾炎武则在《日知录》中，对王阳明至李卓吾的反叛精神一概排斥，甚至认为是亡国的肇端，"罪深于桀纣"。

然而现实是残酷的，政局的变化并不以人的主观愿望为转移，传统的道德也不具有诸多士人所想象的神奇力量。于是对时移代易的忧虑及无力扭转的悲哀，便以感伤的基调成为清初文学的主旋律。诗歌中尤以诗坛盟主钱谦益作品为甚，在他的作品中，时常流露出复国无望，前途渺茫的感情，表现出强烈的现实幻灭感，这种思想感情在其大型抒情组诗中得到集中体现。他的著名诗作《丙申春绝句三十首》之四，抒发了秦淮风物依旧，而前朝不再，恍然如梦的感慨，末句"丁字帘前是六朝"，被《桃花扇》的作者略加改造，成为传诵一时的名句。这种对现实的悲哀与幻灭的思想感情，并非钱谦益所独具，在当时与之齐名的吴伟业的诗词中也多有体现。只是后者更偏重于表现具体的个人在无可挽回的历史与现实中的命运，于强烈的幻灭感中透露出沉重的人生失落感。如吴伟业的著名的《圆圆曲》及《鸳湖曲》《楚两生行》《松山哀》等诗作，尽皆如此。即便如顾炎武，其诗作表现了崇高的民族气节和爱国主义精神，但抒写故国之思，亡国之痛，仍然是其作品的主要基调，他与钱、吴二人所表达的思想感情当为异曲同工。而这种幻灭感与失落感，在清初的戏曲《长生殿》和《桃花扇》中，"借离合之情，写兴亡之感"，由于反映了士人的普遍心态，在当时尤其是士人中引起了强烈共鸣，合称"南洪北孔"，成为当时戏曲中的双璧。

由上述可见，明末清初的士人心态，经历了对现实由憧憬到反思至悲哀的痛苦过程。个体的人生价值也由自我膨胀到自我压抑至人生失落的辛酸历程。这种巨大的反差，原本就令人难以接受，在无力改变的情况下，某些士人的心态遂发生畸变，这一点在吴伟业的诗作中表现得最为明显。如《自叹》云："误尽平生是一官，弃家容易变名难。松筠敢厌风霜苦，鱼鸟犹思天地宽。"如果说这里所表现的是他不得不仕清的自责与自卑之感，还属正常心态。而在其临终时所作的［贺新郎］《病中有感》中则已表现出一种自暴自弃的畸变心态："脱屣妻孥非易事，竟一钱不值何须说。人世事，几完缺。"

这种畸变的心态经由放大与夸张的变形，至小说中乃"演变"为《醒世姻缘传》中狄希陈，及《聊斋志异》中"惧内"的丈夫们受虐狂般的畸形心态，这大概是不同的文体在表现士人心态上具有相异的特征所致。悍妇虐夫及丈夫惧内的独特文学现象，同时在《醒世姻缘传》与《聊斋志异》这样的不朽之作中出现，受到了敏感地把握时代脉搏的一代文学巨擘的格外关注，足以说明这是一个极为重要的文学现象。前者如上所述认为这种现象具有普遍性，后者也以不少的篇章屡次加以描绘。应该指出的是《醒世姻缘传》与《聊斋志异》不仅存在着上述胡适等人所说的相似之处，而且《聊斋志异》中"惧内"的丈夫们，也都存在着自卑乃至自虐的心态，并且他们无一例外都属于士人阶层，说明狄希陈般的畸变心态在士人中具有一定的普遍性。例如：《马介甫》篇中的杨生，生平有"季常之惧"，其妻尹氏对丈夫"奇悍"。狐仙马介甫路见不平，略施小计，使尹氏对杨生"欢笑而承迎之"，而杨生在受虐心态的惯性驱使下，居然"生平不解此乐，遽遭之，觉坐立皆无所可"。再如《江城》篇中的高生，平日对其妻江城的虐待"畏若虎狼"，而妻子"即偶假以颜色"，他便不知所措"震慑不能为人""四体惊悚，若奉丹诏"。

而上述畸变的心态，是否为当时士人的普遍的心态，似还可商榷，但它的确与当时士人普遍存在的现实的幻灭感和人生的失落感密切相关，如果将其视为当时士人普遍心态的一种特殊的表现形式，可能也不无道理。

尤为值得注意的是，为适应士人受虐狂畸变心态而塑造的虐待狂薛素姐的形象。在男性霸权话语中，女性是具有"第二性"的人。正如西蒙娜·德·波伏娃所言："女人完全是男人所判定的那种人，……定义和区分女人的参照物是男人，而定义和区分男人的参照物却不是女人。她是附属的人，是同主要者相对立的次要者。他是主体，是绝对，而她则是他者。"[①] 在男权中心话语里，女性是可以由男性任意界定的客体，女性形象是为了男性的需要而存在的。据此标准，其大致可以分为天使与魔鬼两大类。温柔贤惠或才貌俱佳的女性，是理想的天使。如果达不到这一理想的标准，倘若可助男性齐家、治国或满足男性高层次的精神需要者，也可归入天使之列。与之相反的则是魔鬼，比如，杨贵妃虽有惊世之才貌，却是败国之"祸水"，而悍妇无论从哪方面看都应归入魔鬼之列。天使也好，魔鬼也罢，她们都是身心依附于男性而存在的。即便是魔鬼，男性自我意志力或男权中心社会最终能够将其控制。而素姐之类的悍妇与其他的悍妇有所不同，已逸出了女性形象的常规，她们内心缺乏对男性的依附感，而外在的言行更是男性本身所难以辖制的，素姐是在所谓的因果报应下就范的。这就使素姐这一奇特而独特的形象，成为前所未有的女性形

---

① 〔法〕波伏娃：《第二性》第 1 卷作者序，北京：中国书籍出版社 1998 年版，第 11 页。

象。虽然如上所述,在此之前已有"河东狮子吼"的虐夫型的悍妇出现,但那只是奇闻逸事的记载,并非真正意义上的文学形象。与《醒世姻缘传》同时代的《聊斋志异》中也出现过类似于素姐的悍妇形象,但描写相对简略。因此,素姐不仅在悍妇形象系列中别具一格,而且在中国文学史的女性形象中也具有不可替代的特殊的研究价值。

二 鲜明的语言特征

《醒世姻缘传》的另一鲜明特点是它的语言。叙述描写语言多是生动、形象、传神的口语,其例证可信手拈来,如三三回作者对狄希陈在学堂里读书情景的描述:

> 狄员外的儿子狄希陈起先都是附在人家学堂里读书,从八岁上学,读到这一年,长成了十二岁,长长大大,标标致致的一个好学生,凡百事情,无般不识的伶俐;只到了这"诗云""子曰",就如糨糊一般。从八岁到十二岁,首尾五年,自"赵钱孙李"读起,倒也读到那"则亦无有乎尔"。却是读过的书,一句也背不出;读过的字,一画也写不来。一来也是先生不好,书不管你背与不背,判上一个号帖,就完了一日工夫。三日判上一个"温"字,并完了三日的工夫。砌了一本仿,叫大学生起个影格,丢把与你,凭他倒下画,竖下画。没人指教写,便胡涂乱抹,完了三四十张的纸。你要他把那写过的字认得一个,也是不能的。若说甚对课调平仄、讲故事、读古文,这是不用提起的。这一年十二月十五,早早的放了年下的学,回到家中,叫人捍炮仗,买鬼脸,寻琉璃喇叭,踢天弄井,无所不至。

由于大量运用方言土语,人物对话,活灵活现,神情惟妙惟肖。第四八回写薛教授听说素姐打骂公婆,特来狄家看望。素姐对父亲此举极端不满,又嗔怒狄周媳妇说她的丫鬟偷嘴吃,将丫鬟暴打一顿后,气犹未消,又指桑骂槐与狄希陈吵闹:

> 素姐说:"我只说你急心疼跌折了腿进不来了,你也还知道有屋子顶么?那老没廉耻的来雌嘴,我叫你留他吃饭来?平日的赖我的丫

头偷嘴吃！"狄希陈说："他怎么就是没廉耻的来雌嘴？明日巧妹妹过了门，咱爹就别去看看，也是雌嘴吃哩？媳妇子又没丁着丫头吃了鸡，不过是说了一声。这有甚么大事，嚷得这门等的？"

作者还善于调侃，语言讥讽、幽默，且耐人咀嚼。如九七回狄希陈读"隔墙送过秋千影"词句的描写："狄希陈看那'隔墙送过秋千影'，知道是为这边有人打秋千的缘故，所以写此帖来。但那词里的句读，念它不断，且那'影'字促急不能认得。曾记得衫子的'衫'字有此三撇，但怎么是隔墙送过秋千衫？猜道：'一定打秋千的时候，隔墙摔过个衫子到他那边，如今差人送过来了。'遍问家里这几个女人，都说并没有人摔过衫子到墙那边去……"。读到此令人忍俊不禁，而作者的态度却像一个冷眼旁观者不动声色，以生花之妙笔一路写下去。无怪乎徐志摩在《醒世姻缘传序》中说作者"永远是一种高妙的冷隽，任凭笔下写得如何活跃，如何热闹，他自己永远保持了一个客观的距离，仿佛在微笑地说：'这算是人，这算是人生！'"。

三 结构特征与情节关系

中国古代的长篇小说，如《三国演义》《水浒传》《西游记》之类，是在长时期流传过程中，由众多说话者不断修订、补充而汇集成的作品，最后始由某文士执笔写定；所以，它的基本结构、情节早已有固定模式，人物命运已然结局，作家个人除却若干细节的再创造、一般文辞的润饰外，很难另作根本性的变动。《金瓶梅》《红楼梦》等则属文士的独立创作了。在这里，作家本人的生活积累、人生经历和艺术想象起到决定性作用，从而建构起一个自我创造的"世界"。但是，他们往往事先设计好整个小说的主体结构模式，乃至重要情节，而其他诸多细节、具体人物活动都只能在这种预定范围内开展进行。换言之，作家是在讲述已经编就的"故事"，由其挈领人物性格形象，使之于发展过程里渐次显现、凸露而活起来。这中间自然也贯注着他的全部激情，伴随人物浮沉聚散的遭际嬉笑怒骂，不时勃涌、闪动出即兴式浪花，遂现神来之笔，绝不可能总是按照周密的纲领计划运行。然而在总体上，却仍然像一带滔滔急流，很难脱逸固有河床的束约去做自在奔泻。若将这种特征与某些西方小说对比来看，两者显然是意趣殊异。一般而言，它们的注重点并不在于讲故事，而是以人物个性为主导，通过性格规律去推动情节开展进行，真正支撑起小说的总体结构大厦。苏联作家康·巴乌斯托夫斯基曾依据丰富的创作经验，对之予以生动描述："我不知道人物下一步会做什么，我只是惊奇地跟着他走"——这是精力高度集聚、几乎处于狂热状态的写作过程中的习见现象。另又举例说：有位来访者抱怨列夫·托尔斯泰对安娜·卡列尼娜过于残忍，让她卧轨自杀，托翁回答："普希金对友人说，您看娜达莎（《叶甫盖尼·澳涅金》中的女主人公）给我们开了个多大的玩笑，她竟然结婚了！我万万没料到她会这样。"[①]——这说明作家也无法违背性格发展的自然逻辑，而仅凭主观意愿编组情节，尽管人物形象是他创造的。

创作于清代初期的《醒世姻缘传》是作家个人的艺术产品，但是，却更多地受到以往传统的影响，自觉不自觉地遵循由之沉积成的特定心理定势。它两世姻缘惩恶劝善的结构模式，论者多认为胚胎于《聊斋志异》中的《江城》篇，这点与《金瓶梅》的从《水浒传》中西门庆、潘金莲、武松有关故事敷衍演变情形基本相类；其实，前此自明中叶以来的短篇小说，如冯梦龙、凌濛初等人拟话本，也曾有魏晋唐宋的一些笔记传奇为渊源，再经文士进一步生发扩充制成。它们在实质上一脉相承，无论篇幅的大小长短，都皆有所本，因旧籍变出，颇不同于稍后《红楼梦》的但凭作家己意凿空创造，一无傍依，所以，鲁迅《中国小说的历史的变迁》才说："自从《红楼梦》出来以后，传统的思想和写法都打破了。"

《醒世姻缘传》的结构特征，首先缘由于其预设的思想导向，姑且称之为"主题先行"吧。整个故事——小说中的情节、细节、人物活动只不过是它的载体，一种形象性阐发而已；或者反过来说，它是高悬于全部具体内容之上的抽象。署名"东岭学道人"的"凡例"称此书"多善善恶恶之谈。……愿世人从此开悟，遂使恶念不生，众善奉行，故其为书有神风化"；而全书冠首的"引起"更是开宗明义，于《孟子》的三件至乐之外，认为"第一要紧再添一个贤德妻房，可才成就那三件乐事"。此后在一百回的洋洋大篇里，从不同角度去深入反复论述这个道理，真可谓不

[①] [苏]康·巴乌斯托夫斯基著、李时译：《金蔷薇》，上海：上海文艺出版社1962年版，第47—48页。

避絮烦琐碎。最后的结尾，仍总束说："这晁源姻缘事故已完，其余人等，不用赘说。只劝世人竖起脊梁，扶着正念，生时相敬如宾，死去佛前并命，西周生遂念佛回向演作无量功德。"这里以夫妇作为人伦之本，由之而涉及的父子、兄弟、婆媳、姑嫂等家庭关系，进而再扩展到为官为师、处世待友之类社会人生之道，所体现的不外乎忠孝仁义贤悌的儒家传统伦理观念与价值标准，具载异常鲜明的正统色彩及现实运作意义。至于贯穿始末的因果轮回、善恶报应的佛理，也只是它的补充和证明，借以强化儒家的道德取向，其本身不过居于从属地位，正是宋明理学"援佛入儒"而为我所用的某种特别形式。另外，如果说通过"姻缘"这个题目去展示上述的儒家思想的话，那么，"醒世"则标明了制作此书的说教目的，也恰恰符合儒家"言志载道"的文学作品教化准则："以是经夫妇，成孝敬，厚人伦，美教化，移风俗"（《毛诗序》）；"书会谁将杂曲编？南腔北曲两俱全。若于伦理无关紧，纵是新奇不足传。……今宵搬演新编记，要使人心忽惕然"（明邱浚《五伦全备忠孝记》第一出）；"今余此编，虽于世教民彝，莫之或补；而劝善惩恶，哀穷悼屈，其亦庶乎言者无罪，闻者足以戒之一义云尔"（明瞿佑《剪灯新话序》）；"是编之作，虽非本于经传之旨，然其善可法，恶可戒，表节义，砺风俗，敦尚人伦之事多有之，未必无补于世也"（明张光启《剪灯馀话序》）；同样地，其于社会道德政治的根本裨益功用，无疑是指导全书写作的纲领。

　　晁源是贯通《醒世姻缘传》的核心人物，他一在武城、一在绣江（影射今章丘）的前世、现世两次婚姻以第二十三回为界互相映照比衬，从而形成两部式的平行结构模式。尽管这中间包含有内在因果关系及某些情节上的关联，然而就人物形象而言，却是各自独立的，并不因作者的主观意图而使后者变作前者附庸。下面我们先看看这种两部平行结构模式中的情节编组。先是武城乡宦子弟晁源围场射猎时杀死一只仙狐，又以父亲钻营成功迭升县州官致家境暴富故，花800两银子买娼女珍哥为妾，渐次嫌厌发妻计氏，纵妾虐妻，最终导致计氏悲愤自缢的结局。而在因此引起诉讼，珍哥入狱期间，他又与皮匠妻成奸，事发被当场斩杀，上部也就结束了。下部再写晁源托生绣江一狄姓富户家中为子，名希陈，他娶薛素姐为妻，却是仙狐的转身，自然要报前世冤仇。是以对之针刺火烧、棒打箭射、私相囚禁，直至去官府诬告其谋反，必欲除之方快。狄希陈不堪凌辱，在京师另娶银匠女童寄姐安家以避之。这寄姐又属计氏托生，时时恶语相向，不能安宁，且逼死珍哥后身的丫环珍珠，以了前冤。而作为副线与这恶缘相比映的，则是晁源母晁老夫人济贫救困、仁厚待人的善缘，故得子孙繁衍、富贵寿考。两种截然不同的家庭类型显示出巨大反差。最后狄希陈和原系投胎报恩僧人转世的庶弟晁梁相聚，得高人点化，虔诚持诵万卷《金刚经》，终以"福至祸消，冤除恨解"结束。无待赘言，上述对应的情节设计意在充分满足特定结构模式的需要而成，并非循顺"故事"的固有逻辑自然发展而来，缺乏坚实周密的细节基础。同时，结构模式的"两部平行"特征也不是源于艺术表现的内在规律，而被先行决定于善恶因缘互为报应的主观意愿与儒家教化目的，所以是生硬拼凑捏合式的，难以找到有机的因果过渡关系。由之造成两段情节的支离分立，晁源共狄希陈各自的人生遭际，乃至围绕着两者有关诸多人物的命运，实在风马牛不相及。当然，独自去看，这前后两部倒也不乏统一合理的布局，故事情节层层推进，回环照应，沿人物主线循序开展，而渐至或恶祸横毙、或善报圆满的高潮。

纵观《醒世姻缘传》全书，描写了较为广阔的社会现实内容，举凡贵宦显贵、乡绅儒士、娼女闺妇、恶少无赖、媒婆觅汉、田夫匠人，等等无所不及。但它主要表现对象是中下层人物，说明作者对这方面是很熟悉的，有着丰富的生活经历与细致观察力。那纷繁复杂的多元人生现象使他不断地为之激动，有欢欣也有伤痛憾恨，或许更多地是感到困惑，遂使之不得不突破原先设定的晁狄两世报应主观框架，而将笔触转向各种社会断面，力求给予真实的刻画。如第十回写计氏死后，父兄到县衙为她告状申冤的始末经过，可以说是集中暴露了封建官府的黑暗腐败，上下贪婪刻酷，贿赂大肆盛行，遂扼杀了任何一点正义公理，一切唯权势金钱为准则。尤其对伍小川、邵次湖这两个虎狼般差役的摹写，更入木三分。而同样在横蛮狠赖、鱼肉良善的丑恶行径上，第三十五回及三十九回中讲述的老秀才汪为露，真让人眦目碎齿，直待视之为人间衣冠禽兽。这固然是道德伦理的彻底沦丧，但也从某个侧面，表明自明朝中叶以来，随着城市工商业的繁荣和资本主义萌芽的生长，商品经济迅速侵蚀着封建的自然经济，孔孟正统价值观念的约束力，甚至在许多儒生士子身上也日趋薄弱。那积极向上的，如李贽、徐渭、公安三袁等思想家、文学艺术家，以及汤显祖、冯梦龙等笔下塑造的人物形象,都在极力试图打破封建礼教的牢笼,追求个性自由和真善美,寻得人性的复归;那纵欲作恶的,则肆无忌惮,索性摒弃了传统及现实社会中合理公认的行为规范与操守界限,走向对立方面。又如第六十六回、六十七回所写的医生艾回子,害人骗财,"是那低人之中更是最低无比的东西",直到给本县太爷看病都要整治敲诈、连自己岳母也一例对待,已完全变成了金钱物欲的异化体。其他像多次写到晁氏族长等人谋夺族人财产,以恶行对恶行,相互间全无情谊,可知封建肌体的最基础结构也被破坏、消解,宗法礼制出现了全面危机。另外书中还表现了一些其他类型的人物,如第十九回、二十回里的皮匠小鸦儿,靠手艺艰难度日,却是贫贱不坠清节:"若是来历不明的东西,我虽是个穷人,不希罕这样赃物!"当晁源与其妻宿奸,被他当场抓住后,晁源"只说道:'饶命!银子就要一万两也有!'小鸦儿道:'那个要你银子,只把狗头与我!'"遂杀之持头往县衙自首。显示出他的见识和敢做敢当的勇气。再如许多回目中都写道的寄姐之母童奶奶,也只是市井之辈,但精明干练,善于钻营谋划,危难中能从容处置,却又不失善良本性,可见商业经济已甚发达的大都市中,为有能力的妇女提供了施展机会。总之,像上述情节于全书中在所多有,实不胜枚举,它们互相映托渲染,共同构成为全方位、多层面地表现中国十六七世纪封建社会现实状况的长卷,浓墨重彩,鲜明生动,各不同阶层、不同身份地位、职业、教养的众多人物形象都在此间作出充分表演。而就整体结构来论,它又是两部平行模式的展开和补充,点点垒积、上下勾联、纵横杂错、以作为一个大的网络,通过特定的大社会背景与历史变化氛围,融汇事件、动作于一体,使之拥纳着更丰厚复杂而深刻的艺术内涵。不过,仔细品视之下,便会发现这种趋向开放型的网络模式也带来负面的问题,那就是有一些情节和主体故事框架间并不存在有机的联系,只是横空独立的旁枝杈节罢了。虽不乏蓬勃生命力,却是主干上的赘余物,影响到整体结构的紧密完善,全书也失之芜杂拖沓。

下面再论析在两部平行结构模式中,由一系列具体情节所展现出来的主要人物形象,以及其对情节所可能产生的深化意义。先说晁源,这自是一个纨绔无赖的典型代表,因暴发得再娶,喜新厌旧,遂酿成家庭悲剧,所以作者让其遭受来世报应,事虽荒诞,却集中体现出普遍的善恶是非社会观念，也完全可以理解。旧世小说戏剧中这类结局极多——但晁源因射杀狐狸而受到恶报，却完全是出于"主题先行"需要而牵强设计的，不合情亦不合理，诚属败笔——以后他置与狱中珍哥的海誓山盟不顾，又私通唐氏，足见凉薄寡情。加上第十五回所写的对胡、梁二生的忘恩负义、落井下石行径，都烘托出其刻薄自私的一贯性格特征，使人物形象真实丰满。与之相对映的狄希陈则较为复杂，作为独子自幼就备受家中骄宠，在学堂屡次恶作剧耍弄老师，十五六岁时即于省府宿娼，逞口舌之利，诓骗友人殴妻，运用作弊、拉拢投机的手段考上秀才，且做了官。这等等固然是其顽劣奸猾的表现，但还不像晁源的沦丧天理人性，"坏到了家"，二人间显然有所区别，作者对人物形象的把握颇有分寸。然而，狄希陈畏妻如虎，不敢稍有任何违抗，所有的诸般非人虐待竟然都甘心受之若饴，似乎成为心理生理上的变态。舍此则不足称道作日常家庭夫妻生活内容——这种特殊的懦弱（对此，第六十回有极细致生动的描述，用相大妗子的话来说，就是："前生！前生！天底下怎么就生这们个恶妇！又生这们个五脓！他就似阎王！你就是小鬼！你可也要弹挣弹挣！怎么就这们等的？"），与狄希陈在外面的行动截然反差，存有明显的性格矛盾，遂产生违背个性客观发展逻辑的现象，造成人物形象的缺陷。推究起来，这种不符合生活真实的问题只能用作者预先设定的两部结构模式去解释，它纯然是为着前世姻缘报应的主观意图服务，所拟置的一种承载符号。不过，社会现实的强大力量又使作者不能无视这种人物的"真实"存在，是以仍凭藉耳闻目见等生活累积将之表现到狄希陈身上，于一定程度上突破了主观的局限性。上述缺陷影响薛素姐的形象塑造更多，第四十四回特地为她设置了一段"梦换心方成恶妇"的情节，硬生生将一个天真少女彻底改变性情，以后的诸般种种，也只是作者特定思想的实施工具而已。诚如素姐的自我表白：也不晓得什么缘由，本来是好好的，只一见到狄希陈便有气，非将他下死地折磨、恨不得除却了才畅心意——像这样不合情理的冤恨在现实人生中当然缺乏可信性。另外，书中反复描写薛素姐，只集中于凶悍狠毒四字，属于较单一的性格类型。这种艺术表现方式，有些近似法国古典主义剧作家莫里哀，他的《悭吝人》中的主角阿巴公、《伪君子》中的主角答尔丢夫，便只是体现吝啬与虚伪特征，且多运用夸张笔法，而并不从主导个性出发，注重人物形象的丰富复杂，以求得多样化的有机统一。相对来言，跨越前、后两部分的施珍哥，倒是写得较为成功。她仗晁源宠爱欺凌正妻计氏，嫁后、甚至在狱中仍不断与多人奸私，只一味追求享乐，势倒则再向晁老夫人摇尾乞怜，但求苟延存活。其实她自己也是黑暗社会的受害者。凡此一切都呈现出一个不自觉的丑恶娼女形象，在她们那个寄生阶层里，是很具有典型意义的。

最后作为余论，谈谈《醒世姻缘传》的整体印象。它在艺术风格、思想倾向、创作特征上，都基本接近《金瓶梅》，或者说，接受了《金瓶梅》的深刻影响。这与其共同的时代背景和作者相类的生活积累有一定关系，即他们十分熟悉社会中下层、尤其是城市各个阶层的情形，所以写来得心应手，全书充满着特殊的"市井味"。不过，这类小说的强烈生活原生气息，虽然透出强大生命活力，异常的真实，但却是剽悍、甚至丑陋粗鄙的。它展示给世人"恶"，似乎这个世界全都是、也只能是这个模样，从语言到行为，一切都是那么粗俗污秽，直压得人透不过气来，让人看不到一点理想的光芒。所以，与《红楼梦》相较，关键并不在于题材内容的差异，而根本在于它缺少"诗"的气质境界，一种对于美好事物和人生理想的坚定信念及执着追求，对于生活的真诚热爱——除却感性的直觉直观体验外，还必须具有那份不可或缺的清醒的理性把握，一种深沉严肃的哲理性思考。正因为如此，才显示出了文化品位的巨大差异，而《醒世姻缘传》的艺术成绩，则又远逊于《金瓶梅》了。

第十四章 余　　论

第一节 "本朝诗人,山左为盛"

清初山东诗坛的繁盛,为许多诗论家所瞩目。王士禛在《古夫于亭杂录》中说:

> 吾乡风雅,明季最盛,如益都王(遵坦)太平。长山刘(孔和)节之,尤非寻常所及……他如益都王(若之)湘客,诸城丁(耀亢)野鹤、邱(石常)海石,掖县赵(士喆)伯浚、(士亮)丹泽,莱阳姜(垛)如农、弟(垓)如须、宋(玫)文玉、弟(琬)玉叔、董(樵)樵谷,淄川高(珩)葱佩,益都孙(廷铨)道相、赵(进美)韫退,章丘张(光启)元明,新城徐(夜)东痴辈,皆自成家。(卷三)

所举诸人,都是出生于明季而活跃在清初诗坛上的著名诗人。稍后的赵执信在《谈龙录》中也说:

> 本朝诗人,山左为盛。先清止公与莱阳宋观察荔裳(琬)同时,继之者新城王考功西樵(士禄)及其弟司寇,而安丘曹礼部升六(贞吉)、诸城李翰林渔村(澄中)、曲阜颜吏部修来(光敏),德州谢刑部方山(重辉)、田侍郎、冯舍人后先并起。

他更明确指出"本朝"即清初的顺治、康熙时期,山左诗人最盛。这些并不是王、赵二人为家乡吹嘘,而是确凿的事实,也为其他评论家所认同。

　　清初山东诗人辈出，这在前面的"变化流程"中已约略有叙述。当时山东的好多地方，都有以诗名者数人，乃至数十人，而且其中有不少人在全国诗坛都产生了相当影响。康熙初年，京师诗坛有"金台十子"之称，其中山东籍诗人居其四，即曲阜颜光敏、安邱曹贞吉、德州田雯、谢重辉。"十子"皆因王士禛揄扬而得名，或可说是士禛对同乡有所偏好，而乾隆间刘执玉所编《国朝六家诗抄》，选录施闰章、宋琬、王士禛、朱彝尊、查慎行、赵执信六人之诗，其中山东籍的诗人有三家（宋、王、赵），居其半。其凡例中说："我朝诗家林立，步武汉、唐，而精深华妙，擅扬诸体者"，当推此六家。此书前沈德潜序认为："六家者，类皆脱胎于汉、魏、六朝，自成一家之言。"后来论者对此多表认同，如光绪时郭曾炘在其《杂题国朝诸名家诗集后》绝句125首的第一首就说："王、李、钟、谭变已穷，岭南、江左各宗风，'六家'诗继'三家'起，盛世元音便不同。"指出清初时"江左三大家"和"岭南三大家"，所受明季诗风的影响还较大，其内容多为"亡国之音哀以思"，而"国朝六家"的兴起，则表明诗坛已经有开始适应新潮逐渐昌盛的"盛世元音"出现了。

　　"六家"中以王士禛诗作成就最高，影响最大，主盟诗坛数十年，在全国许多地方都有门生和追随者。但即使如此，山东诗人也并未都紧跟在王士禛身后，亦步亦趋，同时不少诗人都有自己的特色。赵执信在前引论述"本朝诗人，山左为盛"那段话之后，接着说："然各有所就，了无扶同依傍，故诗家以为难。秀水朱翰林竹垞（彝尊）、南海陈处士元孝（恭尹）、浦州吴征君天章（雯）及洪昉思，皆云然。"（《谈龙录》）王士禛喜奖掖后进，但他并不强迫其他诗人接受自己的观点。大家各自按照自己对诗学的理解，努力去学习、去创作，因而才形成了山东诗坛的繁荣景象。

　　在清初山东诗人中，有沿袭"历下诗派"诗风的，前面谈到刘正宗以其阁老的地位，大力鼓吹李攀龙等人的诗论，产生了一定的影响。如宋琬开始学诗就是从明七子入手，他曾盛赞前后七子说："余尝以为，前七子，唐之陈、杜、沈、宋也；后七子，唐之高、岑、王、孟也。"（《周釜山诗序》）把前后七子比作初唐、盛唐诸大诗人，可见他是如何地推崇了。还有些人超越明七子，直接学习杜甫。如姜埰曾说自己"学诗只学杜工部"。德州的卢世㴶，对杜诗有专门研究，花了多年的功夫撰成《读杜私言》，自己写作也深受杜诗影响，其诗"则悲感凄怆，无一字非杜也"。① 钱谦益撰写《杜诗笺注》就是受到他的影响。还有其他一些，如赵执信，自述其弱冠学诗，"既而得常熟冯定远先生遗书，心爱慕之，学之，不复至于他人。"（《谈龙录序》）可见当时山东诗人学诗不拘一格，门径甚多。而且还大都随着生活经历的改变，其诗风也随之发生变化。如宋琬，王士禛曾说："宋浙江后诗颇拟放翁，五古歌行时闯杜（甫）、韩（愈）之奥。"（《池北偶谈》）前面已经谈到，王士禛一生诗风也有过多次变化。正是这种与时俱进所形成的风格多样，更体现了山东诗坛百花齐放的盛况。

  诗人众多，名家辈出，只是清初山东诗坛繁荣的一种现象。因为名声可以有种种方法获取，而诗人的成就和地位，归根到底，是由其作品所决定的。当时山东诗人确实创作出了许多优秀的诗作，有些还曾经轰动一时。如顺治十四年（1657），年方24岁的王士禛，"在济南明湖水硕亭，赋《秋柳》四章，一时和者甚众。"（《渔洋诗话》卷上）不多日即传遍大江南北，和作者不少数十百家，其中有许多是诗坛耆宿。不几年，邓汉仪编选《诗观初集》时，就发现："和阮亭《秋柳》者几千首。"可见此诗在当时影响之大。为什么和作者如此众多？原因只有一个，那就是士禛的诗篇在他们心中产生了震撼，引起了共鸣，因而使许多人情不自禁地要借和作来发抒自己心中的感受。当时清廷入主中国不过十余年，长期受到儒家传统教育的读书人心中，多多少少都会有些沧桑之感和亡国之痛，而士禛借咏秋柳，艺术地、细致入微地表达了这种感受，如第一首一开头："秋来何处最销魂？残照西风白下门。""白下"就是南京。"他日差池春燕影，只今憔悴晚烟痕""新愁帝子悲今日，旧事王孙忆往年"之类，都有哀吊亡明的意蕴在内。据说有的遗老读诗中"相逢南雁皆愁侣，寄语西乌莫浪飞"等句，而情不自禁地痛哭失声，可见其所受感染之深。其诗前小序则说：

    昔江南王子，感落叶而悲秋；金城司马，攀长条而陨涕。仆本恨

---

① 邓之诚：《清诗纪事初编》，上海古籍出版社1984年版，第697页。

人，性多感慨。寄情杨柳，同《小雅》之仆夫；致枉悲秋，望湘皋之远者，偶成四什，以示同人，为我和之。

今人刘永济先生解释此序说："湘皋远者，用屈原《九歌·湘夫人》篇'将以遗兮远者'，暗中用指明朝逃亡政府。至其'杨柳''仆夫'句，采用《小雅·采薇》'昔我往矣，杨柳依依'，及《出车》'忧心悄悄，仆夫况瘁'两处之语，组合而成。"①（《唐人绝句精华前言》）指出士禛诗中所用典故，包含有深沉的故国之思，而这正是当时一般读书人的普遍心理，是王士禛用诗把它形象地表达了出来。也正因为如此，甚至连很少作和诗的顾炎武，其诗集中也留下了《赋得秋柳》一章。

不仅王士禛的作品产生过轰动效应，山东的其他名家也有过类似的经历。如田雯在其《古欢堂杂记》中曾记述，康熙十八年七月，他搬家至新居，在壁上题诗一首，其中有"东野家俱少于车""墙角残立山姜花"之句，"俄渔洋至，见而和之，次日遍传都下，和者百人。己巳（康熙二十八年）在黔，见一孝廉诗集内亦和一篇，诘其从来，云：'昔自江左传诵者，不知原唱谁也。'因语其故，共嗟赏久之。十年之前，万里之外，竟有此唱和之作。""不知原唱谁也"表明和作者是没有攀附名人的企图，因而和作之多，流传之广，是由诗本身的影响力所致。

当然，有不少曾哄传一时的作品，很快就被遗忘，不再有人提起了，就像今天的许多流行歌曲一样，昙花一现。但清初山东诗人的许多作品，后来一直为人所称道，选家一再地把其收入新的总集，评论家也不断地给以新的阐释。诗人只能有短短几十年的寿命，而其优秀的作品，却会流传百世。即使在"以阶级斗争为纲"的年代里，古代文学史、诗歌史中也不能不提到山东的作家王士禛、宋琬、赵执信等人，虽然有时不免评价太低，贬抑过甚。

除了诗歌创作之外，清初山东诗人中不少人对诗学理论也有所论述。较早的如掖县遗民赵士品有《石室谈诗》，倡导学习杜诗，对明季诗派诸如"七子派""竟陵派"都有批评。而影响最大的当然还是王士禛。他倡导"神韵说"，但并没有专门的理论著作加以系统的阐述，这是中国古代

---

① 刘永济：《唐人绝句精华》，北京：人民文学出版社1981年版，第4页。

文论家的一个普遍的弱点，王士禛只是没有例外而已。但他有《渔洋诗话》，在《师友诗传录》及《续录》中，都记载了他专门论诗之语。在他的诗文集和笔记中，更有大量的作品涉及诗学理论问题。如《仿元遗山论诗绝句三十二首》，评论了历代的重要诗人，虽一人或数人仅一首七绝28字，但颇中肯綮，得到同时和后来评论家的赞赏。吴伟业读到这组诗后，曾致书士禛，说："论诗大什，上下古今，咸归玉尺。当今此事，非公孰能裁乎？"（《带经堂诗话》卷八引）可见对其评价之高。虽然王士禛的作品中，有时在一个地方，只谈到了诗论中的某一个问题，但总起来说，其"神韵说"还是有比较系统的理论，论述得也比较全面深入。"王士禛一生论诗重点转变多次，涉及的方面也很广，无愧为大家。然而'晚造平淡''神韵说'也终于成为他的代表主张而倾动一时。这既因为其说在矫补诗坛偏弊方面有其独到之处，也与王士禛晚年的'位益高，诗益老'，以及当时社会政治条件有着密切的关系"①。这段话可以代表今天诗论史研究者对王士禛的全面评价。

　　清初诗论中影响较大的还有赵执信的《谈龙录》。在此书中，赵执信大力推崇吴乔"诗之中须有人在"的观点，强调诗歌作品应该抒发诗人的真情实感，体现自己的性情面目。王士禛虽为赵执信的"妻党舅氏"，但执信对士禛的诗风和诗论观点却多有批评，直截了当地指出士禛的一些诗篇"非所谓诗中无人者耶？"对其"神韵说"的偏颇和流弊，都加以批评。他认为唐人司空图"所第二十四品，设格甚宽，后人得以各从所近，非第以'不著一字，尽得风流'为极则也"，认为王士禛力倡一种风格不免偏颇。在赵执信的其他诗文中，也有对王士禛的批评，如他在康熙三十五年（1696）秋所作《论诗二绝句》其二：

　　　　无弦只许陶彭泽，会得无弦响更长。若使无弦亦无响，人间悦耳足笙簧。

虽然诗的首句"无弦只许陶彭泽"说得未免绝对，但其"无弦亦无响"

---

① 王运熙、顾易生主编：《中国文学批评史》，上海古籍出版社1985年版，下册第168—169页。

确实是针对"神韵说"的弊端而言。这同《谈龙录》中所说:"司空表圣云:'味在酸咸之外。'盖概而论之,岂有无味之诗乎哉?"是一致的。过分强调"神韵",就会将意在言外,误认为诗中不必有意,流于空疏和浮响,这样的作品当然不会有多大价值。总之,赵执信对王士禛的批评,有些是切中其弊的,但也有些是言之过甚,有些是失之片面。而这种争论和批评,对于诗歌的繁荣和发展,无疑是有益处的。正如《四库全书总目》所说:"平心而论:王以神韵缥缈为宗,赵以思路劖刻为主;王之规模阔于赵,而流弊伤于肤廓;赵之才力锐于王,而末派病于纤小;使两家互救其短,乃可以各见所长,正不必论甘而忌辛,好丹而非素也。"(《因园集》提要)

还有田雯的《古欢堂杂著》,其一、二卷综论各体诗歌的发展源流,三、四卷具体评论诗人和作品,包括前人的论诗之作。其中推崇宋人诗的论述,尤为人所注意,钱仲书先生曾说:"清初渔洋以外,山左尚有一名家,极尊宋诗,而尤推山谷者,即田山姜是也。《古欢堂杂著》卷一力非论诗分唐、宋而二之,谓'梅、欧、王、苏、黄、陆,皆登少陵之堂,入昌黎之室'。"[①] 其他如宋琬等人,在其诗文集中都有一些评诗论文的作品。对诗学理论的重视,也是清初山东诗坛繁荣的一种表现。

这种传统也影响到后来作家。稍后的还有胶州张谦宜的《茧斋诗谈》,田雯之孙田同之的《西圃诗说》,道光间鱼台马星翼的《东泉诗话》,栖霞牟愿相的《小澥草堂杂论诗》,等等。这些诗话,或对诗学理论加以阐发,或对诗人作品进行评论,或者保留同时代诗人的一些资料,都有一定的参考价值。还有值得一提的是高密诸生李怀民,名宪噩,以字行。他曾仿唐代张为的《诗人主客图》,搜集元和以后诸家五律诗,辩其体格,奉张籍、贾岛为主,朱庆余、李洞以下为客。书成后,也产生了广泛的影响。他还有《订主客图既成怅然有感题卷末二首》,其一说:

  古来耽此道,清味本酸寒。思入如中病,吟成胜拜官。物生皆不隐,情动即教看。未识成何用,凭将鬓发残。

[①] 钱仲书:《谈艺录》,北京:中华书局1984年版,第110页。

正是这种近于走火入魔的专注精神,才使得中国古代出现了这么多的诗人:"未识成何用",他们完全是以非功利的态度,为作诗而作诗,反复琢磨,力求完美,因此才能给后人留下了那么多优秀的诗篇。而这也是中国古代诗歌创作一直长盛不歇的基本原因之一。

清初山东诗坛之所以如此繁盛,还有其历史和社会各方面原因。

首先当然是齐鲁文化的源远流长,底蕴深厚。山东是儒家圣人孔子、孟子的家乡,其他古代的文化遗迹也非常多。而且在明代中后期,出现了边贡、李攀龙等在全国诗坛都有重大影响的领袖人物,其流风余韵,直接沾溉了明末清初的许多诗人。山东的许多著名诗人,都有家学渊源,而且是多代相传不绝。如王士禛能够成为一代诗坛领袖,就不是偶然的。前面在论述明代的族群作家时已经指出,在嘉靖时期,其先祖王重光就以诗名,后来历代都有诗人出现,有诗集传世。士禛曾自述其学诗经历说:"予幼入家塾,肄业之暇,即私取《文选》、唐诗诵之;久之学为五七言韵语,先祖为伯府君、先严祭酒府君知之,弗禁也。"(《居易录》卷五)在当时,八股文才是读书人的正课,而古诗文则被视为闲杂读物,一般家庭是禁止学童阅读的,因为这会妨碍对举子业的学习,会影响将来参加科举考试。正如顾炎武《日知录》所说:"今南人教小学,先令属对,犹是唐宋以来相传旧法。北人全不为此,故求其习比偶、调平仄者,千室之邑几无一二人。而八股之外,一无所诵者,比比也。"但士禛的祖、父辈对他阅读、背诵乃至花功夫学诗、作诗,都不加禁止。这在当时应当说是很开通的态度,所以士禛特别指出他们"弗禁也"。而且他的兄长,还在学诗方面给他以指导和帮助,因此他"十五岁有诗一卷,曰《落笺堂初稿》,兄序而刻之。"(《居易录》卷五)当他的同龄人以及同时代许多比他年长许多的人,还懵懂不知诗为何物之时,王士禛已经有诗集问世了,这对十几岁的少年来说,真是莫大的鼓舞。也可以说,少年时的学诗经历,就开始奠定了后来他在诗坛上的地位。其他如宋琬、曹贞吉、赵执信等人,也都是受到家庭和父兄长辈的影响,很早就开始学诗做诗了。正是这样的风气,使得山东诗人中不少人早年就以诗名,而且这并没有影响到他们的科举考试,曹申吉、王士禛、赵执信等人在他们的同年进士中,都是年龄较小的。这也起到了示范效应,使得同乡中有更多的人从小就可以学习诗文,而不必等到中举之后。

山东诗能够"佳于天下",与明末清初的社会政治也有密切的关系。卢见曾在《国朝山左诗抄序》中开篇即言:"国初诗学之盛,奠盛于山左。渔洋以实大声宏之学,为海内执骚坛牛耳垂五十余年,同时若宋荔裳、赵清止、高念东、田山姜、渔洋之兄西樵、清止之重孙秋谷,咸各先登树帜,衣被海内,故山左之诗,甲于天下。盖由我朝肇兴辽海,声教首及,山东一时文人学士,鼓吹休明,黼黻盛业,地运所钟,灵秀勃发,非偶然也。"这段话除了有歌功颂德的马屁之嫌之外,大体上是合乎实际的。不过他所说的"声教首及"应当改为"铁蹄首及"。在明朝末年,山东先于内地大部分的地区,屡遭清兵铁蹄的蹂躏,特别是"壬午之变",即清兵入主中原前三年的明崇祯十五年(1642),清兵攻破了山东各地的许多城池,像强盗一样烧杀掳掠,然后席卷而遁。前面的论述中,已经多次谈到这次事变,它给山东的广大百姓,包括许多诗人,带来了严重的灾难。"愤怒出诗人",在灾难过后,许多人都在作品中记下了清兵的暴行,发泄对满洲统治者的强烈怨恨。在灾难中死去亲友的诗人,许多都是刻骨铭心,一辈子都不可能忘记的。

　　清兵在大汉奸吴三桂的引领下占领北京之后,在征服整个中国的过程中,在长江以北的广大地区,并没有遭到多少抵抗。腐败透顶的明朝军队,或是降附清廷,或是望风而逃。只是在攻占南京,清廷重颁"薙发令"之后,才激起了江南各地百姓的激烈反抗,各地义举蜂起,最后虽然都被镇压下去,但对清廷也是严重的打击。所以局面稳定之后,清廷对江南百姓,特别是作为四民之首的士子们,加以严厉的报复,以摧折民气、士气。清廷通过"通海案""奏销案""科场案""明史案",短短数年间连兴大案,江南读书人牵连者甚众。正如梁启超所说,顺治至康熙初年,"那时满廷最痛恨的是江浙人。因为这地方是人文渊薮,舆论的发纵指示所在,反满洲的精神到处横溢。所以自'窥江之役'(即顺治十六年郑、张北伐之役)以后,借'江南奏销案'名目,大大示威。被牵累者一万三千余人,缙绅之家无一获免。"(《中国近三百年学术史》)这当然不能不影响到文学创作。特别是"明史案",这是清代第一起大规模的文字狱,株连者大多为文学之士,致使"名士伏法者二百二十一人"(陈康祺《郎潜纪闻》卷一一)。清廷的这些举动,给经济、文化都比较发达的江南各省,造成了严重的打击。而当时的山东,相对要好得多,虽然也有以文字得祸者，如丁耀亢曾因《续金瓶梅》一书而入狱，但都是个别的，牵连也不广。江南诸案对各地的文学之士都有负面的影响，但毕竟都不能和江南各省的切肤之痛相比。顺、康两朝，大的文字狱只有数起，清廷对思想的控制，相对还比较宽松，这也为山东诗人创作的繁盛，提供了较为适合的社会环境。

但雍、乾之后，文网日密，仅乾隆一朝，文字狱就多达百余起。吟诗作文，一不小心，就会招来横祸。诗文集中如果有一两句触犯忌讳，就会受到杀身乃至灭族的惩罚。如胡中藻《坚磨生诗抄》中有"一把心肠论浊清"之句，乾隆上谕中痛斥他："加'浊'字于国号之上，是何肺腑？"[①] 其他如方芬《涛浣亭诗集》中"蒹葭欲自露华清，梦里哀鸿听转明"之句，徐述夔《一柱楼诗集》中"明朝期振翮，一举去清都"之句，都认为是意在影射，怀念亡明，诅咒圣朝，因而构成叛逆大罪。除了"明""清"之外，许多诗文中常用的字面，都足以被引申曲解而得罪。在这种情势下，"避闻畏闻文字狱，著书都为稻粱谋"（龚自珍《咏史》），哪里谈得上繁荣！不仅如此，一些人为了迎合最高统治者，故意望文生义，故入人罪，连已经死去多年者也不放过。王士禛身后就曾遭到攻讦。据管世铭《追记旧事》诗的自注所记："丁未春，大宗伯某掎摭王渔洋、朱竹垞、查他山三家诗及吴园次长短句内语疵，奏请毁禁。"丁未是乾隆五十二年（1787）。王、朱、查三人都名列"国朝六家"之内，所作也多为鼓吹休明的"盛世元音"，却被人找出了许多毛病，而且还要"毁禁"，这表明当时的文网严苛到了何等程度。幸亏管世铭等人加以回护，此议未遂。管世铭因此感慨道："诗无达诂最宜详，咏物怀人取断章。穿凿一篇《秋柳》注，几令耳食祸渔洋。"王士禛赋《秋柳》诗时，大概做梦也不会想到130余年之后，他还会因此诗而险遭不测吧。所以说，王士禛等诗人的崛起，山东诗作的繁盛，与当时的社会政治各方面的因素，都有着密切的关系。

嘉庆时昭梿《啸亭杂录》曾记："渔洋先生入仕三十余年，以醇谨称职，仁皇帝甚为优眷。因与理密亲王酬倡，为上所怒，故以他故罢官，殁无恤典。纯皇时与惠公谈及近日诗道中衰，无复曩日之盛之语，沈公乘间

[①] 原北平故宫博物院文献馆编《清代文字狱档》，上海书店1986年影印本，第52页。

曰：'因不读王某之诗，盖以其卒无谥法，无所羡慕故也。'上因命同韩文懿荧补谥焉。"（卷九）理密亲王即康熙时的废太子，在他被废之后，王士禛仍与他有来往，因而触怒康熙帝，故借其审案之误，而大加惩处。昭梿在嘉庆时曾袭礼亲王爵，时代较近，他又是皇室亲族，所记当可靠。因为王士禛是罢官归里，在家乡去世时，朝廷并无恤典。沈德潜对王士禛非常尊崇，当乾隆帝与他谈论诗道时，就借机为士禛说话了。乾隆也知道"近日诗道中衰，无复曩日之盛"的现实，却不肯承认这种衰落很大程度上是他大兴文字狱所造成的，只是给王士禛等诗人"补谥"，加恤典，作些表面文章，是不可能解决什么问题的。而且不久之后，沈德潜本人也受到文字狱的牵连，虽已去世，也受到了追夺"阶衔、祠谥，仆其墓碑"（《清史列传》卷一九）的惩罚。这是因为，封建独裁者是不可能放弃钳制思想、管制百姓言论的专制主义文化政策的。

清初诗歌确实是有清一代最繁盛的时期，[①] 而山东又首当其冲，形成了"山左之诗，佳于天下"的局面，在古代山东文学史上留下了浓墨重彩的一章。

第二节　客籍作家在山东的文学创作

一　顾炎武及易代之际遗民的创作

明清之际伟大的思想家、开一代之风的著名学者顾炎武，其后半生有相当长的一段时间是在山东度过的。顾炎武（1613—1682），苏州府昆山（今江苏昆山）人。初名绛，更名继绅，字忠清。明亡之后，更名炎武，字宁人，在流亡各地时，又曾用顾丰年、蒋山佣等名，当时学者称他为亭林先生。顾炎武年轻时加入复社，清兵南下时，曾参加了当地人民的抗清武装斗争。南明唐王曾委任他为兵部职方司主事，但他并没有前去赴任，唐王政权就灭亡了。从45岁起，顾炎武只身弃家北游，开始了后半生的转徙不定的游历生涯。此后二十多年中，他的足迹踏遍了山东、河北、辽宁、山西、陕西、河南等省，而尤以在山东的时间为久。

顺治十四年（1657）秋，顾炎武经由淮北，首先到达胶东的莱州

[①] 参阅赵永纪：《清初诗歌》，北京：光明日报出版社1993年版。

(旧址在今掖县南），在东莱赵氏家居住。赵氏是世家大族，明万历时赵焕、赵燿、赵灿号称"三凤"，明、清之际赵士喆兄弟又有"五龙"之称。士喆在明末时曾"倡山左大社，以应复社"（杨钟羲《雪桥诗话》卷一），入清后又以遗民终老。不久，顾炎武从莱州又到了即墨黄家，然后又去济南。在济南他认识了张尔岐，据说顾炎武当时正在山东通志馆游览，听到有人在讲授儒家经典《仪礼》，他驻足细听，发现讲者滔滔不绝，条贯井然，洋洋洒洒，非常深入。于是就向旁边的人打听讲者的姓名，第二天即专程前去拜访，于是他们就结成终生的学术朋友。他的著名而且影响深远的做人与为学的主张："博学于文"与"行己有耻"（《与友人论学术书》），就是在与张的书札中提出的，二人还作了进一步的讨论。

此后，顾炎武又去泰安，登泰山；去曲阜、邹县，谒孔子庙、周公庙、孟子庙等等名胜古迹。他在各处都留下了记游的诗篇。其实，早在顺治四年（1647），顾炎武就写下了与山东有关的诗篇，篇名叫作《淄川行》：

> 张伯松，巧为奏，大纛高牙拥前后。罢将印，归里中，东国有兵鼓逢逢。鼓逢逢，旗猎猎，淄川城下围三匝。围三匝，开城门，取汝一头谢元元。

淄川属济南府，这首诗是为孙之獬而作，孙是明天启进士，因谄媚阉党得官，后列入"逆案"。清兵入关后，他投降清廷，官至兵部尚书。据说他为了讨好新主子，首先率全家剃发变满服，又上疏请清廷下剃发令，对此广大汉族百姓无不恨之入骨。顺治四年，当地的义军攻占了淄川县城，把孙氏一家全部杀死，并把孙之獬本人肢解。顾炎武听到此事，非常高兴，就写下这首诗。诗的开头，以王莽时的佞臣张伯封作比喻，表明了诗人对孙氏的憎恶。十多年后，顾炎武来到了山东，在凭吊先朝遗迹，考察地理形势之余，也写下了赞美大好河山的作品，如《劳山歌》：

> 劳山拔地九千丈，崔嵬势压齐之东。下视大海出日月，上接元气包鸿蒙。幽岩秘洞难具状，烟雾合沓来千峰。华楼独收众山景，巍巍

环立生姿容。上有巨峰最崴岁，数载榛莽无人踪。垂崖复岭行未极，涧壑窈窕来相通。天高日入不闻语，悄然众籁如秋冬。奇花名药绝凡境，世人不识疑天工。云是老子曾过此，后有济北黄石公。至今号作神人宅，凭高结构留仙宫。吾闻东岳泰山为最大，虞帝柴望秦皇封。其东直走千余里，山形不绝连虚空。自此一山莫海右，截然世界称域中。以外岛屿不可计，纷纭出没多鱼龙。八神祠宇在其内，往往棋置生金铜。古言齐国之富临淄次即墨，何以满目皆篙蓬？捕鱼山之旁，伐木山之中。犹见山樵与村童，春日会鼓声逢逢。此山之高过岱宗，或者其让云雨功。宣气生物理则同，旁薄万古无终穷。何日结屋依长松，啸歌山椒一老翁。

这是顾炎武初到山东时游览劳山所作。劳山周围数十里，三面环海，突入海中，更显得其势拔地耸天。他长期居住在江南，面对如此雄壮峻伟的高山，赞叹之情油然而生。顾炎武还有《劳山图志序》，其中说："其山庞大深阻，旁薄二三百里，以其僻在海隅，故人迹罕至。凡人之情以罕为贵，则从而夸之，以为神仙之宅，灵异之府。"此诗中就列举了许多传说，登临峰顶，置身于仙迹之中，往往会使人有飘飘欲仙的幻觉。然而作者并没有忘记现实的社会，从"古言齐国之富"起，就从自然景物回到社会生活，因历史而引出现实，抨击清廷在征服过程中对百姓的残酷屠杀，对社会生产力所造成的严重破坏。而与受到清兵铁蹄蹂躏的城市相比，山区内一般百姓的生活所受的影响要小得多，他们捕鱼打柴，仍然自得其乐。所以诗人也希望将来自己也有可能隐居于此。这首诗把对山势与传说、历史与现实的描写，融汇一体，显出了作者的大手笔、大气魄，可以说是历代山水诗篇中的佳作。顾炎武还有些作品记述了他在山东劳动生活的情景，如《刈禾长白山下》：

载耒来东国，年年一往还。禾垂墟照晚，果落野禽闲。食力终全节，依人尚厚颜。黄巾城下路，独有郑公山。

长白山又名会仙山，在章丘、邹平二县的交界处，顾炎武曾在当地的桑家庄购置了农田。诗中的郑公山也叫不其山，在即墨东南40里，因汉代大儒郑康成曾在山中教授而得名。此诗表现了作者对劳动的热爱，并指出只有自食其力，才能保全名节。清初遗民中有不少人都在一定程度上参加了农业劳动，如黄宗羲、钱澄之、李邺嗣、傅山等等，并留下了相关的诗文作品。顾炎武则比较善于经营，在曲阜、泰安以及山西的五台山等地，都留下了他垦种的遗迹。

顾炎武曾多次到济南，在这里结识了诗人徐夜等人，并留下了以《济南》为题的诗篇多首，举其中一首：

> 湖上荷花岁岁新，客中时序自伤神。名泉出地环岩郭，急雨连山净火旻。绝代诗题传子美，近朝文士数于鳞。愁来独忆辛忠敏，老泪无端痛古人。

诗中以精练的词汇，概括了济南的湖、花、泉、山这些代表性的景物，而诗的重点则是咏叹济南的人物。李攀龙、辛弃疾都出生在济南历城，李攀龙是明代最著名的诗人之一，"后七子"的领袖，明末清初虽然有不少人对于鳞大加抨击，但顾炎武却认为他是明代文士中的佼佼者。这是因为李攀龙诗论和作品，虽然有不少毛病，但却有不少音调铿锵、气势豪壮、内容忧国忧民的好作品，继承了杜甫的优良传统，足以引起当时读者的共鸣。辛弃疾是南宋的抗金将领和最有成就的词人，他自23岁南归于宋后，直至去世都未能再回到家乡。"亭林过济南而忆之，一则以北人而南归，一则以南人而北亡，亡国之痛，有同感焉。"① 几年之后，顾炎武对济南的记忆就更加深刻了，因为他受到了一桩文字狱的牵连，在济南的大牢里度过了七个多月。

顾炎武到山东即墨时，曾住在黄培家。黄家有个原姓姜的奴仆，告讦黄家曾刻印、藏匿"悖逆"书籍，并说其中一种《忠节录》的一篇中有"晚与宁人游"的字句，因此牵涉到顾炎武。此案奉旨审理，官府发文到江南昆山揖拿顾炎武归案。这时顾炎武正在北京的外甥徐乾学家里，他的三个外甥都是当朝大官。他们商量对策，顾炎武"独念事关公义，不宜避匿；又恐久而滋蔓，贻祸同人"，故"不惜微躯，出而剖白此事"（《蒋

---

① 王蘧常：《顾亭林诗集汇注》，上海古籍出版社1983年版，第586页。

山佣残稿·与人书》)。他决定主动到济南山东巡抚衙门投案,时间是康熙七年(1668)三月。顾炎武被关进监狱之后,"日以数文(钱)烧饼度活"(《与人书》),处境十分艰苦。入狱后,他一口咬定,如何才能确切证明这里牵及的"宁人"就必定是"顾宁人"?天下以"宁人"为名者多矣,有什么证据证明说的就是他顾炎武呢?直至十月,经过外甥和许多朋友的奔走救助,顾炎武才得取保出狱。

顾炎武在山东居住多年,他通过考察,对当地的民风逐渐有了比较深入的了解,认识到当时"齐民之俗有三,一曰逋税,二曰劫杀,三曰讦奏","世族之日以散,贷贿之日以乏,科名之日以衰,而人心之日益浇且伪"(《莱州任氏族谱序》)。在经历了这次牢狱之灾以后,他继续定居山东的决心动摇了,开始向西北转移,他晚年多住在山西太原、陕西华阴等地。而且为了抗拒清廷的征召,他连北京也不去了。顾炎武在山东活动多年,留下了《山东考古录》等学术著作,也留下了大量的诗文作品。

除了顾炎武之外,早在顺治时期,另一位著名的遗民也曾在山东蹲过大牢,而且案情更为严重,那就是阎尔梅。阎尔梅(1603—1679),字用卿,号古古、白耷山人,江苏沛县人,崇祯举人,复社成员。南明时曾入史可法幕,明亡后,他参加了山东的农民武装榆园军。榆园军起于崇祯末年,明亡后成了一支重要的抗清武装,曾攻占鲁西各县,是当时清廷的心腹大患。阎尔梅为榆园军担负了联络各地抗清武装的任务,秘密往来于山东、河南、山西、河北等地,并且数次入北京,探听朝廷虚实。清廷从俘虏的口供中得知阎尔梅参与榆园军的活动,就派兵去其家乡捉拿他,又以重兵把他押解至济南大牢。阎尔梅有诗记述此事,题目是《大名总督马光辉移会总河杨芳兴总漕沈文奎特参疏余下山东按察司狱》:

一塞何劳八县兵,凌霜踏碎济南城。方昏适值髦头午,近晓犹看贯索横。埋骨应怜无净土,招魂可惜是虚名。愁中静想明夷数,箕子文王结伴行。

题下自注:"壬辰十二月十五日。"壬辰即顺治九年(1652)。阎尔梅以一亡国孝廉,致使清廷的一省总督移会总河、总漕,特疏参奏,可见案情重大。但阎尔梅以视死如归的大无畏气概,毫不畏惧。当审讯他的清廷官吏讽刺他说:"而何为者,欲作文丞相乎?"就是说你想像宋末时的文天祥那样去送死吗?阎尔梅大声回答说:"然则文丞相非乎?"又大步走到台阶上,高声吟诗道:"天如存赵祀,谁可杀文山!"今阎尔梅的《白耷山人集》中存有《沈文奎以文丞相见拟盖罪余也笑作》五律五首,其中第三首即有这两句诗。随后,浑身上下被刑具锁往的阎尔梅,被一群清兵押解赴狱。但清廷并没有什么真凭实据,再加上不少人从中斡旋,他的案子就慢慢缓了下来,两年多之后,阎尔梅得以取保出狱。

阎尔梅在山东的活动很多,考其诗文集,可以看到山东各地都有他的足迹,他的诗如《重过兖州有感》《济南春游》《遍游历下诸名泉志之》《登华不注有感》《莱芜宫千佛寺》《德州游程氏秀餐亭》等等。特别是他曾多次登泰山,留下了五、七言律诗多首,他还有一首题为《先慈昔在病中谕余必三礼泰山今峻事矣》,诗说:

岱岳峰头奠老亲,遭逢如此最伤神。香灯草率难成礼,岁月稽迟别有因。万死复开亡命路,九原应恕苦心人。书生不及田夫勇,临到悬崖忽转身。

母亲临终前曾要求他至少来泰山三次,但由于清廷的追捕,他迟迟未能完成先人的遗愿。这次终于又有机会登上泰山,虽然不可能举行隆重的仪式,他还是祭奠了老亲。他知道地下的亲人,是一定会理解他坚持参加抗清斗争的苦心的。最后一句原有作者自注:"泰山有舍身崖。"说明他是不会像一些愚夫愚妇那样,跳崖自尽,他要留着自己的有用之身,坚持反抗异族压迫的斗争。在清初的遗民中,许多人都保持了民族气节,至死都不向清廷统治者低头。阎尔梅是其中反抗最激烈的遗民之一。邓之诚《清诗纪事初编》中说:"同时顾炎武营营秦晋间,出入关塞……尔梅踪迹视炎武尤远且久,而各不相谋,皆有所待。"[①]从济南出狱之后,他的案子并没有完结,后来清兵曾多次来捉拿。直到康熙年间,在他的老朋友时任刑部尚书的龚鼎孳的主持下,他的案件才最终了结。

满洲军队在明末时和征服全国的过程中,在许多地方都曾大肆杀戮抢

---

① 邓之诚:《清诗纪事初编》,上海:上海古籍出版社1984年版,第90页。

劫,为了掩盖暴行,他们采取了种种手段来篡改历史,还大兴文字狱,企图消灭人们的记忆,清初的庄廷鑨《明史》案,就株连甚广,斩杀了不少有名的史家。但遗民中许多人都抱定了"国可灭,史不可灭"(黄宗羲《次公董公墓志铭》)的宗旨,致力于记载历史真相和保存明代文献。浙江海宁的谈迁,就是其中著名的一个。

谈迁(1594—1657),原名训,字观若,他以毕生的精力,编著了一部108卷的编年体明史《国榷》,对明代各朝实录中的避讳之处,多能据实改正,对明后期的建州史料搜寻尤广,崇祯一朝及明亡时的北京史事,皆亲自调查订正。为此,他于顺治十年(1653)曾亲自北上,并在沿途多有调查考证,还写下了纪游的诗文,后汇为《北游录》一书。他虽然不是专程来山东游览,但沿途也留下了不少作品。如《清河县》《东平道中二首》《过安山闸舟人望梁山啧啧宋江事有感》《九月聊城道中》《临清》《清源老人行》《德州》等等。他在《纪程》中,对山东各地的历史遗迹、风土民情多有记述和考证。有的篇幅较长,考订翔实;有的寥寥数语,言简意赅。如《后纪程》中的一条:

> 丁酉,出南门。临清南、北水门,相距十五里,各筑角楼。沿河士女,多溱洧之游。二十里双浅闸,废,今时建。三十五里泊清平县界。

这是他在北京待了两年多之后,归家途中所记。地理位置、民情风俗,都是他亲身经历,故所记虽简皆当。其他许多记载,也是在对地理变迁、历史沿革的考证中,以精练的语句,勾勒出其风景特色。如描写济水、汶水时说:"语云:劲莫如济,曲莫如汶。每试闸,声如雷,足当瀑布千尺。"描写东平州附近的安山湖说:"濒湖荻絮,萧飒可念。"虽皆寥寥数语,却使人如闻其声,如见其景,有身临其境之感。

当时也有不少人,并不仅仅是路过,而是专程来山东游览。顺治十七年(1660),桐城的方文,曾到山东一游,并留下诗集《鲁游草》。

方文(1612—1669),字尔止,一名一耒,字明农,安徽桐城人,明末诸生,入清后,始终拒绝清廷的征召,也不再参加科举考试,以遗民终老。晚年他离开家乡,四处游历,在山东待了有一年左右,尽览山东各地的名胜，而且"无不有诗"（李长祥《鲁游草序》）。他曾认为："诗人不登泰山、谒孔林，眼界终不宽，题目终不大。"（杜浚《鲁游草序》）他的《恭谒圣庙》《恭谒圣林》等诗，表达了他对孔子等儒家圣贤的景仰，《华不注》《泰安道中望岱》等诗，描绘了山东山水的壮美奇特，《忧旱》《苦蝇》等诗既是对当时风土民情的记述，也表现了他对民生疾苦的关心。当时清廷入主中原已经近20年，但战乱所造成的破坏在好多地方，仍然没有能够恢复。他路过兖州，看到的是"一郡人家兵火残"（《兖州》）他的《兖州古南楼》诗说："兖州古南楼，今化为荒台。"而"台名曰杜甫"，显然是"诗圣"杜甫的遗迹，但方文所看到的却是荒芜满眼，蒿莱遍地，他曾向"守土者"建言，希望他们能够修复重建，但却是无人理会。他到了济南，写下了《济南》诗，前半说："山海一都会，富强无逾兹，可怜兵燹后，非复太平时。"他游览了济南的名胜，也到了大明湖。但他的《大明湖歌》，并没有描写湖水的清澈，景色的明媚，而是记述了一段血泪的历史，那是"崇祯戊寅十二月，辽海万骑来燕都，前峰直抵济南郡"，清兵从关外出发，突破明朝军队的多处防线，在山东攻下州县16座，直逼济南城下。当时方文的姐夫张秉文正在济南，时任山东左布政使，他同巡按御史等人，率众坚守了半个多月，昼夜不解甲，但是援兵迟迟不到，城池终于被清兵攻破。张秉文战死，方夫人等投湖自尽。清兵入城后，大肆烧杀掳掠，六天之后，清兵才撤退，逃难的百姓回到城中，看到大明湖中"水面浮尸如众凫"，而"城中杀戮十余万，家家骨肉哀号呼"。张的另一妾藏匿在湖边的草丛中，才侥幸保住了一条命，在百姓的帮助下，埋葬了亲人，然后回到家乡。方文当年就听到"济南惨屠"的情景，现在来到大明湖，不由他不想起这段惨痛的往事，虽然已经过了二十多年了，仍然使人"追惟往事不胜痛，临风雪涕沾平芜"，家仇国恨一起涌上心头，因而他写下了这首长诗，"第恐年久事湮没，因作此诗告吾徒"。清初许多遗民至死不肯臣服于清廷统治者，这种切肤之痛是其中一个重要的原因。方文的诗篇充满了感情，所以另一个遗民湖北黄冈的杜浚，说他读了方诗之后，"觉已灰之心，怦怦欲动，因书数语于篇首，盖欲使览者涉流寻源，俯仰今昔，足以知尔止之可敬。"（《鲁游草序》）也正因为此，包括《鲁游草》在内的《嵞山续集》，在文网严苛的乾隆时期，就被列入禁毁书目了。

二 施闰章、翁方纲和郑燮

在清代，有不少著名的诗人都在山东生活过，为山东的文学发展，作出了一定的贡献。这里仅举出其中最有名气的几人，略加论述。

1. 顺治学政施闰章

被王士禛誉为"南施北宋"的施闰章，就曾为山东学政，在山东为官数年，留下了不少诗文作品。施闰章（1618—1683），字尚白，一字屺云，号愚山，又号蠖斋，晚号矩斋。宣城（今属安徽）人。顺治六年（1649）进士，官江西布政司参议，分守湖西道，有政绩。康熙十八年（1679）举博学鸿儒，授翰林院侍讲，与修《明史》。顺治十三年（1656），施闰章提调山东学政，秋，赴山东视学。此后直至顺治十七年（1660）秩满归里，他一直在山东各地视学。归后，他把在山左数年所作诗文，刻作《观海集》。

施闰章到任之后，遂"率诸生论道讲学，邹鲁之风蔚然振起"（嘉庆《宁国府志》卷二八），开创了齐鲁新风。顺治十四年（1657）三月，施闰章至东莱校士，唱名刚毕，雷雨大作，平地皆积水尺余。考试虽无法进行，但施闰章和应试诸生，都非常高兴，因为这时当地已经数月未雨，百姓正遭受旱魃之苦。施闰章当即作诗，其中一首说：

> 满目明珠绛帐开，久晴一日走风雷。敢言化雨随车至，应有蛟龙出海来。

既抒发了对久旱逢甘霖的喜悦，也表达了对学子们的殷切期望。在场的诸生也纷纷和作，施闰章从他们的诗中也发现了一些可造之才。

施闰章校士取士一秉至公，他在《海岱人文序》中，盛赞"山左盖千古圣贤一大都会也"，表达了他对先代圣贤的景仰，同时表明自己："及守是官，日夜校雠，毋徇名，毋避怨，毋任爱憎，奖励以宽，简拔惟严。"他确实是行如所言，对于所有请托，一概拒绝。当时在朝的山东籍大学士，曾派人送来书信，想走后门，请施闰章对自己亲友的子弟有所照顾，被他一口拒绝，送信者威胁说："祸福系此，何固为？"他回答说："徇一请，失一士，吾宁弃此官，不忍获罪于名教。"因为录取的名额是固定的，徇私情录取了一个，就必然会使一个合格的士子落榜，施闰章宁肯得罪权贵，也不肯违背公平的原则。

施闰章还对诸生们循循善诱，引导他们在读书做人的正确道路上前进。所以曾经受过他教诲的山东士子，许多人对他都是终身感激。当他秩满将归，路过临清之时，"诸生携具相饷，却再四不可"（《清源行》小序），士子们的热情使施闰章非常感动，作诗以记其事。即使过了许多年，有些人在提到施闰章时，还是充满敬仰之情。《聊斋志异》的作者蒲松龄就是其中一个。他在《聊斋志异·胭脂》后，特别加了一篇《附记》，充满深情地写道："愚山先生吾师也。方见知时，余犹童子。窃见其奖进士子，拳拳如恐不尽；小有冤抑，必委屈呵护之，曾不肯作威学校，以媚权要。真宣圣之护法，不止一代宗匠，衡文无屈士已也。而爱才如命，尤非后世学使虚应故事者所及。"并记述了他亲身经历的一件事。著名词人曹贞吉在施闰章去世之后多年，还在怀念他，并有《拜愚山先生野殡》一组诗，其中一首说："杜宇声中飞纸灰，野棠开处长青苔。荒林寂寞应含笑，白发门生镜具来。"诗写得情深意挚，令人低回欲绝。

公务之暇，施闰章也浏览了山东各地的名胜，在许多地方都留下了记游的作品。对先贤的遗迹，他瞻仰时往往流连忘返，他的《登历城县学高楼》诗的前半写道：

> 海内昔全盛，历下多巨公。华泉高唱发，沧溟著作雄，殷许相羽翼，倡和成宗工。

对"历下诗派"的主要诗人，都表达了仰慕之情，但是自明末之后，"萧条近百载，零落如飞蓬。图中付兵革，茂草沦鼓钟"。战乱中，文化遭到了无情的摧残，以至于"儒冠不复辨，斯文竟鸿濛！"作为朝廷特派的主管一省文教的高级官员，他深感自己责任重大。除了兢兢业业地视学之外，他还注意对前贤遗迹的保存和修葺。他与几位同僚一道去瞻仰李攀龙之墓，但眼前看到的却是"荒草孤坟，樵采莫禁，牛羊踯躅其上"的荒凉景象，他们都很感慨，并且认识到："若其坟墓不治，碑版无传，则后起者之责也。"（《李于鳞先生墓碑》）于是就筹集资金，把李墓重新修葺，施闰章并亲作碑文，充分肯定李攀龙在文学史的地位，并希望"后之学者，闻于鳞之风，皆振衣高步追踪古作者"，为文学的繁荣发展，贡献自己的力量。在鲁期间，施闰章还倡导或主持修葺了孟庙、闵子庙、伏生祠墓及孙复、石介二祠堂，使古代先贤的遗迹，得到很好地保存。

施闰章在游览名胜风景之时，还能够充分注意到对其环境的保护。趵突泉是济南最著名的景观之一，来济南游览者，几乎没有人会不到趵突泉看看的，施闰章在《趵突泉来鹤桥记》中描写泉周围的景观说：

> 其楼榭亭馆之美，烂若霞起。宾客咸集，凭栏周瞩，仰而见山之青，俯而见泉之洁且駃，侧耳静听，盖未尝不喟然兴叹，浩乎其有得焉。

但当时由于种种原因，泉水水势减弱了许多，以致使游人感叹："何泉之昔壮而今弱也？"当事者就商量要集资修浚，"闰章为之经始，上自中丞许公及藩臬郡僚诸大夫，咸有助。于是疏壅决滞，所去沙石成丘，剑拔雷轰，复泉之旧。"施闰章又亲自召集工师，询问如何建造来鹤桥，工匠们说，用杉木最好，最结实耐久，"然南产也，其直数倍"，造价比柳木、槐木等要贵得多，踌躇再三，施闰章最后决定用杉木建造，并且"施丹涂漆，辅槛以转。桥下横置联锁，饮马者不得至，禁民毋亵污"，以保证趵突泉周围的环境不要再被破坏。施闰章还写作了《趵突泉来鹤桥》这篇优美的散文，并且"刻石以告后之吏斯土者"，希望后来官此地者，能够注意永远保持这优美的环境。

2. 乾隆学政翁方纲

距施闰章任山东学政之后130余年的乾隆五十六年（1791），又一位著名学者、诗论家翁方纲，也来到山东督学。

翁方纲（1733—1818），字正三，号覃溪，晚号苏斋，直隶大兴（今北京）人。乾隆十七年（1752）进士，官至内阁学士。翁方纲曾主持江西、湖北、江南、顺天乡试，又曾督广东、江西、山东学政。他精于考据，于金石、书法皆有专门论著，同时又是"肌理说"诗论的倡始人。他认为："义理之理，即文理之理，即肌理之理也。"特别强调："士生今日，经籍之光，盈溢于世宙，为学必以考证为准，为诗必以肌理为准。"（《志言集序》）他提倡"肌理说"，目的在于对王士禛"神韵说"和沈德潜"格调说"的弊端加以修正,而与有离经叛道之嫌的袁枚的"性灵说"相抗衡。

乾隆五十五年（1790）,翁方纲扈跸山东,次年被任命为山东学政。此前,他曾多次来过山东,游览过许多名胜,但他对这个任命还是非常高兴,朋友们也纷纷向他祝贺。他在《将入山东境寄秋仑同知》诗中说:"远梦屡寻东海岱,前盟记共小蓬莱。"表明能够来山东任职并游览,是他多年的愿望。到任之后,他在山东各地督学,"所至宏奖后进,一篇之美,称道之不去口。"（《山东通志》卷七四）公务之暇,他仍然醉心于学问,在山东各地搜求金石文物及碑刻拓本。他还为嘉祥发现的汉代武梁祠画像石,出面募资以修建房屋,加以维护。他把使院后轩题为"小石帆亭",并写作了《小石帆亭著录》这部诗论专著,对山东前贤王士禛、赵执信评诗论诗之语,加以阐释,以期起到救弊补偏的作用。他还游览了各地的名胜,并留下了不少记游的作品。当然,这些诗篇,其中许多是体现了"肌理说"的特征,这里举其《孟庙》一诗:

> 敬忆初拜祠,于今二十年。虽勘赵岐注,旧本习讨研。稍订俗师讹,章旨补渐全。此于仁义说,大海之微涓。四礼与三传,援据式后先。折衷于夫子,如何乃无衍。然后及孙疏,真氏之集编。孔门记《论语》,大禹敷山川。辟经必一贯,以摄于七篇。浩乎熟津梁,内叩私自怜。往来仍道途,毫未愧精专。稽首汗浃背,踯躅檐溜前。

这首诗同他的许多"学问诗"一样,可以看作一篇《孟子》研究史,诗中提到的东汉的赵岐,著有《孟子章句》,北宋的孙奭,著有《孟子注疏》,南宋的真德秀,著有《四书集编》,翁方纲自己也对《孟子》下了不少功夫,著有《孟子附记》。但他并不满足,诗中表现了他在儒家"亚圣"面前诚惶诚恐的心情。因为《孟子》被列入"四书"之中,是当时读书人必修的课目,诗中所用的典故当时一般读书人都能读懂,所以这首诗还没有加注,在他那些以经史、金石的考据勘研为题材的诗篇中,还算是易读的,但诗的味道明显是淡薄的。所以时人讥刺他的诗篇者颇多,袁枚《戏仿元遗山论诗》中说他:"天涯有客号吟痴,误把抄书当作诗。"洪亮吉《北江诗话》批评他说:"最喜客谈金石例,略嫌公少性情诗。"

（卷一）但在翁方纲的《复初斋诗集》42卷共2800余首诗中，也有一些较好的篇章，如《韩庄闸二首》：

> 秋浸空明月一湾，数椽茅店枕江美。微山湖水如磨镜，照出江南江北山。
>
> 门外居然万里流，人家一带似维舟。山光湖气相吞吐，并作浓云拥渡头。

韩庄位于微山湖东岸，其水闸为大运河诸闸之总汇，这两首是作者乾隆二十九年过韩庄闸时所作，一首写闸内夜晚明月当空时的静谧空灵，一首写闸外白日运河奔流时的豪壮雄浑，都能给人以意境美的享受。在山东督学两年期间，翁方纲也有一些好诗，如《九日千佛山》：

> 躅蹬云穿到上方，灵官仙凡作重阳。齐烟经点秋烟静，佛日全开舜日光。乳窦滴成黄酒绿，晴岗浓似菊花黄。新诗未要霜风报，襟带手峰写郁苍。

千佛山是济南的名胜之一，山中有始建于唐贞观年间的兴国禅寺，寺下有牌坊，上书的"齐烟九点"四个大字，是用唐诗人李贺诗中"遥望齐州九点烟"的诗意。千佛山又名舜耕山，山上有舜祠。这首诗把有关千佛山的典故融汇无迹，恰合目前之时之地，对仗也巧妙工稳，应该算得上游览诗中的佳作。

3. 画家县令郑燮

郑燮（1693—1765），字克柔，号板桥，江苏兴化人。乾隆元年（1736）进士，七年选授山东范县知县，十一年调潍县，于十七年（1752）冬去职。郑燮一生中仅有的12年的仕宦生涯，都是在山东度过的。

郑燮是著名的画家，名列"扬州八怪"之一，他中进士时已经44岁了。在当时一般人都以科举入仕为"正途"，而把书法绘画等视为末艺，郑燮就曾说过："写字作画是雅事，亦是俗事。大丈夫不能立功天地，字养生民，而以区区笔墨供人玩好，非俗事而何？"（《潍县署中与舍弟第五书》）正因为如此，范县虽是一座小县，但他并不因此而有丝毫的懈怠。公务之暇，他也经常写诗，记录为官的心得。他的《诗抄》中有近一半的作品，都是在山东两任县令任内所作。如《范县》：

> 四五十家负郭民，落化厅事净无尘。苦蒿菜把邻僧送，秃袖鹑衣小吏贫。尚有隐幽难尽烛，何曾顽梗竟能驯。县门一尺情犹隔，况是君门隔紫宸。

这首诗大概是初到范县时所作，虽然县小人少，百姓普遍比较贫穷，但作为"父母官"的县令，要洞烛全县的"隐幽"，也决不是一件容易办到的事。所以他居官十分勤谨，并且经常深入百姓之中，探访社会上的各种问题，尽量避免由于自己的失察而造成错误。他由此而联想到，自己在县衙之内，与百姓仍然是"情犹隔"，更何况高高在上、整日居住在深宫大内的皇帝呢？可见郑燮从自己的切身经验中，是不相信所谓"天纵圣明，洞察一切"那些对最高统治者的阿谀之词的。他还有一组题为《范县诗》的作品，全面地描写了范县的风土民情和当时百姓生活各方面的情景，举其中一首：

> 桑下有梯，桑上有女，不见其人，叶纷如雨。小妹提笼，小弟趋风，掇彼桑葚，青涩未红。既养我蚕，无市我茧，抒轴在堂，丝絮在拈。暖老怜童，秋风裁剪。

这首诗描写农家从采桑养蚕，到抽丝纺织的劳动过程。这组诗基本上都是采用以四字句为主的形式，是学习《诗经》的格调，也学习了《诗经》反映社会生活的优良传统。

在范县4年之后，郑燮调到潍县，正遇到连年荒歉，一般百姓都在饥寒交迫中煎熬。作为县令的郑燮想方设法赈灾以苏民困，同时也用诗篇记录下百姓遭受痛苦的情景。《逃荒行》是一篇篇幅较长的诗，写的就是当时逃荒百姓的生活，这里仅录其前半篇：

> 十日卖一儿，五日卖一妇，来日剩一身，茫茫即长路。长路辽以

远,关山杂豺虎。天荒虎不饥,肝火伺岩阻。豺狼白昼出,诸村乱击毙。嗟予皮发焦,骨断折腰脊,见人目先瞪,得食咽反吐;不堪弃虎饿,虎亦弃不取。道旁见遗婴,怜拾置担釜,卖尽自家儿,反为他人抚。路妇有同伴,怜而与之乳。咽咽怀中声,呷呷口中语,似欲呼耶娘,言笑令人楚。

灾年中活不下去,只得卖儿卖女卖老婆;家乡活不下去,只得出外逃荒。路途上又遇到野兽出没,但人饿得只剩下骨头,连野兽也没有多大兴趣吞食了。即使是在死亡的边缘挣扎,见到路旁被弃置的婴儿,仍然不忍心看到这小生命就这样毁灭掉,于是就出现了"卖尽自家儿,反为他人抚"的故事,"恻隐之心,人皆有之",互不相识的路妇,也用自己的乳汁来喂养这个婴儿。对生命的珍惜,是人类的基本道德。这首诗就是赞赏逃难者的这种优良品德。郑燮在潍县县令任上,为百姓做了不少好事,也留下了许多在民间流传至今的故事。后来他的离职,也是"以请赈忤大吏,乞疾归"(《清史列传》)。

在山东期间,郑燮还写了不少家书,收在文集中的有《范县署中寄舍弟》的5篇与《潍县署中与舍弟》的5篇。这些家书充满了作者对家人的深情,表达了他对为人处世、作文写诗等等许多方面的观点,有些闪耀着思想的火花。比如在《范县署中寄舍弟墨第四书》中,他说:

> 我想天地间第一等人,只有农夫,而士为四民之末。农夫……皆苦其身,勤其力,耕种收获,以养天下之人。使天下无农夫,举世皆饿死矣。

对农民的劳动给予高度的评价,而对当时的文人"一捧书本,便想中举,中进士,做官,如何攫取金钱,造大房屋,置多田产,起手便错走了路头,后来越做越坏,总没个好结果。其不能发达者,乡里作恶,小头锐面,更不可当"的风气,给以严厉抨击,希望他自己的家人,要以此为戒,"不同为恶",决不能与此辈同流合污。

郑燮以书画著名,诗文成就和名气都比不上书画。他曾自称自己"诗格卑卑"(《前刻诗序》),并不想以诗文与世人争长短。他论诗文强调的是那些能够有益于国家、有裨于百姓、具有实际效果的作品,他最推崇杜甫的"忧国忧民"(《范县署中寄舍弟墨第四书》),而对那些"可曾一句道着民间痛痒?"的所谓名家,无论古今,他都非常鄙视。他自己的作品,大都体现了这种精神,即使是题画诗也是如此。如《潍县署中画竹呈年伯包大中丞括》:

衙斋卧听萧萧竹,疑是民间疾苦声。些小吾曹州县吏,一枝一叶总关情。

古时称同科考取的进士的人为同年,对同年的长辈则称作年伯。诗题中的包括,是钱塘人,曾任山东布政使,署理巡抚。郑燮以竹为喻,画竹并题诗赠自己的上司,显然是含有期望他重视"民间疾苦"的寓意的。正因为郑燮居官清廉,为百姓做了许多好事,所以在山东和江苏扬州等地,至今还流传着不少有关板桥的传说故事。

主要参考书目

《十三经注疏》，中华书局影印清阮元校刻本，1980年版。
《诸子集成》，中华书局重印世界书局本，1954年版。
宋朱熹集注《诗集传》，上海古籍出版社1980年版。
杨伯峻译注《论语译注》，中华书局1980年版。
杨伯峻译注《孟子译注》，中华书局1960年版。
杨伯峻注《春秋左传注》，中华书局1981年版。
《国语》，上海古籍出版社1978年版。
《晏子春秋》，上海古籍出版社影印清光绪浙江书局《二十二子》孙星衍校订黄以周校勘本。
清严可均校辑《全上古三代秦汉三国六朝文》，中华书局影印本，1958年版。
逯钦立辑校《先秦汉魏晋南北朝诗》，中华书局1983年版。
南朝梁萧统编《文选》，上海古籍出版社1986年版。
清沈德潜编《古诗源》，中华书局1963年版。
费振刚等辑校《全汉赋》，北京大学出版社1993年版。
宋郭茂倩编《乐府诗集》，中华书局1979年版。
清许梿评选《六朝文絜》，上海古籍出版社1962年版。
南朝陈徐陵编《玉台新咏》，中华书局1985年版。
明张溥辑《汉魏六朝百三家集》，清光绪刻本。
殷孟伦注《汉魏六朝百三家集题辞注》，人民文学出版社1960年版。
俞绍初校点《王粲集》，中华书局1980年版。
《左太冲集》，丁福保辑《汉魏六朝名家集初刻》清宣统排印本。
周振甫注释《文心雕龙注释》，人民文学出版社1981年版。

陈延杰注《诗品注》，人民文学出版社 1980 年版。

《全唐诗》，中华书局 1960 年版。

瞿蜕园校注《李白集校注》，上海古籍出版社 1980 年版。

清仇兆鳌注《杜诗详注》，中华书局 1979 年版。

刘开扬笺注《高适诗编年笺注》，中华书局 1981 年版。

《酉阳杂俎》，中华书局 1981 年版。

乔力选注《唐五代词选》，人民文学出版社 2000 年版。

李一氓校《花间集校》，人民文学出版社 1958 年版。

《全宋诗》，北京大学出版社 1992 年版。

《全宋文》，巴蜀书社 1991 年版。

《全宋词》，中华书局 1965 年版。

清吴之振《宋诗抄》，中华书局 1986 年版。

清厉鹗辑撰《宋诗纪事》，上海古籍出版社 1983 年版。

唐圭璋编《词话丛编》，中华书局 1986 年版。

钱仲书选注《宋诗选注》，人民文学出版社 1958 年版。

乔力笺注《晁补之词编年笺注》，齐鲁书社 1992 年版。

王仲闻校注《李清照集校注》，人民文学出版社 1979 年版。

邓广铭笺注《稼轩词编年笺注》，上海古籍出版社 1976 年版。

宋胡仔纂集《苕溪渔隐丛话》前集后集，人民文学出版社 1981 年版。

刘师培著《中国中古文学史——论文杂记》，人民文学出版社 1984 年版。

钱仲书著《管锥编》，中华书局 1979 年版。

张炯、邓绍基、樊骏主编《中华文学通史》，华艺出版社 1997 年版。

许总著《宋诗史》，重庆出版社 1992 年版。

郭预衡著《中国散文史》，上海古籍出版社 1986 年版。

乔力主编《中国文化经典要义全书》（25 种），光明日报出版社 1996 年版。

第 4 种郭丹《左传国策要义》

第 11 种乔力《唐宋词要义》

第 12 种洪本健《唐宋散文要义》

第 18 种赵永纪《诗学要义》

第 19 种赵仁珪《禅学要义》

第 21 种徐超《小学要义》

乔力主编《中国古代文学主流》（15 种），广西师范大学出版社 1999 年版。

第 1 种徐志啸《先秦诗：真与奇的耦合》

第 2 种张亚新《汉魏六朝诗：走向顶峰之路》

第 3 种林继中《唐诗：日丽中天》

第 4 种许总《宋诗：以新变再造辉煌》

第 5 种钱鸿瑛、乔力、程郁缀《唐宋词：本体意识的高扬与深化》

第 6 种王星琦《元明散曲：大俗之美的张扬与泛化》

第 7 种赵永纪《诗论：审美感悟与理性把握的融合》

第 8 种陈庆元《赋：时代投影与体制演变》

第 9 种杨树增《先秦诸子散文：诗化的哲理》

第 10 种郭丹《史传文学：文与史交融的时代画卷》

第 11 种张清华《唐宋散文：建构范型》

第 12 种赵伯陶《明清小品：个性天趣的显现》

第 13 种门岿《戏曲文学：语言托起的综合艺术》

第 14 种王定璋《白话小说：从群体流传到作家创造的社会图卷》

第 15 种赵明政《文言小说：文士的释怀与写心》

洪本健编著《宋文六大家活动编年》，华东师范大学出版社 1993 年版。

孙楷第著《元曲家考略》，上海古籍出版社 1981 年版。

赵景深、张增元编《方志著录元明清曲家传略》，中华书局 1987 年版。

邓长风著《明清戏曲家考略》，上海古籍出版社 1994 年版。

济南市出版办公室编《济南名士多》，山东人民出版社 1982 年版。

罗锦堂《中国散曲史》，台湾中国文化大学出版部 1983 年版。

李昌集著《中国古代散曲史》，华东师范大学出版社 1991 年版。

梁扬、杨东甫著《中国散曲史》，广西人民出版社 1995 年版。

杨栋著《中国散曲学史研究》，高等教育出版社 1998 年版。

杨栋著《中国散曲学史研究》（续篇），山东大学出版社1998年版。
顾嗣立编《元诗选》，初集、二集、三集中华书局1987年版。
陈衍辑撰《元诗纪事》，上海古籍出版社1987年版。
邓绍基选注《元诗三百首》，百花文艺出版社1991年版。
李修生主编《全元文》，江苏古籍出版社1999年出版。
门岿著《元曲百家纵论》，教育科学出版社1990年版。
赵义山著《元散曲通论》，巴蜀书社1993年版。
张月中主编《元曲通融》，山西古籍出版社1999年版。
唐圭璋编《全金元词》，中华书局1979年版。
徐征等主编《全元曲》，河北教育出版社1998年版。
臧晋叔编《元曲选》，中华书局1958年版。
隋树森编《元曲选外编》，中华书局1959年版。
隋树森编《全元散曲》，中华书局1964年版。
谢伯阳编《全明散曲》，齐鲁书社1993年版。
凌景埏、谢伯阳编《全清散曲》，齐鲁书社1985年版。
奚海著《元杂剧论》，河北教育出版社2001年版。
邓绍基主编《元代文学史》，人民文学出版社1991年版。
王德毅等编《元人传记资料索引》，台湾新文丰出版公司1980年版。
郑振铎著《中国俗文学史》，商务印书馆1998年影印版。
门岿、张燕瑾著《中国俗文学史》，台湾文津出版社1995年版。
游国恩等主编《中国文学史》，人民文学出版社1964年版。
刘大杰《中国文学发展史》，上海古籍出版社1982年新1版。
张庚、郭汉城主编《中国戏曲通史》，中国戏剧出版社1981年版。
许金榜著《中国戏曲文学史》，中国文学出版社1994年版。
郭英德著《明清传奇史》，江苏古籍出版社1999年版。
纪根垠著《柳子戏简史》，中国戏剧出版社1988年版。
中国戏曲研究院编《中国古典戏曲论著集成》，中国戏剧出版社1959年版。
钱谦益著《列朝诗集小传》，上海古籍出版社1983年新1版。
郭绍虞主编《中国历代文论选》，上海古籍出版社1980年版。
张景星等编选《元诗别裁集》，上海古籍出版社1979年版。

沈德潜、周准编《明诗别裁集》，上海古籍出版社1979年版。

卜键著《李开先传略》，中国戏剧出版社1989年版。

汪蔚林编《孔尚任诗文集》，中华书局1962年版。

刘叶秋注释《孔尚任诗和桃花扇》，中州书画社1982年版。

徐振贵著《孔尚任评传》，南京大学出版社2000年版。

卜键著《传奇意绪》，学苑出版社1995年版。

王用健著《中国戏剧文学的瑰宝，明清传奇》，江苏教育出版社1989年版。

赵景深主编《元明北杂剧总目考略》，中州古籍出版社1985年版。

庄一拂编著《古典戏曲存目汇考》，上海古籍出版社1982年版。

韩儒林主编《元史》，中国大百科全书出版社1985年版。

韩儒林主编《中国通史参考资料》（第六册），中华书局1981年版。

蒙思明著《元代社会阶级制度》，中华书局1980年版。

南京大学历史系元史研究室编《元史论集》，人民出版社1984年版。

卜键主编《元曲百科大辞典》，学苑出版社1991年版。

《容肇祖集》，山东人民出版社1989年1版。

左东岭《王学与中晚明士人心态》，人民文学出版社2000年版。

茅盾《夜读偶记》，百花文艺出版社1979年版。

赵永纪《明七子派的崛起》，上海古籍出版社1984年《古代文学理论研究丛刊》第九辑。

《论金瓶梅》，文化艺术出版社1984年版。

钱仲书《谈艺录》，中华书局1984年版。

郭绍虞《中国文学批评史》，上海古籍出版社1979年版。

乔力等《咏鲁诗选注》，山东人民出版社1983年版。

鲁迅《中国小说史略》，人民文学出版社1973年版。

《中国大百科全书·中国文学》，中国大百科全书出版社1988年版。

魏千志《明清史概论》，中国社会科学出版社1998年版。

《胡适论中国古典小说》，长江文艺出版社1987年版。

吴礼权《中国笔记小说史》，商务印书馆国际有限公司1993年版。

《鲁迅全集》第四卷，人民文学出版社1981年版。

王重民《中国目录学史论集》，中华书局1984年版。

邓之诚《清诗纪事初编》，上海古籍出版社1984年版。

《燕京学报》第24期。

中国第一历史档案馆《顺康年间续金瓶梅作者丁耀亢受审案》。

刘永济《唐人绝句精华》，人民文学出版社1984年版。

王运熙、顾易生主编《中国文学批评史》，上海古籍出版社1985年版。

梁启超《中国近三百年学术史》，中华书局1936年版。

原北平故宫博物馆文献馆编《清代文字狱档》，上海书店1986年影印本。

赵永纪《清初诗歌》，光明日报出版社1993年版。

后 记

本卷具体分工如下：

一、乔力设计、确定全书结构框架、写作体例，统审全稿，并具体承担总论一、三部分，导言，第一编与第二编，以及第五编第十三章第六节之三的撰写。

二、贾炳棣承担第一编第二章第三节之一部分的撰写。

三、门岿承担第三编与第四编第九章第二节，第十章第三节、第四节与第五编第十二章第二节、第十三章第四节的撰写。

四、赵永纪承担第四编概说，第九章第一节，第十章第一节、第二节，第十一章与第五编概说，第十二章第一节，第十三章第一节、第二节、第三节，第十四章的撰写。

五、林骅承担第四编第九章第三节、第十章第五节、第六节与第五编第十二章第三节，第十三章第五节的撰写。

六、聂春艳承担第五编第十三章第六节之一、二部分的撰写。

七、李少群承担总论第二部分的撰写。

八、厦门大学王承丹博士曾参加过第四编最初的部分撰写工作，并提出一些精彩见解；又山东省委党校艾思同教授、山东省图书馆王慧副研究馆员曾帮助，提供了第二编的部分有关资料，均对本书的撰写完成多有所贡献，谨在此表示诚挚的谢意！